XIFANG WENXUE MINGZHU JINGXUAN

西方文学名著精选

■ 王秋荣 主编

ZHEJIANG UNIVERSITY PRESS
浙江大学出版社

前　言

　　"外国文学"是高校中文专业的必修课程,介绍和评析外国文学的发展历史以及代表作家作品。目前,外国文学史方面的教材种类繁多,而外国文学作品选读方面的辅助教材却很少。外国文学名著浩如烟海,仅外国文学史上公认的重要名著也有上百成千。要学生通读这些名著从各方面来说都是十分困难的,而不读原著又很难加深对文学史和作家作品的准确理解。因此,我们选编了这本《西方文学名著精选》,提供阅读的方便,以缓解目前教学方面的矛盾;同时,也为外国文学自学者和爱好者提供能简便地了解西方名著概貌的参考读物。

　　根据目前教学中普遍以西方文学为主的实际,本书编选的名著限于西方地区(苏联和战后东欧国家不包括在内),东方文学精选视今后情况再定是否续编。本书共编选了 55 个名家的代表作,时间从古希腊始至当代止,跨度为二千余年。与一般的作品选不同,本书除了编选原著外,还以文学思潮为脉络,配以各阶段文学史的学习指要,简明介绍文学思潮产生的基础和条件,勾勒其发展的概况,总结其思想艺术的基本特征,以引导读者了解特定时期文学发展的总貌及其要点,有利于把所选的作品放在一定的文学发展长河和文化氛围中加以考察和理解。此外,在每篇选文后面还配以该作品的导读,旨在概述作家生平、创作的基础上,剖析该作品的思想倾向和艺术特色,使读者对作家的基本面貌及其代表作有一个整体的把握,有助于读者从选文了解全书特点乃至作家的创作风格。全书熔文学简史与名作选读于一炉,在国内尚属少见。

　　本书所选的名著均是某历史时期文学主潮的代表作,也是该作家的主要创作,具有经典的意义。其精彩片断往往最能体现全书的风格特点,可取一斑见豹之效。全书共分上、中、下三卷。上卷为古希腊罗马至18世纪文学;中卷为19世纪文学;下卷为20世纪文学。随着教学内容的改革,现代主义文学已成为教学内容的重要组成部分,而过去的一些作品选往往没有把这些作品选入,现单独成卷,以适应改革后的教学需要,其中包括后期象征主义、表现主义、超现实主义、意识流、存在主义、荒诞派、新小说、黑色幽默、魔幻现实主义等9个重要流派的12部作品,较为系统地展现了纷繁复杂的现代主义文学发展的状况。至于20世纪西方传统文学和苏联社会主义现实主义文学作品,为压缩本书篇幅,暂付阙如。

应约热情拨冗参加本书编撰工作的,有我国著名外国文学专家、教授、翻译家,以及学有专长、从事高校外国文学教学的中年学者。他们之中有:马家骏、方平、文美惠、王智量、叶廷芳、孙席珍、李明滨、吴士余、吴元迈、陈惇、辛未艾、汪靖洋、张英伦、林洪亮、岳麟、郑克鲁等。他们撰写的导读文章,深入浅出,言简意赅,重点突出,条理清晰,富有启发性和指导性。在此,特向他们致以衷心的感谢。

本书由上海师范大学王秋荣教授主编。在编选、出版过程中,曾得到上海师范大学中文系主任郑克鲁教授、上海教育学院翁长浩、楼成宏副教授,《中学语文》副主编高应品同志,以及杭州大学出版社和兄弟院校有关同志的热情支持和鼎力相助。在这里,一并向他们表示诚挚的谢意。

由于编选时间仓促,编者水平有限,本书的缺点和错误在所难免,热诚欢迎专家和读者提出批评、建议,以便进一步修改、提高。

王秋荣

1993年9月

目　录

上　卷

古代希腊罗马文学指要 ……………………………………… 3

荷马　《奥德修纪》 ………………………………………… 9

　　卷九

　　荷马史诗导读 ………………………………………… 18

索福克勒斯　《俄狄浦斯王》 …………………………… 23

　　第二场　第三场　第四场

　　《俄狄浦斯王》导读 ………………………………… 33

维吉尔　《埃涅阿斯纪》 ………………………………… 37

　　卷四

　　《埃涅阿斯纪》导读 ………………………………… 46

中世纪文学指要 …………………………………………… 51

但丁　《神曲》 …………………………………………… 55

　　"地狱篇"第五歌、第十九歌

　　《神曲》导读 ………………………………………… 66

14 至 16 世纪人文主义文学指要 ……………………… 72

卜伽丘　《十日谈》 ……………………………………… 80

　　第二天故事第一　第四天故事第一

　　《十日谈》导读 ……………………………………… 91

塞万提斯 《堂吉诃德》 ··· 97

上册第一章、第二章、第八章 下册第四十五章、第七十四章

《堂吉诃德》导读 ·· 118

莎士比亚 《哈姆莱特》 ·· 123

第一幕第四场 第三幕第一场、第五场 第五幕第二场

《哈姆莱特》导读 ·· 143

17 世纪古典主义文学指要 ·· 149

高乃依 《熙德》 ··· 156

第一幕第三场、第四场 第三幕第四场

《熙德》导读 ·· 166

莫里哀 《伪君子》 ··· 170

第三幕第五场、第六场、第七场 第四幕第三场、
第四场、第五场、第六场、第七场、第八场

《伪君子》导读 ··· 181

18 世纪启蒙主义文学指要 ·· 186

笛福 《鲁滨孙飘流记》 ··· 194

"日记"

《鲁滨孙飘流记》导读 ·· 201

费尔丁 《弃儿汤姆·琼斯的历史》 ·································· 205

第三卷第二章、第四章 第五卷第六章

《弃儿汤姆·琼斯的历史》导读 ·· 215

伏尔泰 《老实人》 ··· 221

第一章 第二章 第十七章

《老实人》导读 ··· 226

卢梭 《新爱洛漪丝》 ·· 232

第一卷第二十三封信、第六十二封信

《新爱洛漪丝》导读 ·· 242

席勒 《阴谋与爱情》 ···················· 248

    第一幕第四场、第五场　第二幕第六场、第七场

    《阴谋与爱情》导读 ···················· 257

歌德 《浮士德》 ···················· 262

    第一部"城门前"　第二部"皇城"、"宫中的广大前庭"

    《浮士德》导读 ···················· 277

中　卷

19 世纪浪漫主义文学指要 ···················· 287

雨果 《巴黎圣母院》 ···················· 295

    第六卷一　第十一卷一

    《巴黎圣母院》导读 ···················· 308

拜伦 《唐璜》 ···················· 314

    第三歌八十六　第五歌七一十二、二十六一三十

    第八歌八十七一九十六　第十二歌三一十四

    《唐璜》导读 ···················· 333

密茨凯维支 《先人祭》 ···················· 339

    第三部第二场

    《先人祭》导读 ···················· 352

19 世纪浪漫主义抒情诗 ···················· 357

    华兹华斯《咏水仙》

    雪莱《西风颂》

    拉马丁《秋》

    荷尔德林《许贝利翁的命运之歌》

    普希金《给凯恩》

    莱蒙托夫《帆》

    裴多菲《大海汹涌着……》

    惠特曼《一只默默的、坚忍的蜘蛛》

    19 世纪浪漫主义抒情诗导读 ···················· 369

19 世纪批判现实主义文学指要 …………………………… 372

司汤达 《红与黑》……………………………………… 384
　　上卷第五章　下卷第四十四章
　　《红与黑》导读 …………………………………………… 397

巴尔扎克 《高老头》…………………………………… 402
　　"父亲的死"
　　《高老头》导读 …………………………………………… 410

福楼拜 《包法利夫人》………………………………… 416
　　中卷第八节
　　《包法利夫人》导读 ……………………………………… 426

莫泊桑短篇小说………………………………………… 432
　　《西蒙的爸爸》《项链》
　　莫泊桑短篇小说导读 ……………………………………… 447

左拉 《萌芽》…………………………………………… 450
　　第六部五
　　《萌芽》导读 ……………………………………………… 460

狄更斯 《艰难时世》…………………………………… 464
　　第三卷第六章
　　《艰难时世》导读 ………………………………………… 472

萨克雷 《名利场》……………………………………… 478
　　第十章　第三十六章
　　《名利场》导读 …………………………………………… 490

哈代 《德伯家的苔丝》………………………………… 496
　　第三部 24　第五部 35
　　《德伯家的苔丝》导读 …………………………………… 509

海涅 《德国，一个冬天的童话》……………………… 514
　　第一章　第十六章　第二十七章
　　《德国，一个冬天的童话》导读 ………………………… 526

马克·吐温 《哈克贝利·费恩历险记》……………… 530

第三十一章

《哈克贝利·费恩历险记》导读 ················· 538

易卜生 《玩偶之家》 ················· 543

第三幕

《玩偶之家》导读 ················· 553

普希金 《叶甫盖尼·奥涅金》 ················· 558

第八章30—51

《叶甫盖尼·奥涅金》导读 ················· 573

果戈理 《死魂灵》 ················· 579

第六章

《死魂灵》导读 ················· 585

车尔尼雪夫斯基 《怎么办?》 ················· 590

第三章二十九

《怎么办?》导读 ················· 605

屠格涅夫 《父与子》 ················· 609

一〇

《父与子》导读 ················· 620

陀思妥耶夫斯基 《罪与罚》 ················· 626

第一部七

《罪与罚》导读 ················· 631

列夫·托尔斯泰 《复活》 ················· 636

第一部六、七、八、二十一、二十二

《复活》导读 ················· 651

契诃夫短篇小说 ················· 658

《万卡》《套中人》

契诃夫短篇小说导读 ················· 673

下　　卷

20世纪现实主义文学指要 ················· 681

萧伯纳 《巴巴拉少校》·······689
　　第三幕
　　《巴巴拉少校》导读·······699
罗曼·罗兰 《约翰·克利斯朵夫》·······706
　　第二册卷五第二部
　　《约翰·克利斯朵夫》导读·······711
托马斯·曼 《布登勃洛克一家》·······716
　　第三部第二章　第七部第六章
　　《布登勃洛克一家》导读·······725
德莱塞 《美国的悲剧》·······731
　　第一部第一章　第二部第四十七章　第三部第二十三章
　　《美国的悲剧》导读·······759
海明威 《老人与海》·······763
　　鱼打转儿的时候
　　《老人与海》导读·······769

20世纪现代主义文学指要 ·······776
艾略特 《荒原》·······791
　　一　五
　　《荒原》导读·······805
卡夫卡 《变形记》·······809
　　一　三
　　《变形记》导读·······819
奥尼尔 《毛猿》·······824
　　第四场　第八场
　　《毛猿》导读·······832
马雅可夫斯基 《穿裤子的云》·······836
　　第三章
　　《穿裤子的云》导读·······843

布勒东 《娜嘉》·· 849

    "10月4日" "10月6日" "10月12日"

    《娜嘉》导读 ·· 861

乔伊斯 《尤利西斯》·· 867

    第二章 第十八章

    《尤利西斯》导读 ·· 875

普鲁斯特 《追忆似水年华》······························· 880

    第一册第一卷、第三卷

    《追忆似水年华》导读 ······································ 897

福克纳 《喧哗与骚动》·· 903

    1928年4月7日 1910年6月2日

    《喧哗与骚动》导读 ·· 927

萨特 《禁闭》··· 932

    第一幕

    《禁闭》导读 ·· 946

加缪 《局外人》·· 952

    第一部 第二部

    《局外人》导读 ·· 962

贝克特 《等待戈多》·· 968

    第一幕

    《等待戈多》导读 ··· 978

罗布一格里耶 《橡皮》······································· 984

    4 5

    《橡皮》导读 ·· 997

海勒 《第二十二条军规》···································· 1001

    第六章 第二十四章

    《第二十二条军规》导读 ··································· 1011

阿斯图里亚斯 《玉米人》···································· 1017

    九

《玉米人》导读 ……………………………………… 1024

马尔克斯 《百年孤独》 …………………………………… 1030
    第一章
    《百年孤独》导读 ………………………………… 1041

修订后记 ………………………………………………… 1046

上　卷

古希腊罗马至 18 世纪文学

古代希腊罗马文学指要

古代希腊罗马文学是欧洲文学的发源地,它反映原始社会和奴隶社会两个历史阶段的社会生活图景及所取得的艺术成就。

古代希腊罗马文学以希腊文学的成就最为突出。它创造了神话、史诗、抒情诗、寓言、悲剧、喜剧等多种文艺样式,在文艺理论方面也有颇多建树,对后代欧洲文学产生了重大影响。

古代希腊文学的发展大体上可分为荷马时期、奴隶制城邦国家形成时期、古典时期和希腊化时期四个阶段。

荷马时期——氏族社会向奴隶社会过渡时期文学(公元前12世纪末至公元前9世纪)。主要文学形式是神话和史诗。

希腊神话由神的故事和英雄传说两大部分组成。神的故事包括天地开辟、万物起源、神的产生、人的出现、四季成因,以及对俄林波斯神系大家庭的描绘。希腊人按照人的形象创造了神,并认为天上也和人间一样有一个神的大家庭,因其居住在希腊北部的俄林波斯山上而称为俄林波斯神系。众神之父宙斯统治着天国和人间,神后赫拉是空气女神和妇女保护神,宙斯的哥哥海神波塞冬管理江河湖海,另一哥哥哈得斯是管理地下鬼魂的冥王,宙斯的儿子阿波罗是太阳神,阿瑞斯是战神,女儿雅典娜是智慧女神,阿佛洛狄特是美神和爱神。英雄传说的主人公大多是为民除害的英雄(赫拉克勒斯、德修斯)、发明工具的巧匠(代达罗斯)以及向海外寻觅宝藏的航海探险英雄(伊阿宋)。希腊神话中的神和英雄具有神人同形同性的特点,即神具有人的形状、人的性格、人的情感,神和人一样有喜怒哀乐，也参与人间的纠纷和战争，神跟人之间还经常谈情说爱。这和东方国家神话中那种神兽同体、神力至高无上的情况大相径庭。希腊神话想像丰富，形象优美，采用奇特美丽的幻想，艺术地概括古人对世界、对自然、对社会天真幼稚的认识，反映了古人解释自然、控制自然、减轻劳动强度、战胜毒蛇猛兽的美好愿望。

史诗《伊利昂纪》、《奥德修纪》（另译《伊利亚特》、《奥德赛》），取材于公元前12世纪发生的有关特洛亚战争的歌谣传说，在公元前9世纪由民间盲诗人荷马编订成口头史诗，故名荷马史诗。

荷马史诗是一曲对部落英雄的赞歌。它通过对部落与部落之间短兵相接的战争描写，竭力讴歌古代英雄的刚强威武、英勇善战（《伊利昂纪》）；通过对海上历险的描写，赞美了古代英雄在同自然力的抗争中所表现出来的机智勇敢、藐视困难的顽强斗志（《奥德修纪》）。史诗大力宣扬集体主义和英雄主义精神，肯定现实生活和人的力量，具有较高的思想教育作用。

荷马史诗塑造了形象鲜明、个性突出的各类英雄。对于《伊利昂纪》中希腊联军的主将阿喀琉斯，作者在描写他的主导性格——勇敢威武、荣誉心强、尊重友谊、为部落集体英勇战斗的同时，也揭示出他性格中急躁任性、傲慢自私的缺点，谴责他为了争夺一个女俘退出战斗而造成联军大批伤亡的严重后果。与阿喀琉斯相比，特洛亚统帅赫克托耳则是一个具有儒将风度的将领的典型。他有强烈的责任感，自觉担负起保卫家园的重任，为了部落集体的荣誉，不顾个人生死安危毅然出战。他敬重父母，疼爱妻儿，富于人情味；他严肃耿直而又通情达理。对于《奥德修纪》的主人公奥德修（又译俄底修斯），既赞扬他的机智善谋，又指出他的狡猾多疑和浓厚的自私意识。

荷马史诗具有较高的艺术成就：结构严谨、布局巧妙；人物形象性格丰富、鲜明；语言质朴，节奏明快，比喻生动，成为英雄史诗的典范。荷马史诗还广泛地反映了古希腊从氏族社会向奴隶社会过渡时期的社会风貌,对当时的政治制度、部落战争、生产劳动、体育比赛、宗教仪式、葬礼习俗、家庭生活、航海冒险等都有描写,是认识古希腊史前社会的重要文献。

奴隶制城邦国家形成时期文学(公元前 8 世纪至前 6 世纪)。随着氏族社会的瓦解、私有制的发展,个人意识代替了群体意识,抒情诗取代史诗而兴盛起来。希腊抒情诗多配乐歌唱,因所用伴奏乐器的不同而有笛歌(用管笛伴奏)、琴歌(用竖琴伴奏)之分。它的内容主要是歌颂神和英雄,赞美爱情、醇酒和大自然风光,也有不少是为体育比赛的优胜者大唱赞歌。希腊抒情诗涌现出萨福(公元前 612? —?)、阿那克瑞翁(公元前 570—前 465?)、品达罗斯(公元前 518? —前 442)三大诗人。他们的诗歌大多感情丰富,语言优美,富于音乐性和审美价值。与此同时,在民间还流行一种散文体寓言故事,相传是一个被释放的奴隶伊索所作,故称《伊索寓言》。内容主要反映下层平民和奴隶的思想感情,谴责专横暴虐和残酷压迫(如《狼和小羊》),总结人民的生活经验和教训(如《农夫与蛇》、《龟兔赛跑》)。这些寓言往往通过简短的动物故事说明一个道理,富有哲理意味,形式短小精悍,形象生动,颇受后人称道。

古典时期文学(公元前 5 世纪至前 4 世纪中叶)。这一历史时期的希腊文学,主要指雅典城邦国家的文学。随着雅典奴隶制城邦国家进入兴盛期,文学创作也空前繁荣,戏剧的成就尤为突出。希腊戏剧包括悲剧和喜剧,是雅典奴隶主民主政治的产物,具有鲜明的政治倾向性。它反映奴隶主民主派的生活和斗争,表达他们的思想和愿望。悲剧大多采用神话题材来反映现实社会生活,突出人与命运的冲突,表现主人公的英雄行为,人物形象高大雄伟,气势壮烈磅礴,一般没有悲观色彩,表现了奴隶主民主派的自豪感和对未来的乐观信念。喜剧主要是社会讽刺剧,具有强烈的现实性、政治性。

古代希腊出现了埃斯库罗斯(公元前 525? —前 456)、索福克勒斯(公元前 496？—前 406)、欧里庇得斯(公元前 485？—前 406)三大悲剧家和杰出的喜剧家阿里斯托芬(公元前 446？—前 385？)。

埃斯库罗斯的《普罗米修斯》三部曲,热情地歌颂了为人类造福的普罗米修斯同象征奴隶主寡头派暴君宙斯所作的英勇斗争。马克思赞美此剧中的普罗米修斯是"哲学的日历中最高尚的圣者和殉道者"(《〈博士论文〉序》第 3 页,人民出版社 1961 年版)。埃斯库罗斯的悲剧风格严肃崇高,感情强烈,人物性格固定不变,情节简单,戏剧性不足。

索福克勒斯的《俄狄浦斯王》是希腊命运悲剧的典范。它通过俄狄浦斯不自觉的弑父娶母的故事,展示了富有典型意义的悲剧冲突——人与命运的冲突。既表现了剧作家相信命运的威力,又控诉了命运对人的不公和残酷,赞美主人公俄狄浦斯同命运斗争中的坚强意志和英雄行为。它以结构严密、布局巧妙著称。全剧情节凝练,矛盾集中,悲剧色彩浓郁。

欧里庇得斯的《美狄亚》,以希腊神话中的英雄传说为题材,反映当时男女权利不平等的社会问题,谴责男子贪图富贵,抛妻另娶的不道德行为。剧本细腻地描写了美狄亚采取杀死儿子使丈夫绝后而陷于永恒痛苦的复仇计划前的内心斗争,在希腊悲剧中开创了通过描写人物的内心活动来塑造人物形象的先例。

阿里斯托芬创造了欧洲社会讽刺喜剧的新形式。他善于用夸张的手法、荒诞的情节揭露、讽刺重大的现实社会问题。其中,《阿卡奈人》表达了自耕农反对内战、要求和平的愿望;《骑士》把讽刺的矛头直接指向利用内战为非作歹的雅典城邦国家的当权者,是阿里斯托芬最有力的政治讽刺喜剧。

除悲剧和喜剧以外,古典时期希腊的文艺理论在欧洲文学史上也占有重要地位。柏拉图(公元前 427—前 345)在文艺对话《伊安篇》中提出了对后代浪漫主义文学产生重大影响的"灵感说"和

"迷狂说"。他的一系列理论著作开了欧洲唯心主义文论和美学的先河。亚里士多德(公元前384—前322)的《诗学》对古希腊文学作了理论总结,他的"摹仿说"理论奠定了西方唯物主义美学和现实主义文艺的理论基础,对后代欧洲文学有深远影响。

希腊化时期文学(公元前4世纪末至公元前2世纪中叶)。随着各城邦国家政治动荡,经济衰退,希腊文学也日趋衰落。文坛上出现了以米南德(公元前342?—前292?)为代表的缺乏深刻社会内容,局限于描写日常生活和男女爱情,追求华丽辞藻的新喜剧。新喜剧风格雅致,生活气息浓郁,对罗马喜剧颇有影响。

古代罗马文学主要是在希腊文学的影响下发展起来的。罗马神话大多是对希腊神话的继承和移植,保留了神人同形同性的特点,只是把神的名称作了改动,如宙斯更名朱比特,阿佛洛狄特改称维纳斯,雅典娜叫作明涅耳瓦,有些则仍沿用希腊的原名,如阿波罗。罗马神话也创造了一些新神,如两面神雅努斯,农神萨图恩等。

罗马文学的主要体裁是喜剧、悲剧和诗歌,而以诗歌的成就最为突出。普劳图斯(公元前254?—前184)的喜剧大多以希腊新喜剧为题材反映罗马的现实生活,描写各种类型人物的人情世态,语言诙谐风趣,富有民间喜剧情调。主要作品有《一坛黄金》、《孪生兄弟》和《吹牛的军人》等。泰伦斯(公元前190?—前159)的《婆母》和《两兄弟》等喜剧,着重描写家庭成员之间的关系,以塑造类型化的人物(妓女无耻,奴隶机智,年轻人温顺等)见长。罗马悲剧的代表作家塞内加(公元前4—公元65),写出了《疯狂的赫拉克勒斯》、《特洛亚妇女》等悲剧,均以希腊悲剧为蓝本,影射罗马的现实生活。塞内加的悲剧语言夸张,有不少流血场面和鬼魂、巫术的描写。

罗马文坛产生了维吉尔(公元前70—前19)、贺拉斯(公元前65—前8)和奥维德(公元前43—公元18)三大诗人。

维吉尔是古代罗马最重要的诗人。他写有《牧歌》、《农事诗》和史诗《埃涅阿斯纪》(又译《伊尼特》)。《埃涅阿斯纪》以荷马史诗为蓝本,叙写主人公埃涅阿斯的海上历险和同异族所作的英勇战斗。史诗的主题是歌颂罗马祖先的神圣传统和开国的巨大功勋,鲜明地表现了奴隶主阶级的民族观念、爱国意识和政治倾向。史诗精心塑造出具有高度公民责任感和爱国主义精神的奴隶主理想人物埃涅阿斯的英雄形象,在他身上最早展现了爱情与义务冲突的文学主题以及爱情服从义务的思想观念,对 17 世纪古典主义悲剧中的人物塑造颇有影响。《埃涅阿斯纪》的语言典雅简洁,风格严肃、哀婉,重视对人物心理的刻画,开欧洲文学史上"文人史诗"的先河。贺拉斯的诗体文论著作《诗艺》,是对亚里士多德的《诗学》的继承和发展,主张文学必须摹仿自然,重视文艺的社会教育作用,并提出著名的"寓教于乐"原则。奥维德的《变形记》是一部诗体希腊罗马神话故事集。它把古代神话故事围绕着"变形"——人由于某种原因被变为鸟兽、花草、树木、星星、顽石等这一线索串连起来,不仅使古老的神话传说获得新的生命,曲折地反映了罗马社会现实,而且成为后代欧洲作家选取创作素材的"神话辞典"。

古代罗马文学摹仿多,独创少,但它是古代希腊文学和欧洲中世纪文学、近代文学的中介和桥梁,仍然具有不可忽视的作用。

(陈 挺)

荷 马

奥德修纪

卷　九

　　足智多谋的奥德修回答道:"阿吉诺王,最显耀的人,能够听到这样好的乐师歌诵是很幸运的,他的声音同天神一样;我认为没有比这个更大的享受;现在大家喜气洋洋,顺序坐在堂上饮宴,听着歌曲,面前的餐几摆满麦饼和肴肉,有侍者从碗里倒出酒来,把每人面前的酒杯斟满;我想这是最幸福不过的了。但是你偏要问我为什么心情沉重,这只能使我更加难受。主掌苍穹的天神给了我很多苦难;我先讲什么,后讲什么好呢? 我现在先告诉你们我的名字,让你们知道;如果将来我能逃脱不幸的命运,我也许会接待你们的,虽然我住的地方很远。我就是拉埃提之子奥德修,我的名声远达苍穹,世人都称道我的足智多谋。我住在天气清明的伊大嘉岛,岛上有山,俯视一切,林木茂盛,附近有许多海岛,都有人居住,那就是杜利奇岛、萨弥岛和林木茂盛的查昆陀岛;伊大嘉是海中最西边的岛,别的岛都在东边。伊大嘉虽然是山地,但对人的锻炼很有好处;我认为我从来没有见过更可爱的地方。辉煌的女神卡吕蒲索曾把我留在她深深的山洞里,要我作她的丈夫;还有埃亚依的女神刻尔吉也想把我留下,要我作她的丈夫;可是她们都不能让我改变心意。任何东西也不如故乡和自己的父母更可爱,即使一个人离开父母,远在异乡,住在富裕的人家里。现在让我再给你讲讲,在我离开特罗之后,上天在我归家路上给我的种种苦难。

　　"离开特罗之后,风把我们带到吉康人的地方伊斯马洛;我们攻下那座城,屠杀了当地居民,俘获了城里居民的妻子和许多财宝;我们平分了战利品,不让任何人失掉他应得的一份;那时我叫大家快快逃走,但是他们很糊涂,没有听我的劝告;他们喝了很多酒,在海岸边又宰了许多羊和肥牛;这时吉康人叫来了住在邻近的更多更勇猛的战士；那些吉康人是住在大陆上的，擅长在马上战斗，也能步战；到了清晨他们就来了，像春天出现的花叶一样茂盛；宙斯要让我们饱尝苦难，为我们这些倒霉的人安排了恶劣的命运；我们摆好阵式，在快船旁边开始战斗，用青铜枪矛互攻；从清晨到神圣的白昼增强的时候，我们还能守住阵地，打退比我们人数更多的敌人，可是到了太阳西下，停止驾牛的时候，吉康人终于占了上风，打垮了阿凯人；我们每船损失了六个披甲的伙伴，其余的人逃脱了死亡的命运。

　　"我们离开那里继续航行，心情沉重，庆幸自己逃脱死亡，但是丢掉了一些亲爱的伙伴；我是等到向那些不幸的伙伴呼唤了三次，才允许我们长船离开的，但是他们都在原野上被吉康人杀掉了。那时聚集云雾的宙斯唤起北风，带来狂风暴雨，大地和海洋都隐藏在云雾里，黑夜自天涌下，船被风吹走，船帆给撕成碎片；我们害怕遭到不幸，赶快把船帆放下，靠近陆地；两天两夜，我们躺在船里，疲倦和忧愁折磨着我们；华鬓的曙光带来了第三天；这时我们才又竖起桅杆，扬起白帆，坐到桨位上，让风和舵手引导着我们前进；当时看起来我们就要安全回到故乡了，可是当我们绕过马雷雅的时候，风浪又把船带走，离开鸠塞罗，在海上飘流。一连九天时间，狂风把我们又带到鱼龙起伏的大海上；到了第十天，我们到达了吃荾陀果的种族的地方，那里的人以花果为粮食；我们登陆打了水，然后在快船旁边吃饭；在我们吃完饭喝完酒之后，我决定派遣几个伙伴去打听住在这片土地上吃粮食的人是什么种族；我挑了两个人去，又派了另一个回来报告；他们到了吃荾陀果的种族那里，那里的人并没有杀死他们，只给了他们一些荾陀果吃；他们吃了这种甜蜜果实，就只想同那些人留在一起，吃着果实，不想回来报告，也不想回家了。我强迫他们哭哭啼啼地回到船上，把他们绑在弯船的桨位下面，然后命令别的忠实伙伴赶快登上快船，免得有人吃了这种果实不想回家；他们立刻上了船，在桨位上按次序坐好，用桨打着幽暗的海水。

　　"我们继续航行，心情沉重；我们又来到狂妄野蛮的独目巨人的地方；这里的人依靠永生天神的帮助，不用手种植也不耕田，所有五谷都不需耕种，而能自己生长；这里有小麦大麦和一串串制酒的葡萄，上天降下的雨使它们成长；这些人没有聚会的会场，没有法律规章；他们都住在高山顶峰深深的石洞里；他们彼此都不关心，只管自己的妻子儿女。距离独目巨人的大陆不远，海湾外面有一片荒岛，上面林木茂盛，无数野羊繁殖在那里，因为没有人的脚步惊走它们，那些爬山越岭穿林过莽的猎人也不到那里去；那里没有牧场也没有耕地，无人播种，无人耕锄，没有居民，只有咩咩的羊群；要是独目巨人们有赤艏的船，或者有能造带排桨的船的工匠，可以像一般航海的人那样，到其他种族和城邦那里去处理事务，他们本来可以把那个岛变成很好的属地的；因为那个岛并不坏，四季都有收成；在幽暗海洋的岸边，有潮润柔软的草地；那里的葡萄永不枯谢；岛上还有平坦可耕的土地，每季可以得到很好的收成，因为土壤很肥沃；岛上也有可以安全停泊的地方，不必下锚也不必用绳索把船拴住；航海的人可以随意停泊，到了有顺风的时候再离开；从山洞下面流出一股清亮的泉水，流入海湾；山洞旁边生长着茂盛的白杨树；好像有天神在黑暗里导引我们，我们就进入停泊的地方；我们什么也看不见，四面都是很厚的雾；上面也看不见天空和月亮，都被云雾遮盖起来了；在我们有排桨的船靠岸之前，谁也没有看到这个海岛，也没有看到岸边的滚滚巨浪；我们停下船，把帆放下，登上海岸，就倒下睡觉，等待灿烂的曙光来临。

"当那初生的有红指甲的曙光刚刚呈现的时候，我们在岛上游荡，观赏风景；为了让我们饱餐一顿，持盾的宙斯的女儿山林女神们唤起山野的羊群；我们立刻从船上拿来弯弓和长矛，分成三队去射猎；上天立刻让我们得到所希望的猎物；当时有十二只船跟随我，每只船上分到九头羊；我自己分到十头；这一整天，直到日落时分，我们坐着吃喝大量的肉和甜酒，船上的红酒还没有喝完，还有剩余；这是因为当我们打下吉康人的神圣王城时，我们大家又用坛子装了不少酒；我们远望隔岸独目巨人的地方，看到了炊烟也听到人声和羊羔的叫声；太阳落下，夜色降临，我们又躺在海岸上睡觉。

"当那初生的有红指甲的曙光刚刚呈现的时候，我把大家召集起来，对他们说道：'我的忠实伙伴们，你们都留在这里；我要带着我的船和我船上的伙伴去看看那边的人是些什么人，是狂暴野蛮不讲道理的呢，还是尊重客人敬畏天神的人。'

"我说完就上了船，并且吩咐我的伙伴们也上船，解下船缆；他们立刻上船，在桨位上按次序坐好，用桨打着幽暗的海水。我们来到距离不远的对岸，就看到海岸边有一个高大的山洞，上面月桂低垂，有许多山羊绵羊在那里歇息，旁边有石筑的高台、高大的松树和茂盛的栎树；有一个异常巨大的人在那里；他不同别的人在一起，独据一方，单独在那里放牧，无拘无束；他的形象好像是一个庞大的怪物，不像是一个吃粮食的凡人，而是像一个林木繁茂的山峰,高出在众人之上。

"我挑选了十二个最勇敢的伙伴和我同去。吩咐其余的忠实伙伴留在船边,保护船只。我还带去一羊皮口袋的黑色甜酒,那是尤安底之子马罗给我的;马罗是伊斯马洛的保护神阿波龙的祭师,住在佛伯阿波龙的神薮里;他送给我这酒,因为我尊敬他,并且保护了他的妻子儿女;他送给我一些贵重礼物,七镒纯金和一个银碗,又给我满满十二坛的不掺水的甜酒;这是一种神奇的酒;他家里的女奴和侍女都不知道有这种酒,只有他自己、他妻子和一个女管家知道;他们喝这种蜜甜的红酒的时候,他每杯都掺上十二倍的水;那时酒碗里发出一种神奇的香味,使得任何人都无法拒绝不喝。我就装了一大皮袋这种酒,又带上一袋干粮;因为虽然我心里毫无恐惧,但也感觉到我们要遇到一个威力极大的对手,一个不讲道理无法无天的野蛮人。

"我们很快就到了洞口;我们发现他带着肥羊放牧去了,不在洞里,我们就进洞观看一切东西;洞里有整筐的干酪,羊圈里挤满幼小绵羊和山羊,早生的、后生的和初生的都分开饲养;一切精制器皿、一切装奶的碗罐里都装满羊奶;我的伙伴们建议拿走这些奶酪,再快快把幼小的山羊绵羊从羊圈里带出来,就离开这里,回到快船上,继续在海上航行;那样作实在要好得多;但是我没有听他们的劝告;我想看一看这个人,看他会不会招待我们,但是他的出现结果对我的伙伴们并不是一件愉快的事。

"我们生起火来,向天神献了祭,然后吃着奶酪,就在洞里等候那独目巨人放牧归来;那巨人带回一大捆木柴来烧饭;他把木柴丢到洞里,发出巨响;我们都畏缩地躲到山洞深处;他又把所有挤奶的母羊赶进深洞,把公羊留在门外的大院子里;他举起一块大石头作为洞门;这块放在门口的石头是那样巨大,就是二十二辆精造的马车也不能把它拖开;他就坐下依次给那些咩咩的绵羊和山羊挤奶,又让母羊喂了每头小羊;然后他把雪白的羊奶分一半作成干酪放在篮子里,另一半留在碗罐里,等到吃晚饭时再喝;他忙完这些事,就来生火;这时他看到我们,就问道:'你们这些外地人是干什么的?你们是从什么地方航海到这里来的?你们是有事要办呢,还是随意漫游像海盗那样?那些人冒险到处游荡,给各处居民带来灾祸。'

"他这样说;他的响亮声音和巨大形象把我们吓了,使我们胆战心惊,但是我还是回答他说道:'我们是阿凯人,从特罗地方来的,经历了多次风浪,才飘游经过大海的深渊;我们本想回家,但是走错了路,来到这里;这大概是上天的旨意；我们是阿特留之子阿加曼农的藩属；阿加曼农是天下最有威望的大王；他打下了最强大的城镇，屠杀了许多居民；我们既然来到这里，我们就请求你招待我们，按礼节送给我们待客的礼物；最伟大的人也要敬畏天神；我们现在向你求援；宙斯是保护求援者和外乡人的神；敬神的外乡人永远得到他的帮助的。'

"我这样说；他立刻毫不留情的回答道：'外乡人，你是个糊涂人，也许你是远处来的；你居然认为我应该畏惧天神；告诉你，独目巨人们从来不怕持盾的宙斯或其他极乐天神们，因为我们比他们强大；除非我自己情愿，我是不会为了害怕宙斯动怒而饶了你和你的伙伴。你告诉我你的精造的船停在哪里，离这里很远呢还是很近？我希望知道哩。'

"他这样说来试探我，但是他的意图瞒不了我，因为我是很有智谋的；我就向他说假话回答道：'摇撼大地之神波塞顿已经打烂了我的船；风从海上直吹过来，把它撞坏在岸边岩石上；只有我们几个人逃掉不幸的死亡。'

"我这样说；这个凶暴的巨人没有回答；他跳起来，伸手抓我的伙伴，一把就抓住两个，拿他们像小狗一样在地上撞；他们的脑浆流出来，沾湿了土地；巨人又弄断他们的肢体，作晚饭吃；就像山野生长的狮子一样，把他们的肠子、肉和骨髓都吃得干干净净，一点也没有留下；我们眼看这种残忍行为，无计可施，只有向上天伸着手哭泣。这个独目巨人吃完人肉，又喝了不掺水的羊奶，填满了肚子，然后就在洞里的羊群中间躺下；这时我很想鼓足勇气向他进攻，从腰旁拔出利剑，用手摸到他肝脏所在地方，再把剑刺进他的胸膛；但是又一个念头阻止了我；因为我们无法用手推开洞口所放的巨石，那样我们也必然要遭到死亡；我们只好叹息着等待灿烂的曙光。

"当那初生的有红指甲的曙光刚刚呈现的时候，巨人生起火，又依次给他的美好羊群挤奶，又让母羊喂了每头小羊；他忙完他的工作之后，又立刻抓起两个人作他的早饭；他吃完了，就轻易地把巨大的门石移开，把肥羊赶到洞外，又把石头放回原处，像人盖上箭袋那样容易；独目巨人然后呼啸着，把他的肥羊赶到山里。我留在洞里，考虑怎样能把他杀死，希望雅典娜能赐给我荣耀，给我复仇的机会；我最后想出我认为是最好的办法；在羊圈旁边有巨人的一根青绿的橄榄木棍，那是他砍下留待干后使用的；看到这根棍子，令人想起渡过汪洋大海的有二十名桨手的黑色载货大船的桅杆；它正是那么长，那么粗；我走过去，砍下大约六尺长的一段，把它交给伙伴们，叫他们把它削光；在他们削光棍子的时候，我在旁边把它一头弄尖，然后拿到熊熊的火上，把它烧硬；洞里堆积了很多羊粪，我就把棍子藏好在粪污下面；我叫伙伴们抓阄，当巨人正做着好梦的时候，看哪几个来同我一起冒险把木棍抬起，去刺巨人的眼睛；结果决定的人正是我所希望的人；他们一共四个人，加上我是五个。

"在黄昏时分，巨人赶着毛茸茸的羊群回来；他立刻把肥羊都赶进深洞，没有留一个在外面大院子里，不知道是由于疑心什么，还是天神给了他什么暗示；他又高举那巨大门石，把它放好；然后他又坐下依次给咩咩的绵羊和山羊挤奶，又让母羊喂了每头小羊；他忙完他的工作之后，又抓起两个人作他的晚饭；这时我手捧一个藤根作成的酒杯，盛黑色的酒，走近独目巨人，对他说道：'巨人，你吃完人肉，请喝酒吧，让你也知道我们船上带来多么好的酒；我本来给你带来这个酒作为献礼；希望你会可怜我，好送我回家；可是你胡作非为，令人无法忍受；你太残暴了；你做事这样不讲道理，旁的地方的人以后还怎么敢到这里来？'

"我这样说；他把酒接过去喝干；尝了甜酒，他非常欢喜，就又向我要酒喝：'快快再给我一些酒，并且立刻告诉我你的名字，那样我就要把你所喜欢的礼物送给你；虽然生长五谷的大地给了我们巨人可以酿酒的葡萄，又有天帝的雨使得葡萄成熟，但是这种酒简直是仙液神浆。'

"他这样说；我又给了他一些灿烂的酒浆；我给他斟上三次，三次他都糊里糊涂的喝干了；当酒的力量已经到了他心里的时候，我就用甜言蜜语向他说道：'独目巨人，你既然要问我显耀的称号，我就告诉你；你可要如你所说的那样，送给我一件礼物；我的名字叫"无人"；我的父母和所有伙伴都这样称呼我。'

"我这样说；他无情无义的回答道：'我要先吃旁人，把"无人"留到最后再吃；这就是我的礼物。'

"他说完话，就晃晃悠悠地仰面倒下，歪着粗壮的脖子躺在地上，被战胜一切的睡眠所征服；他醉得呕吐起来，嘴里流出酒和嚼碎的人肉。这时我把木棍深深插到炭火里，等它烧热，又用话鼓励伙伴们，免得哪一个害怕退缩；那橄榄木棍虽然还是青的，但在火里渐渐变红，快要燃着了；我过去把它从火里拿出来；伙伴们站在身边；上天使得我们大胆；伙伴们抓住一头削尖的橄榄木，刺进巨人的眼睛；我在上面用身体重量使木棍转动；正像人用钻子钻船板，旁边又有人抓住皮带两头，使它来回旋转，一直不停，我们就这样把烧热的木棍在他眼里转动;血从炽热的钻子四周流下;当眼珠烧着了的时候,眼皮和眉毛被火灼焦,眼里的神经在火里爆炸,又像一个铁匠把大斧头或铁锛浸在冷水里淬砺,发出巨大响声,这样铁才会更加坚硬,巨人的眼珠就这样在橄榄木的周围发出响声。巨人大吼一声,声音洪亮可怕,岩石发出回响;我们畏惧退缩;他把木棍从眼里拔出,流了很多血;然后他把木棍扔开,两手乱摇,向着住在附近风撼的山巅上岩洞里的独目巨人们大声呼唤;巨人们听见他的叫喊,从各地集合,到了洞外,问他有什么痛苦。'波吕菲漠,你有什么痛苦?干什么在神圣的黑夜里喊叫,使得我们无法安睡?是有人用强力赶走你的羊吗?还是有人用阴谋或暴力来杀害你?'

"在洞里的有巨大力量的波吕菲漠向他们说道:'唉,朋友们,"无人"用阴谋,不是用暴力,在杀害我哩。'

"他们就认真的回答道:'要是你一个人在那里,又无人用暴力对付你,那一定是伟大的宙斯降下了无法逃避的病患了,你向我们的父亲,尊贵的波塞顿祷告吧。'

"他们就这样说着走开了;我心里暗笑,因为我的假名和高明的计策骗了他们。那独目巨人呻吟着,疼得打转,用手摸索着把石头从门口拿开;他坐在门口,伸着手,希望能捉到一个跟着羊群走出去的人;他以为我是那样糊涂哩。我就计划怎样做最妥当,怎样想一个办法使得伙伴们和我自己能够逃脱死亡;我考虑了各种策略;因为我们面临巨大危险;这是性命攸关的事;最后我想了一个主意,我认为那是最好的;洞里有一些肥壮的长毛公羊,美好而魁伟,毛是紫黑色的;我一声不响,用编好的芦苇把它们绑在一起;那些芦苇是独目巨人,那个无恶不作的怪物,平日用来作床铺;我把三头羊绑在一起,中间的一头羊绑上一个人,其余的两头在旁边保护我的伙伴;这样就是每三头羊带一个人;至于我自己,我看到有一头公羊是整个羊群里最好的;我抓住羊身,蜷伏在它多毛的肚皮上,脸朝上面,用手抓住厚厚的羊毛,心情镇定;我们就忧心忡忡的等待灿烂的曙光。

"当那初生的有红指甲的曙光刚刚呈现的时候,羊群里的公羊都要去吃草;等着挤奶的母羊在羊圈里咩咩叫着,因为它们的奶房都涨满了。虽然羊群的主人受到痛苦的折磨,当羊来到他面前,他还是用手摸了每头羊的背上;但是这个糊涂家伙并不知道在毛茸茸的羊肚下有人被绑在那里。最后出门的就是那头公羊;它不但毛厚,还有聪明的奥德修这个沉重负担,力大无穷的波吕菲谟抚摸着公羊的背,对它说道:'亲爱的公羊,你为什么是最后一个走出山洞?你以往并不经常留在羊群后面,总是远远头一个大步走去吃青草的嫩芽,头一个到达河水,头一个在黄昏时分转回羊圈的,但是现在你却是最后一个;你一定是为你主人的眼睛悲伤吧;那是一个恶人弄瞎的;他同他可恨的伙伴先用酒灌醉了我;他叫作"无人";我敢赌咒他还没有逃脱死亡。要是你跟我有同样知觉,能够说话,能告诉我他在哪里躲避我的愤怒,那就好了;那样我就可以打击他,把他的脑浆溅到地上各处,那个可恶的"无人"给我心里带来的痛苦就会减轻一些了。'

"他说完话,就把公羊放出大门。等到我们离开山洞和院子一些距离,我首先把自己从羊身下解放出来,然后把伙伴们放开;我们立刻把那些肥壮长腿的羊群赶走,不断转身观望,一直到我们到达船边。我的亲爱的伙伴们看到我们很高兴,庆幸我们逃脱死亡,但是又为死去的人悲悼;我向他们点头示意,阻止他们发声哭泣,命令他们赶快把这许多长毛的羊放到船上,然后开到苦咸的海上;他们立刻上船,在桨位上按次序坐好,用桨打着幽暗的海水。

"当我们离开海岸大约有一个人呼声所及的距离时,我又用嘲笑的话对独目巨人喊道:'独目巨人,你虽然在你深深的山洞里把我的伙伴残暴地吃掉,看来我也不是一个无用的人;你这个可恶的东西,居然胆敢在家里吃掉你的客人;可是你做的恶事遭到了足够的报应;宙斯和其他天神到底让你偿还了血债。'

"我这样说;独目巨人心里更加恼恨,就弄断一块巨大的山峰,向我们扔过来;那块岩石正落在黑船前面。岩石落处海里掀起一阵波浪,浪落下来把船推向陆地,靠近岸边;我拿起长竿把船推开,同时向伙伴们点头示意,叫他们赶快拿起桨来,离开险地;他们立刻摇动船桨;等到我们离开海岸两倍于方才的距离,我又想对独目巨人讲话;每个伙伴们都好言劝阻我说道:'你这个坏家伙,干什么要向那个野蛮人挑战?方才他往海里投下石头,把我们的船又带到岸边,我们以为真要死在这里了哩。要是他听到我们讲话的声音,他会再扔一块大石头,打烂我们的船和我们的头的;这么远的距离他是扔得到的。'

"他们都这样说,但是我胆子太大,没有听他们的话;我又愤怒地向他喊道:'独目巨人,要是哪一个凡人问你,谁让你遭受耻辱,弄瞎了眼睛,你可以告诉他,这是攻城夺寨的奥德修,拉埃提的儿子干的;他的家在伊大嘉。'

"我这样说;独目巨人叹息着回答道:'唉!过去的预言居然应验了;过去

尤吕弥底的儿子提勒摩，一个身材高大仪表堂堂的人，是个非常出色的预言家；他年老时在独目巨人当中作过预言，告诉我将来要应验的种种事情，说我在奥德修的手下将失去视觉。我一直注意看着，生怕有一个魁伟壮美、有巨大气力的人会到这里来；现在却被一个卑微弱小的家伙用酒灌醉，弄瞎了眼睛。可是奥德修，请你回来吧，让我招待招待你，然后请伟大的撼地之神送你回家；他说他是我的父亲，我是他的儿子哩。只要他高兴，他是能够医好我的瞎眼的，其他的极乐天神和凡人都不行。'

"他这样说；我回答他说道：'我真希望我能让你送命，让你到阴间去；那样就连撼地之神也医不好你的眼睛了。'

"我这样说；独目巨人向着繁星灿烂的天空伸着手，对大神波塞顿祷告道：'环绕大地的青发神波塞顿，请听我祈求；要是你说你是我的父亲，我真是你的儿子，就请你不要让那个住在伊大嘉的拉埃提的儿子，攻城夺寨的奥德修，回到他的家乡；要是他命中注定可以回到他的故乡和家室，可以看到他的亲人，至少让他遇到重重障碍，失去全部伙伴，乘旁人的船，狼狈回家，而且让他在家里再次遇到灾难。'

"他这样作了祷告；青发之神接受了他的请求。这时独目巨人又一次举起一块岩石，比上次还要大得多，把它飞旋着扔过来；岩石来势很猛，仅仅擦过船上的舵，落到黑船后面；波涛涌起，把船前冲，推到海岛旁边；在海岛上我们留下的排桨的船只正集合在一起等待我们回来；伙伴们都坐在那里，哭泣着怀念我们；我们的船到达海岛，停在沙岸上；我们上岸，把从弯船里带出来的独目巨人的羊群分掉，每人都得到他应有的一份；穿戴甲胄的伙伴们在分羊时又把那头公羊例外送给我一个人；我在岸上就供献了这头羊，把羊股肉烧了，献给那乌云之神阎阆之神宙斯，但是宙斯并没有接纳我的祭礼，而是打算要把一切排桨的船和我的忠实伙伴都毁掉。

"这一整天，一直到日落时分，我们坐着吃喝大量的肉和甜酒；后来太阳落下，夜色降临，我们就在海岸上睡觉；当那初生的有红指甲的曙光刚刚呈现的时候，我叫起伙伴们，吩咐他们上船，解开船缆；他们立刻上船，在桨位上按次序坐好，用桨打着幽暗的海水。我们继续航行，心情沉重，庆幸自己逃脱死亡，但是丢掉了一些亲爱的伙伴。"

（选自《奥德修纪》，杨宪益译，
上海译文出版社 1982 年版）

荷马史诗导读

　　荷马史诗是欧洲最早的大型文学著作,由《伊利昂纪》和《奥德修纪》这两部史诗组成,各24卷。相传公元前12世纪末,希腊阿开亚人和小亚细亚的特洛亚人发生了一场时达10年的战争,战争以希腊人取胜、特洛亚城被毁告终。这次战争已被上世纪的考古学家的实地发掘所证实。特洛亚战争之后,民间开始流传有关战争的英雄业绩的短歌,在流传过程中,又掺合了一些神话传说,并成为行吟歌手咏唱的题材。大约前8、9世纪,传说有一个叫荷马的盲诗人在行吟歌手唱本的基础上,进一步加工整理,把这些故事缀合成有完整情节的大型史诗。关于荷马其人,现在尚无可靠的资料可以证实或否定他的存在;从史诗所反映的社会内容看,历史跨度较大,不大可能是个人的创作,但从史诗的统一风格、人物性格的完整性,以及高度的艺术技巧来看,这一难度很大的整理工作不是一般人所能完成的,荷马很可能就是史诗中所描写的那种职业歌手中的出类拔萃者。至于史诗正式成文,是在公元前6世纪。我们今天看到的史诗则是公元前3世纪亚历山大里亚学者的最后定本。

　　《伊利昂纪》和《奥德修纪》是既相互独立又相互关联的姊妹篇。它们都以特洛亚战争为题材,但只截取片断加以重点描写。《伊利昂纪》以战争为中心,主要表现氏族领袖的英雄品质。它描写的是10年战争的最后一年中的51天所发生的事件,以希腊联军统帅阿伽门农夺取联军最英勇的将领阿喀琉斯心爱的女俘而引起后者愤怒开始,至特洛亚王普里阿摩斯赎回被阿喀琉斯杀死的赫克托耳的尸体举行葬礼结束。《奥德修纪》是以个人遭遇为中心,表现一场争夺和保卫私有财产的斗争。它着重描写奥德修战后返家

10 年漂泊的最后 40 天所发生的事件,以中途倒叙的方式交代主人公在海上的种种奇遇和苦难,以及叙述了他潜回家后杀死向他妻子求婚并挥霍他财产的贵族子弟的情形。

荷马史诗反映了希腊社会从原始公社部落制度到奴隶制度形成的演变过程。在社会组织方面,希腊原来分散的各部落开始联合成为一些小民族,但其内部的氏族、胞族和部落仍然保持着各自的独立性。阿伽门农虽然是联军统帅,但阿喀琉斯、奥德修等部落首领却可以保持独立的力量与他抗衡,并不听从他的一切命令。在经济方面,土地仍属公社所有,但随着人口的增加、农业扩展、手工业萌芽而"产生了财产上的差别,随之也就在古代自然长成的民主制内部产生了贵族分子。各个小民族,为了占有最好的土地,也为了掠夺战利品,进行着不断的战争;以俘虏充作奴隶,已成为公认的制度"(恩格斯:《家庭、私有制和国家的起源》,《马克思恩格斯选集》第 4 卷第 22 页)。特洛亚战争的起因当然不是为了争夺海伦(传说三女神争夺金苹果而特洛亚王子帕里斯把它判给了爱神,并在爱神帮助下拐骗了全希腊最美的女人海伦,遂引起希腊愤怒而攻打特洛亚),而是为了攫夺家畜、奴隶和财宝。在荷马时代,这种海盗式的掠夺是正常的营生,被认为是值得歌颂的生财之道。因此,荷马在描写这场战争的双方时,并没有区分正义和非正义。在政治方面,希腊联军实行的是军事民主制度。史诗中的人民大会就是讨论战争问题的民主形式。在家庭伦理方面,父权制已确立,妇女的地位不断下降。在《奥德修纪》中,"可以看到特里曼殊是怎样打断他母亲的话并迫使她缄默"(同上,第 58 页),一夫一妻制已经形成,奥德修的妻子坚守贞操在家等候丈夫归来成为受到赞扬的道德规范。此外,史诗还描写了当时社会的生产力发展状况,如冶炼、铸造、园艺、酿酒等农业、手工业生产技艺已达到很高水平。宗教仪式、葬礼习俗、体育竞赛等社会风俗在史诗中也得到具体生动的反映。因此,史诗具有很高的历史认识价值。

史诗的主题是歌颂氏族领袖的英雄品质。在荷马时代,理想化的英雄应具备英勇尚武、机智善谋、富于集体主义精神的基本品质。史诗中的英雄正是这种道德规范的生动体现。史诗中的英雄也为个人利益打算,阿喀琉斯拒绝出征而造成希腊军队的溃败是由于他的私利遭到侵犯;而奥德修杀戮众贵族更是由于他的私有财产受到侵吞的危险。史诗作者并不谴责私有观念(当然也不能损害集体利益),这说明当时的私有制已经开始形成。

　　史诗反映了古希腊人对神、对命运的看法和对生活的积极乐观的态度。史诗中的神虽然有至高无上的权威,常常决定着人的命运,但是人本主义思想在史诗中同样表现得很突出。神并不是完美无缺的,有时甚至比人的弱点更多;而基本代表人的力量的英雄却表现得无畏无惧,敢于与天命抗争。

　　荷马史诗的艺术成就对欧洲文学的发展具有开拓性的伟大意义。

　　史诗的结构证明史诗的创作已进入自由阶段。结构的严谨、巧妙主要表现在:一、史诗构思的统一。史诗的情节始终紧紧围绕着一个主要事件展开,被亚里斯多德称之为"整一性的行动"。荷马在《伊利昂纪》中称这部史诗的主题是"阿喀琉斯的愤怒"。其实,"愤怒"并非是主题,而是结构史诗的主要线索,史诗中的其他内容都是从这一主线枝蔓开来的,而又不游离于外。二、史诗剪裁的巧妙。两部史诗各截取特洛亚战争或战争后的一个片断,把10年时间内发生的事件在几十天之内通过一个完整的情节加以表现,而对这几十天发生的事件的描述又有所侧重。例如《伊利昂纪》中51天的内容,其第25天至第27天占了15卷,即全诗的一半以上。三、史诗叙述方法的丰富多样。《伊利昂纪》基本上采取顺序方法;《奥德修纪》则采用中途倒叙的方法,主人公的10年漂泊生涯是他临到家前追叙的,其间又把奥德修羁旅在外的情形与家中的事变交叉起来表现,这样不但使全诗的结构富于变化,又可造成一种紧迫的情势,加强了艺术效果。

荷马史诗的表现手法是丰富多彩的。比喻在史诗中运用得极其广泛,并且很有特色:形象生动,其自身往往能组成一个完整的画面,被称之为"荷马式比喻"。描写手法多样化,粗线条的场面勾勒,精细入微的细节刻画,正面娓娓动听的描绘,侧面迂回的烘托,都运用得十分自如。如《伊利昂纪》,描写两军对垒,重气势,少雕琢;而描写普里阿摩斯赎尸,却精刻细镂,着重表现人物的心理变化。荷马一般不放过精彩场面和人物的正面详尽描写,但有时却又惜墨如金,如描写海伦的倾国绝色,只是从特洛亚元老的侧面议论"她真像一位女神,怪不得人们为她进行长久而痛苦的战争"来烘托海伦之美。莱辛曾对这种以效果来写美的手法大加赞赏:"能叫冷心肠的老年人承认为她战争,流了许多血和泪,是值得的,有什么比这段叙述还能引起更生动的意象呢?"

史诗成功地塑造了一系列人物形象。黑格尔曾说:"在荷马的作品里,每一个英雄都是许多性格特征的充满生气的总和。……每个人都是一个整体,本身就是一个世界,每个人都是一个完满的有生气的人,而不是某种孤立的性格特征的寓言式的抽象品。"阿喀琉斯易怒任性,私心很重,为了一个女俘竟不顾希腊联军的成败大局,拒绝出战;他暴躁凶恶,为了泄愤,将被他杀死的赫克托耳的尸体拖在战车后面绕城三匝。但他又不失忠诚友爱之情,仁慈怜悯之心,他对好友帕特洛克罗斯情深义重;当特洛亚老王普里阿摩斯跪在他面前哭求赎还儿子尸体时,不禁恻隐之心油生,成全了可怜的老人。赫克托耳武艺超群而又成熟持重,他为了保卫特洛亚、维护战士的尊严,拒绝了亲人的哀告劝阻,义无反顾地出城迎战,战斗到生命最后一刻,比起阿喀琉斯来,他更富于责任心和人情味。奥德修机智勇敢,心眼精细,处事冷静。他的智慧在史诗中常常表现为要诡计、说谎话,并屡试不爽,帮助他数度难关,克敌制胜。他的组织才能和政治手腕使奴隶们忠实地为他服务,成为威望颇高的氏族首领。

荷马史诗在形式上是纯客观地描述故事情节,除了"序诗"外,诗人不直接出面议论,描述对象时也不直接加以褒贬。亚里斯多德称赞荷马懂得"史诗诗人应尽量少用自己的身份说明"。这并不意味史诗创作没有反映作者的主观理想。相反,诗人是通过情节本身和艺术形象去反映理想的。史诗夸张了英雄的伟业,这种夸张体现了这一时代人们的心理要求,他们希望史诗中的英雄成为他们民族的楷模,因此,英雄的性格是民族创造出来的。人物的性格既是凭强烈的想像加以理想化的,所以被创造得很崇高。这样,史诗的风格有一种理想的美、精神的美、崇高的美。这种美有它特定的时代特征,是后世任何创作都无法复制的,具有永久的魅力。

(翁长浩)

索福克勒斯

俄狄浦斯王

五　第二场

⋯⋯⋯⋯

伊俄卡斯忒　主上啊，看在天神面上，告诉我你为什么这样生气？

俄狄浦斯　我这就告诉你；因为我尊重你胜过尊重那些人，原因就是克瑞翁
　　在谋害我。

伊俄卡斯忒　往下说吧，要是你能说明这场争吵为什么应当由他负责。

俄狄浦斯　他说我是杀害拉伊俄斯的凶手。

伊俄卡斯忒　是他自己知道的，还是听旁人说的？

俄狄浦斯　都不是；是他收买了一个无赖的先知喉舌；他自己的喉舌倒是清
　　白的。

伊俄卡斯忒　你所说的这件事，你尽可放心；你听我说下去，就会知道，并没
　　有一个凡人能精通预言术。关于这一点，我可以给你一个简单的证据。

　　　　有一次，拉伊俄斯得了个神示——我不能说那是福玻斯亲自说的，
　　只能说那是他的祭司说出来的①——他说厄运会向他突然袭来，叫他

---

① 伊俄卡斯忒是很敬神的，但是她为了神示的缘故牺牲了自己的婴儿，还救不了
　她的丈夫；这件事使她相信只有天神才能知道未来，凡人是没有预知的本领
　的。所以她现在说，那神示并不是福玻斯亲自说出的，而是祭司假造的。

死在他和我所生的儿子手中①。

可是现在我们听说，拉伊俄斯是在三岔路口被一伙外邦强盗杀死的；我们的婴儿，出生不到三天，就被拉伊俄斯钉住左右脚跟，叫人丢在没有人迹的荒山里了。

既然如此，阿波罗就没有叫那婴儿成为杀父亲的凶手，也没有叫拉伊俄斯死在儿子手中——这正是他害怕的事。先知的话结果不过如此，你用不着听信。凡是天神必须作的事，他自会使它实现，那是全不费力的。

俄狄浦斯　夫人，听了你的话，我心神不安，魂飞魄散。

伊俄卡斯忒　什么事使你这样吃惊，说出这样的话？

俄狄浦斯　你好像是说，拉伊俄斯被杀是在一个三岔路口。

伊俄卡斯忒　故事是这样；至今还在流传。

俄狄浦斯　那不幸的事发生在什么地方？

伊俄卡斯忒　那地方叫福喀斯，通往得尔福和道利亚的两条岔路在那里会合。

俄狄浦斯　事情发生了多久了？

伊俄卡斯忒　这消息是你快要作国王的时候向全城公布的。

俄狄浦斯　宙斯啊，你打算把我怎么样呢？

伊俄卡斯忒　俄狄浦斯，这件事怎么使你这样发愁？

俄狄浦斯　你先别问我，倒是先告诉我，拉伊俄斯是什么模样，有多大年纪？

伊俄卡斯忒　他个子很高，头上刚有白头发；模样和你差不多。

俄狄浦斯　哎呀，我刚才像是凶狠的诅咒了自己，可是自己还不知道。

伊俄卡斯忒　你说什么？主上啊，我看着你在发抖啊。

俄狄浦斯　我真怕那先知的眼睛并没有瞎。你再告诉我一件事，事情就更清楚了。

伊俄卡斯忒　我虽然在发抖，你的话我一定会答复的。

---

①　神示这样说："拉布达科斯的儿子拉伊俄斯啊，我答应你的请求，给你一个儿子；但是你要小心你命中注定会死在你儿子手中！这命运是宙斯注定的；因为他听了珀罗普斯的诅咒，珀罗普斯抱怨你杀死了他的儿子，想要复仇，才祈求宙斯给你这样的命运。"拉伊俄斯曾拐带珀罗普斯的儿子克律西波斯，这孩子一离家就自杀了。这是拉伊俄斯一家人的灾难的根源。

俄狄浦斯 他只带了少数侍从,还是像一位国王那样带了许多卫兵?

伊俄卡斯忒 一共五个人,其中一个是传令官,还有一辆马车,是给拉伊俄斯坐的。

俄狄浦斯 哎呀,真相已经很清楚了!夫人啊,这消息是谁告诉你的?

伊俄卡斯忒 是一个仆人,只有他活着回来了。

俄狄浦斯 那仆人现在还在家里吗?

伊俄卡斯忒 不在;他从那地方回来以后,看见你掌握了王权,拉伊俄斯完了,他就拉着我的手,求我把他送到乡下,牧羊的草地上去,远远的离开城市。我把他送去了。他是个好仆人,应当得到更大的奖赏。

俄狄浦斯 我希望他回来,越快越好!

伊俄卡斯忒 这倒容易;可是你为什么希望他回来呢?

俄狄浦斯 夫人,我是怕我的话说得太多了,所以想把他召回来。

伊俄卡斯忒 他会回来的;可是,主上啊,你也该让我知道,你心里到底有什么不安。

俄狄浦斯 你应该知道我是多么忧虑。碰上这样的命运,我还能把话讲给哪一个比你更应该知道的人听?

我父亲是科任托斯人,名叫波吕玻斯,我母亲是多里斯人,名叫墨洛珀。我在那里一直被尊为公民中的第一个人物,直到后来发生了一件意外的事——那虽是奇怪,倒ся值不得放在心上。那是在某一次宴会上,有个人喝醉了,说我是父亲的冒名儿子。当天我非常烦恼,好容易才忍耐住;第二天我去问我的父母,他们因为这辱骂对那乱说话的人很生气。我虽然满意了,但是事情总是使我很烦恼,因为诽谤的话到处都在流传。我就瞒着父母,去到皮托,福玻斯没有答复我去求问的事,就把我打发走了;可是他却说了另外一些预言,十分可怕,十分悲惨,他说我命中注定要玷污我母亲的床榻,生出一些使人不忍看的儿女,而且会成为杀死我的生身父亲的凶手。

我听了这些话,就逃往外地去,免得看见那个会实现神示所说的耻辱的地方,从此我就凭着天象测量科任托斯的土地。我在旅途中来到你所说的国王遇害的地方。夫人,我告诉你真实情况吧。我走近三岔路口的时候,碰见一个传令官和一个坐马车的人,正像你所说的。那领路的和那老年人态度粗暴,要把我赶到路边。我在气愤中打了那个推我的人——

那个驾车的;那老年人看见了,等我经过的时候,从车上用双尖头的刺棍朝我头上打过来。可是他付出了一个不相称的代价,立刻挨了我手中的棍子,从车上仰面滚下来了;我就把他们全杀死了。

如果我这客人和拉伊俄斯有了什么亲属关系,谁还比你更可怜?谁还比我更为天神所憎恨?没有一个公民或外邦人能够在家里接待我,没有人能够和我交谈,人人都得把我赶出门外。这诅咒不是别人加在我身上的,而是我自己。我用这双手玷污了死者的床榻,也就是用这双手把他杀死的。我不是个坏人吗?我不是肮脏不洁吗?我得出外流亡,在流亡中看不见亲人,也回不了祖国;要不然,就得娶我的母亲,杀死那生我养我的父亲波吕玻斯。

如果有人断定这些事是天神给我造成的,不也说得正对吗?你们这些可敬的神圣的神啊,别让我,别让我看见那一天!在我没有看见这罪恶的污点沾到我身上之前,请让我离开尘世。

歌队长　在我们看来,主上啊,这件事是可怕的,但是在你还没有向那证人打听清楚之前,不要失望。

俄狄浦斯　我只有这一点希望了,只好等待那牧人。

伊俄卡斯忒　等他来了,你想打听什么?

俄狄浦斯　告诉你吧:他的话如果和你的相符,我就没有灾难了。

伊俄卡斯忒　你从我这里听出了什么不对头的话呢?

俄狄浦斯　你曾告诉我,那牧人说过杀死拉伊俄斯的是一伙强盗。如果他说的还是同样的人数,那就不是我杀的了;因为一个总不等于许多。如果他只说是一个单身的旅客,这罪行就落在我身上了。

伊俄卡斯忒　你应该相信,他是那样说的;他不能把话收回;因为全城的人都听见了,不单是我一个人。即使他改变了以前的话,主上啊,也不能证明拉伊俄斯的死和神示所说的真正相符;因为罗克西阿斯说的是,他注定要死在我儿子手中,可是那不幸的婴儿没有杀死他的父亲,倒是自己先死了。从那时以后,我就再不因为神示而左顾右盼了。

俄狄浦斯　你的看法对。不过还是派人去把那牧人叫来,不要忘记了。

伊俄卡斯忒　我马上派人去。我们进去吧。凡是你所喜欢的事我都照办。

　　　　俄狄浦斯偕众侍从进宫,伊俄卡斯忒偕侍女随入。

七　第三场

　　　　俄狄浦斯偕众侍从自宫中上。

俄狄浦斯　啊,伊俄卡斯忒,最亲爱的夫人,为什么把我从屋里叫来?

伊俄卡斯忒　请听这人说话,你一边听,一边想天神的可怕的预言成了什么东西了。

俄狄浦斯　他是谁?有什么消息见告?

伊俄卡斯忒　他是从科任托斯来的,来讣告你父亲波吕玻斯不在了,去世了。

俄狄浦斯　你说什么,客人?亲自告诉我吧。

报信人　如果我得先把事情讲明白,我就让你知道,他死了,去世了。

俄狄浦斯　他是死于阴谋,还是死于疾病?

报信人　天平稍微倾斜,一个老年人便长眠不醒。

俄狄浦斯　那不幸的人好像是害病死的。

报信人　并且因为他年高寿尽了。

俄狄浦斯　啊!夫人呀,我们为什么要重视皮托的颁布预言的庙宇,或空中啼叫的鸟儿呢?它们曾指出过我命中注定要杀我父亲。但是他已经死了,埋进了泥土;我却还在这里,没有动过刀枪。除非说他是因为思念我而死的,那么倒是我害死了他。这似灵不灵的神示已被波吕玻斯随身带着,和他一起躺在冥府里,不值半文钱了。

伊俄卡斯忒　我不是早就这样告诉了你吗?

俄狄浦斯　你倒是这样说过,可是,我因为害怕,迷失了方向。

伊俄卡斯忒　现在别再把这件事放在心上了。

俄狄浦斯　难道我不该害怕玷污我母亲的床榻吗?

伊俄卡斯忒　偶然控制着我们,未来的事又看不清楚,我们为什么惧怕呢?最好尽可能随随便便的生活。别害怕你会玷污你母亲的婚姻;许多人曾在梦中娶过母亲;但是那些不以为意的人却安乐的生活。

俄狄浦斯　要不是我母亲还活着,你这话倒也对;可是她既然健在,即使你说得对,我也应当害怕啊!

伊俄卡斯忒　可是你父亲的死总是个很大安慰。

俄狄浦斯　我知道是个很大的安慰,可是我害怕那活着的妇人。

报信人　你害怕的妇人是谁呀?

俄狄浦斯　老人家,是波吕玻斯的妻子墨洛珀。

报信人　她哪一点使你害怕?

俄狄浦斯　啊,客人,是因为神送来的可怕的预言。

报信人　说得说不得?是不是不可以让人知道?

俄狄浦斯　当然可以。罗克西阿斯曾说我命中注定要娶自己的母亲,亲手杀
　　　　死自己的父亲。因此多年来我远离着科任托斯。我在此虽然幸福,可是看
　　　　见父母的容颜是件很大的乐事啊。

报信人　你真的因为害怕这件事,离开了那里?

俄狄浦斯　啊,老人家,还因为我不想成为杀父的凶手。

报信人　主上啊,我怀着好意前来,怎么不能解除你的恐惧呢?

俄狄浦斯　你依然可以从我手里得到很大的应得的报酬。

报信人　我是特地为此而来的,等你回去的时候,我可以得到一些好处呢。

俄狄浦斯　但是我决不肯回到父母家里。

报信人　年轻人!显然你不知道你在作什么。

俄狄浦斯　怎么不知道呢,老人家?看在天神面上,告诉我吧。

报信人　如果你是为了这个缘故不敢回家。

俄狄浦斯　我害怕福玻斯的预言在我身上应验。

报信人　是不是害怕因为杀父娶母而犯罪?

俄狄浦斯　是的,老人家,这件事一直在吓唬我。

报信人　你知道你没有理由害怕么?

俄狄浦斯　怎么没有呢,如果我是他们的儿子?

报信人　因为你和波吕玻斯没有血统关系?

俄狄浦斯　你说什么?难道波吕玻斯不是我的父亲?

报信人　正像我不是你的父亲,他也同样不是。

俄狄浦斯　我的父亲怎能和你这个同我没关系的人同样不是?

报信人　你不是他生的,也不是我生的。

俄狄浦斯　那么他为什么称呼我作他的儿子呢?

报信人　告诉你吧,是因为他从我手中把你当一件礼物接受了下来。

俄狄浦斯 但是他为什么十分爱别人送的孩子呢？

报信人 他从前没有儿子，所以才这样爱你。

俄狄浦斯 是你把我买来，还是把我捡来送给他的。

报信人 是我从喀泰戎峡谷里把你捡来送给他的。

俄狄浦斯 你为什么到那一带去呢？

报信人 我在那里放牧山上的羊。

俄狄浦斯 你是个牧人，还是个到处漂泊的佣工？

报信人 年轻人，那时候我是你的救命恩人。

俄狄浦斯 你把我抱在怀里的时候，我有没有什么痛苦？

报信人 你的脚跟可以证实你的痛苦。

俄狄浦斯 哎呀，你为什么提起这个老毛病？

报信人 那时候你的左右脚跟是钉在一起的，我给你解开了。

俄狄浦斯 那是我襁褓时期遭受的莫大的耻辱。

报信人 是呀，你是由这不幸而得到你现在的名字的。

俄狄浦斯 看在天神面上，告诉我，这件事是我父亲还是我母亲作的？你说。

报信人 我不知道；那把你送给我的人比我知道得清楚。

俄狄浦斯 怎么？你是从别人那里把我接过来的，不是自己捡来的吗？

报信人 不是自己捡来的，是另一个牧人把你送给我的。

俄狄浦斯 他是谁？你指得出来吗？

报信人 他被称为拉伊俄斯的仆人。

俄狄浦斯 是这地方从前的国王的仆人吗？

报信人 是的，是国王的牧人。

俄狄浦斯 他还活着吗？我可以看见他吗？

报信人 （向歌队）你们这些本地人应当知道得最清楚。

俄狄浦斯 你们这些站在我面前的人里面，有谁在乡下或城里见过他所说的牧人，认识他？赶快说吧！这是水落石出的时机。

歌队长 我认为他所说的不是别人，正是你刚才要找的乡下人；这件事伊俄卡斯忒最能够说明。

俄狄浦斯 夫人，你还记得我们刚才想召见的人吗？这人所说的是不是他？

伊俄卡斯忒 为什么问他所说的是谁？不必理会这事。不要记住他的话。

俄狄浦斯 我得到了这样的线索，还不能发现我的血缘，这可不行。

伊俄卡斯忒　看在天神面上,如果你关心自己的性命,就不要再追问了;我自
　　　　己的苦闷已经够了。

俄狄浦斯　你放心,即使发现我母亲三世为奴,我有三重奴隶身份,你出身也
　　　　不卑贱。

伊俄卡斯忒　我求你听我的话,不要这样。

俄狄浦斯　我不听你的话,我要把事情弄清楚。

伊俄卡斯忒　我愿你好,好心好意劝你。

俄狄浦斯　你这片好心好意一直在使我苦恼。

伊俄卡斯忒　啊,不幸的人,愿你不知道你的身世。

俄狄浦斯　谁去把牧人带来?让这个女人去赏玩她的高贵门第吧!

伊俄卡斯忒　哎呀,哎呀,不幸的人呀!我只有这句话对你说,从此再没有别
　　　　的话可说了!

伊俄卡斯忒冲进宫。

歌队长　俄狄浦斯,王后为什么在这样忧伤的心情下冲了进去?我害怕她这
　　　　样闭着嘴,会有祸事发生。

俄狄浦斯　要发生就发生吧!即使我的出身卑贱,我也要弄清楚。那女人——
　　　　女人总是很高傲的——她也许因为我出身卑贱感觉羞耻。但是我认为我
　　　　是仁慈的幸运的宠儿,不至于受辱。幸运是我的母亲;十二个月份是我的
　　　　弟兄,他们能划出我什么时候渺小什么时候伟大。这就是我的身世,我决
　　　　不会被证明是另一个人;因此我一定要追问我的血统。

九　第四场

俄狄浦斯　长老们,如果让我猜想,我以为我看见的是我们一直在寻找的牧
　　　　人,虽然我没有见过他。他的年纪和这客人一般大;我并且认识那些带路
　　　　的是自己的仆人。(向歌队长)也许你比我认识得清楚,如果你见过这牧
　　　　人。

歌队长　告诉你吧,我认识他;他是拉伊俄斯家里的人,作为一个牧人,他和
　　　　其他的人一样可靠。

众仆人带领牧人自观众左方上。

俄狄浦斯　啊,科任托斯客人,我先问你,你指的是不是他?

报信人　我指的正是你看见的人。

俄狄浦斯　喂,老头儿,朝这边看,回答我问你的话。你是拉伊俄斯家里的人吗?

牧人　我是他家养大的奴隶,不是买来的。

俄狄浦斯　你干的什么工作,过的什么生活?

牧人　大半辈子牧羊。

俄狄浦斯　你通常在什么地方住羊棚?

牧人　有时候在喀泰戎山上,有时候在那附近。

俄狄浦斯　还记得你在那地方见过这人吗?

牧人　见过什么?你指的是哪个?

俄狄浦斯　我指的是眼前的人;你碰见过他没有?

牧人　我一下子想不起来,不敢说碰见过。

报信人　主上啊,一点也不奇怪。我能使他清清楚楚回想起那些已经忘记了的事。我相信他记得他带着两群羊,我带着一群羊,我们在喀泰戎山上从春天到阿耳克图洛斯初升的时候作过三个半年朋友①。到了冬天,我赶着羊回我的羊圈,他赶着羊回拉伊俄斯的羊圈。(向牧人)我说的是不是真事?

牧人　你说的是真事,虽是老早的事了。

报信人　喂,告诉我,还记得那时候你给了我一个婴儿,叫我当自己的儿子养着吗?

牧人　你是什么意思?干吗问这句话?

报信人　好朋友,这就是他,那时候是个婴儿。

牧人　该死的家伙!还不快住嘴!

俄狄浦斯　啊,老头儿,不要骂他,你说这话倒是更该挨骂!

牧人　好主上啊,我有什么错呢?

---

① 阿耳克图洛斯是北极上空农夫星座最亮的星(即大角星),在秋分前几天出现叫作晨星,又在春分前几天出现,叫作晚星。波吕玻斯的牧人于3月间从科任托斯赶羊上喀泰戎山,在那里遇见拉伊俄斯的牧人,后者是从忒拜平原来的。他们在山上住了6个月,直至9月中晨星出现时,他们才各自赶着羊回家。

俄狄浦斯　因为你不回答他问你的关于那孩子的事。

牧人　他什么都不晓得，却要多嘴，简直是白搭。

俄狄浦斯　你不痛痛快快回答，要挨了打哭着回答！

牧人　看在天神面上，不要拷打一个老头子。

俄狄浦斯　（向侍众）还不快把他的手反绑起来？

牧人　哎呀，为什么呢？你还要打听什么呢？

俄狄浦斯　你是不是把他所问的那孩子给了他？

牧人　我给了他；愿我在那一天就瞎了眼！

俄狄浦斯　你会死的，要是你不说真话。

牧人　我说了真话，更该死了。

俄狄浦斯　这家伙好像还想拖延时间。

牧人　我不想拖延时间，我刚才已经说过我给了他。

俄狄浦斯　哪里来的？是你自己的，还是从别人那里得来的？

牧人　这孩子不是我自己的，是别人给我的。

俄狄浦斯　哪个公民，哪家给你的？

牧人　看在天神面上，不要，主人啊，不要再问了！

俄狄浦斯　如果我再追问，你就活不成了。

牧人　他是拉伊俄斯家里的孩子。

俄狄浦斯　是个奴隶，还是个亲属？

牧人　哎呀，我要讲那怕人的事了！

俄狄浦斯　我要听那怕人的事了！也只好听下去。

牧人　人家说是他的儿子，但是里面的娘娘，主上家的，最能告诉你是怎么回事。

俄狄浦斯　是她交给你的吗？

牧人　是，主上。

俄狄浦斯　是什么用意呢？

牧人　叫我把他弄死。

俄狄浦斯　作母亲的这样狠心呢？

牧人　因为她害怕那不吉利的神示。

俄狄浦斯　什么神示？

牧人　人家说他会杀他父亲。

俄狄浦斯　你为什么又把他送给了这老人呢？

牧人　主上啊，我可怜他，我心想他会把他带到别的地方——他的家里去；哪知他救了他，反而闯了大祸。如果你就是他所说的人，我说，你生来是个受苦的人啊！

俄狄浦斯　哎呀！哎呀！一切都应验了！天光呀，我现在向你看最后一眼[①]！我成了不应当生我的父母的儿子，娶了不应当娶的母亲，杀了不应当杀的父亲。

（选自《索福克勒斯悲剧二种》，罗念生译，

人民文学出版社 1961 年版）

《俄狄浦斯王》导读

索福克勒斯（公元前 496——公元前 406）是古希腊三大悲剧诗人之一。他生活于雅典奴隶制民主国家全盛时期，与当时雅典最高领导者、工商业民主派领袖伯里克理斯过往甚密，曾被选为雅典十将军之一。

他 28 岁时，在戏剧比赛中赢了"悲剧之父"的埃斯库罗斯。过了 27 年之后，输给了另一悲剧家欧里庇得斯。他一共得头奖、次奖 24 次，大约写过 130 出悲剧和羊人剧，但传下来的只有 7 部悲剧：《埃阿斯》、《安提戈涅》、《俄狄浦斯王》、《厄勒克特拉》、《特刺喀斯少女》、《菲罗克忒斯》和《俄狄浦斯在科罗诺斯》。他的悲剧充满反对僭主专制、提倡民主的精神。

索福克勒斯不写神而写英雄，强调个人可以反抗命运。他擅长"锁闭式"的戏剧结构，用"回顾"、"发现"、"突转"使剧情紧凑；他把演员从 2 个增加到 3 个；他重视动作，曾把许多可怕的场景介绍到

---

① 　这不仅暗示他弄瞎眼睛，并且暗示他要自杀。

前场,增加观众的恐怖感;他打破埃斯库罗斯的"三部曲"形式,写出三出独立的悲剧;他发明了转台,以便更换地点;他改进了剧中的音乐,介绍了一些小亚细亚曲调。由于他对古希腊悲剧发展的卓越贡献,因而享有"戏剧界的荷马"之称。

《俄狄浦斯王》是他的代表作,取材于由杂婚的母权制家庭向父权制过渡时期产生的英雄传说。剧本叙述忒拜的国王拉伊俄斯和他妻子伊俄卡斯忒无子,求问阿波罗神。阿波罗答应赐他一子,但预言其子将犯杀父娶母之罪。既生子,拉伊俄斯夫妇就叫牧羊人把这孩子丢往山中,并把他的左右脚跟钉在一起,欲置他于死地。不料老牧人出于怜悯,却把孩子交给了在山中结识的伙伴、科任托斯国王波吕玻斯的牧羊人。波吕玻斯无子,把这孩子收为自己的儿子。俄狄浦斯长大后,听说他不是科任托斯国王的儿子,去问阿波罗神。阿波罗没有指出他的父母是谁,但告诉他说,他会杀父娶母。他一心反抗命运,离开科任托斯出走,途中杀了忒拜城的国王拉伊俄斯,并来到忒拜城,猜破了狮身人面女妖斯芬克斯的谜语,为忒拜人解除了灾难,被他们拥戴为王,娶了王后伊俄卡斯忒——即他的生母为妻。后来,忒拜发生了瘟疫,俄狄浦斯派人去求神示,神示说瘟疫是由杀害拉伊俄斯的凶手污染造成的,必须把凶手驱逐出境,瘟疫才能平息。他诚心为忒拜谋福,想尽办法追查凶手。追究的结果,终于真相大白。原来凶手就是他自己,他犯了杀父娶母的大罪。伊俄卡斯忒羞愧自杀,俄狄浦斯刺瞎双目,自愿放逐。

剧中的俄狄浦斯是作者着力塑造、并倾注了全部同情的一个理想的开明君主的形象。他聪明诚实,勇于承担责任。他猜破了女妖斯芬克斯之谜,为忒拜除了一大害;他为全国发生大瘟疫忧心忡忡,坐立不安,彻夜难眠,同居民代表一起商量解除灾难的办法,他的信念是"一个人最大的事业也就是尽他所能,尽他所有帮助别人"。为了消弭灾难,他派人去请求神示,表示"我若是不完全按天神的启示行事,我就算失德"。得知神示后,他毫不犹豫,立即追查凶手,并发誓:"假如他(指凶手)是我家里的人,我愿忍受我刚才加在别人身上的诅咒。"表现了他不惜任何代价寻求真相的决心。当追查越来越不利于他的时候,没有半途而废,而是一追到底,完全不顾自己的痛苦。一旦真相大白时,他勇敢承担罪责,严厉惩罚自己,实现了自己的诺言。

古希腊悲剧的基本特点之一是人与命运的冲突贯穿始终。索福克勒斯不同于前辈作家的是,他虽写命运存在,但强调的是对命运的怀疑,指出它的不合理,肯定人与命运斗争中的主观意志,即人物所表现的知其不可为而为之的精神。俄狄浦斯是一位敢于对命运进行积极反抗的人物,当得知神示他将命中注定犯杀父娶母的罪行后,他便以坚强的毅力和积极的行动,抛弃荣华富贵,极力逃避和反抗。当报信人向他报告了科任托斯国王波吕玻斯的死讯,他虽然"解除"了杀父的顾虑,但还怕娶母的厄运会降临自己的头上,因此仍然不愿回家去继承王位。剧本通过对俄狄浦斯形象的塑造,诅咒了命运的不公正,谴责了神的邪恶,表彰了俄狄浦斯的英雄行为,反映了人类在自然斗争和社会斗争中的积极态度。作品同时说明,古希腊人受着当时各种条件的限制,不能很好认识自然现象和社会现象,掌握自己的命运,即使像俄狄浦斯这样聪慧、开明的君主,也逃脱不了神和命运的摆布。这就是索福克勒斯的命运观。

《俄狄浦斯王》具有情节生动和布局巧妙的特点。剧本以"命运"作为情节暗线,通过一件件具有具体的动作为其特征的事件(如得子、弃子、成为王子、杀父、破谜、继位、娶母、瘟疫、追查凶手、伊俄卡斯忒的自杀、俄狄浦斯的疯狂、刺瞎双眼等等),展开错综复杂的矛盾,使矛盾解了又结,结了又解,情节波澜起伏,一浪高过一浪地向前发展。剧本采用"倒叙法",让悲剧情节在俄狄浦斯"杀父娶母"的命运完全成了事实以后开始。巧妙地运用"突转"和"悬念"等戏剧手法,以"谜"为中心展开故事,惊心动魄,扣人心弦。俄狄浦斯用智慧解开了斯芬克斯之谜,却也因此走进了可怕的命运迷宫之中:他为戒拜除害,依例娶了被自己杀死的父亲的遗孀——母亲伊俄卡斯忒,被百姓奉若神明,却又面临着老国王之死的谜。第一场先知说强盗就是俄狄浦斯,是不是呢?先知又说,这个凶手注定要杀父娶母,最后他将刺瞎双眼,到处流浪,会不会这样?第二场,王后安慰俄狄浦斯,叫他别信神示,因为他和先王生的儿子早就扔进山沟,而先王是在路上被一伙强盗杀死的。这好像解决了一个问题,其实反而引起了更新的悬念;先王是"一伙"强盗杀了的,还是"一个"强盗杀了的?生还的人是谁?他如今又在哪里?他会不会回来与俄狄浦斯对证?第三场,科任托斯城来人报信;俄狄浦斯的父亲病死了,王后与俄狄浦斯大为高兴。这里,悬念似乎一下子都解开了,但报信人的一句"你与父亲没有血缘关系!"又把新悬念提了出来:把我交给你的那个牧人是谁?为什么父母要把我扔掉?第四场,两个牧人对质,牧人被迫说真话,一问一答,戏剧推向高潮,谜底解开,真相大白,俄狄浦斯惊呼:"哎呀!哎呀!一切都应验了!天光呀,我现在向你看最后一眼!我成了不应当生我的父母的儿子,娶了不应当娶的母亲,杀了不应当杀的父亲。"情节到此结束,悲剧达到了高潮。在这一"谜"语式结构中,人物的动作对话无不围绕着解"谜"而展开,一切悬念无不由此而生。

(陈伯通)

维吉尔

埃涅阿斯纪

卷　四

　　但是谁能瞒骗一个热恋中的人呢？狄多女王已经预感到有阴谋，她第一个察觉到将要发生某些行动，她居安而思危。还是那个可诅咒的法玛女神向她报告说，特洛亚的船队已经准备就绪，特洛亚人已经要上路了。女王听了，如疯如狂，失去理智，激忿之下，满城狂奔，就像个酒神的女信徒兴奋地挥舞着酒神的神器，在两年一度的酒神节上听到呼喊酒神的名字，酒神所居的奇泰隆山黑夜里又发出狂欢声号召着她，而使她兴奋如狂。最后，她不等埃涅阿斯开口，就先对他说道："忘恩负义的人，你当真相信你能够掩盖这么大的一件罪恶勾当而悄悄地离开我的国土么？难道我对你的爱情，不久前的山盟海誓，以及等待我狄多的惨死——难道这些都留你不住么？你就一定要在这隆冬季节准备船只，冒着北风匆匆忙忙地出航么？你好狠心啊！即使你追求的国土和家园不是你从未到过、从未见过的，即使特洛亚古国现在还屹立着，难道你也准备冲过这样的惊涛骇浪的大海前么？还是你想逃脱我呢？看在我流的眼泪和你的誓言的份上（可怜的我给我自己留下来的，除此以外没有其他东西了），看在我们的结合和已经举行的婚礼的份上，如果我还值得你感谢或我还有些什么地方值得你喜悦，我请求你可怜可怜这个行将毁灭的家吧；如果你还听得进我的祈求，改变你的主意吧。就是因为你的原故，利比亚各族和努密底亚的君主们恨我，我自己的推罗人也和我作对；还是因为你的缘故，我丧失了节操和昔日的美誉，这些都是使我名垂不朽的东西啊。你要把我交到谁的手里去死啊，我的——好客人？（我现在只能用这个字眼来称呼你了，不能再叫你丈夫了。）我还呆在这世界上作什么？是不是等我的哥哥匹格玛利翁来毁灭我的城市，还是让雅尔巴斯把我掳去呢？至少，在你离开之前，如果我怀上你的骨肉，将来这小小的埃涅阿斯能在庭院里和我玩耍，而我看到他的相貌也就像看到你一样，那么我也至少不会感到我失去了一切和完全被抛弃了。"

狄多说完。埃涅阿斯由于尤比特的告诫，目不转睛，挣扎着把眷恋之情压在心底。最后，他简单扼要地说道："陛下，我绝不否认你的许多恩典，你可以一件件地数出来，件件值得我感谢。而且，埃丽莎，只要我还有记忆，只要生命还主宰着我的躯体，只要我想起你的时候，决不会感到后悔①的。现在我扼要地申述一下我的情况。我从未打算隐瞒我的行程而暗中离去，你切勿有如此想法，我也从未正式向你求亲，或缔结过婚约。如果命运允许我按我自己的意志安排生活，按我自己的希望处理问题，我第一件事就是为我的幸存的亲爱的同胞重建特洛亚城邦，让普利阿姆斯的巍峨的宫殿重新屹立，我要亲手复兴被征服的特洛亚人的城堡。但是现在阿婆罗的神谕命令我去占有广袤的意大利；我必须热爱意大利，它是我的祖国了。既然迦太基的城堡，利比亚都市的景色能留住你一个腓尼基人，为什么你却不肯让特洛亚人去意大利土地上定居呢？我们也有权利到国外去建立国家。每当夜幕和含露的暗影遮盖了大地，每当熠熠星斗升到天心的时候，我父亲安奇塞斯的魂魄常来入梦，激动地警告我，使我警惕；我想到我的亲爱的儿子阿斯卡纽斯，我若剥夺了他统治西土的权利，剥夺了命中注定属于他的国土，那就是对他的损害。而且现在尤比特亲自派来的神使（我以你我的生命担保）十万火急穿过太空带来了神的命令；我亲眼在大天光之下看见他进了城，我亲耳听到他的话。你不要埋怨了，免得你和我都不愉快，虽然违反我的意愿，我还是决定到意大利去。"

当埃涅阿斯说这些话的时候，狄多转过身去，对他侧目而视，两眼转来转去，用沉默的目光上上下下打量着他，然后这样怒气冲冲地对他说道："忘恩

---

① Piget 还有"恼恨"、"羞耻"的意思。

负义的人,你的母亲不是什么天神,达达努斯也不是你的什么祖先,你是那冥顽巉刻的高加索山生出来的,是许尔卡尼亚的老虎哺育的。我现在还遮遮掩掩做什么?还克制我自己做什么?难道还有什么更大的冤屈等着我么?我哭泣的时候,他叹过一口气吗?他看过我一眼吗?他洒过一滴同情之泪吗?他可怜过一个热爱着他的人吗?我也不知道先说哪件事好了!至高无上的尤诺也好,众神之父尤比特也好,眼看着这一切,却不主持公道。哪里都没有信义,一切都不可靠。当他被抛到我的海滩上的时候,他一无所有,是我收留了他,我一时糊涂,还给他分享我的王权。我把他的同伴们从死亡中拯救出来,归还了他的船队。(啊,我被复仇女神所左右,心中充满疯狂的怒火!)好啊,现在先知阿婆罗,现在阿婆罗的神谕,现在甚至尤比特都派了神使,穿过太空,传来这可怕的命令了。这些天上的神明可真不辞辛劳啊,如此操心,岂不惊忧了他们的安宁。好,我也不留你,我也不驳回你说的话;你去吧,趁着风去找你的意大利,渡过海去寻你的王国去吧。不过,如果正义的神灵还有威力的话,我但愿你有一天落到海上巉岩之间饮尽那报应的苦酒,一遍又一遍地呼唤狄多的名字。我虽然不在,也要擎着黑烟滚滚的火炬追来,即使冰冷的死亡把我的灵魂和肉体分开,不管你到什么地方,我的魂魄也会到来的。你是会受到惩罚的,你这狠心的人。我是会听到这消息的,在冥界的深处这消息是会传到我耳朵里来的。"她的话说到这里突然停止了,怀着悲怆之心离去,无影无踪,留下埃涅阿斯十分惊惶,不知所措,没有机会吐诉本来准备说的话。狄多晕厥过去了,女奴们抬起她的肢体,抬到她大理石的寝室,把她安放在卧榻之上。

但是埃涅阿斯出于对神的虔敬,虽然他很想安慰一下狄多,解除她的痛苦,用言语岔开她的哀愁,虽然他频频太息,为深情而心碎,但是他不得不服从天神的命令,又回到船上。接着特洛亚人就积极行动起来,把高大的船只沿着整片海滩拖下水去。油漆过的船头扎进了水里,他们这样急于要走,伐来了连枝带叶的树干当桨,还从树林里采来没有砍净的木料。你可以清楚地看到这些特洛亚人从全城各处匆匆忙忙地跑出来,就像一群蚂蚁①,想到冬天快来了,去抢一大堆谷物,把它搬放在巢穴里那样,它们排成一条黑线,穿过田

---

① 据说,这是古代史诗中惟一单用蚁群作的比喻,从观察自然中得来,不仅表示繁忙,而且是从狄多在宫殿高处远眺的角度来描写的,给人以遥远的感觉。

地,在草丛中沿着一条窄路搬运着掠夺来的东西,有的用肩膀使劲推着巨大的谷粒,有的殿后,鞭策一些落伍者,整条小路上呈现一片热烈的劳动场面。狄多啊,你看到这些作何感想呢?当你从你的城堡的高处看到宽阔的海滩上这种繁忙景象,看到展现在你眼前的整个大海上杂乱而嘈闹的人群,你是否仰天长叹呢?无情的爱情啊,你真是把人逼得什么事都做得出来!狄多又被迫不得不用眼泪、用乞求去打动他,让自尊心屈服于爱情,她怕的是在一切可能性没有都尝试过以前,就去死,那就死得太枉然了。

"安娜,你看整个海滩上那匆忙景象,人们从四面八方汇拢,船帆在迎接海风,欢乐的水手们在船头上挂了花环。当初我既然已经料到有这场沉重的痛苦,妹妹,我今后也是能够熬得过来的。但是,安娜,我还是要你给我这可怜的人做这样一件事,因为那个忘恩负义的人只对你还有好感,还信任你而把内心的想法对你说,只有你一向知道怎样最巧妙地、在最适当的时候去找那个人,去走一趟吧,妹妹,去对那高傲的仇人谦卑地说:我从来没有在奥利斯和希腊人订立过什么消灭特洛亚民族的盟誓,我也没有派遣过什么舰队到特洛亚去过,我更没有惊动过他父亲安奇塞斯的遗骸或亡魂,为什么他那么狠心,堵住耳朵听不进我的话?他匆匆忙忙地要到哪里去?请他答应一个可怜的痴情女子最后一件事吧:请他等到有顺风的时候再走,路上也可以顺利些。我现在并不是要求他重念旧好,这早被他抛到九霄云外了;我也不是要他放弃美好的拉丁姆,丢掉他的王国。我只求给我一点点时间,给我一段间歇,使我的疯狂的爱能够平静下来,使我了解我的命运本该如此,使我能忍受痛苦。可怜可怜你姐姐吧,这是我求你替我办的最后一件事,如果他答应我这件事,我在死的时候将加倍报答他。"

狄多说完,她的妹妹带着悲痛的心情把这一番伤心话从姐姐那儿传给了埃涅阿斯。但是埃涅阿斯并未被这可悲的话语所打动,他虽然倾听着,但一句话也没有听进去,因为命运从中作梗,天神堵塞了他愿意谛听的耳朵。就像一棵多年的老松,木质坚硬,被阿尔卑斯山里刮来的阵阵北风吹得东倒西歪,想要把它连根拔起,只听一阵狂啸,树干动摇,地面上厚厚地落了一层树叶,而这棵松树还是牢牢地扎根在岩石间,树巅依旧直耸云天,树根依旧伸向地府;同样,英雄的埃涅阿斯也频频受到恳求的袭击而动摇不定,在他伟大的心胸里深感痛苦,但是他的思想坚定不移,尽管眼泪徒然地流着。

不幸的狄多被命运拨弄得如癫如痴,只求一死,她已懒怠睇望那苍穹。当她把供品放到香烟缭绕的祭坛上的时候,好像是要她更坚定地执行神意,离开阳世,她看见(说来可怕)圣水忽然变黑,倒出来的酒忽然变成了腥秽的血。她没有把她看到这件怪事告诉任何人,甚至也没有告诉她的妹妹。此外,在她的宫中有一座大理石殿堂,里面供奉着她已故的丈夫,这是她最崇敬和钟爱的去处,装饰着雪白的毛织幅巾和节日枝叶,从这里当黑夜统治了大地的时候,她清清楚楚地听到人声,好像是她丈夫说话,在呼唤着她;此外还常有一只枭鸟在屋顶上哀鸣,唱着挽歌,拖长了声音,好像在哭号;还有许多古代先知的谶语和不吉利的告诫也使她想起来就毛骨悚然。有时甚至她做梦也梦见埃涅阿斯狂野地追赶她,吓得她几乎疯狂;她总觉得自己被人抛弃,伶仃一人,又总觉得独自无侣地走在一条漫长的道路上,在荒凉的大地上寻找着她的推罗同胞。她的心情就像发了疯的特拜王潘特乌斯,看见一队复仇女神,看见两个太阳,看到两个重叠的特拜城,出现在眼前那样;又像舞台上阿加门农的受折磨的儿子俄瑞斯特斯,逃避手持火把和黑蛇为武器的母亲,而复仇女神正坐在门口等着他那样。

就这样,狄多不胜哀伤,满腹悲愤,决定了此一生,她也暗中决定了什么时候死,怎样死法。她走到忧虑重重的妹妹跟前,脸上丝毫不透露自己已定计划,反而露出希望的光彩,对她说道:"亲妹妹,你祝贺姐姐吧,我找到了一条出路,可以叫他回到我身边来,或者可以让我和他之间的爱情烟消云散。离大洋的涯岸和太阳落下的地方不远,就是埃塞俄比亚的边界,在那里巨人般的阿特拉斯肩上转动着繁星万点的天宇;有人指点给我那里有个马苏里族的女祭司,她守卫着西土众女神之庙,她喂养着一条龙,并照管着一棵树上的圣枝,她能洒蜜汁样的仙露和催眠的罂粟籽。这位女祭司自称能用符咒解除人们心头的痛苦,如果她愿意的话;但她也能让另一些人陷入难熬的愁绪;她能使河水不流,星辰倒退,在夜晚时分唤起幽灵;你会听到大地在你脚下隆隆作响,也会看到桉树从山上走下来。亲爱的,我对着天神起誓,我对着你,我的亲妹妹,我以你美好的生命发誓,我之所以要用魔法武装自己是出于不得已的。请你偷偷地在后宫露天底下筑起一个柴堆,把那该遭天罚的人留下来挂在我们寝室里的武器、一切衣物,连同那葬送了我的合欢榻,一起放在上面。这位女祭司叫我把这个坏人的一切纪念物统统销毁,并且指点了方法。"她说完之后,就默不作声了,脸色骤然变得苍白。但是安娜没有想到,她姐姐要举行这奇怪的仪式,后面隐藏着杀身之念,她也想像不到姐姐会疯狂到如此地步,相反她所担心的最严重的情况也不会比姐夫希凯斯的死更严重。因此,她就着手准备姐姐叫她办的事。

一时间,柴堆已在内宫露天底下搭好,是用大段的松木和橡木筑成的,十分高大,女王又在四周挂上花环,用送葬的枝叶装饰一番;柴堆上放了一张床,床上她放了埃涅阿斯留下的一把剑和衣服,还有一个模拟像,她完全知道将来的结果是什么。周围设了祭坛,那位女祭司披散着头发,口中大声呼喊着三百神灵、冥界神、混沌神、三位一体的赫卡特——也就是有三张脸的处女神狄阿娜。她洒过据说是地府阿维尔努斯湖的湖水,又取来药草,这是在月光下用青铜镰刀割来的,饱含着黑色有毒的汁液;接着又取来一种春药,这是从刚出世的马驹额上,趁母马没有咬掉的时候,摘下的一颗肉瘤。狄多本人站在祭坛边,用洗净的手握着圣谷,一只脚穿鞋,另一只赤脚,解开了长袍的腰带,在赴死之前呼吁天神和善知命运的星宿来作见证,接着她又向一切正义的、有同情心的神祇祝祷,请他垂怜一切婚姻多舛的情侣。

夜幕降临了,全世界疲倦的众生都在享受甜蜜的睡眠,森林和狂暴的海洋趋于平静,星辰已运行到中天,田野都一律寂静无声,居住在澄澈的湖水边或灌木丛生的郊野上的牛羊和色彩斑斓的飞鸟,也都在宁静的夜色中安然入睡了。他们的忧虑消除了,心中的苦难被忘却了。但是腓尼基女王却不如此,她心情悲痛,无法入睡,尽管夜深了,她还是合不上眼,安不下心。她倍感痛苦,爱念一再涌上心头,刺痛着她,阵阵愤懑像巨浪一样使她辗转反侧。她独自在心里这样开始盘算道:"啊,我怎么办呢?我还回到从前那些求婚者那里受他们奚落吗?从前我曾多次表示不屑和那些蛮族结婚,难道现在又去低声下气地乞求他们娶我吗?不行,那么就去追随特洛亚人的船队,听从他们的颐指气使吗?难道因为我以前拯救过他们,他们就会帮助我吗?他们是否还会牢记我从前对他们的好处而感谢我呢?假定我自己愿意,谁又会接受我——一个他们所憎恨的人,把我带上他们的傲慢的船上去呢?唉,被抛弃的人啊,你到现在还不明白吗?你还没有感觉到特洛亚人是背信弃义的吗?如果他们愿意带我走，又该怎么办呢？是我独自一个跟着这些欢欣雀跃一心想离开此地的航海人走呢，还是带着我的全体推罗亲友簇拥着去参加特洛亚人的行列呢？从前我是好不容易才把他们从他们土生土长的西顿城带到这里来，现在我怎能又一次叫他们扬起风帆，漂洋过海呢？不行，你只有一死，这是你应得的。用宝剑斩断你的愁绪吧。我的妹妹啊，我固然爱得发疯，但是，是你不忍得看我伤心落泪，首先让我去面对那冤家，害得我承担起这痛苦的重担。为什么不准我像林中麋鹿那样生活，不必举行婚礼，不受人责骂，又尝不到这些痛苦呢？而我现在却破坏了对已故的希凯斯的誓约了。"

就这样，狄多自怨自艾，芳心碎裂。埃涅阿斯这时已决定离去，一切都准备就绪，在那楼船上安享睡眠。这时一位天神出现在他梦中，和上次来时的容貌一模一样，不论声音、气色、金黄的头发和青春特有的身躯，各方面都极像麦丘利，他再一次对埃涅阿斯这样告诫道："女神之子，在这样紧迫的时刻你居然能睡觉，居然没有察觉到危机四伏，你糊涂了。你没有听到西风正在催你扬帆么？狄多已决心自尽，她心中怒涛汹涌，正盘算着种种诡计和可怕的勾当。当你还来得及的时候，你还不赶快逃跑？如果到黎明时刻你还停留在这块土地上的话，那么你就将见到海上战舰云集，无情的火把照耀，岸上一片烈焰了。喂，起来，不要耽搁了。女人永远是反复无常、变化多端的。"麦丘利说完就消失在黑夜里了。

埃涅阿斯被这突然降临的神灵从睡梦中惊醒，他翻身起来，呼唤同伴："伙伴们，赶快醒来，坐到你们划桨的位子上去，赶快把帆篷解开，从天上又一次派来了神明催我们快走，叫我们赶紧砍断纠缠在一起的缆绳。圣明的天神啊，不管你是谁，我们一定跟随你，我们再一次高高兴兴地服从你的命令。请你站在我们一边，请你开恩协助我们，让吉星在天上高照吧。"他说完，从剑鞘里抽出明晃晃的宝剑，用宝剑的白刃砍断了缆绳。一时间所有的人都感到同样兴奋，都忙碌起来，紧张地工作着。他们离开了岸，船队遮蔽了海面，他们一齐努力，搅起浪花，行驶在蓝色的大海上。

这时黎明女神离开了她丈夫的橘黄色卧榻，把光明重新洒遍大地。狄多女王从了望台里看到天光已经渐渐吐白，特洛亚人的船队张着整齐的船帆在海上前进，她看到海滩和港口空阒无人，她再三再四捶击着自己美丽的胸膛，乱扯着自己的黄金色的头发,说:"尤比特啊,能让他走成吗?难道就让这个外来人无端嘲弄我的王朝吗?你们快拿起武器,从全城各个角落出来,去追他,还有你们,快去船坞把船推出来。去,赶快把火把拿来,把枪支发了,加紧摇橹!我这是说什么哪?我在哪儿?我头脑发疯了?不幸的狄多,你现在才想起你做的对不起人的事么①?你应该悔恨的是你把大权给他②的时刻。这个人的荣誉和信义能相信吗——人们说他是家神不离身的,肩上负着衰老的父亲的人③!我当时为什么没有能够把他肢解,把他的肢体撒在大海里呢?用刀把他的同伴们和他的儿子消灭,做成佳肴,放到他父亲的餐桌上去呢?不错,斗争的结果在当时是难以逆料的。就算如此吧,又怎么样呢?我反正要死了,怕谁呢?我当初应当放火烧他的营帐,烧他的船舶,把儿子、父亲连同他们的同族一齐消灭,然后我自己也和他们同归于尽。太阳啊,你的光焰照见人间的一切活动;尤诺啊,你是知道我的痛苦,也是理解我的痛苦的;赫卡特啊,夜间,人们在城市的三岔路口呼叫着你的名字;还有各位复仇女神和等待我埃丽莎的各位死神——请你们听我说,我受的冤屈是值得你们圣灵垂鉴的,请你倾听我的祈求吧。如果那个我不愿叫出他的名字的人一定要到达意大利,如果这是尤比特的命令所规定的,如果这是必然的结局,那么就让他去面对一个剽悍的民族,遭受战争的折磨,流放出自己的国土,远离尤路斯的怀抱,到处乞援,看着自己的亲友可耻地死去吧。当他不得不屈服于严峻的媾和条件时,请你们不要让他享受王权和美好的时光,而让他不到寿限就死在荒沙地带,没有葬身之所。我祈求的就是这个,这就是我在生命终结之时发出的最后呼声。今后,我的推罗人民,你们一定要怀着仇恨去折磨他的一切未来的后代,这就是你们死后你们送给我的祭礼。我们这两族之间不存在友爱,也决不联盟。让我的骨肉后代中出现一个复仇者吧④,让他用火和剑去追赶那些特洛亚移民,今天也行,明天也行,任何时候,只要鼓足勇气。我祈求国与国、海与海、武力与武力相互对峙,让他们和他们的子孙永远不得安宁。"

---

① 指狄多悔恨不该背弃先夫,同埃涅阿斯结合。
② 指埃涅阿斯。
③ 此人只有家国观念,不懂爱情。
④ 指汉尼拔。

她一面说着一面考虑着各种行动的方式，她只求尽快地结束这可憎的生命。她对希凯斯的奶娘巴尔刻简单地吩咐道（她自己的奶娘早已变成黑色灰烬埋在古老的故乡）："亲爱的奶娘，去把我的妹妹安娜叫来；叫她赶快用河水洒在她身上，把牺牲牵来，以备敬神之用。让她来，一面你自己也戴上敬神的头带。至于冥界神普鲁托的献礼，我已经及时开始安排，决定完成到底，把那特洛亚人的模拟像放在火葬堆上付之一炬，以结束我的痛苦。"她说完之后，奶娘像一个认真的老婆婆那样急急忙忙地走了。狄多这时浑身战栗，想到她要去作的这件可怕的事，简直要发疯，一双充血的眼珠不住转动，双颊抖颤，泛出阵阵红晕，面对临近的死亡又变得苍白，她冲进王宫的内庭，疯狂地登上高高的柴堆，抽出那特洛亚人赠给她的宝剑，这把宝剑本来不是作这种用处的。在这里，当她看到从特洛亚带来的衣服和那张熟悉的床的时候，她的目光停留了片刻，流泪沉思，然后她躺在床上讲了最后几句话："可爱的遗物啊，在天神和命运许可的时候，你们是可爱的，接纳我的灵魂吧，解脱我的痛苦吧。我的生活已经结束，我已走完命运限定我的途程，现在我将以庄严的形象走向地府。我建造了一座雄伟华美的城市，我亲眼见到了巍峨的城垣，我替我的丈夫报了仇，惩罚了我的敌人——我的哥哥，我应当是很幸福的了，非常非常幸福的了，但不料特洛亚人的船舶来到了我的海滨。"说着，她转身匍伏在床上，呜咽道："我还没有报仇就要死了，但是也只有一死。是的，是的，我愿意这样走向冥界。让那个无情的特洛亚人在海上用他的眼睛摄进这火光吧，把我死亡的恶兆带在他身边吧。"

正当她说话之间，周围伺候的人只见她一剑把自己刺倒，血从剑刃边喷出，溅满了双手。一阵呼号直冲屋顶，消息像脱缰野马传遍全城，全城为之震惊。整座宫殿回响着呜咽、叹息和妇女的哀号，一片啼哭之声响彻霄汉，恰像是敌人冲了进来，整个迦太基或古老的推罗要陷落了，人间的庐舍和天神的庙堂统统被卷入疯狂的烈火之中一样。安娜妹妹听到声音，魂不附体，惊吓之余匆匆忙忙穿过人群，一面用手指抓破面颊，用拳头捶打胸膛，一面奔跑，喊着垂死的姐姐的名字："姐姐啊，原来这是你的目的啊？你把我找来，却又存心骗我啊？你叫我准备好柴堆、引火和祭坛就是为这目的啊？你骗了我，我从哪件事埋怨起好呢？你是不是看不起妹妹，不愿和她同死呢？你应当招呼我一声以便我和你一同赴死，我们两个应当在同一时刻，一同饮刃，在痛苦中双双了结此生。但是,我亲手建造了这座柴堆,亲口呼唤我们祖先崇奉的神灵,到头来却被无情地和你分隔阴阳!姐姐啊,你不但毁灭了你自己,你也毁灭了我,还有你的人民、西顿的元老和你的城邦啊。让我看看你的伤口,让我用清水把它洗净,让我用嘴把你最后一口气收集起来,如果你还有气的话。"她说着登上了柴堆的高高的阶梯,把还有一口气的姐姐抱在怀里,抚摸着她,一面啜泣,一面用衣襟堵住污血。狄多挣扎着想再一次睁开沉重的眼帘,但没有成功;剑刃牢牢地插进胸膛,伤口发出嘶嘶的声响①。三次她试图坐起来,用两肘支撑着,三次倒在床上,用迷惘的目光寻索高天的光明,她找到了,长长地叹了一口气。

(选自《埃涅阿斯纪》,杨周翰译,
人民文学出版社 1984 年版)

《埃涅阿斯纪》导读

维吉尔(公元前 70—前 19)是古罗马文学中最杰出的作家。出生于意大利北部的一个富裕农民家庭。先学法律,后专攻哲学和文学。他生活的时代正是屋大维执政时期(公元前 44—公元 14),也是古罗马文学的"黄金时代"。屋大维非常重视文学的社会功用,竭力把它纳入他的政治轨道,使之成为巩固政权的精神工具。他通过助手麦凯纳斯组成一个御用的文学团体,把当时一批最有才华的作家网罗其内,维吉尔就是其中之一。

维吉尔的创作有:诗集《牧歌》、《农事诗》以及史诗《埃涅阿斯纪》。《牧歌》由 10 首短诗组成,采用牧羊人对歌或独歌的形式,约写成于公元前 42 至前 37 年之间。从艺术形式看,基本上是仿效希腊诗人忒奥克里托斯的田园诗,但内容上却也反映了当时罗马的

---

① 体内的空气沿伤口泄出的声音。

社会生活，其中表现了诗人对内战给小土地所有者带来的灾难而引起的不满和忧虑，富于现实色彩。《农事诗》共4卷，2188行，完成于公元前29年，与希腊诗人赫希俄德的《工作与时日》相类似。写作此诗的目的是通过对各种农事的描写，为屋大维振兴农业的政策服务。作品歌颂了大自然和劳动的意义，在一定程度上表达了农民的思想情趣。

史诗《埃涅阿斯纪》是维吉尔的代表作，于公元前29年开始创作，历时10年，但来不及最后修改定稿便去世了。遗嘱将诗稿焚毁，但被屋大维下令保留。史诗取材于古罗马神话传说，共12卷，分成前后两部分，各6卷。前半部分模仿《奥德修记》，后半部分模仿《伊利昂纪》。史诗的主要内容写：女神维纳斯之子、特洛亚英雄埃涅阿斯在特洛亚城失陷后，率众航海西行——神命安排他去意大利重建家园，创立罗马。但是神后尤诺从中阻挠，于是埃涅阿斯历尽艰险，飘泊了7年才到达迦太基。维纳斯让迦太基女王狄多与埃涅阿斯相爱结成夫妇，但主神尤比特告诫埃涅阿斯不要忘记使命，于是埃涅阿斯重上征途。到达意大利后，受到当地国王拉提努斯款待，并根据神意与拉提努斯的女儿成婚，但激怒了原先的求婚者图尔努斯。这样，埃涅阿斯与图尔努斯之间进行了一场大规模的战争，战争以埃涅阿斯砍死图尔努斯而告终。史诗很多细节也与荷马史诗十分类似，如海上飘泊中的艰险与奇遇，埃涅阿斯游地府，火神为埃涅阿斯制造盔甲和盾牌，埃涅阿斯为好友帕拉斯复仇等。

《埃涅阿斯纪》被称为欧洲文学史上第一部"文人史诗"，这是相对于荷马史诗而言的。荷马史诗虽然也经过一个或几个作者（一般认为是说唱艺人荷马）加工编撰而成，但基本上保留了民间传说的本色，主要是为了"怡情"，具有天然纯真的美。《埃涅阿斯纪》却是由专业文人以前人的传统和创作为营养所从事的艺术创作，具有人工雕凿的美。它有鲜明的创作目的，有历史感、使命感，有深刻的思考，作为新型的史诗，无论是主题、人物、风格还是表现方法都有独特的个性。

从主题来看,《埃涅阿斯纪》虽然也是英雄史诗,但性质与荷马史诗不同。荷马史诗主要歌颂氏族英雄的勇敢、机智以及集体主义精神,而《埃涅阿斯纪》并非如此。维吉尔创作这部史诗有非常鲜明的意图,这就是为屋大维的政治服务,即提倡恢复古罗马宗教信仰,把人们的思想纳入"爱国主义"轨道。因此,有人称之为"遵命文学"。在史诗中,维吉尔将埃涅阿斯的经历和成就都说成是受之于神命,以此来赞美罗马民族和历史的神圣,证明作为埃涅阿斯后裔的"奥古斯都"屋大维的神圣。以第六卷埃涅阿斯游地府为例。埃涅阿斯游地府时,其父亲亡灵指点给他看他的后裔——罗马帝国的一系列缔造者,其中有现正执掌权柄的罗马君主屋大维。史诗竭力歌颂屋大维的"神力":他的权威甚至直到星河之外,使周围各国害怕得发抖,从而激励主人公克服踌躇,以勇气和行动去立足意大利,通过战争征服敌人,确立和平的秩序。这一情节是根据政治需要去表现统治者神化自己的权力的愿望。

已经成为强权的奴隶制国家的罗马帝国与英雄时代的古希腊不同,荷马描写他的英雄并不忌讳他们为个人打算的私心,而维吉尔却强调埃涅阿斯的一切行为都是为了遵循神命去建立一个新民族、新国家。个人的幸福必须服从社会的责任。这样,在埃涅阿斯身上体现了强烈的个人使命感,他的言行不能超越完成伟大的建国使命所允许的范围,个人意志不能像荷马史诗中的英雄那样可以自由表现,因而他不是个人英雄而是民族英雄和民族象征。为此,埃涅阿斯被塑造得比荷马史诗的英雄更崇高,他是为一个明确的伟大理想去奋斗的实践者,在他身上集中地体现了奥古斯都帝国所倡导的理想道德:有坚强的意志、忘我的热情、对责任的忠诚和对神意的虔敬(他的有些行动甚至是以屋大维的行动为蓝本的)。

但是,在塑造受主题严格制约的人物性格时,诗人存在着深刻的思想矛盾。这表现在诗人的个人情感与史诗主题规定的人物的情感之间的矛盾，即他不能完全按照主题的要求去把握在人物身上倾注的感情色彩。埃涅阿斯在完成神圣使命的过程中，曾遇到两个主要"障碍"。其一是在迦太基时，狄多的爱情和安乐的生活对他的诱惑；其二是到达意大利后，强悍的图尔努斯对他的挑战。维吉尔虽然描写了埃涅阿斯克服障碍的坚强意志，但又对狄多和图尔努斯的不幸寄于同情。以选文"狄多之死"为例。狄多苦苦挽留埃涅阿斯是出于她真诚炽热的爱，因此她一旦被抛弃，这种爱立即转化为同样程度的恨，尽管诗人让她殉情而除去了埃涅阿斯前进途中的障碍，但诗人在哀怨的笔调中所流露的同情仍然是显而易见的。诗人展示他的全部才能刻画狄多鲜明丰富的个性，表现她复杂的心理活动：爱念刺痛着她，愤懑使她辗转反侧，恶梦吓得她几乎疯狂，欲殉情而又不甘心，写得层次分明、细腻逼真，从而把她的爱与恨、柔情与疯狂合为一体，产生了崇高的美感和强烈的悲剧效果。但是，维吉尔却没有去描写埃涅阿斯在这一爱情的旋涡中的心理波澜，甚至没有表现他一点依恋之情，而是突出他忠于神命、不为美色和柔情所动的崇高精神。不是诗人不想去描写埃涅阿斯的感情和理智的矛盾，而是主题不允许。这就给维吉尔带来了苦恼：为了突出埃涅阿斯的精神品质，却不得不亲手窒息他的个性，与狄多形象相比，埃涅阿斯显得缺乏人情味而单调僵硬。可以说，诗人在狄多形象塑造上的成功实际上是补偿窒息埃涅阿斯个性给诗人带来的遗憾。

这种矛盾归根到底是维吉尔的世界观矛盾。他在歌颂罗马帝国和屋大维的同时，也对其政治抱有一定的疑虑，对罗马创业过程中的战争、死亡以及压抑人的感情需要等隐藏着一种忧郁情绪。因此，《埃涅阿斯纪》的风格表现出深沉、婉约、忧郁的特点，与荷马史诗乐观、粗犷、刚武的风格相左。

就语言来说，荷马史诗有民间口头文学的特点，纯朴自然，而

《埃涅阿斯纪》的语言是华丽的、精心雕琢的。在表现方法上，维吉尔擅长人物心理刻画，注重诗歌格律，也采用民间文学常采用的比喻手法。作为欧洲第一部文人史诗，《埃涅阿斯纪》成为连接希腊史诗与后世欧洲史诗的桥梁，使史诗创作成为更为自觉和规范的理性活动。

（翁长浩）

中世纪文学指要

　　中世纪文学包括封建社会早期(5—11世纪)和中期(12—14世纪)的欧洲文学,封建社会后期(15—17世纪中叶)的欧洲文学一般称为文艺复兴时期文学,不属于中世纪文学范畴。

　　在长达一千年左右的欧洲封建社会里,基督教神学统治了整个思想文化领域,各种文学无不打上神学的烙印。中世纪文学主要有教会文学、骑士文学、英雄史诗和城市文学四种。

　　教会文学是基督教的官方文学,体裁多种多样,主要是基督故事、圣徒传、赞美诗和神秘剧、奇迹剧。它往往以《圣经》为题材,叙写耶稣的出生、传教、受难、升天和复活的事迹,宣扬上帝万能、背叛上帝必受惩罚,鼓吹神权至上,贬低人的价值。教会文学把人们的世俗生活说成是人类罪恶的根源,要人们节制感情,禁绝欲望,抛弃知识,笃信宗教,以赎免人类始祖亚当、夏娃的"原罪",求得来世进入天堂,为此,竭力宣扬禁欲主义、来世主义和蒙昧主义,塑造出一批清心寡欲、笃信基督、一生赎罪、为教献身的圣徒、高僧供人仿效。教会文学用官方的拉丁文写作,大多采用象征、寓意和梦幻故事手法,神秘、荒诞而又奇幻多姿,对中世纪的其他文学产生深远影响。

　　骑士文学是反映世俗封建阶级意识的一种文学,它主要表现骑士阶层的生活理想和道德准则,有骑士传奇和骑士抒情诗两类。

　　骑士传奇(骑士罗曼司)是一种长篇叙事诗。它采用荒诞不经的冒险故事形式,描写骑士为了得到荣誉,维护宗教,忠于国王,以及赢得贵妇人的爱情，冒险行侠，驱妖除魔，同异教徒搏斗不惜牺牲自己的一切。按题材来源的不同，骑士传奇可以分为古代希腊罗马系统、不列颠系统和拜占廷系统三种，其中，以不列颠系统的凯尔特族领袖亚瑟王及其圆桌骑士的故事最为典型。在这些故事中，作者竭力美化封建国王的象征亚瑟王，把他写成孔武有力、豪爽磊落、心胸开阔、英勇刚强的英明君主和骑士英雄。故事还大肆渲染众骑士历尽艰险寻找盛过耶稣鲜血的圣杯的神奇作用：使满屋生香，能治百病，让大地回春、万物葱茏、人间幸福。骑士传奇具有美化封建骑士的消极作用，但它所描写的锄强扶弱、见义勇为、保护妇女、尊敬老人等道德信条，符合人民要求正义、反对强暴的愿望。它描写的骑士与贵妇人之间的缠绵爱情，也是对宗教禁欲主义的一个冲击。骑士传奇想像丰富，浪漫情调浓郁，善于把妖法、魔法、奇迹、天使下凡等超自然的手法同对现实生活的具体描写相结合，并重视人物的心理刻画，对后代浪漫主义文学产生巨大的影响。

骑士抒情诗盛行于骑士制度发达的法国南部普罗旺斯一带，故称"普罗旺斯抒情诗"。它的中心内容是讴歌骑士对贵妇人的爱慕和崇拜，赞美骑士为了"典雅爱情"而去冒险征战，建立武功，并细腻描写骑士与贵妇人之间缠绵悱恻而又矫揉造作的爱情。骑士抒情诗是借民歌的形式发展而成，依性质分为牧歌、破晓歌、夜歌、怨歌等几种，其中以破晓歌最为著名，描写骑士与贵妇人幽会后在破晓前依依惜别的情景。骑士抒情诗格律多变，语言清新，对文艺复兴时期的意大利抒情诗产生过影响。

英雄史诗原先大多在民间口头流传，后由教会的神职人员整理、修改、写定。根据史诗的内容和产生的时代可分为两类。

一类是早期英雄史诗，大多反映氏族社会末期的社会生活、思想观念，歌颂部落英雄为民除害、为民造福以及为血亲复仇的事迹，具有浓厚的集体意识和英雄主义精神。盎格鲁·萨克逊人的《贝奥武甫》，描写部落英雄贝奥武甫为民除灭巨妖、恶龙而壮烈牺性的动人故事。芬兰史诗《卡勒瓦拉》（又译《英雄国》），反映英雄们为部落争夺"三宝"（能制造谷物、盐和金币的三个神磨）的事迹，讴歌能耕作、会治病、又用音乐感动鸟兽、制服敌人的英雄万奈摩宁，赞美能锻造各种工具、武器和艺术品的铁匠伊尔马利能的高超技巧。此外，冰岛的《埃达》和《萨迦》在文学史上也占有重要地位。

另一类是后期英雄史诗，反映封建国家形成过程中的社会生活，讴歌忠君、卫国、护教的民族英雄。这类史诗主要有法国的《罗兰之歌》，西班牙的《熙德之歌》、俄罗斯的《伊戈尔远征纪》等。其中以《罗兰之歌》最有代表性。《罗兰之歌》精心塑造民族英雄罗兰的光辉形象。罗兰忠君爱国，笃信基督，英勇善战，屡立战功。最后一次战斗中，在强敌包围、面临全军覆没的危急关头，他仍然"凶猛得像狮子或豹子一样"，无畏地驰骋沙场，英勇杀敌，为了维护法兰西的威名，为了忠于查理大帝，也为了维护基督教的荣誉而英勇献身。史诗体现了封建阶级上升时期的道德理想，表达了法国人民渴望排除异族入侵、力求国家统一强盛的美好理想，罗兰也成为深受法国人民爱戴的民族英雄的象征。《罗兰之歌》色彩诡异，叙事明快，情节紧凑，富有戏剧性，并采用重叠、对比、夸张、渲染、比喻等手法来突出罗兰的英勇忠贞、刚强无畏的主要性格，取得较好的艺术效果。

城市文学又称市民文学，是封建社会中期随着城市的兴起而出现的一种反映新兴市民阶级思想情趣的文学。它以韵文小故事、抒情诗、市民戏剧，特别是动物故事叙事诗为主要体裁。与中世纪的其他文学样式不同，城市文学不是取材于《圣经》或其他宗教故事、神话传说，而是直接取材于日常现实生活。它否定禁欲主义、来世主义和蒙昧主义，讽刺、揭露宗教僧侣、世俗贵族的伪善、残暴和贪婪，赞美城市市民的聪明才智和进取精神，艺术上采用讽刺手法，风格生动活泼。

城市文学的代表作是法国的叙事诗《列那狐传奇》和《玫瑰传

奇》。《列那狐传奇》把动物人格化,用动物世界的关系影射人类社会,通过象征市民的列那狐同象征封建权贵的伊桑格兰狼之间的斗争,反映了中世纪中期欧洲社会的人情世态和矛盾斗争,讽刺了封建贵族和教会僧侣的专横和愚蠢,赞美了市民的机智才能。与此同时,传奇也在一定程度上揭示了列那狐欺侮小动物,暴露上层市民弱肉强食的阶级本性。《玫瑰传奇》第一部用隐喻手法,以"玫瑰"比作少女,写"情人"追求玫瑰而不得的故事。第二部把"自然"、"伪善"和"理性"等概念拟人化,抨击封建贵族和基督教会。

城市文学中还出现了《农民医生》、《驴的遗嘱》等韵文小故事,以吕特勃夫(? —1280)为代表的市民抒情诗人,以及《巴特兰律师》等市民戏剧。

意大利诗人但丁(1265—1321)是"中世纪的最后一个诗人,同时又是新时代的最初一位诗人"(恩格斯:《〈共产党宣言〉1893 年意大利文版序言》)。他的代表作《神曲》标志着中世纪文学的终结,又是文艺复兴人文主义文学的序曲。

(陈　挺)

但　丁

神　　曲

地狱篇第五歌

第二圈：里米尼的弗兰采斯加

这样，我从第一圈降到了第二圈，

　　那圈围了较少的面积，却包容了

　　更多的引起号哭的痛苦的地方。

迈诺斯① 形容可怖、咬牙切齿地坐着，

　　在进口外审查罪行；依照他自己

　　缠绕的圈数判决他们，打发他们下去。

我是说，当那生而不良的阴魂

　　来到他面前时，便把一切

　　都招认；而这位洞察罪孽者

考虑了地狱的什么地方与那罪相当之后，

　　便用尾巴在自身上缠绕

　　那么多的圈数，恰如他要他下去的度数。

在他前面总是站着一群阴魂；

　　他们挨次走去受审判；

　　他们述说，和倾听；然后被卷下去。

迈诺斯看到我时，就放下了

---

① 迈诺斯是克里特的王和立法者，宙斯和欧罗巴的儿子，但丁模仿浮吉尔，把地
　狱里的判官的职务派给他。

那伟大的职务,并对我说道:
　　"来到痛苦的地方的你啊!
注意你怎样进来的,你信托谁,
　　不要让进口的宽阔欺骗你。"
　　我的导师对他说:"你为什么也叫喊?
不要阻拦他命定的行程;
　　这是上天的意志,天命所在,
　　定能完成;不要再多问。"
现在悲哀的声音开始
　　传到我的耳朵;现在我来到
　　很多的哭声向我袭来的地方。
我进入了一处完全无光的地方,
　　它像汹涌的大海那样呼啸,
　　当大海和狂风搏斗的时候。
地狱的暴风雨,无时休止,
　　把那些阴魂疾扫而前;席卷他们,
　　鞭打他们,以使他们苦恼。
当他们来到灭亡面前时,
　　那里就有尖叫声,呻吟声,哀哭声;
　　那里他们就咒骂神的权力。
我知道了这种刑罚
　　加于肉体上犯罪的人,
　　他们使理性受淫欲奴役。
如同在寒冷的季节,大群的椋鸟
　　结着密集的队形鼓翼而飞:
　　那阵狂风就像这样把不良的精灵
吹到这里,吹到那里,卷下,卷上。
　　从没有希望来安慰他们,
　　没有休息的希望,就连减轻痛苦的希望都没有。
如同群鹤在天空排成长行,
　　一声长唳,横越而过:

我看到那些幽魂那样来到，哀哭着，

为搏斗着的风所卷来；

我说道："夫子，这些人是谁，

他们这样地为厉风所抽打？"

于是他回答："你想要知道的

这些幽魂中的第一个，

是统治许多种族的女皇。

她在穷奢极欲中变得那么无耻，

在敕令中把荒淫视同法律，

以摆脱她所遭到的指谪。

她是塞密拉密斯①，我们读到

她是尼那斯的妻子和继承者；

她保有苏丹王所统治的国土。

那另一个是在爱情中自戕，

对西丘斯的尸灰失节的女人②；

随后来的是淫荡的姑娄巴③。

看海伦娜④，为了她，那灾难的年月

持续到这样长久；再看那伟大的

阿基利⑤，他最后和爱搏斗；

看巴里斯，屈烈斯丹"⑥；他又指给我看

千余个阴魂，而且用手指指着，

---

① 塞密拉密斯是神话中亚述的皇后，尼尼微帝国的缔造者尼那斯的妻子。她承袭了她丈夫的皇位。她是以荒淫闻名的。

② 这里指黛多，迦太基的皇后。她在她丈夫西丘斯死后矢志守节，可是后来却爱上了伊尼阿。当伊尼阿离开了她到意大利去时，她投在火葬堆上自杀。

③ 姑娄巴，埃及的皇后，凯撒和安多尼的情妇。

④ 海伦娜，斯巴达王美内雷阿斯的妻子。她为脱洛挨的巴里斯所劫走，因而引起了脱洛挨战争。

⑤ 按照中世纪的传说，阿基利在一座脱洛挨的寺庙里为巴里斯所杀，他到那寺庙里去是要和巴里斯的妹妹波利克塞那结婚的。

⑥ 屈烈斯丹是亚塔尔王的一个骑士。他爱上了他的叔父康瓦尔的马克王的妻子伊苏尔脱，而被那激怒了的丈夫所杀。

告诉我因爱而离开人世的人们的名字。

在我听到我的老师历数
　　古代英雄美人的名字以后，
　　我心中生出怜悯，仿佛又迷惑起来。

我开始说："诗人，我极愿
　　和那两个在一起行走，并显得
　　在风上面那么轻的人说话。"

他对我说："他们靠得更近时，
　　你将看到；那时，凭那引导他们的爱，
　　恳求他们；他们就会过来。"

一等到风把他们折向我们时，
　　我扬声说道："疲倦的灵魂啊！
　　假使没有人禁止，请来和我们说话。"

如同斑鸠为欲望所召唤，
　　振起稳定的翅膀穿过天空回到爱巢，
　　为它们的意志所催促：

就像这样，这两个精灵① 离开了
　　黛多的一群，穿过恶气向我们飞来：
　　我的有深情的叫声就有这种力量。

"宽宏而仁慈的活人啊！
　　你走过黑暗的空气，
　　来访问用血玷污土地的我们；

假使宇宙之王是我们的友人，
　　我们要为你的平安向他祈祷；
　　因为你怜悯我们不幸的命运。

当风像现在这样为我们沉寂时，

---

① "这两个精灵"指弗兰采斯加·达·里米尼和保禄·玛拉台斯太。弗兰采斯加是波伦太的归多·万启俄的女儿，于1275年为了政治上的理由，嫁给了里米尼的贵族玛拉台斯太的残废了的儿子祈安启托。10年后，祈安启托撞见了他的妻子和他的已经结过婚的弟弟保禄在一起，就用刀把这犯罪的一对情人杀死了。

凡是你乐于听取或说出的，
　　我们都愿意倾听和述说。
我诞生的城市①,是坐落在
　　玻河与它的支流一起
　　灌注下去休息的大海的岸上。
爱,在温柔的心中一触即发的爱,
　　以我现在被剥夺了的美好的躯体
　　迷惑了他;那样儿至今还使我痛苦。
爱,不许任何受到爱的人不爱,
　　这样强烈地使我欢喜他,以致,
　　像你看到的,就是现在他也不离开我。
爱使我们同归于死;
　　该隐狱② 在等待那个残害我们生命的人。"
　　他们向我们说了这些话。
我听到这些负伤的灵魂的话以后,
　　我低下了头,而且一直低着,
　　直到那诗人说:"你在想什么?"
我回答他,开始说道:"唉唉!
　　什么甜蜜的念头,什么恋慕
　　把他们引到了那可悲的关口!"
于是我又转过身去向他们,
　　开始说道:"弗兰采斯加,你的痛苦
　　使得我因悲伤和怜悯而流泪。
可是告诉我:在甜蜜地叹息的时候,
　　爱凭着什么并且怎样地
　　给你知道那些暧昧的欲望?"
她对我说:"在不幸中回忆
　　幸福的时光,没有比这更大的痛苦了;

---

① 指拉温那。拉温那紧靠亚得里亚海,在玻河的入海处。
② "该隐狱"是杀死亲属的罪人在地狱中受罚的地方(见本篇第三十二歌)。

这一点你的导师知道。

假使你一定要知道

　　我们爱情的最初的根源，

　　我就要像一边流泪一边诉说的人那样追述。

有一天，为了消遣，我们阅读

　　兰塞罗特① 怎样为爱所掳获的故事；

　　我们只有两人，没有什么猜疑。

有几次这阅读使我们眼光相遇，

　　又使我们的脸孔变了颜色；

　　但把我们征服的却仅仅是一瞬间。

当我们读到那么样的一个情人

　　怎样地和那亲切的微笑着的嘴接吻时，

　　那从此再不会和我分开的他

全身发抖地亲了我的嘴：这本书

　　和它的作者都是一个'加里俄托'②；

　　那天我们就不再读下去。"

当这个精灵这样地说时，

　　另一个那样地哭泣，我竟因怜悯

　　而昏晕，似乎我将濒于死亡；

我倒下，如同一个尸首倒下一样。

地狱篇第十九歌

第八圈：第三断层。买卖圣职的教皇们

魔法师西门啊③！你们这班他的邪恶的

　　门徒和盗贼啊！你们为了金银

---

① 兰塞罗特是圆桌骑士中最著名的一个。在亚塔尔王的朝廷里，他爱上了归内
　　维尔皇后。他是古代法兰西传奇《湖上的兰塞罗特》中的主角。
② 加里俄托是《湖上的兰塞罗特》传奇中的另一角色。兰塞罗特和归内维尔皇后
　　的第一次相会，是由他撺掇而成的，故在这里"加里俄托"是用为"淫媒"的同义
　　字。
③ 圣彼得曾斥责撒马利亚的西门，因为他认为"上帝的恩赐是可以用钱买的"。

奸污了那些应该与正道

联姻的上帝的事物①！现在号角

　　一定要为你们而吹动：

　　因为你们是在第三断层中。

我们已经登上了下一座坟墓，

　　就在危岩直接俯临着

　　壕沟的中央的那一部分上面。

"至尊的智慧"啊！你在天堂，在地上，

　　在罪恶的地狱，显出怎样的匠心，

　　你的"善"又是分配得多么公正！

我看到铅色的岩石在四边

　　和底下有着许多洞穴，

　　都是一样的大小；每个是圆的。

在我看来，在我那美丽的

　　圣约翰教堂内造来为施洗者

　　立脚的洞穴不见得更宽或更大；

许多年前我曾击破了其中的一个，

　　为了救出沉溺在里面的一个小孩：

　　让这个作为解除一切人的怀疑的保证②。

从每个洞穴的口露出了

　　一个罪人的双脚和到小腿为止的

　　双腿；而其余的都留在里面。

他们大家的脚都在燃烧：

　　因此腿肉抖动得那么厉害，

　　什么柳条和草绳都会绷断。

好像有油的东西在燃烧时，

---

① "事物"即指圣职。

② 佛罗棱萨的洗礼堂里面的泉井，四周有洞，司仪的牧师站在里面，以避人群的
　拥挤。但丁有一次击破了围着这样的一只洞的大理石，以救出跌在里面的一
　个小孩。但丁借这里洗白一下当时对他的指责。

火焰只是在表面上移动：

  在那里，从脚跟到脚尖也像这样。

我说道："夫子！那个在扭曲着自己，

  比所有他的同伴们抖得更厉害，

  又为更红的火焰所舔着的人是谁？"

于是他对我说："假使你愿意，我把你

  带到那下面去，靠近那较低的堤岸，

  你将从他口中知道他自己和他的罪恶。"

我说道："随你怎样，我总是高兴的；

  你是我的主宰，你知道我不违背你；

  你也知道我没有说出来的话。"

于是我们来到了第四条堤岸上；

  我们向左边转弯并往下走去，

  走到有洞的和狭窄的沟底。

和善的夫子还不让我离开他身边，

  他把我带到那个幽灵① 的洞口，

  他用双腿那样地表示着悲痛。

我开始说着："哦，不幸的幽灵，

  你的上身像木桩一样埋在底下，

  不论你是谁，假使你能够，说话吧。"

我站在那里就像教士听

  奸刁的凶手忏悔，他被倒栽之后，

  还在叫教士回来，以延迟死刑②。

这个幽魂叫道："你已经站在那里了么，

  你已经站在那里了么，菩尼腓斯③？

  那预言书把我欺骗了好几个年头。

---

① 这个幽灵是尼古拉斯三世，他从 1277 年到 1280 年居教皇的职位。他属于奥西尼家族。

② 按照佛罗棱萨的法律，被雇用的凶手处死时，在地上掘一个洞，把他倒栽在里面，然后再用土把洞填满。那时则这叫做"压条法"。

③ 菩尼腓斯八世那时候还是教皇。他是 1303 年死的。

难道你那么快地就餍足了那些财富？
  为了这些财富你不怕用欺诈手段
  夺去美丽的'圣女'①,然后蹂躏她。"
我变得就像一个站着被嘲弄的人,
  一点也不懂得他听到的
  是什么话,也不知道怎样回答才好。
于是浮吉尔说:"赶快对他这样说,
  '我不是他,我不是你所想的那个人。'"
  我就照着吩咐我的那样回答。
那幽灵因此剧烈地扭动他的脚;
  然后叹了口气,用哭泣的声音
  对我说道:"那么你要问我什么呢?
假使你这么关心着要知道
  我是谁,因此你走下了那堤岸,
  那么你要知道我是穿过'大法袍'的;
我确实是一个'母熊'② 的儿子,
  那么急切地想使自己的'仔子'繁昌,
  我在人世装进了钱财,在这里装了自己。
其他在我之前犯买卖圣职罪的人
  都在我的头的下面被拖曳着,
  在石头的裂缝里缩做一团。
等那个人来时,我也要堕落到
  那下面去,刚才我突然问你时,
  我原以为你就是那个人哩。
我在这里双脚被烤,身体倒栽,
  这样过的时间已比那个也将来到这里
  双脚发红地倒栽着的人长久了:

---

① "美丽的圣女"指教会。据说菩尼腓斯用欺诈手段夺去塞莱斯丁五世的教皇职位(见第三歌)。
② "母熊"是奥西尼家族的纹章。

因为在他之后，从西方将要来到

　　一个做过更丑恶的事情的不法的

　　‘牧羊人’①，他应当掩盖在他和我的上面。

他将是一个新的哲孙，我们在《玛加培书》中

　　读到哲孙的事迹；如同国王听从哲孙②，

　　统治法兰西的国王也将听从这个牧师。”

我不知道在这里是否太残忍，

　　因为我用这种语调回答他：

　　“唉！现在你告诉我，我们的‘主’

向圣彼得要求多少钱财，

　　才把钥匙交给他保管？

　　当然他除了‘跟我来！’之外并没要求什么。

当选择马提亚来充当那个该死的人

　　所失去的职务时③，彼得或是

　　其他的人也并没向他索取金银。

因此你留在这里吧，因为你受到的

　　刑罚是公正的，而且好好守住

　　那使你胆敢反对查尔斯的不义之财吧④。

对于你在欢乐的人间所掌管的

　　‘神圣的钥匙’的敬畏在阻止着我，

　　假若不是这样的话，

---

① 这是指克雷门特五世。他以前当过波尔多的主教，于1305年被选为教皇后，把
教廷迁至亚威农，受法兰西王的节制。据说他获得教皇的权位，是由于法兰西
王的恩赐。他卒于1314年。因此，尼古拉斯三世在地狱中要等待23年，菩尼
腓斯八世才会来到，而菩尼腓斯八世只要等待11年，克雷门特五世就会来到。

② 这是指《次经·玛加培书》中的哲孙。他用贿赂诱致国王安的丘斯任命他为大
祭师。但丁把克雷门特五世比作新的哲孙，因为他的教皇职位也是由法兰西
王的恩赐而得来的。

③ “该死的人”指出卖耶稣的犹大，犹大出走后，马提亚被选为十二门徒之一。

④ 尼古拉斯三世曾受培利俄罗加斯皇帝的贿赂，帮助普罗契达的约翰来反对安
如王室，结于1282年在西西利岛向法国人进行大屠杀，历史上名为“西西利
晚祷钟声”（即以此为信号进行屠杀）。

我还要使用更严厉的言语呢：

　　因为你的贪婪使世界陷于悲惨，

　　把好人蹂躏，把恶人提升。

当著述福音者看到

　　那坐在水上的女人和帝王们通奸时，

　　他就知道像你们这样的牧羊人；

她生下的时候有七个头，

　　只要她的丈夫爱好美德，

　　她的十只角就得到保证①。

你们把金银做你们的上帝：

　　你们和偶像崇拜者有什么不同，

　　除了他们崇拜一个，你们崇拜一百个？

唉，康司坦丁②！不是由于你的改教，

　　而是由于第一个富有的'父亲'

　　从你拿去的赠与，产生了多少罪恶！"

当我这样地向他歌唱时，

　　不知道啃噬他的是忿怒还是良心，

　　他用他的双脚剧烈地挣扎。

我想这真的使我的导师喜欢，

　　他显出那么满意的神色

　　听着我说出来的真实的言语的声音。

因此他用两只手臂抱住了我；

　　一边把我紧紧地抱在他怀中，

　　一边就登上他下来时走的路；

他这样把我抱着也不感到疲倦，

---

① "著述福音者"指约翰。"坐在水上的女人"指腐败的教会，"她的丈夫"指教皇，
　　"七个头"指七德，"十只角"指十诫。
② 康司坦丁大帝，从公元306至337年为罗马皇帝。据说，他于公元312年进军
　　罗马时，见天空有一发光的十字架而改信基督教。据中世纪流行的传说，他从
　　罗马迁都到拜占庭之前，把西方的完全的政权都交给了教会。这就叫做"康司
　　坦丁的馈赠"。

一直把我带到拱路的顶点，

那是一条从第四到第五堤岸去的横道。

他在这里从容不迫地把我

放在那崎岖峭拔的断崖上，

那地方对于山羊也会是艰苦难行的道路；

在那里另一座山谷在我面前显出。

（选自《神曲》，朱维基译，
上海译文出版社 1984 年版）

《神曲》导读

但丁·亚利基里(1265—1321)，生于意大利佛罗伦萨城的一个旧贵族家庭。幼年丧母。曾就读于当时的著名学者勃吕奈多·拉丁尼。后来又到巴黎念过大学。25 岁时，在军队中服役，作战中表现英勇。那年，但丁自幼所钟情的女子俾德丽采病逝；为了纪念她，但丁写了 31 首诗，记录他的爱情和思念，洋溢着对纯洁爱情的歌颂，对美好生活的渴望。

但丁关心公共生活，积极参加佛罗伦萨的政治活动和党派斗争。在代表新兴市民利益的归尔甫党取得胜利后，他于 1300 年 6 月当选为佛罗伦萨六个行政长官之一。失势后，他被罗马教皇驱逐出佛罗伦萨，终身没有返回故乡，最后客死于拉文纳城。被放逐以后，他仍然积极从事政治活动，主张把政教分立，反对以罗马教皇为首的僧侣阶级干预政治，这表现在他的《告意大利各王公和人民书》以及《帝政论》中，流亡期间写作的《宴会》是一部包括 14 篇诗和诠释诗歌的文字的政治、学术著作，它和美学论著《论俗语》一起，捍卫了意大利民族语言，为意大利民族文学的发展奠定了基础。1317 年，但丁定居拉文纳城，继续写他流亡以后开始写作的巨著《神曲》,于去世前完成了最后一部。

《神曲》(1307—1321)共分三部:《地狱》、《炼狱》、《天堂》。它叙述但丁在 35 岁的时候,迷失在一个黑暗的森林里,他竭力想从里面走出来,正想爬过一座小山,忽然来了三只野兽(豹、狮、狼,象征淫欲、强暴、贪婪)拦住了他的去路,前有猛兽,后有深谷,但丁进退两难,只得高声呼救。这时出现了一个人形,那就是古罗马诗人浮吉尔的灵魂。这位诗人对他说:"你想要逃离这荒凉的地方,你必需走另一条道路。你跟从我,我将做你的导者,领你经过一处永劫的地方,然后你将看到安于净火中的精魂,此后,假如你愿意上升,将有一位比我高贵的仙灵来领导你,在我分手时我将把你交给他。"以后但丁就随着浮吉尔进入"地狱"之门。根据诗人的描写,这"地狱"是一种上宽下窄的漏斗形状,分作九层,直穿入地球的中心。那里住着犯有不同罪孽的人,罪孽愈重,住的层次愈在下面。住在头几层"地狱"里的人,大部分都是生活失去节制的。而自第七层以下,却都是些迫害人民的暴徒、残杀人民的暴君、损人利己者、贪官污吏、放高利贷者、伪君子,还有那些欺诈贪婪的教皇、直接毒害人民的僧侣,以及背信弃义、叛党叛国之徒。走出"地狱",爬上"炼狱"的山坡。"炼狱"突出在海面上,内外分为九级,这是罪孽较轻的人修炼的所在。他们经过净火的烧炼,断除孽根,便可超度升天。在但丁的描写中,"炼狱"分外部、本部和顶部三部分。外部和顶部各成一级,本部又分七级。登七级"炼狱"并不是一条坦途,要环绕悬崖而上,形势十分险峻。在这里分住着骄、妒、怒、惰、贪、食、色等七种罪人。七级以上的顶部,便是"地上乐园"。这里祥云缭绕,紫雾缤纷,鲜花满空,仙乐阵阵。到了这里,浮吉尔忽然隐没不见了,但丁所敬爱的俾德丽采驾着仙车而来,引他去游"天堂"。"天堂"分为"月轮天"、"水星天"、"金星天"、"日轮天"、"火星天"、"木星天"、"土星天"、"恒心天"和"水晶天"等九重。按照但丁的想像,这是幸福的精灵所住的地方。所谓幸福的精灵,乃是守正不阿者、虔诚的真正的教士、立功立德者、基督教的苦行派先哲和神学家、为基督教信仰而出征的十字军战士和殉道者、正直的国王和统治者、潜心修道者，以及基督和众天使等。到了这里，俾德丽采归位在幸福的玫瑰中。圣伯纳特引导但丁窥见"三位一体"的奥秘，更见电光一闪，象征性地说明但丁见到了最高的真理和美，全诗便在这里结束了。

　　但丁生活的时期，是欧洲历史上处于从封建的中世纪向近代资本主义过渡的时期。他的故乡佛罗伦萨和意大利的另外一些城市威尼斯、热那亚、米兰一样，是在封建制度内部发展起来的资本主义生产关系的发源地。这些城市通过对封建领主的不断斗争，逐步形成了独立的城市共和国。各个城市之间，为了商业竞争，经常进行内战，而罗马的教皇统治者又反对意大利资本主义的发展和分散的城市构成为统一的、集权的民族国家，这就使得意大利长期处于分裂状态。世俗国王和罗马教皇之间政与教的矛盾又引起意大利和法国之间的矛盾。这些内外因素勾结一起，使得佛罗伦萨成为政治斗争和社会矛盾的焦点。而但丁恰恰就生活在这个矛盾错综复杂的时代，他的《神曲》成为这个过渡时期的一块高耸的界石，它既是中世纪文化的总结，又是人文主义思想的开端。

　　《神曲》的构思采用中世纪所特有的梦幻文学形式，具有浓厚的基督教宗教神秘色彩。诗人在《神曲》中梦游的三界，完全是按照中世纪基督教观念设想描绘的。所不同的是，但丁赋于它一定的象征意义："地狱"象征封建中世纪黑暗的现实生活，"炼狱"象征从丑恶现实到达理想境界必经的痛苦过程，"天堂"象征力争实现的社会理想；通过三个境界的漫游，展示出在理性（以浮吉尔为象征）和信仰（以俾德丽采为象征）的引导下，人类怎样从迷惘中，经过苦难和考验，最终达到至善至美的境界。更重要的是，通过三个境界的漫游，表现出但丁从政治、道德上探索意大利民族的出路，反映了刚苗发的新的人文主义意识。诗人对意大利的四分五裂、党派纷争、人欲横流、盗贼蜂起,感到无比的悲愤。他把意大利比作一只暴风雨中无人驾驶的小船,意大利已无一块安宁之地,干净之处。而"地狱"篇中所写亡魂生前的罪孽,正是意大利黑暗现实的写照;认为政治上的分裂和党争,使意大利招致了异族的侵略,损害了民族的独立和自由。因此,他把阻碍意大利统一、刺死凯撒的勃鲁多和卡修斯放在"地狱"第九层的冰湖里,与出卖老师的犹大一块,被三个面孔的地狱王咬住。诗人对他们的训斥,表现了统一意大利的政治主张。诗人这种积极进取,追求光明,努力探索真理的精神,是符合意大利民族利益的,其基本思想是属于近代的,有深刻的现实性。

《神曲》中,但丁对干涉意大利政治的教皇、虚伪的信徒作了无情地抨击,把他们打入"地狱"的最下面几层,受着种种苦刑,而且还亲手鞭打他们,踢他们的头颅。但丁责备教皇尼古拉三世:"因为你的贪婪,使世界陷于悲惨,把好人踩蹦,把恶人提升。"而对于当时干涉佛罗伦萨内政的教皇菩尼腓斯八世,虽还活着,却把他预先打入"地狱"底层受罪。诗人借用他的远祖卡却基达之口,给教皇作了最明确的总结:"他们这班人,日夜在那里用基督的名义做着买卖,他们把一切罪过归于弱小的一边,这是向例如此;然而天刑将为真理的见证,报复就要落在他们身上了。"但丁对教会、教皇的批判,发出了近代宗教改革的先声。但是,但丁在讽刺、打击教皇僧侣的同时,又把那些所谓正直的教皇、国王放在"天堂",对所谓罪人的划分,如"炼狱"中分列骄、妒、怒、惰、贪、食、色七种罪恶,显然受着中世纪封建教会"七恶"的传统影响。

《神曲》是一部梦幻的、象征的文学,充满了基督教的暗示性和神秘性;同时却又出现了一个古希腊的文化世界,肯定了对古代文化和新知识以及理性的爱好和追求。例如,因为浮吉尔是"智慧的海洋"、"理性的代表",所以才能引路。一方面因攸利西斯生前诡计多端而把他打入"地狱",一方面却又赞美其智慧,并通过他的口说出:"不是生来去过野兽的生活,而是要去追求美德和知识。"肯定渴求知识和知难而进的精神。但丁还通过自己、各种灵魂和天使的嘴,引用和阐述了天文、地理、历史、政治、神话、传说、文艺、诗歌、神学、哲学、伦理学等多方面的知识,几乎包容了中世纪和古代的一切学问。《神曲》中这种探求和掌握各种文化科学知识,是和中世纪教会把人禁锢在神学圈子的蒙昧主义完全对立的,而这正是一代人文主义者的特征。

《神曲》一方面宣传禁欲主义思想,把所谓放纵情欲的人打入"地狱",把一些"清心寡欲"的高僧、贤君放在"炼狱"、"天堂";另一方面又对两性的恋爱有所同情。在《地狱》第五歌中,有一对因相爱而被杀的情侣——保禄和弗兰采斯加,当但丁听他们叙述了不幸的遭遇后,竟使得他"因悲伤和怜悯而流泪"、"因怜悯而昏晕,如同一个尸首倒下一样"。这种同情心的反映,实际上是宣传追求现世幸福,赞扬爱情的自由,是对禁欲主义思想的否定,是文艺复兴时期人文主义思想的萌芽。

在艺术结构和表现形式上,《神曲》以它的结构严密、匀称著称于世。它按照三、九、十、百等富有象征和联想的数字概念安排,组成了一座宏伟的三棱形大建筑。全诗分三部,每部分三十三篇,加上一篇序曲,合成一百篇。每三行成一诗节,采用连锁韵律。还有,"地狱"分九层,"炼狱"是九级,"天堂"是九重,最后加上天府,又合成"十"这一个整数。在中世纪,"三"可以代表神学上的"三位一体";三的平方"九",代表奇迹中的奇迹;"十"则代表完美;"一百"当然是代表完美的完美了。这些结构技巧,与宗教思想有密切联系,带有中世纪文学的特征。但作者在宗教框子中反映的却是现实生活的概括。例如菩尼腓斯八世无止境的贪婪,就是天主教堕落势力的代表。写乌哥利诺在饿塔中和孩子一起被饿死时,书中描述道:孩子饿得难受时,肚子为尖利的牙齿咬破,在梦中哭喊着要面包;孩子饿死后,早已瞎了眼的乌哥利诺只能在暗中抚摸孩子的尸体,唤他们的名字,十分凄惨。描写准确鲜明,比喻贴切生动。在描写故事时,诗人注意环境的渲染,气氛的烘托。如写保禄和弗兰采斯加的爱情,笔墨不多,但真切细腻,技巧上已具有以后文艺复兴时代写"人"的现实主义文学的因素。

综上所述,《神曲》的内容一方面带有宗教的思想意识,一方面又反映出了意大利由封建关系转向资本主义过渡时期的社会现实;它追求知识、理性、个性解放,处处闪射出新思想的光辉;艺术手法上的新的表现,是以后文艺复兴时期现实主义方法的萌芽。

(陈伯通)

14 至 16 世纪人文主义文学指要

在 14 至 16 世纪欧洲封建社会向资本主义社会过渡的历史阶段，新兴资产阶级发动了反封建、反教会的思想文化运动，史称文艺复兴。这时期以人文主义思想为指导，以反封建为中心任务的人文主义文学，是欧洲近代资产阶级文学的开端，人类文化发展史上的灿烂篇章。

（一）

14 世纪以后，欧洲社会生产力迅速发展，在地中海沿岸的佛罗伦萨、威尼斯、米兰等意大利城市，出现了资本主义生产的最初萌芽。15、16 世纪，欧洲其他国家也先后形成资本主义生产关系。

资产阶级为了扫除发展道路上的封建羁绊，发动了规模空前的反封建的宗教改革运动和文艺复兴运动。以德国马丁·路德（1483—1546）为代表的宗教改革运动，沉重打击了以罗马教皇为代表的天主教会势力。同时，资产阶级还大力宣传和利用古代希腊罗马文化，掀起一股学习希腊文、拉丁文和研究古典学术的热潮。他们用古代朴素唯物主义的哲学来冲击中世纪的唯心主义经院哲学；以富有生活气息和现实主义因素的古希腊罗马文学来反对神秘的、宣传来世的封建文学；以健美的古代雕刻、绘画来否定形象呆板、宣扬消极厌世的宗教艺术。他们声称要把长期被湮没的古代文化"复兴"起来。这样，资产阶级在"文艺复兴"的旗号下，借用古代异教文化来摧毁以"神"为中心的封建意识形态，宣传和建立资产阶级以"人"为中心的人文主义新思想、新文化、新文学，把人们的思想从神学枷锁和封建桎梏中解放出来。因此，文艺复兴运动实际上就是为资产阶级登上历史舞台制造舆论的反封建、反教会的思想文化运动，是"人类从来没有经历过的最伟大的、进步的变革"（恩格斯：《〈自然辩证法〉导言》，《马克思恩格斯选集》第 3 卷第 445 页）。

（二）

作为文艺复兴运动指导思想的人文主义，以及以人文主义为主要思想内容的人文主义文学，具有与宗教神学、封建文学迥然不同的特点。

赞美人权人性，反对神权神性。中世纪教会竭力宣扬神权至上，否定人的作用，认为神主宰一切，人只能信仰上帝，听任神的摆布，不能有独立的人性、人权和人格。其实所谓"神"，只不过是神化了的封建统治者。为了反对封建教会的思想统治，人文主义者竭力赞美人性，肯定人的价值，歌颂人的力量，大力揭露神权统治对国家、对人民所造成的危害。他们认为人有无穷智慧，能够认识外部世界，创造一切；认为人有理性，只要人的个性得到解放，个人的才能就有可能同时在各方面得到发展。人文主义剧作家莎士比亚在著名悲剧《哈姆莱特》中把人歌颂为"宇宙的精华，万物的灵长"，更是对人、对人性的热情洋溢的赞歌。因此，"人""神"之争，实质上是资产阶级和封建阶级之间的斗争在世界观上的表现。

追求现世幸福，否定禁欲主义。中世纪教会宣扬灵魂不灭，要求人们清心寡欲，追求来世的天国幸福，目的是使劳动人民安于贫困、忍受剥削而不加反抗。人文主义者揭露封建阶级宣扬禁欲主义、天国幸福的虚伪性和空幻性，竭力宣扬现世幸福高于一切，认为人生的目的在于追求个人自由和个人幸福。因此,他们赞美爱情、肯定发财致富的合理性。意大利诗人彼得拉克公开宣称:"我自己是凡人,我只要求凡人的幸福";卜伽丘小说《十日谈》的一个重要主题就是谴责禁欲主义,颂扬爱情的力量。

推崇理性知识,批判蒙昧主义。中世纪教会大力宣扬蒙昧主义,实行愚民政策,提倡信仰而否定理智,排斥一切与基督教义相抵触的科学文化。人文主义者则认为理性是人的本质,依靠理性就能认识和改造客观世界,从而强调知识就是力量,知识是快乐的源泉,极力赞美科学文化,批判蒙昧主义。但丁在《神曲》中称博学多才的古罗马异教诗人维吉尔为"导师"和"智慧的海洋";法国作家拉伯雷在《巨人传》中强调要"畅饮知识,畅饮真理"。

拥护中央集权,反对封建割据。中世纪后期,诸侯割据,战乱频繁,严重阻碍了资本主义的发展。人文主义者反对封建诸侯的割据和纷争,主张国家统一和中央集权,以保证资本主义的正常发展。为此,人文主义者大力宣传爱国主义。彼得拉克的诗篇《意大利颂》就表现了这种爱祖国、爱民族的感情;莎士比亚的历史剧更突出地反映了资产阶级反对封建割据、渴望中央集权、国家统一的政治愿望。

提倡直面人生,摈弃寓意梦幻。封建教会垄断中古文化,轻视现世生活而推崇天堂幸福,使中世纪文学从思想到形式都染上浓厚的宗教色彩,艺术手法上突出的一点是普遍采用象征寓意手法。这种手法往往假托幻景的梦幻故事,带有浓厚的神秘色彩。人文主义作家重视人世,热爱生活,为了更好地反映现实社会的生活和斗争,在朴素唯物主义思想指导下,继承和发展了古代希腊罗马文学中的"摹仿自然"的现实主义因素,提出文艺要摹仿自然、反映人生的现实主义主张,强调直接观察生活,描写现实世界,使作品具有鲜明的时代感和历史感。这些主张表明人文主义作家摈弃了象征寓意的梦幻故事手法,采用现实主义方法来真实地、具体地描写自然界和社会生活,写出"人"的即资产阶级的力量和思想愿望。在体裁、语言、人物形象塑造上都有革新和创造,如以活生生的民族语言代替死板划一的拉丁官话;以歌颂人间女子的抒情诗取代讴歌圣母式精神恋爱的赞美诗;以适合于反映人间生活的小说、戏剧排斥宣扬天国生活、修道苦行的圣徒传和宗教剧;以生动、具体、性格鲜明的现实的人的形象来替代毫无人的气息、只像幽灵般游动的圣母、高僧。这种具有新的内容、新的形式、新的手法的人文主义文学,宽广地描绘出封建社会衰落、资本主义兴起时代的社会生活和资产阶级反封建的历史真相;丰富多彩的艺术形式,大大增强了文学反映生活的艺术表现能力。

(三)

反映新兴资产阶级政治要求和思想感情的人文主义文学,最早诞生在资本主义和文艺复兴运动的发源地意大利。远在13、14世纪之交,意大利就出现了被恩格斯称为"中世纪的最后一位诗人,同时又是新时代的最初一位诗人"的但丁。他在20余年的放逐生活中所写的著名诗集《神曲》(包括《地狱》、《炼狱》、《天堂》三部),采用中世纪梦幻故事的形式,借神游三界的生动情节,广泛地反映当时的社会生活。它虽蒙上了浓厚的神秘色彩,掺杂了不少禁欲主义的思想,但猛烈抨击教皇的贪婪、伪善,深刻揭露封建统治的黑暗、残暴,集中体现了新旧交替时代的特色,成为中世纪封建文学的挽歌,文艺复兴时期新文学的序曲。意大利人文主义文学的代表作家是彼得拉克和卜伽丘。彼得拉克(1304—1374)喜欢搜集希腊罗马古籍抄本,研读罗马诗人著作,倡导用"人学"同中世纪"神学"相抗衡,最早提出"人文主义"的口号,被公认为第一个人文主义者。他的《抒情诗集》将人文主义思想和现实主义创作方法初步结合起来,一反中世纪诗歌的神秘的出世思想和精神恋爱倾向,大胆歌颂人间女子劳拉的爱情,揭示出人的内心世界,表现出以现世幸福为中心的恋爱观念。体裁上开创了十四行体抒情诗的新形式,对文艺复兴时期各国诗歌的发展影响颇大。卜伽丘(1313—1375)的短篇小说集《十日谈》,面向现实,描写人生,对中世纪禁欲主义、神秘主义的封建伦理道德提出大胆的挑战,集中宣扬了市民阶级追求现世享受和爱情幸福的人生观,表现了资产阶级反对教会权威和封建等级特权的新思想,是欧洲第一部短篇小说集。在彼得拉克和卜伽丘以后,意大利人文主义文学的著名作家作品还有阿利奥斯托(1474—1533)的传奇体叙事诗《疯狂的奥尔兰多》,塔索(1544—1595)的叙事诗《被解放的耶路撒冷》等。

德国是宗教改革运动的发源地,因此,德国的文艺复兴时期产生了直接为宗教改革服务的诗歌和政论文、散文。埃拉斯慕斯(1466—1536)的《愚蠢颂》,通过“愚蠢”这个人物的自白,讽刺不学无术、虚伪自私的僧侣,抨击贪得无厌的教会和诸侯间的内战。宗教改革运动的领导人马丁·路德用德语译出《圣经》,对于促进德国民族语言的统一作出了贡献。他的赞美诗《我们的上帝是一座坚固的堡垒》被认为是 16 世纪的充满胜利信念的《马赛曲》。

16 世纪的法国,已建成了当时欧洲最大的中央集权的民族国家。中央王权为了制服割据的贵族势力和农民起义,实行鼓励资本主义发展的政策,支持文艺复兴运动的开展,而资产阶级也因本身力量还不够强大,需要王权的保护,所以人文主义者一般都赞美国王。法国人文主义文学存在着以龙沙为代表的“七星诗社”的贵族倾向和以拉伯雷为代表的民主倾向。两者都反对天主教会和禁欲主义,推崇古代希腊罗马文学,歌颂爱情和现世幸福,但前者迎合贵族趣味,一味摹拟古代作品,轻视民间文学;后者反映了平民的思想要求,重视民间文学和人民语言,积极传播人文主义新文化,猛烈抨击宗教神学。拉伯雷(1495—1553)是欧洲重要的人文主义小说家。他悉心研读古代希腊文学和哲学,博学多才,跟反动教会英勇斗争,不愧为"巨人时代"的"巨人"。他的代表作长篇小说《巨人传》共 5 部,以夸张的艺术手法,塑造了象征人的力量的三个"巨人"形象——格朗古杰、高康大和庞大固埃祖孙三代。他们热爱生活,体型魁伟巨大,知识渊博,嘲笑僧侣,蔑视神权。作者用滑稽讽刺的口吻,揭露了经院教育的腐败,嘲笑了教士的愚蠢、无能,讽刺了司法官吏的贪赃枉法、鱼肉人民。小说还描写了一座与封建教会截然不同的德廉美修道院。那里废除了烦琐的宗教仪式和清规戒律,一切自由自在,无拘无束,男女平等,人人能读能写,文武双全,允许积累财富,把"想做什么便做什么"当作惟一的院规。这正是新兴资产阶级在政治上要求平等,思想上要求自由,经济上要求发财致富的社会理想的反映。《巨人传》是欧洲最早的长篇小说之一。法国人文主义文学中,随笔、回忆录、政论文、讽刺小品等散文体裁,也得到了蓬勃的发展。蒙泰涅(1533—1592)的《随笔集》,夹叙夹议,表达了新兴资产阶级对各种事物的看法,例如推崇以"人"为本的思想,反对内战,主张各个教派相互容忍,批判经院教育对儿童身心的摧残。《随笔集》语言平易通畅,比喻形象、贴切,开创了随笔式散文的先河。

16 世纪后期至 17 世纪初,西班牙和英国人文主义文学得到了高度的发展,诗歌、小说、戏剧、散文各种文学体裁竞放异彩,使文艺复兴时期的文学进入了繁荣昌盛阶段。

西班牙在 15、16 世纪之间结束了反对摩尔人侵略的斗争,统一了国家。16 世纪地理大发现后,西班牙对美洲进行殖民掠夺,又兼并欧洲大片土地,成为称霸欧、美两洲的大国,国内工商业日趋繁荣,文学也逐渐进入兴盛时期,以小说和戏剧为最盛。最杰出的作家塞万提斯(1547—1616),一生坎坷曲折,遭遇悲惨,深知人民的悲苦生活。他的长篇小说《堂吉诃德》通过主人公堂吉诃德沉迷于骑士文学、冒险行侠致死的悲剧,控诉了封建骑士小说对人民的毒害;广泛地描写了 16、17 世纪之交西班牙封建社会的现实生活;

揭露了封建贵族的骄奢淫逸;反映了劳动人民的贫困生活。堂吉诃德和桑丘·潘沙这两个人物,已成为世界文学史上不朽的典型形象。戏剧家洛卜·德·维伽(1562—1635),从西班牙历史故事和民间传说中汲取题材,以描绘现实生活。他冲破古代希腊罗马剧本的陈规,把悲剧和喜剧夹杂在一起,以满足当代观众的要求为准则,并重视情节的安排和语言的运用。代表作《羊泉村》描写1476年羊泉村农民反抗封建领主的斗争,揭露封建主的专横暴虐,肯定农民为维护自己的权利和自由而进行的正义斗争。他的剧作奠定了西班牙民族戏剧的基础,对后代欧洲戏剧产生过影响。

15、16世纪以后,英国资本原始积累迅速增长,国内工商业和对外贸易日益兴盛,掠夺海外殖民地人民的活动越来越广。中央集权的都铎王朝的建立,对入侵英伦的西班牙无敌舰队的战胜和伊丽莎白女王的重商主义政策的推行,使英国政治统一,经济繁荣,文化发达。从乔叟(1340—1400)开始的英国人文主义文学也出现了诗歌、小说、散文、戏剧等各种文艺形式的全面繁荣。托马斯·摩尔(1478—1535)的名作《乌托邦》,有力地揭露了资本主义原始积累过程中"羊吃人"的残酷性,展望了空想社会主义的理想图景。斯宾塞(1552—1599)所写的许多抒情诗和长诗《仙后》,歌颂爱情,赞美女王,宣传人文主义新思想。此外,锡德尼(1554—1586)的小说,培根(1561—1626)的论说文,也都有较高的成就。由于伊丽莎白女王统治时期(1558—1603)政局稳定,经济繁荣,人文主义思想广泛传播,市民迫切要求反对禁欲主义,获得现世生活的乐趣,因此,作为文化娱乐的重要阵地的剧场大量出现,戏剧创作也得到空前未有的发展。为莎士比亚戏剧开路的一批称为"大学才子"的剧作家,他们以国内外古代历史和民间传说中的故事为题材,表达人文主义思想和要求,特别是克里斯朵夫·马洛(1564—1593)的剧本《浮士德博士的悲剧》,宣传知识就是力量,反映了资产阶级力图从宗教蒙昧主义束缚下解放出来的强烈愿望。莎士比亚的戏剧达到英国甚至欧洲文艺复兴时期人文主义文学的光辉顶峰。它生动地反映了英国封建制度没落、资本主义兴起时代的社会生活和矛盾,宣扬了资产阶级的政治要求和生活理想,不仅揭露了封建主阶级的腐朽和丑恶,而且也谴责了资本原始积累过程中产生的资产阶级极端利己主义的邪恶势力。莎士比亚戏剧现实性强,人物形象性格鲜明,情节丰富生动,社会背景广阔,语言丰富有力,对欧洲近代文学产生过重大影响。

欧洲文艺复兴时期人文主义文学继承了古代希腊罗马文学的优秀传统,并在新历史条件下加以革新发展。它那反封建、反教会的鲜明的思想内容,具体描写现实社会生活的现实主义方法,精心塑造个性与共性相结合的人物形象的手法,以及文学体裁、艺术技巧等方面的创新,为欧洲近代资产阶级文学开拓了发展的道路。

(陈　挺、夏　盛)

卜伽丘

十 日 谈

第二天故事第一

不久以前,特莱维索地方住着一个日耳曼人,叫做阿里古,十分清贫,给人家当脚夫为生。只因他为人正直,洁身自好,人们非常敬重他,把他看做一个圣洁的人。也不知这话是真是假,据当地的人发誓说,在他临终的时候,特莱维索大教堂里那许多大钟小钟,没有人敲打,竟一齐响了起来。

这件事,大家认为是个奇迹,因此断定这个阿里古就是天主派来的圣徒。全城的人一下子都涌到他家里,把他的尸体抬了出来,按照对待圣徒应有的隆重仪式,直抬到了大教堂。于是大家又忙着去把那些跛脚的、疯瘫的、瞎眼的,以至各种各样畸形残废、患着痼疾的人都拉了来,一心希望这些人只消碰一碰圣体,什么疾病都就霍然而愈。

正当大家这么乱嘈嘈、闹哄哄的时候,恰巧有三个我们的同乡,来到了特莱维索,他们的名字是:史台希,马台利诺和马显士。他们是三个小丑,善于摹仿别人的动作和表情,常在宫廷府邸里献技,博取王公王臣的一笑。他们还是初次来到特莱维索,却看见这里的人全都一个劲儿地在东奔西跑,不免奇怪起来;后来打听到原来是这么一回事,就也想去见识一下。他们把行李在一家客店里寄放妥当以后,马显士就说:

"我们大可以去瞻仰这位圣徒,可是照我看来,只怕很难达到这目的了。我听说广场上挤满了日耳曼人,城里的官长惟恐发生事故,又派遣了许多兵士在那儿站岗。他们又说,教堂里更是塞满了人,水泄不通,你简直休想挤得进去。"

"别为这点事发愁吧,"马台利诺说,他自己也急于想去看看热闹,"我向你们担保我会想出一个办法来,让大家可以来到圣体跟前。"

"什么办法呢?"马显士问。马台利诺回他说:

"对你说了吧。我可以假装成一个跛子,你和史台希两个,就只当我不会走路似的,左右扶着我,只说是要把我带到圣者跟前去求医;人家看见了我们这种光景,谁还会不让出一条路来呢?"

马显士和史台希非常赞成他这个主意。他们三人就立刻离开客店,来到一个僻静的地点。于是马台利诺施展本领,把自己的手臂和手指都扭转过来,腿也跛了,嘴也歪了,眼睛也斜了,一张脸儿变得奇形怪状,看上去十分可怕。无论哪个看到他这副模样儿,也一定要说他是个全身残废的人了。马显士和史台希就扶持着这个假病人,直向大教堂走去,一路上满脸虔敬,低声下气地请求人们看在天主面上,让出一条通路来。大家果然连忙让出路来。

总之,人人都把眼光投向他们,几乎没有一个不高声嚷道:"让开些!让开些!"就这样,他们一直来到圣阿里古的遗体跟前。站在近旁的几个绅士,当即把他抬了起来,安放在圣体上面,好让他重享健康。

每个人都目不转睛地注视着马台利诺,看他究竟会有什么变化。马台利诺很懂得在目前的场合中应该怎样应付;他在圣体上躺了一会儿,先伸直了一个指头,接着抬起了一只手,又张开了一条胳膊;到最后,终于全身都挺直了。众人看到有这等奇迹,一齐欢呼起来;赞美阿里古的呼声响彻云霄,那时就是天上打着响雷,也会给这一片欢呼声淹没的。

恰巧那一天,有一个佛罗伦斯人也在教堂里,他原来很熟悉马台利诺,不过方才马台利诺给扶进来的时候,装成那副怪相,所以认不出他了;可是等到马台利诺一挺直了身子,他立刻认出了他来,不禁失笑起来,嚷道:

"愿天主惩罚他!看他进来的那种模样儿,谁会不当真把他看作一个残废者呢。"

他这话给几个本地人听见了,不禁问道:"什么,难道他不是个残废者吗?"

"天知道!"那个佛罗伦斯人嚷道,"他的身子跟我们一样挺得笔直,不过他自有一套本领,能随心所欲,把身子变得奇形怪状罢了。"

众人一听见这话,再不多问,就一拥而上,嚷道:

"他是个大坏蛋,胆敢跟天主和圣徒开玩笑!他并不真是残废,他是假装了残废来嘲弄咱们和咱们的圣徒!抓住他呀!"

这么嚷着,他们就一把揪住他的头发,把他从躺着的地方拖下来,把他的衣服扯个粉碎,又是打、又是踢,拳脚交加。一教堂的人几乎全都举着拳头哄了上来。马台利诺急得大声哀呼,请求众人"看在天主面上,饶命吧!"他一面还想闪躲,还想招架,可是哪里有用?他激起了公愤,人越围越多了。

史台希和马显士看见这种光景,知道事情弄糟了,又害怕自己挨打,不敢出头去救他,反倒是跟着众人一起喊道:"打死他!"他们一边喊一边却在竭力想法,要把他从愤怒的人群中间搭救出来。亏得马显士急中生智,想出了一个办法,要不然的话,只怕他真会给众人打死了。城里的警士全部在教堂外面站岗,马显士就赶紧挤出教堂,奔到一个警官面前,嚷道:

"看在老天面上,快帮助我吧!贼骨头把我的钱袋偷去了,里面足足装着一百个金币呢。快去抓住他,帮我把钱追回来吧!"

那警官听得这么说,就立刻带着十来名警士,照着马显士的话,直向教堂奔去。可怜那马台利诺这当儿就像一个石臼似地给众人捣个不停。那些警士好不容易冲进人堆中间,把马台利诺从众人手里抢救了出来,押到官府里去。马台利诺已给打得头破血流、浑身青肿了;可是众人认为受了他的侮辱,还不肯甘休,都跟了去;后来听说他是给抓去当小偷办的,心想这倒也好,可以让他多吃些苦头,就七嘴八舌地嚷起来,咬定他偷了他们的钱袋。

官老爷本是一个性子暴躁的家伙,一听得捉住了个小偷,就立刻把罪犯提来审问。哪知道马台利诺若无其事,回答的话近于戏谑。这可把官老爷气坏了,下令把他绑上刑床,三收三放,只是要逼取他的口供,好再拿绳索套上他的脖子,吊到那绞刑架上去。

松了绑之后,那官老爷又问他有招无招;马台利诺知道有理难辩,只得说道:"我愿意招认了;请您把原告传来,问他们究竟在什么时候、什么场所失窃的钱袋,那我就可以招供哪些是我偷的,哪些不是我偷的。"

官老爷说:"这倒也好,"就下令叫了几个原告上来,问了一遍。一个说,马台利诺在八天前扒去了他的钱袋,另一个说是六天前,还有一个说又是四天前,另外又有些人说是当天失窃的钱袋。

马台利诺听完了他们的话,就说:

"大人,他们全是一派胡言。我可以证明我这话不是瞎说的。我来到此地才只几个钟点，以前从未来过；也是我命里倒楣，一到这儿，就到教堂里去瞻仰圣徒的遗体，却不想给人一顿好打，成了这副模样。以上这些话，句句属实，大人不信，可以去向检查外人入境的官员调查，翻阅他们的登记簿；还可以询问客店主人。如果查明属实，那么请求大人不要再听信那些坏蛋的话来难为我，以致把我判处死刑吧。"

再说马显士和史台希两个在官府外面，听说审判官对于马台利诺毫不容情，已动了大刑，急得不知如何是好，说道："坏事了，我们把他从油锅里救出来，不想又把他送进了火坑。"就赶忙回到客店里，找着了店主人把他们闯的祸告诉了他。店主人听了十分好笑，就把他们带去见本地的一个绅士，叫做桑德罗·阿哥兰第，此人跟总督颇有交情。店主人把事情经过原原本本告诉了他；还跟他们一起恳求他援救马台利诺。桑德罗听了他们的故事，哈哈大笑了一阵，就到总督那儿，请求他开释马台利诺，总督当下答应了。

差官奉了总督的命令，来向审问官提人，只见马台利诺单穿着一件衬衣还在那里受审，神色慌乱，不知如何是好；原来不管他怎样申辩，那官老爷总是不听他的。也不知道这位官老爷是不是对佛罗伦斯人特别怀恨，总之打定主意要把马台利诺送到绞刑架上去，甚至不肯把他交给总督的来人；直到最后迫于命令，没法可想，这才交出人来。马台利诺来到总督面前，把事由本末，据实说出来，还请求总督恩准他离开这里，说是除非他平安回到佛罗伦斯，他总觉得脖子上还套着一根绞索似的。

总督听了他的倒楣事儿，哈哈大笑，答应了他的要求，还赏给每人一套衣裳。这样，他们绝处逢生，一路平安，回到了家乡。

第四天故事第一

萨莱诺的亲王唐克烈本是一位仁慈宽大的王爷，可是到了晚年，他的双手却沾染了一对情侣的鲜血。他的膝下并无三男两女，只有一个独养的郡主，亲王对她真是百般疼爱，自古以来，父亲爱女儿也不过是这样罢了；谁想到，要是不养这个女儿，他的晚境或许倒会幸福些呢。那亲王既然这样疼爱郡主，所以也不管耽误了女儿的青春，竟一直舍不得把她出嫁；直到后来，再也藏不住了，这才把她嫁给了加布亚公爵的儿子。不幸婚后不久，丈夫去世，她成了一个寡妇，重又回到她父亲那儿。

她正当青春年华，天性活泼，身段容貌，都长得十分佳妙，而且才思敏捷，只可惜做了一个女人。她住在父王的宫里，养尊处优，过着豪华的生活；后来看见父亲这样爱她，根本不想让她再嫁，自己又不好意思开口，就私下打算找一个中意的男子做她的情人。

出入她父王的宫廷里的，上下三等人都有，她留意观察了许多男人的举止行为，看见父亲跟前有一个年轻的侍从，名叫纪斯卡多，虽说出身微贱，但是人品高尚，气宇轩昂，确是比众人高出一等，她非常中意，竟暗中爱上了他，而且朝夕相见，愈看愈爱。那小伙子并非是个傻瓜，不久也就觉察了她的心意，也不由得动了情，整天只想念着她，把什么都抛在脑后了。

两人这样眉目传情，已非一日；郡主只想找个机会和他幽会，可又不敢把心事托付别人，结果给她想出一个极好的主意来。她写了封短简，叫他第二天怎样来和她相会；又把这信藏在一根空心的竹竿里面，交给纪斯卡多，还开玩笑地说道：

"把这个拿去当个风箱吧，那么你的女仆今儿晚上可以用这个发火了。"

纪斯卡多接过竹竿，心想郡主决不会无缘无故给他这样东西，而且说出这样的话来。他回到自己房里，检查竹竿，看见中间有一条裂缝；劈开一看，原来里面藏着一封信。他急忙把信读了，明白了其中的意思，这时候他真是成了世上最快乐的人；于是他就依着信里的话，做好准备，去和郡主幽会。

在亲王的宫室附近有一座山，山上有一个许多年代前开凿的石室；在山腰里，当时又另外凿了一条隧道，透着微光，直通那郡府。那石室久经废弃，所以那隧道的出口处，也荆棘杂草丛生，几乎把洞口都掩蔽了。在那石室里，有一道秘密的石级，直通宫室，石级和石室之间，隔着一扇沉重的门，把门打开，就是郡主楼下的一间屋子。因为山洞久已不用，大家早把这道石级忘了。可是什么也逃不过情人的眼睛，所以居然给那位多情的郡主记了起来。

她不愿让任何人知道她的秘密，便找了几样工具，亲自动手来打开这道门，经过了好几天的辛苦，终于把门打开了。她就登上石级，直找到那山洞的出口处，她把隧道的情形，洞口离地大约多高等都写在信上，教纪斯卡多设法从这隧道到她宫里来。纪斯卡多立即预备了一条绳子，中间打了许多结，绕了许多圈，以便攀上爬下。第二天晚上，他穿了一件皮衣，免得叫荆棘刺伤，就独个儿悄悄来到山脚边，找到了那个洞口，把绳子的一端在一株坚固的树桩上系牢,自己就顺着绳索,降落到洞底,在那里静候郡主。

第二天,郡主假说要午睡,把侍女都打发出去,独自关在房里。于是她打开那扇暗门,沿着石级,走下山洞,果然找到了纪斯卡多,彼此都喜不自胜。郡主就把他领进自己的卧室,两人在房里逗留了大半天,真像神仙般快乐。分别时,两人约定,一切要谨慎行事,不能让别人得知他们的私情。于是纪斯卡多回到山洞;郡主锁上暗门,去找她的侍女。待到天黑之后,纪斯卡多攀着绳子上升,从进来的洞口出去,回到自己的住所。自从发现了这条捷径以后,这对情人就时常相会。

可是命运之神不甘心让这对情人长久浸沉在幸福里,竟借着一件意外的事故,把这一对情人满怀的欢乐化作断肠的悲痛。这厄运是这样降临的:

原来唐克烈常常独自一人来到女儿房中,跟她聊一会天,然后离去。有一天,他吃过午饭,又到他女儿绮思梦达的寝宫里来,看见女儿正带着她那许多女伴在花园里游乐,他不愿打断她的兴致,就悄悄走进她的卧室,不曾让人看到或是听见。来到房中,他看见窗户紧闭、帐帷低垂,就在床脚边的一张软凳上坐了下来,头靠在床上,拉过帐子来遮掩自己,好像有意要躲藏起来似的,不觉就这样睡熟了。

也是合该有事,绮思梦达偏偏约好纪斯卡多在这天里幽会,所以她在花园里玩了一会,就让那些女伴继续玩去,自己悄悄溜到房中,把门关上了,却不知道房里还有别人,就去开了那扇暗门,把在隧道里等候着的纪斯卡多放进来。他们俩像平常一样,一同登上了床,寻欢作乐,正在得意忘形的当儿,不想唐克烈醒了。他听到声响,惊醒过来,看见女儿和纪斯卡多两个正在干着好事,气得他直想咆哮起来,可是再一转念,他自有办法对付他们,还是暂且隐忍一时,免得家丑外扬。

那一对情人像往常一样,温存了半天,直到不得不分手的时候,这才走下床来,全不知道唐克烈正躲在他们身边。纪斯卡多从洞里出去,她自己也走出了卧房。唐克烈也不顾自己年事已高,却从一个窗口跳到花园里去,趁着没有人看见,赶回自己房中,几乎气得要死。

当天晚上,到了睡觉时分,纪斯卡多从洞底里爬上来,不想早有两个大汉,奉了唐克烈的命令守候在那里,将他一把抓住;他身上还裹着皮衣,就这样给悄悄押到唐克烈跟前。亲王一看见他,差一点儿掉下泪来,说道:

"纪斯卡多,我平时待你不薄,不想今日里却让我亲眼看见你色胆包天,竟敢败坏我女儿的名节！"

纪斯卡多一句话都没有，只是这样回答他："爱情的力量不是你我所管束得了的。"

唐克烈下令把他严密看押起来；他当即给禁锢在宫中的一间幽室里。

第二天，唐克烈左思右想，该怎样发落他的女儿；吃过饭后，就像平日一样，来到女儿房中，把她叫了来。绮思梦达怎么也没想到已经出了岔子。唐克烈把门关上，单剩自己和女儿在房中，于是老泪纵横，对她说道：

"绮思梦达，我一向以为你端庄稳重，哪里想到竟会有这种事！要不是我亲眼看见，而是听旁人告诉我，那么别说是你跟你丈夫以外的男人发生关系，就是说你存了这种欲念，我也绝对不会相信的。我已经到了风烛残年，再没有几年可活了，谁知碰到这种事，叫我从此以后一想起来，就觉得心痛。

"即使你要做出这种无耻的事来，天哪，那也得挑一个身份相称些的男人才好！多少王孙公子出入我的宫廷，你却偏偏看中了纪斯卡多——这是一个下贱的奴仆，可以说，从小就靠我们行好，把他收留在宫中；你这种行为真叫我心烦意乱，不知该把你怎样发落才好。至于纪斯卡多，昨天晚上他一爬出山洞，我就把他捉住，关了起来，我自有处置他的办法。对于你，天知道，我却一点主意都拿不定。一方面，我对你狠不起心来，天下做父亲的爱女儿，总没有像我那样爱你爱得深。另一方面，我想到你这样轻薄，又怎能不怒火直冒？如果看在父女的份上，我只好饶了你；如果以事论事，我就顾不得骨肉之情，非要重重惩罚你不可。不过，在我还没拿定主意以前，我且先听听你自己有什么话要说。"

说到这里，他低下头去，号啕大哭起来，竟像一个挨了打的孩子一样。

绮思梦达听了父亲的话，知道不但他们的私情已经败露，而且纪斯卡多也已经给关了起来，她心里感到一阵说不出的悲痛，好几次都差些儿要像一般女人那样大哭大叫起来。她知道她的纪斯卡多必死无疑，可是崇高的爱情战胜了那脆弱的感情，她凭着惊人的意志力，强自镇定，并且打定主意，宁可一死也决不说半句求饶的话。因此，她在父亲面前并不像一个因为犯下过错、受了责备而哭泣的女儿，却是勇敢无畏，眼无泪痕，面无愁容，坦坦荡荡地回答她父亲说：

"唐克烈，我不预备否认这回事，也不想向你讨饶；因为第一件事对我不会有半点好处，第二件事就是有好处我也不愿意干。我也不想请你看着父女的情份来开脱我;不,我就是要把事情的真相讲出来,用充分的理由来为我的名誉辩护,接着就用行动来坚决响应我灵魂的伟大的号召。不错,我确是爱上了纪斯卡多,只要我还活着——只怕是活不多久了——我就始终如一地爱他。假使人死后还会爱,那我死了之后还要继续爱他。我堕入了情网,与其说是由于女人的意志薄弱,倒不如说,由于你不想再给我配一个丈夫,同时也为了他本人可敬可爱。

"唐克烈,你既然自己是血肉之躯,你应该知道你养出来的女儿,她的心也是血肉做成的,并非铁石心肠。你现在年老力衰了,但是应该还记得那青春的规律,记得它对青年人具有多大的支配力量。虽说你的青春多半是消磨在战场上,你也总该知道饱暖安逸的生活对于一个老头儿会有什么影响,别说对于一个青年人了。

"我是你生养的,是个血肉之躯,在这世界上又没度过多少年头,还很年轻,那么怎怪得我春情荡漾呢?况且我已经结过婚,尝到过其中的滋味,这种欲念就格外迫切。我按捺不住这片青春烈火;我年轻,又是个女人,我情不自禁,私下爱上了一个男人。我凭着热情冲动,做出这事来,但是我也曾费尽心机,免得你我蒙受耻辱。多情的爱神和好心的命运,指点了我一条外人不知道的秘密的通路,好让我如愿以偿。这回事,不管是你自己发现的也罢,还是别人报告你的也罢,我决不否认。

"有些女人只要随便找到一个男人,就满足了,我可不是那样;我是经过了一番观察和考虑,才在许多男人中间选中了纪斯卡多,有心去挑逗他的;而我们俩凭着小心行事,确实享受了不少欢乐。你方才把我痛骂了一顿,听你的口气,我缔结了一段私情,罪过还轻;只是千不该万不该去跟一个低三下四的男人发生关系,倒好像我要是找一个王孙公子来做情夫,那你就不会生我的气了。这完全是没有道理的世俗成见。你不该责备我,要埋怨,只能去埋怨那命运之神,为什么他老是让那些庸俗无能之辈窃居着显赫尊荣的高位,把那些人间英杰反而埋没在草莽里。

"可是我们暂且不提这些,先来谈一谈一个根本的道理。你应该知道,我们人类的骨肉都是用同样的物质造成的,我们的灵魂都是天主赐给的,具备着同样的机能,同样的效用,同样的德性。我们人类向来是天生一律平等的,只有品德才是区分人类的标准,那发挥大才大德的才当得一个'贵';否则就只能算是'贱'。这条最基本的法律虽然被世俗的谬见所掩蔽了,可并不是就此给抹煞掉，它还是在人们的天性和举止中间显露出来；所以凡是有品德的人就证明了自己的高贵，如果这样的人被人说是卑贱，那么这不是他的错，而是这样看待他的人的错。

"请你看看满朝的贵人，打量一下他们的品德，他们的举止，他们的行为吧；然后再去回头看看纪斯卡多又是怎样。只要你不存偏见，下一个判断，那么你准会承认：最高贵的是他，而你那班朝贵都只是些鄙夫而已。说到他的品德，他的才能，我不信任别人的判断，只信任你的话和我自己的眼光。谁曾像你那样屡屡称赞他，把他当作一个英才？真的，你这样赞美他不是没有理由的。要是我没有看错人，我敢说：你赞美他的话他句句都当之无愧，你以为把他称赞够了，可是他比你所称赞的还要胜三分呢。要是我把他看错了，那么我是上了你的当。

"现在你还要说我结识了一个低三下四的人吗？如果你这样说，那就是违心之论。你不妨说，他是个穷人，可是这话只会给你带来羞耻，因为你有了人才不知道提拔，把他埋没在仆人的队伍里。贫穷不会磨灭一个人的高贵的品质，不，反而是富贵叫人丧失了志气。许多帝王，许多公侯将相，都是白手起家的；而现在有许多村夫牧人，从前都是豪门巨族呢。

"那么，你要怎样处置我，用不到再这样踌躇不决了。如果你决心要下毒手——要在你风烛残年干出你年轻的时候从来没干过的事，那么你尽管用残酷的手段对付我吧，我决不向你乞怜求饶，因为如果这算得是罪恶，那我就是罪魁祸首。我还要告诉你，如果你怎样处置了纪斯卡多，或者准备怎样处置他，却不肯用同样的方法来处置我，那我也会自己动手来处置我自己的。

"现在，你可以走了，跟那些娘们儿一块儿去哭泣吧；哭够之后，就狠起心肠一刀子把我们俩一起杀了吧——要是你认为我们非死不可的话。"

亲王这才知道他的女儿有一颗伟大的灵魂；不过还是不相信她的意志真会像她的言词那样坚决。他走出了郡主的寝宫，决定不用暴力对待她，却打算惩罚她的情人来打击她的热情，叫她死了那颗心。当天晚上，他命令看守纪斯卡多的那两个禁卫，私下把他缢死，挖出心脏，拿来给他。那两个禁卫果然照着他的命令做了。

第二天，亲王叫人拿出一只精致的大金杯，把纪斯卡多的心脏盛在里面，又吩咐自己的心腹仆人把金杯送给郡主，同时叫他传言道："你的父王因为你用他最心爱的东西来安慰他，所以现在他也把你最心爱的东西送来慰问你。"

再说绮思梦达，等她父亲走后，矢志不移，便叫人去采集了那恶草毒根，煎成毒汁，准备一旦她的疑虑成为事实，就随时要用到它。那侍从送来了亲王的礼物，还把亲王的话传述了一遍。她面不改色，接过金杯，揭开一看，里面盛着一颗心脏，就懂得了亲王为什么要说这一番话，同时也明白了这必然是纪斯卡多的心脏无疑；于是她回过头来对那仆人说：

"只有拿黄金做坟墓，才是不委屈了这颗心脏，我父亲这件事真做得得体！"

说着，她举起金杯，凑向唇边，吻着那颗心脏，说道："我父亲对我的慈爱，一向无微不至，如今在我生命的最后一刻里，对我越发慈爱了。为了这么尊贵的礼物，我要最后一次向他表示感谢！"

于是她紧拿着金杯，低下头去，注视着那心脏，说道："唉，你是我的安乐窝，我一切的幸福全都栖息在你身上。最可诅咒的是那个人的狠心的行为——是他叫我现在用这双肉眼注视着你！只要我能够用我那精神上的眼睛时时刻刻注视你，我就满足了。你已经走完了你的路程，已经尽了命运指派给你的任务，你已经到了每个人迟早都要来到的终点。你已经解脱了尘世的劳役和苦恼；你的仇敌把你葬在一个跟你身份相称的金杯里，你的葬礼，除了还缺少你生前所爱的人儿的眼泪外，可说什么都齐全了。现在，你连这也不会欠缺了，天主感化了我那狠毒的父亲，指使他把你送给我。我本来准备面不改色，从容死去，不掉一滴泪；现在我要为你哭一场，哭过之后，我的灵魂立即就要飞去跟你曾经守护的灵魂结合在一起。只有你的灵魂使我乐于跟从、倾心追随，一同到那不可知的冥域里去。我相信你的灵魂还在这里徘徊，凭吊着我们的从前的乐园；那么，我相信依然爱着我的灵魂呀，为我深深地爱着的灵魂呀，你等一等我吧！"

说完，她就低下头去，凑在金杯上，泪如雨下，可绝不像娘们儿那样哭哭啼啼，她一面眼泪流个不停，一面只顾跟那颗心脏亲吻，也不知亲了多少回，吻了多少遍，真是没完没结，把旁边的人看得怔住了。侍候她的女伴不知道这是谁的心脏，又不明白她说这些话是什么意思，可是都被她深深感动了，陪她伤心掉泪，再三问她伤心的原因，可是任凭怎样问，怎样慰劝，她总是不肯说；她们只得极力安慰她一番。后来郡主觉得哀悼够了，就抬起头来，揩干了眼泪，说道：

"最可爱的心呀，我对你，已经完全尽了我的本分，现在只剩下最后的一步了,那就是:让我的灵魂来和你的灵魂结个伴儿吧!"

说完,她叫人取出那昨日备下的盛毒液的瓶子来,只见她拿起瓶子就往金杯里倒去,把毒液全倾注在那颗给泪水洗刷过的心脏上;于是她毫无畏惧地举起金杯,送到嘴边,把毒汁一饮而尽。饮罢,她手里依然拿着金杯,登上绣榻,睡得十分端正安详,把情人的心脏按在自己的心上,一言不发,静待死神降临。

侍候她的女伴,这时虽然还不知道她已经服毒,但是听她的说话,看她的行为有些反常,就急忙派人去把种种情形向唐克烈报告。他恐怕发生什么变故,急匆匆地赶到女儿房中,正好这时候她在床上睡了下来。他想用好话来安慰她,可是已经迟了,这时候她已经命在顷刻了。他不觉失声痛哭起来,谁知郡主却向他说道:

"唐克烈,我看你何必浪费这许多眼泪呢,等逢到比我更糟心的事,再哭不迟呀;我用不到你来哭,因为我不需要你的眼泪。除了你,有谁达到了目的反而哭泣的呢。如果你从前对我的那一片慈爱,还没完全泯灭,请你给我最后的一个恩典——那就是说,虽然你反对我跟纪斯卡多做一对不体面的夫妻,但是请你把我和他的遗体(不管你把他的遗体扔在什么地方)公开合葬在一处吧。"

亲王听得她这么说,心如刀割,一时竟不能作答。年轻的郡主觉得她的大限已到,紧握着那心脏贴在自己的心头。说道:

"天主保佑你,我要去了。"

说罢,她闭上眼,随即完全失去知觉,摆脱了这苦恼的人生。

这是纪斯卡多和绮思梦达这一对苦命的情人的结局。唐克烈哭也无用,悔也太迟,就把他们二人很隆重地合葬在一处,全萨莱诺的人民听到他们的事迹,无不感到悲恸。

(选自《十日谈》,方平、王科一译,
上海译文出版社 1981 年版)

《十日谈》导读

　　1348 年,欧洲正处于中世纪的尽头,现代的资本主义刚开始透露曙光,一场可怕的瘟疫在意大利爆发了:繁华的佛罗伦斯丧钟乱鸣,尸体纵横,十室九空,人心惶惶,到处呈现着触目惊心的恐怖景象,仿佛世界末日已经来到了。在这场浩劫中,有 7 个有身份的姑娘、3 个青年绅士侥幸活了下来,他们相约一起逃出城外,来到小山上的一个别墅。只见周围尽是一片青葱的草木,生意盎然;别墅又修建得十分漂亮,有草坪花坛,清泉流水;10 个避难的青年男女就在这赏心悦目的园林里住了下来,唱歌跳舞之外,每人每天轮着讲一个故事,作为消遣。他们住了十多天,讲了一百个故事。

　　这就是卜伽丘(1313—1375)的巨著《十日谈》的开头部分,是全书的引子,在艺术结构上成为整个故事集的一个框架。

　　卜伽丘是意大利文艺复兴时期最有代表性的的作家之一,1313 年诞生于佛罗伦斯,父亲从事金融业,他从小在商人和市民的圈子中间长大,这和他日后在作品中鲜明地表达新兴市民阶层的思想感情,是很有关系的。他自幼爱好文艺,但是他的父亲却把他送到那不勒斯去习商,混了 6 年,毫无成就;于是又叫他改学枯燥乏味的教会法典,又耗去他 6 年光阴,卜伽丘为此感到痛心。

　　幸而当时那不勒斯的宫廷比较开明,在国王周围,除了封建贵族、早期的金融家、远洋归来的航海家等外,还聚着一批学者,有些还识得古希腊文,带有人文主义的思想色彩。卜伽丘有机会参加宫廷的一些社交活动,扩大了他在文化领域中的视野。在他逗留那不勒斯的这段时期,开始摹仿当时盛行的雕琢堆砌的文体,写起诗歌、小说来。通过几年不断的努力,他逐渐摆脱了雕琢浮华的文风,跳出了古典神话的圈子,现实主义的因素在他的作品中逐渐增长,为他进入创作上的成熟期、写下巨著《十日谈》作好准备。

大约在 1340 年,卜伽丘回到佛罗伦斯,在这个城市的激烈斗争中,他坚定地站在共和政权的一边,反对封建专制制度,曾在佛罗伦斯共和政体中担任职务,并代表这一城邦政府,先后出使 7 次。1348 年,意大利爆发了前面所说的一场瘟疫,大概就在瘟疫平息不久,记忆犹新的时候,卜伽丘开始创作《十日谈》(1350 年左右)。

《十日谈》的故事来源非常广泛,分别取材于法国中世纪的寓言和传说,东方的民间故事,意大利历史事件,宫廷传闻,以至街头巷尾的闲谈,和当时发生在佛罗伦斯等地的真人真事,等等。鲜明地表达了时代的批判精神的《十日谈》,它的写作过程本身就是一场斗争。这部故事集还不曾写满三分之一,就招来了反动势力的诱劝和威胁,辱骂和围攻,要他搁下笔来;但是作者坚持到底,终于用几年工夫完成了这部巨著。

《十日谈》这部杰作代表了卜伽丘的文学活动所达到的最高成就。这以后,他转向学术研究工作,成为一个热心于传播希腊文化的人文主义学者,虽然也有所著述,但是当年那一股锐气已不能再在他身上看到了。1375 年冬,他在贫困和孤独中病逝于故乡。

开卷展读《十日谈》,我们看到,头上接连几个故事,全都是对当时的天主教会的讽刺和揭露。一个故事就是一篇挑战书,显示出一种不可轻视的力量。例如在第一天故事第二里,讲述巴黎有一个犹太丝绸商特地赶到罗马,去观察所谓天主派遣到世上来的代表(教皇)所作所为究竟怎样,他在教皇的宫廷里看到的是什么景象呢?

> 从上到下,没有一个不是寡廉鲜耻,犯着"贪色"的罪恶,甚至违反人道,耽溺男风,连一点点顾忌、羞耻之心都不存了;因此竟至于妓女和娈童当道,有什么事要向廷上请求,反而要走他们的门路⋯⋯

教皇，红衣主教，这些宗教头子，表面上道貌岸然，却是贪得无厌、爱钱如命、无恶不作。种种触目惊心的情况使那个严肃的犹太人得出结论：罗马哪儿是什么"神圣的京城"，乃是个藏垢纳污之所罢了。

这篇故事带有提纲挈领的意义，在主题思想上为整个作品定下了基调。《十日谈》中许多批判性的故事，又可说通过无数生动具体的艺术形象，对于犹太丝绸商的故事中所勾勒的轮廓，进一步地、多方面地赋予血肉，充实内容；或者是冷嘲热讽，或者是嬉笑怒骂。在卜伽丘的犀利的笔锋下，"神圣的"的封建教会显现了它的原形！

恩格斯曾经指出："当时反对封建制度的每一种斗争，都必然要披上宗教的外衣，必然首先把矛头指向教会。""要在每个国家内从各个方面成功地进攻世俗的封建制度，就必须先摧毁它的这个神圣的中心组织。"（引自《马克思恩格斯选集》第3卷第390页）这是因为在欧洲中世纪封建社会里，罗马天主教会是压在人民头上的一座大山，它是各国最大的封建地主，也是封建制度的最顽强的精神支柱，它给封建宗法制度绕上一圈神圣的光彩。它的职能就是对广大的人民实行全面的、无孔不入的精神统治。现在，不容怀疑地统治了西欧近一千年的天主教会的权威，第一次在文艺领域内遭受到这样严重的挑战。可以说，欧洲文艺复兴运动正是在《十日谈》的嘹亮的号角声中揭开序幕的。

人文主义者在反对天主教会时，大胆地提倡"人性"，反对"神性"；提倡"人道"，反对"神道"；提倡"个性解放"，反对"宗教桎梏"；要现实生活中的幸福，不要教会的禁欲主义和幻想中的天国的"幸福"。对于卜伽丘，揭露天主教会的男盗女娼，成了他反对天主教的禁欲主义的一种特殊有效的斗争手段。而"人性"，则是他在反禁欲主义时高举起的一面大旗，在他的笔下，人性突出地表现在爱情上。

卜伽丘给予爱情以新的评价。天主教会把性爱看作邪恶的肉欲,而人文主义者的卜伽丘一再在他的故事中表明,纯洁的爱情是人生中一种积极的因素,幸福的泉源。富家子弟西蒙本来愚鲁无知,"与其说他像人,不如说他像头畜生",严父良师的训导、鞭笞都教不好他。但是爱神却"执行了启蒙点化的职司",自从他对一个美丽的姑娘一见钟情之后,他那颗"顽石般的心给爱神的箭射穿了",人就顿时开了窍,他天赋的聪明被解放出来了,成为才艺出众的年轻绅士。(第五天故事第一)

人间百态,形形色色的人物,都进入了《十日谈》作者的创作视野:一百个故事塑造了国王、贵族、僧侣、后妃、闺秀、梳羊毛女工、高利贷者、贩夫走卒等等不同身份、各具性格特征的人物形象。从中世纪以来,欧洲文学还是第一次用现实主义的笔法,在作品中反映了这样广阔的社会生活画面,所以有的评论家把《十日谈》和但丁的《神曲》并列,称之为《人曲》。

当时的学者使用拉丁文写作,卜伽丘却采用"不登大雅之堂的佛罗伦斯方言"写下他的巨著《十日谈》,他和他的前辈诗人但丁,是意大利民族文学的奠基者。《十日谈》对于西欧现实主义文学的发展产生过深远的影响。

像任何历史上的优秀作品一样,《十日谈》也不可避免地打上了时代的烙印,有它的局限性;它既有吹响了反封建号角的战斗篇幅,同时也存在着一些封建气味很浓厚的说教。例如全书最后一个故事赞美贤慧的克丽雪达逆来顺受,不管丈夫怎样折磨她,她总是表现出基督教所宣扬的谦卑柔从的"美德"。她的使人感动的全部事迹,只是甘心做一个任人摆布、没有人格的家庭"奴隶"罢了。

即使拿《十日谈》中所表达的一些新思想来说吧,在今天也并不都是值得称道的。歌颂纯洁的爱情无疑地具有进步的意义,但是作者把不正当的男女关系也看作了爱情,在这方面作了过多的渲染。人文主义思想是以资产阶级个人主义为核心的,提倡"人性"、反对"神性",这"人性"其实是资产阶级所认识的人性罢了,因此《十日谈》中许多地方赤裸裸地表现了资产阶级的个人享乐主义。

尽管《十日谈》有不少这样或那样的糟粕,有些故事随着历史的进展,它们的思想光芒已经日趋黯淡了;但是在6个世纪以前,正当天主教会气焰万丈的时候,敢于以文艺作武器,针对着反动势力抛出可贵的第一枪,刺破了永恒的天国的梦幻,宣扬幸福在人间,这样一位旗帜鲜明的战士还是值得我们尊敬的。我们只有把《十日谈》这部古典名著和它的特殊的时代背景,特殊的历史使命联系起来,才能更好地理解它,珍惜它在历史上的巨大的进步作用。

天主教会和蒙昧主义是相依为命的,它宣扬上帝支配人的理性。只有使人们陷于浑浑噩噩,丧失思辨的能力,把教会所编造的谎话字字句句都当作真理,它才能以至高无上的神的名义骑在人民头上作威作福,维护它的罪恶统治。正是为了这个目的,当时天主教会一再在受蒙蔽的愚妇中间煽动起宗教狂热,宣扬神的"奇迹"降临了,好让人们对万能的天主发出一片歌颂。卜伽丘却往往在《十日谈》里撩起幕布的一角,让大家看到教会的那许多骗局。"瘸子求医"(第二天故事第一)就是这样一个故事。在人人都是相信奇迹的愚夫愚妇的时代,跟教会开这样大的玩笑,需要一些天不怕、地不怕的泼皮精神;写这样一个故事,把宗教狂热还原为一场荒谬可笑的闹剧,恐怕同样是众怒难犯的事,同样需要作者拿出些勇敢精神来的吧。

封建社会宣扬男尊女卑的传统观念,卜伽丘作为一个优秀的人文主义作家,对于女性表示了同情和尊重,他在前言中自称《十日谈》是首先为妇女而创作的。书中好些故事赞美了妇女的善良、纯洁、敏慧。在"洗冤记"(第二天故事第九)中,蒙受不白之冤、死里逃生的女主人公给人留下深刻的印象。这位商人的妻子被迫剪了头发,改扮成水手模样,漂流异域,她历尽艰险,终于以非凡的才干替自己报仇雪恨,恢复了自己的清白声誉,同时恢复了她本来的女性身份,受到大家的尊敬。这是一个曲折动人的故事,莎士比亚的晚期喜剧《辛白林》就是根据这一故事写成的。

　　"绮思梦达的爱情"(第四天故事第一)中的女主人公同样使人难以忘怀,她不仅情深如海,坚强勇敢,而且还善于思考重大的社会问题。父王痛骂她不该和一个下贱的奴仆谈恋爱,她却毫无惧色地宣布自己始终如一地爱他。更难得的是,她打破了向来的封建门第观念,提出了一种对于人的新的评价标准:"我们人类是天生一律平等的,只有品德才是区分人类的标准。"在等级森严的封建社会里,封建贵族向来惟我独尊;现在爱情鼓舞着绮思梦达要为她那可爱的、但是出身低微的情人争社会地位。她满怀激情地喊出了:"最高贵的是他,而你那些朝贵都只是些鄙夫而已!"这无疑是《十日谈》中最富于社会意义的故事之一。

(方　平)

塞万提斯

堂 吉 诃 德

上　册

第 一 章

著名绅士堂吉诃德·台·拉·曼却的
品性和日常生活

　　不久以前,有位绅士①住在拉·曼却的一个村上,村名我不想提了。他那类绅士,一般都有一支长枪插在枪架上,有一面古老的盾牌、一匹瘦马和一只猎狗。他日常吃的砂锅杂烩里,牛肉比羊肉多些②,晚餐往往是剩肉凉拌葱头,星期六吃煎腌肉和摊鸡蛋③;星期五吃扁豆④;星期日添只小鸽子:这就花了他一年四分之三的收入。他在节日穿黑色细呢子的大氅、丝绒裤、丝绒鞋,平时穿一套上好的本色粗呢子衣服,这就把余钱花光。他家里有一个四十多

----

①　原文 hidalgo,指不事生产劳动、专靠剥削为生的地主;但没有爵位,还算不上贵族,是平民与贵族之间的阶级。他们世代信奉基督教,是纯粹西班牙血统,不混杂摩尔人或犹太人的血。
②　西班牙那时期的羊肉比牛肉贵。
③　原文 duelosyquebrantos,星期六在西班牙是吃小斋的日子,不吃肉,可是准许吃牲畜的头、尾、脚爪、心、肝、肠、胃等杂碎,称为 duelosyquebrantos。但各地区、各时期习俗不同,在塞万提斯的时代,在拉·曼却地区,这个菜就是煎腌肉和摊鸡蛋。
④　星期五是天主教的斋日,不吃肉。

岁的管家妈，一个二十来岁的外甥女，还有一个能下地也能上街的小伙子，替他套马、除草。我们这位绅士有五十来岁，体格很强健。他身材瘦削，面貌清癯，每天很早起身，喜欢打猎。据说他姓吉哈，又一说是吉沙达，记载不一，推考起来，大概是吉哈那。不过这点在本书无关紧要，咱们只要讲来不失这故事的真相就行。

且说这位绅士，一年到头闲的时候居多，闲来无事就埋头看骑士小说，看得爱不释手，津津有味，简直把打猎呀、甚至管理家产呀都忘了一干二净。他好奇心切，而且入迷很深，竟变卖了好几亩耕地去买书看，把能弄到手的骑士小说全搬回家。他最称赏名作家斐利西阿诺·台·西尔巴①的作品，因为文笔讲究，会绕着弯儿打比方；他简直视为至宝，尤其是经常读到的那些求情和怨望的书信，例如："你以无理对待我的有理，这个所以然之理，使我有理也理亏气短；因此我埋怨你美，确是有理。"又如："……崇高的天用神圣的手法，把星辰来增饰了你的神圣，使你能值当你的伟大所当值的价值。"

可怜的绅士给这些话迷了心窍，夜里还睁睁醒着，要理解这些句子，探索其中的意义。其实，即使亚理斯多德特地为此还魂再生，也探索不出，也不会理解。这位绅士对于堂贝利阿尼斯②使人受的伤和自己受的伤，总觉得不大合适，因为照他设想，尽管外科医生手段高明，伤口治好了也不免留下浑身满脸的瘢疤。不过话又说回来，作者在结尾声明故事还未完待续，这点他很赞成。他屡次手痒痒地要动笔，真去把故事补完。只因为他时时刻刻盘算着更重要的事，才没有这么办，否则他一定会动笔去写，而且真会写出来。他常和本村的神父（西宛沙大学③毕业的一位博学之士）争论骑士里谁最杰出：是巴尔梅林·台·英格拉泰拉呢，还是阿马狄斯·台·咖乌拉。可是本村的理发师尼古拉斯师傅认为他们都比不上太阳骑士，能和太阳骑士比美的只有阿马狄斯·台·咖乌拉的弟弟堂弗拉奥尔，因为他能屈能伸，不是个谨小慎微的骑士，也不像他哥哥那么爱哭；论勇敢，也一点不输他哥哥。

长话短说，他沉浸在书里，每夜从黄昏读到黎明，每天从黎明读到黄昏。

---

① 塞万提斯同时代的骑士小说作家。
② 骑士小说里的英雄。下面举的都是骑士小说里的人物，本书第 6 章——提到那些小说。
③ 一所小规模的大学，这类大学是当时人经常嘲笑的。

这样少睡觉，多读书，他脑汁枯竭，失去了理性。他满肚子尽是书上读到的什么魔术呀、比武呀、打仗呀、挑战呀、创伤呀、调情呀、恋爱呀、痛苦呀等等荒诞无稽的事。他固执成见，深信他所读的那些荒唐故事都是千真万确的、世界上最真实的信史。他常说：熙德·如怡·狄亚斯①是一位了不起的骑士，但是比不上火剑骑士；火剑骑士只消把剑反手一挥，就把一对凶魔恶煞也似的巨人都劈成两半。他尤其佩服贝那尔都·台尔·咖比欧，因为他仿照赫拉克利斯用两臂扼杀地神之子安泰的办法，在隆塞斯巴列斯杀死了有魔法护身的罗尔丹。他很称赞巨人莫冈德，因为他那一族都是些傲慢无礼的巨人，惟独他温文有礼。不过他最喜欢的是瑞那尔多斯·台·蒙达尔班，尤其喜欢他冲出自己的城堡，逢人抢劫，又到海外把传说是全身金铸的穆罕默德的像盗来。他还要把出卖同伙的奸贼咖拉隆狠狠地踢一顿，情愿赔掉一个管家妈、甚至再贴上一个外甥女作为代价。

总之，他已经完全失去理性，天下疯子从没有像他那样想入非非的。他要去做个游侠骑士，披上盔甲，拿起兵器，骑马漫游世界，到各处去猎奇冒险，把书里那些游侠骑士的行事一一照办：他要消灭一切暴行，承当种种艰险，将来功成业就，就可以名传千古。他觉得一方面为自己扬名，一方面为国家效劳，这是美事，也是非做不可的事。这可怜家伙梦想凭双臂之力，显身成名，少说也做到个特拉比松达②的皇帝。他打着如意算盘自得其乐，急要把心愿见诸实行。他头一件事就是去擦洗他曾祖传下的一套盔甲。这套盔甲长年累月堆在一个角落里没人理会，已经生锈发霉。他用尽方法去擦洗收拾，可是发现一个大缺陷，这里面没有掩护整个头脸的全盔，光有一只不带面甲的顶盔。他巧出心裁，设法弥补，用硬纸做成个面甲，装在顶盔上，就仿佛是一只完整的头盔。他拔剑把它剁两下，试试是否结实、经得起刀剑，可是一剑斫下，把一星期的成绩都断送了。他瞧自己的手工一碰就碎，大为扫兴。他防再有这种危险，用几条铁皮衬着重新做了一个，自以为够结实了，不肯再检验，就当它是坚牢的、带面甲的头盔。

他接着想到自己的马。这匹马，蹄子上的裂纹比一个瑞尔所兑换的铜钱

① 熙德·如怡·狄亚斯(CidRuyDiaz)是11世纪的西班牙民族英雄。
② 据骑士小说，勇敢的骑士瑞那尔多做了这地方的皇帝。

还多几文①;它比郭内拉那只皮包瘦骨的马还毛病百出②。可是在我们这位绅士看来,亚历山大的布赛法洛③、熙德的巴比艾咖④都比不上。他费了四天工夫给它取名字,心想:它主人是大名鼎鼎的骑士,它本身又是一匹好骏马,没有出色的名字说不过去。他要想个名字,既能表明它在主人成为游侠骑士之前的声价,又能表明它现在的声价:"它主人今非昔比了,它当然也该另取个又显赫又响亮的名字才配得过它主人的新声价和新职业。"他心里打着稿子,拟出了好些名字,又撤开不要,又添拟,又取消,又重拟。最后他决定为它取名"驽骍难得",觉得这个名字高贵、响亮,而且表明它从前是一匹驽马,现在却稀世难得⑤。

他为自己的马取了这样中意的名字,也要给自己取一个,想了八天,决定自称堂吉诃德。大概就是根据这一点,上文说起这部真实传记的作者断定他姓吉哈达,而不是别人主张的吉沙达⑥。可是他想到英勇的阿马狄斯认为单以阿马狄斯为姓还不够,他要为国增光,把国名附加在姓上,自称阿马狄斯·台·咖乌拉。我们这位绅士因为要充地道的骑士,决定也把自己家乡的地名附加在姓上,自称堂吉诃德·台·拉·曼却。他觉得这一来可以标明自己的籍贯,而且以地名为姓,可以替本乡增光。

他的盔甲已经收拾干净,顶盔已经改成头盔,马已经取了名字,自己也已经定了名称,可是觉得美中不足——他还得找个意中人。因为游侠骑士没有意中人,好比树没有叶子和果子,躯壳没有灵魂。他想:"游侠骑士或者作孽遭难,或者交得好运,都常会碰到巨人。假如我也碰到个把巨人,我和他交手,把他打倒或劈作两半,一句话,我把他打败,降伏了他,那么,我可以命令他去拜见个人儿,叫他进门去双膝跪倒在我那可爱的小姐面前,低声下气地说:'小姐,我是巨人卡拉库良布洛,是马林德拉尼亚岛的大王。有一位赞不胜赞的骑

① 原文 cuarto 有双关的意义:一指牲畜蹄上的裂纹,一是货币名,一个瑞尔可兑八文。原文说:蹄上的夸阿多,比一个瑞尔里的夸阿多还要多。
② 郭内拉(Gonela),15 世纪意大利君主斐拉瑞(Ferrara)宫里的滑稽家,他那匹瘦马往往充他取笑的资料。
③ 亚历山大所骑的骏马。
④ 熙德所骑的骏马。
⑤ 原文 Rocinante,分析开来,rocin 指驽马;ante 是 antes 的古写,指"以前",也指"在前列","第一"。
⑥ 吉哈达和吉诃德声音相近。

士堂吉诃德·台·拉·曼却和我决斗,把我打败了,命我到您小姐面前来,听您差遣。'那可多好啊!"啊! 我们这位绅士想出了这段道白,尤其是给自己意中人选定了名字之后,真是兴高采烈。原来,据人家说,他曾经爱上附近村子上一个很漂亮的农村姑娘,不过那姑娘看来对这事毫无所知,也满不在乎。她名叫阿尔东沙·罗任索;他认为她可以算自己的意中人。他想给她取个名字,既要跟原名相仿佛,又要带些公主贵人的意味,最后决定称她为"杜尔西内娅①·台尔·托波索",因为她是托波索村上的人。他觉得这个名字就像他为自己以及自己一切东西所取的名字一样,悦耳、别致,而且很有意思。

第 二 章

奇情异想的堂吉诃德第一次离乡出行。

他做好种种准备,迫不及待,就要去实行自己的计划。因为他想到自己该去扫除的暴行、伸雪的冤屈、补救的错失、改革的弊端以及履行的义务,觉得迟迟不行对不起世人。炎炎七月的一天早上,天还没亮,他浑身披挂,骑上驽骍难得,戴上拼凑的头盔。挎上盾牌,拿起长枪,从院子的后门出去,到了郊外。他没把心上的打算向任何人泄漏,也没让一个人看见。他瞧自己能初步如愿以偿,非常得意。可是他刚到郊外,忽然想起一桩非同小可的事,差点儿使他放弃刚开始的事业。原来他想到了自己并没有封授为骑士。按骑士道的规则,他不能、也不该和任何骑士交战,即使得了封授,新骑士只能穿素白的盔甲,拿的盾牌上也没有徽章;徽章得凭自己的力气去挣。他想到这些,没了主意。可是他的疯狂压倒了其他一切道理。他打算一碰到个什么人,就请他把自己封为骑士。在那些使他神魂颠倒的书本上,这类事他读到不少,都可作为先例。至于素白的盔甲,他打算等几时有空,把身上那一套擦得比银鼠皮还白。他这么一想,放了心继续赶路。这无非是信马而行,他认为这样碰到的才是真正的奇遇。

我们这位新簇簇的冒险家一边走一边自言自语:"记载我丰功伟绩的真史,将来会传播于世;那位执笔的博学之士写到我大清早的第一次出行,安知不是用这样的文词呢:——金红色的太阳神刚把他美丽的金发撒上广阔的地

---

① 杜尔西内娅(Dulcinea)是从 dulce(甜蜜或温柔)这字化出来的。

面,毛羽灿烂的小鸟刚掉弄着丫叉的舌头,啼声宛转,迎接玫瑰色的黎明女神;她呀,离开了醋罐子丈夫的软床,正在拉·曼却地平线上的一个个门口、一个个阳台上和世人相见;这时候,著名的骑士堂吉诃德·台·拉·曼却已经抛开懒人的鸭绒被褥,骑上他的名马驽骍难得,走上古老的、举世闻名的蒙贴艾尔郊原。"他确实是往那里走。他接着说:"我的丰功伟绩值得镂在青铜上,刻在大理石上,画在木板上,万古留芳;几时这些事迹留传于世,那真是幸福的年代、幸福的世纪了。哎,这部奇史的作者、博学的魔术师呀①,不论你是谁,请不要忘记我的好坐骑驽骍难得、我道路上寸步不离的伴侣。"他接着又仿佛真是痴情颠倒似的说:"哎,杜尔西内娅公主,束缚着我这颗心的主子!你严词命我不得瞻仰芳容,你这样驱逐我、呵斥我,真是对我太残酷了!小姐啊,我听凭你辖治的这颗心,只为一片痴情,受尽折磨,请你别把它忘掉啊!"

他还一连串说了好些胡话,都是书上学来的一套,字眼儿也尽量摹仿。他一面自言自语,走得很慢,太阳却上升得很快,而且炎热得可以把他的脑子融化掉,如果他有些脑子的话。

他几乎走了一整天,没碰到什么可记载的事。这使他很失望,因为他巴不得马上碰到个人,可以施展自己两臂的神力,彼此较量一下。据有些传说,他第一次遭遇的是拉比塞峡口之险,有说是风车之险,但是据我考证,并且据拉·曼却地方志的记载,他只是跑了一整天,到傍晚,人马都精疲力尽,饿得要死。他四面张望,想找个堡垒或牧人的茅屋去借宿,并解救一下目前的窘急;只见离大路不远有个客店。这在他仿佛看见了指引的明星,他不仅脱险有路,而且避难有地。他急忙赶路,到那里已经暮色苍茫。

恰巧客店门口站着两个年轻女人,所谓跑码头的货色。她们是跟当夜在店里投宿的几个骡夫一起到赛维利亚去的。我们这位冒险家所思、所见、所想像的事物,无一不和他所读到的一模一样,所以这个客店到他眼里马上成为一座堡垒,周围四座塔,一个个塔尖都是银光闪闪的;凡是书上写的吊桥、濠沟等等,这里应有尽有。他向心目中当作堡垒的客店走去,还差几步路,先勒驽骍难得的缰绳,等待个侏儒在城堞之间吹起号角,传报有骑士来临。可是人家理也不理,驽骍难得又急要向马房跑,他就此到了客店门口。他看见那

---

① 骑士小说往往假托为魔术家或博学之士的记载。古代魔术和科学混淆不分,魔术家指探索天地间的玄奥、能操纵自然界的博学之士。

里的两个妓女,以为是两位美貌的小姐或高贵的命妇在堡垒门口闲眺。恰好有一个牧猪奴那时候从割掉麦子的田里召回一群猪(我冒昧直呼其名了)①。他吹起号角,把猪聚集一处。这就称了堂吉诃德的心愿,他认为是侏儒见他到来而发的信号。他志得意满地跑上去。客店门口的那两个女人看见这样一个全身披挂、拿着长枪和盾牌的人,吃一大惊,正要躲进店里去。堂吉诃德瞧她们躲避,料想是害怕,就掀起硬纸做成的护眼罩②,露出一张干瘦的、沾满尘土的脸,斯文和悦地说:

"两位小姐不用躲避,也不用怕任何非礼的行为。我们骑士道中人对谁都不行非礼,何况您两位一望而知是名门闺秀,更不用说了。"

两个姑娘正在端详他,而且睁大了眼睛,想瞧瞧那拼凑的护眼罩挡住的嘴脸。他们听到"闺秀"这个称呼,觉得跟自己的行业太不相称,忍不住哈哈大笑,笑得堂吉诃德都生气了。他说:

"美人应该举止安详,况且为小事大笑也很愚蠢。我这话并不是存心冒犯,也不是发脾气,我一片心只是为您两位的好。"

两个女人听了这套话莫名其妙,又瞧他模样古怪,越发笑得打趺;我们这位骑士也越发生气了。这时候要不是店主出场,说不定会闹出事故来。店主人是个大胖子;胖人都性情和平。他瞧这人蒙着个脸,配备的缰绳、长枪、盾牌、盔甲等等又都不伦不类,差点儿也跟着两个女人大笑起来。可是他毕竟给那一整套兵器吓倒了,觉得说话和气为妙,就说:

"绅士先生,您如果要借宿,我们店里除了床一张没有,别的都多的是。"

堂吉诃德把店主当作堡垒长官,看他这样赔小心,就回答说:

"咖斯底利亚诺③ 先生,我不拘怎么样都行,因为'我的服装是甲胄,我的休息是斗争……'④。"

---

① 当时西班牙的习惯,说到肮脏或卑鄙的东西须道歉,猪是那时代认为最肮脏的东西。
② 面甲分上下两部分,扣合在一起:上部护眼,形如帽檐;下部护口鼻,略似口罩;护眼的部分可随意开合。
③ 原文 castellano 指城堡长官,亦指咖斯底利亚人。
④ 堂吉诃德引用的是 14 世纪的西班牙歌谣:
　　　"我的服装是甲胄,
　　　　我的休息是斗争,
　　　我的床是硬石头,
　　　　我的睡眠是长夜清醒。"

店主人以为他把自己看作咖斯底利亚的良民①，所以这么称呼。其实他是安达路西亚人，圣路加码头生长的；他和加戈②一样的贼皮贼骨，和学生、小僮儿一样的调皮促狭。他回答说：

"照这么说，您的床应该是'硬石头'，您的睡眠是'长夜清醒'。您不妨下马吧，我这小店里稳可以叫您整年不睡，别说一夜。"他说着就上来给堂吉诃德扶住鞍镫。堂吉诃德很困难、很吃力地下了马，因为他从早起还没吃一口东西呢。

他随后吩咐店主加意照料他的马匹，说天下一切吃草料的牲口里数它最好。店主把马匹端详一番，觉得并不像堂吉诃德说的那么好，打个对折还嫌过分。他把马安顿在马房里，然后回来听客人的吩咐。两个姑娘已经和这位客人言归于好，正在替他脱卸盔甲。她们脱下护胸和护背的甲，却脱不下护脖子的部分和那只冒充的头盔；那是用绿带子系住的，一个个结子无法解开，只好割断。可是他死也不答应，因此头盔整夜就戴在脑袋上，那滑稽古怪的模样简直难以想象。他把替他脱卸盔甲的两个跑码头妓女当作堡垒里的高贵女眷，所以她们替他脱卸盔甲的时候，他很客气地说：

"从来女眷们款待骑士，

哪像这一次的殷勤周至！

她们是款待堂吉诃德，

他呀刚从家乡到此。

公主照料他的马匹，

他自己有小姐服侍。"③

----

① 原文 SanosdeCastilla，即咖斯底利亚的良民；按贼帮的黑话，则指"狡猾的窃贼"。

② Caco，神话里极狡猾的窃贼，曾偷窃赫拉克利斯的牛，因此被赫拉克利斯掐死。

③ 这是模仿《朗赛洛特之歌》，原歌如下：

从来女眷们款待骑士

哪像这次的殷勤周至！

她们是款待朗赛洛特，

他呀，刚从不列颠到此。

小姐照料他的马匹，

他自己有傅姆服侍。

朗赛洛特是英国阿瑟王的圆桌骑士之一。

"两位小姐,我的马叫作驽骍难得,我自己的名字是堂吉诃德·台·拉·曼却。我本来不想自报姓名,要等我为两位效劳立下的功绩来表明我是谁。可是我忍不住要把古代这首朗赛洛特的歌谣改来应景,预先就把姓名奉告了。不过我听候两位小姐差唤的日子还有的是,到时且看我用力之猛,就可以知道我为两位效劳何等热心。"

两个姑娘没听惯这种辞令,无言可对,只问他要不要吃些什么东西。

堂吉诃德回答说:"我不拘什么都吃,因为我觉得很该吃些东西了。"

那天偏偏是个星期五①,客店里只有几份鱼。那种鱼,咖斯底利亚人称为鳖鱼,安达路西亚人称为鳕鱼。有些地方称为长鳕鱼,又有些地方称为小鳟鱼。他们问他要不要吃小鳟鱼,因为没别的鱼给他吃。

堂吉诃德说:"多几条小鳟鱼就抵得一条大鳟鱼,比如给我价值八个银瑞尔的铜钱,或者一个当八的大银瑞尔②,都是一样。还有一层,说不定小鳟鱼反倒好。比如小牛肉比牛肉好,小羊肉比羊肉好。反正不管什么,赶快做上来!背这一身盔甲很累很沉,空心饿肚子撑不住。"

店家把桌子摆在门口,取那儿凉快。店主送上一份腌鳖鱼,没泡掉盐,烹调也很糟;外加一个和他盔甲一样又黑又发霉的面包。他吃东西的样子实在令人发笑。他戴着头盔,掀起护眼罩,拿了东西吃不到嘴,得别人把东西送进他嘴里去。一个姑娘就在干这件事。可是要喂他喝却没办法。这还多亏店主,他通了一根芦苇,把一头插在他嘴里,从另一头灌酒进去。种种麻烦他都耐心忍受,只要不割断他系住头盔的带子。正好这时候客店里来了个阉猪的人;他一进门就把芦笛吹弄了四五声。堂吉诃德这一来愈觉心安理得,他的确是在一个城堡里,人家在奏乐款待他;小鳟鱼是大鳟鱼,面包是上好白面做的,两个妓女是贵妇人,店主是城堡的长官,因此他觉得自己打的主意不错,这番出行大有好处。不过他有一桩心事未了,他还没有封授骑士;没这个称号而从事冒险是名不正、言不顺的。

---

① 天主教徒的斋日,不吃肉,可吃鱼。

② 瑞尔,西班牙币名。一个银瑞尔可兑三十四文小钱(maravedí);当八的大银瑞尔(realdeáocho)重一两银子,可兑八个银瑞尔。

第 八 章

骇人的风车奇险；堂吉诃德的英雄身手；

以及其他值得大书特书的事情。

这时候，他们远远望见郊野里有三四十架风车。堂吉诃德一见就对他的侍从说：

"运道的安排，比咱们要求的还好。你瞧，桑丘·潘沙朋友，那边出现了三十多个大得出奇的巨人。我打算去跟他们交手，把他们一个个杀死，咱们得了胜利品，可以发财。这是正义的战争，消灭地球上这种坏东西是为上帝立大功。"

桑丘·潘沙道："什么巨人呀？"

他主人说："那些长胳膊的，你没看见吗？有些巨人的胳膊差不多二哩瓦① 长呢。"

桑丘说："您仔细瞧瞧，那不是巨人，是风车；上面胳膊似的东西是风车的翅膀，给风吹动了就能推转石磨。"

堂吉诃德道："你真是外行，不懂冒险。他们确是货真价实的巨人。你要是害怕，就走开些，做你的祷告去，我一人单干，跟他们大伙儿拼命好了。"

他一面说，一面踢着坐骑冲出去。他侍从桑丘大喊说，他前去冲杀的明明是风车，不是巨人；他满不理会，横着念头那是巨人，既没听见桑丘叫喊，跑近了也没看清是什么东西，只顾往前冲，嘴里嚷道：

"你们这伙没胆量的下流东西！不要跑！来跟你们厮杀的只是个单枪匹马的骑士！"

这时微微刮起一阵风，转动了那些庞大的翅翼。堂吉诃德见了说：

"即使你们挥舞的胳膊比巨人布利亚瑞欧② 的还多，我也要和你们见个高下！"

他说罢一片虔诚向他那位杜尔西内娅小姐祷告一番，求她在这个紧要关头保佑自己，然后把盾牌遮稳身体，横托着长枪飞马向第一架风车冲杀上去。他一枪刺中了风车的翅膀；翅膀在风里转得正猛，把长枪迸作几段，一股劲把

---

① 一哩瓦合 6.4 公里。

② 希腊神话里和神道作战的巨人，有一百条手臂。

堂吉诃德连人带马直扫出去;堂吉诃德滚翻在地,狼狈不堪。桑丘·潘沙趱驴来救,跑近一看,他已经不能动弹,驽骍难得把他摔得太厉害了。

桑丘说:"天啊!我不是跟您说了吗,仔细着点儿,那不过是风车。除非自己的头脑给风车转糊涂了,谁还不知道这是风车呢?"

堂吉诃德答道:"甭说了,桑丘朋友,打仗的胜败最拿不稳。看来把我的书连带书房一起抢走的弗瑞斯冬法师对我冤仇很深,一定是他把巨人变成风车,来剥夺我胜利的光荣。可是到头来,他的邪法毕竟敌不过我这把剑的锋芒。"

桑丘说:"这就要瞧老天爷怎么安排了。"

桑丘扶起堂吉诃德;他重又骑上几乎跌歪了肩膀的驽骍难得。他们谈论着方才的险遇,顺着往拉比塞峡口的大道前去,因为据堂吉诃德说,那地方来往人多①,必定会碰到许多形形色色的奇事。可是他长枪断了心上老大不痛快,和他的侍从计议说:

"我记得在书上读到一位西班牙骑士名叫狄艾果·贝瑞斯·台·巴尔咖斯,他一次打仗把剑折断了,就从橡树上劈下一根粗壮的树枝,凭那根树枝,那一天干下许多了不起的事,打闷不知多少摩尔人,因此得个绰号,叫做'大棍子'。后来他本人和子孙都称为'大棍子'巴尔咖斯。我跟你讲这番话有个计较:我一路上见到橡树,料想他那根树枝有多粗多壮,照样也折它一枝。我要凭这根树枝大显身手,你亲眼看见了种种说来也不可信的奇事,才会知道跟了我多么运气。"

桑丘说:"这都听凭老天爷安排吧。您说的话我全相信;可是您把身子挪正中些,您好像闪到一边去了,准是摔得身上疼呢。"

堂吉诃德说:"是啊,我吃了痛没作声,因为游侠骑士受了伤,尽管肠子从伤口掉出来,也不行得哼痛②。"

桑丘说:"要那样的话,我就没什么说的了。不过天晓得,我宁愿您有痛就哼。我自己呢,说老实话,我要有一丁丁点儿疼就得哼哼,除非游侠骑士的侍从也得遵守这个规矩,不许哼痛。"

堂吉诃德瞧他侍从这么傻,忍不住笑了。他声明说:不论桑丘喜欢怎么

---

① 因为在马德里到塞维利亚的大道上。
② 骑士规则第九条:"骑士不论受了什么伤,不得哼痛。"

哼、或什么时候哼，不论他是忍不住要哼、或不哼也可，反正他尽管哼好了，因为他还没读到什么游侠骑士的规则不准侍从哼痛。桑丘提醒主人说，该是吃饭的时候了。他东家说这会子还不想吃，桑丘什么时候想吃就可以吃。桑丘得了这个准许，就在驴背上尽量坐舒服了，把褡裢袋里的东西取出来，慢慢跟在主人后面一边走一边吃，还频频抱起酒袋来喝酒，喝得津津有味，玛拉咖最享口福的酒馆主人见了都会羡慕①。他这样喝着酒一路走去，早把东家对他许的愿抛在九霄云外，觉得四出冒险尽管担惊受怕，也不是什么苦差，倒是很惬意的。

下　　册

第四十五章

大人物桑丘就任海岛总督，行使职权。

太阳啊！地球的上下两面都逃不了你的观察！你是全世界的火把！天空的眼睛！你导使世人制造了凉酒瓶。有人称你丁布留，有人称你费孛；你在这里是射箭手，那里是医生；你是诗歌的亲父，又是音乐的始祖。你老在上升，看似下落却永不下落！世人承你的恩典，生生不已！太阳啊，我求你保佑，照亮我的心窍，让我能写出大好佬桑丘·潘沙总督任内的信史！你不照顾，我就昏昏没有生气了！②

且说桑丘带着随从，到了一个有千把居民的小城里；那是公爵属下一块上好的地方。城名"布拉它琉"；那些人就哄桑丘说岛名"不让他留"；双关着和他恶作剧的用意③。城四围有墙；桑丘到了城门口，满城官员都出来迎接；城里一片钟声，居民都欢欣庆祝。他们前呼后拥，把桑丘送到大教堂去向上帝谢

---

① 玛拉咖的酒是著名的。

② 这一段可能是模仿当代诗人的滥调打趣。西班牙的凉酒瓶是细颈铜瓶，可以装了晒热的酒激在水里或晾在风里。丁布留(Timbrio)、费孛(Febo)都是太阳神的名字。射箭手、医生等等是古人给太阳的各种称号。

③ 城名 Baratario；西班牙古文 barato 是开玩笑的意思，因而引伸出岛名 Baratario。

恩；又行了些胡闹的礼节，把城门的钥匙献给他，表示永远奉他为本岛总督。新总督身上的衣服、脸上的胡子和矮胖的身材使不知就里的人很惊奇，甚至知道底细的那许多人看了也觉诧异。大家把桑丘从教堂送到官厅大堂，请他登座；公爵的总管就对他说：

"总督先生，这座著名的岛上向来有个老规矩：总督上任得解答一个疑难问题，让老百姓领教领教，知道新来的大人是福星还是灾星，大家可以开心还是得担心。"

当时桑丘正在瞧他对面墙上一堆大字。他不认识，就问墙上画的是什么东西。有人答道：

"总督大人，墙上记着您到任的日期，说是：'某年月日，堂桑丘·潘沙来作本岛主人，敬祝平安久任。'"

桑丘问道："堂桑丘·潘沙指谁呢？"

总管答道："您大人啊；岛上除了这个座儿上的潘沙，没有第二位呀。"

桑丘说："那么，我告诉你，老哥，我不称'堂'；我家世世代代都没有这个称号。我只叫桑丘·潘沙；我父亲也叫桑丘，祖父也叫桑丘，都是潘沙，没什么'堂'呀'堂娜'的头衔。看来这座岛上的'堂'比石子还多呢。可是不要紧，天晓得，我若能做上四天总督，说不定把这些堂扫除得一干二净；这成群的'堂'准像蟆蟆一样讨厌。总管先生有什么问题，请问吧。不管老百姓开心或担心，我总尽力解答。"

这时公堂上来了两个人：一个老乡打扮，一个拿着把剪子，看来是个裁缝。那裁缝说：

"总督大人，我和这老乡是来告状的。各位请原谅，我是个裁缝；谢天，我是考试合格的。昨天这位老乡到我店里来，拿出一块布，问我说：'先生，这块布够做一只便帽吗？'我量了布够做。他大概存心卑鄙，又对裁缝有成见，疑心我要偷他的布——我的猜想是不错的。他就问我够不够做两只。我看透他的心思；我说够做。他小人贪心，添上一只又一只；我总说够做。我们直添到五只帽子。这会儿他来取，我就交给他了。他不付工钱，反要我不赔他钱就还他布。"

桑丘问对方："老哥，是这么回事吗？"

那老乡说："是的呀，先生；可是您叫他把那五只帽子拿出来瞧瞧吧。"

裁缝说："好啊。"

他就从大氅底下伸出一只手,五个指头各戴着一只小帽子,说道:

"这就是叫我做的五只便帽。我凭上帝和良心发誓:他那块布没一点多余了。我的活儿可以给裁缝业检查员鉴定。"

大家听了这个新奇的案件,看了这许多帽子,哄堂大笑。桑丘想了一想,说道:

"我看这个案子不用多费周折,凭正人君子的识见马上就能判决。大家听我宣判:裁缝赔掉工钱,老乡赔掉布,帽子送给牢里的犯人①,事情就完了。"

桑丘刚判处了牧户的钱包②,公堂上大家都很佩服;现在听了这个判决,不由得哈哈大笑。可是总督的命令还是执行了。这时又来了两个老人,其中一个扶着一支竹杖。那不拿杖的老头儿说:

"总督大人,我好久前照应这位老先生,借给他十元金艾斯古多,讲明随时我要,他就得还。我瞧他当时很拮据,若要还债就更窘了,所以好些时候没问他要。可是我觉得他无心还债,就问他要了好几回。他不但不还,还抵赖说没借过那笔钱;假如借过,早已还了。我借钱给他并没有证人;他还钱也没人看见,因为他压根儿没还。我要求您让他发个誓。他若能发誓说已经把钱还我,无论在他生前或死后,我就把那笔账勾消了。"

桑丘道:"使拐棍儿的老先生,你听了刚才的话有什么说的吗?"

那老人答道:

"总督大人,我是借过他十个金艾斯古多。请您垂下手里的杖让我发誓吧③。他既然愿意凭发誓为准,我可以发誓确已还清了他那笔债。"

总督垂下执法的杖。那老头儿好像手拿竹杖不便,交给对方代拿,然后摸着总督杖头的十字架说:他的确借过原告追索的十个金艾斯古多,可是他已经亲手还给原告;原告没有放在心上,还只顾讨债。总督大人就问债主有何申辩。债主说:他知道债户说话可靠,又是个好基督徒,决不会撒谎;想必是他自己忘记了钱是什么时候、怎么还的,反正他以后再不问他要了。债户重又接过竹杖,低头退出公堂。桑丘瞧他忙不迭地只顾走了,又看到债主那副无可奈何

---

① 作者借桑丘之口,嘲笑法院把没收的低劣的东西给狱囚使用。
② 这句话不接上文,想是作者最初先叙下面牧户的案子,后来把裁缝的案子挪前了,却忘记改正。
③ 长官执行职务的杖头有个十字架,诉状的人摸着十字架发誓。

的样子,就低头把右手食指点在眉心鼻梁上想了一下。他随即抬头,下令叫扶杖的老人回来。桑丘对他说:

"老先生,你把这支杖给我,我有用呢。"

老人说:"好啊,总督大人,您拿去吧。"

他把杖交给桑丘。桑丘拿来交给原告说:

"上帝保佑你吧,你那笔钱现在还你了。"

老人说:"还我了? 总督大人,这支竹杖值十个金艾斯古多吗?"

总督说:"值啊,要是不值,我就是天字第一号的大傻瓜了。请瞧吧,我的本领也许管得了整个国家呢。"

他下令当场把竹杖劈开。里面果然有十个金艾斯古多。大家佩服得很,觉得这位总督俨然又是个所罗门①。大家问他怎么知道十个金艾斯古多就在竹杖里。他说,那老人先把竹杖交给对方,然后发誓说他确实把钱还了,发完誓又要回竹杖,他因此想到那笔钱是在竹杖里。可见,总督尽管是傻瓜,上帝会教他判案;而且他听村上神父讲过这么一桩故事,就牢牢记住了——他如果不是老把要记的事忘掉,整个岛上找不到第二个那么好记性的人。那两个老头儿一个洋洋得意、一个默默羞惭都退出公堂。在旁的都惊叹不止;为桑丘作传的人到现在还断不定他是否真傻。

这个案子刚了结,马上又来一个女人,一把抓着个男人;照他的服装,像富裕的牧户。女人大嚷道:

"别叫我受屈呀!总督先生,还我公道呀!这个世界上要没有公道,我得上天去找!青天大人呀,这坏家伙在野地里抓住我,把我糟蹋了。我真是倒霉呀!我二十三四年的干净身子,无论摩尔人、基督徒、本地人、外乡人,谁也没敢侵犯,却给他玷污了!我向来比软木树还坚硬,保得自己像火里的金蛇一样纯,像荆棘里的羊毛一样白,现在却让这家伙现成受用了。"

桑丘说:"这风流家伙是不是现成受用了你,还得瞧证据呢。"

他转脸问那男人,对女人告的状有什么申辩。那人很窘,答道:

"各位先生,我是个可怜的猪贩子。今天早上我出城卖掉四头猪(请不嫌冒昧),纳了税又经过种种克剥,四头猪的价钱差不多赔光了。我回家路上碰

---

① 以色列纪元前 1033—前 975 的贤王,专能判断疑难案件。

到这位大娘。专爱捣乱的魔鬼把我们俩配了对儿。我没有少给她钱,可是她心不足,抓住我不放,把我直揪到这里。她说我强迫了她。我发誓——我马上可以发誓,她是撒谎呢。我讲的全是真话,没一点虚假。"

总督问他是否带着银钱。他说身上小皮包里有二十杜加。总督命令他掏出钱包,原封不动交给原告;牧户抖索索地照办了。女人拿到钱包,对大家行了上千个敬礼,又为这位庇护弱女的总督大人祷求上帝,祝他健康长寿。她先看了钱包里确是银钱,就两手紧抓着钱包走了。牧户含着两包泪,一双眼睛一颗心还直盯着自己的钱包。桑丘等女人出门,就对牧户说:

"老哥,快去追那女人,硬把她那钱包夺下,拉她一起回来。"

那人不傻不聋,马上奉命,一道电光似的直飞出去。大家都全神贯注等着这对男女。只见他们俩扭成一团,比初来时更扭得紧。女的掀起裙子,把钱包兜在里面;男的揪着要夺,可是女的死抱着,怎么也夺不下。她大嚷道:

"维持上帝的公道啊!维持世人的公道啊!总督先生,您瞧瞧,这混蛋不要脸,也没点儿怕惧,闹市的大街上,竟想夺您判给我的钱包呢!"

总督问道:"他夺了你的吗?"

女人答道:"哪里夺得了!夺了我的命也夺不了我的钱包!我成了听话的小乖乖了!这倒霉蛋!臭脓包!叫他休想!他对付得了我呀!铁钳、铁锤、榔头、凿子都打不开我的铁拳头!狮爪子也不是对手!先得剖开我的身子,挖出我的心才行呢!"

那男人说:"她说得不错,我认输了,实在没那么大力气夺她的钱包,只好算了。"

总督对那女人说:

"你真是又有志气、又有力气!把钱包拿来我瞧。"

她就把钱包交上。总督把钱包还给牧户,然后对这个力大无敌的女人说:

"大姐啊,如果用你保住钱包的一半力气来保你自己的身体,赫尔克利斯①也不能屈服你!走吧,让上帝痛罚你!这座海岛周围六哩瓦以内不许你再露面,再来就抽你二百鞭!你这个造谣无耻的骗子!快给我走吧!"

那女人气怯,满不情愿地低头走了。总督对男人说:

————————

① 希腊神话里的大力士。

"老哥,上帝保佑你,拿着钱回家吧!以后你要是不愿意丢钱,别再去寻双找对儿。"

那人喃喃道谢,也就回去了。旁观众人觉得新总督明鉴万里,越发钦佩。记录他言行的历史家把这些事一一记下,公爵大人急着要看呢。

咱们且把好桑丘撇在这里吧;因为他主人给阿尔迪西多啦唱落了魂,得赶紧去看视他。

第七十四章

堂吉诃德得病、立遗嘱、逝世。

世事无常,都由兴而衰,以至于亡;人生一世更是逃不脱这个规律。堂吉诃德也不能得天独厚,停步不走下坡路。他料不到自己一辈子就此完了。也许是打了败仗,气出来的病,也许是命该如此,他发烧不退,一连躺了六天。他的朋友像神父呀、学士呀、理发师呀,都常去看他;他的好侍从桑丘·潘沙经常守在床头。他们以为他打败了羞忿,而且没见杜尔西内娅摆脱魔缠,心上愁闷,所以恹恹成病,就用尽方法哄他开心。学士叫他抖擞精神起床,开始牧羊生涯,说自己已经做了一首牧歌,把撒纳沙罗①的牧歌全压倒了;又说自己出钱问金达那的牧户买了两只看羊的好狗,一只叫巴尔西诺,一只叫布特隆。堂吉诃德听着还是郁郁不乐。

他那些朋友请了一位大夫来给他诊脉。大夫觉得脉象不好,说不管怎样,救他的灵魂要紧,他的身体保不住了。堂吉诃德听了这话很镇定,管家妈、外甥女和侍从桑丘却伤心痛哭,好像堂吉诃德已经当场死了。据大夫诊断,忧郁是他致命的病源。堂吉诃德想睡一会,要求大家出去。他就睡了一大觉,有六个多小时之久,管家妈和外甥女只怕他再也不醒了。他醒来大声说:

"感谢全能的上帝! 给了我莫大恩典!他慈悲无量,世人的罪孽全都饶恕。"

外甥女留心听他舅舅的话,觉得比往常灵清,至少比这番病倒后讲的话有条理。她问道:

"舅舅,您这话是什么意思?咱们得了什么新的恩典吗?说的是什么慈悲、

---

① JacopoSannázaro,意大利 16 世纪诗人,1540 年出版的《牧羊人的乐园》("Arcadia")风行一时,参看本书第二部 411 页注①及 474 页注①。

什么罪孽？"

堂吉诃德答道："我说的是上帝无量慈悲，这会儿饶恕了我的罪孽。我从前成天成夜诵读那些骑士小说，读得神魂颠倒；现在觉得心里豁然开朗，明白清楚了。现在知道那些书上都是胡说八道，只恨悔悟已迟，不及再读些启发心灵的书来补救。外甥女儿啊，我自己觉得死就在眼前了；希望到时心地明白，别说我糊涂一辈子，死也是个疯子。我尽管受过疯，却不愿意一疯到死呢。孩子，我要忏悔，还要立遗嘱，你去把神父呀、参孙·加尔拉斯果学士呀、尼古拉斯理发师呀那几位朋友都请来。"

那三人正好进屋，不劳外甥女儿去请。堂吉诃德一见他们，就说：

"各位好先生，报告你们一个喜讯：我现在不是堂吉诃德·台·拉·曼却了，我是为人善良、号称'善人'的阿隆索·吉哈诺。我现在把阿马狄斯·台·咖乌拉和他那帮子子孙孙都看成冤家对头，觉得荒谬的骑士小说每一本都讨厌，也深知阅读这种书籍是最无聊、最有害的事。我现在靠上帝慈悲，头脑复元，对骑士小说已经深恶痛绝。"

三人听了这番话，以为他一定又得了新的疯病。参孙说：

"堂吉诃德先生，我们刚刚听说杜尔西内娅小姐已经解脱了魔缠，您怎么又来这一套呀？况且咱们马上要去当牧羊人，像公子哥儿似的唱歌过日子，您怎么又要当修行的隐士了呢？我劝您清醒点儿，闭上嘴巴，别胡扯了。"

堂吉诃德说："那些胡扯的故事真是害了我一辈子；但愿天照应，我临死能由受害转为得益。各位老哥，我自觉命在顷刻，别说笑话了，快请神父听我忏悔，请公证人给我写遗嘱吧。大限临头，不能把灵魂当儿戏。我请你们乘神父听我忏悔，快去请个公证人来。"

大家听了觉得诧异，面面相觑，虽然将信将疑，却不敢怠慢。他忽然头脑这样灵清，料想是要死了，回光返照。他还说了许多又高明、又虔诚的话，条理非常清楚。大家不再疑惑，确信他已经不疯了。

神父叫大家走开，他一人听堂吉诃德忏悔。学士出去找了一个公证人，还带着桑丘·潘沙一同回来。桑丘听学士讲了主人的情况，看见管家妈和外甥女在那儿哭，也抽搐着脸颊眼泪直流。堂吉诃德忏悔完毕，神父出来说：

"善人阿隆索·吉哈诺真是要死了，他神志也真是清楚的。他要立遗嘱呢，咱们进去吧。"

管家妈、外甥女和那位好侍从桑丘·潘沙听了这个消息，热泪夺眶而出，压抑着的抽噎也收勒不住了。因为上文也曾说过,堂吉诃德是善人阿隆索·吉哈诺也罢,充当了堂吉诃德·台·拉·曼却也罢,向来性情厚道,待人和气,不仅家里人,所有的相识全都喜欢他。公证人跟着大家到堂吉诃德屋里,把遗嘱开头的程式写好;堂吉诃德按基督徒的照例规矩,求上帝保佑他的灵魂,然后处置遗产。他说:

"(一)我发疯的时候,叫桑丘·潘沙当我的侍从,曾有一笔钱交他掌管。我们两人还有些未清的账目和人欠、欠人的纠葛,所以那笔钱我不要他还了,也不要他交代账目,只把我欠的扣清,余款全数给他;多余的很有限,但愿他拿了大有用处。我发疯的时候曾经照应他做了海岛总督;我现在神志清楚,如有权叫他做一国之王,我也会叫他做。他生性朴质,为人忠诚,该受这样待遇。"

他转向桑丘道:"朋友,我以为世界上古往今来都有游侠骑士,自己错了,还自误误人,把这个见解传给了你,害你成了像我一样的疯子;我现在请你原谅。"

桑丘哭道:"啊呀,我的主人,您别死呀!您听我的话,百年长寿地活下去!一个人好好儿的,又没别人害死他,只因为不痛快,就忧忧郁郁地死去,那真是太傻了!您别懒,快起床,照咱们商量好的那样,扮成牧羊人到田野里去吧。堂娜杜尔西内娅大概已经摆脱魔缠,没那么样儿的漂亮;咱们绕过一丛灌木,就和她劈面相逢了。假如您因为打了败仗气恼,您可以怪在我身上,说我没给驽骍难得好肚带,害您颠下马来。况且骑士打胜打败,您书上是常见的,今天败,明天又会胜。"

参孙说:"可不是吗!好桑丘这番话说得对极了!"

堂吉诃德道:"各位先生且慢,'去年的旧巢,哪还有小鸟'①!我从前是疯子,现在头脑灵清了,从前是堂吉诃德·台·拉·曼却,现在我已经说过,我是善人阿隆索·吉哈诺。但愿各位瞧我忏悔真诚,还像从前那样看重我。现在请公证人先生写下去吧。

"(一)我全部家产,从现有、实有部分,除去指名分配的款项,全归在场的外甥女安东尼娅·吉哈娜承袭。首先,管家妈历年的工资应如数付清,外加二

---

① 西班牙谚语。

十杜加，送她做一套衣服。我委托在场的神父和参孙·加尔拉斯果学士二位先生执行遗嘱。（一）我外甥女安东尼娅·吉哈娜如要结婚，得嫁个从未读过骑士小说的人；如查明他读过，而我外甥女还要嫁他，并且真嫁了他，她就得放弃我的全部遗产，执行人可以随意捐赠慈善机关。（一）执行遗嘱的两位先生如果碰见《堂吉诃德·台·拉·曼却生平事迹第二部》的作者，请代我竭诚向他道歉：他写那部荒谬绝伦的书，虽然没有受我委托，究竟还是为了我，我到死还觉得对他不起。"

遗嘱写完，堂吉诃德就晕过去，直挺挺躺在床上。大家慌了手脚，赶紧救护。他立完遗嘱还活了三天，昏厥好多次。当时家翻宅乱，不过外甥女照常吃饭，管家妈照常喝酒，桑丘·潘沙也照常吃喝；因为继承遗产，能抵消或减少遭逢死丧的痛苦。堂吉诃德领了种种圣典①，痛骂了骑士小说，终于长辞人世了。公证人恰在场，据他说，骑士小说里，从没见过哪个游侠骑士像堂吉诃德这样安详虔诚、卧床而死的。堂吉诃德就在亲友悲悼声中解脱了，就是说，咽气死了。

神父当时就请公正人证明，称为堂吉诃德·台·拉·曼却的善人阿隆索·吉哈诺已经善终去世。熙德·阿默德·贝南黑利搁笔了，别的作者不能捣鬼再叫他活过来，把他的故事没完没了地续写。奇情异想的拉·曼却绅士如此结束了一生。熙德·阿默德不愿指明他家乡何在，让拉·曼却所有的村镇，都像希腊六个城争夺荷马那样，抢着认他作自己的儿子。

桑丘、外甥女和管家妈怎样哀悼堂吉诃德，他墓上有什么新的墓铭②，这里都不提了；只说参孙·加尔拉斯果写了如下一首墓铭：

邈兮斯人，

勇毅绝伦，

不畏强暴，

不恤丧身，

谁谓痴愚，

震世立勋，

慷慨豪侠，

---

① 指忏悔、领圣体、涂圣油等临终圣典。
② 本书第一部结尾已有墓铭，所以说新的墓铭。

超凡绝尘，

一生惑幻，

临殁见真。

绝顶高明的熙德·阿默德对他的笔说："我不知你是有锋的妙笔还是退锋的拙笔，我把你挂在书架子的铜丝上了，你在这儿耽着吧。如果没有狂妄恶毒的作者把你取下滥用，你还可以千载长存。可是你别等他们伸手，乘早婉转地告诉他们：

'请别来插手吧，

摇笔杆儿的先生，

国王已把这件事，

留待我来完成。'①

堂吉诃德专为我而生，我此生也只是为了他。他干事，我记述：我们俩是一体。托尔台西利亚的冒牌作者用鸵鸟毛削成的笔太粗劣，他妄图描写我这位勇士的事迹是不行的；他的才情不能胜任，他文思枯涩，不配写这故事。你如果碰见他，劝他让堂吉诃德那一把霉烂的老骨头在墓里安息吧，别侵犯死神的法权，把他从坟圹里拖出来到旧加斯底利亚去②；堂吉诃德确实是直挺挺地躺在地下，不能再出马作第三次旅行了③。他前后两次出门的故事，已经把一切游侠骑士的荒谬行径挖苦得淋漓尽致，得到国内外人士一致赞赏。你对蓄意害你的人好言劝告，也就尽了你基督徒的职责。我的愿望无非要世人厌恶荒诞的骑士小说。堂吉诃德的真人真事，已经使骑士小说立脚不住，注定要一扫而空了。我也就忻然自得：作者能这样如愿以偿，还数我第一个呢！"

再会吧！

（选自《堂吉诃德》上、下册，杨绛译，

人民文学出版社 1978 年版）

---

① 末二行是民歌《格拉那达内战》里的句子。

② 阿维利亚内达伪造的《堂吉诃德传》里，说堂吉诃德从托雷都疯人院出来后又到了旧加斯底利亚和其他许多地方去。

③ 前两次旅行指《堂吉诃德·台·拉·曼却》的第一部和第二部，实则第一部里堂吉诃德已出门两次。

《堂吉诃德》导读

米盖尔·德·塞万提斯·萨阿维德拉(1547—1616)是西班牙文艺复兴时期重要的现实主义作家。他出生在阿尔卡拉·德·厄纳勒斯镇,父亲是个不得意的外科医生。塞万提斯只上过中学。1569年他当了阿括维瓦红衣主教的随从,跟随他到了意大利。第二年他就脱离红衣主教的宫廷,参加了驻扎在意大利的西班牙军队。他在1571年西班牙历史上著名的抗击土耳其舰队的勒邦德海战中带病作战,负了重伤,左手成为残废。1575年,他在回国途中被土耳其海盗掳到阿尔及尔。在阿尔及尔度过的5年囚徒生活中,他表现得英勇顽强,数次组织同伴逃跑,不幸都失败了,直到1580年才被赎身回国。他后半生穷困潦倒,当过十几年的军队征粮员和收税员,经常和农村及城镇下层人民接触,其间还曾因亏欠公款和受人诬陷而数次入狱。这使他对西班牙的现实和人民的贫困有清醒的认识。

塞万提斯被赎身回国后不久便开始为剧场写剧本,一共写了二三十个剧本;上演后并没有获得成功。这些剧本绝大部分没有出版,至今已失传,留下的只有《奴曼西亚》和《阿尔及尔风习》。《奴曼西亚》是一出歌颂西班牙人民英雄的悲剧,它描写古西班牙的奴曼西亚城被罗马军团围困长达14年之久,全城人民拒不投降,最后全部壮烈牺牲的故事。《阿尔及尔风习》描绘了作者在阿尔及尔的俘虏生活。

与此同时,他还模仿当时流行的田园传奇写出了以"黄金时代"的理想社会生活为题材的小说《伽莱苔亚》第一部(1585)。这部小说使塞万提斯获得一定的文名,但没有给他带来丰厚的报酬,写剧本的稿酬也相当菲薄，无法维持生活，加上这时文坛上出现了有"西班牙的凤凰"之称的著名戏剧家洛贝·德·维加，塞万提斯认为自己无法和他竞争，因而停止了为剧场写作，而后来也没有把《伽莱苔亚》续完。此后十余年一直在为生活奔忙，只是偶尔写几首诗歌以讽刺时政，抒发胸怀。

塞万提斯最重要的作品长篇小说《堂吉诃德》是在他50多岁时才开始写作的。据说是他在牢房里酝酿出来的。《堂吉诃德》第一部于1605年出版后轰动了西班牙，上至宫廷，下至市井，到处传诵。1614年，有人用化名写了一部《堂吉诃德》的续篇，歪曲了这部作品，还在序言中对塞万提斯进行卑劣的人身攻击，塞万提斯十分愤慨，立刻加紧写作，1615年出版了《堂吉诃德》第二部，受到同样热烈的欢迎。

他还写过一些其他作品。1613年出版的短篇小说集《惩恶扬善故事集》是其中最为出色的一部。它以现实主义手法描绘了西班牙社会各阶层的生活面貌，如其中的《黎科涅托和柯尔塔迪略》，通过两个流浪少年的经历揭开了塞维尔市下层社会黑帮的内幕；《狗的对话》写医院里一个病人睡不着觉，听见窗外两只狗用人的语言对话，讲述狗主人和城里各阶层人们的欺诈行为，讽刺了社会上的恶习；《吉普赛姑娘》是个爱情故事，作者在这个故事里对处于社会底层的穷人表示了同情。这部小说集运用西班牙流浪汉小说形式，写出了封建社会的黑暗和人民的困苦，强烈地讽刺了不公正的社会现状。

长诗《巴尔纳斯游记》(1614)则用幽默笔调描绘了当时西班牙文学界的面貌和作者本人的创作实践。《八出喜剧和八出幕间短剧集》(1615)用戏剧形式出色地刻画了西班牙贵族偏执自私、迷信落后的面貌，嘲笑了社会上的种种陈规陋习。长篇小说《贝雪莱斯和西吉斯蒙达历险记》是塞万提斯生前写的最后一部作品，他刚写完这部小说，就因水肿病于1616年死于马德里。

《堂吉诃德》模仿当时流行的骑士传奇的写法,来嘲笑荒诞的骑士传奇。小说主人公堂吉诃德是西班牙拉·曼却地方的一个穷乡绅,本性吉哈达,他读骑士传奇入了迷,决心当个游侠骑士,走遍天下,打抱不平。他改名堂吉诃德,穿上家中祖上留下的一副破烂盔甲,骑上一匹又瘦又老的驽马,还给它取名"驽骍难得",带上一个农民桑丘·潘沙做他的侍从,出门游侠。他还仿照骑士的规矩物色了一个农村姑娘做骑士的意中人,给她取了个贵族化的名字,叫她杜尔西内娅·台尔·托波索。堂吉诃德一共三次出门游侠,他的脑子里塞满了骑士传奇里的一套,在他眼里,事物都改变了形状,所以他把风车当作巨人,把羊群当作军队,把理发师的铜盆当作魔法师的头盔,把赶路的官太太当作落难的公主,他以为这都是他大显身手的好机会,便不问青红皂白,乱砍乱杀,闹了许多笑话,吃了无数苦头,还害了那些他想帮助的对象。但是堂吉诃德总是执迷不悟,把每次失败都当作是魔法师和他作对的缘故。在他最后一次失败后,回到家里,闷闷不乐,大病不起,临终时才清醒过来,宣布骑士小说实在害人,并且立下遗嘱,不许外甥女嫁给读过骑士小说的人,否则就剥夺她的遗产继承权。

　　这部小说虽然嘲笑了骑士传奇,作者在序言里也声明他的宗旨是要"把骑士小说的那一套扫除干净",但是小说的意义却远比作者所宣称的目的要深刻得多。《堂吉诃德》以巨大的艺术力量给读者展现了一幅16、17世纪西班牙社会的广阔生活画面。堂吉诃德主仆两人走遍了西班牙的城镇农村,住过破旧的小客店和豪华的公爵府,接触过流浪汉、戏子、教士、贵族、农民、牧羊人、囚犯、强盗等各色各样的人。通过他们的游侠过程,读者看到了贫富悬殊的封建社会,了解了贵族的腐化堕落生活和穷人所受的侮辱和压迫。塞万提斯在揭露社会丑恶的同时,满怀同情地站在受压迫的穷苦人民一边,站在当时进步的人文主义立场上,谴责压迫人奴役人的封建制度,因此他曾受到革命导师恩格斯的赞扬,称他为"强烈的倾向诗人"。

　　作者在展现一幅贫富悬殊的黑暗的封建社会背景上，着意刻画了堂吉诃德这个奋不顾身、立志打抱不平的形象，更使这部作品增添了异彩。堂吉诃德是一个具有丰富深刻的思想内容和性格特征的典型。首先，堂吉诃德是个引人发笑的喜剧人物，他脱离现实，耽于幻想，他对自己的力量缺乏足够的估计，不自量力，一味蛮干，因此，他的行侠仗义活动十分荒唐，滑稽可笑。这是堂吉诃德性格的一个方面。然而，堂吉诃德的荒唐行为却往往是为了维护正义，拯救世人。他心地善良，乐于助人，为了主持正义，不惜牺牲自己的生命。在战斗中，他被打断肋骨，打掉门牙，也从不叫苦。此外，他又是一个有崇高理想和渊博学识的长者。在小说里，他只要不涉及骑士道，谈起话来就显得十分有理智，涉及到政治、教育、文化、道德的问题时，处处表达了作者的反封建的人文主义思想，足见塞万提斯在塑造堂吉诃德的时候，虽然把他作为嘲笑的对象，但对他也不乏同情，并且通过这个人物鼓吹了反对封建奴役、争取个人自由和个性解放的进步思想。但是，由于作者的阶级局限性和西班牙人文主义运动的软弱性和不彻底性，塞万提斯虽然看到骑士游侠无法改变黑暗的封建社会，仍然在嘲笑骑士制度的同时，推崇了理想化的骑士精神，让穿着古代骑士甲胄而头脑里却充满文艺复兴时期人文主义思想的堂吉诃德单枪匹马地向封建社会发起进攻。堂吉诃德失败的悲剧结局说明了这条道路是行不通的。

　　小说里另一个令人难忘的典型是侍从桑丘·潘沙，他是个纯朴的农民；因为贫穷，才跟随堂吉诃德出门游侠，希望能成为海岛总督，过上好日子。他讲求实际，能随时提醒堂吉诃德回到现实中，他又胆小怕事，好吃贪睡，和敢打敢冲、耽于幻想的堂吉诃德成为具有鲜明对比性格的一对主仆。桑丘身上作为一个纯朴农民的优秀品质在小说第二部中有了更多的表现，他在当总督时办案公正，表现了智慧和才干，他到后来为了热爱主人，一点也不计自己的得失,历经辛苦,也不肯抛弃主人。塞万提斯在对桑丘的描写中发扬了西班牙文艺复兴时期的民主精神。

《堂吉诃德》是欧洲最早的现实主义长篇小说之一,不论在反映现实的深度和广度上,还是在塑造典型形象上,比以前的文学作品都迈了一大步。小说在表现人文主义理想的较高思想境界方面,对读者具有丰富的启发作用和感染力量。这部作品在艺术表现手法上也有其突出的特点:它大胆地把一些对立的艺术表现形式加以混合交替使用,小说里既有平凡的生活细节描写,如堂吉诃德补袜子上的洞,也有奇特幻异的想像,如堂吉诃德在地洞里的见闻;既有滑稽夸张的闹剧场面,也有朴实无华的现实生活场景;既有引人发笑的喜剧成分,也有发人深思的悲剧因素。《堂吉诃德》是一部早期的长篇小说,艺术上也还有些粗糙的地方:有的细节前后有出入,或者不够连贯,穿插在书里的小故事使全书结构显得有些松散,书中有的议论稍长了一些等等。但是总的来说,《堂吉诃德》在欧洲现代小说的发展中起了重要的作用,堂吉诃德这个形象已经成为世界闻名的文学典型。不少欧洲作家都曾从这个形象里得到启发,创作了一些"堂吉诃德"式的人物。

(文美惠)

莎士比亚

哈 姆 莱 特

第 一 幕

第四场 露 台

哈姆莱特、霍拉旭及马西勒斯上。

哈姆莱特 风吹得人怪痛的，这天气真冷。

霍拉旭 是很凛冽的寒风。

哈姆莱特 现在什么时候了？

霍拉旭 我想还不到十二点。

马西勒斯 不，已经打过了。

霍拉旭 真的？我没有听见；那么鬼魂出现的时候快要到了。(内喇叭奏花腔及鸣炮声)这是什么意思，殿下？

哈姆莱特 王上今晚大宴群臣，作通宵的醉舞；每次他喝下了一杯葡萄美酒，铜鼓和喇叭便吹打起来，欢祝万寿。

霍拉旭 这是向来的风俗吗？

哈姆莱特 嗯，是的。可是我虽然从小就熟习这种风俗，我却以为把它破坏了倒比遵守它还体面些。这一种酗酒纵乐的风俗，使我们在东西各国受到许多非议；他们称我们为酒徒醉汉，将下流的污名加在我们头上，使人们各项伟大的成就都因此而大为减色。在个人方面也常常是这样，由于品性上有某些丑恶的瘢痣：或者是天生的——这就不能怪本人，因为天性不能由自己选择；或者是某种脾气发展到反常地步，冲破了理智的约束和防卫；或者是某种习惯玷污了原来令人喜爱的举止；这些人只要带着上述一种缺点的烙印——天生的标记或者偶然的机缘——不管在其余方面他们是如何圣洁,如何具备一个人所能有的无限美德,由于那点特殊的毛病,在世人的非议中也会感染溃烂;少量的邪恶足以勾销全部高贵的品质,害得人声名狼藉。

鬼魂上。

霍拉旭　瞧,殿下,它来了!

哈姆莱特　天使保佑我们!不管你是一个善良的灵魂或是万恶的妖魔,不管你带来了天上的和风或是地狱中的罡风,不管你的来意好坏,因为你的形状是这样引起我的怀疑,我要对你说话;我要叫你哈姆莱特,君王,父亲!尊严的丹麦先王,啊,回答我!不要让我在无知的蒙昧里抱恨终天;告诉我为什么你的长眠的骸骨不安窀穸,为什么安葬着你的遗体的坟墓张开它的沉重的大理石的两颚,把你重新吐放出来。你这已死的尸体这样全身甲胄,出现在月光之下,使黑夜变得这样阴森,使我们这些为造化所玩弄的愚人由于不可思议的恐怖而心惊胆颤,究竟是什么意思呢?说,这是为了什么?你要我们怎样?(鬼魂向哈姆莱特招手)

霍拉旭　它招手叫您跟着它去,好像它有什么话要对您一个人说似的。

马西勒斯　瞧,它用很有礼貌的举动,招呼您到一个僻远的所在去;可是别跟它去。

霍拉旭　千万不要跟它去。

哈姆莱特　它不肯说话;我还是跟它去。

霍拉旭　不要去,殿下。

哈姆莱特　嗨,怕什么呢?我把我的生命看得不值一枚针;至于我的灵魂,那是跟它自己同样永生不灭的,它能够加害它吗?它又在招手叫我前去了;我要跟它去。

霍拉旭　殿下,要是它把您诱到潮水里去,或者把您领到下临大海的峻峭的悬崖之巅,在那边它现出了狰狞的面貌,吓得您丧失理智,变成疯狂,那可怎么好呢?您想,无论什么人一到了那样的地方,望着下面千仞的峭壁,听见海水奔腾的怒吼,即使没有别的原因,也会起穷凶极恶的怪念的。

哈姆莱特　它还在向我招手。去吧,我跟着你。

马西勒斯　您不能去,殿下。

哈姆莱特　放开你们的手!

霍拉旭　听我们的劝告,不要去。

哈姆莱特　我的命运在高声呼喊,使我全身每一根微细的血管都变得像怒狮的筋骨一样坚硬。(鬼魂招手)它仍旧在招我去。放开我,朋友们;(挣脱二人之手)凭着上天起誓,谁要是拉住我,我要叫他变成一个鬼!走开!去吧,我跟着你。(鬼魂及哈姆莱特同下)

霍拉旭　幻想占据了他的头脑,使他不顾一切。

马西勒斯　让我们跟上去;我们不应该服从他的话。

霍拉旭　那么跟上去吧。这种事情会引出些什么后果来呢?

马西勒斯　丹麦国里恐怕有些不可告人的坏事。

霍拉旭　上帝的旨意支配一切。

马西勒斯　得了,我们还是跟上去吧。(同下)

第五场　露台的另一部分

　　　　鬼魂及哈姆莱特上。

哈姆莱特　你要领我到什么地方去?说;我不愿再前进了。

鬼魂　听我说。

哈姆莱特　我在听着。

鬼魂　我的时间快到了,我必须再回到硫黄的烈火里去受煎熬的痛苦。

哈姆莱特　唉,可怜的亡魂!

鬼魂　不要可怜我,你只要留心听着我告诉你的话。

哈姆莱特　说吧,我自然要听。

鬼魂　你听了以后,也自然要替我报仇。

哈姆莱特　什么?

鬼魂　我是你父亲的灵魂,因为生前孽障未尽,被判在晚间游行地上,白昼忍受火焰的烧灼,必须经过相当的时期,等生前的过失被火焰净化以后,方才可以脱罪。若不是因为我不能违犯禁令,泄漏我的狱中的秘密,我可以告诉你一桩事,最轻微的几句话,都可以使你魂飞魄散,使你年轻的血液凝冻成冰,使你的双眼像脱了轨道的星球一样向前突出,使你的纠结的鬈发根根分开,像愤怒的豪猪身上的刺毛一样森然耸立;可是这一种永恒的神秘,是不能向血肉的凡耳宣示的。听着,听着,啊,听着!要是你曾经爱过你的亲爱的父亲——

哈姆莱特　上帝啊！

鬼魂　你必须替他报复那逆伦惨恶的杀身的仇恨。

哈姆莱特　杀身的仇恨！

鬼魂　杀人是重大的罪恶；可是这一件谋杀的惨案，更是骇人听闻而逆天害理的罪行。

哈姆莱特　赶快告诉我，让我驾着像思想和爱情一样迅速的翅膀，飞去把仇人杀死。

鬼魂　我的话果然激动了你；要是你听见了这种事情而漠然无动于衷，那你除非比舒散在忘河之滨的蔓草还要冥顽不灵。现在，哈姆莱特，听我说；一般人都以为我在花园里睡觉的时候，一条蛇来把我螫死，这一个虚构的死状，把丹麦全国的人都骗过了；可是你要知道，好孩子，那毒害你父亲的蛇，头上戴着王冠呢。

哈姆莱特　啊，我的预感果然是真的！我的叔父！

鬼魂　嗯，那个乱伦的、奸淫的畜生，他有的是过人的诡诈，天赋的奸恶，凭着他的阴险的手段，诱惑了我的外表上似乎非常贞淑的王后，满足他的无耻的兽欲。啊，哈姆莱特，那是一个多么卑鄙无耻的背叛！我的爱情是那样纯洁真诚，始终信守着我在结婚的时候对她所作的盟誓；她却会对一个天赋的才德远不如我的恶人降心相从！可是正像一个贞洁的女子，虽然淫欲罩上神圣的外表，也不能把她煽动一样，一个淫妇虽然和光明的天使为偶，也会有一天厌倦于天上的唱随之乐，而宁愿搂抱人间的朽骨。可是且慢！我仿佛嗅到了清晨的空气；让我把话说得简短一些。当我按照每天午后的惯例，在花园里睡觉的时候，你的叔父乘我不备，悄悄溜了进来，拿着一个盛着毒草汁的小瓶，把一种使人麻痹的药水注入我的耳腔之内，那药性发作起来，像水银一样很快地流过全身的大小血管，像酸液滴进牛乳一般把淡薄而健全的血液凝结起来；它一进入我的身体，我全身光滑的皮肤上便立刻发生无数疱疹，像害着癞病似的满布着可憎的鳞片。这样，我在睡梦之中，被一个兄弟同时夺去了我的生命、我的王冠和我的王后；甚至于不给我一个忏罪的机会，使我在没有领到圣餐也没有受过临终涂膏礼以前，就一无准备地负着我的全部罪恶去对簿阴曹。可怕啊，可怕！要是你有天性之情，不要默尔而息，不要让丹麦的御寝变成了藏奸养逆的卧榻;可是无论你怎样进行复仇,不要胡乱猜疑,更不可对你的母亲有什么不利的图谋,她自会受到上天的裁判,和她自己内心中的荆棘的刺戳。现在我必须去了!萤火的微光已经开始暗淡下去,清晨快要到来了;再会,再会! 哈姆莱特,记着我。(下)

哈姆莱特　天上的神明啊!地啊!再有什么呢?我还要向地狱呼喊吗?啊,呸!忍着吧,忍着吧,我的心!我的全身的筋骨,不要一下子就变成衰老,支持着我的身体呀!记着你!是的,你可怜的亡魂,当记忆不曾从我这混乱的头脑里消失的时候,我会记着你的。记着你!是的,我要从我的记忆的碑版上,拭去一切琐碎愚蠢的记录、一切书本上的格言、一切陈言套语、一切过去的印象、我的少年的阅历所留下的痕迹,只让你的命令留在我的脑筋的书卷里,不搀杂一些下贱的废料;是的,上天为我作证!啊,最恶毒的妇人!啊,奸贼,奸贼,脸上堆着笑的万恶的奸贼!我的记事簿呢?我心须把它记下来:一个人可以尽管满面都是笑,骨子里却是杀人的奸贼;至少我相信丹麦是这样的。(写字)好,叔父,我把你写下来了。现在我要记下我的座右铭那是,"再会,再会! 记着我。"我已经发过誓了。

霍拉旭　(在内)殿下! 殿下!

马西勒斯　(在内)哈姆莱特殿下!

霍拉旭　(在内)上天保佑他!

马西勒斯　(在内)但愿如此!

霍拉旭　(在内)喂,呵,呵,殿下!

哈姆莱特　喂,呵,呵,孩子! 来,鸟儿,来。

　　　　　霍拉旭及马西勒斯上。

马西勒斯　怎样,殿下!

霍拉旭　有什么事,殿下?

哈姆莱特　啊! 奇怪!

霍拉旭　好殿下,告诉我们。

哈姆莱特　不,你们会泄漏出去的。

霍拉旭　不,殿下,凭着上天起誓,我一定不泄漏。

马西勒斯　我也一定不泄漏,殿下。

哈姆莱特　那么你们说,哪一个人会想得到有这种事? 可是你们能够保守秘密吗?

霍 拉 旭　　是，上天为我们作证，殿下。
马西勒斯

哈姆莱特　全丹麦从来不曾有哪一个奸贼不是一个十足的坏人。

霍拉旭　殿下，这样一句话是用不着什么鬼魂从坟墓里出来告诉我们的。

哈姆莱特　啊，对了，你说得有理；所以，我们还是不必多说废话，大家握握手
　　　　分开了吧。你们可以去照你们自己的意思干你们自己的事——因为各人
　　　　都有各人的意思和各人的事，这是实际情况——至于我自己，那么我对
　　　　你们说，我是要祈祷去的。

霍拉旭　殿下，您这些话好像有些疯疯癫癫似的。

哈姆莱特　我的话得罪了你，真是非常抱歉；是的，我从心底里抱歉。

霍拉旭　谈不上得罪，殿下。

哈姆莱特　不，凭着圣伯特力克①的名义，霍拉旭，谈得上，而且罪还不小呢。
　　　　讲到这一个幽灵，那么让我告诉你们，它是一个老实的亡魂；你们要是想
　　　　知道它对我说了些什么话，我只好请你们暂时不必动问。现在，好朋友
　　　　们，你们都是我的朋友，都是学者和军人，请你们允许我一个卑微的要
　　　　求。

霍拉旭　是什么要求，殿下？我们一定允许您。

哈姆莱特　永远不要把你们今晚所见的事情告诉别人。

霍 拉 旭　　殿下，我们一定不告诉别人。
马西勒斯

哈姆莱特　不，你们必须宣誓。

霍拉旭　凭着良心起誓，殿下，我决不告诉别人。

马西勒斯　凭着良心起誓，殿下，我也决不告诉别人。

哈姆莱特　把手按在我的剑上宣誓。

马西勒斯　殿下，我们已经宣誓过了。

哈姆莱特　那不算，把手按在我的剑上。

鬼魂　（在下）宣誓！

哈姆莱特　啊哈！孩儿！你也这样说吗？你在那儿吗，好家伙？来；你们不听
　　　　见这个地下的人怎么说吗？宣誓吧。

————————————

① 圣伯特力克(St. Patrick)，爱尔兰的保护神，据说曾从爱尔兰把蛇驱走。

霍拉旭　请您教我们怎样宣誓,殿下。

哈姆莱特　永不向人提起你们所看见的这一切。把手按在我的剑上宣誓。

鬼魂　(在下)宣誓!

哈姆莱特　"说哪里,到哪里"吗?那么我们换一个地方。过来,朋友们。把你们的手按在我的剑上,宣誓永不向人提起你们所听见的这件事。

鬼魂　(在下)宣誓!

哈姆莱特　说得好,老鼹鼠!你能够在地底钻得这么快吗?好一个开路的先锋!好朋友们,我们再来换一个地方。

霍拉旭　嗳哟,真是不可思议的怪事!

哈姆莱特　那么你还是用见怪不怪的态度对待它吧。霍拉旭,天地之间有许多事情,是你们的哲学里所没有梦想到的呢。可是,来,上帝的慈悲保佑你们,你们必须再作一次宣誓。我今后也许有时候要故意装出一副疯疯癫癫的样子,你们要是在那时候看见了我的古怪的举动,切不可像这样交叉着手臂,或者这样摇头摆脑的,或者嘴里说一些吞吞吐吐的言词,例如"呃,呃,我们知道",或是"只要我们高兴,我们就可以",或是"要是我们愿意说出来的话",或是"有人要是怎么怎么",诸如此类的含糊其辞的话语,表示你们知道我有些什么秘密;你们必须答应我避开这一类言词,上帝的恩惠和慈悲保佑着你们,宣誓吧。

鬼魂　(在下)宣誓!(二人宣誓)

哈姆莱特　安息吧,安息吧,受难的灵魂!好,朋友们,我以满怀的热情,信赖着你们两位;要是在哈姆莱特的微弱的能力以内,能够有可以向你们表示他的友情之处,上帝在上,我一定不会有负你们。让我们一同进去;请你们记着无论在什么时候都要守口如瓶。这是一个颠倒混乱的时代,唉,倒楣的我却要负起重整乾坤的责任!来,我们一块儿去吧。(同下)

第　三　幕

第一场　城堡中一室

国王、王后、波洛涅斯、奥菲利娅、罗森格兰兹及吉尔登斯吞上。

国王　你们不能用迂回婉转的方法,探出他为什么这样神魂颠倒,让紊乱而危险的疯狂困扰他的安静的生活吗?

罗森格兰兹　他承认他自己有些神经迷惘,可是绝口不肯说为了什么缘故。

吉尔登斯吞　他也不肯虚心接受我们的探问;当我们想要引导他吐露他自己的一些真相的时候,他总是用假作痴呆的神气故意回避。

王后　他对待你们还客气吗?

罗森格兰兹　很有礼貌。

吉尔登斯吞　可是不大自然。

罗森格兰兹　他很吝惜自己的话,可是我们问他话的时候,他回答起来却是毫无拘束。

王后　你们有没有劝诱他找些什么消遣?

罗森格兰兹　娘娘,我们来的时候,刚巧有一班戏子也要到这儿来,给我们赶过了;我们把这消息告诉了他,他听了好像很高兴。现在他们已经到了宫里,我想他已经吩咐他们今晚为他演出了。

波洛涅斯　一点不错;他还叫我来请两位陛下同去看看他们演得怎样哩。

国王　那好极了!我非常高兴听见他在这方面感到兴趣。请他们两位还要更进一步鼓起他的兴味,把他的心思移转到这种娱乐上面。

罗森格兰兹　是,陛下。(罗森格兰兹、吉尔登斯吞同下)

国王　亲爱的乔特鲁德,你也暂时离开我们;因为我们已经暗中差人去唤哈姆莱特到这儿来,让他和奥菲利娅见见面,就像他们偶然相遇一般。她的父亲跟我两人将要权充一下密探,躲在可以看见他们,却不能被他们看见的地方,注意他们会面的情形,从他的行为上判断他的疯病究竟是不是因为恋爱上的苦闷。

王后　我愿意服从您的意旨。奥菲利娅,但愿你的美貌果然是哈姆莱特疯狂的原因;更愿你的美德能够帮助他恢复原状,使你们两人都能安享尊荣。

奥菲利娅　娘娘,但愿如此。(王后下)

波洛涅斯　奥菲利娅,你在这儿走走。陛下,我们就去躲起来吧。(向奥菲利娅)你拿这本书去读,他看见你这样用功,就不会疑心你为什么一个人在这儿了。人们往往用至诚的外表和虔敬的行动,掩饰一颗魔鬼般的内心,这样的例子是太多了。

国王　(旁白)啊,这句话是太真实了!它在我的良心上抽了多么重的一鞭!涂脂抹粉的娼妇的脸,还不及掩藏在虚伪的言辞后面的我的行为更丑恶。
难堪的重负啊!

波洛涅斯　我听见他来了;我们退下去吧,陛下。（国王及波洛涅斯下）

哈姆莱特上。

哈姆莱特　生存还是毁灭,这是一个值得考虑的问题;默然忍受命运的暴虐的毒箭,或是挺身反抗人世的无涯的苦难,通过斗争把它们扫清,这两种行为,哪一种更高贵?死了;睡着了;什么都完了;要是在这一种睡眠之中,我们心头的创痛,以及其他无数血肉之躯所不能避免的打击,都可以从此消失,那正是我们求之不得的结局。死了;睡着了;睡着了也许还会做梦;嗯,阻碍就在这儿:因为当我们摆脱了这一具朽腐的皮囊以后,在那死的睡眠里,究竟将要做些什么梦,那不能不使我们踌躇顾虑。人们甘心久困于患难之中,也就是为了这个缘故;谁愿意忍受人世的鞭挞和讥嘲、压迫者的凌辱、傲慢者的冷眼、被轻蔑的爱情的惨痛、法律的迁延、官吏的横暴和费尽辛勤所换来的小人鄙视,要是他只要用一柄小小的刀子,就可以清算他自己的一生?谁愿意负着这样的重担,在烦劳的生命的压迫下呻吟流汗,倘不是因为惧怕不可知的死后,惧怕那从来不曾有一个旅人回来过的神秘之国,是它迷惑了我们的意志,使我们宁愿忍受目前的磨折,不敢向我们所不知道的痛苦飞去?这样,重重的顾虑使我们全变成了懦夫,决心的赤热的光彩,被审慎的思维盖上了一层灰色,伟大的事业在这一种考虑之下,也会逆流而退,失去了行动的意义。且慢!美丽的奥菲利娅!——女神,在你的祈祷之中,不要忘记替我忏悔我的罪孽。

奥菲利娅　我的好殿下,您这许多天来贵体安好吗?

哈姆莱特　谢谢你,很好,很好,很好。

奥菲利娅　殿下,我有几件您送给我的纪念品,我早就想把它们还给您;请您现在收回去吧。

哈姆莱特　不,我不要;我从来没有给你什么东西。

奥菲利娅　殿下,我记得很清楚您把它们送给了我,那时候您还向我说了许多甜言蜜语,使这些东西格外显得贵重;现在它们的芳香已经消散,请您拿回去吧,因为在有骨气的人看来,送礼的人要是变了心,礼物虽贵,也会失去了价值。拿去吧,殿下。

哈姆莱特　哈哈!你贞洁吗?

奥菲利娅　殿下！

哈姆莱特　你美丽吗？

奥菲利娅　殿下是什么意思？

哈姆莱特　要是你既贞洁又美丽，那么你的贞洁应该断绝跟你的美丽来往。

奥菲利娅　殿下，难道美丽除了贞洁以外，还有什么更好的伴侣吗？

哈姆莱特　嗯，真的；因为美丽可以使贞洁变成淫荡，贞洁却未必能使美丽受它自己的感化；这句话从前像是怪诞之谈，可是现在时间已经把它证实了。我的确曾经爱过你。

奥菲利娅　真的，殿下，您曾经使我相信您爱我。

哈姆莱特　你当初就不应该相信我，因为美德不能熏陶我们罪恶的本性；我没有爱过你。

奥菲利娅　那么我真是受了骗了。

哈姆莱特　进尼姑庵去吧；为什么你要生一群罪人出来呢？我自己还不算是一个顶坏的人；可是我可以指出我的许多过失，一个人有了那些过失，他的母亲还是不要生下他来的好。我很骄傲，有仇必报，富于野心，我的罪恶是那么多，连我的思想也容纳不下，我的想像也不能给它们形象，甚至于我都没有充分的时间可以把它们实行出来。像我这样的家伙，匍匐于天地之间，有什么用处呢？我们都是些十足的坏人；一个也不要相信我们。进尼姑庵去吧。你的父亲呢？

奥菲利娅　在家里，殿下。

哈姆莱特　把他关起来，让他只好在家里发发傻劲。再会！

奥菲利娅　嗳哟，天哪！救救他！

哈姆莱特　要是你一定要嫁人，我就把这一个咒诅送给你做嫁奁：尽管你像冰一样坚贞，像雪一样纯洁，你还是逃不过谗人的诽谤。进尼姑庵去吧，去；再会！或者要是你必须嫁人的话，就嫁给一个傻瓜吧；因为聪明人都明白你们会叫他们变成怎样的怪物。进尼姑庵去吧，去；越快越好。再会！

奥菲利娅　天上的神明啊，让他清醒过来吧！

哈姆莱特　我也知道你们会怎样涂脂抹粉；上帝给了你们一张脸，你们又替自己另外造了一张。你们烟视媚行，淫声浪气，替上帝造下的生物乱取名字，卖弄你们不懂事的风骚。算了吧，我再也不敢领教了；它已经使我发了狂。我说，我们以后再不要结什么婚了；已经结过婚的，除了一个人以外，都可以让他们活下去；没有结婚的不准再结婚，进尼姑庵去吧，去。
（下）

奥菲利娅　啊，一颗多么高贵的心是这样殒落了！朝臣的眼睛、学者的辩舌、军人的利剑、国家所瞩望的一朵娇花；时流的明镜、人伦的雅范、举世注目的中心，这样无可挽回地殒落了！我是一切妇女中间最伤心而不幸的，我曾经从他音乐一般的盟誓中吮吸芬芳的甘蜜，现在却眼看着他的高贵无上的理智，像一串美妙的银铃失去了谐和的音调，无比的青春美貌，在疯狂中凋谢！啊！我好苦，谁料过去的繁华，变作今朝的泥土！

国王及波洛涅斯重上。

国王　恋爱！他的精神错乱不像是为了恋爱；他说的话虽然有些颠倒，也不像是疯狂。他有些什么心事盘踞在他的灵魂里，我怕它也许会产生危险的结果。为了防止万一，我已经当机立断，决定了一个办法：他必须立刻到英国去，向他们追索延宕未纳的贡物；也许他到海外各国游历一趟以后，时时变换的环境，可以替他排解去这一桩使他神思恍惚的心事。你看怎么样？

波洛涅斯　那很好；可是我相信他的烦闷的根本原因，还是为了恋爱上的失意。啊，奥菲利娅！你不用告诉我们哈姆莱特殿下说些什么话；我们全都听见了。陛下，照您的意思办吧；可是您要是认为可以的话，不妨在戏剧终场以后，让他的母后独自一人跟他在一起，恳求他向她吐露他的心事；她必须很坦白地跟他谈谈，我就找一个所在听他们说些什么。要是她也探听不出他的秘密来，您就叫他到英国去，或者凭着您的高见，把他关禁在一个适当的地方。

国王　就这样吧；大人物的疯狂是不能听其自然的。（同下）

第　五　幕

第二场　城堡中的厅堂

哈姆莱特及霍拉旭上。

哈姆莱特　这个题目已经讲完，现在我可以让你知道另外一段事情。你还记得当初的一切经过情形吗？

霍拉旭　记得,殿下!

哈姆莱特　当时在我的心里有一种战争,使我不能睡眠;我觉得我的处境比锁在脚镣里的叛变的水手还要难堪。我就卤莽行事。——结果倒卤莽对了,我们应该承认,有时候一时孟浪,往往反而可以做出一些为我们的深谋密虑所做不成功的事;从这一点上,我们可以看出来,无论我们怎样辛苦图谋,我们的结果却早已有一种冥冥中的力量把它布置好了。

霍拉旭　这是无可置疑的。

哈姆莱特　我从舱里起来,把一件航海的宽衣罩在我的身上,在黑暗之中摸索着找寻那封公文,果然给我达到目的,摸到了他们的包裹;我拿着它回到我自己的地方,疑心使我忘记了礼貌,我大胆地拆开了他们的公文,在那里面,霍拉旭——啊,堂皇的诡计!——我发现一道严厉的命令,借了许多好听的理由为名,说是为了丹麦和英国双方的利益,决不能让我这个险恶的人物逃脱,接到公文之后,必须不等磨好利斧,立即砍下我的首级。

霍拉旭　有这等事?

哈姆莱特　这一封就是原来的国书;你有空的时候可以仔细读一下。可是你愿意听我告诉你后来我怎么办吗?

霍拉旭　请您告诉我。

哈姆莱特　在这样重重诡计的包围之中,我的脑筋不等我定下心来思索,就开始活动起来了;我坐下来另外写了一通国书,字迹清清楚楚。从前我曾经抱着跟我们那些政治家们同样的意见,认为字体端正是一件有失体面的事,总是想竭力忘记这一种技能,可是现在它却对我有了大大的用处。你知道我写些什么话吗?

霍拉旭　嗯,殿下。

哈姆莱特　我用国王的名义,向英王提出恳切的要求,因为英国是他忠心的藩属,因为两国之间的友谊,必须让它像棕榈树一样发荣繁茂,因为和平的女神必须永远戴着她的荣冠,沟通彼此的情感,以及许许多多诸如此类的重要理由,请他在读完这一封信以后,不要有任何的迟延,立刻把那两个传书的来使处死,不让他们有从容忏悔的时间。

霍拉旭　可是国书上没有盖印,那怎么办呢?

哈姆莱特　啊,就在这件事上,也可以看出一切都是上天预先注定。我的衣袋里恰巧藏着我父亲的私印,它跟丹麦的国玺是一个式样的;我把伪造的国书照着原来的样子折好,签上名字,盖上印玺,把它小心封好,归还原处,一点没有露出破绽。下一天就遇见了海盗,那以后的情形,你早已知道了。

霍拉旭　这样说来,吉尔登斯吞和罗森格兰兹是去送死的了。

哈姆莱特　哎,朋友,他们本来是自己钻求这件差使的;我在良心上没有对不起他们的地方,是他们自己的阿谀献媚断送了他们的生命。两个强敌猛烈争斗的时候,不自量力的微弱之辈,却去插身在他们的刀剑中间,这样的事情是最危险不过的。

霍拉旭　想不到竟是这样一个国王!

哈姆莱特　你想,我是不是应该——他杀死了我的父王,奸污了我的母亲,篡夺了我的嗣位的权利,用这种诡计谋害我的生命,凭良心说我是不是应该亲手向他复仇雪恨?如果我不去剪除这一个戕害天性的蟊贼,让他继续为非作恶,岂不是该受天谴吗?

霍拉旭　他不久就会从英国得到消息,知道这一回事情产生了怎样的结果。

哈姆莱特　时间虽然很局促,可是我已经抓住眼前这一刻工夫;一个人的生命可以在说一个"一"字的一刹那之间了结。可是我很后悔,好霍拉旭,不该在雷欧提斯之前失去了自制;因为他所遭遇的惨痛,正是我自己的怨愤的影子。我要取得他的好感。可是他倘不是那样夸大他的悲哀,我也决不会动起那么大的火性来的。

霍拉旭　不要作声!谁来了?

　　　　奥斯里克上。

奥斯里克　殿下,欢迎您回到丹麦来!

哈姆莱特　谢谢您,先生。(向霍拉旭旁白)你认识这只水苍蝇吗?

霍拉旭　(向哈姆莱特旁白)不,殿下。

哈姆莱特　(向霍拉旭旁白)那是你的运气,因为认识他是一件丢脸的事。他有许多肥田美壤;一头畜生要是作了一群畜生的主子,就有资格把食槽搬到国王的席上来了。他"咯咯"叫起来简直没个完,可是——我方才也说了——他拥有大批粪土。

奥斯里克　殿下,您要是有空的话,我奉陛下之命,要来告诉您一件事情。

哈姆莱特　先生,我愿意恭聆大教。您的帽子是应该戴在头上的,您还是戴上去吧。

奥斯里克　谢谢殿下，天气真热。

哈姆莱特　不，相信我，天冷得很，在刮北风哩。

奥斯里克　真的有点儿冷，殿下。

哈姆莱特　可是对于像我这样的体质，我觉得这一种天气却是闷热得厉害。

奥斯里克　对了，殿下；真是说不出来的闷热。可是，殿下，陛下叫我来通知您
　　　　　一声，他已经为您下了一个很大的赌注了。殿下，事情是这样的——

哈姆莱特　请您不要这样多礼。（促奥斯里克戴上帽子）

奥斯里克　不，殿下，我还是这样舒服些，真的。殿下，雷欧提斯新近到我们的
　　　　　宫廷里来；相信我，他是一位完善的绅士，充满着最卓越的特点，他的态
　　　　　度非常温雅，他的仪表非常英俊；说一句发自衷心的话，他是上流社会的
　　　　　南针，因为在他身上可以找到一个绅士所应有的品质的总汇。

哈姆莱特　先生，他对于您这一番描写，的确可以当之无愧；虽然我知道，要
　　　　　是把他的好处一件一件列举出来，不但我们的记忆将要因此而淆乱，交
　　　　　不出一篇正确的账目来，而且他这一艘满帆的快船，也决不是我们失舵
　　　　　之舟所能追及；可是，凭着真诚的赞美而言，我认为他是一个才德优异的
　　　　　人，他的高超的禀赋是那样稀有而罕见，说一句真心的话，除了在他的镜
　　　　　子里以外，再也找不到第二个跟他同样的人，纷纷追踪求迹之辈，不过是
　　　　　他的影子而已。

奥斯里克　殿下把他说得一点不错。

哈姆莱特　您的用意呢？为什么我们要用尘俗的呼吸，嘘在这位绅士的身上
　　　　　呢？

奥斯里克　殿下？

霍拉旭　自己所用的语言，到了别人嘴里，就听不懂了吗？早晚你会懂的，先
　　　　　生。

哈姆莱特　您向我提起这位绅士的名字，是什么意思？

奥斯里克　雷欧提斯吗？

霍拉旭　他的嘴里已经变得空空洞洞，因为他的那些好听话都说完了。

哈姆莱特　正是雷欧提斯。

奥斯里克　我知道您不是不明白——

哈姆莱特　您真能知道我这人不是不明白，那倒很好；可是，说老实话，即使

你知道我是明白人,对我也不是什么光彩的事。好,您怎么说?

奥斯里克　我是说,您不是不明白雷欧提斯有些什么特长——

哈姆莱特　那我可不敢说,因为也许人家会疑心我有意跟他比并高下;可是要知道一个人的底细,应该先知道他自己。

奥斯里克　殿下,我们意思是说他的武艺;人家都称赞他的本领一时无两。

哈姆莱特　他会使些什么武器?

奥斯里克　长剑和短刀。

哈姆莱特　他会使这两种武器吗?很好。

奥斯里克　殿下,王上已经用六匹巴巴里的骏马跟他打赌;在他的一方面,照我所知道的,押的是六柄法国的宝剑和好刀,连同一切鞘带钩子之类的附件,其中有三柄的挂机尤其珍奇可爱,跟剑柄配得非常合式,式样非常精致,花纹非常富丽。

哈姆莱特　您所说的挂机是什么东西?

霍拉旭　我知道您要听懂他的话,非得翻查一下注解不可。

奥斯里克　殿下,挂机就是钩子。

哈姆莱特　要是我们腰间挂着大炮,用这个名词倒还合适;在那一天没有来到以前,我看还是就叫它钩子吧。说下去;六匹巴里骏马对六柄法国宝剑,附件在内,外加三个花纹富丽的挂机;法国产品对丹麦产品。可是,用你的话来说,这样"押"是为了什么呢?

奥斯里克　殿下,王上跟他打赌,要是你们两人交起手来,在十二个回合之中,他至多不过多赢你三着;可是他却觉得他可以稳赢九个回合。殿下要是答应的话,马上就可以试一试。

哈姆莱特　要是我答应个"不"字呢?

奥斯里克　殿下,我的意思是说,您答应跟他当面比较高低。

哈姆莱特　先生,我还要在这儿厅堂里散散步。您去回陛下说,现在是我一天之中休息的时间。叫他们把比赛用的钝剑预备好了,要是这位绅士愿意,王上也不改变他的意见的话,我愿意尽力为他博取一次胜利;万一不幸失败,那我也不过丢了一次脸,给他多剁了两下。

奥斯里克　我就照这样去回话吗?

哈姆莱特　您就照这个意思去说,随便您再加一些什么新颖词藻都行。

奥斯里克　我保证为殿下效劳。

哈姆莱特　　不敢,不敢。(奥斯里克下)多亏他自己保证,别人谁也不会替他张
　　口的。

霍拉旭　　这一只小鸭子顶着壳儿逃走了。

哈姆莱特　　他在母亲怀抱里的时候,也要先把他母亲的奶头恭维几句,然后
　　吮吸。像他这一类靠着一些繁文缛礼撑撑场面的家伙,正是愚妄的世人
　　所醉心的;他们的浅薄的牙慧使傻瓜和聪明人同样受他们的欺骗,可是
　　一经试验,他们的水泡就爆破了。

　　　　　　一贵族上。

贵族　　殿下,陛下刚才叫奥斯里克来向您传话,知道您在这儿厅上等候他的
　　旨意;他叫我再来问您一声,您是不是仍旧愿意跟雷欧提斯比剑,还是慢
　　慢再说。

哈姆莱特　　我没有改变我的初心,一切服从王上的旨意。现在也好,无论什么
　　时候都好,只要他方便,我总是随时准备着,除非我丧失了现在所有的力
　　气。

贵族　　王上、娘娘,跟其他的人都要到这儿来了。

哈姆莱特　　他们来得正好。

贵族　　娘娘请您在开始比赛以前,对雷欧提斯客气几句。

哈姆莱特　　我愿意服从她的教诲。(贵族下)

霍拉旭　　殿下,您在这一回打赌中间,多半要失败的。

哈姆莱特　　我想我不会失败。自从他到法国去以后,我练习得很勤;我一定可
　　以把他打败。可是你不知道我的心里是多么不舒服;那也不用说了。

霍拉旭　　啊,我的好殿下——

哈姆莱特　　那不过是一种傻气的心理;可是一个女人也许会因为这种莫名其
　　妙的疑虑而惶惑。

霍拉旭　　要是您心里不愿意做一件事,那么就不要做吧。我可以去通知他们
　　不用到这儿来,说您现在不能比赛。

哈姆莱特　　不,我们不要害怕什么预兆;一只雀子的死生,都是命运预先注定
　　的。注定在今天,就不会是明天;不是明天,就是今天;逃过了今天,明天
　　还是逃不了,随时准备着就是了。一个人既然在离开世界的时候,只能一
　　无所有,那么早早脱身而去,不是更好吗?随它去。

　　　　　　国王、王后、雷欧提斯、众贵族、奥斯里克及侍从等持钝剑等上。

国王　来，哈姆莱特，来，让我替你们两人和解和解。（牵雷欧提斯、哈姆莱特二人手使相握）

哈姆莱特　原谅我，雷欧提斯；我得罪了你，可是你是个堂堂男子，请你原谅我吧。这儿在场的众人都知道，你也一定听见人家说起，我是怎样被疯狂害苦了。凡是我的所作所为，足以伤害你的感情和荣誉、激起你的愤怒来的，我现在声明都是我在疯狂中犯下的过失。难道哈姆莱特会做对不起雷欧提斯的事吗？哈姆莱特决不会做这种事。要是哈姆莱特在丧失他自己的心神的时候，做了对不起雷欧提斯的事，那样的事不是哈姆莱特做的，哈姆莱特不能承认。那么是谁做的呢？是他的疯狂。既然是这样，那么哈姆莱特也是属于受害的一方，他的疯狂是可怜的哈姆莱特的敌人。当着在座众人之前，我承认我在无心中射出的箭，误伤了我的兄弟；我现在要向他请求大度包涵，宽恕我的不是出于故意的罪恶。

雷欧提斯　按理讲，对这件事情，我的感情应该是激动我复仇的主要力量，现在我在感情上总算满意了；但是另外还有荣誉这一关，除非有什么为众人所敬仰的长者，告诉我可以跟你捐除宿怨，指出这样的事是有前例可援的，不至于损害我的名誉，那时我才可以跟你言归于好。目前我且先接受你友好的表示，并且保证决不会辜负你的盛情。

哈姆莱特　我绝对信任你的诚意，愿意奉陪你举行这一次友谊的比赛。把钝剑给我们。来。

雷欧提斯　来，给我一柄。

哈姆莱特　雷欧提斯，我的剑术荒疏已久，只能给你帮场；正像最黑暗的夜里一颗吐耀的明星一般，彼此相形之下，一定更显得你的本领的高强。

雷欧提斯　殿下不要取笑。

哈姆莱特　不，我可以举手起誓，这不是取笑。

国王　奥斯里克，把钝剑分给他们。哈姆莱特侄儿，你知道我们怎样打赌吗？

哈姆莱特　我知道，陛下；您把赌注下在实力较弱的一方了。

国王　我想我的判断不会有错。你们两人的技术我都领教过；但是后来他又有了进步，所以才规定他必须多赢几着。

雷欧提斯　这一柄太重了；换一柄给我。

哈姆莱特　这一柄我很满意。这些钝剑都是同样长短的吗？

奥斯里克　是，殿下。（二人准备比剑）

国王　替我在那桌子上斟下几杯酒。要是哈姆莱特击中了第一剑或是第二剑，或者在第三次交锋的时候争得上风，让所有的碉堡上一齐鸣起炮来；国王将要饮酒慰劳哈姆莱特，他还要拿一颗比丹麦四代国王戴在王冠上的更贵重的珍珠丢在酒杯里。把杯子给我；鼓声一起，喇叭就接着吹响，通知外面的炮手，让炮声震彻天地，报告这一个消息，"现在国王为哈姆莱特祝饮了！"来，开始比赛吧；你们在场裁判的都要留心看着。

哈姆莱特　请了。

雷欧提斯　请了，殿下。（二人比剑）

哈姆莱特　一剑。

雷欧提斯　不，没有击中。

哈姆莱特　请裁判员公断。

奥斯里克　中了，很明显的一剑。

雷欧提斯　好；再来。

国王　且慢；拿酒来。哈姆莱特，这一颗珍珠是你的；祝你健康！把这一杯酒给他。（喇叭齐奏。内鸣炮）

哈姆莱特　让我先赛完这一局；暂时把它放在一旁。来。（二人比剑）又是一剑；你怎么说？

雷欧提斯　我承认给你碰着了。

国王　我们的孩子一定会胜利。

王后　他身体太胖，有些喘不过气来。来，哈姆莱特，把我的手巾拿去，揩干你额上的汗。王后为你饮下这一杯酒，祝你的胜利了，哈姆莱特。

哈姆莱特　好妈妈！

国王　乔特鲁德，不要喝。

王后　我要喝的，陛下；请您原谅我。

国王　（旁白）这一杯酒里有毒；太迟了！

哈姆莱特　母亲，我现在还不敢喝酒；等一等再喝吧。

王后　来，让我擦干你的脸。

雷欧提斯　陛下，现在我一定要击中他了。

国王　我怕你击不中他。

雷欧提斯　（旁白）可是我的良心却不赞成我干这件事。

哈姆莱特　来，该第三个回合了，雷欧提斯。你怎么一点不起劲？请你使出你全身的本领来吧;我怕你在开我的玩笑哩。

雷欧提斯　你这样说吗?来。(二人比剑)

奥斯里克　两边都没有中。

雷欧提斯　受我这一剑!(雷欧提斯挺剑刺哈姆莱特;二人在争夺中彼此手中之
　　　剑各为对方夺去,哈姆莱特以夺来之剑刺雷欧提斯,雷欧提斯亦受伤。)

国王　分开他们!他们动起火来了。

哈姆莱特　来,再试一下。(王后倒地)

奥斯里克　嗳哟,瞧王后怎么啦!

霍拉旭　他们两人都在流血。您怎么啦?殿下?

奥斯里克　您怎么啦,雷欧提斯?

雷欧提斯　唉,奥斯里克,正像一只自投罗网的山鹬,我用诡计害人,反而害
　　　了自己,这也是我应得的报应。

哈姆莱特　王后怎么啦?

国王　她看见他们流血,昏了过去了。

王后　不,不,那杯酒,那杯酒——啊,我的亲爱的哈姆莱特!那杯酒,那杯酒,
　　　我中毒了。(死)

哈姆莱特　啊,奸恶的阴谋!喂!把门锁上!阴谋!查出来是哪一个人干的。

　　　(雷欧提斯倒地)

雷欧提斯　凶手就在这儿,哈姆莱特。哈姆莱特,你已经不能活命了;世上没
　　　有一种药可以救治你,不到半小时,你就要死。那杀人的凶器就在你的手
　　　里,它的锋利的刃上还涂着毒药。这奸恶的诡计已经回转来害了我自己;
　　　瞧!我躺在这儿,再也不会站起来了。你的母亲也中了毒。我说不下去了。
　　　国王——国王——都是他一个人的罪恶。

哈姆莱特　锋利的刃上还涂着毒药!——好,毒药,发挥你的力量吧!(刺国
　　　王)

众人　反了!反了!

国王　啊!帮帮我,朋友们;我不过受了点伤。

哈姆莱特　好,你这败环伦常、嗜杀贪淫、万恶不赦的丹麦奸王!喝干了这杯
　　　毒药——你那颗珍珠是在这儿吗?——跟我的母亲一道去吧!(国王死。)

雷欧提斯　他死得应该;这毒药是他亲手调下的。尊贵的哈姆莱特,让我们互
　　　相宽恕;我不怪你杀死我和我的父亲,你也不要怪我杀死你!(死)

哈姆莱特　愿上天赦免你的错误！我也跟着你来了。我死了，霍拉旭。不幸的王后，别了！你们这些看见这一幕意外的惨变而战栗失色的无言的观众，倘不是因为死神的拘捕不给人片刻的停留，啊！我可以告诉你们——可是随它去吧。霍拉旭，我死了，你还活在世上；请你把我的行事的始末根由昭告世人，解除他们的疑惑。

霍拉旭　不，我虽然是个丹麦人，可是在精神上我却更是个古代的罗马人；这儿还留剩着一些毒药。

哈姆莱特　你是个汉子，把那杯子给我；放手；凭着上天起誓，你必须把它给我。啊，上帝！霍拉旭，我一死之后，要是世人不明白这一切事情的真相，我的名誉将要永远蒙着怎样的损伤！你倘然爱我，请你暂时牺牲一下天堂上的幸福，留在这一个冷酷的人间，替我传述我的故事吧。(内军队自远处行进及鸣炮声)这是哪儿来的战场上的声音？

奥斯里克　年轻的福丁布拉斯从波兰奏凯班师，这是他对英国来的钦使所发的礼炮。

哈姆莱特　啊！我死了，霍拉旭；猛烈的毒药已经克服了我的精神，我不能活着听见英国来的消息。可是我可以预言福丁布拉斯将被推戴为王，他已经得到我这临死之人的同意；你可以把这儿所发生的一切事告诉他。此外仅余沉默而已。(死。)

霍拉旭　一颗高贵的心现在碎裂了！晚安，亲爱的王子，愿成群的天使们用歌唱抚慰你安息！——为什么鼓声越来越近了？(内军队行进声)

　　　福丁布拉斯、英国使臣及余人等上。

福丁布拉斯　这一场比赛在什么地方举行？

霍拉旭　你们要看些什么？要是你们想知道一些惊人的惨事，那么不用再到别处去找了。

福丁布拉斯　好一场惊心动魄的屠杀！啊，骄傲的死神！你用这样残忍的手腕，一下子杀死了这许多王裔贵胄，在你的永久的幽窟里，将要有一席多么丰美的盛筵！

使臣甲　这一个景象太惨了。我们从英国奉命来此，本来是要回复这儿的王上，告诉他我们已经遵从他的命令，把罗森格兰兹和吉尔登斯吞两人处死；不幸我们来迟了一步，那应该听我们说话的耳朵已经没有知觉了；我们还希望从谁的嘴里得到一声感谢呢？

霍拉旭　即使他能够向你们开口说话，他也不会感谢你们；他从来不曾命令你们把他们处死。可是既然你们都来得这样凑巧，有的刚从波兰回来，有的刚从英国到来，恰好看见这一幕流血的惨剧，那么请你们叫人把这几个尸体抬起来放在高台上面，让大家可以看见，让我向那懵无所知的世人报告这些事情的发生经过；你们可以听到奸淫残杀、反常悖理的行为、冥冥中的判决、意外的屠戮、借手杀人的狡计，以及陷人自害的结局；这一切我都可以确确实实地告诉你们。

福丁布拉斯　让我们赶快听你说；所有最尊贵的人，都叫他们一起来吧。我在这一个国内本来也有继承王位的权利，现在国中无主，正是我要求这一个权利的机会；可是我虽然准备接受我的幸运，我的心里却充满了悲哀。

霍拉旭　关于那一点，我受死者的嘱托，也有一句话要说，他的意见是可以影响许多人的；可是在这人心惶惶的时候，让我还是先把这一切解释明白了，免得引起更多的不幸、阴谋和错误来。

福丁布拉斯　让四个将士把哈姆莱特像一个军人似的抬到台上，因为要是他能够践登王位，一定会成为一个贤明的君主的；为了表示对他的悲悼，我们要用军乐和战地的仪式，向他致敬。把这些尸体一起抬起来。这一种情形在战场上是不足为奇的，可是在宫廷之内，却是非常的变故。去，叫兵士放起炮来。（奏丧礼进行曲，众舁尸同下。内鸣炮。）

（选自《莎士比亚全集》第 9 卷，朱生豪译、吴兴华校，人民文学出版社 1978 年版）

《哈姆莱特》导读

伟大的文艺复兴时代"是一个需要巨人而且产生了巨人"（恩格斯语）的时代。威廉·莎士比亚（1564—1616）就是那一时代的"巨人"。同时代的著名戏剧家本·琼生曾把莎士比亚誉为"时代的灵魂"。

1564 年 4 月，莎士比亚诞生于英国中部艾汶河畔的斯特拉夫镇。他所受的全部教育，仅仅是从 7 岁到 13 岁时上过的文法学校，程度只相当于小学。这是由于他父亲经商和为官失败，导致家道中落而中途辍学。1586 年前后，莎士比亚到伦敦，开始在这个当时约有 20 万人口的城市寻找自己未来的天地。他先是在剧院门口干过马夫杂役，又在舞台上扮些不起眼的小角色，未引起人们的注目。

最先发现莎士比亚才能，并为之震惊的是当时叱咤英国剧坛的"大学才子"。其代表人物罗伯特·格林在刚刚见到莎士比亚最初的剧本《亨利六世》之后，便惴惴不安地惊呼："有一只暴发户的乌鸦，用我们的羽毛装扮他自己，在演员的皮下面包藏着虎狼之心。"这之后，莎士比亚挥笔写下英国文学史和世界文学史的灿烂篇章。在 20 余年的创作生涯中，他留给人类珍贵的文学财富共有 2 部长篇叙事诗，154 首十四行诗，还有 37 部戏剧。

莎士比亚创作大致分为三个时期。早期（约 1590—1600）主要创作喜剧和历史剧。在《仲夏夜之梦》、《威尼斯商人》、《皆大欢喜》、《第十二夜》等喜剧中，一群虎虎有生气的贵族男女青年牢牢占据舞台中心，在他们的智勇和热情面前，腐朽而可笑的封建势力不攻自破，结局总是有情人终成眷属。青春与美就像一首首浪漫的小夜曲，回响在芬芳迷人的大自然怀抱中。总之，喜剧都是在"快乐的英格兰"的抒情气氛中，乐观地歌唱人文主义的生活理想、道德准则。《理查三世》、《亨利四世》（上、下）、《亨利五世》等历史剧系列以不同类型的君王形象，表达反对封建战乱，要求国家统一的人文主义的政治抱负。

中期的创作（约 1601—1607）以悲剧为主。《哈姆莱特》、《奥瑟罗》、《李尔王》、《麦克白》四大悲剧达到了莎士比亚创作的峰巅。悲剧的沉抑氛围和阴冷底色，体现于黑云压城、危机四伏的紧张冲突，以及英雄人物、正面形象渐次从舞台上消退之中；无一例外的惨烈结局揭示了莎士比亚早期热情宣扬的理想，同他现在痛感的现实之间存在着何其尖锐激烈的矛盾。这一时期莎士比亚创作的重大转折便是从正面颂扬理想变成直接暴露现实。

后期创作(约1608—1612)的主要成果是传奇剧。人间的悲欢离合演出在童话般色彩的海外奇域,精灵魔法总能化干戈为玉帛。代表作《暴风雨》实际描绘的是现实世界外的风和日丽,真正战胜暴风雨般的怨仇险恶的是宽容和仁慈。莎士比亚对现实失望了,但他没丧失理想,以炉火纯青的艺术表现力构造传奇境界,来寄寓自己美好的憧憬。

1613年,莎士比亚告老还乡,次年4月与世长辞。人们留下他生平的文字史料简略匮乏,但他传给人类的思想和艺术却是那么深厚丰赡,无可估量。

《哈姆莱特》(1601)这部取材于12世纪问世的《丹麦史》的大悲剧,虽不乏对其他作家的借鉴,但莎士比亚点石成金,使之成为文艺复兴时代一块最光辉的艺术丰碑。悲剧中的主人公哈姆莱特,原是个丹麦快乐王子,在人文主义文化中心德国威登堡大学求学,对人类、社会抱着美好理想。但父王猝死、叔叔篡位、母后易嫁成了新王后,一连串突变给了他残酷打击,美妙理想也被无情毁灭。惊魂未定,父亲鬼魂出现,披露这一切突变的罪魁祸首就是新王克劳狄斯。哈姆莱特以装疯作掩护,决心伺机复仇。克劳狄斯心有疑忌,派哈姆莱特少年时代同学罗森格兰兹和吉尔登斯吞刺探虚实;御前大臣波洛涅斯也让女儿、哈姆莱特的情人奥菲利娅去辨别,这些阴谋均被看穿识破。正巧这时宫中来了一班戏子,哈姆莱特有意让他们表演与剧情相似的讲述宫中阴谋变故的戏剧。克劳狄斯作贼心虚,仓惶离席,从旁注视这一切的哈姆莱特证实了克劳狄斯的罪孽。他本可在克劳狄斯暗中忏悔时一剑置他于死命,却因考虑在此刺杀他反将其送上天堂,结果延误了复仇。后来他在母亲寝宫误杀了波洛涅斯,反被克劳狄斯借机送往英国。途中哈姆莱特发现克劳狄斯借刀杀人的奸计,他矫旨将罗森格兰兹和吉尔登斯吞送往英国当替死鬼,自己返回丹麦。这时奥菲利娅因疯落水而死,她的哥哥雷欧提斯在克劳狄斯挑唆下要找哈姆莱特报仇。克劳狄斯备下毒剑、毒酒欲置哈姆莱特于死他。结果王后饮毒而死，雷欧提斯和哈姆莱特均中毒剑。雷欧提斯临死前揭露阴谋，哈姆莱特终于用毒剑刺向克劳狄斯，与敌同归于尽。

这场叔侄相杀决非一般的宫廷之争，它是以哈姆莱特为代表的人文主义理想同以克劳狄斯为首的社会邪恶势力间的矛盾。克劳狄斯身上既有封建君主的残忍险毒，又有原始积累时期资产阶级冒险家狡诈奸险的色彩，他使整个国家变成"一所牢狱"。而哈姆莱特透过父王的死，察觉了现实社会处在"一个颠倒混乱的时代"，止不住感喟要负起"重整乾坤的责任"。由此双方代表的邪恶与正义的两股力量的冲突就无可避免。哈姆莱特想完成自己的使命，却找不到将决心付诸实践的途径，为此徘徊游移，局限于矛盾的内心世界无法自拔，而使行动延宕。此中根本原因在于他信奉的人文主义思想的局限性：人性论的观念使哈姆莱特将严酷的社会斗争看成善恶抗衡的道德之争，所以迟迟拿不出"重整乾坤"的变革手段；个人主义的信条又决定了哈姆莱特一直孤军作战，所以肩负了历史使命的重任，却感到力不从心，难以下手。由此看来他完不成"重整乾坤"的历史使命是必然的。他虽真诚信奉人文主义的进步理想：尊重人、肯定人的价值；崇尚理性、注重实证；维护平等、提倡互爱，但这种理想终究难免在现实中遭受磨难而致破灭。哈姆莱特的悲剧不是普通的性格悲剧，它是一个时代的遗憾，是一幕历史的大悲剧。

《哈姆莱特》的历史内容和哲理性完满地寄寓在这出悲剧的艺术表现形式中。莎士比亚用史笔描绘出有关这个悲剧的广阔而真实的社会背景：国外大兵压境，国内宫廷暴乱；朝中阴谋权变，朝外民怨四起，这种被恩格斯誉为"福斯塔夫式的背景"的历史画面，除成功酝酿了悲剧动荡不安的氛围、再现时代特征外，更重要的艺术效能在于突现出悲剧冲突的社会与历史缘由，说明悲剧主人公哈姆莱特性格发展演变的客观依据。

《哈姆莱特》的剧情兼有错综繁复的雄浑气势和跌宕曲折的诱人魅力。围绕哈姆莱特复仇的主线，还有雷欧提斯的复仇、挪威王子小福丁布拉斯的复仇。三条不同性质的复仇线索各有发展趋向，构成戏剧大场面大气势，丰富剧情容量和内涵。同时它们又在发展中形成交汇，副线为主线走向高潮推波助澜，主线发展与结局则决定副线的归向，由此哈姆莱特的性格及其复仇的含义在对比和衬托中越发鲜明，悲剧的思想性从而得到深化。丰富的剧情始终处在起伏多变的动态发展中。从哈姆莱特装疯、克劳狄斯起疑的两军对峙，到"戏中戏"揭露狐狸的尾巴，哈姆莱特在第一个高潮形成时占据主动；但他误杀波洛涅斯、被有喘息机会的敌手借口送出丹麦，于是跌入被动地位；海上矫旨后返回，孕育了复仇新高潮，哈姆莱特又居主动；而克劳狄斯再设奸计又使双方陷于短暂的对峙；最后高潮骤然到来，哈姆莱特拼死以鲜血与生命完成延宕已久的复仇。如此波澜迭起、变幻难测，使全剧多姿多彩，时时吸引住读者或观众在紧张的期待中感受这场深刻的矛盾冲突。

这出悲剧成功塑造了哈姆莱特这个世界文学史上不朽的艺术典型。莎士比亚一方面将哈姆莱特置于外部矛盾的焦点上，让他同几乎所有剧中人形成各种对立关系，从而使哈姆莱特在理想被现实粉碎的处境中，表现性格的各个侧面。另一方面，莎士比亚又始终将哈姆莱特置于自身内在的精神矛盾漩涡里，利用全剧数段著名的长篇内心独白，透露他在被现实打击后的惊愕、痛苦，以及在痛苦中冥思苦想时的忧郁、激愤；一颗矛盾的心灵比公开的举动更充分透彻地展示了哈姆莱特的性格之谜。为刻画好人物形象，莎士比亚尽情施展他驾驭语言的天才本领，将语言的多种表现功能发挥得淋漓尽致：对白时挖苦、诅咒的强暴粗俗；旁白时洞微烛幽，犀利尖刻；内心独白里高雅的抒情和富有哲理性的睿智。语言的义、理、情水乳交融，使哈姆莱特像准备一搏的战士，又似激情荡漾的优雅诗人,同时更是过多思考的哲学家。无怪数世纪来多少人对这个艺术典型会产生"有一千个观众就有一千个哈姆莱特"的感慨,对这个典型形象的塑造者由衷地发出"说不尽的莎士比亚"的赞叹。

(周 颐)

17世纪古典主义文学指要

古典主义是 17 世纪在法国形成而后广泛流行于欧洲一些国家的文学思潮,它是法国绝对主义王权的产物。由于在创作实践中崇尚古代、以希腊罗马文学为典范,因而称为古典主义文学。

(一)

法国经历了长达 30 多年的胡格诺宗教战争(1562—1594)后,中央王权战胜了大贵族的割据势力,建立了绝对王权,重新成为欧洲最强大的君主专制国家。当时,路易十四集全国军事、政治、财政大权于一身,宣称"朕即国家"。中央王权为了利用资产阶级的政治力量打击地方贵族的分裂活动,借助资产阶级的经济力量支撑庞大的国家财政支出,拉拢资产阶级使之脱离农民、手工业者的反封建斗争,实行奖励工商业发展的重商主义政策,扩展海外贸易和殖民活动,并吸收一部分大资产阶级参加政府工作。而当时资产阶级力量还不够强大,需要依靠王权的保护来对付封建贵族的割据势力,以统一国内市场,发展工商业。因此,尽管资产阶级和中央王权之间存在矛盾,却积极支持中央王权。所以 17 世纪法国的绝对主义王权是封建贵族和上层资产阶级在君主制调节下的妥协性政权;它既保护资产阶级和宫廷贵族的共同利益,又在一定程度上体现广大人民结束封建割据、取得国家统一的迫切要求。

政治的集中统一促成了文艺的规范化、模式化。路易十三的枢机大臣黎希留和路易十四均以金钱、地位等作为诱饵,拉拢作家为王权服务。1635年创立的法兰西学院,制定了与中央集权政治相适应的文学和语言的统一法则,使文艺置于王权的直接控制之下。这样,一种拥护王权、崇尚理性、以古代作品为艺术典范的古典主义文学便应运而生。

(二)

古典主义文学是法国资产阶级与中央王权妥协的产物,也是资产阶级借助王权同贵族阶级进行斗争的工具,它的主要特点是:

拥护中央王权,歌颂英明君主。古典主义在政治上拥护中央王权,歌颂英明君主,宣扬个人服从国家,具有鲜明的政治倾向性。克制个人感情,服从国家整体利益;展现个人情欲和公民责任之间的冲突,就成为古典主义悲剧的中心主题。高乃依的《熙德》集中表现了国家利益、公民责任战胜个人感情和家族荣誉,进而歌颂王权,美化国王的思想。这一思想倾向说明公民义务、英雄主义、爱国主义主题在古典主义悲剧中的重要地位,有它的历史进步作用;但它抹煞王权的阶级性质,赋王权以全民族意志体现者的意义,并加以歌颂,这正是资产阶级对封建阶级妥协和革命不彻底性的具体表现。

以理性为准则,指导创作实践。古典主义把理性当作文艺创作的基本原则,这是哲学上的唯理主义在文艺创作中的反映。笛卡尔(1596—1650)的唯理主义把理性当作真理的最高准绳,用理性扫除封建的传统偏见和对宗教的盲目信仰,主张以理性和意志来抑制感情。这种强调理性和意志力量的哲学适应从混乱走向统一的时代潮流,反映了资产阶级要求统一、稳定的思想愿望。笛卡尔认为:"理性的标准就是艺术的标准。"这样,唯理主义就成了古典主义文学产生的哲学基础。古典主义的理论家布瓦洛号召诗人"首先须爱理性:愿你的一切文章永远只凭着理性获得价值和光芒"。他认为文艺的美只能由理性产生,而美的东西又必然是普遍的、永恒的、真实的。这样，他就把艺术的美、真实和理性等同起来，把理性当作辨别美丑、真伪、善恶的惟一准则。而所谓"理性"，实际上是资产阶级的利益、愿望在思想上的体现。由于过分强调理性，往往从概念出发，塑造人物形象，注重普遍的共性，忽视人物的个性。如伪君子就是虚伪，吝啬鬼一味吝啬，性格特征单一，容易产生类型化、程式化的倾向，而缺乏莎士比亚笔下人物那样的鲜明个性和历史的具体性。

强调摹仿"自然"，崇尚古代文艺。布瓦洛认为艺术要做到美和真，就"永远不能和自然寸步相离"。这种主张符合文艺反映现实的基本原则，有它合理的部分，但古典主义理论家心目中的"自然"，系指所谓经过理性的"净化"和过滤了的"自然"，而不是指全部的客观世界，不包括劳动人民生活在内。因此，他们把摹仿"自然"具体化为"研究宫廷，认识城市"。把贵族的宫廷放在资产阶级的城市之上，前者要"研究"，后者只需"认识"，以符合绝对王权的等级观念。另外，古典主义摹仿"自然"的途径，并不是深入社会，体验生活，而是去摹仿古代希腊罗马文学作品。在他们看来，古代作家长于摹仿自然，达到美的"普遍性"，体现了"永恒的人性"；所提供的法则、技巧，已十分完美，并永远行之有效。因此，不仅把古代文学当作创作的典范，而且把摹仿古代文学视为创作的捷径；许多作品的题材、人物直接取自古代，甚至剧本的名称也和古代完全相同，如《费得尔》、《昂朵马格》等。这是缺乏历史发展观念的唯心主义思想的反映，隔断了文艺创作和现实生活的联系。

追求形式完美，推行统一模式。为适应绝对王权高度统一的政治要求，古典主义在艺术上制定了一套完整的法则。其中，最突出的是戏剧中的"三一律"：时间不超过一昼夜，事件发生在同一个地点，只能有一条完整的情节线索。"三一律"的好处是能使戏剧集中精炼，结构严密；缺点是由于固守法则，使之形式死板，束缚了内容，变成妨害戏剧发展的框架。古典主义理论家还形式主义地把文学划分为高级和低级两种,悲剧为高级体裁,用来表现帝王将相,必须用悲壮的诗体和典雅的语言来写;喜剧属于卑俗体裁,只能描写平民和普通人,可采用日常语言来写,而且规定悲剧和喜剧不能逾越、混合。因此,在古典主义文学中没有正剧的形式。

（三）

古典主义文学萌芽于 17 世纪前期的法国,创始人为马雷伯(1555—1628)。他主张文艺要为王权服务,提出语言的纯洁和明晰,规定诗体的结构和句式,适应了王权要求整顿社会秩序、一切规范化的要求。他还身体力行地撰写颂歌,赞扬君主专制制度。

法国古典主义文学的发展可分为两个阶段:17 世纪 30、40 年代为兴起时期,17 世纪 60、70 年代是全盛时期。

第一阶段的代表作家是悲剧家高乃依(1606—1684)。他一生写了 30 多个剧本,代表作《熙德》,生动地塑造了唐罗狄克这个集各种美德于一身的理想的悲剧英雄形象,揭示了个人感情和公民义务的尖锐冲突,宣扬了国家民族利益高于一切的思想,反映了绝对主义王权上升时期的特点。

第二阶段的代表作家是悲剧家拉辛和喜剧家莫里哀。拉辛(1639—1699)曾经钻研过古代希腊罗马戏剧,尤其喜爱欧里庇得斯的悲剧。他一生写了 11 部悲剧和 1 部戏剧,最著名的是悲剧《昂朵马格》,它取材于欧里庇得斯的《昂朵马格》和《特洛亚妇女》。剧本通过卑吕斯、爱妙娜和奥赖斯提三人因情欲而互相残杀的故事,揭露了 17 世纪法国宫廷和贵族的淫乱、糜烂、道德沦丧,反映了作者的反封建倾向。拉辛的悲剧体现了绝对主义王权由盛转衰时期的特点,着重揭露法国宫廷的腐朽和社会道德的堕落,谴责那些沉溺于情欲、丧失理性的贵族人物及其给社会带来的危害。他的悲剧严格遵守古典主义法则,善于刻画人物心理,结构严谨,被称为古典主义悲剧的典范。法国古典主义喜剧家莫里哀(1622—1673),放弃世袭的"王室侍从"职务和父亲用钱买来的律师资格,把毕生精力献给了法兰西民族戏剧事业。他反对轻视喜剧的偏见,强调喜剧反映社会生活的重要意义。在《伪君子》、《唐璜》、《悭吝人》等著名喜剧中,大胆揭露教士的伪善、贵族的荒淫、高利贷者的吝啬。他的剧作取材于现实生活,从民间文学汲取养料,语言丰富、生动,较之其他的古典主义作家,具有更鲜明的反封建倾向,更浓厚的生活气息和民族特色。

把古典主义从理论上加以总结,并形成完整体系的,是文艺理论家布瓦洛(1636—1711)。1674年,他发表的《诗的艺术》,以笛卡尔的唯理主义哲学为基础,继承亚里斯多德和贺拉斯的文艺批评传统,并从理论上总结了高乃依、拉辛、莫里哀的艺术创作经验,被看作是古典主义的文艺法典。他明确规定理性是文艺创作的基本原则,强调艺术要摹仿自然,并提出了以"三一律"为中心的创作法规,对法国和欧洲的戏剧发展产生了巨大的影响。

17世纪末,法国绝对主义王权由盛转衰,它的历史作用逐渐减弱,越来越成为资本主义进一步发展的绊脚石,古典主义颂古非今的艺术法则也引起了资产阶级进步作家的不满和反对。这样,便在文艺领域里展开了一场轰动法国文坛的"古今之争"。以寓言作家贝洛勒(1628—1703)、文艺理论家圣・艾弗蒙(1610—1703)为代表的今派、革新派,反对以布瓦洛为代表的崇古派。前者认为时代在发展,不能让古代诗法框住今人的手脚,反对向古人顶礼膜拜,表现了资产阶级革新派反对文艺屈从于绝对王权,要求冲破古典主义清规戒律、自由发展文艺的愿望。尽管这场斗争并未解决问题,而以双方相互让步而告终,但破除了对古典主义法则的迷信,为18世纪启蒙主义作家、19世纪浪漫主义作家清算古典主义谬误打下了基础。

古典主义作为一种文学思潮,在欧洲流行了二百多年之久。欧洲的不少国家都曾出现过古典主义文学。17世纪后期,英国正式形成了古典主义文学，代表作家为斯图亚特复辟王朝的桂冠诗人德莱顿(1631—1700)。他在《论戏剧诗》以及许多作品的序言中，推崇古希腊罗马作家，强调悲剧创作严格遵守"三一律"。他的剧本以爱情、荣誉为题材，美化贵族君主制度。18世纪初，诗人蒲伯(1688—1744)的诗歌创作，进一步发展了英国的古典主义文学。他写有田园诗《田园诗歌》，滑稽英雄诗《鬈发遇劫记》，哲理诗《道德论》、《论批评》，讽刺诗《愚人记》等多种体裁和类型的诗歌，其中《论批评》是继贺拉斯、布瓦洛以后的古典主义文艺理论名著。蒲伯阐发了布瓦洛的一些基本论点，但他的古典主义理论并不典型，某些观点带有启蒙主义的性质。

德国18世纪40年代以前曾出现过以高特舍特(1700—1766)为代表的古典主义文学。高特舍特在理论上接受布瓦洛的古典主义观点，创作上强调以高乃依、拉辛为榜样。他在题为《为德国人写的批评诗学试论》的论著中，重申并发挥了布瓦洛的一些论点，如强调文学应合乎理性，严格遵守"三一律"规则等。由于他片面强调摹仿法国古典主义悲剧，忽视德国文学的民族特性，因此到18世纪中叶以后，就受到莱辛等启蒙主义作家的批评。18世纪后期，德国还出现过"魏玛古典主义"，它的代表人物歌德、席勒，推崇古希腊艺术中的宁静、和谐，具有理想的、永恒的"人类的美"，但仅限于形式上的模仿，在内容上含有反封建、反教会的色彩，带有启蒙主义文学的特点，不同于一般意义上的古典主义。

18世纪上半期，随着彼得一世君主专制制度的日益巩固和法国古典主义的深入传播，俄国形成了古典主义文学思潮。它的典型代表是以悲剧《冒名为皇的德米德里》而闻名的苏马罗科夫(1717—1777)和英雄史诗《俄罗斯颂》的作者赫拉斯科夫(1733—1807)。由于俄国古典主义是在专制制度已经确立，欧洲启蒙主义思潮开始传播的条件下产生的，因此，除遵守古典主义原则和形式上的某些规则外，还有自己的独特之处，即注意从民族历史和民族生活中汲取题材,突出爱国思想和科学文化的启迪作用,注意诗体和语言的改革,以反映社会现实生活。

古典主义在特定的历史条件下,曾发挥过积极的作用。它加强了法国人民的民族观念,强调文学的社会作用,促进语言的规范化,形成了结构严谨、情节集中等戏剧特点。但它过分迎合王公贵族的情趣,带有浓厚的封建色彩。烦琐的艺术法规,更是束缚了艺术的创新;体裁形式的等级划分,也限制了思想内容的充分表达。因此,到了18世纪,古典主义就受到启蒙主义作家的尖锐批抨,趋于衰落;直至19世纪20年代,又受到了浪漫主义作家的致命打击,终于在雨果的《欧那尼》的演出声中宣告结束。

(夏　盛、陈　挺)

高乃依

熙　德

第　一　幕

第　三　场

唐高迈斯　唐杰葛

唐高迈斯　结果是你得胜了，国王恩宠你，
　　　　　把你高升到只有我才配得上的职位：
　　　　　他竟派你做了卡斯第王子的师傅。

唐杰葛　　国王赐给我家的这个荣耀，
　　　　　向大家说明他是一个贤君，可以看出
　　　　　他懂得如何酬报过去的功劳。

唐高迈斯　不管国王们多么伟大，毕竟同我们差别不大：
　　　　　他们也会犯错误，同一切人一样；
　　　　　他这回的任命，对所有的臣僚证明：
　　　　　他不善于酬报眼前的功勋。

唐杰葛　　这个使你恼怒的任命，我们不要再去说它了；
　　　　　这虽说功有应得，也许还是由于国王的殊恩，
　　　　　但是我们应该恭敬至尊的威权，
　　　　　国王已经决定的事，我们就无须乎再加考虑。
　　　　　希望你在国王赐我的荣誉之上，再给我增加另一种荣誉，

　　　　那就是用一个神圣的婚姻把你我两家连成一气：

　　　　你只有一个女儿，我只有一个儿子；

　　　　他们的结婚，将使我们从此比朋友更为亲密；

　　　　就请你赏给我们父子这个恩惠，允许我的儿子作你的女婿。

唐高迈斯　你这位好儿子，应当期望与更高贵的门第结亲，

　　　　再说你的职务的新的光辉

　　　　一定使他的心中充满了另一种虚荣。

　　　　你还是去执行你的任务吧，阁下，去教导王子吧：

　　　　教他应该怎样治理一方，

　　　　怎样使人民到处畏惧他的法令，

　　　　怎样使善者爱他，使恶人怕他。

　　　　除了这些品德之外，再教他具备大将军应有的才干：

　　　　教他怎样坚忍耐苦，

　　　　怎样在军旅方面炼成天下无敌，

　　　　怎样整天整夜地人不离鞍，甲不去身；

　　　　教他怎样攻城夺池，

　　　　怎样专靠着自己来取得战争的胜利。

　　　　你要以身作则来教育他，使他成为完人。

　　　　你要用实际的动作来给他讲课。

唐杰葛　　不管别人怎样嫉妒，要说以身作则，

　　　　他只须读一读我这一生的史录。

　　　　我的史录好似用伟大的功业组成的一匹美锦，

　　　　在那上面他可以看出：应该怎样使敌国畏服，

　　　　怎样攻取城池，怎样统率队伍，

　　　　怎样在雄伟的战绩里，建立起自己的威名。

唐高迈斯　活的榜样，毕竟分量不同；

　　　　一位王子在书本里一定学不好他的本领，

　　　　你尽管有多年的劳绩也是枉然，

　　　　我拿出一天的功业就可以与你并驾齐驱，

　　　　假如你是昨天的英雄，我却是今天的好汉，

　　　　我这手臂是国家最坚实的支柱。

当这把宝剑发光的时候,克纳德和阿拉贡① 吓得发抖;

我的姓名就是卡斯第全国的长城,

没有我,不久你们就得去做别国的顺民。

没有我,敌寇就会来作你们的国君。

为增高我的荣耀,每日每刻,

都在桂徽上再加桂徽,胜利上再加胜利。

王子在我身边,可以在战斗中,

在我手臂的保障之下,锻炼他的勇敢;

只要看着我做,他就能学会了打胜仗;

为要早日满足他的雄心,

他可以看……

唐杰葛　　　我晓得,你很替国王效过劳:

在我的麾下,我看见过你交锋对垒,发号施令。

后来我的年纪大了,筋骨僵硬了,

你稀有的英勇才继我而起。

总之,不必多废话了,

现在的你,就是过去的我。

但是,在我们这场竞赛中,

你可以看出国王在你我之间总还是分了轻重。

唐高迈斯　本是我所应得的却被你抢去了。

唐杰葛　　　既然得到手,便是功有应得。

唐高迈斯　谁能尽职,谁才配担负这个职位。

唐杰葛　　　然而落选总不是能够尽职的符号吧?

唐高迈斯　你是个老幸臣,你是用阴谋手段得到的。

唐杰葛　　　惟一的同谋者是我的丰功伟绩。

唐高迈斯　说句更好听的话,国王也只是看你年老罢了。

唐杰葛　　　国王赏赐恩荣,是按着每个人的英勇来衡量的。

唐高迈斯　就说英勇这恩荣也是我的手臂应得。

_____

① 克纳德和阿拉贡是西班牙境内的另外两个王国。常和卡斯第王国交战。

唐杰葛	既没有得到这个恩荣,那就是不配。
唐高迈斯	谁不配?我吗?
唐杰葛	是你。
唐高迈斯	你这个大胆的老头儿,
	你这样狂妄,必须加以惩罚。

〔他打他一个嘴巴。〕

唐杰葛	(按着剑)你干到底吧,这样侮辱我之后,索性把我的性命也拿去吧,
	在我们的族里被人把脸打红的我还是第一个。
唐高迈斯	你这样衰朽,你还想干什么?
唐杰葛	上帝啊!在这重要的关头我竟年老气衰无能为力了。
唐高迈斯	按说你的剑已经属于我了,但是你会觉得自己了不起,
	如果我真把这可耻的胜利品拿到我的手里。
	永别了:你去教育王子吧!不管别人如何嫉妒;
	为了教育他,教他读一读你一生的史录吧。
	今天你的放肆的言词所得的公正的惩罚,
	在你的史录上并不是一个小小的点缀。

第 四 场

唐杰葛

唐杰葛	(独自一人)愤怒啊!失望啊!可恨的老年啊!
	难道说我活了这么久,只是为等待这个耻辱?
	在征战之中,我熬白了头发,
	难道一天之中多少胜利荣华就这样毁个干净?
	我这条西班牙全国都尊敬和赞美的手臂,
	多少次曾救过国家的手臂,
	多少次曾稳固了王位的手臂,
	如今在这斗争中,竟背叛了我,不给我一点帮助,
	回想过去的光荣,真叫人感到惨痛!
	多少年的功绩废于一旦!

这新的职位,对我真是幸中之不幸!

好像从悬崖的高处,我的英名下落千丈!

难道说就看着伯爵毁灭我的光荣,

不复仇而死去,或是忍着耻辱而偷生?

伯爵,现在请你做王子的师傅吧!

这崇高的位置,绝不容受辱的人承当:

虽然是国王的选择,但是你充满骄傲和嫉妒,给了我这样大的侮

  辱,

已使我不配充当太子的师傅。

你,宝剑啊!你本是我立功的光荣武器,

如今成了我衰弱身躯上一个无用的装饰。

铁剑啊!当年你是多么令人害怕,如今我遭受这场侮辱,

你却只能摆摆样子,不能当我防身的利器,

你去吧,从今离开我这人中的贱类,

要把你传给更有本领的人手里,好替我报仇。

第 三 幕

第 四 场

唐罗狄克　施曼娜　爱乐维

唐罗狄克　喂!你不用费力再去控诉,

    你现在就可以把我的性命拿去!

施曼娜　　爱乐维,我们这是在哪儿呀?我看见的是什么呀?

    罗狄克竟在我家里!罗狄克竟在我面前!

唐罗狄克　请你一点不要爱惜我的血,请你尽量享受这弄死我以报父仇的快

    乐。

施曼娜　　嗐!

唐罗狄克　你听我说。

施曼娜　　我要死了。

唐罗狄克	等一会儿。
施曼娜	你去吧！让我死吧！
唐罗狄克	我只讲几句话：
	然后，你只须用这把宝剑回答我。
施曼娜	什么！这不是还染着我父亲鲜血的剑吗！
唐罗狄克	我的施曼娜……
施曼娜	快把这可恨的东西拿开，一看见它，我就想到你的罪行，自恨为什
	么还让你活着。
唐罗狄克	这样你就更应当注视它，好激起你的愤怒，
	好加重你的怨恨，好让我早早受惩。
施曼娜	这剑已染了我的血。
唐罗狄克	把它插到我的血里吧，
	这样就冲洗掉你的血所染上的颜色。
施曼娜	呀！多么残酷呀！就在一天之内，
	用剑杀了父亲，还想杀女儿，逼着她看宝剑，
	给我拿开这个东西，我实在受不住了。
	你要我听你说话，可是又逼得我要死！
唐罗狄克	我就依你，可是我不能丢开这个希望，
	我还是要你亲手结果我这条悲惨的生命；
	你不要因为我对你有情，就相信我会
	卑鄙地对一个正当举动表示后悔，
	由骤然的狂怒发生的不可补救的结果，
	使我父亲失掉了荣誉，使我饱受了耻辱。
	你知道一个嘴巴对一位胸襟高尚的人是多大的打击，
	这侮辱，我也有分，我找了侮辱我们的人：
	我见到他，我替我的荣誉和我的父亲报了仇；
	这件事，如果要我再做一次，我一定还会去做。
	但是说实话，我对你的爱情并非毫无作用，
	它和我以及我的父亲斗争了很久；
	请你判断一下爱情的力量有多大！受了这样的侮辱，
	我竟还要反复思量是否应该报复。

我当时只有一条路可走:不使你苦痛便须忍受侮辱,

可是我竟以为我的手臂未免太莽撞,

我竟还责备自己过于激烈;

如果只想到你的丰姿,

而忘记了一个丧失荣誉的人不堪与你匹配,

你的美貌无疑地会占上风;

我虽然知道你对我的情分,但我也知道

你是爱我正直勇敢,我若卑鄙无耻,你便要憎恶我了。

所以要是听从你的爱情,随顺它的命令,

那就要使我不配为你所爱,使我辱没了你的选择。

我现在要对你明说,虽然我痛苦万状,

但是一直到死我也是要说:

我的确冒犯了你,但是我不能不那样做,

因为我必须洗刷我的羞耻,才对得起你的爱情;

对名誉对父亲我都已尽了责任,

现在该想法叫你满意了。

我到这儿来是要把我的血献给你。

以前该做的事都已做完,现在该做目前应做的事了。

我知道你去世的父亲会使你有勇气惩罚我的罪行;

所以我现在把你的罪人送来:

这个人以曾经洒了你父亲的血为荣,

为了你父亲洒出的血你把他杀了吧!

施曼娜　　是的,罗狄克,尽管我是你的仇人,

但你这样避开耻辱,我是不能责备你的;

并且,无论我的痛苦剧烈到什么地步,

我一点也不埋怨你,我只自己痛哭我的不幸。

我知道名誉受了这种侮辱之后,

向一个高贵的勇士所要求的是什么。

你无非是尽了一个正直人应尽的义务;

可是在你尽义务的时候,我也学会了如何尽我的义务。

从你得到的胜利中我学会了本领。

你报了你父亲的仇，维持了你的荣誉；

我也有同样的义务，叫我伤心的是：

我也有光荣要维持，我也有父仇要报复。

但是可叹啊！其中又夹着你，这真叫我走投无路。

如果是别的灾祸夺去了我的父亲，

我的心必能在同你见面的幸福里，

找到一个惟一的安慰；

当一个这么亲爱的手来擦我眼泪的时候，

虽然痛苦我也要感到许多快乐；

但是在我失掉父亲之后，还要失掉你；

为了我的荣誉，我必须竭力抑制爱情；

但这可怕的义务，它的命令就是我的催命符，

这义务要我亲手引你到死亡。

总之，对我的爱情，你不必有什么幻想，

我决不会卑鄙龌龊地放弃了对你的惩罚。

不管我们的爱情怎样替你打算，

我的英勇总得抵得住你的英勇，

你杀了我的父亲，显出你配得上我；

我也要杀你，好显出我也配得上你。

唐罗狄克　那就不要再延迟荣誉命令你做的事了：

荣誉要我的头，我就把这头送给你；

请你把它当做牺牲献给这个伟大的目的吧：

这样受死同刚才听你对我的判决是一样的甜蜜。

等待法律慢慢地处理，

那就会延迟了我的死期和你的光荣。

我能死在这样的壮举之下，死也幸福。

施曼娜　　算了吧！我是你的控诉人，但并不是你的刽子手。

你把你的头供献给我，我怎能接受？

我应该攻击这颗头，但你应该保护这颗头，

我应当从别人手里，决不是从你手里得到这颗头。

我的义务是控诉你，而不是执行惩罚。

唐罗狄克　不管我们的爱情怎样替你打算，
　　　　　你的英勇应该比得上我的英勇；
　　　　　借人家的手臂来替父亲报仇，
　　　　　我的施曼娜，请你相信我，那便是没有我英勇，
　　　　　我的手独自报了这受辱的仇恨，
　　　　　你也要用你的手，独自替你父亲报仇。

施曼娜　　狠心的人呀！你为什么坚持这一点？
　　　　　你并没有帮手，自己报了仇，你却偏要做我的帮手！
　　　　　我要仿效你的榜样，我还有足够的勇气，
　　　　　绝不能忍受同你均分我复仇的光荣。
　　　　　不管你是出于爱情，或出于绝望，
　　　　　在复仇的事里我的父亲同我的荣誉都不允许你插手帮忙。

唐罗狄克　你的荣誉心真严酷呀！不管我怎么做，
　　　　　总也不能得到这个恩惠么？
　　　　　你看在杀父的仇恨上，或者看在我们的友谊上，赶快惩罚我来复
　　　　　　仇吧，至少为了怜悯我也赶快惩罚我吧。
　　　　　你的不幸的情人，死在你的手里，
　　　　　比载着你的怨恨而活着的苦痛要少得多呢。

施曼娜　　你去吧，我并不恨你。

唐罗狄克　你应该恨我。

唐曼娜　　我办不到。

唐罗狄克　你就这么不怕旁人的责备和造谣吗？
　　　　　如果有人知道我犯了这样的罪，你对我的爱情依然存在，
　　　　　那时候嫉妒和谗害你的人们，什么话说不出来！
　　　　　你必须使他们无话可说！如今不要再多说多道，
　　　　　杀死我，来保全你的名誉吧。

施曼娜　　让你活着，我的名誉更显光辉；
　　　　　我要使嫉恨我最深的人们，
　　　　　在他们知道了我虽然崇拜你，而还控诉你的时候，
　　　　　也会把我的荣耀抬得天高而怜悯我的痛苦。
　　　　　走吧，我已痛苦到极点，不要让我再看见你，

尽管你不能再为我所有，但我依然爱你。

趁着黑夜的阴影，你偷偷地离开这里吧！

假如被人看见你从这儿出去，我的名誉就会遭殃。

别人惟一可以诽谤我的机会，

就是知道我能容忍你在这里见我；

不要授人把柄，使他们能攻击我的道德。

唐罗狄克 　我还是死吧！

施曼娜 　　你走吧。

唐罗狄克 　你究竟决定怎么办？

施曼娜 　　虽然这美好的爱情搅乱了我的愤恨，

我还是要尽我的最大力量为父报仇；

但是，尽管这桩残酷的义务要求很严，

我惟一的希望，却是希望任何事也办不成。

唐罗狄克 　爱情真神妙！

施曼娜 　　苦痛也到了极点！

唐罗狄克 　我们的父亲，使我们受多少苦，流多少泪！

施曼娜 　　罗狄克，谁想得到？

唐罗狄克 　施曼娜，谁能知道？

施曼娜 　　谁想得到我们的幸福，眼看着成功了，却那么快消灭了？

唐罗狄克 　谁想到离岸口那么近了，却绝对意外地，

突然起了风暴，摧毁了我们的希望？

施曼娜 　　唶！这痛苦真厉害！

唐罗狄克 　懊悔也没有用处！

施曼娜 　　我再说一遍：你走吧！你再说，我也不听了。

唐罗狄克 　永别了！我今后也无非是奄奄待毙，

专等你控诉胜利，将我置诸死地。

施曼娜 　　我对你起誓，如果我得到结果，

你一死，我绝不多活一刻。

永别了，出去的时候千万留神别让人看见。

爱乐维 　　小姐，无论上天给我们多少痛苦……

施曼娜 　　别搅我了，让我悲伤吧：

我需要深夜和沉静，好痛快哭一场。

（选自《熙德》，齐放译，

作家出版社 1956 年版）

《熙德》导读

彼埃尔·高乃依（1606—1684）为法国 17 世纪古典主义悲剧的代表作家。他出身于卢昂的一个富裕的资产阶级家庭。最初在教会学校读书，毕业后开始研究法学，并成为律师。1629 年，他写的第一部喜剧《梅里特》，"描绘了上流社会人物谈话的图画"，在巴黎上演获得好评。从此，他继续进行戏剧创作，写出了一些介于悲喜剧之间的剧本。

从 1635 年起，高乃依尝试写悲剧，最初的作品为《苏狄亚》（1635）。它取材于希腊神话，突出女主人公苏狄亚的英勇性格，但其行动局限于个人利益，未获成功。次年发表的悲剧《熙德》，表现国家义务战胜个人利益和家庭荣誉的主题，深受欢迎，给他带来了极大的声誉，但也遭到了当时的首相、红衣主教黎希留等人的反对。法兰西学士院秉承黎希留的旨意，于 1638 年发表《法兰西学士院对〈熙德〉的批评》一文，指责高乃依违背古典主义创作原则，认为女主人公施曼娜的形象，不符合道德的准则，甚至污蔑整部剧本系抄袭之作。

高乃依因《熙德》受到非难，回到故乡卢昂，在那里写了两部以罗马古代历史为题材的悲剧：《贺拉斯》（1640）和《西拿，或奥古斯都的仁慈》（1640）。前者刻画了大义灭亲的理想公民的形象，揭示个人利益和国家利益的冲突，颂扬了为祖国服务的英勇行为和高尚精神；后者描绘了一个贤明仁慈、宽宏大度的"理想君主"的形象，体现了以仁政治理国家的思想倾向。1643 年写的《殉教者波利厄克特》,描写波利厄克特为反抗罗马统治者的压迫,抛弃同妻子的爱情生活,为基督教事业而献身的自我牺牲精神,但因戏剧冲突缺乏深厚的现实基础,有不少人为的因素,比之高乃依以前的作品,大为逊色。

从17世纪50年代初起,高乃依跟不上时代的发展,逐步离开了进步的思想原则,创作日趋衰落。他仅在剧本的体裁和形式上作些翻新,内容和思想却无新的突破,而且贵族文学的倾向越来越明显,因而他的很多创作未能在群众中获得反响。晚年,他在孤独、苦闷中结束了创作生涯。

高乃依除创作外,在古典主义戏剧理论方面亦有建树。他在1660年连续发表了三篇剧论:《论戏剧的功用及其组成部分》、《论悲剧以及根据必然律与或然律处理悲剧的方法》、《论三一律——行动、时间和地点的一致》,具体阐述悲剧的基本理论和美学原则,同他的反对者展开激烈的论争,发展了法国古典主义的进步传统。

《熙德》不仅是高乃依的代表作,而且是法国古典主义悲剧发展的里程碑。这出五幕诗剧,取材于西班牙历史上的一个民族英雄熙德的故事,并参考西班牙剧作家吉伦·卡斯特罗的剧本《熙德的年轻时代》(1618)写成。悲剧的男主人公为西班牙贵族青年唐罗狄克。他是卡斯第国王唐菲南的功臣唐杰葛之子,与伯爵唐高迈斯的女儿施曼娜热恋相爱。后唐杰葛被任命为太子的师傅,唐高迈斯很不服气,出于妒忌,在争吵中打了唐杰葛一记耳光。唐杰葛蒙受了奇耻大辱,要儿子为他报仇雪耻。唐罗狄克经过内心斗争,屈从于家庭荣誉的观念,终于在决斗中杀死了唐高迈斯。施曼娜得知这一消息,内心矛盾重重。她为了报杀父之仇,请求国王处死唐罗狄克。为此,一对情人陷入了万分的痛苦之中。正在这时,传来了摩尔人入侵的消息,唐罗狄克遵照父旨,领兵杀敌,击败了摩尔人,生俘了两个国王,拯救了国家,被尊称为"熙德"(意为"民族英雄"、"君王")。而当唐罗狄克向国王呈报战绩之际,施曼娜又来向国王吁求报仇。于是,在国王的说服和开导下,双方抛开私仇,互相谅解,结为夫妇。

从《熙德》的内容来看,贯穿全剧的主要矛盾是个人感情和家庭荣誉的矛盾,家庭荣誉和国家义务的冲突。按照传统的封建道德观念来看,贵族青年男女之间的婚姻大事,必须绝对服从于封建荣誉和国家义务,两者是尖锐对立的,不能调和的。但在高乃依的笔下这一重大的矛盾却被具体处理为既维护封建的荣誉观和责任感,又顾全男女主人公之间彼此的私利柔情,表达了资产阶级对个人幸福、个人利益的渴望与追求。应该说这是在特定的历史时期,封建阶级和资产阶级两种意识形态的调和的艺术反映,是资产阶级向封建统治妥协的具体表现,具有鲜明的政治倾向和一定的时代色彩。值得注意的是,剧本随着这一矛盾的发展和深化,导致最后的突然解决,并非出于主人公本身的内在因素,而是取决于人为的外部条件,即由国王出面干预和调停,这里曲折地反映了新兴资产阶级借助王权向封建贵族斗争的一个侧面。对王权的肯定,对贤明君主的颂扬,正是古典主义文学的显著特征,因此《熙德》被称为古典主义的典范作品。当然,作者把国王唐菲南描写成为明辨是非、通情达理的君主,从而美化了专制王权,也反映了高乃依世界观的局限性。

剧本情节的开展,主要是通过主人公的语言和行动来表现的。《熙德》中的男主人公唐罗狄克是个贵族青年,当他面临爱情和荣誉发生矛盾时,内心很自然地进行了激烈的斗争:"要成全爱情就得牺牲我的荣誉,要替父报仇,就得放弃我的爱人;一方面是高尚而严厉的责任,一方面是可爱而专横的爱情!"结果是"责任"战胜"爱情",他先为父亲报了仇,后到施曼娜家里去,请求她的惩处。正在这时,忽闻外敌入侵,唐罗狄克带罪杀敌,建立奇功,成为忠君爱国的英雄,博得了国王的赞扬,并成全了他与施曼娜的爱情,而封建的"理性"和资产阶级的"人性"终于得到了统一。可见,唐罗狄克是一个既有浓厚的封建旧意识，又有强烈的追求个人幸福的资产阶级新思想，这在当时是有其进步作用的，为高乃依对古典主义悲剧的突破。

女主人公施曼娜，比之唐罗狄克来说，封建道德观和理性意志更要淡薄得多。她既爱唐罗狄克的"英雄男儿的伟大气魄"，又恨他亲手杀死了自己的父亲，而陷入了爱与恨的痛苦的漩涡之中："我要他的头，我又怕得到手：他死我也活不了，而我又要惩罚他！"唐罗狄克为维护情人的荣誉，以尽封建的责任，请求施曼娜杀死他，而施曼娜却以"我是你的控诉人，但不是你的刽子手"而加以断然拒绝。她虔诚祈求的是："尽管这桩残酷的义务要求很严，我惟一的希望，却是希望任何事也办不成！"在封建观念的束缚下，施曼娜爱情的烈火却越燃越旺。在国王安排的罗狄克和他的情敌唐桑士决斗之际，罗狄克表示束手待毙，以死殉情，施曼娜终于情不自禁，"脱口而出"，吐露了久埋心底的秘密："在这个以我为奖赏的决斗里，你只准打胜不许打败。"唐罗狄克果真击败了对手，取得了胜利。而施曼娜既保持了荣誉，又得到了爱情。可见，《熙德》中的男女主人公并不是像有些人所说的，是封建观念的化身，而是具有比较浓厚的资产阶级思想贵族青年的典型。

高乃依在悲剧的艺术处理上，非常重视人物性格的刻画，善于在矛盾冲突中展示人物的思想。在《熙德》中，以唐罗狄克的行动为焦点，组织剧情的发展，主宰矛盾的激化。例如，正是唐罗狄克的一举一动，使施曼娜爱恨交织，掀起感情的狂澜。两人虽是有杀父之仇的死敌，实为情投意合的伴侣，恨得越深，爱得越切，矛盾集中紧凑，跌宕有致，引人入胜。不足之处是没有具体展示剧情发展的生活背景，而显得过于单一，削弱了艺术的表现力。在语言运用方面，高乃依以气势磅礴的雄辩词句著称，即使有的地方不免失之于华丽，但总的说来，明快有力，诗意盎然。

（王秋荣）

莫里哀

伪 君 子

第 三 幕

第 五 场

奥尔恭　达米斯　答尔丢夫　欧米尔

达米斯　爸爸,您来得正好,这儿刚刚发生一件大事,让我说出来饱饱您的耳
　　　福,您会十分惊奇的。您好心待人这回可得着好报了,这位先生正拿着一
　　　份厚礼报答您的美意。他对您的忠诚方才全盘显露出来了,他倒没做别
　　　的,只是要糟蹋糟蹋您的名誉。他正在这儿当面侮辱您的太太,向她表示
　　　那种罪恶滔天的爱情,当场就被我捉住。她的脾气一向是温和的,又不爱
　　　多说话,所以一心要保守秘密,可是我不能纵容这样卑鄙无耻的行为。我
　　　以为要把这事隐瞒起来不告诉您,那便是对您不够敬重。
欧米尔　我是这样想的,我认为我们绝不应当拿这种无谓的空话来扰得一个
　　　做丈夫的不得心静;名誉的好坏原不在这上头,只要我们自己能够防卫
　　　也就够了。我的意思就是如此,达米斯;如果你的眼里还有我的话,你也
　　　就什么都不会说出来了。

第 六 场

奥尔恭　达米斯　答尔丢夫

奥尔恭　哦! 老天爷呀;我刚才听见的这番话能叫人相信吗?
答尔丢夫　老兄,是的,我是一个坏人、一个罪人、一个不讲信义、对不起上帝

170

的可怜的罪人、一个世上从未见过的穷凶极恶的人;我一生的每一时刻都载满了污秽,我的一生只不过是一堆罪恶与垃圾;我也看出来了,上帝原要处罚我,所以借着这个机会来磨炼我一下,因此无论人们怎样责备我,说我犯了多大的罪恶,我也决不敢自高自大来替自己辩护。你尽管相信他们对你说的话好了,你尽管发怒吧!你尽可以把我当作一名罪犯,把我撵出你的大门,因为我应该忍受的羞辱正多着呢,受这么一点儿,原不算什么。

奥尔恭 (对他的儿子说)嗳,你这坏蛋,你竟敢捏造出这种谣言来败坏他道德纯洁的声名。

达米斯 怎么? 这个伪善心灵假装出来的温良竟使您否认这个事实?……

奥尔恭 你住口,你这可恶的瘟神。

答尔丢夫 唉!别拦他,让他说下去吧!你错怪他了,你最好还是相信他所说的话吧。既然已有了这样的事实,你为什么还这样庇护着我呢?究其实,你又何曾知道我会干出些什么事来呢!你就单单凭信我的外表了吗?你真是只根据我表面上的一切,就以为我比任何人都好吗?不,不,你是让表面给蒙蔽了;我,我恰恰不是你所想像的那样一个人;大家都拿我当做一个好人,可是究其实,我是一个一文不值的人。(向达米斯)我的好孩子,你尽管说吧!你尽管拿我当作阴险、无耻、绝灭理性的人,拿我当做强盗,当做杀人凶犯;再找出一些比这还丑恶的字眼来加在我的身上吧!我决不反驳,这正是我分所应得的;我愿意跪在地下忍受这种耻辱,当作我这一生一世所犯罪恶应得的一场羞辱报应来领受。

奥尔恭 (向答尔丢夫)老弟,你太过分了。(向他的儿子)你还不服气吗?你这个坏种?

达米斯 什么? 他这番话竟把您迷惑到这一步,竟至于……

奥尔恭 住口,你这无赖的恶棍。(向答尔丢夫)老弟,不要见怪,快起来吧!(向他的儿子)不要脸的东西!

达米斯 他能……

奥尔恭 闭嘴!

达米斯 真气死我了,怎么? 我……

奥尔恭 你再多说一个字,我就打断你的胳膊。

答尔丢夫 老兄,看上帝面上,你千万别动气。我宁愿忍受最残酷的刑罚,也不愿你的儿子因为我而受到一点点皮肤上的损伤。

奥尔恭　你这忘恩负义的东西。

答尔丢夫　你随他去吧！如果要我双膝跪在地下替他求饶的话……

奥尔恭　（向答尔丢夫）唉！你这叫什么话呀？（向他的儿子）混蛋！你看看他的大仁大义！

达米斯　那么……

奥尔恭　不许再闹！

达米斯　什么？我……

奥尔恭　不许再闹，听见了没有？我知道你为什么总得攻击他，就是因为你们大家全恨他，我今天才知道我的太太、孩子、仆人全在反对他，全都厚着脸皮想尽一切方法要把这位伟大的虔徒从我家里撵出去。不过你们大家越用尽心思要把他撵走，我就越一心一意地要把他留住；并且我马上就把我的女儿嫁给他，煞一煞我全家人的狂妄气焰。

达米斯　您想强迫我的妹妹嫁给他吗？

奥尔恭　是的，坏蛋，并且就在今天晚上，就为得让你气个半疯。唉！我得跟你们大家斗一斗，让你们知道知道我的话是必须服从的，我是这里的一家之主。喂！你们赶快回头吧，你，你这无赖子，赶快跪在他面前，向他告饶。

达米斯　叫谁跪？叫我？让我来央求这个混账东西，他仗了他的招摇撞骗……

奥尔恭　混蛋，你敢反抗我的命令，你敢骂他？（向答尔丢夫）给我一根棍子，一根棍子！谁也别拦我。（对他的儿子）马上给我滚出去，休想再回来。

达米斯　好！我走；不过……

奥尔恭　赶快滚开这儿，你这杀胚！我不但剥夺了你继承我遗产的权利，我还要狠狠地诅咒你。

第 七 场

奥尔恭　答尔丢夫

奥尔恭　对于一位大圣徒，竟敢这样加以侮辱！

答尔丢夫　上帝啊！请你宽恕他给了我这种苦痛。（向奥尔恭）你不知道我心里是多么难受，眼看着他们在你老兄面前想尽方法糟蹋我……

奥尔恭　哎哟！

答尔丢夫　这种忘恩负义的举动，我只要一想到就觉得心里万分的难过……我是这样痛恨这种举动……我心里悲痛得连话都说不出来了，我想我一定会因此而送掉性命的。

奥尔恭　(满面眼泪,奔到他刚把儿子逐出去的门边)混蛋,我真懊悔刚才我的手为什么忽然饶恕了你,为什么不把你当场打死。(向答尔丢夫)老弟,你休息休息吧！别生气了。

答尔丢夫　咱们别让这些无谓的吵闹再继续下去。我此刻看出我给你带来了多少麻烦,老兄,我觉得我真有离开此地的必要了。

奥尔恭　怎么？你这是什么话？

答尔丢夫　这儿大家都恨我,我看得很明白,他们是在变着方法让你怀疑我对你的忠诚。

奥尔恭　那有什么关系,莫非你看出我的心听信他们的话了吗？

答尔丢夫　无疑的他们是还要接着干下去的;同样的话,今天说了,你不肯信,也许下一次你就会信以为实了。

奥尔恭　不能的,老兄,永不会相信的。

答尔丢夫　唉！老兄,一个做妻子的是很容易乘机动摇丈夫的心意的。

奥尔恭　不能,不能。

答尔丢夫　赶快放我走吧！我远远地离开这儿,他们再想这样攻击我,就没有题目了。

奥尔恭　不,你必须留在这儿;这是与我生命攸关的。

答尔丢夫　好吧,好吧,我就还留在这儿苦修下去吧,不过,倘使你愿意……

奥尔恭　唉！

答尔丢夫　好！就这么办。咱们什么话也别提了。可是我知道这件事该怎样应付,名誉是最娇嫩的一件东西,为了咱们的交情,我得尽量防止一切流言和可以惹人猜疑的事情,以后我老躲着你的太太就是了,你再也看不见我……

奥尔恭　不！别管他们怎么样,你还是更得多亲近她。让大家全气得发疯,我才高兴呢。我要他们看见你时时刻刻和我的太太在一起。这还不算,为了好好地跟他们斗一斗,我谁也不要,只要你一个人做我的承继人,看他们有什么法子可想。我这就用正式手续把我的财产全部都赠送给你。一个忠厚诚实的朋友、一个能作我的女婿的朋友,在我看来比儿子、妻子、父母都更亲热,你不肯接受我这提议吗?

答尔丢夫　一切都是上帝的旨意,应该遵从。

奥尔恭　你这人真怪可怜的;咱们赶快去写一个字据吧!叫那些看了眼馋的人气破肚子。

第 四 幕

第 三 场

奥尔恭　欧米尔　玛丽亚娜　克雷央特　桃丽娜

奥尔恭　啊,你们全在一起呢,我很高兴。(对玛丽亚娜)我在这份契约里给你带来的东西足可以叫你喜欢老半天的,你当然已经知道这是什么意思了。

玛丽亚娜　(跪下)爸爸,看在知道我痛苦的上帝面上,看在一切能够感动你的事物面上,请您稍微放松一下父亲对儿女的权力!在这门亲事上,您别再硬逼着我孝顺服从您了;别用这种残酷的法律来逼我,逼得我竟至于抱怨上帝为什么叫我对您欠下了养育之恩。我这条生命,既然您已经赐给了我,我的父亲呀,您就别把它弄成薄命了。如果您不顾我心里已经建立起来的甜美希望,硬要禁止我嫁给我擅敢爱恋的人,至少,请您发发慈悲,我双膝著地哀求您,您就别再强迫我嫁给我所憎恶的人去受那种折磨了;请您别在我身上用尽了您的权威,逼得我无路可走。

奥尔恭　(觉得有点心软)喂,我的心,要坚持呀!心肠软是绝对要不得的。

玛丽亚娜　您尽管宠爱他,我并不难受;您可以尽兴去宠爱他,您可以把您的财产送给他,如果还不够,还可以把我的那一份也加上,我是衷心同意这样做的,我放弃我的财产了;可是至少别弄到把我这个人也送给他,我请您允许我进一个修道院,在苦修生活中去消磨上帝已经替我计算好了的有数的凄凉日子。

奥尔恭　啊,这又是一个因为父亲打击了爱情火焰要去当修女的人!站起来!你心里越腻烦嫁他,嫁了他才越有意义。你可以利用这种婚姻来磨炼磨炼你的性情进行苦修。好,别再吵得我头痛了。

桃丽娜　不过……

奥尔恭　你,你给我闭上嘴,要说话跟你们那一伙人说去。我,绝不准你再多说一个字。

克雷央特　如果你允许别人再向你进一点忠告……

奥尔恭　老弟,你的意见都是全世界最好不过的意见,而且很有道理,我非常重视,不过请你允许我绝不采纳。

欧米尔　(对她的丈夫)眼看着摆在我眼前的这一切,我真不知道该说什么才好,你的眼睛竟瞎到这般程度,可真叫我钦佩;明摆着今天这样的事,你会不信我们的话,你的成见实在太深,你真是叫答尔丢夫给迷住了。

奥尔恭　实在对不起,我是专凭信外表的。我知道你很溺爱我那无赖的儿子。你当时惟恐戳穿了他对那可怜人耍的手段,可是你当时的态度太安闲了,不能叫人相信;如果是真的话,你当然是另外一种激动的样子了。

欧米尔　那个人也无非是口头上表示了他的爱情,我们做妇人的一听到耳里莫非总得大吵大闹才算不失面子吗?莫非只有眼里冒火,破口大骂才算应付得适当吗?至于我,听了那种话,也只是付之一笑,我决不愿意为这事就闹个天翻地覆;我愿意用温和态度叫人看出我们是规规矩矩的妇人,我根本不赞成那些粗野的假正经女人,她们是必须仗着尖爪利牙来保护声名,听见了一句无所谓的话就恨不得把别人的脸马上抓破。求求上帝可别让我染上这种假正经的作风!我可不要这种母夜叉的道德,我相信一种不声不响的冷淡态度更能够打退一个人的痴心妄想。

奥尔恭　总之,我已知道是怎么回事了,决不上你们的圈套。

欧米尔　你这种古怪的脾气,我再一次表示钦佩,不过如果我能让你亲眼看见我们对你所说的话是确有其事,你这种一百个不相信的脾气是不是还有什么可说的话呢?

奥尔恭　亲眼看见?

欧米尔　是的。

奥尔恭　那叫瞎扯。

欧米尔　什么?如果我有法子让你看个清清楚楚?

奥尔恭　无稽之谈。

欧米尔　你这个人呀!至少你倒是回答我呀。我并不叫你相信我们的话;不过,假定我们挑一个地方,可以让你在那儿清清楚楚地把一切全都看见,也都听见,你对你那个正人君子还有什么话可说呢?

奥尔恭　如果是那样,那我就说……我什么话也没得可说了,但这事是不会有的。

欧米尔　让这种错误存在的时期也太久了,你冤枉我满嘴说瞎话也冤枉得太苦了;光为取乐,我也得让你亲眼看到他们所说的一切,并且不必到别处去,就在此地。

奥尔恭　好,就这么办。我马上接受你的办法。咱们倒看看你有多么机伶,看你怎样实现你所答应的事。

欧米尔　(向桃丽娜)去把他请来。

桃丽娜　他的头脑是狡猾的,也许不容易叫他上当吧。

欧米尔　可以的,一个心上所爱的人去骗他,是容易骗到的,并且他那种自负的劲头儿也可以叫他上当。去给我把他请下楼来。(向克雷央特和玛丽亚娜)你们,你们走开吧。

第　四　场

欧米尔　奥尔恭

欧米尔　咱们把这张桌子抬过来,你钻到下面去。

奥尔恭　怎么回事?

欧米尔　你得好好藏起来,这是必要的。

奥尔恭　为什么要藏在这张桌子底下?

欧米尔　唉,天呀,你就不用管了。我自有我的安排,你等一会看好了。你就进去吧;蹲在底下之后,你可留神别让人看见你,也别让人听见你。

奥尔恭　老实说,这种地方真得承认我实在透着和气,不过要紧的是看看你究竟怎样办好这件事。

欧米尔　我想你会无言答对我的,(向藏在桌下的丈夫)至少是我这就要干出一桩稀奇古怪的事了。无论如何你可别动火。回头不管我说什么,都不许拦挡我;为了让你心服口服,我既然是这样答应了你,我就要用柔情,因为不如此不行,用柔情使这个伪善心灵摘下他的假面具,我要迎合他的爱情种种无耻的欲望,听凭他那种胆大妄为的心情任意张狂。这是为了你一个人,并且是为了使他格外狼狈不堪,我的心才装作迎合他的希望,所以只要你一认输，我马上就可以停止前进，事情只进展到你所要达到的程度就不再进展。等到你觉得这件事情已进展得够远的时候，你可得出来阻止他那疯狂的热情，来顾全你的妻子，让我来冒险可只能冒到够使你觉悟的程度为止；这与你的利益攸关，你应该自己作主，并且……有人来了。好好蹲着，别让人看见。

第 五 场

答尔丢夫　欧米尔　奥尔恭

答尔丢夫　有人告诉我说您愿意在这儿跟我谈几句话。

欧米尔　是的，有几句私话要对您谈谈。不过未说以前您先关上这扇门，先到处去看一看，不要被人捉住。像刚才发生的那种事，这儿可不能再重演一次了。从来也没见过这样被人当场捉住的，达米斯那样做法真让我替您捏了好大的一把汗，您总会看明白了吧，我曾尽力劝他不要那样做，叫他压住他的暴脾气。可是说真的，当时我也真吓糊涂了，会一点没想起反驳他的话，不过靠天保佑，一切反倒因此更好了，倒更觉得安全了。我的丈夫对您的敬仰把这场风暴全给吹散了。他对您不但并没有起疑，并且为了更好地来斗一斗那些不怀好意的种种议论，他偏要咱们时时刻刻老在一起；因此我可以不用害怕受指责，和您关着门一起在这儿待着，也就是仗着这个，我可以对您谈一谈我的心事，来接受您的热爱，这样说也许有点言之过早吧。

答尔丢夫　这番话真有点令人不容易明白，太太，您方才说话可不是这个语气啊。

欧米尔　唉！如果刚才那样的拒绝竟会使您恼怒，那么您真可算是不懂得一个妇人的心了！您会看不出这颗心的言外之音吗？您岂觉得当时抵拒您的时候是那样微弱无力吗？在那种时候，我们的贞操观念老是和人们给我们的温情作斗争的。无论我们觉得那个控制我们的爱情有多大的理由，可是由嘴里坦白承认这个爱情，总还觉得有点害羞；所以最初总是先加抵拒；不过从当时抵拒的神气来看，就已足够让人知道我们的心已是被征服的了；为了面子关系我们的嘴还在违背着我们的心愿说话，可是那样的拒绝早已等于把一切都答应了。我对您说的这番话无疑是一种过于放肆的自白,从我们女人的贞操方面来看,未免有点太不给自己留余地。不过话已经是冲口说出了,索性说个明白吧。如果对于您贡献给我的心,我没有一点意思,我又怎能那样关切地去劝阻达米斯呢?我又怎能那样和颜悦色地从头至尾听完了您的情话?我又怎能像大家所看见的那样对待这个事呢?并且当我亲自强逼您拒绝他们所提的那门亲事的时候,您心里还不明白我那种要求究竟是什么意思吗?那不就是表示了我对您的关怀和因此可能受到的苦恼吗?因为那门亲事如果成功,我原想整个儿得到手的那颗心就得与别人平分享受了。

答尔丢夫　　太太,我能够听见从我所爱的嘴里说出这番话来,当然是一桩极端甜美的事。您这几句甜蜜蜜的话把我从来没有尝过的一种芳香川流不息地输进了我的全身毛孔里面;能够得到您的欢心,原是我一向所寻求的幸福;现在居然蒙您这般垂爱,我的心实在满足万分了,不过这颗心,请您准许它胆敢对于这种幸福还有点怀疑,因为我很可以把这些话当作是一种手段:无非是要我来打破正在进行中的那个婚姻。跟您痛快说吧,如果不给我一点实惠,我一向所希望的实惠,来替这话作担保,使我的心能够永久相信您对我的好情好意,我是绝不能听信这么甜美的话的。

欧米尔　　(咳嗽一声,为关照她的丈夫)怎么?您竟这样心急,一下手就要挤干一颗心的柔情?人家正在拼命向您倾诉最甜蜜的情意,可是在您看来还觉得不够,总得逼得我把最后的甜头也拿给您,才能让您心满意足!

答尔丢夫　　一种好处,我们越自问不配得到手,就越不敢希望它。我们的希望光凭一套空话是很难安然放心的。这样一种充满了光荣的好运气真有点叫人难以置信,所以我们必须在实际享受之后,才能深信不疑,我相信,我是不配得到您的慈悲的,因此我很怀疑我的胆大妄为竟会真的达到了幸福目的;太太,您若不弄出点真实的东西让我的爱情火焰心服口服,我是任什么也不能相信的。

欧米尔　　天呀!您的爱情行出事来可真像个暴虐君王,把我的精神已经弄得颠颠倒倒了,它又多么疯狂地辖制着我的心!它又多么狂暴地要求满足它的欲望!怎么?您已经把我逼迫得无法躲避,您可连一点喘气的工夫都不给人家留下,您竟这样丝毫不放松,要什么就得马上到手,一刻也不准迟缓;您知道人家已爱上了您,您就利用这个弱点加劲地来逼人,您想想这样合适吗?

答尔丢夫　如果您真是用慈悲的眼光来看我对您这份爱慕的意思,那您为什么还不肯给我那种确实的保证呢?

欧米尔　不过真的答应了您所要求的那件事,又怎能不同时得罪了您总不离口的上帝呢?

答尔丢夫　如果您只抬出上帝来反对我的愿望,那么索性拔去这样一个障碍吧,这在我是算不了一回事的,不应该再让这个来管住您的心。

欧米尔　不过上帝的御旨是让人家说得那样的可怕。

答尔丢夫　我可以替您除掉这些可笑的恐惧,太太,并且我有消灭这些顾虑的巧妙方法。不错,对于某些欲望的满足,上帝是加以禁止的,不过我们还可以和上帝商量出一些妥协的办法。有一种学问,它能按照各种不同的需要来减少良心的束缚,它可以用动机的纯洁来补救行为上的恶劣。这里面的诀窍,太太,我可以慢慢教给您;只要您肯随着我的指示去做就成了。您尽管满足我的希望吧!一点用不着害怕,一切都由我替您负责,有什么罪过全归我承担好了。您咳嗽得很厉害,太太。

欧米尔　是的,我难受极了。

答尔丢夫　这儿有甘草糖,您要吃一块吗?

欧米尔　我的伤风无疑地是一种顽抗性的恶伤风;我知道世界上任何什么药也治不好我的病。

答尔丢夫　这当然是很讨厌的。

欧米尔　是的,简直没法儿说。

答尔丢夫　说到最后,您的顾虑是容易打消的。您可以万安,这儿的事是绝对秘密的。一件坏事只是被人嚷嚷得满城风雨的时候才成其为坏事;所以叫人不痛快,只有因为要挨大众的指摘,如果一声不响地犯个把过失是不算犯过失的。

欧米尔　(又咳嗽)说了半天,我看出来我不答应是不行的了。必须把我的一切都给了您,如果不这么办,我就别想让您心满意足,别想让您心服口服。当然,逼得非走这一步不可,是很讨厌的;我跨过这一关,实在是身不由己,但是,既然有人一定要逼着我这么办,既然我不管说什么他也不肯信,非得要更确凿的证据不可,那么我只好下了决心听人去摆布了,如果答应这样办,本身会有什么害处,那就是逼我这么办的人,他自己活该倒霉,有什么错处当然不能派在我身上。

答尔丢夫　是的,太太,有人负责的,这个事本来就……

欧米尔　您把门打开一点儿,请您看看我的丈夫是不是在走廊里。

答尔丢夫　您又何必对他操这份心呢?咱们俩说句私语,他是一个可以牵了
　　　鼻子拉去拉去的人,咱们这儿谈的这些话,他还认为是给他增光露脸呢,
　　　再说,我已经把他收拾得能够见什么都不信了。

欧米尔　不管怎么样,还是请您出去一会,在外面到处仔细去看一看。

第　六　场

奥尔恭　欧米尔

奥尔恭　(从桌下出来)这真是一个万恶的坏人,我承认了。我真没想到,这简
　　　直是要我的命。

欧米尔　怎么?你这么早就出来了?你这不是拿人开心吗!赶快回到桌毯底
　　　下去,还没到时候呢;你应该等候到底,索性把事情看个水落石出,不要
　　　单单凭信那些揣测之词。

奥尔恭　不用了,地狱里跑出来的魔鬼也没有他这么凶恶。

欧米尔　天啊!你不应该太随便轻信一宗事。你把证据看清楚了再认输,你可
　　　别心急,免得把事情看错。(她把丈夫拉在身后。)

第　七　场

答尔丢夫　欧米尔　奥尔恭

答尔丢夫　太太,一切都帮着我来满足我的希望;我亲眼把这一部分房子全
　　　看过了,一个人也没有;我真快活死了……

奥尔恭　(拦住他)慢来,你太听从你的情欲了,你先别这么冲动。哎哟!好一个
　　　善人,你真想骗我!你的心灵竟这么经不住诱惑!你又打算娶我的女儿,
　　　又来勾引我的妻子,我一向本是不相信别人说的话是真实的,并且我总
　　　以为早晚他们会改变他们的说法;可是现在不必再往下追求证据了,
　　　这就够了,我用不着更多的证据了。

欧米尔　(向答尔丢夫)依我的脾气,我是不愿意这么办的,不过他们要我这样
　　　对待你。

答尔丢夫　什么?你以为——

奥尔恭　算了吧！用不着嚷嚷。马上给我滚蛋，别让我费事。

答尔丢夫　我计划的是……

奥尔恭　你那一套一套的议论全都过了时啦，你马上给我离开这儿。

答尔丢夫　别看你像主人似的发号施令，可是应该离开这儿的却是你；因为这个家是我的家，我回头就叫你知道，要叫你看看用这些无耻的诡计来跟我捣蛋，那叫瞎费心力；未侮辱我以前你倒是先想一想有这份本事没有呀？我有的是法子来戳破你们这条奸计，来惩罚你们这些人，并且要替被侮辱的上帝复仇，叫那个要撵我出去的人后悔都来不及。

第　八　场

欧米尔　奥尔恭

欧米尔　这是什么话？他这是什么意思？

奥尔恭　说真的，我真没法了，这不是闹着玩的事。

欧米尔　怎么了？

奥尔恭　我看出我错就错在他说的这番话上了，赠送产业的事让我为了难。

欧米尔　赠送产业？

奥尔恭　是的，这是一件无可挽回的事了。不过我还有别的事更让我不放心呢。

欧米尔　什么事？

奥尔恭　你将来全会知道的。不过现在咱们先得去看看有一个小首饰箱是否还在楼上。

（选自《伪君子》，赵少侯译，

人民文学出版 1980 年版）

《伪君子》导读

　　莫里哀（1622—1673）是 17 世纪法国古典主义喜剧的杰出代表，欧洲近代喜剧史上的泰山北斗。莫里哀原名约翰·巴蒂斯特·

波克兰,"莫里哀"是他从事戏剧活动后所取的艺名。他出身于巴黎的一个资产阶级家庭。在中学读书时,开始广泛阅读古代罗马戏剧家的作品,接触古代唯物主义哲学著作。他在欧里昂大学取得法学硕士后,并没有走上律师的道路,也不愿继承装设匠的父业,却决心从事戏剧活动。

莫里哀集演员、导演、剧作家于一身,把自己的全部心血献给了法兰西戏剧事业。1643 年,他组织"光耀剧团",亲自参加演出,开始了最初的戏剧生涯。不久,因经验不足,演出失败,负债累累而被捕入狱。后由父亲付钱具保获释。出狱后,他并未听从父亲的劝告,改弦易辙,接替祖业,而是返回剧团,继续他的戏剧事业。他另辟蹊径,参加流浪喜剧团,到处巡回演出。从 1645 年秋至 1658 年10 月,莫里哀在外省流落飘泊整整 13 年之久。他走遍法国,广泛接触社会,深入底层生活,学习民间戏剧艺术,编写剧本,兼当演员,这一切促进了他思想和艺术创作的发展。

莫里哀坚持用喜剧艺术跟法国反动势力进行斗争,因此有人指控他是教会最危险的敌人,有人扬言要把他"投入油锅,活活炸死"。但是,他理直气壮,义无反顾,不为困境所折,抱病写作,登台演出。1673 年 2 月 17 日,在巴黎的王宫剧院里演出莫里哀的喜剧《无病呻吟》,莫里哀本人亲自扮演该剧主角阿尔冈。莫里哀熬住难忍的病痛,坚持演出,博得了观众热烈的掌声。后因病情转剧,突然晕倒。被抬回家中,咯血不止,不到 3 小时,就与世长逝。

莫里哀从 1652 年起成为剧团负责人,并开始写喜剧,直到1673 年逝世为止,共写了 30 多部喜剧,其中最有影响的是:揭露教会欺诈和贪婪的《伪君子》,嘲弄贵族荒淫和庸俗的《唐璜》、《恨世者》,讽刺富商吝啬和虚荣的《悭吝人》、《乔治·唐丹》等。

莫里哀处于法国路易十四统治时期,即专制王权处于由兴盛而开始走向衰败的时代。他的喜剧创作绝大部分取材于现实生活,其中心主题则是抨击逐步衰亡的封建社会,鞭挞黑暗反动的宗教势力。代表作《伪君子》被公认为莫里哀喜剧中反封建、反教会的战斗性最强的不朽名著。

　　《伪君子》是莫里哀运用古典主义"三一律"的法则写成的，即情节发生的地点固定在巴黎的富商奥尔恭家里，全部事件的进展限制在一昼夜之内，主题为集中揭露伪君子答尔丢夫。作者从性格喜剧的艺术构思出发，抓住富商奥尔恭一家和伪君子答尔丢夫的矛盾冲突，不断深化剧情，刻画人物性格。全剧共分五幕。第一幕为楔子，介绍主要登场人物身分、地位以及彼此之间的关系。答尔丢夫虽未出场，但通过其他人物之口，作了具体的介绍和生动的描绘。第二幕为矛盾的开端，叙述奥尔恭为答尔丢夫假虔诚所迷惑，撕毁女儿玛丽亚娜的原定婚约，强迫她转许给答尔丢夫。第三幕答尔丢夫正式出场，向奥尔恭妻子欧米尔求爱，但由于答尔丢夫的巧语花言、搬弄是非，反使奥尔恭赶走了揭露答尔丢夫真相的儿子达米斯，并把财产赠给了答尔丢夫。第四幕写奥尔恭藏身桌下亲自察看答尔丢夫向妻子调情的丑态，认清了伪君子的真面目，要把他赶出家门；而答尔丢夫却倒打一耙，妄图利用奥尔恭出于信任而交给他的政治秘密文件进行陷害。第五幕写奥尔恭处于受辱和绝望之时，"圣明"的王爷派来了侍卫官，逮捕了答尔丢夫，赦免奥尔恭无罪。上述五幕戏，围绕答尔丢夫，情节环环相扣，矛盾步步深化，而最后矛盾的突然解决，导致了喜剧性的结局。

　　答尔丢夫是封建贵族和宗教僧侣相结合的恶势力的代表。他最主要的性格特点是伪善、欺诈，是典型的伪君子。他原为外省的没落贵族，因花天酒地，挥霍无度，穷得囊空如洗，一无所有。于是，他披上迷人的宗教外衣，把自己打扮成虔诚的苦修的信士，并利用他与上层统治集团的直接关系，施展种种伪善的鬼蜮伎俩，以骗取别人对他的信任。当他与奥尔恭的女仆桃丽娜最初见面时，立刻掏出手绢，让她把胸脯遮蔽起来，以示其讳忌女色，纯洁无邪。其实，他是一个贪得无厌的酒色之徒，灵魂肮脏、手段卑劣的淫棍。他不仅要做奥尔恭女儿的丈夫,还狂热地调戏奥尔恭的续弦欧米尔。他表面上装作毫无贪财之欲的样子,而骨子里想方设法强占奥尔恭的钱财和家产。

当答尔丢夫的伪善面目被戳穿、种种劣迹败露后,他凶相毕露,拿出流氓的招数,欲置人于死地而后快。他利用对他有利的法律,妄图鲸吞奥尔恭的全部财产,并以怨报德,狠施毒计,对奥尔恭进行政治陷害,充分地暴露了他的虚伪性和欺骗性。莫里哀通过答尔丢夫这个形象,撕破了宗教的伪善的假面具,抨击了封建贵族、教会势力的反动本质。答尔丢夫形象具有深刻的社会意义和高度的艺术价值。自17世纪以来,它在欧洲各国,成了"伪君子"的同义语。

答尔丢夫的对立面奥尔恭,是个受骗上当者。他固执己见,态度粗暴,思想糊涂,与全家人作对;而对答尔丢夫,是非不辨,善恶不分,轻信谎言,投其所好。这不能简单地归之于他的愚蠢。他维护国王,建立功勋,有自己的"光荣历史",正如女仆桃丽娜所说:"我们国内的几次变乱,把他锻炼成有才有识,给国王效劳时,他确实是表现得十分英勇。"但他失势以后,崇尚时俗,膜拜宗教,爱听谄媚之词,以致丧失了原有的才智;另外,在他看来,"答尔丢夫是世界上跟上帝最亲近的人,这就是他的举世无匹的财产。"跟暂时穷困潦倒的答尔丢夫联姻,必能使全家在他日登上飞黄腾达的幸福之道。于是,答尔丢夫看准时机,乘虚而入,用谎言迷住了奥尔恭的心窍,用虔诚骗取了奥尔恭的信赖,而使奥尔恭差一点弄得身败名裂,倾家荡产。莫里哀借助奥尔恭的形象,反映了当时资产阶级的虚荣心和妥协性,规劝资产阶级不要重蹈奥尔恭的覆辙。

值得注意的是,剧本结尾时,由于国王的降旨,尖锐的矛盾顿时迎刃而解,严重的灾祸立刻烟消云散。应该指出,这并不是剧情发展的必然结果,而是作者主观设想的产物。莫里哀一则在现实生活中找不到正确解决这一矛盾的途径和办法,只好抬出国王这块牌子,以息事宁人;二则由于剧本锋芒所及,直指顽固的封建贵族和宗教势力,要让剧本公开演出,需要得到王权的保护和支持。而美化国王,正反映了莫里哀拥护王权的政治态度及其对封建统治妥协的资产阶级立场,说明了剧本的思想局限。

在艺术上,《伪君子》没有死板地墨守古典主义的法规。莫里哀打破古典主义把喜剧和悲剧绝然分开的框框,在《伪君子》这出喜剧中穿插了一些悲剧因素,如奥尔恭女儿婚姻的将遭破坏,奥尔恭面临家破人亡的绝境,悲喜结合,加速了喜剧矛盾的发展,收到了较好的艺术效果。在人物形象的塑造方面,莫里哀善于运用夸张与讽刺相结合的手法,强调和突出人物性格的某些特征,深入解剖人物心灵的显著奥秘。如他单刀直入,把答尔丢夫伪善的性格和盘托出,显得栩栩如生,逼真传神。但莫里哀未能彻底摆脱古典主义艺术法规的唯理主义倾向,而把答尔丢夫当作一种违反"理性"的恶习进行讽刺,没有揭示其性格形成的原因和发展的过程,致使答尔丢夫的性格过于单一,不够丰满,有些类型化。这是莫里哀在《伪君子》中人物性格刻画上的弱点,也是古典主义在形象创造上的通病。

(王秋荣)

18世纪启蒙主义文学指要

启蒙主义文学是18世纪欧洲启蒙运动的思想武器。它继承和发展文艺复兴时期人文主义文学反封建、反教会的战斗传统,为新兴资产阶级推翻封建统治服务,并对19世纪浪漫主义文学和批判现实主义文学产生了积极的影响。

(一)

18世纪的欧洲,除荷兰、英国经历资产阶级革命建立了君主立宪政权以外,其他国家仍处于封建专制统治之下;但资产阶级力量日益壮大,与封建统治集团的矛盾越来越尖锐,尤以法国表现得最为突出。资产阶级在经济上受到陈旧的封建生产关系的束缚得不到很快发展,政治上也因处于无权的第三等级地位而感到愤愤不平,因而提出了废除封建制度、建立资本主义社会的要求。

资产阶级要夺取政权,首先制造舆论,摧毁长期禁锢人们头脑的封建思想体系,发动了历史上有名的启蒙运动。启蒙运动就表面意义说,只是启发蒙昧,进行资产阶级思想教育的问题,实质上却是一次极为深广的反封建的资产阶级思想文化运动。资产阶级思想家继承文艺复兴运动反封建、反教会的战斗传统,吸取18世纪自然科学和唯物主义哲学的新成就,形成了一套完整的以"理性"为核心的思想体系——启蒙主义思潮。他们站在唯物主义立场上,提倡"自由、平等、博爱"和"天赋人权",以反对侵犯人权、摧残人性的等级专制制度。他们的理论和实践,体现了新兴阶级生气勃勃的战斗姿态和乐观精神,推动了当时的社会进程。当然,启蒙学者推崇的"理性",正如恩格斯所说,"不过是正好在那时发展成为资产者的中等市民的理想化的悟性而已";而所谓"理性王国",实际上就是"资产阶级的理想化的王国";在这个"理性王国"里,"被宣布为最主要的人权之一的是资产阶级的所有权"(恩格斯:《社会主义从空想到科学的发展》,《马克思恩格斯选集》第3卷第405、407页)。

启蒙运动时期文学的主潮,是资产阶级用来反封建和宣传启蒙思想的启蒙主义文学。它不仅像文艺复兴时期人文主义文学那样在生活和伦理道德领域进行反对封建主义的斗争,而且把矛头扩展到政治、经济、思想、文化、宗教等各个领域。

(二)

启蒙主义文学在发展过程中形成了自己的鲜明特点,主要有下列几方面:

抨击封建专制,充满战斗激情。启蒙主义作家是资产阶级革命的开路先锋,反封建的不屈战士。他们在斗争中深感封建制度和宗教迷信是拴在人们脖子上的两条绳索;如不彻底解开这两条绳索,就不能解放思想,无法摧毁封建主义的社会基础。因此,他们把揭露封建阶级的罪恶,揭示现实社会的矛盾,作为创作的主要任务。许多作家尖锐地抨击封建贵族的专横暴虐,等级特权的摧残人权,有力地揭露天主教会的黑暗、僧侣的伪善和神学理论的荒谬。卢梭的第一篇论文《论科学与艺术》就鲜明表达了敢于反对"人人尊敬的一切事物"的战斗精神,彻底否定了一切封建文明;孟德斯鸠在《波斯人信札》中尖锐地揭露封建统治阶级的庸俗和无耻,把路易十四写成爱慕虚荣、狂妄自大、欺压人民的暴君;狄德罗在《盲人的书信》中根本否定上帝的存在,深刻地批判了以宗教世界观为基础的封建主义的意识形态。

歌颂"理性王国"，激励革命斗志。启蒙主义文学集中反映了新兴资产阶级的乐观主义信念，热情描绘未来的理想社会——"自由、平等、博爱"的"理性王国"的幸福图景。启蒙主义作家伏尔泰在《老实人》中所描绘的黄金国里，遍地是黄金宝石，人们忠诚好客，丰衣足食，自由幸福，没有迫害人民的宗教裁判所和修道院，也没有法院和监狱。启蒙作家提出的未来社会的蓝图，热情讴歌的"理性王国"，尽管比较抽象、朦胧，但在暗无天日的封建社会里，却能鼓舞人们起来斗争，激励人们憎恨封建制度。

描写平民百姓，表达民主精神。启蒙主义文学的主人公不再是17世纪古典主义文学中所描写的帝王将相，而是以资产阶级为代表的第三等级的平民和普通人。启蒙主义作家的共同特点，就是以人民的名义来谴责封建制度，反对统治阶级的。他们猛烈地批判把人分为高低贵贱的封建等级观念，认为人生下来是一律平等的，平民和贵族具有同样的智慧和才能，完全有资格充当文艺作品中的主人公，从而精心塑造平民形象，歌颂他们的优秀品德和英雄行为，并把长期统治舞台的王公贵族、教皇僧侣当作嘲讽批判的对象。当时很多小说和剧本中的主人公，大都是敢于维护自己做人的权利而和封建阶级作斗争的第三等级的小人物。《鲁滨孙飘流记》中的鲁滨孙，《浮士德》中的浮士德，更是启蒙主义作家刻意塑造的敢于冒险创业、不断探索人生真理和理想社会的第三等级的英雄人物。作品中主人公形象的变化，正反映了启蒙主义文学的民主性和进步性。

长于哲理分析，忽视形象塑造。许多启蒙主义作家把文学作品当作宣传启蒙思想、反对封建阶级的直接武器，提倡真实地、深刻地反映现实，有意识地把自己的政治见解、哲学思想雄辩地贯穿在自己的创作中，甚至把作品中的人物当作他们思想的传播者，有时直接大发议论，充分表达对社会问题的见解。为适应表现内容的需要,创造了悲剧和喜剧结合的正剧和哲理小说等新的文艺体裁。哲理小说实质上是小说化了的哲学论文,它的任务不在于全面揭示人物性格或历史环境,而是在于以明显的教诲性、倾向性的形式,阐述作者的哲学思想和政治观点。孟德斯鸠在《关于〈波斯人信札〉的几点感想》中指出:"作者有这样的方便,可以将哲学、政治和道德纳入一部小说中,并且把一切都用一条秘密的锁链贯穿起来;这条锁链,在某种程度上是使人觉察不到的。"用这种手法分析人类的生活和思想,通俗易懂,说理透彻,语言锋利,说服力强,易为人们接受,加深对封建制度、宗教迷信的反动本质的认识;但不注意刻画人物性格,形象往往干瘪苍白,缺乏艺术感染力,再加上不重视安排情节,缺乏跌宕起伏的波澜,没有吸引力,致使这些小说成为马克思所批评的"时代精神的单纯的传声筒"。

（三）

启蒙主义文学产生在资本主义发展最快的英国,而在法国得到了最充分的发展;之后,又扩展到德国、意大利和俄罗斯等欧洲国家。

英国在 17 世纪已建立了与贵族相妥协的资产阶级政权,但封建残余势力仍很顽强;同时,资本主义发展中的种种矛盾日益暴露。因此,英国启蒙主义文学承担起了扫除封建残余,揭露资本主义社会中弊端的任务。它的代表作家是笛福、斯威夫特和菲尔丁。

小说家笛福(1660—1731)为英国新兴资产阶级的代言人。他的长篇小说《鲁滨孙飘流记》中的鲁滨孙,集中反映了上升时期资产阶级的思想情感和阶级本质。他凭着自己的意志和才能,用劳动改造自然和环境,创建了荒岛上的"王国",体现出新兴资产阶级不怕困难的创业精神。鲁滨孙是一个地道的剥削者、殖民者,他一切活动的目的就是为了占有财富,为此,恩格斯指出他是"一个真正的'资产者'"(恩格斯:《致卡·考茨基》,《马克思恩格斯全集》第 36 卷第211 页)。斯威夫特(1667—1745)的《格列佛游记》,对英国资本主义社会中的司法、教育、军队、殖民政策、党派斗争、风俗习惯、贵族风尚进行了深入的揭露和辛辣的讽刺。在艺术手法上,他继承了拉伯雷的传统,使用漫画式的夸张形式,通过幻想的构思来表现现实,把讽刺现实社会同描写理想世界结合起来,交替使用浪漫主义和现实主义手法。菲尔丁(1707—1754)是以撰写讽刺喜剧开始他的文学事业的。他师承阿里斯托芬、拉伯雷、莫里哀的讽刺艺术,曾根据莫里哀的《屈打成医》写成《假医生》,按照《吝啬鬼》写成《守财奴》,用以讽刺当时英国社会的邪恶。代表作《弃儿汤姆·琼斯的历史》是一部 18 世纪英国社会的散文史诗,它描写弃儿汤姆·琼斯从农村到伦敦的漂泊流浪的经历,揭露了地主的专横霸道,贵族的荒淫无耻,律师的好受贿赂,牧师的假仁假义,商人的贪得无厌。小说反映的生活面广阔,人物性格突出,语言生动,讽刺有力,对 19世纪批判现实主义文学的发展有较大影响。

法国是欧洲启蒙运动的中心,因此,法国启蒙主义文学内容丰富,革命性和战斗性特别强烈。它的代表作家是孟德斯鸠、伏尔泰、狄德罗、卢梭和博马舍等。

孟德斯鸠(1689—1755)出身贵族家庭,曾任法院院长,向往英国式的君主立宪政体,主张行政、司法、立法三权并立。他的《波斯人信札》是欧洲最早的哲理小说,为启蒙文学的先声。它假托郁斯贝克和黎伽两个波斯人旅居法国时给友人的通信,广泛议论当时法国的政治、宗教、社会和风俗习惯等问题。小说着重揭露封建贵族的腐朽生活和专制政体摧残人性的危害,抨击天主教会愚弄人民和迫害异教徒的罪行,指出上帝不过是人按照自身的形象创造的幻想的产物。伏尔泰(1694—1778)是法国启蒙运动的领袖,知识渊博,著作多种多样。他攻击封建专制制度和天主教会比孟德斯鸠更加激烈,他还主张取消贵族、僧侣的等级特权。哲理小说《老实人》描写老实人在欧洲、美洲、亚洲的颠沛流离的遭遇，说明在罪恶的封建社会里，"地球上满目疮痍，到处是灾祸"。为了进一步突出现实封建社会的黑暗、痛苦，作者还描绘了一个自由幸福的黄金国作对照。

受到恩格斯赞扬的"为了'对真理和正义的热诚'而献出了整个生命"(恩格斯：《路德维希·费尔巴哈和德国古典哲学的终结》，《马克思恩格斯选集》第4卷第228页)的战斗无神论者、杰出启蒙主义作家狄德罗(1713—1784)，是一个"百科全书"式的人物。他主编的长达33卷的《科学、艺术和工艺百科全书》，成为启蒙思想家反对封建意识和天主教蒙昧主义的纲领性巨著；他系统地提出了现实主义的美学和戏剧理论，主张戏剧要表现资产阶级和平民，要反映社会的重大问题，并亲自创立了一种把悲剧和喜剧结合在一起的新的戏剧——正剧。他的哲理小说《拉摩的侄儿》控诉了封建社会把一个聪明能干的青年腐蚀成寡廉鲜耻的食客、寄生虫。小说采用政论散文的形式，辩证地分析问题，自由地叙述故事，被恩格斯赞为"辩证法的杰作"。他的另一部小说《修女》，是欧洲启蒙主义文学中特别突出的一部反宗教的书信体小说。它具体地控诉修道院侵犯人权、迫害修女的罪行，揭露宗教禁欲主义对人性、对自然法则的摧残。卢梭(1712—1778)是封建社会愤慨的抗议者，是启蒙运动中激进的小资产阶级代言人。他在著名的《社会契约论》中，提出建立资产阶级共和国的主张。书信体小说《新爱洛漪丝》描写贵族小姐于丽和家庭教师圣·普栾相爱，由于门第不当、阶级悬殊而酿成悲剧。作者愤怒谴责破坏人性、摧残感情的封建等级观念，要求个性解放，人格独立。卢梭小说中强调感情、歌颂自然的特点对浪漫主义文学有较大影响。博马舍(1732—1799)是18世纪法国最著名的戏剧家。他的喜剧《赛维勒的理发师》和《费加罗的婚姻》，抨击封建贵族的腐化享乐生活和等级观念，展现了第三等级和贵族阶级的矛盾，预示着革命的到来。

德国由于是以封建生产关系占主导地位的落后国家,资产阶级在政治上软弱,决定了启蒙运动不是直接为政治革命制造舆论,而是反对封建割据,促进民族统一,创立民族文学。德国启蒙主义文学的代表作家是莱辛、歌德和席勒。莱辛(1729—1781)的贡献,在于撰写《拉奥孔》、《汉堡剧评》等著作,从理论上批判为封建统治阶级服务的古典主义文学的清规戒律,阐明资产阶级文艺理论和民族戏剧的基本原则。在文艺实践上,莱辛写了悲剧《爱美丽亚·迦洛蒂》,通过一个亲王为了满足自己的情欲,派人假装强盗杀死新郎,霸占民女爱美丽亚·迦洛蒂的故事,愤怒揭发封建主的荒淫暴虐,惨无人道。剧本以普通人物作主人公,反映德国现实生活中的矛盾,使用人民口头日常用语,一反传统的浮夸、华丽的词藻,为德国民族戏剧树立了最初的范例。

在反封建、争自由的狂飚运动中崭露头角的青年歌德和青年席勒,分别以《葛兹·封·伯利欣根》、《少年维特之烦恼》和《强盗》、《阴谋与爱情》成为德国启蒙运动时期文学的重要代表。他们的作品具有鲜明的政治倾向,受到恩格斯的热诚赞扬:"这个时代的每一部杰作都渗透了反抗当时整个德国社会的叛逆精神。"(恩格斯:《德国状况》,《马克思恩格斯全集》第 2 卷第 634 页)席勒后来写的剧本《威廉·退尔》同样表现了反对封建暴君、争取民族自由的思想。歌德晚年所写诗剧《浮士德》,成功地塑造了一个大胆冲破封建意识束缚,勇于探索真理的启蒙学者的典型形象浮士德,描绘了未来理性王国的美好图景,使这部诗剧既是 18 世纪启蒙主义文学的总结,又是 19 世纪浪漫主义文学的先河,成为继往开来的世界文学名著。

18 世纪启蒙主义文学继承和发展了文艺复兴时期人文主义文学反封建、反教会的优良传统,把反封建的矛头从揭露虚伪的封建伦理道德深入到批判等级特权、专制制度等整个上层建筑;把反教会的斗争由揭露教士的贪婪和伪善扩展到批判宗教神学理论的荒谬和教会的腐朽、反动，激发了人民群众的战斗热情，在为资产阶级革命制造舆论中起着十分巨大的作用，特别是它的革命的批判精神给予 19 世纪批判现实主义文学以重大影响。

（夏　盛、陈　挺）

笛 福

鲁滨孙飘流记

日 记

1659 年 9 月 30 日。我,可怜而不幸的鲁滨孙·克罗索,在洋面上遇到可怕的风暴,翻了船,全船的伙伴都淹死了,自己也几乎丧命,本日来到这凄凉而不幸的岛上,——我不知这岛的名字是什么,姑名之为绝望岛吧。

我整天悲痛着我这凄凉的环境,没有食物,没有房屋,没有衣服,没有武器,没有出路,没有被救的希望,眼前只有死,不是被野兽所吞,野人所嚼,就是冻饿而死。临晚,因为怕野兽,睡在一棵树上,虽然整夜下雨,我却睡得很熟。

10 月 1 日,早晨睁眼一看,吃了一惊,因为那只大船已经随着高潮飘了起来,被冲得离岸更近了。这件事虽然一方面使我很快慰,因为我看见它仍旧挺然直立,没有被海浪打碎,希望等风息之后,上去弄些食物和日用品来救急,另一方面却使我重新悲痛我那些伙伴的失散,我想,假使他们当时都留在船上,我们也许可以救住我们的船,至少他们也不至于被淹死;假使那些人不被淹死,我们一定可以用大船的残余部分造一个小舟,把我们载到别的地方去。这一天,我花了大部分的时间去琢磨这些事;可是,后来看见那船没有进多少水,我便走到那离它最近的沙滩上去,泅到船上。这一天雨还是下个不停,但没有一点风。

10 月 1 日到 24 日。这几天,我连日到船上去,我把我所能取到的东西都搬下来,乘上潮的时候,用木排载到岸上来。这几天雨水仍旧很多,虽然间或也有天晴的时候。以情形看来,这似乎是雨季。

10月20日。我把我的木排和它上面的东西都翻到海里去了,但因为是在水浅的地方,而那些东西又都很重,没有冲走,所以在潮退以后,又捞了许多东西回来。

10月25日。下了一夜一天的雨,夹着阵阵的风,到了后来,风刮得更凶了,竟把那大船打得粉碎,只在退潮的时候,还可看到它的碎片。我费了一整天的工夫,把我所抢救下来的那些东西盖了起来,防备它们给雨打坏。

10月26日。我在海边上跑了差不多一整天,希望找一个地方来作我的住处,我所最关心的是不让野兽或野人夜间来袭击我。傍晚,我终于在一个小山的下面找到了我的地方,在那里划了一个半圆圈作为宿营的地方,决定沿着那半圆圈安上两层木桩,盘上缆索,外面加上草皮,作成一个坚固的工事、围墙或堡垒。

从26到30日,我工作得很起劲,把我所有的东西都搬进了我的新居,虽然有的时候,雨很大。

31日早晨,我带着枪向岛内走去。一方面为了找吃的,一方面为了查看地势。我打死一只母山羊,它的小羊也跟我回来,后来我把它杀了,因为它不肯吃食。

11月1日。我把帐篷支在那小山下面,把它支的非常大,又钉上几个木桩,把我的吊床挂起来,这是我第一次在帐篷里睡觉。

11月2日。我把我所有的箱子,板子和作木排的木料,通通堆在我划作防御工事的圈子里面,推成一个临时性的围墙。

11月3日。我带着枪出去,打死了两只野鸭似的飞禽,肉很好吃。下午开始做一张桌子。

11月4日。今天早晨我开始规定出我的工作时间,带枪出游的时间,睡眠时间,和我的消遣时间:每天早晨,如果不下雨,我就带着枪出去跑二三小时,然后一直工作到11点左右;接着,就随便吃点东西;从12点到2点,我照例要躺下睡一觉,因为岛上天气非常热;然后,到了傍晚,继续做工。我要利用今天和明天的全部工作时间来做我的桌子,因为现在我还是一个技术拙劣的工人,虽然时间和需要不久把我锻炼成一个完全熟练的工人,我相信任何其他的人也办得到。

11月5日。今天我带着枪和狗出去,打死了一只野猫,它的皮很软,可是肉却毫无用处。任何动物,只要给我打死了,我就把皮剥下来,保存起来。沿着海边回来的时候,我看到许多海鸟,都是我所不认识的。后来又突然碰到两只海豹,把我吓了一跳。我认不清它们是什么东西,正想看清楚,它们却一齐跳到海里,跑掉了。

11月6日。早起散步回来,继续做我的桌子,把它完成了,可是不大满意;不久,我又设法把它改进了一下。

11月7日。天气开始晴起来。我把7日、8日、9日、10日和12日一部分的时间(因为11日是礼拜日)都用来做一把椅子,费了很大的劲才把它做得有点样子,但仍旧不能使我满意,虽然在做的时候,我曾把它拆掉过许多次,重新再做。

附记:我不久便不再注意我的礼拜日了,原因是,我偶然忘记去刻那木柱,竟忘记哪天是哪天了。

11月13日。今天下雨,我觉得很爽快,地上也有了凉气。但是,在下雨的同时,电雷大作,使我非常为我的火药担惊。雷雨停止以后,我决定把我的火药尽可能分成许多小包,以免出事。

11月14日,15日,16日。这三天,我造了许多小小的方匣,每个匣子大约可以装一磅到两磅火药。我把火药装进这些小匣,把它们尽可能妥善地、远远地分开贮藏起来。这三天中,有一天,我打到了一只很大的鸟,很好吃,但我不知道是什么鸟。

11月17日。今天我开始挖掘我帐篷后面的岩石,为的是扩大那个石洞,用起来方便。

附记:做这个工作,我缺乏三件东西——一把鹤嘴锄,一把铲子,一把手车或是一只箩筐。于是我便停下来,开始考虑怎样弥补这个缺陷,先做些工具来用。说到鹤嘴锄,我可以用那些起货钩子代替,很合用,只是有点重。但此外我还需要一把铲子,这件东西很要紧,没有它,什么工作都做不好,但我又不知道怎样去做它一把。

11月18日。今天我在树林里找了半天,终于发现一种树,在巴西,人们叫它"铁树",因为它非常坚硬。我费了很大的气力,几乎把我的斧子都砍坏了,才把它砍下一块来,又费了很大的困难,才把它弄回来,因为它实在太重了。

这木料实在硬,可是我又没有别的法子,只好在这东西上面花很多的时间。后来,一点一点地把它削成一把铲子的形状,铲柄完全像我们英国用的一样，不过那宽的一头没有铁掌，恐怕不大耐用。不过，在必要的时候用用，倒还能勉强对付。我相信，世界上没有一把铲子是这样做成的，并且是费了这么久的工夫才做成的。

我还缺少东西，因为我还少一只箩筐或是一把手车。我没有法子做出一只箩筐来，因为我没有打藤器的细软枝条，至少现在还不曾找到。至于手车，我想除了轮子之外，什么都好办，可是对于轮子，我却茫无头绪，完全不知道怎样去做。此外我也没有办法替那轮轴做一个铁的轴心，使它转动。因此，我决定把它放弃，另做一个灰斗（就是那些小工替砌砖工人运泥灰用的灰斗）似的东西，把我从石洞里掘出来的泥土运出去。

做这件东西，倒不像做那把铲子那么困难。然而做这件东西，做那把铲子，连同我做手车的失败尝试，一共差不多费了我四天的工夫。这自然要除开每天早晨带着枪出门的时间，因为我很少早晨不出门，并且很少不打些东西回来吃。

11月23日。为了要做这几样工具，我把别的工作全搁下了。等这几样工具做好了，我又继续做我所搁下的工作。我每天工作着，只要我的力气和时间许可，总是尽力干，足足花18天的工夫来扩大和加深我的山洞，使它可以更适于存放我的东西。

附记：这些日子，我做的工作是把我的房间或者山洞加以扩大，使它成为我的贮藏室或军火库，厨房，餐室和地窖。至于我住的地方，仍旧是在帐篷里，除了有时到了雨季，雨下得太大，下得我浑身上下精湿，我才另打主意。由于这种原故，我后来把围墙以内的地方通通用长木条搭起来，搭成屋椽的样子，架在石岩上，上面铺些菖蒲草和大树叶，像一个茅屋一样。

12月10日。本来以为我的地洞已经大功告成了，不料，突然之间（我想也许是因为挖得太大了），有大量的泥土从顶上的一边塌了下来，而且落下来的泥土是这样多，简直把我吓坏了。我的受惊，不是没有理由的，因为，假使我当时恰好是在下面，我一定用不着一个掘墓人了。这次灾祸一发生，我马上又有许多工作要做了，因为我不但要把那些松土搬出去，还要把天花板装起来，省得再有泥土塌下来。

12月11日。今天我照着昨天的计划动手工作，用两根柱子支住洞顶，又用两块木板交叉搭在每根柱子上。这个工作第二天便做成了。我又支起了更多的细柱和木板，费了大约一个星期的工夫，才把我的洞顶搞得坚固可靠。那些柱子一行一行地立在那里,把我的房子隔成了好几部分。

12月17日。从这天到20日,我在洞里装了许多木架,并且在柱上钉了许多钉子,把那些可以挂的东西都挂起来。现在我房里已经有点秩序了。

12月20日。我把一切东西都搬到洞里,并且开始布置我的房子。我把一些木板搭起来,仿佛一个碗架,好摆吃的东西,但木板已经愈来愈少了。我又做了一张桌子。

12月24日。整夜整日大雨,没有出门。

12月25日。整日下雨。

12月26日。无雨,地面上比前两天凉爽得多了。

12月27日。打死了一只小山羊,同时又把另外一只小山羊的腿打瘸了,于是把它捉住,用绳子牵了回来。到家之后,我把它的断腿绑起来,上了夹板。

附记:由于我对它小心照顾,它竟活了下来,并且腿也长好了,长得非常结实。由于我的长期的抚养,它竟渐渐驯服起来,整日在我门口吃草,不肯走开。从这时起,我才想到饲养一些易驯的动物,好让我在弹药用完之后有东西吃。

12月28日,29日,30。炎热无风;所以整天没有出门,只有到傍晚才出去找食物。其余的时间,都用来把屋里的东西弄整齐。

1月1日。仍旧很热;我除了早晚带枪出去一次,中午的时候总是在家里睡觉。今天傍晚我走到海岛中心的山谷里,看到了许多野山羊,但极为胆小易惊,不容易捕捉。我决定试试能否把狗带来猎取它们。

1月2日。照了昨天的计划,我今天带着狗出去,叫它去追那些山羊;可是我错了,因为它们不但不跑,反倒转过头,向它抵抗,我的狗也知道危险,不敢走近它们。

1月3日。我动手筑我的篱笆或围墙;由于仍旧担心有什么人来袭击我,决定把它做得非常结实,非常坚固。

附记:关于这座墙的样式,我前面已经说过了,因此,在日记里就不再说了。这里只消提一下,从1月3日到4月14日,我一直都在做这座墙,并尽量把它做得完完整整,虽然它只是一个以洞门为中心的半圆形,全长不过24码,从岩石的这一头到那一头相距只有8码。

我这一段时期一直都在努力工作,尽管大雨耽搁了我许多天,甚至好几个星期。我觉得,如果不把这座墙做好,我就得不到真正安全。我在每一件工作上所花的劳动,简直叫人难信,特别是那些木桩,又要把他们从树林里搬出来,又要把它们打进土里,因为我把他们做得太大了,而实际上并不需要那样大。

我把这座墙做好之后,又在墙外筑了一层草皮泥的夹墙。我心里想,假使有人来到这岛上,他们一定看不出这里有人住。我这样做实在不错,后来所发生的事情,充分说明了这一点。

这些日子,只要不下雨,我总是到树林子里去走走,寻些野味,并且在这些场合,经常发现一些于我有利的东西。特别是,我发现了一种野鸽,他们不像林鸽似的在树上作窠,却像家鸽一样,在石穴里作窝。我捉了几只小的,设法把他们驯养起来。可是,他们长大以后,都飞掉了。我想这也许是由于没有经常喂它们,因为我实在没有东西给他们吃。然而我却时常找到他们的窠,捉一些小的回来,因为他们的肉很好吃。

现在,我把家里的事情料理了一下,才知道我缺乏的东西,实在很多,有些东西照我看来是没法做的,而且事实也是如此。例如,我再也打不出一只桶,把它箍起来。我前面已经说过,我有一两只小桶;可是,虽然我花了好几个星期的工夫,我还是没法照样打出一只新的来。我既不能把桶底安上去,也不能把那些薄板合在一块,合得不漏水。因此,我最后只好放弃了这个工作。

其次是,我非常缺乏蜡烛。所以每天一到天黑。——大概在 7 点左右,——我就得睡觉。我记得我有一大块蜜蜡,那是我在非洲冒险时候,用来做蜡烛的,但现在已经没有了。我的惟一的补救办法,就是每次杀死一只山羊的时候,把羊油留下来,拿一个用阳光晒成的小泥盘,放上一点补船用的麻絮做灯心,做成一盏灯,这总算给了我一点光亮,虽然没有蜡烛那样亮。

当我从事这些劳动的时候,我偶然翻翻我的东西,找到了一个小布袋。我上面已经提过,这个布袋原来是用来装那些喂家禽的谷类的,并且还不是为这次旅行用的,可能是为上次从里斯本出发时用的。袋里的一点谷类早已被老鼠吃光了,只看到有一点尘土和谷皮。后来因为想把布袋派别的用场(我记得,当我害怕雷电,把火药分开的时候,我曾用它装火药),我就把那点谷皮抖在岩石下面的围墙里面。

我把这点东西扔掉,是在上面提到的那场大雨之前不久。当时我什么都没有注意,甚至连扔东西这件事都忘记了。不料过了一个多月,我忽然看见地上抽出几根青绿的茎子。我起初还以为是自己以前没有注意到的什么草类,不料过了些时候，我却大为惊愕，因为我看见那些茎子上又生出十几个穗子，完全和我们欧洲的大麦，甚至英国的大麦一模一样。

这时我心里的惊愕和混乱简直没法形容。我这个人的行动向来是不以宗教为根据的；甚至可以说，我心里很少宗教观念，对于我所遭遇的事，我也只觉得完全出于偶然，至多简单地归之于天命，并不去追问造物对于这些事有什么用意，以及他处理一些世事的方针是怎样的。可是，现在看到这个不适于生长五谷的气候里居然生出大麦来，一时又想不出它是怎样来的，自然大吃一惊，于是我认为这是上帝的神迹，不用播种，就长出了庄稼，并且认为，上帝这样做，无非是为了叫我在这片荒凉可怜的地方得以活命。

这使我心里颇为感动，不由的落下泪来。我开始为自己庆幸，庆幸这种天地间的奇事，居然为了我而出现，尤其奇怪的是，在大麦茎子的旁边，沿着岩石脚下，我又看到几根稀疏的绿茎，显然是稻茎，因为我在非洲上岸时，曾经在那里看见过稻子。

我这时不但认为这些谷类都是老天赐给我保命的，并且还相信岛上一定还有许多。于是，我把岛上曾经到过的地方都跑了一个遍，把每一个角落，每一块石头都看了一个遍，想找到更多的麦稻；可是再也找不到了。最后，我才想起自己曾经把一袋鸡食抖在那里，这才不再惊异了。老实说，当我发现这一切都不过是很平常的事，我对造物的感激热忱也就减低了。而实际上我还是应该像感谢神迹一样的感谢这件离奇而意外的事，因为那些被老鼠吃剩了的十几颗谷种，居然还没有坏掉，就仿佛从天上掉下来的一样，这不能说不是老天的功劳。而且刚好我又把它扔在一个特殊的地方，有一块很高的岩石遮住太阳，所以一下子就生了出来；如果我是把它丢在别处，它老早就被太阳晒死了。

不用说，到了6月底左右，到了收获季节，我就把这些粮食穗子小心翼翼地保存起来。我把每一粒谷子都收得好好的，决定把它们再种一次，希望将来收获得多了，可以供我做面包。不过一直到四年的头上，我才让自己吃到一点粮食，并且仍旧吃得很节省（关于这件事，我以后再慢慢说）。在第一季里，因为播种的时候不对头，我把全部种子都损失了。因为我下种的时候是在旱季之前，因此庄稼根本就长不出来，即使有的长出来，也长得不好。这是后话。

除了大麦之外，上面已经说过，地下还生二三十根稻子。我把他们同样小心翼翼地保存起来，目的也是一样，就是说，为了做面包或为了做食粮，因为我后来想出一个办法,把它煮起来吃,不采用烘制的办法,虽然我有时也采用烘制的办法。

现在再回到我的日记上来吧。

⋯⋯⋯⋯⋯

(选自《鲁滨孙飘流记》,方原译,
人民文学出版社 1978 年版)

《鲁滨孙飘流记》导读

丹尼尔·笛福(1661—1731),18 世纪英国小说家。他生于伦敦,父亲是个屠宰商,在信仰上属于长老会教派。他原来姓福,1703年将姓前加上表示贵族世系的"笛"字,成为笛福。笛福只受过中等教育,早年经营内衣业和烟酒业,1692 年破产,只得想方设法还债:他开办过砖瓦厂;给政府当过密探,奔走于英格兰和苏格兰各地,搜集情报。他还从事写作,设计种种社会改革和开发的计划,1698 年他在《论开发》一书中建议征收所得税,建立养老金和保险制度,修筑道路,创办疯人院,建立军事学院,让妇女受高等教育等。这部著作的文字明白流畅,初步表现了笛福散文的基本风格。

笛福一直保持着非国教徒的宗教信仰,1702 年他发表了一篇政论文章《对待非国教徒最简便的办法》,讽刺政府对非国教徒的压迫,因而被捕入狱,并被判受枷刑示众三次。然而他却被伦敦市民奉为英雄,饱受欢呼献花。他在狱中写了《枷刑颂》,抗议法律的不公正,指出应该受枷刑的不是他,而是那些贪官污吏、奸商地主等。后来笛福经辉格党大臣哈利疏通出狱。从 1704 年到 1713 年,笛福创办并主编了《评论》杂志,为哈利执行的政策进行宣传和搜集舆论。在这期间,他曾因写文章触犯当局而两次入狱。

笛福在 59 岁时创作了他的第一部小说《鲁滨孙飘流记》,受到了读者的热烈欢迎。笛福于同年又写了《鲁滨孙飘流记续篇》,写鲁滨孙重游荒岛以及在东印度群岛、中国和西伯利亚的冒险,1720年又写了《鲁滨孙的沉思集》,其中没有什么故事情节,几乎全部是道德说教了。后两部作品现在已无人注意。

笛福还写了几部别的小说,如《辛格尔顿船长》、《摩尔·弗兰德斯》、《杰克上校》、《罗克萨娜》等。这些小说都继承了西班牙流浪汉小说的传统,以下层社会的人物为主人公,写他们如何靠个人努力,进行冒险和诈骗活动,不择手段地追求发财致富的故事。其中以描写一个当过妓女和小偷的女冒险家的经历的小说《摩尔·弗兰德斯》最为出色。笛福还写了大量政论文章,几部传记、游记和经商的书。晚年,因破产而逃债,远走外地,在异乡死去。

《鲁滨孙飘流记》是根据当时的一件真实事件创作而成的。1704 年,有个苏格兰水手赛尔科克在海上和船长发生争吵,被抛弃在离智利海岸几百海里的荒岛上,独自生活了 4 年多,直到被过路船只发现救回英国为止。笛福读了赛尔科克经历的记载,受到启发,利用此材料,写出了《鲁滨孙飘流记》这部举世闻名的早期现实主义小说。小说主人公鲁滨孙出生在一个体面的商人家庭,但他不安于舒适生活,一心想到海外见识见识,便私逃出去,作了 3 次航海旅行。他经历过沉船、被摩尔人抓去做过俘虏,后来在巴西定居,成了一个种植园主。但他在又一次出海贩运黑奴时,途中遇到风暴,船只失事,鲁滨孙只身一人飘流到一座荒无人烟的海岛上。鲁滨孙把沉船上找到的粮食、衣服、工具、弹药等统统搬到岛上,搭起帐篷,定居下来。他驯养了野山羊,取得羊肉和羊奶,种植了稻谷、大麦,做出了面包、糕饼。他自己学做家具和陶器,保证自己的生活需要,还砍下一棵大树,想做一只大独木舟渡海回到家乡去,但独木舟太重，无法拖下水去，没有成功。鲁滨孙在岛上一共住了28年。在第24年的一个星期五，他搭救了邻岛野人带来这个荒岛准备按吃人部落习惯吃掉的一个俘虏。他教给这个俘虏说英语，并给他取名"星期五"。"星期五"在鲁滨孙的"教化"下成了他的忠实仆人。后来，有只英国船靠了岸，船上反叛的水手把船长等三人丢在岸上，鲁滨孙和船长一道制服了水手，夺回了船只，鲁滨孙得以带着"星期五"回到英国。他以荒岛的"总督"自居，后来还曾回到岛上探望留在岛上的水手。

现在，《鲁滨孙飘流记》不但在英国，而且在世界上也享有盛誉。鲁滨孙这个人物成了亿万读者所熟悉的英雄，"星期五"也成了"忠实的仆人"的代用词。

鲁滨孙虽然孤身飘身到荒岛上，他并没有成为茹毛饮血的穴居野人，而仍然保持了文明社会的生活习惯，并利用船上带去的人类劳动成果：衣服、工具、弹药来谋生和开发荒岛。他救了"星期五"，就自命为他的主人，他开垦出岛上的土地，自命为岛上的"总督"、"领主"。在他身上体现了英国新兴资产阶级积极进取、占有和创造物质财富的精神。这说明，鲁滨孙不是什么脱离时代和社会的产物，而是"18世纪的个人，一方面是封建社会形态解体的产物，另一方面是16世纪以来新兴的生产力的产物"（马克思：《＜政治经济学批判＞导言》）。然而鲁滨孙吸引读者的地方，并不是他身上沾沾自喜的资产者和殖民者的精神状态，而是他喜爱劳动，有毅力，有勇气，会利用自己的聪明才智去克服困难，去创造物质文明的那种顽强性格，正是他这些性格特色博得了读者的同情和喜爱。

笛福在这部小说里采用的是朴素而生动的叙述，明白易懂的文字。小说一开始就声明，这个故事"完全是事实的记载，毫无半点捏造的痕迹"。他用许多具体的细节表现鲁滨孙是怎样顽强地和大自然作斗争的，例如，他用了多少天才造出独木舟，他用了船上带来的几粒稻种种出了稻米等等，说得那样逼真，使读者有如身历其境,觉得事情完全是像笛福写的那样发生的。笛福这种写法非常成功,虽然他这部小说在艺术上还不是十分成熟,但对于英国小说的现实主义发展无疑起了积极的作用。

(文美惠)

费尔丁

弃儿汤姆·琼斯的历史

第 三 卷

第 二 章

这部伟大历史的主人公登场时候兆头很不
吉利;这里有件无聊琐事,也许有人认
为不值得去理会。关于一位乡绅
的二三言,然后再细说一个
看猎场的和一位教书先生

从一开始坐下来写这部历史,我们就拿定主意,谁也不去奉承,笔尖要永远跟着真理走;所以在主人公登场的时候,我们只能让他的境遇比我们所希望的要不利得多。老实说,在他初次露面的时候,奥尔华绥先生一家一致认为这孩子来到世间无非是为了上绞刑架的。

遗憾的是,这种推测确实似乎颇有道理。从很小的时候,这孩子就露出种种为非作歹的倾向,特别有一种倾向看来极有可能把他径直引上方才所提到的人家为他算定的那种厄运。他已经犯过三次盗窃案:偷过人家果园的果子;从庄稼人院子里偷过一只鸭子;并且还从布利非少爷的口袋里扒过一只皮球。

而且,要是跟他的同伴布利非少爷的优良品质一比较,这个小伙子的劣迹就更显得严重了。布利非少爷的性格跟小琼斯完全不同。不但家里人夸奖，就是左邻右舍也交口称赞。说起来他真是个气质非凡的孩子，既稳重，又懂得分寸，而且虔诚得简直不是他那点年纪的人所能做到的。这些品质使得认识他的人没有不爱他的，而汤姆·琼斯则是个万人嫌。好些人纳闷何以奥尔华绥先生会让这么个孩子和他的外甥在一块儿受教育，生怕他外甥给带坏了。

这当儿发生了一件事，在有眼力的读者面前把这两个少年的性格衬托得格外鲜明，远胜过最冗长的谈论所能做到的。

尽管汤姆·琼斯这么没出息，他还得充当本书的主人公。家里那么多佣人，可是他偏只跟一个人要好。至于威尔根斯大娘，她早就把他撇在一边，跟女主人完全和解了。汤姆这个朋友就是给奥尔华绥先生看猎场的一个不大规矩的家伙。人家说他对于什么是我的，什么是你的，看得并不比那位小绅士认真。所以他们俩的交情就在佣人中间引起不少冷言冷语，说的大半是过去的一些谚语，或至少如今已经变成谚语了。这些话里所包含的机智大可以用那句简短的拉丁谚语来概括："Noscitur a socio"，翻译出来就是："睹其友而知其人。"

关于琼斯的劣迹，上面已经举过三个例子。老实说，某些坏事很可能就是在那家伙的撺掇之下干出来的。在两三件事上看猎场的都是法律上所谓的同谋犯，因为那整只鸭子和大部分苹果都归他和他的家人享用了。不过，既然只有琼斯一人被抓住了，这可怜的孩子不但独自挨了打，也独自承当了罪名。另外那件事，打骂也全落在他的头上。

紧挨着奥尔华绥先生田产的是另外一位乡绅的庄园，这类乡绅是个通常所谓的"猎物保护人"：倘若有人打死他们一只野兔或鹧鸪，他们报复起来十分狠毒，因此，这种人可以说跟印度拜尼教① 徒崇尚同样的迷信——据说许多拜尼教徒一辈子不干别的，专门保存并且保护某些动物。所不同的是：我们英国的拜尼教徒一方面保护动物，不让它们落到旁人手里，同时自己却毫不留情地把它们整批宰杀；因此，也就没有人能说他们信奉了什么异教邪说。

老实说，我对这类绅士的看法要比某些人好多了。我认为他们是替天行道，比其他许多人更能充分地完成天赋的使命。贺拉斯告诉我们世上有一种

① 拜尼教是印度婆罗门教的一个支派。

人:

Fruges consumere nati. ①

生来就是为消受地上的果实的。

所以我相信世界上还有一种人:

Feras consumere nati.

生来就是为消受旷野里的走兽的。

走兽指的就是通常所谓的野味。我相信没有人能否认这班乡绅确能完成造物赋与他们的这个使命。

有一天,小琼斯跟那个看猎场的出去打猎。他们碰巧在一座庄园的边界附近惊起一群鹧鸪。命运女神为了实现造物的英明意图,就把一个上文所说的那种专门消受野味的乡绅安置在这里。那群鹧鸪飞进了他的地界,落在离奥尔华绥先生的庄园大约二三百步的金雀花丛里,被两个猎人"瞄准了"。

奥尔华绥先生曾经吩咐过看猎场的,不论这家庄园的地界,还是对行猎这类事儿不那么计较的邻人的地界,一概都绝对不许他侵入;如敢故违,立即开除。其实,看猎场的在对待旁的邻人的地界上,并没经常严格遵守这道命令;但是眼下这群鹧鸪飞过去避难的那座庄园的主人的脾气是人所共知的,所以看猎场的过去一直也没敢侵入他的地界。他现在也还是不敢。怎奈那位小猎人一心想追赶逃掉了的猎物,再三怂恿。琼斯坚决不肯罢休,看猎场的也颇急于猎取,就依从下来,闯进庄园,打死一只鹧鸪。

这时候,那位乡绅正好骑在马上,离他们不远。听见枪声,他立刻催马过来,当场抓住倒霉的汤姆——看猎场的已经窜进金雀花丛枝叶深处,侥幸地躲藏起来了。

那乡绅在孩子身上搜出鹧鸪,狠狠咒骂,口口声声要加以报复,发誓非告诉奥尔华绥先生不可。他说到办到,果然一径骑马到奥尔华绥先生家里,抱怨他的庄园受到侵害,其气势之凶,措词之强硬,听来仿佛他家遭了明火打劫,抢走了最贵重的家具。他说,这孩子还有个同伙没有抓到,因为差不多在同时,他听到了两声枪响。他还说:"我们只搜出这只鹧鸪,天晓得他们还干了些什么坏事呢!"

---

① 拉丁文,引自贺拉斯的诗体《书简》第1卷第2函。

汤姆回家之后，奥尔华绥先生马上把他叫到跟前。汤姆承认确有这么回事，只分辩说，那群鹧鸪原是从奥尔华绥先生的庄园里飞过去的——这确是实情。

　　于是，奥尔华绥先生追问琼斯跟他在一起的那个人究竟是谁，他告诉这罪犯，那位乡绅和两个佣人已经证明当时放的是两枪，他非查出另外那人不可。但是汤姆一口咬定就只他自己一个人。不过老实说，开头他也略微犹豫了一下，如果乡绅和他的佣人的话还需要点旁证的话，汤姆这么一犹豫也就更足以使奥尔华绥先生相信事实确是这样。

　　既然看猎场的是个嫌疑犯，这时就被叫来，问他这件事有没有他的份儿。可是他拿稳了汤姆答应独自担当下来的诺言，坚决否认曾经跟小少爷在一起过，甚至说整个下午根本没见到他。

　　奥尔华绥先生带着平素罕见的怒容，朝汤姆掉过头来，要他老实招出那个伙伴；一再说，不把那个人追查出来他决不甘休。可是孩子仍旧不动摇，奥尔华绥先生非常生气，叫他回去好好考虑，明天早晨另有人会用另外一种办法来审他。

　　那一晚，可怜的琼斯心里好生忧郁，尤其因为他平素的伴侣布利非少爷跟他母亲出门做客去了，他一个人更加闷闷不乐。当前他担心的倒不是第二天将受的惩罚，他顶怕的是自己坚持不下来，把看猎场的招了出去。那么一来，他知道看猎场的准会完蛋。

　　那一晚，看猎场的也不好过。他跟琼斯一样也担着心思：他顶关心的倒不是那孩子皮肉将受的痛苦，而是他能不能守住信义。

　　第二天早晨汤姆去见牧师屠瓦孔先生，奥尔华绥把两个孩子的教育都委托给他了。这位塾师把奥尔华绥先生头天问过的好几句话照样问了一遍，汤姆也照样回答了一遍，结果是挨了一顿毒打，其凶狠与某些国家逼供时用的酷刑不相上下。

　　汤姆抵死受刑，坚不改口。尽管那位老师抽一鞭子就问他一下招不招认，可是他宁愿给打得皮开肉绽，也不肯背信弃义，出卖朋友。

　　这时候看猎场的才放了心，可是奥尔华绥先生看到汤姆给打得这么苦，却心疼起来。屠瓦孔先生从这孩子口里逼不出他所希望的口供来，心头火起，用刑过狠，竟远远超出这位好人的本意。除此之外，奥尔华绥先生还开始怀疑那位乡绅会不会弄错了——在他那样情急盛怒之下，这也是很可能的。至于两个佣人替他们的主人作的见证,他并不怎么重视。待人残酷和冤枉好人这两件事,奥尔华绥先生心里是一刻也不能容忍的,所以他把汤姆叫到跟前来,先用好言好语训诫了一番,然后说:"好孩子,我相信我冤枉了你,害你受了一场严厉的责罚,心里很过意不去。"最后就赠给汤姆一匹小马,作为弥补,并且又说了一遍他为先前这件事多么难过的话。

这时,汤姆倒感到了内疚,这是任何严厉的责罚所办不到的。对他来说,屠瓦孔先生的鞭子比奥尔华绥先生的仁厚要容易忍受多了。他泪如泉涌,跪倒在地,叫道:"您老人家待我太好啦,真是太好啦,我实在不配!"说的时候一阵激动,几乎吐出实情;幸亏那看猎场的守护神在暗中指点,提醒他倘若说了实话,那个可怜的家伙会有怎样的下场。由于考虑到这一点,汤姆才缄默下来。

第 四 章

作者做一点必要的辩解;另外还有孩子们
之间的一件事,或许也需要辩解

前一章里,我们提到两位塾师的争论被一件事打断了,说的正是布利非少爷和汤姆·琼斯吵了一架,结果布利非少爷给打得鼻破血流。布利非少爷虽然岁数小,个子可比汤姆大;不过在高雅的拳术上他却远不是汤姆的对手。

然而汤姆总是极力小心,避免跟布利非动手,因为尽管汤姆·琼斯很顽皮,他却从不加害于人,而且他真心爱护布利非。此外,屠瓦孔先生总袒护布利非,这也足以使他有所顾忌。

可是某位作家曾经说过:"人总难免一时糊涂。"一个小孩子偶尔鲁莽一下更是不足为奇。两个孩子在玩什么游戏的时候发生了争执,布利非少爷开口骂汤姆是"讨饭的野种"。汤姆的脾气本来就有些暴躁,一听这话,马上就在小少爷脸上留下了前边交代过的那个痕迹。

布利非少爷的鼻子鲜血直淌,眼泪也紧跟着滚滚而下,来到他舅父和那位声色俱厉的屠瓦孔跟前告状,当堂控诉汤姆犯了殴打致伤罪。汤姆在辩解时，只说自己是因为被激怒才动手的，而这正是布利非少爷诉状里惟一漏掉的一点。

也许布利非少爷真可能把这段情节给忘了，因为在答辩的时候，他一口咬定没用这个字眼儿骂过汤姆，并且还说："上帝在上，那样下流的字眼儿绝不会从我嘴里吐出来！"

汤姆不遵守法律程序，又发了言，指出布利非确实说了那句话。于是，布利非少爷说道："这也难怪。撒过一次谎的人再撒一次，自然不当回事。要是我像你那样在老师面前撒过那么卑鄙的一个谎，我会羞得没脸见人了。"

"孩子，什么谎？"屠瓦孔热切地追问。

"他不是告诉过您，鹧鸪是他一个人开枪打死的，当时没有旁人跟他一道去打猎吗？可是他自己心里明白……"说到这里，他放声大哭起来。"是的，他自己心里明白，他亲口向我透露过看猎场的黑乔治也在场。他还说——你是这么说的，有本事你就抵赖好了。你还说，就是老师把你剁成肉酱，你也绝不招出实情。"

屠瓦孔听了这话，眼里立刻冒起怒火来，洋洋得意地嚷道："哦，这就是所谓了解偏了的信义吗？这就是再也不许鞭打的老实孩子吗？"可是奥尔华绥先生的神情却温和得多，他转过脸来问这小伙子："孩子，这话可当真？那天你怎么死也不肯说实话？"

汤姆回答说，他跟旁人一样厌恶撒谎的行为，可是他觉得当时为了守信，只能那么说，因为他已经答应过那个可怜的人替他隐瞒。汤姆还说，本来看猎场的央求他不要闯进那位乡绅的地界，可是经他自己再三怂恿，看猎场的才勉强跟了过去，因此，他更加认为应该替他隐瞒。他说，他愿意发誓，说的句句都是实话。最后，他苦苦哀求奥尔华绥先生怜悯那人的老婆孩子，尤其因为错在他自己一个人，看猎场的本不愿意跟过去，他好容易才把他说动的。他说："您老人家想想，其实我上次的话也不能算是撒谎，因为在这件事情上，那个可怜的人完全是无辜的。我本来会一个人去追鹧鸪的——起初，我也确实是一个人去的，他跟过来只不过是怕我闹出更大的乱子。请您老人家罚我吧，收回您赏给我的那匹小马，可是无论如何请您饶恕可怜的乔治。"

奥尔华绥先生沉吟了一刻，然后吩咐两个孩子退下去，嘱咐他们以后在一起要和和气气的，不准再吵嘴打架。

第 五 卷

第 六 章

把本章和前一章对照一下，读者或许会矫正
他以前滥用"爱情"这个字眼的毛病

按说琼斯发现毛丽对他不忠实之后，本可以表示出更强烈的气愤的。倘若他立刻把她丢开不管，我相信很少有人会责难他的。

然而毫无疑问，汤姆是以同情的眼光来看待她的。尽管他对毛丽的爱还没到看见她这样朝三暮四，就不可终日的程度，可是一想到当初是他先破坏了她的清白，仍不免十分震惊。看来这姑娘很可能正在堕落下去，而他把这一切都归罪于自己。

这个念头给了他不少烦恼，后来还是毛丽的姐姐贝蒂大发慈悲，透露出一段情节，才消除了他这份烦恼。原来头一个叫毛丽失身的不是他自己，而是一个叫威尔·巴恩斯的；汤姆一直认定是他自己的那个娃娃，至少同样有权利管那个人叫老子。

一发现这条线索，琼斯赶忙追究下去。过不久就充分证实贝蒂的话不假。不但威尔·巴恩斯承认了，后来甚至毛丽自己也直言不讳。

这个威尔·巴恩斯是乡村里一个勾引妇女的能手，他在这方面所俘获的战利品决不少于全国任何一位旗手或律师的书记。他曾经害得几个女人完全堕落下去，使另一些女人为之心碎，并且还荣幸地造成一个可怜的姑娘的横死：她不是跳河自尽，就是（而且更可能）让他给淹死了。

贝蒂·西格里姆也是落在这个家伙手里的许多女人当中的一个。远在毛丽发育得足以供他消遣之前，他早就把贝蒂勾引到手了。可是后来他丢掉贝蒂，又追起她的妹妹来，而且几乎是马到成功。实际上，毛丽真心爱的只有威尔一个，琼斯和斯奎尔都不过是她的利益和虚荣心的牺牲品而已。

因此，贝蒂和她妹妹之间才结下了我们方才所看到的不解的冤仇。然而我们认为没有必要早一些道出这段根由,因为光是妒忌就足以引起上述的事态了。

琼斯获知毛丽的这段隐秘之后,心里才坦然下来。但是对苏菲亚,他的心却远远不得宁静。恰恰相反,他正处于惶惶不安的状态中。用比喻来说,他的心此刻已别无所属,完全为苏菲亚所占据了。他一往情深地爱着她,同时也清清楚楚地觉出苏菲亚对他的柔情蜜意。尽管有了这份把握,可是对于取得魏斯顿的同意,他依然感到绝望;同时,一想到为了追求苏菲亚竟必须采取任何卑鄙险诈手段,他就毛骨悚然。

白天使他焦虑不安,晚上使他辗转不眠的,是他必然加给魏斯顿先生的损害以及他必然为奥尔华绥先生带来的痛苦。他不断在道义和个人愿望的矛盾中讨生活,这两者轮流在他心里占上风。当苏菲亚不在眼前的时候,他往往决计离开魏斯顿家,永不再见她一面;可是一看到苏菲亚,他又往往把这份决心抛到九霄云外,就是冒丧失性命的危险,甚至不惜牺牲比性命还要宝贵的东西,也一定要追求她。

这种内心的矛盾很快就在汤姆身上起了强烈而明显的影响,他失去了平时的欢快活泼,不但独处的时候闷闷不乐,就是和旁人在一道时也无精打采,心不在焉;当时强作笑颜来应付魏斯顿先生说的一些打趣话时,神情间显然出于勉强,结果,反而把他想隐藏的心绪更加表露出来了。

很难断言,使他的心事外泄更多的究竟是他在隐瞒内心热情方面的技术不够呢,还是诚实的本性不容他不把它揭示出来。这种技术要求他对苏菲亚比以前更加拘谨,不再用言语向她表示什么,甚至避开她的视线;但同时本性又在忙于破坏他这意图。所以每当小姐走近他,汤姆的脸色就刷地变得惨白;倘若她是突然走近的,汤姆就会吓一大跳。偶然间,要是汤姆碰上她的视线,血液立刻就会涌上他的双颊,满脸通红。遇到由于礼貌不得不向她开口时(比如席间祝酒),他总会张口结舌的。倘若他触到苏菲亚,他的手——不,他通身都会颤抖起来。要是谈话稍稍涉及爱情,就会引起他不由自主的一声叹息。造物真是再殷勤不过,每天都让他碰上几件这类的事。

尽管乡绅无所觉察,这一切却逃不过苏菲亚的眼睛。她很快就看出琼斯的怔忡不安,也不难发现其原因,因为在她自己心里也发觉了同样的感情。我料想,这种发觉正是由于人们常在情人之间所看到的那种共鸣,这也大可以说明为什么苏菲亚的感觉要比她父亲来得敏锐。

不过老实说,还有个更加简单明了的办法可以说明何以某些人对旁人具有极为深刻的洞察力,这洞察力还不仅适用于情人之间,在一般人之间也如此。譬如,何以往往使才智卓越的诚实人吃亏上当的阴谋诡计,坏人却总是一眼就能识破?坏人之间当然无所谓同情,也不会像共济会那样,彼此有什么暗号来互通声息。实际上,那只是因为他们脑子里装的东西毫无二致,他们的思路朝着同一个方向。所以,琼斯身上那种明显的迹象,苏菲亚一眼就看得出,而魏斯顿却看不见,这丝毫不足为奇:因为老子的脑子里从没想过爱情,而那女儿此刻除了爱情就没想旁的。

当苏菲亚证实了可怜的琼斯是为了深挚的爱情所苦,并且也清楚他所爱的就是她自己时,她很容易就弄清了造成他目前这般景况的真正原因。这个发现使她更加觉得汤姆可爱可亲,于是她心里就出现了所有男人最希望在爱人心中引起的两种情感——敬重和怜惜;连最冷峻的女人也不能责怪她去怜惜一个为她而痛苦的男人,不能责怪她去敬重一个显然由于最高贵的动机而极力熄灭自己胸头火焰的男人——那火焰,就像人所共知的斯巴达的贼赃①那样燃烧着、摧毁着他的生命。因此,他的畏畏缩缩、躲躲闪闪,他对苏菲亚的冷淡、缄默,倒变成他的最大胆、殷勤、热烈和最娓娓动听的追求了。这些深深地感动了她那温柔、敏锐的心灵。不久,苏菲亚就对他产生了一个高贵、贤淑的女性胸膛里所能怀有的一切好感——一句话,就是一个可意的男人所能引起的尊敬、眷念和怜惜,一切不失闺范的情操。简单一句话,苏菲亚爱他爱得神魂颠倒了。

有一天,这对年轻人在花园里沿水渠的两条小径尽头,偶然碰到了。以前琼斯为了替苏菲亚捉回小鸟而跌进去的,就是这道水渠。

近来苏菲亚时常到这地方来。在这里,她既痛苦又快乐地回味着那件事。尽管事情不大,然而他们之间的情苗却可能就是那回种下的。这时,那情苗在她心里已经苗壮生长起来了。

这对青年就在这儿会了面。他们是快走到一起时才发觉对方的。旁边要是有人,一定会在他们脸上看出非常局促不安的神情,可是这两人却心事重

_____

① 这里指传说中的一个斯巴达孩子,在上学路上偷了一只狐狸,藏在怀里。狐狸抓破他的胸脯,他依然和老师应对。及至孩子倒在地上死去,人们才发现了他怀中的狐狸。

重,什么也不及观察。琼斯最初的那阵震惊稍微过去后,就照正常的礼节向小姐问安,苏菲亚也照样应答。和往日一样,他们先说起清晨多么和煦宜人,然后谈到四周景色的秀丽,琼斯大大赞扬了一番。当他们走到琼斯落水的那棵树跟前的时候,苏菲亚不禁提起那次的意外。她说:"琼斯先生,我想每逢看到这道水,您不免还有些心惊胆战吧。"琼斯回答说:"小姐,请您相信,我永远认为那回顶要紧的还是因失掉小鸟而感到的不安。可怜的小汤米!它就站在这枝树杈上。多蠢的东西!我替它安排了这么幸福的境地,它竟然要飞走!它的下场就是对它的忘恩负义一个公正的惩罚。"苏菲亚说:"可是琼斯先生,您那番好心儿几乎也遭到同样残酷的命运。回想起来您一定还很不舒服吧?"他回答说:"小姐,说到这里,倘若我有什么遗憾之处,那也许是水还不够深,不然的话,我就可以避免命运替我准备下的许多愁苦了。"苏菲亚说:"哎呀,琼斯先生,您这一定是跟我说着玩。您故意这么轻视自己的性命,只是出于对我过分客气。您是要我对您两次为我冒的生命危险不必介意。可是当心还会有第三回哩!"最后这段话,她是带着微笑和无法形容的温存说出的。琼斯听了叹息一声,回答说:现在提醒他恐怕已经太晚了。然后,他温柔的凝视着苏菲亚说:"啊,魏斯顿小姐,难道您会愿意我活下去吗?您能愿意我这么不幸吗?"苏菲亚俯首望着地,带着几分踌躇说:"琼斯先生,我决不愿意您遭到不幸。"琼斯大声说:"啊,我深深知道您那天使般善良的性格,圣者一般仁慈的心肠——那要远远超过其他任何魅力。"她说:"我明白您说的是什么。我得回去啦。"琼斯说:"我……我不愿意让您明白!我也没法让您明白。我不知道自己在说些什么。没想到会在这儿遇到您,我没加思索就把心里的话向您倾吐出来了。要是我说了什么开罪您的话,看在老天的面上,请原谅我吧。我完全是无心的。真的,我宁可死掉——一想到得罪了您,我就没法活下去。"苏菲亚说:"您真令我不解。您怎么会想到得罪了我?"他说:"小姐,恐惧是很容易使人发疯的。再也没有比想到得罪您更使我害怕的了。我怎么说好呢?别那么生气地望着我吧。您只要皱皱眉就会要我的命的。我没有得罪您的意思。都怪我的眼睛——要不,就怪您长得太美。我在说些什么呢?要是我太罗嗦了,请您原谅我。我实在控制不住自己的感情。我曾经尽量克制对您的爱,想把燃烧着我的心肝五脏的那股烈火遮掩起来。我希望不久我就再也不可能来得罪您了。"

　　这时,琼斯通身战抖起来,仿佛在发疟子。苏菲亚的情况和他也差不多。

她这样回答他说:"琼斯先生,我不愿假装着不了解您。其实,我很了解您。可是您要是对我有些感情的话,那么就看在老天的面上,尽快让我回去吧。要是我能自己挣扎着回去就好了。"

琼斯自己也不大站得稳,他还是把胳膊伸过来让苏菲亚挽着。苏菲亚欣然挽了他的臂,可是央求琼斯,关于这类事眼下一个字也别提。他答应一定不提,只是一再求苏菲亚饶恕他刚才说的那些话——那是他情不自禁讲出来的。苏菲亚说,饶不饶,这要看他日后的所作所为了。于是,一对年轻人就蹒跚地、战栗地走着。尽管这位情郎握着意中人的手,他却不敢捏紧一下。

(选自《弃儿汤姆·琼斯的历史》,萧乾、

李从弼译,人民文学出版社 1984 年版)

《弃儿汤姆·琼斯的历史》导读

亨利·费尔丁(1707—1754)是 18 世纪英国启蒙主义文学的杰出代表,英国现实主义小说的奠基人。

费尔丁出身于英国西南部萨默塞特郡一个破落贵族家庭。早年在伊顿公学上学,1728 年曾赴荷兰雷顿大学攻读,后因家庭经济困窘,中途辍学。返回伦敦后,从事戏剧创作和演出活动。从1730 年至 1737 年间,他写了 25 个剧本,揭露社会政治的黑暗,嘲讽统治者的败行恶德,受到上流社会的非议,被迫结束戏剧生涯。1737 年 11 月,进入伦敦法学院学习法律。毕业后取得律师资格,从事法律工作,在伦敦担任过区、郡法官。在学习法律期间,费尔丁又开辟了自己新的活动领域——新闻工作和小说创作。他先后主办了《战士》、《修道院花园杂志》等 4 种刊物,发表了大量论文、杂文、特写、书评,不遗余力地揭露社会弊端,提出匡正时弊的见解。其中的许多观点和形象成了他小说的思想和人物的雏型。从 18 世纪 40 年代起,费尔丁先后创作了 4 部长篇小说,广泛地描绘了 18

·215·

世纪英国的社会风貌,在英国小说史上树起了新的丰碑。由于生活困顿,工作操劳,费尔丁身体过早地衰弱,进入中年后便疾病缠身,以致四肢瘫痪。1754 年前往葡萄牙疗养,客死在里斯本。

费尔丁是从戏剧创作开始他的文学生涯的。1728 年留学荷兰之前,他就成功地上演了处女作五幕喜剧《戴着各种假面具的爱情》,嘲讽婚姻陋习,初露戏剧才华。他的剧作中,最出色的是一系列政治讽刺剧。如《堂吉诃德在英国》(1734)揭露了政界黑幕;《巴斯昆》(1736)讽刺了贿选和愚昧;《1736 年历史纪实》则直接抨击了政府,成了当时英国黑暗的政治生活的写照。他吸取英国民间喜剧象征、诙谐、戏中戏等传统手法,巧妙地将喜剧的夸张、怪诞同重大社会政治问题杂糅在一起,用以影射现实。剧中,对话尖锐俏皮,寓意深刻,穿插着群众喜闻乐见的通俗歌曲,形式新颖别致,舞台效果极佳。费尔丁的喜剧如狂飚一样,横扫了伦敦剧坛空洞、颓靡之风,给当时处于萎缩中的英国戏剧带来了希望。但由于它触犯了统治者的权益,遭到了"戏剧审查法"的扼杀,应该说是 18 世纪英国戏剧的重大损失。萧伯纳称费尔丁是"除了莎士比亚以外,从中古到 19 世纪所有为舞台而写作的英国戏剧家中最伟大的一位"。

费尔丁的 4 部长篇小说,构成了 18 世纪英国社会的长轴画卷。《约瑟·安德路传》(1742)描述男主人公仆人约瑟由于坚拒女主人的无耻引诱遭致种种迫害的曲折经历,再现了英国乡村的生活风貌,表现了下层人民的善良、正直、勇敢和地主贵族的虚伪、淫荡、凶残。《大伟人江奈生·威尔德传》(1743)是一部政治讽刺小说,通篇运用反笔,描述了大强盗威尔德罪恶的一生,刻画了反动统治者号称"伟人"实为恶棍,专事欺诈掠夺的丑恶嘴脸。代表作《弃儿汤姆·琼斯的历史》(1749),随着主人公的生活踪迹,再现了从村镇、庄园到府邸、京都五光十色的社会生活场景,结构庞大复杂,人物鲜明众多,是 18 世纪欧洲最杰出的小说。《阿米丽亚》(1751)通过穷军官布茨和妻子阿米丽亚的悲惨遭遇,揭露了英国法律的虚伪和社会的极端黑暗。这部小说在社会批判及人物心理刻画上接近于 19 世纪现实主义文学。费尔丁为 18 世纪英国文学留下了史诗般的作品，把笛福开创的英国启蒙文学和现实主义小说推上了高峰，为英国以至欧洲的现实主义小说开辟了崭新的天地。难怪司各特称他为"英国小说之父"，高尔基则盛赞他为"现实主义小说的创始人"。

费尔丁首次对现实主义小说进行了比较系统的理论阐述。他认为，小说是"滑稽的散文史诗"，应"永远严格遵循自然"，以现代英国生活为内容；小说是虚构的，但其基础是现实生活，必须描写典型，表现"真实的自然人性"，情节应有内在统一性。这些理论散见于《约瑟·安德鲁斯传》的序文和《弃儿汤姆·琼斯的历史》的各卷序章，对后人的创作产生了深远影响。

《弃儿汤姆·琼斯的历史》是费尔丁的长篇小说代表作。它描述主人公汤姆从出生到成人时期曲折的生活经历。汤姆是一个来历不明的弃儿，被弃在富有的乡绅奥尔华绥的家里。这个仁慈的乡绅把他收为养子。汤姆从小和奥尔华绥的外甥布利非生活在一起，但两人性格截然不同。汤姆正直、善良，富有同情心，甚至能牺牲自己去帮助别人，但比较任性莽撞、放荡不羁；布利非比汤姆稍小，为人阴险狡诈，工于心计，但表面上却谦和恭顺，极力讨得舅父的欢心。汤姆真诚地爱上了乡绅魏斯顿的独生女苏菲亚，苏菲亚也意属于他。布利非贪图魏斯顿的家产也追求苏菲亚。他一直把汤姆视为眼中钉。处心积虑地在舅父面前捏造或夸大汤姆的错误。加上势利的家庭教师和客人极力偏袒布利非，奥尔华绥终因听信馋言把汤姆赶出家门。

汤姆被逐后，到处流浪，经历了许多艰难曲折，来到伦敦。乡绅魏斯顿在妹妹的怂恿下，强迫苏菲亚与布利非结婚，苏菲亚连夜带女仆出走，到伦敦投奔亲戚贝拉斯顿夫人。贝拉斯顿夫人是一个淫荡、奸诈的贵妇人，她利用自己的特殊身份，一方面勾引汤姆，另一方面间离苏菲亚对汤姆的爱情,企图迫使她嫁给贵族费拉玛。她还雇佣流氓绑架汤姆。汤姆在自卫中打伤了人,被关进监狱。布利非得知此事,便贿赂律师道林,伪造假证,企图置汤姆于死地。但因被汤姆打伤的人很快痊愈,汤姆因而无罪获释。不久,汤姆的身世真相大白。原来,他是布利非母亲婚前与一个教士的私生子,布利非母亲临终前委托律师将有关此事的信件交给奥尔华绥,但被布利非隐瞒了下来。至此,奥尔华绥终于认清了布利非的伪善面目,把他逐出家门,立汤姆为继承人。汤姆和苏菲亚终成眷属。

这是一部卓越的现实主义小说。它以一个社会地位最卑微的私生子为作品正面主人公,以一个最符合上流社会绅士风度的"谦谦君子"为反面人物,反映了作者鄙视上流社会,立足于表现平民生活的民主思想和创作勇气。小说通过主人公的生活经历,展现了一个五光十色的英国当代社会:有上流社会声色犬马的骄奢,也有赤贫农户食不果腹的窘困;有小店主充满义愤的社会抗议,也有流浪汉铤而走险的拦路行劫;有官府法院的专横错判,也有军营行伍的粗野无聊,还有"山中人"的愤世嫉俗、吉卜赛人的平等和谐……书中活跃着从地主、贵族到雇工、贫民,从江湖郎中到士兵、流氓等等来自社会大多数阶层的各种人物,涉及了道德、法律、宗教、家庭乃至于贫富悬殊、社会反抗等众多的社会问题。小说实现了作者关于"滑稽的散文史诗"的艺术理想:"情节比较广泛绵密,包含的细节五花八门,介绍的人物形形色色","把自然模仿得恰到好处"。可谓一部18世纪英国社会生活的散文史诗。

在费尔丁看来,人是理性和感情的混合体,错误和过失在所难免,优劣并存才是"真实的人性",十全十美的人物只是骑士传奇里的虚构。因此,他笔下的正面人物总有这样那样的缺点,甚至污点、劣迹。主人公汤姆正直勇敢,光彩照人,但不乏轻率、放荡,屡次干了"有伤风化"的事;奥尔华绥慈眉善目,高尚大度,却听信谗言,为坏人所利用。小说中出现了50多个人物,构成一个琳琅满目的人物画廊。如布利非阴险虚伪,两面三刀,是一个极端利己主义的典型,和汤姆形成鲜明的对照。苏菲亚美丽善良,但处在男权社会中,面临着爱情婚姻的种种挫折。生活练就了她卓越的识别能力,使她识透了布利非的本质,勇敢地抗拒以财产门第为准绳的封建包办婚姻,最后赢得了胜利和幸福,体现了一个初步觉醒的女性争取人格人权的勇气和智慧。此外,乡绅魏斯顿也是一个活生生的典型人物,他粗俗、专横、无知、贪婪,纵酒贪杯,反复无常,集粗劣乡绅的品行于一身,被泰纳称为自莎士比亚创造了福斯泰夫以来,英国文学中最鲜明突出的人物形象。

这部小说历来以布局精巧为人称道。它运用家庭小说、流浪汉小说等形式包容了纷纭复杂的情节内容,却能通过严谨的布局和戏剧手法将它融为有机的整体。小说开篇即留下汤姆的身世之谜。这个谜如网结一样提起全书,又沟通了全部情节的内在联系,它不断地给展开的情节投下层层疑云,到篇末,"谜底"解开时,许多疑团才豁然开朗,令人回味不已。小说的情节安排十分严谨。全书内容平分为三个部分:1—6卷,汤姆的乡村生活;7—12卷,汤姆在通往伦敦的路上的种种经历;13—18卷,汤姆在伦敦的经历和结局。这部小说因其严谨有机的结构,被柯勒律治看作和《俄狄浦斯》、《炼丹师》(本·琼生的喜剧)一样,是"有史以来在布局上最完美无疵的三大作品"。

小说在结构上的另一特色是,在每卷之首都冠以一篇阐述作者思想感受的序章。在序章中,故事情节暂时中断,作者出场,直接与读者对话,内容有社会、爱情、艺术、人生,海阔天空,无所不有。但谈得最多的还是有关小说艺术的问题,如关于作为作家的基本条件,小说创作的真实性原则等等。作者有意通过序章的形式同读者建立一种沟通和联系。序章丰富了作品的内容,让我们加深了对作者的了解。

《弃儿汤姆·琼斯的历史》以其卓越的艺术成就成为18世纪

英国现实主义小说的代表作品,在欧洲现实主义小说中占有重要地位。两百多年来一直拥有众多读者。萨克雷称之为"人类独创力最为惊人的产物",据拉法格回忆,马克思也"特别爱看"这部小说。

　　本书节选了小说中最能表现汤姆和布利非两个对照鲜明的人物的性格以及汤姆与苏菲亚真挚爱情的片断。

（林文琛）

伏尔泰

老 实 人

第一章　老实人在一座美丽的宫堡中
怎样受教育，怎样被驱逐

　　从前威斯发里地方，森特－登－脱龙克男爵大人府上，有个年轻汉子，天生的性情最是和顺，看他相貌，就可知道他的心地。他颇识是非，头脑又简单不过；大概就因为此，人家才叫他做老实人。府里的老佣人暗中疑心，他是男爵的姊妹和邻近一位安分善良的乡绅养的儿子；那小姐始终不肯嫁给那绅士，因为他旧家的世系只能追溯到七十一代，其余的家谱因为年深月久，失传了。

　　男爵是威斯发里第一等有财有势的爵爷，因为他的宫堡有一扇门，几扇窗。大厅上还挂着一幅壁毯。养牲口的院子里所有的狗，随时可以编成狩猎大队；那些马夫是现成的领队；村里的教士是男爵的大司祭。他们都称男爵为大人；他一开口胡说八道，大家就跟着笑。

　　男爵夫人体重在三百五十斤上下，因此极有声望，接见宾客时那副威严，越发显得她可敬可佩。她有个十七岁的女儿居内贡，面色鲜红，又嫩又胖，教人看了馋涎欲滴。男爵的儿子样样都跟父亲并驾齐驱。教师邦葛罗斯是府里的圣人，老实人年少天真，一本诚心的听着邦葛罗斯的教训。

　　邦葛罗斯教的是一种包罗玄学、神学、宇宙学的学问。他很巧妙的证明天下事有果必有因，又证明在此最完美的世界上，男爵的宫堡是最美的宫堡，男爵夫人是天底下好到不能再好的男爵夫人。

　　他说："显而易见，事无大小，皆系定数；万物既皆有归宿，此归宿自必为最美满的归宿。岂不见鼻子是长来戴眼镜的吗？所以我们有眼镜。身上安放两条腿是为穿长袜的，所以我们有长袜。石头是要人开凿，盖造宫堡的，所以男爵大人有一座美轮美奂的宫堡；本省最有地位的男爵不是应当住得最好吗？猪是生来给人吃的，所以我们终年吃猪肉；谁要说一切皆善简直是胡扯，应当说尽善尽美才对。"

老实人一心一意的听着，好不天真的相信着；因为他觉得居内贡小姐美丽无比，虽则从来没胆子敢对她这么说。他认定第一等福气是生为男爵；第二等福气是生为居内贡小姐；第三等福气是天天看到小姐；第四等福气是听到邦葛罗斯大师的高论，他是本省最伟大的，所以是全球最伟大的哲学家。

有一天，居内贡小姐在宫堡附近散步，走在那个叫做猎场的小树林中，忽然瞥见丛树之间，邦葛罗斯正替她母亲的女仆，一个很俊俏很和顺的棕发姑娘，上一课实验物理学。居内贡小姐素来好学，便屏气凝神，把她亲眼目睹的，三番四覆搬演的实验，观察了一番。她清清楚楚看到了博学大师的充分根据，看到了结果和原因；然后浑身紧张，胡思乱想的回家，巴不得做个博学的才女；私忖自己大可做青年老实人的根据，老实人也大可做她的根据。

回宫堡的路上，她遇到老实人，不由得脸红了；老实人也脸红了；她跟他招呼，语不成声；老实人和她答话，不知所云。第二天，吃过中饭，离开饭桌，居内贡和老实人在一座屏风后面；居内贡把手帕掉在地下，老实人捡了起来；她无心的拿他的手，年轻人无心地吻着少女的手，那种热情，那种温柔，那种风度，都有点异乎寻常。两人嘴巴碰上了，眼睛射出火焰，膝盖直打哆嗦，手往四下里乱动。森特－登－脱龙克男爵打屏风边过，一看这个原因这个结果，立刻飞起大腿，踢着老实人的屁股，把他赶出大门。居内贡当场晕倒，醒来挨了男爵夫人一顿巴掌。于是最美丽最愉快的宫堡里，大家为之惊慌失措。

第二章　老实人在保加利亚人中的遭遇

老实人，赶出了地上的乐园，茫无目的，走了好久，一边哭一边望着天，又常常回头望着那座住着最美的男爵小姐的最美的宫堡。晚上饿着肚子，睡在田里；又遇着大雪。第二天，老实人冻僵了，挣扎着走向近边一个市镇，那市镇叫做伐特勃谷夫－脱拉蒲克－狄克陶夫。他一个钱没有,饿得要死,累得要死,好不愁闷地站在一家酒店门口。两个穿蓝衣服①的人把他看在眼里,其中一个对另外一个说:"喂,伙计,这小伙子长得怪不错,身量也合格。"他们过来很客气的邀他吃饭。老实人挺可爱挺谦逊的答道:"承蒙相邀,不胜荣幸,无奈我囊空如洗,付不出份头啊。"两个穿蓝衣之中的一个说:"啊,先生,凭你这副品貌才具,哪有破钞之理!你不是身长五尺半吗?"老实人鞠了一躬,道:"我正是五尺半高低。"——"啊,先生,坐下吃饭罢;我们不但要替你惠钞,而且决不让你这样一个人物缺少钱用;患难相助,人之天职,可不是吗?"老实人回答:"说得有理;邦葛罗斯先生一向这么告诉我的;我看明白了,世界真是安排得再好没有。"两人要他收下几块银洋,他接了钱,想写一张借据,他们执意不要。宾主便坐下吃饭。他们问:"你不是十分爱慕?……"老实人答道:"是啊,我十分爱慕居内贡小姐。"两人之中的一个忙说:"不是这意思;我们问你是否爱慕保加利亚国王?"老实人道:"不,我从来没见过他。"——"怎么不?他是天底下最可爱的国王,应当为他干杯。"——"好罢,我遵命就是了,"说着便干了一杯。两人就说:"得啦得啦,现在你已经是保加利亚的柱石,股肱,卫士,英雄了;你利禄也到手了,功名也有望了。"随即把老实人上了脚镣,带往营部,叫他向左转,向右转,扳上火门,扳下火门,瞄准,射击,快步跑,又赏他三十军棍。第二天他操练略有进步,只挨了二十棍;第三天只吃了十棍,弟兄们都认为他是天才。

　　老实人莫名其妙,弄不清他怎么会成为英雄的。一日,正是美好的春天,他想出去遛遛,便信步前行,满以为随心所欲的调动两腿,是人和动物共有的权利。还没走上七八里地,四个身长六尺的英雄追上来,把他捆起,送进地牢。他们按照法律规定,问他喜欢哪一样:还是让全团弟兄鞭上三十六道呢,还是脑袋里同时送进十二颗子弹?他声明意志是自由的,他两样都不想要;只是枉费唇舌,非挑一样不可。他只能利用上帝的恩赐,利用所谓自由,决意挨受三十六道鞭子。他挨了两道。团里共有两千人,两道就是四千鞭子:从颈窝到屁股,他的肌肉与神经统统露在外面了。第三道正要开始,老实人忍受不住,要求额外开恩,干脆砍掉他的脑袋。他们答应了,用布条蒙住他的眼睛,教他跪

---

① 当时招募新兵的差役都穿蓝制服。

下。恰好保加利亚国王在旁走过，问了犯人的罪状；国王英明无比，听了老实人的情形，知道他是个青年玄学家，世事一窍不通，便把他赦免了；这宽大的德政，将来准会得到每份报纸每个世纪的颂扬。一位热心的外科医生，用希腊名医狄俄斯戈里传下的伤药，不出三星期就把老实人治好。他已经长了些新皮，能够走路了，保加利亚王和阿伐尔① 王却打起仗来。

第十七章　老实人和他的随从怎样到了黄金国，见到些什么②

到了大耳人的边境，加刚菩和老实人说："东半球并不胜过西半球，听我的话，咱们还是抄一条最近的路回欧洲去罢。"——"怎么回去呢？"老实人道。"又回哪儿去呢？回到我本乡罢，保加利亚人和阿伐尔人正在那里见一个杀一个；回葡萄牙罢，要给人活活烧死；留在这儿罢，随时都有被烧烤的危险。可是居内贡小姐住在地球的这一边，我怎么有心肠离开呢？"

加刚菩道："还是往开颜③ 那方面走。那儿可以遇到法国人，世界上到处都有他们的踪迹；他们会帮助我们，说不定上帝也会哀怜我们。"

到开颜去可不容易：他们知道大概的方向；可是山岭，河流，悬崖绝壁，强盗，野蛮人，遍地都是凶险的关口。他们的马走得筋疲力尽，死了；干粮吃完了；整整一个月全靠野果充饥；后来到了一条小河旁边，两旁长满椰子树，这才把他们的性命和希望支持了一下。

加刚菩出谋划策的本领，一向不亚于老婆子；他对老实人道："咱们撑不下去了，两条腿也走得够了；我瞧见河边有一条小船，不如把它装满椰子，坐

---

①　阿伐尔人一称阿巴尔人，为匈奴族的一支，曾于7、8世纪时侵入欧洲，后为查理曼大帝逐走；自第10世纪后即不见史乘。伏尔泰仅以之为寓言材料，读者幸勿以史实绳之。

②　相传南美洲有一遍地黄金的国土，叫做黄金国，位于亚马孙河及俄利诺科河之间，居屋皆以白银为顶，国王遍体皆饰黄金。自马哥·孛罗以来即有此传说；哥仑布及以后之西班牙、葡萄牙殖民冒险家，均曾寻访。18世纪后期，一般人对此神奇的国土犹抱幻想。伏尔泰本章所述，均采自各旅行家之游记，其中事实与幻想，杂然并列。

③　开颜为南美洲东北角上一小岛，属法国。

在里面顺流而去;既有河道,早晚必有人烟。便是遇不到愉快的事,至少也能看到些新鲜事儿。"老实人道:"好,但愿上帝保佑我们。"

他们在河中飘流了十余里,两岸忽而野花遍地,忽而荒瘠不毛,忽而平坦开朗,忽而危崖高耸。河道越来越阔,终于流入一个险峻可怖,岩石参天的环洞底下。两人大着胆子,让小艇往洞中驶去。河身忽然狭小,水势的湍急与轰轰的巨响,令人心惊胆战。过了一昼夜,他们重见天日;可是小艇触着暗礁,撞坏了,只得在岩石上爬,直爬了三四里地。最后,两人看到一片平原,极目无际,四周都是崇山峻岭,高不可攀。土地的种植,是生计与美观同时兼顾的;没有一样实用的东西不是赏心悦目的。车辆赛过大路上的装饰品,式样新奇,构造的材料也灿烂夺目;车中男女都长得异样的俊美;驾车的是一些高大的红绵羊,奔驰迅速,便是安达鲁齐,泰图安,美基内斯的第一等骏马,也望尘莫及。

老实人道:"啊,这地方可胜过威斯里发了。"他和加刚菩遇到第一个村子就下了地。几个村童,穿着撕破的金银铺绣衣服,在村口玩着丢石片的游戏。从另一世界来的两位旅客,一时高兴,对他们瞧了一会:他们玩的石片又大又圆,光芒四射,颜色有黄的,有红的,有绿的。两位旅客心中一动,随手捡了几块:原来是黄金,是碧玉,是红宝石,最小的一块也够蒙古大皇帝做他宝座上最辉煌的装饰。加刚菩道:"这些孩子大概是本地国王的儿女,在这里丢着石片玩儿。"村塾的老师恰好出来唤儿童上学。老实人道:"啊,这一定是内廷教师了。"

那些顽童马上停止游戏,把石片和别的玩具一齐留在地下。老实人赶紧捡起,奔到教师前面,恭恭敬敬的捧着他,用手势说明,王子和世子们忘了他们的金子与宝石。塾师微微一笑,接过来扔在地下,很诧异的对老实人的脸瞧了一会,径自走了。

两位旅客少不得把黄金,碧玉,宝石,捡了许多。老实人叫道:"这是什么地方呀?这些王子受的教育太好了,居然会瞧不起黄金宝石。"加刚菩也和老实人一样惊奇。他们走到村中第一家人家,建筑仿佛欧洲的宫殿。一大群人都向门口拥去,屋内更挤得厉害,还传出幽扬悦耳的音乐,一阵阵珍馐美馔的异香。加刚菩走近大门。听见讲着秘鲁话;那是他家乡的语言;早先交代过,加刚菩是生在图库曼的,他的村子里只通秘鲁话。他便对老实人说:"我来替你当翻译;咱们进去罢,这是一家酒店。"

店里的侍者，两男两女，穿着金线织的衣服，用缎带束着头发，邀他们入席。先端来四盘汤，每盘汤都有两只鹦鹉；接着是一盘白煮神鹰，足有两百磅重，然后是两只香美异常的烤猴子；一个盘里盛着三百只蜂雀；另外一盘盛着六百只小雀；还有几道烧烤，几道精美的甜菜；食器全部是水晶盘子。男女侍者来斟了好几种不同的甘蔗酒。

食客大半是商人和赶车的，全都彬彬有礼，非常婉转的向加刚菩问了几句，又竭诚回答加刚菩的问话，务必使他满意。

吃过饭，加刚菩和老实人一样，以为把捡来的大块黄金丢几枚在桌上，是尽够付账的了。不料铺子的男女主人见了哈哈大笑，半天直不起腰来。后来他们止住了笑。店主人开言道："你们两位明明是外乡人；我们却是难得见到的。抱歉得很，你们拿大路上的石子付账，我们见了不由得笑起来。想必你们没有敝国的钱，可是在这儿吃饭不用惠钞。为了便利客商，我们开了许多饭店，一律归政府开支。敝处是个小村子，地方上穷，没有好菜敬客；可是别的地方，无论上哪儿你们都能受到应有的款待。"加刚菩把主人的话统统解释给老实人听，老实人听的时候，和加刚菩讲的时候同样的钦佩，惊奇。两人都说："外边都不知道有这个地方；究竟是什么国土呢？这儿的天地跟我们的完全不同！这大概是尽善尽美的乐土了，因为无论如何，世界上至少应该有这样一块地方。不管邦葛罗斯怎么说，我总觉得威斯发里样样不行。"

（选自《伏尔泰小说选》，傅雷译，
人民文学出版社 1980 年版）

《老实人》导读

在 18 世纪法国启蒙作家的行列里，伏尔泰（1694—1778）是最有声望的一个哲学家、诗人、剧作家和小说家。就其社会影响而言，他是法国启蒙运动的领袖，堪称为当时欧洲思想界的泰斗。

伏尔泰本名弗朗索瓦·玛利·阿鲁埃。他出身于巴黎富裕的资产阶级家庭，父亲原系法院的公证人，后来成为国库的税吏。16

岁中学毕业时,他想做诗人,父亲却希望他成为一名法官,便将他送进法科学校。就在这时期,由于他讽刺了摄政王奥尔良公爵腓力普,被逐出京城。1717 年春,又因写了揭露官廷淫乱风气的讽刺作品,被关进巴士底狱。在狱中 11 个月,他写下了歌颂亨利四世的史诗《亨利亚特》和悲剧《俄狄浦斯王》。翌年,《俄狄浦斯王》在巴黎公演,获得成功。奥尔良公爵想"驯服"伏尔泰,用奖金、津贴、权位诱惑他,均被伏尔泰谢绝。后来,由于得罪了一名贵族,他再度被控告入狱,进而驱逐出境。伏尔泰在英国住了 3 年,考察了当时的政治制度和社会风习,研究了洛克的唯物主义哲学和牛顿的物理学,形成了君主立宪制的政治主张和唯物主义的哲学观点。

1734 年,伏尔泰在卢昂出版了唯物主义的哲学著作《英国通信集》。此书一问世,就被法国当局判定有罪而当众焚毁。他被迫逃离巴黎,避居在女友夏德莱侯爵夫人的西雷城堡之中。在这里,他客居了 15 年,从事着历史、数学和哲学的研究工作,并写下为数甚多的悲剧和喜剧。

伏尔泰曾同当时的《百科全书》派建立了亲密的友谊,热情地支持该书的出版工作。他还同欧洲各国各阶层人士保持频繁的联系,与他通信者竟达 700 人之多,至今保存下来的伏尔泰的信件达一万封以上。1762 年,反动教会制造宗教迫害事件,判处无辜的新教徒卡拉以车裂的极刑。对此,伏尔泰仗义执言,作了愤怒的抨击,赢得了极大的声誉。

1778 年,伏尔泰回到巴黎,受到人民的盛情迎接。即使在他风烛残年的日子里,他依然热情洋溢,兴致勃勃地观看他的剧作《伊兰纳》的演出。演员们在舞台上抬出戴有桂冠的伏尔泰的大理石半身像,观众们用暴风雨般的欢呼声祝贺这位 84 岁高龄的诗人。然而,就在这年的 5 月底,伏尔泰与世长辞了。

伏尔泰是个多产作家,世称"科学和艺术共和国的无冕皇帝"。他的全集共有 70 卷,搜集作品 260 余种,其中以诗歌和戏剧居多,以哲理小说为最佳。写于 1759 年的中篇小说《老实人》，则是他的代表作。

《老实人》是以砭斥时弊，嘲讽乐观主义哲学为主题的。主人公老实人是男爵府里的一名正直、纯朴的青年，有理智，但头脑简单，因与男爵的女儿居内贡相爱而被逐出门外。他的教师邦葛罗斯是个无原则的乐观主义者，把世界上的万事万物都看成"尽善尽美"。老实人在路途上碰见的哲学家玛丁是个悲观主义者，认为"人生只有两条路：不是在忧急骚动中讨生活，便是在烦闷无聊中挨日子"。这三个人彼此谈玄说理，各执己见，但在现实生活中都经历了一系列不平的境遇。老实人先在保加利亚人的军队里被骗，因自由行动而遭受毒打；继而在里斯本又被误认为是异教徒，几乎被宗教裁判所活活烧死；在巴黎，他又落入神甫骗子的圈套被敲诈勒索。乐观主义者邦葛罗斯的境遇更惨，他被花柳病折磨得体形残缺，烂掉半截鼻子，又失去一只眼睛和一只耳朵；而后，又被宗教裁判所施以绞刑，险些断气绝命；幸亏意外得救，死里逃生，但又在君士坦丁堡被捉拿充当苦役犯。在这种残酷无情的教训中，他的理论破产了，老实人也从切身的境遇中觉醒起来，从而发出"地球上满目疮痍，到处都是灾难"的哀叹。老实人耳闻世事，足及全欧，历尽无限的辛酸苦难，最终才确信世界并不"尽善尽美"。通过这些情节的描写，体现了作者对"先天和谐论"的有力批判。

当时的欧洲，唯心的乐观主义哲学盛行。莱布尼茨、波林勃洛克、蒲伯等人都是"一切皆善"哲学的鼓吹者。他们认为，恶是暂时的，善是永久的。他们声称："须知善恶相生，没有一种恶不会产生出一点善的结果来。"伏尔泰通过老实人、邦葛罗斯等人的苦难历程，对当时现实的黑暗与丑恶作了醒人耳目的描绘，这不仅嘲笑了乐观主义哲学的盲目性和虚幻性，而且也批判了这种哲学给人们精神造成的麻痹作用，进而指出它的实质乃是另一种形式的愚昧主义，完全是为维护现存的封建秩序和巩固反动专制服务的。伏尔泰主张启迪人们的智慧,谋求新的变革。启蒙主义是小说的思想基础,也是它的灵魂。

在小说里,作者对封建专制制度和反动的宗教势力作出了无情的抨击。欧洲各国的权贵们骄奢淫逸,作恶多端,特别是利用反动教会,用唯心论愚弄民众。1755年,欧洲发生大地震,里斯本惨遭毁坏,广大人民的生命财产蒙受巨大的损失,但是教会人士却用"上帝对人类惩罚"的谎言来恐吓群众。作者通过对里斯本举办功德会,以人祭禳解地震这一场景的真实描绘,有力地揭露了专制制度的黑暗与宗教势力的猖狂。平白无辜的活人被烧死了,但祈求并不奏效,地震照样发生,这是对教会神权邪说的绝妙讽刺。作品启示人们:自然规律是不被人类的善恶观念所驱使的,自然界对人类造成的重大灾难,决不应看成是神祇对人类的惩罚。宗教势力有意利用自然灾害戕害人命,用唯心论自欺欺人,令人愤慨。这样,不仅使小说富有启蒙的特色,而且还具有血泪控诉的性质。

伏尔泰在描述封建专制势力甚嚣尘上之时,已经隐约地预示了它那日薄西山的厄运。人们看到:在一家小旅店里,老实人巧遇六个丢失了王位的国王,有的先前"铸过钱币",而今落得"囊无分文";有的外表"乔装取笑",实际上靠赊贷度日,正在等候发落处置;有的一度专横跋扈,如今成了"听天由命"的可怜虫。这种种穷形丑相,简直就是一幅幅封建阶级必然没落命运的自画像。

在小说的第十七、十八章里,伏尔泰表达了自己的社会理想。他让笔下的主人公漫游到神话般的"黄金国"。在这个国度里,人们自由自在,丰衣足食。国王英明有为,民众虔诚和睦,地上的泥沙石头都是黄金。这个极为模糊的理想体现了伏尔泰对人类合理社会的向往,具有积极的进步意义。但是,作者对于达到这种理想境界的道路的描述是虚幻的。小说没有启示人们如何摧毁旧的国家机器,去创建新的美好世界。"黄金国"的四周都是悬崖绝壁,道路崎岖艰险,仿佛只能凭借一种特殊的机器才能进出,使人感到可望而不可及。这里提供的这种理想社会,是作者开明君主制的形象化的图解,诚如恩格斯所说,"正是资产阶级理想化了的王国"。

这部小说的思想结论是劳动。"工作可以使我们免除三大害处:烦闷、纵欲、饥寒。"主人公老实人最后找到劳动生活,他既不相信乐观主义哲学,也不接受悲观主义理论,确信创造性的劳动是诊治精神创伤,改善人们生活的惟一途径。因此,他与贵族小姐居内贡结婚,并与同伴们结成"小团体",共同筹划买下一份土地,耕耘播种,辛勤操作。在这种生产劳动的实践中,乐观主义者邦葛罗斯觉醒了,他深感"荣华富贵,权势地位,都是非常危险的"。悲观主义者玛丁也感到:"惟有工作,日子才好过。"小说的最末一句名言:"种咱们的园地要紧。"这是伏尔泰对社会出路探索的总结。

诚然,在18世纪的欧洲,凭借这种埋头工作,独善其身的途径,不可能彻底消除人类社会的弊病;但是,作者能把劳动当作一种归宿,正体现了新兴资产阶级的务实、进取精神。

在艺术上,《老实人》具有哲理小说的特点。作者并不着意于多方面描画人物的性格,而注重如何更有效地表达自己的思想。伏尔泰匠心独运,能以主人公奇惊险的游历为线索,以欧洲各国的社会生活为场景,大故事中又套以小故事,组成串联式的情节结构,广泛地展现出当时欧洲社会的全貌。在这种五光十色的画面里,人物的奇闻巧遇层出不穷,时而厄运来临,令人惊骇;时而绝处逢生,转危为安。这一切,从表面看来,荒诞不经,但在荒诞之中蕴藏着严肃的思想,富有深邃的哲理。

作者还巧妙地运用讽刺艺术,使小说充满诙谐揶揄的情趣。作者运用戏谑的笔调,给人们创造了几个略带讽刺意味的人物形象,如天真顺和的老实人,盲目乐观的邦葛罗斯,悲观厌世的玛丁,都是一批性格奇特,既可笑又可怜的人物。伏尔泰并没有声色俱厉地训斥他们,也没有对他们进行抽象的政治说教,而是让笔下的人物投身到生活的漩涡中去,在种种无情的磨难中去鉴别哲学理论的真伪,判断现实的是非善恶。通过人物的自譬自解,自欺自慰,把人物性格的畸形、思想的病态——揭示出来,从而达到嘲讽揶揄的目的。

小说中很多描写,夸张滑稽,近似漫画笔法,又有笑话的色彩。伏尔泰并不想让人们相信笔下情节的真实性,而是力求让读者透过虚构的情节,洞察出其深刻寓意,使若干无稽的笑料,转化为愤世嫉俗的投枪,上升到新的哲理高度。

伏尔泰的讽刺艺术,继承了拉伯雷冷嘲热讽、嬉笑怒骂的艺术传统,吸收了塞万提斯委婉取笑的手法,又在新的历史条件下加以革新创造。他能将人物思想的天真可笑和现实境遇的残酷可怕骤然对照,以虚论实,因内而符外。他以轻描淡写的笔墨,横扫封建专制的恶习;以言简意赅的对话,阐明其启蒙的哲理;将诙谐溶于说理之中,使轻松幽默的情调和深邃隽永的哲理融为一体,因而使他的哲理小说具有较高的思想意义和艺术价值。

(丁子春)

卢 梭

新爱洛漪丝

第 一 卷

第二十三封信

致 于 丽

　　本来需要长年考察研究的一个地区，我只花了不到八天就周游到了；但除了风雪在驱逐我之外，我还想在信差到来之前赶回来，我希望他给我捎来一封您的信。还没有等到您来信，我就开始写这封信，等接到您的信以后，如有必要，我再写第二封来作答复。

　　这里我不向您作关于我旅行见闻的详细报告，我已经写了一篇纪行，我打算亲自带给您。我们的通信应当用来写彼此最密切相关的事情。我只想对您讲讲我内心的情况；向您报告用您的财产所做的事是应该的。

　　我是怀着对自己的痛苦感到悲哀以及对您的快乐感到安慰的心情出发的；因此我处于某种颓丧郁闷的境地，这对于一个多愁善感的心不是没有魅力。我步行徐徐攀登相当崎岖的山径，我请了一个人当向导，在整个行程中，我发现他与其说是个雇工，倒不如说是个朋友。我本想耽于沉思，但总是被一些出乎意料的风景转移了我的思想。一会儿是倒坍的硕大无朋的岩石耸立在我的头顶之上。一会儿是高悬、喧腾的瀑布以浓雾笼罩了我。一会儿是一股永恒的激流在我的身旁展现出一个深不可测的深渊。有好几次我惘然走进一个茂密的森林的幽暗里。有几次我从一个山洞中出来，一片喜人的草地突然使我的目光感到十分舒畅。未经开辟的大自然和已开发的大自然那惊人的混合到处显示出人们的巧手，那儿人们本来以为是人迹未曾到过的地方：在洞穴近旁可以发现房屋；在本来以为只有荆棘丛生的地方可以看到葡萄棚，葡萄树生长在粗耕的土地上，优良的水果长在岩石上，悬崖下还有耕地。

使这片古怪的土地如此奇妙地对比分明，那不仅是人力的结果，大自然仿佛也乐于插一手，促成它与自己相对抗，人们在同一地方可以看到有不同的面貌：东边布满着春天的花，南边是秋季的果实，北边是冬季的白雪；大自然在同一时刻联合着一年四季，在同一地方有一切气候，在同一片土地上有相反的土壤，把其他各地的平原和阿尔卑斯山的物产联合为一种陌生的和谐。这一切如果再加上视力的错觉、不同光照的山峰、阳光与阴影的乍明乍暗，以及朝夕不同光线的晦明变化，您便能得出即使我不断为之赞叹并感到置身于一个真正舞台的连续场面的若干概念：因为垂直的山峰的景色能一下子和强有力地映入眼帘，这就强于平原的景色，平原只能倾斜地映入眼帘，只能看到个斜面向远处伸展，不能一览无余。

在第一天，我觉得恢复了心的平静，我认为那是气象万千的美景的结果。我赞美那最无感觉的物体对我们最活跃的激情所具有的控制力，我还蔑视不能像一系列无生命的东西那样影响人们灵魂的那种哲学。然而这种平静状态持续了一夜，第二天又增强了，我便很快断定这里还有我不认识的一些其他原因。这一天我来到了最低的山上，然后我跑遍了高低不等的山头，又登上了我力所能及的最高山巅。在云雾中漫步了一阵，随后到达了一处晴朗的地方，从那儿夏季可以看到雷电和暴风雨在下方形成；哲人心中太虚构的图像从来没有那样的实例，要么只存在于人们拿来作为象征的那些地方。

就在这里，在我所处的清新空气里，我恍然意识到我情绪起了变化，以及长期丧失了的内心宁静得以恢复的真实原因。的确，这是所有的人都能感到的普遍印象，不过并非大家都能注意到，即在空气纯净的高山上，人的呼吸感到更容易，身体觉得更轻松，脑筋也更灵活；肉体方面的快乐较不热烈，激情更能节制。那儿沉思采取我说不出的某种与我们目击的物象相应的崇高伟大的性质，带有我说不出的某种没有刺激和肉感的平静的快乐。人们在上升到人寰以上的天空时，仿佛把一切低劣的和尘世的感情都抛弃了，而且随着接近于苍天，人们的灵魂也沾染到了天上永恒的纯净。人们到那儿会变得严肃而不忧郁，平静而不慵懒，既乐生又多思：一切太强烈的欲念淡化了；使人感到痛苦的那种尖锐性消失了；在心头中剩下轻松愉快的感觉；这便是舒适宜人的气候使在别处感到苦恼的激情能够造福于人。我认为，常住在这种地方，任何强烈的激动、任何忧郁症都能烟消云散；我奇怪，有益健康和良好的山间空气的沐浴何以不能成为医疗上和精神上的灵验的药方：

> Qui non palazzi，non teatro o Ioggia；
>
> Ma′n lor vece un′abete，un faggio，un pino，
>
> Trà l′erba verde e′l bel monte vicino
>
> Levan di terra al ciel nostr′ intelletto. ①

请设想一下我方才给您描写的印象并加以综合，您便可获得我现在愉快的心境的若干概念。您可想像，千百种惊人的景色的复杂、伟大、美丽；想像在自己周围所看到的都是些崭新的东西，奇异的禽鸟、稀有的和不认识的植物以及观察那可以说是另一个世界并置身在一个新的世界中的快乐。所有这些对眼睛形成一种无法形容的混合，它的魅力还由于空气的清新而增大，空气使色彩更鲜明，线条更清晰，使所有的观点接近起来；距离比在平原上显得更小，平原上空气浓厚，给土地蒙上了面纱，地平线使眼睛看到更多的事情，好像容纳不下似的；总之，这里的景色有种说不出的神奇、超自然，它能悦人心目，使人们忘掉一切、忘掉自己，也不知身在何处。

如果我在与当地居民的交往中没有体会到一种更甜蜜的乐趣的话，我便会将旅行的全部时间都花在揽胜这惟一的快乐上。您将在我用淡淡的笔触所作的描绘中看到他们风俗的淳朴、心灵的稳健以及那种安详的宁静，他们感到幸福是因为排除了痛苦而不是因为要品尝快乐。但我所不能给您描写和人们难于想像的是：他们那无私的仁爱，还有他们对待一切出于偶然或者好奇心而来到他们那儿的他乡人的那种好客的热情。我便是个突出的证明。没有一个人认识我，我来这里仅仅靠向导的帮助。当我夜里到达一个村子时，每人都殷切地给我提供他们的房屋，以致我感到选择为难；而被选中的那一家显得那么高兴，我最初把这种热诚看成是由于贪欲。可是当我把房东家吃住几乎当作住旅店后的第二天，房东拒绝收我膳宿费，甚至对于我付钱还感到是冒犯了他，我便感到很惊讶；以后到别处去也是一样。这样看来，那是纯粹好

---

① 不是宫殿、亭榭、剧场，而是橡树、黑松树、山毛榉从绿草上高耸在山巅，它们仿佛连同树尖把人的眼睛和思想带着直上云霄。（彼特拉克）（意大利语）

客的热诚(通常是温和胜过活泼的),我却把它的热诚当作是企图获利。他们的无私是如此完满,以致我在整个旅程中竟找不到地方投放一个巴搭贡①。的确,在这样的地方,房主不收他们招待花费的钱,仆役不收他们服务的钱,到处找不到一个乞丐,那么钱能用在哪儿呢?然而金钱在上瓦莱是非常希罕的,但正因此那儿的居民生活很宽裕:因为货物很充足,又不向州外销售,州内消费不奢侈,山地的耕者把劳动视为乐事,因而不减勤劳。假如他们有更多的金钱,他们将必然变得更穷苦;他们很聪明,有这样的认识,所以这地区虽有金矿,但他们禁止开采。

这些习俗与下瓦莱的相反,在对比之下,我起初感到非常惊讶,下瓦莱处在通意大利的路上,人们相当厉害地敲诈来往过客;在同一民族里那如此不同的情况,我很难理解。一个瓦莱人向我解释这种道理。他说:"在山谷地带来往的都是些商人和其他专门从事交易牟利的;他们留下他们获利的一部分给我们是公道的,我们对待他们像他们对待别人一样。但在这里,没有什么生意可吸引外地人,我们确信他们旅行不是为了牟利;我们接待他们也是这样。来访问我们的都是客人,因为他们喜欢我们,所以我们也以友谊接待他们。"

他又笑着补充说:"此外,这种接待花钱不多,很少有人想靠它得利。"我答复他说:"啊!我同意;在为了生活而不是为了获利或炫耀而生的民族里我们该怎么办?幸福的和真正的人,我确信,要在你们中间优游,我们至少总得跟你们有些相似才行。"

在他们的接待里,我觉得最愉快的是他们和我双方都没有丝毫拘束:他们在他们屋子里生活仿佛没有我在场似的,我在那里也我行我素,好像只有我单独一人似的。他们毫不理解要向陌生人表示敬意的那种讨厌的虚荣心,好像为了向他表示自己是主人,至少这一点得服从他。假如我不表示意见,他们便认为我愿意照他们的方式生活;如果我只消说一句想照我的方式生活的活,我绝不感到他们会有丝毫反感或惊奇。在知道我是瑞士人以后,他们对我讲的惟一的恭维话是:我们是弟兄,我在他们中间应当像在自己家里一般;这以后他们对我的行为不再进行什么阻挠,甚至不再认为我对他们照顾的真诚抱有丝毫怀疑并对享受他们的供应感到丝毫不安了。他们彼此之间的关系也

① 当地的古钱币名。

235

同样单纯：儿童达到了懂事的年龄，就可同他们的父亲平起平坐；仆役跟他们的主人同桌吃饭；同样的自由统治着家庭，也统治着共和邦，家庭便是国家的缩影。

我惟一不能痛快享受自由的事是吃饭时间的过度延长：如果称我的心，我完全可以不参加一同吃饭；但既然参加了，那就得留在那里大半天，还要喝很多酒。能想像一个男子，而且是个瑞士的男子而不爱喝酒的吗？说实在的，我承认好酒是美好的东西，我也不讨厌贪杯，只要没人强迫我。我始终注意到虚伪的人是不喝酒的，而对宴饮有很大保留的多半表征一种虚伪的习俗和双重人格。一个心地坦白的人较少害怕大醉前的热情唠叨和亲切的交心；然而应当适可而止、避免过分。这在我却很难办到，因为有那么坚决饮酒的瓦莱人，又有当地那么烈性的美酒，而且桌上从来见不到水来搀酒。我怎么敢于如此傻乎乎地戏弄清醒者和使如此好心肠的人生气？因此我出于感激而酒醉；而且既不能用我的钱包来交付我的份子钱，我便用我的理性来偿付。

另一种习俗使我同样感到尴尬，那便是在席上有太太和女儿们像仆役般站在我椅子背后服侍，甚至在做官人家也一样。法国人对女性的殷勤也许会为补救这种失礼而伤脑筋，尤其像瓦莱妇女，即便是女仆的容貌，她们这样服务令人心神不安。您尽可相信我，在我眼里她们都很美丽，而我是看惯了您的，所以我审美的眼光是不含糊的。

像我这样对于自己居留地方的习俗的尊敬更甚于对妇女献殷勤的习俗的人，我平静地接受他们的服侍，我那一本正经的态度就好像堂·吉诃德在公爵夫人家里一般。我有几次拿座上客的大胡子和粗鲁的神气同那些年轻胆怯的姑娘的耀眼的容颜作对比而逗人发笑，只消一句话就会使她们脸红，因而越发显得可爱。然而她们魁梧的胸脯我不免有些反感，它们白皙得耀眼，它们的一个优点我敢用惟一的、兜着纱的模特儿——它的线条我曾悄悄地观察过，为我勾划出了那以世界最美丽的胸脯作模型的著名的杯子的轮廓①——作比拟。

当您发现我对于您掩藏得很好的秘密知之很详时，可不要感到惊讶：我这样做有违您的本意；一种感觉有时可以启发另一种感觉；不论怎样小心翼

---

① 斯巴达的传说中的公主、著名美女海伦（Hélène）曾把一只以自己的胸脯为模型雕成的琥珀杯奉献于希腊罗德岛上的雅典娜神庙。——译注

翼的提防,最审慎的组合总会露出些微小的隙缝,视线透过它们可以起到直接接触的效用。贪婪而大胆的眼睛不受惩罚地暗暗窥视花丛下的花束;它在花束和罗纱下徘徊,让手掌感到它所不敢碰的那弹性的抵抗。

> Parte appar delle mamme acerbe e crude;
>
> Parte altrui ne ricopre invida vesta,
>
> Invida,ma s'agli acchi il varco chiude,
>
> L'amoroso pensier già non arresta.①

我也注意到瓦莱州女人服装方面的一大缺点:连衣裙的背后太短,看起来像是驼背;这样打扮连她们小而黑的头饰以及服装的其他部分形成一种奇特的模样,不过实在说来,它既不缺乏简朴,也不缺乏优雅。我带给您一套瓦莱妇女的服装,希望您穿的合身;它是照本地体态最匀称的姑娘的身材缝制的。

正当我兴高采烈地遍游这鲜为人知和值得欣赏的这些地方时,我的于丽,您到底在做些什么?难道您的朋友会把您忘怀吗?于丽能被忘怀!这还不如说忘怀我自己?我是只依附于您而存在的,那么我能须臾离开您而独存吗?我从来不曾更清楚地注意到,我凭自己的本性在不同地方按我的心情来安排我们共同的生活。当我悲哀时,生命往您那边躲避,到您所在的地方寻找安慰;这就是我同您离别时体会的情况。当我快乐时,我也不能独自享受,为了同您分享,我招呼您到我这儿来。这便是整个这次旅游所发生的情况,这时各式各样的景象纷纷呈现在我心头,我引导您到处跟着我。不是我们一起走,我便一步也走不动。一处风景在我不曾急忙向您指点时,我决不去欣赏它。我遇到的所有的树木都荫蔽过您,所有的草地都充当过您的坐席。有时候,我坐在您身旁,我帮助您浏览各种景物;有时候,我站在您脚边,我欣赏着一处更宜于善感的人静观的美景。遇到路上有障碍时,我看您轻盈地跳了过去,像小鹿跟在它母亲后面跳越一样地轻快。需要穿过一处激湍时,我大胆把一个如此可爱的身体紧抱在我的双臂里,我极愉快地慢慢越过激湍,同时看到快要踏上的道路而深感惋惜。在这平静的地方,大自然动人的景物,未经污染的清新

---

① 她那弹性而结实的乳房隐约可见:一件遮羞的衣服有名无实地掩蔽着那大部分;爱慕的欲望比眼睛更为尖锐,穿过一切障碍侵透到里面。(塔索)(意大利语)

的空气,居民淳朴的习俗和他们平和而可靠的智慧,姑娘们可爱、腼腆和天真的优雅,这一切都使我想到您,愉快地映入我眼帘和心灵,描绘出了我到处追求的那人的情影。

我满心激动地对自己说:"我的于丽啊!我怎么不能在这人所不知的地方同你一起度过我们的岁月,欢庆我们的幸福而不管人们的看法!我怎么不能在这里把我的心集中于你一人身上,并使自己成为你的天地!我崇拜的爱,那时您将享受到应享受的敬爱!至乐的爱情,到那时我们的心灵将永远享受到您了!长久和甜蜜的陶醉将使我们忘却岁月的流逝,当年龄终于稳定了我们初期的热情,共同的思想和感受将在它的激情之后继之以同样温馨的友爱。年轻时代培养的一切真诚的感情连同爱情一起,有一天将充满广漠的空间;在这幸福的民族中间,我们将以它为榜样,实践人间的一切义务;我们将永远结合着好好工作,不充分生活够决不与世长辞。"

邮车到了;必须结束我这封信并跑去领取您的信。到这会儿我的心跳得多厉害!唉!我在幻想中是幸福的;我的幸福与幻想同在;现实将对我怎样呢?

第六十二封信

格兰尔致于丽

可爱的表妹,我对你莫非永远必须只能尽友谊的最悲苦的义务?在我苦痛的心里,莫非永远必须拿残酷的消息来伤你的心?唉!我们的一切感情都是相同的,这你很明白;我只能把我已经感觉到的新的痛苦告诉你。我怎么能向你隐瞒你的不幸而不使不幸增加!亲密的友爱怎么没有像爱情那样温馨!啊!但愿我能迅速地消除我给你的一切愁思!

昨天在音乐会后,你的母亲由你的朋友搀着,你由陶尔勃先生搀着回家,我们的两个父亲同爱多阿尔阁下留着谈论政治,这个题目我很感厌烦,我便躲进了自己的房间。半小时以后我听见好几次提到你朋友的名字,声音相当激烈,我知道谈话转换了题目,于是我提起了耳朵听。从谈话的过程中,我猜测出爱多阿尔阁下自告奋勇地建议使你跟你朋友(他坚决地称他为自己的朋友)结亲,而且他以朋友的身份提供一种适当的安排。你的父亲轻蔑地拒绝了这个建议,于是在这问题上谈话开始激烈起来。爱多阿尔阁下对他说道:"您要明白,不管您抱什么成见,他是众人之中最配得上她的,而且也许最能使她幸福的,他具有一切不依赖于人而得之自然的天禀,再加上他自身求得的一切才能。他年轻、高大、漂亮、强健、机灵;他饱学、善良、正直、勇敢;他才思敏捷、心地善良;这么看来,要得到您的同意,他还缺少什么呢?缺少财产吗?他会有的。我的三分之一的财产就足够使他成为伏州①最富有的人;如果需要,我甚至可以把财产分给他一半。贵族身份吗?这在一个它的害处多于益处的国家里是种无用的特权。不过您不必怀疑,那种身份他还是有的,它不是用墨水写在贵族证书上,而是用不可磨灭的字刻在他心底的。总而言之,假如您爱好理性胜于爱好偏见,而且假如您爱自己的女儿胜于爱您的爵位,您就应把她嫁给他。"

这时你的父亲勃然大怒。他把这种建议看做是荒谬的和滑稽的。他说:"什么!阁下,像你这样有荣誉的人居然认为一个名门望族的小姐可以辱没门庭下嫁给一个无家可归并靠人家周济的无名小卒?……"爱多阿尔阁下打断他说道:"请您住口,您在说我的朋友,请记住,当我面说的一切侮辱他的话,我认为都是对我说的,而对一个有荣誉的人发出的咒骂,对于说这话的人倒更合适些。这样的无名小卒要比全欧洲所有的贵族更可尊敬,我相信您未必找得到比获得人家尊敬和友谊更为光荣的方法去发财致富。如果我建议的女婿像您一样把一整串多少有些暧昧的祖先不算的话,他将是他家的基础和光荣,正像您的始祖成为基础和光荣一般。那么您家的家长的联姻您将认为有辱门庭,而这蔑视能不影响到您自身吗?如果人们只考虑那些由一个可敬的人开始的名字的话,那么有多少响亮的名字将被人家忘却!用现在来判断过去,每天总有上千个坏蛋为他们家夸耀门楣,而只有两三人用诚实的手段扬名;那么这种为其子孙引以为如此值得骄傲的贵族头衔,除了他们祖宗的盗窃和卑鄙之外,又能证明什么呢②?我承认在平民里有许多不道德的;但我可以打赌,二十个贵族中间肯定有一个是骗子手的子孙。如果您愿意,我们可以

---

① 伏州:瑞士西北一州名,南滨莱芒湖,西与法国接壤。——译注

② 贵族证书在本世纪已很稀少,据所知,似乎至少有过一次,至于用金钱获取和人们用捐税买到的贵族头衔,其中最可尊敬的我认为是不被绞死的特权。——卢梭原注

不去谈出身,让我们衡量个人的优点和作用。您曾在一个外国亲王那里当兵;他的父亲则为祖国无报酬地当兵。如果您服务得好,您得到了很多酬劳;不管您在战争里获得了荣誉,一百个平民却比您获得的更多。"

爱多阿尔阁下继续说道:"那么您如此引为骄傲的贵族出身有什么光荣?它对于国家的荣誉或人类的幸福有什么用?法律和自由的不共戴天的敌人,在它大放光彩的那些国家的大多数,除了专制的势力和对人民的压迫之外,还能产生什么呢?在一个共和国里,您敢于以毁灭道德和人性的阶层、以每人夸耀奴隶制和羞于做人的阶层为光荣吗?请看看您国家的年鉴①:您的阶层对国家的贡献是什么?在它的解放者中间有哪些是贵族?费尔斯特、退尔、斯托法歇②等人都是贵族吗?那么你们大吹大擂的那荒谬的光荣到底是什么呢?它只服务于一个人,而对国家则是个负担。"

亲爱的,你看,这个诚实的人本意是想为朋友的利益服务,却由于不识大体的粗鲁而帮了倒忙,我看了真痛心。果不其然,被虽属一般却十分尖刻的抨击所激怒,你的父亲便开始用人身攻击作反攻。他明白无误地对爱多阿尔阁下说,像他这样身份的人决不会说出方才那样的话来的。他以粗暴的声调补充说道:"请不必徒劳地为别人的事辩护,不管您是多大的大人物,我不相信您在这个问题上自己能成功。您替您那所谓的朋友为我的女儿做媒,却不知道您自己对她是否有好处;我相当熟悉英国的贵族身份,根据您的谈吐,我对您那种身份却不敢恭维。"

爱多阿尔阁下说道:"得了!不管您把我看做什么人,我都无所谓,但使我非常遗憾的是,除了那五百年前已死了的人的价值而外,我没有其他可以证明我的东西。如果您知道英国的贵族身份,您就会知道它是欧洲最开明、最有教养、最聪明和最英勇的;此外,我不需要去探讨它是不是最古老的,因为在谈论它现在的情况时,那就与它过去无关。的确,我们决不是国王的奴隶,而是他的友人;不是人民的暴君,而是他们的长官。我们是自由的保证、国家的栋梁和王位的支柱,我们成为人民和国王之间不可战胜的平衡力量。我们第

---

① 这里有许多不正确之处。伏州从来不是瑞士的一部分;它是伯尔尼人的战利品,它的居民既不是公民,也不是自由人,而是臣民。——卢梭原注

② 他们都是 14 世纪初起义反抗奥地利统治、争取瑞士独立的战士,是民间传说中的英雄。——卢梭原注

一个责任是对于民族的,第二个责任是对于它的统治者的,但我们考虑的不是他的意志而是我们参议的他的法制。贵族院里的司法大臣们,有时甚至那些立法者本人,既对人民同时也对王国承认他们的合法权利,我们决不承认人家所说:上帝是我的宝剑,但是我们仅仅承认:上帝是我的法律。"

他继续说道:"先生,这便是我们的贵族身份的可贵之处,它是古老的,但更可贵之处是在它的功绩而不在它的祖先,您虽谈论它而并不了解。我在这著名的行列里决不是最后的一名,不管您怎样瞧不起,我相信我在一切方面都不会不如您。我有个待字的妹妹,她出身贵族,她年轻、可爱、富有;她只有在您当作无所谓的精神品质上不如于丽。那个人钟情于于丽,假如能将他的目光和心灵转移到别人身上去,那我将万分荣幸地把这个一文不名和建议把他作为您的女婿并提供我一半财产给他的人作为我的妹丈"!

从你父亲的反驳里,我知道这场谈话只能使他激怒;我虽然对于爱多阿尔阁下的宽宏大度的襟怀充满了敬意,但我觉得像他这样态度生硬的人,只能使他经办的谈判彻底遭殃。因此在事情没有闹到不得开交前,我赶快回到那里。我一走进去,我们的谈话就中断了,过一会儿后大家相当冷淡地分别了。至于我的父亲,我认为他在这场争执里表现得很好。起初他热心地支持那建议;可是当他看到你父亲对此完全听不进去而争论开始激烈起来时,他理所当然地转到他内兄一边,并及时用调解的话来打断他们俩的话,使谈论限制在适当的范围,如果让他们俩单独相对,很可能会超过这范围。当客人们走后,我父亲把经过的情形对我讲了;因为我预见到事情将来发展的结果,便对他说,事情既已到了这地步,再不宜让当事人如此频繁地跟你在我们家会面,假如这对于作为他的朋友的陶尔勃先生不成为一种冒犯,那干脆不要再来;不过我可以请他少带他来,还有爱多阿尔阁下也一样。我的亲爱的,为了使他们俩不致在我家完全吃闭门羹,这是我所能做到的一切。

但这还不是事情的全部;我看到了对于你的危机,迫使我回到我以前的意见上来。爱多阿尔阁下和你的朋友的纠纷正如大家所料,在城里引起了热烈的议论。虽然陶尔勃先生保守着争执原因的秘密,但太多的迹象使秘密无法继续隐藏不暴露。人家在怀疑,在猜测,在提起你的名字;看守人居埃的泄露没有很好地堵住,所以人家还在提起,你也能明白,在群众眼睛里怀疑的事实总是近乎确凿的事实了。所有可以告诉你并叫你安慰的是,大家一般都赞成你的选择,并且乐于看到一对如此可喜的配偶的结合,这就为我证明,你的朋友在这儿人缘很好,大家几乎跟你一样喜欢他。然而舆论对于你那顽固的父亲有什么用?所有那些流言正在传到、或快要传到他那里,因此我为他们可能产生的结果深感害怕,如果你不赶快防备他的发怒。你必须从他那里期待一场为你自己的可怕的解释;也还可能对于你朋友的更糟的解释;我倒不是认为他那样的高龄会愿意跟一个他不认为值得与他决斗的年轻人较量,但他在城里掌握着提供给他的权力,只要他高兴,他将有上千种方法对你的朋友不利,而且还要怕他的忿怒将使他存心要收拾他。

我亲爱的朋友,我跪着请求你多想想包围着你的危险,它的险情正在时时刻刻增长。在这一切中间至今有种出奇的幸运拯救了你。当时间还来得及时,小心隐藏起你的爱情,也不要过度信赖幸运,以免它把那造成幸运的反而拖你进不幸中去。相信我,我的天使,未来是不确定的;随着时间的推移,许许多多的事件可以提供出乎意料的办法;但是就现在说,我已对你说过而现在更要对你重复强调说:离开你的朋友,否则你会完蛋。

(选自《新爱洛漪丝》,伊信译,

商务印书馆 1990 年版)

《新爱洛漪丝》导读

在 18 世纪法国启蒙思想家和文学家之间,让·雅克·卢梭是最富传奇与浪漫经历的一位。卢梭生于日内瓦一个钟表匠家庭。自幼丧母,在父亲的指导下,从小读了很多书,其中对他影响最大的是普鲁塔克的《希腊罗马名人传》,那些古代的历史人物使他"形成了自由思想和民主精神,以及不愿忍受奴役和束缚的骄傲性格"(《忏悔录》)。

由于父亲负债出走,卢梭 10 岁就寄人篱下,14 岁被迫外出谋生。在漂泊流浪的生涯中,他饱尝了生活的艰辛,感受到世态炎凉和人间的不平等,也从瑞士和法国山区绮丽迷人的自然风光里,陶冶了旷达乐观的思想情操,铸炼了热爱和顺从大自然的浪漫主义气质。

从 1732 年开始,卢梭在贵族命妇华伦夫人的帮助下,潜心学习音乐、数学、天文、地理,系统钻研唯物主义哲学,获得了渊博的知识。1741 年他带着自己发明的音乐简谱来到巴黎,面呈法兰西学士院,却遭到迂腐学者的拒绝。他只好以抄写乐谱为生,同时应启蒙思想家狄德罗之约,为《百科全书》撰写音乐方面的文稿。1749年,他应征写了《论科学与艺术》一文,翌年获奖,名声遂传遍了法国。《论人类不平等的起源和基础》(1755),惊世骇俗的激进思想使卢梭获得了更高的声誉。1756 年至 1762 年,卢梭隐居在巴黎郊外的森林别墅专心写作,先后出版了《新爱洛漪丝》(1761)、《社会契约论》(1762)、《爱弥儿》(1762)等三部重要作品,系统表达了他的资产阶级自由、民主、平等和"天赋人权"思想。为了表明一个平民思想家的人格尊严,回击统治者的攻击和污蔑,从 1765 年开始卢梭着手撰写他的著名自传体小说《忏悔录》,之后又写下续篇《一个孤独的散步者的遐想》。由于身心遭到强烈刺激,加上生活动荡不安,健康状况日益恶化。1778 年 7 月 2 日,他怀着悲愤的心情离开了人间。1794 年,法国人民为了纪念这位资产阶级革命思想的先驱,将他的遗体移葬法国伟人公墓。

《新爱洛漪丝》是卢梭著名的书信体小说。它的全称是《于丽,或新爱洛漪丝——阿尔卑斯山麓一小城中两个情人的书简》。爱洛漪丝是法国 12 世纪一位贵族少女,她和她的教师、哲学家阿贝拉尔彼此相爱,却不能公开结婚,最终酿成爱情悲剧。卢梭借用这个中世纪的爱情故事,展现了 18 世纪法国现实生活中新的爱情悲剧。

《新爱洛漪丝》写的是贵族小姐于丽和平民出身的家庭教师圣·普栾相恋的故事。于丽的父亲是个封建等级观念极深的贵族,坚决反对这一对情人的结合。于丽起初听从自己的心声,委身于圣·普栾,后又屈服于父亲的意志,嫁给了比她大20多岁的俄国贵族伏尔玛。圣·普栾不得不离开了于丽。于丽婚后向丈夫坦白了与圣·普栾的恋情,伏尔玛不予追究,甚至将圣·普栾请到家里教育自己的子女,以表示对他们的信任。于是这对情人又久别重逢,朝夕相处,但他们极力抑制内心的感情,双方都为此而深感痛苦。一次于丽的儿子不慎落水,于丽投身水中去救他,母子虽被救起,但于丽从此一病不起。临终前她再次向圣·普栾吐露了心中的爱情,并将孩子托付于圣·普栾。

很显然,卢梭在这部小说中表达了他强烈的反封建思想。他通过于丽的悲剧抨击了封建等级制度和封建门阀观念。在卢梭笔下,圣·普栾是一个品学兼优、才貌双全的知识分子。就其人格和品性而言,他比周围的贵族青年优秀得多,但那个社会环境只承认高贵的血统和贵族头衔。于丽的父亲岱当惹男爵就是一个典型的封建卫道者。他顽固地认为,自己的女儿下嫁平民"有辱门庭",因此无情地拆散了这一对真诚相爱的情侣。卢梭在小说第一卷第62封信里,通过爱多阿尔爵士之口痛斥岱当惹男爵的等级偏见,大胆否定了贵族头衔和贵族荣誉的作用:"这种为其子孙引以为如此值得骄傲的贵族头衔,除了他们祖宗的盗窃和卑鄙之外,又能证明什么呢?我承认在平民里有许多不道德的;但我可以打赌,二十个贵族中间肯定有一个是骗子手的子孙"。卢梭对贵族阶级发出如此激进的抨击,在18世纪的法国确是一件胆大妄为的事。

从哲学角度看,《新爱洛漪丝》是卢梭"天赋人权"和"返回自然"思想发展到成熟阶段的标志。整部小说充满了"自然道德"与"社会道德"的哲理冲突。卢梭认为,人生来是有感情的,感情是自然赋予的,依照自然法则产生的感情完全符合正当合理的"自然道德"。因此,"真诚的爱情的结合是一切结合中最纯洁的",圣·普栾"完全应该得到于丽的爱情"。可是,由于封建专制制度和人身依附关系,家庭里有"暴君式"的家长,国家里有"家长式"的暴君,纯洁无瑕的"自然道德"被染上了等级偏见的色彩,变成了以父母意愿、家庭出身、财产地位来决定终身的所谓"社会道德"。男女双方对爱情没有选择的权利,"自然道德"必须服从"社会道德"。卢梭从人道主义立场出发,歌颂和肯定了于丽和圣·普栾合乎"自然道德"的爱情,揭露和批判了封建贵族践踏"自然道德"、摧残人性的罪恶行为,使这部作品透发出深刻的哲理意义和人道精神。

应当指出,尽管卢梭赋予他的主人公某种反封建意识和抗争精神,但由于整个小说立足于资产阶级个性解放要求,这种抗争毕竟显得很脆弱、很有限。于丽和圣·普栾起初害怕舆论非议,不敢公开自己的爱情;当封建家长逼迫他们分离时,虽有爱多阿尔爵士为他们提供避难场所,让他们到英国的领地去谋生,但于丽没有勇气与封建家庭决裂,以致最终违背心愿,顺从父命嫁给了伏尔玛。婚后于丽也是竭力以"贤妻良母"的道德规范要求自己,压抑内心对圣·普栾的炽热感情。正如她临终前所说:"上帝保卫了我的名誉,也预告了我的不幸,未来的事谁又能担保呢?再活下去我也许就有罪了!"可见,于丽把名誉和贞操看得比爱情和生命更重要。圣·普栾虽在很多场合表达了对于丽脆弱性格的不满,但也无力帮助于丽挣脱封建家庭的锁链,最后也是一切按礼教和规范办事,成为维护封建道德和贵族荣誉的"完人"。这些反映了卢梭所生活的时代,法国封建贵族势力仍然十分强大,资产阶级革命的烈火尚未燃烧起来,但革命风暴的到来已是不可避免的了。

《新爱洛漪丝》具有很强的艺术感染力,特别是真挚而深沉的感情描写历来为人们所称道。

卢梭一反古典主义的理性说教,首次把感情描写提到文学作品的重要地位。他为人坦率真诚,看重感情的高尚和纯洁,同时又能洞察恋人的微妙心理,从而使整个作品表现出纯净无邪的爱情美感。小说中的感情描写分为三个阶段。第一阶段是初恋阶段,于丽和圣·普栾在一封封书信中相互表达倾慕之情,写得真挚而热烈；第二阶段是他们的恋情被于父发觉，"棒打鸳鸯两分离"，圣·普栾不得不离开于丽来到瓦莱山区。作者竭力描写这一对情人别离后的相思之苦。圣·普栾在瓦莱山区看到的一草一木无不勾起对于丽的怀念和思恋。第三阶段写他们久别重逢后朝夕相见而又不能结合的痛苦和悲哀。圣·普栾和于丽泛舟莱蒙湖重游他们十年前定情之处，内心感情澎湃汹涌难以克制。圣·普栾甚至想抱着于丽一起葬身湖中，以了结感情的折磨和痛苦。然而，圣·普栾还是以巨大的毅力控制了自己的感情，他只能顾影自怜，独自坐在船头伤心落泪。总之，卢梭的感情描写显示出一种既欢乐缠绵又忧郁伤感的色彩，而这种感情描写又与大自然景色的描写融为一体，构成了卢梭作品独特的浪漫情调。因此，《新爱洛漪丝》可以说为欧洲的感伤主义和浪漫主义文学开了先河。

　　与感情描写相关的是出色的心理描写。卢梭内心生活丰富细致，他的坎坷的生活经历和浪漫的恋爱经历，使他能够准确地把握各种人物的心理状态和心理特征。例如他写于丽和圣·普栾初恋时的多愁善感、敏感、多疑；写于丽闻知圣·普栾要和爱多阿尔决斗时的恐惧、焦虑、担忧；写于丽在关键时刻既放不下父亲，又放不下情人，陷入两难境地的矛盾心理；写这对情人十年后重新见面时的快乐和悲伤，理智与情感的内心冲突等等，都显示了卢梭高度的心理分析技巧。

　　《新爱洛漪丝》的另一个艺术特色是多角度的叙事结构。这部书信体小说由163封书信和许多短简组成一个有机整体。写信人除了于丽和圣·普栾而外，还有英国绅士爱多阿尔爵士、于丽的表姐格兰尔以及格兰尔的丈夫陶尔勃先生等等。每封信的写信人就是故事的叙述者。作者通过信件的交错往复不断地变换叙事主体和叙述角度。圣·普栾和于丽的爱情故事，除了从他们的相互通信中加以描述外，还大量地通过爱多阿尔、格兰尔等人的角度，从侧面描写他们的爱情纠葛，写他们的为人和品质，从而让读者对这一对青年人获得一个完整的立体的形象。至于于丽的父亲，在163封信中，只有一封信是以他的名义作为叙述主体写出的。这个家庭里的"暴君"形象主要是通过书中众多人物的叙述而烘托出来的。也就是说，作者对岱当惹男爵完全是采取虚写手法，充分显示了《新爱洛漪丝》叙事结构的多样性和复杂性。

（李辰民）

席 勒

阴谋与爱情

第 一 幕

第 四 场

> 斐迪南·冯·瓦尔特。露伊斯。他一溜烟向她飞奔
> 过去——她面色苍白,疲弱地倒在椅上——他在她面
> 前站住——彼此沉默地凝望了一会。静默。

斐迪南　你的脸色苍白得很,露伊斯!

露伊斯　(站起来,扑到他身上,抱住他的脖子)没有什么,没有什么。你来了,一切都好了。

斐迪南　(拿起露伊斯的手放到唇边去)我的露伊斯还在爱我吗?我的心还是和昨天的一样,你的心也是一样吗? 我飞跑到这里来,就是想看看你,看你是不是愉快,然后就走,我也会愉快。——可惜的是你并不愉快。

露伊斯　哪里,哪里,我亲爱的。

斐迪南　对我说真话吧!你并不愉快。我看透你的灵魂正如我可以看透这颗金刚石的透明的光彩。(指一指他的戒指)这里没有一个小泡是我看不出来的——你脸上的心事,没有一点能够躲过我的眼睛。你有什么心事?快说! 只要我看清楚这面镜子,世界上就扯不起一片阴云。你有什么烦恼?

露伊斯　(默默地、意味深长地看了他一会,然后带着伤感的心情)斐迪南!斐迪南!要是你能够知道,在这样一种谈话中间,一个平民的少女是显得多么与众不同啊——

斐迪南　什么话?(窘惑)姑娘!听着!你怎么会想到这上面来的?——你是
　　我的露伊斯!谁告诉你,说你还是别的什么来?你看,你这假情假意的人,
　　我还得碰你冷淡的钉子。要是你真是全心全意在爱我,你哪里还有时间
　　去作这种比较?要是我在你身边,我的理智一眨眼就溶化了——我一走
　　开,我的理智就化为对你的好梦,你却除了爱情之外还有一番聪明的计
　　较吗?——你羞不羞!你沉溺在这种烦恼里的每一瞬间都是从你的青年
　　男子身上偷走的。

露伊斯　(握他的手,同时摇着头)你要迷胡我,斐迪南——你要把我的视线
　　挪开,不要我看见我非掉进去不可的深渊。我看到我的前途——荣誉的
　　声音——你的计划——你的父亲——我的一无所有。(一怔,忽然放下
　　他的手)斐迪南!一把短剑悬在你和我的头顶上!——有人要拆散我们!

斐迪南　拆散我们?(他跳起来)你这种预感是从哪里来的,露伊斯?拆散我
　　们?——谁解得开两颗心的纽带?拆得散一个和弦的音响?——我是一
　　个贵族——我倒要看看,我的封爵文书是不是比无穷宇宙的设计还要长
　　久,我的纹章是不是比露伊斯眼里的天书更有效力——天书写着:这个
　　女子和这个男子是注定了的。我是宰相的儿子。正是因为这个缘故,我父
　　亲那份造孽的家当要由我来继承,同时要继承那一份诅咒,除了爱情之
　　外,还有谁能够使我的生活感到甜蜜呢?

露伊斯　唉,我多么怕他啊——这样的父亲!

斐迪南　我什么也不怕——什么也不怕——只怕你爱情的限界!不怕那些障
　　碍像山岭一样阻拦着我们,我要把它当作阶梯,攀过山头,飞奔到露伊斯
　　的怀中去。恶毒命运的风暴只会更加鼓起我的热情,种种的危险只能够
　　使我的露伊斯更显得动人。——再不要提恐惧的话吧,我亲爱的!我自
　　己——我要像魔龙守护地底的黄金一样守护你。——信任我吧!你再用
　　不着别的天使——我要投身在你和命运的中间——替你承当一切的创
　　伤——替你收集快乐杯中的每一滴酒浆——然后用爱的圆盘盛起来献
　　给你。(温柔地拥抱她)我的露伊斯应该在这条胳膊上度过她的一生;上
　　帝再见到你的时候,应该发现你比他放你下凡的时候更加美丽,而且不
　　得不怀着惊异的心情来承认,只有爱情是最后完成灵魂的工作的。——

露伊斯　(把他推开,非常激动)不要再多说了!我求你,住口吧!——你知道
　　吗——放过我吧——你不知道,你的种种希望就像复仇女神一样在袭击

249

我的心。（要走）

斐迪南　（拦住她）露伊斯！怎么样？什么事？怎样的变化啊？

露伊斯　过去我忘掉了这些幻梦，本来是幸福的。——现在！现在！从今天起
　　——我生命的平静是完结了。——粗野的愿望——我知道——会在我
　　胸中骚乱起来的。——走吧——上帝会宽恕你的！——你把火把扔进
　　我那幼小的、平静的心房，这把火是永远、永远不会熄灭的。（她冲出去，
　　他默默无言地跟在她后面）

第 五 场

　　　　宰相的大厅。宰相，颈前挂着一个十字勋章，旁边又

　　　　有一颗宝星，和秘书伍尔牧同上。

宰相　一种严重的关系！我的儿子吗？——不，伍尔牧，你决不能使我相信！

伍尔牧　大人有权利命令我提出证据来！

宰相　说他向一个平民丫头献殷勤——说些恭维的话——甚至于还胡扯什
　　么真情——这些事情我都认为是可能的——是可以原谅的——可是
　　——你还说，她是一个乐师的女儿吗？

伍尔牧　乐师米勒的女儿。

宰相　漂亮吗？——当然是不在话下了。

伍尔牧　（热心地）金发姑娘的最美丽的标本，不是我夸大，就是放在宫廷的
　　美人群中她还是出人头地的。

宰相　（笑）你告诉我，伍尔牧——你看中了这个丫头——我已经觉察到了；
　　可是你看，亲爱的伍尔牧——说到我的儿子在转女人的念头，就使我产
　　生了希望，他不致于引起妇女的讨厌，他可以在宫廷里显一显本领。你
　　说，那个姑娘很漂亮；这使我很高兴，因为我的儿子有欣赏能力。如果他
　　对那傻丫头摊出了明确的意图——那就更好——我可以相信，他有足够
　　的机智去招摇撞骗。他简直可以做宰相。要是他还做到了这一步——真
　　是妙极！这就向我证明，他是走红运的。——万一这场闹剧竟然养出一
　　个壮健的孙子来收场呢——妙不可言！那我就要为我家族后代的良好

的远景多喝一瓶马拉加甜酒①，还要替他的野鸡缴纳风化罚款。

伍尔牧　我衷心希望的，大人，就是，您不会是为了解闷才去喝这一瓶酒。

宰相　（严肃地)伍尔牧，你得好好记住，我一旦相信了什么，我就会顽强地相信到底；我一动怒，就会发狂——你打算这样来煽动我，我倒想趁此开一次玩笑。你在有心排除你的情敌，我是明白的。因为你要从那个姑娘身边撵开我的儿子觉得很费劲，不得不请父亲来尽苍蝇拍的义务，我也认为是可以理解的——至于你有那么出色的耍无赖的打算，那甚至于引起我的欣赏——只有一样，亲爱的伍尔牧，你不要连我也骗在一起。——只有一样，希望你了解，你不要把你的诡计弄到侵犯了我的基本原则。

伍尔牧　请大人原谅！即使真的是——像您所猜疑的那样——牵涉到嫉妒的问题，那最多也不过是眼睛问题而不是舌头问题。

宰相　我觉得嫉妒完全可以不存在。蠢才，造币厂里新出炉的卡尔金币和银行里取出来的卡尔金币对你究竟有什么区别呢？想一想这里贵族的榜样你就可以想开一点了——知道也好，不知道也好——每举行一场婚礼，很少不是有起码半打的客人——或者听差——能够对新郎的乐园作出几何学的测量。

伍尔牧　（鞠躬)在这一点上我愿意做一个平民，大人。

宰相　此外，你不久就会有机会，用最妙的方式去嘲弄你的情敌。目前在内阁里有一种布置，因为新的公爵夫人的到来，米尔佛特夫人需要作表面的离开，而且为了造成十足的骗局，她还得另外搭上一种关系。你知道，伍尔牧，我的地位是怎样依靠这位夫人的势力的——我的最强固的根基根本就是公爵的恩眷。现在公爵要替米尔佛特夫人找一个配偶。别人可能去报名——做这项交易，通过这位夫人取得公爵的信任，使他觉得自己是不可缺少的人物。——为了使公爵仍旧留在我家庭的罗网里面，斐迪南就得和米尔佛特结婚——你明白吗？

伍尔牧　我的眼睛简直亮得发花了——宰相大人至少是证明了，做父亲的同做宰相的比较起来就好比生手对老手。如果那位少校对您做出孝顺儿子的样子，正如您对他是慈爱的父亲一样，那么，您的要求就不免要带着抗

---

①　马拉加是西班牙面临地中海的一个城市，所产甜酒很有名。

议退回来。

宰相　值得庆幸的是,我从来不曾为实现我的计划担过心,只要我说出这样
　　　　一句话:"就要这样办!"——可是你看,伍尔牧,我们又回到原先的问
　　　　题上来了。我还得趁今天上午就向我的儿子宣布他的婚事。他对我的
　　　　表情不是证实你的疑虑,就要将你的疑虑勾销。

伍尔牧　大人啊,请您宽恕。他准会向您做出来的那副阴郁的表情,可以算在
　　　　您要给他娶过来的新娘账上,也同样可以算在您要从他手上抢走的那个
　　　　新娘账上。我请求您做一次更明确的试验。您试给他选一个全国最没有
　　　　缺点的配偶,如果他说好,那您就罚秘书伍尔牧去磨三年石头。

宰相　(咬着嘴唇)魔鬼!

伍尔牧　那有什么别的办法。她的母亲——愚蠢的活现形——糊里糊涂对我
　　　　扯了一大通。

宰相　(走来走去,忍住怒气)好吧!不能过今天上午。

伍尔牧　但愿大人不要忘记了,少校是——我恩主的儿子!

宰相　他应该得到顾惜,伍尔牧。

伍尔牧　关于为您排除一个不受欢迎的儿媳妇的效劳——

宰相　应当帮您讨一个老婆算作酬劳吗?也好,伍尔牧!

伍尔牧　(得意地鞠躬)永远是您的臣仆,大人!(他要走)

宰相　注意我刚才同您讲的那些心腹话,伍尔牧!(威胁地)要是你胡说八道
　　　　——

伍尔牧　(笑)那大人就公布我伪造文书的事。(他下去)

宰相　你是逃不出我手掌心的。我抓住你自己的劣迹就像用纱线拴紧鹿角虫
　　　　一样。

侍从　(进来)宫廷侍卫长卡尔勃——

宰相　来得正好。——欢迎,请你进来。(侍从下)

第 二 幕

第 六 场

> 宰相带着一批跟班上。前场人物。

宰相　(在进门的时候)他是在这里。

全体　(吃一了惊)

斐迪南　(后退几步)在清白的人家里。

宰相　是做儿子的学习孝顺父亲的地方吗？

斐迪南　您不用管——

宰相　(打断他的话,对米勒)你是那个父亲吗？

米勒　音乐师米勒。

宰相　(对米勒夫人)你是母亲？

夫人　哦,是的,母亲。

斐迪南　(对米勒)爸爸,你把女儿带走吧——她会晕倒的。

宰相　多余的小心！我把她弄醒。(对露伊斯)你是什么时候认识宰相的儿子的？

露伊斯　宰相这个字我从没有理会过。斐迪南·冯·瓦尔特从十一月起开始来访问我。

斐迪南　向她表示钦慕。

宰相　你得到了保证吗？

斐迪南　不久之前,在上帝鉴临之下,提出了最庄严的保证。

宰相　(恼怒地对他儿子)为了你的胡闹,等一会就会轮到你来忏悔。(对露伊斯)我等候答复。

露伊斯　他对我起誓说他爱我。

斐迪南　而且要遵守誓约。

宰相　非要我命令你闭嘴不可吗？——你接受他的誓言吗？

露伊斯　(温柔地)我也同样回答他。

斐迪南　(用坚定的语气)婚约是订好了。

宰相　我要叫人把这句话的回声扔出去。(恶毒地对露伊斯)那么他每一次都是和你现钱交易的吧?

露伊斯　(留神地)我不大懂这句问话的意思。

宰相　(发出凶恶的冷笑)不懂吗?好,我以为,每一笔生意,老话说,都有它的财源——我希望,你也不会把你的好处白白奉送——要不然也许你就仅仅是为了风流一番吗?怎么样?

斐迪南　(气得直跳)挖舌根的!这是什么话?

露伊斯　(对少校,用尊严和愤慨的语气)瓦尔特先生,现在您可以自由了。

斐迪南　爸爸!即使品德穿着褴褛衣裳,也应该受到尊敬。

宰相　(大声地笑)有趣的奢望!父亲应该尊敬儿子的妓女。

露伊斯　(晕倒)皇天后土啊!

斐迪南　(与露伊斯晕倒同时,他拔出佩刀对宰相一晃,可是很快就又放下)爸爸,说起来您有权利要回我的命——现在算还了债了。(插回他的佩刀)孝顺的债券已经撕得稀烂了——

米勒　(一直是畏惧地站在一边,现在才激动地走到前面来,一会是痛恨得咬牙切齿,一会又害怕得直打哆嗦)大老爷——孩子是父亲的命根子——做做好事吧——谁骂自己的孩子是贱种,就是打父亲的耳光——以眼还眼,以牙还牙——这是我们的老规矩——做做好事吧。

夫人　救命呀,上帝,救主!——老头子现在也冒火了——雷公就要打到我们头上来!

宰相　(只听见一半)老拉纤的也动气吗?——我们就有事情要来商量的,老拉纤的。

米勒　做做好事吧。我的名字叫米勒,我可以为您奏一段柔板曲子——娼妓买卖我是不做的。宫廷有的是现成的,还用不着我们平民来供应。做做好事吧。

夫人　老天爷呀,老头子!你要害死老婆和孩子了。

斐迪南　您在这里演了一个角色,我的爸爸,您至少可以省下了证人。

米勒　(走近他面前,越发大胆)打开天窗说亮话,做做好事吧。大人在国内是可以为所欲为的,这里却是我的屋子。如果我要递一份申请书,我自然必恭必敬,可是对付无礼的客人我就要把他撵出大门口——做做好事吧。

宰相　(气得脸发白)什么?——这是什么话?(向他抢上前去)

米勒　（从容地后退）这不过是我的意见,先生——做做好事吧。

宰相　（怒火冲天）吓,混蛋!你这种荒谬的意见应该叫你进牢里去讲——走!叫法警来。(有几个跟班出去;宰相在室内满肚怒气地跑来跑去)把父亲带到牢里去——母亲和卖淫的女儿拴到耻辱桩去示众!法庭应该替我的愤恨出一臂之力。为了这一番冒犯,我一定要得到可怕的赔罪——难道可以由这样的流氓来破坏我的计划?煽动父子间的冲突可以不受惩罚吗?——吓,混账!要你们翻不了身才能出我这口气,我要你们一家人,父亲、母亲和女儿,受到我怒火的报复。

斐迪南　（从容地、坚定地站到他们中间）啊,不要这样吧!不要害怕!我要担当起来。(恭敬地对宰相)不要太性急,我的爸爸!如果您爱惜您自己,就不要蛮不讲理。——我心里还有一处从来不曾听到过父亲这个字眼的地方。——不要把我逼到那个地方去!

宰相　贱骨头!闭嘴!你还想火上加油吗?

米勒　（从深沉的昏迷状态中恢复过来）看着你的孩子,女人!我找公爵去。——那个御裁缝——上帝点化我——那个御裁缝跟我学笛子。公爵那里是不会碰钉子的。(他要走)

宰相　公爵那里,你说?——你忘记了,我是那里的门槛吗?你要就得跳过去,要就得打折你的脖子!——找公爵去吗,你这蠢才?——试试看吧,我要叫你活不得,死不得,躺在深深的地牢里,阴森,恐怖,声音和光明到了那边就回头。那时候你就只好铁索银铛,边哭边叫:"我受的罪可真太重了!"

第　七　场

　　　　法警。前场人物。

斐迪南　（赶到露伊斯那边去,露伊斯半死地倒在他胳膊上）露伊斯!救命!她吓坏了。

米勒　（抓起他那枝西班牙式的手杖,戴上帽子,准备攻击。米勒夫人跪在宰相脚跟前）

宰相 （对法警,露出他的勋章)动手,用公爵的名义!——离开那个妓女,孩子!——管她昏过去不昏过去。——只要她戴上了铁项圈,别人就会扔石头打醒她。

夫人 发发慈悲,大人!发发慈悲!发发慈悲!

米勒 （拉他的妻子起来)要跪就向着上帝下跪,老婆子,可不要向着——恶棍,因为我反正是要坐牢的!

宰相 （咬着嘴唇)你算错数了,混蛋,绞架还空在那里呢。(对法警)还要我再说一遍吗?

法警 （冲向露伊斯)

斐迪南 （跳到露伊斯面前,挡住他们,狠狠地)谁敢动手?(他把佩刀连鞘一起举起来,用刀柄抗拒着)谁敢碰她一下,假如他不是连脑袋也一起包给法庭的话!(对宰相)顾惜您自己吧!不要再逼我啦,我的爸爸!

宰相 （威吓地对法警)如果你们还想保住饭碗的话,胆小鬼——

法警 （再一次冲向露伊斯)

斐迪南 当心你们的狗命!我说:退后!——我再说一遍!顾惜您自己吧!不要逼我走极端啊,爸爸!

宰相 （怒气冲天地对法警)这就是你们忠于职守的表示吗,混蛋?

法警 （比较猛烈地冲上去)

斐迪南 如果真是非这样不可,(他拔出佩刀,砍伤了几个法警)那就原谅我吧,正义!

宰相 （怒不可遏)我倒要看一看,看我会不会也吃一刀。(他亲自动手去抓露伊斯,把她拖过来,交给一个法警)

斐迪南 （惨笑)爸爸,爸爸!您现在的行为是对上帝发出的刻毒的讽刺,好像上帝完全不知道人事的好歹,叫十全十美的刽子手来做糟糕的宰相。

宰相 （对别人)带她走!

斐迪南 爸爸,如果她要在耻辱桩上去示众,那就得同那个少校,宰相的儿子,在一起——您还坚持吗?

宰相 这样一来,那出戏就会越发好看了——走!

斐迪南 爸爸!我情愿为了这个姑娘放弃我的军刀。——您还坚持吗?

宰相 军刀的穗子在你那站在耻辱桩的身边已经变得一钱不值了——走!走!你们要知道我的意志。

斐迪南　（推开一个法警，一只手挽住露伊斯，一只手拔出佩刀指着她）爸爸，
　　　与其让您来侮辱我的妻子，还不如我来刺死她——您还坚持吗？
宰相　刺吧，如果你的刀尖顶事的话！
斐迪南　（放开露伊斯，痛愤地望着天）你，万能的上帝啊，你来作证！我已经
　　　用尽了一切人性的方法——我只有用出魔鬼的手段来了。——你们把
　　　她带去站耻辱桩的同时，（大声向宰相耳边嚷）我就向全城讲述宰相发家
　　　的历史。（下）
宰相　（像中了闪电一样）这是什么话？——斐迪南！——放了她！（他追少
　　　校下）

（选自《阴谋与爱情》，廖叔辅译，

人民文学出版社 1978 年版）

《阴谋与爱情》导读

　　约翰·克利斯朵夫·弗里德里希·席勒(1759—1805)，18 世
纪德国著名的戏剧家兼诗人，出生于符腾堡公国马尔巴赫城。父亲
原为医生，后任下级军官。1768 年进拉丁语学校学习。1773 年被
迫入军事学院，接受专制教育，但未成为思想奴隶。期间，他偷偷地
阅读莎士比亚、卢梭和歌德等作家的著作，深受影响，激起了他憎
恨专制制度、渴望自由的思想。

　　1781 年，发表秘密写成的处女作《强盗》。它以"反暴虐者"为
主题，公演后群情激愤，反响强烈，一举成名。后又写出了代表作
《阴谋与爱情》，反暴政思想更为鲜明，艺术上也日臻成熟。这样，席
勒以他的创作实践参加了当时德国正在兴起的反封建的"狂飙突
进"运动，并成为这个运动的主要代表者之一。

　　从 18 世纪 80 年代后半期起，席勒定居魏玛，任耶拿大学史学
教授。这时，狂飙热潮由盛转衰。他在完成剧本《堂·卡洛斯》

・257・

（1788）后，便埋头进行历史、哲学的研究，写有《尼德兰独立史》、《三十年战争史》等著作。由于他对 1789 年大革命持欢迎的态度，以及他作品的反封建的进步作用，被推选为法兰西共和国的"名誉公民"。此后，潜心钻研康德的唯心主义哲学，并热衷于美学，企图通过文艺来取得个性解放和思想自由，以达到和谐的理想社会。这一思想在他写的《审美教育书简》（1795）中得到了充分的体现。他在美学方面的著作还有《论朴素的诗和感伤的诗》、《论悲剧艺术》等，表明他比之歌德更注重理论思辨，戏剧理论的建树也更多一些。

1794 年，在耶拿与歌德的结识是席勒一生中重要的转折点。在歌德的具体帮助下，他从唯心主义哲学泥潭中解脱出来，面向社会，注重实际，又一次焕发出了巨大的创作热情。这两位密友互相切磋，真切合作，共同创作了约有千首之多的《警句》，抨击时弊，鞭挞鄙俗世态，思想和艺术完美结合。此外，他还写有许多哲理诗、抒情诗，寓意深远，格调优美，是他戏剧创作以外的新收获。

从 1799 年到 1805 年，席勒又重新从事戏剧创作。他花了整整 7 年时间完成了大型历史剧《华伦斯坦》（1799），标志着他的创作向现实主义迈进。该剧取材于 17 世纪德国三十年战争。剧中的主要人物华伦斯基是一个性格极其复杂的历史名人。作为当时皇帝的统帅，足智多谋，骁勇善战，为消除长期的宗教纷争以统一德国，虽触怒了皇帝，却深得部下的拥戴。但他怀有强烈的个人野心，不惜勾结外敌，导致众叛亲离，身败名裂，为部下所杀。剧本保持了人物的原型，华伦斯基被描写为既是一个卓越的军事家，又是热衷于权势的野心家。作家围绕华伦斯基形象的塑造，展现了战争年代的真实场景，描绘了雄伟的群众场面，控拆了不义的战争，被认为是一部现实主义巨著。

席勒晚年还写了两部有名的历史剧：《奥尔良的姑娘》（1801）和《威廉·退尔》（1803）。前者以中古末期英法百年战争中的法国女英雄贞德为主人公,描写她在民族危难的时刻,毅然挺身而出,率领人民群众奋起反抗侵略者,最后英勇献身的光辉业绩。这是席勒针对当时拿破仑侵略这一形势而写的,剧本歌颂了反侵略战争,充满了爱国主义激情。后者所依据的史实是 14 世纪瑞士人民反抗奥地利公爵反动统治的斗争。主人公威廉·退尔是个神箭手,性格豪爽,武艺出众,却明哲保身,不敢冒犯异族统治者。尽管如此,他仍遭当地总督的暗算,于是被迫揭竿而起,奋起反抗,成为人民群众的领袖。剧本色泽鲜明,人物性格突出,反暴倾向强烈。

1805 年,席勒因病去世。纵观席勒的一生,可以说他"是一个战士,又是一个思想家,既是一个要求行动的实践家,又是一个沉思默想的幻想家"(《蔡特金文学评论集》第 31 页,人民文学出版社 1978 年版)。

《阴谋和爱情》是席勒早期戏剧的代表作,也是他全部戏剧创作中惟一取材于现实生活的珍品。它不仅充分表现了"狂飙突进"的反封建精神,而且把揭露和抗议的矛头指向封建贵族阶级最高统治集团,所以恩格斯称赞它是"德国第一部有政治倾向的戏剧"(《致敏·考茨基》,《马克思恩格斯选集》第 4 卷第 454 页)。

剧本围绕着两个青年男女之间的爱情开展情节。宰相的儿子斐迪南爱上了音乐师的女儿露伊斯,准备结为伉俪。可是,斐迪南的父亲、宰相瓦尔特出于不可告人的目的,却要娶被公爵抛弃的情妇米尔弗特为媳妇。斐迪南违抗父命,忠于对露伊斯的爱情。于是,宰相闯入露伊斯家中,滥施淫威,辱骂露伊斯。他的秘书伍尔牧想占有露伊斯,阴谋献计毒害:先是逮捕音乐师米勒,后逼露伊斯向侍卫长写情书,以换取父亲的释放。露伊斯出于无奈,只得屈从。谁知,这封"情书"按伍尔牧的奸计落到了斐迪南手里。斐迪南怒火顿起,严厉责问露伊斯。后者遵守誓言,未吐真情。斐迪南误以为她另有新欢,中计毒死了露伊斯,也葬送了自己。一对热恋中的情人双双被残酷的阴谋夺去了爱情和生命。

《阴谋与爱情》是启蒙运动思潮的产物。它继承了德国悲剧家拉辛在《爱美丽亚·迦洛蒂》所开创的市民悲剧的传统,通过爱情的纠葛,揭示了当时社会的主要矛盾——新兴的市民阶级与没落的封建贵族阶级的尖锐对立,充分表达了市民阶级争自由、求平等的渴望,深刻地抨击了封建统治集团的种种罪恶。特别是作者在剖析斐迪南和露伊斯爱情悲剧的根由时,摆脱了善恶之争的道德说教,扬弃了性格冲突的命运安排,不仅归因于封建统治阶级的等级观念和等级制度,而且着重谴责了以瓦尔特为代表的封建贵族集团对以米勒父女为代表的市民阶级的迫害,表现了宫廷的政治阴谋酿成了爱情悲剧这一发人深省的主题。

为充分体现上述题旨,作者在艺术构思上,以两个阶级的尖锐矛盾作为戏剧突破。剧中人物分别属于两个集团。宰相瓦尔特是封建反动势力的总代表。他狡滑、奸诈、阴险,在宫廷权势斗争中,玩弄权术,谋害前宰相,并取而代之;为了讨好公爵,谋求私利,巩固和扩大已有的地位,不惜牺牲儿子的爱情和幸福,残酷迫害露伊斯父女。秘书伍尔牧要阴谋,施毒计,破坏斐迪南和露伊斯的爱情,不仅可为主子效劳,且可满足自己卑鄙的占有欲。剧中多次提到的那位公爵,没有正式出场,他送给情人米尔弗特夫人的那盒首饰,竟是用七千条性命的代价换来的,他狰狞、残酷的面目可见一斑。至于斐迪南,作为封建贵族阶级的叛逆者,他冲破封建传统观念的束缚,抵制父亲的淫威,爱上了平民姑娘,为捍卫纯洁的爱情而斗争。这一形象反映了新的力量正从旧营垒中分化出来,标志着统治阶级内部新的一代的觉醒。

与上述集团形象体系相对照的,是市民阶级的代表露伊斯父女。露伊斯反对封建专制,渴求恋爱自由。她对斐迪南的爱,并不是因为他是宰相的儿子,有权势,有地位,而是出于真挚的感情。在她看来,"等级的制度都要倒塌","阶级的可恨的皮壳都要破裂",她敢于对瓦尔特直言:"宰相这个名字从来不理会"。为了维护平民的尊严,她拒绝公爵情妇提拔她当宫女的建议。她的思想和行为,体现了当时德国进步青年的要求,但她在强大的封建势力和传统观念面前,无力反抗,被逼写假信,守誓言,以致吞吃了严重的恶果,反映了德国市民阶级的软弱性。露伊斯的父亲米勒,是老一代市民的代表。他为人正直,心地善良,自尊自爱。他平时默默无言,安分守己,但当瓦尔特前来他家作威作福时,敢于犯上,挺身而出,把宰相"撵出大门口",充分反映了他憎恨贵族的敌对情绪。但他对统治阶级又心怀畏惧,只求在自己的小天地享有和平。这说明当时德国资产阶级的力量还很薄弱,具有很大的软弱性。

在人物描写方面,剧本从现实生活出发,在矛盾发展中刻画人物性格,生活气息浓,很少有"席勒化"的倾向。作者在《阴谋与爱情》以前所写的剧本,往往从某种概念出发,人物性格单一化、理想化,成了时代精神的单纯的传声筒。而这一剧本,人物性格由其特定的生活环境和阶级地位所决定,个性突出,形象鲜明。以斐迪南为例。由于他受到启蒙思想的影响,主张人人平等,具有叛逆精神,但他生性主观,脾气急躁,加上他的贵族出身和地位,难以理解和体察平民姑娘露伊斯的复杂心理,而是以自我为中心,妄加猜测,以致受骗上当落入圈套,铸成大错。这样的刻画,合情合理,入木三分,显得深刻有力。

在语言运用上,剧中人物语言各自不同,个性特征十分鲜明。此外,剧中的警句、格言不时地迸发出思想的火花,加强了剧本的艺术表现力。

(王秋荣)

歌 德

浮 士 德

第 一 部

城 门 前

浮士德与瓦格纳

浮士德

和煦而使人苏醒的春光
使河水和溪流解冻,
欣欣向荣的气象点缀得山谷青葱;
老迈衰弱的残冬,
已向荒山野岭匿迹潜踪。
可是它在逃亡当中,
还从那儿把冰粒化为无力的阵雨播送,
一阵阵洒向绿野芳丛。
但阳光不容许冰雪放纵,
到处鼓舞着造化施工,
把万物粉饰得异彩重重;
可是城区中还缺少鲜花供奉,
它就代以盛装的女绿男红。
试从这高处转身,
再向城市一瞬!
从那黑洞洞的城门,
涌出来喧嚣杂沓的人群。

人人都乐意在今日邀春。
他们庆祝基督的复活良辰，
因为他们自己也获得新生。
他们来自陋室低房，
来自工商行帮，
来自压榨人的屋顶山墙，
来自肩摩踵接的小街陋巷，
来自阴气森森的黑暗教堂，
大家都来接近这晴暖的阳光。
快瞧啊！熙熙攘攘的人群，
分散在园圃郊垧，
还有前后纵横的河津，
让那些快乐的船儿浮泳，
直到最后一只小艇，
满载得快要倾覆时才离去水滨。
就是从遥远的山间小径，
也有耀眼的服饰缤纷。
我已听到村落的喧逐，
这儿是人民的真正世界，
男女老幼都高呼称快：
这儿我是人，我可以当之无愧！

瓦格纳

博士先生，同你一起散步，
真感到光荣得受益不少；
不过我一个人却不会到此游遨，
因为我敌视一切粗暴。
什么提琴，叫喊，九柱戏，
我听来都不堪入耳；
他们却闹得来好像着了魔，
还把这叫作欢乐，叫作唱歌。

农民们聚集在菩提树下

跳舞和唱歌

牧人打扮来跳舞，
彩衣，飘带和花冠，
浑身装饰真好看。
菩提树边人挤满，
一起跳舞像疯癫。
吁吓！吁吓！
吁嗨煞！嗨煞！吓①！
提琴调儿是这般。

牧人动作太慌忙，
他的肘儿向外张，
不觉碰着一姑娘；
年轻妮子回头嚷：
"冒失鬼，真莽撞！"
吁吓！吁吓！
吁嗨煞！嗨煞！吓！
"不许那样太放荡！"

轮舞迅速开了场，
左旋右转人成双，
男衫女裙齐飞飏。
脸上泛红心头烫，
手挽手儿喘息忙——
吁吓！吁吓！
吁嗨煞！嗨煞！吓！
女腰靠在男肘上。

---

① 以上是表示欢呼，喝彩，鼓励和快乐一类的感叹词。

"别对我做殷勤样！
世上多少负心郎，
都叫女人上了当！"
他却献媚不肯放，
树下遥遥声喧嚷：
吁吓！吁吓！
吁嗨煞！嗨煞！吓！
人声琴声闹扬扬。

老农

博士先生，承您赏光，
您这满腹文章的学者，
今天居然不嫌鄙陋，
来到这人众杂沓的地方。
请您务必满饮一肠，
这当中盛满新酯的佳酿！
我谒诚奉献，我高声庆祝，
这酒不但给您解渴，
而且为您延年益寿，
多少一滴酒就增加您多少岁数。

浮士德

我领受这杯提神的佳酿，
表示谢意，并祝你们诸位健康。
（农民们团聚拢来）

老农

您在这快乐的日子光临，
对我们真是不胜荣幸；
想起从前受难的日子，
您为我们煞费苦心！
站在这儿的好些活人，
多幸亏令尊妙手回春，
最后从高热中抢救了性命，

制止住瘟疫流行。
那时您还是位青年郎君，
到每个病家去诊视病症；
当时把许多尸骸搬运；
经过了许多艰苦的考验，
上天保祐您这位救星。

众人

祝这位曾共患难的先生健康。
希望他还能长远地治病救人！

浮士德

请大家敬天上的神明，
他教导我们沿病面普渡众生。

（他同瓦格纳走开）

瓦格纳

哦！伟大的人物，人们对你这般尊敬，
你究竟是何种心情！
哦，真幸福呀，谁能凭自己的才能，
享受这份光荣！
做长辈的把你介绍给儿孙，
人人都挤上前来不住探问，
提琴中止，跳舞暂停。
你一走过，他们便雁行静等，
挥舞帽子表示欢迎，
有人差一点儿就要跪拜，
好像是圣体来到的情形。

浮士德

再走几步就达到上边的磐石；
咱们走累了可以在石上休息片时。
我常常独坐在石上沉思，
用祈祷和斋戒来苦我自己。
希望无穷，信仰坚实，

· 266 ·

我流着眼泪,搓手,叹息,

恳求天帝

彻底驱除瘟疫。

现在群众的赞美在我听来好似讽刺。

哦,我倘使能够体察我的内心,

就知道我们父子

对这种光荣多么不值!

我父亲是个隐居君子,

对大自然和圣境的研究煞费心思,

他的态度非常诚恳,

他的方法却十分别致;

他结交一些炼金术士①,

自己躲进黑暗的丹厨,

按照无数的丹方,

把古怪的东西融汇一炉。

他使红狮,大胆的求爱者,

在温水中匹配百合仙子,

再用明火锻炼,

把两者从这一寝室迎入另一寝室。

后来五色缤纷,

年轻女王出现在玻璃杯里;

丹药便告成功,病人相继死亡,

从来无人过问:有谁获得健康?

我们就用这种杀人的丹方,

在山谷间不断来往,

这比瘟疫流毒还要猖狂。

---

① 西方中世纪的炼金术与中国古代道学家的炼金术颇多相似之处。在中国的炼
金术有婴儿和姹女交配及九转丹成之说。西方的炼金术传说从黄金中取得男
性种子为"红狮",从白银中取得女性种子为"百合"。在温水中混合,加以灼
热,注入别的容器,最后产生"智慧之石",又名"年轻的女王",能医治百病及点
石成金。

我亲自施舍过毒药的人就有几千，
他们渐渐凋谢枯干，我却遇见
今天人们反把厚颜无耻的凶手称赞！

瓦格纳

先生何必为此烦恼！
本是别人传授你的医道，
既然尽心负责地行医，
这样诚实的人难道还不够好？
你年轻时尊敬令尊，
自然乐意向他领教；
你成年后又增进学识，
将来令郎必定达到更高的目标。

浮士德

哦，还能希望从错误大海中浮起的人，
真的幸运！
用非其所知，
知非其所用，——
不过咱们别让这无端愁绪，
把眼前的良辰美景葬送！
你瞧，那些绿荫围绕的茅屋，
闪烁着斜阳的晚红。
落日西沉，白昼告终，
鸟飞兔走，又促进新的生命流通。
唉，可惜我没有双翅凌空，
不断飞去把太阳追从！
要有，我将在永恒的斜晖中间，
瞧见平静的世界在我脚下显现，
万谷凝翠，千山欲燃，
银涧滚滚，流向金川。
深山大壑纵然凶险，
也不足以把我的壮游阻拦；

阳光照暖了港湾，

大海在惊异的眼前开展。

太阳女神似乎一去不返；

然而新的冲动苏醒，

我要赶去啜饮她那永恒的光源。

白昼在前，黑夜在后，

青天在头上，波涛在下边。

一场美丽的梦，可是太阳已经去远。

唉！肉体的翅膀，

毕竟不易和精神的翅膀作伴。

可是人的天性都一般，

他的感情总是不断地向上和向前；

有如云雀没入苍冥，

把清脆的歌声弄哢；

有如鹰隼展翼奋飞，

在高松顶上盘旋；

有如白鹤飞越湖海和平原，

向故乡回转。

第 二 部

皇 城

皇帝

忠诚的诸位爱卿，

我欢迎你们来自远近！

福星也随你们一起照临；

上天注定了我们大吉大庆。

可是你们说吧，在这样的日子，

咱们大可以抛弃一切忧虑，

戴上化装面具，
乐它个手之舞之，
为什么要上朝议事劳心焦思！
不过你们既认为如此不可，
我也就只好勉副众议。

首相

至高的德行，如灵光隐隐
笼罩在陛下的头顶，
只有陛下才配实行：
这就是公平！人人所喜爱，
所企求，所盼望，所不可缺少的事情，
只靠陛下恩赐给人民。
可是，如果举国若狂，
恶风蔓延滋长，
智力何补于精神，热心可济于手腕，
而慈悲又何益于心肠？
谁要是从这崇高庙堂向全国了望，
就好比做了噩梦一场，
处处是奇形怪状，
非法行为穿上合法伪装，
一个颠倒的世界在跋扈飞扬。
夺人妻室，抢人牛马，
还从圣坛上盗取酒杯，烛台和十字架，
匪徒逢人自夸，
说自己多年来平安无事，逃脱王法。
现在告状的人涌向法庭，
法官坐在高位神气十分。
群众中不断激起义愤，
有如怒涛猛浪掀腾。
作奸犯法者依靠同党，
居然得到从宽发放，

而清白的守法良民，
反而被诬有罪，陷入罗网，
这么一来，世界必然瓦解，
公理也必沦亡；
那种把我们引向正义的惟一精神
又从何得到伸张？
到后来正人君子，
都逐渐谄媚行贿，
而不能秉公执法的法官，
也终于朋凶比匪。
我描写得也许过当，
其实我也不得用厚幕把真像掩藏。
（略停）
断然处置是不可避免，
普天下人都在受苦受难，
这样会断送陛下的锦绣江山。

兵部大臣

当今乱世扰扰纷纷！
不是你死我活，便是我夺你争，
对命令充耳不闻。
市民躲进城濠，
骑士蟠踞碉堡，
誓死抗拒官军，
把自己的势力保牢。
佣兵急不可待，
闹着要求发饷，
你若是如数发清，
他们统统逃得不知去向。
你若是把大伙儿的要求革掉，
就好比去搅乱蜂巢；
士兵本应当保卫帝国，

却任其遭受抢劫和骚扰。

只好眼睁睁地看匪徒到处横行，

一半天下已弄得民不聊生；

外邦虽然也有国君，

可是都认为这不关本身的事情。

财政大臣

谁还能指望联邦成员！

连承认下的贡赋都不肯交献，

就好比水管断了水源。

哎呀，陛下，在你的各邦里面，

究竟是谁掌握着财产大权？

无论走到哪里，都是新人作主当家，

企图独立，不受管辖；

他干些什么，你只好干看；

我们把许多权利都已送完，

到而今手中没剩下一点半点。

至于那些所谓政治党派，

今天谁对他们都不敢信赖；

无论他们是诽谤或是赞扬，

是爱是憎，无非半斤八两。

不管是吉贝林还是桂尔芬①，

都在明哲保身，从事休养；

各人自扫门前雪，

休管他家瓦上霜。

财源的大门已经堵上，

人人都在搜括，聚敛和储藏，

而国库却已耗得精光。

宫内大臣

---

① 吉贝林（Ghibelline）是拥护皇帝的党，桂尔芬（Guelfen）是拥护教皇的党，这里泛指党派斗争。

就连我也大遭其殃！
我们天天都想节约，
可是开支却天天膨胀，
我的苦痛是日益加强。
只有厨夫才不缺少什么：
野猪，牡鹿，兔儿和獐子，
野鸡，家鸡，填鸭和肥鹅，
这都是实物缴纳，确实无讹，
收进来后还可勉强张罗。
只有葡萄酒还嫌不足；
从前酒窖里是大桶小桶数不清数目，
而且尽是名牌产品和陈年存储，
但是由于贵人们贪杯好饮，
到后来只喝得涓滴全无。
市政府也不得不拿出贮藏，
于是大家动手，杯碗齐上，
连桌下都搅得水水汤汤。
现在要由我来偿还一切费用，
犹太人却对我毫不放松：
他贷款预扣的利息很重，
弄得来年年都闹亏空。
架子猪也长不起肥膘，
床上的被褥早当光了，
食桌上吃的是赊欠来的面包。

宫中的广大前庭

火炬照耀

靡非斯陀（站在前面任监工）

上前，上前！进来，进来！
你们这些死鬼幽灵，摇摇摆摆，
是用筋骨和韧带，
联缀起来的残缺形骸！

死灵们（合唱）

我们才听到一半召唤，
立即赶来供你们驱遣；
大约有广大的土地，
等着我们前来料理。

尖头木桩已经停当，
长长链条可供丈量；
为啥召唤我们前来，
我们已经把它忘怀。

靡非斯陀

这儿用不着过费周章；
只须把本身当作度量：
最长的一个顺着躺在地上，
其余的在四周破土相帮！
就像埋葬咱们的祖先那样，
要挖出一个墓穴的长方！
从宫殿来到这狭隘的幽圹，
到头来只落得这愚蠢的下场。

死灵们（用嘲弄的表情掘穴）

年轻时乐生又求爱，
甜蜜的味儿时在怀，
每逢寻欢取乐地，
我的脚跑得快。

那知年岁不容情，
拐杖劈头打下来；

· 274 ·

一跤摔在墓门前,
墓门恰巧大张开!

浮士德（从宫中出来,摸索门柱）
铁锹声多么使我心旷神怡!
这是那些群众在为我服役,
他们保护陆地不使倾圮,
对汹涌的波涛加以限制,
用紧密的长带将大海围起。

靡非斯陀（旁白）
你筑起塘堰和堤坊,
无非是为他人作嫁衣裳;
因为你为海神纳普东,
已经准备好盛宴一场。
总而言之,你已经完蛋;
四大元素和我们在一起,
一切终归要烟消云散。

浮士德
监工!

靡非斯陀
有!

浮士德
尽可能用各种方法,
征募一批又一批的工人,
宽猛相济,恩威并行;
给以报酬,引诱甚而强逼!
我每天都要得到消息:
开掘的壕沟延长到哪里。

靡非斯陀（压低声音）
据我接到的消息说:
没有挖壕沟而是在掘坟墓。

浮士德

有一片泥沼延展在山麓，
使所有的成就蒙垢受污；
目前再排泄这块污潴，
将是最终和最高的任务。
我为千百万人开疆辟土，
自然还不安定，却可以自由活动而居住。
原野青葱，土壤膏腴！
人畜立即在崭新的土地上各得其趣。
勇敢勤劳的人筑成那座丘陵，
向旁边移殖就可以接壤比邻！
这里边是一片人间乐园，
外边纵有海涛冲击陆地的边缘，
并不断侵蚀和毁坏堤岸，
只要人民同心协力即可把缺口填满。
不错！我对这种思想拳拳服膺，
这是智慧的最后结论：
人必须每天每日去争取生活与自由，
才配有自由与生活的享受！
所以在这儿不断出现危险，
使少壮老都过着有为之年。
我愿看见人群熙来攘往，
自由的人民生活在自由的地上！
我对这一瞬间可以说：
你真美呀，请你暂停！
我有生之年留下的痕迹，
将历千百载而不致湮没无闻。——
现在我怀着崇高幸福的预感，
享受这至高无上的瞬间。

　　浮士德向后倒下，死灵们将他扶起，放在地上。

（选自《浮士德》，董问樵译，
复旦大学出版社 1987 年版）

《浮士德》导读

约翰·沃尔夫冈·封·歌德(1749—1832),德国伟大诗人,世界文学史上最杰出的代表之一;不仅在文学的各个领域具有卓越成就,而且在哲学、自然科学等方面也有巨大贡献。

歌德出生于德国莱茵河畔法兰克福一个富裕的知识家庭。歌德青年时期先后学过法学和哲学,受斯宾诺莎的唯物主义思想的影响。但他始终爱好文艺和自然科学,不断地写出充满青春活力和生活气息的优美抒情诗,如《五月之歌》、《野玫瑰》、《欢迎与别离》以及政治讽刺诗《跳蚤之歌》等作品。

当时,以莱辛为代表的德国启蒙运动的思潮正孕育着一场更大的运动,即德国文化思想史上有名的"狂飚突进"运动。歌德以他有力的创作成果投入了这一运动,并成为前期的主要代表。这一时期他的力作是"向一个叛逆者表示哀悼和敬意"的历史剧《葛兹·封·伯里欣根》;以个性自由与封建等级制度的冲突为主题,描写青年男女的爱情悲剧的书信体小说《少年维特之烦恼》;以希腊神话为题材,通过对天神宙斯统治宇宙的权威的否定,表示向统治人间的封建暴君宣战的抒情长诗《普罗密修斯》等。这些作品具有冲决一切封建罗网的气概,充满着叛逆和反抗精神。

但歌德鉴于他的文学活动改变不了周围环境,深感痛苦。他想通过一些实际工作进行社会的改良。于是,1775年秋,歌德应魏玛公爵的邀请,去这个只有10万人口的小公国担任枢密顾问,后又担任宰相。从此他转向妥协。但他在积极从事各种政务的同时,也进行多方面的自然科学的研究和诗歌创作。

1786年秋,他怀着矛盾、苦闷的心情,改名换姓,逃往意大利,以暂时摆脱一下魏玛的恶浊气氛,在艺术和自然中获得新生。1788年从意大利回国后,除担任魏玛艺术和科学总监等职外,把主要精力放在创作和自然科学的研究上。1789年完成了始于意大利的剧作《塔索》,通过意大利文艺复兴时期的大诗人塔索和一个宰相之间的关系反映文艺创作和实际工作之间的矛盾,这实际上是作者的自我写照,因此歌德说此剧是他"骨里的骨","肉里的肉"。此后,歌德根据中世纪故事,用六步格诗体写了长诗《列那狐》,借动物的言谈和动作讽喻封建社会的腐败。此外,他在自然科学研究的基础上,还用诗体写作学术性著作。

1794年7月,歌德和席勒出席在耶拿召开的自然研究会的会议,两人取得了"意想不到的一致",决定合作。于是开始了德国古典文学的繁荣时期。两位巨匠都主张以古代希腊罗马的文艺为楷模,贯彻自由和人道精神,艺术上精益求精。1796年共同写了上千首文学批评性的《警句》,鞭挞文坛的市俗习气。他鼓励席勒重视民间文学,和他竞相写歌谣,1797年在文学史上被认为是歌谣年。两人有关文艺问题的通信,包含着许多精辟的见解。这个时期歌德个人的主要成果是传记体长篇小说《威廉·麦斯特》(第一部)《学习时代》和《浮士德》(第一部)的相继完成。其次是叙事长诗《赫尔曼与窦绿台》的出版,它描写莱茵河两岸被法国革命军队占领后,发生在东岸的一对情人的故事,带有牧歌风味。

这时,欧洲发生了重大的政治事件,这就是1789年的法国大革命。歌德起初欢呼这场革命,但当革命党人对贵族反动派采用暴力手段,特别是将路易十六国王推上断头台的时候,歌德对这场革命表示冷淡甚至憎恨了。所以恩格斯指出,"歌德有时非常伟大,有时极为渺小"。

歌德晚年,激情完全被稳重所代替,创作向思想的深度开掘,收获十分可观。1809年写成小说《亲和力》。从这年起写了好几部自传体作品,主要的如《诗与真》、《意大利纪行》等。

歌德创作态度十分严肃、认真。他一生都没有放弃他的重点写作计划，继 1829 年完成《威廉·麦斯特》的第二部即《漫游时代》以后，又在他逝世的 1832 年完成了《浮士德》的第二部。这是他毕生的两部代表性巨著，尤其是后者。

《威廉·麦斯特》第一部的全名为《威廉·麦斯特的学习时代》，被看作是一部教育小说，它描写了一个有理想的青年如何在不利的社会环境中取得发展。《威廉·麦斯特》的第二部《威廉·麦斯特的漫游时代》则是作者乌托邦式的社会理想和教育主张的表达。副标题"节制"，概括了全书的要旨。作者批判了为所欲为的个人主义，主张每个人都应当通过具体的职业为集体的福利积极劳动，而职业不应有高低贵贱之分。小说内容丰富，但抽象议论较多，结构也较松散。

《浮士德》是歌德的毕生力作，前后经过 60 年。它属于世界文学史上最杰出的巨著之一，奠定了歌德在文学上的崇高地位。

《浮士德》反映了欧洲自文艺复兴以来三百年的思想和文化的发展，概括了这一阶段的人类科学技术的主要成就。主人公一生不懈追求，体现了新兴资产阶级的进取精神和宏伟气魄。它诉诸形象阐明客观世界和主观世界矛盾发展的辩证关系，具有深刻的哲学内容。

《浮士德》是用诗剧形式写成的，全书共有 12111 行，题材采用 16 世纪的关于浮士德博士的民间传说。浮士德原是个真实人物，生活在 15 世纪（1980 年他诞生五百周年，西德为他树立了纪念碑）。他博学多才，在传说中人们添枝加叶，说有魔鬼帮助，才使他创造出那么多奇迹。这些传说后来成为文学家们经常利用的创作素材。

《浮士德》以欧洲近代的历史和现实为背景，运用了浪漫主义的手法。

"天上序幕"是全剧的引子。它交待了两个赌赛，一是天帝和魔鬼的赌赛：天帝相信人能克服障碍和迷途，永远前进；魔鬼则认为能把浮士德引上歧途。于是由此引出了第二个赌赛，即魔鬼与浮士德的赌赛：浮士德在中世纪的书斋里，不满足死的知识，苦闷欲绝。这时魔鬼乘隙而入，与他订约，甘愿做他奴仆保证帮他解除烦恼，尽情享受；如果浮士德一旦感到满足，就成为魔鬼的奴仆。这个赌赛成为全剧矛盾冲突的中心，也是剧情的开端。

订约后，魔鬼让年满半百的浮士德喝了魔汤而恢复了青春，他在大街上遇上民间少女葛丽卿，彼此相爱，但遭到少女家庭反对，结果造成了悲剧：葛丽卿由于给病母服多了药而使母亲中毒身死；哥哥因欲阻止他们幽会而与浮士德发生冲突，死于非命；她自己则因溺杀私生子而被囚、致疯、自杀。浮士德受到极大的良心苛责。

第二部开始，浮士德在一个山明水秀之乡，无数精灵围着他歌唱，使他忘却罪愆，精神得到转机。魔鬼把他带进一个皇宫里。时正值这个腐败的朝廷发生财政危机，浮士德建议发行纸币，使其暂时度过难关。皇帝知道浮士德会魔术，便令他设法让古希腊美女海伦的幻影出现，以供众人欣赏。浮士德靠了魔鬼的帮助，果然应验了。浮士德一见海伦美貌绝伦，魂魄全销，昏倒在地。

魔鬼把他背回书斋。这时浮士德以前的学生瓦格纳正在玻璃瓶里制造"人造人"，在魔鬼帮助下造成的人造人看出浮士德梦想的是希腊美女，就把他和魔鬼带进古希腊的神话世界。浮士德打动了地狱里的女主人，在她的允许下，海伦复活了，和浮士德结了婚，生一儿子名欧福良。欧福良因无限制的追求而陨逝，海伦也随着回到阴间。于是浮士德在美的世界里的追求也失败了。

但浮士德仍不甘失败，他跟着海滩潮汐涨落，起了更大的雄心：要填海造田。由于替皇帝平息内乱有功，他得到海边一块封地。这时他已是百岁老人，双目失明，仍满怀信心率领群众改造自然，最后当他这一愿望实现时，他终于喊出："你真美呀，请停留一下！"随即倒下死去。

《浮士德》是一部宏伟的史诗。它是资产阶级整个上升时期的历史的艺术概括。别林斯基把它与《伊里亚特》《神曲》相提并论，认为是"当代德国社会的一面完整的镜子"，"是它的时代的史诗"。郭沫若称它是"一部灵魂的发展史，或一部时代精神的发展史"。全书有一个主题音响：追求。这是启蒙运动的一个很重要的思想。莱辛就说过：人的可贵不在于拥有真理，而在于追求真理。浮士德博士就是一个永远追求的人物典型，是一种新的时代精神即资产阶级的进取精神的体现者。他不局限于从书本里去了解世界，而渴望在实践中，在行动中去改造世界，这是一种在腐朽的封建社会里所没有的新型的人的精神气质。他一生的精神发展经受一番脱胎换骨的历程。他追求过知识，追求过爱情和情欲，追求过美，他为了有所作为不惜与封建统治者妥协，造成了悲剧的结局。但每一次失败和迷途，都使他向真理靠近一步，因为他没有放弃追求。最后终于在改造大自然中找到了真理。因此在每一个局部世界中浮士德都是个失败者，但在整体世界中他却是个胜利者。书中告诉人们：前进的东西总是要胜利的，不过它是以无数悲剧为代价的。

　　浮士德毕竟是中世纪的书斋里走出来的，他身上仍有明显的旧的痕迹。他的性格充满矛盾，正如他自我解剖道："有两种精神寓于我的心胸"，一个"执着尘世"，"沉溺于爱欲之中"；一个则要"超离凡尘"，"向那崇高的精神境界飞升"。向崇高的境界飞升无疑是他主导的方面，但他又"沉溺于爱欲"，亦即贪图眼前的享受，以至不惜与宫廷同流合污，去干镇压起义的勾当。这充分反映了他身上那渺小的、庸人习气的一面。正是存在着这一面，善良、纯洁的葛丽卿及其一家成了他的牺牲品。浮士德身上的这些阴暗面，反映了资产阶级的固有缺点，预示着这个阶级必然走向反面，而与劳动人民尖锐对立。

　　浮士德的前进之所以这样艰难，是因为始终有对立的力量存在。代表这一对立力量的反面形象便是魔鬼靡非斯陀。这个人名的原文 Mephist，在古希腊文中是不爱光明的意思，在希伯来文中是破坏者。书中靡非斯陀自称是"否定的精神"，是"恶"的化身。作为一部史诗的主要反面角色，他实际上是没落阶级和一切腐朽反动力量的代表。他千方百计引导浮士德走入歧途，使他失败，这正是反动势力竭力阻挡、破坏进步时代潮流的缩影。但他是个虚无主义者，虽然他可以引导浮士德犯错误，又利用他的错误干种种坏事，而他与之对立的浮士德是创造精神的代表，他是不死的。既然浮士德是经由无数的局部失败达到整体的胜利的，那么许多局部的胜利不能保证靡非斯陀的整体的失败，就成为他的必然归宿了。实际上靡非斯陀的每一个破坏行动都从反面促成了浮士德的发展。这是辩证法的逻辑。歌德在书中表达的这一思想，与后来恩格斯所阐述的关于恶的历史作用有某种暗合之处。

但同浮士德一样，靡非斯陀这个形象也不是单一的。在他的矛盾体中，除了"否定精神"这一主要方面外，还有积极的次要的一面。他目光尖锐，看到了现实中宫廷里许多腐败现象，予以揭露和讽刺。

由于《浮士德》要概括的是一个很长的历史时代，作品不能不借助于许多象征性或譬喻性的形象。例如绝代美女海伦象征着古希腊艺术之美，浮士德追求这种古典美的失败，意味着他想通过艺术实现改造社会的理想的失败。又如浮士德和海伦新生的儿子欧福良的无限追求象征着浪漫主义文学，作者通过欧福良的早逝，以纪念英国浪漫主义诗人拜伦。又如，浮士德的学生瓦格纳，是脱离实际的、只会啃书本的经院式的知识分子，这个形象体现了封建的、中世纪的意识形态的陈腐。

《浮士德》在很大程度上反映了作者的世界观和人生观以及他自己的生活体验。作者认为，人的思想发展是一个不断新陈代谢的过程。他说，蛇是经常通过蜕皮成长的。人也是通过不断的毁灭获得不断的新生。因此有了他笔下主人公的无数次失败。歌德认为，一个人不经历官能的享受，他的精神发展是不完全的。因此有了浮士德跟葛丽卿之间的爱情，并让他们发生肉体关系。但他只给了浮士德一个夜晚的欢情。因为作者认为，家庭是事业的障碍，所以他不让主人公跟任何人成婚。

《浮士德》的基本轮廓是两个赌赛和两个世界。两个世界一大一小：第一部是小的世界，即现实的世界，感官的世界；第二部则是大的世界，这里是政治舞台、精神幻境、大自然。一个人从"小世界"走到了"大世界"意味着他从"凡夫俗子"发展到崇高的精神境界。所以第二部内容十分丰富、深广，作者把他一生的体验都融汇了进去。根据作者的构思，第二部中的第三幕和第五幕是重点。第四幕以后，主人公精神开始有了转机。在这两幕里，作者让主人公说出了他的最终目标：统治和财产。说明上升的资产阶级经济、文化发展到一定时期，就要求政治权力。在最后两幕中，揭露了海上掠夺，指出战争、贸易和掠夺是三位一体。这击中了资产阶级的本质。

《浮士德》的基本结构形式是戏中戏：大悲剧套着许多个小悲剧，其中有些小悲剧可以独立成篇，如葛丽卿悲剧。在艺术表现上，现实主义与浪漫主义结合并用，不过第一部以现实主义为主，第二部以浪漫主义为主。神话、传说、幻想等交织在一起，组成多彩的色调。人物不是性格的典型，而是哲学观念的化身，互相形成鲜明的对比。语言是多变的，有时讽刺，有时嬉谑；有时严肃，有时诙谐；有时押韵，有时不押韵；有时民歌体，有时希腊悲剧诗体、亚历山大诗体。因此，人们完全有理由说：这部巨著是一座丰富的精神宝库。

（叶廷芳）

中　卷

19 世纪文学

19世纪浪漫主义文学指要

作为一种特定历史时期的文学思潮,浪漫主义流行于18世纪90年代到19世纪30年代的欧洲。它是法国资产阶级革命后,欧洲封建制度开始崩溃、资本主义逐步确立和民主运动、民族解放斗争高涨时期的产物。

(一)

1789年爆发的争取自由、平等与人权的法国资产阶级革命,不仅有力地摧毁了统治法国一千多年的封建专制制度,而且沉重地打击了整个欧洲的封建秩序,促进了资产阶级民主运动和民族解放斗争的发展,正如列宁所指出的:"整个19世纪,即给予全人类以文明和文化的世纪,都是在法国革命的标志下度过的。"(列宁:《全俄社会教育第一次代表大会》,《列宁全集》第29卷第334页)

法国革命后的二三十年,是欧洲社会动荡、战争频繁、阶级斗争错综复杂的历史时期。法国经历了复辟和反复辟的曲折斗争,代表大资产阶级利益的拿破仑,为了巩固革命成果,不仅坚决镇压国内王党分子的复辟活动,而且连续发动对外战争,横扫欧洲封建势力。1814年,拿破仑在欧洲封建国家联军的进攻下惨败,导致波旁王朝的重新复辟。1830年爆发的七月革命,埋葬了波旁王朝,最终确立了资产阶级统治。法国革命后,欧洲许多国家民族意识高涨,西班牙、意大利、希腊以及拉丁美洲各国均崛起民主革命和民族解放运动。

与此同时，欧洲社会动荡不安，劳资矛盾日趋尖锐，"和启蒙学者的华美约言比起来，由'理性的胜利'建立起来的社会制度和政治制度竟是一幅令人极度失望的讽刺画"（恩格斯：《社会主义从空想到科学的发展》，《马克思恩格斯选集》第 3 卷第 408 页），从而引起了各阶层人民对启蒙理想的失望和破灭。他们纷纷从各自的立场出发，根据自己的想像去寻找解决社会问题的途径，产生了以康德、费希特、黑格尔为代表的德国古典唯心主义哲学和以圣西门、傅立叶、欧文为代表的空想社会主义思想。前者有的虽具有辩证法的合理内核，但夸大主观作用，宣扬神秘主义，反映德国资产阶级向贵族的妥协和屈从。后者则尖锐地批判资本主义制度的罪恶，幻想消灭阶级对立，主张解放全人类，建立和平幸福的社会，反映了当时尚未成熟的无产阶级对现存制度的抗议和对未来的憧憬。此外，还存在着自文艺复兴以来就广泛流传的人道主义思想。这些都成为浪漫主义文学产生的社会条件和思想基础。

（二）

浪漫主义文学吸收了欧洲各民族神话传说和中世纪骑士传奇（罗曼司）中的浪漫情调，继承了卢梭崇尚感情、热爱自然和英国感伤主义的思想风格，发扬了启蒙主义文学反对封建专制、追求平等自由和个性解放的革命精神。在艺术上，浪漫主义反对古典主义的清规戒律，提倡自由的艺术形式。它摈弃平淡、典雅、和谐，推崇奇特、非凡、怪诞，把美丑、善恶的人和物作夸张的对照。它反对静态的外部描写而深入人的心灵，倡导直抒胸臆，借景抒情。它讲求语言的音乐性和韵味美，有时也表现出神秘、朦胧的色彩。

浪漫主义文学尽管在各国的发展有所不同，但仍然存在着下列相近的思想和艺术特征。

表现主观理想,抒发个人感情。主观性是浪漫主义文学最本质的特征。浪漫主义作家对现实感到不满,追求理想的生活和社会,认为"艺术不是对现实的描绘,而是对理想真理的探索"(乔治·桑);或向往未来平等自由、友爱幸福的乌托邦;或追忆美化了的逝去的往昔世界,带有浓重的主观性、空想性。浪漫主义作家认为古典主义的崇尚理性是压抑感情、抹煞想像,束缚了文艺的发展,于是反其道而行之,把情感和想像提到首要地位,采用抒情诗、抒情色彩浓厚的叙事诗、历史小说和戏剧等体裁进行创作。他们大抒个人感情,任凭想像驰骋,并以紧张、离奇的情节,超凡、怪异的形象,以及浓厚的神话色彩来吸引读者。

宣扬绝对自由,塑造叛逆形象。浪漫主义作家追求个性的自由解放,肯定个人对社会的反抗斗争,精心塑造具有叛逆性格的英雄形象,如拜伦笔下的"拜伦式英雄",缪塞小说中的"世纪儿"形象等。他们不满现实,与社会对立,追求某种理想,具有不屈的反抗精神;然而他们往往孤芳自赏,单枪匹马,陷于孤独、忧郁,无不以失败告终。

厌恶城市文明,歌咏自然景物。浪漫主义作家出于对城市的厌恶,继承和发展了 18 世纪感伤主义文学中"回到自然"的传统,把大自然作为描写和歌颂的对象,以自然的壮美同城市的丑恶相对照,通过对大自然的赞美,对中世纪田园风光的歌颂,抨击社会的污浊和虚伪,抒发对自由的向往。拜伦的长诗《恰尔德·哈洛尔德游记》,热情歌颂大海的辽阔,山谷的险峻,瑞士、意大利风光的瑰丽和历史古迹的雄伟,把它们同英国上层社会的空虚、伪善、冷漠相对照,以突出作者对现实的强烈憎恶。

重视民间文学,富有地方色彩。浪漫主义一反古典主义排斥民间文学的宫廷习气和贵族情趣,乐于采用民间歌谣、民间童话传说的题材、语言和表现手法,写出富有民族风味和地方色彩的诗歌和历史小说。

　　浪漫主义首先产生在经济落后、政治分裂、资产阶级力量薄弱、唯心主义哲学盛行的德国。较之英、法等国,德国浪漫主义文学具有更为浓厚的主观唯心主义和宗教色彩。

　　德国浪漫主义文学的发展有早期和后期之分。早期带有较多的神秘主义和悲观色彩。它的代表作家有奥·史雷格尔(1767—1845)和弗·史雷格尔(1772—1829)兄弟,诺伐里斯(1772—1801)和蒂克(1773—1853)。史雷格尔兄弟在耶那创办刊物《雅典娜神殿》,宣传浪漫主义文学主张,倡导艺术的无目的论,宣扬文艺的主观性,认为艺术的基础不是理智而是感情。诺伐里斯的《夜的颂歌》是一首悼念他的未婚妻索菲的抒情诗,充满着颂扬死亡,否定人生的思想感情。蒂克的《金发的艾克贝尔特》,流露出人在自然和命运面前无能为力的悲观思想。

　　德国后期浪漫主义文学中的神秘色彩减弱,批判倾向增强,多数作家重视民间文学,注意讴歌祖国的历史和自然。霍夫曼(1776—1822)的童话小说《小怪物查黑斯》,通过怪诞离奇的情节,既嘲讽了乌烟瘴气的现实社会,又带有悲观、神秘色彩。沙米索(1781—1838)的童话体小说《彼得·史勒密奇遇记》,运用幻想的形式揭露金钱的腐蚀力量,劝导人们不要因金钱而丢掉灵魂。雅科布·格林(1785—1863)和威廉·格林(1786—1859)兄弟合编的《格林童话集》,突出劳动者的智慧和优良品德,语言生动,富于幻想,为世界儿童文学名著。海涅(1797—1856)早期的《诗歌集》、《哈尔茨山游记》等作品,讴歌美丽的大自然,揭露黑暗的德国社会,民歌风味浓郁,富有音乐性和声韵美。19世纪30年代以后,德国浪漫主义在社会政治的激变中逐渐为现实主义所代替。

　　英国浪漫主义文学的正式形成,一般以1798年华兹华斯

(1770—1850)和柯尔律治(1772—1834)合著的《抒情歌谣集》的问世为标志。这部诗集集中体现了英国第一代浪漫主义诗人——"湖畔派"(华兹华斯、柯尔律治、骚塞)诗歌的特色。两年以后,华兹华斯又为该书写了一篇序言,被认为是英国浪漫主义的理论宣言。华兹华斯主张选择普通的田园生活作题材,采用朴实易懂的民间语言,认为"一切好诗都是强烈情感的自然流露",并强调诗歌要抒写人们的内心世界。他还身体力行,写出了《丁登寺赋》、《不朽颂》等歌咏大自然景物的自然诗、田园诗,语言质朴,感情真挚,诗韵自然,开了表现大自然和普通人生活的浪漫主义诗风。柯尔律治的《古舟子咏》宣扬宗教万能,仁爱永存,艺术上则以想像奇特、情节怪诞、超自然的神秘色彩浓厚闻名。湖畔派诗歌打破了贵族气息浓厚的古典主义对诗坛的统治,使英国诗歌进入浪漫主义的新时代。

19世纪一二十年代,随着民主运动的发展和湖畔派诗人的思想日趋保守和诗情衰竭,以拜伦(1788—1824)、雪莱(1792—1822)和济慈(1795—1821)为代表的第二代浪漫主义诗人登上文坛,把英国浪漫主义诗歌推向高峰。

拜伦在《恰尔德·哈洛尔德游记》、《海盗》和《唐璜》等诗篇中,尖锐抨击专制暴虐,辛辣讽刺社会丑恶,热情讴歌民主自由,并塑造出以反抗、孤独、忧郁为其性格特征的"拜伦式英雄",但也流露出浓重的唯心史观和悲观主义思想。拜伦那种充满激情、气势磅礴、音韵铿锵、语言奔放的浪漫主义诗风,长期影响着英国和欧洲诗坛。雪莱是空想社会主义思想最浓厚的浪漫主义诗人。他的论文《为诗辩护》是继《〈抒情歌谣集〉序》之后的又一篇英国浪漫主义理论著作。它强调想像、灵感的巨大作用,赞美诗人是人类的"导师"和"先知",认为诗歌具有点燃人们心中的"自由与正义的热情"的伟力,但也存在一味崇拜天才,否定理智的唯心主义思想。在长诗《伊斯兰的起义》和诗剧《解放了的普罗米修斯》中,雪莱愤怒谴责暴君的凶残和背信弃义,展现了人类获得解放后个个自由幸福的欢乐景象。济慈的诗篇语言优美，富有音乐性，传奇色彩浓郁，往往用艺术永恒的观念反衬诗人对现实的厌恶之情。与此同时，司各特（1771—1832）写出了《艾凡赫》等历史小说。他把虚构的个别人的遭遇同真实的历史事件巧妙地结合起来描写，既使小说具有广阔的历史背景、鲜明的时代特征和强烈的地方色彩，又表现出普通群众在社会生活中的积极作用，开拓了欧洲浪漫主义历史小说的新形式。

法国浪漫主义文学稍晚于德、英两国而在 19 世纪初产生，二三十年代盛行，直到 40 年代还不断有新作品问世。它的发展大体以 1830 年为界分为前后两期。前期以夏多勃里昂（1768—1848）、特司台尔夫人（1766—1817）为代表；后期的浪漫主义作家有雨果（1802—1885）、乔治·桑（1804—1876）、缪塞（1810—1857）和大仲马（1802—1870）。

夏多勃里昂是法国浪漫主义文学的先驱，带有贵族倾向。他的论著《基督教真谛》以美化基督教的"诗意"闻名。小说《阿达拉》描写世俗爱情与宗教信仰的矛盾，《勒内》塑造了欧洲文学史上第一个"世纪儿"勒内的形象。夏多勃里昂的作品色彩灰暗，歌颂荒凉和废墟之美。特司台尔夫人带有民主思想倾向。她的小说《黛菲妮》谴责封建道德和宗教偏见，赞美女主人公追求个性解放和爱情幸福的热情；论著《论文学》强调文艺应扎根于民族土壤，反对美化中世纪的封建宗法制社会和古典主义的文学法规，主张自由表达作家的思想感情。

1827 年，雨果写出了被称为法国浪漫主义理论宣言的《〈克伦威尔〉序》。它猛烈抨击古典主义的清规戒律，强调艺术必须真实、自然，并提出著名的美丑、善恶对照的浪漫主义文艺创作原则。不久，雨果的集中体现美丑对照原则的剧本《欧那尼》和小说《巴黎圣母院》接连问世。两部作品都有鲜明的反封建、反宗教思想倾向，情节紧张，场景多变，气势宏伟，分别成为浪漫主义戏剧和浪漫主义小说的典型作品。乔治·桑是具有世界声誉的浪漫主义女作家。她明确指出了浪漫主义创作方法的特征："艺术不是对现实的描绘，而是对理想真理的探索。"在她的《安蒂亚娜》、《康素埃洛》、《安吉堡的磨工》和《魔沼》等爱情小说、社会小说、田园小说中，洋溢着为妇女争取平等权利、爱情自由的民主主义思想光辉，着力表现理想的社会、理想的人物、理想的爱情。她的小说富有牧歌风味，抒情色彩浓郁，语言清新流畅，善于描绘诗情画意的自然风光。缪塞的小说《一个世纪儿的忏悔》塑造了典型的"世纪儿"形象沃达夫。大仲马以创作浪漫主义历史小说闻名。他的《三个火枪手》、《基度山伯爵》等作品，均以情节的生动紧张和浓烈的传奇色彩著称。

在俄国，随着1812年反拿破仑侵略战争的胜利和1825年十二月党人的起义而出现了浪漫主义文学。茹科夫斯基（1783—1852）的诗歌着力抒发个人的感受和心灵活动，把过去理想化，充满忧郁情调，但在重视民间传说和诗歌的音乐性、语言的简洁流畅方面颇有特色。十二月党人、诗人雷列耶夫（1795—1826）的讽刺诗《致宠臣》，斗争锋芒直指沙皇宠臣阿拉克切耶夫。普希金（1799—1837）的《自由颂》、《致恰达耶夫》和《乡村》等诗篇，猛烈攻击沙皇专制政体和反动的农奴制度，表达了诗人渴望自由的思想情绪。莱蒙托夫（1814—1841）的《童僧》、《恶魔》等作品，同样迸发出反抗黑暗社会，要求自由进步的呼声。

在东欧的波兰和匈牙利，出现了以密茨凯维支（1798—1855）和裴多菲（1823—1849）为代表的反对民族压迫、争取民族独立的浪漫主义诗人。密茨凯维支在沙俄的迫害下，一生过着颠沛流离的生活。他的创作"所鼓吹的是复仇，所希求的是解放"（鲁迅）。代表作有诗剧《先人祭》第三部和叙事诗《塔杜施先生》。前者歌颂波兰革命者反对沙俄侵略者的英勇斗争，后者表现波兰人民反抗异族侵略、要求民族独立的强烈愿望。裴多菲是1848年匈牙利反对奥地利统治的革命起义的领导人之一，1849年在抗击俄国军队的战斗中英勇牺牲。他的政治抒情诗《民族之歌》、《大海沸腾了》、《把国王吊上绞架》等，在起义中为革命人民广泛传颂。他还写有不少爱情诗，《自由，爱情》中"生命诚可贵，爱情价更高；若为自由故，二者皆可抛"的诗句，铿锵有力，脍炙人口，充分表达了诗人热爱生活，渴望自由的坚强决心。

19世纪三四十年代以后，随着资本主义制度的巩固、发展，劳资矛盾上升为社会主要矛盾，浪漫主义那种追求非凡事件和非凡人物的理想，日益显示出它的空幻性，不能适应时代发展的需要，于是，以揭露、批判现实社会丑恶为其主要特征的批判现实主义，逐步代替浪漫主义而成为欧洲各国的主要文学思潮。

（陈　挺、夏　盛）

雨　果

巴黎圣母院

第 六 卷

一、公正地看看古代司法界

在 1482 年,贵人罗贝尔·代斯杜特维尔是个相当走运的人物。他是骑士,倍因地方的贵族,芒什省易弗里和圣·安德里两领地的男爵,国王的参事官和侍从官,常任的巴黎总督。大约在 17 年之前,在 1465 年,彗星①出现的那一年的 11 月 7 日,他就奉上谕担任了巴黎总督这一美缺,那是被看作不仅是一个官职,而且是一个显要的职务的。若阿纳·勒纳纳斯说那是"在处理治安方面具有不小力量并附带许多特权的要职"②。一位绅士得到国王的信任,这在 1482 年可是件十分了不起的大事。国王的委任状上写明任期是从路易十一的私生女同波旁的私生子结婚的日期算起。就在罗贝尔·代斯杜特维尔代替雅克·德·维耶担任了巴黎总督的同一天,若望·朵威代替艾尔叶·德·多埃特担任了大理院首席议长;若望·雨维纳·代·于尔森取代了比埃尔·德·莫尔维里耶,当上了法兰西司法大臣;勒尼奥·代·多尔曼排挤掉比埃尔·皮伊,当上了国王宫廷的查案长。自从罗贝尔·代斯杜特维尔担任巴黎总督以来,首长们、法官们和主管们更换了不知多少,但他却根据特许状上说的"准予连任",一直好好地保持着那个职位。他同那个官职贴得多么紧,

---

① 作者原注:"这颗彗星出现时,波尔雅的叔父、教皇加利斯特下令普遍举行祈祷,它就是在 1835 年重新出现的那颗彗星。"

② 此处引文是拉丁文。

结合得多么密，合并得多么好啊！他何等巧妙地逃过了路易十一那种喜欢更换臣仆的谋算。路易十一是一位妒嫉、吝啬、勤谨的国王，想用经常任命和撤职的方式来保持他权力的灵活性。此外，这位勇敢的骑士还达到了让儿子继承自己职位的目的，骑士盾手——贵人雅克·代斯杜特维尔，在他的职务旁边扮演京城总督的常任书记长的角色已经有两年了。真是稀罕之至！真是王恩浩荡！罗贝尔·代斯杜特维尔的确曾经是一名合格的士兵，他曾经堂皇地对"公共福利同盟"举起过抗议的旗帜。当王后在14××年来到巴黎的时候，他曾经献给她一只非常出色的蜜饯公鹿。他同国王宫廷的骑士总监特里斯丹·莱尔米特有很好的交情。罗贝尔阁下的境况是非常甜蜜快乐的，首先是有很好的进款，这些进款还附带着总督的民事案与刑事案注册收入，就像他的葡萄园里那些过剩的葡萄一样。他还有沙特雷法庭的民事案和刑事案的收入，曼特桥与果尔倍依桥的无数笔小额税收以及巴黎技术学校的技术费、执照制造费和食盐过秤费。再加上带着骑兵队在城里驰骋的快乐，在穿半红半褐色的袍子的市政官吏中间炫耀他一身精美战袍的快乐，这战袍我们至今还可以从他那诺曼底的瓦尔蒙修道院前坟墓的雕刻上，以及蒙来里那有凸纹的高顶盔上看到。他还全权管理着沙特雷法庭的十二个执达吏，管理着门房与瞭望塔，还有沙特雷法庭的监狱看守以及四个有封邑的执达吏，一百二十个骑兵，一百二十个权仗手，还有他的夜间巡逻队，他的骑士分队、前卫队与后卫队。这难道不算什么吗？他掌握高级和初级的审判权，有处理示众、绞刑、拖刑的权力，还没算上宪章里规定的"初级审判权"，即巴黎子爵领地及所属七个封邑的最高司法权。这难道不算什么吗？你能够想像出有什么能比罗贝尔·代斯杜特维尔每天在大沙特雷法庭里，在菲立浦·奥古斯特的圆拱下安排和处理事务更快活的事吗？还有什么事情比他惯常在每天黄昏把某些穷鬼打发到"艾斯果侠里街那所小房子"去过夜，然后再到王宫附近加利利街上他妻子昂布瓦斯·德·洛埃夫人管理的可爱的宅第里去解除疲劳更快活的事吗？至于那所小房子，它是"巴黎历任总督和参议员们都愿意当监狱用的，据说是十一英尺长，七英尺四寸宽，十一英尺高"。

罗贝尔·代斯杜特维尔阁下不但有巴黎总督和子爵的特别法庭，他还插手国王的最高判决权，没有一个略居高位的人不是先经过他才被交给刽子手的。把纳姆公爵从圣安东尼的巴士底狱提交莱市刑台，把圣·波尔元帅提交格雷沃刑台的就是他，后一位在被押赴刑场的路上愤怒地大喊大叫，对那位陆军元帅不怀好意的总督先生却高兴之极。

真的,为了使生活过得幸福而又声名烜赫,为了有朝一日能在总督们引人入胜的历史中占据醒目的一页,吴达尔·德·维尔纳夫才在肉店大街上有一所房子,居约姆·德·昂加斯特才买下了大小萨瓦府第,居约姆·蒂波才把克洛潘街上的几所房子给了圣热纳维埃夫教堂的教徒们,于格·奥布里奥才住在豪猪大厦,以及诸如此类。

可是,虽然有这么多理由来使生活快乐而丰富多彩,罗贝尔·代斯杜特维尔阁下在 1482 年 1 月 7 日早上醒来的时候,却很不高兴,心情很坏。哪儿来的这种坏心情呢?连他自己也说不清楚。是不是因为天色阴暗?是不是因为他那蒙来里的旧武装带系得太紧,使他总督大人的胖腰身过分难受?是不是因为他看见街上有好些他瞧不起的乞丐衣服里面没有衬衫,帽子只剩帽檐,身边挂着讨饭袋和水筒,四个一排从他的窗下走过,引起了他的反感?是不是他预感到,将来的国王查理八世要在明年的总督薪俸里扣除三百七十里弗十六索尔八德尼埃的数目?任凭读者们去猜想吧,至于我们,我们比较相信他之所以心情不好,仅仅是由于他心情不好。

并且,那正是节日的第二天,那是人人都厌倦的日子,尤其是那些负责清除巴黎在一个节日里所造成的全部垃圾(按其本义和引申意义来讲)的官吏,何况他还要到大沙特雷法庭去出席审判。可是我们早已发觉,法官们通常都把他们执行审判的日子作为心情不好的日子,以便总能寻出一个人来借国王、法律和审判的名义发泄他们的怒气。

审判没有等他到场就开始了,照例由他的民事法庭、刑事法庭和特别法庭的助手们给他料理一切。打从早上八点起,成群的男女市民就拥挤在沙特雷法庭的一个黑暗角落里,在一个橡木大栅栏和一道墙壁中间,用最愉快的心情,观看着总督阁下的助手、沙特雷法庭预审官孚罗韩·巴尔倍第昂所主持的略为杂乱而又十分随便的民事裁判与刑事审判的各种有趣景象。

审判厅是窄小低矮的圆拱形,尽头处立着一张雕百合花的桌子和一把雕花的橡木圈手椅,那是总督的座位,当时空着。它左边有一张凳子,是预审官孚罗韩坐的。下面是忙碌地书写着的书记官,对面是民众。门前和桌前站着总督的一支卫队,穿着缀有白十字的紫天鹅绒衣服。两名接待室卫士,穿着半红半蓝的粗绒布短上衣,在一道关着的大门前面站岗,从那里可以一直望见桌子后面的厅堂尽头。惟一的尖拱顶窗户紧窄地嵌在厚墙上,一月份的淡弱阳光从窗口射进来,照见两个古怪的形象:拱顶悬垂下来的石刻魔鬼像和坐在厅堂尽头那张雕百合花的桌子前面的法官。

真的,请想像沙特雷法庭预审官孚罗韩·巴尔倍第昂阁下那副尊容吧。他坐在总督桌子前面两堆案卷当中,两肘支着头,脚遮在棕色呢料袍子的后幅边上,白羊羔皮衣领围住脸孔,眉毛好像锁在一起,眼睛粗鲁地闪动着,衣领神气地托着他两颊的肥肉,那两块肉一直垂到双下巴底下。

而且这位预审官是个聋子,这对于一位预审官不过是轻微的缺点罢了。孚罗韩阁下的判决是不用上诉的,它总是非常恰如其分。的确,一位预审官只要装出在倾听的样子就行了,这位可敬的预审官是很符合这个条件的——严格审判最为紧要的条件,因此任何声音都打扰不了他。

但是在听审的群众里面,却有一个对他的言语动作相当苛刻的审核者,那就是我们的朋友——磨房的若望·孚罗洛,这个昨天的学生,这个游荡鬼,在巴黎到处都看得见他,只是在教授们的坐椅前除外。

"你看,"他低声向同伴罗班·普斯潘说,那个同伴看见眼前展开的景象,正在嬉着嘴笑。"那不是新市场的漂亮懒姑娘让内东·比宋吗?用我的灵魂担保,他会判她的罪呢,那老家伙!他准没长耳朵,也没长眼睛!因为她戴了两串珠子,就罚了她十五索尔零四个德尼埃,罚得太多啦。那个是谁呀?是罗班·谢甫德维尔!就因为他成了手艺工人师傅吗?这可是他的入场费哪!哎!两位强盗绅士,艾格勒·德·苏安,于丹·德·梅里!两位骑士盾手!基督的身子呀!① 他们赌过骰子呢!在这儿什么时候才看得见我们的校长呀?送给国王一百巴黎里弗的罚金!巴尔倍第昂!他像个聋子似的在那儿敲打!随他去吧!我愿我是我的副主教哥哥,要是那样我就能不去赌博了!成天成夜地赌博,活在赌博里,死在赌博里,让我输个精光吧!圣母啊,多少个姑娘!一个跟着一个,漂亮的羔羊们啊!昂布瓦斯·莱居也尔!依莎波·拉·贝奈特!贝拉德·吉霍兰!她们我全都认识。老天作证!出罚款!出罚款!谁叫你们系着镀金腰带的!罚十个索尔,这些狐狸精!啊,那猴子般的老法官,又聋又蠢!啊,笨蛋孚罗韩!啊,蠢材巴尔倍第昂!他在桌子前面呢!他吃着起诉人,他吃着案件,他大吃大嚼,他胀饱了,他塞满了!罚金、诉讼费、捐税、损失赔偿费、枷

---

① 原文是拉丁文。这是一句赌咒发誓的混话。

锁费、牢狱费等等,对于他就像是圣诞节的糕饼和圣若望的小杏仁饼一样!看看他呀,看那猪猡!得啦,好!又是一个可爱的女人!是蒂波·拉·蒂波德,一点不错!就因为她是从格拉蒂尼街来的吧!那个小伙子是谁呀?纪埃弗华·马朋,弓箭队里的一个。因为他咒骂上帝啦。出罚款,拉·蒂波德!出罚款,纪埃弗华!两人都得出罚款!那个聋老头!他把两件事搅混了!他八成会判那姑娘咒骂的罪,判那个兵士淫荡的罪!注意,罗班·普斯潘!他们领进来的是什么人呀?那么多的军警!大神朱比特作证,他们有一大帮呢。就像一群猎犬似的。来了一头野猪!来了一个,罗班,来了一个!还是一个挺漂亮的呢!天晓得,原来是我们昨天的王子,我们的愚人王,我们的敲钟人,我们的独眼,我们的驼背,我们的丑八怪!原来是伽西莫多!……”

这倒是千真万确的。

那是被捆绑着监视着的伽西莫多,围着他的军警是由候补骑士亲自带领的。骑士穿着胸前绣法兰西纹章、背后绣巴黎纹章的衣服,伽西莫多则除了自己的丑陋之外一无所有。单凭这一点就能说明人们为什么剑拔弩张了。他沮丧、安静、不出一声。他只是偶尔对捆着他的绳索愤怒地看上一眼。

他也用同样的眼光向周围望望,但那眼光十分暗淡无光,妇女们指点着他好笑起来。

这时预审官孚罗韩聚精会神地翻阅起控诉伽西莫多的案卷来了,那是书记官呈递上去的。他看了一眼,仿佛考虑了一会。由于审问之前这种照例的准备,使他预先知道了这个犯人的姓名、身份和所犯的罪行,以便他能给某些料想得到的提问预备好解释和答案,使他能避免审问中的疑难之处而不会过分显出他的耳聋。案卷对于他来说,好比一个瞎子有了一条狗做向导。但他那耳聋的缺陷有时被几个不连贯的省略符号或难解的问题泄露出来了。即使遇到这两种某些人觉得很深奥,某些人觉得很笨拙的情况,这位达官的荣誉依旧不会受什么损失。因为,无论法官被人看成是笨拙的还是深奥的,总比被人当做聋子要好得多。所以他特别留神把自己耳朵聋的事实瞒过所有的人,最后连他本人也给瞒住了,而且这比人们所能想像的要容易些。每个驼子都会昂起脑袋,每个口吃的人都喜欢高谈阔论,每个聋子都会说悄悄话。他呢,他认为自己的耳朵不过有点听不太清楚罢了,而这还只是在他坦白和扪心自问的时候对于公众意见的让步。

他把伽西莫多的案子考虑了一会,便向后仰起脑袋,半闭起眼睛,做出更加威严更加大公无私的样子,这时他就成了又聋又瞎的了。要是没有这两个条件,他还算不得十全十美的法官呢。他就在这个威严的姿态里开始审问起来。

"你的姓名叫什么?"

这真是"法律都预料不到"的一桩怪事:一个聋子竟要来审问另一个聋子。

伽西莫多根本没听见问他的是什么,继续盯住法官不回答。法官是聋子,又毫不明白犯人也是聋子,就认为他已经按照通常审案子的程序回答了自己的问话,于是用死板笨拙的声调继续审问。

"很好。你多大年纪?"

对这个问题伽西莫多也没有回答。法官认为他已经回答了自己的问话,便继续问下去。

"那么,你的职业是什么?"

依旧是同样默不出声。这时听审的人们就互相耳语起来,并且你看看我,我看看你。

"够了,"沉着的预审官以为犯人已经回答了他的第三个问题,就冷静地说道,"你在我们面前是个犯人,因为第一,你在夜间引起了骚扰;第二,你殴打了一个疯女人;第三,你违背和反抗了国王陛下的近卫弓箭队。对于这几点你可以答辩。书记官,你把犯人刚才讲的话记下来没有?"

由于这句倒霉的问话,书记官和听众爆发出一阵哄堂大笑,笑得那样厉害,那样疯狂,那样有感染力,那样普遍,连那两个聋子都觉察到了。伽西莫多轻蔑地耸起驼背转过身去,同他一般惊讶的孚罗韩阁下呢,却以为听众的哄笑是由于犯人的无礼答辩,他看见犯人显然在对他耸肩膀呢。于是他愤怒地责骂道:

"恶棍,单凭你这句回答就该判你绞刑!你明白你是在同什么人讲话吗?"

这个斥责并不能阻止人们普遍的笑闹,人们都觉得他的话十分古怪荒谬,因此连接待室的军警都发疯似的大笑起来,那些家伙本来蠢得像扑克牌上的核桃一样。只有伽西莫多默不出声,最大的原因是他根本毫不了解周围发生的事情。愈来愈恼怒的法官认为应该用同样的声调继续审问,希望用这个来迫使犯人畏惧,从而博得听众的尊敬。

"那么就是说,你本是那个邪恶的强盗,竟敢诽谤沙特雷法庭的预审官,诽谤巴黎警察局的行政长官,他是负责调查一切犯罪和违法等恶劣行为的,他管制一切商业,禁止一切专利权,不准贩运家禽野味,他称量各种木材,清除城市里的泥泞和空气中的传染病,保养一切道路。总之,他不断地从事公共福利,却不指望任何报酬!你可知道我的姓名是孚罗韩·巴尔倍第昂,总督大人的私人助理,又是专员、监察员和考查员,同时掌握着审理、判决、谈话以及主持会议等等的权力。”

一个聋子对另一个聋子讲起话来是无法停止的,天知道这个孚罗韩要在什么地方什么时候才会结束他的高谈阔论,要不是他背后那扇矮门忽然打开来的话。巴黎总督大人亲自到场了。

看见他进来,孚罗韩并未突然停止讲话,只是半侧过身去,粗鲁地对总督说明他刚才对伽西莫多发泄的长篇大论。“大人,”他说道,“我请求您立刻判处此地这个犯人公然蔑视审判的罪名。”

他喘着气重新坐好,擦着从额上大颗大颗地往他面前的羊皮纸上滴落的汗珠。罗贝尔·代斯杜特维尔阁下皱了一下眉头,向伽西莫多做了一个傲慢的富于表情的手势,那个聋子似乎有点懂得了他的意思。

总督威风凛凛地向他发问:

“强盗,你是犯了什么罪给带到这里来的?”

那可怜的家伙以为总督是在问他的姓名,便打破一直保持的沉默,用一种嘶哑的喉音答道:“伽西莫多。”

这一答话是如此牛头不对马嘴,又引起了哄堂大笑,使罗贝尔阁下涨红了脸大声喊道:“你同我也开起玩笑来了吗?可恶的东西!”

“圣母院的好敲钟人。”伽西莫多答道,他以为应该回答法官自己是干什么的了。

“敲钟人!”总督说。我们已经指出过,他一早醒来就心情不好,他的怒火倒不一定要如此奇怪的回答才能挑动。“敲钟人!我要在巴黎的各十字路口,用成捆的细皮条抽你的脊梁。强盗,听见了吗?”

“要是您想知道我的年纪,”伽西莫多答道,“我想,到圣马丁节我就该满二十岁了。”

这个打击太厉害啦,总督不能忍受了。

“啊,你挖苦起总督来了,你这强盗!武装的军警先生们,你们把这家伙带到格雷沃广场的刑台上去,给我鞭打一顿,让他示众一个钟头!好哇,他要向我付出代价的!我希望把这个判决用四只大喇叭传达到巴黎子爵的七座城堡去!"

书记官急忙把判决记下来。

"上帝的肚皮呀!这就算判得挺不错了!"磨房的若望·孚罗洛在那个角落里嚷道。

总督又回过头来,重新把闪亮的眼睛盯在伽西莫多身上说:"我相信这家伙说了'上帝的肚皮呀!'书记官,在判决上增加十二个巴黎德尼埃的罚款,并且把其中六个德尼埃捐送圣厄斯达谢教区财物委员会。我对圣厄斯达谢是特别虔诚的。"

判决书在几分钟内就写好了。全文简短扼要。巴黎总督和子爵的实施法并没有经过蒂波·巴耶议长和国王的律师何吉·巴尔纳的修正。它当时并没有受到两位法学家在 16 世纪初期提倡的诉讼程序那座大森林的阻挡。其中一切都是明确的、清楚的、敏捷的,人们可以从那儿笔直地向目的地走去,很快就能在每条路的尽头看见轮盘、绞刑架和刑台。人们至少知道自己是走向何处。

书记官把判决书呈递给总督,总督盖了大印,便走出去到听审的群众中间转了几转,心里恨不得当天就把巴黎所有的监牢都装满人。若望·孚罗洛和罗班·普斯潘偷偷地发笑,伽西莫多用惊讶而冷淡的神情看着一切。

正在孚罗韩·巴尔倍第昂阁下朗读判决书准备签名的当儿,书记官忽然受了感动,怜悯起那被判罪的可怜鬼来了,希望能减轻他的罪状,便凑到预审官的耳边,指着伽西莫多告诉他说:"这人是个聋子。"

他以为这个同样的残疾会引起孚罗韩的同情,使他对那个犯人开恩。可是首先,正如我们说过的,孚罗韩并没有想到别人会猜到他的残疾;其次,他聋到这种地步,书记官的话他连一个字也没听见。然而他却装出听明白了的样子,回答道:"啊!啊!那就不同了。我还不知道这回事呢。既然是这样,就应该让他多示众一个钟头。"

于是他就在这样改动过的判决书上签了字。

"干得好!"罗班·普斯潘替伽西莫多抱屈说,"这就能教会他以后怎样去虐待别人了!"

第十一卷

一、 小　鞋

············

一阵摇晃使他们知道船已经靠岸了,旧城区里还是一片喊声,陌生人站起来走到埃及姑娘跟前,想搀着她的胳膊帮助她下船。姑娘把他一推,去抓住甘果瓦的衣袖,正在她身边忙着照顾山羊的甘果瓦竟把她摔开了,于是她自个儿从船里跳上岸去。可是她不知该怎么办,该往哪里走,所以十分烦恼,站在那里望着河水出神。她稍稍清醒后,发觉自己是同那个陌生人站在岸边,甘果瓦好像一上岸就带着山羊悄悄钻进临河的水上楼街上一堆房舍里去了。

那可怜的姑娘发觉自己单独同那个陌生人在一道,就止不住战栗起来,她想说话,想叫喊,想呼唤甘果瓦,可是她的舌头仿佛钉牢在嘴里了,一声也喊不出来。忽然她感到陌生人抓住了她的手,陌生人的手是冰冷的,但非常有力。她牙齿打战,脸色变得同照着她的月光一般惨白。那个人没有说一句话,他抓住她的手大步向格雷沃广场走去,在那当儿,她模糊地意识到命运真是一股无法抗拒的力量。她一点力气也没有了,听凭人家拖着拽着,他向前走,她却被拖着跑步,码头的那一段本来是上坡路,她却觉得好像是在下坡。

她向四面看看,一个行人也没有,码头上十分荒凉,她听不见一点声音,除了火花通红的骚乱的旧城区之外,再也听不见人的声音了。她和旧城区仅隔一条塞纳河,从那边传来了喊声,叫着她的名字,嚷着要把她处死。巴黎其他地区就像大片阴影铺展在她的四周。

这时陌生人还是那样不出一声,还是那样快地拖着她走。她记不得走过了什么地方,在经过一家有灯光的窗前时,她使劲想要挣脱而且还突然喊道:"救命呀!"

那窗户里的居民把窗子打开了,穿着衬衫就把灯举在窗口,迟疑地向码头上望了一眼,还讲了几句她没听清的话,接着又把百叶窗关上。最后的一线希望也熄灭了。

黑衣人还是一言不发,却把她抓得更紧,走得更快了,她无法抗拒,只好有气无力地跟着走。

她偶尔鼓起一点儿力气,用她那因为喘息和道路不平弄得上气不接下气的声音问道:"你是谁? 你是谁呀?"他一句也不回答。

他们就这样沿着码头走到了一个相当大的广场。有一点月光,原来这就是格雷沃广场,看得见广场中央竖着一个黑黑的像十字架一般的东西,那就是绞刑架。这些她都认得,她明白自己在什么地方了。

那个人停下脚步转身向着她,并且把头巾揭开了。"啊,"惊呆了的她结结巴巴地说道,"我就知道还是他呀!"

他就是那个神甫,样子倒像是他自己的鬼魂,那是由于月光的缘故。在那种月光下,一切事情看起来都像幽灵似的。

"听着。"他向她说。一听见这种久已没听到的阴惨的声调,她就战栗起来。那个人接着说下去,由于内心激动,他用很短的句子喘息着一句一顿地说:"听着,我们到了这里。我要同你讲,这里是格雷沃,这就到了尽头哪。命运把你我放在一起,我要主宰你的生死,你呢,你要主宰我的灵魂。这儿除了广场和黑夜之外什么也看不见。听我说吧,我要告诉你……首先不要向我提起你的弗比斯。(说到这里,他就像无法停住的人那样,拖着她走来走去)不要提起他,明白吗? 假若你提起那个名字,我不知道我会干出什么事来,一定是十分可怕的事。"

讲完了这些话他仿佛又找到了重心,他重新站着不动,但是他那些话并没有使他的激动平息下来,他的声音愈来愈低了。

"不要这样转过头去,听我说,这是一桩严肃的事情。首先要告诉你发生过什么事,这些都没有什么可笑的,我向你保证。我在讲什么呀! 让我想想! 啊! 大理院下了一道命令要把你送上绞刑架,我刚才救你逃脱了他们,可是他们还在那里追捕你呢,看吧!"

他抬手指着旧城区,那里的确还在继续搜寻,喊声更迫近了。在格雷沃广场的正对面,那座陆军中尉的房子的塔楼上是一片喧闹声和火光,看得见对岸有许多兵丁手里拿着火把,在那里奔跑,一面喊着:"那个埃及姑娘! 那个埃及姑娘在哪里? 处死她! 处死她!"

"你看得很清楚他们是在追捕你呢,我并没有说谎。我呢,我爱你。别张嘴,要是你打算说你恨我,还是别说为妙,我已经下决心不再听这种话了。我刚才救了你,先让我把话讲完。我完全可以再救你,我一切都准备好了,就看你愿意不愿意哪。只要你愿意,我就能够再救你。"

他猛然停了下来:"不,不应该这样说。"

于是他开步跑,让她也跟着跑,因为他一直抓住她没有放开。他径直跑到绞刑架了,用手指着绞刑架叫她看。"在它和我当中你可以选择一个。"他冷酷地说道。

她从他手中挣开,跪倒在绞刑架下,抱着那阴惨的柱脚,接着她把美丽的脑袋回过一半,从肩头上望着那个神甫,好像是一个跪在十字架下面的圣处女。神甫依旧站着不动,一手指着绞刑架,如同一座塑像。

姑娘终于向他说道:"它还没有你那样使我害怕。"

于是他慢慢垂下手臂,极端丧气地望着石板地。"要是这些石头能够讲话,"他轻轻嘀咕道,"是呀,它们就会说这里有个多么不幸的男子啊。"

他又讲起话来。那姑娘跪在绞刑架前,把脸孔埋在长长的头发里,任凭他说去。此刻他的声音又悲苦又温柔,同他那傲慢的面孔成了辛酸的对照。

"我呢,我爱你,啊,这是千真万确的。我内心如同烈火焚烧,但外表上什么也看不出。啊,姑娘,无论黑夜白天,无论黑夜白天都是如此,这难道不值得一点怜悯吗?这是一种无论黑夜白天都占据我心头的爱情,我告诉你,这是一种苦刑啊。啊,我太受罪了,我可怜的孩子!这是值得同情的事啊,我担保。你看我在温柔地向你说话呢,我很希望你不再那样害怕我。总而言之,一个男子爱上一个女人并不是他的过错。啊,我的上帝!怎么,你就永远不能原谅我吗?你还在恨我!那么,完结哪!就是这个使我变得凶狠,你看,就是这个使我变得可怕的!你看都不看我一眼!当我站在这里向你说话,并且在我俩走向永恒的边界旁战栗的时候,你或许正在想别的事,不过千万别对我提起那个军官。唉!我要向你下跪了,啊呀,我要吻你脚下的泥土了,不是吻你的脚,那样你是不愿意的。我要哭得像个小孩子,我要从胸中掏出,不是我的话,而是掏出我的肺腑,为了告诉你我爱你。一切全都没用,都没用!可是在你的心里你有的只是慈悲和柔情,你全身发出最美丽最温柔的光芒,你是多么崇高、善良、慈悲、可爱。哎,你单单对我一个人这样冷漠无情。啊,怎样的命运呀!"

他把脸埋在手里,那姑娘听见他在哭泣,这是他生平第一次哭泣。他站在那里哭得浑身哆嗦,比跪着恳求更加凄楚,他就这样哭了好一会。

"啊呀!"哭了一阵之后他接着说道,"我找不出话说了,我对你讲的话都是好好考虑过的。这会儿我又颤又抖,我在决定性的关头倒糊涂起来,我觉得有一种至高无上的力量统治着我们,使我说不明白。啊,要是你不怜惜我也不怜惜你自己,我就要倒在地上了。不要使我俩都受到惩罚吧,要是你知道我多么爱你!我的心是怎样一颗心呀!我是怎样逃避真理,怎样使自己感到绝望!我是个学者,却辱没了科学;我是个绅士,却败坏了自己的名声;我是个神甫,却把弥撒书当做淫欲的枕头,向上帝的脸上吐唾沫!这一切都是为了你呀,狐狸精!为了能更快地在你的地狱里沉沦!可是你倒不愿意要我这个罪人哪!啊,让我全部告诉你,还有呢,还有一件更可怕的事情呢,啊,更可怕的呀!……"

讲到最后几句话的时候,他完全是一副神经错乱的样子,他有一会没出声,随后又像自言自语一般厉声说道:"该隐① 啊,你是怎样对待你的弟弟的呀?"

沉默了一会,他接着说道:"我是怎样对待他的呀,主啊?我曾经教育他,抚养他,我曾经教他成人。我曾经崇拜他,我曾经宠爱他,但是我把他杀死了!是呀,主啊,人家刚才在我面前把他的脑袋在你教堂的石头上摔开了花,这都是因为我,因为这个女人,因为她……"

他的眼光变得凶暴起来,声音渐渐低下去了,像一口钟在发出最后的震颤,他隔一会就重复一遍:"是因为她……是因为她……"后来他的舌头再也发不出什么声音了,嘴唇却依然动,突然他像什么东西坍塌似的跪倒在地上不动了,脑袋埋在两腿中间。

姑娘轻轻地把压在神甫身子底下的脚抽回去的动作使他清醒过来,呆呆地望着自己湿漉漉的手指。"啊!"他低声说道,"我哭了呀!"

他猛地转身对着埃及姑娘,难过得不知道该怎么说才好。

"哎,你看着我哭居然一点也不动心呢!孩子,你知道这些眼泪都是火山的熔液么?那么,人们对自己憎恨的人毫不动心竟是真的了,你看见我死去倒会发笑呢。啊!我却不愿意看见你死去!说一声,只要说一声你宽恕我就行了,不必说你爱我!只要说你愿意就行了,我就可以救你。要不然……啊,时间来不及哪,我凭一切神圣事物的名义这样求你,不要等到我又变得像那要你性命的绞刑架一般冷酷无情吧!想想我俩的命运都掌握在我的手中,想想我已

---

① 该隐是亚当和夏娃的长子,他因妒嫉杀死了自己的弟弟亚伯。见《旧约·创世记》。

经丧失理智了,这是可怕的,想想我是能够摧毁一切的吧,想想我们下面有一个无底的深渊吧,不幸的人啊,我会跟着你一起堕落下去永劫不返呢。好心地说一声吧,只要说一声!"

她张开嘴打算回答他,他爬到她跟前去以便虔诚地听她嘴里讲出的话,他猜想多半是动人的话。但是她说道:"你是个凶手!"

神甫疯狂地把她拽过来抱在怀里,恶狠狠地大笑起来。"咳,对了,我是凶手!"他说,"我一定要把你弄到手。你不愿要我当你的奴隶,你就得让我当你的主人,我一定要占有你。我有一个窝,我一定要把你拽进去,你得跟着我,你一定得跟着我,否则我就会把你交出去!漂亮的孩子,你必须死掉或者属于我,属于一个神甫,一个叛教的人,一个凶手!就从今天晚上开始,你听见了吗?咱们走吧!快活去吧!咱们走!亲我呀,笨蛋!你得选择坟墓或是我的床褥!"

他的眼睛里闪出淫荡粗暴的光,他的色情的嘴唇火热地碰着姑娘的脖子,她在他的怀抱中挣扎,他拿湿漉漉的亲吻盖满了她一脸。

"别咬我,怪物!"她喊道,"啊,讨厌的肮脏的妖僧!放开我!我要扯下你那可恶的白头发,一把一把往你脸上扔去!"

他的脸红一阵,白一阵,随后把她放开了,神色阴郁地望着她。她以为自己是个胜利者了,便接着说道:"我告诉你我是属于我的弗比斯的,我爱的是弗比斯,漂亮的弗比斯!你这个神甫,你多老!你多丑!滚你的吧!"

他好像受着炮烙之刑的罪人一样,发出一声猛烈的叫喊。"那么死吧!"他咬牙切齿地说。看见了他那凶狠的眼光,她打算逃开去,他又抓住她,摇晃她,把她推倒在地上,然后拽着她漂亮的胳膊,拖着她迈开大步向罗兰塔拐角上走去。

到了这里,他转身问她道:"最后一次回答我:你愿不愿意属于我?"

她使劲回答说:"不!"

于是他高声喊道:"居第尔!居第尔!那个埃及姑娘在这里!快报仇吧!"

姑娘觉得自己的手肘突然被人抓住了。她仔细看看,原来是一只瘦骨嶙峋的胳膊从墙上的窗口伸了出来,像铁腕似的抓牢了她。

"抓紧她!"神甫道,"这是那个逃跑的埃及女人。别放松她,我去把军警找来,你会看见她给绞死的。"

一种从喉咙里发出的笑声从墙里回答这句血淋淋的话:"哈!哈!哈!"埃

及姑娘看见神甫向圣母桥那边跑去了，一阵马队的声音从那边传了过来。

姑娘认出了那个可恶的隐修女，她害怕得透不过气来，她想挣脱开。她弯着身子，又痛苦又失望地挣扎了一会，但是那一个却用异乎寻常的力气牢牢抓住她，那瘦骨嶙峋的手指拳曲着紧紧箍在她的皮肉上，可以说是那只手钉牢在她的胳膊上了，简直比链条和铁箍还紧，好像从墙里伸出的是一把有生命有知觉的钳子。

她筋疲力竭地倒在墙脚下，起了怕死的念头，她想到生命的美好，想到青春，想到蓝天，想到大自然的种种景色，想到爱情，想到弗比斯，想到正在消失和快要临近的一切，想到那个出卖她的神甫，那就要到来的刽子手，还有那一座早已立在那边的绞刑架，于是她觉得恐怖一直升到了她的头发根，她听见那隐修女凄厉地笑着低声对她说道："哈！哈！你快要给绞死哪！"

她气息奄奄地回头朝窗口看，从铁栅空隙里望见小麻袋那副恶狠狠的样子。"我对你做过什么不好的事呀？"她有气没力地问道。

隐修女不回答她，却用激动的嘲笑的唱歌一般的声调嘟嘟囔囔地说："埃及女人！埃及女人！埃及女人！"

不幸的爱斯梅拉达明白了自己并不是在同一个人打交道，只好垂下蓬头散发的脑袋。

∙∙∙∙∙∙∙∙∙∙∙

（选自《巴黎圣母院》，陈敬容译，

人民文学出版社，1982 年版）

《巴黎圣母院》导读

维克多·雨果（1802—1885）是法国浪漫主义诗人、小说家和剧作家。他的父亲是拿破仑手下的将军，母亲却拥护被资产阶级革命所推翻的波旁封建王朝。早期诗作赞美君主政体，歌颂保皇主义和天主教。19 世纪 20 年代中期以后，由于资产阶级民主运动的发展和国外民族解放斗争形势的高涨，雨果放弃了保皇主义信仰，转到资产阶级民主主义立场。1827年发表《〈克伦威尔〉序》，批判束缚文艺发展、墨守古代成规的古典主义艺术法则，阐明浪漫主义新文学的理论和主张，被称为法国浪漫主义文学的宣言书。1830年，上演充满反封建色彩和新颖的浪漫主义艺术手法的剧本《欧那尼》，反响强烈，标志着浪漫主义在戏剧领域战胜了古典主义，雨果也从此被尊为法国浪漫主义文学的领袖。

1830年问世的小说《巴黎圣母院》，给雨果带来了巨大声誉。七月革命以后，雨果又相继发表小说《克洛德·格》，诗集《黄昏歌集》、《心声集》、《光与影集》，剧本《国王取乐》、《玛丽·都铎》等。这些作品揭露社会黑暗，洋溢着反封建、反教会的斗争精神。

19世纪30年代后期以后，随着工人起义和共和党人起义的失败，以及金融资产阶级统治的巩固，雨果逐渐向七月王朝妥协。1841年当选为法兰西学院院士，发表演说拥护君主立宪，反对共和政体。1848年二月革命推翻七月王朝建立共和国以后，雨果才重新坚定地站到共和主义立场上来。1851年路易·波拿巴发动政变，宣布建立第二帝国，雨果因反对帝制而被迫流亡国外，达19年之久。

流亡期间，雨果写了著名的政治讽刺诗集《惩罚集》，愤怒控诉拿破仑第三的独裁统治。1862年完成了代表作长篇小说《悲惨世界》，通过冉阿让、芳汀和珂赛特的遭遇，深刻地揭露了资本主义社会的黑暗、法律的残酷、道德的虚伪和下层平民生活的悲惨。此外，小说生动地展现了1832年共和党人反对七月王朝的起义场面，颂扬了人民群众的英勇斗争。同时，作品也宣扬了仁爱万能，用道德感化消除社会弊病、改造人性的错误思想。雨果在流亡期间还写了著名长篇小说《海上劳工》和《笑面人》。

1870年，普法战争爆发，雨果回到巴黎，积极投入巴黎人民抗击普鲁士军队入侵的斗争。1871年巴黎公社诞生后，他同情公社又不理解公社，但公社失败后，他又保护受迫害的公社社员。1872

年发表诗集《凶年集》，反映了他的爱国主义思想和对巴黎公社的矛盾态度。雨果最后一部重要的长篇小说《九三年》，再现了1793年法国资产阶级革命高潮中发生的新生共和国军队同反革命叛乱武装的激烈斗争。

1885年，雨果以83岁高龄病逝于巴黎。

在雨果的卷帙浩繁的著作中，小说《巴黎圣母院》奠定了他作为世界著名小说家的崇高地位。

小说以15世纪路易十一时代的巴黎为背景。作品一开始，巴黎群众热烈欢度愚人节和主显节。人们举起火炬，吹着发出奇奇怪怪声音的乐器，抬着刚评选出来的"愚人之王"——圣母院的敲钟人、丑八怪伽西莫多游行取乐。这时走来波希米亚女郎爱斯梅拉达，她牵着小山羊跳着优美动人的异国舞蹈。在一阵阵热烈的喝彩声中，混杂了巴黎圣母院的副主教克洛德·孚罗洛的阴沉的声音："这里头有邪法！""这是亵渎神圣的！"但他却为爱斯梅拉达的美貌所倾倒，妄图占为己有。于是指使养子、圣母院的敲钟人伽西莫多黑夜拦路劫持。姑娘高声呼救，被王家近卫弓箭队长弗比斯救出。她一见钟情，爱上了这个外表英武的军官。伽西莫多被捕后被判处当众受鞭笞，在烈日下又热、又渴、又疼痛，高喊要喝水。市民报之以谩骂和戏弄，爱斯梅拉达却以德报怨，给他水喝，使可怜的敲钟人感动得流下生平第一滴眼泪。

不久，克洛德发现爱斯梅拉达另有所爱，便转爱为恨，躲藏在姑娘和弗比斯幽会的饭店，伺机刺伤情敌弗比斯，并勾结法庭，反诬爱斯梅拉达勾结妖僧用魔法谋杀军官。她屈打成招，被判绞刑。行刑之日，伽西莫多拳打刽子手，把波希米亚姑娘抱进军警不能随便进去抓人的"圣地"——巴黎圣母院内保护起来。国王路易十一决定派兵捉拿，下令在三天内把她绞死。巴黎的流浪人和乞丐们闻讯后，黑夜围攻圣母院，营救自己的姊妹。克洛德趁混乱之际，用诡计劫出爱斯梅拉达，把她带到绞刑架前，威逼她作出抉择：或是上绞刑架,或是屈从他。克洛德遭到断然拒绝,即把她交给追捕的官兵,然后回到圣母院顶楼,对着脖子上套着绞索的爱斯梅拉达发出魔鬼般的狞笑。伽西莫多气愤填膺,把他从顶楼推下活活摔死,自己也赶到坟窟,抱着波希米亚姑娘的尸体而死去。

小说通过女主人公爱斯梅拉达的悲惨遭遇,愤怒地揭露了封建教会的黑暗、专制政权的残暴,谴责了神父、法官、国王的伪善和凶残,赞扬了下层平民的正直善良和反抗精神。

巴黎圣母院的副主教克洛德,是个道貌岸然、衣冠楚楚,但灵魂肮脏、毒如蛇蝎的伪君子。表面上,他笃信宗教,清心寡欲,远离女性,厌弃一切物质享受和生活乐趣,骨子里,却自私、贪色、阴险、冷酷。他像幽灵一样出没于圣母院内外,蓄意策划维护宗教秩序、压制人民反抗的阴谋诡计。他一方面咒骂波希米亚女人下流、堕落,一方面却淫欲熏心,妄图霸占爱斯梅拉达。为此,他施展了种种卑劣伎俩:派人劫持,暗刺情敌,诬陷少女。在监狱中,在圣母院里,在绞刑架前,更是或以死亡相威胁,或以眼泪和甜言蜜语相诱惑。当软硬兼施均告失败后,他狠毒地勾结官府处死了这个善良少女。害人者必害己。克洛德招致粉身碎骨的下场,正表明了作者对这个教会代表人物的深恶痛绝。

小说通过审判伽西莫多抢劫女郎案的场面,勾画了一幕聋子审聋子的滑稽剧,辛辣地讽刺了聋子法官假装不聋,胡乱审案的丑态和司法制度的腐败。而对爱斯梅拉达的"谋杀"案件的审判,更是封建统治阶级对平民的公开迫害。无辜的少女被指控为杀人犯在法庭受审,真正的凶手克洛德却高坐在审判席上;法官们以莫须有罪名强加在女郎身上,用严刑逼供迫使她承认"合谋杀人"而判处其死刑。作者愤怒地借诗人甘果瓦之口,把法院开庭称为"法官们吃人肉"。

雨果从资产阶级民主主义思想出发,在揭露封建王朝上层社会人士丑恶的同时,还用浪漫主义手法虚构了一个流浪汉聚居的

"圣迹区",描绘和赞扬了下层平民的高尚品德。

女主人公爱斯梅拉达美丽可爱,纯洁善良。当诗人甘果瓦深夜误入流浪汉聚居区即将被绞死的时候,她公开宣称愿意和诗人结婚,做他名义上的妻子,救出了他的生命。爱斯梅拉达热情天真,品格坚贞,一旦爱上弗比斯队长,认为爱情"是两人合而为一。那是一个男人和一个女人合成一个天使。那就是天堂"。因此她始终保持炽热的爱情,从不怀疑这个军官会遗弃她。面对着克洛德的威胁和诱惑,她坚贞不渝,宁死不屈,表现了这个善良姑娘的高尚情操。

对于其他下层平民,作者也饱含深切同情,予以热情赞扬。敲钟人伽西莫多心地善良,感情纯正,爱憎分明;流浪汉、乞丐们互助友爱,勇于斗争,公开蔑视神权、政权,聚众攻打反动堡垒巴黎圣母院。正由于雨果看到了群众的力量,因此作品始终保持乐观的气氛、昂扬的格调,即使在小说结尾流浪汉大军遭镇压,波希米亚姑娘被处死的情况下,仍然洋溢着乐观、积极的气氛。当然,小说也宣扬了用博爱、仁慈来改造人性的唯心主义思想。

《巴黎圣母院》是一幅瑰丽多姿的浪漫主义艺术画卷。作者充分运用自己在《〈克伦威尔〉序》中提出的浪漫主义的美丑对照手法,把善与恶、美与丑、崇高与卑下对照起来描写,并在环境、事件、情节的安排以及人物形象的塑造上,夸张地突出某些特征,造成强烈的对照。伽西莫多外貌丑陋,身体畸形,五官失灵,但心地善良,行动勇敢,心灵高尚,与外表道貌岸然、内心卑鄙龌龊的副主教克洛德恰巧形成鲜明的对照。伽西莫多一旦爱上波希米亚姑娘就真诚相待、忠贞不渝,最后抱着姑娘尸体而自尽;而外貌英武、风度翩翩的弗比斯队长,不仅抛弃了爱斯梅拉达而和另一贵族小姐结婚,而且成为带兵搜捕波希米亚姑娘的凶手。

雨果在谈到《巴黎圣母院》时说:这本书"如果有什么优点,是在想像、多变、幻想的方面"(《雨果夫人见证录》第344页,新文艺出版社1958年版)。丰富的想像、怪诞的情节、奇特的结构,就成为这部小说的重要特色。在巴黎市区，居然有一个军警很难进入的"乞丐王国"；爱斯梅拉达愿意嫁给诗人甘果瓦时，乞丐王国的埃及公爵叫诗人把一只瓦瓶摔在地上，一摔成四块，就命令他们结婚，为期4年。小说结尾取名"伽西莫多的婚姻"更带有传奇色彩。爱斯梅拉达死去两年后，人们看到一个颈上没有断痕，一条腿长，一条腿短的男尸，紧紧抱着一具女尸，把尸骨一拉开就化为灰尘。凡此种种，既突出了伽西莫多对波希米亚姑娘的忠贞不渝，又符合读者的愿望，大大增强了作品的感染力。

《巴黎圣母院》采用古代的历史题材反映现实生活的浪漫主义手法。它以中世纪封建制度鼎盛时代的巴黎为背景，描绘五光十色的奇异图画，从热热闹闹的场面中揭示出波希米亚姑娘被迫害致死的现实的悲惨故事。小说对于中世纪的巴黎风貌特别是巍峨的圣母院作了精致的描绘，指出它是中世纪巴黎的心脏，封建国家权威的象征，在情节上又是一切矛盾的汇合点。作者还用拟人化的手法，把圣母院中人与兽的浮雕和帝王的神龛，当做目睹人间沧桑的见证人，更增添了小说的浪漫主义气氛。

上面两段选段，"公正地看看古代司法界"勾勒了一幕聋子法官审问聋子犯人的滑稽剧，辛辣地讽刺了法官装腔作势、总督胡审乱判的丑态。"小鞋"热情赞扬女主人公爱斯梅拉达宁愿上绞刑架也不屈从副主教淫威的可贵品德。

（陈　挺）

拜 伦

唐 璜

第 三 歌

八十六

例如，他在法国会写一篇史诗；

　　在英国他会写一篇六卷的四开本的故事诗；

在西班牙他会把上次的战争写成

　　一篇民谣或是传奇——在葡萄牙大致差不多；

在德国，他要骑了奔腾的，将是

　　老歌德的飞马——（请看特司台尔夫人所说的话）①，

在意大利他会拟作"十四世纪诗体"；

在希腊他会向你唱像下面一类的颂歌：

（一）

希腊的群岛，希腊的群岛！

　　那里有火热的萨福恋爱和歌唱，

　　那里有战争与和平的技艺发扬光大，

---

① 特司台尔夫人在她著名的《论德国》(1810)一书里，曾说过歌德代表了德国的
全部文学。

那里涌出提洛斯岛，跃出太阳神！
永恒的夏天还在把它们镀金，
但除了它们的"太阳"，什么都已下沉。

（二）

开俄斯岛和提俄斯城的两派诗才①，
　　"英雄"的竖琴，"情人"的琵琶，
博得了你们的国土不肯给予的声誉：
　　对于传扬到比你们的祖宗的
"极乐之岛"② 更遥远的西方去的名声，
只有他们的生身之地一声不响。

（三）

千山万峰俯临着马拉松——
　　马拉松又俯临着大海；
独自在那里凝思了一点钟，
　　我梦想希腊还能获得自由；
因为脚踏着波斯人累累的坟墓，
我决不能把自己当做一个贱奴。

（四）

一位国王曾在石崖顶上坐过，
　　那石崖俯视海中涌出的萨拉密斯岛③；
看下面是成千上万的船只，

---

① 荷马是开俄斯岛的诗人；阿那克利翁是提俄斯城的诗人。
② "极乐之岛"指威德角群岛或加那列群岛。
③ 波斯王瑟克西斯曾从埃加利俄山上俯望萨拉密斯之役。

和来自万邦的人民；——都是他的啊！
天刚破晓的时候他把他们一一来数，
但是当"太阳"沉落时，他们又在何处？

（五）

他们现在又在哪里？你又在哪里呀，
　　我的祖国？在你那无声的土地上
英雄的歌曲现今已归沉默——
　　英雄的胸膛再不热情奔放！
难道你那久已不同凡响的诗琴
定得要落到我这种人的手中？

（六）

纵然跟一个带着镣铐的民族共着命运，
　　又正当"荣誉"成为稀罕的事物，即使
我在歌唱时至少感到爱国志士的羞愧
　　使我的脸孔涨红，这已是了不起的事情；
因为在这里给诗人留下来的有什么呢？
为希腊人涨一脸通红——为希腊洒一滴热泪。

（七）

难道我们只能为较幸福的往日而流泪？
　　难道我们只能脸红？——我们祖先流血。
大地啊！请从你的胸怀里
　　把我们的斯巴达先烈们的遗风移给我们！
从那三百勇士里只要赐给我们三个，

来建起一座新的瑟摩彼利①！

<h2 style="text-align:center">（八）</h2>

什么，依然沉默？难道一切都沉默么？

　唉！不；——先烈们的声音

听来像一股遥远的山洪向下奔泻，

　回答道，"只要有一个活人，

只要有一个站起来，——我们就来，我们就来！"

哑口无言的原来只是那些活人。

<h2 style="text-align:center">（九）</h2>

徒然——徒然：叩击另外的琴弦；

　把杯儿斟满萨摩斯的美酒！

打仗的事情让土耳其人去周旋，

　让赛俄的葡萄流出殷红的血液！

听啊！一声放肆的号召使大家都站起——

听每个大胆的酒徒如何高声应和！

<h2 style="text-align:center">（十）</h2>

你们还保留着彼拉斯王的舞蹈②，

　可是彼拉斯王的方阵如今在哪里？

在这两门功课中，为什么忘掉

　那更高贵，更有丈夫气的一门？

---

① 瑟摩彼利是希腊北部的一座山隘。公元前 480 年，利翁尼达斯曾在这里率领了
　300 个斯巴达勇士，阻止了瑟西克斯王的波斯军队。

② 彼拉斯（公元前 318—前 272），希腊的伊璧鲁斯王，是古代最著名的将军之一。
　他曾于公元前 280 年率领大军侵入意大利，帮助意大利的希腊人反对罗马，罗
　马为他所击败。"彼拉斯舞蹈"是一种战争的舞蹈，动作轻快，和着笛声。

你们有卡德谟斯所造的字母① ——
难道你们以为他造字是为了贱奴？

（十一）

把大碗斟满萨摩斯的美酒！
　我们不要想这样的事情！
酒使阿那克利翁唱出神仙的歌曲：
　他侍候——但是侍候了波利克拉提斯② ——
一个暴君；但是我们当时的主人
至少都还是我们的同国人。

（十二）

刻索尼萨斯半岛的那个暴君
　是"自由"的最好和最勇敢的友人；
这个暴君名字就叫密尔泰提斯③！
　哦！但愿我们今天能产生
另外一个像这样的专制君主！
他的那种锁链一定会把大家束住。

（十三）

把大碗斟满萨摩斯的美酒！
　在苏利的岩石上和巴加的海岸上，
还存在着一支种族的遗风，
　就像多利斯母亲所生的儿女；

---

① 卡德谟斯是一个半神话的人物，据说他从腓尼基传来了希腊字母。
② 波利克拉提斯是萨摩斯的暴君，诗人阿那克利翁的友人。
③ 密尔泰提斯是雅典的将军，他在马拉松击败了波斯军队，因而著名。

也许在那里播下了一些种子，
赫拉克来提的血统会认为自己的子孙①。

（十四）

不要信任法兰克人来争取自由——
　　他们的国王专做卖买的勾当；
只有本国的刀枪，本国的队伍，
　　才能寄托我们勇气百倍的希望；
但是土耳其的武力，拉丁族的欺诈，
会击破你们无论怎样坚固的盾牌。

（十五）

把大碗斟满萨摩斯的美酒！
　　我们的少女在树阴底下跳舞——
我看到她们闪闪发亮的深黑的明眸；
　　但看到每个女郎都这样面红如酡，
我自己的眼睛流出滔滔的热泪，
想起这样的乳房却得去喂奴隶。

（十六）

把我放在修尼姆海岬云石的悬崖上②，
　　那里没有东西，除了我和波浪，
会听到在空中荡漾的我们相互间的低语；
　　让我在那里像天鹅一样歌唱而死亡：
奴隶的国家决不能为我所有——

---

① 赫拉克来提即斯巴达人。
② 修尼姆是阿提卡极南的海岬，又名科隆那海岬。

扔掉那一杯萨摩斯美酒！

第 五 歌

七

一群不同民族,不同年龄,不同性别的

　　索索发抖的奴隶在市场上排列着;

每一组同站在那里的商人在一起:

　　可怜的人啊！他们美好的容貌可悲地变了,

除了黑人都似乎因烦忧而落了形,

　　远离了朋友,家乡,和自由;

那些黑人露出了更多达观的样子,——

无疑对这个习惯了,如同鳗鱼习惯于被剥皮。

八

璜还是少年,因此他是充满着

　　希望和健康,像他那样年龄的人大多这样;

可是我得承认,他显得有点儿黯淡,

　　不时把一颗泪珠儿暗自偷弹;

或许他最近流血过多使他的精神

　　委靡不振;然后财富的丧失,

一个情人,和这种舒适的居所的丧失,

竟然落到鞑靼人中间任人拍卖。

九

都是会使淡泊的人也要支撑不住的事情;

但是，整个说来他的举止沉静：
他的仪态，以及他那辉煌的服饰，
　　上面有些镀金的残余依然可以看到，
吸引大家用眼光望着他，使他们推测
　　依他的风采来看他确是不同凡俗；
而且，虽然苍白，他是十分俊俏；
然后——他们估计他的身价要多少。

十

像一块棋盘一样那地方点点散布着
　　白人和黑人，成组地陈列着出售，
虽然散布得没有那样的整齐：
　　有的人买了黑的，有的人选了白的。
碰巧在另一堆分开的人里，
　　有一个十分高大强壮的年纪三十岁的人，
在他那深灰色的眼光里有着坚决的神色，
站在璜的旁边，等到有人来挑选购买。

十一

他有一个英国人的模样；那就是，
　　体格方正，肤色又白又红润，
一副好牙齿，卷曲而稍带深褐色的头发，
　　或许由于思虑，辛勤，或是苦读，
开朗的额角上稍微刻着忧愁的痕迹，
　　一只臂膀上扎着一块血迹很多的包布；
他那样泰然自若地站在那里，
即使一个旁观者也不能显出那样的神气。

十二

但是看到臂肘边一个仅像小孩般的人，
　　看来显然是精神昂扬，虽然
目前为一种甚至使成人也要倒下的命运
　　沉重地压伏着，他不久就对于
那个要和他受一样痛苦的年轻人的
　　可悲的命运显出一种呆钝的怜悯，
在他自己他似乎认为这种痛苦不比
其他任何困难更坏，是一件当然的事情。

二十六

就在这时候，一个属于第三性的
　　不男不女的老黑人站了起来，
盯着看那些俘虏似乎要细察
　　他们的面貌，年龄，和能力，以发现
他们是否适合于那预先有目标的牢笼：
　　一个情郎看他心爱的少女，
一个赌徒看他的马，一个裁缝看他的布，
一个律师看他的公费，一个看守看他的囚犯。

二十七

都比不上未来的买主看一个奴隶那样。
　　购买我们同类的人是愉快的；
而且一切都要被出卖，假使你考虑
　　他们的感情，而且做得巧妙的话；有的
依面貌被买去，有的为一个好战的首领所买，有的为一个地方所买——都看他们的年龄或性质；
大多数都用现钱买去——但是大家都有价格，
从几块银币到六个便士，依照他们的好恶。

二十八

那太监把他们仔细看过一遍以后，
　　转身向着那商人，开始只是讲
一个的价钱，后来讲那一对的价钱；
　　他们论价，争吵，也骂人——他们真是这样！
似乎他们仅是在基督教徒的市集上
　　压价买一头牛，一头驴，或一头羊；
因此他们的买卖声音大得像一场混战，
来争夺这种超等的人类的牛马。

二十九

终于他们平定下来发出简单的叽咕声，
　　一百个不高兴地拉出了钱袋，
把每枚银币翻过来覆过去，
　　扔下几枚来，又把几枚在手中掂掂重量，
由于错误金币和小钱混杂在一起，
　　直到把总数精确地细看了一番，
于是那商人找了找头，在收条上
签了个全名，就开始想到了吃晚饭。

三十

我不知道他的胃口是否健旺？
　　或者，假使他的胃口健旺，他的消化也这样？

我想在吃饭时候一些古怪念头会闯进，
　　良心会问一类奇特的问题，
关于我们出售血和肉应当出售到
　　怎样程度的那种神圣的权利。
当饭食使人不快时，我想这或许是
悲哀的二十四小时中的最惨淡的时辰。

第　八　歌

八十七

那城市被占领了，却不是双手奉上的！——
　　不！没有一个伊斯兰教徒交出了刀剑：
鲜血可以进涌出来，好像多瑙河的水
　　在城墙边滚滚而流；但在言语和行动上
决不承认对于死亡或敌人有任何畏惧：
　　向前推进的莫斯科人虽然大声叫出
胜利的呼声也是枉然——那最后的敌人
发出的呻吟只是和自己的声音相呼应。

八十八

刺刀在劈刺，马刀在砍杀，
　　人类的生命是到处被浪掷，
如同将近年终的时候深红的树叶纷飞，
　　被剥得精光的森林向着寒风弯折，
发出哀吟；那人口稠密的城市就像这样悲痛，
　　它最优秀和最可爱的人都已丧身，一片荒凉；
但它仍是庞大而可怕地一块块陷落，
　　就像经过一千个冬天的橡树被吹倒一样。

八十九

这是一种可怕的题目——但是我的性情
　　决不肯在任何时候说出耸人听闻的话来：
因为人类的命运虽然被看到有着
　　好的，坏的，和更坏的变化，
同样地充满着悲哀的欢乐，但是
　　把一种事情说得太多会令人瞌睡；——
不管触犯或是不触犯友人或是敌人，
我勾出了你们的世界的本来的面目。

九　十

在重重罪行中间一个善良的举动
　　是"十分使人心神爽快的"，用这神妙的，
伪善的时代的装模作样的字句来说，
　　这时代有着一切柔弱无力的美妙行径，
因此可以用来把这些诗句滋润一下，
　　目前是为征服的烈火和它的后果
烧得稍微有些枯焦了，就是这些东西
使得史诗的诗歌变成那么珍奇和华丽。

九十一

在一座被占领的胸墙上，那里躺着
　　成千个被屠杀的人们，一堆还未冷却的
被谋害的女人，她们先前走到了
　　这个无用的避难处，使善良的心

沉落和战栗;——同时,像五月般美丽,

　　一个十岁的女孩子想要弯身下来,

把她那发抖的小小的胸膛隐藏在

那些在血的安息中沉睡着的尸体中间。

九十二

两个凶恶的哥萨克人用闪闪发亮的

　　眼睛和武器追逐那孩子:同他们相比,

在西伯利亚旷野上逡巡的最凶的野兽

　　有着像一颗宝石般纯洁和光滑的情感,——

熊是开化的,狼是和善的;

　　我们最后要把这个归罪于谁呢?

他们的天性么? 或是他们的君王么?

他们用一切方法教导他们的臣民去破坏。

九十三

他们的马刀在她小小的头上闪烁,

　　她的美丽的头发吓得一根根竖起,

她的隐起的脸孔埋在死人的中间:

　　那时璜一眼看到了那凄惨的景象,

我不愿说出他究竟说了什么话,

　　因为这不会使"温文的耳朵"得到快慰①;

但是他做的是,在他们背上痛打一顿:

同哥萨克人讲理的最痛快的办法。

---

　① 普泼在他的《道德论》一诗里,有这样一行:
　　　他从不向温文的耳朵提到地狱。

九十四

他把一个人的屁股乱砍,使另一人的肩头裂开,
　　并且把疯狂地叫喊着的他们赶去找寻,
有没有外科医生能够缝合
　　他们理应受到的创伤,而且尖声叫出
他们说不出的忿怒和痛苦;当他把每个
　　苍白和血污的面颊翻过来时,
他感到一阵寒栗,唐璜把他的小俘虏从那
不消一刻就要成为她坟墓的死人堆里抱起。

九十五

她是像她们一样冰冷,在她的脸上
　　一条细长的血痕表示了她的命运
如何接近于她全部民族的命运;
　　因为那使她的母亲倒在这里的打击
也使她的额角受了创伤,留下了它的血痕,
　　作为同她亲爱的人之间的最后的环节;
但是此外没有被伤害,她张开了她的大眼,
怀着一种疯狂的惊讶对着唐璜凝视。

九十六

正在这一瞬间,当他们眼睛
　　以张大的目光相互注视的时候,
在璜的脸色上,痛苦,欢喜,希望,恐惧,
　　混合着救人的快乐,以及对于他的被保护人
遭到意外不幸的担忧;而她的如孩稚的恐怖

所惊呆的脸色好像从昏迷中发出光来，
一张纯洁，透明，苍白，而辉煌的脸孔，
就像一只里面点了火的雪花石膏的瓶：——

第 十 二 歌

三

黄金啊！我们为什么把守财奴认为可怜？
　　我们有的是决不会生厌的欢乐；
他们有的是右舷的主锚，把其他
　　大大小小的欢乐紧紧缚住的缆索。
你们只是看到食桌上省俭的人，
　　嘲笑他寡少的食物儿等于没有，
而奇怪有钱的人怎么也会节省的，
　　就不懂从乳饼每粒碎屑里产生什么美境。

四

爱情或情欲使人厌倦，酒使人更厌倦；
　　野心使人心乱，赌博只落得身败名裂；
但是敛钱，先是慢慢地，然后是较快地，
　　经过每次挫折（万事都要遭到挫折）
还是加上一点，却胜过爱情或是美酒，
　　胜过赌徒的筹码或政治家的渣滓。
黄金啊！我还是爱好你而不爱好纸币，
纸币使银行贷款变成一条雾中的小舟。

五

谁掌握世界的平衡？谁统治

    不论是保皇党的还是自由党的国会？

谁使西班牙的没有内衣的爱国者惊醒①？

    （这使旧欧洲的杂志全都叽叽喳喳起来）。

谁使旧世界和新世界处于痛苦

    或欢乐之中？谁使政治都变得油嘴滑舌？

谁使拿破仑的英雄事业变成幽灵？——

犹太人罗斯柴尔德和他的基督教友培林②。

六

这些人和真正自由党人拉斐脱③

    才是欧洲的真正主人。每项借款

并不是一种仅仅的投机上的成功，

    却会巩固一个国家或推翻一座王位。

共和国也会稍微被牵涉在里面；

    哥伦比亚的股票有着在交易所里

不是不知道的持票人,甚至你的产银的泥土,

秘鲁啊,也必须由一个犹太人打一个折扣。

七

    为什么把守财奴认为可怜？

---

① 指 1820—1823 年的西班牙革命。

② 亚历山大·培林(1774—1848),英国财阀。当时欧洲许多政府在财政上,完全
依赖罗斯柴尔德兄弟的五家银行。

③ 拉斐脱(1767—1844),是法兰西银行的董事长。

我上面已经说过。他过的是节俭生活，

这在一个圣徒或犬儒主义者说来

　　也向来是称颂的主题：一个隐士

为同样的原因不会不加入圣者之列，

　　为什么又要责骂财富的憔悴严肃的面貌？

你将要说，这样的磨难丝毫没有来由；——

那么他的克己是更足称道了。

八

他是你惟一的诗人；——从一堆到一堆

　　闪烁发光的纯洁的热情展露出

那被占有的黄金，仅是对它的想望就引诱

　　多少国家跨过大海：从不知名的

矿藏里铸成的锭块闪出黄金的光芒：

　　钻石把灿烂的闪光投射在他身上，

而翡翠的柔和的光辉使其他骰子般的

宝石变得暗淡，来抚慰守财奴的眼睛。

九

两岸的国家都是他的；从锡兰，

　　印度，或远方的中国来的船只

为他卸下每次航行载来的香料；

　　在他司谷女神的车辆下道路在呻吟，

葡萄藤像黎明女神的嘴唇那样泛红；

　　即使他的地窖也可以做帝王的行宫；

可是他把感官的要求全不放在眼里，

只是发号施令——主宰一切的理智之王。

十

或许他的心中有着伟大的计划，

　　建立一所大学，或创办一座赛马场，
一所医院，一座教堂，——在身后留下

　　一座上面有着他的瘦脸孔的圆屋顶：
或许他十分想望把人类解放，

　　甚至就用那使人类变得下贱的黄金；
或许他想要做他的国家中最富的人，
或是在计算的欢乐中得意忘形。

十一

但是不论这些事情中的全部，或是每种，

　　或是没有一种，成为藏财者的行动原则，
傻瓜才会把这种疯狂称为一种病症：——

　　他自己的又是什么？去吧——看一看每种交易，
战争，狂饮，爱情——这些东西比仅仅

　　辛苦计算"庸俗的余数"带给人更多的安适？
或者它们有益于人类么？瘦削的守财奴！
让浪子的后代问你的后代——谁更不糊涂？

十二

用纸封着的一卷钱币是多么美丽呀！

　　钱柜是多引人呀！里面放的是铸块，
一袋袋的银元，硬币（不是印着旧日的

　　胜利者的那一种，他们所有的头和盔饰抵不上
他们的面貌在那里发光的薄金），而是整块黄金

铸成的,在那闪烁的圆形内,合法地印着
现代的,当权的,可靠的,愚蠢的面相:
是呀! 现金真是天方夜谭中阿拉丁的神灯。

十三

"爱情统治军营,朝廷,树林——正因爱情
　　是天堂,天堂是爱情:"——那诗人这么唱[①];
要证明这句话倒是十分困难
　　(一般说来这对于诗歌是难事一桩)。
或许在"树林"这个字里面有一些东西,
　　至少它和"爱情"一字叶韵:但我准备
要怀疑(不亚于地主怀疑他们的租金)
"朝廷"和"军营"是不是这样十分多情。

十四

但"爱情"若不这样,那么"现钱",只有"现钱"会这样:
　　现钱统治树林,而且也把树林砍倒;
没有现钱,军营中会人马稀少,朝廷里没有一人;
　　没有现钱,马尔萨斯会对你说——"不要娶亲。"
因此"现钱"统治那统治者"爱情",按照他自己
　　最高的原则,就像月亮主宰潮汐:
至于"天堂是爱情",那么为什么不说
蜜就是蜡?"天堂"不是"爱情",是"结婚"。

(选自《唐璜》,朱维基译,

上海译文出版社 1978 年版)

---

①　见司各特的长诗《最后的行吟诗人之歌》第三章第二节。

《唐璜》导读

英国浪漫主义的伟大诗人乔治·戈登·拜伦(1788—1824)，出身于贵族家庭，他背叛了自己的阶级，反对那阻碍社会进步的旧的专制势力，仇恨和诅咒那种以"现金交易"为基础的无耻统治和丑恶现实。在政治上，他坚决反对民族压迫，反对迫害人民的欧洲神圣同盟；24岁时，便以著名的"鲁德运动"(英国工人运动)的热烈拥护者的叛逆英雄形象，出现于英国的政治舞台和诗坛。在他的作品中，英国浪漫主义才接触到具有巨大的社会意义的主题；他对资产阶级和封建势力的强烈不满和严正抗议，推动了当时英国社会的先进民主力量。但他看见了社会矛盾，却看不到克服的可能性；他在反抗中看见了新的美好的未来的胜利前景，却始终没有找到过渡到那个境界的具体方法。

拜伦从14岁时便开始创作，19岁那年出版了第一部诗集《懒散的时光》。21岁从南欧及近东各国旅行回来，发表了《恰尔德·哈洛尔德游记》第一、二卷，使他顿时获得巨大的声誉。同时写了一系列的《东方叙事诗》，包括著名的《异教徒》、《阿比杜斯的新娘》、《海盗》、《罗拉》和《柯林斯的围攻》等篇。被迫再次出国，续写《恰尔德·哈洛尔德游记》第三、四卷，还创作了许多的悲剧，其中最重要的是以全世界的悲哀为主题的《曼弗雷德》和取材于《圣经》中反抗上帝的故事的《该隐》，表达了诗人对反动的意识形态的不调和的斗争。接着，他又写了抨击欧洲反动君主们在意大利举行的神圣同盟会议的讽刺长诗《青铜世纪》和诗人的不朽巨著《唐璜》。

最后，为了支援希腊独立革命，他变卖了家产，装备了一艘军舰，从意大利前往希腊，投笔从戎，接受了总司令的重任。由于心力交瘁,染了热病,于 1824 年 4 月 19 日客死于密索龙琪军中,年仅 36 岁。

《唐璜》是拜伦的名著。它是近代英国诗歌创作的高峰,也是 19 世纪前期西方文学中除了《浮士德》以外的最重要的作品。

《唐璜》全长 16000 多行,与其说它是一首长诗,毋宁说是一部具有现实主义风格的诗体小说。这是拜伦在 1818 至 1823 年间侨居意大利时所写的。作者原计划写 24 卷,结果只写完了 16 卷以及第 17 卷的开头部分,因参加希腊独立运动中辍,遂成绝笔。它虽然没有按预定计划写毕,但从已经写出的章节读起来,也不失为一部完整的作品。

唐璜本是西班牙传说中的人物。最初见于忒立兹所作的《塞维拉的荡子》一剧。唐璜原是一个集荡子、剑客与诗人于一身的贵公子,到处追求女性,后来与安娜发生恋爱,为安娜的父亲塞维拉的司令官所知,愤而与唐璜决斗,结果反被他杀死。安娜替父亲立了一座石像,以表忏悔,且资纪念。但唐璜毫不改悔,跑到石像面前,约他来家里晚宴,以表自己的大胆。到了半夜,石像果然来了,唐璜大吃一惊;石像叫他从此改悔,唐璜不听,终于被带入地狱。从此西方作家络绎有人创作出以此为题材的作品,不下数百种。

但拜伦的《唐璜》却给了这个西班牙传说中的贵族纨绔子弟以一种独创的新颖的变体。作者并不十分关心传说中的本事,作品除了主人公的名字、出身以及乱搞男女关系这一特点以外,与原来传说中的唐璜的经历也大不一样;他只想利用这个主人公来接触广阔的社会面,通过这个主人公的一系列冒险奇遇以进行抒写。如作者自己所说,目的是“讽刺现代社会中的弊害,而不是歌颂恶习”。

故事说的是塞维拉的一位漂亮的小绅士唐璜,因为跟一位有夫之妇朱丽亚私通,而被他的母亲,在 16 岁上便打发到国外去。可是唐璜所乘的船被暴风雨所毁,旅客们上了一只长艇,在经历了许多艰难困苦之后,先是唐璜的长耳狗,然后是他的随身教师,都被当做充饥之物吞吃了。翻了长艇之后,他竟被冲上了一个希腊小岛的海滩上。一个叫海甸的少女救活了他,这位希腊海盗的女儿,既漂亮又天真,他俩就此热烈相爱。原以为已经死去的海盗,竟活着回来了,他叫手下人把唐璜捆起来,丢在一只海盗船上。海甸终于癫狂而至香消玉殒。唐璜被载到君士坦丁堡,在奴隶市场上出卖。其时土耳其苏丹的宠妃无意间看见了唐璜,派人将他买进深宫,改换女装,送入官殿。然而唐璜并不能顺承王妃的心意,她在狂怒之下真想把他杀死。正巧苏丹驾到,唐璜跟宫女们一起混进了她们的卧室,那天晚上他跟宫女杜杜鬼混了一夜。第二天清晨王妃查悉此事,忿忿地下令把唐璜等装上一条小船,将他们从深宫的秘密水门漂流出海,意欲将他们溺死在大海中。唐璜虎口余生,居然来到了伊斯迈尔,他加入了俄国军队,因为作战英勇,屡获褒奖。苏沃洛夫将军派他去彼得堡向叶卡杰琳娜女皇报捷。唐璜在女皇宫闱中竟大得她的青睐和宠幸,但是由于唐璜在彼得堡的荒淫无度的生活,他得了一种虚弱症。女皇决意派他到英国去完成一项政治使命,唐璜离开彼得堡,经过波兰和普鲁士本土,横穿整个德国而到了荷兰的海滨,从那里渡过北海,来到了英国,他出入于上流社会。作者以讽刺性的笔调描绘了英国社会,把它的真实面貌如实地、概括地反映出来。在这未完成的诗篇的最后部分,当唐璜逗留在一个贵族的官堡中时,他成了那里的宠儿,闹出了许多风流韵事。故事也到此中断了。

拜伦作品中的唐璜,是个热情的青年,他不会矫揉造作,不受世俗道德的约束。这个顺着"自然的本性"行事的青年,他的"本性"似乎还是善良的,他有"一半的美德和全然的恶行混在一起",因此在难船上宁愿挨饿而不食人肉,在战乱中为了救援一个土耳其的幼女而奋不顾身,所有这些插笔,都是作者有意要突出他的"美德"这一面。但作者也并不把他描写成一个"英雄",像过去一系列作品中所写的忧郁感伤的恰尔德·哈洛尔德、愤世嫉俗的曼弗雷德和《东方诗叙事》中遗世独立的康拉德等人物一样；他仅仅是个美男子，只是常常受命运的拨弄，"遭遇这种种的颠簸，自己也不知会飘向何处"，虽在偶然的机会中得以摆脱，却终不能进一步去支配命运。依照拜伦的意见，他的勾引女性、玩弄女性的行为，也不是像原有的传说或莫里哀等所写的那样，纯粹出自他的主动；相反在拜伦的诗篇里，"唐璜从不向人求爱，人家却向他求爱"，这虽然"大致要归因于他的青春"、"勇敢"和"他所表现出来的像赛马一样的血气"，但无论如何，他始终以一个被勾引者、被玩弄者的姿态出现。由此可见主角本身的意义并不大，作品的主要方面还在于它的广阔的历史社会背景；为了使事件先后有所衔接，人物彼此有所联系，作者借用这个角色来作为线索——通过主角的一系列遭遇，来表示当时欧洲贵族社会和资产阶级社会的伪善面貌和以拜金主义为基础的全部社会关系。

从时代背景来看，作者使这个人物近代化了。他把原来生活在14世纪的唐璜放在18世纪，与传说中的年代整整相差四百年。而其内在的时代意义则尤其接近作者所生活的当时，好像19世纪的一二十年代。诗人一再对当时的反动诗人骚塞进行讽刺和鞭挞，屡屡提到"我的朋友司各特"，并对年轻诗人济慈的长诗《安提密翁》被一些评论家所扼杀的事表示慨叹和惋惜，甚至谈到意大利的卡罗丽恩女王在1820年秋季所发生的丑闻；也以最有力、最激动的口吻谴责"那以'神圣'的名义侮辱世界的万恶的同盟"和"一个干一切卑鄙事的会议"，指的就是1816年在巴黎签订的所谓"神圣同盟"与1822年由法、俄、奥、普、英五国所召开的"味罗那"会议。

由于作者使主人公的活动范围，比原先的唐璜大大地扩展了，他几乎走遍了欧洲所有重要的国家，他所接触的人物必然众多：有妖艳的少妇、天真的女郎、强暴的海盗、痛苦的奴隶、淫妒的后妃、哀愁的宫女、骄横的将军、勇敢的战士、流离失所的难民、厚颜无耻的政客、腐朽的王公、谄媚的朝臣、市侩式的议员、奸细式的外交家、无行的文人、伪善的学者等等,应有尽有。

长诗场面非常广阔,故事情节也显得十分复杂:恋爱与情欲、别恨与离愁、海上遇险、壕边激战、奴隶市场的悲惨画面、茶楼酒肆的杂乱景象、官场的险恶、官闱的秽乱以及社会上的各种丑态,不一而足。

可见作品的主要着眼点不在主人公本身的命运,而在主人公所据以活动的舞台——欧洲各国的现实社会。诗篇反映了作者对资本主义社会关系的深刻观察,充满了对资产阶级思想体系中一切伪善的谎言之揭露,对资产阶级社会法律和"正义"的痛斥以及对资产阶级所膜拜的"金钱万能"的诅咒和蔑视。

但这部巨著的思想意义,并不止于暴露。在作品中,诗人以十分坚定的态度,捍卫了自由的理想,他把自由当做无价之宝,"我可以独自兀立在人间,但决不肯把我自由的思想换取一座王位"(第十一歌九十节)。他满怀信心,赤手空拳地去向重重包围着他的市侩式的、娼妇式的、伪君子式的腐朽世界挑战,并且深深地相信:"只有革命才能使大地免于受到地狱的奸淫。"(第八歌五十一节)

诗中的许多插笔,让作者自己登场,便于发挥自己的意见,使诗篇充满了机智与深思,对于政治、哲学、宗教、伦理、科学、艺术等等方面,都分别阐明自己的见解。

高尔基赞赏《唐璜》的作者是批判现实主义的大师之一,是"对统治阶级的恶行进行无可非难的正义而严厉的揭发者"。毫无疑问,长诗《唐璜》是19世纪英国最杰出的青年诗人拜伦从浪漫主义向批判现实主义发展中的伟大的里程碑。

这部作品的揭露和批判虽然相当中肯有力,而且号召人们进行革命,要求建立符合正义原则的生活制度;但是诗中始终没有提出一个鲜明具体的行动纲领。作者在诗中表示,他永远是个反对派,"因为不属于任何党派,我将触犯一切党派!"(第九歌二十六节)由于诗人虽然热烈地同情并支持工人运动,却不能真正站到工人阶级的队伍里来,他的思想感情始终不能与无产阶级取得一致。诗篇表达了一定的进步性,同时也带来不少的消极因素:悲观忧郁的气氛,怀疑观望的态度,常常在具体事件的描写中透露出来。即以主人公唐璜来看,他的任性、放荡,他的随波逐流和漫不经心的处世态度,常常表现出资产阶级人道主义的伪善观点;在爱情关系上则表现出拜伦的自然恋爱观,越富于感染力,就越具有消极作用。

(孙席珍)

密茨凯维支

先　人　祭

第　三　部

第　二　场

即　兴

康拉德

（长时间的沉默之后）

孤独呵！——人们都走了，我算得上什么歌手？
我歌中的思想有谁能够认清？
我歌中灵感的光焰有谁能够看透？
为人拨弄琴弦的实在不幸：
语言欺骗声音，声音却去欺骗思想，
思想从心灵中飞去，却在语言里死亡，
语言吞噬了思想，在思想之上发抖，
如同大地在看不见的地下激流上颤抖，
难道人们会从土地的颤抖深测水流的深度？
有谁会想到这股激流正奔往何处？

感情在灵魂中搏动，燃起烈焰熊熊，
如同血液在深藏着、看不见的脉管中奔腾；

人们从我的脸上看到多少血色，
就会从我的歌中发现多少感情。
我的歌呵，你是世界以外的星辰，
凡人的眼睛就是安上玻璃的翅膀①
追呀，追呀，也难以和你靠近。
他们的眼睛刚碰到银河上，

      发现那里有许多太阳，

      就以为难以计算，无法测量。

我的歌呵，凡人的耳目对你们有什么用处？

      你们像地下的一股潜流，

      在我的灵魂深处流淌，

像天外的星辰在我的灵魂高处发光。
你呀上帝，你呀大自然！你们听着：
这是配得上你们的音乐，值得长久地歌唱。——

         我是歌王！

我是歌王，我伸出手掌向上，

      一直伸到天空，触到群星，

像弹拨玻璃的琴键② 一样把它们拨动，

      让它们忽紧忽慢地歌唱，

      我用我灵魂的力量演奏出一篇篇乐章。

    亿万的旋律，亿万的音响倾泻而出，

    我把它们加以剪、裁、删、接，

    去粗取精，反复锤炼，

    使谐音同律，使美曲连篇，

叫他们清丽悠扬，如闪电一般光华灿烂。

---

① 玻璃的翅膀，喻望远镜。
② 玻璃的琴键，指一种古代的乐器，用一片片玻璃做成半圆形的键，装在一根轴
上，在转动时，用手指弹拨玻璃键，可以演奏各种曲调。

我挪开双手,飞上世界之巅,
同时琴声也骤然中断。

　　　　我引吭高歌,我的歌声
　　　　就像狂风怒吼,电闪雷鸣,
　　　　把新鲜空气和生机带到人间;
　　　　我的歌声震长空,低沉悲壮,
　　　　一个个世纪为它低声伴唱;
　　　每一个音符都在演奏,都在燃烧,
　　　　我看得到它的光辉,听得到它的曲调。
　　　　像狂风激起滚滚浪涛,
　　　　我听见它在飞行中发出呼啸,
　　　　我看到它披着霓裳彩云降临。

　　　　我的歌与上帝相称!
　　　　这是伟大的歌,创造的歌。
　　　　这样的歌矫健刚强,力量无限,
　　　　这样的歌永生不灭,万世流传;
我感到这永恒是我所创造。
上帝呀,你还能创造出什么比这更崇高?
看吧,我苦苦思索得到了这些思想,
　　　　我又把他们化为语言,让他们在天空飞翔,
　　　　让它们奔驰,歌唱,腾跃,发光,
　　　　虽然相距遥远,我仍能触摸到他们;
　　　　我珍爱他们的优雅玲珑,
　　　　我猜得到他们的一切活动。
　　　　我爱你们,我的诗歌!
　　　　你们是我的思想,我的群星,
　　　　我的情感,我的旋风!
因为你们都是我的孩子,
我幸福地站在你们中间,
　　　　如同一家之长,慈爱的父亲!

我蔑视你们，所有的诗人，

所有的智者和先知，我蔑视你们，

虽然全世界都把你们夸奖。

尽管你们置身在自己的信徒之中，

接受他们的吹捧，倾听他们的颂扬；

尽管世世代代都用赞美的词句，

当成桂冠扣在你们的头上，

你们也不能像我今天这样幸福，

　　　　　在这寂静的深夜独自吟唱，

　　　　　独自欣赏。

是的！——现在我感到其乐无穷，浑身充满力量，

　　　　我从来没有像此刻这样！

　　　　感到自己的如此情深，如此聪敏，如此坚强。

　　　　这是我的良辰，我的力量达到了顶点；

　　　　我就要知道，我到底是站得最高，还仅仅是傲慢。

　　　　今天是我履行使命的时刻，

　　　　我要奋力张开我灵魂的翅膀！

　　　　当参孙① 成了囚徒和盲人在圆柱旁沉思，

　　　　　这正是他显示力量的时光。

现在我抛弃躯壳，张开翅膀，

　　　　　急速飞翔，

　　　飞过行星和恒星环舞的境界，

飞向上帝和大自然相接的地方。

有了，有了，我有了两个翅膀，

我要把他们展开，从东方到西方，

左翼拍打着过去，右翼撞击着未来，

---

① 据《圣计》故事，参孙是古代犹太部落的领袖，以力大无穷著称，当他被菲利士
人俘虏刺瞎眼睛之后，倒拔了胜利者们正在欢宴的大厦的圆柱，致使大厦倾
倒，把敌人压死，他自己也被压死。

我要趁着情感的光辉——向你那里飞去，

　　　　亲自领受你仁爱的胸怀。

啊，你呀！上帝！大家都说你在上天主宰，

我到了这里，我来了，你看，我有多么巨大的力量！

　　　　我的翅膀竟然使我达到了上苍。

然而我是凡人，我的躯体仍留在人间；

我爱那里，我把我的心留在祖国的土地上。——

　　　　我的爱从不为了一个人，

　　　　像蝴蝶那样眷恋着玫瑰花丛：

　　　　也不是为了一个家族，一个时代。

　　　　我爱的是整个民族！——我张开双臂，

　　　　拥抱着整个民族的过去和未来，

　　　　像朋友，像情人，像丈夫，像父亲，

　　　　把它紧紧拥抱在怀里。

　　　　我希望它复兴，希望它幸福，

　　　　希望它受到全世界的赞美。

但是我无计可施，只好来到这里，

　　　　用思想的力量把自己武装齐全，

　　　　这思想曾使你的雷霆失去威力，

这思想能看出你的星球的运转，

　　　　也曾揭开海洋深处的秘密——

　　　　我具有超乎常人的力量，

　　　　我具有蕴藏在心底的感情，

　　　　它像火山一样，通过语言的艺术喷射出岩浆。

这力量我既不是取自伊甸园的知善恶树①，

也不是偷吃了智慧果，

不是来自书本和故事，

---

① 伊甸园的知善恶树和禁果，据《圣经》故事，上帝为亚当和夏娃在伊甸园地方建
　立了个乐园，园中的各种水果都可随便吃，惟独一棵知善恶树上的果子不准
　吃。后来他们两人受蛇的引诱偷吃了这棵树上的果子，被上帝赶出了伊甸园。

不是来自魔术，
不是来自神秘的解题。
我生来就是创造者；
我的力量的源泉，
也就是你的力量产生的地方，
你无须寻求，就会有力量，
你不用担心失去它；我也一样。
我这敏锐而犀利的目光——
不知是你的赐予还是天生，
当我的力量一到——我居高临下，
能看清游云的方向，
能听到候鸟的飞翔，
能看见他们依稀可辨的翅膀；
只要我高兴，顷刻间像撒下罗网，
用目光终止他们的飞翔——
让它们哀声歌唱，
只要我不放松他们，你的狂风也不能把他们吹动。
当我用心灵的凝视全力盯着彗星，
只要我盯住不放，那彗星也要停止，
　　　　失去飞驰的动力。
　　　　只有那些堕落的人们，
　　　　可悲而又不死的人们。
　　　他们不听我的——也不听你的，
　　　　　不认识我和你。
　　　　我来到这遥远的天国，
　　　　　　我要极力为人们设想，
要把这超越自然的力量
　　　　　送到世人的心上。
如同我用手势指挥星宿和鸟群，
　　　　我要把我的同胞指引。
　　　　我不用剑——因为它会在厮杀中断裂，

不用诗歌——因为它成熟得太慢，

不用科学——因为它会很快凋谢，

不用奇迹——因为它过于喧闹，令人不安。

我要用感情来统治，这在我身上取之不竭；

我要像你一样长久而又不露形迹地统治。

我想干什么，他们会立即理解，

照着做的，就会获得幸福安适，

不照着做，就叫他们永世受苦难，

坠入死亡的深渊。

让人们变成我的思想和语言，

只要我愿意，就能用他们谱写歌曲，

有人说，你就是这样进行统治！

你知道，我的思想和语言健康而新鲜；

只要你赋予我同样的权力，

我就能把我的祖国化为一首生动的诗篇，

我就能够创造出你从未见过的奇迹，

使幸福之歌更长久地响彻人间。

请赐我统治灵魂的权力！我蔑视这僵死的躯壳，

这躯壳人们称之为世界，对它大唱赞歌。

我的语言能否把它震撼，摧毁，

我还从来没有试过。

但是我深深感到，如果我把自己的意志集中，

使自己的意志得到加强，发光，

我就能叫一百颗星熄灭，把另一百颗星燃亮——

因为我是永生不朽的！我知道在造物的循环中，

还有和我一样的永生者，但是更高的，我还不知道。

因此，天国的至高无上者啊！我到这里把你寻访，

我，人世间至高无上的生物，

至今还没有见过你——说你存在，也不过是猜想；

现在让我同你相见，让我领略你高尚的品德——

把我想要的权力赐给我，

要不,就请你给我指出通往权力的道路!

我听说有过预言家,心灵的统治者,

我相信他们存在,但他们能做到的,我也能做到。

我想要像你那样统治人民的心灵。

长时间的沉默。

(讽刺地)

你一语不发,一声不响!我了解你,

我懂得了你是怎么回事,懂得了你统治的秘密。

称你是仁爱的人必定是骗子,

你只不过有一点智慧。

人们探知你的道路不是用心灵,而是用思想,

人们寻找你的武库的方法也是这样——

只有那种埋头读书的人,

那种钻研金属、数字和尸体① 的人,

才能接近你,分享你的权力,

才能找到毒品、火药、蒸气,

找到火焰、烟雾、轰响,

找到法制,看出对自作聪明、不学无术的人的肮脏信仰。

你让思想尽情享乐,

而让心灵永远受苦;

你赋予我以最短促的生命,

而赋予我的感情却最深厚。

沉默。

我的感情是什么?

呵,只不过是一点火星!

我的生命是什么?

呵,只不过是短暂的一瞬!

那怒吼的惊雷是什么?

只不过是一点火星!

---

① 金属、数字和尸体,指当时的科学发现。

· 346 ·

历史上的世世代代是什么？

　　　　只不过是短暂的一瞬！

整个人类从哪里来，小世界① 从哪里来？

　　　　只不过是来自一点火星！

那消耗我的思想财富的死亡是什么？

　　　　只不过是短暂的一瞬！

那把世界藏在自己胸怀里的人是什么？

　　　　只不过是一点火星！

如果你能把世界吞下，世界的永恒又是什么？

　　　　只不过是短暂的一瞬！

左边的声音	右边的声音
我要像	他是何等癫狂！
骑马一样，	保护他，
骑上他的灵魂，	保护他，
快走！快走	让我们用翅膀
飞奔、飞奔！	护住他！

一旦短暂的一瞬得以延长，一点火星得以燃烧——

　　　　就能摧枯拉朽，就能创造。

勇敢些，勇敢些！让我们把短暂的一瞬延长，

勇敢些，勇敢些！让我们把一点火星吹旺。

现在——好吧——就这样！我再一次把你召唤，

再一次向你敞开我的心灵，像对待朋友一般。

可是你却一语不发——你果真亲自同撒旦打过仗？

　　　　请接受我庄严的召唤！

你不要轻视我，虽然我孑然一身，却并不孤单。

我同地上的千百万人民心连心，

还有军队、权威、王位跟在我的后面，

　　　　如果我竟亵渎神灵，

---

① 根据古代的说法，人是宇宙系统缩小了的映象，他们构成了所谓的"小世界"，
以与整个宇宙的"大世界"相对应。

我就要同你展开激战,比撒旦更让你丧胆;
他以理智斗争,我用心灵作战。
我深深地爱着,忍受着苦难,在苦难和爱情中成长,
你既然剥夺了我个人的幸福,
我就只能用自己的血染红自己的双手,
　　　　　我还不曾举起它们反对上苍。
　　　声　音　　　　　　　声　音
我把骏马变成飞鸟,　　　一颗陨落的星!
　　插上雄鹰的羽毛　　　何等疯癫!
　　　升起!　　　　　　你就要
　　飞上云霄!　　　　　被推下深渊!
如今我已把我的灵魂和我的祖国联在一起,
　　　用我的血肉之躯把祖国的灵魂吞食。
　　　我和祖国是一个整体。
　　　我的名字叫千百万——正是为了爱千百万,
　　　我才如此痛苦,忍受酷刑。
　　　我看着我可怜的祖国,
　　　像儿子看着被车裂而死的父亲;
　　　我感受着整个民族的苦难,
　　　像母亲感受着腹中胎儿活动的阵痛。
　　　我痛苦昏沉——而你却聪明而又冷静。
　　　　　你总是这样统治,
　　　　　总是这样裁判,
　　　　　而人们却说,你从来就很公正!
你听着,如果我出生之后听到的全是真话,
说你也懂得爱;——
如果你生来就爱这个世界;
如果你爱世人真如慈父;
如果你对牲畜也慈悲为怀,

让他们藏在方舟① 里逃过洪水的灾害；——

如果心不是怪物，只是偶然一现，

从未达到它的天年；——

如果在你的统治之下，温情并不是淫乱，

如果千百万人高喊"救命哪！救命"，

你不会无动于衷，不把他们只当做纷乱的一团；——

如果爱在你的世界上还有用，

而不仅仅是你的错误的计算……

<table>
<tr><td>声 音</td><td>声 音</td></tr>
</table>

声　音	声　音
把雄鹰变成九头蛇②，	迷路的彗星，
挖掉它的眼睛，	离开了明亮的太阳！
继续向前冲！	哪里是你奔驰的尽头！
冒烟！射击！	没有尽头！没有尽头！
怒吼！雷鸣！	

你还是一声不响！——尽管我已对你披肝沥胆！

我恳求你给我权力——哪怕是很小的一部分，

是人间的傲慢所霸占的全部权力中微薄的一点，

有了这一点微薄的权力我就能把幸福带给人们！

你沉默不语！你不把权力赠给心灵，就请赐给理性。

你看，我是凡人和天使中的骄子，

我对你的了解比你的大天使更为透彻，

你的权力我配领受，我应该分享！——

如果我没有说对，请你直说——

你总是沉默不语，我并没有撒谎。

你一语不发，对自己强健的双臂满怀信心。

你可知思想不能摧毁的东西，感情能把它化为灰烬。

你看，这感情——就是我的火种，

---

① 据《旧约·创世纪》记载，上帝降洪水时，挪亚遵上帝命造方舟，并带全家和留
　　种的各种动物避入舟中。
② 古代神话中的一种怪蛇，有九个头，砍掉后又会再长出来。

我收集它，压紧它，让它发出烈焰。
我要把意志炼成钢铁，
如同把火药装入炮弹。

声　音　　　　　　声　音

火光！射击！　　可怜！可惜！

你开口吧，——否则我就要向你开火射击；
即使我不能把你的天国化为瓦砾，
也要震撼你在天国的全部领地；
我要发出撼天动地的声响，
它将要一代一代地传下去，
我要大叫一声：你不是世界之父，你是……

魔鬼的声音

沙皇！

康拉德站立片刻，摇晃，跌倒在地。

左边第一个精灵

践踏他，抓走他！

左边第二个精灵

他还有呼吸。

左边第一个精灵

他晕倒了，晕倒了，

趁他还没清醒，闷死他！

右边的精灵

滚开！还有人在为他祈祷。

左边的精灵

你看，他们要把咱们赶走。

左边第一个精灵

你这个愚蠢的魔鬼！

你没有帮助他把最关紧要的一个字吐出来，
你没有把他的傲慢再升高一级！
再有片刻的傲慢——这颗脑袋就是死人的脑袋。
这样接近着它，却不敢用脚踩！

• 350 •

眼看着他嘴边流血,却不敢去舐它!

你这个最蠢的魔鬼,都是你放了他,功亏一篑!

左边第二个精灵

他会回来的。

左边第一个精灵

滚开!否则我就用角把你挑起来,

挑你一千年,还要拿你去喂撒旦!

左边第二个精灵

哈!哈!你吓唬我,姑姑妈妈哟!可吓破了我的胆!

我要像孩子一样大哭——

(哭)

给你一下子

(用角冲撞)

怎么样,正好中的?

你滚吧,滚进你的地狱里去——一直沉到底。

好哇,我的角!——

左边第一个精灵

见鬼去吧①!

左边第二个精灵

(用角冲撞)

再给你一下。

左边第一个精灵

快滚开!

听到门的响声和钥匙插在锁孔的声音。

左边第二个精灵

神甫来了,快把角藏起来,快躲吧!

(选自《先人祭》第三部,韩逸译,
人民文学出版社 1976 年版)

---

① 原文是法语。

《先人祭》导读

  亚当·密茨凯维支(1798—1855)是波兰最伟大的诗人,也是波兰民族解放运动的积极参加者和组织者之一。他生于立陶宛诺伏格罗德克的查阿西村,父亲是当地的律师,曾参加过民族武装起义。因此密茨凯维支从小就受到爱国思想的熏陶,而故乡的绮丽风光和丰富的民间故事也在他的心中留下了不可磨灭的印象。1815年他进入维尔诺大学的师资班学习。维尔诺大学是当时波兰的一个文化中心,进步的爱国力量和保守的投降势力进行激烈斗争的场所。密茨凯维支积极参加了爱国学生运动,是"爱学社"的发起人和领导人之一。1819年大学毕业后,他在科甫诺学校任语文教师。他一面教学,一面进行诗歌创作。1820年写了著名诗篇《青春颂》。1822年出版第一部诗集《歌谣和传奇》,这部诗集是根据民间传说写成的,以新颖的题材和独特的风格开创了波兰浪漫主义文学的新时期。1823年出版了第二部诗集,内有长诗《格拉席娜》和诗剧《先人祭》第二、第四部。前者塑造了一位爱国的女英雄形象;后者是在维尔诺出版的,后来人们便称它为维尔诺《先人祭》。《先人祭》第二部描写的是民间祭祀亡灵的仪式,第四部写了一个因失恋而痛苦的人物——古斯塔夫。1823年沙皇政府对波兰人民的爱国活动进行了血腥镇压,密茨凯维支也因"爱德社"案件而被捕入狱,次年被判处流放俄国内地。从此他离开了自己的祖国,开始了流放和流亡的生活。

  在俄国期间,密茨凯维支结识了俄国十二月党人,并和俄国许多作家、诗人建立了友谊(其中包括普希金)。他在被流放俄国期间，先后出版了《十四行诗集》和长诗《康拉德·华伦洛德》(1828)。《十四行诗集》包括《爱情十四行诗》和《克里米亚十四行诗》两组诗。《克里米亚十四行诗》是脍炙人口的佳作，诗人把克里米亚的绮丽风光和自然景色同自己对祖国的眷恋之情交织在一起，组成了一幅幅情景交融的壮丽图画。长诗《康拉德·华伦洛德》以古代立陶宛和十字军骑士团的斗争为背景，塑造了一个不畏牺牲的英雄人物。康拉德看到敌人的强大，便改名换姓，打入敌人的内部，后来取得了敌人的信任，被选为骑士团的大团长。在与立陶宛的作战中，他故意延误战机，使骑士团全军覆没，最后自己也服毒身死。这部长诗受到波兰青年的热烈欢迎。1829年他离开俄国到达意大利，途经德国时曾到魏玛拜访过歌德。1830年11月华沙爆发了反俄大起义，消息传到罗马后，诗人决定回国参加起义斗争。但到达波兹南后因故被阻，未能如愿。

起义失败后，密茨凯维支流亡法国。1834年出版著名史诗《塔杜施先生》。它以1811年和1812年的立陶宛为历史背景，通过当地两个贵族家族的仇斗，描写了波兰贵族的生活和矛盾，歌颂了波兰爱国志士为反抗沙俄侵略者而进行的爱国活动和英勇斗争。诗人指出，大敌当前，波兰人民应该把民族的利益置于家族的利益之上，消除宿仇，团结一致，共同对敌，为争取祖国的独立自由而斗争。写完这部长诗之后，他便转入社会工作，积极参加了侨民中的爱国活动。他主编过进步的报纸刊物，担任过瑞士洛桑大学和法国法兰西大学的文学教授。1848年组织波兰志愿兵团，参加意大利的反奥斗争。1855年俄土战争爆发后，他来到土耳其，想建立一支军队去和俄国作战，不幸身染时疫，于同年11月26日死于君士坦丁堡。

《先人祭》第三部是诗人于1832年在德累斯登写成的，习惯称它为德累斯登《先人祭》。《先人祭》第一部仅存片断，第二、第四部所反映的是个人的痛苦，而第三部则是一部政治诗剧，民族压迫和爱国斗争成了作品的中心内容,剧中的主要人物是和外来侵略者进行英勇斗争的爱国志士。《先人祭》第三部是诗人在华沙起义失败后写成的,沙皇军队对波兰人民的血腥屠杀使诗人义愤填膺,愤然疾书,决心把沙皇的暴行公之于众。密茨凯维支以严肃认真的态度,对待诗剧的创作,他只写亲身经历的事件和所熟悉的题材。因此没有直接描写他未能参加的 1830 年华沙起义,而是反映他亲身经历过的 1823 年沙皇政府对"爱德社"爱国学生的迫害事件。1815 年以后,沙皇亚历山大一世成了波兰皇帝,他的弟弟康士坦丁亲王担任波兰军队的总司令和沙皇驻波兰的全权代表,成了波兰最高的统治者,而另一个阴险毒辣的沙皇亲信、参政员诺伏西尔佐夫任沙俄驻波兰的总督,他们互相勾结,狼狈为奸,对波兰人民实行种族灭绝政策。1823 年诺伏西尔佐夫在破坏了华沙的爱国组织之后,来到维尔诺,亲自领导对爱国学生的侦破审讯工作,把几百名无辜的青年投入监狱,对他们施以严刑拷打、流放和苦役。《先人祭》第三部就是根据这一事件写成的,它愤怒揭露了沙皇俄国对波兰、立陶宛的血腥统治和对波兰、立陶宛青年学生的残酷迫害,热情歌颂了爱国志士"为难友殉难,为祖国牺牲"的崇高革命品德,同时也无情地鞭挞了民族败类的卖国求荣的可耻行径。这是一部充满爱国激情,燃烧着复仇和解放烈火的作品。它热情奔放,气势磅礴,诗句铿锵有力,是抨击敌人、鼓舞人民斗志的优秀诗篇。

《先人祭》第三部是一部浪漫主义诗剧,里面有幻想的场面和现实的场面,而现实的场面则在作品中起着重要作用。诗剧的第一场就把人们带到了阴森的监狱中,这里关押着一群年轻的政治犯,愤怒地控诉了诺伏西尔佐夫一伙刽子手对他们的迫害。这些爱国青年虽然身居囚室,却充满了革命的乐观精神。他们引吭高歌,唱出了他们的仇恨,唱出了他们与沙皇斗争的决心和坚强信念。即使他们被流放到矿井,他们也要用挖出来的铁,"打把板斧砍沙皇";即使到了移民区,也要用种出来的大麻,织条绞索送给沙皇。这些充满复仇和反抗的诗句,充分表现了爱国青年的英雄气概和豪情壮志,反映了波兰人民对民族敌人的深仇大恨。

第七场的"华沙沙龙"可以说是波兰社会的一个缩影。这里有爱国的波兰人民,也有攀权附势的豪门贵族,有对沙俄主子献媚讨好的贵夫人,也有蔑视人民、甘当亡国奴的伪古典派文豪,而诗人对这些人的爱憎也十分鲜明。

在"参政员"一场中,诗人生动地刻画了诺伏西尔佐夫这个凶残狡诈的沙俄政客形象。这个杀人不眨眼的刽子手,一方面对波兰人民进行惨无人道的迫害,同时又装出一副慈善的面孔。例如当罗利逊太太突然闯进他的官邸当众揭露他严刑拷打自己的儿子时,他却以"礼"相待,矢口否认对罗利逊的迫害,还表示要"立刻调查",可是等罗利逊太太一走,他就下令处死罗利逊。从他身上可以看到沙皇统治的凶恶、残暴和伪善。在这一场中除了揭露沙皇反动官僚的助纣为虐外,还严厉地抨击了波兰民族败类充当沙俄奸细走狗的可耻行径。

第二场"即兴诗"集中体现了这部浪漫主义诗剧的创作特色。这激情奔放、一气呵成的诗剧,据说是诗人在一夜之中写成的。这是一篇主人公康拉德的抒情独白,也是一首浸透着民族灾难、人民痛苦和对沙皇憎恨的政治诗。康拉德是一位被捕入狱的诗人和解放运动的战士,他和狱中其他难友一样,热爱祖国,热爱人民,把自己整个生命献给了祖国。由于他感受到整个民族的苦难,他才不怕坐牢不怕酷刑。他认为自己是代表民族和人民的,是和祖国同呼吸共命运的,因此他有无穷的力量,敢于和一切反动势力较量。他是个虔诚的教徒,但他敢于反抗上帝,就是因为上帝不给波兰人民带来幸福。诗人在康拉德身上倾注了他的全部爱国主义热情,他的不屈不挠的斗争意志。同时对于康拉德这种孤军作战的错误态度也有所批评,指出这是康拉德、也是华沙起义失败的重要原因。

《先人祭》第三部的一些幻想场面也表现了诗人的宗教迷信观

点，宣扬了因果报应和神秘主义的思想，这无疑是这部作品的缺点；但是瑕不掩瑜，《先人祭》第三部依然是波兰文学史上的一部优秀作品。

（林洪亮）

19 世纪浪漫主义抒情诗

咏 水 仙

华兹华斯

我好似一朵孤独的流云，
　　高高地飘游在山谷之上，
突然我看见一大片鲜花，
　　是金色的水仙遍地开放，
它们开在湖畔，开在树下，
它们随风嬉舞，随风波荡。

它们密集如银河的星星，
　　像群星在闪烁一片晶莹；
它们沿着海湾向前伸展，
　　通往远方仿佛无穷无尽；
一眼看去就有千朵万朵，
万花摇首舞得多么高兴。

粼粼湖波也在近旁欢跳，
　　却不知这水仙舞得轻俏；
诗人遇见这快乐的旅伴，
　　又怎能不感到欣喜雀跃；

我久久凝视——却未领悟

这景象所给我的精神至宝。

后来多少次我郁郁独卧，

　　感到百无聊赖心灵空漠；

这景象便在脑海中闪现，

　　多少次安慰过我的寂寞；

我的心又随水仙跳起舞来，

我的心又重新充满了欢乐。

（顾子欣译）

西　风　颂 ①

雪　莱

一

哦，犷野的西风，秋之实体的气息！

由于你无形的出现，万木萧疏，

似鬼魅逃避驱魔的巫师，蔫黄，尝黑。

苍白、潮红，疠疫摧残的落叶无数，

四散飘舞，哦，你又把有翅的种子

凌空运送到他们黑暗的越冬床圃；

---

① 这首诗构思在弗罗伦萨附近阿诺河畔一座森林里，主要部分也在那里写成。那一天，孕育着一场暴风雨的温和而又令人振奋的大风聚集着常常倾泻下滂沱大雨的云霭。果不出我所料，雨从日落下起，狂风暴雨夹带着冰雹，并且伴有阿尔卑斯山南地区所特有的那种气势宏伟的电闪雷鸣。

第三节所提到的那种自然现象，为博物学家所熟知。海洋、河流、湖泊底部的水生植物，和陆地上的一样，对季节的更替有相同的反应，因而也受宣告这种变化的风的影响。——雪　莱

仿佛一具具僵卧在坟墓里的尸体，
他们将分别蛰伏，冷落，而又凄凉，
直到阳春你蔚蓝色姐妹向梦中大地①

吹响嘹亮的号角，如同牧放群羊，
驱使甜美的花蕾到空气中觅食就饮，
给高山和平原注满生命的色彩芳香。

不羁的精灵，你啊，你到处运行；
你破坏，你也保存，听，哦，听！

二

在你的川流上，在骚动的高空，
纷乱的乌云，那雨和电的天使，
正像大地凋零枯败的落叶无穷，

挣脱天空和海洋交错缠接的柯枝，
飘流奔泻；在你清虚的波涛表面，
似狂热的酒神女祭司扬起的发丝，

从茫茫地平线阴沉晦暗的边缘，
直到苍穹至高的绝顶，到处散布着
迫近的暴风雨飘摇翻腾的发卷。

你啊，垂死残年的挽歌，四合的夜幕，
在你聚集的全部水汽威力的支撑下，

---

① 蔚蓝色姐妹，指春天的东风。

将构成他那庞大墓穴的拱形顶部。

从你那雄浑磅礴的氛围,将迸发
黑色的雨、火、冰雹;哦,听啊!

三

你,哦,是你把蓝色的地中海
从梦中唤醒,他一整个夏天
都酣睡在贝伊湾内浮石小岛外①,

被澄澈的流水喧哗声催送入眠,
梦见古代的楼台、塔堡和宫闱,
在海波强烈的日光中不住地抖颤,

全都长满了蔚蓝色苔藓和花卉,
馨香馥郁,如醉的知觉难以描摹。
哦,为了给你让路,大西洋水

豁然开裂,而在浩淼波澜深处,
海中花藻和没有树液的海底丛林②,
哦,由于把你的呼啸声辨认出,

一时都惨然变色,胆怵,心惊,
战栗着自行凋落;听,哦,听!

---

① 贝伊湾,意大利那不勒斯附近一处海湾。
② 据雪莱认为,着根于海底淤泥的海中丛林,不具有陆上树木的树液。

四①

我若是一朵轻捷的浮云能和你同飞，
我若是一片落叶，你所能提携，
我若是一头波浪能喘息于你的神威，

分享你雄强的脉搏，自由不羁，
仅次于，哦，仅次于不可控制的你；
我若能像在少年时，作为伴侣，

随你同游天际，因为在那时节，
似乎超越你天界的神速也不为奇迹；
我也就不至于像现在这样急切，

向你苦苦祈求。哦，快把我飏起，
就像你飏起波浪、浮云、落叶！
我倾覆于人生的荆棘！我在流血！

岁月的重负压制着的这一个太像你②，
像你一样：骄傲，不驯，而且敏捷。

五

像你以森林演奏，请也以我为琴，
哪怕我的叶片也像森林一样凋谢！

---

① 本章原文用了六个含〔iː〕声韵脚，译文亦以近的韵脚从之。
② 这一个，指诗人自己；岁月的重负，指积年累月形成的陈腐的习俗、观念和宗教
——时间孕育的卑污的子息。

你那非凡和谐的慷慨激越之情，

定能从森林和我同奏出深沉的秋乐，
悲怆却又甘冽。但愿你勇猛的精神
竟是我的魂魄，我能成为剽悍的你！

请把我枯萎的思绪播送宇宙，
就像你驱遣落叶催促新的生命，
请凭借我这韵文写就的符咒，

就像从未灭的余烬飏出炉灰和火星，
把我的言语传遍天地间万户千家，
通过我的嘴唇，向沉睡未醒的人境，

让预言的号角奏鸣！哦，风啊，
如果冬天来了，春天还会远吗？

（江　枫译）

秋

拉马丁

敬礼，梢头还冠着一些残绿的树林！
敬礼，初黄的落叶，在浅草坪上飘散！
敬礼，最后的佳日！自然景物的凋零
最宜于伤痛情怀，最使我看着顺眼。

我循着这条幽径梦想着，步履迟迟，
我还想再看一次——最后一次地看看
这种黯淡的太阳，它那微弱的光辉
在我脚前勉强才透进林中的阴暗。

是呵,在这秋天里大自然渐就消沉,
它那朦胧的光景更使我引为同调;
这是友人的告别,这是那死亡之神
行将封起的唇儿发出的最后微笑。

所以我尽管准备离开这生命之乡,
尽管我不能永年,痛哭希望的幻灭,
我仍然回过头来带着羡慕的眼光
凝视着我所不曾享受到的这一切。

大地呵,太阳,山谷,温柔美丽的自然,
我到了坟墓边缘还欠你一滴眼泪!
空气多么芬芳呵!晴光又多么鲜妍!
在垂死者的眼中,太阳是多么明媚!

现在呵,我恨不能把这人生的巨觚
连同苦胆和琼浆一直喝干到渣滓:
在我原来痛饮着生命的这只杯中
也许它的最深处还剩有一星蜜汁。

也许未来的岁月还为我有所贮存,
让我在绝望之余还尝到一番蔗境!
也许人群中有个不曾相识的灵魂
能了解我的灵魂,能和我心心相印!

花儿在它零落时把芳香付与春风,
它在对生命,对阳光道着珍重告别:
而我呵,现在死了;灵魂在消逝之中
也就挥发成一种凄婉和谐的音节。

(范希衡译)

许贝利翁的命运之歌[①]

荷尔德林

你们在上空的天光里遨游，
　　踏着轻软的云毯，极乐的精灵们！
　　　辉煌的神风
　　　　轻轻地触动着你们，
　　　　　就像是女艺人的手指
　　　　　　抚着神圣的琴弦一样。

超脱命运的摆布，那些天仙们
　　像酣睡的婴儿一样透着呼吸；
　　　神的精神
　　　　纯洁地保存在他们那
　　　　　谦逊的蓓蕾之中，
　　　　　　开着永不凋谢的花朵，
　　　　　那极乐的眼睛
　　　　　　在静静的
　　　　　　　永恒的澄明中张望。

可是，我们却被注定，
　　得不到休憩的地方，
　　　忍受烦恼的世人，
　　　　时时刻刻

---

① 许贝利翁是荷尔德林的抒情小说《许贝利翁》的主人公，一个流亡到德国的希
腊青年。本诗即为该小说中的一篇插曲。于 1798 年作于法兰克福，是诗人最
有名的一篇杰作。诗人在这篇诗中唱了凡人的命运，把它和极乐的不受命
运支配的神的生活，进行鲜明的对比，表达了当时人民的深沉的苦闷。音乐家
勃拉姆斯曾经将本诗谱成乐曲，脍炙人口。

盲目地
　消逝、沉沦，
　　好像飞瀑被抛下
　　　一座一座的悬岩，
　　　　一年年坠入渺茫。

（钱春绮译）

给　凯　恩

普希金

　我记得那美妙的一瞬：
在我的眼前出现了你①，
有如昙花一现的幻影，
有如纯洁之美的精灵。

　在那绝望的忧愁的苦恼中，
在那喧嚣的虚荣的困扰中，
我的耳边长久地响着你温柔的声音，
我还在睡梦中见到你亲爱的面影。

　许多年代过去了。狂暴的激情驱散了往日
　　的幻想，
我忘记了你温柔的声音，
和你天仙似的面影。

　在穷乡僻壤，在流放的阴暗生活中，
我的岁月就那样静静地消逝过去，
失掉了神性，失掉了灵感，

---

①　1819 年诗人与安娜·彼德罗夫娜·凯恩相识。

失掉眼泪，失掉生命，也失掉了爱情。

 如今灵魂已开始觉醒：
这时候在我的眼前又重新出现了你，
有如昙花一现的幻影，
有如纯洁之美的精灵。

 我的心狂喜地跳跃，
为了它，一切又重新苏醒，
 有了神性，有了灵感，
有了生命，有了眼泪，也有了爱情。

（戈宝权译）

帆①

莱蒙托夫

在那大海上淡蓝色的云雾里，
有片孤帆儿在闪耀着白光！……
它寻求什么，在遥远的异地？
它抛下什么，在可爱的故乡？……

波涛在汹涌——海风在呼啸，
桅杆弓起了腰轧轧地作响……
唉！它不是在寻求什么幸福，
也不是逃避幸福而奔向他方！

下面是比蓝天还清澄的碧波，

---

① 这是莱蒙托夫在彼得堡写的第一批诗稿中的一篇。原稿保存在寄给洛普辛娜
的一封信中。诗中反映了当时俄国进步知识分子的思想、心情和处境。

上面是金黄色的灿烂的阳光……
而它,不安的,在祈求风暴,
仿佛是在风暴中才有着安详!

（余　振译）

大海汹涌着……①

裴多菲

大海汹涌着,
人民的大海;
它的可怕的力量
惊天动地,
波浪奔腾澎湃。

你们看不看这跳舞?
你们听不听这音乐?
假如你们不知道,
人民是多么欢乐,
现在就可以懂得。

海震动着,海怒吼着,
船在摇摆,
它沉到地狱去了,
拖着折断的桅杆,
扯碎的帆。

咆哮吧,洪水,

---

① 本篇写于1848年三月革命发生之后不多几天,表现了对于革命的乐观以及对
于人民的力量的确信。

咆哮到底，

让你的深深的底显现，

把你的狂怒的浪花

一直喷到云朵里；

一个永远的真理，

用浪花写在天空：

虽然船在上面，

水在下面，

然而水仍是主人翁！

（孙　用译）

一只默默的、坚忍的蜘蛛

惠特曼

我看见，一只默默的、坚忍的蜘蛛，

独栖在一座高高的、小小的海角。

我看见，它怎样向空旷的周围探索，

从体内抽出银丝，一缕、一缕、一缕，向外抛。

我看见，它不断地加速抽着，不知疲劳。

而你啊——我的灵魂，你的周围

也是无限的空间的海洋，

你也在不断地思考、探索、抛出游丝，

　　找寻系挂的地方，

直到你所需的桥梁架成，

　　直到你柔韧的铁锚下沉，

直到你抛出的游丝挂稳，

　　啊，我的灵魂。

（谭天健等译）

19世纪浪漫主义抒情诗导读

在欧美浪漫主义文学中,诗歌占有无可争辩的显著地位,而其中的抒情诗更多陶冶情致的佳章杰构,哲人吟哦,妇孺传唱,历之久远,至今仍在发挥着它的文化审美功能。限于篇幅,上面选的仅是一些有代表性的诗人的个别篇章,但一叶知秋、一瓢知海,即此也足以使人击节叹赏,低回不已。

关于写诗,英国华兹华斯曾说过一句名言:"是强烈情感的自然流露。"眼耳鼻舌身意,色声香味触法,人生必有所感,有所感必有所发,但要是情驰志废,那就抒发不出什么诗意来,而要是虽有诗情诗意,却又遮遮掩掩、扭扭捏捏,那也同样写不出什么好诗来。自然,写好诗需要技巧才华,可第一要义毕竟是显露人性的本真。上面选录的这些诗歌可以说都是情真意切,直指本性的。如俄国普希金的爱情诗《给凯恩》,尽管用的是一种宣叙的调子,也没有什么出奇的意象,却仍具有一股感人至深的魅力。见闻了社会的恶浊,经历了人生的艰辛,生活中仍有永恒的"纯洁之美",诗人对人生价值的执著,特别是他的坦陈直道,将我们深深打动了。再比如匈牙利裴多菲的政治抒情诗《大海汹涌着……》不仅喻示了革命前夜的风云变幻和人民创造历史的伟力,也表达了自己渴望战斗的政治激情。无怪乎这首诗常常使后来的革命者热血沸腾,斗志倍增。我们正不妨借用王充的话来评价这些优秀的抒情诗:"精诚由中,故其文语感动人深。"

当诗人跨出专制王权的宫掖和封建神学的阴影,他们蓦然发现在日常生活和大自然中原来有那么多可歌可泣的东西。于是,诗人不再愿意奴颜卑膝地奉上歌功颂德的辞章,也不再满足于破晓时分的无病呻吟，他们在村姑的谣曲和牧童的短笛中寻求灵感，也在晨昏阴晴、风云舒卷中观照自我。在他们笔下，宇宙的恢弘气象（如雪莱《西风颂》）和一木一石的精微之处（如华兹华斯《咏水仙》）、历史的巨变和心灵的颤动，都神貌皆备，纤毫毕现，体现出前所未有的题材多样化的取向。同时，对城市文明的厌弃和对卢梭"回归自然"号召的响应，又使他们自觉不自觉地偏重于描摹自然营造自然，从这里选录的一些诗歌中也可以看出这一倾向。所以，在文学史上，浪漫派诗人一度被称作"自然诗人"。可以说，"崇尚自然"的特征在抒情诗中尤为明显。

日月长存，光景常新，这"新"就新在诗人运用其丰富的想像力，化腐朽为神奇，执意创造出出人意表又深中肯綮的意象意境。标举"想像"的浪漫派诗人不仅能做到"幻中有真"，对生活原型进行再创造，而且能臻于"幻而能真"的境地，使他们的诗作"奇者皆理之极平，新者皆事之常有"。试举美国惠特曼的小诗《一只默默的、坚忍的蜘蛛》为例：诗歌用一只独栖海角的蜘蛛，不倦地向四周吐丝编织，来比喻人类心灵的不断求索，从形象的相似性来看，人的思维器官的神经索正是密如丝网，从性质意义上说，蜘蛛是到死丝方尽，人类也是生命不息，探求不止。即此言，这个意象真可以说既新奇又熨帖，更何况从中我们还能感受到，作为一个新兴国家美国的那种健康蓬勃、坚毅不拔的民族精神。有人曾经抬高象征主义贬抑浪漫主义，诟病其熟滥浅陋，事实上，每个流派的存在各有其合理性，也各有其长处与短处，不能极而言之。拿上述那首诗来说，就丝毫不逊色于极负盛名的法国象征派名作瓦莱里的《石榴》。这类佳构在浪漫派中并不罕见，选录的德国荷尔德林《许贝利翁的命运之歌》一诗，借用王国维的说法，也同样是首"不隔"的好诗，以"飞瀑堕崖"的意象来喻示一种无可奈何花落去的封建末世的氛围，是何等的神契意合！再深一层，它又暗示了宇宙的永恒和生命的短暂这一难遣难排的矛盾对立的命题，可谓含不尽之意，有韵外之致。

中国人说"文如其人"，西方人说"风格即人"，都承认通过文学作品可以知道作者的人品人格，或者反过来说，不同品性的人就会写出不同风格的作品。以此论来看待浪漫派诗歌，可以说是再合适不过了。因为浪漫派一贯强调的就是抒发主观情感，而且浪漫派诗人大多是极有个性的。请看两首同样以"秋"为题材的诗作，一首是英国雪莱的《西风颂》，另一首是法国拉马丁的《秋》，因为个性志趣不同，就呈现出截然相反的题旨和风格。前者以西风横绝时空，扫荡腐恶，催发新生的意境，表达了粉碎旧社会，建设新世界的美好理想，风格豪放雄强，开阔爽健，充分显露了作者奋发有为、乐观向上的情怀；后者以落叶凋零、阳光黯淡的秋景，来渲染人生苦短、欢乐难再的感慨，风格凄婉缠绵，幽渺澄淡，传达出一种忧郁愁苦、凄清苍凉的心绪。两相对照，读者自不难悟出境界之高下，意趣之差异。然而，就穷形尽相、各尽其妙而言，两篇都应该是佳作，都能给人以很高的审美享受。风格多样、个性突出是浪漫派诗歌特别是抒情诗的一大特点。因为个性关系，有时几乎相同的形象素材，在两个诗人手里竟会营造出完全不同的意象和意境。选录的俄国莱蒙托夫的《帆》和裴多菲的《大海汹涌着……》两诗，主要的形象素材都是"船"与"海"，但经两位诗人机杼经营后，在诗里就成了截然相反的意义载体。莱蒙托夫以"帆"喻己（包括同道同志），以"海"喻"世"；裴多菲则以"船"喻腐朽统治，以"海"喻人民革命之伟大（使人想起中国的古训"水能载舟，亦能覆舟"）。原因很明显：前者崇尚的是个性张扬的"拜伦式英雄"，而后者却是个货真价实的人民诗人。

浪漫主义抒情诗的艺术奇葩在文学大花园里长开不败，愿这几首选诗构筑的花径能引导你迈进争妍斗艳的艺苑，长流连，长徜徉。

（楼成宏）

19世纪批判现实主义文学指要

批判现实主义文学是继浪漫主义而盛行于欧洲的资产阶级文学思潮,是19世纪三四十年代随着资产阶级在西欧的胜利,农奴制危机在俄国的加深而产生的。无论对社会生活反映的广度,还是对现实矛盾的揭批的深度,以及表现手法的多样、艺术技巧的高超等各方面,它都大大超过以往而成为欧洲近代文学中成就最高、影响最大的文学流派。

(一)

19世纪三四十年代,西欧资产阶级最后战胜封建主义,劳资矛盾开始上升为社会主要矛盾。法国1830年爆发的七月革命,结束了封建贵族在法国的统治,巩固了资产阶级的胜利。在英国,1832年进行议会改革,工业资产阶级掌握主要权力,大大削弱了土地贵族、金融贵族的势力,加速了资本主义的发展。

随着资本主义制度的确立和巩固,劳资更加对立,贫富愈益悬殊,社会的主要矛盾由资产阶级和封建贵族之间的矛盾逐渐转变为劳资矛盾,导致了工人运动的勃发。此起彼伏的工人斗争标志着工人阶级已经由自发转为自觉,已经成长为一支独立的政治力量登上了历史舞台。随着资本主义固有矛盾的加深,中小资产阶级也受到掌握政权的大资产阶级的排挤、压制和打击,时刻面临着破产的严重威胁。

阶级斗争和社会矛盾的深化，促使西欧哲学、社会科学和自然科学的空前繁荣。费尔巴哈的唯物主义哲学向唯心主义哲学展开猛烈批判；空想社会主义抨击资本主义制度，提出通过和平途径实现乌托邦的理想。自然科学中关于细胞、能量转换和生物进化等三大发现，加速了唯物论的发展和传播。马克思、恩格斯及时总结欧洲工人运动的丰富经验，批判地吸收了法国空想社会主义、英国政治经济学和德国古典哲学的精华，创立了科学社会主义理论。1848年《共产党宣言》的发表，像灯塔一样照亮了无产阶级前进的方向。与此同时，一些为资产阶级统治作辩护的学说，如实证主义哲学、社会达尔文主义，以及普鲁东主义、巴枯宁主义等工人运动中的机会主义理论也有相当市场。

在这样的历史条件下，一批出身中小资产阶级的作家，看到社会道德的堕落、人间关系的冷酷、人民生活的贫困，不满足于浪漫主义式的空想和抽象的谴责，开始冷静地观察现实，客观地分析社会。这样，他们在文艺作品中真实地再现人与人之间的金钱关系，具体地暴露社会的黑暗和贵族、资产阶级的丑恶，在文学思潮上，就由浪漫主义转为现实主义。由于它的锋芒主要是对现实的深刻揭露和批判，故称批判现实主义。

如果说，以英法为代表的西欧批判现实主义是资产阶级胜利和巩固时期出现的文学现象，那么，俄国批判现实主义则是资本主义兴起、封建农奴制陷于危机时期的历史产物。

19世纪三四十年代的俄国，资本主义经济虽然落后于西欧，但仍然得到一定的发展。腐朽反动的农奴制对人民的残酷压榨，激起了持续不断的农民起义；沙皇政权血腥屠杀十二月党人和野蛮迫害进步人士的暴行，更激起了受到西欧资产阶级民主思想熏陶的知识分子的强烈反抗。他们开展了对封建农奴制的批判，大力宣传解放农奴的思想。19世纪五六十年代更形成了革命民主主义思潮，产生了一批平民知识分子革命家。他们反对沙皇专制，主张废除农奴制度,幻想通过半封建的农民村社过渡到社会主义。在如何对待农奴制问题上,代表保守贵族地主的斯拉夫派和代表自由主义贵族的西欧派之间曾展开激烈争论。以别林斯基、赫尔岑为代表的革命民主派,既反对斯拉夫派对古代宗法社会的美化,又批评西欧派对西欧资本主义的膜拜,竭力维护农民的利益。

面对着这种政治和思想领域里的复杂斗争,俄国的进步作家也和西欧作家一样,不得不冷静地观察、分析现实中的罪恶和矛盾,探究其产生的根源。于是在 19 世纪三四十年代,俄国也出现了以揭露批判现实社会的丑恶为特征的批判现实主义文学。

(二)

19 世纪批判现实主义文学尽管在西欧和俄国有不同的内容和特点,但是其共同之处仍是主要的,都有以下一些基本特征:

客观反映现实,强烈批判丑恶。19 世纪批判现实主义文学继承和发展了人文主义文学和启蒙主义文学中反映现实人生、揭露社会矛盾的优良传统,更强调客观地反映现实,对社会生活的描写比过去的文学更加广阔、具体、真实;对社会丑恶的揭露批判更加尖锐、深刻、有力,并且在一定程度上揭示了社会历史的本质关系。绝大部分作家熟悉世态人情,对现实生活特别是最能体现资本主义特征的城市的日常生活有深切的了解。他们具体、细腻、逼真地反映生活,以求细节的真实性和典型性,使作品描绘的人生图画像生活一样真切自然。因此,在批判现实主义作品中,包含着有关当时社会生活的大量材料,具有较高的认识价值。巴尔扎克自称要写出整个时代的"人情风俗史",他的《人间喜剧》反映了资产阶级必然代替封建贵族的历史发展过程,描绘了资本主义社会人与人之间赤裸裸的金钱关系。狄更斯的小说揭示了资产阶级道德的虚伪和冷酷,反映了下层平民的不幸和苦难,展现了工人和资本家的矛盾和斗争。托尔斯泰的小说广泛而深刻地反映了沙皇俄国的各种社会矛盾,揭露了贵族的腐朽,官僚的丑恶,教会的虚伪,地主对农民的掠夺,以及沙俄国家机器的反人民本质。为此,恩格斯赞扬巴尔扎克"在《人间喜剧》里给我们提供了一部法国'社会'特别是巴黎'上流社会'的卓越的现实主义历史"(恩格斯:《致玛·哈克奈斯》,《马克思恩格斯选集》第 4 卷第 462 页);马克思称颂狄更斯等英国作家"向世界揭示了政治的和社会的真理,比起政治家、政论家和道德家合起来所作的还多"(马克思:《1854 年 8 月 1 日〈纽约论坛〉上的论文》,《马克思恩格斯论艺术》(2)第 402 页);列宁认为托尔斯泰是"俄国革命的镜子"(列宁:《列甫·托尔斯泰是俄国革命的镜子》,《列宁选集》第 2 卷第 264 页);当然,批判现实主义作家对社会的揭露批判与无产阶级作家对资本主义制度的科学分析和深刻批判有着本质的差别。由于批判现实主义作家批判现存制度的动机,很少出自对各种社会经济原因的正确理解,而是由于自己的聪明才智受到压抑而产生的无比愤慨,或者是出于对劳动人民的苦难生活表示人道主义的深刻同情,因此,他们不可能揭示出产生社会罪恶的根源——资本主义制度,看不到改造黑暗社会的根本途径——暴力革命。这正如高尔基所说,他们"揭发了社会的恶习,描写了个人在家庭传统、宗教教条和法规压制下的'生活和冒险',却不能够给人指示一条出路"(高尔基:《和青年作家谈话》,《论文学》第 338 页)。因此,批判现实主义文学作品或多或少带有悲观主义的色彩,而且到了 19 世纪后期,它随着资本主义的由盛转衰而逐渐浓厚。

强调艺术概括,塑造典型人物。古典主义作品的主人公主要是上层社会的国王、贵族、僧侣;浪漫主义文学的主人公往往是高踞于一般群众之上的、具有超人性格的叛逆形象;批判现实主义则有意识地把现实社会中的普通人和小人物作为主人公,写出了诸如高利贷者、孤儿、工人、农民、妓女、小公务员、小官吏,以及小资产阶级出身的个人反抗者形象。随着主人公形象由上层社会转向下层阶级,塑造人物的方法也从孤立的描写人物发展到从人物和环境的紧密联系中来塑造典型人物,即刻画典型环境中的典型性格。他们从"社会制度决定人们命运"这一认识原则出发,具体地描写人物生存的客观环境以及在这个环境影响下人物性格的变化。由于把性格和环境有机地统一起来,共性和个性密切地结合起来,因此作品描写的虽是个别人的生活和命运,反映的却是社会关系的某些本质,比以往作品中的人物形象更具有典型性,成了独特的不可重复的"这一个"。如阿巴公和葛朗台都是著名的吝啬鬼形象。莫里哀只写了阿巴公一个人的吝啬的行为,没有写环境对他的影响;相反,他周围的人都慷慨大方,多情尚义。这样,阿巴公的吝啬好像只是一种个人的癖习,道德的缺陷。而巴尔扎克却把葛朗台老头放在到处是金钱关系的环境中来表现,周围的亲戚、朋友全都惟利是图,钩心斗角,葛朗台只是其中更为集中、更有代表性的一个而已。当然,批判现实主义作家由于受机械唯物论的影响,片面强调环境对人的影响,而看不到人对环境的改造作用,因此人物往往成了环境的奴隶。不少进步作家在塑造劳动人民形象时,仅仅从人道主义出发写出他们在剥削阶级压榨下的悲惨命运,颂扬他们的勤劳、淳朴、善良等优良品质,未能正确描写他们的反抗斗争。

描写当代生活,重视小说创作。浪漫主义作家注重"返回自然",写农村、写异国情调、写中世纪;现实主义作家则面向现实,写社会、写本国、写当代,特别是描写资本主义社会城市里的日常生活。因为城市生活是资本主义社会矛盾集中表现的场所,要真实地反映现实,必须描写城市生活。即使是农村,也是渗透了资本主义关系的农村,而不是浪漫主义作品中那样诗情画意、世外桃源式的农村。浪漫主义囿于惯用的抒发个人情感的诗歌,已不能反映更为复杂的社会生活以满足时代的要求,于是散文体的小说特别是长篇小说空前发展。这种小说能够更广泛地反映社会生活,细腻地描写个别人物和各个社会阶级、阶层的命运,可以把叙事、抒情、描写、内心刻画等手法融合在一起,既能反映各个作家的独特的艺术风格,又能反映各自国家的民族特色,大大扩大了艺术表现生活的能力。

(三)

19世纪批判现实主义文学经历了较长的发展过程,产生了巴尔扎克、托尔斯泰等世界第一流的作家,写出了《人间喜剧》、《战争与和平》等史诗型的世界古典文学名著,呈现出群星灿烂、百花争妍的繁荣景象。

法国批判现实主义文学的杰出代表是司汤达和巴尔扎克。司汤达(1783—1842)早在19世纪20年代中期就发表了文艺论著《拉辛与莎士比亚》,批判墨守成规、美化古人、为波旁王朝歌功颂德的古典主义文学,强调文学要反映当代现实,要为现代人服务,提出了"文艺应该是反映生活的镜子"的主张,为批判现实主义的诞生制造舆论。1830年写了长篇小说《红与黑》,直接取材于现实生活,反映复辟王朝后期的社会风貌和斗争。它从人物性格和社会环境的结合中,塑造了主人公于连的形象,具体而深入地揭露了贵族、资产阶级的丑恶。小说背景广阔,情节生动,细节真实,形象鲜明,开创批判现实主义文学的先例。巴尔扎克(1799—1850)在《〈人间喜剧〉前言》中全面阐明批判现实主义的创作原则,在卷帙浩繁的近百部短、中、长篇小说中,用编年史的方式广泛地反映了复辟王朝、七月王朝两个历史时期的社会生活。围绕着封建贵族怎样在资产阶级的逼攻下退出历史舞台的中心图画,真实地再现了封建贵族的没落衰亡,揭示了资产阶级血腥的发家史,展现了资本主义社会中人与人之间赤裸裸的金钱关系。巴尔扎克在环境描写,塑造典型人物,细节描写的真实性和人物心理活动的个性化等方面,达到法国和西欧批判现实主义文学最高水平。福楼拜(1821—1880)

继承了司汤达、巴尔扎克的广泛反映现实生活、深入揭露社会矛盾的优良传统,在代表作《包法利夫人》中真实地反映了法国外省的社会风貌,揭露了教会的虚伪、贵族的无耻、资产阶级的自私和小市民的庸俗,但揭露的深度已不如司汤达和巴尔扎克,流露出悲观主义情绪。他重视调查研究,提倡"客观而无动于衷"的创作原则,强调作家应把观点、感情在作品中完全隐藏起来。

1871 年,法国爆发了巴黎公社革命,在浴血奋战中诞生了以鲍狄埃(1816—1887)为代表的巴黎公社无产阶级文学。公社失败后,法国逐步向帝国主义过渡。马克思主义和机会主义的斗争激烈,形形色色资产阶级文化思潮泛滥一时,文学领域除批判现实主义仍为主流以外,还出现了自然主义、象征主义和其他颓废文学流派。19 世纪后期法国批判现实主义文学的批判力量有所减弱,自然主义、悲观主义色彩加浓,它的代表作家是左拉和莫泊桑。左拉(1841—1902)是自然主义理论家,但他的小说基本上是批判现实主义的。他的由 20 部长篇小说组成的《卢贡—马卡尔家族史》,尽管有着不少自然主义痕迹,却相当广阔地反映了第二帝国时代法国的社会风貌,特别是小说《萌芽》,具体地描写了煤矿工人的苦难生活和跟资本家的罢工斗争。莫泊桑(1850—1893)以短篇小说闻名于世。《羊脂球》以高度集中的手法,精当地描绘了普法战争期间的法国社会。小说语言简练、细节真实,人物个性鲜明,成为莫泊桑一生所写的 270 多个短篇小说中首屈一指的杰作。长篇小说《俊友》通过一个政治流氓杜洛阿不择手段向上爬的经历,展现新闻界、政治界的黑幕,揭露了资产阶级政客的厚颜无耻,控诉了垄断资本发动殖民战争大发横财的罪行,但也流露出作者浓厚的悲观主义思想,带有自然主义色彩。

英国批判现实主义文学在 19 世纪三四十年代宪章运动中形成并得到迅速发展。由于英国资本主义发展最迅速,工业革命的影响遍及城乡,因此,劳资矛盾和小资产阶级贫困化现象也最尖锐、最突出。这使英国批判现实主义文学除了揭露批判贵族和资产阶级的丑恶以外,还有两个显著的特点:一是直接描写劳资矛盾,反映工人的生活和斗争;二是大量描写小资产阶级人物的遭遇和个人奋斗。这在代表作家狄更斯、萨克雷、盖斯凯尔夫人和夏绿蒂·勃朗台的小说中得到鲜明的反映。因而他们被马克思誉为"一派出色的小说家"。

狄更斯(1812—1870)在《艰难时世》中,写出了劳资之间的惊人对立,揭示出资本家的财富是靠掠夺工人血汗而获得,驳斥了资产阶级的"勤劳致富"谬论的欺骗性,但作品也宣扬了"工人要有耐心,厂主要有善心"的阶级合作的改良主义思想。萨克雷(1811—1863)的代表作《名利场》,通过女主人公蓓基·夏泼的一生经历,把整个资本主义世界描绘成一个惟利是图、趋炎附势、钩心斗角、尔虞我诈的"名利场",作者嘲笑了满身铜臭、冷酷无情的资产阶级,抨击了贵族的荒淫糜烂和小市民的市侩习气。盖斯凯尔夫人(1810—1865)以宪章运动时期纺织工业中心曼彻斯特为背景,写了小说《玛丽·巴顿》,真实地反映贫富的尖锐对立,指明工人贫困的原因是资本家的剥削和压榨。但小说描写工人的罢工斗争时,反对暴力行为,主张博爱、宽恕,宣扬劳资合作,人为地制造了老工人含笑死在资本家怀里的虚假结局。女作家夏洛蒂·勃朗特(1816—1855)的小说《简·爱》,成功地塑造了一个小资产阶级家庭教师简·爱的形象。她出身微贱,感情真挚,聪明自尊,为求经济上的独立、人格上的平等而奋斗一生,表达了妇女要求平等的思想愿望。小说的人物心理活动写得细腻、真切,深受读者欢迎。

19世纪70年代以后,英国从"自由"资本主义向帝国主义过渡,形形色色的资产阶级文化思潮和象征主义、自然主义、唯美主义的文学风靡一时,使英国后期批判现实主义文学,特别是在代表作家哈代和萧伯纳的作品中表现出了浓厚的悲观主义、改良主义思想。哈代(1840—1928)在《还乡》、《德伯家的苔丝》和《无名的裘德》

等小说中,真实地反映了农村小农经济的破产,抨击了资产阶级伦理道德和法律对善良农民的迫害,但这些小说一般都带有悲观主义和宿命论倾向,如把苔丝的悲剧写成是神和命运的安排,而未深入揭示造成悲剧的社会根源。在19世纪英国文学发展过程中,应该特别提一下宪章派诗歌。它是在30、40年代英国宪章运动的洪流中诞生的。当时,工人群众为抗击资产阶级的压迫、争取自身的解放,从心底发出了战斗的呐喊,自己写诗谱曲,以激励斗志,推动工人运动的蓬勃发展。宪章派诗歌的主要代表有琼斯(1819—1869)、林顿(1812—1897)、梅西(1828—1907)等,他们分别写出了《未来之歌》、《人民集会》、《红色共和党人抒情诗》等深受群众喜爱的名作。这些诗歌思想倾向鲜明,格调高昂雄健,节奏舒畅明快,语言通俗易懂。这是现实主义的战斗篇章,也是无产阶级文学的最初萌芽。

在法国和英国的影响下,德国19世纪三四十年代也产生了批判现实主义文学。因国家处于四分五裂的状况,资产阶级力量薄弱,其锋芒主要指向君主专制和诸侯割据。原为积极浪漫主义诗人的海涅(1797—1856),在欧洲民主革命风暴的激励下,特别是1843年结识了马克思以后,转而成为德国批判现实主义文学的代表作家。著名政治讽刺诗《时代的诗》,嘲骂德国封建专制制度的残酷、君主贵族的专横,鞭挞小市民的麻木、怯懦,其中《西里西亚的纺织工人》表达纺织工人对“上帝”、对“阔人们的国王”、对“虚假的祖国”的愤恨情绪。《德国,一个冬天的童话》,反映了作者对封建专制的憎恶仇恨,对教会的抨击,预言德国旧制度的死亡、新制度的诞生。1870年普法战争以后,德国实现了统一,资本主义急速发展,逐步向帝国主义过渡。这时期印象主义、表现主义和新浪漫主义等新流派盛极一时,较有名的批判现实主义作家是亨利希·曼(1871—1950)和托马斯·曼(1875—1955)兄弟。前者写出了优秀讽刺小说《臣仆》,塑造了一个在强者面前是奴才、在弱者面前是暴君的帝国主义臣仆形象;后者著有《布登勃洛克一家》,通过大资本家布登勃洛克祖孙四代由盛转衰的演变,展现德国从自由资本主义走向垄断资本主义的历史过程,但作者对这一家族的没落充满了无可奈何的惋惜、感伤之情。

批判现实主义在东欧、北欧也有相当发展。波兰的显克微支(1846—1916)著有《你往何处去》和《十字军骑士》等小说;保加利亚的伐佐夫(1850—1921)写了小说《轭下》;丹麦作家安徒生(1805—1875)的童话脍炙人口;挪威著名的戏剧家易卜生(1828—1906),在《社会支柱》、《玩偶之家》、《群鬼》、《人民公敌》等社会问题剧中,对资产阶级社会中的政治、法律、宗教、道德、妇女和婚姻等各个方面,作了无情的揭露批判,特别是在《玩偶之家》中,塑造了资产阶级叛逆女性娜拉的形象,提出妇女解放的迫切问题。

和法国、英国一样,俄国批判现实主义文学产生于 19 世纪三四十年代,到五六十年代以后进入兴盛阶段,即使在 19 世纪后期西欧文学趋于衰落的时候,俄国文学仍在继续发展,呈现出繁荣的局面。

19 世纪三四十年代以后,沙皇农奴制危机加深,资本主义迅速发展,西欧启蒙主义、民主主义思想广泛传播,具有民主主义思想的知识分子展开对农奴制的批判,宣传农奴解放思想,批判现实主义文学作为斗争武器得到了进一步的发展。普希金、莱蒙托夫等在 19 世纪 30 年代以后由积极浪漫主义转向现实主义道路。果戈理(1809—1852)作为"自然派"——俄国批判现实主义文学奠基人的身份登上了文学舞台。著名讽刺喜剧《钦差大臣》讽刺了沙俄官僚贪赃枉法、横行霸道、鱼肉人民的丑态。长篇小说《死魂灵》愤怒地揭露了农奴制改革前俄国形形色色的地主的丑恶嘴脸:愚昧懒惰,精神空虚,贪婪吝啬,变成了行尸走肉的"死魂灵"。果戈里的作品以现实社会生活为题材,为俄国批判现实主义文学树立了最初的范例。为了驳斥反动文人对果戈理的污蔑、攻击,捍卫果戈理创作的战斗传统,著名文艺理论家别林斯基(1811—1848)在《一八四六年俄国文学一瞥》、《一八四七年俄国文学一瞥》等论文中,总结和肯定了以果戈理为代表的"自然派"的巨大成就,指出"自然派"的特点在于艺术描写的真实性,无情揭露批判农奴制社会的黑暗现实,及时反映农民的生活疾苦。果戈理的创作和别林斯基的评论,标志着俄国批判现实主义文学的成熟。

俄国在1853—1856年克里米亚战争中的失败,充分暴露出农奴制的腐朽,农民暴动席卷大半个俄国。沙皇慑于各方面的压力,不得不在1861年宣布"农奴制改革"。以车尔尼雪夫斯基、杜勃罗留波夫为代表的革命民主派,十分重视文学在反对农奴制度中的战斗作用,强调文学应成为"生活的教科书"。他们的政论、文艺论文直接推动了19世纪五六十年代以后批判现实主义文学的繁荣。屠格涅夫(1818—1883)的小说《父与子》展现了农奴制改革前夕平民知识分子和保守贵族之间两代人的尖锐冲突。冈察洛夫(1812—1891)的《奥勃洛莫夫》,精心刻画怠惰麻木、萎靡不振的地主寄生虫奥勃洛莫夫的形象,宣告了贵族"多余人"的没落。剧作家奥斯特罗夫斯基(1823—1886)在《大雷雨》中,通过女主人公卡杰琳娜追求人性解放而被毁灭的情节,控诉了农奴制的俄国是一个令人窒息的"黑暗王国"。车尔尼雪夫斯基(1828—1889)的小说《怎么办?》塑造了一批平民知识分子的"新人"形象,从正面回答了时代的要求:必须由他们来领导反对专制制度,实现空想社会主义理想。涅克拉索夫(1821—1878)的长诗《谁在俄罗斯能过好日子》,描写了农奴制改革后农民不仅仍受地主官僚的残酷压榨,而且也受到资本家、商人、富人的剥削的境况。契诃夫(1860—1904)的短篇小说简练朴素,以小见大,无情地嘲笑俄国专制制度的残忍,揭露小市民的奴性,反映劳动人民生活的贫困和痛苦。

俄国批判现实主义文学最杰出的作家是列夫·托尔斯泰(1828—1910)。他的三大史诗式的作品:《战争与和平》、《安娜·卡列尼娜》、《复活》,是他一生不断探索的结晶,充分地体现了他精湛的艺术成就。特别是长篇小说《复活》"对现代一切国家制度、教会制度、社会制度和经济制度作了激烈的批判"（列宁：《列·尼·托尔斯泰和现代工人运动》,《列宁全集》第 16 卷第 330 页）,达到了批判现实主义文学所能达到的思想高度,但又通过忏悔贵族聂赫留道夫的形象宣扬了"不以暴力抗恶"、"人类爱"、"道德上的自我完善"等托尔斯泰主义的错误观点。托尔斯泰的小说背景广阔,生活内容丰富,揭露深刻、有力,善用辛辣的讽刺手法,长于细腻的心理刻画,把欧洲批判现实主义文学推向了最高峰。

当 19 世纪 80 年代俄国文学进入鼎盛阶段之时,美国批判现实主义文学才刚形成。不错,在 19 世纪 50 年代的废奴文学中,例如斯托夫人（1811－1896）揭露蓄奴制罪恶的杰作《汤姆叔叔的小屋》,已蕴含着浓重的现实主义因素;但批判现实主义作为一种文学流派,却成于马克·吐温（1835－1910）,故他被称为"美国文学之父"。另一位著名作家亨利·詹姆斯（1843－1916）一生写有中、长篇小说各 20 余部,为西方现代小说的先驱。他的代表作《一位女士的画像》的女主人公伊莎贝尔的心理刻画惟妙惟肖,开创了美国小说心理分析的先河。短篇小说家欧·亨利（1862－1910）脍炙人口的名篇有《警察与赞美诗》、《麦琪的礼物》等,构思精巧,结尾新奇,匠心独运,被誉为"欧·亨利笔法"。还有一位重要的作家杰克·伦敦（1876－1916）,在自传性小说《马丁·伊登》中描写出身贫寒的马丁·伊登,经过艰苦奋斗,成为作家,最后自杀身亡的悲剧,说明在拜金主义的社会环境中,成名的过程,就是理想幻灭的过程。

（陈　挺、夏　盛）

司汤达

红 与 黑

上　卷

第　五　章

谈　判

Cunctando restituit rem.

Ennius[①]

"老实回答我,不准撒谎,你这个该死的书呆子;你怎么认识德·雷纳尔夫人的?你什么时候跟她说过话?"

"我从来没有跟她说过话,"于连回答,"除了在教堂里,我从来没有见过这位太太。"

"不过,你一定朝她看过吧,不知害臊的坏东西?"

"从来没有过!您也知道,我在教堂里只看见天主,"于连补充说,同时装出那么一点伪善的表情,他认为这样可以避免再挨巴掌。

"可是这里面一定有什么原因,"狡猾的农民回答,接着沉默了片刻,"但是我从你这儿什么也探听不出来,你这个该死的伪君子。总之,我可以摆脱你,我的锯子转动得只有更好。你得到本堂神父先生或者别的什么人的欢心,给你找到了一个非常好的职位。去把你的东西收拾好,我送你到德·雷纳尔

---

① 拉丁文:"他拖延时间,挽回局势。——爱尼乌斯。"爱尼乌斯(前239—前169):古罗马诗人,著作有史诗《编年史》。上面这句拉丁文,显然是指古罗马统帅费边。第二次布匿战争中,他在罗马军战败后,采用迁延战术,坚壁清野,与汉尼拔军周旋。

先生家里去,你要当他的孩子们的家庭教师。"

"我得到什么呢?"

"管吃,管穿,还有三百法郎的工钱。"

"我不愿意当用人。"

"畜生,谁跟你说去当用人?难道我愿意我的儿子当用人?"

"可是,我跟谁同桌吃饭呢?"

这一句话把索雷尔老爹问住了,他意识到,如果再谈下去,他很可能说出什么冒失的话来。他对于连发火,骂他,指责他贪吃,然后离开他去找另外两个儿子商量。

一会儿以后,于连看见他们各人倚在各人的斧子上,聚在一起商量。他望着他们望了很长一段时间以后,什么也不能猜测出来,为了避免被发现,于是立到锯子的另一边去。他希望好好想一想这个改变他命运的意外通知,但是他感到自己不能够认真考虑;他的脑子忙于想像他在德·雷纳尔先生的那所漂亮的房子里会看见些什么。

"宁可放弃这一切,"他对自己说,"也不能让自己堕落到跟仆人们在一起吃饭。我的父亲会强迫我;宁可死。我有十五法郎八个苏①的积蓄,我今天夜里就逃走;抄小路我用不着害怕遇见宪兵,有两天就可以到贝藏松;在那儿我入伍当兵;如果需要的话,我到瑞士去。但是那样一来就不会再有前途,对我说来不会再有雄心壮志,不会再有能通往一切的教士职业。"

对跟仆人同桌吃饭的这种极端厌恶不是于连生出来就有的。为了能够飞黄腾达,比这再困难得多的事他都能去做。他是从卢梭②的《忏悔录》里得到的这种厌恶情绪。他的想像力仅仅借助这一本书去认识世界。大军③公报的汇编和《圣赫勒拿岛回忆录》补全了他的古兰经。为了这三本书他可以去死。他从来不相信任何别的书。他相信老外科军医的话,把世界上所有别的书都看成是连篇累牍的谎言,是那些骗子为了追名逐利而写出来的。

除了一颗火热的心以外,于连还具有那种常常在痴子身上能够发现的、

---

① 苏:法国辅币,20 苏合 1 法郎。

② 卢梭(1712—1778):法国启蒙思想家,文学家。《忏悔录》是他的自传体小说。他的思想积极影响了法国资产阶级革命。

③ 大军:指拿破仑的军队。

惊人的记忆力。他看得很清楚,他未来的命运全靠老本堂神父谢朗,为了赢得老本堂神父谢朗的欢心,他把拉丁文的《新约》熟记在心;他也背得出德·迈斯特① 先生的《论教皇》这本书,然而两本书他都同样不相信。

好像双方有了默契,索雷尔和他的儿子在这一天都避免和对方说话。傍晚,于连到本堂神父那儿去上神学课,但是他认为,为了谨慎起见,最好还是不要把别人向他父亲提出的这个奇怪的建议告诉本堂神父。"也许这是一个圈套,"他对自己说,"应该装出已经把它忘掉的样子。"

第二天,德·雷纳尔先生一清早就打发人来叫老索雷尔,老索雷尔让他等了一两个小时,最后才总算来了,一进门说了上百句道歉的话,同时还行了上百个大礼。在转弯抹角提出各种反对理由以后,索雷尔终于弄清楚他的儿子跟男主人和女主人同桌吃饭,遇到有客人的日子,单独在另外一间屋里跟孩子们一起吃。看出市长先生真的急于求成,索雷尔变得越来越吹毛求疵,再加上他心里还充满了不信任和惊奇,他提出要求让他看看他儿子睡觉的地方。这是一间布置得十分整洁的大房间,不过有人已经在忙着把三个孩子的床搬进去。

这个情况对老农民是一个启发;他立刻口气坚决地要求让他看看可能给他儿子穿的是什么样的衣服。德·雷纳尔先生打开书桌,取出一百法郎。

"用这笔钱,您的儿子可以到杜朗先生的呢绒店里去定做一套黑礼服。"

"以后即使我把他从您家里领回去,"农民说,忽然间把他那些恭敬的客套话全都忘了,"这套黑礼服还归他吗?"

"当然。"

"好!"索雷尔拖长声音慢悠悠地说,"现在我们只剩下一件事需要取得一致意见,这就是您付给他多少钱。"

"什么!"德·雷纳尔先生气愤地叫了起来,"昨天我们已经讲好了:我付三百法郎;我觉得已经很多了,也许太多了。"

"您出过这个价钱,我不否认,"老索雷尔说,他说得比刚才越发慢了;接着他眼睛紧紧盯住德·雷纳尔先生,发挥出只有不了解弗朗什—孔泰的农民的人才会感到惊奇的那种天才,灵机一动,补充了一句:"我们可以找到更合

---

① 德·迈斯特(1755—1821):法国反动哲学家,在其著作中为教皇的专制主义辩护,并且斥责法国革命。《论教皇》出版于 1819 年。

适的地方。"

听了这句话,市长大惊失色。不过他还是恢复了镇静。在一场长达两小时的谈话里,双方用尽心计,没有一句信口开河的空话,最后农民的狡猾战胜了富人的狡猾,富人并不一定需要靠狡猾才能生活。许多对于连的新生活将起决定作用的条件都一一商定;他的工钱不仅定为每年四百法郎,而且还要在每月的一号预先付给。

"好吧!我会付给他三十五法郎。"德·雷纳尔先生说。

"凑一个整数吧,"农民用阿谀奉承的口气说,"像我们市长先生这样一个既有钱又大方的人,一定肯给到三十六个法郎①。"

"行,"德·雷纳尔先生说,"不过让我们到此为止。"

这一次,愤怒使他的声调变得十分坚决。农民看出自己应该适可而止。接下来轮到德·雷纳尔先生采取攻势了。他无论如何不肯把第一个月的三十六个法郎交给急于要替儿子领钱的老索雷尔。德·雷纳尔先生忽然想到,他必须把他在这次谈判中扮演的角色讲给他的妻子听。

"把我交给您的那一百法郎还给我,"他生气地说,"杜朗先生欠我钱。我会带您儿子去剪黑呢料子。"

在他做出这个强硬表示以后,索雷尔老老实实地又重新说他那些恭敬的客套话,足足说了有一刻钟。最后他看出,再也捞不到什么好处了,于是告辞出去。他行完最后一个礼,用下面这句话作为结束:

"我这就把我的儿子送到城堡来。"

市长先生的那些子民在讨好他的时候,就是这样称呼他的房子。

回到锯木厂,索雷尔找他的儿子,但是没有找到。于连对可能发生的事充满疑虑,半夜里就出去了。他想把他的书和他的荣誉勋章放在一个安全地方。他把这一切都送到一个年轻的木材商人家里,这个年轻的木材商人是他的朋友,名字叫富凯,住在俯视维里埃尔的高山上。

他重新露面以后,他的父亲对他说:"该死的懒鬼,多少年来你的伙食费一直是我垫出的,天知道你将来是不是那么重视荣誉,会还给我!拿上你的衣服,上市长先生家里去。"

---

① 法国古代钱币埃居种类很多,价值不一,此处指每枚值 6 法郎的埃居,6 个埃居正好是 36 法郎,是个整数。

于连没有挨打，感到很奇怪，他赶紧动身。但是刚到了他那个可怕的父亲看不见的地方，他就放慢了脚步。他认为到教堂去停留一下，也许对自己的伪善面目有用处。

"伪善"这个词儿使您感到惊奇吗？在达到这个可怕的词儿以前，年轻农民的心灵曾经走过很长的一段路程呢。

于连在他还是个孩子的时候，看见第六团① 的一些龙骑兵，披着白长披风，戴着有黑长鬃毛的头盔，从意大利回来，把马拴在他父亲的房子的窗栏上。他发疯般地爱上了军人的职业。后来他心醉神迷地听老外科军医讲洛迪桥② 战役、阿尔科③ 战役和里沃利④ 战役给他听。他注意到老人投向十字勋章的火一般炽烈的目光。

但是于连十四岁那一年，在维里埃尔开始建造一座对这样一个小城说来可以称得上是雄伟壮丽的教堂。特别是有四根大理石柱子于连见到以后留下了深刻印象。这四根大理石柱子在治安法官和年轻的副本堂神父之间曾经挑起不共戴天的仇恨，因此在当地出了名。年轻的副本堂神父是从贝藏松派来的，被人认为是圣会⑤的密探。治安法官差点儿丢掉了差使，至少一般人是这么认为的。他不是胆敢跟这样一个教士争论吗？而这个教士几乎每隔半个月都要上贝藏松去一趟，据说他在那儿见到主教大人。

就在这时候，膝下儿女成群的治安法官对好几桩案子宣布了似乎很不公正的判决，而且都是对付居民中看《立宪新闻》⑥ 的人。立场正确的那一派获得了胜利。其实也不过是三五个法郎的事，但是这些数目轻微的罚款中有一笔要由于连的教父付出。他是一个制钉工人，在愤怒中大声叫嚷："多大的变化啊！二十多年来治安法官一直被认为是一个如此正直的人，会有这种事真

① 作者本人曾在 1800 至 1820 年间在意大利的法国龙骑兵第六团担任少尉军官。
② 洛迪桥：1796 年 5 月 11 日拿破仑在意大利北部的洛迪城大败奥地利军队。战争最激烈的地点在阿达河的桥头。
③ 阿尔科：意大利北部伦巴第的村庄，1796 年拿破仑曾在此处打败奥地利军队。
④ 里沃利：意大利城市，1797 年拿破仑曾在此处打败奥地利军队。
⑤ 圣会：法国波旁王朝复辟后耶稣会的秘密组织，参加的不仅有天主教教士，还有一些有势力的政界人物。它左右了当时的政权。
⑥ 《立宪新闻》：1815 年创刊。是 19 世纪 20 年代资产阶级自由主义报纸，在反对法国波旁王朝复辟政权的斗争中起过重要作用。

叫人想不到!"于连的朋友,那个外科军医去世了。

于连突然闭口不再谈起拿破仑,他宣布他打算当教士,只见他在他父亲的锯木厂里,经常全神贯注地背诵本堂神父借给他的那本拉丁文《圣经》。这个善良的老人对他的进步大为惊奇,常常把整个晚上的时间用来教他学神学。于连在他面前只流露出笃信天主的虔敬感情。有谁能猜到,他脸色如此苍白,相貌如此温柔,像个姑娘似的,心里竟然会隐藏着宁可死上一千次也要飞黄腾达的、不可动摇的决心?

对于连来说,要飞黄腾达首先就得离开维里埃尔,他厌恶他的故乡。他在这儿看到的一切都使他的想像力衰退。

从幼小的年纪起,他就有过兴奋的时刻。在这种时刻他怀着喜悦的心情梦想着有一天他会被介绍给巴黎的那些漂亮女人,他会用光辉的业绩引起她们的注意。为什么他不能够像波拿巴那样被她们中间的一个爱上呢?波拿巴当年还处在贫困之中,就曾经被光辉夺目的德·博阿内夫人① 爱上。许多年来,在于连的生活中,也许没有一个小时他不在对自己说:波拿巴,默默无闻而且毫无财产的少尉,是用他那把剑使自己变成了世界的主人。这个想法给认为自己非常不幸的他带来安慰,在他快乐的时候更增添了他的快乐。

教堂的建造和治安法官的判决突然擦亮了他的眼睛。他脑子里产生了一个想法,这个想法使得他一连几个星期就跟发了疯似的,最后以压倒一切的力量控制住了他,只有热情的心灵相信是自己想出来的新主意,才有这般压倒一切的力量。

"当波拿巴名扬天下的时候,法国害怕受到侵略。战功不仅是需要的,而且也是时髦的。今天我们看见一些四十多岁的教士,他们有十万法郎的年俸,也就是说,相当于拿破仑手下那些著名的师长的三倍。一定有人支持他们。瞧瞧眼前的这位治安法官,如此聪明,以往一直是如此正直,年纪又如此大,只因为害怕得罪一个三十岁的年轻副本堂神父,才干出了破坏自己名声的事。应该当教士。"

于连在他开始研究神学两年以后,有一天,处在他新获得的这种虔诚中,没想到燃烧着他的心灵的那股火突然又冒了出来,泄露了他的马脚。当时是

---

① 德·博阿内夫人(1763—1814):名字叫约瑟芬,丈夫1794年上断头台。后嫁拿破仑·波拿巴,1804年成为皇后,1809年拿破仑和她离婚。

在谢朗先生家里的一次有许多教士参加的晚餐上,善良的本堂神父把他作为一个神童介绍给那些教士,没想到他竟然狂热地颂扬起拿破仑来了。他把自己的右胳膊绑在胸前,假说是在搬动一段枞树时脱了臼,连着两个月他一直让胳膊保持这个不舒服的姿势。经受这次受刑以后,他原谅了自己。这个十九岁,但是外表柔弱,别人看了说他顶多只有十七岁的年轻人,瞧,他腋下夹着一个小包裹,走进了维里埃尔的宏伟的教堂。

他发现教堂里很暗,没有人。为了过某一个节日,教堂的所有窗子曾经用深红布蒙住,给阳光一照,产生了一种最富有庄严性和宗教性的、炫人眼目的光线效果。于连浑身打颤。他独自一个人在教堂里一张外表极为美丽的长椅上坐下,长椅上有德·雷纳尔先生的纹章。

于连注意到跪凳上有一张印着字的碎纸片,它摊开在那儿,好像是为了让人看似的。他眼睛望过去,看见:

　　路易·让雷尔在贝藏松伏法,其死刑执行及临终时刻的详情细节……

这张纸残缺不全。在反面可以看到一行字的头三个字:"第一步"。

"谁会把这张纸放在这儿呢?"于连说。"可怜的不幸的人啊!"他叹了口气,补充说,"他的姓的结尾跟我一样……"他把纸揉成一团。

出去时,于连相信在圣水缸旁边看到了一摊血,这是被人洒出来的圣水,蒙在窗子上的红布的反光照上去,红得就像血一样。

最后,于连对自己内心的恐惧感到羞愧。

"难道我是个懦夫?"他对自己说,"拿起武器!①"

这句话,在老外科军医的战争故事里经常出现,对于连说来是英勇的。他立起身来,迅速地朝德·雷纳尔先生的房子走去。

尽管有美好的决心,但是一看见二十步外的德·雷纳尔先生的房子,不由得感到一阵无法克服的胆怯。铁栅栏门开着,他觉得它非常气派。他必须走进去。

因为于连来到这所房子而心烦意乱的,并不是只有于连一个人。德·雷

---

① 这是法国资产阶级革命时,1792年出现的歌曲《马赛曲》中的一句,《马赛曲》后来成为法国的国歌。

纳尔夫人胆子极小；这个外人，由于他担任的职务，将要经常不断地出现在她和她的孩子们之间，她想到这一点，感到惶惶不可终日。她已经习惯于她的儿子们睡在她的卧房里。早上她看见他们的小床搬到指定给家庭教师住的套房里去，流了许多眼泪。她请求她的丈夫把最小的一个儿子斯塔尼斯拉斯—格扎维埃的床搬回到她的卧房里来，但是遭到拒绝。

女性的敏感在德·雷纳尔夫人身上发展到了过分的程度。她给自己想像出一个极其令人厌恶的人，这个人相貌粗鲁，头发蓬乱，仅仅因为懂拉丁文，就被雇来训斥她的孩子们；为了这种野蛮的语言，说不定她的儿子们还会挨鞭子抽呢。

下　　卷

第四十四章

他刚出去，于连就抱头痛哭，为了死亡而痛哭。渐渐地他对自己说：如果德·雷纳尔夫人在贝藏松，他一定会向她承认自己的软弱……

正在他对他所爱慕的这个女人不在眼前感到无限惋惜时，他听见了玛蒂尔德的脚步声。

"在监狱里最不幸的不幸，"他想，"就是不能关上自己的牢门。"玛蒂尔德对他说的每一句话都只能使他生气。

她告诉他，审判的那一天，德·瓦尔诺先生口袋里装着他的省长任命书，所以他敢于不把德·弗里莱尔先生放在眼里，让自己享受判处他死刑的快乐。

"'您的朋友怎么会想到，'德·弗里莱尔先生刚对我说，'去激起这些资产阶级贵族的、卑劣的虚荣心，并且加以攻击！为什么要谈到社会等级？他向他们指出：为了维护他们的政治利益，他们应该怎么做；这些傻瓜根本没有想到这一点，他们快要哭出来了。这种社会等级的利益来遮住他们的眼睛，使他们看不到判处死刑的可怖。应该承认索雷尔先生对这种事太没有经验。如果我们请求特赦还不能救他，他的死等于是一种自杀……"

玛蒂尔德当然不会把她还完全不知道的事告诉他；这件事就是德·弗里

莱尔神父看到于连没有希望了，认为自己经过争取，如果能变成他的接替者，对自己的野心大有用处。

由于怒火中烧而又无能为力，再加上气恼，他几乎发了狂，对玛蒂尔德说："去为我望一台弥撒，让我安静一会儿。"玛蒂尔德对德·雷纳尔夫人的探监已经非常嫉妒，刚听人说她走了，明白于连不高兴的原因，因此放声大哭。

她的痛苦是真实的，于连看出这一点，他反而因此更加生气了。他迫切地需要孤独，怎样才能得到呢？

玛蒂尔德在试着用各种理由来打动他以后，终于把他单独丢下，但是几乎在这同一瞬间，富凯来了。

"我需要独自待着，"他对这个忠实的朋友说……他看见他犹豫不决，补充说："我在为了请求特赦写一份陈情书……还有……请你千万别跟我谈死。如果我到了那天有什么特别的事需要你帮忙，你也要让我先跟你谈。"

于连终于获得了孤独以后，感到比以前更沮丧，更懦弱。在他变衰弱了的心灵里还剩下的那一点儿力量，用来对德·拉莫尔小姐和富凯掩饰自己的情绪时，已经消耗殆尽。

到了傍晚，有一个想法给他带来安慰：

"今天早上，死亡在我看来是那么丑恶的时刻里，如果有人通知我要执行死刑的话，公众的眼睛会激励我的光荣感，也许我的步态会有几分不自然，就像一个走进客厅的害臊的花花公子那样。如果在这些外省人中间有眼光敏锐的人的话，那就会有几个眼光敏锐的人可能猜出我的软弱……但是谁也不会看见它。"

他感到自己摆脱了一部分的不幸。"我在这时候是一个懦夫，"他唱歌似的重复说，"但是谁也不会知道。"

一件几乎还要不愉快的事在第二天等待着他。很长时间以来，他的父亲就说要来看他；这天，在于连醒来以前，白发苍苍的老木匠出现在他的黑牢里。

于连感到自己很软弱，他料想会听到最不愉快的责备。为了使他的痛苦达到顶点，这天早上他还对自己不爱父亲感到强烈的悔恨。

"是偶然把我们在这个世界上安排在一起，"他在看守略微整理一下牢房时对自己说，"我们互相之间差不多尽了一切可能来伤害对方。他在我死亡的时刻来给我最后一个打击。"

等到只剩下他们两人以后,老人的严厉责备就立刻开始了。

于连没法忍住眼泪。"多么可耻的软弱!"他怒气冲冲地对自己说,"他会到处去夸大我的缺乏勇气;那些瓦尔诺和统治维里埃尔的所有那些平庸的伪君子,他们将会怎样得意啊!他们在法国非常有力量,他们同时占有各种的社会利益。直到现在为止我至少能对自己说:'他们搂钱,这是不假,而且所有的荣誉都堆积在他们身上,但是我呢,我具有一颗高尚的心。'

"可现在有了一个证人,人人将相信他,他将向全维里埃尔的人证明,我在死亡面前是软弱的,而且还要加以夸大!我在这个人人都能理解的考验中可能成为一个懦夫!"

于连快要绝望了。他不知道怎样才能把他父亲打发走。要装得能骗过这个如此眼光敏锐的老人,在这时刻完全超出他的能力之外。

他心里匆匆地琢磨着所有那些可能办法。

"我有积蓄!"他突然一下子叫起来。

这句天才的话改变了老人的表情和于连的地位。

"我应该怎么来支配它呢?"于连比较镇静地继续说,他的话产生的效果把他的自卑感完全消除了。

决不能放跑这笔钱,这个欲望燃烧着老木匠,于连似乎想把一部分留给他的哥哥们。老木匠谈了很长时间,而且谈得非常激动。于连能够开开玩笑了。

"好吧!天主曾经启发我怎样立遗嘱。我留给我的哥哥每人一千法郎,其余的全部给您。"

"很好,"老人说,"其余的应该归我;但是既然天主已经向您开恩,打动了您的心,如果您希望像个好基督徒那样去死,就应该把您欠的债还清……还有我预先垫付给您的膳食费和教育费,您却没有想到……"

"瞧,这就是父爱!"于连在最后剩下他一个人时,伤心地对自己说。过了不一会儿,监狱看守来了。

"先生,在至亲探监以后,我总是带一瓶好香槟酒给我的客人。稍微贵一点,每瓶六个法郎,但是可以使心里高兴。"

"拿三个玻璃杯来,"于连像孩子似的急切地对他说,"我听见有两个犯人在走廊上散步,让他们进来。"

监狱看守给他带来两个苦役犯,他们是惯犯,准备回到苦役犯监狱里去。

这是两个性情非常快活的恶棍,他们的狡猾、勇敢和沉着确实非同一般。

"您给我二十法郎,"他们中间的一个对于连说,"我就把我的一生仔仔细细讲给您听。妙不可言。"

"您要是对我说谎呢?"于连说。

"不会的,"他回答,"我的朋友在这儿,他嫉妒我得到二十法郎,如果我说假话,他会揭穿我的。"

他的故事确实骇人听闻。它揭示出了一颗勇敢的心,在这颗心里只有一种酷爱,就是对金钱的酷爱。

在他们走了以后,于连与刚才判若两人。他对自己感到的愤怒消失了。由于胆怯而格外加重了的那种难以忍受的痛苦,从德·雷纳尔夫人离开时起一直折磨着他,现在变成了忧郁。

"如果我能较少地受到表面现象的欺骗,"他对自己说,"我就会看出,巴黎的那些客厅里充满了像我父亲那样的正派人,或者是像这两个苦刑犯那样狡猾的坏蛋。他们说得有道理;客厅里的那些人早上起床时,脑子里决不会有这种使人伤心的想法:'我今天怎么吃饭呢?'他们夸耀自己的正直!可是他们当了陪审官,却得意扬扬地宣告一个偷了一套银餐具的人有罪,而这个人是因为感到自己饿得快要昏过去,才偷的这套银餐具。

"但是在一个宫廷上,事关失去或者得到一个部长职位,我那些客厅里的正派人就会犯下一些罪行,和吃饭的需要促使这两个苦刑犯犯的罪行完全一模一样……

"根本没有什么自然法;这个词儿仅仅是过了时的胡说八道,和那天咬住我不放的代理检察长非常相称。他的祖先是靠了路易十四的一次财产没收发的财。只有在有了一条法律禁止做某件事,违者加以严惩的时候,才有了法。在有法律以前,只有狮子的力气,饥饿的、寒冷的生物的需要,总之,只有需要才是自然的……不,受人敬重的那些人,他们只是一些在犯罪时有幸没有被当场抓获的坏蛋。社会派来控告我的那个起诉人是靠干了一桩卑鄙可耻的事发了财……我犯了一桩谋杀罪,我公正地被判了死刑,但是,除了这一个行为以外,判我死刑的瓦尔诺对社会要比我有害一百倍。"

"好吧!"于连心情忧郁,但是毫无一点愤恨地补充说,"我的父亲尽管贪财,但是比所有这些人好得多。他从来没有爱过我。我要用一种可耻的死法来使他丢脸,真是太过分了。这种对缺少金钱的恐惧,这种对称之为贪财的、人类的邪恶的夸大看法,使他在我可能给他留下的三四百个路易的一笔钱里,看到了能给他带来安慰和安全感的、了不起的理由。一个星期日,在吃完饭以后,他会让维里埃尔的所有羡慕他的人观看他的金币。'以这个代价,'他的眼光会对他们说,'你们中间谁不高兴有一个上断头台的儿子呢'?"

这种哲理可能是真实的,但是它足以使人渴望去死。漫长的五天就这样过去了。他对玛蒂尔德既有礼貌,而又温存,他看出在最强烈妒火煎熬下,她十分恼火。一天晚上于连认真地考虑自杀。德·雷纳尔夫人的离开把他投入在深深的不幸之中,他的心被折磨得软弱无力。不论在现实生活中,还是在想像中,再没有什么能引起他的快乐。缺少体育锻炼,健康开始受到损害,性格也变得像一个年轻的德国大学生那样脆弱而又容易激动。他失去了男性的高傲。具有男性的高傲的人,可以用一句有力的骂街话,把那些困扰在不幸者心头的不适当的念头赶走。

"我爱过真理……它在哪儿呢?……到处都是伪善,至少也是招摇撞骗,甚至那些最有道德的人,甚至那些最伟大的人,也是如此;"他的嘴唇做出厌恶的表情……

"不,人不可能信任人。

"德·雷纳尔夫人为她的可怜的孤儿们募捐,对我说某某王爷刚捐了十个路易;谎话。可是,我说什么?圣赫勒拿岛上的拿破仑呢!……为罗马王①发表的文告,纯粹是招摇撞骗。

"伟大的天主!如果像这样一个人,而且还是在不幸应该要求他严格尽到自己责任的时候,居然堕落到招摇撞骗的地步,对等而下之的其余的人还能指望什么呢?……

"真理在哪儿呢?在宗教里……对,"他带着表示极端蔑视的苦笑说,"在那些玛斯隆,那些弗里莱尔,那些卡斯塔内德的嘴里……也许在教士们不会比使徒们得到更多酬报的、真正的基督教里?……但是圣保罗得到了发号施令、专夸其谈和使人谈论他的快乐做为报酬……

----

① 罗马王(1811—1832):法国皇帝拿破仑一世的儿子,出生后即被封为罗马王。拿破仑分子称他为拿破仑二世,尽管他从未登上帝位。拿破仑一世在1814年的退位诏里,以及1815年的退位诏里皆指定他为继承人。事实上他一直处于奥国皇帝的监督之下。

"啊！如果有一个真正的宗教……我有多么傻！我看见一座哥特式大教堂，一些令人肃然起敬的彩画玻璃窗；我的软弱的心想像着这些彩画玻璃窗上的那个教士……我的心灵能够了解他，我的心灵需要他……我找到的仅仅是一个头发肮脏的、自命不凡的人……除了没有那些可爱的风度以外，简直就是一个德·博瓦西骑士。

"但是一个真正的教士，一个马西荣，一个费奈隆……马西荣曾经为杜布瓦祝圣。《圣西蒙回忆录》破坏了我心目中的费奈隆的形象；但是，如果有一个真正的教士……那时候，温柔的灵魂在世界上就会有一个汇合点……我们就不会孤独了……这个好教士会和我们谈到天主。但是怎样的天主呢？不是《圣经》里的天主，那个残忍的、渴望报复的小暴君……而是伏尔泰的天主，公正，善良，无限……"

他回忆起了他能够背诵的那部《圣经》，所有那些回忆使得他的心情激动起来……"但是后来成为三位一体。在我们的教士们对天主这个伟大的名字过度的滥用以后，怎么还能相信天主这个伟大的名字呢？

"在孤独中生活……怎样的痛苦啊！……

"我变得疯狂，不公正了，"于连拍打着自己的脑门，对自己说。"我在这儿，这间黑牢里，是孤独的；但是我过去在世上，并不是生活在孤独中；我有过强有力的职责观念。我为自己规定的职责，不管对不对……曾经像一棵结实的大树的树干，在暴风雨中我依靠在它上面。我有过动摇，站立不稳。我毕竟是一个凡人……但是我并没有被卷走。

"是这个黑牢里的潮湿空气使我想到了孤独……

"在诅咒伪善的同时，为什么还要伪善呢？压垮我的不是死亡，不是黑牢，也不是潮湿的空气，而是德·雷纳尔夫人的离开。如果是在维里埃尔，为了和她相见，我不得不躲藏在她家的地窖里，一连过上几个星期，难道我会抱怨吗？

"我的同时代人的影响占了上风，"他苦笑着，高声对自己说。"离着死亡只有两步远，单独跟我自己说话，我仍然是伪善的……啊，十九世纪！

"……一个猎人在森林里放了一枪，他的猎物落下来，他奔过去抓它。他的鞋子碰到一个两尺高的蚁巢，摧毁了蚂蚁的住处，使蚂蚁、它们的卵撒得很远很远……在那些蚂蚁中间即使是最富有哲学头脑的，它们也永远不能理解这个巨大、可怕的黑东西，猎人的靴子；它以难以置信的速度闯入了它们的住处,事先还有一声伴随着几束微红色火焰的、可怕的巨响……

"……因此死、生、永恒,对器官大到足以理解它们者是很简单的……

"一只蜉蝣在夏季长长的白昼里,早晨九点钟生出,晚上五点钟死亡,它怎么能理解黑夜这个词的意思呢?

"让它多活上五个小时,它就能看见黑夜,并且理解是什么意思了。

"我也是一样,我将死在二十二岁上,再给我五年的生命,让我跟德·雷纳尔夫人在一起生活。"

他开始像靡菲斯特那样笑起来了。"讨论这些大问题,有多么疯狂!

"首先,我是伪善的,就像有什么人在一旁听我说话似的。

"其次,我剩下的日子如此少了,但是我忘记了生活和爱……唉!德·雷纳尔夫人不在这儿,也许她的丈夫再也不会让她回到贝藏松来,再也不会让她继续败坏她自己的名誉。

"正是这件事使我感到孤独,而不是缺少一位公正的、善良的、全能的、毫不邪恶的、毫不渴望报复的天主。

"啊!如果他存在……唉!我会跪倒在他脚下。我会对他说'我该当一死;但是,伟大的天主,善良的天主,宽大的天主,把我爱的那个女人还给我吧!'

这时候夜已经很深。在一两小时的平静睡眠以后,富凯来到。

于连像一个看清自己灵魂深处的人那样,感到自己既坚强而又果断。

（选自司汤达《红与黑》,郝运译,
上海译文出版社 1987 年版）

《红与黑》导读

司汤达(1783—1842)是法国批判现实主义的始祖。他的代表作长篇小说《红与黑》被公认为批判现实主义的奠基石,对 19 世纪欧洲文学产生了深远的影响。

司汤达原名亨利·贝尔,出身于律师家庭,在法国大革命的影响下度过了童年和少年，1799 年，从家乡来到首都巴黎，先后两次参加了拿破仑部队，并随军辗转欧洲的许多国家。其间，曾离军回巴黎，博览群书，悉心攻读卢梭、爱尔维修等思想家的理论著作，认真钻研莫里哀、莎士比亚等名家的戏剧，为日后的创作打下了思想基础。

1814 年拿破仑垮台，波旁封建王朝复辟，司汤达被迫旅居意大利的米兰，并在那里开始写作，著有《意大利绘画史》、《拿破仑传》等。

1821 年返回巴黎，不久写了著名的文艺论集《拉辛与莎士比亚》，提出了重要的创作原则，被看作是批判现实主义的宣言书。

司汤达从 1827 年起，到 1842 年中风病逝为止的 10 多年，是他创作生涯中最重要的时期，先后共写有 5 部长篇小说：《阿尔芒斯》(1827)、《红与黑》(1830)、《巴玛修道院》(1839)、《吕西安·娄凡》(又名《红与白》，未完成)、《拉米埃》(未完成)。司汤达生前文名寂寞，他的小说未为人们所重视，得到应有的评价；但死后却十分走俏，赢得了一致的好评，特别是《红与黑》深受读者的欢迎和文学史家的赞赏。

《红与黑》原称《于连》，后改为现名。1831 年初版时，小说的副题为《十九世纪纪事》，在后来的版本中，则写作《一八三〇年纪事》。小说正副标题的更改，清楚地表明了作者创作的底蕴和作品的题旨。小说不仅揭示个人的坎坷命运，更多的是展现历史事件，摄录时代风云。19 世纪 20—30 年代，正是法国国内外政治斗争错综复杂、非常尖锐的时期，法王查理十世即位后，采用高压政策，实行残酷统治，激起了广大人民的义愤，终于导致了七月革命，推翻波旁王朝，结束了长期的封建统治。小说《红与黑》正是在这一历史背景下，截取 1825—1830 年的特定时代画面，对王政复辟后期的法国社会生活作了现实主义的描绘。小说通过对主人公于连抗争、失败的命运的描写，既深刻地揭露了封建贵族、天主教会和复辟王朝妄图复辟的罪恶勾当,同时也无情地鞭挞了资产阶级惟利是图的反动本质,具有鲜明的政治倾向和浓重的历史色彩。

《红与黑》直接取材于当时《司法公报》上刊登的一起情杀案件,以真人真事为创作基础,但它绝不是原始素材的复制、个人生活的演绎、社会问题的图解,正如高尔基所指出,司汤达"凭着自己的才能,把极为平常的刑事罪行提高到对19世纪初期资产阶级社会制度进行历史和哲学研究的高度"。从一纸简单的刑事案件资料中展示、开掘出了那个时代的复杂多变的社会现实生活,正是《红与黑》现实主义力量之所在。

作者成功地塑造的主人公于连形象,是王政复辟时代备受压抑而敢于反抗的个人奋斗者的艺术典型。他自称是"木匠的儿子",实际上,他的父亲已由农民发迹为锯木厂主,他属于小资产阶级的行列。在王朝复辟的后期,贵族血统、封建门第、政治资历为猎取个人地位和荣誉的首要条件。不错,于连天资聪明,意志坚强,性格高傲,不甘心于随俗沉浮,但他出身低微,政治上无靠山,向上爬无门路,深感生不逢辰,怀才不遇,愤愤不平。于是,他想效仿拿破仑时代的青年人,靠自己的才干,闯荡江湖,走个人奋斗的道路,争做"世界的主人"。这样,在他短促的一生中,在人生的竞技场上扮演了多幕活剧,深刻地展现了他细致复杂的心路历程。

于连凭自己的惊人记忆力,以背诵拉丁文《新约全书》作为敲门砖,踏进了贵族门第,接触到了许多上层人物,发现自己处于完全敌对的社会环境里。为了"报复",决心去占有市长妻子德·雷纳尔夫人。真相败露,被迫离去。后经神父介绍,来到了贝藏松神学院。他很快发现,这里是一座阴森可怖的活地狱,僧侣、教士们钩心斗角,互相倾轧,于连除了学会说谎欺骗外,束手无策,一筹莫展。一年以后,随皮拉尔神父去巴黎,当上了极端保王派头目德·拉莫尔侯爵的私人秘书。在这里,他博得了侯爵女儿玛蒂尔德的欢心,把其当做卖身求荣、攫取名利的阶梯。侯爵只得承认既成事实,对他备加重用，委以要职，并给他一份产业，使其步入贵族的行列，成为侯爵俯首听命的爱犬。正当于连得意非凡，野心勃勃，指望平步青云、一举成名之际，市长夫人在上流社会逼迫下所写的告密信，断送了他的锦绣前程，毁灭了他的黄粱美梦。他在愤慨之下，举枪射伤了市长夫人。最后，他被判处死刑，送上了断头台。

司汤达通过小说主人公于连个人抗争、不断追求最后导致幻灭的悲剧，说明在王政复辟时期，贵族阶级为了自身的利益，必然会想方设法扼杀像于连那样的平民出身的青年。司汤达说过，法国社会有20万个于连，足见于连具有高度概括的典型意义。作者以同情的笔触，肯定了于连的个人奋斗道路，有力地批判了波旁王朝的残酷统治，具体地展示了当时尖锐的阶级斗争的情势和动向。

司汤达在《红与黑》中多次声称：小说好像一面镜子，摆在大路上，有时它照出的是蔚蓝的天空，有时照出的却是路上的泥潭。当然，所谓"镜子"，并不是照相式地摄录生活中的一切；司汤达所理解的小说，必须紧密联系社会环境，揭示人物的性格，反映人物命运和社会环境的有机结合，自觉地塑造出典型环境中的典型性格。他在创作《红与黑》这部直接取材于当代社会现实生活的小说时，以哲学家爱尔维修提出的"人是环境的产物"的唯物主义命题作指导，并从当时盛行的人的罪行是"政治的缺陷所造成的"社会学观点出发，强调了具体的社会环境对人物性格发展所起的决定性影响。他在刻画于连性格时，形象地突出了三个环境的影响。这就是维里埃尔城市长一伙的财运亨通，挥霍无度，激起了于连自尊与高傲的矛盾；外省贝藏松神学院内宗教专制，钩心斗角，加剧了于连正直与虚伪的冲突；首都巴黎贵族上流社会中尔虞我诈，政治倾轧，导致了于连雄心与野心的较量。三个不同的环境，构成了社会的全景图，为于连性格的发展、心理的演变提供了坚实的现实基础和客观条件。因而于连的形象血肉丰满，个性鲜明，栩栩如生，富有浓厚的生活气息，抹上了强烈的时代色彩，从而加深了作品主题的揭示。

心理分析是司汤达塑造典型环境中典型性格的一个极为重要的艺术手法，他的小说以心理分析著称。在创作实践中，他立志做"人类灵魂的观察者"，反对像巴尔扎克那样，"花上两页的篇幅来描写从主人公所在的室内眺望窗外的景物，再用两页来描写他的服装，又用两页来描写放衣服的那张圈椅的形式"。这就是说，司汤达在刻画人物时，他的兴趣不在于人物肖像和服装的琐细描绘，也不在自然景色和物质世界的具体状摹，而是着重探索人物在各种情境下的精神活动，细致剖析人物不同时期的内心世界。如于连的两次恋爱，与德·雷纳尔夫人的相好，出于一种强烈的占有欲，是他踏进贵族社会的野心试练；而垂青德·拉莫尔小姐，则是出于向上爬的政治需要，是他精通世故的远谋深虑，从而多侧面、多层次地揭示了于连性格的特点。

《红与黑》风格简朴、明畅。在很多地方，如小说下卷第23章整个政治秘密会议的描写，是按时间的进程，用速写的方式，跳跃式地表现了大搞政治阴谋的激烈场面，这种近乎电影镜头组合的表现手法，使小说充满了鲜明的政治色彩。

《红与黑》由于其反映生活的力度，思想的深度，以及艺术的独特，使它像一块丰碑那样高高地矗立在整个欧洲文学发展史上。但是，我们也应当看到，司汤达持唯心主义历史观，在小说中非但没有正确反映工农群众的革命力量，相反把希望寄托在少数天才人物的身上。另外，作者对于连这一资产阶级个人奋斗的英雄，同情多于批判，甚至用赞赏的态度描写于连个人主义的人生观和恋爱观。这些方面，我们在阅读《红与黑》时应予注意，宜进行实事求是的具体分析。

（王秋荣）

巴尔扎克

高 老 头

父 亲 的 死

"克利斯朵夫,是不是我两个女儿告诉你就要来了?你再去一次,我给你五法郎。对她们说我觉得不好,我临死之前还想拥抱她们,再看她们一次。你这样去说吧,可是别过分吓了她们。"

克利斯朵夫看见欧也纳对他递了个眼色,便动身了。

"她们要来了,"老人又说。"我知道她们的脾气。好但斐纳,我死了,她要怎样的伤心呀!还有娜齐也是的。我不愿意死,因为不愿意让她们哭。我的好欧也纳,死,死就是再也看不见她们。在那个世界里,我要闷得发慌哩。看不见孩子,做父亲的等于入了地狱;自从她们结了婚,我就尝着这个味道。我的天堂是于西安街。嗳!喂,倘使我进了天堂,我的灵魂还能回到她们身边吗?听说有这种事情,可是真的?我现在清清楚楚看见她们在于西安街的模样。她们一早下楼,说:爸爸,你早。我把她们抱在膝上,用种种花样逗她们玩儿,跟她们淘气。她们也跟我亲热一阵。我们天天一块儿吃中饭,一块儿吃晚饭,总之那时我是父亲,看着孩子直乐。在于西安街,她们不跟我讲嘴,一点不懂人事,她们很爱我。天哪!干么她们要长大呢?(哎唷!我痛啊:头里在抽。)啊!啊!对不起。孩子们!我痛死了;要不是真痛,我不会叫的,你们早已把我训练得不怕痛苦了。上帝呀!只消我能握着她们的手,我就不觉得痛啦。你想她们会来吗?克利斯朵夫蠢极了!我该自己去的。他倒有福气看到她们。你昨天去了跳舞会,你告诉我呀,她们怎么样?她们一点不知道我病了,可不是?要不她们不肯去跳舞了,可怜的孩子们!噢!我再也不愿意害病了。她们还少不了我呢。

她们的财产遭了危险,又是落在怎样的丈夫手里!把我治好呀,治好呀!(噢!我多难过!哟!哟!哟!)你瞧,非把我医好不行,她们需要钱,我知道到哪儿去挣。我要上奥特赛去做淀粉。我才精明呢,会赚他几百万。(哦呀!我痛死了!)"

高里奥不出声了,仿佛集中全身的精力熬着痛苦。

"她们在这儿,我不会叫苦了,干么还要叫苦呢?"

他昏迷糊糊昏沉了好久。克利斯朵夫回来,拉斯蒂涅以为高老头睡熟了,让用人高声回报他出差的情形。

"先生,我先上伯爵夫人家,可没法跟她说话,她和丈夫有要紧事儿。我再三央求,特·雷斯多先生亲自出来对我说:高里奥先生快死了是不是?哎,再好没有。我有事,要太太待在家里。事情完了,她会去的。——他似乎很生气,这位先生,我正要出来,太太从一扇我看不见的门里走到穿堂,告诉我:克利斯朵夫,你对我父亲说,我同丈夫正在商量事情,不能来。那是有关我孩子们生死的问题。但等事情一完,我就去看他。——说到男爵夫人吧,又是另外一桩事儿!我没有见到她,不能跟她说话。老妈子说:啊!太太今儿早上五点一刻才从跳舞会回来;中午以前叫醒她,一定要挨骂。等会她打铃叫我,我会告诉她,说她父亲的病更重了。报告一件坏消息,不会嫌太晚的。——我再三央求也没用。哎,是呀,我也要求见男爵,他不在家。"

"一个也不来,"拉斯蒂涅叹道,"让我写信给她们。"

"一个也不来,"老人坐起来接着说,"她们有事,她们在睡觉,她们不会来的。我早知道了。真要临死才知道女儿是什么东西!唉!朋友,你别结婚,别生孩子!你给他们生命,他们给你死。你带他们到世界上来,他们把你从世界上赶出去。她们不会来的!我已经知道了十年。有时我心里这么想,只是不敢相信。"

他每只眼中冒出一颗眼泪,滚在鲜红的眼皮边上,不掉下来。

"唉!倘若我有钱,倘若我留着家私,没有把财产给她们,她们就会来,会用她们的亲吻来舐我的脸!我可以住在一所公馆里,有漂亮的屋子,有我的仆人,生着火;她们都要哭做一团,还有她们的丈夫,她们的孩子。这一切我都可以到手。现在可什么都没有。钱能买到一切,买到女儿。啊!我的钱到哪儿去了?倘若我还有财产留下,她们会来伺候我,招呼我;我可以听到她们,看到她们。啊!欧也纳,亲爱的孩子,我惟一的孩子,我宁可给人家遗弃,宁可做个倒楣鬼!倒楣鬼有人爱,至少那是真正的爱!啊,不,我要有钱,那我可以看到她们了。唉,谁知道?她们两个的心都像石头一样。我把所有的爱在她们身上用尽了,她们对我不能再有爱了。做父亲的应该永远有钱,应该拉紧儿女的缰绳,像对付狡猾的马一样。我却向她们下跪。该死的东西!她们十年来对我的行为,现在到了顶点。你不知道她们刚结婚的时候对我怎样的奉承体贴!(噢!我痛得像受毒刑一样!)我才给了她们每人八十万,她们和她们的丈夫都不敢怠慢我。我受到好款待:好爸爸,上这儿来;好爸爸,往那儿去。她们家永远有我的一份刀叉。我同她们的丈夫一块儿吃饭,他们对我很恭敬,看我手头还有一些呢。为什么?因为我生意的底细,我一句没提。一个给了女儿八十万的人是应该奉承的。他们对我那么周到,体贴,那是为我的钱啊。世界并不美。我看到了,我!她们陪我坐着车子上戏院,我在她们的晚会里爱待多久就待多久。她们承认是我的女儿,承认我是她们的父亲。我还有我的聪明呢,嗐,什么都没逃过我的眼睛。我什么都感觉到,我的心碎了。我明明看到那是假情假意;可是没有办法。在她们家,我就不像在这儿饭桌上那么自在。我什么话都不会说。有些漂亮人物咬着我女婿的耳朵问:

——那位先生是谁啊?

——他是财神,他有钱。

——啊,原来如此!

"人家这么说着,恭恭敬敬瞧着我,就像恭恭敬敬瞧着钱一样。即使我有时叫他们发窘,我也补赎了我的过失。再说,谁又是十全的呢?(哎唷!我的脑袋简直是块烂疮!)我这时的痛苦是临死以前的痛苦,亲爱的欧也纳先生,可是比起当年娜齐第一次瞪着我给我的难受,眼前的痛苦算不了什么。那时她瞪我一眼,因为我说错了话,丢了她的脸;唉,她那一眼把我全身的血管都割破了。我很想懂得交际场中的规矩;可是我只懂得一样:我在世界上是多余的。第二天我上但斐纳家去找安慰,不料又闹了笑话,惹她冒火。我为此急疯了。八天工夫我不知道怎么办。我不敢去看她们,怕受埋怨。这样,我便进不了女儿的大门。哦!我的上帝!既然我吃的苦,受的难,你全知道,既然我受的千刀万剐,使我头发变白,身子磨坏的伤,你都记在账上,干么今日还要我受这个罪?就算太爱她们是我的罪过,我受的刑罚也足够补赎了。我对她们的慈爱,她们都狠狠地报复了,像刽子手一般把我上过毒刑了!唉!做老子的多蠢!我太爱她们了,每次都回头去迁就她们,好像赌棍离不开赌场。我的嗜好,我的情妇,我的一切,便是两个女儿,她们俩想要一点儿装饰品什么的,老妈子告诉了我,我就去买来送给她们,巴望得到些好款待!可是她们看了我在人前的态度,照样来一番教训。而且等不到第二天!喝,她们为着我脸红了。这是给儿女受好教育的报应。我活了这把年纪,可不能再上学校啦。(我痛死了,天哪!医生呀!医生呀!把我脑袋劈开来,也许会好些。)我的女儿呀,我的女儿呀,娜齐,但斐纳!我要看她们。叫警察去找她们来,抓她们来!法律应该帮我的,天性,民法,都应该帮我。我要抗议。把父亲踩在脚下,国家不要亡了吗?这是很明白的。社会,世界,都是靠父道做轴心的;儿女不孝父亲,不要天翻地覆吗?哦!看到她们,听到她们,不管她们说些什么,只要听见她们的声音,尤其但斐纳,我就不觉得痛苦。等她们来了,你叫她们别那么冷冷地瞧我。啊!我的好朋友,欧也纳先生,看到她们眼中的金光变得像铅一样不灰不白,你真不知道是什么味儿。自从她们的眼睛对我不放光辉之后,我老在这儿过冬天;只有苦水给我吞,我也就吞下了!我活着就是为受委屈,受侮辱。她们给我一点儿可怜的,小小的,可耻的快乐,代价是教我受种种的羞辱,我都受了,因为我太爱她们了。老子偷偷摸摸地看女儿!听见过没有?我把一辈子的生命给了她们,她们今天连一小时都不给我!我又饥又渴,心在发烧,她们不来疏解一下我的临终苦难。我觉得我要死了。什么叫做践踏父亲的尸首,难道她们不知道吗?天上还有一个上帝,他可不管我们做老子的愿不愿意,要替我们报仇的。噢!她们会来的!来啊,我的小心肝,你们来亲我呀!最后一个亲吻就是你们父亲的临终圣餐了,他会代你们求上帝,说你们一向孝顺,替你们辩护!归根结蒂,你们没有罪。朋友,她们是没有罪的!请你对大家都这么说,别为了我难为她们。一切都是我的错,是我纵容她们把我踩在脚下的。我就喜欢那样。这跟谁都不相干,人间的裁判,神明的裁判,都不相干。上帝要是为了我责罚她们,就不公平了。我不会做人,是我糊涂,自己放弃了权利。为她们我甚至堕落也心甘情愿!有什么办法!最美的天性,最优秀的灵魂,都免不了溺爱儿女。我是一个糊涂蛋,遭了报应,女儿七颠八倒的生活是我一手造成的,是我惯了她们。现在她们要寻欢作乐,正像她们从前要吃糖果。我一向对她们百依百顺。小姑娘想入非非的欲望,都给她们满足。十五岁就有了车!要什么有什么。罪过都在我一个人身上,为了爱她们而犯的罪。唉,她们的声音能够打开我的心房。我听见她们,她们在来啦。哦!一定的,她们要来的。法律也要人给父亲送终的,法律是支持我的。只要叫人跑一趟就行。我给车钱。你写信去告诉她们,说我还有几百万家私留给她们!我敢起誓。我可以上奥特赛去做高等面食。我有办法。计划中还有几百万好赚。哼，谁也没有想到。那不会像麦子和面粉一样在路上变坏的。嗳，嗳，淀粉哪，有几百万好赚啊！你告诉她们有几百万决不是扯谎。她们为了贪心还是肯来的；我宁愿受骗，我要看到她们。我要我的女儿！是我把她们生下来的！她们是我的！"他一边说一边在床上挺起身子，给欧也纳看到一张白发凌乱的脸，竭力装做威吓的神气。

欧也纳说："嗳，嗳，你睡下吧。我来写信给她们。等皮安训来了，她们要再不来，我就自个儿去。"

"她们再不来，"老人一边大哭一边接了一句，"我要死了，要气疯了，气死了！气已经上来了！现在我把我这一辈子都看清楚了。我上了当！她们不爱我，从来没有爱过我！这是摆明的了。她们这时不来是不会来的了。她们越拖，越不肯给我这个快乐。我知道她们。我的悲伤，我的痛苦，我的需要，她们从来没体会到一星半点，连我的死也没有想到；我的爱，我的温情，她们完全不了解。是的，她们把我糟蹋惯了，在她们眼里我所有的牺牲都一文不值。哪怕她们要挖掉我眼睛，我也会说：挖吧！我太傻了。她们以为天下的老子都像她们的一样。想不到你待人好一定要人知道！将来她们的孩子会替我报仇的。唉，来看我还是为她们自己啊！你去告诉她们，说她们临死要受到报应的。犯了这桩罪，等于犯了世界上所有的罪。去啊，去对她们说，不来送我的终是忤逆！不加上这一桩，她们的罪已经数不清啦。你得像我一样的去叫：哎！娜齐！哎！但斐纳！父亲待你们多好，他在受难，你们来吧！——唉！一个都不来。难道我就像野狗一样的死吗？爱了一辈子的女儿，到头来反给女儿遗弃！简直是些下流东西，流氓婆；我恨她们，咒她们；我半夜里还要从棺材里爬起来咒她们。嗳，朋友，难道这能派我的不是吗？她们做人这样恶劣，是不是！我说甚么？你不是告诉我但斐纳在这儿吗？还是她好。你是我的儿子，欧也纳。你，你得爱她，像她父亲一样地爱她。还有一个是遭了难。她们的财产呀！哦！上帝！我要死了，我太苦了！把我的脑袋割掉吧，留给我一颗心就行了。"

"克利斯朵夫，去找皮安训来，顺便替我雇辆车。"欧也纳嚷着。他被老人这些呼天抢地的哭诉吓坏了。

"老伯，我到你女儿家去把她们带来。"

"把她们抓来，抓来！叫警卫队，叫军队！"老人说着，对欧也纳瞪了一眼，闪出最后一道理性的光，"去告诉政府，告诉检察官，叫人替我带来！"

"你刚才咒过她们了。"

老人愣了一愣,说:"谁说的?你知道我是爱她们的,疼她们的!我看到她们,病就好啦……去吧,我的好邻居,好孩子,去吧,你是慈悲的;我要重重地谢你;可是我什么都没有了,只能给你一个祝福,一个临死的人的祝福。啊!至少我要看到但斐纳,吩咐她代我报答你。那个不能来,就带这个来吧。告诉她,她要不来,你不爱她了。她多爱你,一定会来。哟,我渴死了,五脏六腑都在烧!替我在头上放点儿什么吧。最好是女儿的手,那我就得救了,我觉得的……天哪!我死了,谁替她们挣钱呢?我要为她们上奥特赛去,上奥特赛做面条生意。"

欧也纳搀起病人,用左臂扶着,另一只手端给他一杯满满的药茶,说道:"你喝这个。"

"你一定要爱你的父母,"老人说着,有气无力地握着欧也纳的手。"你懂得吗,我要死了,不见她们一面就死了。永远口渴而没有水喝,这便是我十年来的生活……两个女婿断送了我的女儿。是的,从她们出嫁之后,我就没有女儿了。做老子的听着!你们得要求国会定一条结婚的法律!要是你们爱女儿,就不能把她们嫁人。女婿是毁坏女儿的坏蛋,他把一切都污辱了。再不要有结婚这回事!结婚抢走我们的女儿,教我们临死看不见女儿。为了父亲的死,应该订一条法律。真是可怕!报仇呀!报仇呀!是我女婿不准她们来的呀。杀死他们!杀雷斯多!杀纽沁根!他们是我的凶手!不还我女儿,就要他们的命!唉!完啦,我见不到她们的了!她们!娜齐,但斐纳,喂,来呀,爸爸出门啦……"①

"老伯,你静静吧,别生气,别多想。"

"看不见她们,这才是我临终苦难!"

"你会看见的。"

"真的!"老人迷迷惘惘地叫起来。"噢!看到她们!我还会看到她们,听到她们的声音。那我死也死得快乐了。唉,是啊,我不想活了,我不希罕活了,我痛得越来越厉害了。可是看到她们,碰到她们的衣衫,唉!只要她们的衣衫,衣衫,就这么一点儿要求!只消让我摸到她们的一点儿什么!让我抓一把她们的头发,……头发……"

---

① "来呀,爸爸出门啦"二句,为女儿幼年时父亲出门前呼唤她们的亲切语;此处出门二字有双关意味。

他仿佛挨了一棍,脑袋望枕上倒下,双手在被单上乱抓,好像要抓女儿们的头发。

他又挣扎着说:"我祝福她们,祝福她们。"

然后他昏过去了。皮安训进来说:

"我碰到了克利斯朵夫,他替你雇车去了。"

他瞧了瞧病人,用力揭开他的眼皮,两个大学生只看到一只没有颜色的灰暗的眼睛。

"完啦,"皮安训说,"我看他不会醒的了。"

他按了按脉,摸索了一会,把手放在老头儿心口。

"机器没有停,像他这样反而受罪,还是早点去的好!"

"对,我也这么想。"拉斯蒂涅回答。

"你怎么啦?脸色发白像死人一样。"

"朋友,你听他又哭又叫,说了一大堆。真有一个上帝!哦,是的,上帝是有的,他替我们预备着另外一个世界,一个好一点儿的世界。咱们这个太混账了。刚才的情形要不那么悲壮,我早哭死啦,我的心跟胃都给揪紧了。"

"喂,还得办好多事,哪儿来的钱呢?"

拉斯蒂涅掏出表来:

"你送当铺去。我路上不能耽搁,只怕赶不及。现在我等着克利斯朵夫,我身上一个钱都没有了,回来还得付车钱。"

拉斯蒂涅奔下楼梯,上海尔特街特·雷斯多太太家去了。刚才那幕可怕的景象使他动了感情,一路义愤填胸。他走进穿堂求见特·雷斯多太太,人家回报说她不能见客。

他对当差说:"我是为了她马上要死的父亲来的。"

"先生,伯爵再三吩咐我们……"

"既然伯爵在家,那么告诉他,说他岳父快死了,我要立刻和他说话。"

欧也纳等了好久。

"说不定他就在这个时候死了。"他心里想。

当差带他走进第一客室,特·雷斯多先生站在没有生火的壁炉前面,见了客人也不请坐。

"伯爵,"拉斯蒂涅说,"令岳在破烂的阁楼上就要断气了,连买木柴的钱也没有;他马上要死了,但等见一面女儿……"

"先生，"伯爵冷冷地回答，"你大概可以看出，我对高里奥先生没有什么好感。他教坏了我太太，造成我家庭的不幸。我把他当做扰乱我安宁的敌人。他死也好，活也好，我全不在意。你瞧，这是我对他的情分。社会尽可以责备我，我才不在乎呢。我现在要处理的事，比顾虑那些傻瓜的闲言闲语紧要得多。至于我太太，她现在那个模样没法出门，我也不让她出门。请你告诉她父亲，只消她对我，对我的孩子，尽完了她的责任，她会去看他的。要是她爱她的父亲，几分钟内她就可以自由……"

"伯爵，我没有权利批评你的行为，你是你太太的主人。可是至少我能相信你是讲信义的吧？请你答应我一件事。就是告诉她，说她父亲没有一天好活了，因为她不去送终，已经在咒她了！"

雷斯多注意到欧也纳愤愤不平的语气，回答道："你自己去说吧。"

拉斯蒂涅跟着伯爵走进伯爵夫人平时起坐的客厅。她泪人儿似的埋在沙发里，那副痛不欲生的模样叫他看了可怜。她不敢望拉斯蒂涅，先怯生生地瞧了瞧丈夫，眼睛的神气表示她精神肉体都被专横的丈夫压倒了。伯爵侧了侧脑袋，她才敢开口：

"先生，我都听到了。告诉我父亲，他要知道我现在的处境，一定会原谅我。我想不到要受这种刑罚，简直受不了。可是我要反抗到底。"她对她的丈夫说。"我也有儿女。请你对父亲说，不管表面上怎么样，在父亲面前我并没有错。"她无可奈何地对欧也纳说。

那女的经历的苦难，欧也纳不难想像，便呆呆地走了出来。听到特·雷斯多先生的口吻，他知道自己白跑了一趟，阿娜斯大齐已经失去自由。

接着他赶到特·纽沁根太太家，发觉她还在床上。

"我不舒服呀，朋友，"她说，"从跳舞会出来受了凉，我怕要害肺炎呢，我等医生来……"

欧也纳打断了她的话，说道："哪怕死神已经到了你身边，爬也得爬到你父亲跟前去。他在叫你！你要听到他一声，马上不觉得你自己害病了。"

"欧也纳，父亲的病也许不像你说的那么严重；可是我要在你眼里有什么不是，我才难过死呢；所以我一定听你的吩咐。我知道，倘若我这一回出去闹出一场大病来，父亲要伤心死的。我等医生来过了就走。"她一眼看不见欧也纳身上的表链，便叫道："哟！怎么你的表没有啦？"

欧也纳脸上红了一块。

"欧也纳！欧也纳！倘使你已经把它卖了，丢了，……哦！那太岂有此理了。"

大学生伏在但斐纳床上，凑着她耳朵说：

"你要知道么？哼！好，告诉你吧！你父亲一个钱没有了，今晚上要把他入殓的尸衣① 都没法买。你送我的表在当铺里，我钱都光了。"

…………

（选自巴尔扎克《欧也妮·葛朗台　高老头》
傅雷译，人民文学出版社 1980 年版）

《高老头》导读

巴尔扎克(1799—1850)是法国最杰出的批判现实主义作家，恩格斯称他是"比过去、现在和未来的一切左拉都要伟大得多的现实主义大师"。

巴尔扎克生于法国西部的杜尔城。父亲原是一个农民。1789年资产阶级大革命时期，由于善于钻营，成了资产者。他小时候在旺多姆教会学校读书，在那儿索然无味地度过了 6 年。1816 年，巴尔扎克进入巴黎的一所大学学法律。三年后大学毕业，按理应去律师事务所工作，巴尔扎克却宣布不当律师，想做作家。他的这一决定遭到了父母的强烈反对，而巴尔扎克却固执己见。于是双方签订协定：同意巴尔扎克用两年时间从事文学创作，若写不出成功的作品，则仍回到律师事务所。这样，巴尔扎克经过几个月的奋斗，终于写成了历史悲剧《克伦威尔》，以后又用各种笔名，写了许多粗俗的神怪小说，但均没有获得成功。他的父母根据协定断然停止提供一

---

① 西俗入殓时将尸体用布包裹，称为尸衣。

切费用,这样,他便走上了独立生活的道路。

巴尔扎克天生不是一个商人,每次投机活动都以失败而告终,以致债台高筑,拖累终生。然而,他在失败中洞察了金钱社会的秘密。肮脏的金钱给了他创作的灵感。

1829年发表了长篇小说《舒昂党人》(又译《朱安党》)。这是巴尔扎克获得声誉的第一部作品。小说出版后,他以旺盛的精力、惊人的速度写出了一部又一部作品,筑成了宏伟壮丽的文学大厦——《人间喜剧》。

《人间喜剧》写于1829至1848年间,是巴尔扎克的总集。作家计划写147部作品,其中50部没有完成。《人间喜剧》实际上包括97部长、中、短篇小说。他把作品分为3个部分:《风俗研究》、《哲学研究》和《分析研究》。其中《风俗研究》又分《私人生活场景》、《外省生活场景》、《军事生活场景》、《巴黎生活场景》、《政治生活场景》、《乡村生活场景》。

《人间喜剧》是19世纪上半叶法国社会的风俗史。它描绘了封建贵族必然没落的命运,嘲讽了他们的无能和堕落(如《高老头》、《苏城舞会》、《古物陈列室》);揭露了资产阶级暴发户的发迹过程和他们贪婪、自私的本质(如《纽沁根银行》、《高利贷者》、《红色旅馆》);揭示了人与人之间的赤裸裸的金钱关系(如《欧也妮·葛朗台》、《幻灭》、《搅水女人》)。恩格斯说《人间喜剧》是一部"伟大的作品",它"提供了一部法国'社会'特别是巴黎'上流社会'的卓越的现实主义历史"。

1850年8月18日,巴尔扎克因劳累过度,与世长辞,如同雨果的悼词所说:"他的一生是短促的,然而也是饱满的,作品比岁月还多。"

《高老头》(1834)是巴尔扎克的重要作品。它在展示社会生活的深广度,反映作家的世界观及表现《人间喜剧》的艺术成就等方面,具有代表意义。

小说以 1819 年至 1820 年的巴黎为背景,描述了两个互为交织的故事:高里奥本是"一个普通的面条司务",法国大革命时代,他靠投机倒把、囤积居奇,一举成了"商业巨子"。他自妻子死后,便把全部感情移植到两个女儿身上,满足她们最奢侈的欲望。到了她们结婚的年龄,又将大部分财产分给她们,以便让她们"攀一门好亲事,舒舒服服地过日子",而自己则搬进了伏盖公寓。但两个女儿并不以此为满足,她们变本加厉地榨取高里奥的钱财。最后他被榨得一无所有,孤零零地死在公寓的阁楼上。拉斯蒂涅是外省的没落贵族子弟。他家里节衣缩食,供他在巴黎读书。起初"他想没头没脑地用功",在巴黎灯红酒绿的腐朽生活的诱惑下,便"投身上流社会,去征服几个可以做他后台的妇女"。鲍赛昂子爵夫人、逃犯伏脱冷及高老头的两个女儿,给他上了"人生三大课",最后使他决定去跟巴黎社会"拼一拼"。

　　《高老头》形象地表现了"上升的资产阶级","对贵族社会日甚一日的冲击"。

　　鲍赛昂子爵夫人是巴黎"贵族社会的一个领袖"。她的府邸是贵族住区"最有意思的地方",能在这"金碧辉煌的客厅里露面,就等于一纸阀阅世家的证书","一朝踏进这个比任何社会都门禁森严的场所","就可以到处通行无阻"。资产阶级妇女都以能挤进这个贵族沙龙为荣耀。一个门第如此高贵的贵族妇人,最终却败在新起家的资产阶级女子手下。她的情夫阿瞿达侯爵,为了"二十万法郎利息的陪嫁",决定抛弃她,去同暴发户小姐联姻。这样,她不得不黯然离开上流社会,"到诺曼地的穷乡僻壤去躲起来"。鲍赛昂子爵夫人强作笑颜地告别巴黎的盛大舞会,是贵族阶级"必然崩溃的一曲无尽的挽歌。"

　　拉斯蒂涅的腐化也是资产阶级及金钱势力冲击的结果。他出生在贫寒、没落的贵族之家。刚到巴黎上大学时,是一个"有热情有才气的青年"。但是,巴黎的花花世界使"他刚会欣赏,跟着就眼红了"。不久，"他对于权位的欲望与出人头地的志愿，加强了十倍"。不过，毕竟"天良未泯"，徘徊于"良心"与"野心"之间。这时，鲍赛昂子爵夫人对他进行了"教育"："社会不过是傻子跟骗子的集团……你越没有心肝，越高升得快。你不留情地打击人家，人家就怕你。"接着，伏脱冷又用粗野、露骨的语言告诉他："要弄大钱，就该大刀阔斧地干"，"不像炮弹一般轰进去，就得像瘟疫一般钻进去"。高老头的女儿给拉斯蒂涅上了最后一课。当父亲为女儿耗尽心血和金钱，奄奄一息时，两个女儿没有一个来看望高里奥。拉斯蒂涅目击了这幕悲剧。他在埋葬高老头的同时，"埋葬了他青年人的最后一滴眼泪"，抛却了最后一点"神圣的感情"，欲火炎炎地望着巴黎上流社会，气概非凡地说："现在咱们俩来拼一拼罢!"这样，他便逐渐堕落为资产阶级野心家。

小说"撕下了罩在家庭关系上的温情脉脉的面纱"，批判了资本主义社会中人与人之间赤裸裸的金钱关系。在《高老头》里，爱情变成发财的工具，婚姻成为商品买卖，家庭关系更充满了铜臭，这集中表现在高老头与两个女儿的关系中。

高里奥是"父爱基督"的典型，他对女儿怀着异乎寻常的爱。只要女儿对他笑一笑，他就感到"那就像天上照下一道美丽的阳光，把世界镀了金"。别人一提到他女儿，"他眼睛就发亮，像金刚钻"。高里奥的乐事只在于满足女儿们的幻想，他甚至"喜欢替她们当拉车的马"，"愿意做她们膝上的小狗"。20 年间，他把心血、慈爱、财产，把所有的一切都给了女儿。他为了女儿可以忍受一切苦难，付出一切代价，甚至杀人、放火也在所不惜。显然，高里奥的父爱被作者理想化了。那么高里奥的女儿对他怎样呢？当高里奥有钱的时候，她们"恭恭敬敬瞧着我，就像恭恭敬敬瞧着钱一样"，"她们家里永远有我的一份刀叉"。当"柠檬"被"榨干"以后，女儿就把他像"柠檬壳"一样，扔在街上完事。高里奥临终之前才醒悟过来：两个女儿爱的只是他的金钱。他痛苦地告诫世人："朋友，你别结婚，别生孩子! 你给他们生命,他们给你死。你带他们到世界上来,他们把你从世界上赶出去。……唉,倘若我有钱,倘若我留着家私,没有把财产给她们,她们就会来,会用她们的亲吻来舐我的脸! ……钱能买到一切,买到女儿。啊! 我的钱到哪儿去了?"高里奥的形象寄托着作家的思想。巴尔扎克要用"父爱基督"来抑制金钱势力,约束人欲横流的社会罪恶。高里奥的悲剧说明金钱势力冲垮了传统的伦理道德,它已渗入到社会关系的各个领域。

作品对资本主义社会的各种不合理现象,作了无情的抨击。小说中,伏脱冷充当了资本主义罪恶揭发者的角色。他是强盗集团的头子、苦役监狱的逃犯。伏脱冷是在"受过难",理想破灭之后,铤而走险的。他专与"万字帮"作对:"我一个人对付政府,跟上上下下的法院、宪兵、预算家作对,把他们一齐搅得落花流水"。在他看来资本主义社会"遍地风行的是腐败",法律条文"没有一条不荒谬",人与人之间"像一个瓶里的许多蜘蛛","你吞我,我吞你"。"今日所谓的道德","跟厨房一样的腥臭"。伏脱冷的言行,引起了执政当局的惊慌,把他看成"从来没有的最危险的人物",想方设法地追捕他。这里,巴尔扎克通过伏脱冷之口,对社会不合理现象嬉笑怒骂,冷嘲热讽,作了淋漓尽致的揭露。

《高老头》具体而形象地反映了当时法国的社会生活,在艺术上具有独特的成就。例如,巴尔扎克非常重视物质环境描写的具体性,对伏盖公寓和圣·日耳曼区的贵族沙龙作了详尽的刻画。作者笔下的伏盖公寓和贵族沙龙,实际上是当时社会的缩影。这两幢房子代表了两种生活,两个天地。它起了再现时代风貌,衬托人物性格的作用。

典型性格的单一性与夸张性是《高老头》的又一重要艺术特点。巴尔扎克往往赋予典型人物某一性格特征,并把这种特征似聚光镜般加以集中、夸张,给人留下难忘的印象。如高里奥,作家以浓重的笔墨突出他对女儿近乎痴迷的溺爱,女儿逢场作戏地对他亲热一番,他会高兴地在地下打滚,一看见女儿就"眉飞色舞,像晴天的太阳"。他如痴如醉地爱自己的女儿,为女儿掏尽了一切,以致人们看了《高老头》以后,谁也忘不了高里奥的"父爱"。

人物众多而又主次分明,内容丰富而又结构严谨,情节曲折而又合乎情理,也是《高老头》的重要艺术特点。

(杨国华)

福楼拜

包法利夫人

中　卷

第　八　节

　　这有名的展览会确实到了！从节日早晨起，居民就全站在门口，谈论应有的准备工作；村公所正面缀着常春藤；草地搭起一座帐篷摆酒席；广场当中，教堂前面，有一架旧炮，到时宣告州长驾到和得奖的农民的姓名。比实的国民军（永镇没有），开来参加毕耐率领的消防队。他这一天戴一条比平日还高的领子；制服紧绷绷的，上身直挺挺的，一动不动，就像气血统统移到下边两条腿里一样；他按照节奏，抬高两条腿，步伐合拍，起落一致。税务员和联队长，争强好胜，炫耀才能，分别率领部下，在一旁操练，就见红肩章和黑胸甲，过来过去，川流不息，简直没完没了！如此庄严景象，从未见过！有些人家，前一天刷洗干净房屋，窗户开开一半，三色旗挂在外头；家家酒店客满；天气晴和，上浆的帽子、金十字架和花肩巾，仿佛比雪还白，照着亮晶晶的太阳，熠熠发光，同时五颜六色，星星点点，衬得一般颜色较深的大衣和蓝布工人服也醒目了。四乡佃农妇女，生怕袍子沾上泥点，兜身撩起，拿大别针别好，临到下马，再解下来；丈夫相反，爱惜帽子，用手绢从上包住，拿牙咬牢手绢的一个犄角。

　　人从村子两头涌进大街。小巷、夹道、远房近舍，到处有人出来；门环时刻响动，太太们戴上线手套，去看热闹。一对尖塔似的长三脚架，立在司令台两侧，上上下下全是花灯，特别为人称道。此外还有四根竿子，绑在公所四根圆柱上，各自挑起一幅淡绿小布幡，金字标语，一幅写着"商业"；另一幅写着"农业";第三幅写着"工业";第四幅写着"艺术"。

....

司令台上起了一阵骚动:长久耳语和交换意见。最后还是州行政委员先生站起。大家现在晓得他姓廖万,群众一个传一个,说起他的名姓。于是他掏起几张纸,凑近眼睛细看了看,这才开口道:

诸位先生:

首先允许我(在没有和你们谈起今天的盛会之前;——我相信,你们全有这种感情),我说,首先允许我赞扬一下最高当局、政府、国君,诸位先生,赞扬一下我们的主上、万民爱戴的国王。大家知道,事关繁荣,不问公私,圣上一律关怀,即使是怒海狂涛,危险百出,圣上也坚定审慎,稳步行车,何况圣上讲求和平,重视战争、工业、商业、农业与艺术。

罗道耳弗道:

"我该退后一点坐。"

爱玛道:

"为什么?"

不过州行政委员的声音分外高了,他朗诵道:

诸位先生:兄弟阋于墙,血染公众广场的时期,已经一去而不复返了;业主、商人、甚至于工人,夜晚安眠,听见警钟齐鸣,忽然惊醒的时期,已经一去而不复返了;邪说横行,擅敢颠覆社稷的时期,已经一去而不复返了……

罗道耳弗接下去道:

"因为下面或许有人望见我;这样一来,我就要一连两星期道歉,像我这样的坏名声……"

爱玛道:

"哎呀!你成心糟蹋自己。"

"不,不,你听我讲,坏极了。"

州行政委员继续道:

可是,诸位先生,放下这些暗无天日的画面不去回想,转过眼睛,浏览一下我们美丽祖国的现状,我又看见了什么?处处商业繁盛,艺术发达,处处兴修新的道路,仿佛国家添了许多新的动脉,构成新的联系;我们伟大的工业中心又活跃起来;宗教加强巩固,法光普照;我们的码头堆满货物,信心再起,法兰西终于得到了新生……

罗道耳弗又道:

"其实,就社会观点看来,他们也许就有道理。"

她说:

"什么道理?"

他道:

"怎么!难道你不知道,有人无时无刻不在苦恼?他们一时需要梦想,一时需要行动,一时需要最纯洁的热情,一时需要最疯狂的欢乐,人就这样来来去去,过着形形色色的荒唐、怪诞的生活。"

于是她看着他,就像一个人打量一个到过奇土异方的旅客一样,接下去道:

"我们这些可怜的妇女,就连这种消遣也没有!"

"微不足道的消遣,因为人在这里找不到幸福。"

她问道:

"可是人找得到吗?"

他回答道:

"是的,会有一天遇到的。"

州行政委员道:

　　你们明白这个。你们是农民和田野的工人,你们是真正为文化而工作的和平的先驱!你们是进步和道德人士!我说,你们明白,政治冲突,比起大气凌乱来,确实要可怕多了……

罗道耳弗重复道:

"有一天,有一天赶巧万念俱灰,会忽然遇到的。于是天色开朗,就像有一个声音在喊:'这就是!'你觉得需要向这个人诉说衷情,把一切给他,为他牺牲一切!用不着烦言解释,彼此就一见如故,似曾梦里相逢。(他看着她。)总之,就在眼前,四处寻觅的珠宝就在眼前,明光万道,火星四射。可是仍然怀疑,仍然不敢相信,眼花缭乱,好像走出黑暗,乍见亮光一样。"

罗道耳弗说到临了这几句话,添上手势。他拿一只手放在脸上,就像一个人晕眩一样,然后下来搭在爱玛手上。她抽回她的手。可是州行政委员总在读着:

　　诸位先生,有谁惊奇吗?也只有他们惊奇:就是那种瞎了眼的人、那

· 418 ·

种迷恋于(我不怕说出口来)前一世纪偏见,照旧否认农民有头脑的人。说实话,寻找爱国精神、热心公众事业,一言以蔽之,智慧,除去田野,还有什么地方更多?诸位先生,我说的不是那种表面的智慧、那种闲汉的点缀。我说的是那种深刻、稳健的智慧,专心致志于追求那些有用之物,因而有助于个人福利、一般改善与支援国家,它是——尊重法律和完成任务的收获……

罗道耳弗道:

"啊!又是这个。总是任务,我听也听腻了。他们是一堆穿法蓝绒背心的老昏聩、一堆离不开脚炉和念珠的假道婆,不住口地在我们的耳梢唠叨:'任务!任务!'哎!家伙!任务呀,任务是感受高贵事物、珍爱美丽事物,并非接受社会全部约束和硬加在我们身上的种种耻辱。"

包法利夫人反驳道:

"不过……不过……"

"哎,不!凭什么反对热情?难道它不是世上惟一美丽的东西?难道它不是英勇、热忱、诗歌、音乐、艺术以及其他一切的根源?"

爱玛道:

"可是也该听取听取世人的意见,遵守一般立身处世之道。"

他回答道:

"啊!立身处世之道有两种。一种是众人公认的琐细之道,因时而异,目光如豆,喊叫连天,跳上跳下,脚不着地,就像眼前这群蠢家伙一样。另一种是万古长存之道,在周围,也在上空,风景一般环绕我们,碧天一般照耀我们。"

廖万先生方才掏出手绢揩过嘴,接下去道:

诸位先生,农业的重要,还用得着我这里向你们指出来吗?请问,谁供应我们的需要?谁接济我们的生活?难道不是农民?诸位先生,农民拿一双勤劳的手,把种子下在肥沃的田亩,种子长成麦子,麦子用精巧的机器磨成细末,以面粉的名称运到城市,没有多久,就进了面包房,制成食品,不分贫富,一概供应。为了我们有衣服穿,难道不又是农民养肥牧场众多的羊群?如果没有农民,我们穿什么,我们吃什么?诸位先生,我们有必要到老远的地方寻找例证吗?谁不常常想到那只怯羞的动物、我们家禽群里值得骄傲的珍品?它一方面长毛给我们做绵软的枕头用,一方面有丰美的肉给我们吃,一方面还下蛋。地耕好了,出产种种物品,好比慈母心疼儿女,尽量供应,我要是一一枚举的话,就要不胜其举了。这边是葡萄树;那边是苹果树;远望,是油菜;再往远望,是干酪;还有麻,诸位先生,千万不要忘记麻!近年以来,麻的产量增了许多,我特别希望你们注意。

他不必希望;因为群众个个张大了嘴,好像要喝掉他的话一样。杜法赦在他一旁,睁大了眼睛听;德洛日赖先生,有时候,微微合上眼皮;再过去,药剂师两腿夹住他的儿子拿破仑,拿手张在耳边,一个字音不叫漏掉。别的评判委员表示赞同,慢慢悠悠,上下摇摆背心里的下巴。消防队员站在司令台底下,靠住他们的刺刀;毕耐一丝不动,胳膊肘朝外,刀尖向上。他也许在听,不过他一定什么也看不见,由于他的盔檐太低,一直罩到鼻子。副给长是杜法赦先生的小儿子,盔檐还要低得出奇;因为他戴了一顶绝大的战盔,在头上晃来晃去,而花布手绢垫在底下,也有一头露出来了。他在战盔底下,笑嘻嘻的,一副小孩子的可爱模样,小白脸蛋淌着汗,流露出一种欢愉、疲倦和睡眠的表情。

广场连两边房屋都挤满了人。家家有人靠着窗户,有人站在门口。玉斯旦站在药房前面,似乎看愣了,移动不得。虽说安静,廖万先生的声音照样听不清楚;群众中间,椅子出了响声,东一打岔,西一打岔,截断演说,只有一句半句传到耳朵;接着就是背后,冷不防起了漫长一声牛鸣,或者就是街角羊羔咩咩叫唤。说实话,放牛的和放羊的,一直把牲口赶到这边,他们有时候你一声,我一声,一面还吐长舌头,拉曳挂在脸上的三两片叶子。

罗道耳弗更挨近爱玛了,声音放低、放快道:

"人世这种阴谋,你不忿恨?哪一样感情它不谴责?最高贵的本能、最纯洁的同情,也逃不脱迫害、诽谤;一对可怜虫要是碰在一起的话,就组织一切力量来拆散他们。不过他们偏要试试,扇扇翅膀,你呼唤我,我呼唤你;是啊!迟早有什么关系,半年,十年,他们照样结合,照样相爱,因为命里注定这样,彼此天生就是一对。"

两只胳膊横在膝盖上,他仰起脸,凑到近边,死盯着看爱玛。她看见纤细的金光,一道又一道,兜着他的黑瞳仁,从眼睛里面朝外放射。她甚至于闻见他抹亮头发的生发油的香味,于是心荡神驰,不由想起在渥毕萨尔陪她跳回旋舞的子爵,他的胡须就像这些头发,放出这种华尼拉和柠檬气息;她不由自主,闭了一半眼皮往里吸。但是她坐在椅子上,身上往后一仰,恍惚远远望见驿车"燕子",在天边尽头,慢慢腾腾,走下狼岭,车后扬起长悠悠的灰尘。赖昂就是乘了这辆黄车,时刻来到她的身边;也就是经这条路,他又一去不回！她仿佛看见他在对面窗口,接着就又一片模糊,满天浮云,她觉得吊灯照耀,她还像在跳回旋舞,挎着子爵的胳膊,同时赖昂离得也不远,眼看就要过来……但是她总意会罗道耳弗的头在她旁边。这种甜蜜的感觉就这样渗透从前她那些欲望,好像一阵狂飙,掀起了沙粒,香风习习,吹遍她的灵魂,幽眇的氤氲卷起了欲望旋转。她好几回用力张开鼻孔,吸入柱头常春藤的清新气息。她摘去手套,揩了揩手,然后拿起手绢扇脸,太阳穴虽说跳动,她照样听见群众叽里咕噜、州行政委员说来说去的单调声音:

继续下去！坚持下去！不要专听日常习惯的暗示,也不要专听一种莽撞的江湖论调的过分急躁的建议！尤其要致力于改良土地、上等肥料以及马种、牛种、羊种与猪种的发展！让展览会对你们成为充满和平景象的比武场,胜利者向战败者伸出友爱之手,希望他下一次竞赛成功！可敬的仆役！你们是谦逊的下人,辛勤劳苦,往日得不到任何政府重视,现在就来接受你们默默无闻的道德的酬劳吧。而且你们相信政府从以后,一定会注视你们,鼓励你们,保护你们,满足你们的正当要求,竭尽一切,减轻你们的痛苦的牺牲的担负！

廖万先生终于坐下。德洛日赖先生站起,开始另一篇演说。他的讲演也许不像州行政委员的讲演那样富丽;不过他也有他的特征:风格切实,就是说,学识比较专门,议论比较高超,少了一些颂扬政府的话,宗教和农业分到更多的地位,二者息息相关,一向就同心协力,促进文化。罗道耳弗和包法利夫人谈着梦、预感、催眠术。演说家追溯到社会原始,形容野蛮时代,人在树林深处,靠栎子过活;后来人就扔掉兽皮,改穿布帛,耕田犁地,栽葡萄树。这算不算幸福？这种发现会不会弊多于利？德洛日赖先生对自己提出这个问题。罗道耳弗由催眠术一点一点谈同同感。主席引证:秦齐纳土斯掌犁、戴克里先种菜、中国皇帝立春播种。年轻人这期间向少女解释:吸引之所以难于抗拒,就是前生的缘故。他说:

"所以就拿你我来说,我们为什么相识？出于什么机缘？我们各自的天性,你朝我推,我朝你推,毫无疑问,像两条河一样,经过千山万水,合流为一。"

他握住她的手;她没有抽回手去。

主席喊道:"一般种植奖！"

"譬方说,方才我在府上……"

"甘冈普瓦的毕日先生。"

"我怎么晓得我会陪你?"

"七十法郎!"

"有许多回,我想走开,可是我跟着你,待了下来。"

"肥料奖。"

"既然今天黄昏会待了下来,明天、别的日子、我一辈子,也会待了下来!"

"阿尔格意的卡隆先生,金质奖章一枚!"

"因为我和别人在一道,从来没有感到这样大的魅力。"

"伊如里·圣·马尔旦的班先生!"

"所以我呐,我要永远想念你的。"

"一只'麦里漏斯'种公牛……"

"不过你要忘记我的,我要像一个影子过去的。"

"圣母……的柏劳先生。"

"哎呀!不会的。我会不会成为你的思想、你的生命的一部分?"

"猪种奖两名:勒害里塞先生与居朗布尔先生;平分六十法郎!"

罗道耳弗捏住她的手,觉得又温暖,又颤抖,如同一只斑鸠,虽然被捉住了,还想飞走;但是不知道是她试着抽出手来,还是响应这种压抑,她动了动手指;他喊道:

"谢谢!你不拒绝我!你真好!你明白我是你的!让我看你,让我端详你!"

一阵风飘进窗户,吹皱了桌毯,同时底下广场,乡下女人的大帽子,像白蝴蝶扇动翅膀一样,个个翘了起来。

主席继读道:"豆饼的使用。"

他加快道:"养粪池,——种麻,——排水,长期租赁,——家庭服务。"

罗道耳弗不再说话。两个人你望我,我望你,欲火如焚,干嘴唇直打哆嗦,于是心旌摇摇,手指不用力,就揉在一道。

"萨司陶·拉·该里耶尔的卡特琳·妮开丝·艾莉萨白·勒鲁,在一家田庄连续服务五十四年,银质奖章一枚——值二十五法郎!"

州行政委员重复道:"卡特琳·勒鲁,在什么地方?"

不见她的踪影。只听见好些声音窃窃私语道:

"去呀!"

"不。"

"左边走!"

"别害怕!"

"啊!看她多蠢!"

杜法赦喊道:"她到底在不在?"

"在!……那不是!"

"那么,到前面来呀!"

于是就见一个矮老妇人,走上司令台,神色畏缩,好像和身上的破烂衣服皱成了一团一样。脚上蹬一双大木头套鞋;腰里系一条大蓝围裙;一顶没有镶边的小风帽兜住她的瘦脸;一脸老皱纹,干了的坏苹果也没有她多。红上衣的袖筒出来两只长手,关节疙里疙瘩;谷仓的灰尘、洗衣服的碱水、羊毛的油脂在手上留下一层厚皮,全是裂缝,指节发僵;清水再洗,也显着肮脏;苦干多年,闭也闭不拢来;好像明摆着这一双手,就是千辛万苦的卑微的凭证一样,脸上的表情,如同一个修行的道姑那样呆滞。任何哀、乐事件也软化不了她那黯淡的视线。她和牲畜待在一起,也像它们一样喑哑、安详。她还是第一次看见自己在这样大的一群人当中,眼前又是旗,又是鼓,又是青燕尾服的先生们,又是州行政委员的十字勋章,心中惶惧,一步不敢移动,不知道该往前去,还是该向后逃,也不知道群众为什么推她,审查员为什么朝她微笑。这干了半世纪劳役的苦婆子,就这样站在这些喜笑颜开的资产者之前。

州行政委员从主席手上接过得奖人员的名单,然后道:

"过来,可敬的卡特琳·妮开丝·艾莉萨白·勒鲁!"

他看一遍名单,看一遍老妇人,用慈父的声音,重复道:

"过来,过来!"

杜法赦在扶手椅上跳道:

"你聋了吗?"

他朝她的耳朵喊道:

"五十四年服务!银质奖章一枚!二十五法郎!是给你的。"

她接过奖章,仔细打量,随即一脸幸福的微笑,径自走开,大家听见她咕哝道:

"我拿这送给我们的教堂堂长,给我做弥撒。"

药剂师朝公证人俯过身子,喊道:

"信教信到这步田地!"

大会开完，群众散去；现在，演说词读过了，人人回到原来地位，一切照旧：主子谩骂下人，下人鞭打牲畜；得奖的牲畜，犄角挂着一顶绿冠，漠不关心，又回槽头去了。

国民军这期间上到公所二楼，刺刀扎了一串点心，大队鼓手提着一篮酒瓶。包法利夫人挎着罗道耳弗的胳膊；他送她回家；他们在她的门前分手；然后他一个人在田野散步，等待时间到了入席。

宴会又长又闹，而且侍奉不周；根本就人山人海，移动不得，窄木板变成临时条凳，人坐多了，险些压断。菜肴丰盛，人人狠命吃喝自己名下的一份，个个额头冒汗。桌面上挂着甘该灯，中间浮起白蒙蒙一片热气，好像秋天早晨河水的雾气一样。罗道耳弗一心在想爱玛，背靠布棚，什么也没有听见。背后好些听差，在草地上摞脏盘子；邻座同他讲话，他不回答；有人给他斟酒；嘈杂的声音越来越响，可是他心里静悄悄的，追想她说过的话和她的嘴唇的形态；军帽的徽章仿佛一面照妖镜，照出她的脸来；她的打褶的袍子恍惚沿墙而下；遥望未来，恩爱的日月悠悠展开，好像没有尽期一样。

夜晚放烟火，他又见到她；但是她和丈夫，还有郝麦夫妇在一起。火花四射，药剂师十分担心会出危险，他时刻走开，过去关照毕耐几句。

爆竹送到杜法赦先生那边，他过分小心，放在他的地窖里，所以火药受潮，根本点不着，而主要节目应当表现一条龙咬自己的尾巴，又完全失败。天空偶尔出现一串不值一看的罗马蜡烛，群众张口凝望，喊成一片，里面还搀杂着在黑地里腰龙肢了的妇女的叫唤。爱玛悄不作声，缩成一团，轻轻靠住查理的肩膀，然后仰起下巴，望着射出来的火花在黑黝黝的天空掠过。罗道耳弗借着花灯亮光张望她。

花灯渐渐熄灭。天上出来星星。飘下一丝半点细雨。她拿肩布挽在头上。

就在这时，州行政委员的马车走出客店。车夫喝醉了酒，立刻昏昏沉沉，打起盹来了。大家远远望见他，坐在两盏车灯中间，大半个身子耸出车篷，车厢前后一动，也就左右摇晃起来。药剂师道：

"真的，应当严厉反对酗酒！我希望公所门口，每星期专挂一块牌子，写出这一星期喝酒喝醉了的人的名姓。再说，有统计报告，好比年鉴一类东西，遇到必要，不妨拿来参考参考……对不住。"

他又朝队长跑过去了。

队长惦记他的旋床，正要回家看看。郝麦向他道：

"也许碍不了你什么事，打发你的部下，要不你就亲自去……"

税务员回答道：

"什么事也没有，你就别跟我捣乱了吧！"

药剂师回到他的朋友旁边，道：

"你们放心好啦。毕耐先生告诉我，已经有了防备。火花不会落下来的。水龙装得满满的。我们睡觉去吧。"

郝麦夫人大打呵欠，道：

"说得是呀！我尽想睡；不过没有关系，我们这一天过得好极啦。"

罗道耳弗放低声音，眼睛充满感情，道：

"是啊，好极啦！"

大家道过晚安，各走各的。

两天以后，《卢昂烽火》登出一篇报道展览会的大文章。郝麦兴之所至，第二天就把它写出来了：

> 为什么张灯？为什么悬花？为什么结彩？一种热带的太阳，直射我们的阡陌。这群人仿佛怒海巨涛，冒着头上的热流，朝什么地方跑？

接着他就谈起农民的情况。政府的确尽了大力，但是不够！他向政府呼喊道："勇敢！千千万万的改革需要着手，我们就来完成这些改革吧。"随后他写到州行政委员驾到，没有忘记"我们的军队的武士气概"，也没有忘记"我们的最活泼的乡村妇女"，也没有忘记秃了头的老年人，"仿佛古代族长，岸然而立，其中有几位，曾经置身于我们的不朽的行伍，听见雄壮的鼓声，觉得心还在跳"。他列举重要的评判委员，还说到自己；甚至于他在一个小注里，也提醒读者：药剂师郝麦先生，曾经给农学会送去一篇关于苹果酒的论文。他写到赠奖，形容得奖者的喜悦，出之以抒情笔调："父亲吻抱儿子，哥哥吻抱兄弟，丈夫吻抱妻子。许多人傲形于色，指着他们的小小奖章，不用说，回到家下，在贤内助身旁，边哭，边拿它挂到茅庐的缄默的墙头。"

"六点钟左右，酒席摆在索艾加先生的牧场，参加大会的主要人物聚在一道，自始至终，充满着发自衷心的最大热忱。宴会中间，不时举杯致敬：廖万先生提议，为国君的健康干杯！杜法赦先生提议，为州长的健康干杯！德洛日赖先生提议，为农业干杯！郝麦先生提议，为工业和艺术这一对姊妹干杯！勒普里谢先生提议，为改善干杯！到了夜晚，明光四射，烟火忽然照亮天空。这简直可以说成真正的万花筒、真实的歌剧布景。当时我们这小地方，还以为是处在

《天方夜谭》的梦境。

"这次家庭集合,我们可以说,没有任何憾事扰乱。"

他还讲:"教士不露面,特别惹人注意。不用说,教会对进步别有一种看法。罗耀拉的信徒们,请便!"

(选自《包法利夫人》,李健吾译,

人民文学出版社 1979 年版)

《包法利夫人》导读

居斯塔夫·福楼拜(1821—1880)是 19 世纪中叶的法国小说巨匠和语言大师。

他生于鲁昂一个世代为医的家庭,在巴黎攻读法律,因病辍学。早年写过一些带浪漫主义色彩的作品。1846 年定居于鲁昂近郊的克鲁瓦塞别墅,潜心写作。福楼拜目睹 1848 年革命,他虽然远离闹市,却密切注视着第二帝国的现实,他的创作贯穿了强烈的批判精神。

1851 年 9 月,福楼拜从埃及旅行归来后,开始写作《包法利夫人》。他花了 53 个月才写成这部小说。小说出版后,受到当局"有伤风化"的控告。这种莫须有的罪名反而使小说声名大振,两万册一售而空。

不过,这一事件给福楼拜造成了精神压力,他转向了古代生活,写出了《萨朗波》(1862),这部小说以公元前在迦太基发生的雇佣兵起义为背景。为了写好这部小说,福楼拜于 1858 年到突尼斯做过实地考察。他革新了历史小说的写法,将《萨朗波》写成一部史诗小说,从新的角度展现了古代生活和战争的场面。

福楼拜的第三部小说《情感教育》(1869)又回到当代生活中,

他通过1848年革命前后的政治事件，刻画了形形色色的人物，从他们的表现写出这场革命的曲折发展，堪称1848年的形象编年史。

福楼拜的第四部小说发表于普法战争和巴黎公社之后，《圣安东尼的诱惑》(1874)是根据他青年时代的旧稿修改而成的，描写中世纪埃及的一个圣者如何克服魔鬼诱惑的宗教传说。他曾试图写作剧本《候选人》，未获成功。为了挽救他的侄女免于破产，他献出了自己的全部财产，自此以后，生活不再宽裕。

1875至1876年，他同乔治·桑发生文学论争，乔治·桑责备他过于客观，缺乏感情。这次论争使福楼拜写出《三故事》(1877)，其中的《一颗纯朴的心》塑造了一个勤劳朴实的女佣形象，是法国短篇小说中的一篇力作。

遗作《布瓦尔和佩居谢》(1881)描写1848年革命前后农村的面貌，辛辣地嘲讽了资产阶级的文明，可惜没有写完。

福楼拜是个承上启下的作家。他坚持现实主义的传统，特别憎恶"资产阶级的愚蠢"，对丑恶的社会现实作了无情的揭露，批判的力度紧跟巴尔扎克和司汤达的后尘，不愧为现实主义的杰出代表。然而，他的小说带上明显的悲观色彩，这是前期现实主义作家所没有的。更重要的是，福楼拜对待艺术创作的态度以及他对艺术形式的探索，为后代作家开辟了一条新路。

首先，他追求高度的真实性。他像医生对待病人那样，对社会现象进行严密的观察。为此，他注重材料的搜集和实地调查，视之为一种科学的方法。他认为材料是作家写作时压倒一切的条件。他每写一部小说，必定进行广泛的调查，或者出国旅行，实地考察，或者翻阅数以千计的书籍，或者征询有关人士和专家。他使小说创作向极端准确的方向发展，可以说是材料派的第一位大师。

其次，福楼拜追求客观的艺术。他认为伟大的艺术必须是客观的，"一个小说家没有权力对任何事物发表自己的见解"，"精神科学必须……像物理学一样,从客观开始进行"。因此,他竭力不在作品中露面。这并不是说,作者的态度不能融化到人物身上,福楼拜经常通过想像,设身处地去构思人物的行动、感受和心理活动,"包法利夫人就是我",这句话应从这个意义上来理解。

第三,福楼拜是艺术美的孜孜不倦的追求者。他认识到内容和形式是不可分割的整体:"没有美好的形式就没有美好的思想,反之亦然。"因此,他在句子结构、词汇节奏、音响效果、准确表达上苦心经营。他自比为珍珠采集者,艺术美有种不可抗拒的吸引力把他拖向思想的海底,他像忍受酷刑一样锤炼字句,采集语言的珍珠。他不厌其烦地修改自己的小说,每部小说都要花费他四五年时间。他的语言美同时代人已经感觉到了,但是他的语言的种种奥妙直到 20 世纪才被人们认识到。

《包法利夫人》描写了法国内地一个富裕农民的女儿爱玛悲剧的一生。

福楼拜通过女主人公爱作浪漫幻想的个性,与卑鄙龌龊的现实产生尖锐的矛盾,来展开整个故事。爱玛这种个性同她所受的教育和社会经历紧密相关。在修道院里,宗教布道和宗教音乐刺激了她想入非非的心灵,夏多布里昂和拉马丁的作品,使她沉湎于虚无缥缈的爱情遐想。这种教育促使爱玛向往上流社会的糜烂生活。她从侯爵的舞会中看到了巴黎社会生活的缩影:寻欢作乐的上流人士,荒淫无度的老贵族,传情递信的贵妇,都令她嫉羡不已。不幸的是,爱玛在生活中并没有找到美满的婚姻,她的丈夫是一个庸碌无能的村镇医生。加之爱玛周围的人物和现实是平庸、卑劣和污浊的,与她的浪漫幻想大相径庭。于是爱玛落入了风月老手罗道耳弗的摆布之中,随后又同书记生赖昂鬼混一气。爱玛在堕落的过程中,对爱情充满了不切实际的幻想,以致发展到对通奸也感到腻味。她终于债台高筑,走投无路,最后服毒自尽。在福楼拜笔下,爱玛是个受侮辱受损害的女子,她是被罪恶的社会毁灭的。但她死后反被世人指责,她周围的卑鄙无耻之徒个个左右逢源,步步高升,位高誉满。这个结局饱含了作者对现存社会愤怒的斥责。

这部小说充分反映了福楼拜对资产阶级人物和资产阶级社会的憎恶。在这幅资产阶级"精华人物"的画卷中,刻画得最出色的是郝麦。他是一个没有开业执照的药剂师,他对包法利拍马奉承,免得对自己不利。他经常卖弄学到的一点知识。他想医好瞎子,扬名天下;但医不好瞎子时,瞎子就成了他不共戴天的仇敌。他向报纸投稿,献媚于当局和权贵,最后获得十字勋章,这是自由资产阶级的代表。包法利思想平庸,浑浑噩噩,爱慕虚荣,居然想给跛脚伙计开刀。爱玛死后,他发现了妻子和罗道耳弗的奸情,不仅不想报复,反而把过错归于命运。他是福楼拜创造的一系列平庸人物之一。商人勒乐精明狡猾,把销售商品和放高利贷结合起来,不仅使爱玛破产,还吞并了永镇的小店小商,终于主宰了永镇的经济命脉。此外,情场老手、地主罗道耳弗,由畏缩而发展到大胆无耻的赖昂,思想迟钝的教士布尔尼贤,生活空虚、整天摆弄车床的国民自卫军队长毕耐,都是外省闭塞的环境产生的人物。所谓精华人物,实是群丑图。

第二帝国是法国资本主义获得较快发展的时期,拿破仑第三一向以富有统治才干相标榜,直到1870年色当战役法军全军覆没,皇帝本人被俘,才暴露出他的腐败无能。小说中,福楼拜通过农业展览会的一章,无情地讽刺了这种金玉其外、败絮其中的社会现实。农业展览会的热热闹闹,炫耀经济繁荣的标语,州行政委员滔滔不绝的演讲,是用讽刺的口吻描写出来的。就在这幅升平景象的图画中,存在着许多触目惊心的现象。老农妇勒鲁形容枯槁,她被榨取了54年,精力已经衰竭。她的辛劳只换得值25法郎的银质奖章,这真是莫大的讽刺。她最后把这枚奖章交给本堂神甫去做弥撒。她精神的麻木、愚昧,正是这个社会造成的。这里有弱肉强食的吞并现象:法兰西咖啡馆的倒闭,金狮饭店不妙的前景,都透露出残酷的竞争现实。此外,爱玛受到罗道耳弗的勾引,与州行政委员的讲演是同时进行的,这种安排同样是对现实的辛辣讽刺。农业展览会是全书的重要章节,女主人公的堕落由此开始,小说 已发展到关键时刻;从结构上来说也正好进行到一半左右,从中可以看到福楼拜的匠心所在,福楼拜也认为这是全书写得最完美的章节:"我在这一章里放进了书中的所有人物……如果一部交响乐的效果能搬到一部小说中,这就是一部。"农业展览会确实是一篇文字的交响乐。

《包法利夫人》在艺术上取得很高的成就。左拉认为这是一部"新的艺术法典"。它"具有一种明晰和完美,这种完美使这部小说成为典范小说和小说的最终典范"。作为语言大师,福楼拜驾驭语言的能力达到令人惊叹的地步。试看下面这两段叙述和描写:

爱玛一进门道,就觉得冰冷的石灰,好像湿布一样,落在她的肩头。墙是新刷的,木头梯子嘎吱直响。窗户没有挂窗帘,一道淡淡的白光射进二楼房间。她影影绰绰望见树梢,再往远去,还望见有一半没在雾里的草原,月光皎洁,雾顺着河道冒气。房间里面,横七竖八,随地放着五斗柜的抽屉、瓶子、帐杆、镀金小棒,椅子上搁着褥垫,花地板上搁着脸盆——搬家具的两个男人,漫不经心,信手扔了一地。

这是第四次,她睡在一个陌生地方。第一次是她进修道院的那一天;第二次是她到道特的那一天;第三次是她去渥毕萨尔的那一天;如今是第四次。每次都像在她生命中间开始一个新局面。她不相信事物在同一个地方,老是一个面目;活过的一部分既然坏,没有活过的一部分,当然好多了。

这是描写爱玛迁到永镇的新居,进门时的感受。一进前厅,她便有冷的感觉,这种感觉是刚刷石灰的新墙给她的,湿布这个比喻简洁准确,给人以真实的印象。木板楼梯点出了乡居的典型细节。在法文中,还有时态的讲究:未完成过去时指示墙的状态,而简单过去时表达短暂的感觉。进入二楼房间后,她看到的是窗户没有窗帘,因为还没有布置家具;白蒙蒙的光表示黄昏。随后是看景,由近及远,先是普通的景致:树顶、草原,然后,薄雾和月光令人迷忽沉思,为下文铺好伏笔。爱玛回过头来细察房间,诗意的描绘同物体的罗列恰成对照:这是一个还没有人住的房间。这幅新景使爱玛勾起回忆,几个短句概括了爱玛生活的三个阶段。她但愿这次是个新阶段,希望事物不会重复出现,未来的生活会更好一些。从这两段描写中,可以看到福楼拜用词极其讲究,段落之间衔接得紧丝密缝,前后连贯,彼此呼应,层次分明。虽是散文,却具有诗歌一字千金的分量,而这样的段落在《包法利夫人》中比比皆是。

(郑克鲁)

莫泊桑短篇小说

西蒙的爸爸

12点的钟声刚刚敲过,学校的大门就开了,孩子们争先恐后,你推我挤地涌出来。可是,他们不像平日那样很快散开,回家去吃中饭,却在离校门几步远的地方站住,三五成群地低声谈论。

原来是这天早上,布朗肖大姐的儿子西蒙第一次到学校里来上课了。

他们在家里都听人谈论过布朗肖大姐。虽然在公开的场合大家表示很欢迎她,可是那些做母亲的在私下里却对她抱着一种同情里带点轻蔑的态度;这种态度也影响了孩子,不过他们并不明白究竟为的什么。

西蒙呢,他们不认识他,因为他从来不出来,没有跟他们在村里的街道上或者河边上玩过。因此,他们谈不上喜欢他;他们怀着愉快里掺杂着相当惊奇的心情,听完了又互相转告一个十四五岁的大孩子说的这句话:

"你们知道吧⋯⋯西蒙⋯⋯嘿嘿,他没有爸爸。"

瞧他眨着眼睛的那副狡猾神气,仿佛他知道的事情还不止这一点呢。

布朗肖大姐的儿子也在校门口出现了。

他七八岁,面色有点苍白,身上挺干净,态度羞怯得几乎显得不自然。

他正准备回家去。这当儿,一群群还在交头接耳的同学,用孩子们想干坏事时才有的那种狡猾残忍的眼光望着他,慢慢地跟上来,把他围住。他惊奇而又不安地站在他们中间,不明白他们要干什么。那个报告消息的大孩子一看自己的话已经发生作用,就神气十足地问他:

"你叫什么?"

他回答:"西蒙。"

"西蒙什么呀?"对方又问。

这孩子慌慌张张地又说了一遍:"西蒙。"

大孩子冲着他嚷嚷起来:"西蒙后面还得有点什么……西蒙……这不是一个姓。"

他差点哭出来,第三次回答:

"我就叫西蒙。"

淘气的孩子们都笑了。那个大孩子越发得意,提高了嗓门说:"你们都看见了吧,他没有爸爸。"

一阵寂静。一个小孩居然没有爸爸,这真是一件稀奇古怪、不可能有的事,孩子们听得一个个都呆住了。他们把他看成一个怪物,一个违反自然的人;他们感到,他们母亲对布朗肖大姐那种一直无法解释的轻蔑,在他们心里增加了。

西蒙呢,他赶紧靠在一棵树上,才算没有跌倒;仿佛有一桩无法弥补的灾难一下子落在他的头上。他想替自己辩解,可是他想不出话来回答,来驳倒他没有爸爸这个可怕的事实。他脸色惨白,最后不顾一切地朝他们嚷道:"我有,我也有一个爸爸。"

"他在哪儿?"大孩子问。

西蒙答不上来,因为他不知道。孩子们很兴奋,嘻嘻哈哈笑着。这伙跟禽兽差不了多少的乡下孩子,突然间有了一种残忍的欲望;也就是在这种欲望的驱使下,同一个鸡窝里的母鸡,发现他们中间有一只受了伤的时候,就立刻扑过去结果它的性命。西蒙忽然发现一个守寡的邻居的孩子。西蒙一直看见他像自己一样,孤零零跟着母亲过日子。

"你也没有爸爸,"西蒙说。

"你胡说,"对方回答,"我有。"

"他在哪儿?"西蒙追问了一句。

"他死了,"那个孩子骄傲万分地说,"我爸爸,他躺在坟地里。"

在这伙小淘气鬼中间升起一片嗡嗡的赞赏声,倒好像爸爸躺在坟地里的这个事实抬高了他们的一个同学,贬低了那没有爸爸的另一个似的。这些小家伙的父亲大多数是坏蛋、酒徒、小偷,并且是虐待妻子的人。他们你推我搡,越挤越紧,仿佛他们这些合法的儿子想把这个不合法的儿子一下子挤死。

有一个站在西蒙对面的孩子,突然嘲弄地朝他伸了伸舌头,大声说:

"没有爸爸,没有爸爸。"

西蒙双手揪住他的头发,狠狠地咬他的脸,还不停地踢他的腿。一场恶斗开始了。等到两个打架的被拉开,西蒙已经挨了打,衣服撕破,身上一块青一块紫,倒在地上,那些小无赖围着他拍手喝彩。他站起来,随手掸了掸罩衫上的尘土,这当儿有人向他喊道:

"去告诉你爸爸好了。"

这一下他觉得什么都完了。他们比他强大,他们把他打了,而且他没法回答他们,因为他知道自己真的没有爸爸。他自尊心很强,想忍住往上涌的眼泪,可是才忍了几秒钟,就憋得透不过气来,不由得悄悄地抽噎,浑身抖个不停。

敌人中间爆发出一片残忍的笑声。像在狂欢中的野人一样,他们很自然地牵起手来,围着他一边跳,一边像唱叠句似的一遍又一遍地叫:"没有爸爸,没有爸爸!"

可是西蒙忽然不哭了。他气得发了狂,正好脚底下有几块石头,他拾起来,使劲朝折磨他的那些人扔过去。有两三个挨到了石头,哇哇叫着逃去。他那副神情非常怕人,其余的孩子也慌了。像人群在情急拼命的人面前,总要变成胆小鬼一样,他们吓得四散奔逃。

现在只剩下这个没有爸爸的小家伙一个了,他撒开腿朝田野里奔去,因为他回想起一件事,于是下了一个很大的决心。他想投河自杀。

他想起的是一个星期以前,有一个靠讨饭过日子的穷鬼,因为没有钱,投了河。捞起来的时候,西蒙在旁边;这个不幸的人,西蒙平时总觉得他怪可怜的,又脏又丑,可是当时脸色苍白,长胡子湿淋淋的,眼睛安详地睁着,那副宁静的神情却给他留下深刻的印象。周围有人说:"他死了。"又有人补了一句:"现在他可幸福啦。"西蒙也想投河,因为正像那个可怜虫没有钱一样,他没有爸爸。

他来到河边,望着流水。几条鱼儿在清澈的河水里追逐嬉戏,偶尔轻轻地一跃,叼住从水面上飞过的小虫。他看着看着,连哭也忘了,因为鱼儿捕食的手段引起他很大的兴趣。然而,正如风暴暂时平静了,还会突然有阵阵的狂风把树木刮得哗哗乱响,然后又消失在天边一样。"我要投河,因为我没有爸爸,"这个念头还不时地挟着强烈的痛苦涌回他的心头。

天气很热,也很舒适。和煦的阳光晒着青草。河水像镜子似的发亮。西蒙感到几分钟的幸福和淌过眼泪以后的那种困倦,恨不得躺在暖烘烘的草地上睡一会儿。

一只绿色的小青蛙从他脚底下跳出来。他想捉住它，可是它逃走了。他追它，一连捉了三次都没有捉到。最后他总算抓住了它的两条后腿；看见这个小动物挣扎着想逃走的神气，他笑了出来。它缩拢大腿，使劲一蹬，两腿猛地挺直，硬得像两根棍子；围着一圈金线的眼睛瞪得滚圆；前腿像两只手一样地舞动。这叫他想起了一种用狭长的小木片交叉钉成的玩具，就是用相同的动作来操纵钉在上面的小兵的操练。随后，他想到了家，想到了母亲，非常难过，不由得又哭起来。他浑身打颤，跪下来，像临睡前那样做祷告。但是他没法做完，因为他抽抽搭搭哭得那么急，那么厉害，完全不能左右自己了。他什么也不想，什么也不看，只是一个劲儿地哭。

突然一只沉重的手按在他肩上，一个粗壮的声音问他："什么事叫你这么伤心呀，小家伙？"

西蒙回过头去。一个长着鬈曲的黑胡子和黑头发的高个儿工人和蔼地看着他。他眼睛里、嗓子里满是泪水，回答：

"他们打我……因为……我……我……没有爸爸……没有爸爸。"

"怎么，"那个微笑着说，"可是人人都有爸爸呀。"

孩子在一阵阵的悲伤中，困难地回答："我……我……我没有。"

工人的脸色变得严肃起来；他认出了这是布朗肖大姐的孩子；虽然他到当地不久，可是他已经隐隐约约地知道一些她过去的情况。

"好啦，"他说，"别难过了，我的孩子，跟我一块去找妈妈吧。你会有……会有一个爸爸的。"

他们走了，大人搀着小孩的手。那人的脸上又露出了笑容，因为去见见这个布朗肖大姐，他是不会感到不高兴的，据说，她是当地最美丽的姑娘中间的一个，也许他心里还在这么想：一个失足过的姑娘很可能再一次失足。

他们来到一所挺干净的白色小房子前面。

"到啦，"孩子说完，又叫了一声，"妈妈！"

一个女人走了出来。工人立刻收住笑容，因为他一看就明白，跟这个脸色苍白的高个儿姑娘，是再也不可以开玩笑的了。她严肃地立在门口，仿佛不准男人再跨过门槛，走进这所她已经在里面上过一个男人当的房子。他神色慌张，捏着鸭舌帽，结结巴巴地说：

"瞧，太太，我给您把孩子送来了，他在河边上迷了路。"

可是西蒙搂住母亲的脖子，说着说着又哭起来了：

"不，妈妈，我想投河，因为别人打我……打我……因为我没有爸爸。"

年轻女人双颊烧得通红，心里好像刀绞；她紧紧抱住孩子，眼泪扑簌簌往下淌。工人站在那儿，很感动，不知道应该怎样走开。可是，西蒙突然跑过来，对他说：

"您愿意做我的爸爸吗？"

一阵寂静。布朗肖大姐倚着墙，双手按住胸口，默默地忍受着羞耻的折磨。孩子看见那人不回答，又说：

"您要是不愿意，我就再去投河。"

那工人把这件事当做玩笑，微笑着回答：

"当然喽，我很愿意。"

"您叫什么？"孩子接着问，"别人再问起您的名字，我就可以告诉他们了。"

"菲列普。"那人回答。

西蒙沉默了一会儿，把这个名字牢牢记在心里，然后伸出双臂，无限快慰地说：

"好！菲列普，您是我的爸爸啦。"

工人把他抱起来，突然在他双颊上吻了两下，很快地跨着大步溜走了。

第二天，这孩子到了学校，迎接他的是一片恶毒的笑声；放学以后，那个大孩子又想重新开始，可是他像扔石子似的，冲着他的脸把话扔了过去："我爸爸叫菲列普。"

周围响起了一片高兴的喊叫声：

"菲列普谁？……菲列普什么？……菲列普是个啥？……你这个菲列普是打哪儿弄来的？"

西蒙没有回答；他怀着不可动摇的信心，用挑衅的眼光望着他们，宁愿被折磨死，也不愿在他们面前逃走。校长出来替他解了围，他才回到母亲那儿去。

一连三个月，高个儿工人菲列普常常在布朗肖大姐家附近走过，有几次看见她在窗口缝衣裳，他鼓足勇气走过去找她谈话。她客客气气回答，不过始终很严肃，从来没对他笑过，也不让他跨进她的家门口。然而，男人都有点自命不凡，他总觉得她在跟他谈话的时候，常常脸比平时红。

可是,名誉一旦败坏了,往往很难恢复,即使恢复了也是那么脆弱,所以布朗肖大姐虽然处处小心谨慎,然而当地已经有人在说闲话了。

西蒙呢,非常爱他的新爸爸,几乎每天晚上都要在他一天工作结束以后,和他一同散步。他天天按时到学校去,态度庄严地在同学中间走过,始终不去理睬他们。

谁知有一天,带头攻击他的那个大孩子对他说:

"你撒谎,你没有一个叫菲列普的爸爸。"

"为什么没有?"西蒙激动地问。

大孩子得意地搓着手,说:

"因为你要是有的话,他就应该是你妈的丈夫。"

在这个正当的理由面前,西蒙窘住了,不过他还是回答:"他反正是我的爸爸。"

"这也可能,"大孩子冷笑着说,"不过,他不完全是你的爸爸。"

布朗肖大姐的儿子垂下头,心事重重地朝卢瓦宗老大爷开的铁匠铺走去。菲列普就在那里干活儿。

铁匠铺隐没在树丛里。铺子里很暗,只有一只大炉子的红火,一闪一闪,照着五个赤着胳膊的铁匠,叮当叮当地在铁砧上打铁。他们好像站在火里的魔鬼似的,两只眼睛紧盯着捶打的红铁块。他们的迟钝的思想也在随着铁锤一起一落。

西蒙走进去的时候,谁也没有注意;他悄悄走过去拉了拉他的朋友的袖子。他的朋友回过头来。活儿顿时停下来,所有的人都很注意地瞧着。接着,在这一阵不常有的静寂中,响起了西蒙尖细的嗓音:

"喂,菲列普,刚才米肖大婶的儿子对我说,您不完全是我的爸爸。"

"为什么?"工人问。

孩子天真地回答:

"因为您不是我妈的丈夫。"

谁也没有笑。菲列普一动不动地站着,两只大手扶着直立在铁砧上的锤柄,额头靠在手背上。他在沉思。他的四个伙伴望着他。西蒙在这些巨人中间,显得非常小;他心焦地等着。突然有一个铁匠对菲列普说出了大家的心意:

"不管怎么说,布朗肖大姐是个善良规矩的好姑娘,虽然遭到过不幸,可是她勤劳、稳重。一个正直人娶了她,准是个挺不错的媳妇。"

"这倒是实在话。"另外三个人说。

那个工人继续说：

"如果说这位姑娘失足过,难道这是她的过错吗？别人原答应娶她的;我就知道有好些如今非常受人敬重的女人,从前也有过跟她一样的遭遇。"

"这倒是实在话。"三个人齐声回答。

他又接着说下去:"这个可怜的女人一个人把孩子拉扯大,吃了多少苦,她自从除了上教堂,再也不出大门以后,又流了多少眼泪,那只有天主知道了。"

"这也是实在话。"其余的人说。

接下来,除了风箱呼哧呼哧扇动炉火的声音以外,什么也听不到了。菲列普突然弯下腰,对西蒙说:

"去跟你妈说,今儿晚上我要去找她谈谈。"

他推着孩子肩膀把他送出去。

接着他又回来干活儿;猛然间,五把铁锤同时落在铁砧上。他们就这样打铁一直到天黑,一个个都像劲头十足的铁锤一样结实、有力、欢畅。但是,正如主教大堂的巨钟在节日里敲得比别的教堂的钟更响一样,菲列普的铁锤声也盖住了其余人的锤声,他一秒钟也不停地锤下去,把人的耳朵都给震聋了。他站在四溅的火星中,眼睛里闪着光芒,热情地打着铁。

他来到布朗肖大姐家敲门的时候,已经是满天星斗了。他穿着节日穿的罩衫和干净的衫衣,胡子修剪得很整齐。年轻女人来到门口,很为难地说:"菲列普先生,像这样天黑以后到这儿来,不大合适。"

他想回答,可是他望着她,结结巴巴地不知说什么好了。

她又说:"不过,您一定了解,不应该让人家再谈论我了。"

这时,他突然说:

"只要您愿意做我的妻子,那又有什么关系呢！"

没有回答,不过他相信他听到阴暗的房间里有人倒下去。他连忙走进去;已经睡在床上的西蒙听到了接吻声和他母亲低声说出来的几句话。接着,他突然被他的朋友抱起来。他的朋友用一双巨人般的胳膊举着他,大声对他说:

"你可以告诉你的同学们,你的爸爸是铁匠菲列普·雷米,谁要是再欺侮你,他就要拧谁的耳朵。"

第二天,学生们都来到了学校,快要上课的时候,小西蒙站起来,脸色苍白,嘴皮打着颤,用响亮的声音说:"我的爸爸是铁匠菲列普·雷米,他说谁要是再欺侮我,他就要拧谁的耳朵。"

这一次再没有人笑了,因为大家都认识这个铁匠菲列普·雷米,有他这样的一个人做爸爸,不管是谁都会感到骄傲的。

（选自《莫泊桑短篇小说选》(上)，郝运译，
人民文学出版社 1981 年版）

项　　链

世上有一些漂亮迷人的女子,仿佛是命运安排错了,生长在职员的家庭里;她便是其中的一个。她没有陪嫁费,希望渺茫,压根儿没法让一个既有钱又有地位的男子认识她,了解她,爱上她和娶了她;她只好听之任之,嫁给了教育部的一个小科员。

她打扮不起,只得穿着从简,但感到非常不幸,就像抱怨自己阶级地位下降的女子那样;因为女子原没有一定的阶层和种族,她们的美貌、娇艳和丰韵就作为她们的出身门第。天生的敏锐,高雅的本能,脑筋的灵活,只有这些才分出她们的等级,使平民的姑娘和最烜赫的命妇并驾齐驱。

她总觉得自己生来就配享受各种精美豪华的生活,因而感到连绵不绝的痛苦。住房寒伧,四壁空空,凳椅破旧,衣衫丑陋,都叫她苦不堪言。所有这些都折磨着她,使她气愤难平,而换了她那个阶层的另一个妇人的话,甚至会一无所感。看着那个替她料理家务的小个儿布列塔尼女人,她心中便抑郁不乐,想入非非。她幻想挂着东方料子的壁衣①,被青铜高脚灯照亮了的寂静的前厅;幻想那两个穿着短裤的高大男仆,被暖气管发出的闷热催起睡意,在宽大的靠背椅里酣睡着。她幻想墙上罩着古老丝绸的大客厅,里面有陈设着奇珍古玩的精致家具;幻想香气扑鼻的、风雅的内客厅,那是专为下午五点娓娓清谈的地方,来客有最亲密的男友,还有知名之士,难得的稀客,那是所有妇女都欣羡不已,渴望得到他们青睐的。

---

①　有钱人家往往在墙上蒙上一层布或壁毯,是一种豪华的装饰。

每当她坐到那张铺着三天未洗的桌布的圆桌前去吃饭,坐在对面的丈夫揭开盆盖,欣喜地说:"啊!多好的炖肉!世上哪有比这更好的东西……"那时候她便幻想那些精美的筵席,亮闪闪的银餐具,挂满四壁的壁毯,上面织着古代人物和仙境森林中的异鸟珍禽;她幻想盛在华美的盘碟里的美馔佳肴,幻想一边嚼着粉红的鲈鱼肉或者松鸡翅,一边带着深不可测的微笑倾听窃窃情话的景象。

她没有华丽衣装,没有珠宝首饰,统统没有。而她偏偏就爱这些;她觉得自己生来就应该享受这些东西。她多么希望讨人喜欢,惹人嫉羡,风流诱人,被人追求呀。

她有一个有钱的女友,那是教会学校的同学,现在她再也不愿去看她了,因为每次看望回来她总感到非常痛苦。她要伤心、懊悔、绝望、凄苦得哭好儿天。

可是有一天傍晚,她的丈夫回家时满脸得意洋洋,手里拿着一个大信封。

"嗨,"他说,"这玩意儿是给你的。"

她赶快撕开信封,从里面抽出一份请柬,上面印着这几行字:

兹定于1月18日(星期一)在本府举行晚会,敬请罗瓦赛尔夫妇莅临为荷。

教育部长乔治·朗波诺先生暨夫人谨上

她不但没有欢天喜地,像她丈夫所期待的那样,反面怨气冲天地把请柬往桌上一扔,嘟囔着说:

"你不想想,我要这个干吗?"

"可是,我亲爱的,我原以为你会很高兴的。你从来也不出个门儿,这可是一个机会,真是难得的机会!我费了多少周折才弄到这张请柬。人人都想要,很不易到手,给职员的不多。在那儿,大小官员你都可以看到。"

她瞪着他,眼都要冒出火来,按捺不住脱口而出:

"你可叫我穿什么上那儿去呢?"

这个,他却从未想到。他咕哝着说:

"你上剧场穿的那件袍子呢?照我看,那件好像够好的……"

他戛然而止，看见妻子哭起来了，他又是惊讶又是惶乱。两大滴眼泪从他妻子的眼角慢慢顺着嘴角流下来。他结结巴巴地问：

"你怎么啦？你怎么啦？"

她下了个狠劲儿，把难言的苦衷压了下去，一面拭着沾湿的双颊，一面用镇静的嗓门回答：

"没有什么。只是我没有衣服，这次盛会我就去不成了。你有哪位同事，他的太太的衣衫总比我强的，你就把请柬送给他吧。"

他感到不是味儿。他于是又开口说：

"玛蒂尔德，咱们来算一下。一套合适的衣服，你在别的场合还可以穿的，简简单单的，得花多少钱？"

她想了一想，算了一笔账，也考虑了一下数目，她可以提出来，而不会招致节俭的科员立即回绝和吓得叫起来。

末了，她犹犹豫豫地回答：

"我不知道准数，不过有四百法郎，我大概也就可以办妥了。"

他的脸色有点煞白，因为他正好备下这样一笔钱，要买一枝枪，来年夏天好和几个朋友一道打猎作乐，星期日到南代尔平原去打云雀。

可是他还是说：

"好吧。我就给你四百法郎。不过得设法做一件漂亮的袍子。"

晚会那天临近了，而罗瓦赛尔太太却显得抑郁不安，忧虑重重。她的衣服可是已经做好了。她的丈夫有天晚上问她：

"你怎么啦？瞧你这三天，阴阳怪气的。"

她回答：

"我没有首饰，没有宝石，身上什么也戴不出来，真叫我心烦意乱。那样我就会显出一副十足的寒酸气。我简直宁愿不赴会了。"

他接口说：

"你可以戴几朵鲜花呀。眼下这个季节，这是很雅致的。花上十个法郎，你就有两三朵美丽鲜艳的玫瑰花了。"

她一点儿没有被说服。

"不行……在阔太太中显出一副穷酸相，没有什么比这更丢脸的了。"

她的丈夫嚷了起来：

"你真是糊涂！你去找你的朋友福莱斯蒂埃太太,问她借几件首饰嘛。你跟她交情够好的,准行。"

她高兴得叫了出来:

"这倒是真的。我竟一点儿也没想到。"

第二天她就上朋友家,给她诉说自己的苦恼。

福莱斯蒂埃太太起身走到镶镜大柜跟前,取出一个大首饰匣,拿到罗瓦赛尔太太面前打开,对她说:

"挑吧！亲爱的。"

她先看见几只手镯,再便是一串珠子项链,然后是一个威尼斯出品的十字架,镶嵌着黄金宝石,工巧精致。她戴上这些首饰,对着镜子试来试去,游移不决,舍不得摘下来放回去。她一个劲儿地问:

"你再没有别的了?"

"有啊。你自个儿找吧。我不知道你喜欢什么样儿的。"

突然,她在一个黑缎子的盒里发现一长串钻石项链,光彩夺目。一种过于强烈的欲望使她怦然心跳。她的手攥着它的时候直打哆嗦。她戴在脖子上,衬在袍子外面,对着镜子自我欣赏得出了神。

然后她欲言又止地、十分胆怯地问:

"你可以借给我这个吗?就借这一样。"

"当然可以啦。"

她扑过去搂住了朋友的脖子,激动地吻着她,随后带着宝贝一溜烟跑了。

晚会那天到了。罗瓦赛尔太太十分成功。她比所有女人都漂亮,又优雅又妩媚,笑容满面,快活得发狂。所有的男子都尽瞧着她,打听她的名字,设法能被介绍。办公厅的随员全都想跟她跳华尔兹舞。部长也注意到她。

她忘怀地、尽情地跳着,被乐趣陶醉了,什么也不想,沉浸在她的美丽的凯旋中,她的成功的荣光里,一片幸福的彩云中,那是所有这些献媚、赞美、挑起的欲望、妇女心中认为十全十美的胜利所组成的。

她在清晨将近四点时才离开,她的丈夫从半夜起就在一间空空落落的小客厅里睡着了;客厅里还躺着另外三位先生,他们的太太也在尽情欢乐。

他怕她出门受寒,把事先带来的衣服披在她的肩上,那是平日穿的普通便服,那种寒伧和舞装的雅致很不调和。她感觉到了,便想溜走,不让其他裹在锦裘里的太太们注意到。

罗瓦赛尔一把拉住她：

"等一等。到外边你要着凉的。我去叫一辆马车。"

可是她一点儿也不听他的，便迅速下了楼梯。等他们来到街上，却找不到马车。他们东寻西找，远远看见马车走过，就追着向车夫呼喊。

他们走在通向赛纳河的下坡路上，垂头丧气，冻得发抖。临了，他们在岸边找到了一辆逛夜的旧马车，这种马车在巴黎只有夜里才看得见，仿佛白天他们会耻于外表的寒伧。

马车把他们一直送到殉教者街，他们的家门口。他们没精打采地上了楼，回到家里。对她说来，一切已经结束。而他呢，他在想着十点就该到部里去办公。

她脱下裹在肩上的衣服，站在镜前，想再一次看看自己满载光荣的情景。但她突然大叫一声。原来她颈上的项链不见了！

她的丈夫衣服已经脱了一半，他问：

"你怎么啦？"

她转身对着他，吓得发狂了似的：

"我……我……我把福莱斯蒂埃太太的项链丢了。"

他兀地站了起来，惊惶万分：

"什么！……怎么！……这不可能吧！"

于是他们在袍子的皱褶里，大衣的皱褶里，口袋里，到处都搜寻一遍。哪儿也找不到。

他问：

"你拿得稳离开舞会时，项链还戴在身上吗？"

"没错，在部里的衣帽室里，我还摸过它呢。"

"不过，要是丢在街上，我们会听见掉下来的声音的。准是掉在车里了。"

"对，这很可能。你注意过车号吗？"

"没注意。你呢，你也没有留意吧？"

"没有。"

他们相互对视，都变得痴呆了。末了，罗瓦赛尔又把衣服穿上，他说：

"刚才我们步行的那段路，我再去走一遍，看看是否能够找到。"

于是他出去了。她仍旧穿着晚会的服装，连上床去睡的气力都没有了，颓然倒在一张椅子上，既不生火，也毫无主意。

快七点时她丈夫回来了。他什么也没找到。

他又到警察厅和各报馆，请他们悬赏找寻，他还到租小马车的各个车行，总之凡是有一点希望的地方他都去了。

她整天都在等候着，面对这可怕的灾难，一直处在惶然若失的状态中。

罗瓦赛尔傍晚才回来，脸庞陷了进去，颜色苍白；他一无所获。他说："只好给你的朋友写封信，告诉她你把项链的搭扣弄断了，现在正让人修理。这样我们就可以有回旋的时间。"

在他口授下，她写了一封信。

一星期过去了，他们失去了一切希望。

罗瓦赛尔仿佛老了五岁，他最后说：

"该考虑赔偿这件首饰了。"

第二天，他们拿着装项链的那只盒子，按照里面印着的字号，到了那家珠宝店。珠宝商查过账后说：

"太太，这串项链不是本店卖出的；只有盒子是本店给配的。"

于是他们从这家珠宝店跑到那家珠宝店，凭记忆要找一串一模一样的项链，两个人连愁带急眼看就要病倒。

他们在王宫附近一家店里找到一串钻石项链，看来跟他们寻找的完全一样。项链原价四万法郎。店里答应可以三万六千法郎让给他们。

他们请店商三天之内先不要卖出。他们还谈妥了，要是在二月底前找到原件，店里以三万四千法郎折价收回首饰。

罗瓦赛尔存有他父亲留给他的一万八千法郎。其余的便须去借了。

他向这个借一千法郎，向那个借五百，这儿借五个路易①，那儿借三个。他签署借约，同意做足以败家的抵押，和高利贷者以及形形色色放债生利的人打交道。他整个晚年要大受影响，不管能不能偿还，他就冒险签押。对未来的忧患，即将压到身上的赤贫，瞻望到各种物质上的缺乏和种种精神上的折磨，就这样，他怀着惶惶不安，把三万六千法郎放在那个商人的柜台上，取来

―――――――――――――

① 一个路易值二十法郎。

了那串新项链。

等罗瓦赛尔太太把首饰送还福莱斯蒂埃太太时,这位太太满脸不高兴地对她说:

"你本该早点儿还我,因为我说不定要用得着呢。"

福莱斯蒂埃太太没有打开盒子,她的朋友害怕的正是这个。要是她发觉掉换了一件,她会怎么想?她会怎么说?不会把她看成偷窃吗?

罗瓦赛尔太太尝到了穷人那种可怕的生活。然而她勇气十足地横下了一条心。必须还清这笔骇人的债。她一定要还清。家里辞退了女仆,换了房子,租了一间屋顶下面的阁楼。

家庭里的粗活,厨下腻人的活计,她都尝遍了。碗碟锅盆都得自己洗刷,她粉红的指甲在油污的盆盆盖盖和锅子底儿上磕磕碰碰磨坏了。脏衣服、衬衫、抹布,也得自己搓洗,在绳上晾干;每天清早她把垃圾搬到楼下,送到街上,还要提水上楼,每一层都得停下来喘喘气。她穿着同下层妇女一样,挎着篮子上水果店、杂货店、猪肉店,讨价还价,挨骂受气,一个铜子一个铜子地保护她那一点儿可怜巴巴的钱。

每月都要偿付几笔债券,其余的则要续期,延长时间。

丈夫每天傍晚要替一个商人誊清账目,夜里常常干五个铜子一页的抄写活儿。

这样的生活过了十年。

十年之后,他们一切都还清了,不但高利贷的利息,连利滚利的利息也全都还清了。

罗瓦赛尔太太如今看来变得苍老了。她成了穷人家健壮有力的女人,又硬直,又粗犷。头发乱糟糟,裙子歪歪斜斜,两手通红,说话粗声大气,刷地板大冲大洗。不过有时候她丈夫还在办公,她坐到窗前,就想起从前那一次晚会,在舞会上她是那么美丽,真是出够了风头。

如果她没有丢失这串项链,那又会怎么样呢?谁知道?谁知道?生活是多么奇异,多么变化莫测啊!真是一丁点事儿就能断送你或者拯救你!

且说有一个星期天,她到香榭丽舍去溜溜,消除一星期干活的劳累。突然之间,她瞅见一个妇人带着一个孩子在散步。这是福莱斯蒂埃太太,她还是那么年轻、那么美丽、那么动人。

罗瓦赛尔太太感到很激动。要去跟她说话吗？当然要去。如今既已把债还清，她可以把一切都告诉她了。为什么不可以去说呢？

她走了过去。

"你好，让娜。"

那一个一点儿认不出她了，心里很诧异，这个小市民模样的女人怎么这样亲密地称呼她。她嘟嘟囔囔地说：

"可是……太太！……我不知道……您大概认错了人吧。"

"没有。我是玛蒂尔德·罗瓦赛尔。"

她的朋友喊了起来：

"哎呀！……我可怜的玛蒂尔德，你可是大变样啦！……"

"是呀，自从那一次和你见面之后，我过的日子可艰难啦；真是千辛万苦……而这都是因为你！……"

"因为我……那是怎么回事呀？"

"你还记得你借给我赴部里晚会去的那串钻石项链吧。"

"记得。那又怎样呢？"

"那又怎样！我把它丢了。"

"怎么会呢！你不是已经给我送回来了嘛。"

"我给你送回的是一模一样的另一串。这件首饰我们整整还了十年。你知道，对我们说来这可不是容易的事，我们是什么也没有呀……现在总算了结了，我是说不出的高兴。"

福莱斯蒂埃停住了脚步。

"你是说，你曾买了一串钻石项链来赔我那一串吗？"

"是的。你一直没有发觉吧，是不是？两串真是一式一样。"

她感到一种足以自豪的，发自本心的快乐，于是露出微笑来。

福莱斯蒂埃太太非常激动，抓住了她的两只手。

"哎呀！我可怜的玛蒂尔德！我那串可是假的呀。顶多也就值五百法郎！……"

（选自《外国短篇小说》中册，郑克鲁译，

上海文艺出版社 1978 年版）

莫泊桑短篇小说导读

　　居伊·德·莫泊桑(1850—1893)是 19 世纪下半叶法国著名小说家。他的创作以短篇小说见长,被誉为"短篇小说之王"。

　　莫泊桑生于诺曼第省的没落贵族之家,自幼喜爱文学。1868 年进卢昂中学读书,在诗人路易·布耶的悉心指导下,开始学习文学写作。1870 年到巴黎读法律,适逢普法战争爆发,便毅然应征入伍。不久即退伍。从 1872 年起,他先后在海军部、教育部任职员达 10 年之久,为他的创作提供了丰富的素材。其间,他拜文坛大师福楼拜为师,从事小说创作。1879 年,参加以左拉为首的"梅塘集团"。包括莫泊桑在内的 6 个文人,在左拉梅塘别墅聚会,商定各自撰写一部以普法战争为背景的小说,结集出版。1882 年,这部题为《梅塘之夜》的小说集正式问世。其中,以莫泊桑的《羊脂球》为最佳,备受欢迎。他一举成名,驰誉法国文坛。从这时起到 1890 年,他病疾缠身,但仍坚持创作,在短暂的 10 年创作生涯中,他共发表了 1 部诗集、6 部长篇小说、300 多部中短篇小说、3 部游记以及有关文学和时政的评论文章。

　　莫泊桑生活在法国资本主义高度发展并开始向帝国主义阶段过渡的时期。他目睹社会的种种黑暗现状和世风的江河日下,有感而发,诉诸笔端,加以无情的揭露,有力的痛斥;而对生活在社会底层的"小人物"给予真挚的同情和宽慰。他的长篇小说《一生》(1883)、《漂亮朋友》(另译《俊友》,1885)等,针砭时弊,抨击腐败,都取得了相当高的思想和艺术成就,显示了他创作的现实主义力度,受到好评,被列为世界文学名著。相比之下,他的短篇小说造诣更深,影响尤广。他擅长截取现实生活中富有典型意义的事物,以小见大，见微知著，概括社会的真实面貌，侧重描摹人情世态，充分地显示出了他作为社会风俗画家的艺术才能。早在上世纪末，法国著名文学家法朗士就明确指出莫泊桑"在同时代的作家中，他塑造的典型比任何人都形色全备，他写的题材比任何人都丰富多彩"。

莫泊桑的成名作《羊脂球》，全文3万余字，是一个较短的中篇小说，也可以认为是一个较长的短篇小说。小说的故事发生在1870年冬，那时法国在普法战争中惨遭失败，大片领土沦丧。当时被敌军占领的卢昂城里的10个居民，共乘一辆马车出逃。途经某处，敌军军官提出要车上的绰号为羊脂球的妓女陪他过夜，若不顺从，则不予通行。其他同车者只图个人私利和安危，不顾民族尊严，迫使羊脂球就范，满足敌军的邪念。羊脂球出于爱国主义的义愤拒绝委身敌军。在小说中，羊脂球正义的举止和言行，同形形色色的贵族资产阶级的败行和劣德，泾渭分明，对照强烈，从而批判了贵族资产阶级的无耻行径和丑恶灵魂，颂扬了羊脂球的爱国义举和高尚情操。小说画面广泛，底蕴深邃，构思精巧，尤其是在人物刻画、细节描写、场景安排等方面，均显示出了作者高超的艺术技巧。

《西蒙的爸爸》是莫泊桑短篇小说中直接取材于劳动人民生活、反映劳动人民优秀品质的佳作。小说中的西蒙，是贫苦之家的孩子，他因从小"没有爸爸"而受尽了种种非议和凌辱。勤劳善良、和蔼可亲的铁匠菲列普，深切同情西蒙的不幸遭遇，主动提出与西蒙的妈妈布朗肖大姐结婚，从而解除了一家人的精神痛苦。西蒙是小说中的串篇人物，他的言行构成了小说情节的骨架。然而，作者用浓笔重彩渲染西蒙"没有爸爸"之苦，目的在于反衬西蒙有了爸爸之乐。也就是说，小说的重点在描写"西蒙的爸爸"菲列普助人为乐的具体行动，表现劳动人民相互关怀的美好品质。全文写得委婉细致，真切感人；而以苦托乐，更加强了主题思想的表达。

《项链》是莫泊桑短篇小说中脍炙人口的名篇。它写的是小职员的妻子玛蒂尔德，因受到资产阶级思想和恶习的侵染，追求享受,迷恋奢华。为了在部长举行的晚会上出风头,摆阔气,设法赶制新衣,并向女友借了一串项链。果然,她在晚会上引起了人们的极大注意,成了舞会上的"王后"。她"快活得发狂",沉浸在"一片幸福的彩云中",谁知,乐极生悲,在归途中丢失了项链。为了赔偿项链,她整整劳累了10年,容颜渐衰,青春不再,落得了可悲的结局。小说辛辣地嘲讽了玛蒂尔德的虚荣心,并对造成玛蒂尔德悲剧的社会环境提出了控诉。

《项链》以一串普通的项链穿珠,围绕项链的借、失、赔组织情节,刻画人物性格,故事曲折生动,情节跌宕多姿,矛盾步步深化,具有感人的艺术魅力。特别是小说的结尾,作者驾轻就熟,用神来之笔,点出项链是赝品,出人意料之外,真是妙不可言。这一精巧而新颖的结尾,令人深思不已,回味无穷。

不错,莫泊桑曾参加过自然主义作家集团的活动,他的某些作品也在不同程度上受到自然主义的影响,如过分"无动于衷"的态度,对一些琐事的照相式的实录等等。但纵观莫泊桑小说创作,特别是许多优秀的作品,无一不是出色地运用现实主义创作方法的产物,达到了内容和形式的完美结合。

（夏　盛）

左 拉

萌 芽

第 六 部

五

沃勒矿井的所有的出入口都封锁起来了。六十名士兵拿着枪把守着惟一可以出入的门口,从这里有一条狭窄的过道通到收煤处,监工室和更衣室的门都在这个过道里。上尉命令六十名士兵分成两排,背靠墙站着,以免从背后受到攻击。

起初从矿工村赶来的那一群矿工远远地站着。他们最多不过三十来人,在那里激烈而乱哄哄地商量着。

马赫老婆是头一个赶来的,她头发也没梳,只在头上系了一块手帕,怀里抱着熟睡的艾斯黛,她用狂热的声音一再嚷道:

"谁也甭进去,也不准任何人出来!把他们统统憋死在里头。"

马赫支持他妻子的意见。这时老穆克正从雷吉亚赶来上班。人们不放他过去,他争辩着,说他的马得吃燕麦,它们可不管什么革命不革命的。而且,有一匹马死了,还等着他去安排把它从井底下弄出来呢。艾蒂安替老马夫解了围,士兵们也放他走上竖井。过了一刻钟的工夫,正当罢工的人群逐渐增加,危险越来越大的时候,楼下的一扇宽阔的大门打开了,几个人抬着死马走出来。这个令人痛心的尸体仍然用绳网紧紧地裹着,人们把它丢在融化的雪水里。这种情景使罢工的人群非常痛心,他们竟让抬马的人又返回去关上了门,谁也没去阻挡。大家看到僵直地弯在肋旁的马头,认出了那匹马。于是响起一片低语声。

"是'小喇叭'吧？是'小喇叭'。"

的确是"小喇叭"。它自从到了井下以后，一直过不惯井下的生活。它总是闷闷不乐，没有一点精神干活儿，好像是由于见不到阳光心里痛苦难忍似的。矿里马群的长老"战斗"，虽然很友爱地用自己的肋部亲热地蹭它，啃它的脖子给它搔痒，以便把自己十年矿井生活忍耐顺从的性格传给它一点，但是始终没起作用。这种爱抚反而更增加了"小喇叭"的愁苦。老伙伴在黑暗中的知心话，使它的皮毛不住颤抖。每逢它们相遇，互相喷鼻息的时候，总像是在各自悲叹。老马悲叹已经回忆不起过去，小马则悲叹往事难于忘怀。它们并肩住在马厩里，埋首在同一个食槽中，鼻息相通，不断地交换着关于光天化日的梦想：浓绿的草地，光明的大道，无穷无尽的灿烂阳光。后来，当"小喇叭"浑身浸透汗水，卧在草榻上奄奄一息的时候，"战斗"伤心地嗅着它，打着短促的鼻息，好像在呜咽哭泣。它逐渐感到"小喇叭"的身体变凉了，煤矿夺去了它最后的一点欢乐，这个从上面下来的朋友，身上带着新鲜的香味，使它回忆起过着野外生活的青年时代。当它发现"小喇叭"不再动弹的时候，惊吓得嘶叫起来，拽断了缰绳。

其实，一个星期以前老穆克就通知过总工头，但是在那个时候，他们才不关心一匹病马呢！那些先生们不大愿意挪动马。现在他们不得不把它弄出来了。昨天，马夫和另外两个工人用了一个钟头的工夫把"小喇叭"捆好，套上"战斗"，把它拖到罐笼站。这匹老马拖着死去的伙伴，慢慢地走着，它必须穿过一条很窄的巷道，因此它战战兢兢地惟恐擦破死伴的皮肉。它痛苦地摇着脑袋，听着屠宰场所等着的这块死肉在地下拖拉的摩擦声。当到了罐笼站把它解下来的时候，它用忧伤的眼睛望着升罐的准备工作，死马被推到积水坑上面的木板上，把绳网系在罐笼底下，最后，装罐工拉了上升的信号。它仰起脖子，望着"小喇叭"的尸体由慢而快消失在黑暗中，飞到这个黑洞的上面，永远不会回来了。它的脖子依然伸着，或许是它那模糊的畜生的记忆力又想起了地上的事情了。但是完了，伙伴死了，什么也看不见了，它自己有朝一日也要可怜地被这样捆成一堆，从这里送到上面去。于是它的四条腿不寒而栗，从远处田野上吹来的风使它感到窒息，它拖着沉重的步子回到了马厩，好像昏迷了一般。

矿工们站在贮煤场上，忧郁地望着"小喇叭"的尸体。一个女人低声说：

"又是一个,谁喜欢这样,谁就下去!"

这时候,从矿工村又涌来一群人,勒瓦克走在前头,后面跟着他老婆和布特鲁,勒瓦克喊着:

"打倒博里纳日人!我们这里不要外国人!打死他们!打死他们!"

人们一齐冲向前去,艾蒂安不得不把他们拦住。他走到上尉跟前,这是一个刚满二十八岁的年轻人,瘦高身体,脸上带着死硬坚决的表情。艾蒂安向他说明事情的原委,想尽力争取他,希望他的话能起作用。为什么要进行无谓屠杀呢?难道正义不在矿工这一边吗?大家都是兄弟,应当互相谅解。听到"共和"两字,上尉神经质的一动,但他仍然保持着军人的强硬态度,粗暴地说:

"走开!不要逼着我开枪。"

艾蒂安接连又作了三次努力。同伴们在他身后怒吼着。有人说埃纳博现在矿上,人们说要牵着他的脖子,把他拉到井下去,看他自己是不是会挖煤。但是,这是谣传,矿工只有内格尔和丹萨尔,他们俩只在收煤处的窗口露了一下面。总工头站在后面,自从他跟皮埃隆老婆的事情被人撞见以后,他总是神气不起来;工程师则大胆地用他那两只锐利的小眼睛扫视着人群,带着轻蔑的微笑,既看不起这群人,也没把事情放在心上。在一阵阵斥骂中,他们不见了。在他们原来出现的地方,只剩下苏瓦林那美女般的面容。他正在班上,从罢工以来,他一天也没离开自己的机器,他不再说话,只是日益沉湎于一个固定不变的想法,从他那暗淡的眼睛闪出的钢铁般的亮光中可以看出来。

"走开!"上尉又猛叫了一声。"我什么也不想听,我受命保护矿井,我就要保护矿井……你们不要去逼我的弟兄们,不然我会让你们后退的。"

他的声音虽然很坚决,但看到矿工越来越多,心里不禁越来越惊慌不安,脸色也变得苍白了。要到中午才有人来接替他,他怕坚持不到那个时候,刚派了矿里的一个徒工到蒙苏去求援。

回答他的是一片怒吼:

"打死外国人!打死博里纳日人!……在我们这里要由我们当家做主!"

艾蒂安绝望地退了回来。现在没有别的办法了,只有决一死战。他不再阻拦同伴们,人群向那小股军队冲去。罢工者已近四百人,附近各矿工村的人也倾村而出,还在源源向这里涌来。大家齐声喊着同样的口号,马赫和勒瓦克愤怒地对兵士们说:

"你们快躲开!我们根本不是冲你们来的,你们快躲开吧!"

"这跟你们没有关系,"马赫老婆也说,"请让我们来管我们自己的事。"

站在马赫老婆后面的勒瓦克老婆更为激烈,她补充说:

"难道说非得吃掉你们才能过去吗?请你们赶快滚开!"

还可以听到丽迪的娇嫩嗓音,她和贝伯也挤到最密的人群中用尖细的声音喊道:

"你们这群臭当兵的!"

卡特琳站在几步以外看着,听着,被这个新的激烈场面惊呆了,倒霉的命运又让她卷入其中。难道她受的苦还少吗?她犯了什么过错,不幸竟丝毫不肯放过她?昨天,她还一点不理解罢工的人们的愤怒,认为人们的罪已经够受的了,为什么还去找罪受呢;然而在这个时候,她心里充满了不可遏止的恨,她想起了艾蒂安以前每天晚上讲过的那些话,现在她尽力要想听到艾蒂安在这个时候对士兵们说些什么。艾蒂安把士兵们也看作是同伴,叫他们不要忘记自己也是从人民中间来的,他们应该和人民站在一起,反对剥削穷人的人们。

这时候,人群里发生了一阵长时间的骚动,接着钻出来一个上年纪的女人。原来是瘦得可怕的焦脸婆,她伸长脖子张开胳膊,焦急地跑来,几绺灰白头发散乱地耷拉下来,正好遮住她的眼睛。

"啊!他妈的,我可赶到了!"她上气不接下气地咕哝说,"皮埃隆这个叛徒把我关在地窖里了!"

她脚也没停,向军队直扑过去,她那张黑色的嘴巴大骂起来:

"你们这群流氓!你们这群坏蛋!给当官的捧臭脚的,就敢欺负穷人!"

这时,其他的人也跟着骂起来,变成了一片叫骂。有几个人还喊着:"士兵万岁!把当官的扔到矿井里去!"但不久就只剩下一个喊声:"打倒红裤子!"这些士兵听到兄弟般的呼吁和友爱的劝告,不动声色,一言不发,无动于衷;听到这一连串的粗暴言语,他们仍然冷冰冰地毫无所动。在士兵们后面的上尉拔出了军刀,可是人群越逼越近,真有把兵士们挤死在墙上的危险,于是上尉下令架起刺刀,士兵们服从命令,两排锋利的刺刀对准了罢工者的胸膛。

"哼!无耻的饭桶!"焦脸婆一边后退一边吼叫道。

但是人们又涌回来,谁也不再把死放在心上。妇女们抢先猛扑上去,马赫老婆和勒瓦克老婆同时喊着:

"给你们杀!你们快杀吧!我们要求的是我们的权利!"

勒瓦克不怕被刺伤,用手抓住三把刺刀使劲摇撼着,拉着,想把刺刀夺过来;他怒气冲天,力气增加了十倍,他拼命扭着刺刀。这时在他旁边的布特鲁后悔自己不该跟着伙伴们来,静静地站在一边望着勒瓦克夺刺刀。

"你们扎一下试试!"马赫连声喊着,"你们扎一下试试,好汉们!"

说着他解开上衣,扒开衬衫,露出毛茸茸的、满是煤痕的胸膛。他对着刺刀冲过去,这种令人惊心动魄的蛮横的无畏气概,迫使士兵们后退了。但是其中一把刺刀扎到了他的奶头,他像疯了似的使劲向前冲,要叫刺刀扎得更深些,可以听到扎住肋骨的咔哧咔哧的响声。

"胆小鬼,你们不敢!……我们后面还有成千上万人。是的,你们可以杀死我们,但我们有的是人。"

兵士们的处境十分危急,命令严格地约束他们,不到最后时刻不准使用武器。可是,怎样阻止这些狂怒的人们自己硬往刺刀上撞呢?另外,地方越来越小,他们已经被逼到墙根,无法再往后退了。这一小队士兵,这一小撮人,面对着潮水般不断增长的人群,仍然坚持着,冷静地执行着上尉的简短命令。上尉本人瞪着明亮的眼睛,紧张地咬着嘴唇,他心中只怕一件事,即怕他的士兵们忍受不了辱骂而动火。已经有一个瘦高的年轻中士,撅起了他的几根胡子,令人担心地眨着眼皮。他旁边的那个身经百战带着袖章的老兵,看到自己的刺刀被人像一根草似的扭着,气得面色煞白;另一个无疑是个新兵,还带着庄稼人的神气,每听到人们把他当做流氓和坏蛋乱骂的时候,脸就涨得通红。然而粗暴的言语并未停止,人群伸着拳头,恶狠狠地咒骂,一遍遍的指责和威胁,不住地冲到他们脸上。必须用军令的全部力量来约束他们,使他们在这种高傲而又难于忍受的缄默中,保持军纪所要求的不动声色。

冲突似乎不可避免了。这时候,李肖姆工头从军队后面转出来,他感情冲动地低垂着满头慈祥白发的脑袋,大声说:

"该死,真糊涂! 不能这样胡闹。"

说着他便插身到刺刀和矿工中间。

"同伴们,你们听我说……你们知道我是一个老工人,我始终是站在你们一边的。好吧! 他妈的! 我答应你们,假使人们对你们不公正,由我去和头脑们讲理……可是这样也太过火了,这样破口大骂这些好人,自己硬要戳破肚子,什么用处也没有。"

听了他的话,人们正在犹豫。不幸的是,这时候小内格尔的短小身影又在上面出现了。无疑他是怕人说他自己不敢露面而派一个工头来。他打算讲话,但是他的声音立刻淹没在可怕的喧嚣中,他只得耸了耸肩膀,又离开窗口。这时,尽管李肖姆工头以自己的名义竭力央求大家,一再说这样的事应该在自己人之间解决,却毫无结果。人们怀疑他,不答应他的要求。他仍然坚持着,留在兵士和人群中间。

"他妈的!让他们把我的脑袋和你们的脑袋一起砸碎吧,只要你们这样胡闹,我就不离开你们!"

他央求艾蒂安帮助他使工人们冷静一些,艾蒂安作了个手势,表示无能为力。已经来不及了,人群现在已经达到了五百多人。他们并不都是赶来驱逐博里纳日人的狂怒的人,其中也有一些好奇的人和来看热闹的爱开玩笑的家伙。扎查里和斐洛梅夹在离着稍远一点的一伙人中,好像在看戏一样,显得非常安闲,甚至还带了两个孩子——阿希勒和德锡雷。另一股人流从雷吉亚涌来,其中有穆凯和穆凯特。穆凯立刻笑着跑去拍朋友扎查里的肩膀,被激怒的穆凯特,则马上跑到气势汹汹的人们的最前列。

这时候,上尉不停地向蒙苏公路上张望。请求的援兵还没有开到,他的六十个弟兄无法再坚持。最后他想警告一下人群,命令士兵荷枪上弹冲着人群。兵士们执行了命令,可是人们骚动得更厉害了,又是喧嚷又是嘲笑。

"瞧!这些装模作样的家伙,要打靶了!"焦脸婆和勒瓦克老婆一些女人们嘲笑说。

马赫老婆怀里抱着已经醒来正在啼哭的小艾斯黛,也向前冲得很近,因此一个中士问她,带着这样一个可怜的小娃娃来干什么。

"这关你什么事!"她回答说,"有胆你向她身上开枪。"

男人们轻蔑地摇着头。谁也不相信这些人敢向他们开枪。

"他们的子弹没有弹头。"勒瓦克说。

"难道我们是哥萨克人吗?"马赫喊道,"他妈的,你们不能向法国人开枪!"

另一些人说,经过克里米亚战争①的人们是不怕子弹的。大家仍然对着枪口冲去。假使这时候一开枪,就会像割麦一样把人们打倒。

站在最前列的穆凯特,一想到当兵的要打穿妇女们的躯体,就气得说不

① 克里米亚战争又称东方战争,是 1853 至 1856 年间以俄国和土耳其为一方对英国、法国和撒丁联军的战争。

出话来。她什么脏话都骂了，再也找不出更难听的字眼儿，只好向军队施展最后侮辱的行动，她突然露出自己的屁股。她两手撩起裙子，撅得高高的，露出两大屁股丬。

"瞧，给你们这个！你们这群肮脏东西不如屁股高尚呢！"

她不停地弯腰，撅屁股，转着身子冲这个一下，冲那个一下，嘴里还不停地说：

"这是给当官的！这是给班长的！这是给士兵的！"

发出一阵狂笑。贝伯和丽迪笑得直不起腰来，就是正在等待着发生不幸的艾蒂安，对于这种侮辱性的举动也喝起彩来。所有的人，不论是爱开玩笑的人还是狂怒的人，现在都讥笑起士兵们来，好像他们看到这些士兵浑身溅满了大粪。只有站在旁边旧木料上的卡特琳仍然不出声，但她感到一股热血涌上心头，痛恨的心情越来越强。

这时发生了一阵拥挤。上尉为了安定一下手下人的情绪，决定逮捕几个人。穆凯特一转，从同伴们的腿之间跑掉了，在最激烈的人群中勒瓦克和另外两个矿工被抓起来，被看管在工头们的屋子里，内格尔和丹萨尔在上面喊上尉，要他和他们一起躲到里面来。上尉拒绝了，他认为这些门上没有锁的房子会被人们打进去，因而他可能遭受被解除武装的耻辱。这一小股军队已经急不可耐，在这些穿木屐的人面前不能逃跑。六十名士兵已经被逼得退到了墙根，他们荷枪实弹，对抗进攻的人群。

人群起先后退了一步，沉静了一会。罢工者没有想到他们会用武力手段。接着响起了一阵呐喊，要求立刻释放被捕的人。有人说他们要把被捕的人杀害在里面了。于是，大家出于同样的激愤和报仇心情，不约而同地一起奔向附近的砖堆；这些砖是用当地的灰泥质陶土烧制的。孩子们一块一块地搬，妇女们用自己的裙子兜，不久，每个人的脚下都有了弹药，砖头石块战开始了。

焦脸婆第一个动手，她把砖头在骨瘦如柴的膝盖上一磕两半，双手左右开弓，把砖头扔出去。勒瓦克老婆把袖子捋到了肩膀上，由于虚胖无力，她不得不走近一些，好砸得更准些。布特鲁看到她的丈夫已经被关起来，一再央求着想拉她往后拉走，也没能挡住她。所有的女人都像疯了一样。穆凯特宁愿扔整砖，也不肯在自己的过于肥胖的腿上磕砖把腿磕破。孩子们也参加了战斗，贝伯教给丽迪怎样低手扔砖头。这真像一阵冰雹，一阵巨大的雹子噼里啪啦砸下来。忽然，人们在这群疯狂的女人中间看到了卡特琳，她举着两手，抢起两只小胳膊使尽全身力气把半截砖扔出去。她自己也说不出为什么这样干,她气得喘不过气来,突然爆发了要杀掉所有的人的欲望。那样,这倒霉痛苦的一生不是很快就能结束了吗?让男人打完了又被赶出来,像一头丧家犬似的在泥泞的路上乱跑,甚至连向自己的父亲讨一口饭吃都办不到,因为父亲也和她一样挨着饿。这样的日子她实在过够了。她的命从来没有好过,从她懂事以来越来越坏。她把砖头磕开,向前扔去,心里只有一个念头,毁灭一切。她已经红了眼,什么也看不见,甚至看不清自己砸的是谁。

站在士兵们前面的艾蒂安,差一点被砸破了脑袋。他的耳朵被砸肿了,他转过身来,看到砖头是从狂怒的卡特琳的手中扔出来的,不由得一愣,他不顾有被砸死的危险,没有立即躲开,仍站在那里望着她。另外许多人看得入了迷,也垂着两手呆在那里。穆凯在一旁评论砸得准不准,好像在看打木塞游戏一样。哦!这一下打得好!唉,那一下没打中!他嬉笑着,用臂肘捅着扎查里。阿希勒和德锡雷非要扎查里背着看热闹,他打了他们几下,说不背他们,于是斐洛梅和他吵起来。沿着大路还有一些人聚集在远处看热闹。长命老拄着一根拐杖,拖着双腿走到矿工村村口的斜坡上面,这时他直立在暗红色的天空下,一动不动。

掷砖头一开始,李肖姆工头又置身在士兵和矿工们中间,他不顾危险,央求着工人,又央求军队,急得老泪纵横。在一片喧嚣声中,人们听不见他的话,只能看到他那灰白的大胡子在不住地颤动。

砖块投得越来越密,男人效法妇女,也跟着扔起砖头来。

这时,马赫老婆看到马赫还神情忧郁地空着两手站在后面。

"我说,你怎么回事?"她喊道,"难道你把他们扔下不管了?难道你就看着他们把同伴关进监狱? ……哼!我要是没有这个孩子,你看我的!"

艾斯黛正抱着她的脖子哭叫,使她不能像焦脸婆和别的女人那样参战。马赫好像没有听到她的话似的,她便用脚向他的脚前踢过去几块砖头。

"该死的!你拿起来!难道非让我当着人骂你一顿你才干吗?"

马赫满脸通红,敲碎几块砖头,扔了出去。她督促着他向前走,弄得他不知所措,她在他后面叫喊着一些狠毒的话,同时颤动着胳膊把女儿使劲搂在胸前。马赫一直向前走,走到枪口前面。

这场石块横飞的风暴,遮没了那一小股军队。幸而砖头砸得过高,把墙砸得像筛子一样。现在该怎么办呢?上尉一度想转身逃到里面去,想到这里他那苍白的面色红了一下；但不是这样做也已经不可能了，只要他们稍微一动，就会被砸成烂泥。一块砖头正好打坏了他的军帽的帽檐，额头滴下了鲜血。他手下的弟兄已经有好几个受了伤；他看出他们已经怒不可遏，到了置长官命令于不顾而要本能地起来自卫的程度。中士的左肩几乎给砸断，身上好像重重地挨了一棍似的，他骂了一声"他娘的！"那个新兵已经擦伤了两块皮，一个大拇指也被砸坏了，同时右膝上火辣辣地疼，他生气地想：还要让他们欺侮多久？一块石头跳起来，打到那个带袖章的老兵的肚子下面，他的脸色立刻变得铁青，细瘦的胳膊颤抖地端起了枪。上尉曾三次要命令开枪，但是一种痛苦的心情使他话到嘴边又止住了。在这一瞬间，他心里不停地翻滚，他的观念，他的责任感，作为一个人和一个军人的一切信念，在他心里冲突着。雨点般的砖头，打得更凶猛了，于是，他张口刚要喊"开枪！"枪声却已经响了，先是三枪，又是五枪，接着是一阵排枪，最后，隔了较长的时间，在深沉的寂静中，又响了孤零零的一枪。

人们全部惊呆了。士兵们开枪了，发愣的人群僵硬地站在那里，好像还不相信。但是当停止射击的号声发出以后，立刻响起了凄惨的喊叫，接着是一阵巨大的恐慌，遭到射击的人群像受惊的牲畜，在泥泞里狂乱奔逃。

贝伯和丽迪在头三枪中就一个倒在了另一个身上，小姑娘被打中了脸，男孩子的左肩下被打了一个窟窿。丽迪倒下去就一动不动了，贝伯还在动弹，在临死的痉挛中两只胳膊紧紧地搂住她，好像他还要像在刚刚度过那最后一夜的那个黑窟窿里那样占有她。让兰就在这个时候，在烟雾中摇晃着两条腿，睡意矇眬地从雷吉亚跑来，看到贝伯紧搂着他的小媳妇死去了。

另外五枪打倒了焦脸婆和李肖姆工头。李肖姆工头就是在他哀求同伴们的时候被打中脊背的，他跪倒在地上，然后身子一歪倒了下去，躺在地上喘气，两眼噙满了眼泪。老太婆胸部被打穿了，像一捆木柴似的扑通一声直挺挺地倒下去，鲜血汩汩向外流着，嘴里还喃嚷着最后一句咒骂。

那一阵排枪飞向全场，也打倒了百步以外一些看热闹的人。一颗子弹从穆凯的嘴里打进去，打烂了脸，他翻倒在扎查里和斐洛梅的脚下，把他们的两个孩子溅了一身血。与此同时，穆凯特的肚子上也挨了两枪。她在看到兵士们端起枪来的时候，出于一个好心的姑娘的本能，嘴里喊着小心扑到卡特琳前面，但是她喊叫了一声，就被枪弹击中，仰面倒在地上了。艾蒂安赶紧跑上来，打算把她扶起来弄走，她作了一个手势，表示她已经没有希望了。然后，她呃逆着,不断向艾蒂安和卡特琳两个人露出微笑,仿佛现在当她临死的时候看到他跟她在一起,感到十分快慰。

一切似乎都结束了,暴风雨般的子弹消失在很远很远的地方,一直到矿工村前面,这时响起了最后那孤零零的一枪。

这枪正打在马赫的胸膛上,他翻了一个身,扑倒下去,脸趴在一片污黑的煤水里。

马赫老婆痴呆呆地俯下身去,喊道:

"喂!老头了,你起来呀。不要紧吧,嗯?"

她的手由于抱着艾斯黛不方便,就把艾斯黛夹在一条胳膊下,用另一只手转过丈夫的头来。

"你说话呀!你哪儿疼呀?"

马赫的两眼已经暗淡无光,嘴里流着血沫。这时她才明白过来:他死了。于是,她一屁股坐到烂泥地上,胳膊下好像夹着一个小包袱一样夹着女儿,呆呆地望着自己的老伴。

矿井解除了包围。上尉神情不安地摘下被石块打坏的军帽,随后又戴上。他在他生活中的这种悲剧面前,保持着苍白严肃的面孔;他的士兵不动声色地重新装好子弹。在收煤处的窗口,出现了内格尔和丹萨尔的惊慌面孔。苏瓦林站在他们身后,额头上带着一道深深的皱纹,好像他那可怕的、固定不变的观念就刻在那里。在地面的另一边,长命老站在高岗的边上,没有动地方,他一只手扶着拐杖,另一只手放在眼眉上,为了要看清倒下去的自己的亲骨肉。受伤的人在呻吟喊叫,死去的人带着七扭八歪的姿态正在渐渐冷却,尸体上沾满了解冻的稀泥,东一个西一个地散布在从污秽的雪地里露出来的黑煤斑点之间。在这些渺小的、人的尸体中间,夹着"小喇叭"的尸体,由于穷困显得瘦小可怜,马,却是一大堆凄惨的死肉。

艾蒂安幸免于难。他一直守在由于疲乏和悲痛而倒在地上的卡特琳身旁,这时一个颤抖的声音,吓了他一跳。原来是做完弥撒回来的兰威神甫,他两手伸向天,像一个先知一样,愤怒地呼吁上帝降罚于凶手。他预告正义的时代即将来临,资产阶级不久就要被天火烧毁,因为他们屠杀了世界上的劳动者和无产者,罪恶已经到了顶点。

(选自《萌芽》,黎柯译,
人民文学出版社 1982 年版)

《萌芽》导读

　　爱弥尔·左拉(1840—1902)是 19 世纪下半叶法国著名的小说家,自然主义文学的倡导者。他高中时代已崭露文学才华,写过小说、诗歌和喜剧。由于中学毕业会考两次失败,他 19 岁就开始独自谋生,并在艰难环境中坚持习作。1862 年,他进一家出版局当打包工人,老板读了他的诗稿,发现他颇有才气,擢升他为广告部主任,开始跻身于文学界。在最初几年里,他先后发表一些长篇和短篇小说,鲜明地表现了对社会题材的浓厚兴趣及其民主倾向。1865年,他辞去书局的职务,不久便成为职业作家。

　　左拉在文学上颇有抱负。他认为新时代需要创造新的文学。在文艺理论家泰纳、生理学家贝尔纳、实证主义哲学家孔德等的影响下,他提出了自然主义的文学理论,认为可以用自然科学那样的实验方法认识"情感和精神的生活";主张作家应成为"人和人的情欲的审问官";重视资料考证,强调细节的真实和对表面现象的精确写照;要求作家在作品中严守中立和客观,而不要对所写事物作政治的、道德的和美学的评价;偏爱描写庸俗、琐碎、阴暗和丑恶的事物,强调生物学的决定论,认为人的生活本能支配其社会行为。自然主义理论对 19 世纪后数十年的法国文学产生过相当大的影响。

　　为实践自然主义文学理论,左拉从 1868 年开始准备效仿巴尔扎克,写一部《人间喜剧》式的连续性的大型作品——《卢贡—马卡尔家族》。他先用 3 年时间攻读生理学,研究大量病例和史料。按他的预想,这部书将是"第二帝国时代一个家族的自然史和社会史"。经过 28 年努力,终于完成了这部巨著。全书共包括 20 部长篇小说,涉及第二帝国和第三共和国时期的法国社会的各个领域。

自然主义理论在不同程度上影响了这些作品的创作。但在其中一些出色的作品里，无疑是病理研究让位给了社会研究，生物学的决定论让位给了社会环境的决定论，"家族史"让位给了"社会史"，现实主义取得了对自然主义的胜利。接着，左拉写了揭露罗马天主教会和阐发以科学发明来改造社会的思想的三部曲《三城市》。19世纪90年代末，他因积极参加了为被诬陷的犹太军官德雷福斯伸冤的斗争，于1898年被迫逃亡英国。他在那里动笔写的长篇小说《四福音书》四部曲，表达了他对人类未来的理想。

左拉的长篇小说尽管有明显的局限和缺陷，例如某些小说过分地从生理角度强调了人性的恶，对资本主义社会的批判还不够彻底，所达到的思想高度也只是过时的空想社会主义。但他相当真实地再现了19世纪后半期法国从资本主义向帝国主义过渡时期的社会场景，较正确地反映了从拿破仑第三政变到德雷福斯事件等一系列重大的历史事件和社会矛盾，接触了资本主义制度下劳动者的非人的劳动条件和生活环境，以及工人运动等许多重大社会问题，并且一贯同情人民大众，谴责资产阶级。

长篇小说《萌芽》是《卢贡—马卡尔家族》全书的第13部。这部小说写的是：具有马卡尔家族血统的青年工人艾蒂安因为信仰社会主义而被里尔城的厂主解雇。他一直走到蒙苏煤矿才找到工作后，很快地在劳苦的矿工中展开宣传工作，成为当地最活跃的人物之一。一万名矿工在剥削和贫穷的重压下呻吟，许多人酗酒、消沉、胡闹。但艾蒂安还是结交了一些正直而又愿意奋起斗争的人，特别是矿工都森·马赫一家。不过一个叫萨瓦尔的矿工，因为想诱惑马赫的女儿卡特琳，对艾蒂安十分忌恨。艾蒂安也结识了俄国工程师苏瓦林，这是个无政府主义者，他不惜使用炸药来开辟一条改革世界的道路。而艾蒂安则信奉马克思的社会主义，他更注意现实的可能性，他力图让本矿工人参加成立不久的国际工人协会，这时正值经济危机时期，矿主欲趁机压低工资。艾蒂安领导工人举行罢工。

罢工持续数月之久。矿主希望饥饿会使罢工瓦解,然而罢工却演变成暴动。矿主召来军警进行血腥的镇压。艾蒂安被迫躲进一个废弃的巷道。他尚未发现饥饿的工人们已准备让步了。当工人们逐渐回到矿井恢复工作时,绝望的苏瓦林把自己的破坏计划付诸行动,捣毁了排水设备,大水淹没了一层又一层巷道。艾蒂安忍无可忍,杀死了纠缠卡特琳的萨瓦尔,同卡特琳逃到最上层的巷道。这对青年第一次道出了彼此的爱情,尔后卡特琳便精疲力竭而死。艾蒂安被救出矿井,眼见矿工们又堕入苦难的地狱,愤而前往巴黎。罢工暂时失败了,但是在浸润了工人鲜血的这块土地上,新的反抗斗争即将萌芽。

长篇小说《萌芽》发表于 1885 年。作为连续性巨著《卢贡—马卡尔家族》的一个组成部分,它表面上写的是第二帝国时代的事,可是实际上它所反映的却是 19 世纪 80 年代法国的社会现实。1871 年巴黎公社失败后,法国工人运动进入低潮,但是 1879 的法国工人党的建立,标志着这一运动的再度复兴。1880 年大赦后,公社流亡者纷纷归国,更壮大了它的声势。在此伏彼起的罢工浪潮中,1883 年开始的旷日持久的昂赞煤矿罢工是影响最大的一次。《萌芽》在一定程度上就是这次工潮的写照。这部小说比左拉以前的小说更强烈地表现出作家对现实社会中阶级矛盾、阶级斗争的关注。正如他在写作提纲中所设想的,他在这部作品里描写了“雇佣劳动的崛起”和“资本与劳动的斗争”。《萌芽》在法国文学史乃至世界文学史上占有特殊的地位。尽管它所表达的关于社会主义的观点还是模糊甚至混乱的,但它第一次在长篇小说中塑造了揭竿而起的无产阶级的英雄群像,它不仅展示出工人阶级的贫穷和不幸,而且揭示了资本主义制度造成的恶果;不仅表达了工人阶级的愤懑,而且讴歌了他们的英勇而壮阔的反抗斗争。作为工人运动的一部沉郁的史诗,《萌芽》是左拉的现实主义达到最高成就的一部杰作。

《萌芽》在艺术上也有突出的成就。作品的风格粗犷、浑厚,情节安排得紧凑而有节奏,整部小说犹如一幅波澜壮阔的画卷,气势雄伟地再现了矿工由觉醒到反抗的全过程。左拉善于对事物进行细致入微的描写,作品中对矿区令人压抑的黑暗气氛的着力渲染,对矿工牛马不如的劳动与生活的具体的描绘,以及大量生动的细节刻画都达到了相当逼真和动人心弦的程度。小说虽然塑造的是矿工的群像,但他们在作者笔下仍是具有不同的个性和思想感情特征的。当然,作品不可避免地带有一些自然主义的印记,在对事物做现实主义的反映时,又在不同程度上强调了遗传和生物性的一面。

(张英伦)

狄更斯

艰 难 时 世

第三卷　入　仓

第六章　星　光

这正是秋天的一个星期日,天气晴朗,有点凉意,一清早,西丝和瑞茜就相约一道去郊外散步。

因为焦煤镇时常把煤烟不仅吹在自己的头上,并且吹到邻近地区的头上——就像那些虔诚的人们为了忏悔自己的罪恶,不但把灰尘撒在自己的头上,并且还叫别人穿上粗麻布衣服一样①——所以那些时常想呼吸点新鲜空气的人们——想呼吸一点新鲜空气,这绝对不能说是人世间种种无聊念头中最坏的一个——都惯于乘火车走了几英里,然后下来在田野中开始蹓跶蹓跶,或者闲散一下。西丝和瑞茜也以这种习惯的方法去躲避烟尘,她们坐上火车在焦煤镇和庞得贝先生别墅之间的一个小站下了车。

虽然这一片绿茵茵的野景到处都被煤堆所玷污了,但是另一些地方还是绿草如茵,也看得见许多树木。虽然这是个星期天,但依然有百灵鸟在树枝上歌唱着②,空气中弥漫着清香,头顶上是明朗的蔚蓝的天空。从一个方向远远地望去,焦煤镇像是一片黑雾;从另一个方向望去,却有一些起伏不平的小山;再从第三个方向望去,太阳照耀着远处的海洋,地平线上的光彩微微地有

---

① 把灰撒在头上和穿粗麻布衣都是忏悔的表示。
② 这儿,狄更斯是在讽刺英国的风俗,到了星期天要大家都上教堂做礼拜,不准有任何娱乐。

点变化。她们脚下所踏的是绿茵茵的草,美丽的树影映在草地上斑斑点点地闪烁不定;一排一排的灌木长得很茂盛,一切都显得很安静的样子。煤井口的机器,和那些整天绕着圈儿走着的瘦弱老马都停止工作了,齿轮也暂时停止转动了,整个的地球虽然在旋转,但是没有以往那种震动和嘈杂的声音了。

她们继续穿过田野,顺着树阴下一条条的小径走去,有时跨过一片腐朽得只要脚一碰就会垮下来的栅栏,有时走过野草丛生的断壁颓垣,这就是一座废弃了的工厂的厂址。她们沿着小径和足迹踏成的路走去,不管那是多么难于辨认。她们碰着了草丛密集的小土堆、荆棘、羊蹄草以及这一类的植物杂生的地方,就只好绕道而行;因为她听到过关于这一带的许多可怕的故事,说是有这种标志的地方就有废矿井在下面。

她们坐下来休息的时候,太阳已经很高了。不论远近,她们好久都没见着任何人影,四周依然是万籁无声。"瑞茄,这儿是这么寂静,似乎是人迹不到的地方,我想恐怕我俩一定是这个夏天首先到这儿来的人吧。"

西丝在讲这句话的时候,她的目光被地上另外一片腐朽栅栏吸引住了。她站起来跑过去看了一看。"但是我真不懂。这片栅栏是不久以前才被人踏坏了的。那木头折断的地方还很新。这儿还有脚印。——呀,瑞茄!"

她跑过去抱住瑞茄的脖子。瑞茄已经吃惊地站起来了。

"怎么一回事儿呀?"

"我不知道。草上有一顶帽子。"

她们一道走了过去。瑞茄浑身颤抖,把帽子拾了起来。她眼泪直流,高声号哭。在帽子衬里上有斯梯芬自己写的"斯梯芬·布拉克普儿"几个字。

"呵,可怜的汉子,可怜的汉子呀!他是遭到暗算啦。他在这儿被谋杀了!"

"在帽子上——是不是有血迹呢?"西丝结结巴巴地说。

她们害怕看它;但是她们还是仔细地把帽子翻了一翻,里外都看不出有什么行凶的迹象。帽子扔在那儿已经好几天了,雨露使它染上污痕,它掉在草上,草上也就留下了一个迹印。她们站着不动,战战兢兢四处望了一望,但是别的什么都没有看见。"瑞茄,"西丝低声说道,"我要一个人往前面走一节去看一看。"

她放松了手,正要往前走的时候,瑞茄就用双臂忽然抱住了她,尖锐地喊叫了一声,响彻了四野。就在她们的脚前不远,被密集丛生的野草所遮着的,是一个黑黝黝的深坑。她们往后一跳,跪在地下。两个人各把脸伏在对方的脖子上。

"呵,我的上帝!他是掉在那里了!掉在那里了!"一起头,西丝无论怎样哭,怎样祈求,怎样说,怎样想方设法,只能从瑞茄那儿得到这几句话和吓人的尖声狂叫。西丝没法子制止她,只好紧紧抱住了她不放,要不然她就要跳下矿井里去了。

"瑞茄,亲爱的瑞茄,好瑞茄,为了上天的缘故,你不要那么怪叫,好吗!你要想想斯梯芬,想想斯梯芬,想想斯梯芬呵!"

在这个紧急的关头,西丝苦苦地哀求了好多次,才使瑞茄停止了叫喊,脸像石头一样,泪痕斑斑地望着西丝。

"瑞茄,斯梯芬或许还活着呢。要是你能找人救他起来的话,你不会让他就那样四肢残废地在那可怕的矿井底下躺一会儿吧?"

"不会,不会,不会!"

"为了他的缘故,你不要动吧!让我过去听听看!"

她战战兢兢不敢逼近矿井,但是却四肢匍匐地爬了过去,使劲喊叫着他的名字。她叫了一下,可是并没有声音回答,她再大叫了几声,又听了一听;还是没有答应的声音。她这样一叫一听有二三十遍。然后,她在他跌了一跤使得土都变松了的地面上拾了一块泥土扔了下去,但是听不见泥土落在井底的声音。

周围的景色几分钟之前在一片宁静中显得那样美丽,但是,当她站起来向四周一望而感到束手无策的时候,那周围的景色给她那勇敢的心胸带来的几乎只是绝望。"瑞茄,我们一分钟都不要浪费。我们必须分途去求救。你从原路走回去,我顺着这条小路往前走。你碰到不管什么人就告诉他们发生了什么事情。你要想想斯梯芬,你要想想斯梯芬呀!"

她看了一下瑞茄的脸,觉得现在可以放心她了。她站在那儿一会儿,看瑞茄一面跑,一面使劲扭自己的手,然后她才转回身走她自己要走的那条小路去找人。她在栅栏那儿停了下来,拿围巾系在上面,做了记号,然后把自己的帽子往旁边一扔,以空前的速度向前跑去。

天啦,西丝,跑呀,快跑呀!停下来喘一口气都不要。跑,跑!她自己似乎在央求自己,从田野穿过田野,从小径穿过小径,从这个地方跑到那个地方,她拼命地跑,一直等到她跑到机器房旁边的一个木棚里,才看见两个男人躺在阴地里,在稻草上睡着了。

她先把他们叫醒,然后慌慌张张气喘不停地对他们说她为什么到这儿来,有些什么困难;他们听清楚了她的话以后,就立刻像她一样精神奋发起来。其中有一个人原是处在醉醺醺的睡眠状态中,但是当他的伙伴把他叫醒,告诉他:有人掉在那个鬼门关的矿井里的时候,他立刻跑到外面,把他的头往一个脏水坑里浸了一浸,于是头脑清醒地回来了。

她和这两个人往前又跑了半英里路,找到另外一个人,然后大家又往前跑,分头求救。后来找到了一匹马,她就叫另一个人骑马拼命跑到火车站去,把她写好交给他的一封信送给露意莎。这时整个村子的人都活动起来了,凡是需要的东西,如绞盘、绳子、杠子、蜡烛、灯笼之类都准备好了放在一处,以便运到鬼门关矿井去。

她觉得似乎离开那活埋了那个失踪的人的、像坟墓一般的矿井已经很多时候了,她不忍心离开那儿太久——要如此就好像是抛弃了他——因此她就带了六个工人赶快地跑了回去。在这六个人之中,就有那个酒醉初醒的人,他是被这个消息弄得清醒过来的,也是其中最活跃的一个。他们跑到鬼门关矿井的时候,发现这个地方跟她刚才离开的时候一样寂静。那几个人也像她一样高叫着斯梯芬的名字并听听看,又检查了一下矿井的口边,断定他是怎样掉下去的,然后坐下来等待别人把他们所需要的家什送了来。

一听到野外的虫鸣、树叶的沙沙响,那些人交头接耳的喁喁之声,西丝就战栗起来了,因为她总以为是井底发出的叫喊声。但是风在井上懒洋洋地吹过,也没带来什么声息,他们只好坐在草地上,等了又等。在他们等了一些时候之后,三三两两的闲人听到了这件事故渐渐都聚拢来了;然后真正需用的家什才送了来。在这个当儿,瑞茄回来了,跟她在一道的是一个外科医生,带来了酒和药。但是,这些人觉得把斯梯芬救起来还会活着的希望确实是很少了。

此刻因为人来得太多妨碍了工作,所以那个酒醉方醒的人就自行带头,或者是大家同意由他带头,把鬼门关矿井的四周围了一圈,指定几个人维持秩序。除了准备参加救人工作的那些自告奋勇的人而外,他们起初只让西丝和瑞茄跑到圈子里;后来那封信使得快车从焦煤镇开来,把葛擂硬先生、露意莎、庞得贝先生和小狗崽子都送了来了,他们也就让他们走到圈子里去。

打西丝和瑞茄最初坐在草地上以后,四个钟头已经过去了,直到这个当儿才用木杠绳索搭起了吊架,让两个人能够安全地下井去救斯梯芬。这个吊架虽然很简单，但是搭起来倒很困难，发现缺少了一些必需的东西，然后又派人去找了来。到了那个晴朗的秋天星期日下午五点钟，一切东西才齐备了。最初他们把一枝蜡烛系在绳子上放了下去，试试看井里的空气究竟如何，同时有三四个粗糙的脸孔聚拢在一道凝神地注视着；摇绞盘的人听到命令就把绳子放下去。蜡烛又提上来了，依然微弱地在燃着。于是又把一些水倒到井里面去。于是用钩子把吊桶挂上了，那个酒醉方醒的人和另外一个人拿着灯爬进桶去，叫道："放下去吧！"

当绳子放下去的时候，坠得很紧，绞盘也在吱喳吱喳地响，围着的男男女女共有一二百人，都屏声息气地想看看那件事情的究竟。信号发出之后，绞盘就停止了转动，还剩有很多绳子缠在上面。显然时间拖得很久了，摇绞盘的人停在那儿不动，好些妇女都尖声喊叫了起来，以为不知道又发生了什么事故了。但是拿着表的外科医生宣布，绞盘停止转运还不到五分钟，严肃地劝告大家安静下来。他的话没说完，绞盘又在向上绞动了。内行的人看到绳子不像先前坠得那么沉重似的，就知道上来的不是两个工人，而只是一个。

绳子紧紧地往上绞着，一道一道地盘在绞盘上，大家的眼睛都盯牢着矿井在看。上来的就是刚才那个酒醉方醒的人。他精神勃勃地从桶里跳到草地上。大家齐声叫道："活着，还是死了？"接着就是一阵深沉的寂静。

当他说"还活着呢"的时候，大家又齐声高呼，有些人的眼内都噙着泪珠。

喊声一息，在他可以使人听出他的话的时候，他就说："不过他的伤势很重。医生在哪儿？大夫，他的伤那么重，我们不知道怎样把他搞上来。"

他们大家在一道儿议论纷纷，都眼巴巴地望着那个外科医生，他问了一些问题，在听到了这些问题的答案后就摇着头。现在太阳快下山了，红彤彤的晚霞映在每个人的脸上，叫人清楚地看出每张脸都显得悬虑不安。

商议的结果是，那几个摇绞盘的人又回去摇绞盘了，那个矿工带着一点酒和其他小东西又下井去了。于是另外的那个人又上来了。这个当儿，在外科医生指挥之下，有几个人抬了一个担架来，有人就在架子上铺了一些稻草，并在草上铺上一些旧衣服做成一个厚厚的床，同时外科医生就把许多头巾和手帕扯开来做成一些绑带和吊带。这些带子做好以后，就由医生挂在刚才上来的那个矿工的一只臂膀上，并且教他如何使用这些东西。当矿工站在那儿被他手上所提着的灯照着，另外一只有劲的闲着的手扶在杆子上面的时候，有时瞭着矿井的深处，有时望望四周的人们，他就变成那个场合里最引人注意的人。天已经黑了，火把都点起来了。

这个矿工跟他旁边的人讲了几句话，这些话立即传播开来，于是大家才知道这个失踪的人掉在塞住了半个矿井的崩坍下来的垃圾堆上，他跌下去后又被井旁突出的土块所伤。他现在是仰卧着，一只胳膊屈垫在背后，他自己相信自跌下以后就没有动过，除掉有时用那只还可以动弹的手——他记得曾经把面包和肉放在衣袋中——掏衣袋中的面包屑来吃，他也用那只手舀点井里面的水来喝。他是接到信后就从他工作的地方起身的；一路都是步行；他正往庞得贝先生的别墅去，走在路上的时候天已经黑了，所以就掉下去了。因为他无辜地受了这种冤枉，急于想抄近路来为自己辩白，所以才在那危险的时候穿过那个危险的地方。这个矿工说：老鬼门关矿井该受诅咒，名副其实地真正有鬼，斯梯芬虽然现在还可以讲话，但是他的性命也就快要被断送了。

一切都准备好了以后，这个人又下井去了，绞盘开始转动的时候，他的伙伴们和外科医生又叮嘱了他几次，然后绳子旋转了几下他就不见了。绳子像先前一样放下去，信号像先前一样发出来，于是绞盘停住了。但是现在摇绞盘的那些人的手还是紧紧地把着绞盘不放。每个人都紧握着绞盘等待着，弯着身子准备把绞绳倒绞。最后，井底发出信号，然后一圈子人都倾身向前。

现在那些人使劲地往上绞着，绞盘发出叽叽轧轧的声音，看起来绳子仿佛给坠得紧到了极点。看着绳子，想到绳子经不住，大家都非常着急。但是绳子仍然一道一道安然无事地绕到绞盘上，而那些连结起来的链子也现出来了，最后，吊桶也现出来了，那两个人抓着吊桶的两边——这真是一种令人头晕心闷的光景——温存地扶着被绑好吊好放在桶里面的可怜的跌伤了的人。

观众深深地叹息着，露出怜悯的神色，妇女们看见他就放声大哭，因为那个人已不成人形，别人慢慢地把他从那桶里拖了出来放在铺了稻草的担架上。最初只有那个外科医生走近担架边。他尽力把担架整理一下，但是他也没有办法，只好用东西把他的身体盖了起来。他轻轻地这样做好以后，就叫瑞茄和西丝过去。这时斯梯芬那张苍白憔悴表示忍着痛的脸正望着天空，他那只受了伤的右手摆在盖着衣服的身体的外面，好像准备着让另外一只手去拉它似的。

她们给他喝了一点水，用水润了润他的脸，又灌了他一点强心药水和酒。虽然他躺着，动弹不得，两眼望着天，但是他微笑地说了一声"瑞茄"。

她在他旁边跪在草地上低头用眼睛对着他的眼睛，因为他甚至连转眼看她都办不到。

"瑞茄,我的亲爱的。"

她拉着他的手。他又微笑地说:"不要离开我。"

"你觉得很痛吗,我最亲爱的斯梯芬?"

"我原来很痛,现在不痛了。我原来——很害怕,而且口干,而且受尽了苦!我的亲爱的——但是现在都算过去了。唉,瑞茄,全是一团糟!自始至终一团糟!"

他讲这话的时候,脸上又呈现出以往的那种阴影。

"我掉在矿井里面,亲爱的,这个井里不知道死过几千几万人——或是人家的父亲,或是人家的儿子,或是人家的兄弟——这些人都是为他们家庭所宝贝,曾使几万人免受饥寒之苦的。我就掉在这个煤井里。这里面充满了煤气和毒气,杀起人来比在战场上还要凶。我曾经看见过矿工的呈文,这些呈文大家都见过的。他们哀求制订法律的老爷们看在基督的份上,不要使他们的工作致他们于死命,好叫他们养活他们的妻室儿女,因为他们爱他们的妻室儿女,正和绅士们爱他们的妻室儿女一样。矿井在开采的时候,曾不必要地杀害人;不开采的时候,也是不必要地杀害人;瞧我们是怎样死的,死得又是那样冤枉,看来不是这样死就是那样死,每天都是如此,真是一团糟!"

他无力地讲着上面的一段话,自己感觉到所讲的这番话差不多都是真理,并不是对哪一个人在发脾气。

"瑞茄,你的小妹妹,你没忘记她吧。你现在更不会忘记她了,因为我不久就要跟她在一道了。可怜的、受苦的、有耐心的宝贝呵,你晓得你为了她怎样辛辛苦苦地做工,她病时就整天坐在你的窗口旁的那小椅子上,你晓得她为什么那么年轻而变成残废,终于死了,就是因为工人家庭困苦,空气又是那样不好。真是一团糟。全是一团糟。"

这时露意莎走近他的身边,但是因为他的脸正对着那暮霭沉沉的天空,所以他看不见她。

"要是与我们发生关系的一切事情不是那么一团糟,我就不必到这儿来;要是我们工人自己之中不是一团糟,我也不会被我的纺织工友们和工人兄弟们误解了;要是庞得贝先生对我有所了解的话——毋宁说,他有一点儿了解我的话——他就不会生我的气而疑心我了。你往上看吧,瑞茄!往上看吧!"

顺着他的眼光看去,她看出他注视着的是一颗星。

他严肃地讲道："当我掉在井里受苦受难的时候,星光就照着我,照着我的心。我看到了星也就想到了你,瑞茄,这样我那一团糟的心也就变得清楚多了。若是别人不能很好地了解我,我却也有不能了解别人的地方。当我接到你的信的时候,我就很容易认为那个年轻太太对我所讲的话、所做的事情和她弟弟对我所讲的话、所做的事情是一致的,他们两人是串通了来谋害我的。我掉下去的时候,很气她,我心头恨她就像别人恨我一样。但是当我们下判断或做事情的时候都得要容忍和原谅别人。我在受苦受难的时候,抬头望着——那颗星儿正照着我——我就看得更清楚了,发出临死前的祷告,希望世界上的人都能更好地相互了解,彼此之间能更接近一些,不要像我活在世上时那样。"

露意莎本来站在瑞茄的对面,听到他所说的话以后,就弯下腰来使他可以看见她。

"你听见了吗?"他沉默了一会儿,然后才说,"我没有忘记你,太太。"

"是的,斯梯芬,我听见你说的话了。你所祷告的就是我所要祷告的。"

"你有父亲的。你可以把一个口信带给你父亲吗?"

"他就在这儿,"露意莎恐怖地说,"你要我请他过来吗?"

"麻烦你请他过来。"

露意莎带着他父亲一道过来了。两个人手拉手地站在斯梯芬面前,低头看着他那庄严的脸。

"老爷,你得把我洗刷干净,对一切人恢复我的名誉。这件事我交给你去办。"

葛擂硬先生感到为难,就问道:怎样办呢?

他回答道:"老爷,你的儿子会告诉你怎样办。你去问他吧。我不想作什么控诉,我不预备在没有死以前说任何告发别人的话。有一天晚上我曾经见过你的儿子跟他讲过话。我请求你的只是为我洗刷干净——我相信你会这样办的。"

抬他的人预备把他抬走,医生也急于要把他抬走,那些拿灯笼火把的人都站在担架的前面准备走了。当床抬起来,他们正商量把他抬到什么地方去的时候,斯梯芬抬头看着星光,对瑞茄说:

"我在矿井里醒过来看见星光照着我的时候,我就老想到那就是指引东方三个贤人找到了救世主诞生的那个地方的星星。我想准是那颗星!"

他们把他抬起来的时候,他很高兴,觉得他们正是把他抬到那颗星宿所指引的那个方向去。

"瑞茄,我亲爱的姑娘!不要放了我的手。我的亲爱的,今天晚上我们一道走吧。"

"我要一路握着你的手,紧跟在你的身旁,斯梯芬。"

"上帝保佑你。请哪位把我的脸盖起来,好吗?"

他们极其轻悄地抬着他顺着田地,沿着小径,穿过荒野,瑞茄一直握着他的手不放。一路上阴郁沉静,很少有喁喁私语来打破这令人伤心的沉默。这一群人不久就成了送殡的行列。那颗星指示着他,哪里可以找到穷人们的上帝,通过谦虚、悲哀和饶恕,他已经到了他的救主的安息所在了。

(选自《艰难时世》,全增嘏、胡文淑译,

上海译文出版社 1978 年版)

《艰难时世》导读

查尔斯·狄更斯(1812—1870)是英国批判现实主义小说家。他的作品尖锐地讽刺英国资产阶级的假民主,揭露贫民救济所和学校教育的黑暗,广泛地抨击了资本主义社会的种种丑恶,被马克思连同萨克雷、夏洛蒂·勃朗特等一起誉为"出色的一派小说家",并说他们揭示了许多"政治的和社会的真理"。

狄更斯生于一个小官吏的家庭,童年时期家境贫困,他当过学徒,擦过皮鞋,还跟父亲一起住进监狱,后来在律师事务所当缮写员,不久又当了新闻记者,开始了写作生涯。

1833 至 1842 年,是狄更斯创作的探索时期。这时的作品主要有《BOZ 特写集》(1833—1836),这是对乡村生活和伦敦生活的一些速写,《匹克威克外传》(1836—1839)则是一部报章连载的长篇小说。他的第一部真正的社会小说是《奥立佛·退斯特》(1838),它集中地描写了伦敦底层的生活。

1842 至 1850 年,是狄更斯创作的新阶段。他经历了 1841 年的经济危机和 1842 年的宪章运动,更清楚地看到了社会的弊病。这时,他写出了著名的《马西·朱述维特》和《董贝父子》。从内容上看,他的早期作品主要是描写一些犯罪活动,而这时,他的矛头已直指像董贝这样的大资本家了。

从 19 世纪 50 年代到 60 年代,狄更斯进入创作盛期。《大卫·科波菲尔》、《荒凉山庄》、《双城记》、《远大前程》、《我们的共同朋友》、《小杜丽》等优秀作品一部接一部地发表了。在这一时期,由于对社会的认识更加深刻,作品中的批判力量也大大加强了,在《远大前程》等作品里,他还描写了青年如何在金钱的毒害下走向毁灭的主题,这表明了他对资本主义社会的希望已彻底幻灭。

《艰难时世》完成于 1854 年,在狄更斯创作中占有重要的地位。它接触了 19 世纪 50 年代英国资产阶级和无产阶级冲突的重大题材,当时的宪章运动在小说中也有所反映。

小说中的登场人物所接触的天地并不大,无非是那个焦煤镇及附近的地区。然而它却是产业革命后英国社会的一个缩影。以葛擂硬和庞得贝为代表的剥削者把焦煤镇弄得乌烟瘴气,控制着焦煤镇每个居民的命运。

葛擂硬原来是五金批发商人,然而故事发生的时候,他已经是这个地区的一名国民议员了。他承认自己是一个"专讲实际的人"。他为人处事都从这条原则出发:二加二等于四,不等于更多。他的口袋经常装着尺子、天平和乘法表,随时准备对任何事物量一量、称一称。他告诫别人说:"我要求的就是事实。……只有事实才是生活中最需要的。除此以外,什么都不要培植,一切都应该连根拔掉。"葛擂硬先生就是运用这些"事实"原则来教育和熏陶他的子女——五个小葛擂硬的,特别是他的女儿露意莎和儿子汤姆。

葛擂硬所指的"事实",其实就是赤裸裸的"现金交易"。正如狄更斯在小说第三部的第八章所说:"葛擂硬先生哲学的一个基本原则就是,什么都得出钱来买。不通过买卖关系,谁也决不应该给谁什么东西或者给谁帮忙。感谢之事应该废除,由于感谢而产生的德行是不应该有的。人从生到死的生活第一步都应是一种隔着柜台的现钱买卖关系。"

葛擂硬强迫女儿露意莎嫁给比她大 30 岁的庞得贝,就是根据隔着柜台的现钱交易的原则出发的。他这样劝说女儿道:"照虚年龄来说,你已经 20 岁了;庞得贝先生照虚年龄来算是 50 岁。从你们两人的年龄来说,是有些不相称,但是从你们的财产和地位来说是没有什么不相称的;反过来说,倒是非常门当户对呢。"很清楚,在葛擂硬这样的资产者看来,婚姻首先就是男女双方"财产和地位"的结合,用另一种话来说,也就是一场"现钱买卖关系"。想做议员的原五金批发商人葛擂硬在财产和地位上是比不上庞得贝的,他不得不借女儿的年轻美貌来增加他在这场交易中的地位。于是已经被葛擂硬先生的"事实"哲学教育得服服帖帖的露意莎,在葛擂硬这种"无可辩驳"的"逻辑"的劝说下,终于只好同意嫁给庞得贝了。

庞得贝既是银行家、商业家,又是工业家。他相信一切都可以"制造",爱情也可以"制造"。为了宣扬他的"艰苦创业",他甚至不许亲生母亲在焦煤镇露脸,胡说自己是个孤儿。他使用最卑鄙无耻的手段娶了露意莎做老婆,然而他却厚着脸皮对人家说:"我不知道她看中我什么跟我结婚。"他对工人进行敲骨吸髓的剥削,然而却胡吹工人将来是要"用金调羹来吃甲鱼汤和鹿肉的"。他恶意地在工人斯梯芬和他的同伴们之间进行挑拨。他看到斯梯芬没有参加工会组织,就想把他收买过来。但是一遭到斯梯芬的拒绝,就把斯梯芬解雇了。

总之,葛擂硬和庞得贝正是两个互为表里、狼狈为奸的人物,他们之间存在着"分工"。那一个是在家庭生活、学校生活乃至议会活动中，强行建立他所谓的"事实"的统治；这一个则是掌握着劳动人民赖以为生的经济命脉、生产手段。彼此互相策应。葛擂硬和庞得贝是地地道道的英国资本主义社会的产物。在他们的王国里，能够生活得好的，只有斯巴塞太太，这是一个没落的女贵族，庞得贝先生正要借她的贵族身份来炫耀他自己的权势；还有毕周，这个小伙子在"事实"哲学的熏陶下，甘心情愿做庞得贝的鹰犬、爪牙。其他的人就莫不受到他们的压迫、摧残和毒害。露意莎的一生完全断送在葛擂硬和庞得贝的手里。露意莎的弟弟小汤姆，他是作为露意莎下嫁庞得贝的条件之一，到庞得贝的银行里去做事的。他从小被葛擂硬的"事实"哲学教育得昏头昏脑，一旦脱离了葛擂硬的"严格管教"，就变得生活放荡，最后偷了银行里一百多镑钱，差一点吃官司。

从结构上说《艰难时世》包括两条故事线索。一条是露意莎被迫嫁与庞得贝所发生的悲剧；一条则是斯梯芬与工厂老板庞得贝的冲突以及他被庞得贝解雇后发生的惨剧。

斯梯芬是庞得贝所经营的一家纺织厂的工人。作者说他是一个"善操纺织机器的好织工"，还说他"非常纯厚诚实"，"从出生以来就不曾跟人有过什么冲突"。然而，在庞得贝的心目中，斯梯芬这样的工人无非是个能够干活的"人手"，能够代替"许多匹马的马力"。庞得贝对待他们就好像"处理加法中的数目字或者是机器一般"，从来不把他们看作是有思想、有灵魂、有血有肉的人。在庞得贝的贪婪的剥削下，斯梯芬虽然已经是工作多年的老工人，然而却过着十分贫困的生活。他居住在焦煤镇人烟稠密地区的最挤的一个角落里。他的妻子在贫民区恶劣环境的毒害和引诱下，完全堕落为一个酒鬼。斯梯芬很想同老婆离婚，和相爱已久的善良的瑞茄结合，可他付不起 10 万镑以上的诉讼费。庞得贝把他解雇，等于是投井下石，使他陷在更加痛苦狼狈的境地。然而事情并非到此为止。

庞得贝最后竟然疑心小舅子小汤姆偷去的一百多镑钱是斯梯芬偷的,到处贴出赏格,要捉他归案。

应当指出,斯梯芬这样的工人并非属于英国工人中的先进部分。当时许多工人都积极参加了宪章运动,然而斯梯芬对于宪章运动却抱着怀疑态度,他不愿意加入由宪章派领导的工会。可是另一方面,当庞得贝抓住斯梯芬这个弱点,千方百计想收买他,要利用斯梯芬把猛烈攻击斯梯芬的工会头头斯拉克布瑞其等一伙人抓起来的时候,斯梯芬却是毫不犹豫地拒绝了:"就是你把一百个斯拉克布瑞其……把他们一个个捉起来放在麻袋里缝牢了,沉在那没有陆地之前就有了的最深的海洋里,那一团糟的情形还依然会存在。"

斯梯芬为什么不愿参加宪章派运动领导的工会呢?一方面,这是由于英国历史的发展的条件所决定的。产业革命的浪潮来得这样迅猛,以致无数原来安于封建宗法社会、安于手工业生产方式的劳动者,好像一下子被超自然的力量从温暖的家屋给扔到上无片瓦、下无寸草的天地中,晕头转向,不知所从。斯梯芬在这种席卷一切浪潮的冲击之下,显然也有点不知所措了。他还没有认识到庞得贝和自己之间的剥削和被剥削的关系,为什么劳动一辈子还是赤贫如洗,为什么一被庞得贝解雇,他就再也找不到工作了等道理。另一方面,这是宪章运动本身的弱点,参加宪章运动的有真正的无产者,也有像《艰难时世》中所描写的斯拉克布瑞其这样的"激进的小资产阶级"。他们对斯梯芬这种觉悟比较低的工人,不是采取耐心说服的态度,而是采取鄙夷、排斥、打击的态度。

此外,狄更斯对于马戏团那个丑角的女儿西丝·朱浦,也是满怀着同情来描写的。西丝的父亲为了使他的女儿长大以后能够不至于像他那样过流浪卖艺的生活,就打发她到葛擂硬办的学校念书。当葛擂硬先生发现女儿露意莎偷看马戏表演以后,本来要想把西丝撵出学校去。但就在这时,西丝的父亲朱浦却因为好几次表演中都出了岔子，感到没脸再在马戏团里混下去，就悄悄地丢下女儿出走了。于是葛擂硬改变了主意，反而把西丝收留下来，不过他没有让她回学校，而是要她和马戏团断绝一切往来，到他家里服待太太以及同露意莎作伴。看来，葛擂硬是想把西丝完全按照他的"事实"哲学的模式，彻底"改造"过来。然而由于痛苦的现实生活给西丝的教育，在她身上有一种非常顽强的东西，不论葛擂硬办的学校，不论葛擂硬的家庭，都无法改移它的一丝一毫。她对周围发生的事情，都有她自己的判断。西丝和露意莎平时在一起，本来很谈得来，但是等到露意莎决定嫁给庞得贝以后，她就流露出"惊讶、怜悯、悲愁、怀疑"的情绪，悄悄地从露意莎身边走开去了。然而当她发觉露意莎由于不幸的婚姻，快要跌进灭亡的深渊的时刻，她却给了露意莎有力的支持，帮着她从困境里挣扎出来。

总之，狄更斯通过庞得贝、葛擂硬集团同斯梯芬、露意莎、西丝等人物在生活中的种种矛盾冲突，相当真实地反映了 19 世纪 50 年代英国社会的状况。

自然，由于狄更斯是一个资产阶级作家，他以人道主义的善恶观念来评价社会的现象和人物的活动；由于英国历史所经历的曲折道路，狄更斯不可能对当时的工人运动，尤其是对宪章运动有比较正确的理解；也不可能以自觉的革命信念来观察当时的社会现象。然而狄更斯也不相信工人和资本家有妥协的可能。为此，他让既不愿参加斗争，又不愿受庞得贝收买的斯梯芬最后失足落在废矿井里，而让小说中其他的人物在史里锐马戏团里找到避难所。然而逃遁到马戏团去不过是狄更斯的一个幻想。控制着焦煤镇或者马戏团的，同样都是资本主义社会。

（辛未艾）

萨克雷

名 利 场

第 十 章

夏泼小姐交朋友了

　　克劳莱家里好些和蔼可亲的人物,在前几页里面已经描写过了。利蓓加现在算他们一家人,当然有责任讨恩人们的喜欢,尽力得到他们的信任。这话是她自己说的。像她这么一个无依无靠的孤儿,能够知恩感德,真得到夸奖。就算她的打算有些自私的地方,谁也不能否认这份儿深谋远虑是很合理的。这孤苦伶仃的女孩儿说:"我只有单身一个人。除了自己劳力所得,没有什么别的指望。爱米丽亚那粉红脸儿的小不点儿,还没有我一半懂事,倒有十万镑财产,住宅家具奴仆一应俱全,可怜的利蓓加(我的腰身比爱米丽亚的好看得多了),只能靠着自己和自己的聪明来打天下。瞧着吧,我仗着这点聪明,总有一天过活得很有气派,总有一天让爱米丽亚小姐瞧瞧我比她强多少。我倒并不讨厌她,谁能够讨厌这么一个没用的好心人儿呢?可是如果将来我的地位比她高,那多美啊!不信我就到不了那么一天。"我们的小朋友一脑袋幻想,憧憬着美丽的将来。在她的空中楼阁里面,最主要的人物就是她的丈夫,请大家听了这话别嗔怪她。小姐们的心思转来转去不就想着丈夫吗?她们亲爱的妈妈不也老是在筹划她们的婚事吗?利蓓加说道:"我只能做我自己的妈妈。"她回想到自己和乔斯·赛特笠的一场不如意事,心里难过,只能自己认输。

　　她很精明,决定在女王的克劳莱巩固自己的地位,舒舒服服过日子。因此在她周围的人,凡是和她有利害关系的,她都想法子笼络。克劳莱夫人算不得什么。她懒洋洋的,做人非常疲软,在家里全无地位。利蓓加不久发现不值得费力结交她,而且即使费了力也是枉然。她和学生们说起话来,就称她为"你们那可怜的妈妈"。她对于克劳莱夫人不冷不热,不错规矩,却很聪明地把大部分的心思用在其余各人身上。

两个孩子全心喜欢她。她的方法很简单,对学生不多给功课,随他们自由发展。你想,什么教育法比自学的效力更大呢?大的孩子很喜欢看书。在女王的克劳莱大厦的书房里,有不少十八世纪的文学作品,有英文的,也有法文的,都是轻松的读物。这些书还是照例行文局的秘书在倒台的时候买下来的。目前家里的人从来不挨书架,因此利蓓加能够随心如意地给露丝·克劳莱小姐灌输许多知识连带着娱乐自己的心性。

她和露丝小姐一起读了许多有趣的英文书法文书,作家包括渊博的斯摩莱特博士①、聪明机巧的菲尔丁先生②、风格典雅、布局突兀的小克雷比勇先生③(他是咱们不朽的诗人格蕾④一再推崇的),还有无所不通的伏尔泰先生⑤。有一回克劳莱先生问起两个孩子究竟读了什么书。她们的教师回答道:"斯摩莱特。"克劳莱先生听了很满意,说道:"啊,斯摩莱特。他的历史很沉闷,不过不像休姆先生⑥的作品一样有危害性。你们在念历史吗?"露丝小姐答道:"是的。"可是没有说明白念的是亨弗瑞·克林格的历史⑦。又有一回他发现妹妹在看一本法文戏剧,不由得有些嗔怪的意思,后来那教师跟他解释,说是借此学习法国人谈话中的成语,他也就罢了。克劳莱先生因为是外交家,一向得意自己法文说得好(他对于世事还关心得很呢!),听得女教师不住口地夸赞他的法文,心上非常欢喜。

凡奥兰小姐的兴趣恰好相反。她闹闹嚷嚷的,比她姐姐卤莽得多。她知道母鸡在什么隐僻的角落里下蛋。她会爬树,把鸟窝里斑斑点点的鸟蛋偷掉。她

---

① 斯摩莱特(1721—1771),英国小说家。
② 菲尔丁(1705—1754),英国小说家。
③ 克雷比勇(1707—1777),法国戏剧家和小说家。
④ 格蕾(1716—1771),英国诗人。
⑤ 伏尔泰(1694—1778),法国作家,是推动法国大革命的力量之一。
⑥ 休姆(1711—1776),英国哲学家,曾写过英国都铎王朝及斯丢亚王朝的历史。斯摩莱特曾写过英国历史。
⑦ 斯摩莱特的小说。

爱骑着小马，像卡密拉①一般在旷野里奔跑。她是她爸爸和马夫们的宝贝。厨娘最宠她，可是也最怕她，因为她有本事把一罐罐藏得好好儿的糖酱找出来，只要拿得着，没有不偷吃的。她跟姐姐不停地拌嘴吵架。夏泼小姐有时发现她犯这些小过错，从来不去告诉克劳莱夫人。因为克劳莱夫人一知道，少不得转告她爸爸，或者告诉克劳莱先生，那就更糟。利蓓加答应保守秘密，只要凡奥兰小姐乖乖地做好孩子，爱她的教师。

夏泼小姐对克劳莱先生又恭敬又服帖。虽然她自己的妈妈是法国人，可是常常碰到看不懂的法文句子，拿去向他请教。克劳莱先生每回给她讲解得清清楚楚。他真肯帮忙，除了文学方面点拨利蓓加以外，还替她挑选宗教气息比较浓厚的读物，而且常常和她谈天。利蓓加听了他在瓜希马布传教团劝募会上的演说，佩服得五体投地，对于他那关于麦芽的小册子也很感兴趣。有时他晚上在家讲道，她听了感动得掉下泪来，口里说："啊，先生，谢谢你。"一面说，一面翻起眼睛瞧着天叹一口气。克劳莱先生听了这话，往往赏脸和她握手。贵族出身的宗教家常说："血统到底是要紧的，你看，只有夏泼小姐受我的启发而领悟了真理。这儿别的人都无动于衷。我的话实在太细腻、太微妙了，他们是听不懂的。以后得想法子通俗化一些才好。可是她就能领会。她的母亲是蒙脱莫伦茜②一族的。"

看来这家名门望族就是夏泼小姐的外婆家，对于她母亲上舞台的事，她当然一句不提，免得触犯了克劳莱先生宗教上的顾忌。说来可恨，从法国大革命之后，流亡在外国的贵族无以为生的真不在少数。利蓓加进门没有几个月就讲了好几个关于她祖宗的轶事。其中有几个，克劳莱先生发现书房里那本陶齐哀字典③里也有记载，更加深信不疑，断定利蓓加的确是世家后裔。他好奇心那么强，甚至于肯去翻字典，难道是因为他对利蓓加有意吗？我们的女主角能不能这么猜测一下呢？不！这不过是普通的感情罢了。我不是老早说过他看中的是吉恩·希伯香克斯小姐吗？

————————

① 卡密拉是神话中伏尔西地方的皇后，她跑得飞快，因此跑过麦田，麦叶不弯，跑过海洋，两脚不湿。

② 蒙脱莫伦茜是法国最有名的豪门望族之一，从 12 世纪起已经公侯辈出。

③ 陶齐哀是法国著名谱牒学世家，祖孙叔侄都以谱牒学出名。此处所说的字典，是路易士·陶齐哀(1684—1767)和他儿子安东·马列·陶齐哀(1721—1810)合著的。

有一两回,他看见利蓓加陪着毕脱爵士玩双陆,就去责备她,说是不敬上帝的人才喜欢玩这玩意儿,不如看看"脱伦浦的遗产"和"摩尔非尔的瞎眼洗衣妇"这类正经书来得有益。夏泼小姐回说她亲爱的妈妈从前常常陪着特·脱利克脱辣克老伯爵和地·各内修道院住持玩这种游戏。这样一说,这类世俗的玩意儿都可以上场了。

家庭教师笼络她东家的方法并不限于陪他玩双陆。她还在许多别的事情上为他效劳。她没有到女王的克劳莱以前,毕脱爵士曾经答应把案卷给她消遣,如今她孜孜不倦地把所有的案卷都看过一遍,又自动帮他抄写信件,并且巧妙地改正他的别字,使他写的字合于时下沿用的体例。凡是和庄地、农场、猎苑、花园、马房有关系的一切事务,她都爱知道。使男爵觉得跟她做伴实在有趣,早饭后出去散步的时候总带着她——孩子们当然也跟着一块儿去。她向他提供许多意见,像灌木该怎么修剪,谷物该怎么收割,花床里怎么栽花,怎么套车,怎么犁田。夏泼小姐在女王的克劳莱不满一年,已经成了男爵的亲信。本来毕脱爵士吃饭的时候常跟用人头儿霍洛克斯先生说话,如今只跟她说话了。克劳莱先生不在家的时候,她差不多是宅子里的主妇。她的新地位虽然高,可是她留心不去冒犯管厨房和管马房的体面用人。对他们又虚心又客气。我们以前看见的利蓓加,还是个骄傲、怕羞、满腹牢骚的女孩子;现在可不同了。她的性情有了转变,足见她为人谨慎,有心向上,至少可说她有痛改前非的勇气。利蓓加采取了新作风,做人谦逊和顺,究竟她是否出于至诚,只要看她以后的历史就能知道。长时期的虚情假意,二十一岁的年轻人恐怕装不出吧?可是话又说回来,我们这女主角年纪虽小,经验可不少,行事着实老练。各位读者如果到现在还没有发现利蓓加聪明能干,写书的真是白费力气了。

克劳莱家里的两兄弟牙痒痒地你恨我我嫌你,因此像晴雨表盒子里的一男一女,从来不同时在家①。不瞒你说,罗登·克劳莱,那个骑兵,压根儿瞧不起自己的老家。他姑妈一年来拜访一次,他也跟着来,平常是不高兴回家的。

关于这位老太太了不起的好处,前面已经说过。她有七万镑财产,而且差不多已经收了罗登做干儿子。她最讨厌大侄儿,嫌他是个脓包,瞧他不起。克劳莱先生呢,也毫不迟疑地断定她的灵魂已经没有救星,而且说他弟弟罗登

---

① 男女两人一个是天晴的标记,一个是天雨的标记。

死后的命运也不会比姑妈的好。他常说:"她这人最贪享受,而且眼里没有上帝,老跟法国人和无神论者混在一起,我一想起她这危险的处境就忍不住发抖。她离死不远了,竟还是这么骄奢淫逸,爱慕虚荣。而且她一味的糊涂,开口亵渎神明,想起来真叫人担心。"事情是这样的,他每晚要花一个钟头讲道,老太太一口回绝不要听。如果姑妈单身到女王的克劳莱做客,他的经常晚祷便不得不停止。

他父亲说:"毕脱,克劳莱小姐回来的时候别讲道,她写信来说她最讨厌人家传道说法。"

"唷,用人怎么办呢?"

毕脱爵士答道:"呸!用人们上了吊我也不管。"儿子的意思认为听不到他的讲道比上吊更糟。

他这么一辩驳,他父亲就说:"怎么了,毕脱,难道你愿意家里少三千镑一年的进款吗?你不能这么糊涂吧?"

克劳莱先生答道:"比起咱们的灵魂来,几个钱算得了什么?"

"你的意思是,反正老太太的钱不给你,对不对啊?"克劳莱先生也许竟是这个意思,也未可知。

克劳莱小姐的生活的确腐败得很。她在派克街有一所舒服的小宅子,每逢夏天上哈罗该脱和契尔顿纳姆避暑,因为在伦敦应酬交际最热闹的时候她老是吃喝得太多,非得活动活动不可。所有的老姑娘里头,算她最好客,兴致也最高。据她自己说,当年她还是个美人儿呢!(我们知道,所有的老婆子当年都是美人儿。)她谈吐风趣,在当时是个骇人听闻的激进分子。她到过法国;听说她在那儿有过一页伤心史,竟爱上了圣·于斯德①。她从法国回来以后,一直喜欢法国小说、法国酒和法国式烹调。她爱看伏尔泰的作品,背得出卢梭②的名句,把离婚看得稀松平常,并且竭力提倡女权。她屋子里每间房里都有福克斯先生③的肖像。这位政治家在野的时候,她大概跟他在一块儿赌过钱。他上台之后,她常常自夸,说毕脱爵士和女王的克劳莱选区另外的一个代

---

① 圣·于斯德(1767—1794),法国大革命的领袖之一。
② 卢梭(1721—1778),和伏尔泰同时的作家,主张解除束缚,回到自然,对当时法国人的思想极有影响,是推动法国大革命的力量之一。
③ 福克斯(1749—1806),英国政治家。他很有学问,可是很爱赌。

表所以肯投票选举福克斯,都是她的功劳。其实即使这位忠厚的老太太不管这事,毕脱爵士也会选福克斯的。这了不起的自由党员去世以后,毕脱爵士才改变了原来的政治见解,这也是理所当然的事。

罗登小的时候,这好老太太就很喜欢他,把他送到剑桥大学去读书(因为哥哥进的是牛津大学,因此存心和哥哥对立),两年之后,剑桥大学当局请他不必再去了,姑妈便又替他在禁卫军里捐了个军官的位置。

这年轻军官是个有名的花花公子。那时英国的贵族都爱拳击,猎田鼠,玩壁球,还爱一个人赶四匹马拉的马车。这些高超的学问,罗登没一门不精通。他属于禁卫军,责任在保护摄政王的安全,因此没有到外国去打过仗。虽然这么说,他已经和人决斗了三次(三次都因为赌博而起,因为罗登爱赌爱得没有节制),可见他一点儿不怕死。

"也不怕死后的遭遇,"克劳莱先生一面说,一面翻起黑莓颜色的眼珠子望着天花板。他老是惦记着弟弟的灵魂。凡是有什么人意见和他不合,他就为他们的灵魂发愁。好些正经人都像他这样,觉得这是一种安慰。

克劳莱小姐又糊涂又浪漫,瞧着她的宝贝罗登仗着血气之勇干这些事,不但不害怕,在他决斗过后还代他还债。她不准别人批评他的品行,总是说:"少年荒唐是普通事。他那哥哥才是个脓包伪君子,罗登比他强多了。"

第三十六章

全无收入的人怎么才能过好日子

我想,在我们这名利场上的人,总不至于糊涂得对于自己朋友们的生活情况全不关心,凭他心胸怎么宽大,想到邻居里面像琼斯和斯密士这样的人一年下来居然能够收支相抵,总忍不住觉得诧异。譬如说,我对于琴根士一家非常的尊敬,因为在伦敦请客应酬最热闹的时候,我总在他家吃两三顿饭,可是我不得不承认,每当我在公园里看见他们坐着大马车,跟班的打扮得像穿特别制服的大兵,就免不了觉得纳闷,这个谜是一辈子也猜不透的了。我知道他们的马车是租来的,他们的用人全是拿了工钱自理膳食的,可是这三个男用人和马车一年至少也得六百镑才维持得起呢。他们又时常请客,酒菜是丰盛极了；两个儿子都在伊顿公学① 读书，家里另外给女儿们请着第一流的保姆和家庭教师。他们每到秋天便上国外游览，不到伊斯脱波恩便到窝丁；一年还要开一次跳舞会，酒席都是根脱饭馆预备的。我得补充一句，琴根士请客的上等酒席都叫他们包办。我怎么会知道的呢？原来有一回临时给他们拉去凑数，吃喝得真讲究，一看就知道比他们款待第二三流客人的普通酒菜精致许多。这么说来，凭你怎么马虎不管事，也免不了觉得疑惑，不知道琴根士他们到底是怎么一回事。琴根士本人是干哪一行的呢？我们都知道，他是照例行文局的委员，每年有一千二百镑的收入。他的妻子有钱吗？呸！她姓弗灵脱，父亲是白金汉郡的小地主，姊妹兄弟一共有十一个人。家里统共在圣诞节送她一只火鸡，她倒得在伦敦没有大应酬的时候供给两三个姊妹食宿，并且兄弟们到伦敦来的时候也得由她招待。琴根士究竟怎么能够撑得起这场面的呢？我真想问问："他至今能够逍遥法外，究竟是怎么回事呀？去年他怎么还会从波浪涅回来呢？"他所有别的朋友一定也在那么猜测。去年他从波浪涅回来，大家都奇怪极了。

这里所说的"我"，代表世界上一般的人，也可以说代表可敬的读者亲友里面的葛伦地太太② 这种莫名其妙靠不知什么过活下去的人，谁没有见过？无疑的，我们都曾和这些好客的主人一起吃喝作乐，一面喝他们的酒，一面心下揣摩，不知道他是哪里弄来的钱。

罗登·克劳莱夫妇在巴黎住了三四年后便回到英国，在梅飞厄的克生街上一所极舒服的小屋里住下来。在他们家里做客的许许多多朋友之中，差不多没有一个肚子里不在捉摸他们家用的来源。前面已经表过，写小说的人是无所不知的，因此我倒能够把克劳莱夫妇不花钱过日子的秘诀告诉大家。不幸现在的报纸常常随意把分期发表的小说摘录转载，所以我觉得担心，要请求各报的编辑先生不要抄袭我这篇情报和数字都极端准确的文章。既然发现内中情节的是我，出钱调查的是我，所得的利润当然也应该归我才对。如果我有个儿子，我一定对他说，孩子啊，倘若你要知道有些毫无收入的人怎么能过得那么舒服，只要常常跟他们来往和不断寻根究底地追问他们。不过我劝你

---

① 英国最贵族化的公立学校。
② 莫登(1764—1838)的《快快耕田》一剧，在 1798 年出版，剧中有一个从未露面的角色叫葛伦地太太，现在已经成为拘泥礼法的英国人的象征。

少和靠这一行吃饭的家伙来往,你需要资料的话,尽不妨间接打听,就像你运用现成的对数表似的就行了。信我的话,倘若自己调查的话,得花不少钱呢。

克劳莱夫妇两手空空地在巴黎住了两三年,过得又快乐又舒服,可惜这段历史,我只能简单叙述一下。就在那时,克劳莱把军官的职位出卖,离开了禁卫队。我们和他重逢的时候,惟有他的胡子和名片上上校的名衔还沾着点军官的气息。

我曾经说过,利蓓加到达法国首都巴黎不久之后,便在上流社会出入,又时髦,又出风头,连好些光复后的王亲国戚都和她来往。许多住在巴黎的英国时髦人也去奉承她,可是他们的妻子很不高兴,瞧着这个暴发户老大不入眼。在圣叶孟郊外一带的贵人家里,她的地位十分稳固,在灿烂豪华的新宫廷里,她也算得上有身份的贵客。克劳莱太太这么过了好几个月,乐得简直有些飘飘然。在这一段春风得意的日子里,大概她对于丈夫日常相与的一群老实的年轻军官很有些瞧不起。

上校混在公爵夫人和宫廷贵妇们中间,闷得直打呵欠。那些老太婆玩埃加脱,输了五法郎便大惊小怪,因此克劳莱上校觉得根本不值得斗牌。他又不懂法文,对于他们的俏皮话一句也不懂。他的妻子天天晚上对着一大群公主屈膝行礼。这里面究竟有什么好处,他也看不出来。不久他让利蓓加独自出去做客,自己仍旧回到和他气味相投的朋友堆里来混,他是宁可过简单些的生活,找简单些的消遣的。

我们形容某某先生全无收入而过得舒服,事实上"全无收入"的意思就是"来路不明的收入",也就是说这位先生居然能够开销这么一个家庭,简直使我们莫名其妙。我们的朋友克劳莱上校对于各种赌博,像玩纸牌、掷骰子、打弹子,没一样不擅长,而且他经过长期练习,自然比偶然赌一两场的人厉害得多。打弹子也和写字、击小剑、吹德国笛子一般,不但需要天赋的才能,而且应该有不懈的研究和练习,才能专精。克劳莱对于打弹子一道,本来是客串性质,不过玩得非常出色,到后来却成了技术高明的专家。他好像了不起的军事家,面临的危险愈大,他就愈有办法,往往一盘赌博下来,他手运一些也不好,所有的赌注都输了,然后忽然来几下子灵敏矫捷得出神入化的手法,把局势挽回过来,竟成了赢家。凡是对他赌博的本领不熟悉的人,看了没有不惊奇的。知道他有这么一手的人,和他赌输赢时便小心一些,因为他有急智,脑子又快,手又巧,别人再也赌不赢他。

斗牌的时候他也照样有本事。到黄昏初上场的时候他老是输钱,新和他交手的人见他随随便便,错误百出,都不怎么瞧得起他。可是接连几次小输之后,他生了戒心,抖擞起精神大战,大家看得出他的牌风和本来完全两样了,一黄昏下来,总能够把对手打得服服帖帖。说真的,在他手里赢过钱的人实在少得可怜。

他赢钱的次数那么多,无怪乎眼红的人、赌输的人,有时说起这事便要发牢骚。法国人曾经批评常胜将军威灵吞公爵,说他所以能常胜的缘故,无非是意外的运气,可是他们不得不承认他滑铁卢之战的确耍过一些骗人的把戏,要不然那最后的一场比赛是赢不了的。同样的,在英国司令部,有好些人风里言风里语,总说克劳莱上校用了不老实的手段,才能保赢不输。

当时巴黎的赌风极盛,虽然弗拉斯加蒂和沙龙赌场都正式开放,可是一般人正在兴头上,觉得公共赌场还不过瘾,私人家里也公开聚赌,竟好像公共赌场从来就不存在,这股子赌劲没处发泄似的。在克劳莱家里,到黄昏往往有有趣的小聚会,也少不了这种有危险性的娱乐。克劳莱太太的心地忠厚,为这件事心上很烦恼。她一谈起丈夫好赌的脾气就伤心得不得了,每逢家里有客,她总是唉声叹气地抱怨。她哀求所有的小伙子总不要挨近骰子匣。有一次来福枪联队里的葛里恩输了不少钱,害得利蓓加陪了一夜眼泪。这是她的用人后来告诉那倒楣的输家的。据说她还向丈夫下跪,求他烧了债票,不要再去讨债。她丈夫不肯。那怎么行呢?匈牙利轻骑兵联队的勃拉克斯顿和德国汉诺伐骑兵联队里的本脱伯爵也赢了他那么多钱呢!葛里恩当然不必马上付钱,不妨过一个适当的时期再说,至于赌债,那是非还不可的。谁听说过烧毁债票呢?简直是孩子气!

到他们家去的军官多数年纪很轻,因为这些小伙子都爱追随在克劳莱太太身边。他们去拜访一次,多少总得在他们的牌桌上留下些钱,所以告别的时候都垂头丧气地拉长了脸。渐渐地克劳莱太太一家的声名便不大好听了。老手们时常警告没经验的人,说这里头的危险太大。当时驻扎在巴黎的第一联队的奥多上校就曾对联队里的斯卜内中尉下过劝告。有一次,步兵上校夫妇和克劳莱上校夫妇碰巧都在巴黎饭馆吃饭,两边就气势汹汹地大声吵闹起来了。两位太太都开了口。奥多太太冲着克劳莱太太的脸打响指,说她的丈夫"简直是个骗子"。克劳莱上校向奥多上校挑战,要跟他决斗。到他把"打死马克上尉"的手枪收拾停当,总司令已经风闻这次争辩,把克劳莱上校传去结结实实地训斥了一顿,结果也就没有决斗。倘若利蓓加不向德夫托将军下跪,克劳莱准会给调回英国去。此后几个星期里面,他不敢赌了,最多找老百姓玩一下。

虽然罗登赌起来手法高明,百战百胜,利蓓加经过了这些挫折之后,觉得他们的地位并不稳。他们差不多什么账都不付,可是照这样下去,手头的一点儿款子总有一天会一文不剩。她常说:"亲爱的,赌博只能弥补不足,不能算正经的收入。总有一天那些人赌厌了,咱们怎么办呢?"罗登觉得她的话不错;说实话,他发现先生们在他家里吃过几餐小晚饭之后,就不高兴再赌钱了,虽然利蓓加会迷人,他们还是不大愿意来。

他们在巴黎生活得又舒服又有趣,可是终究不过是偷安嬉耍,不是个久远之计。利蓓加明白她必须在本国替罗登打天下;或是在英国谋个出身,或是在殖民地上找个差使。她打定主意,一到有路可走的时候,就回英国。第一步,她先叫罗登把军官的职位出卖,只支半薪。他早已不当德夫托将军的副官了。利蓓加在不论什么应酬场上都讥笑那军官,她讥笑他的马(他进占巴黎时骑的就是它),还讥笑他的绑腰带、他的假牙齿。她尤其爱形容他怎么荒谬可笑,自以为是风月场上的老手,只当凡是和他接近的女人个个爱他。如今德夫托将军另有所欢,又去向军需处白瑞恩脱先生的凸脑门的妻子献勤儿了。花球、零星首饰,饭店里的酒席,歌剧院的包厢,都归这位太太受用。可怜的德夫托太太并没有比以前快乐;她明知丈夫洒了香水,卷了头发和胡子,在戏院里站在白瑞恩脱太太椅子背后讨好她,自己只能一黄昏一黄昏陪着女儿们闷在家里。蓓基身边有十来个拜倒在她裙下的人来顶替将军的位置,而且她谈吐俏皮,一开口就能把对手讥刺得体无完肤。可是我已经说过,她对于懒散的应酬生活已经厌倦了,坐包厢听戏和上馆子吃饭使她腻烦;花球不能作为日后衣食之计;她虽然有许多镂空手帕、羊皮手套,也不能靠着这些过日子。她觉得老是寻欢作乐空洞得很,渴望要些靠得住的资产。

正在紧要关头,上校在巴黎的债主们得到一个差强人意的消息,立刻传开了。他的有钱姑母克劳莱小姐病得很重,偌大的遗产快要传到他手里,因此他非得急忙赶回去送终。克劳莱太太和她的孩子留在法国等他来接。他先动身到加莱;别人以为他平安到达那里之后,一定再向杜弗出发。不料他乘了邮车,由邓克刻转到布鲁塞尔去了。对于布鲁塞尔,他一向特别爱好。原来他在伦敦欠下的账比巴黎的更多,嫌这两大首都太吵闹,宁可住在比利时的小城里,可以安逸些。

他姑妈死了,克劳莱太太给自己和儿子定做了全套的丧服。上校正忙着办理承继遗产的手续。如今他们住得起二楼的正房了,不必再住底层和二楼之间的那几间小屋子。克劳莱太太和旅馆主人商量该挂什么帘子,该铺什么地毯,为这事争得高兴。最后,什么都安排好了,只有账没有付。她动身的时候借用了他一辆马车,孩子和法国女用人坐在她的身边一齐出发,旅馆主人夫妇,那两个好人,站在门口笑眯眯地给她送行。德夫托将军听说她已经离开法国,气得不得了,白瑞恩脱太太因为他生气,也就生他的气。斯卜内中尉难受得要命。旅馆主人准备那妩媚动人的太太和她丈夫不久就会回来,把他最好的房间都收拾整齐,又把她留下的箱子细细心心地锁好,因为克劳莱太太特别嘱咐他留心照看的。可惜不久以后他们把箱子打开的时候,并没有发现什么值钱的东西。

克劳莱太太到比利时首都找丈夫以前,先到英国去走了一趟,叫那法国女用人带着儿子留在欧洲大陆。

利蓓加和小罗登分手的时候两边都不觉得割舍不下。说句实话,从这小孩子出世以来,她根本不大和他在一起。她学习法国妈妈们的好榜样,把他寄养在巴黎近郊的村子里。小罗登出世以后住在奶妈家里,和一大群穿木屐的奶哥哥在一起,日子过得相当快乐。他的爸爸常常骑了马去看望他。罗登看见儿子脸色红润,浑身肮脏,跟在他奶妈(就是那花匠的妻子)旁边做泥饼子,快乐得大呼小叫,心里不由得感到一阵做父亲的得意。

利蓓加不大高兴去看她的儿子。有一回孩子把她一件浅灰色的新外套给弄脏了。小罗登也宁要奶妈,不要妈妈。他的奶妈老是兴高采烈,像生身母亲似的疼他,因此他离开她的时候扯起嗓子哭了好几个钟头。后来他母亲哄他说第二天就让他回奶妈那儿去,他这才不哭了。奶妈也以为孩子就会送回去,痴心等待了好些日子,倘若她知道从此分手,告别的时候一定也觉得伤心。

自从那时候起,就有一帮胆大妄为的英国流氓混进欧洲各个大都市去招摇撞骗,我们的这两位朋友,可以算是第一批骗子里面的脚色。从1817年到1818年,英国人的日子过得实在富裕,大陆上的人对于他们的财富和道德非常尊敬。现在大家知道英国人有名的会斤斤较量和人讲价钱,据说当时他们还没有学会这套本领,欧洲的大城市也还没有给英国的流氓所盘踞。到如今差不多无论在法国和意大利哪个城市都有我们高贵的本国人，一看就是英国来的；他们态度骄横，走起路来那点架子摆得恰到好处。这些人欺骗旅馆老板，拿了假支票到老实的银行家那儿去诓钱，定了马车买了手饰不付账，和不懂事的过路人斗牌，做了圈套赢他们的钱，甚至于还偷公共图书馆的书。三十年前，只要你是英国来的大爷，坐着自备马车到处游览，爱欠多少账都由你；那时的英国先生们不会哄人，只会上当。克劳莱一家离开法国好几个星期以后，那一向供他们食宿的旅馆老板才发现自己损失多么大。起初他还不知道，后来衣装铺子里的莫拉布太太拿着克劳莱太太的衣服账来找了她好几次，还有皇宫街金球珠宝店里的蒂拉洛先生也来跑了六七回，打听那位问他买手表镯子的漂亮太太究竟什么时候回来，他才恍然大悟。可怜的花匠老婆给太太当奶妈，把结实的小罗登抚养了一场，并且对他十发疼爱，也只拿到在最初六个月的工钱。克劳莱一家临行匆忙，哪里还记得这种没要紧的账目，所以奶妈的工钱也欠着。旅馆老板从此痛恨英国，一直到死，提起它便狠狠毒毒地咒骂。凡是有过往的客人住到他的旅馆里来，他就问他们认识不认识一个克劳莱上校老爷—— 他的太太个子矮小，样子非常文雅。他总是说："唉，先生，他欠了我多少钱，害得我好苦！"他讲到那次倒楣的事件，声音真凄惨，叫人听着也觉得难受。

利蓓加回到伦敦，目的在和丈夫的一大群债主开谈判。她情愿把丈夫所欠的债每镑中偿还九便士到一先令，作为他们让他回国的条件。至于她采取什么方法来进行这棘手的交涉，这里也不便细说。第一，她使债主们明了她丈夫名下只有这些钱，能够提出来还债的数目再也多不出了。第二，她向债主们解释，如果债务不能了结的话，克劳莱上校宁可一辈子住在欧洲大陆，永远不回国。第三，她向债主们证明克劳莱上校的确没有弄钱的去处，他们所能得到的款子没有希望超过她所建议的数目。那么一来，上校的债主们一致同意接受建议；她用了一千五百镑现款把债务完全偿清，实际上只还了全数的十分之一。

克劳莱太太办事不用律师。她说得很对，这件事简单得很，愿意不愿意随他们的便，因此她只让代表债主的几个律师自己去做交易。红狮广场台维滋先生的代表路易斯律师和可息多街马那息先生的代表莫斯律师(这两处是上校的主要债主)都恭维上校太太办事聪明能干，吃法律饭的人都比不过她。

利蓓加受了这样的奉承，全无骄色。她买了一瓶雪利酒和一个面包布丁，在她那间又脏又小的屋子里（她办事的时候住这样的屋子）款待对手的两个律师，分手的时候还跟他们拉手，客气得了不得。然后她马上回到大陆去找丈夫和儿子，向罗登报告他重获自由的好消息。至于小罗登呢，母亲不在的时候给她的法国女用人叶尼薇爱芙丢丢地不当一回事。那年轻女人看中了一个加莱军营里的兵士，老是和他混在一起，哪里还想得着小罗登呢？有一回她把孩子丢在加莱海滩上自己走掉了，小罗登差点儿没淹死。

这样，克劳莱上校夫妇回到伦敦，在梅飞厄的克生街上住下来。在那里，他们才真正施展出本领来；上面所谓没有收入而能过活的人，非要有这种能耐不可。

（选自萨克雷《名利场》，杨必译，
人民文学出版社 1978 年版）

《名利场》导读

　　威廉·麦克皮斯·萨克雷（1811—1863）是英国 19 世纪杰出的批判现实主义小说家。他一生写了 30 多部作品，较多地集中于对上流社会的批判揭露，其中《名利场》是最杰出的一部。

　　1811 年萨克雷生于加尔各答东印度公司的一个收税员的家庭。6 岁时，被送回英国受贵族化的教育，后中途辍学，离开剑桥大学去德国。他先到魏玛访问歌德，再去巴黎，在那里他结交了许多文学家、艺术家。后又回到伦敦学法律，但不久又放弃学业，靠着父亲的遗产，在伦敦过享乐生活。由于他的挥霍，再加上存款的银行倒闭，使他一下子变得贫困潦倒。这反而使他发奋，开始以著书卖文谋生。他在报刊杂志上投稿很多，也出过不少书，其中《巴黎游记》、《爱尔兰游记》、《巴利·林登的幸运》、《势利者集》等作品获得了人们的称赞。1847 年《名利场》在《笨拙》杂志上分期发表，大家公认他是伟大的小说天才,称他为"19世纪的菲尔丁"。

从此,他的小说有了稳定的市场。他为了改变自己的地位,便一部接一部地写作。他写的较重要的长篇小说是《潘登尼斯》(1848—1850)、《亨利·艾斯芒德》(1852)、《钮可谟一家》(1853—1855)、《弗吉尼亚人》(1857—1859),另外,他还写过《英国幽默作家》(1851)等文艺论文。1863年,他在伦敦因病去世,终年52岁。

小说《名利场》在广阔的背景上,通过对几十个不同的典型人物的复杂关系和种种矛盾的具体描写,一层一层地剥去他们的虚饰,深刻地揭露他们的自私、贪婪、伪善和野心,从而揭示社会的罪恶本质,这便是小说的主旨所在。

萨克雷通过对两个女子的不同命运的描写构成小说生动的情节。爱米丽亚是一个富裕的资产者的女儿,她单纯而天真,但又有些自私。在闹哄哄的名利场上,她只是埋头为自己筹造爱情的安乐窝。她缺少知人之明,偏偏钟情于轻浮的乔治·奥斯本,后者是一个虚情假意、见异思迁的花花公子。乔治从未看重过爱米丽亚的一片痴情,后来他虽然和爱米丽亚结了婚,但结婚才一星期,他又爱上了别人。萨克雷描写这个听人摆布的傀儡人物,主要是想表明,那些一味信奉旧道德的人们注定是生活中的失败者,并借用这一事例深刻地揭露19世纪英国虚伪、浮华的社会风俗。

小说的另一条线索是通过对利蓓加的身世的描写来展开的。利蓓加是穷画家的女儿,她是一个丧失天良,不顾名誉,自私自利的女冒险家。这个一无所有的女子决心凭借自己的姿色在浮华世界中夺得一席之地。她的全部心计都用在寻找一个有钱的丈夫上。和爱米丽亚截然不同,她认为每个人都是为她而设的阶梯,她将沿着这个阶梯爬入上层社会。她最早想勾引爱米丽亚的哥哥、富有的税收官乔瑟夫;后来她又偷偷地和青年军官、贵族子弟罗登上尉结了婚。婚后不久,罗登的母亲死了,她的公公从男爵老毕脱立刻向利蓓加求婚,这时利蓓加后悔莫及,因为她如果嫁给做父亲的,就一下成了爵士夫人。但是后来,她竟然攀结了另一个更大的人物——斯丹恩勋爵。靠着勋爵老爷的提携,利蓓加不仅踏进了上流社会,而且还有幸进宫朝见了国王。正当她得意忘形地混迹于上流社会的时候,她的丈夫罗登发现了她与斯丹恩勋爵的暧昧关系,当场大发雷霆。这一丑闻公开后,斯丹恩爵士便立刻遗弃了利蓓加。利蓓加从此走了下坡路。可是她的本性难改,依然在名利场上到处招摇撞骗,欲图再次爬将上去。在小说的结尾,她又骗取了乔瑟夫的欢心,这个愚蠢的税收官最后被她榨尽财产,患病死去。

当然,在英国社会"名利场"的大舞台上,利蓓加所扮演的只是一个小小的角色,尽管她八面玲珑,使尽手段,但她始终没有得到过真正的牢靠的地位。而萨克雷笔下的另一些人物,如斯丹恩爵士、毕脱从男爵、大商人奥斯本等人则是处在"社会最上层"的有财有势的大人物。而这些人中,要数斯丹恩勋爵最为显赫。

斯丹恩出身于英国的名门望族,他在官廷中担任着重要的职务。但他不顾一切地在感官的享乐中麻醉自己,整个儿消磨在豪华的宴会上或女人的情怀里。这样一个腐败的旧贵族却依然能在社会生活中发挥作用,这显然是对17世纪末英国"光荣革命"的一种辛辣的讽刺,因为在英国许多资产阶级总是自卑于自己是"没有受过教育的暴发户",而将能够进入贵族阶级的社交圈子"看作是无上的光荣"(《马克思恩格斯选集》第3卷第399页、第400页),这就是大大小小的利蓓加之流恣意趋奉勋爵老爷的根本原因。

但是,能随意摆布利蓓加的斯丹恩又何尝能逃脱自己的劫数呢?萨克雷深刻地指出:"刻了王冠纹章的大门后面有的是财势,可是没有多少欢乐。""如果你没有产业,那么家人父子间的感情一定融洽。而在斯丹恩那样权势赫赫的王公勋戚家里就不同了,做儿子的巴不得自己当权,只嫌父亲霸占着位子不放,做大哥的将兄弟看作冤家,因为他觉得家里的现钱本来是他的名分,只恨弟弟分了他的财产。"斯丹恩府中不仅有着为财产和权力而纷起的明争暗斗,而且他们家庭成员还患有一种祖传的恶病,在小说结束时,斯丹恩勋爵终于被这种恶病夺去了性命,而他的妻儿却继续为着遗产分配的多寡而争吵不休。这里,作者通过形象的描绘,告诉我们,即使像斯丹恩勋爵这样的大人物权倾朝野,荣耀一时,但追名逐利总是没有好下场的。

萨克雷笔下的许多人物费尽心计,终日忧烦,却是徒劳无益,一无收获。老赛特笠积累致富,而最后却一败涂地,在贫困忧患中死去。老奥斯本以烛业起家,获得了荣华富贵,却先是失去爱子,后又孑然一身,在一个清晨僵卧而逝。爱米丽亚终日翘首,盼望丈夫乔治归来,但得到的却是丈夫的取笑和抛弃。都宾殷勤地侍奉着爱米丽亚,却历经15年岁月而得不到爱情的回报,后来他们虽然结了婚,但他发现真正的爱已经逝去了。

"浮名浮利,一切虚空。"萨克雷在小说结束时所发出的这一感叹,其实是对19世纪英国现实社会最强烈的抗议。他不仅仅对"名利场"上的种种丑行予以揭露,而且还指出:败坏人类品性的根源是笼罩着整个资本主义社会的个人主义。在《名利场》中,他既不给腐败的旧贵族、粗俗的资本家以出路,也不给一切自私者安排前途。他在小说中写道:"我惩罚恶人,叫他们现出本相……我痛恨他们的罪恶已经到了无可忍受的程度……"萨克雷的这种不妥协的批判精神是十分可贵的。狄更斯的作品中还带有不少浪漫色彩,常常用人道主义的慰抚来代替对资本主义的批判。萨克雷则主张"小说的艺术就是表现自然,最大限度地传达真实感"(《萨克雷书信集》,哈佛大学版第2册第772—773页)。他认为狄更斯的小说并没有充分地表现自然。正视现实、反对粉饰、无情揭露的批判态度就成了萨克雷创作的一个明显特点。

萨克雷十分注意通过人物之间错综复杂的矛盾来揭示人物的性格特征。小说中写了各种矛盾,如平民女子利蓓加与上流社会的矛盾,资产阶级奥斯本与赛特笠的矛盾,资产阶级与贵族之间的矛盾等等。这些矛盾从一个侧面反映了英国社会的现实。例如写资产阶级与贵族的矛盾。当时资产阶级以自己的经济实力想重新安排社会权力,而贵族阶级的实力虽然被削弱,成了一个"摆摆样子"的有闲阶层,但依然处于尊贵的地位,他们甚至瞧不起资产阶级暴发户。而资产阶级一旦被轻视,也不买贵族的账。作品中有这段描写:奥斯本的女儿成了贵族夫人后竟让来访的父亲吃三等酒席,引起了腰缠万贯的父亲的愤怒,对贵族反唇相讥:"我是个老老实实做买卖的英国人,把这些穷狗一只只买下来也不算什么。"从中把人物的性格凸现了出来。至于利蓓加在名利场中的种种应变,更是鲜明地表现了她的性格特征。

文学的真实性还在于客观地描写人物的矛盾性格。萨克雷说过,他的人物往往自由行动,不听他的安排,他只能随着他们(《萨克雷全集》,纽约 Collier 公司版,第 16 册第 261 页)。在《名利场》中,他从来不因为出于自己的爱憎而去编造一些抽象的虚假的人物。他主张应真实地将"人性全部描写出来,写好的一面,也写坏的一面"(同上,第 22 册第 264 页)。利蓓加是萨克雷所抨击的没有心肝、缺少仁爱的人物,可是她常常能急中生智,巧于应付。她出身孤苦,不得不步步挣扎,又不免使人同情。萨克雷是在真实地、具体地描写她的矛盾的心理中来揭示她的复杂的性格的。在第四十一章中,利蓓加重又回到离别 7 年的老家时,她看到了旧时熟悉的物景,不免触动感情,她心想:倘若做个诚实而没有地位的人,尽责任、走直路,说不定也很快乐。后来,利蓓加在斯丹恩的提拔下,处于一生中最荣耀的时刻,但她还常常想到"自己是个可怜虫","真不想过这日子!如果我是个牧师的老婆,每星期天教教主日学校,还比现在强。或者嫁个军曹,坐了货车,随着部队满处跑,那也不错"。最后,萨克雷又写了利蓓加对于受过自己欺侮的爱米丽亚的深深的内疚,真诚地帮助爱米丽亚挽回了与都宾上校的婚姻。这些描写生动具体,增强了人物的真实感。

萨克雷在描写人物时,又总是有意地保持一定的距离,甚至某种超脱。上面提到的他对爱米丽亚、都宾等人并不表露热情的赞美,却是经常加以揶揄;对反面的事物虚构从不是通过不可抑制的义愤,倒是给以含着讽刺的微笑;叙述某一惊心动魄的事件或场面时,又达到了耐人寻味的平静,这就使得他的作品具有一种幽默的基调。

　　《名利场》全书篇幅宏大,出场人物众多,但结构却十分紧密。小说中两条线索的发展,有时平行,有时相互交织。书中叙述的每一故事都很完整,和狄更斯的《匹克威克外传》相比,同是报章连载小说,前者在结构上显然是棋高一着的。

　　我们也必须看到,《名利场》对贵族的批判无疑是十分着力的,但作者又常常同情一些资产者。对广大人民,萨克雷则缺少真正的了解,在这方面,狄更斯、盖斯凯尔夫人就比他要强一些。

(包承吉)

德伯家的苔丝

第 三 部

重 整 旗 鼓

24

芙命谷的里面,土壤肥得出油,地气暖得发酵,又当着夏季的时光,在万物孳孕发育的嘶嘶声音之下,草木的液汁都喷涌得几乎听得出声音来,在这种情形里,那么就是最飘忽轻渺的恋爱,也都不能不变成缠绵热烈的深情。所以本来就一个有心、一个有意的人,现在更叫周围的景物熏染得如痴似醉的了。

七月已经过去了,跟着来到的是"暑月"①,这仿佛是自然一方面,看着塔布篱厂里的情人那样热烈,特为和他们斗胜争强似的。这块地方上的空气,在春天和初夏的时候,本来非常清新,现在却变得停滞不动、使人困懒了。浓厚的气息老压在他们上面;正午的时候,一片大地好像都昏昏晕去。草原上较高的山坡,都叫跟埃塞俄比亚那里一样的灼热的太阳晒成黄色,不过这里水声淙淙的地方,却还有鲜明青绿的草色。那时的安玑·克莱,外面有热气压迫

---

① "暑月",原文 Thermidorean weather。法国大革命时,改变历法,更易月的名
　称、日数和起讫。其中有一月,叫做 Thermidor,就是热的意思,起于通行历的7
　月19日。

着,心里就有他对温柔安静的苔丝越来越强烈的热爱压迫着。

雨已经下过了,高地方都干了;老板坐着带弹簧的马车从市集上飞一般地跑回来的时候,车轮子把大道上粉细的尘土都刮了起来,车后面跟着一长道白色的尘土,好像是细长的火药引线点着了一般。成群的母牛叫牛虻咬得都要发疯,院墙上五道横木的栅栏门都一跳就跳过去了。克里克老板的衬衫袖子,从礼拜一到礼拜六,没有一刻不是卷到胳膊肘儿以上的。只把窗户开着是透不进风来的,总得连门也都开着才成。庭园里的画眉和山鸟都在覆盆子灌木底下爬行,它们的样子,与其说是长翅膀的飞鸟,不如说是长四条腿的走兽。厨房里的苍蝇都死皮涎脸,懒得动弹,见了人也不怕,爬的地方都是平常不去的处所:像地板、抽屉,和女工们的手背。谈起话来,总离不了中暑。搅黄油,尤其是保存黄油,是没有办法的事。

工人们为了凉快、方便起见,都不把牛赶回家来,完全在草场里面挤牛奶。一天到晚,树木的阴影按着时刻跟着太阳转移,怕热的牛群也低声下气地跟着树影绕着树干转移,不管树多么小。到了挤奶的时候,她们叫苍蝇咬得简直站都站不稳。

在这些天里面,有一天下午,有四五条还没挤过奶的牛,碰巧离开了牛群,单独站在一个树篱的犄角后面;这里面就有矮胖子和老美,都是顶喜欢苔丝的手指头的。克莱本来在那儿正拿眼睛盯着苔丝,盯了些时候,苔丝已经挤完了一头牛,从小凳子上站起来了;克莱跟着就问她,是不是要到树篱角后面,去挤矮胖子、老美那几条。苔丝点了点头,就把牛奶桶挨着膝盖提着,把小凳子横着擎在手里,绕到树篱后面去了。老美的奶不久就流到桶里,哗哗的声音隔着树篱送了过来;克莱听了,心里想也绕到树篱那面才好;那时本来有一条难挤的牛跑到那儿去了,他想过去挤它的奶;他现在也和老板一样,顶难挤的牛也会挤了。

挤奶的时候,所有的男工和一些女工,都把头正面靠着牛肚子,把眼一直看着牛奶桶。但是有几个女工——多半是年轻的——却都把头的侧面靠着牛肚子。苔丝就老这样挤法;她老把太阳穴紧靠在牛肚子上,把眼睛瞧着草场老远的那头儿,静悄悄地好像想心思似的。那天她挤老美,就是这种姿势;那时的太阳,恰巧对着挤奶那面,一直射到她那粉红的长袍和白色带檐儿的便帽上,并且射到她的脸蛋侧面,把她的白脸蛋和褐色的牛身子衬托得非常清晰,非常明显,好像花纹浮出的玉石雕刻一般。

那时克莱已经绕过树篱了,正坐在自己挤的那条牛的身底下,拿眼瞧着她;但是她却不知道这种情形。只见她的头、她的面目,都非常沉静,好像在梦中一般,虽然两眼睁着,却看不见东西。在这一幅天然的图画里,除了老美的尾巴和苔丝粉红色的双手以外,再没有别的活动的东西了;而那双手的活动,也非常地轻柔,只是一种有韵律的搏动,仿佛是受了一种反射性的刺激,像心房的跳动似的。

在他看来,她的脸太可爱了。但是那上面却一点没有虚无缥缈的仙人神情,全都是实在的生气,实在的温热,实在的血肉。到了她那副嘴,她的可爱才算到了最高点。像她那样深远灵活的眼睛,他从前看见过;像她那样漂亮的脸蛋儿,他从前或者也看见过;像她那样弯弯如弓的眉毛,她那样端正匀称的下颏和脖颈,他从前都看见过;但是他从来没看见过,天地间还有别一个嘴能和她的相比的。在那个红红的小嘴上,那上唇中部往上微微撅起的情态,就是心肠最冷的青年见了,也不由得要着迷、要发狂、要中魔。依丽莎白时代,有一位诗人拿"玫瑰含雪"来比喻唇红齿白①;他生平见过的女人,再没有像她那样叫他不断地老想起那个比喻来的了。在他以情人的眼光看来,简直就可以说,这口牙齿、这副嘴唇,真正完美无瑕。但是实在说起来,却又并不是真正完美无瑕;也就是因为这种似完美却又有点儿不完美的情态,才生出来那种甜蜜的滋味,因为有一点儿缺陷,才是人间的味道啊。

克莱已经把这副嘴唇的曲线,不知道捉摸过多少次了,所以他一闭眼睛,这副嘴唇就很容易地能在他脑子里出现:现在这副嘴唇又在他眼前了,颜色红红,生气勃勃,他看着就觉得身上飕的一阵,仿佛过了电似的,神经里一阵发凉,差一点儿没晕倒;并且由于一种不可解的生理作用,实在打了一个大杀风景的喷嚏。

他打了这一声喷嚏,她才觉出来他正在那儿看她;但是她外面却不想把这种情形表示出来,所以还和先前一样坐在那儿;不过那种如在梦中的稀奇沉静态度已经消失了,而且仔细看来,不难看出,她脸上的娇红,一时忽然变深了,跟着又慢慢褪去,后来只剩了一点。

但是克莱刚才觉到的那种好像自空下降、过电一般的力量,却一点也没

---

① 依丽莎白,英国女王(1558—1603)。这里所说的诗人,指汤姆斯·洛治
(1558?—1625),作品有《罗沙琳》等。

消失。决心、缄默、谨慎、恐惧，都好像是打败了仗的军队一般，一齐后退。他从小凳子上猛然站起来，把牛奶桶撂在牛身子底下，也不管会不会叫牛踢翻，三步做两步地跑到他的爱人跟前，跪在她的身旁，把她双手搂在怀里。

他这一搂，可真是出乎苔丝的意料，所以她连想一想都没来得及，就不由自主地倒在他的怀里了。她原先看见走到她跟前的不是别人，正是她的情人，就把双唇一张，在一阵喜欢的冲动下，不自觉地发出了一声极近狂喜的呼喊，倒在他的胸前。

他本来正要去亲那副太迷人的小红嘴唇儿，但是他那易受感触的良心，却又觉得不该这样，所以他就制止了自己。

“你千万可别见怪，亲爱的苔丝！”他打着喳喳儿说，“我本来应该先问问你。我——简直是糊涂了，自己也不知道干的是什么，我并不是有意轻狂。我爱你是至诚的，最亲爱的苔丝，我是一片真心！”

老美这时候已经回头看他们了，觉得莫名其妙；从它记事以来，肚子底下老是一个人，现在怎么会有了两个人了呢？它把后腿抬了一抬，表示不耐烦。

“它生了气了——它不懂得咱们这是要做什么——它要把牛奶桶给踢翻了！”苔丝一面想要轻轻推开克莱，一面嘴里嚷着，眼睛瞧着牛的动作，心里深深地想着的却是自己和克莱。

她从凳子上站起来，克莱也跟着她站起来，他的胳膊还抱着她的腰。苔丝注视着远处，不觉满眼是泪。

“你为什么哭起来了哪，我的宝贝？”他说。

“哦——我也不知道！”她嘟哝着说。

她把自己所处的地位看得更明白，感觉得更清楚了以后，就心意慌乱起来了，挣扎着想要脱身。

“苔丝，我的真情到底露出来了，”他说，同时很怪地叹了一口气，表示没有办法，这样他就不知不觉地泄露出来，自己的理性已经控制不住自己的感情了。“我真心地爱你，至诚地爱你，那是不用说的了！不过我——现在不再逼你了——我看你难过起来了，——我自己也和你一样地吓了一大跳！你不会觉得我太鲁莽，一点也没想一想——趁着你没有防备来欺负你呢？”

“不——我说不上来。”

他让她脱离他的怀抱；一两分钟之内各人又都挤起牛奶来了。没有人看见他们两个刚才互相牵引、合而为一的情形；几分钟以后，老板转到那个枝叶隐蔽的树篱角儿上来,那时候,他们两个显然各不相扰,一点也看不出来他们的关系有什么不同寻常的地方。但是在克里克老板上一次看见他们以后那个短短的时光里,却已经发生了一件事,给他们两个把宇宙的中心都改换了;这件事以它的性质而论,叫老板那么一个讲实际的人知道了,是一定要看不起的;但是这种事却是由于一种顽固坚牢、不可抵抗的力量产生出来的,并非任何所谓的实际所能干涉。一层厚幕一下揭开了;在他们两个人以后所要走的道路上,出现了一番新天地——至于这番新天地为时还是长久,还是短暂,那要看以后的情形。

第 五 部

吃亏的是女人

35

苔丝的叙述完结了;连反复的申明和详细的解释也都作完了。她的声调,自始至终,都差不多跟她刚一开口那时候一样的高低;她没说为自己开脱罪名的话,也没掉眼泪。

但是连身外各样东西的外貌,听了她表明了身世以后,都好像经了一番变化。壁炉里的残火,张牙怒目,鬼头鬼脑,仿佛表示对于苔丝的窘迫丝毫都不关心。炉栏懒洋洋地把嘴咧着,表示满不在乎。盛水的瓶子里放出来的亮光,好像只是在那儿尽心研究颜色问题。所有身外一切的东西,全都令人可怕地反复申明,自脱干系。然而无论哪样东西,实际上却和克莱吻苔丝那时候,并没有什么改变;或者不如说,无论哪样东西,本质上都没有什么改变;但是神情上却前后大不相同了。

她把故事说完了以后,他们从前耳边絮语的余韵,就好像一齐挤到他们脑子里面的犄角上,在那儿反复重念,仿佛提示,他们从前的行动全是盲目的、愚昧的。

克莱作了一种不合时宜的举动:他拨弄起炉子里面的火来。他对于这段新闻,还没完全领会到它的意义呢。他拨完了火,站了起来;那时候她这一番话的力量已经完全发作了；他脸上显得憔悴苍老了。他要努力把心思集中，就在地上一阵一阵地乱踩。他用尽了方法，都不能把杂念驱逐，所以才作出这种茫然的动作。他开口的时候，他的声音，是她所听见过的他那些富于变化的种种音调里最平常、最不切当的那一种。

"苔丝！"

"啊，最亲爱的。"

"难道我得相信你这些话吗？看你的态度，我得相信这些话是真的。唉！你不像疯了的样子！你说的话应该是一派疯话才对呀！可是实在你又没疯……我的太太，我的苔丝——你没有什么可以证明你这是疯了的吗？"

"我并没糊涂。"她说。

"可是——"他恍恍惚惚地看着她，又头晕眼花地说，"你为什么不早告诉我哪？哦，不错，我想起来啦，你本来想要告诉我来着——可是我那时候没让你说！"

克莱说这些话和别的话，只是外面上虚应故事罢了，他心里面还是照旧像瘫痪了一般。他转身走去，俯在一把椅子背儿上。苔丝跟着他走到屋子中间，站在那儿，拿两只没有眼泪的眼睛瞪着他。跟着她就在他脚旁跪下，跪下以后，又趴在地下，成了一团。

"你看着咱们两个爱的份上，饶恕了我吧！"她口干唇焦地低声说，"我已经饶恕了你了！"

他没回答，她又说——

"你也像我饶恕你那样饶恕了我吧！我饶恕了你了，安玑。"

"你吗，不错，你饶恕了我了。"

"不过你可不能饶恕我，是不是？"

"唉，苔丝，这不是什么饶恕不饶恕的问题！你从前是一个人，现在又是另一个人了。哎呀，老天爷——饶恕两个字怎么能应用到这么一桩出人意料的——戏法儿上哪！"

他说到这儿，就住了口，把这几个字眼捉摸；于是忽然又狞笑起来，笑得非常的可怕、非常的不自然，赛过地狱里的笑声。

"别价，别价！这真要我的命！"她尖声喊着说，"唉，你慈悲慈悲吧，慈悲慈悲吧！"

他没回答；她满脸灰白，跳了起来。

"安玑,安玑! 你这一笑是什么意思?"她喊着问。"你知道我听了你这一笑,心里是怎么一种滋味儿?"

他摇了摇头。

"我自始至终,老成天价提心吊胆、战战兢兢,一时一刻都怕你不痛快、不遂心。我老心里想,我要是能让你遂心,能让你如意,那我该多高兴;我要是不能让你遂心如意,那我该多么不配做你的太太! 我白天晚上,没有一时一刻不是那么想的,安玑。"

"这个我知道。"

"我还只当是,安玑,你真爱我——你爱的是我自己,是我本人哪!要是你真爱我,你爱的真是这个我,那你现在怎么能作出这种样子来,怎么能说出这种话来哪?我真没想到你会这样!我只要已经爱上了你,那我就要爱你爱到底儿——不管你变了什么样子,不管你栽了多少跟头,我都要一样地爱你,因为你还是你呀!我不问别的。那么,唉,我的亲丈夫哇,你怎么居然就能不爱我了哪?"

"我再说一遍,我原来爱的那个女人并不是你!"

"那么是谁?"

"是另一个模样儿跟你一样的女人。"

她听了这些话,就觉得她从前害怕的事,现在果然实现了。他把她看成了一个骗子了!看成了一个外面纯洁、心里淫邪的女人了。她见到这一点,脸上都唬得改了样子,两颊的肌肉都松松地下垂,一张嘴差不多都看着好像是一个小圆孔的样子。真没想到他居然会这样看待她,她唬得站都站不稳了;他以为她要摔倒,就走上前去,温柔地说——

"坐下好啦,坐下好啦。你要晕了;本来也该晕。"

她倒是坐下了,却不知道自己到底是在哪儿;她脸上仍旧是那种紧张的神气,她的眼神儿,让克莱看着,浑身都起鸡皮。

"那么,安玑,我已经不是你的人了,我还是你的人吗?"她毫无办法地问,"他说过,他爱的不是我呀,是另一个模样儿像我的女人哪。"

她想到这儿,就自己可怜起自己来,因为自己受了委屈了。她把自己的情形又想了一想,便不觉满眼含泪;她背过脸去,跟着自伤自怜的眼泪就像泉水一样涌了出来。

克莱见了她这一哭,觉得轻松了一些;因为苔丝对于这件事表面上仿佛不痛不痒的情形，开始使他苦恼起来，而这份苦恼，比起这件事揭露了以后他那份苦恼，也并差不了许多。他不动感情、安安静静地在一旁看着，一直等到后来，苔丝悲伤的劲头儿自消自灭，泪如泉涌的痛哭，也变成了抽抽噎噎的余哀。

"安玑，"她忽然说，这回说的时候，音调很自然，完全是她本来的样子，不是刚才那种干哑、狂乱的恐惧声音了，"安玑，我太坏了，你跟我不能再同居了，是不是？"

"我还没能盘算到咱们两个该怎么办哪。"

"我一定不要求你让我跟你同居，安玑，因为我没有这种权利！我原先说要写信给我母亲跟我妹妹，告诉她们我已经结了婚了，现在那封信我也不写啦；我本来绞好了一个盛针线的袋儿，想要在咱们寄寓的时候把它缝起来，现在我也不缝啦。"

"你不缝啦吗？"

"我不缝啦，除非你吩咐我，我无论什么都不做，要是你把我甩下，自己走了，我也决不跟着你；就是从此以后，你永远不再理我，我也不问你为什么，除非你告诉我，说我可以问，我才问。"

"比方我不管什么事情，都吩咐你做，你怎么样哪？"

"那我一定像你一个可怜的奴隶一样，绝对地服从你，就是你让我死，我也不违背你。"

"你这样很好。不过我可觉得，你现在这种自我牺牲的精神，和你已往那种自我保卫的态度，未免有点前后矛盾吧。"

这是他俩的初次冲突。不过，现在对苔丝加以精心细意的讥讽就好像用那种态度对待猫狗一样。话里的微妙刻薄意味，她一概不能领会，她只听着那是些含有敌意的声音，表示他正制不住自己的愤怒就是了。她一言不发，静静地待着，却不知道，他在那儿，正极力把对她的爱情抑制。她也差不多没看见，有一颗眼泪，慢慢地从他脸上流下来——一颗很大的眼泪，把它流过去的那块地方上的毛孔都放大了，好像那颗眼泪就是一个扩大镜。同时他心里又重新恍然明白过来，这件事情，把他的生命、他的宇宙，全都给他改变了。他拼命地挣扎着想要在他所处的现状之中前进。总得有点儿适当的动作才成，可是做什么呢？

"苔丝，"他极力作出温柔的样子来说，"现在——我在屋里——待不住

503

啦。我要到外面去走一走。"

他轻轻地离开了屋子,他倒出来的那两杯葡萄酒,本来预备吃晚饭的时候喝的——一杯给自己,一杯给苔丝——却还放在桌子上,一动没动。这就是他们两个"合欢杯宴"的下场了。两三点钟以前用茶点的时候,他们还那么相亲相爱,硬要用一个杯子来着哪。

关门的声音,虽然极其轻微,即也把苔丝从昏懵中惊醒了。他已经走了;她也不能待着。她急急忙忙披上大衣,开开门,跟在后面,出去的时候把蜡烛吹灭了,仿佛要一去不回似的。雨已经下过了,夜景很清爽。

克莱走得很慢,又没一定的方向,所以待了不大一会儿,她就差不多追上他了。他的形体和她那轻淡灰白的形体一样,显得黑漆漆、阴沉沉的,令人望而生畏;她脖子上带着的珠宝,先前有一时使她觉得那么骄傲,现在好像是在那儿讥诮讽诮她了。克莱听见了她的脚步,回头看了一看,不过虽然认出来是她,却没改变什么态度,只仍旧往前走去,从房前那座长桥上的五个张得很大的桥拱上面跨了过去。

路上牛和马的蹄子印儿里,满是积水,因为雨下得还不很大,只能把蹄子印儿注满了,却没能把蹄子印儿冲没了。她从那儿走过去,星星的影子,也在这些微小的水坑儿上面一闪而过。她要是没看见这些水坑里的星光——宇宙间最伟大的物体反映在这么卑微的东西里面——她简直就不会知道它们就在头上闪烁。

他们今天到的那块地方和塔布篱本来在一个谷里,不过又往下游去了几英里就是了;那儿四外都是平地,没有东西遮挡,所以她能很容易地望见克莱。从房子往外去有一条路,蜿蜒穿过草场,她就顺着这条路跟在克莱后面,不过总没追上了他,也没去引他的注意,只是不言不语,毫无目的,跟在后面。

走了些时候,她那种无精打采的脚步,到底把她带到克莱身旁了,但是他还是一言不发。一个人忠诚老实而却受到愚弄,他一旦觉悟过来,常觉得那种愚弄非常残酷,现在克莱心里尤其觉得那样。野外的爽气,显然让他头脑镇静,行动稳定了。她知道现在他眼睛里的她,只是平淡、赤裸、毫无光彩的了;现在时光之神,正在那儿诵讥讽苔丝的诗了——

　　　　你的真面目一显露,从前的爱反要成仇;
　　　　时衰运败的时候,原先的姣好也要变丑。

你的生命要像秋雨一样地淅沥,像秋叶一样地飘零;

　　你戴的头纱就是痛苦的泉源,花冠就是恨悔的象征。

　　克莱还是在那儿聚精会神地捉摸,苔丝在他身旁,并不能分他的心,也并不能打断他的念头。她在克莱眼里,真是丝毫不足轻重了!她不得不向克莱开口了。

　　"我怎么了,我到底怎么了哪?我说的话,并没有一句是表示我爱你是假的,没有一个字表示我爱你是装的呀!你不会认为我骗你吧,会吗?安玑,惹你生气的,都是你自己编造出来的情形,我并不像你捉摸的那样,我并不是那样。哦,我一点儿也不是那样,我不是你捉摸出来的那个骗人的女人!"

　　"哼!我的太太倒是并没骗人,可是前后不是一个人了,前后不是一个人了。话又说回来啦,你别再惹我生气,招我责备你啦。我已经起过誓了,决不责备你;我一定要想尽一切办法不责备你。"

　　但是她狂乱之下,仍旧替自己辩护;并且还说了一些也许不如不说的话。

　　"安玑呀!——安玑呀!我那时还是个小孩子哪——发生那件事的时候,我还是个小孩子哪!男人的事,我还一点儿都不懂得哪。"

　　"我倒承认,与其说是你把别人害了,不如说是别人把你害了①。"

　　"这么说来,你还不能饶恕我吗?"

　　"我饶恕是饶恕你的了,不过饶恕了并不能算是一切都没有问题呀。"

　　"还不能仍旧爱我吗?"

　　对于这个问题他没回答。

　　"哦,安玑——我母亲说过,这是世界上有时候有的事情!——她就知道有好几个女人,比我的情形还糟,可是她们的丈夫都不怎么在乎——至少都把这件事看开了。可是那些女人爱她们的丈夫,都没有我爱你这样厉害!"

　　"不要说啦,苔丝,不要辩啦。身份不一样,道德的观念就不同,哪能一概而论?我听你说了这些话,我就只好说你是个乡下女人,不懂得什么叫体面,从来就没明白过世事人情。你自己并不知道你说的都是什么话。"

　　"由地位上来看,我自然是一个乡下人,但是由根本上来看,我并不是乡下人哪!"

---

　　① 与其说是你把别人害了,不如说是别人把你害了,见莎士比亚的悲剧《李尔王》第三幕第二场第56行。

她说这句话的时候，不觉来了一阵气，但是没发作就消了。

"所以才更糟啦。我想，把你们的祖宗翻腾出来的那个牧师，要是闭口不言，反倒好些。我总觉得，你的意志这样不坚定，和你们家由盛而衰的情形有关联。家庭衰老就等于说那家里人意气消沉，思想腐朽。天哪，你为什么必得把你的家世都告诉我，让我多得了一个看不起你的把柄哪？我本来还以为你是大自然的新生儿女哪，谁知道却是没落了的贵族的后裔哪！"

"还有许多人家，也跟我一样地糟哪！莱蒂家原先不也是大地主吗？还有开牛奶厂的毕雷，不也是一样吗？你看现在他们怎么样？戴贝鹤家从前本是德巴夜贵族①，现在都成了赶大车的了。你到处都能找到跟我一样的人家；这本是咱们这一郡里特别的情形，你让我又有什么法子哪？"

"所以这一郡才更糟。"

她把所有的这些责难，全都一体看待，不去追求细情。她只知道，他现在不像从前那样爱她就是了，除此而外，别的情形对于她一概没有关系。

他们又一声不响地往前瞎走。事后都说，那天晚上，井桥村有一个乡下人，半夜里去请医生，在草地上遇见了一对情人，一前一后，一声也不言语，慢慢地走着，好像送殡似的。他瞅了他们一眼，觉得他们脸上，仿佛非常焦灼，非常愁闷。后来他回来的时候，又在那块地里碰见了他们，跟先前一样地往前慢慢走着，跟先前一样地不顾夜深露冷。他因为家里有病人，没心思去管闲事，所以当时就把这件稀奇的事忘了；后来过了许久，才又想起来的。

在那个乡下人去而复返的中间，她曾对她丈夫说——

"我看我活着就没法儿不让你因为我而受一辈子的苦恼。那边儿就是河，我在那儿寻个自尽吧。我并不怕死。"

"我已经够糊涂了，再在我手里弄出一条人命来，那更不应该了。"

"我死的时候，我留下点东西，让人知道我是因为羞愧，自己寻死的。那么一来，别人就不能把罪名加到你身上了。"

"别再说这种糊涂话啦，我不愿意听这种话，这件事用不着那么想法，那净是胡闹。因为咱们不能把现在这件事看成一场悲剧，咱们只能把它看成一场玩笑。我看你一点儿也不明白这场不幸的意义。要是别人知道了，十个人里

---

① 德巴夜：巴夜，法国诺曼底地名，德巴夜应即那个地方的贵族而随威廉一世到英国者。

头总得有九个把这件事情看成一件笑谈。请你听我一句话,快回去睡觉吧。"

"好吧。"她奉命惟谨地说。

他们绕的那条路,通到磨坊后面一座人所共知的古刹的遗迹;这座古刹,是西斯特派的僧人① 修建的。古代的时候,那个磨坊,就是那个寺院的产业,到了现在,磨坊还是工作不停,寺院却早已残破消灭了,因为食物不能一日间断,信仰却只是过眼的烟云罢了。我们老看到,暂时需要的东西永远有人供应,永久需要的东西却供应一会儿就完了。那天晚上,他们两个,本来在一块地方上绕来绕去地走,因此走了半夜,离那所房子还是不很远。她当时服从了他的指挥,要回去睡觉,只要顺着大石桥,跨过大河,再顺着路往前走几码,就是自己的寓所了。她回到屋里的时候,一切的情形都跟她刚一离开屋子的时候一样。壁炉的火也还在烧着。她在楼下待了不过一分钟,就上了楼,进了自己的卧室了,他们的行李起先已经拿到那间屋子去了。她在床沿儿上坐下,茫然地向四外看了一眼,跟着就动手解衣服。她把蜡烛挪近床前的时候,烛光射到白布帐子的顶儿上;只见有些东西挂在帐子顶儿下面,她举着蜡烛仔细一看,原来是一丛寄生草。她立刻就明白了,这一定是安玑干的事。因为原先收拾行李的时候,有一个包裹,也不知道里面是什么东西,打包儿的时候和携带的时候都顶麻烦的,克莱没告诉她是什么,只说到时候就知道了;那个包裹的意义,现在她才明白了。那原是先前克莱心里快活,感情热烈的时候,把它挂在那儿的。现在这一丛寄生草,看着有多傻多呆,有多讨厌,有多不顺眼呢!

苔丝现在觉得,想让克莱回心转意,好像万难办到,因此再没有什么可怕,也差不多再没有什么可盼,就无情无绪地躺下了。愁人绝望的时候,就是睡神来临的机会。一个人心情比较快活的时候,往往不容易睡得着,而在现在这种心情中,却反倒容易睡得着。所以过了不到几分钟,孤零的苔丝,就在那间微香细生、静寂无声的屋子里,忘记了一切了;这间屋子,也许是她祖先曾经用作新房的哪。

苔丝先回到屋里,后来克莱也转身顺着原路,回了寓所。他轻轻地走进了

---

① 西斯特派的僧人:僧人之一派,1098 年洛贝特创始于西斯特斜姆,为本笃会之
　 分支。

坐起间,找了一个亮儿;他带着打定了主意的态度,在那床旧马鬃沙发①上,放开了他那几床毡子,铺成了一个临时小床铺。还没躺下以前,他先光着脚跑到楼上,在她的卧房门口静静地听了一会。他听她喘的气非常匀整,就知道她已经睡热了。

"谢谢上帝!"他嘟哝着说,但是他再一想,不觉一阵辛酸,因为他觉得,她如今是把一身重负都移到了他的肩上,她自己倒毫无牵挂,安然睡去了。这种想法,也差不多是对的,不过不完全是那样就是了。

他转身要下楼了,却又游移不定,重新向她的屋门那儿回过头去。他这一转身,就看见了德伯家那两位夫人里的一位,这位夫人的像正镶在苔丝卧室的门口上面。在烛光下看来,这个画像不止让人看着不痛快而已。他当时看着,好像这个女人脸上,含着一股报仇雪恨的凶气,好像她心里憋着一肚子仇恨男人的心思。画像上那种查理时代的长袍,低颈露胸,正和苔丝那件被他把上部披起、低露出项圈来的衣服一式一样;因此他又重新感觉到苔丝和这个女人有相似之处,这使他非常难过。

这一番挫折就已经够了。他又回过身来,下楼去了。

克莱的态度仍旧安静、冷淡;他那副小嘴紧紧地闭着,表示他这个人有主意、能自制;脸上仍旧冷漠无情得令人可怕,和他刚一听到苔丝的身世那时候的神气一样。这副面孔表示出来,他虽然已经不再受热情的支配,却还没得到由热情解脱出来的好处。他只在那儿,捉摸着人生的无常,世事的难料。在他崇拜苔丝那个很长的期间里,直到一个钟头之前,他都认为天地间没有什么能像苔丝那样纯正、那样甜美、那样贞洁的了,但是——

　　　　只少了一点儿,就有无穷的不同②。
他对自己说,从苔丝那个天真诚实的脸上,看不透她的心;他这种想法,当然是不对的,不过当时苔丝没有辩护人,来矫正克莱。他又接着说,一个人,眼里的神气和嘴里的话完全一致,但是心里头却又捉摸着别的事情,和她外面所表现的完全相反;这种情形,想不到居然可能。

克莱在坐起间里他那张小床铺上斜着躺下去,把蜡烛吹灭了。夜色充满

---

　①　马鬃沙发:沙发之上罩以马鬃编的网子,叫做马鬃沙发,这种网子,也有罩在椅子上的。
　②　见勃朗宁的诗《炉边》第40节。

了室内,冷落无情,宰制一切,那片夜色已经把他的幸福给吞没了,现在正懒洋洋地在那儿慢慢消化,并且还正要把另外千千万万人的幸福,也毫不动容地照样吞没。

(选自哈代《德伯家的苔丝》,张谷若译,

人民文学出版社1980年版)

《德伯家的苔丝》导读

托马斯·哈代(1840—1928)是19世纪末英国杰出的现实主义作家,长篇小说《德伯家的苔丝》确定了他在19世纪末英国最杰出的批判现实主义文学家的地位。

哈代出生于英格兰南部的多塞特郡。少年时代的哈代受多塞特诗人威廉·巴恩斯的鼓励以及民间文学的熏陶,偏爱田园诗歌。17岁时,担任建筑师助理的哈代写了许多讴歌农村生活的田园小诗,开始走上了文学创作的道路。尽管他的处女诗作和早期小说充满了田园式抒情味,但他对当时流行的"政治的社会的小说"表示了浓厚的兴趣,还是以现实主义方法较真实地描写了宗法制的农村生活。

从19世纪60年代起,哈代作为一个"自由思想者",开始了他对文学、对人生的探索。从第一部小说《非常手段》(1871)出版到《德伯家的苔丝》(1891)诞生的整整20年间,他经历了漫长而痛苦的人生观转变过程。19世纪与20世纪交接的过渡时期,英国农村经济的破产,城市中劳动后备军日益庞大。严酷的现实撕破了资产阶级文明和社会道德的虚假面纱;贫困、落后、饥饿、死亡与维多利亚御用文学鼓吹的"乐观主义"形成了鲜明的对照。这一切使哈代从对现实的朦胧幻景中清醒过来。如果说,他的前期作品,如《绿阴下》(1872)、《远离尘嚣》(1874)是表露作者向往农村田园生活、寄托一种对"协调而自然的生活"的虚幻理想的话;那么,在他的后期创作中,如《还乡》(1878)、《卡斯特桥市长》(1886)等则比较自觉地正视尖锐的社会冲突,着力通过书中人物的悲痛遭遇,批判、谴责资产阶级现世社会的黑暗和道德的虚伪。在这个由消极的田园式抒情作品转变为对现实社会鸣不平,并报之以呐喊的过程中,哈代写下了时代的"沉痛史诗"——《德伯家的苔丝》,以真实的社会生活图画,抨击了资产阶级现存社会的道德观念,无情地打破了那种"维多利亚的繁荣升华"的神话。

主人公苔丝是一个善良、美丽的农村姑娘,生在一个没落的古老武士(小贵族)世家中。她的四周被愚昧的封建意识所包围。她凭借着不甘屈服的反抗个性,与社会、伦理道德发生尖锐的冲突,在人生的旋涡中,走完了悲惨的一段路程。

苔丝的第一次人生灾难,是被冒牌本家、资产阶级纨绔子弟亚雷·德伯诱骗失身。暴发户亚雷·德伯为了使自己的资产阶级身份贵族化,就盗用了古老世家德伯的姓,攫取了统治阶级的政治特权。他依仗着财产和贵族特权,用钱、马匹作为取乐的交换条件,霸占、残害苔丝的身心。后来,德伯改变了"花花公子的旧面目",在苔丝生活无依的绝境下,以拯救"受我欺骗的那个女人"为名,再次霸占了苔丝。人生的激流无情地冲刷掉那层神圣的道德油彩,将资产阶级上流人物的卑劣品性无遗地显示于众。苔丝的悲剧,德伯的罪恶历史,揭穿了维多利亚王朝"神圣道德"的真相:残踏人格、人的尊严,掩盖本阶级的罪恶品性。

哈代对现世社会道德的抗议,还体现在他从同情和赞扬的角度描绘了主人公苔丝崇高的心灵美和道德美。苔丝是个蔑视、反抗资产阶级伦理道德的精神强者。她向往自由,渴望纯真的爱情生活,鄙弃自己古老的贵族身世。她对杰克·德北陶醉于过去显赫家世而疯疯癫癫的模样,感到羞愧,无地自容。她坚持姓"德北",甘愿以一个平凡的劳动者自称,这种自尊的态度同德北太太的虚荣心形成了鲜明的对比。这些朴实的真挚的品质,给了艺术形象以美的色彩。随着人生的艰难历程,苔丝进一步表现了见富不淫、遇威不屈的倔强性格,对宗教和世俗道德投出了愤恨的目光。假如说,德伯第一次利用马车侮辱她的人格,苔丝的反抗还仅仅表现出一种姑娘本能的自卫;那么,在被骗失身后,苔丝带着对自己一时软弱的悔恨而激起的反抗,则是一种出自阶级的鄙视和轻蔑了。

更值得一提的,哈代在小说中专门插入了三个青年女子莱蒂、玛琳、伊茨以及苔丝与克莱的爱情纠葛。这三位年轻姑娘都热恋着克莱。尽管苔丝在心灵深处燃烧着难以克制的爱,但她为了克莱得到幸福,宁可牺牲自己而竭力为三个姑娘作媒。这不是作者赘述之笔,恰恰是刻画苔丝那高尚情操、贞洁爱情的闪光处。在这些真、善、美的描绘中,哈代生动地描写了这位农村姑娘崇高的道德美。这与当时流行的"神圣道德"构成了鲜明的对比,从而更深刻地揭露了资产阶级道德的假、丑、恶。

《苔丝》还通过苔丝与克莱的爱情悲剧来强化小说对社会道德的抨击和抗议。苔丝的第二次人生灾难,是与克莱的爱情冲突。她出于对克莱的真诚爱情而重新唤起了她对人生的希望。她对克莱的倾心仰慕,甚至以死相报,这种爱和生的希望,使苔丝冲破了旧道德的束缚,克服自卑心理,去勇敢地接受克莱的爱。同样,克莱作为一个"自由思想者",毅然冲破家庭根深蒂固的门第之见和宗教偏见,向一个贫苦村姑表示了真挚的爱情。但由于克莱没有与陈腐的道德观念决裂,最终被资产阶级伦理道德俘虏。他在新婚之夜,听了苔丝失身陈述后贸然地离开了她。一个真挚爱恋苔丝,曾用爱情的力量复苏苔丝的人生希望(尽管是不自觉的)的情人,最后又屈服于旧道德,去熄灭了爱情的火焰。哈代通过克莱与苔丝的爱情悲剧,意在揭露资产阶级道德的虚伪性以及其顽固性和残酷性。由此,《德伯家的苔丝》的主题思想更得到了深化。

《德伯家的苔丝》是部"性格和环境的小说"。它恢复了早期现实主义的艺术传统,即对人物个性和人物活动的典型环境的描写,体现了 19 世纪末英国现实主义文学所达到的最高成就。

《德伯家的苔丝》通过人物性格和环境的冲突,以及人物个性的毁灭来展现当时的社会真实。苔丝的人生悲剧并不是偶然的。苔丝生活在一个留恋没落的世族门阀、攀附权贵的家庭里,受到父母那种愚昧、庸俗、屈从命运的思想意识的毒害。尽管她天性活泼、热情、向往自由,但这一生活环境却促成了她第一次离家去德伯家寄生的悲剧结果。同样,苔丝的第二次悲剧(被克莱抛弃)也是性格与环境冲突的结果。新婚之夜,苔丝出于真诚的爱情,克服了内心的矛盾,丢开了母亲要她隐瞒过去的"忠告",向情人和盘托出了被骗经过。然而,置身于资产阶级文明社会这一特定环境中的克莱,不能同旧道德决裂,而作出遗弃情人的决定。这一系列看似偶然的事件,却深刻地揭示了当时英国社会制度和道德规范所造成的人生悲剧和个性毁灭的必然性。

选择和设计特定的场景,来充分烘托和展现人物的个性特征,也是哈代处理性格与环境之间关系的艺术手段。如全书开卷部分,作者用田园式抒情笔调描绘了马勒林的自然景色和青年妇女游行集会,为主人公苔丝的出场以及塑造人物的纯洁、善良的性格,提供恰如其分的活动环境和气氛。那是一幅充满幻想、质朴的民间风俗画,每个参加游行的青年姑娘都充满了贞洁和幸福的联想。而鹤立于充满着爱的欲望和贞洁情操的姑娘群中的,正是苔丝。作者以群星拱月的艺术对比方法,将主角置于富有生命活力的环境和场景之中,从而将这个"姣好齐整的女孩子"——苔丝的形态美和性格美传神地点染出来。

人物与环境的真实描写都离不开细节的真实。哈代在人物性格和环境之间,巧妙地发挥了细节的艺术作用。如杰克·德北酒醉当众出丑,姑娘们讥嘲苔丝的细节:苔丝看到父亲当众出丑,先是

"脸上仿佛慢慢地起了一层红晕"，接着连忙为父亲辩解。当尖嘴、刻薄的姑娘又讽笑她"装糊涂"时，"一会儿的工夫，她连眼圈都湿了，头也不好意思抬起来"。可到那些善意的伙伴们谅解她，拖着她去跳舞时，她又"恢复了平静"，"拿着柳条轻轻地拍打着和她并排的人，照旧有说有笑了"。时而自愧，时而嗔怒，时而又是欢笑、活泼；这寥寥数笔的细部雕塑，将这个天真活泼、洁身自好，又绝无人生经验的年轻姑娘的个性逼真地表现出来了。

哈代从一定社会地位出发来观察生活，这是可取的；但他没有看到社会的本质，仅仅依据自己观察的某些社会片断对社会作出结论。这就导致了人无力与社会抗争，在灾祸临头时只能束手就范，听天由命的人生观，从而走向了宿命论。反映在《德伯家的苔丝》中，哈代对主人公的命运寄托了莫大的同情，也愤怒地抨击了促成人生悲剧的社会道德，但找不到出路和人生的前途，小说的结局是悲郁的、伤感的。正如后人们指出的那样，"我们读他的苔丝或裘德的时候，我们不觉得人生自身底本质是悲剧的，没有读了伟大悲剧后的崇高之感，而只有抑郁或苦恼"。

（吴士余）

海 涅

德国,一个冬天的童话

第 一 章

在凄凉的十一月,
日子变得更阴郁,
风吹树叶纷纷落,
我旅行到德国去。

当我来到边界上,
我觉得我的胸怀里
跳动得更为强烈,
泪水也开始往下滴。

听到德国的语言,
我有了奇异的感觉;
我觉得我的心脏
好像在舒适地溢血。

一个弹竖琴的女孩,
用真感情和假嗓音
曼声歌唱,她的弹唱
深深感动了我的心。

她歌唱爱和爱的痛苦，
她歌唱牺牲，歌唱重逢，
重逢在更美好的天上，
一切苦难都无影无踪。

她歌唱人间的苦海，
歌唱瞬息即逝的欢乐，
歌唱彼岸，解脱的灵魂
沉醉于永恒的喜悦。

她歌唱古老的断念歌，
歌唱天上的催眠曲，
用这把哀泣的人民，
当做蠢汉催眠入睡。

我熟悉那些歌调与歌词，
也熟悉歌的作者都是谁；
他们暗地里享受美酒，
公开却教导人们喝白水。

一首新的歌，更好的歌，
啊朋友，我要为你们制作！
我们已经要在大地上
建立起天上的王国。

我们要在地上幸福生活，
我们再也不要挨饿；
绝不让懒肚皮消耗
双手勤劳的成果。

为了世上的众生

大地上有足够的面包，
玫瑰，常春藤，美和欢乐，
甜豌豆也不缺少。

人人都能得到甜豌豆，
只要豆荚一爆裂！
天堂，我们把它交给
那些天使和麻雀。

死后若是长出翅膀，
我们就去拜访你们，
在天上跟你们同享
极乐的蛋糕和点心。

一首新的歌，更好的歌！
像琴笛合奏，声调悠扬！
忏悔的赞诗消逝了，
丧钟也默不作响。

欧罗巴姑娘已经
跟美丽的自由神订婚，
他们拥抱在一起，
沉醉于初次的接吻。

虽没有牧师的祝福，
也不失为有效的婚姻——
新郎和新娘万岁，
万岁，他们的后代子孙！

我的更好的、新的歌，
是一首新婚的歌曲！

最崇高的庆祝的星火
在我的灵魂里升起——

兴奋的星火热烈燃烧，
熔解为火焰的溪流——
我觉得我无比坚强，
我能够折断栎树！

自从我走上德国的土地，
全身流遍了灵液神浆——
巨人又接触到他的地母[①]；
他重新增长了力量。

第 十 六 章

车子的震荡把我惊醒，
可是眼皮立即又合拢，
我昏昏沉沉地入睡，
又做起红胡子的梦。

我跟他信口攀谈，
走遍有回声的大厅，
他问我这，问我那，
渴望我说给他听。

自从许多年，许多年，
也许是从七年战争，
关于人世间的消息，

---

① "巨人"，指希腊神话中的安泰。安泰的父亲是海神，母亲是地神。安泰在和敌
人战斗时，只要一接触到他的母亲大地，他便有不可战胜的新的力量。

他不曾听到一点风声。

他问到摩西·门德尔孙，
问到卡尔新①，还很关心
问到路易十五的情妇，
杜巴侣伯爵夫人②。

我说，"啊皇帝，你多么落后！
摩西和他的利百加
已经死了许久，他的儿子
亚伯拉罕也长埋地下。

亚伯拉罕和列亚产生了
名叫费里克斯的小宝贝，
他在基督教会飞黄腾达，
已经是乐队总指挥③。

老卡尔新也同样去世，
女儿克伦克也已死去，
我想，现在还在人间的
是孙女维廉娜·赤西④。

---

① 摩西·门德尔孙(1729—1786)，柏林的哲学家。卡尔新(1722—1791)，德国女诗人。
② 杜巴侣伯爵夫人(1741—1793)，法王路易十五的情妇。1774 年路易十五死后，退出宫廷。法国大革命期间，罗伯斯庇尔下令将她逮捕，在断头台上处死。
③ 摩西·门德尔孙的妻子本不叫利百加，《圣经·旧约》中，摩西的妻子叫利百加，所以海涅把门德尔孙的妻子也称为利百加。门德尔孙的第二个儿子叫亚伯拉罕，亚伯拉罕的妻子叫列亚。亚伯拉罕·门德尔孙的儿子是音乐家费利克斯·门德尔孙(1809—1847)。
④ 克伦克(1754—1812)，是卡尔新的女儿，女作家，写戏剧和诗歌。维廉娜·赤西(1783—1856)，是克伦克的女儿，也是女作家，写小说诗歌，与海涅相识。

在路易十五统治时期，
杜巴侣活得快乐而放荡，
她已经变得衰老，
当她命丧在规罗亭上①。

那国王路易十五
在他的床上平安死去，
路易十六却上了规罗亭，
跟王后安东尼特在一起②。

王后完全合乎她的身份，
表现出很大的勇气，
杜巴侣却大哭大喊，
当她在规罗亭上处死。"——

皇帝忽然停住脚步，
他对着我瞠目而视，
他说，"我的老天啊，
什么是规罗亭上处死？"

我解释说，"规罗亭上处死，
是新的方法一种，
不管是什么阶层的人，
都能把他的生命断送。

人们为了这种方法
制造一种新的机器，

---

① 规罗亭就是断头台，因系医生规罗亭(1738—1814)所发明而得名。
② 在法国大革命期间，法国国王路易十六和王后安东尼特都被判死刑，于1893
年先后在断头台上处死。

这是规罗亭先生的发明，
机器名称就用他的名字。

你被捆在一块木板上；——
木板下沉；——你迅速被推入
两根柱子的中间；——
上面吊着一把三角斧；——

绳索一拉，斧子落下来，
这真是快乐而爽利；
在这时刻你的头颅
掉落在一个口袋里。"

皇帝打断了我的话：
"你住嘴，关于你说的机器，
我真是不愿意听，
我起誓不使用这种东西！

尊严的国王和王后！
在一块木板上捆起！
这真是极大的不敬，
违背一切的礼仪！

这样亲昵地用'你'称呼我，
你是什么人，竟如此大胆？
你这小子，等着吧，我将要
把你狂妄的翅膀折断！

当我听你这样说，
怒火在深心里燃烧，
你一呼一吸已经是

叛国罪和大逆不道！"

老人向我咆哮，既无节制，
也不容情，这样愤慨激昂，
这时我也爆发出来
我的最隐秘的思想。

"红胡子先生，"——我大声喊叫——
"你是一个古老的神异，
你去睡你的吧，没有你
我们也将要解救自己。

共和国人会讥笑我们，
他们若看见我们的首领
是个执权杖戴王冠的鬼魂；
他们会发出刻薄的嘲讽。

我再也不喜欢你的旗帜，
我对黑红金三色的喜爱，
已经被当年学生社团里
老德意志的呆子们败坏[①]。

在这古老的基甫怀舍，
你最好永远呆在这里——
我若是把事物仔细思量，
我们根本用不着皇帝。"

---

① 学生社团，是从反拿破仑战争时期起，德国大学生普遍组成的一些团体，第十
章注释中提到的威斯特法伦社团也属于这一类。这些社团的政治倾向是各种
各样的，有的从爱国主义演变为狭隘的民族主义，幻想中世纪封建皇朝的再
现，是很反动的。

第二十七章

后来在那离奇的夜里
有什么事继续发生，
等到在温暖的夏日
我再一次说给你们听。

伪善的老一代在消逝。
如今啊，要谢谢上帝，
它渐渐地沉入坟墓，
它害着说谎病死去。

新的一代正在生长，
完全没有矫饰和罪孽，
有自由思想，自由的快乐——
我要向它宣告一切。

那样的青年已经萌芽，
他们了解诗人的豪情善意，
从诗人的心头取得温暖，
从诗人太阳般的情绪。

我的心像光一样地爱，
像火一样地净洁纯真，
最高贵的优美女神①
给我的琴弦调好了音。

---

① 三个优美女神在罗马神话中称为格拉琴。

这是我的师父在当年
弹奏过的同样一张琴，
师父是文艺女神的宠儿，
是已故的阿里斯托芬。

就是那张琴，他弹奏着
歌唱珀斯忒泰洛斯，
歌唱他向巴西勒亚求婚，
他和她向高空飞去①。

在前一章我曾经尝试
模仿一下《鸟》的最后一幕，
《鸟》在师父的戏剧中
的确是最好的一部。

《蛙》那部戏也很出色。
如今在柏林的舞台
用德文的译本上演，
供国王取乐称快②。

国王爱这部戏。这证明
他有良好的古典嗜好；
老国王却更加爱听
现代的蛙的聒噪③。

国王爱这部戏，可是

① 阿里斯托芬的喜剧《鸟》的最后一场歌颂了"云中鹁鹕国"的创立者珀斯忒泰洛斯与宙斯的女儿巴西勒亚的婚礼。
② 《蛙》是阿里斯托芬的另一部喜剧。在1843—1844年的冬季曾在柏林上演。
③ "老国王"指普鲁士国王的父亲威廉三世。

倘若作者还在人世，
我就不会劝告他
亲身去到普鲁士。

现实的阿里斯托芬，
这可怜的人就要受罪，
我们将要立即看见
陪伴他的是宪兵合唱队①。

流氓们立即得到准许，
对他不是奉承，却是谩骂；
警察们也接受命令，
把这高贵的人追拿。

啊国王！我对你抱有善意，
我要给你一个建议：
死去的诗人，要尊敬，
可是活着的，也要爱惜。

不要得罪活着的诗人，
他们有武器和烈火，
比天神的闪电还凶猛，
天神闪电本是诗人的创作。

可以得罪新的神、旧的神，
得罪奥林普斯② 的匪群，
再加上最崇高的耶和华——

---

① 古希腊的悲剧和喜剧一般在表演过程中都穿插有合唱队的合唱。这里指的是
被普鲁士的宪兵逮捕。
② 奥林普斯是希腊神话中群神居住的山名。

只不要得罪诗人！

神对于人间的罪行，
自然有严厉的惩罚，
地狱的火是相当的热，
那里人们必须炖，必须炸——

可是有些圣者从烈火中
拯救罪人，衷心祷告；
通过教堂布施、追忆弥撒，
也取得一种神效。

在世界末日基督降临，
他打破地狱的门口；
他纵使进行严厉的审判，
也会有一些家伙溜走。

可是有些地狱，不可能
从它们拘禁中得到解放；
祈祷没有用，救世主宽赦
在这里也没有力量。

难道你不知但丁的地狱①，
那令人悚惧的三行诗体？
再也没有神能把他救出，
他若被诗人关了进去——

从来没有神，没有救世主

---

① 指意大利诗人但丁（1265—1321）名著《神曲》第一部《地狱篇》。《神曲》全诗韵脚都以三行交错，故称三行诗体。

把他从歌唱的烈火解救！

你要当心，不要使我们

把你向这样的地狱诅咒。

（选自海涅《德国，一个冬天的童话》，

冯至译，人民文学出版社 1978 年版）

《德国，一个冬天的童话》导读

在 19 世纪的德国文坛上，亨利希·海涅（1797—1856）居于突出的地位。他既是伟大诗人，又是杰出的政论家和思想家，是德国革命民主主义者的主要代表。

海涅生于德国莱茵河畔的杜塞尔多夫城，父亲是一个不富裕的犹太商人。初中毕业后，就在法兰克福一家商店当学徒。后在有钱的伯父的资助下到汉堡经商。他从 1819 年起先后在波恩、柏林和哥廷根等地的大学里学法律，1825 年取得法学博士学位。在大学时代，海涅就积极从事文学活动，经常出入文艺沙龙，还听过当时名声赫赫的德国浪漫派文艺批判家 A. 施莱格尔的文学课和黑格尔的哲学课。

海涅上大学前即开始了诗歌创作，那正是德国浪漫主义诗歌风靡一时的时候，他的诗不免受到影响，如情调哀婉，词藻雕饰等。但海涅早期诗歌的主要特点还是朴素自然、感情真挚、音调和谐，具有民歌风味，又比一般民歌更精美。海涅这时期的诗歌创作主要反映在成名作《歌集》（1927）里，它收集了作者 1816 年以后的大部分作品，主要以自然和爱情为主题，但随着时间的推移，社会批判的色彩日益明显。

19 世纪 20 年代中期和后期，海涅在国内和欧洲一些国家做了频繁的旅行,于 1826—1831 年之间,先后写了 4 部著名的散文游记:《哈尔茨山游记》、《观念——勒·格朗特文集》、《英国断片》以及关于意大利的记叙,如《从慕尼黑到热那亚的旅行》和《珞珈浴场》等。这几部作品广泛触及到当时德国乃至欧洲的社会现实,显露了作者敏锐的观察力和见解精辟的讽刺特长,这些标志着诗人创作道路上的新的跃进。

在黑暗的德国,诗人越来越感到被压抑的痛苦,故当 1830 年法国七月革命爆发时,他受到极大鼓舞,并于次年迁居到他向往已久的资产阶级革命的策源地——巴黎,过着终身的流亡生活。但他的心并没有离开祖国,他斗争的矛头始终对准着以普鲁士专制政权为代表的德国反动黑暗势力。

在巴黎期间,海涅同各国进步的知识界保持密切来往,共同商讨政治和文学艺术问题。同时,他的革命民主主义思想也日趋成熟,其标志是《论德国宗教和哲学的历史》(1833)和《论浪漫派》(1833—1835)这两篇犀利的政论著作的发表,前者以深邃的哲学思想和敏锐的政治远见指出了德国古典哲学是未来德国政治革命的一种准备,对此恩格斯给予了很高评价;后者是对德国消极浪漫主义的尖锐批判。如果说海涅 1820 年写的《论浪漫派》主要在文艺思想上宣告与浪漫派分道扬镳,那么第二篇《论浪漫派》则在政治上给了浪漫派以致命打击。此后发表的长篇政论《论路德维希·别尔纳》(1840)和长篇叙事传《阿塔·特洛尔》(1842)更把斗争矛头指向了资产阶级自由主义过激派,至今仍闪烁着熠熠的思想光芒。

19 世纪 40 年代,德国和欧洲其他国家一样,也孕育着一场革命。海涅完全站在斗争的前列,与无产阶级共呼吸,并和青年马克思结下亲密的友谊。在工人运动和马克思的影响下,他的思想和创作都达到了高峰,写出了政治诗集《时代的诗》和长诗《德国,一个冬天的童话》等杰作。恩格斯认为《时代的诗》中有一些是"宣传社会主义的",其中最有代表性的是《西里西亚的纺织工人》一诗,作者不仅描写了工人阶级被压迫、剥削的苦难，而且塑造了资本主义掘墓者的形象，曾得到恩格斯的好评。

1845 年以后，原来身体就不好的海涅健康状况日益恶化，不能胜任马克思约请他参加创办《新莱茵报》的工作，从 1848 年至逝世，他全身瘫痪在"床褥坟墓"中躺了 8 年。但他仍以口授方式继续写了大量作品，出版了歌谣体的故事诗集《罗曼采罗》及其他著作。

海涅对 1848 年革命的失败，特别是对资产阶级的背叛感到极为愤怒和失望。革命低潮时期的德国和欧洲现实，加上健康的原因，限制了他的思想发展，致使晚期作品中流露了一些悲哀低沉的情绪。他终于在科学社会主义的门坎前止步了，而没像马克思、恩格斯那样"从革命民主主义转向共产主义"（列宁语）。但作为革命民主主义者，海涅始终没有动摇他的信念，他晚年写的《决死的哨兵》就是最好的说明。所以鲁迅说，尽管历代反动派迫害海涅，查封他的作品，但"海纳（即海涅——引者）还是永久存在，而且更加灿烂"。

政治讽刺诗《德国，一个冬天的童话》是海涅的代表作，这是诗人于 1843 年冬和 1844 年秋两次回国时由旅途见闻触发灵感的创作，也是他与马克思开始建立友谊后的第一个成果。

这是一部现实主义与浪漫主义高度结合的作品，长诗的题目就标明了这一特点："德国"是现实的；"童话"是非现实的。但是现实的事物如果是不合理的，终究要失去它存在的理由，变为非现实的；而暂时是非现实的事物只要是合理的，终将取得它存在的权利。作者通过鲜明的艺术形象，阐述了黑格尔的"凡是现实的都是合理的，凡是合理的都是现实的"这个命题的辩证关系。诗中用了主要的篇幅来否定现实的、却是不合理的德国。为此诗人巧妙地运用童话、传说、梦境等虚幻的手法，把反动势力当做"合理"的现实而竭力加以肯定和维护的德国写得光怪陆离、虚虚实实，揭示了它非现实的本质和不应存在的根据。这方面诗人否定的对象有三个：

一是普鲁士的反动统治者,诗人抓住普鲁士国徽上那只恶狠狠地向下俯视的鹰的形象,作为普鲁士敌视人民的象征,并以愤怒的激情进行声讨,宣称要把它系在长竿上,"唤来莱茵区的射鸟能手,来一番痛快的射击"。此外对普鲁士其他方面,如关税制度、书报检查令、反动而愚蠢的士兵和宪兵、虚伪的宗教等,诗人都给予辛辣的讽刺与抨击。二是所谓"反政府"的自由主义派别,诗人通过传说中的"红胡子皇帝"这个反面形象,揭露和讽刺了自由主义者这些"冒牌的骑士"所宣扬的是民族主义、浪漫主义、国粹主义等思想秕糠。三是庸俗的资产阶级市侩。长诗的最后几章里,作者通过汉堡守护神汉莫尼亚这样的畸形人物及其满足现状、迂腐、保守的说教,作为一切市侩的象征,指出了弥漫在德国三十六个小邦国里的市侩习气犹如"三十六个粪坑"那样臭气熏天,从而得出结论:这样的德国现实非以暴力摧毁不可。

在否定的同时,诗人对未来必将成为现实的德国作了设想和预言,他唱出了"一首新的歌",歌中宣布要在地上建立起"不再挨饿"的"天国"。最后一章又总结性地断言:"伪善的老一代在消逝","新的一代在生长"。显然,长诗中寄托了诗人乌托邦式的社会主义的朦胧理想。

与丰富的内容相适应,《德国,一个冬天的童话》在艺术表现上多彩多姿。虽然内容具有严肃的政治性,但毫无宣传品的意味或任何令人枯燥的感觉,用作者自己的话说,这是"一篇极其幽默的旅行叙事诗","是一个崭新的品种,诗体的旅行记,它将显示出一种比那些最著名的政治鼓动诗更为高级的政治"。诗人充分发挥了他的讽刺特长,尖刻而俏皮,笔锋所向,一针见血,痛快淋漓;节奏服从内容需要,整齐而短促,有如鼓点;譬喻机智巧妙,善于捕捉具有本质特征的形象,无不恰到好处;民间传说和个人奇妙幻想的穿插使作品趣味横生。

(叶廷芳)

马克·吐温

哈克贝利·费恩历险记

第三十一章

祷告可不能撒谎

我们往下水赶了好几天路,再也不敢在哪个镇上靠岸了;一直顺着大河往下溜。后来我们就到了南方天气挺暖的地方,离老家挺远挺远了。我们渐渐遇到一些长着西班牙青苔的树,那种青苔从树枝上垂下来,就像灰色的长胡子一样。我还是头一次看见树上长这种青苔,这使得树林显出一副阴沉可怕的样子。于是那两个骗子手就想着他们已经脱离了危险,又到那些村子上去骗起人来了。

他们一起头就来了个宣传戒酒的演说;可是挣到的钱还不够他们俩喝个醉。随后他们又在另外一个村镇上开办了一个跳舞学校;可是他们对跳舞并不比一只袋鼠更内行;所以他们刚刚乱蹦了两下,大伙儿就跑过来,撵着他们慌慌张张地从镇上跑掉了。还有一回,他们打算教演说,可是还没有说上多大工夫,听众就站起来,把他们臭骂了一顿,骂得他们赶快溜走了。另外他们还搞过传教和催眠术,搞过治病和算命,各种花样都耍了一下;可是他们好像一点也不走运。所以后来他们简真就穷透了,只好躺在木排上,随它往下漂,心里老在想呀想呀,半天都不说一句话,老是那副愁眉苦脸、走投无路的样子。

后来他们又改了花招儿,在窝棚里交头接耳地打商量,悄悄儿说些私话,一连说上两三个钟头。吉姆和我都有点儿提心吊胆。我们看着那光景,觉得挺不顺眼。我们猜想他们准是在那儿商量什么更不像话的鬼主意。我们俩猜来猜去,后来猜着他们一定是打算闯进什么人家里或是铺子里去偷东西,要不然就是想要干造假钞票的勾当,反正是这类事情。所以我们简真给吓坏了,两人打好商量，无论如何不跟他们干这些坏事儿，只要稍有一点儿机会，就把他们悄悄儿甩掉，溜之大吉，把他们丢在后面。后来，有一天大清早，我们在一个叫做派克斯维尔的破破烂烂的小村镇下游两英里来地，找到一个挺妥当的好地方，把木排藏起来，国王就上了岸，他叫我们藏在那儿等着，让他到镇上去探听探听消息，看那儿是不是有人听到了"皇家奇物"的风声。("你是说，要找个人家，好下手偷东西呀，"我心里想："可是等你偷完了，再回到这儿来，可不知道我和吉姆和这木排上哪儿去了——那时候你就得抓瞎。")他说要是到了中午，他还不回来，公爵和我就知道那是没有出什么岔儿，我们就要跟着到镇上去。

于是我们就在那儿呆着。公爵挺心烦，走来走去，急得要命，老是板着面孔，显着挺不开心的样子。他不管什么事都骂我们，我们好像什么事都做得不对；不管什么小事情，他都要挑错儿。不用说，他又是在打坏主意了。后来到了中午，还不见国王回来，我就高兴得要命；好歹总算又可以活动活动了——说不定还不光是活动的机会，另外还能让我碰上那个机会哪。于是我和公爵就往村镇上去，在那儿到处去找国王，找了一会儿，就在一个挺下等的小酒店里后头的一个屋子里把他找到了。他喝得醉醺醺的，有好些二流子在欺负他，拿他开心，他也拼命地骂，直吓唬人家，他醉得什么似的，连走路都走不动了，简直对他们一点儿办法都没有。公爵就骂起他来了，说他是个老糊涂蛋，国王也还嘴骂他，他们正骂得起劲的时候，我就溜了出来，撒开腿拼命地跑，像一只鹿似的顺着河边的大路一直往前飞跑，因为我知道我们的机会到了；我打定了主意，要叫他们多久也别打算找到我和吉姆。我跑到那儿的时候，连气都喘不过来，可是心里高兴透了，于是我就大声喊起来：

"把木排解开吧，吉姆，咱们这下子可好了！"

可是没有人答应，也没有人从窝棚里出来。吉姆不见了！我使劲嚷了一声——后来又嚷了一声——又嚷了一声；我又到树林里东跑西跑，一面大声地吼、尖声地叫喊；可是全没用——老吉姆不见了。于是我就坐下来哭了；我实在忍不住哭。可是我不能老在那儿坐着不动。过了一会儿，我就走到大路上去了，心里琢磨着该怎么办才好；后来我碰到一个小孩儿在路上走，问他是不是看见过一个怪模怪样的黑人，穿着怎样怎样的衣服的，他说：

"看见过。"

"上哪儿去了？"我说。

"到下面赛拉斯·斐尔普斯家里去了，离这儿有两英里地。他是个逃跑的黑奴，他们把他抓到了。你在找他吗？"

"我才不找他哩！一两个钟头以前，我在树林里碰到他，他说我要是嚷嚷的话，他就要挖出我的心肝来——他叫我躺下，在那儿呆着；我就那么做了。从那时候起一直就呆在那儿，不敢出来。"

"好了，"他说，"你再也用不着害怕他了，因为他们已经把他抓住了。他是从南方什么地方逃来的。"

"他们把他抓到了，真是好运气。"

"嘻，那还用说！人家悬了两百块大洋的奖赏要捉拿他。这简直就像是在大路上白捡一笔钱似的。"

"是呀，一点不错——我要是大一些的话，也可以得这笔钱哩；我本是先看见他的。到底是谁逮住他的？"

"是个老头儿——别地方来的人——他只要了四十块钱，就把这个黑人的赏格卖给人家了，因为他急于要到大河上游去，不能久等。嘻，你想想看！要是我呀，哪怕要等七年，我也情愿等着。"

"当然喽，我也是这么想，"我说，"可是他把它卖得那么便宜，说不定那份儿赏格根本就不过是值那几个钱吧。也许这里面还有点儿不清不楚的地方哩。"

"可是那决没问题——简直是再清楚没有了。我亲眼看见那张悬赏的传单。那上面把他什么都说得清清楚楚，一点也不差——就像是给他画了一张像似的，还说了他是从什么农场逃出来的，是从新奥尔良那下面逃来的吧。没有的事儿，这笔投机生意准不会有什么差错。嘿，给我一口烟叶子嚼一嚼，行不行？"

我根本就没有烟叶子，所以他就走了。我跑到木排上，在窝棚里坐下来琢磨。可是我简直想不出什么主意来。我一直把头都想痛了，可是终归想不出办法来解决这个倒霉事儿。跑了这么远的路，我们还伺候了他们这两个王八蛋这么久，到头来落了个一场空，什么都完蛋了，因为他们居然有这么黑的心肠，要这种卑鄙手段来害吉姆，只为了那四十块臭钱，就让他又当一辈子奴隶，并且还叫他流落到外乡。

我心里想过一下，吉姆要是非当奴隶不可的话，那还不如在老家当个奴隶，和自己一家人在一起过日子，比在外面要强到千倍百倍，所以我最好还是给汤姆·索亚写个信去,叫他告诉华森小姐,吉姆在什么地方。可是我马上又打消了这个念头,这有两个原因:她会因为吉姆从她那儿逃掉,觉得他很混蛋和忘恩负义,所以她准会生气,并且很讨厌他,结果她就会马上又把他卖到大河下游来;要是她不那么办的话,大伙儿也当然会瞧不起一个忘恩负义的黑人,他们一天到晚都会使吉姆觉得难堪,那么他也就会觉得挺别扭,没脸见人。并且还得为我自己设想一下呀!大伙儿马上就会把消息到处传开,说我哈克·费恩帮助了一个黑人找自由;那么我要是再有一天见到那个镇上的什么人,我就会觉得自己丢了脸,只好跪在地下给人家告饶。事情就是这样:一个人干了不光彩的事,他可又担当不起,直怕挨骂。老想着只要能瞒住别人,那就不算丢人。我为难的地方恰好就在这里。我越琢磨这桩事情,良心上就越是受到折磨,我也就越觉得自己太坏,觉得晦气和难受。后来我猛然一下子想起,那个可怜的女人压根儿没有什么对不起我的地方,我可偏要把她的黑奴偷走,现在分明是老天爷打了我一个耳光,让我知道我干的坏事儿一直都有天上的神看着,眼前的事就是要叫我明白,老天爷是时常睁开眼睛的,他只能让那种坏事儿做到这个地步,决不会让它再进行下去;我一想到这些,简直就吓得要命,差点儿当场倒在地下了。于是我心里想着,自己从小长大,本来就专学会了干坏事,所以那也不能怎么怪我,我拼命想这么把自己的罪过减轻一点,可是心里老不踏实,老有个什么东西在对我说:"本来有主日学校,你可以去上学;你要上了主日学校的话,人家就会教你:谁要是像你那样,干出拐逃黑人的事来,就得到阴间去下油锅。"

想到这里,我直打冷战。于是我就很想安下心来祷告,看是不是还能改邪归正,做个好孩子。所以我就跪下了。可是心里偏想不出祷告的话来。为什么想不出呢?要想隐瞒上帝,那是不行的。连我自己也瞒不住呀。我分明知道是为什么想不出祷告的话来。那是因为我心眼儿不好;因为我不是光明正大;因为我还在耍滑头。我表面上假装着要改邪归正,可是心里还在舍不得对那桩顶坏的事儿撒手。我想叫我嘴里说要做规规矩矩的事和清清白白的事,写信给那黑奴的主人,告诉她说他在什么地方;可是我自己心里有数,明知那是假话,上帝也知道。祷告可不能撒谎呀——这一点我总算是弄清楚了。

所以我心里挺苦恼,简直苦恼得要命,不知怎么才好。后来我终归想出了一个主意;我就说,我还是去写信吧——写完了再看能不能祷告得成。哈,那才真奇怪哪,我马上就轻松得像一根鸡毛似的,什么苦恼都没有了。于是我就拿起一张纸和一枝铅笔，兴头十足地坐下来写：

> 华森小姐，您那逃掉的黑奴吉姆跑到大河下游这儿来了，他在派克斯维尔下面两英里来地，斐尔普斯先生抓到他了，您要是派人带着奖金来取人，他就会交还给您。
>
> 哈克·费恩

我马上就觉得挺痛快，好像自己身上什么罪过都洗干净了似的，我心里像这样高兴，一辈子还是头一回哩；现在我知道我可以祷告了。可是我并没有马上就祷告，我把那张信笺搁下，坐在那儿想心思——我想着我这么做多么好，还想到我差点儿走入迷途，下了地狱。就这么一直往下想。后来不知不觉地想起了我们顺着大河往下来的这段路上的情形；我老是像看见吉姆就在眼前似的；想起了白天，也想起了夜里，有时候想起了月亮底下，有时候想起了大风大雨，还有我们一直往下漂、一面聊天、一面唱歌、一面哈哈大笑的情形。可是不知怎么的，我好像找不出哪一点来，可以叫我狠起心来对他，反倒老是叫我想起他的好处。我老是看见他自己轮完班，接着又替我轮班，并不把我叫醒，为的是好让我照样睡下去；又看见他在我从大雾里回来的时候，那副高兴的样子；还有在上游那回打冤家的地方，我上那泥塘里再去找他的时候，他又是多么欢喜；还想起一些这类的事情；他老是叫我"宝贝儿"，老是对我那么亲热，只要是他想得起的事，他总是拼命照顾我，他的好处真是说不完；后来我又想起那一回，我告诉那两个人说我们木排上有人害天花，结果就救了吉姆，他感激得什么似的，说我是老吉姆在世界上最好的朋友，还说他现在就只有我这么一个朋友了；想到这儿，我恰好转过头来，一眼就瞧见了那张信。

这事儿真叫人左右为难，我把那张信笺拾起来，拿在手里。我浑身哆嗦起来了，因为我得打定主意，在两条路当中选定一条，永远不能翻悔，这是我看得很清楚的。我琢磨一会儿，好像连气都不敢出似的，随后才对自己说：

"好吧，那么，下地狱就下地狱吧。"——接着我就一下子把它扯掉了。

起这种念头，说这种话，都是糟糕的事儿，可是这句话还是说出来了。我还真是说了就算数；从此以后就再也不打算改邪归正了。我把这桩事情整个儿丢脑后，干脆打定主意再走邪路，这才合乎我的身份，因为我从小就学会了这一套，干好事我倒不在行。现在第一着，我打算去想办法，再把吉姆偷出来，叫他脱离奴隶生活；我要是想得出更坏的事情，那我也会要做；因为反正是一不做、二不休，我还不如干脆就干它个痛快吧。

于是我就开动脑筋,想着怎么才能达到目的,心里翻来覆去地盘算了好些主意;后来终归想好了一个合意的办法。随后我就把大河下游一点的一个长满了树的小岛打量清楚,等天刚一黑,我就驾着木排溜出去,划到那儿,再把它藏起来,完了就睡觉了。我睡了一通夜,第二天清早天还不亮,我就起来,吃了早饭,再把我那身现成的新衣服穿上,还找了些别的衣服和零碎东西,捆成一个包袱,随后就驾着小划子,划到河边上去。我琢磨出斐尔普斯住的地方,就在那下游上了岸;我把那个包袱藏在树林里,再把小划子装满了水,又放进一些石头,把它沉到水里,等往后用得着它的时候,还可以找得到,那是在河边上一个机器锯木厂下面四五百码的地方。

随后我就顺着大路往上走,走过那锯木厂的时候,看见那上面挂着一块招牌,上面写着"斐尔普斯锯木厂",后来我再往前走了二三百码,走到那些庄子跟前的时候,就老是溜着眼睛到处看,可是那时候虽然天已经大亮了,我可什么人也没瞧见。可是我并不在乎,因为这时候我还不愿意看见什么人,只要把这带地方弄清楚就行了。按照我的计划,我要装做从上游那个村子走来的样子,不像是大河下面来的。所以我只看了一下,就朝着镇上一直往前跑。哈,一到那儿,我看到的头一个人就是公爵。他在贴"皇家奇物"的广告——又是连演三晚——像上次一样。他们真是脸皮厚呀,这两个骗子手!我和他撞了个对面,来不及躲开。他显出大吃一惊的神气,说:

"咦!你从哪儿来的?"随后他就好像是挺高兴、挺关心的样子,说,"木排在哪儿?——找了个好地方藏起来了吗?"

我说:

"嘻,我正想问您哪,殿下。"

这么一来,他就显得不大痛快了。

"你怎么会想起来问我呀?"他说。

"是这么回事,"我说,"昨天我看见国王在那个小酒店里,我就想,他醉得那个样子,还得好几个钟头才会醒过来,这会儿还不能带他回去;所以我就到镇上到处溜达,混时间等他醒来。那时候有个人走过来,出了一毛钱,叫我帮他划一个小船过河去,再从对岸带一只绵羊过来,于是我就跟他去了;可是我们把那只羊往船上拉的时候,那个人叫我抓住绳子,他自己到羊背后去撵着它走,结果因为羊的力气太大,一下就挣脱了绳子跑掉了,我们就在后面追它。我们没有带狗,所以就只好在乡下撵着它满地跑,一直追到天黑,叫它累

535

得跑不动了，才把它逮住；这下子我们才把它划过河来，我就往下头跑，去找木排。我跑到那儿一看，木排不见了，我就想：'他们准是闯了祸，只好走开；他们把我的黑人也带走了，我可只有这么一个黑人哩，现在我流落在这无亲无友的地方，什么家当都没有了，别的东西也没有，简直没法子混饭吃。'所以我就坐在地下哭起来了。我通夜在树林里睡觉。可是，说了半天，木排到底上哪儿去了？——还有吉姆——可怜的吉姆呀！"

"我要知道才怪哩——我说的是木排的下落。那个老糊涂蛋做了一笔买卖，赚到四十块钱，咱们在那小酒店里找到他的时候，那些二流子已经和他赌了一阵半块钱的输赢，弄得他除了付掉的酒钱之外，输得一个钱也没有了；昨晚上直到深夜我才把他弄回去，结果一看木排已经不见了，我们就说：'那个小坏蛋把我们甩下，偷了我们的木排溜之大吉，往大河下头跑掉了。'"

"我总不会甩掉我那个黑人呀，是不是？——我在世界上就只有那么一个黑人，那是我惟一的家当啊。"

"我们压根儿没想到这个。老实说，我觉得我们已经把他当成我们的黑人了；是呀，我们的确是把他当成我们的——天知道，我们为他实在是麻烦够了。所以我们一看木排不见了，我们又穷得一个钱也没有，简直就想不出什么办法，只好把'皇家奇物'拿出来再试一试看。我一直就在到处游荡，一口酒也喝不着，嘴里干得像个火药筒子似的。你那一毛钱在哪儿？拿给我吧。"

我的钱还不少，所以就给了他一毛钱，可是我央求他拿去买点儿吃的东西，分给我一点儿，我说我只有那一毛钱，并且从昨天起我就没有吃过东西。他可是一声不响。马上他又猛一下对我说：

"你猜那个黑人会泄我们的底吗？他要是来那一手，我们就要剥他的皮！"

"他怎么能泄我们的底呢？不是已经跑掉了吗？"

"没有！那个老糊涂蛋把他卖掉了，他根本没有分钱给我，早把它花光了。"

"把他卖掉了？"我一面说，一面就哭起来了；"嗐，那是我的黑人哪，钱也该是我的。他在哪儿？——我要我的黑人。"

"算了吧，干脆告诉你，反正你那黑人弄不回来了——你别哭了吧。你听着——你想想看，你敢不敢泄我们的底？我要是相信你才怪哩。哼，你要是胆敢告我们的话……"

他没有往下说，可是他眼睛里显出一股挺凶的神气，真是难看，我从来没

见过。我还是抽抽噎噎地一个劲儿哭,一面说:

"我并不打算泄谁的底;我也没工夫去泄;我得赶快上别处去,找我那个黑人。"

他显得有点儿心烦,站在那儿,把一些广告搭在胳臂上,让风吹得乱飘,一面在想心思,一面皱着眉头。后来他才说:

"我要告诉你一个消息。我们在这儿得呆三天。只要你答应不泄我们的底,也不让那黑人说出去,我就可以告诉你上哪儿去找他。"

于是我就答应了,他又说:

"有个庄稼人叫做赛拉斯·斐——"他说到这儿就停住了。你明白吧,他一起头本打算给我说实话;可是他这么一停住,又琢磨起来,我就猜出他是改了主意。果然不错。他不敢相信我;想要让我在这三天当中准不会来打搅他们。所以过了一会儿他就说:

"把他买过去的那个人叫做阿布兰姆·福斯特——阿布兰姆·纪·福斯特——他住在这个村镇后面四十英里的地方,在上拉斐德去的路旁边。"

"好吧,"我说,"我有三天工夫能走这些路。今天下午我就动身。"

"啊,那可不行,你现在就得走才好;千万别耽搁吧,路上还得少说废话。你干脆就闭住嘴,一声不响地对直往前走,那你就不会把我们搅在一起惹出祸来了,听见了吗?"

他这么吩咐我,正是我情愿的,我本来就是故意逗着他这么说。我要自由自在地进行我的计划,没有人管我才行。

"那么你就快走吧,"他说,"你见着福斯特先生,随便怎么说都行。也许你能叫他相信吉姆的确是你的黑人——有些傻瓜并不要你拿证件出来看——至少我听说南方这带地方是有这种糊涂虫。你去跟他说,传单和奖金都是假的,再给他解释一下,人家为什么要要这些花头,说不定他会相信你的话。快走吧,你爱跟他怎么说就怎么说;可是你千万得记住,从这儿上那儿走,路上可不许瞎说。"

于是我就走了,一直往村子后面的乡下走。我并没有往回看,可是总好像觉得他在盯着我。不过我知道我可以叫他盯个够,等他眼睛累了就不会再盯我了。我一直往乡下走,走了一英里来地才停住;过后我就穿过树林,再往斐尔普斯住的地方绕回来。我想我还是不要吊儿郎当地耽搁,干脆马上就动手进行我的计划才好,因为我要先去封住吉姆那张嘴,且等那两个家伙走了再说。我实在不愿意跟他们这种人捣麻烦。他们干的事儿,我简直是看够了,我很想干干脆脆地甩开他们。

(选自《哈克贝利·费恩历险记》,张友松等译,

人民文学出版社 1978 年版)

《哈克贝利·费恩历险记》导读

《哈克贝利·费恩历险记》是美国幽默讽刺作家马克·吐温(1835—1910)的代表作,在 19 世纪美国文学史上占有重要的地位。

马克·吐温原名塞缪尔·朗荷恩·克列门斯,生于一个地方法官的家庭。12 岁父亲去世后,就开始参加劳动,自立谋生。他先后当过印刷工学徒、排字工人、水手、领港员、新闻记者等。饱经忧患的经历,与下层人民的相处,促进了他民主主义思想的成长,为他日后的创作打下了坚实的基础。

1867 年,他出版了第一部短篇小说集《加利维亚县有名的跳蛙》,嘲笑美国小市民庸俗无聊的生活,显示了他幽默讽刺的才能。以后所写的名作《竞选州长》(1870),揭穿了美国"民主选举"的黑暗内幕,诙谐幽默,笔锋犀利,讽刺有力,入木三分。同时期陆续发表的长篇小说《镀金时代》(1874)、《汤姆·索亚历险记》(1876)等,从不同侧面针砭时弊,揭露丑恶现实,获得了人们的好评。

从 19 世纪 80 年代起,美国社会危机四伏,各种矛盾激化,工人运动不断高涨。这时期,马克·吐温的创作日益成熟,进入了创作的高峰时期,他写有《王子与贫儿》(1881)、《哈克贝利·费恩历险记》(1884)、《在亚瑟王朝廷里的康涅狄克州美国人》(1889)、《傻瓜威尔逊》(1893)、《败坏了赫德莱堡的人》(1900)等重要作品,剖

析美国社会的阶级矛盾,抨击资产阶级道德的虚伪,表现城乡劳动人民的贫困生活,讽刺批判倾向更为强烈。

19世纪90年代末,美国进入了帝国主义阶段。马克·吐温从1893年起,出访非、欧、亚等洲的许多国家和地区,目睹帝国主义的侵略行径,写下了旅途随笔集《赤道旅行记》(1897),以严正的反帝立场,痛斥帝国主义的血腥罪行。特别是他同情和声援中国人民的反帝斗争,愤怒谴责八国联军的入侵暴行,深信"中国一定能获得自由,一定能拯救自己"。晚年,由于他对人类的前途失去信念,民主理想幻灭,作品流露出了消极悲观的情绪。

综观马克·吐温的全部创作,反映了美国由资本主义发展到帝国主义阶段的真实图景,揭穿了"金元帝国"的反动实质,粉碎了所谓"民主"、"自由"的美丽谎言。

《哈克贝利·费恩历险记》以南北战争以前的美国南部为特定的背景,开展生动曲折的故事描写。黑奴吉姆得知女奴隶主华森小姐要卖掉他,便设法逃往北部的自由州去。在一个小岛上,遇到了逃避酒鬼父亲毒打的白人孩子哈克。于是,两人相商,结伴同行,乘木筏顺密西西比河逃亡。途中,他俩遇见各式各样的人物,经历了艰苦的磨难,未能找到通往自由州的卡罗镇,却遇上谎称"国王"和"公爵"的两个江湖骗子,他俩企图卖掉黑奴吉姆。哈克在朋友汤姆的帮助下,冒着生命危险,救出了吉姆。最后,根据女主人的遗嘱,吉姆获得了自由,从而结束了流亡生活。

小说通过哈克和吉姆这两个逃亡者的历险故事,广泛地反映了美国南北战争以前的社会生活,谴责了野蛮的种族歧视,集中地提出了反蓄奴制的政治问题。我们知道,在南北战争以前,非洲黑人被成批贩运到美国,在南部的种植园里充当奴隶。他们没有人身自由,像牲口一样,被任意贩卖,恶毒鞭打,甚至残酷杀害。南北战争结束以后,黑奴虽获得了"解放",但他们刚挣脱了奴隶制的枷锁,却重又被套上了雇佣劳动的绳索,仍然处于被奴役、被迫害的地位。因此，马克·吐温在 19 世纪 80 年代所写的这部揭露蓄奴制的黑暗与罪恶、提倡黑人同白人一样应有独立的思想和人格的小说，在当时仍有迫切的现实意义。难怪小说一出版，就被有些人指责为"冒犯尊严，亵渎宗教"，列为"禁书"不准流传。

小说的中心人物是哈克。这一形象早在《汤姆·索亚历险记》中就曾描写过。那时，这个孩子作为汤姆的朋友，讨厌资产阶级平庸、虚伪的生活方式，同汤姆一起追求儿童情趣，向往浪漫的冒险生活。而《哈克贝利·费恩历险记》中的哈克形象，他的思想和性格有了进一步的拓展、提高。他不仅自己渴望自由，敢于冒险，而且积极帮助吉姆解脱锁链，获得自由。

作者在塑造哈克的形象时，运用心理描写的手法，揭示了哈克内心的思想矛盾。不错，哈克作为一个白人的孩子，正直善良，热爱大自然，不满资产阶级的所谓文明和礼法，宁可过流浪生活，而不愿意做"上流人物"。但由于生活在蓄奴制的社会环境中，他思想上刻下了种族歧视观念的烙印。一开始，他像白人对黑奴一样，对吉姆进行揶揄，万般作弄。后来，他在与吉姆的相处中，感到吉姆忠厚诚实，正直无私，才结为朋友。在当时的社会环境下，从白人的道德看来，"帮助一个被捕的奴隶逃跑"，是违反常理，大逆不道，死后要下地狱的。为此，他内心惴惴不安，思想矛盾激烈，甚至准备向华森小姐写信，告发吉姆的具体行踪。另一方面，他想起他们共同的逃亡经历，在密西西比河上漂泊中患难相依的友爱情景，便下定决心，宁可入地狱、下火海，也绝不出卖朋友，于是把信撕得粉碎。小说第 31 章《祷告可不能撒谎》鞭辟入里地剖示了哈克这种复杂的矛盾心理。一个单纯活泼的小孩，克服种族歧视的偏见，也要掀起一场内心斗争的风暴，足见当时的美国蓄奴制教育对人们心灵毒害之深。哈克的思想斗争最终取得了胜利，用作者的话来说，是"健全的心灵与畸形的意识发生了冲突"，"畸形的意识吃了败仗"。所谓"健全的心灵"是作者不论种族肤色，主张人人平等的民主主义思想；所谓"畸形的意识"是指蓄奴制摧残儿童心灵的种族偏见。由此可见小说鲜明的反蓄奴制的政治倾向。

小说中另一重要人物吉姆，作者以巨大的热情，着重描写他的纯朴善良、助人为乐的品质和顽强抗争、求取自由的精神。他身为奴隶，但已不像斯托夫人《汤姆叔叔的小屋》中的黑人汤姆叔叔那样忍气吞声、逆来顺受，而是意志坚强，具有独立的性格，为争取自由而不懈努力。更可贵的是，他有"一副无私的心肠"，处处关怀和爱抚别人。在逃亡途中，百般照顾哈克，当他逃离庄园时，宁可牺牲自己的自由，冒着生命的危险留下来伺候被打伤的汤姆。马克·吐温从小就同黑人在一起，看到了黑人身上的优良品质，从心底里喜欢黑人。他把自己的这种亲身体验和真切感受，移注于吉姆的形象之中，致使这个人物有血有肉，栩栩如生，成为了美国文学中塑造得最成功的黑人形象之一。

需要指出的是，哈克所理解的自由，比较空泛，缺乏崇高的具体目标；而吉姆最后获得自由，是靠当初想卖掉他的女主人"良心发现"后的"恩赐"，这是作者人道主义思想的映现，为小说的不足之处。

《哈克贝利·费恩历险记》较充分地体现了马克·吐温的创作特色。小说的现实主义真实描绘和浪漫主义的抒情写意交融在一起。如对密西西河畔城乡的勾勒，沿岸风土人情的描写，突出了当地的落后、贫困的景象，细致入微，真实可信。在塑造哈克和吉姆两个人物形象时，写出了他们思想变化的外在和内在的缘由，性格鲜明，形象具体。作者还把密西西比河的自然景色同人物渴望自由的内心波涛结合在一起描写，客观的自然景物成了人物主观思想情绪的外化物，河上风光的壮阔与人物心情的舒展相映交辉，散发着浓厚的浪漫主义情调。

鲁迅十分赞赏马克·吐温的艺术才能，曾称他为"有名的幽默家"。讽刺和幽默是马克·吐温的战斗武器，也是《哈克贝利·费恩历险记》的重要的艺术特色。作者采用夸张和漫画式的笔调,嘲笑了"国王"和"公爵"这两个江湖骗子的贪婪无耻,讥讽他们招摇撞骗的丑恶行径,寓庄于谐,滑稽可笑,读来令人捧腹。

此外,作者采用亲切的第一人称来写,以孩子的口吻叙述故事,开展情节,增强了小说的真实感和生动性,具有引人入胜的艺术魅力。在语言表达上,作者长于运用方言俚语,如黑人吉姆的话用的是黑人口语,清新活泼,简洁流畅,堪称美国的语言大师。

记得美国著名小说家海明威在论及马克·吐温时曾说:"一切现代美国文学来自马克·吐温写的一本书,叫做《哈克贝利·费恩历险记》。""这是我们最好的一本书。"这对于我们理解这部小说的思想内蕴及其在美国文学史上的重要地位是很有帮助的。

(王秋荣)

易卜生

玩 偶 之 家

第 三 幕

....

娜拉　（搂着他脖子）托伐！明天见！明天见！

海尔茂　（亲她的前额）明天见，我的小鸟儿。好好儿睡觉，娜拉！我去看信了。

　　　　他拿了那些信走进自己的书房，随手关上门。

娜拉　（瞪着眼瞎摸，抓起海尔茂的舞衣披在自己身上，急急忙忙，断断续续，
　　　　哑着嗓子，低声自言自语）从今以后再也见不着他了！永远见不着了，永
　　　　远见不着了。（把披肩蒙在头上）也见不着孩子们了！永远见不着了！喔，
　　　　漆黑冰凉的水！没底的海！快点完事多好啊！现在他已经拿着信了，正在
　　　　看！喔，还没看。再见，托伐！再见，孩子们！

　　　　她正朝着门厅跑出去，海尔茂猛然推开门，手里拿着一封拆开的信，
　　　　站在门口。

海尔茂　娜拉！

娜拉　（叫起来）啊！

海尔茂　这是谁的信？你知道信里说的什么事？

娜拉　我知道。快让我走！让我出去！①

海尔茂　（拉住她）你上哪儿去？

娜拉　（竭力想脱身）别拉着我，托伐。

————————————————

　　① 娜拉想出去投水自杀。

海尔茂 （惊慌倒退）真有这件事？他信里的话难道是真的？不会，不会，不会
　　　　是真的。

娜拉 全是真的。我只知道爱你，别的什么都不管。

海尔茂 哼，别这么花言巧语的！

娜拉 （走近他一步）托伐！

海尔茂 你这坏东西——干的好事情！

娜拉 让我走——你别拦着我！我做的坏事不用你担当！

海尔茂 不用装腔作势给我看。（把出去的门锁上）我要你老老实实把事情招
　　　　出来，不许走。你知道不知道自己干的什么事？快说！你知道吗？

娜拉 （眼睛盯着他，态度越来越冷静）嗯，现在我才完全明白了。

海尔茂 （走来走去）嘿！好像做了一场恶梦醒过来！这八年工夫——我最得
　　　　意、最喜欢的女人——没想到是个伪君子，是个撒谎的人——比这还坏
　　　　——是个犯罪的人。真是可恶极了！哼！哼！（娜拉不作声，只用眼睛盯
　　　　着他）其实我早就该知道。我早该料到这一步。你父亲的坏德性——（娜
　　　　拉正要说话）少说话！你父亲的坏德性你全都沾上了——不信宗教，不讲
　　　　道德，没有责任心。当初我给他遮盖，如今遭了这么个报应！我帮你父亲
　　　　都是为了你，没想到现在你这么报答我！

娜拉 不错，这么报答你。

海尔茂 你把我一生幸福全都葬送了。我的前途也让你断送了。喔，想起来真
　　　　可怕！现在我让一个坏蛋抓在手心里。他要我怎么样我就得怎么样，他要
　　　　我干什么我就得干什么。他可以随便摆布我，我不能不依他。我这场大祸
　　　　都是一个下贱女人惹出来的！

娜拉 我死了你就没事了。

海尔茂 哼，少说骗人的话。你父亲从前也老有那么一大套。照你说，就是你
　　　　死了，我有什么好处？一点儿好处都没有。他还是可以把事情宣布出来，
　　　　人家甚至还会疑惑我是跟你串通一气的，疑惑是我出主意撺掇你干的。
　　　　这些事情我都得谢谢你——结婚以来我疼了你这些年，想不到你这么报
　　　　答我。现在你明白你给我惹的是什么祸吗？

娜拉 （冷静安详）我明白。

海尔茂 这件事真是想不到，我简直摸不着头脑。可是咱们好歹得商量个办
　　　　法。把披肩摘下来。摘下来，听见没有！我先得想个办法稳住他，这件事

544

无论如何不能让人家知道。咱们俩，表面上照样过日子——不要改样子，你明白不明白我的话？当然你还得在这儿住下去。可是孩子不能再交在你手里。我不敢再把他们交给你——唉，我对你说这么一句话心里真难受，因为你是我一向最心爱并且现在还——！可是现在情形已经改变了。从今以后再说不上什么幸福不幸福，只有想法子怎么挽救、怎么遮盖、怎么维持这个残破的局面——（门铃响起来，海尔茂吓了一跳）什么事？三更半夜！难道事情发作了！难道他——娜拉，你快藏起来，只推托有病。（娜拉站着不动。海尔茂走过去开门）

爱伦　　（披着衣服在门厅里）太太，您有封信。

海尔茂　给我。（把信抢过来，关上门）果然是他的。你别看。我念给你听。

娜拉　　快念！

海尔茂　（凑着灯光）我几乎不敢看这封信。说不定咱们俩都会完蛋。也罢，反正总得看。（慌忙拆信，看了几行之后发现信里夹着一张纸，马上快活得叫起来）娜拉！（娜拉莫名其妙地瞧着他）

海尔茂　娜拉！喔，别忙！让我再看一遍！不错，不错！我没事了！娜拉，我没事了！

娜拉　　我呢？

海尔茂　当然你也没事了，咱们俩都没事了。你看，他把借据还你了。他在信里说，这件事非常抱歉，要请你原谅，他又说他现在交了运——喔，管他还写些什么。娜拉，咱们没事了！现在没人能害你了。喔，娜拉——咱们先把这害人的东西消灭了再说。让我再看看——（朝着借据瞟了一眼）喔，我不想再看它，只当是做了一场梦。（把借据和柯洛克斯泰的两封信一齐都撕掉，扔在火炉里，看它们烧）好！烧掉了！他说自从二十四号起——喔，娜拉，这三天你一定很难过。

娜拉　　这三天我真不好过。

海尔茂　你心里难过，想不出好办法，只能——喔，现在别再想那可怕的事情了。我们只应该高高兴兴多说几遍"现在没事了，现在没事了！"听见没有，娜拉！你好像不明白。我告诉你，现在没事了。你为什么绷着脸不说话？喔，我的可怜的娜拉，我明白了，你以为我还没饶恕你。娜拉，我赌咒，我已经饶恕你了。我知道你干那件事都是因为爱我。

娜拉　　这倒是实话。

海尔茂　你正像做老婆的应该爱丈夫那样地爱我。只是你没有经验，用错了方法。可是难道因为你自己没主意，我就不爱你吗？我决不会。你只要一心一意依赖我，我会指点你，教导你。正因为你自己没办法，所以我格外爱你，要不然我还算什么男子汉大丈夫？刚才我觉得好像天要塌下来，心里一害怕，就说了几句不好听的话，你千万别放在心上。娜拉，我已经饶恕你了。我赌咒不再埋怨你。

娜拉　谢谢你饶恕我。(从右边走出去)

海尔茂　别走！(向门洞里张望)你要干什么？

娜拉　(在里屋)我去脱掉跳舞的服装。

海尔茂　(在门洞里)好，去吧。受惊的小鸟儿，别害怕，定定神，把心静下来。你放心，一切事情都有我。我的翅膀宽，可以保护你。(在门口走来走去)喔，娜拉，咱们的家多可爱，多舒服！你在这儿很安全，我可以保护你，像保护一只从鹰爪子底下救出来的小鸽子一样。我不久就能让你那颗扑扑跳的心定下来，娜拉，你放心。到了明天，事情就不一样了，一切都会恢复老样子。我不用再说我已经饶恕你，你心里自然会明白我不是说假话。难道我舍得把你撵出去？别说撵出去，就说是责备，难道我舍得责备你？娜拉，你不懂得男子汉的好心肠。要是男人饶恕了他老婆——真正饶恕了她，从心坎儿里饶恕了她——他心里会有一股没法子形容的好滋味。从此以后他老婆越发是他私有的财产。做老婆的就像重新投了胎，不但是她丈夫的老婆，并且还是她丈夫的孩子。从今以后，你就是我的孩子，我的吓坏了的可怜的小宝贝。别着急，娜拉，只要你老老实实对待我，你的事情都有我做主，都有我指点。(娜拉换了家常衣服走进来)怎么，你还不睡觉？又换衣服干什么？

娜拉　不错，我把衣服换掉了。

海尔茂　这么晚还换衣服干什么？

娜拉　今晚我不睡觉。

海尔茂　可是，娜拉——

娜拉　(看自己的表)时候还不算晚。托伐，坐下，咱们有好些话要谈一谈。(她在桌子一头坐下)

海尔茂　娜拉，这是什么意思？你的脸色冰冷铁板的——

娜拉　坐下。一下子说不完。我有好些话跟你谈。

海尔茂 （在桌子那一头坐下）娜拉，你把我吓了一大跳。我不了解你。

娜拉 这话说得对，你不了解我，我也到今天晚上才了解你。别打岔。听我说下去。托伐，咱们必须把总账算一算。

海尔茂 这话怎么讲？

娜拉 （顿了一顿）现在咱们面对面坐着，你心里有什么感想？

海尔茂 我有什么感想？

娜拉 咱们结婚已经八年了。你觉得不觉得，这是头一次咱们夫妻正正经经谈谈话？

海尔茂 正正经经！这四个字怎么讲？

娜拉 这整整的八年——要是从咱们认识的时候算起，其实还不止八年——咱们从来没在正经事情上头谈过一句正经话。

海尔茂 难道要我经常把你不能帮我解决的事情麻烦你？

娜拉 我不是指着你的业务说。我说的是，咱们从来没坐下来正正经经细谈过一件事。

海尔茂 我的好娜拉，正经事跟你有什么相干？

娜拉 咱们的问题就在这儿！你从来就没了解过我。我受尽了委屈，先在我父亲手里，后来又在你手里。

海尔茂 这是什么话！你父亲和我这么爱你，你还说受了我们的委屈！

娜拉 （摇头）你们何尝真爱过我，你们爱我只是拿我当消遣。

海尔茂 娜拉，这是什么话！

娜拉 托伐，这是老实话。我在家跟父亲过日子的时候，他把他的意见告诉我，我就跟着他的意见走。要是我的意见跟他不一样，我也不让他知道，因为他知道了会不高兴。他叫我"泥娃娃孩子"，把我当做一件玩意儿，就像我小时候玩儿戏的泥娃娃一样。后来我到你家来住着——

海尔茂 用这种字眼形容咱们的夫妻生活简直不像话！

娜拉 （满不在乎）我是说，我从父亲手里转移到了你手里。跟你在一块儿，事情都归你安排。你爱什么我也爱什么，或者假装爱什么——我不知道是真还是假——也许有时候真，有时候假。现在我回头想一想，这些年我在这儿简直像个要饭的叫化子，要一口，吃一口。托伐，我靠着给你要把戏过日子。可是你喜欢我这么做。你和我父亲把我害苦了。我现在这么没出息都要怪你们。

海尔茂　娜拉,你真不讲理,真不知好歹! 你在这儿过的日子难道不快活?

娜拉　不快活。过去我以为快活,其实不快活。

海尔茂　什么! 不快活!

娜拉　说不上快活,不过说说笑笑凑个热闹罢了。你一向待我很好。可是咱们的家只是一个玩儿的地方,从来不谈正经事。在这儿我是你的"泥娃娃老婆",正像我在家里是我父亲的"泥娃娃女儿"一样。我的孩子又是我的泥娃娃。你逗着我玩儿,我觉得有意思,正像我逗孩子们,孩子们也觉得有意思。托伐,这就是咱们的夫妻生活。

海尔茂　你这段话虽然说得太过火,倒也有点儿道理。可是以后的情形就不一样了。玩儿的时候过去了,现在是受教育的时候了。

娜拉　谁的教育? 我的教育还是孩子们的教育?

海尔茂　两方面的,我的好娜拉。

娜拉　托伐,你不配教育我怎样做个好老婆。

海尔茂　你怎么说这句话?

娜拉　我配教育我的孩子吗?

海尔茂　娜拉!

娜拉　刚才你不是说不敢再把孩子交给我吗?

海尔茂　那是气头儿上的话,你老提它干什么?

娜拉　其实你的话没说错。我不配教育孩子。要想教育孩子,先得教育我自己。你没资格帮我的忙。我一定得自己干。所以现在我要离开你。

海尔茂　(跳起来)你说什么?

娜拉　要想了解我自己和我的环境,我得一个人过日子,所以我不能再跟你待下去。

海尔茂　娜拉! 娜拉!

娜拉　我马上就走。克立斯替纳一定会留我过夜。

海尔茂　你疯了! 我不让你走! 你不许走!

娜拉　你不许我走也没用。我只带自己的东西。你的东西我一件都不要,现在不要,以后也不要。

海尔茂　你怎么疯到这步田地!

娜拉　明天我要回家去——回到从前的老家去。在那儿找点事情做也许不太难。

海尔茂　喔,像你这么没经验——

娜拉　我会努力去吸取。

海尔茂　丢了你的家,丢了你丈夫,丢了你儿女!不怕人家说什么话!

娜拉　人家说什么不在我心上。我只知道我应该这么做。

海尔茂　这话真荒唐!你就这么把你最神圣的责任扔下不管了?

娜拉　你说什么是我最神圣的责任?

海尔茂　那还用我说?你最神圣的责任是你对丈夫和儿女的责任。

娜拉　我还有别的同样神圣的责任。

海尔茂　没有的事!你说的是什么责任。

娜拉　我说的是我对自己的责任。

海尔茂　别的不用说,首先你是一个老婆,一个母亲。

娜拉　这些话现在我都不信了。现在我只信,首先我是一个人,跟你一样的一
　　　个人——至少我要学做一个人。托伐,我知道大多数人赞成你的话,并且
　　　书本儿里也是这么说。可是从今以后我不能一味相信大多数人说的话,
　　　也不能一味相信书本儿里说的话。什么事情我都要用自己脑子想一想,
　　　把事情的道理弄明白。

海尔茂　难道你不明白你在自己家庭的地位?难道在这些问题上没有颠扑不
　　　破的道理指导你?难道你不信仰宗教?

娜拉　托伐,不瞒你说,我真不知道宗教是什么。

海尔茂　你这话怎么讲?

娜拉　除了行坚信礼的时候牧师对我说的那套话,我什么都不知道。牧师告
　　　诉过我,宗教是这个,宗教是那个。等我离开这儿一个人过日子的时候我
　　　也要把宗教问题仔细想一想。我要仔细想一想牧师告诉我的话究竟对不
　　　对,对我合用不合用。

海尔茂　喔,从来没听说过这种话!并且还是从这么个年轻女人嘴里说出来
　　　的!要是宗教不能带你走正路,让我唤醒你的良心来帮助你——你大概
　　　还有点道德观念吧?要是没有,你就干脆说没有。

娜拉　托伐,这个问题不容易回答。我实在不明白。这些事情我摸不清。我只
　　　知道我的想法跟你的想法完全不一样。我也听说,国家的法律跟我心里
　　　想的不一样,可是我不信那些法律是正确的。父亲病得快死了,法律不许
　　　女儿给他省烦恼。丈夫病得快死了,法律不许老婆想法子救他的性命!我

不信世界上有这种不讲理的法律。

海尔茂　你说这些话像个小孩子。你不了解咱们的社会。

娜拉　我真不了解。现在我要去学习。我一定要弄清楚，究竟是社会正确，还是我正确。

海尔茂　娜拉，你病了，你在发烧说胡话。我看你像精神错乱了。

娜拉　我的脑子从来没像今天晚上这么清醒、这么有把握。

海尔茂　你清醒得、有把握得要丢掉丈夫和儿女？

娜拉　一点不错。

海尔茂　这么说，只有一句话讲得通。

娜拉　什么话？

海尔茂　那就是你不爱我了。

娜拉　不错，我不爱你了。

海尔茂　娜拉！你忍心说这话！

娜拉　托伐，我说这话心里也难受，因为你一向待我很不错。可是我不能不说这句话。现在我不爱你了。

海尔茂　（勉强管住自己）这也是你清醒的有把握的话？

娜拉　一点不错。所以我不能再在这儿待下去。

海尔茂　你能不能说明白我究竟做了什么事使你不爱我？

娜拉　能。就因为今天晚上奇迹没出现，我才知道你不是我理想中的那等人。

海尔茂　这话我不懂，你再说清楚点。

娜拉　我耐着性子整整等了八年，我当然知道奇迹不会天天有。后来大祸临头的时候，我曾经满怀信心地跟自己说，"奇迹来了！"柯洛克斯泰把信扔在信箱里以后，我决没想到你会接受他的条件。我满心以为你一定会对他说，"尽管宣布吧"，而且你说了这句话之后，还一定会——

海尔茂　一定会怎么样？叫我自己的老婆出丑丢脸，让人家笑骂？

娜拉　我满心以为你说了那句话之后，还一定会挺身出来，把全部责任担在自己肩膀上，对大家说："事情都是我干的。"

海尔茂　娜拉——

娜拉　你以为我会让你替我担当罪名吗？不，当然不会。可是我的话怎么比得上你的话那么容易叫人家信？这正是我盼望它发生又怕它发生的奇迹。为了不让奇迹发生，我已经准备自杀。

海尔茂　娜拉，我愿意为你日夜工作，我愿意为你受穷受苦。可是男人不能为他爱的女人牺牲自己的名誉。

娜拉　千千万万的女人都为男人牺牲过名誉。

海尔茂　喔，你心里想的嘴里说的都像个傻孩子。

娜拉　也许是吧。可是你想的和说的也不像我可以跟他过日子的男人。后来危险过去了——你不是怕我有危险，是怕你自己有危险——不用害怕了，你又装作没事人儿了。你又叫我跟从前一样乖乖地做你的小鸟儿，做你的泥娃娃，说什么以后要格外小心保护我，因为我那么脆弱不中用。(站起来)托伐，就在那当口，我好像忽然从梦里醒过来，我简直跟一个生人同居了八年，给他生了三个孩子。喔，想起来真难受！我恨透了自己没出息！

海尔茂　(伤心)我明白了，我明白了，在咱们中间出现了一道深沟。可是，娜拉，难道咱们不能把它填平吗？

娜拉　照我现在这样子，我不能跟你做夫妻。

海尔茂　我有勇气重新再做人。

那拉　在你的泥娃娃离开你之后——也许有。

海尔茂　要我跟你分手！不，娜拉，不行！这是不能设想的事情。

娜拉　(走进右边屋子)要是你不能设想，咱们更应该分开。(拿着外套、帽子和旅行小提包又走出来，把东西搁在桌子旁边椅子上。)

海尔茂　娜拉，娜拉，现在别走。明天再走。

娜拉　(穿外套)我不能在生人家里过夜。

海尔茂　难道咱们不能像哥哥妹妹那么过日子？

娜拉　(戴帽子)你知道那种日子长不了。(围披肩)托伐，再见。我不去看孩子了。我知道现在照管他们的人比我强得多。照我现在这样子，我对他们一点儿用处都没有。

海尔茂　可是，娜拉，将来总有一天——

娜拉　那就难说了。我不知道我以后会怎么样。

海尔茂　无论怎么样，你还是我的老婆。

娜拉　托伐，我告诉你。我听人说，要是一个女人像我这样从她丈夫家里走出去，按法律说，她就解除了丈夫对她的一切义务。不管法律是不是这样，我现在把你对我的义务全部解除。你不受我拘束，我也不受你拘束。双方都有绝对的自由。拿去，这是你的戒指。把我的也还我。

海尔茂　连戒指都要还？

娜拉　要还。

海尔茂　拿去。

娜拉　好。现在事情完了。我把钥匙都搁在这儿。家里的事用人都知道——她们比我更熟悉。明天我动身之后，克立斯替纳会来给我收拾我从家里带来的东西。我会叫她把东西寄给我。

海尔茂　完了！完了！娜拉，你永远不会再想我了吧？

娜拉　喔，我会时常想到你，想到孩子们，想到这个家。

海尔茂　我可以给你写信吗？

娜拉　不，千万别写信。

海尔茂　可是我总得给你寄点儿——

娜拉　什么都不用寄。

海尔茂　你手头不方便的时候我得帮点忙。

娜拉　不必，我不接受生人的帮助。

海尔茂　娜拉，难道我永远只是个生人？

娜拉　（拿起手提包）托伐，那就要等奇迹中的奇迹发生了。

海尔茂　什么叫奇迹中的奇迹？

娜拉　那就是说，咱们俩都得改变到——喔，托伐，我现在不信世界上有奇迹了。

海尔茂　可是我信。你说下去！咱们俩都得改变到什么样子——？

娜拉　改变到咱们在一块儿过日子真正像夫妻。再见。（她从门厅走出去）

海尔茂　（倒在靠门的一张椅子里，双手蒙着脸）娜拉！娜拉！（四面望望，站起身来）屋子空了。她走了。（心里闪出一个新希望）啊！奇迹中的奇迹——楼下砰的一响传来关大门的声音。

——全剧完

（选自《易卜生戏剧四种》，潘家洵译，

人民文学出版社 1978 年版）

《玩偶之家》导读

19世纪下半期，正当西欧一些国家的文艺趋于衰落的时候，在挪威却出现了一个文学繁荣的时期。诗人、戏剧家亨利克·易卜生(1828—1906)就是这一时期挪威文学的杰出代表。

易卜生出生在挪威沿海小城斯基恩一个破产商人的家庭。16岁开始在格利姆斯达一家药店里当学徒，做店员，过着仆役一般的生活。1850年来到首都克立斯替阿尼遏(现名奥斯陆)，接触到进步的社会运动，并开始写作生涯。

1848年遍及全欧的革命运动激发了挪威人民的民族意识，促进了民族解放运动的高涨，兴起了挪威的民族浪漫主义文学。易卜生在这种革命形势的鼓舞下进入文坛。

1851年后，易卜生先后在卑尔根剧院和克立斯替阿尼遏剧院里工作，为创建民族戏剧探索道路。他从民族历史和民间文学中汲取题材，创作了一批具有爱国主义思想和浪漫主义色彩的剧本，主要有《厄斯特罗的英格夫人》(1857)、《赫尔格兰的勇士》(1858)、《觊觎王位的人》(1864)等。

1864年，易卜生不满挪威现实，愤然出国，此后长期侨居意大利和德国，达27年之久。他对当时挪威的小资产阶级机会主义政治深为憎恶，企图从道德上另找出路，把所谓"人的精神反叛"放在一切的首位。1866年发表了以追求"精神反叛"的理想主义者为主人公的悲剧《布朗德》，在全欧获得声誉。

19世纪七八十年代，欧洲各资本主义国家先后向帝国主义阶段过渡。日益激化的社会矛盾促使易卜生加深了对于现实的认识，他的创作也从浪漫主义转向现实主义，著名的作品有《社会支柱》

(1877)、《玩偶之家》(1879)、《群鬼》(1881)、《人民公敌》(1882)等。易卜生一反当时流行于欧洲舞台上的工致派戏剧,抛弃了离奇、惊险的情节而直接取材于平凡的现实生活,通过真实、自然的情节和人物提出了资本主义社会中普遍存在的法律、宗教、伦理、婚姻等一系列重要的社会问题,因而也被称为"社会问题剧"。剧本有力地揭露了表面繁荣、实质丑恶的资产阶级社会,但是他只能把问题局限在道德的范围而回避政治实质,歌颂一些孤独的叛逆者,却提不出积极的政治主张。

19 世纪 80 年代中期以后,易卜生目睹资产阶级日趋反动,对于"精神反叛"已经失望,又受到颓废主义思潮的影响,创作中虽仍不乏揭露资本主义社会的内容,然而批判力量已经大为减弱,悲观、神秘的色彩比较浓厚,而且大量运用象征主义的手法,如《野鸭》(1884)、《海上夫人》(1888)、《建筑师》(1892)等都如此。

易卜生剧作的严肃的思想内容和独创性的艺术构思,革新了当时欧洲舞台艺术。他的戏剧一向以结构严谨、情节集中、人物鲜明、对话生动以及精湛的心理刻画著称于世,对于世界戏剧艺术的发展产生过深远的影响。

《玩偶之家》是易卜生的代表作。剧中主人公是一个挪威妇女娜拉,她曾为拯救丈夫海尔茂的生命,借了一笔数目不小的债款,为了不给病危的父亲增添烦恼,她在借据上假造了父亲的签字。几年以后,海尔茂升任银行经理,打算辞退职员柯洛克斯泰。不料那个职员就是娜拉的债主。柯洛克斯泰为了保住自己的职位,要挟娜拉在丈夫面前为他说情。但是,海尔茂不听娜拉的劝告,柯洛克斯泰即写信给海尔茂揭出真情,进行威胁,海尔茂见信大发雷霆,辱骂娜拉。娜拉认清了丈夫的自私面目,毅然出走。

娜拉的性格平中有奇,柔中有刚,是一个觉醒中的女性。起初,她满足于平庸的家庭生活,听从丈夫的意志。但是,她并不是一个弱女子。她曾独自设法救了丈夫的生命,又一个人挑起了债务的重担,在柯洛克斯泰的威胁面前,她有胆量作出自我牺牲的决定。惟其如此,她才有所谓"精神反叛"。当她看清了丈夫的真面目,认识了自己所处的屈辱地位,便奋起争取独立的人格,成了传统观念的叛逆者。

海尔茂是一个自私而虚伪的夫权主义者。表面看来,他为人规规矩矩,做事勤勤恳恳,对妻子也爱护体贴,然而这一切都以"自我"为中心。他把妻子看作私有财产,要求妻子处于绝对服从的地位而从不肯作一点自我牺牲。因此,正当危难临头,需要他挺身而出的时候,他就露出了自私、怯懦、冷酷的本性。

娜拉与海尔茂的矛盾,并不是一种孤立的现象。海尔茂的夫权地位,有整个社会制度作保障,法律、宗教、道德都站在他的一边,维护他的权利。娜拉要想取得人格的独立,必然碰到巨大的障碍。娜拉决定出走的时候,海尔茂正是搬出这一套东西来责问娜拉的。娜拉也意识到在她面前摆着一个"社会正确,还是我正确"的严重问题。觉醒了的娜拉勇敢地声称:"首先我是一个人","我要做一个人"。争取做一个独立、平等的人,这种思想支持她勇往直前。由此可见,娜拉与海尔茂的矛盾已经超出家庭矛盾的范围,获得了广泛的社会意义。剧本不仅尖锐地提出了妇女地位问题,批判了夫权主义,而且深刻地揭露了资产阶级法律、道德、宗教的虚伪和不合理。

这部作品成功地塑造了娜拉这个艺术形象,在尖锐的矛盾斗争中表现了娜拉的觉醒过程。

剧本从娜拉兴冲冲地回家开始,到她砰地一声关上大门离家出走,总共不过三天的时间。这三天之内,娜拉的思想发生了激烈的突变。这一激变令人惊异,然而又是合情合理的,其原因就在于娜拉的觉醒和出走,正是整个戏剧冲突发展的必然结果,全剧的一切都为这一突变做好了准备。在剧中,人物性格之间的矛盾,构成了复杂的戏剧冲突。娜拉与海尔茂的矛盾是戏剧冲突的主干,海尔茂与柯洛克斯泰的矛盾,娜拉与柯洛克斯泰的矛盾,都是次要矛盾,这三者之间紧密联系,互相推动,形成一个有机的整体。海尔茂升任经理,娜拉以为这是他们新的幸福生活的开端,可是海尔茂为维护自己的尊严,决定辞退柯洛克斯泰,剧情便开始逆转。柯洛克斯泰出于自卫,采取了要挟手段,导致娜拉与海尔茂之间隐伏着的矛盾不得不爆发。海尔茂刚愎自用,提前发出辞退信,不幸的结局已经不可挽回;柯洛克斯泰的报复行为又使紧张的戏剧冲突直线上升。海尔茂怒骂娜拉,他俩的矛盾发展到不可调和的地步,柯洛克斯泰退回借据,海尔茂的丑恶本性彻底暴露,这就促成了娜拉与海尔茂最后决裂。

娜拉形象塑造的成功,还得力于易卜生卓越的心理刻画,易卜生抛弃了独白、旁白这些传统手法,把人物的心理表现诉诸具体的戏剧动作和性格化的语言。剧本开始,易卜生通过娜拉准备过圣诞节、娜拉与孩子们玩游戏等场面,通过娜拉满怀自豪与希望对林丹太太讲述她的家庭生活的场面,写出了娜拉对生活的满足感。柯洛克斯泰的威胁,特别是海尔茂对"伪造签名"严重性的解释,在她的内心里掀起了不安的波涛。不过,此时她对海尔茂还充满着幻想。她相信一旦柯洛克斯泰揭出真情,海尔茂身上必定会出现奇迹:他将主动承担全部责任。对于这一"奇迹",她是既盼望它出现,又害怕它出现的,她宁肯牺牲自己而不愿丈夫的名誉受到损害,于是想到了自杀。娜拉陷于极其烦乱和痛苦的心情之中,易卜生通过她与柯洛克斯泰等人的谈话,通过她那狂乱的练舞动作,把她的内心矛盾写得细致入微,真实感人。一旦海尔茂露出卑劣的本性,娜拉从幻想的顶端一下子坠落到失望的深渊。无情的事实驱散了幻想的迷雾,惊醒了她的理智。她的心情逐渐平静下来,下定了出走的决心。

娜拉与海尔茂争论的最后一个场面,是全剧的高潮。"讨论"本是易卜生剧作的一个特色,《玩偶之家》的这场戏写得尤其出色。在这场"讨论"中,娜拉的形象放射出夺目的光彩,全剧的思想意义也大大提高了一步。然而，由于这一场"讨论"是全剧戏剧矛盾发展的有机组成部分，是人物性格冲突的自然表现，它本身就带有强烈的戏剧性，并没有说教的意味。正如萧伯纳所说："易卜生采用了这个新技巧，……于是《玩偶之家》就吸住了整个欧洲，并且在戏剧艺术上开创了一个新派。"

（陈　惇）

叶甫盖尼·奥涅金

第 八 章

30

毫无疑问:唉! 叶甫盖尼
孩子般地爱上了达吉雅娜,
他在爱情思索的痛苦里
日日夜夜度着他的生涯。
他不顾理智严峻的责难,
每天都要来到她家的门前,
走进她家的玻璃厅堂;
他追逐她,像影子一样;
只要能把蓬松的海狸皮
让他亲手给她披上肩头,
或是热辣辣地碰碰她的手,
或是为她把一块手绢儿拾起,
或是为她驱散身前的奴仆,
在他啊,都是一种幸福。

31

任他怎样殷勤,拼命也罢,
她对他却丝毫也不留意。
在家里,她坦然地接待他,

做客相遇时,跟他寒暄两句,
间或只是微微地把腰一弯,
有时甚至望也不望一眼;
她丝毫也不会卖弄风情——
上流社会对这个不能容忍。
于是奥涅金开始面色发青;
她或是没看见,或是不可怜;
奥涅金憔悴了,并且差一点
他就要害上了肺痨病。
大家劝奥涅金找医生治疗,
医生都主张送他去洗温泉澡。

32

可是他没有去;他要事先
给祖宗写封信通知通知,
存心不久便去和他们相见;
而达吉雅娜却若无其事
(这就是女人);他坚定不移,
他还抱着希望,还在努力;
比健康的人更勇敢,撑起病身,
他用虚弱的手给公爵夫人
写了一封热烈奔放的情书。
尽管写信大体上用处很小,
对此他已并非徒然地料到;
然而,要知道,心头的痛苦,
他已经没有力量再忍受它。
这就是他的信,一字不差。

奥涅金给达吉雅娜的信

说出我心头的悲哀的隐痛

会使您不快，我预见到一切。
将有怎样一种痛苦的轻蔑
表现在您的高傲的目光中！
我企求什么？怀着什么目的，
现在来向您剖开我的心灵？
会引起怎样恶毒的快意，
也许，由于我做的这桩事情！

　　我曾经偶然地和您相逢，
在您心头见到柔情的火种，
那时候，相信它，我没有勇气，
我便没让可爱的习性发展；
那时候，我的确很不情愿
把自己可厌的自由抛弃。
还有一件事使我们分别……
不幸的连斯基他死得真惨……
我使我的心所珍爱的一切
那时都和我的心一刀两断；
那时我孑然一身、无牵无挂，
我想我愿意用幸福去换取
自由和安逸。但是我的上帝！
我怎样地错了啊，怎样地受了罚。

　　不，只要能时刻和您见面，
能跟随在您身后寸步不离，
用我的热爱着您的两眼
捕捉您唇的微笑，眼的游移，
用心灵领略您的完美，
久久地倾听您的声息，
当着您的面在痛苦中憔悴，
苍白、熄灭……那就幸福无比！

而我的幸福已经被夺去：
为您四处奔命，怀着侥幸的心，
每小时、每天我都应该珍惜：
而我却把命定的有数时辰
在徒劳的苦闷中去浪费掉。
但这些日子也确实是难熬。
我知道：我的时日已经有限；
然而为了能延续我的生命，
我每天清晨必须有一个信念，
这一天我将见到您的身影……

　　我怕：在我恭顺的祈求里，
您那严厉无情的眼睛
会找出什么卑鄙的奸计——
于是您会把我怒斥一顿。
但愿有一天您可能知道，
爱的渴求怎样可怕地折磨人，
爱情像火一样在我心头燃烧——
要时刻用理性压住血的激奋；
我希望能够抱住您的膝头，
痛哭一场，俯在您的脚下，
倾吐我的怨诉、表白、恳求，
说出一切一切所能说出的话，
而我却必须用假装的清醒
武装起自己的言语和视线，
去跟您平心静气地交谈，
望着您，用一双愉快的眼睛！……

　　然而随它去吧：我已经
没有更多力量抗拒我自己；

一切都已决定：一切随您处理，
我决心一切都听天由命。

33

没有回答。他又写一封，
他的第二封、第三封信
仍得不到回答。一次宴会中，
他去参加，当他刚跨进门……
她迎面走来。多么严厉！
眼睛不望他，话也不说一句；
呜！如今，在她的周身
包围着何等寒冷的气氛！
她的那两片固执的嘴唇上
怎样极力地在抑制着愤怒！
奥涅金两目炯炯把她盯住：
哪儿，哪儿有什么怜悯、慌张？
哪儿有泪痕？……没有、全没有！
从脸上只看出她怒在心头……

34

还有，或许，是暗自的恐惧，
怕丈夫或社交界竟会猜透，
那偶然的弱点、那些儿戏……
奥涅金所知道的一切情由……
毫无希望了！他只好退场，
独自去诅咒他自己的疯狂
并且，深深沉陷在疯狂里，
他又和社交界断绝了关系。
钻进一间悄然无声的小屋，
去独自回想那时候的情形，

当时，残酷无情的忧郁病

在喧嚣的社交界把他追逐，

它捉住他，提着他的衣领，

在一个黑暗的角落里把他囚禁。

35

他又开始不加选择地读书。

他读了吉本①、孟佐尼②的著作。

卢梭、赫德尔③、尚福尔④的著述，

还有 Madame de Staël⑤，毕夏⑥、狄索⑦，

和怀疑主义者培尔⑧的论文，

还读冯泰纳尔⑨的一些作品，

读我们当中某些人的大作，

什么都读，什么都不放过：

他也读诗文选集⑩，也读杂志，

这些杂志总是在教训我们，

最近还将我痛骂过一顿，

但其中也把那么好的情诗

献给我，我间或读到它们：

① 吉本(1737—1794)，英国历史学家，《罗马帝国衰亡史》的作者。
② 孟佐尼(1785—1873)，意大利诗人，浪漫主义的领袖人物，从年代来看，奥涅金可能读到他的悲剧《阿德尔吉斯》(1823)。
③ 赫德尔(1744—1803)，德国哲学家，诗人和民俗学家，认为民歌是艺术的基础。著有《歌谣中人民的声音》(1767)等。
④ 尚福尔(1741—1794)，法国警句作家，普希金常爱引用他的话。
⑤ 法语：斯太尔夫人。
⑥ 毕夏(1771—1802)，法国名医，许多医学著作的作者。
⑦ 狄索(1728—1797)，瑞士医生，写过许多医学论文。
⑧ 培尔(1647—1706)，法国哲学家，马克思在《神圣家族》中对他有好的评价。
⑨ 冯泰纳尔(1657—1757)，法国哲学家、历史学家，培尔的战友。
⑩ 一种非期刊性的诗歌、散文或论文的结集，往往代表某一文学集团的观点和倾向。当时俄国常有这种文集出版。1830 年前后，在有些文集和杂志上的确对《叶甫盖尼·奥涅金》说过坏话。

E sempre bene①，读者诸君。

36

可是怎么啦？他眼睛在读，
而思想却是远在天边；
许多的幻想、希望、痛苦，
深深地挤在他心灵中间。
尽管白纸黑字印得分明，
他精神上的另一双眼睛
却读出了其他一些词句。
他全心沉浸在这些词句里。
那是些隐藏心头的故事，
属于亲切又朦胧的往昔，
是一些毫无关联的梦呓、
要挟、流言蜚语和预示，
或长篇童话中生动的荒诞不经。
或是妙龄女郎所写的封封书信。

37

于是，他便逐渐逐渐
沉入情感和思想的昏迷中，
而想像力便在他的眼前
玩着色彩缤纷的法拉翁②。
时而他看见：融化的雪里
有一个年轻人静卧不起，
仿佛是在旅店的床上安息，
有人说话：怎么？已经断气。
时而看见早已忘却的宿仇，

---

① 意大利语：(写得)真美。
② 一种纸牌的玩法，此处形容思路恍惚，捉摸不定。

诽谤者以及恶毒的胆小鬼，
以及那群另有新欢的娥眉，
和那些曾被他蔑视的朋友，
时而是一座乡村宅邸——窗下
正坐着她……于是便全都是她！……

38

他已经习惯于这样出神，
差点儿没有因此疯掉，
或者差点儿没变成个诗人。
老实说，那样还要更糟！
的确：仿佛被磁力吸住，
我的这个没出息的门徒，
那时只差点儿没有学好
俄罗斯诗歌的一套规条。
当他独自个儿坐在角落里，
面前燃起一炉熊熊的火，
低吟着 Benedetta① 或是 ldol mio②，
一会儿一只鞋落进火里，
一会儿又落进一本杂志，
他多么像个诗人的样子。

39

光阴飞逝；气温渐渐上升，
冬天的寿命已经告终；
诗人他到底没有做成，
没有死掉，也没有发疯。

① 意大利语：最美好的人儿，意大利歌曲名。
② 意大利语：我的偶像，意大利歌曲名。

春天又使他振作起精神：
在一个阳光明媚的清晨，
他初次走出深居的斗室，
那儿他一冬蛰伏，像只耗子
他离开那些双层窗、壁炉，
乘雪橇沿着涅瓦河飞奔。
蓝色的冰上布满车痕，
冰上阳光闪耀，街上到处
都是掘开的雪融化的泥泞。
奥涅金在泥泞中急速行进。

40

奥涅金奔向哪里？大概你们
早就猜到了；实在一点不差：
我的这个禀性难移的怪人
奔去找她，找他的达吉雅娜，
他像具僵尸样直往前走。
只见前厅里一个人也没有。
走进大厅；再往前，还不见有谁。
他伸出手来把房门一推。
他大吃一惊，却是什么原因？
原来公爵夫人独自坐在眼前，
她面色苍白，尚未梳洗打扮。
正读着一封不知什么书信，
泪水像小河般静静地流下，
一只手伸出来托住脸颊。

41

呵，在这迅速飞逝的瞬间，
谁能对她无言的苦不一目洞察！

谁在公爵夫人身上不会发现
当年的达尼娅,可怜的达尼娅!
沉浸在疯狂的悔恨的痛苦里,
叶甫盖尼向她的脚边俯下去;
她微微地一颤,默默无言;
只抬眼把奥涅金看了一看,
她既不愤怒,也不诧异……
他的病容的、黯淡的两眼、
祈求的神情、无声的责难,
她都心领神会。一位纯真的少女
连同她昔日的梦幻、心灵,
这时重又在她的身上苏醒。

42

她并不伸手去扶他起来,
不挪动她凝望着他的眼睛,
也不把她没知觉的手抽开,
任他去贪婪地一吻再吻……
此刻她心头想望些什么?……
经过了一段长久的沉默,
终于,她低声地说起话来:
"够了,请您站起来。我应该
坦率地向您说明。奥涅金,
您是不是还记得那一天,
那时,在花园里,在林阴道边。
命运让我们相遇,对您的教训
我当时多么顺从地恭听过?
那么,今天该轮到了我。

43

"奥涅金,那时候我更年轻,

好像;那时候,我还漂亮得多,

奥涅金,我那时爱上了您,

可怎样呢? 我在您心里找到什么?

您怎样回答我? 只是一本正经。

那时,一个温顺的姑娘的爱情

——难道不是吗? ——对您并不新鲜。

如今,一想起您那冰冷的两眼,

还有您那套谆谆的教诲,

天哪,——真让人血液发冷……

我并不怪您:在那可怕的时辰,

您的所做所为非常高贵,

您在我面前没做错事情,

我感谢您! 用我整个的心灵……

44

"那时——不是吗? ——在偏僻的乡村,

远离开人们虚荣的言谈,

我不讨您喜欢……可是如今

为什么您对我这般热恋?

为什么您苦苦地将我紧追?

是不是因为,在这上流社会,

如今我不得不去抛头露面?

因为我如今有名而且有钱?

因为我有个作战受伤的丈夫,

我们为此得到宫廷的宠幸?

是不是因为,如今我的不贞

可能会引起所有人的注目,

因此,可能为您在社会中

赢得一种声名狼藉的光荣?

45

"我在哭……如果您直到如今
还没把您的达尼娅忘记，
那您该知道：和这些眼泪、书信，
这种令人羞辱的激情相比，
我更喜欢您那种尖刻的责骂
和您那次冷酷、严厉的谈话，
假如能够随我的意思挑选。
那时候，您至少也还可怜
我那些天真幼稚的梦想，
至少也还尊重我的年华……
而现在！——您跪在我的脚下，
多么渺小啊！是什么让您这样？
为什么凭您的心灵和才气，
竟会成为浅薄感情的奴隶？

46

"对于我，奥涅金，这豪华富丽，
这令人厌恶的生活的光辉，
我在社交旋风中获得的名气，
我的时髦的家和这些晚会，
都有什么意思？我情愿马上
抛弃这些假面舞会的破衣裳，
这些乌烟瘴气、奢华、纷乱，
换一架书，换一座荒芜的花园，
换我们当年那所简陋的住处，
奥涅金呵，换回那个地点，
在那儿，我第一次和您见面，
再换回那座卑微的坟墓，

在那儿,一个十字架,一片阴凉,
如今正覆盖着我可怜的奶娘……

47

"而幸福曾经是那么伸手可及,
那么有可能!……但是,我的命运
已经全部注定了。也许,
这件事我做得不够审慎:
母亲流着泪苦苦哀求我,
对于可怜的达尼娅来说,
怎么都行,她听随命运摆布……
我便嫁给了我这个丈夫。
我求您离开我,您应该这样;
我十分了解:您的心中有骄傲,
而且也有真正的荣耀。
我爱您(何必对您说谎?),
但现在我已经嫁给了别人;
我将要一辈子对他忠贞。"

48

她走了。叶甫盖尼木然不动,
仿佛被一声霹雳惊倒。
此时此刻,在他的心中,
掀起怎样万感交集的风暴!
然而却传来了马刺的声响,
达吉雅娜的丈夫随即出场,
在这里,在我的这位主人公
最感处境狼狈的这一分钟,
读者啊,让我们和他分手。
和他长久地……永远地别离。

我们大家已经跟他在一起
在这个世界上游荡了很久。
让我们彼此祝贺靠岸吧,乌啦!
也早就是时候了(可不是吗?)!

49

啊,我的读者,无论是敌是友,
无论你属于其中哪一类,现在,
我都想和你友好地分手。
再见了。无论你上我这儿来,
是想从这些潦草的诗节里,
寻找什么激荡不安的回忆、
活跃的画面、劳动之余的休息,
寻找几句聪明机智的话语,
或是寻找些语法上的毛病,
但愿你能在我的这本书中,
为了消遣,或是为了幻梦,
为了心灵,为了杂志上的争论,
能找到点什么,哪怕一小点,
让我们就此分手吧。再见!

50

也和你告别,我古怪的旅伴①,
还有你,我的忠实的理想②,
还有你,生动活跃、占我很长时间、

---

① 指奥涅金。
② 指达吉雅娜。

虽然微不足道的劳作①,在你们身旁,

我尝到诗人所羡慕的一切:

在尘世风暴中将人生忘却,

朋友间的甜蜜的促膝谈心。

自从那时,当我在朦胧的梦境,

初次见到年轻的达吉雅娜,

当时还有奥涅金和她一起,

许许多多的日子已经逝去——

那时,透过水晶球的魔法,

我还不能够很明白地看清

一部自由体的小说的远景。

51

而那些我曾在朋友的集会上

对他们朗诵过最初几节诗的人……

恰如萨迪当年说过的那样,

有的远在天涯,有的已成鬼魂②。

奥涅金画成了,而他们却不知去向③。

而她呢,我曾比着她的模样,

把达吉雅娜这可爱的理想描摹④ ……

噢! 多少东西都被命运剥夺!

---

① 《叶甫盖尼·奥涅金》整整写了 8 年,1833 年,当普希金把这部作品最后汇成一册,整理付印之后,又曾经写过一首六音步轻重格的无韵短诗《劳作》,表现了与此处相似的心情:"渴望的时刻来到了,我多年的劳作结束了。为什么无名的忧愁在暗中搅动我的心? 或者,我像一个无用的苦力,完成了一件自己的功绩,拿到工资,垂手站着,再没工作可做? 或是舍不下我的劳作,这夜晚沉默的伴侣,金色的黎明的朋友,神圣家神的朋友?"

② 这是从波斯 13 世纪的大诗人萨迪的作品《果园》中引来的话。普希金第一次用它是在 1821 年,用来作为《巴赫奇萨拉伊的喷泉》的题词。

③ 作家这里所指的,是那些被流放西伯利亚和已被处死刑的十二月党人。

④ 当代人曾经指出过许多达吉雅娜的原型,并且为此争论不休,普希金很可能从某些真实人物身上描绘过达吉雅娜的某些特点。

这样的人啊才真算有福：

他能及早离开人生的华筵，

不把满怀的美酒饮干，

不等把人生的故事通读，

便能突然离开它，毫不动心，

好似我离开我的奥涅金。

（选自《叶甫盖尼·奥涅金》，智量译，
人民文学出版社 1985 年版）

《叶甫盖尼·奥涅金》导读

亚历山大·谢尔盖耶维奇·普希金(1799—1837)是 19 世纪伟大的诗人和小说家，是俄国现实主义文学和现代俄语的奠基人。

普希金出身于贵族。1811 年进皇村学校读书，受到教师和驻皇村的禁卫军团青年军官中一些人进步思想的影响。1819 年已在刊物上发表诗歌，并且参加社会上进步文学组织"阿尔扎玛斯"的活动。1817 年毕业后在外交部工作。同情十二月党人的观点，写出《自由颂》(1817)、《致恰达耶夫》(1818)、《乡村》(1819)等讴歌自由、反对专制的政治抒情诗，以手抄本形式广泛流传。1819 年又参加与秘密政治组织"幸福协会"有关的文学团体"绿灯"社。1820 年被流放到俄国南部。流放南方时期是普希金早期浪漫主义诗歌成就最大的时期，他完成了《高加索的俘虏》(1821)等四篇著名的"南方长诗"。其中《茨岗》(1823—1824)一篇具有向现实主义过渡的性质。《叶甫盖尼·奥涅金》也是在这一时期开始创作的。1824 年，普希金因为和奥德萨总督沃隆曹夫将军发生冲突，同时被人揭发在家信中宣传无神论，被撤职并遣送回到他父亲的领地米哈依洛夫斯克村，由家属监督。他在农村埋头读书，研究俄国历史，收集民间文学,学习民间语言。在这里,他完成了《茨岗》和历史悲剧《鲍利斯·戈杜诺夫》(1825),并继续创作《叶甫盖尼·奥涅金》。这时的普希金,已经踏上了坚实的现实主义道路。

1825年十二月党人的起义,诗人因不在彼得堡而未涉入。起义失败后,由于整个社会气氛低沉,同时又在沙皇的"开恩"拉拢之下,普希金有过短时间政治上的彷徨。新沙皇尼古拉一世上台后,把他召回京城。他为沙皇写过《论人民教育》的报告(1826)和向沙皇献策的《四行诗节》(1826)。但也应该看到,他也写出了一些与十二月党人思想密切联系的作品,如《寄西伯利亚》(1827)、《阿里昂》(1827)等。

1830年前后,是普希金现实主义创作活动成就最大的时期,在抒情诗、长诗、戏剧、诗体小说和散文小说等方面,都有很大收获。1830年普希金在他的领地波尔金诺村度过了一个秋天,写了数十篇抒情短诗、1首长诗,完成了以《别尔金小说集》为名的6篇短篇小说,写了一组短小的戏剧,还结束了《叶甫盖尼·奥涅金》的创作。

1831年,他重回外交部工作,主要是想利用国家档案库研究俄国社会和历史。1833年,他运用历史题材写了《青铜骑士》。普希金19世纪30年代的作品表现出对农奴制度下农民命运的关怀,同时在文学体裁上转向于主要写散文,为俄罗斯标准语言奠定了基础。《杜布洛夫斯基》(1832—1833)、《上尉的女儿》(1833—1836),都是这一时期的作品。同时还写过《金鸡的故事》(1834)等一系列童话诗,早期他还根据民间传说创作了有名的《鲁斯兰与留德米拉》(1820)。普希金积极参加了19世纪30年代尖锐的文学思潮斗争,是一个现实主义文学创作原则的坚定捍卫者。由于他和上流社会的矛盾冲突十分尖锐,终于在1837年2月的一场决斗中,被一个为贵族阶级收买的法国人杀死。这位"俄国文学之父"就这样结束了他短短的光辉的一生。

在普希金的全部创作中,诗体长篇小说《叶甫盖尼·奥涅金》占有突出的地位。这部前后写了 8 年的巨著,是他的代表作品,是他一生心血的结晶,也是俄国 19 世纪批判现实主义文学的第一部伟大作品。

　　小说中的主人公奥涅金是一个 19 世纪 20 年代的贵族青年。他具有高度的文化修养和精神素质,与他生活其中的上流社会格格不入,感到忧郁和烦闷,但同时他又不能摆脱自己的阶级和环境给他带来的影响。他过厌了上流社会的荒唐生活,借为伯父奔丧的机会来到农村,邻居家一个在乡下长大的年轻而富于幻想的贵族少女达吉雅娜爱上了他,并且主动给他写信。他虽然能理解她内心的美和高贵,但却不肯放弃自己的“自由”生活,没有接受她的爱情。后来,在一场无谓的决斗中,他杀死了达吉雅娜妹妹的未婚夫,同时也是自己的好朋友连斯基,然后离开了那个地方。达吉雅娜的青春梦想幻灭了,她便屈从老母亲的眼泪,嫁给了一位有地位的将军。三年以后,奥涅金又厌倦了四处漂游的生活,回到彼得堡上流社会中。这时他竟发现达吉雅娜变成了一位社交界众人瞩目的显赫的贵夫人。奥涅金心中燃起了对达吉雅娜的爱情。他狂热地追求她,一再给她写信,而她却对他十分冷漠。在一次两人的单独会面中,达吉雅娜坦白地告诉他,她一直是爱他的,但是她既然已经嫁给了另一个人,她不愿意逐上流社会荒淫生活的波澜,去做他的情妇,她只希望保持自己的纯洁和安静,她愿意忠实于自己所嫁的人。而故事也就在这里结束。

　　作家在这个线索简明的故事中描写了奥涅金、达吉雅娜、连斯基、奥丽伽几个贵族社会男女青年,真实地反映出了 19 世纪 20 年代俄国社会生活的各个方面,别林斯基把这部作品誉为“俄国生活的百科全书”。小说通过对奥涅金形象的刻画,提出了当时俄国有教养的青年一代所普遍存在的问题,写出他们高尚的气质、教养和他们无所事事的无聊生活之间的矛盾,指出这一矛盾的根源在于他们脱离了广大俄罗斯人民。他们不能对人民、对祖国有任何用处，因而成为一群可悲的"多余的人"。列宁在分析十二月党人起义时曾指出，失败的最根本原因在于这些贵族革命家远离人民。普希金在十二月党人起义失败之后通过奥涅金形象所指出的贵族青年的这一弱点，也正是概括地反映出了那一代人所共同具有的问题。

"多余的人"是19世纪前半叶俄国文学中的一种典型人物。在那个贵族革命阶段，除了少数有革命觉悟、敢于挺身而出的十二月党人和一些沉醉于统治阶级腐朽生活的没落子弟之外，很多青年人都属于这种"多余的人"的行列。这些人是那一个历史阶段的"时代的典型"。在奥涅金之后，莱蒙托夫《当代英雄》中的毕巧林，赫尔岑《谁之罪》中的别尔托夫，屠格涅夫《罗亭》中的罗亭，冈察洛夫《奥勃罗莫夫》中的奥勃罗莫夫等，都是"多余的人"画廊中的典型形象。

女主人公达吉雅娜这一形象是作家为俄国社会树立的"理想"。普希金说，她是一个"灵魂上的俄罗斯人"。这一崇高、纯朴、优美、深刻的女性形象，充分体现了当时俄国社会的发展向进步文学所提出的人民性和民族性的要求。她自幼生长在典型的俄罗斯乡村中，和俄罗斯大自然有着密不可分的联系。受到俄国民间风俗习惯、生活方式和思想意识的熏陶，她的性格特点和思想品质在很多方面都和奥涅金这种"多余的人"相对立，作家很像是在通过这个形象回答着他在作品中所提出的那一代人应该怎样对待人民的问题：俄国社会的革命运动必须和人民群众相结合才能取得进展，同时一心向往走西欧道路的俄国社会务必不要忽略了自己本民族的特点。因为这些原因，普希金所塑造的达吉雅娜这一形象的人民性和民族性特征，对当时俄国社会历史的发展有着重大的意义。

《叶甫盖尼·奥涅金》作为一部诗体的长篇小说，它一方面是一部现实主义的小说，有广阔的社会历史画面，有生动的情节和丰富的细节描写，有典型环境中的典型性格，一方面又是感情浓烈的诗篇。它简洁、凝练、概括,有和谐的音乐和优美的抒情性。这种独特的体裁样式是普希金学习拜伦的《唐璜》而加以制作的。这是世界文学中各国文学相互影响和继承发展的一个光辉范例。这种体裁与众不同的一点是,作家本人直接参与小说中所描写的情节和人与人的关系。他是奥涅金的好朋友,并且还保存着达吉雅娜写给奥涅金的信。他和书中的主人公们一同哀愁,一同欢乐,一同对周围的社会作出种种评论。而且,他还多次纵情倾吐自己的情怀,为小说增添了许多批评家名之为"抒情的插笔"的优美章节,正像卢那察尔斯基所说的那样:"普希金把自己的血化为红宝石,把自己的眼泪化为珍珠,为他的作品增添光彩"。这些抒情的插笔内容极为丰富,其中有诗人对过去友谊、爱情的回忆,有他对人生世事的感慨和喟叹,有他对上流社会生活的贬斥、批判,也有他对自己文学生涯发展过程的回顾,有他对当时种种文学流派的评价和意见,还有他自己的现实主义美学观点的表述。这些插笔貌似离题,实则是作品主题的深化、思想的展开,是作品的有机的组成部分。《叶甫盖尼·奥涅金》是严格的格律诗,它的格律在俄国文学史上被称作"奥涅金诗节",是普希金专为写作这部作品而创造的。普希金吸取欧洲18、19世纪流行的十四行诗体,把它加以改造,形成了这种格律。"奥涅金诗节"的特点是:每节十四行,每行四个音步,每个音步中的第一音轻、第二音重,形成所谓的"四音步轻重格"诗行。这种格律使这部诗体小说具有一种非常优美而工整的艺术形式,整部好似一条滔滔的河流的长篇小说向前涌流时,带有一种不断反复又不断更新的基调,和一种有节奏、有韵律的音乐美,让人感到一种很大的艺术魅力和享受。在普希金之后,只有莱蒙托夫用这个格律写过一篇《唐波夫财政局长夫人》的长诗,再无其他诗人敢于问津。

本书选录这部诗体小说的第八章,也是情节发展的最高潮。在这一章里,达吉雅娜用她自己的语言,坦率真诚地向奥涅金,也向我们展示了她纯洁高贵的灵魂。同时奥涅金也以他自己的书信和行动,表现了他作为"多余的人"的整个内心世界。这一章中还有许多深刻揭露当时生活的诗节和诗人自己的"抒情的插笔"的诗节,对于阅读这部作品和研究普希金都是极为重要的。

(智 量)

果戈理

死 魂 灵

第 六 章

当乞乞科夫正在沉思,暗笑庄稼汉给普柳什金起的绰号的时候,他却没有注意到,马车已经驶到有许多农舍和街巷的广阔村子的中心来了。不过,他很快就发现了这一点,因为圆木铺的路面让他受到了很沉重的一震,跟这比起来,城里的石子路面真算不得什么了。这些圆木像钢琴的键盘一样,忽而高,忽而低,一不留神,不是后脑勺撞出一个包,就是前额碰出一块青斑,再不然就是自己咬痛了自己的舌尖。他在所有的木头建筑物上都看出了某种特别陈旧衰朽的迹象:农舍上的圆木颜色发黑,旧得不堪;许多屋顶千疮百孔,像筛子一样;有些屋顶上只剩下了马头①,两边只剩下一根根肋骨似的柱子。看来,是屋主人自己把椽子和板壁从屋子上拆走的,他们的想法当然也挺有道理:雨天农舍遮不了身,晴天屋子自己又不会漏水,和娘儿们厮混根本用不着这些屋子,反正小酒店里和大路上到处有的是地方,总之一句话,你爱上哪儿去都成。农舍的窗户都没有玻璃,有的窗洞里塞着一块破布或者一件粗呢大褂;屋顶下面搭着带有栏杆的小凉台,那是有些俄国农舍不知道为什么原因总要搭上一个的,凉台歪斜污黑,谈不上有什么诗情画意。从农舍的后面望去,在许多地方成排地竖立着巨大的麦垛,堆放的日子显然挺长久了;麦垛的颜色已经变得像烧制得很坏的旧砖头,上面长出各种各样的乱七八糟的东西,旁边甚至还盘绕着灌木。麦子看来是归地主老爷的。在麦垛和破旧的屋顶

---

① 一种屋脊装饰物,类似我国古代建筑上的鸱吻,但系木雕,且形如马头。

后面,一片晴空底下,有两座紧挨着的乡村教堂,随着轻便折篷马车打弯的方向,忽而右忽而左地高高耸起,一眨眼又隐没不见了:一座空关着,是木造的;另一座是砖砌的,淡黄色的墙上布满污迹和裂缝。老爷的宅第先是不时隐约显露出它的局部,直到那一连串农舍的尽头处方才整个儿敞露出来,在那儿,取代农舍的是一大片荒芜的菜园,或者是一块白菜地,围着低矮的、有的地方已经断折的篱笆。这座古怪的城堡很长,长得出奇,看来像是一个衰朽不堪的残废人。它有些地方是一层楼,有些地方是二层楼;在那不能完全遮盖它的衰败相的灰暗的屋顶上面,竖着两座遥遥相对的望楼,两座望楼都已经摇摇欲坠,一度鲜明光亮的油漆全部剥落了。屋子的墙壁有些地方仿佛龇牙咧嘴似的露出光秃秃的、抹过泥灰的木架子,可以看出它们熬过了各种各样的恶劣天气,熬过了雨淋风吹和骤然多变的秋季天气。窗户只有两扇打开着,其余的都关得严严实实,拉下了百叶窗,甚至钉上了木板。连这两扇窗户也不大透光;其中的一扇还贴着用包装食糖的蓝色纸头剪成的暗沉沉的三角糊窗纸。

一座古老的、广阔的花园在屋子后面延伸开去,先是朝向村子,然后渐渐隐没在田野中间,虽说它蔓草丛生,荒凉寂寞,却似乎只有它在给这偌大的村子带来生气,也似乎只有它那一片别有情趣的荒芜景色充盈着诗情画意。无拘无束、繁衍枝蔓的树梢连成一片,横陈在天际,宛如一片片绿色的浮云和密密层层形状不严整的、微微抖动的华盖。一株被暴风雨和雷电折断了树梢的白桦树,从这片绿树丛中耸起它那粗壮的白色躯干,伫立在空中,像一根端正挺拔的、莹洁璀璨的大理石圆柱;往上看不见柱头,而只见劈断的、翘起一角的斜面,像一顶深色的帽子套在雪白的圆柱上,或者是一只黑色的鸟儿蹲在那里。下面,蛇麻草紧紧压住成片的接骨木、花楸果和榛树,然后沿着这整片密如藩篱的树丛的顶端蜿蜒而过,终于爬了上去,盘绕直达备受摧折的白桦树的半腰。到了白桦树的半腰,蛇麻草又从那儿往下牵攀,搭住别的树的枝梢,或者就悬挂在空中,把自己尖细的钩形叶瓣卷成一个个小圆圈,让它们随风飘荡。被阳光照耀着的苍翠密林在有些地方彼此岔离开去,露出一片嵌在它们中间的未被阳光照到的凹地,有如张开着一只黑沉沉的大嘴;这片土地整个儿笼罩着阴影,在它黑洞洞的深处隐隐约约闪现出一条曲折狭窄的小径,一排倒塌的栏杆,一座摇摇欲坠的凉亭,一株衰朽的、有洞孔的杨柳树干,一丛颜色发白的灌木,它的枝叶都被密密的荒草野荆窒闷得枯萎了,盘错虬结在一起,像一团团浓密的毛鬃从柳树后面截出,最后,是枫树新生的幼嫩的分枝,从旁边伸出它的巴掌般大的碧绿叶瓣,阳光不知怎么地钻到了一张叶瓣下面去,忽然使它变得通体透明、火红,在这浓重的黑暗中奇妙地闪闪发光。在花园顶靠边的一头,好几株修长的、跟别的树不一般高的白杨树,在它们颤动的梢顶上高高举着一只只巨大的鸦窠。有几株树的枝条已经折裂,但还没有全断,跟枯叶一起低低地垂挂着。总之,一切都美妙极了,那是不论大自然,也不论艺术家,都怎样也构思不出来的,只有当大自然和艺术家结合在一起,只有当大自然用它的刻刀对人工的、经常是缺乏性灵的、过于繁琐的作品加以最后的雕琢,删削笨重累赘的大块文章,剔除趣味粗俗的精细工整,弥补寒伧的、把构思立意袒露无遗的破绽和疏漏,给从求均衡整齐的冷漠风格创造出来的一切注入奇异的温暖,——只有在那个时候,才会形成这一美妙的杰作。

转过一个弯或者两个弯之后,我们的主人公终于到了那幢邸宅的门前,此刻邸宅显得更加凄凉了。青苔已经盖满了围墙和大门上腐朽的木料。一大簇显然日见破败的房屋:下房、谷仓、地窖,挤满了大院;这些房屋的左右两边都可以看见有门通向别的院子。一切都说明:这儿有过一段时间家业经营的规模是非常大的,可是,在今天,一切都显得凄惨冷落了。看不到一点能使画面蓬勃有生气的景象,没有不时打开的门,没有川流不息出出进进的人,没有任何热热闹闹的家务操劳和繁忙!只有一扇大门敞开着,那是因为一个庄稼汉赶着一辆满载货物、盖着蒲席的大车驶了进去,他的出现仿佛是特地为了活跃一下这块已经死去的地方;在别的时候,连这扇大门也是紧紧关闭着的,因为有一把巨大的锁挂在铁环里面。乞乞科夫很快就在一幢房子旁边发现了一个人影,这人正在跟赶着大车来的那个庄稼汉吵起来。他很久识别不出这是一个男人还是一个女人。她身上的那件衣服实在不伦不类,很像是女人的睡袍,头上戴着一顶乡下女仆戴的小圆帽,只有那条嗓子他觉得比起女人的来似乎嫌沙哑了一点。"噢,是个女的!"他自个儿寻思道,但转念一想:"噢,不是的!""当然是个女的!"他再仔细打量了一下之后,终于这么说。对方也在盯着看他,来客在她的眼里仿佛是一件挺希罕的东西,因为她不仅打量了他,而且打量了谢里方,甚至把马也从头到尾都细细地看遍了。凭她腰里挂的那串钥匙和她刚才骂庄稼汉时用的那番相当粗野的话,乞乞科夫断定,这准是一个管家婆。

"我问你,大娘,"他跨下马车,说,"老爷在家吗?……"

"不在家，"管家婆没有听完他的问话，就打断他说。可是后来，隔了一分钟光景，找补了一句："您来干吗？"

"有事哟。"

"请里屋来吧！"管家婆说着转过了身子，于是让他看到，她的背脊沾满了面粉，下面的衣服上有一个大窟窿。

他一跨进宽敞而昏暗的门廊，就仿佛进了地窖，有股子冷气向他迎面吹来。过了门廊，他踏进一间也是昏暗的屋子，只因为门的下面有一条阔缝透进一道光线，屋内方才略微有点亮光。他推开了这扇门，终于见着了阳光。可是，眼前的一片凌乱又叫他大吃一惊。仿佛这幢房子里正在洗刷地板，把全部家具暂时一古脑儿都堆到这儿来了。在一张桌子上甚至搁着一把断了腿的椅子，旁边是一座停摆的钟，钟摆上已经结了蛛网。也就在那儿，靠墙放着一口橱，里面有老式的银器、长颈玻璃酒瓶和中国瓷器。写字台原是镶嵌螺钿的，现在好多处螺钿已经剥落，只剩下几条填过胶的淡黄的槽痕，台上放的东西五花八门：一叠字迹密密的小纸片，上面压着一块有卵形把手的、颜色已经发绿的大理石镇纸，一本红色书脊皮封面的古旧的书，一只整个儿干瘪得不比榛果大的柠檬，一段圈手椅上的断把手，一杯不知是什么名堂的饮料，里面浮着三只苍蝇，上面盖着一页信，一小段火漆，还有一小片不知打哪儿拣来的破烂布头，两支蘸过墨水的、干得活像害痨病的鹅毛笔，一根完全发了黄的、可能还是法国人入侵莫斯科① 之前主人剔过牙齿的牙签。

墙上胡乱地、挨得紧紧地挂着好几幅画：一幅发了黄的长条版画画的不知是哪一场战争，上面有挺大的战鼓，头戴三角军帽、张口呐喊的士兵和淹进水里的战马，画没有配上玻璃，装在一个四角饰有纤巧的青铜嵌线和也是青铜的环形花纹的红木画框里。在这些画的旁边，一幅发了黑的巨幅油画足足占了半堵墙，画的是花卉、水果、一个剖开的西瓜、一个野猪头和一只倒悬的野鸭。天花板正中挂着一盏套着麻布罩的枝形吊灯，灰尘满布，挺像一只蚕茧，里面蜷伏着一条蚕。靠近墙犄角的地板上堆着许多更不雅观的、根本不配放在桌上的破烂。至于那里堆的是些什么，可真难以判断啦，因为尘垢积得这么厚，任何人用手去一碰，手就会变得像戴上了手套；只有一段断掉的木锹和

① 此指 1812 年的俄法战争。法军曾进抵莫斯科，占领城市 39 天后溃退。

一只旧的皮靴跟戳在外面让人看得比较清楚。要不是放在桌上的那顶破旧睡帽作证,无论如何也说不上这屋子是有人住着的。正当他在仔细端详这全部古怪的陈设的时候,边门打开了,他在院子里瞧过面的那个管家婆走了进来。可是这下子他看清了,这与其说是个女管家,还不如说是个男管家;女管家至少不刮胡子的呀,而这一位,恰恰相反,是刮胡子的,不过看来是难得刮一次,因为他的整个下巴颏和下腮帮子活像马厩里刷马用的铁丝笼。乞乞科夫摆出一副探询的神情,焦灼地等着,看管家要对他说些什么话。那管家也在等着,看乞乞科夫要对他说些什么话。乞乞科夫不料会碰上这样古怪的尴尬场面,终于熬不住决心发问了:

"老爷在家吗?在自己房里,是不是?"

"主人就在这儿。"管家说。

"哪儿呀?"乞乞科夫又问了一遍。

"怎么啦,老爷子,您是瞎了眼,还是怎么的?"管家说,"哎呀呀!要知道,主人就是我呀!"

这时候,我们的主人公不由地往后退了一步,直瞪瞪地望着他。形形色色的人他见过不少,甚至连我和读者也许一辈子也没有机会见到的人物,他都见识过;可是,像这样的一位,他还没有看见过。这位先生的相貌倒也没有什么特别之处:它和许多清癯的老年人的脸几乎一样,只是下巴颏朝前突出得挺厉害,因此,一开口他就得用手帕把它捂住,免得唾沫横飞;一双小眼睛还没有失去光泽,在翘得高高的眉毛底下骨溜溜地转动着,像是两只小老鼠从暗洞里探出它们尖尖的嘴脸,竖起耳朵,掀动着胡髭,在察看有没有猫儿或者淘气的孩子守候在什么地方,并且疑虑重重地往空中嗅着鼻子。倒是他那身装束要别致得多;随便你用什么法子,花多大力气,也研究不出来他的这件睡袍是用什么料子做成的:袖管和衣襟乌黑油亮,简直像是做靴统的上等鞣皮,背后原是两片下摆的地方飘挂着四片下摆,棉絮成团地从那儿直往外钻。系在他脖颈上的也是一件莫名其妙的玩意儿;不知是袜子,还是吊袜带,还是肚兜,反正说什么也不是领带。总之一句话,要是乞乞科夫在随便一个什么地方的教堂门口碰上了他,凭他这副打扮准会布施给他一个铜板。因为我们的主人公有一个值得称道的长处,他的心肠挺软,他总不忍心见到穷人而不给一个铜板的。可是现在,站在他面前的不是一个穷要饭的,站在他面前的是一位地主呀。这位地主拥有一千多个农奴,哪一家也找不出像他那样多的麦谷、面粉和仅是成垛地堆在田里的粮食，哪一家的储藏室、粮仓和栈房里也没有堆积着那样多的布匹、呢料、硝过的和没有硝过的羊皮、晒干的鱼、各种各样的菜蔬或者瓜果菌蕈。如果有谁到他的作坊大院里去瞧一眼，看到堆放在那儿的各种木材和永远不派用处的器皿，他准怀疑自己别是闯进了莫斯科的木器市场。那是手疾眼快的姑姑奶奶们，身后带着厨娘，为办货而每日必去之处，那儿各式各样以树木为材的器具白花花的堆积如山——榫合的，车光的，手雕的，编织的，真是应有尽有：木桶，木盆，双耳木坛，有盖的木髻，带嘴的和不带嘴的木壶，圆形的小口木罐，柳条筐，妇女放麻线和其他小零碎的篮筐，又细又弯的白杨木条编的箩筐，桦树皮编的小圆盒，以及许许多多不论富的还是穷的俄罗斯人都要用的好东西。旁人看来，普柳什金要这些多得数不清的东西有什么用处呢？这些东西哪怕给两处像他的村子那样大小的田庄用，一辈子也用不完，——可是，他连这些还嫌少。既然不满足于已经有的，他就每天还在自己的村子里满街地转，桥墩下张张，屋梁下望望，凡是落进他眼里的东西：一只旧鞋跟，一片娘儿们用过的脏布，一枚铁钉，一块碎陶瓷片，他都捡回自己的家，放进乞乞科夫在墙犄角发现的那堆破烂里。"瞧，那打鱼的又干他的营生去啦！"庄稼汉们见到他出门搜捕猎物，就这么说。的确，他走过之后街巷已经不用再打扫了：曾有一回，一位过路军官失落了一根马刺，一眨眼这马刺就进入了那堆破烂里；如果哪个女人在井旁一不留神，丢下了一只水桶，他立刻把水桶也拎走了。不过，要是眼快的庄稼汉当场逮住了他，那他倒也不争辩，就交出那偷得的东西；可是，一旦东西进入了那堆破烂，那么，一切全完啦，他会赌咒发誓，说东西是他的，是他从哪儿、向谁买来的，或者是祖老太爷手里传下来的。即使在他自己的房间里，不论在地板上见到什么：一小段火漆也好，一小角纸片也好，一小截鹅毛笔也好，他都要一一捡起来，搁到写字台或者窗台上去。

（选自《死魂灵》，满涛、许庆道译，

人民文学出版社 1983 年版）

《死魂灵》导读

尼古拉·华西里耶维奇·果戈理(1809—1852)是俄国批判现实主义文学奠基人之一。他生于乌克兰小地主家庭。19 岁中学毕业时,因受到法国启蒙思想和十二月党人运动的影响,怀着为国家服务、"为人民造福"的愿望去彼得堡。但在穷困中熬了一年后,才谋到一个地位低下、薪俸微薄的文牍官差使,做了一年多小公务员。这段生活使他饱尝京城"小人物"的凄楚,看透官场的卑污内幕。

1831 年到 1832 年,果戈理的中、短篇小说集《狄康卡近乡夜话》出版后,才开始专门从事创作。这时候,他还与早已敬仰的普希金结识,交往甚多,获益颇深,开始"严肃地看事情"。《夜话》以乌克兰乡村的平民生活和怪诞的民间传说为题材,充满了欢乐情绪、幽默感和浪漫主义色彩。而使他成为"文坛盟主"(别林斯基语)的两部中、短篇小说集《密尔格拉得》和《彼得堡故事》(1835),则大都是批判现实主义之作。前者主要揭露乌克兰地主"俗物",后者主要描写彼得堡的"小人物"及其生活于其中的"陋巷"和官场的社会风貌。在这些作品里,既有亲切的幽默,又有辛辣的讽刺。他后来的创作则主要是讽刺,愤怒烧毁一切丑恶的尖锐讽刺。喜剧《钦差大臣》(1836)讽刺的矛头主要指向专制制度,长篇小说《死魂灵》(第一部,1842)讽刺的矛头主要指向农奴制度。这些作品加强了现实主义文学的典型性和批判倾向,创立了当时称为自然派的批判现实主义流派,并使之成为俄国文学的主流。

《钦差大臣》和《死魂灵》的先后发表,社会反响甚烈,震撼了在镇压十二月党人后加强的专制统治。果戈理因此遭到保守反动阵营的责难诬蔑，被迫经常出国，长期侨居罗马；同时又被拉拢包围，引诱他远离以别林斯基为代表的民主进步阵营，因而思想逐渐转向。

1847年，他在世界观陷入尖锐矛盾的精神危机中写成的《给友人书信选集》出版。它反对革命变革，宣扬宗教道德，为专制农奴制度辩护。为此别林斯基专门写了著名的《给果戈理的一封信》，愤怒地驳斥他企图背叛人民进步事业的反动观点。

果戈理晚年思想上的倒退，导致创作上的失败。他虽多年殚精竭虑地致力于《死魂灵》的续写，希图在它的第二部、第三部里写出剥削阶级的正面人物；但终因娇揉造作，违背生活真实，第二部先后两稿皆付之一炬，第三部简直没有动笔。前10年是硕果累累，后10年则一无所获。临终焚稿之举，虽属悲剧，却也表明他始终没有转变严肃的创作态度。

《死魂灵》通过以冒险投机牟取暴利的骗子乞乞科夫购买死农奴（俄语"死魂灵"中的魂灵一词也作农奴解）的故事，把比西欧落后得多的俄国封建社会的黑暗面，它的专制官僚制度，特别是农奴制度的腐朽性，彻底暴露了出来。

乞乞科夫来到偏远的省城，首先去拜访结交官吏，并了解邻近地主的情况；以省长为首的一群昏庸的官吏，都热情地以贵客相待。接着，他驱车访问五个地主，购买已经死去而未注销户口的农奴。这是闻所未闻的交易，买卖双方都有难处。但他诡计多端，随机应变，施展种种伎俩，终于把近四百个死农奴的名册搞到手。然后，他回省城冒充活农奴办理注册手续。一群蝇营狗苟的官吏对他"买了十万卢布的农奴"深信不疑，给予方便，竟然还为这"百万富翁"设宴庆贺。正当他成了这省城的新闻人物时，阴谋被揭发了，他不得不赶紧溜走。小说最后一章才交代这个来路不明的人购买死农奴的动机——用以抵押骗取一大笔钱。乞乞科夫是资本主义原始积累时期的人物，对封建官吏和地主来说是完全陌生的，"谁也不很明白乞乞科夫究竟是什么人"。作者为了让读者也能有此体验,采用了倒叙的方式,以至能够从容地以五个专章来刻画乞乞科夫所访问的五个地主的形象。

果戈理的典型塑造极为出色,为批判现实主义作家作出了光辉典范。贵族地主的社会地位是"生活的主人",占有物质财富和精神财富,他们自诩是有文化教养的上流士绅,负有重大的社会职责;但是,他们的实际表现却是庸俗、卑鄙、粗野、愚蠢、游手好闲、贪得无厌。作者采用现实主义的讽刺手法,着眼于他们的身份和人品、现象和本质、目的和手段等方面的尖锐矛盾,以"冷酷无情的雕刻刀",将他们剖析无遗。

例如,第一个登场的地主玛尼洛夫,表面看来是个"高雅可爱的绅士",脸上老是挂着甜腻腻的微笑;实际上是个寄生的懒虫、无用的废物,智力衰退,俗不可耐。当乞乞科夫向他购买死农奴时,他吓得张口结舌,想问几句而不知问什么。在他眼里,恶棍乞乞科夫有着"伟大的品格",从而幻想着跟乞乞科夫结交的"友谊的幸福"。在揭露他的故作高雅、多情善感和讲究"优美的礼节"等方面,作者不无夸张地写道,他后来跟乞乞科夫再次见面时,跟他拥抱花了五分钟,握手花了十五分钟,接吻之热烈,竟使乞乞科夫的门牙痛了一整天。鄙俗无聊之极,令人作呕。

这五个地主典型,各有其独特的个性。果戈理善于从多方面突出一个主要特征,而又从这一主要特征出发,表现出多方面的丰满的性格。例如,索巴凯维奇像熊那样粗野笨拙,这一特征从他外形粗壮、举动鲁莽、嗜吃嗜喝和居室坚固、家具笨重等方面的描写上,加以反复强调,使之鲜明突出;又由表及里地表现出他缺乏普通人的表情,好像"没有灵魂",只有动物的本能,一意贪图实惠;而在这方面他既像狼一样贪婪,又似狐狸一般狡猾,在死农奴的交易上,他一眼看穿乞乞科夫在做投机生意,就二话不说,拿死农奴当活农奴出卖,讨价还价闹了好半天,临了还掺进一个假的(女农奴)。

果戈理在《外套》中说:"现在已经成了习惯,小说里每一个人物的性格都非说得清清楚楚不可。"这五个地主和乞乞科夫等人物的性格,确实是清清楚楚的。在《外套》里,果戈理往往以"旁白"来"表述一番"人物的性格;在《死魂灵》里,则主要是在情节开展过程中通过人物的活动,直接或间接地刻画出来的。他的表现手法多种多样,下面几点值得注意。

一是选择人物的个别细节或局部表现,作为性格刻画的突破口。如玛尼洛夫的微笑,索巴凯维奇的老是踩人一脚,还有地主恶少诺兹德廖夫冲动热情的言谈,吝啬鬼、守财奴普柳什金那难以辨别男女和主仆的装束。二是描写人物的生活环境和兴趣嗜好。如诺兹德廖夫乱糟糟的家庭和他逢人便夸耀的马厩狗圈;普柳什金的拣破烂的恶癖和他衰败的村庄,堆积废物的房间,储满粮食布匹而任其霉烂的仓库;还有只知经营家务的闭塞愚钝的地主婆柯罗博奇卡的禽畜兴旺的院子和她小手小脚积攒钱财的陋习。三是揭露他们在出卖死农奴事件上的态度。柯罗博奇卡以为这是时新的交易,死农奴也许还能从土里刨出来派用场,因而一定要知道行情牌价才肯拍板成交;诺兹德廖夫坚持不单卖死农奴,要把它作为以高价出卖其他东西的附件,或以赌博方式出售;索巴凯维奇说起死农奴就像说着谷物似的,"绝无惊疑之色"。他们都没有把农奴当做人看待,活着当牲口使用,甚至死了还要卖钱。这既揭露了贵族地主灭绝人性的阶级本性,又表现了沙皇俄国黑暗野蛮的社会风气。

关于人民的形象,作者采取另一种态度和表现方式。他认为当时是"一无是处的时代",农民群众固有的"积极作用"和"蓬勃、活跃的才能",只有当"环境得到改善"的时候才能发挥出来。因而在小说前半部登场的农奴,大都愚昧无知;在后半部插曲中出现的许多农民,由于摆脱了农奴制的桎梏,他们的形象就大不相同。乞乞科夫农奴名册里出现的死亡和逃亡的农奴,一群昏庸官吏的聚谈中出现的农奴,以及跟随戈贝金大尉的揭竿起义者,作者都热情地赞颂了他们的聪明能干,生气蓬勃,自由不羁,甚至敢于反抗斗争的精神。他们虽皆非登场人物,但却不可忽视。

地主的典型玛尼洛夫、柯罗博奇卡、诺兹德廖夫、索巴凯维奇和普柳什金,其中没有一个有什么"可爱之处",如作者所说,他们"一个比一个更鄙俗",他们的人性一个比一个更稀薄,在"人格完成的梯级"上是逐步下降的;而那些非登场的人民形象,却沿着死亡——逃亡——反抗——起义的"梯级"而逐步上升,恰好形成鲜明的对比。这表现了作者对于封建农奴制度的强烈批判倾向,揭示出它是民族的祸患、人民的灾难,它必须废除,它已在瓦解。

作者自称这部小说为史诗。因为他的创作意图是要使它具有反映"全俄罗斯"的史诗规模(他计划续写它的第二部和第三部),还由于它穿插着不少抒情插笔。他认为民族的精神和力量,只存在于人民方面,因而"插笔"充满了赞颂人民的热烈情绪,而对"人性稀薄"的地主,那些虽生犹死的"死魂灵"却表示了憎恶然而又不无惋惜。全书情绪最强烈激越的,要数关于俄国前途的抒情独白。在小说结尾处,他虽热切期望俄国摆脱黑暗落后的现状,要像三套马车那么迅猛前进;可惜的是他不知道这现状应当如何变革,因而三套马车会"奔到哪里去",就没有明确提示了。

(汪靖洋)

车尔尼雪夫斯基

怎 么 办?

第 三 章

二十九　一个特别的人

‥‥‥‥‥‥

　　像拉赫美托夫这样的人很少:到今天为止,我只碰见过八个这种典型,其中的两个是女性;他们毫无类似之点,除开一个特征以外。他们中间有温和的人与严厉的人,有忧郁的人与快乐的人,有劳碌奔波的人与暮气沉沉的人,有容易流泪的人(其中的一个面貌严峻,喜欢粗鲁地嘲笑人家;另一个面无表情,沉默寡言,对什么都漠不关心;他们两个当着我的面痛哭过好几次,仿佛歇斯底里的女人,不是因为他们自己出了什么事故,而是在海阔天空的漫谈中哭起来的;我相信他们单独在一块的时候常常哭泣),也有无论遇到什么事都镇静如恒的人。他们毫无类似之点,除了一个特征以外,不过,单是这个特征已经能使他们结为同类,跟其余一切人有所区别了。我和他们中间的某些人很接近,当我跟这些人单独在一块时,我嘲笑过他们;他们或者生气,或者并不生气,但是他们也同样嘲笑自己。他们确实有许多可笑的地方,他们身上主要的一切,使他们成为特种人物的一切,全是可笑的。我喜欢嘲笑这样的人。

　　我在罗普霍夫和吉尔沙诺夫的圈子里碰见过他们当中的一个,我这儿要讲的正是他;他是一个活的证据,证明薇拉·巴夫洛芙娜第二个梦中罗普霍夫和阿列克塞·彼得罗维奇关于土壤性质的议论,需要一项保留条件,那就是，无论土壤怎么样，我们终归可以在那里面至少碰到一小块能够长出健康的麦穗的地方。说老实话，我从来没有把我的小说主角薇拉·巴夫洛芙娜、吉尔沙诺夫和罗普霍夫的家谱追溯到祖父母一代以上，勉勉强强只能再添上个曾祖母，曾祖父必定早已被人遗忘了，只知道他是曾祖母的丈夫，名叫吉利尔，因为祖父叫盖拉西翁·吉利雷奇。拉赫美托夫出身的家族从十三世纪以来就已闻名，不但在我国，在全欧洲来说也是最古老的家族之一。从前有些鞑靼"杰姆尼克"——军长——在特维尔连同他们的部下一道被人杀害，据编年史上说，他们被杀似乎是由于他们企图叫人民改信伊斯兰教（他们大概不会有这种企图），事实上仅仅因为他们压迫人民。这些"杰姆尼克"中间有一个拉赫美特。拉赫美特娶了个俄国妻子，她本是特维尔一位宫廷内侍（说得更准确些，是内侍总监兼元帅）的侄女，给拉赫美特强夺过去的；他们有个年幼的儿子；人家念在他母亲的情分，饶恕了他，而且将他的原名拉蒂夫改成米哈依尔。拉赫美托夫族的祖先便是这拉蒂夫一米哈依尔·拉赫美托维奇。他们在特维尔任过大臣，在莫斯科只做过宫廷近侍，上世纪在彼得堡当了陆军上将，——自然决不是全族的人统统如此：这个家族的支脉很多，如果人人都做上将，职位就不够分配了。我们的拉赫美托夫的高祖是伊凡·伊凡诺维奇·舒瓦洛夫① 的朋友，后来他由于跟米尼赫② 的私交而失宠被黜，就是舒瓦洛夫帮他恢复原位的。曾祖和鲁勉采夫③同过事，做官做到陆军上将的地位，可惜在诺维④ 附近牺牲了。祖父曾经随着亚历山大到狄尔西特⑤ 去过，他的前程本来比任何人都更远大，但是因为他跟斯彼朗斯基⑥ 的私交关系，老早便断送了他的宦途。父亲官运平平，四十岁的时候以陆军中将的资格退休，在他

---

① 舒瓦洛夫(1727—1797)，博学的政治家，莫斯科大学创办人。
② 米尼赫(1683—1767)，日耳曼军人及冒险家，1721 年到俄国，曾官至元帅，成
   为安娜女皇的宠臣，1741 年伊莉莎白女皇登位时被流放，20 年后始由彼得三
   世恢复其自由。
③ 鲁勉采夫(1725—1796)，卓越的军事家和政治家。
④ 诺维是意大利北部一个城市。1799 年，俄将苏瓦洛夫元帅统率的俄奥联军与
   法军激战于此，法军大败。
⑤ 1807 年，亚历山大一世和拿破仑在普鲁士的狄尔西特签订了著名的"狄尔西
   特和约"及俄法军事同盟。
⑥ 斯彼朗斯基(1772—1839)，政治家，因主张改革，为反动贵族所不满，于 1812
   年被流放，1821 始重获自由。

那些散布于熊河上游的田庄里选定一处住了下来。这些田庄并不很大,一共才有两千五百名左右的农奴,而他在悠闲的乡居生活中所添的孩子倒有八个之多;我们的拉赫美托夫的排行是倒数第二,他底下还有一个妹妹;因此我们的拉赫美托夫不能算是拥有大宗遗产的人;他仅仅得到将近四百名农奴和七千俄亩田地。谁都不知道他怎样处置了这批农奴和五千五百俄亩田地,也不知道他给自己留下了一千五百俄亩,总之不知道他是地主,以及他把留下的一份田地租出去还有三千来卢布的收入,当他生活在我们中间时,谁也不知道这些,事后我们才打听出来,不过当时我们自然已经认为他是那个拉赫美托夫族的人,他们中间有许多富裕的地主,他们一族人在熊河、霍普尔河、苏拉河与茨纳河的上游总共拥有七万五千来名农奴,他们永远是那些地方的县贵族长,并且经常有人出任他们的农奴所在的上游三省的县贵族长,——时而是这一省,时而是那一省。我们知道我们的熟人拉赫美托夫每年花四百卢布光景;这在那时的大学生是一个很可观的数目,但是就拉赫美托夫族的地主来说,又未免太微不足道;我们不大想查问这类事情,所以我们每个人不经过调查便暗自假定:我们的拉赫美托夫出自拉赫美托夫族的一个式微的、没有田庄的支脉,他是一位省税务局顾问的儿子,这顾问只给孩子们留下了一笔小小的家产。我们对这些事确实不感兴趣。

现在他二十二岁,他十六岁就进了大学;可是他几乎有三年不在学校。他念完二年级,回到他的田庄,压倒监护人的反对,处理了他的家产,他挨过兄弟们的诅咒,甚至弄到他的姐夫妹丈都禁止他的姐妹提起他的名字;然后他就通过各种方法漫游全俄国,旱路也走,水路也走,无论走旱路或水路,都又用平常的办法,又用不平常的办法——例如步行、乘"拉斯西瓦"①、乘轻便的渡船,他发生过许多事故,全是他自己弄出来的;顺便说一句:他送了两个人进喀山大学,送了五个进莫斯科大学,他们的费用由他供给;而在彼得堡——他自己打算住下去的地方,他却没有送什么人进学校,因此我们中间谁也不知道他的收入不是四百,而是三千卢布。直到后来大家才知道这个,当时我们只是发现他久不露面,在他坐在吉尔沙诺夫的书房里阅读牛顿对《启示录》的解释以前两年,他才回到彼得堡,进了语文系,——早先他念的是自然科学

① "拉斯西瓦"是一种大帆船,平底,头尾皆尖,通常行驶于伏尔加河及里海。

系。

　　虽然拉赫美托夫在彼得堡的熟人当中谁也不清楚他的亲属关系和财产关系,可是认识他的人都知道他的两个外号;其中的一个我们已经在这部小说里碰到过,——"严格主义者";他总是露出他所常有的淡淡的微笑来接受这个外号,微笑中带着一点黯淡的喜悦。而当人家叫他尼基土希卡或罗莫夫,或者用外号的全称尼基土希卡·罗莫夫去称呼他时,他却开朗地、甜蜜蜜地微笑了,他这样笑也有他的正当理由,因为他使用这个为千百万人所敬仰的光荣名字的权利并非受之于造物主,而是凭着他的坚强意志争取到的。不过这个名字只在一片横贯八省的、一百俄里见宽的地带以内才叫得响亮;我必须向俄国其余各地的读者解释一下这是个什么名字。尼基土希卡·罗莫夫是二十至十五年前往来于伏尔加河上的纤夫,一个力大无比的巨人;他身长两俄尺零十五寸,胸肩宽大,体重十五普特,尽管他只是结实,并不肥胖。为了证明他的气力有多大,只消说出一点就够了:他要拿四个人的工钱。船舶抵达一个城市的时候,他一上市场,——伏尔加河流域的人叫做"市集",——远处的僻街陋巷便传出小伙子们的叫声:

　　"尼基土希卡·罗莫夫来啦,尼基土希卡·罗莫夫来啦!"于是大家跑到从码头通往市集的街上,有一群人还跟在他们的英雄后面走。

　　当十六岁的拉赫美托夫来到彼得堡的时候,就这方面说他只是一个平平庸庸的少年,他身材颇高,相当茁壮,但是体力一点也不出众:在他所碰见的年龄相同的人中间,恐怕十个倒有两个打得过他。可是到了十六岁半,他忽然想起要增进体力,这才下起工夫来。他开始发狠做体操;这固然好,不过体操只能使一个人原有的底子更加完善,首先得打下这底子,所以有段时期,他每天花上好几个钟头,即是比体操的时间多一倍,去干各种需要气力的粗活:运水、搬柴、砍柴、锯木料、凿石头、挖地、打铁;他做过许多劳作,而且经常变换,因为每一种新的劳作和每一次变换,都会使他的某些肌肉获得新的发展。他吃的是拳师的饮食:他专门用那些以能够增强体力著称的东西来滋养自己,——正是滋养自己,——其中最主要的是半生的煎牛排;从此以后,他一直是这样生活。如此锻炼了一年,他才出外浪游,浪游途中他有更多的方便条件去增加他的体力:他种过庄稼,做过粗工木匠、渡船夫以及各种有益健康的行业中的工人;有一次他甚至以纤夫的身份走遍了整个伏尔加河流域,从杜波夫卡起到雷宾斯克为止。如果他说他想当纤夫,船老板和纤夫们一定觉得他荒唐透顶,不肯收留他;但是他仅仅作为一个乘客,先跟大伙儿交朋友,然后帮忙拉纤,过了一个星期,他拉得就像真正的纤夫一样了;人家很快注意到他拉纤的情形,开始跟他比气力,他居然胜过了三个甚至四个最强壮的伙伴;那时候他才二十岁,他的拉纤的伙伴们便给他取名尼基土希卡·罗莫夫,来纪念那个当时已经退下舞台的英雄。第二年夏天他乘轮船出发;聚集在甲板上的老百姓当中,有一个是他去年拉纤的同伴,这么一来,跟他同船的大学生才知道该叫他尼基土希卡·罗莫夫。他确实拥有无穷的气力,并且不惜花费时间去保持它。"我需要这样,"他说,"这会使老百姓敬爱我。这是有益的、可能有用的。"

他从十六岁半起抱定这个决心,因为一般地说,那时他的特性已经开始发挥出来。他十六岁来彼得堡时,只是一个平常的、不坏的中学毕业生,一个平常的善良正直的少年,他像平常的大学新生那样度过了三四个月。可是他逐渐听说大学生中间有些特别聪明的人物,他们的思想跟旁人不同,他终于打听出了四五个这样的人的名字,——当时他们的人数还少。他们使他感到兴趣,他设法跟他们认识;他凑巧碰上了吉尔沙诺夫,于是他就开始变成一个特别的人,变成未来的尼基土希卡·罗莫夫和严格主义者。第一晚,他贪婪地听着吉尔沙诺夫的话,他哭泣,他的叫喊打断了对方的话头,他高声诅咒应该死亡的事物,祝福应该新生的事物。"我从哪些书读起呢?"他问道。吉尔沙诺夫指点了他。第二天早晨八点钟起,他就在涅瓦大街上走来走去,一直从海军部码头走到警察桥,等哪一家德国书店或者法国书店首先开门,他便进去买了他所需要的书,回来一口气读了三昼夜以上——从星期四上午十一点到星期天晚间九点,总共八十二个钟头;头两夜他硬熬过去了,第三夜他喝了八杯最浓的咖啡,到第四夜,无论怎样的咖啡都不济事,他倒在地板上一连睡了十四五个钟头。隔了一个星期,他来找吉尔沙诺夫,要求指定一批新的书籍并加以解释;他交上吉尔沙诺夫之后,又通过后者的关系去交结罗普霍夫。过了半年,虽然他才十七岁,而他们都已二十一岁,但是他们并不觉得他比自己年轻,他已经变成一个特别的人了。

他在已往的生活中有过些什么遭遇,使他成了这样的人物呢?遭遇不很多,但确实有过。他父亲是一个专制成性的人,很聪明,又有教养,却是极端的保守主义者——像玛莉亚·阿列克塞芙娜似的极端的保守主义者,但是比她正直。他当然感到痛苦。单是这一点倒也罢了。偏巧他母亲又是个很温雅的女人,常常苦于丈夫的乖张脾气;况且他还见过乡下的情形①。这仍旧没有关系。还有一件:他十四岁多的时候爱上了父亲的一个情妇。结果出了事,当然这件事对她的影响格外大。他怜惜那个为他深深痛苦过的女人。各种念头开始在他心里萦回,吉尔沙诺夫对他所起的作用,正如罗普霍夫对薇拉·巴夫洛芙娜一样。他在已往的生活中是有过一些遭遇的;可是为了变成这么一个特别的人,主要的当然还是天性。在他走出大学,回到田庄和浪游全俄国以前不久,他在他的物质生活、道德生活与精神生活里面,已经采用了一些独特的原则,等他回来的时候,这些原则就发展成为他所坚决遵奉的完整体系了。他对自己说过:"我不喝一滴酒。我不接触女人。"但他是个热火热辣的性子。"这是为什么呢?根本不需要这样走极端。"——"正需要这样。我们替人们要求充分的生活享受,——我们应该用自己的生活来证明:我们要求这个不是为了满足自己个人的欲望,不是为自己个人,而是为一般人,我们说那些话完全是由于主义,而不是由于自己的爱好,由于信仰,而不是由于个人的需要。"

因此他开始在各方面过一种最严格的生活。为了成为尼基土希卡·罗莫夫和继续保持这个称号,他必须吃牛肉,吃许多牛肉,——他果然吃了许多。但是他舍不得在任何其他的食物上花钱;买起牛肉来,他总是叫女房东买最好的,叫她特地替他拣最可口的部位买,而他在家里所吃的其余的东西都是最便宜的。他不肯吃白面包,进餐时只吃黑面包。他整整几个星期不尝一块砂糖,整整几个月既不进一只水果,也不进一块小牛肉或者阉母鸡肉。他决不花钱买这类东西:"我没有权利为可有可无的怪嗜好浪费金钱,"——虽然他从小吃惯了考究的饮食,辨味力很强,这从他对菜食的品评上看得出来;当别人请他吃饭的时候,他在自己家里不肯吃的许多菜,他也会吃得津津有味,可是有些菜他在别人家里也照样不吃。他有充分的理由来分别对待:"老百姓能吃(哪怕是偶然吃吃的),有机会我也不妨吃吃。老百姓永远吃不起的,我也不应该吃!我需要这样做,因为这至少能让我稍稍体会到,他们的生活跟我比起来是多么穷困。"所以,假如人家端上一盘水果,他绝对只吃苹果而绝对不吃杏子;他在彼得堡吃橙子,一到外省便不吃,——您知道,彼得堡的老百姓都吃橙子,外省可不然。酥皮肉饼他倒肯吃,因为"好好的馅饼并不比酥皮肉

---

① 暗示拉赫美托夫了解农奴的疾苦。

饼差,酥皮点心总是老百姓所熟悉的",可是他不吃沙丁鱼。他穿得很寒酸,尽管他也喜欢雅致;在其余各方面,他都过着斯巴达式的生活;比方说,他不用褥子,只垫毡毯,甚至不容许自己把毡毯叠成双层。

他也受过良心的谴责,——他没有戒烟:"离开雪茄我就不能思索;如果真是这样的话,我还有道理;不过这也许是我意志上的弱点。"而他又不能抽劣等雪茄,——他本来是在贵族环境里长大的啊。他那四百卢布的开销中,倒有一百十来卢布花在雪茄上。"一个可恶的弱点。"正像他自己说的。惟独这个弱点还叫人有几分反击他的余地:假如他的指摘使人过于难堪,对方便对他说:"十全十美是不可能的,——你不是也抽烟吗?"这时拉赫美托夫会加倍猛烈地指摘,但是他那些责备的话多半转到了自己身上,原来被指摘的人倒很少挨骂了,虽然拉赫美托夫没有由于自己的原故而完全忘掉他。

他做过许许多多工作,因为他在支配时间方面也决不允许自己任性,好像在物质生活中一样。他每个月没有浪费一刻钟在娱乐上面,他不需要休息。"我的工作五花八门,变换工作就等于休息。"他的朋友们聚会的地方在吉尔沙诺夫家和罗普霍夫家,他参加这个圈子的次数,只以能够跟它保持密切联系为限,决不再多:"我需要这种联系;日常的事情证明,跟某个圈子的人取得密切联系是有益的,—— 人必须有一个便于随时打听各种消息的地方。"除了参加这个圈子的人的集会以外,他从来不上任何人家中,除非有事;而且事情一办完就走,决不多呆五分钟;他也不在自己家里接待任何人,不让任何人呆在他家里,除非对方能遵守同样的规则;他直截了当地告诉客人:"我们已经谈完您的事情;现在请容许我做别的工作吧,因为我应该爱惜时间。"

在他转变的最初几个月,他几乎把全部时间都用来读书;可是这种情形只持续了半年多一点:当他看出自己已经掌握了那种他认为原则上正确的思想方法体系时,他立刻对自己说:"现在读书成了次要的事;我准备从这方面去实践。"此后他只是利用其他工作的余暇来读书,而这样的余暇在他并不多。虽然如此,他还是以惊人的速度扩大了他的知识范围:现在他才二十二岁,他已经是一个根底深厚的学者了。因为他在这件事上也给自己定下一条规则:不要任何奢侈品与奇思幻想,专看必读书。什么叫必读书呢?他说:"每种学科的主要著作是很少的;其余一切著作,不过是把这少数著作里说得更充分更清楚的话加以重复、冲淡和损害罢了。必需读的只是这少数著作;读任何别的东西只是白白地浪费时间。让我们拿俄国小说做例子吧。我说首先该读果戈理。在几千篇别人的小说中,我从不同的五页书上各挑出五行来,就看得出我所能发现的只有一个被损坏了的果戈理,——我为什么要读它们呢?科学也是同样,——在科学著作里,这条界限甚至还要明显。如果我读过亚丹·斯密、马尔萨斯、李嘉图和穆勒[1],知道这个流派的来龙去脉,我便不用读那数以百计的其他政治经济学家中的任何一个,无论他们的名气多大;我从五页书上各挑出五行来,就看得出我不会从他们那儿发现任何一个新鲜的、属于他们自己的思想,尽是剽窃和曲解。我只读有独创性的东西,并且,只要知道了这独创性我就不再多读。"因此不管什么力量也无法强迫他读麦考莱;他抽看了一刻钟,马上断定说:"我知道这堆碎布是从什么料子上剪下来的。"他读过萨克雷的《名利场》,很满意,而当他读《潘登尼斯》[2]时,读到第二十页,他合上了书本:"全是《名利场》里面说过了的,显然不会有什么新鲜玩意,不用念下去了。"——"我所读过的每本书都是精华,这使我不必去读好几百本书。"他说。

体操、锻炼气力的劳作、阅读是拉赫美托夫的私人功课;不过自从他回到彼得堡以后,这些功课只占住他四分之一的时间,其余的时间他都在替别人做事情,或者做那并不专属于任何人的事情,他经常遵守着他在阅读中所遵守的同一条规则:不为次要的工作和次要的人浪费光阴,单是注意主要的,因为主要的一变,不用他费心,次要的工作和被领导的人自然也跟着变了。比方说,他除了自己的朋友圈子以外,只跟那些能影响别人的分子交结。谁如果不是某些人心目中的权威,无论用什么办法也休想跟他谈一次话。他会说:"对不起,我没有工夫。"——于是走开了。同样,假如他有意跟您交结,那么您用尽千方百计也避不开他。他干干脆脆来到您面前,说他需要跟您结识,他的开场白总是这样:"我想认识认识您;这是必要的。如果您觉得现在不方便,请另外指定一个时间。"他决不注意您的琐碎事情,即使您是他最亲近的朋友,并且恳求他体察您的困难:"我没有工夫。"他一说完,便掉过头去。但是对于重

---

① 亚丹·斯密(1723—1790),英国经济学家,资产阶级古典政治经济学的奠基人。
　马尔萨斯(1766—1823),英国资产阶级经济学家。
　李嘉图(1772—1823),英国古典经济学家。
　穆勒(1806—1873),英国资产阶级经济学家、哲学家、政治家。
② 《潘登尼斯》也是萨克雷所作的小说。

大的事情,当他认为必要时,他却非过问不可,即使谁也没有希望他这样做:"我应该过问。"他说。在这种场合他会说些什么,做些什么,那可很难捉摸了。就拿我跟他结识的情形做例子吧。当时我已经不算年轻,生活过得不好,因此有五六个年轻的同乡间或上我家中聚一聚。于是在他看来,我就算一个可贵的人了:这些青年发现我待他们不错,对我都有好感;由于这个原故,他也听到过我的姓名。但是我在吉尔沙诺夫家里初次碰见他的时候,我还没有听人讲起过他:那是他漫游归来以后不久的事。他进来比我晚;在这一群人当中,我是他惟一不认识的人。他一进来,立刻把吉尔沙诺夫拉到旁边,用眼光指着我,说了几句话。吉尔沙诺夫也回了他几句,这才脱身。过了一会,拉赫美托夫在我正对面坐下来,我们中间只隔着沙发旁边那张小桌子,他开始从这个离我不到一俄尺半的地方极力注视我。我很不愉快:他毫无礼貌地盯着我,仿佛他面前不是一个人,只是一幅画像;我皱起眉头来。他好像根本没有那回事似的。瞧了两三分钟,他才对我说:"N先生,我要跟您认识认识。我知道您,您不知道我。关于我的一切,请问问主人和这一伙里面您特别信任的人好了。"随后站起来,到别的房间去了。"这个怪人是谁?"——"他是拉赫美托夫。他希望您问问人家,他值不值得信任,——绝对值得;值不值得注意,——他比我们这儿所有的人加在一起还重要。"吉尔沙诺夫说,其他的人证实了他的看法。隔了五分钟,拉赫美托夫回到大家聚会的房里。他没有跟我攀谈,跟别人也谈得很少,——那次谈话不带学术性,也不重要。"哎呀,已经十点钟了,"不大工夫,他说,"十点钟我在别的地方有事。N先生,"他转向我,"我要跟您讲几句话。当我把主人拉到旁边,向他打听您是什么人的时候,我用眼光指过您一下,因为反正您一定会看出我在打听您是什么人,所以我也不用避免在这种问话中的自然动作了。您几时在家?我想顺便去看看您。"那时我不喜欢交结新的朋友,这样的纠缠尤其令我厌恶。"我只在家里过夜;我整个白天都不在家。"我说。——"在家过夜吗?您什么时候回家过夜?"——"很晚哪。"——"比方说呢?"——"两三点钟。"——"这没有关系,请指定一个时间吧。"——"如果您一定要来,那就定在后天早晨三点半钟吧。"——"当然,我应该把您的话当做开玩笑和不礼貌的表示;不过也许您有您的理由,也许还是值得赞许的理由。不管怎么样,后天早晨三点半我准上您家去。"——"不,既然您这样坚决,那么最好晚一点来:我整个上午在家,一直到十二点为止。"——"好,我十点钟左右来。您一个人在家吗?"——"嗯。"——"好。"他果然来了,然后同样直截了当地,开始谈到使他认为必需跟我结识的那件事情。我们谈了半个来钟头;谈的什么倒无关紧要;我只消讲出一点就够了:他说:"必须这样。"我说:"不。"他说:"这是您的职责。"我说:"完全不是。"过了半点钟,他说道:"再谈下去显然没有用处。您不是相信我这人值得您绝对信任吗?"——"对啊,人家老对我这么说,现在我自己也看到了。"——"您还是坚持您的意见?"——"还是坚持。"——"您知道这从这儿得出什么结论吗?您不是骗子就是恶棍!"这叫人该怎么说呢?假定别人对我说了这样的话,我要怎么对付他?恐怕会要求他决斗吧?但是他的口吻中没有夹杂一点私人的意气,他好比一位冷静的历史学家,他下判断不是为了要侮辱某人,而是为了真理,加之他的神情那么奇特,简直让你不便见怪;我只能置之一笑。"骗子跟恶棍是一样的啊,"我说。——"这一次并不一样。"——"那么也许我又是骗子,又是恶棍。"——"这一次不可能又是骗子,又是恶棍。不过两者必居其一:要么您所想所做的是一套,嘴巴说的又是一套:那么您就是骗子;要么您所想所做的确实跟嘴巴说的一样:那么您就是恶棍。两者必居其一。我认为您是头一种。"——"您高兴怎么想就怎么想吧。"我还是笑着说。——"再见。无论如何,您要知道,我仍旧会信任您,并且愿意恢复我们的谈话,只要您高兴。"

虽然这件事不合情理,拉赫美托夫却是完全对的:他那样开头是对的,因为他本来早已经把我的情况打听清楚,打听好了他才开始办事;他那样结束谈话也是对的,我跟他说的实在不是由衷之言,他实在有权利叫我骗子,用他的话来说,"这一次"我一点也没有见怪,甚至也没有觉得不好意思,因为事实本来如此,而他也确实仍旧对我保持着信任,或许还有敬意。

是的,尽管他的态度不合常情,每个人依然相信拉赫美托夫的行为正是最合理、最朴实的行为,当他说出极其尖锐的话和发出最严厉的叱责时,无论怎样小心眼的人听了也不会见怪,他虽然非常粗暴,实际上却很温和。他的开场白是这样的——每逢他解释一件容易引起误会的事情,总要先说:"您知道,我讲话不会夹杂一点私人的意气。如果我的话使您不愉快,请您原谅。可是我认为您不应当见怪,因为我一片真心,完全没有侮辱人的意思,只是该说什么就说什么。不过,只要您觉得我的话再听下去没有好处,我马上住嘴;我的规则是:该提出我的意见时我一定提出,可决不强迫人家接受。"他真的不强迫人家接受:当他认为必须对您说出他的意见的时候,您无论如何也摆脱不掉,他一直要说到您能够了解他想说明的事情和他的用意才罢休;但是他提纲挈领地讲了几句过后，立刻问您："现在您已经知道谈话的内容是什么；您认为这场谈话有好处吗？"假定您回答"不"，他鞠一下躬便走开。

他说话做事就是这样，他的事情多得没有底儿，可又全跟他私人无关；谁都知道他没有什么私事；可是他到底有些什么事情，圈内人却不知道了。只看见他忙来忙去，他很少在家，老是到处奔波，坐车的时候少，跑路的时候多。而他家里也不断地来客，有旧交也有新知；因此他规定自己两点到三点之间经常在家，利用这段时间谈工作和吃中饭。但是他常常有好几天不在家。那时就有他的一位朋友呆在他家里替他接待访客，这人对他无限忠诚，却沉静得像一座坟墓。

我们看见他坐在吉尔沙诺夫书房中阅读牛顿对《启示录》的解释这件事以后约莫两年，他离开了彼得堡，据他对吉尔沙诺夫和其他两三位最亲近的朋友说，他在这儿再也没有什么事可做，他已经做了他能做的一切，再过三年左右他才有事情可做，这三年在他是空闲的，他想从未来的工作着眼，依照他觉得适当的方式来利用这段时间。后来我们才知道他回到他原先的田庄上去了一趟，卖掉他的剩余的田地，拿到三万五千卢布，再上喀山和莫斯科，分了将近五千卢布给那七个受他接济的学生，让他们能够念到毕业，从此他的真实的故事就结束了。谁也弄不清他离开莫斯科之后的去向。这样音讯全无地过了好几个月，对他了解得比大家深刻的人，才把他跟我们一同生活时请求严守秘密的种种事情公布出来。于是我们圈子里的人才知道有几个学生受他接济，才知道我上面所讲的大部分关于他私人方面的事，还知道了许许多多故事，虽然这些故事远没有说明一切，甚至什么也没有说明，而只是把拉赫美托夫渲染成一个使我们全体感到更神秘的人物，这些故事或者以它的荒诞不经令人诧异，或者跟圈内人对他的看法全然相反，——我们都认为他对私人感情十分冷淡，他没有一颗能为私生活中的感受所激动的私人的心（如果可以这样说的话）。我不便在此地把所有这些故事都记述下来，我只引用其中的两个，两种当中各引用一个：一个属于不合常情的一类，另一个属于跟圈内人过去对他的看法相反的一类。让我从吉尔沙诺夫所讲的故事中来挑选吧。

在拉赫美托夫第二次——大概也是最后一次离开彼得堡之前一年，他对吉尔沙诺夫说道："请给我一些治刀伤的药膏，分量要相当多。"吉尔沙诺夫给了最大的一盒，他以为拉赫美托夫想把这份药送给一批粗工木匠或其他时常受刀伤的工人。第二天早晨，拉赫美托夫的女房东惊慌失措地跑来看吉尔沙诺夫,说:"医生老爷,我不知道我那房客出了什么事啦:他闩上房门,老不出来,我往门缝中一看:他全身都躺在血泊里!我叫喊起来,他却隔着房门对我说:'没关系,阿格拉菲娜·安东诺芙娜。'——什么没关系!救救他吧,医生老爷,我怕出人命案子。他对自己就是这样狠心。"吉尔沙诺夫马上赶去。拉赫美托夫露出开朗之中微现黯淡的笑容打开房门,吉尔沙诺夫便看到了一件不但会叫阿格拉菲娜·安东诺芙娜惊讶的事情:拉赫美托夫整件衬衣(他只穿一件衬衣)的背部和两侧都浸透了血,床底下有血,他垫的毡毯也有血;原来毡毯上扎着几百枚小钉,钉帽在下,尖端朝上,从毡毯中露出将近半俄寸长;拉赫美托夫夜里就睡在这些钉子上面。"哎呀,这是怎么回事,拉赫美托夫?"吉尔沙诺夫恐怖地说。——"一个试验。必要的试验。当然不近情理;可是必须这样做,以防万一。我看我吃得消。"可见除了拉赫美托夫认为自己吃得消的锻炼之外,女房东大概还可以说出他的许多不同的趣事来;但是这个纯朴无私的老太婆发疯似的疼爱着拉赫美托夫,从她那儿当然得不到什么消息。就是这次她跑去找吉尔沙诺夫,也完全是拉赫美托夫为了使她安心自动叫她去的:她以为他想自杀,竟放声痛哭了。

此后过了两个来月,拉赫美托夫有一个星期或者一个多星期没露面,——这是五月末梢的事,——可是当时谁也没有注意到,因为几天不露面在他并不希罕。现在吉尔沙诺夫才讲出下面的故事,说明拉赫美托夫是怎样度过这几天的。这是拉赫美托夫生平的一个恋爱插曲。恋爱的发生是由于一件证明他不愧为尼基塔·希卡·罗莫夫的事情。拉赫美托夫从第一巴果洛沃①步行进城,一边走一边沉思,照他的习惯,眼睛多半望着地面。走到林学院附近,一个女人的绝望的叫喊使他从冥想中惊醒过来;他一看,一匹马正拉着一部轻便敞车飞跑,车上坐着一位太太,她亲自赶车,但是驾御不了,缰带拖在地下,——马儿离拉赫美托夫只有两步路远了;他连忙奔到路中央,可是马儿已经从他身边驰过,他没有抓到缰带,只来得及扳住马车的后轴,车子立刻被他煞住,而他也跌倒了。人们跑过来,帮助太太下车,扶起拉赫美托夫;他的胸部受了一点伤,而主要的是车轮从他腿上刮掉了一大块肉。太太清醒以后,叫人把他送到离那儿不过半俄里的她的别墅去。他表示同意,因为他感觉虚弱

_____

① 第一巴果洛沃是彼得堡附近的别墅区。

无力,但是他要求一定去请吉尔沙诺夫,而不要请任何其他的医生。吉尔沙诺夫认为胸部的创伤不要紧,只是拉赫美托夫流血过多,大大伤了元气。拉赫美托夫躺了十来天。那位得救的太太当然亲自服侍他。他虚弱得什么别的事也不能做,只好跟她谈谈天,——反正这段时间是白花了的,——越谈兴致也越高。太太是一位十九岁左右的寡妇,不算贫穷,一般说来完全能够独立,是个聪明的正派女子。拉赫美托夫那些火一样的话当然与爱情无关,可是竟迷住了她,"我梦见他被一道灵光环绕着。"她对吉尔沙诺夫说。他也爱上了她。她从他的服装和种种方面看,以为他是穷光蛋,因此当他在第十一天上起了床,说是可以回家了的时候,她便首先向他吐露衷情,并且提出结婚。"我对您比对别人更坦白;您可以看到,像我这样的人,是没有权利把任何人的命运跟我自己的联在一起的。"——"不错,这是真的,"她说,"您不能结婚。不过在您必须抛开我以前,您还是可以爱我。"——"不,我连这个也不能接受,"他说,"我应该抑制我心中的爱情:对您的爱会束缚住我的双手,就是不恋爱,我的手也不能很快解开,——已经给束缚住了。但是我一定要解开。我不应该恋爱。"这位太太后来怎么样了呢?她的生活中应当发生一次突变;大概连她自己也变成一个特别的人了吧。我很想打听打听。可是我现在还不知道这一点,吉尔沙诺夫没有把她的名字告诉我,同时他也不明白她的下落;拉赫美托夫曾经请求他不要跟她见面,也不要探听她的情况:"如果将来我猜想您知道她的什么消息,总忍不住要问您几句,而我又不该问。"知道了这个故事,大家才记起当时拉赫美托夫有一个半月或者两个月或者两个月以上比平日更阴沉,无论人家怎样猛烈抨击他那可恶的弱点——抽烟,他也不慷慨激昂地咒骂自己,人家用尼基土希卡·罗莫夫这个名字去讨他喜欢,他也不露出又开朗又甜蜜的微笑。我所记起的事情还要多些:我们初次谈话后不久,他就因为我跟他单独在一道时爱开开玩笑而喜欢我了,那个夏天,闲谈之中他有三四次脱口说出这样的话来回答我的逗趣:"好,可怜我吧,您是对的,可怜我吧;因为我也不是一个抽象的思想,而是一个渴望生活的人啊。"接着又添加道:"哎,没有关系,总会过去的。"痛苦果然过去了,可是在我已经用逗趣的方式挑动过他很多次以后,有一回,在晚秋,我还是从他嘴里引出了这几句话。

敏感的男读者也许会根据这一点来推测:关于拉赫美托夫的事情,我所知道的不止我说过的那些。也许是这样。我不敢反驳他,因为他太敏感了。就假定我知道的不止那些吧,但是我知道;而你,敏感的男读者,永远不会知道的事还少吗？我真不知道，确确实实不知道的是：如今拉赫美托夫在哪儿？他的情况怎么样？将来我能否再看见他？关于这，我没有任何别的消息或推测，除了他的一切熟人所有的以外。他杳无音讯地离开莫斯科之后三四个月，我们大家都猜想他到欧洲旅行去了。这种推测似乎是可靠的。最低限度有下面这件事为证：拉赫美托夫失踪后一年，吉尔沙诺夫的一位熟人在从维也纳开往慕尼黑的火车上碰见一个俄国青年，据说他曾经遍游各斯拉夫国家，处处跟一切阶级接触，在每个国家停留了很久，以便充分了解居民中所有的主要组成部分的思想、风习、生活方式、与日常生活有关的各种设施以及富裕的程度，因此他在城市和乡下都住过，时常从一个村庄步行到另一个村庄，随后同样跟罗马尼亚人和匈牙利人结识，足迹遍及德国北部，又从那儿南下，深入奥地利的日耳曼族诸省。现在他要到巴伐利亚去，接着上瑞士，经符腾堡和巴登入法国，遍游法国以后赴英国，这还得花一年工夫；假如这一年有时间多余，他想看看西班牙人和意大利人，要是没有时间多余，也就算了，因为这并不怎么"需要"，他"需要"考察的是上述各国，为什么呢？"供参考"；一年之后，他无论如何"需要"到美国去，他觉得研究美国比研究任何其他国家更"需要"，他打算在那边久住，也许住一年多，也许永远住下去，如果他能够在那儿找到工作的话，但是再过三年左右，他多半要回俄国，因为再过三四年，他恐怕"需要"呆在俄国，现在却不行。

　　所有这一切，连讲故事的人牢记不忘的那些"需要"在内，都很像拉赫美托夫。照讲故事的人所记得的来说，那个旅客的年纪、声音和面貌，也无不肖似拉赫美托夫；不过讲故事的人当时没有特别注意他的旅伴，加之那人做他的旅伴的时间并不长久，总共才两个来钟头：在一个小城上车，到一个村庄就下去了；因此讲故事的人只能用一些泛泛的话来形容他的外貌，不是十分可靠的：这大概是拉赫美托夫，但有谁知道呢？不是他也说不定。

　　还有一种传说，说有个俄国青年，原先是地主，他去拜访十九世纪欧洲最伟大的一位思想家、新哲学之父、德国人①，对他这样说道："我有三万泰勒②；我只需要五千；其余的请您收下吧。"（那哲学家生活很清苦）——"为什么呢？"——"用来出版您的著作。"哲学家自然不肯收下；而俄国人还是用他的

---

① 指费尔巴哈。
② 泰勒是德国一种银币。

名义把那笔钱存进银行，然后给他写了一封信："随便您怎样处理这笔钱，哪怕丢在水里也行，您已经无法退还给我，您再也找不到我了。"据说这笔钱至今还存在银行。假如这个传说可信，那么毫无疑问，去拜访哲学家的正是拉赫美托夫……

现在坐在吉尔沙诺夫书房中的，就是这样一位先生。

不错，这位先生是一个特别的人，是凤毛麟角。我所以要如此详尽地描写这么一个凤毛麟角似的人物，并不是想教你，敏感的男读者，用你所不知道的合礼的态度去对待这种人，因为这样的人你连一个也没有见过；你的眼睛构造不同，它看不到这样的人物，敏感的男读者；对你来说，他们是不可见的；只有正直而勇敢的眼睛才看得到他们；我给你描写这个人的用意，是让你至少从传闻中知道世界上有了怎样一批人。至于这段描写对女读者和普通男读者的用处，他们自己也会知道。

不错，拉赫美托夫之类的人很荒谬可笑。我说他们荒谬，是对他们自己说的，因为我觉得他们可怜；我这话也是对那些被他们迷住了的高贵的人说的，我说：不要跟着他们走，高贵的人们，因为他们正在号召你们走上一条缺少个人乐趣的道路。但是高贵的人们不听我的话，反而说：不，个人乐趣并不缺少，而是很丰富，即使某个地段缺少，这个地段也不会长，我们有足够的气力走过它，来到那乐趣盎然、辽阔无边的地方。那么，敏感的男读者，你总该知道了吧：我说拉赫美托夫之类的人荒谬，并不是对你，而是对另一部分读者说的。对你，敏感的男读者，我要说：这些人不坏；我不说你也许还不明白呢；是的，这些人不坏。他们的人数虽然少，却能使所有的人的生活欣欣向荣；没有他们，生活就要凋敝、萎缩；他们人数虽然少，却能让所有的人呼吸，没有他们，人们就要闷死。正直善良的人多不胜数，这种人却寥若晨星；可是他们在那一群人中间好比茶里的茶硷，醇酒的芳香；那一群人的力量与美质都来自他们；这是优秀人物的精华，这是原动力的原动力，这是世上的盐中之盐①。

（选自《怎么办》，蒋路译，

人民文学出版社1953年版）

---

① 耶稣对他的门徒说："你们是世上的盐。"意即社会中的优秀分子，见《马太福音》第五章。

《怎么办?》导读

尼古拉·加夫里洛维奇·车尔尼雪夫斯基(1828—1889)是19世纪俄国伟大的革命民主主义者、文学批评家和作家。他出生在萨拉托夫城的一个牧师家里。1846年,他没有读完当地的正教中学,便改入彼得堡大学哲学系。在大学期间,他十分关注和同情当时欧洲各国的革命运动;他接近革命团体"彼得拉谢夫斯基小组",阅读了哲学以及空想社会主义者的许多著作,初步形成了革命民主主义的世界观。

1850年大学毕业后,在故乡任中学语文教员,在学生和一些知识分子中间传播进步思想。1853年,他和一位医生的女儿结婚,不久就一同赴彼得堡。在那里,他成了《祖国纪事》和《现代人》这两个进步刊物的撰稿人。同年完成了著名的学位论文《艺术与现实的美学关系》,在马克思主义美学产生以前,它是最富有战斗精神和唯物主义思想的美学著作。此外,他还发表了《俄罗斯文学中的果戈理时期的概况》、《莱辛和他的时代》,关于普希金、托尔斯泰、谢德林和奥斯特罗夫斯基等的文学评论文章,以及《论哲学中的人本主义原则》等哲学、历史、经济学方面的著作,其中有的文章还受到了马克思、恩格斯和列宁的称赞。他的文学评论直接捍卫和发展了别林斯基的现实主义传统,在俄国文学批评史上占有十分重要的地位。1854年起,车尔尼雪夫斯基参加了《现代人》杂志的编辑工作,是它的领导人和组织者之一。他团结了一批进步人士,为反对专制主义和农奴制度而制造革命舆论。

1861年农奴制度改革前后,车尔尼雪夫斯基写了许多革命传单和一篇告农民书,指出改革是一个骗局,号召人民拿起武器,进行斗争。为此,沙皇政府于1862年逮捕了他,把他关押在彼得保罗要塞。在这失去自由的678天里,他写了长篇小说《怎么办?》。1864年,沙皇政府搞了一次可耻的"公民审判",剥夺他的公民权,并判处其服7年苦役,流放西伯利亚。实际上,在他的一生中,有21年是在监狱、苦役和流放中度过的。在流放地,他继续写了许多作品和论文,其中以长篇小说《序幕》最负盛名。该书被秘密地辗转到国外,于1877年在伦敦问世,它真实地刻画了革命民主主义者伏尔庚和列维茨基等人的形象,无情地揭露和鞭挞了农奴主、自由主义者和专制制度的代表者。

直到1889年,车尔尼雪夫斯基才被允许从流放地返回萨拉托夫。由于长期的苦役和流放生活的折磨,他的健康受到了极为严重的损害,回来才住了4个月,就与世长辞。

长篇小说《怎么办?》是19世纪俄国现实主义文学的杰出代表作。它围绕着自由劳动、妇女解放和以曲折方式表现出来的秘密革命活动这三条线索,彼此复杂地交织在一起,构成一幅严密、完整而又明快的生活画面。书的副标题称作"新人的故事",不是偶然的。车尔尼雪夫斯基通过先进的平民知识分子这些俄国解放运动中的"新人",展现了他们为改变旧秩序、旧社会而探索、斗争的历程。"新人"已经不同于过去俄国文学中"多余的人",他们明确地知道自己应该"怎么办",并用自己的工作和斗争来回答"怎么办"这个迫切的时代课题。

小说采用了新颖的结构,一开头就独具匠心,采用了倒叙的方式和其中一个主人公神秘失踪的传奇手法。这样,既避开了沙皇检查官的耳目,又给人以惊险、奇特的感觉,收到了引人入胜的艺术效果。小说的女主人公薇拉·巴夫洛芙娜是彼得堡一个小官吏的女儿,她渴望自由和独立。但是她的母亲贪财图利,要她嫁给一个生活腐化的军官,她不愿意。在家庭教师——医学院的大学生罗普霍夫的启发和帮助下,离家出走,并同他结了婚。此后,薇拉办起了缝纫工场,在生产、消费、工资方面采用"社会主义"原则,并且开办学校,向工人宣传这种"社会主义"。小说中展现的她的四个"梦",揭示了她思想发展的过程,生动地刻画了她一心向往的未来社会制度的美好图画,对反映作家的社会理想具有十分重要的作用。薇拉认识了她丈夫的同学和朋友吉尔沙诺夫之后,他们彼此相爱。吉尔沙诺夫为了罗普霍夫的家庭幸福,理智地控制自己的感情,避免同薇拉见面。罗普霍夫发现他们的真正爱情之后,便假装自杀,秘密出国。薇拉和吉尔沙诺夫终于结了婚。后来,他们的朋友拉赫美托夫告诉他们,罗普霍夫并没有死。不久,罗普霍夫又化名毕蒙特回国,和缝纫工场的薇拉的女友卡杰琳娜结婚。从此两对幸福的夫妻、两个美满的家庭亲密相处,保持着友好的关系。小说以"三角关系"这种新的解决办法,揭示了"新人"的自我牺牲精神,反映了"新人"的高尚道德和情操。

在小说里,拉赫美托夫是"新人"中"一个特别的人",是欧洲批判现实主义文学中最高的正面人物的典型。他出身剥削阶级,但背叛了它。为了培养自己的革命意志,他抛弃了一切享受和爱情,过着艰苦的俭朴生活。为了接近人民,他几乎跑遍了整个俄罗斯,当过锯工、石匠、拉纤工等,最后成了一个职业革命家。书中常常用"未婚妻"隐喻革命,用"非常漂亮"暗示革命是美好的事业,以表达"新人"对光明未来的追求和斗争。尽管"新人"的社会理想具有空想的性质,"新人"的合理利己主义的思想未能彻底冲破私有制的传统观念,但是他们献身于人民的革命事业,为拯救俄国、推翻沙皇专制政权而进行斗争的革命精神,使小说成为了革命者的"生活教科书"。根据列宁夫人克鲁普斯卡娅的回忆,《怎么办?》是列宁最喜爱的文学作品之一。他热情地赞赏说:"这才是真正的文学,这种文学能教导人,引导人,鼓舞人。我在一个夏天把《怎么办?》读了五遍,每一次都在这个作品中发现了新的令人激动的思想。"

《怎么办?》充满着浪漫主义和乐观主义的激情。全书的重心不是揭露和批判社会黑暗,而是描绘和展示社会理想,坚信光明必将战胜黑暗,给人以鼓舞和力量。在语言运用上,生动的叙述常常伴以政论性的哲理旁白,形象描绘与政治议论相结合,使小说具有强烈的政论色彩。

(吴元迈)

屠格涅夫

父　与　子

一〇

　　大约过了两个星期的光景。玛利因诺的生活还是跟往常一样,阿尔卡狄整天闲着、玩着,巴扎罗夫认真地工作。宅子里每个人都跟巴扎罗夫熟了,他们也习惯了他那随便不羁的态度和他那简短的、不连贯的谈话。费涅奇卡尤其同他熟,因此有一个晚上她居然差人去叫醒他:米奇亚得了惊风症。他去了,还是像平日那样,一边说着笑话一边打呵欠,在她那儿过了两个钟点,把孩子治好了。在另一方面,巴威尔·彼得罗维奇却用全副心灵来恨巴扎罗夫,他认为巴扎罗夫是一个傲慢、无礼、爱挖苦人的平民;他疑心巴扎罗夫并不尊敬他,而且还有点儿轻视他——他,巴威尔·基尔沙诺夫!尼可拉·彼得罗维奇也有点儿害怕这个年轻的"虚无主义者",并且还担心他给阿尔卡狄的影响究竟是不是好的;可是他很喜欢听他讲话,并且高兴去看他做物理的和化学的实验。巴扎罗夫带来一架显微镜,他一用显微镜,就是几个钟点。用人们也喜欢他,虽然他常常拿他们开玩笑,他们觉得他究竟不是一个主人,却是他们的同类。杜尼雅霞常常要对他傻笑,她"像一只鹌鹑似的"跑过他身边的时候,还带着深意地偷偷看他;彼得是一个极端自负而又愚蠢的人,他永远皱着眉头,他全部的长处便是他外表很有礼貌,他还能够一个字一个字地拼出音来念书报,并且很勤快地刷他自己的衣服,——就是他,只要巴扎罗夫注意到他,他也立刻满脸堆笑,露出喜色来;家仆的小孩们简直像小狗一样地跟在这个"医生"后面跑。卜罗科非奇老人是惟一不喜欢他的人;他每回给他上菜,总要露出不高兴的神气,他叫他做"屠户"和"骗子",还说他脸上长着络腮胡子,看起来倒像灌木丛中一口猪。卜罗科非奇,就他自己说,是有着巴威尔·彼得罗维奇一样多的贵族气味的。

一年里的最好的日子来了,这就是六月初旬。天气非常好;固然,远地方正闹着霍乱症,可是那一省的居民对于它的光临已经习惯了。巴扎罗夫起得非常早,出去走两三里,并不是去散步(他受不了那种毫无目的的散步),却是去采集草和昆虫的标本。有时候他约了阿尔卡狄同去。在回家的路上他们常常发生争论,虽然阿尔卡狄话说得更多,可是往往是他失败。

有一天他们在外面耽搁得太久了;尼可拉·彼得罗维奇到花园里去找他们,他走到凉亭前面,忽然听见两个年轻人的急促的脚步声和讲话声。他们在凉亭的那一面走着,不能够看见他。

"你还不够了解我父亲。"阿尔卡狄说。

尼可拉·彼得罗维奇便藏起来。

"你父亲是个好人,"巴扎罗夫说,"可是他落后了,他的日子已经过去了。"

尼可拉·彼得罗维奇注意地听着……阿尔卡狄没有回答。

这个"落后的人"静静不动地站了两分钟,才慢慢走回家去。

"前天我看见他在念普希金的诗,"巴扎罗夫继续往下说,"请你去对他讲,那是没有一点儿实际的用处。你知道他不是一个小孩儿:他应该把这种废物扔掉。在我们这个时代作一个浪漫派有什么意思!给他一点儿有用的东西去念吧。"

"我应该拿什么给他念呢?"阿尔卡狄问道。

"我想开头还是念毕黑纳尔的《Stoff und Kraft》[①] 吧。"

"我也这样想,"阿尔卡狄同意地说,"《Stoff und Kraft》是用通俗的文字写的……"

"看起来你我,"这天吃过午饭以后尼可拉·彼得罗维奇坐在书房里对他的哥哥说,"都是落后的人了,我们的日子已经过去了。唉!唉。也许巴扎罗夫是对的;不过我承认有一件事情叫我伤心;我很盼望,尤其是现在,能够同阿

---

① 德语:《物质与力》。——原注。毕黑纳尔(1824—1899),德国的生理学家,自
　　然科学知识的普及者。《物质与力》在1855年初版发行,主张唯物论与无神论,
　　在当时的俄国青年中间很流行。

尔卡狄多亲近些,可是事实上,我却留在后面,他已经走到前面去了,我们不能够彼此了解了。"

"他怎么走到前面去了呢?他在哪一方面超过了我们这么多呢?"巴威尔·彼得罗维奇不耐烦地问道。"全是那个虚无主义者先生给他塞进脑子里去的。我讨厌那个学医的家伙;据我看来,他不过是一个走江湖的郎中;我相信,不管他解剖了多少青蛙,他对物理学也不会懂多少。"

"不,哥哥,你不应当这么说,巴扎罗夫不但聪明,而且博学。"

"他自大得叫人讨厌。"巴威尔·彼得罗维奇打岔说。

"是的,"尼可拉·彼得罗维奇说,"他是自大的。不过这好像也是免不掉的;这倒是我不明白的了。我从前还以为我总是尽力不落在时代后面:我安顿了农民,设立了一个农庄,因此全省的人都叫我做赤色分子;我读书、研究,我竭力在种种方面适应时代的要求——可是他们还说我的日子过去了。哥哥,我现在也开始相信我的日子真是过去了。"

"为什么这样?"

"我现在告诉你为了什么。今天早晨我坐着在念普希金的诗……我记得我正读到《茨冈》①……突然,阿尔卡狄走到我身边来,一句话也不说,脸上露出亲切的、怜悯的表情,他好像对待小孩儿一样,轻轻地把我那本书拿开,另外放了一本书在我面前——一本德文书……他对我笑了笑,就走开了,把那本普希金的诗也带走了。"

"真有这回事!他给你的是什么书呢?"

"它在这儿。"

尼可拉·彼得罗维奇从大衣的后面口袋里拿出那本第九版的毕黑纳尔的名著。

巴威尔·彼得罗维奇接过来翻了一翻。"哼,"他哼了一声。"阿尔卡狄·尼可拉叶维奇倒关心着你的教育呢。好,你到底念过它没有?"

"是的,我试了一下。"

"好,你觉得它怎样?"

"要不是我太笨,那么这本书就全是——废话。我想,一定是我笨。"

---

① 《茨冈》:普希金的长诗。

"是不是你的德文全忘了呢?"巴威尔·彼得罗维奇问道。

"啊,德文我是懂的。"

巴威尔·彼得罗维奇把这本书又翻了一忽儿,还偷偷地看他的兄弟。两个人都不做声。

"哦,还有。"尼可拉·彼得罗维奇开口说,他显然想改换话题,"我收到柯利雅津的一封信。"

"玛特维·伊里奇么?"

"是的。他是来——这一省调查的。他现在是一个阔人了;他信上说,因为是亲戚,他很想跟我们见见面,他请你、我同阿尔卡狄一块儿到城里去。"

"你去吗?"巴威尔·彼得罗维奇问道。

"我不去;你呢?"

"不,我也不去。跑五十里路去吃点心也太费事。Mathieu① 不过想显显威风、摆摆阔,去他的!自然会有全省的人奉承他,我们不去也没有什么关系。枢密顾问官②官阶倒也不小,要是我当时一直在军界服务,一直干这种傻事,现在我也应当做侍从将军了。可是如今呢,你我都是落后的人了。"

"是的,哥哥;看来我们已经到了要定做一口棺材,把两只手交叉地放在胸口的时候了。"尼可拉·彼得罗维奇叹一口气说。

"啊,我却不这么容易地投降,"巴威尔·彼得罗维奇喃喃地说。"我看得很清楚,我要跟那个学医的家伙打一仗。"

果然在这天傍晚喝茶的时候,就打了仗。这天巴威尔·彼得罗维奇走进客厅,他就已经准备好作战了,他很生气并且很坚决。他只等着找到一个口实就向敌人进攻,可是等了好久都没有找到。巴扎罗夫照例在"老基尔沙诺夫"(他这样地称那两弟兄)面前不多讲话,那晚上他心里不痛快,只是一杯一杯地喝着茶,不说一句话。巴威尔·彼得罗维奇实在等得发火了;最后他的愿望毕竟实现了。

他们的话题转到了附近的一个地主身上。"没出息的下流贵族。"巴扎罗夫随便地说,他在彼得堡遇见过那个人。

"请问您一句,"巴威尔·彼得罗维奇说,他的嘴唇在打颤,"照您看来,

① 玛特维的法语念法。
② 枢密顾问官:帝俄时代的三等文官。

612

'没出息的'和'贵族'是一样的意思么?"

"我说的是下流贵族。"巴扎罗夫答道,懒洋洋地咽了一口茶。

"正是这样,先生;不过我觉得您对贵族也是和对所谓下流贵族一样看待的。我认为我应当告诉您,我并不赞成您这个意见。我敢说,凡是认识我的人都知道我是一个具有自由思想而且拥护进步的人;可是就因为这个缘故,我尊敬贵族——真正的贵族。请您留神记住,亲爱的先生(巴扎罗夫听见这几个字便抬起眼睛望着巴威尔·彼得罗维奇),请您留神记住,"他狠狠地再说了一遍,"我尊敬英国的贵族。他们对自己的权利一点儿也不肯放弃,因此他们也尊重别人的权利;他们要求别人对他们尽应尽的义务,因此他们也尽自己应尽的义务。英国的自由是贵族阶级给它的,也是由贵族阶级来维持的。"

"这个调子我们不知道听过多少回了,"巴扎罗夫答道,"可是您打算用这个来证明什么呢?"

"我打算用这么个来证明,亲爱的先生,(巴威尔·彼得罗维奇动气的时候,他就故意在"这个"中间添插进一个音,念成"这么个",虽然他明知道这种用法是不合文法的。这种时髦的怪癖可以看做亚历山大一世①时代遗留下来的一种习惯。当时那班纨绔子弟很少讲本国话,偶尔讲了几句,就随意胡乱拼字,不是说这么个,就是说这夥个,好像在说:"自然我们是道地的俄国人,我们同时还是上等人物,用不着去管那些学究们定的规则。")我是打算用这么个来证明:没有个人尊严的意识,没有自尊心——这两种情感在贵族中间极其发达——那么社会……bien public② ……社会组织便没有强固的基础了。亲爱的先生,个性,——那是很重要的东西;一个人的个性应该像岩石一样坚固,因为所有的东西都建筑在它上面。譬如,我很知道您觉得我的习惯、我的装束、我的整洁都是很可笑的;可是这都是从一种自尊心,从一种责任心——是的,先生,的确,先生,责任心——出来的。我现在住在乡下,住在偏僻的地方,可是我不会降低自己的身份。我尊重我自己的人的尊严。"

"那么让我问您一句,巴威尔·彼得罗维奇,"巴扎罗夫说,"您尊重您自己,您只是袖手坐在这儿;请问这对于 bien public 有什么用处?倘使您不尊重您自己,您不也是这样坐着吗?"

———————————

① 亚历山大一世(1777—1825),1801—1825 年的俄国沙皇。

② 法语:社会的福利。——原注。

巴威尔·彼得罗维奇的脸色马上变白了。"那是另外一个问题。我现在绝对用不着向您解释我为什么像您所说的袖手坐在这儿。我只打算告诉您,贵族制度是一个原则,在我们这个时代里头只有不道德的或是没有头脑的人才能够不要原则地过日子。阿尔卡狄回家的第二天,我就对他讲过那样的话,现在我再对您讲一遍。尼可拉,是不是这样的?"

尼可拉·彼得罗维奇点了点头。

"贵族制度,自由主义,进步,原则,"巴扎罗夫在这个时候说,"只要您想一想,这么一堆外国的……没用的字眼!对一个俄国人,它们一点儿用处也没有。"

"那么,在您看来对俄国人什么才是有用的呢?倘使照您的说法,我们就是在人类以外,人类的法则以外了。可是历史的逻辑要求着……"

"可是逻辑对我们有什么用呢?我们没有它也是一样地过日子。"

"您这是什么意思?"

"就是这个意思。您肚子饿的时候,我想,您用不着逻辑来帮忙您把一块面包放进嘴里去吧。这些抽象的字眼对我们有什么用处?"

巴威尔·彼得罗维奇摇着他的两只手。

"您这倒叫我不明白了。您侮辱了俄国人。我实在不明白一个人怎么能够不承认原则、法则!是什么东西在指导您的行动呢?"

"大伯,我已经对您讲过我们不承认任何的权威。"阿尔卡狄插嘴道。

"凡是我们认为有用的事情,我们就依据它行动,"巴扎罗夫说。"目前最有用的事就是否定——我们便否认。"

"否认一切吗?"

"否认一切。"

"怎么,不仅艺术和诗……可是连……说起来太可怕了……"

"一切。"巴扎罗夫非常镇静地再说一遍。

巴威尔·彼得罗维奇睁大眼睛望着他。他没有料到这个,阿尔卡狄欢喜得红了脸。

"请让我来讲两句,"尼可拉·彼得罗维奇说。"您否认一切,或者说得更准确一点,您破坏一切……可是您知道,同时也应该建设呢。"

"那不是我们的事情了……我们应该先把地面打扫干净。"

"目前人民的状况正要求这个,"阿尔卡狄庄严地说,"我们应当实现这类要求,我们没有权利只顾满足个人的利己心。"

巴扎罗夫显然不高兴这最后的一句;这句话带了一点儿哲学气味,就是说浪漫主义的气味,因为巴扎罗夫把哲学也叫做浪漫主义,不过他觉得用不着去纠正他那个年轻的门徒。

"不,不,"巴威尔·彼得罗维奇突然用劲地说。"我不相信你们这些先生们真正认识俄国人民;我不相信你们就能够代表他们的需要,他们的热望!不,俄国人民并不是像你们所想像的那样。他们把传统看作神圣不可侵犯的;他们是喜欢保持古风的;他们没有信仰便不能够生活……"

"我并不要反驳这一点,"巴扎罗夫插嘴说。"我甚至准备承认在这一点上您是对的。"

"那么倘使我是对的……"

"可是还是一样,什么都不曾证明。"

"正是什么都不曾证明。"阿尔卡狄跟着重说一遍,他充满着自信,就像一个有经验的棋手,他早已料到对手要走一着看起来很厉害的棋,因此一点儿也不惊慌。

"怎么还是什么都不曾证明呢?"巴威尔·彼得罗维奇喃喃地说,他倒奇怪起来了。"那么,您要反对自己的人民吗?"

"我们就反对了又怎样?"巴扎罗夫突然嚷起来。"人民不是相信打雷的时候便是先知伊里亚驾着车在天空跑过吗?那么怎样呢?我们应该同意他们吗?而且,他们是俄国人;难道我不也是一个俄国人吗?"

"不,您刚才说了那一番话以后,您就不是一个俄国人!我不能承认您是一个俄国人。"

"我祖父耕田,"巴扎罗夫非常骄傲地说。"您随便去问一个您这儿的农民,看我们——您同我——两个人中间,他更愿意承认哪一个是他的同胞。您连怎样跟他们讲话都不知道。"

"可是您一面跟他们讲话,一面又轻视他们。"

"为什么不可以呢,倘使他们应当受人轻视的话!您专在我的观点上挑错,可是谁告诉您,我的观点是偶然得来的,而不是您所拥护的民族精神本身的产物呢?"

"什么话!虚无主义者太有用了!"

"他们有用或者没用,并不是该我们来决定的。就是您也觉得自己并非一个没有用的人吧。"

"先生们,先生们,请不要攻击个人。"尼可拉·彼得罗维奇一面叫着,就站起身来。

巴威尔·彼得罗维奇微微一笑,把手按住他弟弟的肩头,叫他仍旧坐下。

"不要着急,"他说,"我不会忘掉自己的身份,正因为我有着我们这位先生,这位医生先生,挖苦得不留余地的自尊心。"他又转过头来对巴扎罗夫说:"请问一句,您也许以为您的学说是新发明的吧?您这种想法是大错特错。您主张的唯物主义已经流行过不止一次了,总是证明出来理由欠充足……"

"又是一个外国名词!"巴扎罗夫打岔道。他有点儿动怒了,他的脸色变成青铜,而且带着粗暴的颜色。"第一,我们并不宣传什么;那不是我们的习惯……"

"那么你们又干些什么呢?"

"我就要告诉您我们干些什么。前不久,我们常常讲我们的官吏受贿,我们没有公路,没有商业,没有公平的法庭……"

"哦,我明白了,你们是'控诉派'①——我想,就是这种称呼吧。你们的控诉里头有许多我也同意,可是……"

"后来我们也明白发议论,对我们的烂疮只空发议论,这是毫无用处的,它只会把人引到浅薄和保守主义上面去;我们看见我们的聪明人,那些所谓进步分子和'控诉派'不中用;我们整天忙着干一些无聊事情,我们白费时间谈论某种艺术啦,无意识的创造啦,议会制度啦,辩护律师制度啦,和鬼知道的什么啦。可是事实上需要解决的问题却是我们每天的面包;我们让极愚蠢的迷信闷得透不过气;我们的股份公司处处失败,只因为没有够多的诚实的人去经营;我们的政府目前正在准备的解放②,也不见得会有什么好处,因为农民情愿连自己的钱也搜刮去送给酒店,换得醺醺大醉。"

"是的,"巴威尔·彼得罗维奇插嘴说,"是的,你们相信了这一切,你们便决定不去切实地做任何事情了。"

"决定不做任何事情。"巴扎罗夫板起脸跟着说了一遍。

---

① 亚历山大二世(1818—1881)统治(1855—1881)的初期中参加当时一种文学运动的人的称呼。
② 指 1861 年的农奴解放。

他因为无缘无故地对这位绅士讲了那么多的话，忽然跟自己生起气来。

"可是只限于谩骂？"

"只限于谩骂。"

"这就叫做虚无主义？"

"就叫做虚无主义。"巴扎罗夫又跟着重说一遍，这次特别不客气。

巴威尔·彼得罗维奇略略眯起眼睛。

"原来是这样！"他用一种异常镇静的声音说。"虚无主义是来医治我们的一切痛苦的，而且你们是我们的救世主，我们的英雄，可是你们为什么责骂别人呢，连'控诉派'也要责骂呢？你们不是也跟所有别的人一样只会空谈吗？"

"不管我们有多少短处，我们却没有这个毛病。"巴扎罗夫咬着牙齿说。

"那么又怎样呢？请问，你们在行动吗？或者你们是在准备着行动吗？"

巴扎罗夫不回答。巴威尔·彼得罗维奇的身子微微颤抖了一下，可是他立刻控制了自己。

"哼！行动，破坏……"他继续说。"可是你们连为什么要破坏都不明白又怎样去破坏呢？"

"我们要破坏，因为我们是一种力量。"阿尔卡狄说。

巴威尔·彼得罗维奇看看他的侄子，不觉笑了起来。

"力量是不负任何责任的。"阿尔卡狄挺起身子说。

"可怜的人！"巴威尔·彼得罗维奇大声叫道，他不能再控制自己了。"你会不会想到你们用你们这种庸俗的论调在俄国维持些什么东西！不，连一个天使也忍耐不下去了！力量！在野蛮的加尔梅克人① 中间，在蒙古人中间，也有力量；可是这跟我们有什么关系？对我们可宝贵的，是文明；是的，先生，是的，先生，亲爱的先生，文明的果实对我们是可宝贵的。不要对我讲那些果实毫无价值：便是最不行的画匠，un barbouilleur②，或者一晚上只得五个戈比③ 的奏跳舞音乐的乐师，他们也比你们更有用，因为他们所代表的是文明，不是野蛮的蒙古力量，你们自以为是进步人物，可是你们却只配住在加尔梅克人的帐篷里头！力量！你们这些有力量的先生，请记住你们不过是四个半

---

① 加尔梅克人：西伯利亚的游牧民族。

② 法语：画匠。

③ 俄国货币单位，一卢布的百分之一。

人，别的人数目却有千百万，他们不会让你们去践踏他们的最神圣的信仰，他们倒要把你们踩得粉碎！"

"他们要踩就让他们踩吧，"巴扎罗夫说。"可是您的估计并不对。我们人数并不像您所说的那样少。"

"什么？您真以为你们可以应付全体人民吗？"

"您知道整个莫斯科城还是给一个戈比的蜡烛烧掉的。"① 巴扎罗夫答道。

"是的，是的。第一是差不多撒旦一样的骄傲，其次是嘲笑——就靠了这个来引动年轻人，来征服一般小孩子的毫无经验的心！现在就有一个坐在您身边，他简直要崇拜您了。您欣赏欣赏他吧！（阿尔卡狄掉过脸去，皱起眉头来。）这种传染病已经传播得很广了。我听说我们的画家在罗马从来不进梵蒂冈②去。他们把拉斐尔③差不多看做一个傻瓜，就因为，据说，他是一个权威；可是他们自己却又没出息，连什么也画不出来；他们的幻想老是出不了《泉边少女》这一类画的圈子！而且连少女也画得不像样。照您看来，他们是出色的人物吧，是不是？"

"照我看来，"巴扎罗夫答道，"拉斐尔本来就不值一个钱；他们比他也好不了什么。"

"好！好！听着，阿尔卡狄……现在的年轻人就应该这么讲的！想想，他们怎么不跟着您跑呢！在从前年轻人都不能不念书；他们不愿意让人家叫做粗野的人，因此不管他们喜欢不喜欢，他们都不得不好好地用功。可是现在，他们只要说：'世界上的一切都是狗屁！'就成功了。一般年轻人都高兴极了。说老实话，他们先前本来是笨蛋，现在一转眼的工夫就变成虚无主义者了。"

"您自己那么夸口的自尊心已经动摇了。"巴扎罗夫冷静地说，阿尔卡狄却气得厉害，眼睛发火了。"我们的辩论扯得太远了；我想，还是停止的好。我想，"他说着，便站起来，"只要您能够在我们现在的生活里面，在家庭生活或社会生活里面，找出一个不需要完全地、彻底地否定的制度，到那时候我再来

_____

① 指 1812 年拿破仑侵略俄国，俄国人焚烧莫斯科的事。
② 梵蒂冈：罗马教皇所在地，在罗马，内有图书馆、博物院，收藏的书画等等都很名贵。
③ 拉斐尔（1483—1520），意大利画家，文艺复兴时期三大家之一。

赞成您的意见。"

"像这样的制度;我可以举出几百万来,"巴威尔·彼得罗维奇嚷道,"几百万!就譬如公社①。"

一个冷笑使得巴扎罗夫弯起嘴唇来。

"好,说到公社,"他说,"您最好还是跟令弟去讲吧。我想他到现在应该看明白了,公社究竟是怎样一回事了——它那连环保啦,它那戒酒运动啦,还有别的这一类的事情。"

"那么就拿家庭来说吧,我们农民中间的家庭!"巴威尔·彼得罗维奇大声说。

"这个问题,我想您还是不要太详细分析的好。您没听说过扒灰的公公吗?巴威尔·彼得罗维奇,您听我的劝告,花两天的工夫去想一想吧;您马上好像不会想出什么来的。请您把我们俄国的每个阶级,一个一个的仔仔细细地研究一番,同时我和阿尔卡狄两个要⋯⋯"

"去嘲笑一切事情。"巴威尔·彼得罗维奇打岔地说。

"不,我们去解剖青蛙。阿尔卡狄,我们走吧;先生们,一忽儿再见。"

两个朋友走了。弟兄两人留在这儿,他们起初只是默默地对望着。

"这就是我们现在的年轻人!"巴威尔·彼得罗维奇终于开口说,"我们的下一代——他们原来是这样。"

"我们的下一代!"尼可拉·彼得罗维奇跟着重说一遍,闷闷地叹了一口气。在他们辩论的时候,他一直觉得就像坐在热炭上面似的,他一声也不响,只是偷偷地用痛苦的眼光看阿尔卡狄。"哥哥,你知道我现在记起了什么吗?我有一回跟我们的亡故的母亲争论一件事;她发了脾气,直嚷,不肯听我的话。最后我对她说:'自然你不能了解我;我们是不同的两代人。'她气得很厉害,可是我却想道:'这有什么办法呢?丸药是苦的,可是她必须吞进肚子里去。'您瞧,现在是轮到我们了,我们的下一代人可以对我们说:'你不是我们这一代人;吞你的丸药去吧。'"

"你真是太大量,太谦虚了,"巴威尔·彼得罗维奇答道。"相反的,我却相信你我都比这班年轻的先生们更有理,虽然我们口里讲着旧式的话,已经

_____

① 俄国的一种乡村自治组织。它的基础是土地共有。

vieille①，而且我们不像他们那样狂妄自大。……现在的年轻人多傲慢！你随便问一个年轻人：'你喝红酒还是白酒？'他便板起脸用低沉的声音答道：'我素来喝红的！'好像那一刻全世界的眼光都集中在他一个人身上似的……"

"您还要不要茶？"费涅奇卡从门外探头进来问道。她听见客厅里还有争论的声音，便不能决定要不要进来。

"不要了，你叫人把茶炊拿走吧，"尼可拉·彼得罗维奇答道，一面站起来招呼她。巴威尔·彼得罗维奇突然对他讲了一句"bon soir"②，便回到自己的书房里去了。

（选自《前夜·父与子》，巴金译，
人民文学出版社 1979 年版）

《父与子》导读

　　伊凡·谢尔盖耶维奇·屠格涅夫(1818—1883)是一位享誉世界的俄国作家。他出身于贵族家庭，受过良好的家庭教育。1833 年考入莫斯科大学语言文学系，后转入彼得堡大学哲学语文系学习。大学毕业后去德国留学研究德国哲学。还在彼得堡大学读书期间他就开始用抒情诗、长诗、戏剧、短篇小说等文学形式进行创作。1843 年发表的叙事诗《巴拉莎》深得别林斯基的赞赏，从此他放弃了当教授、学者的打算，决定献身于文学事业。

　　1847 年至 1851 年间屠格涅夫在《现代人》杂志上陆续刊登了21 篇特写，其中大部分作品具有鲜明的反农奴制倾向。为了迷惑沙皇政府的检查机关，《现代人》的编辑给这些特写冠以《猎人笔记》的总题目。这是屠格涅夫早期作品中最优秀的一部，也是 19 世

---

　　① 法语：老了。
　　② 法语：晚安。——原注。

纪俄罗斯文学和世界文学中的名著之一。

从 19 世纪 50 年代起屠格涅夫相继创作了被誉为"艺术史诗"的 6 部长篇,即《罗亭》(1856)、《贵族之家》(1859)、《前夜》(1860)、《父与子》(1862)、《烟》(1867)和《处女地》(1877)。通过小说中那些性格鲜明、内涵深刻的俄国知识分子形象,屠格涅夫把握时代的脉搏,再现了 19 世纪三四十年代俄国思想界的激烈斗争,触及到了俄国社会生活中的许多重大问题,充分展现了他那独具一格的创作才能,蜚声文坛,载誉世界。

《父与子》是屠格涅夫的代表作。它创作于 1861 年俄国农奴制改革前后,反映了当时激烈的思想斗争。在俄国文坛上,屠格涅夫以擅长描写辩论而著称,小说中的主人公巴扎罗夫与巴威尔有过两次思想交锋,写得精彩纷呈,妙语连珠,既显示了屠格涅夫的雄辩才能,又凝练地表现了当时自由主义阵营和革命民主主义阵营的激烈斗争。前者主要是由自由主义贵族组成,后者则是由激进的平民知识分子组成。在 19 世纪三四十年代他们曾是反封建的同盟军,到了 50 年代随着斗争的深入,围绕着如何消灭农奴制、俄国社会向何处去等问题,产生了深刻的分歧。自由主义贵族只主张进行有限的改良,而激进的平民知识分子则希望发动彻底的革命。这种分歧还波及到文学、艺术等领域,引起了一系列激烈的争论。《父与子》所描写的唇枪舌战便揭示这种政治与文化的冲突。"父与子"的矛盾实际上是平民知识分子同贵族之间的矛盾。

在小说中自由主义阵营的代表是贵族巴威尔和尼可拉兄弟俩,即小说中的父辈。屠格涅夫着力刻画的主要是他们的落伍。巴威尔无论是他的穿着打扮、言谈举止、生活方式,还是他的价值观念与政治态度都充分说明他是一个顽固的贵族,一个标准的"尖头曼"。他公开宣称要维护贵族政治与贵族的尊严,完全不知道他所要维护的是一个行将就木的旧事物。对此,屠格涅夫完全持否定态度,不仅让巴威尔屡次成为巴扎罗夫的手下败将,而且在小说中这样描写决斗后的巴威尔:"他的美丽的消瘦的头承着鲜明耀眼的白日的光辉,静静地放在雪白的枕头上,好像是一个死人的头。……他的确是一个死人了。"正是用这意味深长的一笔,屠格涅夫说出了自己的判决,巴威尔确是一个属于过去而没有未来的人。尼可拉则是一个温和的自由主义贵族,与他那顽固不化的哥哥不同,他竭力想跟上时代,想缩短他和子辈的差距,但是根深蒂固的贵族习气却使他举步维艰。他多愁善感,优柔寡断,喜与音乐诗歌相伴,不善于处理实际事务。不必为生计操劳的优裕生活造成了他的性格与弱点。面对农奴制废除后的种种矛盾,他困惑、感叹、手足无措。屠格涅夫在刻画这个人物时倾注了很大的同情,因为这个人物与屠格涅夫最接近,他的许多感受,直接反映了屠格涅夫本人的矛盾与困惑。但是屠格涅夫并没有因此美化他。屠格涅夫在论及《父与子》时曾指出:"我的整个中篇小说是反对作为先进阶级的贵族的。"为了使他对贵族阶级的否定显得更有力、令人信服,他并没有如《猎人笔记》那样将贵族写得很丑恶,巴威尔和尼可拉是正直、善良、爱国的,可以说是贵族中的佼佼者。屠格涅夫曾风趣地说:"奶油(指巴威尔与尼可拉)尚且不好,何况牛奶。"正是通对这两个佼佼者的否定,屠格涅夫对整个贵族的历史地位作了准确的评判。

《父与子》中子辈的代表、民主主义者巴扎罗夫,是屠格涅夫继《前夜》中的英沙罗夫之后塑造的另一个平民知识分子形象。巴扎罗夫的原型是外省一个青年医生,同时在他身上又可看到当时一些革命民主主义者如杜勃罗留波夫、皮萨列夫的思想痕迹。巴扎罗夫公开宣称要否定一切,他的使命就是打扫旧世界。这种观点与封建卫道士巴威尔的观点是针锋相对的。巴扎罗夫的性格果断、刚强,与软弱、优柔寡断的尼可拉恰成鲜明对比。此外他崇尚实际,强调实干,反对空谈,专心科学实验。对于巴扎罗夫,作家的态度是矛盾的。他欣赏巴扎罗夫意志坚强,富有实干精神的一面。屠格涅夫早在创作《前夜》时就表达了他对强而有力、擅长行动的"当代英雄"的向往,他之所以喜欢巴扎罗夫,主要原因是他在巴扎罗夫身上发现了这种禀赋。但是屠格涅夫并不认为巴扎罗夫是俄国社会所需要的"当代英雄",他曾明确指出巴扎罗夫只是一个站在未来门槛上的人物,因为他的观点太偏激。在小说中他让巴扎罗夫陷入自相矛盾之中,让这位否定一切,甚至连爱情也否定的虚无主义者坠入情网而无法自拔,其目的是为了说明巴扎罗夫的观点经不起生活的考验。屠格涅夫后来在《处女地》中塑造了同巴扎罗夫一样强而有力、冷静务实的工程师索洛明,但与只破坏不建设的巴扎罗夫不同,索洛明主张通过教育来提高俄国人民的文化水平,进而逐步使俄国社会得到改善。在作者看来持渐进主义观点的平民知识分子索洛明才是能将俄国社会引向未来的"当代英雄"。

从上面的分析中,我们不难发现屠格涅夫在《父与子》中要表现的是一种抽象的、高度理性化的素材,而小说却是一种感性的艺术,它与这种素材是格格不入的。但屠格涅夫把思想斗争纳入多角恋爱的情节模式之中,让巴威尔、尼可拉和巴扎罗夫都爱上了美丽的少妇费涅奇卡,使他们间的思想、文化冲突与感情冲突交织在一起,并互为因果。巴扎罗夫在思想文化冲突中的胜利,使他在爱情冲突中取得了明显的优势,费涅奇卡对这个把大老爷(指巴威尔)弄得团团转的人产生了朦胧的感情,而他们俩的亲近又加剧了巴威尔与巴扎罗夫原有的矛盾,把彼此之间的冲突推向了高潮。很显然,屠格涅夫正是借助于爱情这种传统的情节模式把抽象枯燥的素材转变成了生动可感的生活图景,使之平添了不少戏剧色彩。借助于多角恋爱的模式,通过女主人公的择偶与婚配,屠格涅夫还象征性地对各种社会力量作了评判。屠格涅夫总是通过女主人公的选择褒贬不同的社会力量;并以是否与她有好感的男性人物结婚对某种社会力量作进一步评判。他从不轻易让自己笔下的女主人公嫁给某一个角色,只有当那角色体现了他的政治理想时他才让他与女主角结合。巴扎罗夫既未与费涅奇卡也未与阿金左娃结合,从作品的深层次含义来看,是因为他并不代表屠格涅夫的政治理想。

与列夫·托尔斯泰、陀思妥耶夫斯基的小说不同,屠格涅夫的小说显得非常简洁明快。托尔斯泰喜欢借助复杂的社会关系引出各种情节分支,包罗万象地反映社会生活的方方面面;陀思妥耶夫斯基喜欢让几条在意义上有联系的情节线索并置,构成复调结构,以表达复杂的思想内涵;屠格涅夫小说的情节结构则大都是非常单纯,不枝不蔓,虽然他小说的情节也有不少生机勃勃的枝芽,完全可以发展成一些情节分支,例如《父与子》中有关库克新娜的场面、阿金左娃的社交生活、尼可拉的改革等,但是屠格涅夫仅作了简单的叙述,并不让它们发展成一个完整的情节。法国作家安德烈·莫洛亚说:"屠格涅夫的小说中的故事总是发生在一个骤变的时刻里"(《屠格涅夫传》),也就是说屠格涅夫总是在接近高潮时开始他的叙述。《父与子》中几乎是在小说的一开始,在巴威尔与巴扎罗夫初次见面的瞬间里作家就描写了笼罩在他俩之间的紧张空气,紧接着在第二天早晨,一场剑拔弩张的冲突便拉开了帷幕。第一次战斗的硝烟还未散,第二次冲突又发生了,而在两次冲突的短暂的间隙里作家叙述了巴威尔的经历,回溯了他与一个女人的关系,以及因这女人使他对费涅奇卡产生暧昧的感情,还叙述了巴扎罗夫与费涅奇卡的接近,显然作家已在紧锣密鼓地安排第三次冲突了。小说前半部呈现出一波未平一波又起之态,情节进展相当迅速,充分显示了屠格涅夫小说在情节方面的独特之处。

除了人物的外貌服饰之外,屠格涅夫对人物很少作静态描写,特别是很少作长篇的心理描写,他主张心理学家应当隐藏在作品的背后,即作家不必直接对人物心理作冗长的剖析,作家只要展现能揭示人物心理变化的神态、语言、动作就可以了,至于其中所包含的心理内容,聪明的读者自会领会。上面的选段中有这样一个细节,写巴扎罗夫在辩论中对巴威尔的态度很不客气,巴威尔"略略眯起眼睛"。作者通过这简短的描写揭示了巴威尔内心的不快以及对这种情绪的克制。他是一个自尊心很强的人,因此对对手的不客气自然很敏感,但他又非常注重自己的形象,必须将自己的不快克制住,"略略眯起眼睛"这寥寥数言包含了丰富的心理内容。

屠格涅夫既是一位忧郁的诗人,又是一个杰出的风景画家,他的作品总是能不露痕迹地融诗情与画意于一体。在他的笔下自然景物和人物或叙述者的情感总是存在着某种微妙的对应、呼应或映衬。他在《父与子》中,用孤寂的黄昏之景来揭示景色观赏者尼可拉的烦忧与困惑,以凄清荒凉的墓地景色来烘托巴扎罗夫父母的丧子之痛。屠格涅夫小说独特的艺术魅力很大程度上来自于这种情景交融的境界。

(方　坪)

陀思妥耶夫斯基

罪 与 罚

第 一 部

七

和上次一样,门又闪开了一条缝,又是两道尖利的猜疑的目光从黑暗里向他射来。这当儿,拉斯柯尔尼科夫惊慌失措了,差点犯一个严重的错误。

他怕老太婆由于只有他们两个人而惊慌起来,他也不希望他的神色引起她的猜疑,所以他拉住了门,尽力往自己一边拉,不让老太婆再把门关上。看到这个情形,老太婆并没有把门往自己一边回去,但也不放开门锁的把手,因而他差点儿把她连门带人拉到楼梯上来。因为她站在门口不让他进去,他就向她直奔过去。老太婆惊愕地往一边跳开了,想要说话,可是舌头仿佛不听使唤,圆睁着眼睛直瞅着他。

"您好,阿廖娜·伊凡诺夫娜,"他尽力用随便的口吻说起话来,可是声音却违背了他的意志,结结巴巴地发抖了。"我给您……带来了一件东西……咱们最好到这边……有亮光的地方去……"他撇下她,未经邀请,就走进屋子里去了。老太婆连忙跟着他跑进去;她终于开口了:

"天哪!您要干什么啊?……您是谁?您有什么事?"

"您怎么啦,阿廖娜·伊凡诺夫娜……我是您的熟人呀……拉斯柯尔尼科夫……瞧,我带来了一件押品,我前两天谈起过的……"他把押品递给了她。

老太婆本想把押品看一下,但立刻凝神地看起这个不速之客的眼睛来。

她聚精会神地、凶恶而怀疑地看着。一分钟过去了,他甚至觉得她的眼神好像含讽带讥的,仿佛她已经猜度到了他的来意。他觉得心慌了,几乎害怕起来,如果她再一言不发,这么看他半分钟,他就会害怕得撇下她跑掉。

"您干吗这样看我,好像不认识?"他突然也愤怒地说。"您肯抵押就拿去,如果不肯,我到别的地方去,我可没有工夫。"

他并没有想说这样的话,可是他突然这样说了出来。

老太婆醒悟过来了,客人的坚决语气显然鼓励了她。

"先生,您为什么这样突然……这是什么东西?"她打量着押品,问。

"一只银烟盒嘛。上次我谈起过的。"

她伸过手来。

"您脸色为什么苍白得这样难看?您的两手在发抖!洗过澡吗,先生?"

"发热嘛,"他断断续续地说。"要是没有吃的,脸色自然难看……"他好容易说出这么一句话来补充。他又觉得没有力气了。可是他回答得合情合理,老太婆就拿了押品。

"这是什么东西?"她问,又凝神地打量了一下拉斯柯尔尼科夫,一边在手里掂着这件押品。

"一件东西……一只烟盒嘛……银制的……您看看吧。"

"这个东西好像不是银制的……你扎得这么结实。"

她向窗前亮处掉转身去,一个劲儿解着绳子。虽然屋子里很闷热,但全部窗子都关着。有一会工夫,她完全撇下他,背对他站着。他解开外套的扣子,从环圈里拿出斧头,但还没有全拿出来,只用右手在外套里拿着。他两手发软了;他觉得他的双手越来越麻木,越来越僵硬。他生怕斧头会从手里掉下……他突然感到一阵昏晕。

"他为什么把它扎成这个样儿!"老太婆恼怒地叫起来,一边慢慢地朝他走来。

再不能错失时机啦。他把斧头拿了出来,用双手高高举起,几乎不由己地、几乎不用力气地、几乎机械地用斧背向她的头上直砍下去。他似乎没有力气了。可是他拿斧头一砍下去,他的力气就来了。

老太婆和往常一样没有扎头巾。她那带几根银丝的、稀疏的、浅色的头发照常用发油搽得油光光的,编成了一条鼠尾似的辫子,并用一把破牛角梳子盘成了一个发髻。这把梳子突出在后脑勺上。因为她个子矮,斧头恰好砍在她的头顶上。她惨叫一声，但声音很微弱，突然往地板上沉下去了，虽然她还是赶紧举起双手去抱住头。"押品"还拿在一只手里。于是他使出浑身力气又用斧背在她头顶上猛击了一两下。血如泉涌，像从打翻了的玻璃杯里倒出来一样，她仰面倒下了。他倒退一步，让她倒下，并立刻弯下腰去看她的脸；她已经呜呼哀哉。两眼突出，仿佛要跳出来似的，而脑门和脸都皱起来，抽搐得变了样。

他把斧头放在死人身边的地板上，立刻去摸她的口袋，极力不让自己沾上涌出来的鲜血，——他上次就是从右边的口袋里掏出钥匙的。他头脑十分清醒，神志不清和头昏都已经消失了，可是两手还在嗦嗦发抖。接着他想了起来，甚至非常谨慎小心，不让一切东西沾上血……他立刻掏出钥匙；和那时一样，钥匙都串在一个钢圈上。他拿了那串钥匙立刻就往卧室跑去。这是一个不大的房间，在一边墙上有一个很大的圣像龛。靠另一边墙摆着一张大床，收拾得很整洁，铺着一条绸面的、用零头布拼成的棉被。靠第三边墙摆着一口五斗橱。奇怪得很，他刚拿钥匙去开五斗橱，一听见钥匙哗啦一声，仿佛浑身起了一阵痉挛。他又想扔下一切东西跑掉。但立刻就打消了这个主意，要走已经迟了。当另一个惶恐不安的念头闯进他的头脑里的时候，他甚至觉得自己很可笑，他忽然觉得好像老太婆还活着，还会苏醒过来。他就撇下钥匙和五斗橱，跑回到尸体跟前，拿起斧头，又向着老太婆举起来，但没有砍下去。毫无疑问，她已经死了。他弯下腰去，凑得更近又把她察看了一遍。他清楚地看出，脑壳已经碎裂了，甚至稍微向另一边歪斜。他想用指头去摸一下，但他把手缩回了；不必用手去摸了，已经可以看得很清楚。血已流了一大摊。他突然发觉她的脖子上挂着一条带子，他把带子扯了一下，可是带子很结实，扯不断，而且浸透了血。他试着从怀里把它拉出来，可是被一个什么东西给钩住了，拉不出来。他急不可耐地又举斧头，要在尸体上砍掉那条带子，可是他勇气不够，他忙碌了两分钟光景，不让斧头碰着尸体，好容易把带子割断了，取了下来，他的手和斧头都沾满了鲜血。他没有猜错——这是一个钱袋。带子上挂着两个十字架：一个是柏木的，另一个是铜的，除了这两个十字架，还有一个珐琅圣像；同这些东西一起，还挂着一只带个钢圈和一个圆扣的油污斑斑的不大的麂皮袋。钱袋装得鼓鼓的，拉斯柯尔尼科夫看也不看一眼，就塞入了口袋里，把十字架扔到老太婆的胸上，这会儿他带着斧头跑回到卧室里去了。

他异常慌张，抓起钥匙又去试开五斗橱，可是不知怎的又没有成功；这些钥匙都不合锁眼。这不是因为他的手抖得厉害，而是因为他自己做得不对：比方说，他发觉钥匙不对头，不合适，但他还是往锁眼里插。他突然记起来，心里明白了，这把同一些小钥匙串在一起的带齿的大钥匙，一定不是开五斗橱的（上次他也这样想过），而是开一只什么小箱子的钥匙，大概在这只箱子里藏着一切财物。他撇下五斗橱，立刻爬入床底下，因为他知道小箱子平常是放在老太婆床底下的。果然不错：有一只颇大的箱子，一尺多长，箱盖是拱形的，包着红山羊皮，钉着一枚枚钢钉。那把带齿的钥匙恰好合适，箱子打开了。上面铺着一条白被单，下面是一件兔皮袄，用一块红锦缎盖着；皮袄下面是一件绸连衫裙，再下面是一条围巾，箱底里好像是一堆旧衣服。他首先把自己那双染满鲜血的手在红锦缎上擦了擦。"这是红锦缎，鲜血搭在红锦缎上是不大显眼的。"他断定说，忽然醒悟过来了："天哪！我疯了吗？"他惊骇地想道。

可是他一翻动这堆旧衣服，突然从皮袄下面滑出来一只黄灿灿的金表。他急忙把所有东西翻了一遍。在那堆旧衣服里面果然藏着金饰：串珠啊、表链啊，还有耳环和胸钉，等等，大概这些东西都是押品，赎回的或者不来赎的。有些装在盒子里，另一些只用报纸包着，但是珍惜地整整齐齐地包了两层报纸，并用带子捆着。他急忙把这些东西塞入裤袋和外套袋里，那些一包包的东西和盒子他都没有仔细地看过，也没有打开过，而东西那么多，他来不及拿……

从老太婆躺着的房间里突然传来一阵脚步声。他立刻住手，像死人般地一动不动了。可是毫无动静，那么这是他的幻觉。忽然清楚地传来一阵轻微的叫喊声，或者似乎有人在轻轻地断断续续地哼叫，又沉寂了。于是又是一片死一般的寂静。寂静持续了一两分钟光景。他蹲在箱子旁边，等待着，好容易松了口气；可是他霍地站起来了，拿起斧头，又从卧室里直奔出去。

丽扎韦塔站在房间中央，两手捧着一个大包裹，木然望着被杀害了的姐姐，脸色惨白，像块亚麻布，仿佛没有力气叫喊了。看见他跑出来，她哆嗦起来，像片树叶般地轻微地哆嗦起来，她的脸抽搐了一阵；她举起了一只手，嘴张得很大，但还是喊不出声。她开始避开他，缓慢地往角落里退去，两眼呆定地直瞅着他，但还是喊不出声，仿佛由于气不足而喊不出声似的。他拿着斧头向她直奔过去；她的嘴唇悲哀地牵动着，就像受惊的小孩儿凝视着吓破了他们的胆的东西，想要叫喊一样。这个不幸的丽扎韦塔是那么老实，她被吓呆了，完全被吓昏了，连手也没有举起来去遮脸，虽然在这样的时刻，这是最必要的而且是一种很自然的姿势，因为斧头已经照准她的脸直劈下来。她只稍微举起空着的左手，不是去遮脸，而是慢慢地向他伸去，仿佛要推开他似的。斧尖直劈在她的脑袋上，脑门上部一下子被劈成了两半，几乎劈到头顶。她突然倒下了。拉斯柯尔尼科夫慌得厉害，夺下了她的包裹，又把它扔下，往前室跑去。

他越来越恐惧，特别是在完全出乎意外地杀死了第二个人以后。他想快些离开这儿。要是在那个时刻，他能够更准确地观察和判断一下，要是他能够了解自己处境的困难，能够知道自己的一筹莫展、荒唐和愚蠢，知道他要从这儿逃回家去，还得克服许多困难，也许还得杀人，那么他很可能扔掉一切，立刻去自首。这甚至不是由于他害怕，而只是由于他自己所干的事太惨了，太令人厌恶了。他那厌恶的心情特别强烈，并且时刻增强着。现在他决不走到箱子跟前去，连房间里也不去了。

但他渐渐地感到神思恍惚，甚至仿佛陷入了沉思：有一会儿工夫，他仿佛把一切都抛到九霄云外了，或者，不如说，他忘记了主要的事情，而念念不忘一些鸡毛蒜皮的小事。但他往厨房里张望了一下，看见板凳上放着一只水桶，水桶里有半桶水，想把手和斧头洗干净。他的双手因沾满鲜血而发粘了。他把斧刃浸入水里，将放在小窗台上破碟子里的一块肥皂拿来，在水桶里洗起手来。他洗净了手，拿出斧头，把它的铁的部分洗净，洗了很久，约摸有三分钟，然后洗木柄，木柄染上了血，他甚至用肥皂试试能不能洗去血。然后用晾在厨房里绳子上的内衣擦干，接着又站在窗前久久地仔细地把斧头检查了一遍。一点痕迹也没有了。只有木柄还是潮湿的。他仔细地把斧头挂在外套里面的环圈里。然后，在厨房里阴暗的光线下，检查了一下外套、裤子和靴子。从外表上看一下一看，仿佛看不出什么痕迹；只是靴子上有点污迹。他拿块破布浸湿，擦净了靴子。但他知道，检查得还不够仔细，也许还有惹人注目的地方，但他却没有看出来。他站在房间当中踌躇不决。他心里出现了一个令人痛苦和烦恼的念头——是这样的念头：他疯了，在这个时刻竟然丧失了思考力，无力保护自己，也许他根本不应该干现在的事……"天哪！该跑啦，该跑啦！"他嘟嘟囔囔说着，就往前室跑去。可是在这儿他受了一场惊吓，不用说，他从来没有经受过这样的惊吓。

他站住一看，不相信自己的眼睛：门，那道外门，从前室通楼梯的门，就是他刚才拉了铃进来的门却开着，甚至开得可以伸入一个手掌：原来在这段时间里门一直没有锁上，也没有扣住门钩！说不定老太婆为谨慎起见，在他进来后没有把门扣住,可是,天哪!他后来不是看见了丽扎韦塔么!他怎么会,怎么会想不到她从哪儿进来!她可不会从墙壁里钻进来的。

他连忙跑到门跟前,扣住了门。

"不行,又错了!该走啦,该走啦……"

他拔出门钩,打开了门,倾听起楼梯上的动静来。

他听了很久。在下边很远的什么地方,大概在大门口,有两个人的声音响亮而刺耳地叫嚷着,他们在争吵和对骂。"他们干什么?……"他耐心地等着。末了,一下子静寂下来,好像戛然而止;他们走散了。他已经想要走,忽然下一层的通楼梯的门哗啦一声打开了,有人下楼去了,嘴里哼着一支什么曲调。"他们为什么这么吵闹!"他心里想。他又把身后的门掩上,等待着。末了,一片寂静,没有人了。他已经踏上楼梯,突然又传来一阵什么人的脚步声。……

(选自《罪与罚》,岳麟译,

上海译文出版社 1979 年版)

《罪与罚》导读

费奥多·米哈依洛维奇·陀思妥耶夫斯基(1821—1881)是 19 世纪俄国著名小说家。他出身于社会下层,熟悉社会被侮辱与备受压迫的人们暗无天日的苦难生活,对他们的疾苦和悲惨遭遇感同身受。在 19 世纪古典文学中,他首先把都市贫民的悲惨遭遇引进文学,使自己成了俄国小市民阶层的代言人。

陀思妥耶夫斯基出生于一个贫寒的家庭。他在彼得堡军事工程学校肄业时,就对文学发生了浓厚的兴趣。他利用课余时间阅读了大量文学作品,曾翻译过巴尔扎克的《欧也妮·葛朗台》,同时也尝试文学创作。1844 年,他辞去了工程局绘图员的职务,致力于文学活动。

陀思妥耶夫斯基在彼得堡工程学校肄业时,已经着手写作中篇小说《穷人》。1846年,这部小说在涅克拉索夫主编的《彼得堡文集》上发表,从此,他一举成为名震文坛的作家。

19世纪三四十年代,俄国封建农奴制关系开始解体,资本主义正在兴起,开始取代旧的生产关系,当时的俄国的社会矛盾发展了、尖锐了。年轻的陀思妥耶夫斯基对当时的俄国社会深感不满,在反农奴制民主思想的影响下,1847年他开始参加彼得拉舍夫斯基小组。这个小组在当时出现的新的革命组织中占有重要的地位,宣传法国空想社会主义的思想,激烈地抨击俄国专制农奴制,并讨论举行人民起义推翻农奴制的问题。

1849年4月,他被捕入狱,并被判死刑。他被控告的罪名是传播别林斯基给果戈理的一封信,同谋设立地下印刷所印发革命传单。临刑时,他获得了宽赦,改判苦役和流放。在服苦役和被流放期间,他身心受到了严重的摧残,他的空想社会主义信念破灭了,他不再相信革命是使人们从被侮辱与被损害中解放出来的道路,而确信俄国专制制度是不可推翻的。

流放生活结束后,他回到彼得堡,重新开始文学活动。他后来发表的作品仍以社会问题为题材,但是由于他不再相信革命,他不可能为贫苦无告的人们指出解脱苦难的道路。他迷失了导向人类社会的光明未来的方向,这是他一生中最大的悲剧。

1861年,他发表了长篇小说《被侮辱与被损害的》,通过娜塔莎和涅莉的悲剧,揭露了有权有势的瓦尔科夫斯基公爵之流的卑鄙和罪恶,作者对两个被侮辱与被损害的女性寄予了深切的同情。

1862年,他接着又发表了中篇小说《死屋手记》。他在西伯利亚流放时,就构思这部作品,他以现实主义的手法揭露了沙皇政府的苦役及其惨无人道的刑罚。小说所描写的情景是作者亲身的经历,因此,特别显得真实。

同年他去西欧旅行,在德、英、法等资本主义国家亲眼看到了资产阶级的统治及其后果:资本主义使这些国家的社会矛盾和阶级矛盾日益尖锐,道德败坏,犯罪率剧增,人民大众越来越陷入贫困和不幸的境地,从而加深了他对资本主义的认识。在这次游历中,他搜集了大量材料,写成了《冬天记的夏天印象》一书,记述他在这些国家游历的观感,表达了他对资本主义强烈的憎恨。

1866 年,长篇小说《罪与罚》在《俄罗斯通报》上发表了。小说通过穷大学生拉斯柯尔尼科夫和退职的九等文官马尔美拉陀夫这两个人物及其家庭的悲惨遭遇,反映了 19 世纪 60 年代农奴制解体,资本主义迅速发展的俄国社会的阶级关系和尖锐的社会矛盾,揭露了资本主义社会的黑暗的罪恶。

穷大学生拉斯柯尔尼科夫被穷困逼得透不过气来。他缴不起学费,不得不从大学里退学;因为很久没有缴付房租,女房东不再供给他伙食;因为谁也不愿聘请这个贫穷的衣衫褴褛的青年去教自己的孩子,他失去了教书的工作。他委实处于难于忍受的、不堪设想的山穷水尽的境地。因此,他足不出户,成天躺在一张破旧不堪的沙发榻上,苦苦幻想用无政府的个人主义的方式来反抗社会,以改变自己的贫困的境况。

社会的侮辱使拉斯柯尔尼科夫万分痛苦,但同时也使他产生了荒谬的思想,认为所有的人可以被分为“平凡的”和“不平凡的”两类。平凡的人活着必须俯首帖耳,惟命是从;但不平凡的人可以不受社会道德和法律的约束,因为他们是统治者,超人。他杀死放高利贷的老太婆,就是要试试他是不是不平凡的人,是否能随心所欲地犯法,而良心不会受到任何谴责。

按照作者的构思,他所塑造的拉斯柯尔尼科夫这个人物是小市民的形象,反映了 19 世纪 60 年代资本主义兴起时期俄国小市民阶层思想意识的矛盾。

在 19 世纪 60 年代,俄国废除了农奴制后,资本主义迅速发展,俄国小市民阶层受到了双重压迫:政治上无权利,经济上走向破产;但资本主义的繁华景象、高官厚禄和发财致富的机会诱惑着他们,他们幻想挤入上层社会。拉斯柯尔尼科夫用无政府的个人主义方式反抗社会,幻想突破社会道德和法律的约束来取得权力,做人类的恩人,做为所欲为的拿破仑式人物,就是俄国小市民阶层思想意识的反映。他的荒谬理论是建立在资本主义社会和资产阶级意识的基础上的,所以他的理想中的人与人的关系自然是统治与服从的关系。但无政府的个人主义的反抗,对被侮辱与被损害的人们是有害的,结果使拉斯柯尔尼科夫成了杀人犯。他犯罪后,精神崩溃,万分痛苦,觉得跟一切人和一切往事好像用剪刀剪断一样截然分离了。他经过痛苦的内心斗争,在狂热的信徒索尼雅的规劝下,终于投案自首去受苦赎罪。

在作者的笔下,人物的内心世界是用分析的方法来描述的,小说对拉斯柯尔尼科夫犯罪心理的刻画是入木三分的。

小说里温顺的、逆来顺受的索尼雅的形象是作者为谴责拉斯柯尔尼科夫而塑造的。通过这个形象,作者进行了人应该受苦,受苦就是赎罪的说教。按照作者的说教,拉斯柯尔尼科夫应当抱着和索尼雅同样的信仰去开始新的生活:

在他的枕头底下放着一本《新约全书》。他无意识地把它拿了出来。这是她的书,……可是在他的脑海里闪过一个念头:"难道现在她的信仰不能成为我的信仰吗?……"

容忍,顺从,信仰上帝,从宗教中解脱人生的疾苦——这就是作者在小说里借人物之口所宣扬的人生哲学。

对马尔美拉陀夫一家命运的描写是小说的一个重要组成部分。退职的九等文官马尔美拉陀夫是资本主义制度下的牺牲品。他贫穷潦倒,成天坐在酒店里排遣愁闷,发出"这样的日子活不下去"的绝叫。在资本主义社会里,一个人的前途、地位、财富不是靠诚实的劳动,而是靠伤天害理的手段获得的。马尔美拉陀夫愤慨地控诉了吃人的社会的不平:"一个穷苦而清白的少女依靠诚实的劳动能挣很多钱?如果她是老老实实的,没有特殊的本领,即便她双手一刻不停地干活,一天也赚不到 15 戈比。"在这样的社会里,他一家活不下去了。他的长女索尼雅不仅为了养活自己,而且为了一家免于饿死,被逼为娼,每天把靠出卖肉体换来的几个卢布默默地放在桌上给继母维持一家贫苦的生活。一天,马尔美拉陀夫喝得烂醉回家,在途中被一辆马车撞死了。这个被资本主义践踏得奄奄一息的小官吏成了马蹄下的屈死鬼,悲惨地结束了他的一生。他死后,他的后妻卡杰琳娜·伊凡诺夫娜精神失常,带领三个孩子上街乞求,因肺病复发,在街上咯血而死。

小说深刻地描述了马尔美拉陀夫一家的苦难生活和悲惨命运,对资本主义社会提出了愤怒的控诉。正因为作者对下层贫民寄予深切的同情,才能对人们的悲痛、苦难和屈辱作出如此深刻逼真的描述,使读者感受到千万人受苦受难的悲惨凄恻的气氛,从而激起对资本主义制度无比的愤怒和憎恨。

(岳 麟)

列夫·托尔斯泰

复 活

第 一 部

六

这个法庭的庭长很早就来到法院里。庭长是个又高又胖的人，留着一大把正在变得花白的络腮胡子。他成了家，可是过着极其放荡的生活，他的妻子也是这样。他们两个谁也不管谁。今天早晨他接到一个瑞士女人的来信，她去年夏天在他家里做过家庭教师，现在从南方来，到彼得堡去，路过此地。她信上说今天下午三点钟到六点钟之间她在本城"意大利旅馆"里等他。因为这个缘故，他希望今天早点开庭，早点审完，以便腾出工夫赶在六钟点以前去看望那个红头发的克拉拉·瓦西里耶芙娜。去年夏天他在乡间别墅里已经跟那个女人打得火热了。

他走进办公室，扣上房门，从文件橱的下面一格取出两个哑铃，向上、向前、向两旁、向下举了二十回，然后把哑铃举过头顶，把身子轻巧地蹲下去三次。

"再也没有一种办法像洗淋浴和做体操这样能保持人的元气的了。"他暗想，用他那无名指上戴着金戒指的左手摸了摸右臂上部绷紧的一大团肌肉。他还有一套旋舞的动作要练（他在进行长久的审讯工作以前总要练这两套把式），不料这时候房门动了一下。有人要推开房门。庭长赶紧把哑铃放回原处，开了门。

"对不起。"他说。

一个法官走进房间,他个子不高,耸起肩膀,戴着金边眼镜,愁眉苦脸。

"玛特维·尼基契奇又没来。"法官不满意地说。

"这是说他还没有到,"庭长一边穿上他的制服,一边回答说,"他总是迟到。"

"真奇怪,他怎么会不怕难为情的。"法官说,生气地坐下来,拿出一支纸烟。

这个法官是个很死板的人,今天早晨跟他的妻子发生了一场不愉快的冲突,因为他妻子已经把他交给她供这个月使用的钱提前用完了。她要求他预支一笔钱,可是他说他决不改变他的章法。结果大吵了一顿。他的妻子说,既是这样,那么家里就不预备饭了,他回到家里来休想吃到饭。吵到这儿,他就走了,深怕她真按她威胁那样办事,因为她是什么事都做得出来的。"过规规矩矩、合乎道德的生活,反而落到这样的下场。"他瞧着面带笑容、健康快乐、性情温和的庭长,心里暗想。庭长正往宽里张开两个胳膊肘,用他那双好看的白手在制服的绣花衣领两边理顺又密又长的花白络腮胡子。"他永远心满意足,高高兴兴,我却总是活受罪。"书记官走进来,带来一份案卷。

"多谢多谢,"庭长说,点上一支纸烟。"我们先审哪一案?"

"我看,就审毒死人命一案吧。"书记官仿佛漫不经心地说。

"嗯,也好,毒死人命案就毒死人命案吧,"庭长说,心里盘算这个案子倒可以在四点钟以前审完,审完以后就可以走了。"那么玛特维·尼基契奇没有来吗?"

"直到现在还没来。"

"那么布列威来了吗?"

"来了。"书记官回答说。

"那么,要是您见到他,就请告诉他,说我们先审毒死人命案。"

布列威就是在这次审讯中负责提出公诉的副检察官。

书记官走到长廊上,遇见了布列威。布列威高高地耸起肩膀,没有扣制服胸前的纽扣,胳肢窝底下夹着一个公文包,顺着走廊很快地走去,几乎是在跑步,鞋后跟嘎吱嘎吱地响,他那只空着的手甩来甩去,翻过手掌来对着前面。

"米哈依尔·彼得罗维奇要我问您一声:您准备好了没有?"书记官问他说。

"不用说,我总是准备好了的,"副检察官说。"先审哪一案?"

"毒死人命案。"

"那很好。"副检察官说,其实他丝毫也不认为那很好。他通宵没有睡觉。他们给一个同事送行,喝了很多酒,又玩纸牌,一直打到深夜两点钟,然后坐着马车去找女人,他们去的地方正好就是六个月前玛丝洛娃住过的那家妓院,因此他恰巧没有来得及阅读毒死人命一案的卷宗,目前想去草草地看一遍。书记官是故意刁难,明知他没有看毒死人命一案的卷宗,偏偏建议庭长先审这一案。书记官按思想方式来说是自由派,甚至是激进派。布列威却是保守派,甚至如同一切在俄国做官的日耳曼人①一样,特别笃信东正教。书记官不喜欢他,嫉妒他的职位。

"哦,那么关于阉割派② 教徒的案子怎么样了?"书记官问。

"我已经说过,我不能答应审问这个案子,"副检察官说,"因为缺乏证人,我要向法庭申明这一点。"

"其实那是完全没关系的。……"

"我办不到。"副检察官说,仍旧甩动着胳膊,往他的办公室那边跑去。

他借口有一个对案情来说完全不重要和不必要的证人传不到庭而拖延阉割派教徒的案子。他这样做仅仅是因为这个案子由受过教育的陪审员组成的法庭来审理,就可能以宣告无罪释放而结案。一旦跟庭长商量妥当,这个案子就必然会移交县城的法院去审理,那边的陪审员当中农民比较多,因而判罪的机会也就大得多。

走廊上的活动越发热闹了。人们大都聚集在民事庭附近,庭上正在审讯方才那个仪表堂堂、喜欢了解讼案的陪审员先生所讲过的案子。在审讯的休息时间,从民事庭里走出一个老太婆,那个天才的律师已经大显神通,把她的财产夺过来,交给一个生意人了,其实那个生意人丝毫也没有权利得到这笔财产。这一点连法官们也是很清楚的,原告和他的律师就更清楚了。然而他们想出来的巧计已经把案子弄到了这样一种地步:要想不把老太婆的财产夺过来,要想不把它交给生意人,已经不可能了。老太婆是个胖女人,穿着华丽的连衣裙,帽子上插着些大花朵。她从门里走出来,在走廊上站住,摊开两条又粗又短的胳膊,对她的律师反复说:"这是怎么回事?我倒要请教!这是怎么回

---

① 从布列威这个姓来看,他祖籍德国。

② 基督教的一种宗派,为道德纯洁而阉割自己。

事啊?"她的律师瞅着她帽子上的花,心里在盘算什么事,没有听她讲话。

那个著名的律师跟在老太婆身后,很快地从民事庭的门里走出来,他的衬衫的硬胸衬嵌在领口很宽的坎肩里,平滑发亮,他那洋洋得意的脸上也同样大放光彩。他施展手段,弄得戴花的老太婆倾家荡产,而那个送给他一万卢布的生意人却得到了十万以上。所有的眼睛一齐盯着律师,他自己也感觉到了,他的全身好像在说:"用不着对我做出什么钦佩得五体投地的表示。"他很快就从大家身旁走过去了。

七

玛特维·尼基契奇也终于来了。于是民事执行吏,一个身体消瘦、脖子很长、步子歪斜、下嘴唇也往一边撇着的人,走进陪审员议事室里来。

这个民事执行吏是老实人,受过大学教育,可是任什么职位也保不牢,因为他常发酒狂症。三个月前他妻子的保护人,一个伯爵夫人,给他谋到了这个职位。他一直到现在还保持着这个职位,为此暗暗高兴。

"怎么样,诸位先生,人来齐了吗?"他说,戴上他的夹鼻眼镜,从眼镜上面往外看。

"看样子全到了。"那个心绪畅快的商人说。

"我们马上就来核实一下。"民事执行吏说,从衣袋里取出一张单子,开始点名,有时从眼镜里面,有时从眼镜上面看一看被点到名字的人。

"五品文官伊·玛·尼基佛罗夫。"

"是我。"那个仪表堂堂、熟悉一切讼案的先生说。

"退役上校伊凡·谢苗诺维奇·伊凡诺夫。"

"有。"一个瘦子,穿着退役官的军服,答应道。

"二等商人彼得·巴克拉肖夫。"

"在,"那个脾气温和的商人说,嘻开嘴巴微笑着。"准备好了!"

"禁卫军中尉德米特里·聂赫留朵夫公爵。"

"是我。"聂赫留朵夫回答说。

民事执行吏从眼镜上面往外看,特别恭敬而又愉快地对他鞠躬,仿佛借此表示聂赫留朵夫跟别人有所不同似的。

"上尉尤里·德米特里耶维奇·丹琴科,商人格利果利·叶菲莫维奇·

库列肖夫。"等等,等等。

除了两个人以外,大家都到了。

"现在,诸位先生,请到庭上去吧。"民事执行吏说着,用愉快的手势指着门口。

大家纷纷走动,在房门口互相让路,走进了长廊,再从长廊走进法庭。

法庭是个长而且大的房间。房间的一端是一个高台,有三层台阶通到高台上去。高台中央放着一张桌子,上面铺着一块墨绿呢子,边缘上附着深绿色的穗子。桌子后边放着三把有扶手的椅子,橡木的椅背很高,雕着花纹。椅子后面的墙上挂着一个金边镜框,里面嵌着一张全身的将军①肖像,色彩鲜明,穿着军服,挂着绶带,一只脚向前跨出一步,一只手扶着佩刀的柄。右边墙角上挂着一个神龛,里面供着头戴荆冠的基督圣像,神龛前面立着读经台。右边是检察官的斜面高写字台。左边,在写字台的对面,远远地有书记官用的一张小桌。靠近旁听席有一道橡木的光滑栏杆,里边摆着供被告们坐的长凳,现在还空着没有人坐。高台的右边放着两排供陪审员坐的椅子,椅背也很高。高台下边有几张桌子,供律师们用。这一切就是大厅前半部的摆设。有一道栏杆把法庭分成两半。后半部放满长凳,一排比一排高,一直伸展到后墙为止。在法庭的后半部,有四个女人坐在前排的长凳上,像是工厂女工或者女仆。另外还有两个男人,也是工人。这些人分明给法庭的庄严气象镇住,因此在胆怯地小声交谈。

陪审员们落坐以后不久,民事执行吏就迈着歪斜的步子走到大厅的正中,仿佛打算吓唬在场的人似的,用响亮的声调叫道:

"升堂!"

大家就都站起来。法官们陆续登上法庭里的高台,领头的是庭长,肌肉发达,留着漂亮的络腮胡子。其次是脸色阴沉、戴着金边眼镜的法官,现在他的脸色越发阴沉了,因为临出庭之前他遇到了他的内弟,一个司法工作候补人员,这个内弟告诉他说,刚才他到姐姐那儿去过,姐姐对他申明说家里不预备饭了。

"那么,看样子我们得上小酒馆了。"他的内弟笑呵呵地说。

---

① 沙皇。——英译本注。

"这没有什么可笑的。"脸色阴沉的法官说,他的脸色变得越发阴沉了。

殿后的是第三名法官,也就是永远迟到的玛特维·尼基契奇。他留着一把大胡子,生着善良的大眼睛,眼角往下耷拉着。这个法官患胃炎,遵照医师的嘱咐从今天早晨起开始采用新的疗法。这种疗法使得他今天在家里耽搁得比平时更久。目前他正在登上高台,脸上带着聚精会神的表情,因为他养成习惯,总是用种种可能的方法来预测他向自己提出的各种问题的答案。眼前他就在占算:如果从办公室门口起到他的圈椅那儿止他所走的步数可以用三除尽而没有余数,那么新的疗法就治得好他的胃炎,要是除不尽,那就治不好。他的步数本来应该是二十六,可是他故意把步子放小,正好在二十七步的时候走到了他的圈椅跟前。

庭长和法官们登上高台,身穿制服,衣领上镶着金色丝绦,气度很是威严。他们自己也感到这一点了,这三个人仿佛为自己的庄严气派发窘似的,赶紧谦虚地低下眼睛,走到铺着绿呢子的桌子后面,在各自的雕花椅子上坐下。桌上高高地立着一个三角形的东西,上边雕着一只鹰。另外还摆着几个玻璃缸,而在小卖部里这种玻璃缸通常是用来装糖果的。桌上还有一个墨水瓶和几支钢笔,放着一叠干净的上等纸张和几支新削好的、长短不齐的铅笔。副检察官也跟法官们一块儿走进来。他仍旧匆匆地走着。一只胳膊下面夹着一个公文包,另一只胳膊仍旧甩来甩去。他来到窗边他的坐位上,立刻埋头阅读和重看一些文件,利用每一分钟为审理这个案子做好准备。这个副检察官还只是第四次提出公诉。他功名心很重,已经下定决心要做出一番事业来,所以他认为凡是由他提出公诉的案件都非达到判罪的目的不可。这个毒死人命案的要点,他大致知道,而且已经拟好他的发言大纲,不过还需要一些论据,目前他就在匆忙地从卷宗里把它们摘录下来。

书记官在高台对面的远处坐着,已经把可能要他宣读的文件统统准备好。这时候他在看一篇被查禁的文章,他昨天才把它弄到手,已经看过一遍。他打算跟那个留着一把大胡子、同他见解一致的法官谈一谈这篇文章,为此想在讨论以前把这篇文章再好好看一看。

八

庭长看完一些文件,向民事执行吏和书记官提出几个问题,得到了肯定的答复，就吩咐把被告们带上堂来。栏杆后面的一扇门立刻开了，两个戴着军帽的宪兵握着拔出鞘的军刀走进来，后面跟着三个被告。打头的一个是生着红头发和满脸雀斑的男人，随后是两个女人。那个男人穿着对他的身材来说显得太肥太长的囚大衣。他一走进法庭，就把他的两只手使劲贴紧大腿，同时翘起大拇指，借此挡住太长的衣袖，不让它落下来盖住手。他不看法官们和旁听者，却注意地瞅着他正在绕过去的那条长凳。他绕过长凳，在它的尽头，挨着凳边规规矩矩地坐下，好空出位子来给别人坐。然后他定睛瞧着庭长，两边腮帮子上的肌肉蠕动起来，仿佛在小声嘟哝什么话似的。在他身后，一个年纪已经不轻的女人，也穿着囚大衣，走进大厅里来。这个女人头上扎着囚犯用的三角头巾，脸色灰白，既没有眉毛，也没有睫毛，眼睛发红。她似乎十分镇静。她走到她的位子那边去，她的大衣不知被一个什么东西钩住，她却不慌不忙、慢条斯理地把大衣摘开，坐下来。

第三个被告是玛丝洛娃。

她一走进来，法庭里所有男人的眼睛就一齐转到她那边去，很久都没有离开她的白脸、她的亮晶晶的黑眼睛、她大衣里隆起的高胸脯。就连宪兵在她走过面前的时候，也目不转睛地瞧着她，直到她走过去，坐下来为止。后来她坐好了，宪兵才好像省悟过来这不大对似的，赶紧扭过脸去，打起精神，直着眼睛瞧着前面的窗子。

庭长等着被告们在座位上坐好。玛丝洛娃刚刚坐下，庭长就转过脸去对书记官说话。

例行的手续开始了：清点陪审员的人数、讨论缺席陪审员的问题、决定他们的罚金、解决请假的陪审员的问题、指派候补的陪审员抵补缺席的陪审员。然后庭长折好几片小纸，放进一个玻璃缸里，稍稍卷起制服的绣花袖口，露出毫毛丛生的腕子，用魔术师的手法取出一个个纸条来，摊开，念上面的字。随后庭长放下他的袖口，请一个司祭带着陪审员宣誓。

司祭是个小老头，脸胖得鼓鼓囊囊，白里透黄，穿着棕色法衣，胸前挂着金十字架，另外还有一枚小小的勋章别在他的法衣的侧面。他慢腾腾地迈动法衣里面的两条肥腿，往圣像下面摆着的读经台走去。

陪审员们都站起来，拥挤着往读经台那边走过去。

“请走过来。”司祭说，用他的胖手摸着他胸前的十字架，等候所有的陪审员走过来。

这个司祭已经在职四十六年,准备着再过三年就照不久以前大教堂里的大司祭那样庆祝他的任职五十周年纪念。自从法院开办①以来他就在地方法庭里任职,而且很感到自豪,因为由他带着宣誓的已经有好几万人之多,而且他到了晚年仍旧为教会、祖国和家庭的利益出力。他日后给他的家属留下的产业,除一所房子以外,还有不下于三万卢布的有息证券这样一笔钱财。至于他在法庭里的工作是带着人们凭《福音书》宣誓,而《福音书》上是直截了当地禁止起誓的,可见他干的是不正当的工作,这一点他却从来也没有想到过。他非但不嫌弃这种工作,反而喜欢这种干惯了的并且常常可以借此结交许多上流人的职业。刚才他就不胜荣幸地认识了那个有名的律师,对他大为敬佩,因为他仅仅办了个击败帽子上插着大花朵的老太婆的案子就挣到一万卢布。

等到所有的陪审员都顺着台阶登上高台,司祭就拿起一件肩袈裟,偏着他那白发苍苍、顶门光秃的脑袋,钻进肩袈裟的油腻领口,理了理稀疏的头发,然后扭过脸去对着那些陪审员。

"请举起右手,把手指头照这样捏在一起,"他用苍老的声调慢腾腾地说,举起他那每根手指头上都有小涡的胖手,把手指头搭在一起,做成捏着东西的样子。"现在请跟着我念,"他说,然后开始了:"凭万能的上帝,凭他的神圣的《福音书》,凭主的赋与生命的十字架,我应承而且宣誓:在这个案子里……"他说着,每说完一句就顿一顿。"不要放下胳膊来,照这样举好,"他对一个放下胳膊的青年人说,"在这个案子里……"

那个留着络腮胡子、仪表堂堂的先生,那个上校,那个商人和另外几个人,都按照司祭的要求举起胳膊,捏着手指头,而且仿佛特别高兴似的,做得很准确,举得很高,可是其他的人却似乎做得勉强,敷衍了事。有些人背诵誓词的声音过于高亢,仿佛带着寻衅吵架的意味,那口气似乎在说:"反正我非说不可,非说不可!"有些人只是含糊其辞地小声念着,落在司祭的后面,后来好像害怕了似的,赶紧跟上去,却又合不上拍子。有的人带着雄赳赳的气势把自己的手指头捏得紧而又紧,好像深怕漏掉什么东西一样;有的人却把手指头松开来,然后又捏紧。人人都觉得别扭,只有老司祭才毫无疑问地相信他在做一件很有益、很重大的工作。宣誓完毕,庭长请陪审员们选出一名首席陪审

---

① 指俄国在 1864 年的司法改革,根据这种改革建立了陪审员法庭,刑事案件从那以后实行公开审判。——俄文本编者注。

员来。陪审员们就站起来，拥到议事室去。他们到了那儿，几乎全都立刻拿出纸烟来，开始吸烟。有人提议推选那个仪表堂堂的先生担任首席陪审员，大家立时一致同意，然后丢掉或者熄掉烟头，回到法庭里去。当选的首席陪审员向庭长报告说首席陪审员已经由什么人当选。然后大家又走到那两排高背椅跟前，跨过别人的脚，分别坐好。

一切都在很快地进行，没有一点耽搁，显得有点庄严。这种一丝不苟、循序渐进、庄严肃穆的气象分明使得参与其事的人感到愉快，而且肯定了他们的想法：他们是在做一件严肃重大的社会工作。这一点连聂赫留朵夫也感觉到了。

陪审员们刚刚坐好，庭长就对他们讲话，说明他们的权利、责任和义务。庭长讲话的时候，不住地变换姿势：一忽儿用左胳膊肘倚在桌上，一忽儿用右胳膊肘倚在桌上，一忽儿靠着他的椅背，一忽儿靠着他的圈椅的扶手，一忽儿把一叠纸的纸边弄齐，一忽儿摩挲一把裁纸刀，一忽儿摸一支铅笔。

按他的说法，他们的权利就是他们可以通过庭长质问被告，可以使用铅笔和纸，可以检查本案的物证。他们的责任就是他们审判必须公正而不作假。他们的义务就是他们倘若泄漏他们的会议的机密，同外界私通消息，就要遭受惩罚。

大家毕恭毕敬地专心听着。那个商人朝四下里喷吐着酒气，不住地压下他那响亮的打嗝声，每听完一句话就点一下头表示赞成。

二十一

物证检查完毕，庭长宣布审讯工作结束。他希望快点了结这个案子，就没有宣布休息，马上请公诉人发言，指望着他也是人，也想吸烟，也想吃饭，那么他就会怜恤他们。然而副检察官既不怜恤自己，也不怜恤他们。这个副检察官天生就极其愚蠢，除此以外又不幸在中学毕业的时候得过金质奖章，在大学由于写过关于罗马法地役权的论文而得过奖金，所以具有高度的自信，对自己很满意（他在女人方面得到的成功越发促成他这样），结果他变得格外愚蠢。临到庭长要他发言，他就慢腾腾地站起来，显出他那穿着绣花制服的整个优雅身材，把两只手按在写字台上，微微低下头，向整个大厅扫了一眼，避开被告们的目光，开始发言。

"诸位陪审员先生,摆在你们面前的这个案子,"他开始发表那篇趁宣读各项报告和文件的时候准备好的演说,"如果可以这样形容的话,是一种富于特征的罪行。"

依他自己看来,一个副检察官的发言应当具有社会意义,如同已经成名的律师们发表过的著名演说一样。不错,旁听席上只坐着三个女人(一个缝衣女工,一个厨娘和西蒙的妹妹),另外还有一个马车夫,不过这也没有什么关系。司法界的名流也是这样开始他们的事业的。副检察官所信奉的原则,就是永远站在他的地位的高处,也就是探索罪行的心理意义的奥秘,揭露社会的痈疽。

"在你们面前,诸位陪审员先生,你们看见,如果可以这样形容的话,一种世纪末的富于特征的罪行。这种罪行具备着所谓可悲的腐败现象的特征。在我们这个时代,我们社会里的某些分子,处在这个腐败过程的所谓特别强烈的光芒的照耀下,已经身受其害……"

副检察官讲了很久,一方面极力回忆他已经想好的种种警句,另一方面,主要的是一刻也不要停顿,务必让他的演说滔滔不绝地倾泻出来,占去一个钟头零一刻钟。只有一回他顿住了,咽了很久的唾沫,不过紧跟着又重整旗鼓,用加倍的雄辩来弥补这个间歇。他讲话一忽儿用温柔讨好的声调,不住调换他的两只脚来站稳,用眼睛瞧着陪审员,一忽儿又用平静郑重的口气,不时瞧一下他的笔记本,一忽儿却用高亢的控告声调,时而转过脸去对着旁听的人说,时而对着陪审员们说。只有那三个被告,虽然都睁大眼睛盯紧他,他却一眼也不看他们。他的演说里引用了当时在他那班人当中极其流行的种种最新学说,那些学说不仅在当时,就是现在也被认为是科学智慧的定论。这当中有遗传学,有天生的犯罪性格论,有龙布罗索①,有塔尔德②,有进化论,有生

---

① 龙布罗索(1835—1909),意大利极端反动的犯罪学家,所谓意大利学派的创始人;他否定犯罪的社会原因,认为犯罪是天生的、由继承而来的品质,这种品质是具有某种心理和生理特征的人所固有的,按照龙布罗索的见解,这种人不论犯罪与否,都应当加以隔离和消灭。——俄文本编者注。
② 塔尔德(1843—1904),法国唯心主义社会学家,犯罪学家。——俄文本编者注。

存竞争,有催眠术,有暗示论,有沙尔科①,有颓废论。

商人斯梅里科夫,按照副检察官所下定义,是强壮纯正的俄罗斯人的典型,秉性宽厚,由于轻信别人,也由于宽宏大量而落在深深腐败的人们的手里,遭了殃。

西蒙·卡尔青金是农奴制度的隔代遗传的产物,这个人备受压制,没有受过教育,缺乏任何原则,甚至不信宗教。叶甫菲米雅是他的情妇,她是遗传的受害者。在她身上可以看到精神退化的人的各种征象。不过这个罪行的主要引线是玛丝洛娃,她本身就是颓废现象的最卑下的代表人物。

"这个女人,"副检察官眼睛没有看着她,说,"是受过教育的,因为我们刚才在这儿,在法庭上听到过她的女掌班的供词了。她不但会读书写字,她还懂法文。她,这个孤女,多半具有犯罪性格的胚胎。她在有知识的贵族家庭里长大成人,本来可以靠诚实的劳动生活,然而她抛弃她的恩人,沉湎于情欲,为了满足这种情欲而进了妓院。她在妓院里比别的姑娘走红运,这是因为她受过教育,不过主要的却是因为,诸位陪审员先生,正如你们刚才在这儿听到她的女掌班说过的,她善于运用一种神秘的特性操纵她的嫖客,而那种特性近来已经由科学,特别是由沙尔科学派研究出来,定名为'暗示'了。她就是凭这种特性笼络住那个俄罗斯壮士,那个心地善良、轻信外人、家财豪富不下于萨特阔② 的客人,利用这种信任先是盗取他的钱财,然后无情地夺去了他的生命。"

"嘿,看样子,他简直胡扯起来了。"庭长侧过身去对那个严厉的法官笑嘻嘻地说。

"十足的蠢货。"严厉的法官说。

"诸位陪审员先生,"这当儿副检察官接着说下去,优雅地摆动着他的细腰,"你们手里掌握着这些人命运,而且就连社会的命运也多多少少掌握在你们手里,因为你们在运用你们的判决影响社会的命运。你们要领会这种罪行的意义,注意玛丝洛娃之类所谓病理学上的人对社会所形成的危害。你们要保卫这个社会以免受到那种人的传染,要保卫这个社会的清白健全的分子以

---

① 沙尔科(1825—1893),法国神经病理学家,写过关于催眠术的著作。——俄文本编者注。
② 俄罗斯的一个民间勇士歌里的主人公。

免受到传染而时常沦于灭亡。"

副检察官分明极其欣赏他自己的发言,不过又好像被就要做出的判决的重要性吓倒似的,颓然在椅子上坐下。

他发言的主旨,如果剥掉那些华丽的词藻,无非是说:玛丝洛娃博得那个商人的信任以后,就把他迷住,带着钥匙到他的旅馆房间里去取钱,本想把所有的钱都拿走,不料被西蒙和叶甫菲米雅撞破,只得跟他们分赃。这以后,她为了掩盖自己的罪迹,就又同商人一块儿回到旅馆里,在那儿把他毒死。

副检察官发言以后,就有一个中年人从律师席上站起来,穿一件燕尾服,露出宽阔的、浆硬的半圆形白色胸衬,理直气壮地发言,为卡尔青金和包奇科娃辩护。这是他们用三百卢布雇来的律师。他为他们两个人开脱,把罪责完全推在玛丝洛娃一个人身上。

他不承认玛丝洛娃所说的她在取钱的时候包奇科娃和卡尔青金都在场的供词,坚持说她既然犯了毒死人命罪,她的供词就无足轻重。至于二千五百卢布①那笔钱,律师说,两个诚实勤恳的仆人是挣得出来的,他们各自得到旅客的赏钱,有时候一天有三个卢布以至五个卢布之多。商人的钱是玛丝洛娃偷去的,后来交给另外的什么人了,或者甚至遗失了,因为她当时不是处在神志清醒的状态里。毒死人命罪是由玛丝洛娃一个人干的。

由于这个缘故,他要求陪审员们裁定卡尔青金和包奇科娃在盗窃钱财方面无罪。即使他们要裁定这两个被告犯了盗窃罪,那么至少不要裁定他们参与毒死人命罪,或者事先参与过预谋。

这个律师结束发言的时候,刺了一下副检察官,说是副检察官先生关于遗传学的一番宏论虽然阐明了遗传方面的科学问题,然而在本案中不能适用,因为包奇科娃的父母究竟是什么样的人,还不得而知。

副检察官生气了,仿佛要咬人似的,在他的纸上记下一句什么话,带着轻蔑的惊讶神情耸了耸肩膀。

随后,玛丝洛娃的辩护人站起来,胆怯地发表辩护演说,讲得结结巴巴。他不否认玛丝洛娃参与过偷钱的事,只是坚持说她没有毒死斯梅里科夫的意图,她给他药粉吃只是要他睡觉罢了。他想乘机显一显他的口才,就大略讲一

---

① 从上文看,应是"一千八百卢布"。

下当初玛丝洛娃怎样受到一个男人的引诱,这才开始过放荡的生活,那个男人至今逍遥法外,然而她却不得不承受她的堕落的全部重担。可是他在心理学领域里的这种漫谈完全没得到成功,反而弄得大家都为他害臊。等到他结结巴巴地讲到男人的残忍和女人的孤苦伶仃,庭长就有意给他解围,请求他发言要同案情贴近一点。

这个辩护人讲完以后,副检察官又站起来,为他的遗传学的论点辩护,反驳第一个辩护人说,即使包奇科娃的父母身世不明,遗传学说的真实性也丝毫不因此失效,因为遗传法则已经由科学充分确定,我们不但可以由遗传推断犯罪,而且也可以由犯罪推断遗传。至于另一个辩护人的推测,说什么玛丝洛娃是被一个虚构的(他用特别恶毒的口气说出"虚构的"三个字)引诱者教坏的,那么眼前的一切证据却毋宁说明她才是一个引诱者,有许许多多的人落在她的手里而遭了殃。他说完这些话以后,得意洋洋地坐下了。

这以后,法庭要被告们为自己辩护。

叶甫菲米雅·包奇科娃反复地说她任何什么事也不知道,任何什么事也没有参与过,一口咬定玛丝洛娃独自一人犯下了这一切罪行。西蒙光是把下面的几句话反复地说了好几回:

"你们要怎么办都随你们,反正我是没罪的,这是冤枉的。"

可是玛丝洛娃什么话也没说。庭长要她说一下为她自己辩护的话,她光是抬起眼睛来看一看他,看一看所有的人,像一头被追捕的野兽似的。紧跟着她就低下眼睛,先是哽哽咽咽,后来放声大哭。

"您怎么了?"坐在聂赫留朵夫身旁的商人听见聂赫留朵夫忽然发出一种奇怪的声音,就问道。那是压抑着的哭泣声。

聂赫留朵夫还没有领会他目前地位的全部意义,就把几乎压不住的哭泣和涌到他眼睛里来的泪水归因于他的神经脆弱。他为了遮盖眼泪而戴上夹鼻眼镜,然后拿出手绢来开始擤鼻涕。

他想到如果这儿的一切人,法庭里的一切人,知道了他的行径,他就会丢尽了脸,这种恐惧压过了他内心正在进行的斗争。在最初的这段时期里,这种恐惧比一切情绪都强烈。

二十二

被告们提出最后供词以后,法官们开始商量用什么方式提出问题来交给陪审员们去解决,这又费掉不少的工夫。最后各项问题都拟定,庭长就开始做总结发言。

他在叙述案情以前,先用愉快亲热的口吻向陪审员们解释很久,说明抢劫是抢劫,偷盗是偷盗,在下了锁的地方盗窃是在下了锁的地方盗窃,在没下锁的地方盗窃是在没下锁的地方盗窃。他一面解释这些事,一面对聂赫留朵夫特别多看几眼,仿佛特别想让他听明白这种重大的道理,希望他领会以后再向他的同事们分别解释一番似的。然后他推测陪审员们已经充分理解了这些真理,就开始阐发另一个真理,说明所谓的杀害是指这样的一种行为,由这种行为所产生的结果就是人的死亡,因此毒死人命也是杀害。等到这个真理依他看来也已经为陪审员们心领神会以后,他就对他们解释说,如果偷盗和杀害是一同发生的,偷盗和杀害就构成犯罪要素。

尽管他本人一心想快点脱身,而且那个瑞士姑娘在等他,可是他已经干惯了他的工作,一讲开头就无论如何也停不住嘴,因此详细地开导陪审员们,说假如他们认为被告们有罪,他们就有权利裁定他们有罪;假如他们认为被告们没罪,他们就有权利裁定他们没罪;假如他们认为他们犯了这一种罪而没有犯那一种罪,他们就可以裁定他们犯了这一种罪而没有犯那一种罪。随后,他又向他们解释说,尽管这种权利已经托付给他们,他们却应当合理地使用这种权利。他还打算对他们解释说,假如他们对所提出的某个问题做出肯定的答复,他们通过这个答复就裁定了那个问题所提出的全部罪行;假如他们不同意那个问题所提出的全部罪行,他们就得声明他们不同意哪些罪行。不过,他看一眼怀表,发现这时候已经差五分就要到三点,就决定立刻把他的发言转到叙述案情上去。

"这个案子的情况是这样。"他开口讲起来,把辩护人、副检察官、证人们已经说过好几次的话全部重述了一遍。

庭长讲着,他两旁的法官都带着深思的样子倾听,偶尔看一眼怀表。他们觉得他的发言虽然很好,也就是说合乎规定,可是未免长了一点。副检察官也有这样的看法,所有法庭工作人员和所有的法庭里的人也都这样想。庭长结束了本案的总结发言。

看样子，一切话都说完了。可是庭长无论如何也不肯放弃他的说话权利。他非常爱听他自己的动听的声调，认为还得再说几句，讲一讲交给陪审员们的这种权利的重要性，讲一讲他们必须小心谨慎地使用这种权利而不要滥用它，讲一讲他们已经宣过誓，他们就是社会的良心，议事室里的秘密千万不可泄漏，等等，等等。

玛丝洛娃从庭长开口讲话起，就一眼也不放松地瞅着他，仿佛深怕听漏每一个字似的。所以聂赫留朵夫不必担心遇到她的目光，尽可以目不转睛地瞧着她。他心里正在发生一种常有的现象：起初，一个自己爱过的人的多年不见的脸，由于分别期间所发生的外部变化而使人暗暗吃惊；随后，那张脸渐渐变得跟许多年前完全一样，一切已经发生的变化统统不见了，于是在自己的精神的眼睛前面出现了那个独一无二的、与众不同的、精神的人的主要神情。

聂赫留朵夫的心里就在发生这样的变化。

不错，尽管她穿着囚大衣，尽管她的身材整个放宽，胸脯高耸起来，尽管她的下半张脸展宽，尽管她的额头和鬓角上现出细的纹路，尽管她的眼睛略微浮肿，可是毫无疑问，这个人就是卡秋莎；正是她，在基督复活节的星期日早晨，那么纯洁地抬起眼睛来瞧着他，瞧着她所爱的人，同时她那对满含着爱慕的眼睛由于心境快乐和生活充实而带着笑意。

"居然有这么惊人的巧遇！真想不到，偏巧这个案子在我陪审的时候开审！偏巧我有十年没在任何地方遇见过她，今天却在这儿，在被告席上遇见她！这件事会怎样结束呢？快一点吧，唉，只求快一点审完才好！"

他仍旧不肯顺从刚开始在他心里抬头的忏悔心情。这件事在他看来无非是一种巧合，马上就会过去，不会干扰他的生活。他感到他的处境好比一只在房间里做了坏事的小狗，主人揪住它的颈圈，把它的鼻子按在它做出丑事的地方。小狗尖声叫着，往后倒退，想躲开它的行动的后果越远越好，想忘掉它，可是铁面无情的主人不肯放开它。聂赫留朵夫也正是像这样感觉到了他以前所做的那件事的全部丑恶，也感觉到主人的强有力的手，然而他仍旧没有领会他以前所做的那件事的意义，不承认有一个主人。他仍旧打算不相信在他眼前摆着的这件事就是由他造成的。但是那只铁面无情、目力看不见的手，已经抓住他，他已经预感到逃不脱了。他仍然鼓起勇气，按照已经养成的习惯，露出安详的姿态坐在头一排的第二把椅子上，把一条腿架在另一条腿上，满不在乎地摆弄他的夹鼻眼镜。不过,他在心灵深处已经体会到不单是他以前的那种行径,就是他的闲散的、放荡的、残忍的、自得其乐的全部生活也是十分残酷、卑鄙、下流的。在整个这段时期,在这十二年当中,由于某种奇迹,有一块可怕的帷幕一直遮住他的眼睛,既不让他看见他的那种罪行,也不让他看见他后来的全部生活,可是现在那块帷幕却在抖动,他已经不时窥见那后面隐藏着的东西了。

(选自《复活》,汝龙译,

人民文学出版社 1979 年版)

《复活》导读

列夫·尼古拉耶维奇·托尔斯泰(1828—1910)是 19 世纪俄国伟大的批判现实主义作家,列宁曾称赞他创作了世界文学中"第一流"的作品。

托尔斯泰生在一个古老的贵族家庭,1844 年,他入喀山大学学习东方语文和法律,接触到卢梭、孟德斯鸠的著作,开始不满学校现状,学了 3 年就退学,回到自己的庄园里,试行改善农奴的生活。1852 年从军到高加索,参加过克里米亚战争,在塞瓦斯托波尔战役中目睹了贵族军官的腐败无能,增强了对上流社会的厌恶,乃于 1856 年退伍。1857—1860 年两次赴西欧旅行,西欧的现实使他对资本主义"文明"十分憎恶。此后直至 82 岁去世,大部分时间都在他的庄园雅斯纳雅·波良纳从事文学创作,间或参加一些社会活动和农村改革,力图探求俄国社会的出路。

他一生的作品很多,曾编为全集 90 卷,体裁多样,小说、戏剧、诗歌、童话故事、政治和文学论文、书信日记等等,应有尽有。他的创作按其世界观的变化,可以分为前后两个时期。

前期包括 19 世纪 50 至 70 年代。他以 1852 年发表小说《幼年》作为文学生涯的开始,这篇作品和后来发表的《少年》(1854)、《青年》(1857)合成自传性三部曲,体现了他早期的思想探索。中篇小说《一个地主的早晨》(1856)也具有自传的成分,反映了他想在农奴制度下改善农奴处境的尝试。给他带来很大名声的《塞瓦斯托波尔故事》(1855—1856),描绘了克里米亚战争的真实图景,歌颂了普通士兵的英雄行为。

描述他在瑞士风景区见闻的短篇小说《琉森》(1857),通过一个流浪歌手被资产阶级绅士们嘲弄的故事,揭露了资本主义社会的丑恶,也表达了作者对资产阶级虚伪"文明"的谴责。

但是在解放农奴的问题上,托尔斯泰却持保守的态度,赞成改良,反对用暴力推翻农奴制,为此,他于1860年退出了进步杂志《现代人》,表示不同革命民主主义者合作。可是1861年的农奴制改革又使他大失所望,现实使他看穿了沙皇政府的骗局,进而谴责"改革",并转向在农村办学,热心于启蒙教育工作。1863年发表的中篇小说《哥萨克》,通过贵族青年奥列宁脱离城市、走向高加索山民之中,力图"返回自然",过自由简朴生活的故事,表露了作者对贵族社会的厌恶和寻找出路的意愿。

从19世纪60年代中期起,他潜心于长篇的创作,在十几年里先后写出了两部著名的长篇小说《战争与和平》(1863—1869)和《安娜·卡列尼娜》(1873—1877),即他世界观转变以前的代表作。

《战争与和平》以1812年的俄法战争为中心,描写了19世纪头25年俄国重大历史事件和社会现状,再现了俄罗斯民族反抗拿破仑侵略战争的历史时代。小说被称为俄罗斯的史诗,是俄国文学的瑰宝。它揭露和谴责上层官僚和宫廷贵族的腐败,特别是猛烈抨击了以库拉金公爵一家为代表的大贵族不顾国家安危、一味追求利禄和沉醉于荒淫生活的丑行;同时赞扬了同人民相接近的、爱国的庄园贵族,描述了他们之中的优秀人物安德烈·包尔康斯基和彼尔·别竺豪夫对"人生真谛"的探索,对祖国命运的关注。小说着重表现了俄国人民在反侵略战争中的勇敢精神和人民群众决定历史的作用,并塑造了体现人民意志的俄军统帅库图佐夫的形象,否定了违背人民意愿的侵略者拿破仑和俄皇亚历山大。这些都表明作者的观点是正确的,对社会的观察是深刻的。但小说也暴露了托尔斯泰历史观的错误方面,如宣扬群众是遵从天意行动的观点,否定个人的历史作用,又通过农民普拉东·卡拉达耶夫这个形象来宣传"不以暴力抗恶"的思想。

《安娜·卡列尼娜》反映了农奴制改革以后俄国社会的大转折,在政治、经济、心理、社会道德风尚等方面的种种剧烈变动;封建的旧秩序正在崩溃,资本主义的新制度刚刚开始建立。小说安排了两条线索,一条通过安娜的家庭悲剧揭露贵族社会的腐败和虚伪,另一条通过列文的农事改革活动表现了资本主义因素在城乡的增长以及作者为寻找社会出路的探索。

从 19 世纪 80 年代起托尔斯泰进入他创作的后阶段。由于当时俄国客观形势发展的影响,加上他自己一系列的社会活动——赈济灾民、访问教堂和修道院、参观监狱和新兵收容所、出席法庭陪审、调查贫民区等等,使他得以加深对专制制度和剥削阶级罪恶的认识,"使他的整个世界观发生了变化。就出身和教育来说,托尔斯泰是属于俄国上层地主贵族的,但是他抛弃了这个阶层的许多传统观点",转到宗法制农民的立场上来了。列宁高度重视这个转变对他创作的意义,认为托尔斯泰转变以后,"在自己的晚期作品里,对现代一切国家制度、教会制度、社会制度和经济制度作了激烈的批判"(《列宁全集》第 16 卷第 330 页),达到"撕下了一切假面具"的"最清醒的现实主义"(《列宁选集》第 2 卷第 370 页),使他成为一个"强烈的抗议者、激愤的揭发者和伟大的批评家"(《列宁全集》第 16 卷第 323 页)。

不过在转变以后,他世界观中的弱点也发展了,形成了"托尔斯泰主义",即鼓吹"不以暴力抗恶"、"道德上的自我修养"、"博爱"

等说教。因而在他的世界观中强与弱两个方面的矛盾显得非常突出。

这种矛盾在他后期的作品中都有表现。例如剧本《黑暗的势力》(1886)、《教育的果实》(1890)和其他小说;特别是他的代表作《复活》和《舞会以后》(1903)。

这种矛盾在他对待1905年革命的态度上也有所表现。他既否定这次革命,又反对沙皇政府对革命者的镇压。晚年,他致力于"平民化",千方百计要摆脱贵族阶级的特权生活,终于在1910年冬弃家出走,不久病逝。

托尔斯泰的创作反映了1861年至1905年的俄国,反映了俄国革命"是农民资产阶级革命的特点",既体现了俄国农民群众的力量和威力,又表现了它的弱点和局限,是"俄国革命的镜子"(《列宁选集》第2卷第371页)。

《复活》写于1889至1899年。托尔斯泰最初的构思是以一件诉讼案为基础,写一本道德教诲小说。但在10年的创作过程中,他不断地修改、扩大和深化主题,内容逐步演变,篇幅也逐渐扩展,由中篇变成长篇,最后写成一部表现尖锐的阶级对立、政治意义很强的社会问题小说。正如作者所表示的,"要讲经济的、政治的、宗教的欺骗","也要讲专制制度的可怕",这就是小说的重要主题。不过,《复活》既然体现了托尔斯泰世界观转变后的新观点,那么它必然有着两个互相矛盾的方面,即除了对俄国旧社会进行空前激烈的揭露和批判外,还顽固地进行托尔斯泰主义的说教。

小说的故事情节是,贵族青年聂赫留朵夫引诱了农奴少女卡秋莎·玛丝洛娃,随后遗弃了她。玛丝洛娃怀孕后被赶出了地主庄园,到处流浪,备受凌辱,沦落为娼,最后她被诬告犯谋杀罪而下狱,并被判处流放西伯利亚服苦役4年。聂赫留朵夫作为陪审员出席了审判玛丝洛娃案件的法庭,重又遇见了她。这时他深受良心的谴责,决定赎罪,为她奔走伸冤,上诉失败后又陪她去流放。他的行为感动了她,使她饶恕了他。但为了不损害他的名誉地位,她终于拒绝和他结婚而同一个"革命者"结合。通过这些情节,托尔斯泰描写了俄国各个方面的社会生活,刻画了各个阶级的人物。

作者首先把笔锋指向沙皇专制制度,他揭露了法庭、监狱和政府机关的黑暗,暴露了官吏的残暴和法律的反动。在堂皇的法庭上,一群貌似公正的执法者,从庭长、副检察官到法官,个个都是昏聩无能,拿人命当儿戏,而陪审员们也是各有各的心思,并不关心断案是否公正,纯粹成了判案过程的点缀品。就是在这些官吏手里,玛丝洛娃平白无故被判刑。即使她上诉到枢密院,那里也"不可能查考案情的是非曲直",她的上诉又被无理驳回。从上到下没有伸冤的地方,到处毫无正义可言,难怪玛丝洛娃的同狱犯人要愤怒地说:"真理让猪吃掉了!"

聂赫留朵夫到枢密院上诉和私自探监的情节,是进一步揭露沙皇政府各级官吏的契机。作者借此把上至高官显宦下至牢卒狱吏,一个个拿来示众:国务大臣贪婪成性,是个吸血鬼;枢密官背信弃义、口蜜腹剑,还是蹂躏波兰人的罪魁;掌管彼得堡监狱的老将军极端残忍,双手沾满了起义农民的鲜血,他"利用成百上千人的眼泪和生命博得高官厚禄";副省长自称是老百姓的"父母",却经常以鞭打犯人取乐。在他们的淫威下,监狱里被关的是农民、工匠、流浪汉等等无辜的人民群众,以至于聂赫留朵夫愤慨地指出:"人吃人的行径不是在原始森林里开始,而是在政府各部门、各委员会、各司局里开始的!"

小说描写的监狱和流放,是一幅幅阴森可怕的图画。犯人刚从牢狱里出来,还没有押解上路,光是在等待狱吏点名的时间里就在烈日暴晒下死了好几个,流放途中被折磨至死的,更是不计其数。而到了西伯利亚,一个只能住150人的监狱却塞进去450个流放犯人。到处都使人感到专制制度的暴虐和罪恶。

女主人公玛丝洛娃更是被压在社会底层的人物的典型。她遭受侮辱后就交上了悲惨的命运。她几次给人当佣工，都遭到了男主人的调戏或侮辱。她孤苦无靠、走投无路，被迫去当妓女，却得到当局的承认发给"执照"。这都益发显出这个社会的黑暗和政府的腐败。

作者无情地撕下了官办教会的"慈善"面纱，暴露了那些神甫不过是身披袈裟的官吏。监狱中做礼拜的场面真是令人毛骨悚然。"饶恕我！"的祈祷声竟和犯人的镣铐声响成一片。作者借此揭示，政府的暴行得到教会的支持，而教会不过是官办的一种机构，它搞这套仪式目的在于"蛊惑那些……弱小者"，"使他们忍受最残酷的折磨"，纯粹是麻醉人民的骗局。

作者还描写了农村满目荒凉、民不聊生的凄惨景象。农民赤贫如洗，不堪封建地主的压迫，大量劳动力涌入城市，去当马车夫或工匠，却又重新落入另一种压迫——资本主义的剥削。

男主人公聂赫留朵夫正是看清了人民贫困和不幸的根源，不满于他所接触到的黑暗现实，才开始与他所属的那个阶级决裂，决定把庄园里的土地分给农民，自己放弃财产，断绝与贵族社会的联系，走到平民中间去。这也就是作者所说的不断地"洗涤"灵魂。小说写的这个人物的转变，也是贵族社会已经到了穷途末路的反映。

总的说来，通过《复活》所描写的，我们确实看到托尔斯泰"以巨大的力量和真诚鞭打了统治阶级"（《列宁全集》第16卷第352页），发出了"他对一切统治阶级的激烈抗议"（同上，第326页）。

当然，这里既要看到小说的精华，同时也应指出它有许多糟粕。主要是作者让男女主人公通过"忏悔"和"宽恕"，走向精神上和道德上的"复活"，露骨地宣扬"不以暴力抗恶"、"道德上的自我修养"、"爱的宗教"等麻痹斗志、取消革命的托尔斯泰主义，甚至直接宣传"爱仇敌，帮助敌人，为仇敌效劳"的反动教义。

在艺术上，作者善于通过男女主人公活动的线索，把各种事件、各个阶层、各类人物以及各个生活侧面串联起来，组成一个整体,广泛地反映了俄国社会,达到较高的艺术概括。同时,抓住具体情节作细腻的描写,展现人物的心理活动,从而使性格显得鲜明,人物显得逼真。在刻画反面人物或揭露人物的恶劣品性时,有时笔锋犀利,有时语言辛辣,有时描述含蓄,都能暴露他们的丑态。特别在安排结构和描写人物时,作者处处使用对比,或景物对比,或人物生活状况对比,或人物外表对比,或前后思想对比等等,其结果是更形象地展现贫富的对立,更突出了社会的矛盾,从而大大加强了小说揭露和批判的威力。就连小说的故事本身,这种贵族少爷和婢女恋爱的老题材,也被赋予深刻的社会意义,男女主人公的对比,更能显示贵族与农奴、损害者与被损害者尖锐的阶级对立。

(李明滨)

契诃夫短篇小说

万　卡

　　三个月前,九岁的男孩万卡·茹科夫被送到鞋匠阿里亚兴这儿来做学徒。在圣诞节的前夜,他没有上床睡觉。他等到老板、老板娘、几位师傅出去做晨祷以后,就从老板的立柜里拿出一小瓶墨水和一管安着锈笔尖的钢笔,然后在自己面前铺平一张揉皱的白纸,写起来。他在写下第一个字以前,好几次战战兢兢地回头看看门口和窗户,还斜眼看了一下那个乌黑的神像和神像两边摆满鞋楦头的架子,颤颤巍巍地叹了一口气。那张纸铺在一张凳子上,他自己就跪在凳子前头。

　　"亲爱的爷爷康司坦丁·玛卡雷奇!"他写道,"我在给你写信。祝您过一个快乐的圣诞节,求上帝保佑你万事如意。我没爹没娘,只剩下你一个人是我的亲人了。"

　　万卡朝黑暗的窗子看看,玻璃窗上映出他的蜡烛的影子;他生动地想起他祖父康司坦丁·玛卡雷奇的模样——他是席瓦列夫老爷家里的守夜人。那是个瘦小的,然而非常矫健灵活的小老头,年纪约莫六十五岁,老是带着笑脸,眯着醉眼。白天,他在仆人的厨房里睡觉,或者跟厨娘取笑。到晚上,他就穿上肥大的羊皮袄在庄园四周走来走去,敲着梆子。他身后跟着垂下头的老母狗卡希唐卡和泥鳅——这条狗所以起这个名字,是因为它的毛是黑的,身子又长,像是一条黄鼠狼。这条泥鳅非常恭顺、和气,见了陌生人也好,见了自家人也好,一律用深情的眼光瞧着,不过它是靠不住的。在它的恭敬和谦卑里面隐藏着顶顶阴险的恶毒。随便哪条狗也不及它那么善于抓住机会溜到人的背后,在人的腿肚子上咬一口,或者钻进冰窖,或者偷庄稼人的母鸡。人们不止一次打坏它的后腿,有两回甚至把它吊起来,每个星期都把它打得半死,可是它总是养好伤,活下来了。

这当儿祖父一定站在大门口,眯细眼睛瞧乡村教堂的通红的窗子,顿着他那穿着高统毡靴的脚,跟仆人们开玩笑呢。他的梆子挂在腰带上。他冻得拍手,耸动肩膀,时而在女仆身上捏一把,时而在厨娘身上捏一把,发出苍老的笑声。

"吸点鼻烟,好不?"他拿鼻烟盒送到女人鼻子底下说。

那些女人吸了点鼻烟,打起喷嚏来。祖父乐得什么似的,发出一片快活的笑声,叫道:

"快擦掉,粘在鼻子上啦!"

他也给狗闻鼻烟。卡希唐卡打个喷嚏,皱一皱鼻子,委委屈屈地走开了。泥鳅为了表示有礼貌,没打喷嚏,只摇了摇尾巴。天气真好。一丝风也没有,空气清澄,爽朗。夜色很黑,可是整个村子和那些白房顶、烟囱里冒出来的一缕缕烟子、披着重霜而一身银白的树木、雪堆,全都看得见。整个天空布满快活得直映眼睛的繁星;天河很清楚地现出来,看上去,仿佛人们为了过节拿雪把它洗过,擦过似的……

万卡叹口气,拿钢笔在墨水里蘸一蘸,接着写下去:

"昨天我挨了一顿打。老板揪着我的头发,把我拖到院子里,拿皮带抽了我一顿,因为我摇他们那个睡在摇篮里的小娃娃,一不小心睡着了。上个星期有一天,老板娘叫我把一条鲱鱼收拾干净,我就从尾巴上弄起;她就捞起那条鲱鱼,拿鱼头直戳到我的脸上来。师傅们取笑我,打发我上酒店去打酒,怂恿我偷老板的黄瓜;可是老板随手捞到什么就用什么打我。吃食呢,简直没有。早晨他们给我吃面包,午饭是稀粥,晚上又是面包,至于茶啦、白菜汤啦,只有老板他们才大喝而特喝。他们叫我睡在过道里,他们的小娃娃一哭,我就别想睡觉,尽摇那个摇篮。亲爱的爷爷,发发上帝那样的慈悲,带我离开这儿回家去,回到我们村子里去吧;我再也受不了啦……我给你叩头了,我会永远为你向上帝祷告,带我离开这儿吧,不然我就要死了……"

万卡嘴角撇下来,举起黑拳头揉眼睛,抽抽搭搭地哭了。

"我会替你搓碎烟草,"他接着写下去,"我会为你向上帝祷告;要是我做错了事,那就照打那头灰山羊似的打我好了。要是你认为我没活儿做,我可以去求总管看在上帝的面上让我给他擦皮鞋,或者替菲德卡去做牧童。亲爱的爷爷,我再也受不了啦,只有死路一条了。我原想跑回我们的村子去,可是我没有靴子,我怕冷。等我长大,我会报这个恩,养活你,不让人家欺侮你;等你去世,我一定要祷告,求上帝让你的灵魂安息,就跟为我妈彼拉盖雅祷告一样。

"莫斯科是个大城。房子全是老爷们的;马有很多,羊却没有,狗也不凶。这儿的小孩子不举着星星走来走去①,唱诗班也不准人随便参加唱歌;有一回我看见一家铺子的橱窗里有好些已经安好钓丝的钓钩摆着卖,那些钓钩可以钓各种的鱼,个个都挺好,甚至有一个钓钩经得起一普特重的大鲶鱼呢。我还看见几家卖各种枪的铺子,跟我们老爷的枪一个样子,恐怕每一管要卖一百个卢布吧……肉铺里有山鹬啦、松鸡啦、野兔啦;那些东西是从哪儿打来的,店里的伙计却不说。

"亲爱的爷爷,等老爷家里有挂着礼物的圣诞树的时候,替我摘下一颗金色的胡桃,收藏在我的丝匣子里头。问奥尔迦·伊格纳捷芙娜小姐要,就说是给万卡的。"

万卡嗓音发颤地叹一口气,又凝神瞧着窗子。他想起祖父总是上树林里去给老爷家砍枞树,而且带着孙子一块儿去。遇到那种时候多么快活呀!祖父发出卡卡的咳嗽声,冰也发出卡卡的爆裂声,万卡瞧着他们,就也卡卡地咳起来。往往在砍枞树以前,祖父先抽完一袋烟,再闻很久的鼻烟,瞧着冻僵的万纽希卡② 直乐……小枞树披着重霜,一动不动地站在那儿,等着瞧他们当中哪一株该死。冷不防,不知从什么地方来了一只野兔,沿着雪堆像一支箭似的窜过去……祖父忍不住叫道:

"逮住它,逮住它……逮住它!嘿,短尾巴鬼!"

祖父把砍倒的枞树拖回老爷家里,大家就动手装点那棵树……奥尔迦·伊格纳捷芙娜小姐,万卡的好朋友,干得顶忙。当初小万卡的母亲彼拉盖雅在世,在老爷家里做女仆的时候,奥尔迦·伊格纳捷芙娜常给他糖果吃,遇到没事情可做,还教他念书,写字,学数数儿,从一数到一百,甚至教他跳卡德里尔舞。彼拉盖雅去世以后,他们就把孤儿万卡送到仆人的厨房里去跟祖父住在

---

① 基督教习俗,圣诞节前夜小孩举着箔纸糊的星星走来走去。
② 万卡的另一爱称。

一块儿,后来又从厨房里送到莫斯科的鞋匠阿里亚兴这儿来了⋯⋯

"来吧,亲爱的爷爷,"万卡接着写下去,"求你看在基督的面上带我离开这儿。求你可怜我这个苦命的孤儿吧;因为在这儿,人人都打我,我饿得要命,而且闷得没法说,老是哭。前几天老板拿鞋楦头打我的脑袋,打得我昏倒了,好容易才活过来。我的日子过得苦极了,比狗都不如⋯⋯替我问候阿辽娜,问候独眼的叶菲尔卡,问候马车夫;千万别把我的手风琴给别人。孙伊凡·茹科夫草上。亲爱的爷爷,来吧。"

万卡把写满字的信纸叠成四折,放进一个昨天晚上花一个戈比买来的信封里面⋯⋯他想一想,拿钢笔蘸了蘸墨水,写上地址:

    寄交乡下祖父收

然后他抓抓脑袋,再想一想,添了几个字:

    康司坦丁·玛卡雷奇

他想到他写信居然没人来打搅,觉着很痛快,就戴上帽子,顾不得披羊皮袄,只穿着衬衫,跑到街上去了⋯⋯

昨天晚上他问过肉铺的伙计,伙计告诉他说所有的信都该丢在邮筒里,由醉醺醺的车夫驾着的邮车装走,响起铃铛,送到世界各地去。万卡跑到就近的一个邮筒,把那封宝贵的信塞进了筒口⋯⋯

过一个钟头,因为有了美好的希望而定下心来,他睡熟了⋯⋯在梦中他看见一个炉灶。炉台上坐着祖父,搭拉着一双光脚,对厨娘们念信⋯⋯泥鳅绕着炉子走来走去,摇尾巴⋯⋯

1886 年

套 中 人

有两个误了时辰的猎人在米罗诺西茨果耶村的村郊,在村长普罗科菲的堆房里过夜。一个是兽医伊凡·伊凡内奇,一个是中学教师布尔金。伊凡·伊凡内奇姓一个相当古怪的双姓:契木沙—希玛拉依斯基,这姓跟他一点也不相称;在全省中,大家只简单地叫他的本名和父名伊凡·伊凡内奇。他住在城郊一个养马场上,这回出来打猎是为了透一透新鲜空气。中学教师布尔金每年总是在∏伯爵的家里消夏,对这一带地方早已熟极了。

他们没睡觉。伊凡·伊凡内奇是一个又高又瘦的老头子,留着挺长的唇髭,这时候坐在门口,脸朝外,吸烟斗。月亮照在他身上。布尔金躺在房里的干草上,在黑暗里谁也看不见他。

他们正在闲聊天。除了别的话以外,他们还谈到村长的老婆玛芙拉,一个健康而且并不愚蠢的女人,说是她一辈子也没走出过她家乡的村子,从没有见过城市或者铁路,近十年来一直守着炉子坐着,只有到了晚上才上街走一走。

"这有什么可奇怪的!"布尔金说,"性情孤僻、像寄生蟹或者蜗牛那样极力缩进自己的硬壳里去的人,这世界上有不少呢。也许这是隔代遗传的现象,重又退回从前人类祖先还不是群居的动物而孤零零地住在自己洞穴里的时代的现象吧;要不然,也许这只不过是人的性格的一种变态——谁知道呢?我不是博物学家,这类问题不关我的事;我只不过要说明像玛芙拉那样的人并不是稀有的现象罢了。是啊,不必往远里说,就拿一个姓别里科夫的人来说好了,他是我的同事,希腊语教师,大约两个月前才在我们城里去世。当然,您一定听说过他。他所以出名,是因为他即使在顶晴朗的天气也穿上雨鞋,带着雨伞,而且一定穿着暖和的棉大衣。他的雨伞总是用套子包好,表也总是用一个灰色的鹿皮套子包好;遇到他拿出小折刀来削铅笔,就连那小折刀也是装在一个小套子里的。他的脸也好像蒙着一个套子,因为他老是把它藏在竖起的衣领里面。他戴黑眼镜,穿羊毛衫,用棉花塞上耳朵眼;他一坐上马车,总要叫马车夫支起车篷来。总之,在这人身上可以看出一种经常的、难忍难熬的心意,总想用一层壳把自己包起来,仿佛要为自己制造一个套子,好隔绝人世,不受外界影响。现实生活刺激他,惊吓他,老是闹得他六神不安。也许为了替自己的胆怯、自己对现实的憎恶辩护吧,他老是歌颂过去,歌颂那些从没存在过的东西;实际上他所教的古代语言,对他来说,也就是雨鞋和雨伞,使他借此躲避了现实生活。

"'阿,希腊语多么响亮,多么美!'他说,现出甜蜜蜜的表情;他仿佛要证明这句话似的,眯起眼睛,举起手指头,念道:'Anthropos!①'。

---

① 希腊语:人。

"别里科夫把他的思想也极力藏在一个套子里。只有政府的告示和报纸上的文章,其中写着禁止什么事情,他才觉得一清二楚。看到有个告示禁止中学生在晚上九点钟以后到街上去,或者看到一篇文章否定性爱,他就觉着又清楚又明白:这种事是禁止的,这就行了。他觉着在官方的批准或者默许里面,老是包藏着使人起疑的成分,包藏着隐隐约约、还没说透的成分。每逢经当局批准,城里成立了一个戏剧小组,或者阅览室,或者茶馆,他总要摇摇头,低声说:

　　"'当然,行是行的,这固然很好,可是千万别闹出什么乱子来啊。'

　　"凡是违背法令、脱离常轨、不合规矩的事,虽然看来跟他毫不相干,却惹得他闷闷不乐。要是他的一个同事参加祈祷式去迟了,或者要是他听到流言,说是中学生顽皮闹事,再不然要是有人看见一个女教师傍晚陪着军官玩得很迟,他总是心慌意乱,一个劲儿地说:千万别闹出什么乱子来啊。在教务会议上,他那种慎重、他那种多疑、他那种纯粹套子式的论调,简直压得我们透不出气,他说什么不管男子中学里也好,女子中学里也好,青年人都不安分,教室里吵吵闹闹——唉,只求这种事别传到当局的耳朵里去才好,千万别闹出什么乱子来啊;他认为如果把二年级的彼得罗夫和四年级的叶果罗夫开除,那倒很好。您猜怎么着,他凭他那种唉声叹气、他那种垂头丧气、他那苍白的小脸上的黑眼镜(您要知道,那张小脸活像黄鼠狼的脸),降服了我们,我们只好让步,减少彼得罗夫和叶果罗夫的品行分数,把他们禁闭起来,到后来把他俩开除了事。他有一种古怪的习惯:常来我们的宿舍访问。他去拜望一位教师,总是坐下来,就此一声不响,仿佛在调查什么事似的。他照这样一言不发地坐上一两个钟头,就走了。他管这个叫做'跟同事们保持良好关系'。显然,这类拜访,这样呆坐,在他是很难受的;他所以来看我们,只不过因为他自以为这是对同事们应尽的责任罢了。我们教师都怕他。就连校长也怕他。信不信由您,我们这些教师都是有思想的、很正派的人,受过屠格涅夫和谢德林的教育,可是这个老穿着雨鞋、拿着雨伞的小人物,却把整个中学辖制了足足十五年!可是光辖制中学算得了什么?全城都受到他辖制呢!我们这儿的太太们到星期六不办家庭戏剧晚会,因为怕被他看见;有他在,教士们到了斋期就不敢吃荤,不敢打牌。在别里科夫这类人的影响下,过去十年到十五年间,我们全城的人变得什么都怕。他们不敢大声说话,不敢写信,不敢交朋友,不敢看书,不敢周济穷人,不敢教人念书写字……"

伊凡·伊凡内奇想说点什么,嗽了嗽喉咙,可是他先点燃烟斗,瞧了瞧月亮,然后才一板一眼地讲起来:

"是啊,有思想的正派人,既读过屠格涅夫,又读过谢德林,还读过勃克尔①等等,可是他们仍旧会低声下气,容忍这种事……的确有这样的事情。"

"别里科夫跟我同住在一所房子里,"布尔金接着说,"同住在一层楼上,他的房门对着我的房门。我们常常见面,我知道他在家里怎样生活。也还是那一套:睡衣啦、睡帽啦、百叶窗啦、门扣啦,各式各样的禁条和忌讳,还有:'啊,千万别闹出什么乱子来啊!'大斋的饮食有害处,可是吃荤又不行,因为人家也许会说别里科夫不持斋;他就吃用牛油炸的鲈鱼——这东西固然不是大斋的吃食,可也不能说是斋期禁忌的菜。他不用女仆,因为怕人家说他坏话,于是雇了个六十岁的老头子做厨子,名叫阿法纳西,这人傻头傻脑,爱喝酒,从前做过勤务兵,好歹也会烧一点菜。这个阿法纳西经常站在门口,两条胳膊交叉在胸前,老是长叹一声,嘟哝那么一句话:

"'眼下啊,像他们那样的人可真是多得不行!'

"别里科夫的卧室挺小,活像一口箱子;床上挂着帐子。他一上床睡觉,就拉过被子来蒙上脑袋;房里又热又闷,风推着关紧的门,炉子里嗡嗡地叫,厨房里传来叹息声——不祥的叹息声……

"他躺在被子底下战战兢兢。他深怕会出什么事,深怕阿法纳西来杀他,深怕小贼溜进来;然后他就通宵做恶梦,到早晨我们一块儿到学校去的时候,他没精打采,脸色苍白;他所去的那个挤满了人的学校,分明使他满心的害怕和憎恶;跟我并排走路,对他那么一个性情孤僻的人来说,显然也是苦事。

"'我们的课堂里吵得很凶,'他说,仿佛要找一个理由说明他的愁闷似的,'吵得不像话。'

"您猜怎么着,这个希腊语教师,这个装在套子里的人,差点结了婚。"

伊凡·伊凡内奇很快地回头瞟一眼堆房,说:

"您开玩笑!"

"真的,尽管说起来古怪,可是他的确差点结了婚。有一个新的史地教师,一个原籍乌克兰名叫米哈依尔·沙维奇·柯瓦连科的人,派到我们学校里来

---

① 勃克尔(1821—1862),英国历史学家。

了。他不是一个人来的,而是带着他妹妹瓦连卡一路来的。他是个高高的、皮肤发黑的青年,手挺大,从他的脸相就看得出来他说话是用低音,果然他的声调像是从桶子里发出来的一样:'彭,彭,彭!'……她呢,已经不算年轻,年纪有三十岁上下了,可是她长得也高,身材匀称,黑眉毛,红脸蛋——一句话,她不是姑娘,而是蜜饯水果,活泼极了,谈笑风生;老是唱小俄罗斯的歌,老是笑。她动不动就发出响亮的笑声:'哈哈哈!'我记得我们初次真正认识柯瓦连科兄妹是在校长的命名日宴会上。在那些死板板的、装模作样的、沉闷的、甚至把赴命名日宴会也看做应公差的教师中间,我们忽然看见一个新的艾芙柔黛特① 从浪花里钻出来;她两手叉着腰,走来走去,笑啊唱的,跳跳蹦蹦……她带着感情唱《风在吹》,然后又唱一支乌克兰的歌,随后又一支;她把我们,连别里科夫也在内,都迷住了。他挨着她坐下,露出甜甜蜜蜜的笑容,说:

"'小俄罗斯语言的柔和跟清脆叫人联想到古希腊语言。'

"这句话她听着受用,她就开始热情而委婉地对他讲起他们在夏嘉契斯基县有一个庄园,她的妈就住在庄园上,那儿有那么好的梨,那么好的甜瓜,那么好的卡巴克②!乌克兰人管南瓜叫做卡巴克,管酒馆叫做希诺克,他们用番椒和茄子熬我们的那种浓汤:'可好吃了,可好吃了,简直好吃得要命!'

"我们听啊听的,忽然大家都生出了同样的想法。

"'要是把他们配成夫妇,那倒不错。'校长太太悄悄对我说。

"不知什么缘故,我们大家想起来:原来我们的朋友别里科夫还没结婚;现在我们才觉着奇怪:不知怎么,他生活里这样一件大事,我们以前竟一直没有理会,完全忽略了。他对女人一般采取什么态度呢?这种终身大事的要紧问题他怎样替他自己解决的? 这以前我们一点也没有关心这件事;也许我们甚至不允许自己想到:一个不问什么天气总是穿着雨鞋、睡觉总要挂上帐子的人,也会热爱什么人吧。

"'他已经四十多岁了;她呢,也三十了……'校长太太说明她的想法,'我看她肯嫁给他的。'

"在我们内地,由于闲得无聊的缘故,什么事没做出来过! 多少不必要的蠢事啊!这是因为必要的事大家却根本不做。是啊,比方说,这个别里科夫,既

---

① 希腊的爱和美的女神,相当于罗马的维纳斯;她在海里诞生,从浪花里钻出来。
② 俄语:酒馆。

然大家甚至不能想像他是一个可以结婚的人,那我们何必忽然要给他做媒呢?校长太太啦、训育主任的太太啦、我们中学里的所有太太们,都活泼起来,甚至变得好看多了,仿佛忽然发现了生活目标似的。校长太太在戏院里订下一个包厢;嘿,瞧啊!瓦连卡坐在她的包厢里面,扇着扇子,满脸放光,高高兴兴;她旁边坐着别里科夫,身材矮小,背脊拱起,看上去好像刚用一把钳子把他从家里夹来的一样。我开晚会,太太们就要我一定邀请别里科夫和瓦连卡。总之,机器开动了。看来瓦连卡也并不反对出嫁。她在她哥哥那儿生活得不大快活;他们只会成天价吵啊骂的。比方说,有过这样一个场面:柯瓦连科顺了大街大踏步走着,他是又高又壮的大汉,穿一件绣花衬衫,一绺头发从帽子底下钻出来搭拉在他的额头上,一只手拿着一捆书,一只手拿着一根有节疤的粗手杖;他身后跟着他妹妹,也拿着书。

"'可是你啊,米哈依里克①,这本书绝没看过!'她大声争辩说,'我告诉你,我敢赌咒;你压根儿没看过!'

"'我跟你说我看过嘛!'柯瓦连科大叫一声,把手杖在人行道上顿得直响。

"'唉,我的天,米哈依里克!你为什么发脾气?要知道,我们谈的是原则问题啊。'

"'我跟你说我看过嘛!'柯瓦连科嚷道,声音更响了。

"在家里,要是有外人在座,他们也会争吵。她一定过够了这种生活,盼望着有自己的家了。况且,也该想到她的年纪,现在已经没有工夫来挑啊拣的了,跟什么人结婚都行,即使是希腊文教师也将就了。附带还要说一句:我们的小姐们大多数都不管跟谁结婚,只要能嫁出去就算。不管怎样吧,总之,瓦连卡对我们的别里科夫开始表现明显的好感了。

"别里科夫呢?他也常去拜望柯瓦连科了,就跟他常来拜望我们一样。他去了就坐下,一声不响。他沉静地坐着,瓦连卡对他唱《风在吹》,或者用她那黑眼睛呆呆地瞧着他,再不就忽然扬声大笑:

"'哈哈哈!'

"在恋爱方面,特别是在婚姻方面,怂恿总会起很大作用。人人——他的

---

① 她哥哥米哈依尔的爱称。

同事和同事的太太们——开始向别里科夫游说:他应当结婚了,他的生活没有别的缺憾,只差结婚了;我们大家向他道喜,做出一本正经的脸色说了各种俗套,例如,'婚姻是终身大事'。况且,瓦连卡长得不坏,招人喜欢;她是五等文官的女儿,有田产;尤其要紧的是她是第一个待他诚恳而亲热的女人。于是他昏了头,决定真该结婚了。"

"哦,到了这一步,您就应该拿掉他的雨鞋和雨伞了。"伊凡·伊凡内奇说。

"您只要一想就明白:这是办不到的。他把瓦连卡的照片放在自己桌子上,不断地来找我,谈瓦连卡,谈家庭生活,谈婚姻是终身大事,常到柯瓦连科家去,可是他一点也没改变生活方式。刚好相反,结婚的决定对他起了像疾病一样的影响。他变得更瘦更白,好像越发缩进他的套子里去了。

"'瓦尔瓦拉·沙维希娜我是喜欢的,'他对我说,露出淡淡的苦笑,'我也知道人人应当结婚,可是……您知道,这件事发生得这么奇突……总得细细想一想才成。'

"'有什么可想的?'我对他说,'一结婚,就万事大吉了。'

"'不成,婚姻是终身大事;人先得估量一下将来的义务和责任……免得日后闹出什么乱子。这件事弄得我烦死了,现在我通宵睡不着觉。老实说,我害怕:她和她哥哥有一种古怪的思想方法;您知道,他们对事情的看法有点古怪;她的性子又很野。结婚倒不要紧,说不定就要惹出麻烦来了。'

"他没求婚,一个劲儿地拖延,弄得校长太太和我们所有的太太都烦恼极了;他时时刻刻在估量将来的义务和责任,同时他又差不多天天跟瓦连卡出去散步,也许他认为这是在他这种情形下照理该做的事吧。他常来看我,为的是谈家庭生活。要不是因为忽然闹出一场 Kolossalische Scandal①,他临了多半会求婚,因而促成一桩必要的、愚蠢的婚事:在我们这儿,由于闲得无聊,没事情做,照那样结了婚的,正有千千万万的先例呢。

"应该说明一下:瓦连卡的哥哥柯瓦连科从认识别里科夫的第一天起,就痛恨他,受不了他。

"'我不懂,'他常对我们说,耸一耸肩膀,'我不懂你们怎么能够跟那个爱

---

① 德语:大笑话。

进谗言的家伙,那副叫人恶心的嘴脸处得下去。唉!诸位先生,你们怎么能在这儿生活下去啊!你们这儿的空气闷死人,不干不净!难道你们能算是导师、教员吗?你们是小官僚;你们这地方算不得学府,只能算是教人安分守己的衙门,而且有巡警局里那股腐臭的气味。不行,诸位老兄,我在你们这儿再住一阵,就要回到我的农庄上去,捉捉龙虾,教教乌克兰的小孩子念书了。我是要走的,你们呢,尽可以跟你们的犹大在这儿住下去,叫他遭了瘟才好!'

"要不然他就哈哈大笑,流出眼泪来,那笑声时而洪亮,时而尖细。他摊开双手,问我:

"'他干么上这儿来坐着?他要干什么?他坐在那儿发呆。'

"他甚至给别里科夫起了一个外号叫'蜘蛛'。当然,关于他妹妹打算跟'蜘蛛'结婚的事,我们对他绝口不谈。有一回校长太太向他暗示说要是他妹妹跟别里科夫这么一个稳重的、为大家所尊敬的人结婚,那倒是一件好事;他却皱起眉头,嘟哝道:

"'这不干我的事;只要她乐意,就是跟大蟒结婚也由她。我才不干涉别人的事呢。'

"现在,您听一听后来发生的事吧。有个促狭鬼画了一张漫画,画着别里科夫打了雨伞,穿了雨鞋,卷起裤腿,正在走路,臂弯里挽着瓦连卡;下面缀着一个题名:'恋爱中的 anthropos'。您知道,那神态画得像极了。那位画家一定画了不止一夜,因为男子中学和女子中学里的教师们、神学校的教师们、衙门里的官儿,每人都接到一份。别里科夫也接到一份。这幅漫画弄得他难堪极了。

"我们一块儿走出了宿舍;那天正好是五月一日,星期日,我们全体学生和教师事先约定在学校里会齐,然后一块儿步行到城郊的一个小林子里旅行。我们动身了,他脸色发青,比乌云还要阴沉。

"'天下有多么歹毒的坏人!'他说,他的嘴唇发抖了。

"我甚至可怜他了。我们走啊走的,忽然间,您猜怎么着,柯瓦连科骑着自行车来了,在他身后,瓦连卡也骑着自行车来了,涨红了脸,筋疲力尽,可是快活,兴高采烈。

"'我们先走一步啦!'她嚷道,'多可爱的天气!多可爱,可爱得要命!'

"他俩走远,不见了。别里科夫脸色从发青变成发白,好像呆住了。他站住,瞧着我……

· 668 ·

"'请问,这是怎么回事?'他问。'或者,也许我的眼睛骗了我吗?难道中学教师和小姐骑自行车还成体统吗?'

"'这有什么不成体统的?'我问。'让他们尽管骑自行车,快快活活玩一阵好了。'

"'可是这怎么行?'他叫起来,看见我平心静气,觉得奇怪,'您在说什么呀?'

"他心里乱得很,不肯再往前走,回家去了。

"第二天他老是心不定地搓手,打哆嗦;从他的脸色看得出来他病了,还没到放学的时候,他就走了,这还是他生平第一回呢。他没吃午饭。虽然门外已经完全是夏天天气,可是将近傍晚,他却穿得暖暖和和的,到柯瓦连科家里去了。瓦连卡不在家;他只碰到她哥哥在家。

"'请坐,'柯瓦连科冷冷地说,皱起眉头。他的脸上带着睡意;饭后他打了个盹儿,刚刚醒来,心绪很坏。

"别里科夫沉默地坐了十分钟光景,然后开口了:

"'我上您这儿来,是为要了却我的一桩心事。我烦恼得很,烦恼得很。有个不怀好意的家伙画了一张荒唐的漫画,画的是我和另一个跟您和我都有密切关系的人。我认为我有责任向您保证我跟这事没一点关系……我没有做出什么事来该得到这样的讥诮——刚好相反,我的举动素来在各方面都称得起是正人君子。'

"柯瓦连科坐在那儿生闷气,一句话也不说。别里科夫等了一会儿,然后压低喉咙,用悲凉的声调接着说:

"'另外我还有件事情要跟您谈一谈。我已经教书多年了,您最近才开始;既然我是一个比您年纪大的同事,我就认为我有责任给您进一个忠告。您骑自行车,这种消遣对青年的教育工作者来说是绝对不合宜的。'

"'怎么见得?'柯瓦连科用低音问。

"'难道这还用解释吗,米哈依尔·沙维奇,难道这不是理所当然吗?如果教师骑自行车,那还能希望学生做出什么好事来?他们所能做的就只有倒过来,用脑袋走路了!既然政府还没有发出通告,允许做这种事,那就做不得。昨天我吓坏了!我一看见您的妹妹,眼前就变得一片漆黑。一个女人或者一个姑娘,却骑自行车——这太可怕了!'

"'您到底要怎么样?'

"'我所要做的只有一件事，就是忠告您，米哈依尔·沙维奇。您是青年人，您前途远大，您的举动得十分十分小心才成；您却这么马马虎虎，唉，多么马马虎虎！您穿着绣花衬衫出门，经常拿着书在大街上走来走去；现在呢，又骑什么自行车。校长会听说您和您妹妹骑自行车的，然后，这事又会传到督学的耳朵里……这还会有好下场吗？'

"'讲到我妹妹和我骑自行车，这不干别人的事！'柯瓦连科说，涨红了脸，'谁要来管我的家事和私事，我就叫谁滚他的蛋！'

"别里科夫脸色苍白，站起来。

"'要是您用这种口吻跟我讲话，那我就不能再讲下去了，'他说，'我请求您在我面前谈到上司的时候不要这样说话。您对当局应当尊敬才对。'

"'难道我说了当局什么不好的话吗？'柯瓦连科问，生气地瞧着他，'请您躲开我。我是正大光明的人，不愿意跟您这样的先生讲话。我不喜欢那些背地里进谗言的小人。'

"别里科夫心慌意乱，匆匆忙忙地穿大衣，脸上带着恐怖的神情。这还是他生平第一回听到这么不客气的话。

"'随您怎么说，都由您，'他一面走出门道，到楼梯口去，一面说，'只是我得跟您预先声明一下：说不定有人偷听了我们的话；为了避免我们的谈话被人家误解，避免闹出什么乱子起见，我得把我们的谈话内容报告校长先生……把大意说明一下。我不能不这样做。'

"'报告？去，报告去吧！'

"柯瓦连科在他后面一把抓住他的衣领，使劲一推，别里科夫就连同他的雨鞋一齐乒乒乓乓地滚下楼去了。楼梯又高又陡，不过他滚到楼下却安然无恙，站起来，摸了摸鼻子，看他的眼镜碎了没有。可是，他滚下楼的时候，偏巧瓦连卡回来了，还带着两位太太；她们站在楼下，怔住了，这在别里科夫却比任何什么事情都可怕。看样子，他情愿摔断脖子和两条腿，也不愿意成为取笑的对象。是啊，这样一来，全城的人都会听说这件事；还会传到校长耳朵里，传到督学耳朵里去。哎呀，千万别闹出什么乱子来啊！人家又会画一张漫画，到头来会弄得他奉命退休吧……

"等到他站起来，瓦连卡才认出是他；她瞧着他那滑稽的脸相、他那揉皱的大衣、他那雨鞋，不明白是怎么回事，以为他是一不小心摔下来的，就忍不住扬声大笑，响得整个房子都可以听见：

"'哈哈哈!'

"这一串响亮而清脆的'哈哈哈'就此结束了一切:结束了婚事,结束了别里科夫的人间生活。他没听见瓦连卡说什么话;他什么也没看见。一到家,他第一件事就是从桌子上撤去瓦连卡的照片;然后他躺下,从此再也没有起床。

"大约三天以后,阿法纳西来找我,问我要不要去请医生,因为他的主人不大对头。我走到他屋里去看别里科夫。他躺在帐子里,盖着被子,一声不响;不管问他什么话,他总是回答一声'是'或者'不',别的话却没有。他躺在那儿;阿法纳西呢,满脸愁容,皱着眉头,在他旁边走来走去,深深地叹气,可是像酒馆一样冒出伏特加的气味。

"过了一个月,别里科夫死了。我们都去送葬——那就是说,两个中学校和神学校的人都去了。这时候他躺在棺材里,神情温和、愉快,甚至高兴,仿佛暗自庆幸终于装进一个套子里,从此再也不必出来了似的。是啊,他的理想实现了!老天爷也仿佛在对他表示敬意,他出殡的时候天色阴沉,下着雨;我们大家都穿着雨鞋,打着雨伞。瓦连卡也去送葬;等到棺材下了墓穴,她哭了一阵。我发现乌克兰的女人总是不笑就哭,对她们来说不哭不笑的心情是没有的。

"老实说,埋葬别里科夫那样的人是一件很快活的事。我们从墓园回来的时候,露出忧郁谦虚的脸相;谁也不肯露出快活的感情——像那样的感情,我们很久很久以前做小孩子的时候,遇到大人不在家,我们到花园里去跑一两个钟头,享受完全的自由的时候,都经历过。啊,自由啊,自由!只要有一点点自由的影子,只要有可以享受自由的一线希望,人的灵魂就会长出翅膀来。难道这不是实在的吗?

"我们高高兴兴地从墓园回来。可是一个星期还没过完,生活又跟先前一样流着,跟先前一样的严峻、无聊、杂乱了——这样的生活固然没有奉到明令禁止,不过也没有得到充分的许可啊。局面并没有好一点。实在,虽然我们埋葬了别里科夫,可是这种装在套子里的人,却还有许许多多,将来也还不知道会有多少呢!"

"事情就是这样的。"伊凡·伊凡内奇说,点上了他的烟斗。

"那样的人,将来不知道还会有多少!"布尔金又说一遍。

这个中学教师从堆房里走出来。他是一个矮胖的男子,头顶全秃了,留着一把黑胡子,差不多齐腰上;有两条狗跟他一块儿走出来。

671

"多好的月色,多好的月色!"他抬头看,说道。

这会儿已经是午夜了。向右边瞧,可以看见整个村子,一条长街远远地伸出去,大约有五俄里长。一切都沉在深沉而静寂的睡乡里;没有一点动静,没有一点声音,人甚至不能相信大自然能够这么静。在月夜看着宽阔的村街和村里的茅屋、草堆、睡熟的杨柳,心里就会变得恬静;这时候村子给夜色包得严严紧紧,躲开了劳苦、烦恼、忧愁,安心休息,显得那么温和、凄凉、美丽,看上去仿佛星星在亲切而温柔地瞧着它,大地上不再有恶事,一切都挺好似的。左边,村子到了尽头,便是田野;可以看见田野远远地一直伸展到天边。在这一大片浸透月光的旷野上也是没有动静,没有声音。

"事情就是这样的,"伊凡·伊凡内奇又说一遍,"我们住在城里,空气恶浊,十分拥挤,写些无聊的文章,玩'文特'——这一切岂不就是套子?至于在懒汉、搬弄是非的人、无所事事的蠢女人中间消磨我们的一生、自己说而且听人家说各式各样的废话——这岂不也是套子吗?嗯,要是您乐意,那我就给您讲一个很有教益的故事。"

"不,现在也该睡了,"布尔金说,"留到明天再讲吧。"

他们走进堆房,在干草上睡下来。他俩盖好被子,刚要昏昏睡去,忽然听见轻轻的脚步声——吧嗒,吧嗒……有人在离堆房不远的地方走着,走了一会儿站住了,过一分钟又是吧嗒,吧嗒……狗汪汪地叫起来。

"这是玛芙拉在走。"布尔金说。

脚步声渐渐听不见了。

"你看着人们作假,听着人们说假话,"伊凡·伊凡内奇翻了个身说,"人们却因为你容忍他们的虚伪而骂你傻瓜。你忍受侮辱和委屈,不敢公开说你跟正直和自由的人站在一边,你自己也作假,还微微地笑,你这样做无非是为了混一口饭吃,得到一个温暖的角落,做个一钱不值的小官儿罢了。不成,不能再照这样生活下去啦!"

"算了吧,您扯到别的题目上去了,伊凡·伊凡尼奇,"教师说,"睡吧!"

过了大约十分钟,布尔金睡着了。可是伊凡·伊凡内奇不住地翻身,叹气;后来他起来,又走出去,坐在门边,面朝外,点上烟斗。

1898 年

(选自《契诃夫小说选》,汝龙译,

人民文学出版社 1978 年版)

契诃夫短篇小说导读

安东·巴甫洛维奇·契诃夫(1860—1904)是 19 世纪俄国杰出的批判现实主义小说家和戏剧家,以短篇小说大师著称于世。

他的祖上是农奴,祖父从地主手里为他自己、妻子和三个儿子赎得人身自由。他出生时,父亲已在外省小城市开设小食品杂货店。他 16 岁时家庭破产,从此就自谋生计,因而十分熟悉小市民的生活习俗,亲身体验过"小人物"的苦难遭遇。

他 19 岁进入莫斯科大学医科。大学毕业后,他边行医边写作,对生活的认识和写作的水平也有所提高。1886 年 26 岁的契诃夫出版第二部短篇小说集后,他那表面看来写的是无伤大雅的笑料,实际上嘲笑了小市民的奴性和专制警察制度的短篇小说,如《小公务员的死》和《变色龙》等,引起人们的重视和赞赏。

此后,契诃夫因意识到创作的社会意义而加强了作家的责任感,更严肃认真地对待写作了。他对社会的揭露更为深广,从可笑的生活琐事中更多地发掘出可悲的社会问题,更深切地关心劳动人民的苦难生活,写出《哀伤》和《苦恼》等短篇,并开始写中篇小说和戏剧,这标志着他的创作进入了新的时期。

1890 年,为深入了解人民疾苦和解决"怎么办"的问题,契诃夫只身前往流放犯人的库页岛。这次远行使他扩大了视野,提高了认识,清除了托尔斯泰主义对他思想的影响,从而增强了作品的时代气息和对种种邪恶势力的抗议力量,写出了像中篇小说《第六病室》等作品。这时期,他的创作又有了发展:题材更广泛,思想更深刻,艺术更成熟。短篇小说《带阁楼的房子》揭露了自由派改良主义,《姚尼奇》揭露了小市民的庸俗习气,中篇小说《在峡谷里》揭露了资本主义给农村带来的严重危害。19 世纪 90 年代后期，反映知识分子的生活和情绪的、富有哲理性的剧本《海鸥》和《万尼亚舅舅》等，相继问世，博得好评。

反对封建专制的资本主义剥削，揭露奴性、保守和庸俗习气，是契诃夫创作的基本主题。他虽然始终没有明确的政治主张，没有亲身参加当时兴起的无产阶级革命运动，不明确社会的最终出路在哪里，因而作品常常流露出忧伤苦闷情绪；但他坚信光明美好的前景，而且要求根本变革现实的心愿，愈来愈强烈。他晚年的剧本《三姊妹》、《樱桃园》和短篇小说《新娘》，都表现出对美好的新生活即将随着荡涤一切污秽的暴风雨而来临的预感，以及对它热切期待的心情。

下面就契诃夫的几篇代表作谈谈他不同时期创作的思想及艺术特色。

早期创作的《普里希别叶夫中士》(1884)是揭露亚历山大三世继承皇位后，为镇压革命运动而加强的警察制度的。它的主人公是一个退伍回乡士兵。契诃夫让他扮演了"额外警察"的角色。短篇通过对他的尖锐讽刺，很巧妙地揭露和嘲笑了反动残暴的警察统治。

这个微不足道的兵痞子，极端地藐视农民，严厉地监视和管制着他们的一举一动。他自告奋勇地出来维护什么法律、秩序和规矩，其实冥顽不灵，啥也不懂，只知道政府是不能"放任老百姓由着性儿干"的。当警官、乡长和警察到村里来处理一起浮尸案时，他又像往常那样为驱散人群而大打出手。这次不仅围观的农民被打了，连官长也挨打了，因而被控告而受到了惩罚。

为了达到尽情嘲笑的目的，作者采取夸张和讽刺的手法，从突出他的内在矛盾上来刻画他的性格特征。他的社会地位是"奴隶"，却以"老爷"自居，死心塌地地为统治阶级卖命。作者抓住他的社会地位和主观意识、动机和效果、目的和手段等的矛盾，选择对他进行审判的一个场面,让他用自己的话语,活脱脱地自我暴露充满着矛盾的性格和心理,把他可笑又可恶的丑态淋漓尽致地刻画出来。由于揭露得深刻,他那多方面的性格特征,既集一切反动统治特征之大成,又概括了特定历史时期的时代通病。因而这是一个具有巨大社会意义的典型形象。

中期创作的《万卡》(1886)表现了契诃夫对劳动人民命运的关切。农奴制度废除已20多年了,资本主义正在迅速发展。可是劳动人民在农奴制度下受尽苦难,在资本主义社会里亦复如此,真是苦难茫茫无尽头!契诃夫对此感受颇深,这个短篇既是揭露,又是抗议。

契诃夫认为:"短篇小说的首要魅力就是朴素和诚恳。"《万卡》只写了日常生活中的一个小场景,既没有编造曲折离奇的情节,也没有矫揉造作的浮夸语言。它以小孩的观点和口吻,通过他所熟悉的日常生活,写出一个农家孩子的凄凉身世;写得那么亲切生动,真实可信,读者不能不为之感动,不能不关心和惦念着他的不幸前途。

在人物描写上,《普里希别叶夫中士》主要刻画主人公乖戾可鄙的性格特征,《万卡》则主要刻画主人公的天真可爱。万卡哭着哀求爷爷"带我离开这儿吧,不然我就要死了";同时想到不能让爷爷为难,因而又说他在乡下可以给老爷擦皮鞋,做牧童,找些活儿来养活自己。他对爷爷说了不少见闻,在大城市里,"房子全是老爷们的;马有很多,羊却没有,狗也不凶",可以买到鱼钩、鸟枪等等。这些细节描写不是闲笔,表现了他虽痛苦,但像爷爷一样坚强,热爱生活。

"乡下祖父收",这短篇的结尾幽默,含蓄,耐人玩味。万卡寄予极大希望的信,没有写明地址,是由于幼稚无知而造成的疏忽?但是,即使没有这疏忽,他那哀求和热望也将终成泡影。作者正是以这深蕴内涵的细节来告诉读者,万卡在那个社会里不会有什么希望和前途,他决无法摆脱苦难!契诃夫的早期创作中憎恶遮盖了哀伤,而这时他则深感反动黑暗势力的强大、顽固,从而流露出对贫苦人民的深切忧虑。

后期创作的《套中人》(1898)是从文化教育界来揭露沙皇政府所强化的反动专制统治的:它禁止变革,反对进步,把人们的思想禁锢起来,使社会停滞甚至倒退。这表明契诃夫对时代"病态"的严重性,认识愈来愈深刻。这个短篇,就其要求彻底改变旧生活的思想高度和塑造典型人物的精湛艺术来说,可列入他最杰出的作品之中。

主人公别里科夫与普里希别叶夫相似,都是反动统治阶级的"额外警察",但作者在晚年再来写这号人物的时候,他不仅更为深刻而全面地剖析主人公的性格特征和心理状态,同时冷静而猛烈地揭露了产生这一典型性格的典型环境,即契诃夫所谓"病态的时代",发出"再也不能这样生活下去了"的呼声。因此这短篇写的不是一个小场景,而是通过主人公的一段生活史,展现出社会生活的一个侧面,并采取故事套故事的结构和夹叙夹议的方式。

别里科夫是中学教员,一个既保守又反动的知识分子。作者通过他的同事布尔金和兽医伊凡·伊凡内奇下乡打猎时的闲谈,首先对别里科夫加以概括的评介,从日常举止、教学工作、社会活动和家庭生活等方面,使用几组一连串细节的铺陈,如他出门时的雨靴、雨伞、棉大衣和黑眼镜等,以及个别细节的反复强调,如他的口头禅"千万别闹出什么乱子啊",多方面地刻画了他那套子式的外表、论调、思想方式和生活方式。他不仅性情孤僻,妄图与世隔绝,极力要把自己装进套子里去,而且由于思想僵化,因循守旧,憎恶一切变革,反对任何进步,极力要把周围人们的思想行动也束缚住,把整个社会也装进套子里去。套子,成为这个思想僵化的人物性格的象征,也成为反动年代停滞不前的社会生活的象征。

小说中一系列冲突,特别是高潮部分,即他滚下楼梯的时候,揭露出他灵魂深处的奥秘。他之所以思想僵化,怕出乱子,极力维护现状,甘愿充当走狗,其思想根源是严重的自私自利:生怕乱了套而丧失既得利益,不得不"奉命辞职"。

时代毕竟前进了。普里希别叶夫气壮如牛,村里人低声下气地忍受他的蛮横欺压;别里科夫则虚弱得不堪一击,而他周围的人们又已经开始觉醒和反抗了。作者对两个边讲故事边议论的人物和故事中的新派人物的描写,表现了他对彻底改变现状的要求和对新生活必将来临的预感。

纵观契诃夫上述有代表性的三篇小说,可见他的创作在思想和艺术两方面都是在显著地发展和不断地提高着的。他把文学看做"人民的事业",是一个"被自己的责任和良心所约束着的"作家。他遵循现实主义传统,要求"无条件的、直率的真实","按照生活的本来面目描写生活",但同时要求具有"目标感",使人感觉到"生活应当是什么样子"。因此,他的题材虽然是平凡的日常生活,但并非毫无意义的身边琐事。他站在历史的高度,瞩目于人民的生活和命运。所以他写的虽然多半是"小人物"、小故事和小场景,却能由小见大,见微知著,揭露出生活的"反常"、时代的"病态",反映与人民命运攸关的重大社会问题。

他的短篇小说写得简练、朴素,独树一帜。早期所创作的大量小型短篇小说,描写多,对话多;后期的篇幅较长,往往在描写和叙述中穿插抒情和议论。他善于以幽默和讽刺的笔调,挖掘出既可笑又可悲的生活本质,悲剧性和喜剧性交织在一起,以至他的剧本往往难以判别是悲剧还是喜剧。抒情性、含蓄和运用潜台词的表现手法,使他的小说和剧本,往往呈现出深远的意境和生活的"潜流",因而他的作品经得起反复的阅读。

(汪靖洋)

下　卷

20 世纪文学

20世纪现实主义文学指要

20世纪是人类历史发展风云多变、战乱纷起的阶段。这一时期西方主要的资本主义国家进入垄断资本主义,固有的社会矛盾进一步激化。影响历史进程的重大事件,如十月革命、两次世界大战、多次严重的经济危机等,使整个社会处于动荡不安之中,人们思想发生了急剧的变化,陷入精神危机。在这一历史背景下,西方文学又受到唯意志论、存在主义、非理性主义等哲学、心理学的影响,呈现出思潮迭起、流派林立、主义纷呈的多元化局面。我们从总体方面加以考察,从宏观上进行梳理,则可归结为现实主义和现代主义两大文学主潮。20世纪现实主义文学是19世纪现实主义文学的延伸和拓展;20世纪现代主义文学是西方传统文学在新时代的转型与创新。所以,我们从源流上看,现实主义和现代主义本质上都是对传统文学的继承和发展;从创作实践方面考察,则两者并非尖锐对峙、水火不容,而是互相撞击、彼此交融,可谓"你中有我,我中有你"。这两大文学流派竞相斗艳、互为辉映,构成了多种多样、千姿百态的世界文学奇观。

(一)

长期以来,人们提到19世纪现实主义,在习惯上都是沿用苏联无产阶级作家高尔基的有关论述,冠以"批判"一词;而对20世纪现实主义,因其主要职能不再限于对黑暗社会的揭露,故取消

· 681 ·

"批判"一词，通称现实主义，以示两者的区别。彼此相比，20世纪现实主义文学有以下值得注意的特点：

开拓创作视野，摄录时代风貌。十月革命的胜利，揭开了人类历史的新纪元。在十月革命的旗帜下，马克思列宁主义广泛传播，社会主义思想深入人心，国际无产阶级革命运动风起云涌，工人群众反对垄断资本主义压榨的斗争如火如荼。面对现实生活的发展与变化，20世纪现实主义作家虽仍以人道主义为思想武器，观察、认识和反映生活，但感受到了时代脉搏的跳动，扩大了创作视野，摄录时代风貌，描绘时代特点。特别是他们之中的大多数，站在人民群众一边，同情和支持其为争取自由解放而作的斗争，这是非常可贵的。

题材品种增多，主题鲜明突出。众所周知，两次世界大战，是对人类空前的浩劫。战争规模之大，延续时间之长，敌我斗争之烈，残杀人民之惨，都是过去战争所没有的。20世纪现实主义作家以战争为重要题材，愤怒揭露帝国主义的侵略罪行，热情讴歌人民群众可歌可泣的英勇斗争，弘扬爱国主义的崇高思想，给人们以巨大的鼓舞和深刻的教育。另外，值得注意的是：工人阶级反对资本主义的斗争，变得更为自觉，更有组织；罢工运动由经济性质发展成为带有明确的政治性质，而且同世界各国无产阶级的斗争结成一体，相互配合，彼此支持，统一行动。这一显著变化诉诸现实主义作家的笔端，就成为思想鲜明、主题突出的闪光篇章，从而受到了人们的普遍喜爱。

构筑"长河小说"，揭示历史变迁。"长河小说"是在雨果《悲惨世界》、列夫·托尔斯泰《战争与和平》等的创作基础上构筑而成并逐步发展起来的。但它又不同于那些百万字以上的、多卷本的传统的长篇小说。"长河小说"往往以一个家庭的兴衰，或一个家庭的荣枯为线索，展开集中描写。情节单一，结构紧凑，容量增多，内容丰富，能够较充分地反映历史的急剧变化，从纵向发展方面了解社会的演变情况。法国现实主义作家杜伽尔(1881—1957)的"长河小说"《蒂博一家》(1922—1940),描写人道主义者雅克与资本主义黑暗现实的斗争,通过他的家庭变迁反映社会变化,突出地表现了法国人民的反战思想,充分地展现了 20 世纪初期法国的现实生活,显示了"长河小说"的特点。

采用多种技法,强化心理描写。19 世纪现实主义作家,如法国的司汤达、俄国的陀思妥耶夫斯基等,均以心理描写著称。进入 20 世纪,许多现实主义作家受到现代主义思潮、表现方法等的影响,不再恪守典型化的原则,也不再拘泥于通过曲折紧张的情节塑造人物形象的手法,而是更倾向于探索人物心灵的奥秘,更注重于人物内心世界的剖析。因此,与 19 世纪作家相比,他们的创作表现了内心化、主观化的鲜明特征。他们采用多种技法,包括吸取现代主义的许多手法,如自由联想、内心独白、梦幻描写、荒诞意识等,强化心理描写,刻画典型人物。这样,人们往往很难界定它们究竟是现实主义作品,还是现代主义产儿。

(二)

20 世纪现实主义文学首先在英国获得了迅速的发展。萧伯纳(1856—1950)跨越两个世纪,一生写有 51 个剧本,被称为英国现代戏剧的奠基者。劳伦斯(1885—1938)以小说创作蜚声英国文坛,他发表了 10 部长篇小说、40 多篇中篇小说,此外还写了一千多首诗歌。《儿子与情人》(1913)描写恋母情结,探究人性变异,带有自传的性质,是劳伦斯的成名作。劳伦斯的代表作《虹》(1915),以家乡的农村为背景,描写主人公布兰温一家三代人的恋爱婚姻和日常生活,表现西方现代文明社会中人们要求挣脱旧传统的束缚,企盼出现人间彩虹的美好愿望。另一位颇有成就的现实主义作家约翰·高尔斯华绥(1867—1933),把笔触伸向资产阶级家庭,写有两套连续的三部曲:《福尔赛世家》(1906—1928,《有产者》、《进退两难》、《出租》)和《现代喜剧》(1924—1928,《白猿》、《银匙》、《天鹅曲》),通过对福尔赛家族兴衰史的具体描绘,广泛地反映了19、20两个世纪之交时期英国资产阶级的社会生活,揭示了它兴盛衰亡的过程,刻画细致,心理分析深刻,具有时代文献的特征。毛姆(1874—1965)的《刀锋》(1944),探索人生意义,深受青年读者欢迎;格林(1904—1991)以描写重大国际问题见长,他的《沉静的美国人》(1955)反映抗法时期的越南情况,揭示殖民主义者的丑恶行径;被称为"愤怒的青年"的代表的金斯莱·艾米斯(1922—),在小说《幸运的吉姆》(1953)中,塑造了一个"反英雄人物"吉姆,用讽刺的笔调嘲讽了英国大学生的虚伪;女作家多丽丝·莱辛(1919—)以多重奏的复合结构所写的《金色笔记》(1962),揭示了"自由女性"的精神困惑,等等。

很多20世纪法国现实主义作家,紧扣现实生活,撷取具有政治意义的重要题材,表达具有鲜明的时代色彩的主题。著名作家罗曼·罗兰(1866—1944)的"长河小说"《约翰·克利斯朵夫》(1904—1912),虽然描写的是一个音乐家的悲欢离合、不断抗争的故事,但作者的笔触延伸到了好几个欧洲国家,令人瞩目。法朗士(1844—1924)的创作在20世纪初进入了成熟阶段,先后写出了《企鹅岛》(1908)、《诸神渴了》(1912)、《天使的反叛》(1914)等长篇小说,其中有的用寓言的形式,针砭时弊,鞭挞现实生活的丑恶;有的总结1789年法国大革命的经验教训,给人们以思想上的启迪。安德烈·纪德(1869—1951)的作品往往带有自传性质,《伪币制造者》(1926)反映了当代青年的不安与苦闷,流露出对现实社会的不满和怀疑。马尔罗(1910—1976)把目光投向国际上的重大事件,《征服者》(1928)以中国1925年的省港大罢工为题材。《人的状况》(1933)反映1927年上海工人的武装起义,《希望》(1937)则把描写的中心转入西班牙反法西斯斗争的战场。

德国、奥地利等国的现实主义文学,在 20 世纪也取得了重大发展。除了本书前面的"19 世纪批判现实主义指要"中提及的亨利希·曼和托马斯·曼兄弟创作的名作之外,还有:布莱希特(1898—1956)的戏剧创作,寓意深邃,独树一帜。他的"寓言剧"《四川好人》(1940)以中国为背景,描写一个妓女的故事,探讨人的行为与现存社会制度的矛盾。《大胆妈妈和她的孩子们》(1939)和《伽利略传》(1938—1947)是布莱希特"历史剧"的代表作,前者服务于反法西斯斗争,后者提出科学家应尽的社会责任。他在戏剧表现形式方面的革新、创造,对世界现代戏剧的发展产生了深远的影响。雷马克(1896—1970)擅长描写战争题材,他的反战小说《西线无战事》(1929)和《凯旋门》(1946),抨击两次世界大战造成的灾难和罪恶,笔调客观、冷静,描写简洁、生动。亨利希·伯尔(1917—1985)的长篇小说《以一个妇女为中心的群像》(1971),以一个女人的多次婚姻为线索,剖析德国社会现状,被称为伯尔"小说创作的皇冠",荣获 1972 年诺贝尔文学奖。奥地利作家斯蒂芬·茨威格(1881—1942)以创作中短篇小说著称,《一个女人一生中的二十四小时》(1940)锐意于人性的解剖和分析,精细地刻画了中产阶级妇女复杂的思想感情,具有感人的艺术魅力。

这时期美国的现实主义文学可谓异军突起,后来居上,取得了长足的发展。特别是涌现出了一批像德莱塞(1871—1945)、海明威(1899—1961)等具有国际声誉的小说家,逐步把美国文学推向高锋。约翰·斯坦贝克(1902—1968)是 20 世纪 30 年代美国大萧条时期的著名作家,他的代表作《愤怒的葡萄》(1939)被誉为一部描写农业工人苦难生活和不断抗争的史诗。"迷惘的一代"的重要作家司各特·菲兹杰拉德(1896—1940)的小说《了不起的盖茨比》(1925),通过对主人公盖茨比悲剧命运的描写,表现了第一次世界大战后青年一代"美国梦"的幻灭。值得注意的是,在美国现实主义文学发展的长河中,犹太作家写的犹太文学占有一定的地位,这里有：索尔·贝娄(1915—)的《洪堡的礼物》(1976)、辛格(1904—1991)的《卢布林的魔法师》(1960)、伯纳德·马拉默德(1914—1986)的《伙计》(1952)，等等。这些作品选取犹太题材，以犹太人为主角，从犹太人的立场出发观察战后的美国社会，视角独特，风格各异，为美国文坛增光添色，令人注目。

在上述西方主要国家的现实主义文学迅速发展、取得重大成就的背景下，东南欧和北欧等地区也先后涌现出了众多的现实主义作家。其中有捷克作家哈谢克(1883—1923)揭露奥匈帝国穷兵黩武罪行的政治讽刺小说《好兵帅克》(1920—1923)、米兰·昆德拉(1929—)描写知识分子的人生选择的《生命中不能承受之轻》(1984)、挪威作家哈姆生(1859—1952)反映民族斗争生活历程的《大地硕果》(1917)、西班牙诗人加西亚·洛尔卡(1898—1936)揭露反动统治者凶残嘴脸的《吉普赛谣曲》(1927)、希腊小说家卡赞扎基斯(1883—1959)歌颂克里特人民反对土耳其黑暗统治的《自由与死亡》(1950)，等等。

20世纪的苏联文学是特定时代的产儿。它的诞生和俄苏社会的特性、变迁密切相连。就其性质而言，它属于无产阶级文学，从创作方法的角度来说，通称社会主义现实主义文学。近几年来，国内出版的外国文学方面的教材，则把苏联文学理解为"现实主义的新局面"(《外国文学史》下册第75页，高教出版社1999年版)，认为一些作家的创作显示出了"20世纪现实主义的新动向"(国家教委高教司编《外国文学史教学大纲》第98页，高教出版社1995年版)。那么，苏联文学究竟"新"在何处？如果我们把它和传统的现实主义文学略加比较，概言之则有下列几个方面值得注意：站在时代的高度，正面描写无产阶级革命；用发展的观点，真实反映现实生活的巨变；以普通劳动者为主人公，努力塑造新的英雄人物；主张多种文学流派并存，在自由竞赛中交替发展；忽视文艺的审美功能，过分强调作品的思想教育作用,等等。其中,主要之点正如《苏联作家协会章程》中所规定的:真实地反映现实生活,从现实的革命发展中真实地、具体地描写现实,并以社会主义精神教育人民。

阿·马·高尔基(1868—1936)是苏联文学的奠基人、社会主义现实主义的开拓者。长篇小说《母亲》(1906)以20世纪初俄国工人运动为背景,现实生活中的真人真事为基础,第一次成功地塑造了巴威尔这一无产阶级革命英雄的光辉形象。小说中的母亲尼洛夫娜从不了解革命到投身火热的斗争,由一个逆来顺受的家庭妇女锻炼成为坚定的革命者,表明了广大群众普遍的思想觉醒。列宁阅读《母亲》以后,赞扬它是“一本非常及时的书”。高尔基晚年写的宏篇巨著《克里姆·萨姆金的一生》(1925—1936,共4卷,第4卷未完成),具体地描绘了十月革命前40年间俄国社会生活的方方面面,充分地反映了一系列重大事件的风风雨雨,细致地刻画了形形色色的社会众生相。主人公萨姆金是市侩知识分子的典型,他庸俗自私,随波逐流,思想颓唐,灵魂空虚,体现了市侩习气的主要特点。小说场面壮阔,内容深广,人物众多,手法多样,被看作是那个时代“俄罗斯精神生活的编年史”。高尔基的创作以主题、人物、手法等方面的新特点,开拓了世界文学发展的新天地,具有划时代的重要意义。

米·亚·肖洛霍夫(1905—1984)是最杰出的苏联作家之一,以描写顿河沿岸哥萨克的生活斗争和独特命运著称,在世界上享有很高的盛誉。1965年获得瑞典皇家学院授予的诺贝尔文学奖金。代表作长篇小说《静静的顿河》(1926—1940,共4部8卷),以第一次世界大战、1917年的二月革命和十月革命、国内战争等动荡的历史时期为背景,描写顿河草原的风土人情、尖锐复杂的矛盾斗争、哥萨克各阶层经历的深刻变化和曲折道路。这一切都艺术地映现在小说的中心人物葛利高里的身上。葛利高里形象复杂多变,内涵丰富,既反映了中农在革命进程中动摇不定的特点,又镌刻着哥萨克传统观念的印痕。他的悲剧与所处的历史时代息息相关。另一部重要著作《被开垦的处女地》（又译《新垦地》，第一部，1932；第二部 1960）紧贴生活，思想深刻，笔调凝重，被称为反映苏联 20 世纪 30 年代农业集体化运动的史诗。作者在 1956 年和 1957 年之交发表的短篇小说《一个人的遭遇》（另译《人的命运》）开辟了处理卫国战争题材的新路线。它生动地描写了主人公索科洛夫在战争中经受的悲惨遭遇和严峻考验，再现了苏联普通人的内心痛苦和刚毅精神，表达了对于卫国战争和既往历史的深沉反思。肖洛霍夫的小说闪烁着强烈的人道主义思想光芒，善于描绘自然风光，抒情色彩浓郁，坚持史诗与悲剧相结合的艺术风格。

苏联文学对其他国家的作家产生了积极的影响，使他们写出了一些被认为是社会主义现实主义的作品：法国巴比赛（1873－1935）的《火线》（1916）、阿拉贡（1897－1982）的《共产党人》（1947－1951）、德国安娜·西格斯（1900－1983）的《第七个十字架》（1942）、丹麦尼克索（1869－1954）的《红色莫尔顿》（1945）、美国马尔兹（1908－1985）的《潜流》（1940）……

（王秋荣）

萧伯纳

巴巴拉少校

第 三 幕

....

巴巴拉　这笔买卖成交了吗？道利，你的灵魂现在属于他了吧？

柯森斯　不过是价钱讲妥啦。激烈的战斗还在后头呢。道德问题怎么解决？

薄丽托玛夫人　这里边丝毫没有道德问题，阿道弗斯，这很简单，你只能把大炮和武器卖给为正义、为公理而战的人，而拒绝卖给外国人和犯罪的人。

安德谢夫　（决绝地）不行，这个不成。你必须坚持军火商的真正信条，要不然你就别干。

柯森斯　究竟什么是军火商的真正信条呀？

安德谢夫　谁出公道价钱，就把军火卖给谁，不管他是什么人，什么主义；是贵族，是共和党，是虚无党，是沙皇，是资本家，是社会主义者，是基督教，是天主教，是强盗，是警察，是黑种人、白种人、黄种人，不管他是什么种类，什么情况，什么民族，什么信仰，干的什么浑事儿，进行的什么伟大事业，犯的什么罪，都一视同仁。安德谢夫家的第一代老祖宗在工厂的墙上题上了这样两句：“上帝既赐人以手，人岂可放下刀枪”，安德谢夫的第二代题的是：“人人有权争胜负，无人有权论是非”，第三代题的是：“武器归于人，光荣归于上帝”，第四代不爱好文学，什么也没题，可是他全然不避乔治三世皇帝的耳目，把大炮卖给拿破仑，第五代题的是：“和平要想维持长久，就永不能放下刀枪”，第六代，就是我的上一代，他题的最好，他说：“除有人准备以性命相搏，天下万事不能行。”这以后，第七代再也没有可说的啦，他简单地题上四个字：“决不要脸”。

柯森斯　我的好马克维利呀,我也要在墙上题一题,只是我要写希腊文,您看不懂。至于您的军火商人信条,我既然不再让我自己的道德信条那个圈套儿勒着我的脖子,也不会又钻到您那个圈套儿里去。大炮,我是喜欢卖给谁就卖给谁,不喜欢就不卖。

安德谢夫　一旦你变成了安德鲁·安德谢夫,你就再也不能那么自由任性了,小伙子,别想一跑来就独揽大权。

柯森斯　如果我的目的是独揽大权,我不会找到您这儿来的,您自己就没有权力。

安德谢夫　我个人当然没有。

柯森斯　我的权力比您大,因为我的意志比您强。您支配不了这个地方,是这个地方在支配您。可支配这个地方的又是谁呢?

安德谢夫　(神秘地)一种意志,而我正是那种意志的一部分。

巴巴拉　(吃惊)爸爸! 您这是说的什么话呀? 您是不是想设下陷阱同时捉住我的灵魂啦?

柯森斯　别听他这一套空论吧,巴巴拉。支配这个地方的是社会上最混账的那群人,想钱的,找乐儿的,军队上琢磨着升官儿的。他不过是这些人的奴才罢了。

安德谢夫　这倒不一定。别忘了军火商的信条。好人坏人向我订货,我是一律竭诚欢迎。如果你们这些好人宁愿去说教讲道、逃避责任,也不来买我的武器去打那群混账人,那就怪不得我啦。我会制造大炮,不会制造勇气和信念。讨厌! 欧里庇德斯,你可把人腻死啦,你这个道德贩子。你请教一下巴巴拉,她明白。(他忽然拉起巴巴拉的双手,用力地盯住她的眼睛)告诉他,亲爱的,告诉他权力的真正意义。

巴巴拉　(好像被催眠一般)我在参加救世军以前,我有权力支配自己,结果是简直不知道怎么着好。一参加了救世军,我要做的事情就多得做不过来啦。

安德谢夫　(赞赏地)。你觉得那是什么缘故呢?

巴巴拉　要是昨天说,应当说因为上帝掌握了我。(她镇定下来,用和她父亲一样大的力量,撤回了她的双手)可是结果您来啦,您证明了我是在鲍吉尔和安德谢夫的掌握中。今天我感觉……啊! 叫我怎么拿言语形容呢? 莎拉,你还记得我们小孩儿的时候在凯恩斯经过的那回地震吗? 头一回震动吓的那一跳,要跟等待着第二个震动的时候那份儿担惊害怕比起来,够多么轻微呢?我今天在这儿的感觉,就像那一回等着第二个震动似的。原来我站在一块石头上,以为那是万古不灭的,可是连一声警告都没给我,石头在我脚底下晃了两晃就整个儿碎啦。早先我多么平安啊,头上有无穷的智慧指引着我,身边有一支大军跟我一同走上救灵魂的道路;可是转眼之间,您在支票本子上笔尖儿一动,我就变得一身孤立,头上只剩下一片太空了。这是地震的头一下儿,我正在等着第二下儿啦。

安德谢夫　姑娘,不要紧不要紧!这点儿鸡毛蒜皮的悲剧值不得这么重视。比方说,我们这里拼上几年的工作和研究,花上几千镑的现钱,制造出一种新型的大炮或作战飞艇来,结果是错了像头发丝那么一点儿。你猜我们怎么办?砸了它。在它身上多一个钟头也不再费,多一镑钱也不再花,砸了完事儿。你瞧,你给你自己制造了一套东西,叫它作道德、宗教、什么的。它跟事实不合,那么砸了它吧。砸了它,另找个合适的。今天的世界,错就错在这里。世人砸了老式的蒸汽机和发电机,可是不砸老式的偏见、老式的道德、老式的宗教和老式的宪法。结果呢?在机器方面很进步,在道德宗教和政治方面就不知怎么才好,一年甚似一年地把整个世界往破产上挤。你别跟着犯这份儿傻气,回头吧。你的老式宗教昨天垮啦,那么为了明天另找个比较新比较好的吧。

巴巴拉　要是真有个更好的宗教,我该会怎样地高兴啊!可惜你要给我的是个更坏的。(忽而暴烈地向她父亲发作)现在为您自己辩白吧,您有什么可说的。这里尽管有非常干净的车间,正正派派的工人,标准的住宅,可是在这个黑暗的可怕的地方,您说哪儿有一线光明吧。

安德谢夫　我们用不着替干净和正派辩白什么,这两样儿天生就是好的。我看不出这个地方哪儿有黑暗,哪儿有什么可怕的现象。倒是在你那个救世军收容所里,我看见了一群受穷、受罪、挨饿、受冻的人。你给他们面包和糖浆,教他们梦想天堂;我给我的工人最少的 30 先令一礼拜,最多的 1200 镑一年。他们随便去梦想什么,我都不管,我只注意他们表现出来的结果。

巴巴拉　也注意他们的灵魂吗?

安德谢夫　我救了他们的灵魂,就像我救了你的灵魂一样。

巴巴拉　(起反感)您救了我的灵魂?这是什么意思?

安德谢夫　这些年,我管你吃,管你穿,管你住。我注意到给你的钱,够你过个富裕的生活;还得多给些,那你才能浪费点儿,马虎点儿,大方点儿。这就从那七大罪恶①里救出了你的灵魂。

巴巴拉　(莫名其妙地)七大罪恶?

安德谢夫　不错,七大罪恶。(屈指算)吃喝,穿戴,煤火,房租,捐税,体面,孩子。七件事,像七块大磨盘似的坠在人类的脖子上;只有钱,才能一块一块地搬开。只要是还坠着,人的精神意志不会自由飞翔的。我使得巴巴拉变成了巴巴拉少校,我就使得她不至犯受穷的罪。

巴巴拉　您认为受穷是罪恶吗?

安德谢夫　最不可恕的罪恶。别的罪恶和穷一比就都变成了美德。经这样一比卑鄙也变成了圣洁。贫穷毁灭了整个的城市,散布瘟疫,无论谁看见它那副神气,听见它的声音,闻到它的气味,都会吓掉魂。你说的那种罪,真算不了一回事;这里杀个人,那里失回盗,今儿有人打人,明儿有人骂人,这些有什么关系呀?大不过是人生中偶然的事和病态罢了。伦敦城里,真正拿犯罪作职业的人到不了50名,可是穷人却有几百万,堕落的人,肮脏的人,吃不饱的和穿不暖的人。他们在道德方面跟肉体方面都毒化了我们,他们毁灭社会的幸福,他们迫使我们放弃我们自己的自由,订下些不合人情的刑罚,为的是防备穷人们造反,把我们也拉到他们的地狱里去。只有傻瓜才怕犯罪的人,我们大家都怕受穷的人。喝!(气愤地找上巴巴拉来)你总说西海姆那个凶汉,你怎么救他的灵魂,怎么半途而废,埋怨我们把他的灵魂送回地狱里去了。好啦,你叫他到这儿来吧,我再把他的灵魂给你救回来吧。我不向他讲道,也不引着他梦想什么天堂,而是每礼拜给他38个先令的工资,在一条漂亮的街上给他一所整整齐齐的房子和一个长期的工作。三个礼拜以内,他就要买个花背心穿上,三个月以内戴上了礼帽,在教堂里有了固定的座位,不出今年,他还会在"樱草会"②的集会上和一位公爵夫人握手而且加入保守党啦。

巴巴拉　您以为这样就对他有好处了吗?

安德谢夫　你明知道有好处的。别装糊涂了吧,巴巴拉。他会吃得好些,住得

---

① 七大罪恶即基督教所说的骄、贪、淫、怒、馋、嫉、懒七大罪。
② 樱草会,为1883年在英国成立的一个保守党团体。

好些,穿得好些,行为也规矩些;他的孩子也会胖些、大些。那岂不比住在收容所里睡美国布垫子强,比劈劈柴吃面包和糖浆强,为这点儿还得时常被人家强迫着跪下谢天谢地——我想你们是管下跪叫练膝盖头吧。一手拿着圣经,一手拿着面包来劝快饿死的人信教,这太用不着费劲儿啦。在这样的条件下,我敢保证我可以把整个西海姆的人劝得信奉回教。你拿我的工人试试看。他们肚子吃饱了,所以灵魂才饿啦。

巴巴拉　那么就看着东端区的贫民饿死吗?

安德谢夫　(他的强有力的声调低沉下来,辛酸而沉默地回忆着过去)在早年我自己就是东端的一个穷小子。我一直讲道德,可一直吃不饱。有一天我发了宏誓大愿,不管怎么样,非做一个丰衣足食的自由人不可。为了达到这个目的,我把理智、道德、别人的性命都忘得干干净净的,除去一颗枪子儿以外,什么也拦不住我。我说:"宁教你饿死,不教我饿死。"拿定了这个主意以后,我就成了自由伟大的人物了。我不得志的时候,可真是个危险的人,现在呢,我却是个又中用、又仁慈、又亲切的人了。我想大多数白手起家的阔人都有这样一段经过。所有的英国人要都能这样的话,英国这个国家就值得住住了。

薄丽托玛夫人　别发表演说啦,安德鲁,这儿不是地方。

安德谢夫　(微感不安)亲爱的,我没有别的方法表达我的意思啊。

薄丽托玛夫人　你的意思糟糕的很。你一帆风顺,因为你只愿自私自利,其他什么都不关心。

安德谢夫　绝对没有的事。我对于贫穷和饥饿,比谁都更关心。只有你们的那些道德专家们才是对那些东西满不在意,他们反把受穷和挨饿说成了德性。我宁愿作贼也不愿受穷,宁愿做杀人犯也不做奴才。我并不是愿意杀、愿意偷,可是如果不得已,那么,皇天在上,我一定选择这条比较英勇、比较合乎道德的一条路。我恨受穷恨做奴才,比恨一切罪恶都恨得凶。我告诉你说吧,你们那些讲道说仁义的,写文章的,搞了几百几千年,没有打倒受穷和奴役,可是这两个混账东西都抗不住我的机关枪。不用对它们讲道,也别跟它们讲理,干脆杀死它们。

巴巴拉　杀!这就是你认为可以用来改变一切的惟一良方吗?

安德谢夫　对于一个人的信念来说,这是最高的考验。只有这条杠子才有力量掀动一个社会制度,只有它能够"言无不行"。你要把670个混蛋撒到大街上去胡闹,三个警察就能把他们全给赶散,可是要让他们挤在威斯敏斯特某一个房子里,给他们举行几个仪式,起上些名字,最后宠得他们有了几分杀人的勇气,这 670 名混蛋就变成了政府。你那些诚心诚意的老百姓填好了选举票,就自以为是统治了他们的统治者,但是真正能发生统治作用的不是选票,却是包在里面的枪弹。

柯森斯　这个或者能说明我为什么跟大多数有脑筋的人一样,向来是不去投票的。

安德谢夫　投票!算了吧!投票,你只能给内阁阁员换一换名单儿;放枪,你就能够推翻政府,开创新世纪,废除旧制度,建立新制度。这在历史上是不是实情啊,学者先生?

柯森斯　在历史上是实情,可是我不愿意承认它是实情。我反对您的情感。我讨厌您的性格。我要尽一切的可能来抵抗您。可是您说的这个仍然不失为实情。不过这个不应当是实情。

安德谢夫　净说应当,应当,应当,应当,应当!你是不是要学我们的道德专家,说一辈子的应当啊?先生,把你那一大堆的"应当"变成"必须"吧。你来跟我一块儿做炸药吧。什么能把人炸碎,就一定能把社会也炸碎。有勇气接受这个真理的人的历史,也就是世界的历史。你有没有勇气接受,巴巴拉?

　　……

柯森斯　您闹得我左右为难啦。我舍不得巴巴拉。

安德谢夫　你跟所有的年轻小伙子都一样,看上一个姑娘就认为再没有人及得上她了。

巴巴拉　爸爸说得很对,道利。

柯森斯　此外,我又不愿意做流氓。

安德谢夫　(鄙夷之极地)那是因为你贪恋个人的正直的名声,求自己心安,忘不掉你所谓的良心,巴巴拉所谓的灵魂得救,和我所说的要在那些运气不如你的人的面前充善士。

柯森斯　这倒不是。我的诗人性格,哪一点儿也不许我做什么善人。可是我的内心中却有一种使我不能置之不理的东西存在。怜悯之心……

安德谢夫　啊,怜悯之心!依靠别人的苦难维持存在的蛆虫。

柯森斯　那么,爱人之心。

安德谢夫　我明白。你爱穷人,爱流浪汉,爱受压迫的民族,爱黑人,爱印度的贫农,爱世界各处的受气包儿。我来问你,你爱日本人吗?爱法国人吗?爱英国人吗?

柯森斯　不爱。随便哪个正派的英国人都讨厌英国人,我们是地球上最坏的民族;我们的成功,从道德方面说起来,简直吓死人。

安德谢夫　你所谓的爱人之心结果竟是这样吗?

柯森斯　难道我连我的岳父都不能爱吗?

安德谢夫　谁要你的爱呀,朋友?你有什么权利这样随便把爱给我呀?我要你对我在适当的限度内小心谨慎,恭恭敬敬,不然我就要你的命。至于你的爱,真是去你的吧!简直是岂有此理!

柯森斯　(露齿而笑)我可能控制不住自己的感情啊,马克。

安德谢夫　你已只有招架之功,欧里庇德斯,更没有还手之力啦。你显然已越来越不济。来来来,再试试你最后的武器吧。怜悯、爱人都被打得粉碎了,宽恕还没有端出来。

柯森斯　不,宽恕是无能的人的解嘲语。在这方面我和你意见是相同的。我们要有仇必报。

安德谢夫　说得很对。行,你很合我的胃口。别忘了柏拉图的名言。

柯森斯　(惊讶)柏拉图!你敢在我面前讲柏拉图!

安德谢夫　朋友,柏拉图说:要想救人救世,只有让希腊文教授都来造军火,或者是让军火商人都去教希腊文。

柯森斯　噢,魔鬼!狡猾的魔鬼!

安德谢夫　来来!选择吧,朋友,选择吧。

柯森斯　可是如果我选择错了,巴巴拉或许不嫁我的。

巴巴拉　那可能。

柯森斯　(非常作难)您听见了!

巴巴拉　爸爸,您谁都不爱吗?

安德谢夫　我爱我最好的朋友。

薄丽托玛夫人　请告诉我,谁是你最好的朋友?

安德谢夫　就是我的最勇敢的敌人,只有他们那些人随时鞭策着我,使我不敢落后。

柯森斯　你瞧,这个人在某一方面说,真颇有点儿诗人气味。也许我该说他究竟是个大人物吧!

安德谢夫　也许你最好别顾唠叨,还是快拿个准主意来,青年朋友。

柯森斯　可是你现在显然是要逼我违反我的天性。我恨战争。

安德谢夫　没出息的人被人家欺负,只会拿恨来出气。你既然恨战争,敢不敢对战争作战啊?作战的工具在这儿,我的朋友劳迈克斯先生正在它身上坐着哪。

……

柯森斯　这个事儿我要接受了。

巴巴拉　我早就觉着你会接受的。

柯森斯　你一定明白,这件事我必须自己做这个决定,不能跟你商量。假使我把取舍的责任搁在你的身上,迟早你会为这个瞧不起我的。

巴巴拉　我不愿意你为这笔财产出卖你的灵魂,也照样不愿你为我出卖你的灵魂。

柯森斯　我苦恼的倒不在出卖灵魂上;我出卖的次数太多了,所以根本不在乎这一套。为一个大学教授的位置,我出卖过它。为了点儿收入,我也出卖过它。政府拿我缴的税款去买绳子勒死人,去进行非正义的战争,搞些我深恶痛绝的勾当,我却因为怕坐监狱而不敢拒绝纳税,这也是我出卖灵魂啊。人类的行为,除了为些琐事一天一天、时时刻刻地出卖灵魂以外还有什么呢?不过这一回的出卖,不是为金钱,也不是为地位和享受,却是为了掌握现实和力量。

巴巴拉　你知道你不会有什么力量的;我爸爸自己就没有。

柯森斯　我知道。并不是想单为我自己掌握力量;我要为全世界制造力量。

巴巴拉　我何尝不是要为全世界制造力量啊,但那必须是精神力量才有用。

柯森斯　我以为一切力量都是精神力量。这些大炮不会自己放出去的。在过去,我想由教希腊文制造精神力量。可是这个世界不会为一个死了的文字、死了的文明而动心的。人民必须得有力量,不能靠希腊文。那好啦,这个工厂里制造的力量,是一切人都能够掌握的。

巴巴拉　嗯,这是烧毁女人的房子、杀死她们的儿子、消灭她们的丈夫的力量。

柯森斯　你不能光许力量做好事而不许它做坏事啊。母亲的奶,奶大了英雄,不是也奶大了杀人犯嘛。何况枪炮的力量只能毁灭人的肉体,可是智力,想像力,诗的力量,宗教的力量却能奴役人的灵魂。在过去,滥用这些力量害人的人,无论什么时候,都比滥用枪炮杀人的还厉害。作为一个希腊文教授,我给了那些有知识的人一些武器去对付普通百姓,现在我要给普通老百姓一些武器去对付他们那些人。我热爱平民。我要把他们武装起来去对付律师,对付大夫,对付牧师、文人、教授、艺术家和政客。这些人一旦大权在手,比一切的混蛋流氓、骗子都危险,都祸害,都蛮横。我要的力量必须是很简单的,一般平民都能使用的;可又要是很强大的,有了它可以硬压着那一小撮靠知识欺压人的集团拿出他们的才能来做一些对大家都有益的事。

巴巴拉　天地间再没有比这个(指着大炸弹)更大的力量了吗?

柯森斯　当然有。但是这个力量能毁灭许多比它大的力量,就像老虎能吃人一样。所以人得先掌握住这个力量才行。土耳其跟希腊最近一次打仗的时候,我就想清了这个道理。我的一个最好的学生去参加希腊军,临别的时候,我并没送给他一本柏拉图的"共和国",而是给了他一支连发式手枪跟一百粒安德谢夫牌的子弹。如果他拿这支枪打死过土耳其人,那个人的死不但是安德谢夫的罪,也是我的罪。这件事已使我永远和这个地方结下不解之缘。你父亲的挑战,一时吓住了我。我敢对战争作战吗?我敢。我必须那样做。我一定那样做。可现在,你和我的关系就算完了吗?

巴巴拉　(看到他因害怕听到肯定的答复,战战兢兢的样子,颇受感动)傻孩子!那怎么会呀?

柯森斯　(喜不自胜)那么你……你……你……噢,我的大鼓啊!(他挥手作打鼓的样子)

巴巴拉　(因他的轻佻而激怒)当心啊,道利,当心啊。我真愿离开你,离开爸爸,离开这一切一切,我恨不能长上鸽子的翅膀,飞到天堂上去。

柯森斯　把我撇下?

巴巴拉　对啦,把你跟所有那些顽皮的、恶作剧的长手的孩子都撇下。可惜我不能。我进入救世军这段短短的时期是挺快乐的。我从人间逃到充满热情的终日祷告和忙着救人灵魂的天堂里去了。可是当我们在钱上发生困难的时候,我们竟又得去找鲍吉尔一类的人物。是他跟"混世魔王"——我爸爸救活了我们那里的许多人。鲍吉尔跟安德谢夫,他们向各处伸出救援的手。我们让挨饿的同胞不挨饿,得用他们拿出的面包去喂他们;我们要照顾病人，得利用靠他们的捐献维持着的医院；我们要是不愿意在他们盖的教堂里祷告，就只好跪在他们修建的马路的石头上。这个情形一天不改变，我们就没法儿躲开他们；弃绝鲍吉尔和安德谢夫，就等于弃绝生活。

柯森斯　早先我以为你决定要弃绝生活中坏的一面的。

巴巴拉　生活是一个整体，无所谓坏的一面。对一切现存的坏事情，无论是犯罪也好，受罪也好，我向来不想逃避我的责任。道利，我只希望我能够除掉你这种中产阶级的意识。

柯森斯　(气得直喘)中产阶级……这是污蔑我！一个弃儿的女儿，竟敢在社会关系问题上这样污蔑我！

巴巴拉　那正是我所以不属于任何阶级的原因，道利；我是从全体人民的心中来的。假使我有中产阶级的意识，我就应当弃绝我父亲的生意，跟你到一个精美的客厅里去过生活，你在一个角落看杂志，我在另一个角落用钢琴弹奏舒曼的作品，看去倒像两个高等人，可是谁也没有半点儿的用处。我宁愿在炸药厂棚里扫地，到鲍吉尔的酒馆里做女招待，也不能过这样的生活。你知道假使你拒绝了爸爸的建议，那结果会怎样？

柯森斯　说不上来！

巴巴拉　那我就跟你断绝关系，去跟那个接受建议的人结婚。说到底，我的亲爱的老娘比你们无论哪一个都有脑筋。我刚看见这个地方的时候就跟她老人家有同样的感觉，觉得我非要得到这个地方，永远，永远也不能抛开它。所不同的就是，妈妈注重的是这些住房，一排排的厨房跟台布、瓷器一类的东西；其实，应该注重的是救工厂里这些人的灵魂。这儿的人的灵魂，并不像挨饿的肉体中那些软弱的灵魂，为了一点面包、糖浆，感激得哭哭啼啼。这里的是些丰衣足食、争争吵吵、巴结上头、瞧不起下头的人，他们斤斤计较自己的那点儿权利和体面，都觉着我父亲在他们身上发了这么大的财，该好好谢谢他们——他诚然也该，这儿才是真正需要救世军的地方；从今后，我父亲再也不能挖苦我，说我劝得信了教的人，都拿面包勾引来的啦。(她忽然变成崇高的样子)我以后可以不再拿面包去引诱人信教了，拿天堂去引诱人信教了。让我们为上帝去做上帝的工作吧；上帝所以必须创造我们替他做这种工作，是因为这事非活人不行。我死了的时候，让上帝欠我的情，而不是我欠他的情，得是我饶恕他，那我才不愧为我这样身份的一个女人。

柯森斯　　这样说,生命的道路倒在这制造死亡的这工厂里了?

巴巴拉　　是的。生命的道路在于把地狱变成天堂,把人变成上帝,使"苦难的山谷"①里燃起永远不熄的明灯。(她用两手抓着他)噢,你原来是不是觉得我的勇气已一去不复返了呢?你以为我已经是临阵脱逃了吗?我既然在大街上,一心爱上了我的人民,跟他们讲过最神圣、最伟大的事情,我还会忽然掉过头来,跑到个客厅里去跟一些时髦男女去胡说乱扯吗?万万没有这回事,我至死也不干这一套。巴巴拉少校要和救世军的旗帜共存亡。噢,我仍然还有我的道利,亲爱的小东西;他替我找着了我的岗位,找着了我的工作。啊,光荣归于上帝!(她亲吻他)。

············

(选自《萧伯纳戏剧集》(二),林浩庄译,

人民文学出版社 1956 年版)

《巴巴拉少校》导读

　　萧伯纳(George Bernard Shaw 1856—1950),19 世纪末至 20世纪上半叶英国杰出的戏剧家。他的戏剧创作生涯长逾半个世纪(1892—1950),超过莎士比亚的一生。他先后创作了 55 个剧本。

　　萧伯纳 1856 年 7 月 26 日出生于爱尔兰都柏林一个破落的贵族家庭。父亲乔治·卡尔·萧做过小官吏,也经营过小生意,但仅能勉强维持生计。由于家境窘迫,萧伯纳只念到中学为止,16 岁就到一家房地产交易所当雇员。1876 年他移居伦敦,和靠教音乐维持生计的母亲一起生活。此后他开始发奋写作,从 1879 到 1883年,他先后创作了《未成熟》、《不合理的婚姻》、《艺术家的恋爱》、

---

　　① 见《圣经·旧约》"圣诗篇"第二十三章。

《凯瑟尔·拜伦的职业》、《业余社会主义者》等小说。但屡遭退稿，影响不大。19世纪80年代后期起，他从事艺术评论，写下大量艺术批评文章。1892年萧伯纳的第一部剧本《鳏夫的房产》上演，开始了他的戏剧创作生涯。这个剧本无情揭露了资产阶级房主对贫苦住户的无情盘剥，讽刺了资本和"体面生活"的可耻来源，因此引来上层社会的抨击。萧伯纳并不退缩，又接连写成《好逑者》、《华伦夫人的职业》、《康蒂妲》等剧本，分别汇成《不愉快的戏剧》和《愉快的戏剧》两个集子。进入20世纪，到第一次世界大战前，萧伯纳又创作了《魔鬼的门》、《人与超人》、《英国佬的另一个岛屿》、《巴巴拉少校》等著名剧本。一战结束后，萧伯纳已年逾花甲，但老当益壮，继续创作了《伤心之家》、《圣女贞德》、《苹果车》等名剧。1925年，"因为其作品具有理想主义和人道精神，其令人激动的讽刺性往往浸润着独特的诗意之美"，萧伯纳获得了诺贝尔文学奖。萧伯纳一生致力于探讨社会问题，抨击社会弊端。他深受马克思主义和社会主义思想影响。早年加入费边社，主张缓慢的社会改良。十月革命后，他称颂社会主义制度。1931年访问了苏联。1933年，萧伯纳到过我国，受到宋庆龄、鲁迅、蔡元培等进步人士的热烈欢迎。二战期间，他没有离开英国，坚持到反法西斯战争胜利。年逾九旬还一直在创作。

萧伯纳是杰出的现实主义戏剧家。他继承了从斯威夫特、费尔丁到狄更斯、萨克雷的英国现实主义批判讽刺传统，使谢立丹之后走向衰微的英国戏剧获得新的生机和发展，为现代英国戏剧做出重大贡献。他主张"直接从现实中获取剧本的全部材料"，"揭开隐藏在现实中的戏剧性潜能"。他反对以巧合、误会和离奇情节支撑门面、内容浅薄的"佳构剧"，高度赞赏易卜生的戏剧艺术——追求情景生活化，"把戏剧和讨论合一"，借助戏剧揭示、讨论社会现实问题，表现不同社会思想之间的尖锐冲突，创造一种从内容到形式都能充分及时反映当代生活的新型剧作。萧伯纳是卓越的戏剧语言大师。他的戏剧语言丰富、有趣，极富感染力，其最显著的特色是幽默讽刺。他善于把爱尔兰式的嘲讽与英国式的幽默融为一体，用快意的讥诮口吻抨击丑恶，表达见解，表现人物的思维方式和性格。

《巴巴拉少校》(1905)是萧伯纳早期剧本中揭露性最深刻的一部"社会问题剧"。

剧本描写大家闺秀巴巴拉热衷于救世军的活动。救世军是一个面向穷人的宗教慈善组织，旨在通过救济活动，既使穷人免于饥馑，又"拯救穷人的灵魂"，避免他们铤而走险，从而缓解社会矛盾。它仿效军队编制，因此，巴巴拉作为一名中级人员被称为"少校"。一天，母亲薄丽托玛夫人为安排儿女们的前程，把分居已久的父亲、大军火商安德谢夫请回家商谈。父女间因观念差异太大进行了激烈的辩论。巴巴拉向父亲宣扬救世军"拯救灵魂"的伟大业绩，表示救世军的宗教活动定能拯救安德谢夫这样一个制造死亡和血腥的罪人的灵魂。安德谢夫则坚持他的"武器归于人，光荣归于上帝"的"血与火"的军火商立场。最后，两人商定，安德谢夫去访问救世军的收容所，巴巴拉也到他的兵工厂参观，看最后谁能说服谁。第二天，安德谢夫来到救世军的收容所，他一眼看穿了救世军经济拮据、惨淡经营、几近垮台的窘境，同时意识到救世军的宗教活动能起到麻醉穷人思想，削弱穷人斗志的作用，对自己有利。于是"慷慨解囊"，捐献了五千镑。巴巴拉对此极为矛盾，她一方面为救世军资金匮乏而心焦，另一方面又感到如果接受这笔钱就等于被军火商收买。可是，救世军的领导人贝恩斯太太却坚持认为这是安德谢夫出于"高尚动机"，"按照上帝的安排，把钱花到正处"，因而欣然接受。第三天，巴巴拉等人来到军工厂参观。她没想到这个制造杀人武器的"军工厂竟是一个组织制度严密、职工生活富裕、福利设施齐全的"文明社会"，远比穷酸破败的救世军收容所更接近于基督教济贫救世的理想。安德谢夫借此机会宣扬他的制造枪炮"有理"的高论，嘲笑救世军"拯救灵魂"的虚假无效。最后，巴巴拉经过再三分析权衡,感到"救世军"靠几片面包既改变不了穷人的贫困,更救不了他们的灵魂,只能靠富人的资助来维持。"我们没法儿躲开他们,弃绝鲍吉尔(大酒商——引者注)和安德谢夫,就等于弃绝生活。"而军工厂里这些丰衣足食、自私卑劣的人正需要救世军来"感化"。她和未婚夫柯森斯决定继承这份财产,留在军工厂里"和救世军的旗帜共存亡"。

剧本是在进入 20 世纪,欧洲社会矛盾尖锐,俄国爆发革命的背景下创作的。它揭露了重大的社会问题。一是揭露了贫富悬殊的社会现实。剧本中,以安德谢夫为代表的厂主资本家的巨富和以毕尔、谢理为代表的人民群众的赤贫是鲜明的对照。简陋破败的救世军西海姆收容所和奢华精致的贵族区克雷新街是象征贫与富的两个典型场景。二是表现了尖锐的阶级对立。深受社会主义思潮影响的萧伯纳明确地揭示了劳资对立和矛盾。一方面,剧本塑造了一个正直的失业工人谢理的形象,将他同奉"寡廉鲜耻"为荣的厂主安德谢夫形成对照。谢理对安德谢夫的质问,显示了工人阶级的觉醒:"谁为你赚来的百万家财?是我跟我一样的人。我们为什么这样贫困?是因为我们使你发了财啊!可是即使可以得到你的全部收入,我也不同意和你交换良心的。"另一方面,剧本通过安德谢夫不择手段收买工人,制造工人内部矛盾,从侧面反映了劳资矛盾的尖锐性。三是剧本深刻揭露了资本的丑恶来源。这是作者从处女作《鳏夫的房产》开始的创作主题。如果说他的早期剧作倾向于对个别资产者的揭露讽刺,《巴巴拉少校》则是对统治阶级和体制的揭露。安德谢夫是帝国主义时代垄断军事工业的代表,他的产业和经营行为表明,垄断资本是靠制造战争、推行旨在牟取最高利润的"科学管理"以及对工人的物质榨取、精神麻醉而获取的——这无疑是对"资本丑恶来源"主题的极大深化。四是剧本有力嘲讽了企图靠慈善使穷人脱贫,靠宗教消弥社会罪恶的幻想。救世军是英国慈善性宗教组织的缩影。剧本先展示了它污浊不堪的环境,表现它靠一点填不饱肚子的假黄油、掺水的牛奶"拯救"了穷汉浦莱斯的"灵魂"，却改变不了他小偷本性的经过，嘲笑了这种"拯救"的无效。接着，借助巴巴拉与安德谢夫的争论，煞有介事地展开宗教慈善的神圣事业与罪恶的军火工业的矛盾冲突。最后，通过救世军完全为酒商鲍吉尔和军火商安德谢夫所收买，表明宗教慈善已陷入"酗酒与谋杀"，宗教事业和军火工业沆瀣一气，携手共进，前者完全成了后者的工具和应声虫。

剧本出现了一系列有鲜明的社会代表性和个性的人物。如：沉醉于宗教万能的巴巴拉、现实直率的当家贵妇薄丽托玛夫人、趋附功利的知识分子柯森斯、冷眼愤世的失业工人谢理等。而其中最有戏剧分量和特色的人物当是军火商安德谢夫。安德谢夫是帝国主义垄断军火商的典型。他自有一套资产阶级以牟取最高额利润为目的的经营准则："谁出公道价钱，就把军火卖给谁"，"好人坏人向我订货，我是一律竭诚欢迎"。他更有一套帝国主义者制造战争、鼓吹战争的强盗逻辑。他的祖传家训是诸如"上帝既赐人以手，人岂可放下刀枪"、"和平想要维持长久，就永不能放下刀枪"的狂言。他公然标榜自己"本是靠杀人伤人发大财的"，"血和火就是我的口号"，"我那种血能把世界洗干净，我那种火能把灵魂炼纯洁"。他最开心的是兵工厂造出新大炮"一下儿把27个假人打个粉碎，早先只能打13个"，最爱听的"好消息"是作战飞艇头次试验就把300个士兵全部打死。他深信垄断资产阶级就是国家的主人、世界的主宰。他吹嘘"我自己就是统治阶级"，"我就是国家的政府……怎么对我们有利，你们就得干。战争对我们合适，你们就制造战争；和平对我们合适，你们就维持和平。在商业上，我们决定了什么措施，你们就会发现什么有其必要，我需要什么来保持我的红利的时候，你会发现我所需要的正是国家的需要。别人要是想法儿降低我的红利，你们就调出警察和军队来弹压他们。为了报答你们的诚意，我开的报馆就支援你们，表扬你们，让你们感到自己真是伟大的政治家"。这类"妙论"不胜枚举,活现了垄断资产阶级的丑恶嘴脸。作为一个具有"现代思想"的资产者,安德谢夫有一套治理企业的"科学方法",即对工人实施等级制和高福利收买。他推行雇员等级制,造成工人之间为晋升等级和等级欺压而互相仇视,从而有利于厂主;他设立工资制保险基金、养老金、房屋建筑互助社等福利制度,腐蚀了工人的反抗性。职工们管他叫"难得的安德",浑浑噩噩地服从他的摆布。安德谢夫的"高明"之处还在于,他善于把金钱与宗教结合起来,用金钱收买宗教,进而"主宰人的灵魂",让宗教教人安分守己,成为"预防革命的好宝贝",使全社会听任他的统治。在金钱与宗教的较量中,他收买救世军,使巴巴拉和柯森斯等人最终败下阵来,投入他的怀抱,就是最明显的例子。安德谢夫是现代资产阶级的典型,他既承袭了老式资产者锱铢必较、利欲熏心的本性,又有垄断资产者用"血与火"统治世界的霸气。正是这些人为了争夺利益,大力宣扬军国主义,在几年后挑起了第一次世界大战,萧伯纳以敏锐的眼光塑造了这类形象,在文学史上具有深刻的意义。

《巴巴拉少校》具有鲜明的艺术特色。一是把讨论带进戏剧。剧本把当代社会的重要问题——贫困、慈善、宗教和金钱的关系搬上舞台,反映了金钱支配宗教、慈善的现实,探讨了贫困、失业、劳资问题,表现了知识分子、资产者、工人等阶层在诸多社会问题上的不同立场。剧情展开的过程,也是问题深入揭示的过程,人物特征和个性也在这过程中逐渐显示出来。剧本集中体现了易卜生开创的社会问题剧的艺术特色。其次,剧本从剧情、人物到语言都浸透着讽刺幽默。从剧情看,第一幕发生在克雷新街贵族住宅区,摆开以巴巴拉为代表的全家人与安德谢夫矛盾冲突(即宗教、慈善与金钱、罪恶的矛盾)的架势,安德谢夫是最受谴责的"千夫指";第二幕,发生在救世军西海姆收容所,巴巴拉充分展示了宗教救世的慈心善意和业绩,相形之下,"用战争毁灭人类"的安德谢夫们罪恶昭彰。但到头来,救世军却顶不住安德谢夫的收买,接受了"捐款";第三幕,发生在安德谢夫的兵工厂,在安德谢夫的"伟大事业"面前,对立面全惊羡拜倒,安德谢夫大获全胜。地点、人物以及前后剧情都形成讽刺性对照。宗教、慈善的虚伪和苍白、金钱的罪恶昭然若揭。从人物塑造看,中心人物安德谢夫是个反面人物,却成为所有正面人物的征服者,这本身就是极大的社会讽刺。安德谢夫是一个带有夸张色彩的喜剧丑角人物,不学无术、厚颜无耻、指鹿为马、信口雌黄是他的显著特征,但他的一套又一套狂放无耻的"魔鬼的嚎叫",却道出统治者的心声,征服了所有的"正人君子"。作者的讽刺之意入木三分。有趣的是,剧本中安德谢夫家族立下一条"只选不受教育的私生子为嗣"的祖规,表明安德谢夫之流都是为正常社会所不齿的丑类,寄寓了作者的厌恶和讥诮。此外,重要人物柯森斯的"无数次出卖灵魂"与自我解嘲,巴巴拉、斯泰芬对乃父先是深挖鸿沟,后是拜倒趋附等表演都是绝妙的讽刺。从语言看,讽意溢于言表。安德谢夫的大大咧咧、颠倒黑白的长篇自我标榜,柯森斯闪烁其辞、矛盾自嘲的简短道白,浦莱斯等穷汉的插科打诨无不是"浸润着独特的诗意之美"的讽刺。

本书节选了《巴巴拉少校》第三幕的精彩片断,集中表现了安德谢夫的"逻辑"、为人,以及巴巴拉、柯森斯在安德谢夫金钱、权势进攻下败退归附的结局。

(林文琛)

约翰・克利斯朵夫

第 二 册

卷五第二部

那时克利斯朵夫正跃跃欲试地想写戏剧音乐。他不敢让内心的抒情成分自由奔放,而需要把它限制在一些确定的题材中间。一个年轻的天才,还不能控制自己、甚至不知道自己的真实面目的人,能够定下界限,把那个随时会溜掉的灵魂关在里头当然是好的。这是控制思潮必不可少的水闸。——不幸克利斯朵夫没有一个诗人帮忙;他只能从历史或传说中间去找题材来亲自调度。

几个月以来在他脑中飘浮的都是些《圣经》里的形象。母亲给他作为逃亡伴侣的《圣经》,是他的幻梦之源。虽然他并不用宗教精神去读,但这部希伯来民族的史诗自有一股精神的力,更恰当的说是有股生命力,好比一道清泉,可以在薄暮时分把他被巴黎烟熏尘污的灵魂洗涤一番。他虽不关心书中神圣的意义,但因为他呼吸到旷野的大自然气息和原始人格的气息,这部书对他还是神圣的。诚惶诚恐的大地,中心颤动的山岳,喜气洋溢的天空,猛狮般的人类,齐声唱着颂歌,把克利斯朵夫听得出神了。

在《圣经》中他最向往的人物之一是少年时代的大卫。但他心目中的大卫并非露着幽默的微笑的佛罗伦萨少年,或神情紧张的悲壮的勇士,像范洛几沃与弥盖朗琪罗表现在他们的杰作上的:他并不认识这些雕塑。他把大卫想像做一个富有诗意的牧人,童贞的心中蕴藏着英雄的气息,可以说是种族更清秀,身心更调和的,南方的西格弗里德。——因为克利斯朵夫虽然竭力抵抗拉丁精神,其实已经被拉丁精神渗透了。这不但是艺术影响艺术,思想影响艺术,而是我们周围的一切——人与物,姿势与动作,线条与光——的影响。

巴黎的精神气氛是很有力量的,最倔强的性格也会受它感化,而德国人更抵抗不了:他徒然拿民族的傲气来骄人,实际上是全欧洲最容易丧失本性的民族。克利斯朵夫已经不知不觉感染到拉丁艺术的中庸之道,明朗的心境,甚至也相当地懂得了造型美。他所作的《大卫》就有这些影响。

他想描写大卫和扫罗王的相遇,用交响诗的形式表现两个人物。①

在一片荒凉的高原上,周围是开花的灌木林,年轻的牧童躺在地下对着太阳出神。清明的光辉,大地的威力,万物的嗡嗡声,野草的颤动,羊群的铃声,使这个还没知道负有神圣使命的孩子引起许多幻想。他在和谐恬静的气氛中懒洋洋地唱着歌,吹着笛子。歌声所表现的欢乐是那么安静,那么清明,令人听了哀乐俱忘,只觉得是应该这样的,不可能不这样的……可是突然之间,荒原上给巨大的阴影笼罩了,空气沉默了;生命的气息似乎退隐到地下去了。惟有安闲的笛声依旧在那里吹着。精神错乱的扫罗王在旁边走过。他失魂落魄,受着虚无的侵蚀,像一朵被狂风怒卷的,自己煎熬自己的火焰。他觉得周围是一片空虚,自己心里也是一片空虚:他对着它哀求,咒骂,挑战。等到他喘不过气来倒在地下的时候,始终没有间断的牧童的歌声又那么笑盈盈地响起来了!扫罗抑捺着骚动不已的心绪,悄悄地走近躺在地下的孩子,悄悄地望着他,坐在他身边,把滚热的手放在牧童头上。大卫若无其事地掉过身子,望着扫罗王,把头枕在扫罗膝上,继续唱他的歌。黄昏来了,大卫唱着睡熟了;扫罗哭着。繁星满天的夜里又响起那个颂赞自然界复活的圣歌,和心灵痊愈以后的感谢曲。

克利斯朵夫写作这一幕音乐,只顾表现自己的欢乐,既没想到怎么演奏,更没想到可以搬上舞台。他原意是想等到乐队肯接受他的作品的时候在音乐会中演奏。

一天晚上,他和亚希·罗孙提起,又依着罗孙的要求,在钢琴上弹了一遍,让他有个概念。克利斯朵夫很诧异地发觉,罗孙对这件作品竟非常热心,说应该拿到一家戏院去上演,并且自告奋勇要促成这件事。过了几天,罗孙居

---

① 大卫为以色列的第二王,年代约在公元前 1055 至 1014 年,少年时为父牧羊,先知撒母耳为之行油膏礼,预定其继承扫罗王位。因以色列王扫罗为神厌弃,为恶魔所扰,致精神失常,乃从臣仆之言,访求耶西之子大卫侍侧弹琴。扫罗一闻琴声,即觉精神安定。见《旧约·撒母耳记》上卷第 16 章。此处将故事略加改动,弹琴易为吹笛,访求改为偶遇。

然很认真地干起来,使克利斯朵夫更觉得奇怪;而一知道高恩、古耶,甚至吕西安·雷维一葛都表示很热心,他不但是诧异,简直给搅糊涂了。他只能承认他们为了爱艺术而把私人的嫌隙丢开了:这当然是他意想不到的。在所有的人中,最不急于表现这件作品的倒是他自己。那原来不是为舞台写的,拿去交给戏院未免荒唐。但罗孙那么恳切,高恩那么苦劝,古耶又说得那么肯定,克利斯朵夫居然动心了。他没有勇气拒绝。他太想听听自己作的曲子了!

为罗孙,什么事都轻而易举。经理和演员都争先恐后地巴结他。碰巧有家报馆为一个慈善团体募捐想办个游艺大会。他们决定在游艺会里表演《大卫》。一个很好的管弦乐队给组织起来了。至于唱歌的,罗孙说已经找到了一个理想的人物来表现大卫。

大家便开始练习。乐队虽然脱不了法国习气,纪律差一些,可是第一次试奏的成绩还算满意。唱扫罗王的角色嗓子有点疲弱,却还过得去,技术是有根底的。表演大卫的是个高大肥胖、体格壮健的美妇人;但她声音恶俗,肉麻,带着唱通俗歌剧的颤音,和咖啡馆音乐会的作风。克利斯朵夫皱着眉头。她才唱了几节,他已经断定她不能胜任了。乐队第一次休息的时候,他去找负责音乐会事务的经理,那是和高恩一同在场旁听的。他看见克利斯朵夫向他走过来,便得意洋洋地问:"那么你是满意的了?"

"是的,"克利斯朵夫说,"大概不至于有什么问题。只有一件事不行,就是那个女歌唱家,非换一个不可。请你客客气气地通知她;你们是搞惯这一套的……你总不难替我另外找一个罢?"

那位经理不由得愣住了,望着克利斯朵夫,似乎疑心他是开玩笑。

"噢!你这话是不可能的!"

"为什么不可能?"克利斯朵夫问。

经理跟高恩俩眯了眯眼睛,神气很狡猾:"她多有天分!"

"一点儿天分都没有,"克利斯朵夫说。

"怎么没有!……这样好的嗓子!"

"谈不到嗓子。"

"人又多漂亮!"

"那跟我不相干。"

"可是也不妨事啊,"高恩笑着说。

"我需要一个大卫,一个懂得唱的大卫;不需要美丽的海伦。"克利斯朵夫说。

经理好不为难地搔搔鼻子："那很麻烦,很麻烦……可是她的确是个出色的艺术家：——我敢向你担保。也许她今天不大得劲。你再试一下看看。"

"好罢,"克利斯朵夫回答,"可是这不过是白费时间罢了。"

他重新开始练习。情形可是更糟。他几乎不能敷衍到曲子终了;他烦躁不堪,指点女歌手的口气先是还冷冷地不至于失礼,慢慢地竟直截了当,不留余地了;她花了很大的劲想使他满意,对他装着媚眼乞怜,只是没用。看到事情快要闹僵,经理就很小心地出来把练习会中止了。为了冲淡一下克利斯朵夫给人的坏印象,他赶紧去和女歌手周旋,大献殷勤;克利斯朵夫看了很不耐烦,神气专横地向他示意叫他过来,说道：

"没有什么可商量的了。我不要这个人。我知道人家心里会不舒服;可是当初不是我挑的。你们去想办法罢。"

经理神气很窘,弯了弯腰,满不在乎地回答："我没办法。请你跟罗孙先生去说罢。"

"那跟罗孙先生有什么相干? 我不愿意为这些事去麻烦他。"

"他不会觉得麻烦的。"高恩带着俏皮的口气说。

接着他指了指刚在门外进来的罗孙。

克利斯朵夫迎上前去。罗孙一团高兴地嚷着："怎么? 已经完啦? 我还想来听听呢。那么,亲爱的大师,怎么样? 满意不满意?"

"一切都很好,"克利斯朵夫回答,"我不知道向你怎么道谢才好……"

"哪里! 哪里!"

"只有一件事不行。"

"你说罢,说罢。咱们来想办法。我非要使你满意不可。"

"就是那个女歌唱家。咱们自己人,不妨说句老实话,她简直糟透了。"

满面笑容的罗孙一下子变得冷若冰霜。他沉着脸说："朋友,你这个话真怪了。"

"她太不行了,太不行了,"克利斯朵夫接着说,"没有嗓子,唱歌没有品,没有技巧,一点儿才气都没有。幸亏你刚才没听到! ……"

罗孙的态度越来越冷了,他截住了克利斯朵夫的话,声音很难听地说："我对特·圣德一伊格兰小姐知道得很清楚。她是个极有天分的歌唱家,我非常佩服的。巴黎所有风雅的人都是跟我一样的见解。"

说罢,他转过背去,搀着女演员的手臂出去了。正当克利斯朵夫站在那儿发呆的时候,在旁看得挺高兴的高恩,过来拉着他的胳膊,一边下楼一边笑着和他说:"难道你不知道她是他的情妇吗?"

这一下,克利斯朵夫可明白了。他们想表演这个作品原来是为了她,不是为了克利斯朵夫,怪不得罗孙这样热心这样肯花钱,他的喽啰们又这样上劲。他听高恩讲着那个圣德一伊格兰的故事:歌舞团出身,在小戏院里红了一些时候,就像所有她那一流的人一样,忽然雄心勃勃,想爬到跟她的身份更相当的舞台上去唱戏。她指望罗孙介绍她进歌剧院或喜歌剧院;罗孙也巴不得她能成功,觉得《大卫》的表演倒是一个挺好的机会,可以教巴黎的群众领教一下这位新悲剧人材的抒情天才,反正这角色用不到什么戏剧的动作,不至于使她出丑,反而能尽量显出她身段的美。

克利斯朵夫听完了故事,挣脱了高恩的手臂,哈哈大笑,直笑了好一会。最后他说:

"你真教我受不了。你们这些人都教我受不了。你们根本不把艺术放在心上。念念不忘的老是女人,女人。你们排一出歌剧是为了一个跳舞的,为了一个唱歌的,为了某先生或某太太的情人。你们只想着你们的丑事。我也不怪你们:你们原来是这样的东西,那么就这样混下去罢,挤在你们的马槽里去抢水喝罢,只要你们喜欢。可是咱们还是分手为妙:咱们天生是合不拢来的。再见了。"

他别了高恩,回到寓所,写了封信给罗孙,声明撤回他的作品,同时也不隐瞒他撤回的动机。

这是跟罗孙和他所有的党徒决裂了。后果是立刻感觉得到的。报纸对于这计划中的表演早已大事宣传,这一回作曲家和表演者的不欢而散又给他们添了许多嚼舌的资料。某个乐队的指挥,为了好奇心,在一个星期日下午的音乐会中把这个作品排了进去。这幸运对于克利斯朵夫简直是个大大的厄运。作品是演奏了,可是被人大喝倒彩。女歌唱家所有的朋友都约齐了要把这个傲慢的音乐家教训一顿;至于听着这阕交响诗觉得沉闷的群众,也乐于附和那些行家的批判。更糟的是,克利斯朵夫想显显演奏家的本领,冒冒失失地在同一音乐会里出场奏一阕钢琴与乐队合奏的幻想曲。群众的恶意,在演奏《大卫》的时候为了替演奏的人着想而留些余地的,此刻当面看到了作家就尽量发泄了,——何况他的演技也不尽合乎规矩。克利斯朵夫被场中的喧闹惹得心头火起,在曲子的半中间突然停住,用着挖苦的神气望着突然静下来的群众,弹了一段玛勃洛打仗去了①,——然后傲慢地说道:"这才配你们的胃口。"说完,他站起身来走了。

会场里登时乱哄哄地闹了起来。有人嚷着说这是对听众的侮辱,作者应该向大家道歉。第二天,各报一致把高雅的巴黎趣味所贬斥的粗野的德国人骂了一顿。

然后是一片空虚,完全的、绝对的空虚。克利斯朵夫在多少次的孤独以后再来一次孤独,在这个外国的、对他仇视的大城里,比什么时候都更孤独了。可是他不再像从前一样地耿耿于怀。他慢慢地有点儿觉得这是他的命运如此,终身如此的了。

他可不知道一颗伟大的心灵是永远不会孤独的,即使命运把他的朋友统统给剥夺了,他也永远会创造朋友;他不知道自己满腔的热爱在四周放出光芒,而便是在这个时候,他自以为永远孤独的时候,他所得到的爱比世界上最幸福的人还要丰富。

(选自《约翰·克利斯朵夫》,傅雷译,人民文学出版社1980年版)

《约翰·克利斯朵夫》导读

《约翰·克利斯朵夫》卷首的献词题为"献给各国的受苦、奋斗、而必战胜的自由灵魂"。这正是对小说基本内容以及主人公品格的高度概括,也是作者面对上个世纪初的时代风云,向人类呐喊出的心声,并且,这豪壮的诗一般的献词,又何尝不是罗曼·罗兰自己一生的真实写照?

罗曼·罗兰(1866—1944)出生在法国中部克拉姆西小镇。沉郁的童年使罗兰养成喜欢幻想的习惯,也磨砺了他抗拒压抑的性

---

① 《玛勃洛》为通俗的儿童歌曲,其中的复唱句是:"玛勃洛打仗去了,不知什么候回来。"

格,因此成年后他一旦感到自己的文学事业受到上层社会的排斥,便立刻大声疾呼:"让我们把窗子打开! 让我们把自由的空气放进来! 让我们呼吸英雄的气息!"这呼唤后来成了《约翰·克利斯朵夫》的重要旋律。

罗兰的父亲是个公证人,在为全家生计奔忙时,笃信天主教、酷爱音乐的母亲用信仰和音乐哺育着小罗兰。罗兰秉承了母亲给他的精神遗产——音乐天赋和艺术气质,但没有让母亲"牵着一条绳子"领着走人生之旅,母亲瞧不起艺术职业,要罗兰成为工程师或炮兵军官,但罗兰早在心底发誓:"不创作,毋宁死!"文艺创作才是终身奋斗的理想。其实,除了母亲的影响,小罗兰很早就在家里的阁楼上翻出莎士比亚戏剧插图本,从此精神世界里有了向往的目标,以致 20 岁前两次报考巴黎高等师范学校,但均因复习时还沉浸在莎士比亚作品中,准备不足而未获成功。

1886 年,罗兰考入巴黎高师学习历史。1890 年至 1892 年他在设于罗马的法国考古学校当研究生。正是这时,一个英雄形象开始在罗兰脑中孕育:他"目光纯洁、自由……一个独创者,他用贝多芬的眼睛观看,并且判断当今的欧洲"。以后 20 年,罗兰十年构思,十年创作,写出宏篇巨著《约翰·克利斯朵夫》。回国后他边教书边创作,"革命戏剧"所包含的《群狼》(1898)、《理性的胜利》(1899)、《丹东》(1900)、《7 月 14 日》(1902)、《爱与死的较量》(1925)、《百花盛开的复活节》(1926)、《流星》(1928)、《罗伯斯庇尔》(1939)是他最早的作品及后来的续作,跨度四十余年的历史系列剧,主旨却在"重新点燃起民族的英雄主义精神及信仰"。20 世纪初,罗兰接连写下三部"英雄传记"——《贝多芬传》(1903)、《米开朗基罗传》(1906)、《托尔斯泰传》(1911),为理想而奋斗的英雄主义精神同对人类之爱的人道主义信念紧密交织,是三英雄传的精髓,而这在《约翰·克利斯朵夫》中得到酣畅发挥。

1904 年到 1912 年,罗曼·罗兰埋头创作《约翰·克利斯朵夫》。此时世界各类矛盾空前尖锐，欧陆上空战云密布，蛰居公寓创作的罗兰敏锐观察到这一切，不仅在小说中反映了刚进入帝国主义时代的历史风云，表现出坚定的反战立场，更在第一次世界大战爆发后旗帜鲜明地提出反战反民族沙文主义。多年前，罗兰从托尔斯泰给他的长篇回信中汲取了这样的思想："一切使人类团结的，都是美好的；一切使人类分裂的，都是丑恶的。"从 1914 年 9 月发表《超脱于混战之上》起，罗兰在一系列的反战文章中将人类团结的信念发展成他坚定不移的的政治态度。1915 年，因《约翰·克利斯朵夫》，罗兰获得诺贝尔文学奖。

20 世纪 20 至 30 年代，罗兰经历了精神震荡。社会主义苏联的建设成就使他看到历史进步的一种新生力量，而新的帝国主义战争危险则让他对非暴力主义和不抵抗哲学进行反思。罗兰的另一部代表作《母与子》（又译《欣悦的灵魂》，1922—1933）反映出这一时期作家的心路历程和思想变化。在《约翰·克利斯朵夫》中，主人公经过奋斗磨难，最后在宗教音乐中求得灵魂的安慰，而《母与子》中的主人公则积极投入反法西斯的战斗，在血与火的洗礼中迎来斗争的幸福和喜悦。

第二次世界大战期间，罗兰顶着德国法西斯和傀儡政权的威胁、迫害，在故乡接连写出和完成回忆录《贝济》、《内心旅程》以及《贝多芬的伟大创作时期》(1928—1943)。在生命的最后时刻，他借着《贝济》的结尾，再一次吐出内心的呼唤："真理、光荣、希望……以及自由。"

罗曼·罗兰在 1921 年给《约翰·克利斯朵夫》定本写的序里，将此巨著分成四册十卷：第一册包括"黎明"、"清晨"、"少年"；第二册包括"反抗"、"节场"；第三册包括"安多纳德"、"户内"、"女朋友们"；第四册包括"燃烧的荆棘"、"复生"，每一卷中又基本各有数部。

约翰·克利斯朵夫诞生于德国一个宫廷乐师的家庭。超群的音乐天赋使他早在少年就出入宫廷演奏，但独立孤傲的性格又导致他同整个社会格格不入。他憧憬纯洁的初恋,但贵族太太以门第悬殊破灭了他的梦想;他珍视音乐的崇高,但权贵市侩的浅薄专横糟蹋着他的理想,愤怒的神童压不住反抗的冲动,终于在酒店里失手打死欺压农民的军人,不得不逃亡到法国。克利斯朵夫对巴黎的幻想很快化作泡影,腐败的世风,尤其是散发着铜臭味的虚伪艺术再次激起他的抗争,但结果是处处碰壁,备感孤独痛苦。这时他认识了法国青年诗人奥里维,真诚的友谊暂时抚慰了内心的创伤。他仍然只相信个人的抗争,只认准体现人类之爱的艺术是改造社会和消除民族仇恨的手段,因此和巴黎的下层民众无法走到一起去。五一节示威游行爆发了,克利斯朵夫和奥里维被卷进工人队伍中,奥里维死于警察镇压的刀棍下,克利斯朵夫在搏斗中打死警察,再次逃亡到瑞士。这次打击极其沉重,这个反抗的英雄从此退离社会,晚年又隐居意大利,在罗马专注创作宗教音乐,归于心灵的清明高远。

主人公一生承受痛苦,又勇敢地投身奋斗,执著于战胜的信念,那颗自由灵魂的高扬,因两股精神源泉的孳乳,其一是英雄主义精神,另一是人道主义理想,它们正是这部雄浑的交响曲式的巨著的主题曲和主旋律。

克利斯朵夫从反抗封建权贵、军警暴政,到挑战颓废艺术、商业文化,蔑视淫靡世风、腐败政治,简直把整个世界当成敌人,向着现存的社会秩序及由其而生的精神文化开火攻击。无畏的气概和勇猛的劲头使他将19—20世纪之交的欧洲大陆的堕落与黑暗揭了个底朝天。小说通过这个反抗形象显示出现实主义的批判深度。不过,他同法国早先那些社会逆子,如于连(《红与黑》)、拉斯蒂涅(《高老头》)等明显不同,他的反抗从不迂回,也不藏匿,更不屑玩弄手腕,他挺身于明处,公开地宣战,不但不惧于雨点似的报复打击,还将他那一个人的战争视为正义而崇高的,因此他很容易让人想到挺着长矛,单枪匹马搏杀一切的堂吉诃德,他的精神世界里充溢着顽强而悲壮的意志力。

克利斯朵夫的英雄精神是个人主义的，在那颗自由灵魂超脱于社会现实之上的同时，他也将自己凌驾于民众之上，因此他的反抗是孤独的，也是微弱的，不仅难以达到必将"战胜"的理想，甚至对庞大的现存社会产生不了多大震动。这样的英雄主义浸透了太多的悲剧色彩。其实，这就是上世纪初欧洲进步知识分子普遍的心理状态和精神归宿。但是，他的反抗不是为向上爬的野心，也不是对金钱的欲求，而是为追求人格平等、艺术纯洁、民族和睦、人类共同的相亲相爱而奋斗。除了艺术至上的德国古典美学的抽象理想，克利斯朵夫的身上更多体现的是欧洲人道主义传统在新的历史背景下的张扬和发展。尽管这种人道主义最终在克利斯朵夫生命中归于神圣宁静的宗教音乐境界，但它表达的崇高的道德感和关心 20 世纪人类命运的忧思与探索，带给了整部小说极为厚重的精神内涵。

小说卓越的艺术特色与成就，表现在其与众不同的音乐构思和结构形式。按作者自己的分法，整部小说分为四册，相当于交响曲的四个乐章。第一册是克利斯朵夫的少年生活，反抗的个性已经展现，主旋律明了，快速推进；第二册是主人公向德、法两国虚伪堕落的社会文化横冲直撞，为理想而奋斗的主题曲暴风骤雨般响起，旋律高亢，激情荡漾，掀起一个情感的高潮；第三册如小步舞曲，在温馨恬静的气氛中描写克利斯朵夫的友情与爱情，咏叹的抒情旋律和前册形成对比；第四册前半部又掀起狂澜，克利斯朵夫再遇命运打击，内心世界几近崩溃，后半部如飞瀑入潭，旋律转为宁静清澄，主人公终于在生命与精神的大磨难之后，领悟到另一种更加高远的理想——世界大和谐。主人公一生的坎坷遭际和转折归宿，被音乐修养极高的罗曼·罗兰借用起伏的节奏、匀称的结构、变幻的音符般语言交汇成旋律的洪流，构成一部世界文学史上不多见的"音乐小说"。

（周 颐）

托马斯·曼

布登勃洛克一家

第 三 部

第 二 章

　　几天以后冬妮正从外面回来，她走到孟街和布来登街的拐角处忽然碰见了格仑利希先生。"我在府上没看到您，小姐，我真是难过极了！"他说，"我不揣冒昧去府上看望您的母亲，知道您不在家，真让人万分遗憾……幸而在这里又遇见了您，我多么高兴啊！"

　　格仑利希向她说话，布登勃洛克小姐不得不站住；可是她那半闭着的、忽然变得幽暗的眼睛却始终停留在格仑利希胸部左右。她的嘴角浮现着一丝嘲讽的、残忍无情的笑容，当一个年轻姑娘端详一个她决定拒绝不睬的人往往是这样的……她的嘴唇动了动——她该怎样回复他呢？咳，一定得找一句话能把这位本迪可思·格仑利希一下子永远碰回去，清除掉……然而一定得是一句巧妙、辛辣、非常有分量的话，这句话得一方面尖锐地刺伤了他，一方面要让他敬服……

　　"可惜这种高兴不是双方面的！"她说，目光一直盯着格仑利希先生的胸部；当她把这支毒箭射出去以后，深为自己这句刻薄话洋洋得意。她把头向后一扬，一张面孔涨得通红，把格仑利希一个人扔在那里，就匆匆走回家去了。到了家她才知道，家里的人已经约好格仑利希先生下星期日来吃烤牛肉。

　　格仑利希先生还是来了。他穿着一件式样并不太新颖然而却剪得合体的上窄下宽的礼服，这件衣服给他添了一派稳重庄严的气魄，——他满面红光，自始至终陪着笑脸，稀疏的头发一丝不乱地分着，髭须涂着香水，烫着波纹。他吃蛤蜊肉，吃菜汤，吃炒鲽鱼，吃配奶油土豆和花甘兰的煎牛肉，吃樱桃酒熏的布丁,吃夹罗史福尔甘酪的黑面包,他每吃一道菜都要寻找一句不同的赞美词,而且能饶有风趣地说出来。譬如说吧,他举起盛甜食的勺子来,眼睛望着壁毯上的一个人形,自言自语地大声说:"上帝宽恕我吧,我实在没有别的办法;我已经吃了一大块了,可是这个布丁太馋人了,我一定要求我们大方的女主人再给我一块!"接着他向参议夫人扮了个滑稽相。他和参议谈商业和政治,他的论据又严肃又老练,他和参议夫人谈戏剧,谈社交和化妆;他对汤姆、克利斯蒂安和那个可怜的克罗蒂尔德,甚至对小克拉拉和永格曼小姐都有几句恭维话……冬妮始终保持着沉默,他那方面呢,也没有敢再接近她,只是时不时地侧头望着她,脸上流露着一副既伤心又复脉脉含情的神色。

格仑利希先生这一天晚上告辞后,更加深了他第一次拜访时留给人们的印象。"一位教养良好的先生,"参议夫人夸奖说。"一位令人起敬的虔诚的教徒,"参议称赞道。克利斯蒂安这次模仿他的言语行动模仿得更像了。只有冬妮眉头深锁地向大家道了"晚安",因为她朦胧地意识到,这决不是最后一次她和这位以异乎寻常的速度讨得她父亲欢心的人见面。

不出所料,一天下午她拜访了几位女友回家以后,果然发现格仑利希先生安然自得坐在风景厅里,他正在给参议夫人朗读瓦尔特·司各特的《威佛利》小说。他的发音非常完美,因为据他说,由于业务的发达,他也需要常常到英国去。冬妮坐在稍远的地方,手里拿着另外一本书,格仑利希先生低声下气地问:"我读的这本书不怎么合您的口味吧,小姐?"她听了把头一扬,很尖酸刻薄地回答了一句话。这句话大概是:"非常不合口味。"

然而这句话并没有使他难堪,他开始谈起他那过早逝世的双亲,告诉大家说,他的父亲是一位传教士,一位牧师,他笃信宗教,同时也非常通达世俗人情……这以后,格仑利希先生回汉堡去了,他来辞行的时候冬妮没有在家:"伊达!"冬妮对永格曼小姐说,她有什么知心话都说给永格曼听。"这个人可走了!"可是伊达·永格曼却回答说:"孩子,你就等着瞧吧……"

一个星期以后在早餐室里演了这么一幕戏……冬妮九点钟从楼上下来,发现她父亲仍然坐在咖啡桌前,留在母亲身旁,冬妮见了有一点吃惊。她让父母吻过了自己的前额后就生气勃勃地坐在位子上。她胃口很好地拿过糖、奶油和绿色的香草牛酪来。她的眼睛因为刚起床还有一些红肿。

"我还来得及看到你,爸爸,多么好啊!"她一边说一边用餐巾垫着拿起热鸡蛋来,用调羹打开。

"我今天等着睡懒觉的人呢,"参议说。他吸着一支雪茄,不断用一张卷着的报纸轻轻敲着桌子。参议夫人这时已用缓慢而娴雅的动作吃过她的一份早餐,把身体靠在沙发背上。

"蒂尔达已经在厨房忙碌上了,"参议语意深长地说,"如果我不是跟你母亲谈一桩有关我们的小女儿的正事的话,我也早应该去办事了。"

冬妮又好奇又吃惊地先看了看父亲,又看了看母亲,她嘴里正含了一口奶油面包。

"你先吃早点吧,孩子,"参议夫人说,冬妮却忍不住把刀子放下来,喊道:"快告诉我,是什么事,爸爸!"然而参议却仍然玩弄着报纸,不慌不忙地说:"你先吃吧。"

冬妮这时已经没有食欲了,她一面默默地喝咖啡,就着鸡蛋和绿奶酪嚼面包,一面暗自猜测这件事情。她脸上的一股朝气已经不见了,面色显得有些苍白。人家递给她蜂蜜她也谢绝了,不久就轻声说,她已经吃完了……

"我亲爱的孩子,"参议又沉默了一刻,才开腔说,"我们要跟你商量的问题就在这个信封里。"他这时不用报纸,而改用一个淡蓝色的大信封敲着桌子,"简单地说吧:本迪思·格仑利希先生我们都一致认为是一位诚实可亲的人,他最近写给我一封信,信里面说,在他停留在此地的一段日子,对我们的女儿非常倾慕,这里他正式提出求婚的要求,我们的好孩子对这件事是什么想法呢?"

冬妮垂着头,身子向后仰靠着,右手把餐巾上的一只银圈慢慢地转来转去。突然之间,她把眼睛抬起来,那双眼睛已经变得阴暗起来,含着一汪泪水。她声音嘶哑地说:

"这个人干么要我——?我怎么惹着他了?!"她哭出声来。

参议看了他的妻子一眼,窘迫地望着眼前的空盘子。

"亲爱的冬妮,"参议夫人温和对她说,"为什么这么激动!你可以放心,你的父母总是为你的幸福打算,不是吗?他们不会劝你拒绝别人提供给你的一个机会的。我相信,直到现在你对格仑利希先生还没有特别的感情,可是我向你保证,日子多了感情就会有了……像你这样一个年轻的小东西是不会明白你究竟喜欢什么人的……你的理智和你的感情一样,只是一片模糊……你应该给你的感情一些时间,还应该让你的头脑打开,听取那些为我们的幸福操心打算的人,听取那些有经验阅历的人的劝告……"

"我一点不了解这个人——"冬妮委委屈屈地说，一面用那麻纱布的小餐巾擦眼睛，餐巾上还沾着鸡蛋污迹。"我就知道他留着黄腾腾的连鬓胡子，买卖发达……"她那上嘴唇因为啜泣而抽搐着，神情特别招人疼。

参议突然一阵心软，把椅子移到她跟前，微笑着抚摸她的头发。

"我的小冬妮，"他说，"你还要知道他什么呢？你还是一个孩子，你知道，即使他在这里不是住四个星期，而是住一年，你也不会更好的了解他……你是个小女孩，你用自己的眼睛还看不透这个世界，你必须信赖那些关心你幸福的人……"

"我不懂……我不懂……"冬妮心慌意乱地呜咽着，她像个小猫似的紧紧地用头偎贴着人家抚摸她的手。"他到咱们家来……对每个人说几句好听的话……就走了……接着写信来，说他要跟我……我不懂……他怎么会想到这个……我从哪儿惹着他啦？！……"

参议又笑了。"这话你已经说过一次了，冬妮，这句话只表示你的幼稚无知。我的小女儿千万不要想，我这是强迫她、折磨她……这一切都可以平心静气地衡量一下，而且一定要平心静气地考虑好，因为这是一件关系到自己终身的大事。我也预备先这样回格仑利希先生一封信，既不回绝他，也不答应他……需要考虑的事情非常多……喏，怎么样？就这样办吧！现在爸爸要去办事了……再见，贝西……"

"再见，亲爱的让。"

"你还是吃一点蜂蜜吧，冬妮，"等到屋子里只剩下她和她女儿两个人的时候，参议夫人说，冬妮却始终一动不动地低着头坐在她的座位上。"一个人总要吃饱了……"

冬妮的眼泪渐渐干了。她的脑子里热烘烘的，挤满了杂七杂八的思想……天啊，这是什么样的事啊！她固然早就知道，她有一天将要做一个商人的妻子，和一个人缔结一门美满有利的姻缘，而且这个人必须配得上自己家的门第、财产……然而现在却破题儿第一遭突然真有一个人诚心实意要和她结婚！遇到这种事该怎么应付呢？对于她，对于冬妮·布登勃洛克说来，现在突然被卷进那些她从来只是在书本上读到的沉重可怕的语汇里，像什么"允诺"啊，"求婚"啊，"终身大事"啊……天啊！突然间出现了一种什么样完全不同的处境啊！

"你呢，妈妈？"她说，"你也劝我，劝我……允诺吗？"她迟疑了一会儿才说出"允诺"这个字来，因为她觉得这个字听来那么夸张、不顺口，可是结果她还是说出来，她有生第一次郑重其事地说出这样两个字。她为自己刚才那种心慌意乱感到有些难为情，她已经不像十分钟以前那样，认为和格仑利希结婚是一件荒唐透顶的事了，相反地，她目前地位的重要性开始在她心里产生出一种得意的感觉来。

参议夫人说：

"劝你结婚吗，孩子？爸爸这样劝你了吗？他只是没有劝你回绝罢了。要是劝你回绝，不论是他是我，都是不负责任。这次人家提的亲事真称得起是一门美满的婚姻。我亲爱的冬妮……你可以舒舒适适地住在汉堡，享受一种优裕的生活……"

冬妮木然地坐在那里。在她眼前忽然闪出一种幻影，身穿绫缎的侍仆们，正如同在外祖父的客厅里所见到的那样……当格仑利希太太早晨喝巧克力茶吗？这句话是问不出口来的。

"正如同你父亲说的那样：你还有时间考虑，"参议夫人接着往下说，"但是我们一定要让你知道，这种能使你获得幸福的机会并不是每天都有的，而且这门亲事正是你的责任和你的命运预先给你安排妥当的。一点儿也不错，我的孩子，我一定要对你讲清楚。今天摆在你面前的这条路是你命中注定的，你自己也知道……"

"是的，"冬妮沉思地说，"当然。"她很知道她对家庭、对公司担负的责任，而且她很以这种责任自豪。她，安冬妮·布登勃洛克——搬运夫马蒂逊在她面前要摘下粗旧的礼帽深深地鞠躬的安冬妮·布登勃洛克，以参议女儿的身份像个小公主似的在城里游来荡去的安冬妮·布登勃洛克——对自己家族的历史了如指掌。她知道她家的远祖，住在罗斯托克的成衣匠家境就很富裕，从那时候起，他家一直在走上坡路，一天比一天兴盛。她有职责为发扬光大自己门楣和"约翰·布登勃洛克"公司尽她的一份力量——和一家高贵富有的家庭缔结婚姻……汤姆在办公室里工作不也是为了这个目的吗？……不错，这门亲事正是再适合不过的；只是要撇开格仑利希先生……她的面前又浮起这个人的影子，他那金黄色的髭须，绯红的、笑嘻嘻的面孔，鼻翅上的肉疣，他那细碎的步子，她好像摸到了他的羊毛的衣衫，听到他柔声细气的话语……

"我很知道，"参议夫人说，"如果我们能平心静气地思考一下，就会想得通……说不定我们已经能把事情决定下来。"

· 720 ·

"啊，不!"冬妮喊道，随着喊声她突然又迸发出一股怒气。"跟格仑利希先生结婚，太荒唐了!我一向只是用尖酸的话刻薄他……我简直不了解，他怎么会忍受得住我! 他多少应该有一点骨气吧……"

说到这里，她开始往一块黑面包上抹起蜂蜜来。

第 七 部

第 六 章

7月初的一个星期日——这时布登勃洛克议员迁入新居大约四个星期了——已经是傍晚时分，佩尔曼内德太太突然出现在哥哥的新房子里。她走过前面一条阴凉的石板铺地的前廊，廊子上装饰着雕塑家托瓦尔德森的浮雕，廊子右面有一扇门通向办公室。她在风门前拉了一下门铃——只要有人在厨房里按一下橡皮球，门便会自动开开——，走进宽阔的前厅里，这里，楼梯下面摆着蒂布修斯送来的那只棕熊标本。佩尔曼内德太太在前厅里从仆人安东那里打听到议员还在工作。

"好吧，"她说，"谢谢你，安东，我自己去找他。"

但是她经过办公室的房门时并没有进去，她向右走了几步，走到一座巨大的楼梯下面。这楼梯延伸到二楼就有铸铁栏杆拦住，到了三楼就变成一座金黄、雪白交相辉耀的大理石柱游廊，在令人目眩的高高的天窗上悬着金光闪闪的巨大的枝形灯架……"真是高贵!"佩尔曼内德太太望着里面宽阔、灿烂的华丽气象，心满意足地低声自语道。对她说来，这就象征了布登勃洛克家的权力、光辉和胜利。这时她忽然想起来，她是来传达一件悲哀的消息，于是她慢慢地向办公室的房门走去。

屋里只有托马斯一个人；他坐在靠窗户的位子上，正在写信。他抬起头来，一条淡淡的眉毛向上一挑，向他的妹妹伸出手去。

"晚安，冬妮。你带来什么好消息了?"

"哎呀，不是什么好消息，汤姆!……啊，你的楼梯简直太伟大了!……你怎么坐在这黑灯影里写字啊?"

"啊……一封急信。怎么，没有什么好消息么? 咱们还是到花园里去转转吧,外面舒服多了。来吧。"

当他们走在过道上的时候,从二楼上传来小提琴柔板的颤音。

"你听!"佩尔曼内德太太说,站了一刻⋯⋯"盖尔达拉琴呢。多么美啊!啊,上帝,这个女人⋯⋯真是个仙子!汉诺怎么样,汤姆?"

"他正跟永格曼吃晚饭呢。真糟糕,直到现在他走路还是走不好⋯⋯"

"早晚会学会的,汤姆,早晚会学会!你们对伊达还满意吧?"

"噢,我们对她怎么会不满意呢⋯⋯"

他们走过房屋后面的一条石板铺路的过道,把厨房抛在右面身后边,穿过一个玻璃门,再走下两层台阶,便走到外面一座花香扑鼻的可爱的花园里去。

"有什么事?"议员问道。

花园里温暖而静谧。花坛修剪得整齐有致;傍晚的空气里弥漫着花坛里散发出的香气。一座由高大的堇色鸢尾花环绕着的喷泉把亮晶晶的水柱射向昏黑的天空,水花拍溅声音细碎平和。空中最初出现的几颗小星已经开始闪烁发光了。花园深处,一座阶梯夹在两个方尖柱石碑中间,台阶通向一个铺着碎石子的高台,台子上是一座木头凉亭,低垂的天幕底下摆着几把乘凉用的椅子。左边有一道墙把这边的地基和邻居的花园隔开;右边是邻房的山墙,齐着山墙的高度立着一个大木架,这是准备将来常春藤长起来时的攀架。在悬空的台阶两旁和凉亭附近种着几丛薮山楂子和醋栗;但是园子里却只有一棵大树,一棵皮上生满硬结的胡桃树立在左边墙根前。

"是这么回事,"当兄妹俩沿着砂石路缓缓地绕到花园前部的时候,佩尔曼内德太太才吞吞吐吐地回答说⋯⋯"蒂布修斯写信说⋯⋯"

"克拉拉?!"托马斯问道⋯⋯"不要转弯抹角了,你就痛痛快快地说出来吧!"

"好吧,汤姆,她病倒了,情况很糟,据医生诊断,恐怕是结核⋯⋯脑结核⋯⋯这个字真可怕,我简直不敢说它。你看,这是她丈夫给我写的信。这里还有一张是写给母亲的,他说,这里面写的是同样的事,我们应该先作一点准备工作再把信交给她。另外这里还有一封:也是给母亲的,是克拉拉亲手用铅笔写的,看得出她连笔都拿不稳了。蒂布修斯说,她写这封信的时候说,这是她最后几行字了,悲惨的是,她一点求生的欲望也没有。她本来就一直向往着天国⋯⋯"佩尔曼内德太太说完了这些话,擦了擦自己的眼睛。

议员一声不响地和她并排走着，手背在背后，低垂着头。

"你一句话也不说，汤姆……你这样很对；有什么可说的呢？为什么赶到这个时候，偏偏在克利斯蒂安在汉堡也病倒的时候……"

佩尔曼内德太太说的是实情。克利斯蒂安身体左半部的酸痛最近一个时期在伦敦变得这么厉害，已经发展成真正的疼痛，弄得他把自己的一些小毛病都忘在脑后了。他一点办法也没有，他给母亲写了一封信，说他一定要回家，让她来照顾。他把伦敦的职务辞退了，启程回来。但是他一到汉堡就病倒了，据医生诊断他是风湿性关节痛病，克利斯蒂安被人从旅馆里搬进医院，在目前的情况下不可能继续他的旅程。他现在只有躺在医院里，让护士听他的口述替他一封又一封地写些凄凄惨惨的信……

"是的，"议员低声回答说，"真像是祸不单行。"

她把胳臂在他的肩头上放了一会儿。

"可是你一定不要气馁，汤姆！离着绝望还远着呢！你需要的是鼓起勇气来……"

"是的，上帝看得到，我是需要勇气的！"

"为什么，汤姆？……告诉我，前天，星期四，你为什么整个下午一语不发，我能不能知道这是为什么？"

"哎……买卖上的事，孩子。我有一批数目不少的裸麦卖得有些失利……唔，简单地说吧，我不得不把一大批麦子很赔钱地出了手。"

"噢，这种事也免不了，汤姆！今天买卖做亏空了，明天你就许又赚回来。要是让这种事把自己的情绪弄得低落下来……"

"你说错了，冬妮，"他说，摇了摇头。"我的情绪并不是因为受到挫败才降到零度以下的。恰恰相反。我的心情一别扭，准发生不如意的事。"

"可是，你的心情到底是怎么回事呢？！"她惊诧莫解地问道。"谁都认为，你是理应心情畅快的，汤姆！克拉拉还活着……靠上帝保佑，她的病会有起色的！此外还有什么呢？我们现在正在你的花园里散步，花香扑鼻。那边是你的房子，华丽得宛如梦境一样；亥尔曼·哈根施特罗姆的住宅和这所房子比起来，简直是村居茅舍！这一切都是你亲手创建的……"

"是的，冬妮，简直太漂亮了。而且我还要说：也太新了。新得有些令人心神不安，我之所以心情恶劣，对一切事物失掉兴致，其根本原因也正在这里。本来我对这一切抱着莫大的欢欣，但是这种事先的喜悦，像在任何情形下一样，也就是一件事最美的一部分了，因为好事总是姗姗来迟，总要很晚很晚才能作好，到那时候，一个人早已失去欢乐的心情了……"

"失去欢乐的心情了，汤姆！怎么，像你这么年轻？"

"一个人是年轻还是年老，这要看他自己的感觉而定。当那好的、人们所期待着的东西到来的时候，它往往会来得既迟缓又艰难，而且它还附着各种各样的令人急不得恼不得的细琐麻烦的事，一切人们在幻想里没有估计到的现实的灰尘。这些事激怒你……激怒你……"

"是的，是的……可是你说一个人是年轻还是年老，要看各人的感觉，汤姆——？"

"是的，冬妮。这也许很快地就会过去……只是情绪的一时低潮。自然是这么回事。可是在这段时期里我觉得自己比实际的年龄要老得多。在商业上我有很多忧心的事，在布痕铁路监察理事会里哈根族特罗姆参议昨天把我批驳得体无完肤，差一点让我当场出丑……我觉得，从前我从来没有经历过这种事。我觉得，有些什么东西开始从我这里滑脱了，好像我不能照从前那样把这种说不上是什么的东西紧握在手中似的……我们所谓的成功究竟是什么呢？是一种神秘的、形容不出的力量，是游刃有余，从容不迫，是意识到只是由于本身的存在就能对身旁事物的运行施加一种压力……是相信生活处处适合我的利益……幸福和成功都在我们这一边。我们一定要把握住它，紧紧地、一点也不放松地把握住。只要这里面有些什么开始松懈、弛缓、疲沓起来，那时我们周围的一切就会立刻自由行动，什么都要反抗、背叛我们，都要逃脱我们的控制……那时候一件事又一件事接踵而来，一次挫折紧接着另一次败北，一个人也就完了。最近几天我常常想到一句土耳其的谚语，我不记得是在什么地方读到的了：'房子盖好以后，死神就要来了。'喏，来的倒并不一定是死神。可是说不定是衰败……落势……结束的开端……你知道，冬妮，"他把一只胳臂伸进他妹妹的腋下，接着说，他的声音变得更轻："我们给汉诺施洗礼那天，你还记得吗？那时候你对我说：'我觉得，现在又要开始一个新时代了！'至今我清清楚楚地记得这句话。当时仿佛被你说对了，不久就遇到选举议员，我的运气不错，这里又平地盖起这所房子来。可是'议员'和房子只不过是表面现象，此外我还知道一些你还没有想到的事，这是从生活和历史上得来的。我知道，常常只是在实际上一切都又重新走下坡路的时候，幸福和兴盛、一些表面的、可以望得到、摸得到的标志和征候，才开始露面。这些外部的征兆需要一定的时间才走得来,正像我们看到那上边有一颗明亮异常的星星,可是我们却说不准,它是否已经暗淡下去,或者甚至已经熄灭了一样……"

他沉默住,他们无言地走了一刻,在寂静中只听得到喷泉的飞溅声和风儿在胡桃树顶上的喋喋絮语。佩尔曼内德太太非常沉重地叹了一口气,听去好像一声呻吟。

"你说得多么凄惨啊,汤姆!我从来没有听你说过这么凄惨的话!可是你把心里的话说出来,这也很好,把这些事从思想里排除出去,你就可以轻松一些。"

"是的,冬妮,这件事我一定得尽量去做。现在你把克拉拉和牧师的两封信交给我吧。这件事交给我去办,明天早晨由我去和母亲说,这样对你也许好些。可怜的母亲。但是如果是结核的话,那么我们也无能为力了。"

(选自《布登勃洛克一家》,傅惟慈译,

人民文学出版社 1978 年版)

《布登勃洛克一家》导读

托马斯·曼(1875—1955)是德国杰出的作家。他出身于德国北部城市吕贝克的名门望族。父亲为经营谷物的巨商、掌管地方税收的参议。母亲生于巴西,出身高贵,具有葡萄牙血统。1891 年父亲去世,商号倒闭,从此家道中落。1892 年举家迁往慕尼黑。翌年中学毕业,也前往慕尼黑,进入一家保险公司当见习生。1895 至 1896 年他在慕尼黑一所高等学府旁听文史、经济等课程。1896 至 1898 年他与哥哥亨利希·曼旅居意大利。第一次世界大战期间,亨利希·曼发表《左拉论》(1915),谴责德国发动战争的罪行。托马斯·曼因对战争性质认识不清,遂与亨利希·曼展开争论,发表了《一个不问政治者的看法》(1918),从狭隘的民族主义立场出发,为德国参战辩护，导致兄弟不和、对立。后来他对这场战争有了新的认识，在《论德意志共和国》(1922)的演说中，表达反战、拥护魏玛共和国的思想，才与哥哥取得和解。他在 1922 至 1927 年间多次出国旅行。对法西斯势力的崛起深感忧虑。进入 20 世纪 30 年代，面对纳粹的宣传，他呼吁德国人民提高警惕，因而遭到责难、威胁。1933 年希特勒上台，托马斯·曼被迫流亡国外，著作遭查禁，财产被没收。1936 年他被纳粹政府剥夺国籍。而在此前后，美国哈佛大学授予他名誉博士学位，捷克政府给予他捷克国籍。他在瑞士等地旅居数年后，于 1938 年流亡美国，受聘为普林斯顿大学教授。流亡期间，直接参与反法西斯的宣传活动。1944 年加入美国国籍。因对麦卡锡主义的强烈不满，他于 1952 年离开美国，迁居瑞士，直到逝世。

托马斯·曼的处女作、中篇小说《堕落》(1894)发表后，受到好评。从此他立志从事文学创作。在数十年的生涯中，他在文学园地上辛勤耕耘，取得了累累硕果，曾获 1929 年诺贝尔文学奖。他的最主要的作品是三部篇幅最长的小说，即《布登勃洛克一家》(1901)、《魔山》(1924)、《约瑟和他的兄弟们》(1933—1943)。其他重要作品还有中篇小说《威尼斯之死》(1912)、《马里奥和魔术师》(1930)，长篇小说《洛蒂在魏玛》(1939)、《浮士德博士》(1947)等。他的作品涉及帝国主义阶段资本主义社会的没落，法西斯主义的罪恶，艺术、艺术家与社会等方方面面。他最著名的作品当推长篇小说《布登勃洛克一家》，他获得诺贝尔文学的授奖证书上就这样写道："这部作品日益被公认为当代文学中的经典作品之一。"它问世后的 25 年间在德国就印了 150 多次，迄今国外已出现数十种文字的译本。

《布登勃洛克一家》的故事发生在 19 世纪 30 至 70 年代德国城市吕贝克。它的副标题"一个家庭的没落"点明了小说的中心思想和基本内容。经济实力、社会地位的日益下降是布登勃洛克一家没落的重要表现。

这一家的老一代约翰·布登勃洛克精明、能干、富有魄力,年轻时靠拿破仑战争时期供应普鲁士粮食起家,开设了一家大商号,即约翰·布登勃洛克公司,还拥有其他的产业。小说开场时,这一家正处在欣欣向荣、兴旺发达的时期,生意兴隆、儿子小约翰不久前获得尼德兰政府赠予的参议头衔,一家人搬入新近购置的大宅邸。这里正举行的乔迁喜宴,热闹非凡,宾客交口称赞这座"壮丽的宅邸",并且祝愿约翰·布登勃洛克公司永远兴盛,为吕贝克城增光添彩。老约翰去世后,第二代小约翰继承家业。尽管他埋头苦干,又比他的父亲更加精明;但是,由于新起的"暴发户"哈根施特罗姆一家"不顾死活地排挤别人",致使公司的生意备受影响,加上女儿安冬妮婚事上的失算,小约翰举步维艰,家业停滞不前。但是,他仍然恪守前辈的"商业道德"这一旧式传统,从事经商活动。到了第三代,托马斯接手家业。他开始时极富朝气,很有魄力,公司出现了一种活泼进取的精神,面貌为之一新。他与一位豪富的女儿盖尔达结了婚,盖起一幢华丽的新房子;还在竞选中击败对手哈根施特罗姆,当上议员。可是这一切并没能改变布登勃洛克一家衰败的命运。弟弟克利斯蒂安生性浪荡,挥霍家财;妹妹安冬妮的婚事再一次失算,常常为自己"碰到这么多倒霉的事"而叹息哭泣;另一个妹妹克拉拉婚后不久病死,母亲背着托马斯把大笔家产转给克拉拉的丈夫。托马斯仍然承袭旧式传统,在生意场上奋力拼搏,但等着他的是"一连串的失败和打击"。在内外交困的情况下,也以失败告终,最后竟连祖父购置的大宅邸也落到敌手一家的囊中。到了这个时候,布登勃洛克一家已是病入膏肓了。第四代汉诺的诞生,给处在极度困境中的布登勃洛克一家带来了一线希望。托马斯对这个小继承人抱着种种梦想,安冬妮甚至认为孩子的出世是一个"新时代"的开始。但是,汉诺体弱多病,对经商毫无兴趣,整天沉湎于音乐,不久就因染上伤寒而夭逝。至此,这一家族也就彻底崩溃了。

与上述相关联,布登勃洛克一家的精神状态也在发生变化。

老约翰健在的日子里,"笼罩住布登勃洛克家庭的是一片阳光",充溢在老约翰心头的自然也是一片阳光。他那开朗豁达的性格、洋洋得意的神态,衬托出他的乐观和信心。他临终前嘱咐儿子"要永远有勇气",并且祝愿儿子"一切如意";可是,小约翰已经没有他父亲那样的信心和勇气。充溢在他心头的已不是阳光,而是忧愁和恐惧。及至晚年,他更是希冀从宗教中寻找安慰。第三代并不像父辈那样沉溺于宗教氛围之中,但精神危机却是更为深重。面对种种挫折,托马斯越来越意识到自己已是"日暮途穷,前途无望",他郁郁寡欢,不仅丧失了昔日那种朝气蓬勃的精神,整日价以不着边际地装饰自己消磨时光,而且力图在叔本华的悲观主义哲学中找到解脱。第四代的汉诺,其内在心理与外在世界的落差太大,他根本无法适应这个社会,有的评论说:"他与其说死于伤寒,还不如说是逃离于他无法对付的、他认为十分平庸的生活的愿望。"一个死时年方十五的人,活着的时候继续生存的兴致已荡然无存,其内心阴郁、绝望的程度也就不言而喻了。

作者把自己的小说称为"尽头的书"。布登勃洛克一家经济实力、社会地位的日益下降,精神状态的日趋消沉足以表明,这个家庭已经走到尽头,确确实实是没落了。而这一家的没落又与社会生活的嬗变密不可分。小说描绘的 19 世纪 30 至 70 年代,是德国资本主义迅速发展的历史阶段。布登勃洛克一家虽曾有过兴盛的岁月;但是,社会生活发生了变化,他们却仍然固守"商业道德"这一传统从事经商活动,因此在与对手哈根施特罗姆一家的竞争中不断走下坡路,日益没落,直至彻底崩溃。而哈根施特罗姆一家信奉的是弱肉强食的豺狼道德,根本不受"商业道德"的约束,为达目的,不择手段,他们在竞争中崛起,不断走上坡路,终于击垮了布登勃洛克一家。双方的竞争及其结果,真实地反映出德国垄断资本主义开始取代自由资本主义的历史进程。尽管作者对布登勃洛克一家的没落心怀惋惜之情,但他还是清晰地揭示出新的历史阶段这样的资产阶级家庭走向没落这一无法避免的发展趋势。

还值得提及的是小说所涉及的一个社会司空见惯的现象,也即人与人之间的金钱关系的问题。布登勃洛克一家几代人的男婚女嫁都与"金钱"二字紧紧地纠缠在一起。小约翰所以感到他的妻子是上帝给安排好的终身伴侣,是因为他的父亲"让他注意这位豪富的克罗格家的女儿,她会给公司带来一笔可观的陪嫁费"。托马斯与盖尔达的婚姻也并非以感情为基础,她之所以会赢得托马斯的倾慕,是由于他未来的岳父是个百万富翁,盖尔达有 30 万马克的巨额陪嫁费,如同托马斯所说:"我娶来她,我们的公司同时将能获得一大笔资金这件事也确实使我更为幸福,更为骄傲。"安冬妮先是嫁给格仑利希,离婚后又与佩尔曼内德结合。两次婚姻也都是以金钱为基础的。以第一次婚姻为例,她对格仑利希极其厌恶,而小约翰却偏偏逼迫女儿嫁给他。这自然也是出于金钱的考虑,据说格仑利希的生意"出奇地兴隆",而且"越做越大",他的资产"大约有 12 万泰勒,这还只是就目前的规模讲,因为他每年盈利就非常可观"。而格仑利希攀上这门亲事的意图也很明确:骗取 8 万马克的陪嫁费,用以偿还父债。不仅如此,这些人还为争夺遗产而发生纠纷、冲突。小约翰的妻子刚刚死去,儿女们就着手瓜分遗产。分配大物件时,托马斯"把那些他的房子里用得着的东西划归自己"。安冬妮呢?她对眼前的事表现出少有的热心,只要别人对某件东西稍有踌躇,她就会说:"好,我愿意要这个……"于是,大部分家具都被她为自己、为女儿和外孙女争到手。如果说分配大物件时他们表面上还显得比较平和,那么,等到分配银器一类物品时就很不一样了。这时的克利斯蒂安"流露出来的热心却几乎达到贪婪的程度",他要这要那;托马斯竟毫不相让,与弟弟隔桌对骂。而安冬妮则哭丧着脸向两兄弟哀求:"母亲还没有入殓呢!"不过,她也没有忘记一直缠绕在她脑海里的"一个碍难启口的问题",没有忘记她还要为自己及其后代争得更多的遗产。托马斯·曼就是通过这样的描写,把人与人之间赤裸裸的金钱关系、丑恶的面目呈现在我们的面前。

　　这部长篇巨著是以实际生活为依凭的。托马斯·曼在创作之前,就悉心收集家庭的旧卷宗、书信、种种传说,了解自己身处其中的家族的历史。小说中许多人物形象都以他家的亲友为原型,就连那座大宅邸的景象也与吕贝克故居相仿。不过,小说虽然落笔在一个家庭,但它却着眼于时代、社会,因而具有深刻的典型意义,一如作家的女儿艾丽卡·曼所说:《布登勃洛克一家》远远超过了自己,成为"有代表性的东西"。她甚至认为小说不仅成了对德国资产阶级,也成了对全部资产阶级没落的预言。小说卷帙浩瀚,结构严谨,前半部是编年史的格局,后半部几条情节线索平行发展;人物个性鲜明,形象栩栩如生;艺术手法丰富多样,对比、讽刺、心理描写等手法的运用以及着重通过家庭琐事、婚丧喜庆反映社会生活的变迁,不仅增强了作品的思想深度,而且也使作品显得格外生动、有趣,很值得细细品味。遗憾的是,小说有些章节写得较为呆板,故事发展中断时间太长,稍有沉闷之感。

(翁义钦)

德莱塞

美国的悲剧

第 一 部

第 一 章

一个夏夜的黄昏。

一排排高墙耸立在美国一个四十来万人口的商业中心,这类高墙,到将来只会给后代当作闲话当年的资料罢了。

就在这时,比较沉寂的宽阔的大街上出现了一个六人组成的小队伍。一个五十上下的男子,矮矮胖胖,乱蓬蓬的头发从一顶圆形黑毡帽下面露出来。他相貌非常平庸,随身携带一架沿街布道或是卖唱的人常用的那种手提小风琴。跟他一起,在一个比他大约小五岁的女人,身个比他略高,腰围没有他那么粗,可是体格结实,精神饱满,面貌和衣着都很平常,不过也不太丑。她一手牵一个七岁的男孩,一手拿一本《圣经》和几本《赞美诗》。一个十五岁的女孩、一个十二岁的男孩和另一个九岁的女孩,各自走在这三人后边,他们全都乖乖地跟着,不过样子不很起劲。

天气很热,到处弥漫着甜美的倦意。

和他们所走的那条大街成直角交叉的是另一条峡谷似的马路,街上的人群和车辆来往穿梭,另外还有各路电车当啷当啷地响着铃,在熙来攘往的行人和车辆的急流中向前奔驰。不过这一小队人仿佛什么事都不在意,只是一心想从身边那些争先恐后的车辆和行人当中钻过去。

他们来到下一个交叉路口的拐角,这里的一条所谓大街,实际上只是两排高楼中间的一条巷子,这时已经很冷清了。那个男人把风琴放下,女的马上把它打开,支起乐谱架,放了一本薄薄的、大开本的《赞美诗》。接着,她把一本

《圣经》递给那个男的，退后一步，跟他并排站着。那个十二岁的男孩把一只小三脚凳放在风琴前面。那个男人是孩子们的父亲，他睁大眼睛，仿佛很有信心似地朝四周望了一下，也不管有没有听众，便说：

"我们先来唱一首《赞美诗》，凡是愿意信奉上帝的，就请跟我们一起唱吧。还是请你来弹琴，好吗？赫丝特？"

年龄最大的女孩一直装做毫不在意、自自然然的样子，一听这话，便把她那相当苗条，但尚未完全发育的身子坐到三脚凳上，翻了翻《赞美诗》，弹奏起来。她母亲说：

"我看今晚上最好是唱第27首，《耶稣之爱，无比芬芳》。"

这时，正回家去的各种不同身份、不同职业的过往行人，发现这几个人这么待着，有的就迟疑了一下，对他们瞟一眼，有的收住脚步，看他们究竟是干什么的。那个男人一看人家这种迟疑的态度，以为他们已经注意起来了，尽管还有点犹犹豫豫，还是赶紧抓住机会，对他们讲起来，仿佛人家是特为到这里来听讲似的。

"那么，我们大家一起唱第27首吧，《耶稣之爱，无比芬芳》。"

一听这话，那个小女孩就在风琴上弹奏起来，发出一阵虽然准确却很微弱的音调；同时她那相当嘹亮的女高音跟着她母亲的女高音，还有她父亲没有把握的男中音，一道唱起来。另外几个孩子从风琴上的一小摞书里取下《赞美诗》，有气无力地跟着唱起来。他们唱的时候，街上形形色色围观的人都无动于衷，直瞪瞪地望着。这么平平常常的一家人，竟然当众引吭高歌，与遍布人间的怀疑与冷漠态度相对抗，这种稀奇的情景可把大家吸引住了。有些人对弹风琴的女孩相当柔弱、尚未完全发育的身材感兴趣；另外一些人则对做父亲的那副不现实而又寒酸的样子感兴趣或产生了同情，他那双无神的蓝眼睛和那相当松垮而又穿得很坏的身子，表现出一副十足的倒楣相。他们这几个人，只有母亲特别突出，显得有那么一股毅力和决心，即使是盲目或错误的，不能叫她发迹，至少总能保住自己。她比另外几个都强，显得有一种虽然无知却能令人起敬的自信神情。你要是注意观察过她，看见她把那本《赞美诗》放在身边，眼睛直望着前面，那你一定会说："哎，瞧她这个人，不管她有什么缺点，也许是怎么信就怎么干的人。"她的每一个神态都表明，她对自己所宣扬的那个确实存在、并且注视着人间的全能主宰的智慧和仁慈，是坚信不疑的。

耶稣的爱拯救我的全部身心，

上帝的爱指引我的脚步前进。

两旁是巍然矗立的建筑物，她就站在高墙中间响亮地唱着，略带鼻音。

那个男孩心神不定地倒换着两只脚，眼睛总是望着地，多半只是半心半意地唱。他身个瘦高，头和脸长得很有趣，白皮肤，黑头发，比起其余那几个人来，他好像要机灵些，并且特别敏感，仿佛对眼前的处境有些反感，甚至还感到痛苦。能引起他兴趣的，显然只是世俗的生活，而不是宗教生活，虽说他还不能充分意识到这一点。总之，要说他目前的心情，那无非是：眼下这一套是决不能引起他的兴趣的。他太年轻了，他的心灵对于美和享乐确实非常敏感；可这些与主宰着他父母的心灵的那种朦胧、缥缈的幻想世界是没有多大缘分的。

说实话，这个男孩的家庭生活，以及过去在物质方面和心灵方面的遭遇，都不能叫他相信他父母坚信的那一套。说实在的，他们的生活仿佛有点苦恼，至少在物质方面是这样。父亲总是在各处的集会上读经、讲道，尤其是在离这里不远、他和母亲经办的"布道所"里。据他所知，他们还到处向一些感兴趣或是乐善好施的商人募捐；这些人仿佛对这类慈善事业还相信似的。可是一家人老是"很紧"，好衣服从来没有上过身；普通人仿佛很平常的种种享受，他们都没有份。可是父母亲却老是在宣传什么上帝对他和所有的人的慈爱和关怀。显然，有什么地方不对头吧。关于这些，他目前还弄不清楚。不过，他还是不能不敬重他的母亲；她那种坚毅和热情，还有她的慈祥，都很合他的心意。虽说传教工作很忙，家里烦心的事也很多，她总还是极力显出高高兴兴的样子，至少是还能支撑得住，尤其是在衣食非常困难的时候，她嘴上还老是非常坚决地说："上帝会赐予的"，或者说，"上帝会指引出路的"。可他和兄弟姐妹们都看得很清楚，尽管他们的境况一向迫切需要上帝赐予，上帝却根本没有指引出什么明白的出路。

今晚上，他一面跟他的姐妹和弟弟在大街上走，心里想，但愿他们从此不必再干这一行，至少他自己能不干。别的孩子就不干这类事啊。而且，这种做法总好像很寒伧，甚至可以说很丢脸。像这样被拖上街以前，别的孩子就不只一次大声喊他，讥笑他父亲，讥笑他老是当众宣扬他的宗教信抑。比如，他还只七岁的时候，因为他父亲跟人家说话，一开口总是说"赞美上帝"，他便听到附近的小孩嚷道："赞美上帝的老家伙格里菲思来了。"有时候，他们在他背后喊道："喂，你这小家伙，你姐姐就是那个按风琴的姑娘吧。她还会玩别的什么吗？"

"为什么他到处说什么'赞美上帝'这一套呢？人家就不这么说呀。"

渴望一切跟人家一模一样，这种根深蒂固的普遍心理，使那些孩子感到苦恼，也使他感到苦恼。无论是他的父亲或是母亲，都跟人家不一样，老是宗教长宗教短的，到如今，已经把宗教当做生意经啦。

这天晚上，在这条拥挤着车辆和人群、耸立着高楼大厦的大街上，他觉得这样被拖出正常的生活圈子，给人家看热闹，开玩笑，真是丢脸。这时候但见一辆辆漂亮汽车飞驰而过；闲散的行人纷纷去寻求他所不尽了然的种种开心的享受；一对对青年男女有说有笑；还有那些"小把戏"瞪着眼睛望着；这一切，都使他很苦恼，他觉得跟他的生活比起来，也可以说是跟他们一家人的生活比起来，人家的生活就不一样，人家的生活就要好些，美妙些。

这时，街上游移不定的人群，老是在他们周围来来往往的人群，似乎也觉察到，叫这些孩子们参加这套把戏，从心理的角度来说是不恰当的，他们有的便用胳膊肘推一推边上的人，表示不以为然；一些世故较深、态度冷漠的人，扬起眉毛，轻蔑地一笑；一些富于同情心或是阅历较多的便纷纷议论，认为何必把小孩也拉扯到里面去。

"如今差不多每天晚上在这一带都碰到这几个人，至少一个星期总有两三回吧，"一个年轻的店员这样说。他刚跟他的女朋友见了面，正陪着她上馆子去。"我看，这些人无非又在搞什么宗教的把戏吧。"

"那个最大的男孩不乐意呆在这儿呢。他觉得怪别扭，这我看得出。叫这样一个小子出来干这个，实在不应该，除非他自己愿意。不管怎么说，这一套他反正是不懂的。"这是一个年纪四十左右、专在市中心区游手好闲的汉子向另一个停下来看热闹、仿佛还和善的陌生人说的。

"是呀，我看真是这样，"另外那个人表示同意，一面注意端详这个男孩的头和面孔。那张脸一抬起来，便流露出不安和羞怯的神情，人们一看到这个，就可以觉察到，这种宗教和心灵方面的事，只是对年纪比较大、能够思索的人才合适，如果要在这么公开的场合，强加在还不很懂事的孩子们身上，那未免有点太忍心，并且也很无聊。

可是实际情况却正是这样。

至于这一家其余的人，那最上的男孩和女孩，年纪都太小，还不能真正懂得这是怎么一回事。再说，他们也不感兴趣。那个弹风琴的大女孩，倒是显得并不十分在乎，反倒对她本人和她的歌声所引起的注意和品评感到很得意。因为不单是陌生人，就连她的父母也极力夸奖她多次，说她的歌喉悦耳、动人。其实这话只说对了一半。实际上，她的嗓子并不见得好。他们并不真懂音乐。就身体上说，她肤色苍白，身体柔弱，并不出色。至于心灵方面，也没有多少力量，不够深沉。她这种人很容易认为，这是个好机会，可以出出风头，引起人家一点注意。至于她的父母，他们决心要尽可能向世人传播福音；每当赞美诗唱过以后，父亲便要搬出他那一套陈腔滥调，说什么只要体现了上帝的仁慈、基督的爱和上帝对罪人的意旨，人们就可以从有罪的良心那种沉重的愁苦中解脱出来，得到欢乐，如此等等。

"在上帝看来，所有的人都是有罪的，"他说，"除非他们忏悔，除非他们信奉基督，接受他对他们的爱和宽恕，否则他们就永远体会不到精神健全和纯洁的幸福。啊，朋友们！基督为你们而生，为你们而死，他每天每时都跟你们同在，白天、黑夜、清晨、黄昏，随时都在照料你们，增加你们的力量，让你们承受得住人间无穷无尽的辛劳和忧患，假如你们了解这一切，真正从内心懂得这个道理，你们就可以享受到宁静和满足的幸福，那该多好！啊，那些困扰我们的罗网和陷坑是多么可怕呀！幸而我们理解到基督与我们常在，教导我们，帮助我们，鼓励我们，替我们敷好伤处，使我们健全起来，这叫人多么宽慰呀！啊，那种宁静、满足、舒适和光荣呀！"

"阿门，"他的妻子庄严地应了一声。女儿赫丝特，家里的人叫她爱丝塔，深深感到他们全家人正急需人们的赞助，也就跟着母亲应了一声。

最大的男孩克莱德和两个较小的孩子只是把眼睛看着地上，间或对他们的父亲看一眼，心里想，他这些话可能都是真实的，重要的，不过总不像实际生活中其他事那么有意义，那么吸引人。这一套他们已经听得太多了，在他们那年轻而热切的心灵看来，人生在世，应该不只是在街头和教堂里搞这套布道的把戏啊。

后来，唱过第二首赞美诗之后，格里菲思太太也讲了一番话，并借机会提到他们在附近一条街上主办的布道工作和他们为了宣扬基督的教义举行的礼拜，然后又唱了第三首赞美诗，散发了一些介绍教会拯救灵魂的小册子，接着，听众们自动捐助的款子就由父亲阿萨收下来。他们收起小风琴，把三脚凳叠起来交给克莱德,《圣经》和《赞美诗》由格里菲思太太收起来,皮带套着的风琴往老格里菲思肩上一挂,他们就朝教堂那边往回走了。

这段时间里,克莱德一直在盘算:他再也不愿意干这一套了。他还认为自己和他的父母都显出了一副傻头傻脑、不大正常的样子,他这样被迫参加这种活动,假如能让他充分表示他的反感,那他就会说,只要有办法,他就不愿意再干这种勾当。这样把他拖在一起,对他们又有什么好处呢?他的生活不应该是这样啊。别的孩子就不必干他这一套呀。他比过去更坚决地考虑着要进行一次反抗,为了以后不致再像这样抛头露面。他的姐姐要是高兴,就让她去干好了;她是喜欢这一套的。妹妹和弟弟还太小,也许还不在乎。可是他……

"我看今晚上人家好像比往常更加注意点儿了,"格里菲思一路走,一路这样对太太说。夏天晚上那种醉人的气息叫他的心境松快了,他便把过路行人照例漠不关心的神情,做了这么一个豁达的解释。

"是呀,星期四只有 18 个人拿小册子,今晚上可是 27 个。"

"基督的爱终于会胜利的,"父亲用安慰的口吻说,既是为了鼓励他的太太,也是为了鼓励他自己。"世俗的欢乐和忧虑支配着很多很多人,可是只要有一天,悲哀临到他们头上,我们撒下的这些种子,有的就会生根的。"

"这是千真万确的。正是这种想法经常支持着我。痛苦和罪孽的负担终于叫一些人认识到自己走错了路。"

他们现在走进一条狭窄的背街,刚才他们就是从这里走出来的。他们从拐角的地方往前只走过十几个门口,就走进一座黄色的木平房,这座房子的大窗户和中间门上两块玻璃,都漆成灰白色。两个窗户和那道双扇门的几块小嵌板上,漆着如下的字样:"希望之门。伯特利独立教堂。礼拜时间:每星期三、星期六,晚 8 时至 10 时;星期日,11 时、3 时、8 时。欢迎参加。"在这排大字下面,每扇窗上都有一句格言:"上帝就是爱",格言下面还有一行较小的字:"你有多久没有给母亲写信了?"

这几个人走进那寒伧的黄色大门,就不见了。

第 二 部

第四十七章

当晚他们计划停当，第二天早上分别乘坐两节车厢到草湖去。可是一到以后，发现草湖的居民比他当初预料的要多，这使他很诧异。这里的一派活跃景象使他很不安，很害怕。因为在他的想像中，以为这里跟大卑顿都是非常荒凉的。可是，一到这里，他们两人都可以看得明明白白，这里是夏季游览胜地，而且是一个小小的宗教组织或是宗教团体——宾夕法尼亚州的怀恩勃莱纳教派聚会的地方。而且还发现有教堂。从车站一直到湖边还有很多村落。罗伯塔立刻叫起来：

"啊，看啊，这不是很美么？为什么不能请那边那座教堂的牧师给我们证婚呢？"

克莱德给这个突然发生、很不如意的情况弄得又窘又怕，马上说："啊，当然喽，等一会儿我过去看看。"可是他心里正忙着想种种主意欺骗她。他要先去办好登记，然后带她坐船出游，而且要待很久。再不然，要是能发现一个特别僻静、不引人注意的地方……可是不成，这里人太多了。这湖就不够大，也许湖水也不够深。湖是黑色的，甚至是黑漆漆的，像柏油。东、北两面是一行行又高又黑的松树，据他看，仿佛像无数全副盔甲、非常警惕的巨人，甚至像恶魔，手持密林似的剑戟，这里的一切使他心境非常阴沉、多疑，而且感到莫名其妙地离奇古怪。可是人还是太多，湖上有十数人之多。

命运的不可思议啊。

这场灾难啊。

可是耳边轻轻响起一个声音：要从这里穿过树林到三里湾是不行的。啊，不成。这里往南，总共有 30 英里呢。再说，这湖也不够荒凉，说不定这个教派里的教友们老望着呢。啊，不，他必须说……他必须说……不过，他能说什么呢？说他问过了，这里弄不到证明书？还是说牧师不在，还是说要有身份证明，可是他没有，或是……或是，啊，随便说什么，只要能叫罗伯塔安下心来，到明天早上那个时刻为止。到那时，从南面开来的车就从这里开往大卑顿的夏隆，在那里，他们当然可以结婚。

为什么她要这么坚持呢？要不是因为她那么愚蠢地逼着他，他是不会耐着性子跟她这儿走走,那儿跑跑。每小时、每分钟都是上绞架,真是永远没完没了地叫良心背十字架。要是他能摆脱掉她,那多好啊!啊,桑德拉,桑德拉,要是你能从你那高高在上的宝座俯身助我一臂之力,那该多好啊。那就可以不用再撒谎了!可以不用再受罪了!可以不用再受各种磨难了!

可是,相反,还得说更多的谎话。毫无目的、烦死人地找荷花找了很久。加上他那不安宁的神情,弄得罗伯塔也跟他一样厌烦起来。他们划着船的时候,她心想,为什么对结婚这件事他会如此冷淡呢?本来可以事先安排好,那么,这次旅行便可以像梦境一般美,而且也本应这样的,只要……只要他能在乌的加把一切都安排好,像她所希望的那样。可是,这样等待,这样躲躲闪闪,活像克莱德这个人,那样摇摆不定,犹豫不决,拿不定主意。实在说,她现在已经又开始怀疑他的用意了,到底他是不是像他所应允的真心要跟她结婚呢?到明天或是至多后天,就可以明白了。既然这样,那现在又何必去担什么心呢?

跟着,在第二天中午到达肯洛奇和大皂顿。克莱德在肯洛奇下了车,陪罗伯塔到停候的公共汽车那里。还跟她说,既然他们要原路回来,她的提箱最好还是放在这里。至于他,因为照相机呀、草湖上买的午饭点心呀,都塞在他的手提箱里,所在他要带在身边,因为他们要在湖上吃午饭。可是到了公共汽车旁,他发现司机正是上次他在大皂顿听他说过话的那个向导,这一下他可真惶恐了。万一这个向导见过他,记得他呢!他不是至少会联想到芬琪雷家那辆漂亮的汽车么?贝蒂娜、斯图尔特坐在前面,他自己、桑德拉坐在后面,格兰特,还有那个哈利·巴谷特在外面跟他说话。

几周来,足以表明他慌乱害怕心理的冷汗,这时立刻从他脸上和手上冒出来。他究竟在想些什么啊?譬如说,从莱科格斯到乌的加,他就忘了带便帽,或是至少买新草帽以前,就把这顶帽子从手提箱里取了出来,再如他在到乌的加去以前就没有能把草帽先买好。

可是,谢天谢地,那个向导并不记得他!相反,他只是相当好奇地问他,而且把他看作完全陌生的人:"到大皂顿去么?是头一回去?"克莱德大大地放了心,但还是用颤抖的声音回答他说:"是的。"接着,他慌乱紧张地问:"那边今天人很多么?"他一说出口,就觉得这样问简直是发疯了。问题多的是,为什么单单问这个呢?啊,天啊,他这种可笑、自我毁灭的错误,难道永远无尽无休么?

他实在不安极了,连向导回答他的话几乎都没有听见;即便听见,也好像只是从老远的地方传来的声音。"不很多。我看,不过七八个人。四号那天,有三十来人,不过多数昨天走了。"

他们一路驶过潮湿的、黄色的道路,两旁的松树真是寂静无声。多么阴凉,多么静谧。虽然时当正午,可是松林里阴森森,松林深处一片紫色、灰色。要是在夜间或是白天溜掉,在这一带哪里会碰到什么人?从森林深处传来一只樫鸟刺耳的尖叫,一只田雀在远处的嫩枝上颤声歌唱,银色的阴影里回荡着它美妙的歌声。这辆笨重的带篷公共汽车驶过小河、小川,驶过一座座粗糙的木桥时,罗伯塔谈到清澈的湖水:"那儿不是很迷人么?你听到银铃似的水声么,克莱德?啊,这空气多么新鲜啊!"

可是她马上得死了!

天啊!

可是万一这时在大卑顿,就是有房子和出租游艇的地方,有很多人,那怎么办呢?或是万一那边的人分散在湖上,都是些打鱼的人,分散在各处打鱼,他们分散开来,单独一个人,到处找不到隐蔽、荒凉的地方,那怎么办?他没有想到过这一层,这多么奇怪。这片湖说不定并不像他想象中那么荒凉,也许今天并不是这样荒凉,就像草湖那边的情况。那怎么办?

啊,那么就逃走吧,逃走吧,别的随它去吧。这样紧张实在受不住了。见鬼,老是转这些念头,那他宁可去死。他究竟怎么会想到通过这样荒唐、残酷的阴谋给自己打一条出路的啊。先害死人,然后自己逃掉,也可以说是先害死人,然后装得好像他跟她都淹死了。而他,真正的凶手,却溜之大吉,去追求生活,追求幸福去了。多么可怕的计划啊!可是,不然又怎么办呢?怎么办呢?他老远来,不就是为了这件事么?难道他现在要向后转么?

这时他身边的罗伯塔老以为自己就要结婚了,明天早上当然是结婚而决不是别的什么;如今欣赏一下他老是讲起的这个湖,不过是附带的乐趣罢了。他老是讲着它,仿佛这比他们俩一生中任何事更重要、更有趣似的。

可是向导又说话了,而且是对他说的:"我看您打算在这里留宿,是吧。我看见您把这位小姐的提箱留在那边了,"他朝肯洛奇点点头。

"不,我们今天晚上就走,搭 8 点 10 分的车。您送客人到那里去么?"

"啊,当然。"

"听说您送的,草湖那边的人说的。"

可是为什么他要加这么一句关于草湖的话呢?这说明他跟罗伯塔到这里

来以前,是到过那边的啊。可是这个傻瓜还提到"这位小姐的提箱"!还说留在肯洛奇。这魔鬼!为什么他不管好他自己的事?为什么断定他跟罗伯塔并没有结婚?他是这样断定的么?他们带的是两只提箱,而他带在身边的只有一只,那他为什么要提出这个问题呢?多么奇怪!多么无耻!他怎么会知道?是猜到还是怎么的?不过,结过婚或是没有结过婚,这又有什么关系?要是她不被打捞起来,"结过婚或是没有结过婚"不会有什么两样,不是么?要是被打捞起来,并且发现她还没有结婚,那不是足以证明她是跟别的什么人一起走的么?当然!那么现在又何必为这件事担心呢?

罗伯塔问:"除了我们要去的那家,湖上还有别的什么旅馆或是寄宿的地方么?"

"小姐,除了我们要去的那家旅馆之外,一处也没有了。昨天有一大批青年男女在东岸露营。我想,离开旅馆有一英里光景吧,不过现在他们还在不在,我可不清楚了。今天一个也没有看到。"

一大群青年男女!天啊!不是说不定他们正在湖上,所有的人,划着船,或是张着帆,或是什么的么?而他却跟她一起到了这里。说不定还有从 12 号湖来的人呢,就像两周前他跟桑德拉、哈里特、斯图尔特、贝蒂娜来的时候那样,其中有些是克伦斯顿家、哈里特家、芬琪雷家或是别的一些人的朋友,到这里来游玩的;而且他们当然会记得他。还有,在湖的东面,一定有一条路。有了这些情况,加上人家也在那里,他这次旅行也许就白费心机了。多么可笑的计划!这种毫不精明的计划,本来,他至少应该多花一点时间,拣一处更远的湖区,而且他早就该这么办,只是因为这些天来,他实在被折磨苦了,简直不知道怎么盘算才好。啊,事到如今,他只好去看了再说。要是人很多,那就必须打个什么主意,划到真正荒凉的地段去。再不然,就回过头来,回到草湖或是别的什么地方?啊,那他该怎么办啊,要是这里人很多的话?

就在这时,这条两旁尽是绿树的长长的小道,终于在尽头的地方,通到他现在记起来的那片草地上,湖面也露了出来。正对着大卑顿深蓝色的湖水的那家小旅馆啊,旅馆里带柱子的游廊,都看到了。还有湖右面那座低低的、盖着红瓦的小小的船棚,正是他上次到这里来时见到过的。罗伯塔一见就叫起来:"啊,真美,不是么,简直美极了。"克莱德正在打量着远处暗沉沉的、低低的小岛。那是南边的。还看到只有很少几个人在那里,湖上则连一个人影都没有,他心慌意乱的叫道:"是啊,真是啊。"不过,他说这句话的时候,觉得喉咙仿佛哽住了似的。

旅馆老板出现了,他走拢来。这人中等身材,脸红扑扑的,肩膀很宽。他用招揽生意的口气说,"住几天吧?"

克莱德对这个新情况很反感,给过向导一美元以后,就怒冲冲地、生硬地说,"不,不,就只玩一个下午。我们今天晚上得走。"

"那么,你们要留在这里吃饭吧?火车要到 8 点 15 分才开。"

"啊,要……是要。当然。嗯,既然这样,我们是要的。"……因为,正在蜜月中的罗伯塔,在她结婚的前一天,而且是这样一种性质的旅行,当然希望在这里吃饭。总而言之,这个矮矮胖胖、脸红扑扑的傻瓜,真见他的鬼。

"那好吧,让我来拿您这提箱,您不妨登记一下。也许您太太反正得休息一下。"

他在前面带路,手里提着皮箱,尽管克莱德这时真想把提箱从他手里一把抢过来。因为,他并没有想到要在这里登记,也没有想到要把提箱留在这里。而且,他也并不准备这么干。他要把提箱重新抢过来,并且租一只船。可是最后,正像博尼斯所说的,不得不"为了登记而登记",在重新拿回他的提箱以前,签下了克里福德·戈尔登夫妇的名字。

上面这些事,原来已经害得他够心慌意乱的了,可是还不只这样,还有种种心事涌上心头。为了这件性命交关的事,动身前发生过什么新的情况啊,遇到过什么人啊,更糟的是罗伯塔说,天很热,而且他们还要回来吃晚饭,因此,她要把帽子、外套留在这里,那顶帽子,他早已看见上面有莱科格斯布朗斯坦这家的商标,这就害得他又盘算起来:这顶帽子留在这里好呢,还是拿回来好?可是他后来决定,也许到了事后……到了事后……要是他真是这么干的话,帽子在不在那里,也许就没有什么区别了。她要是被打捞起来,不是反正会被认出来么,要是没有被打捞起来,谁知道她是什么人啊?

他心里ހ慌乱,某个念头、某个动作、某个行动,究竟有什么重要意义,他一时间也搞不清楚了,只是提着皮箱在前面带路,朝船棚码头走去。跟着,他把提箱丢到船上,问看船棚的人哪里风景好,他想用照相机照下来。这一点问过了,毫无意义的说明也听过了,他就扶着罗伯塔上船(这时,她仿佛只是个朦胧的影子,走上了一处纯粹属于概念中的湖上一只虚拟的划子船),他自己也跟着她下到船上,坐在船中央,操起船桨来。

那平静的、玻璃似的、彩虹色的湖面,据他们俩这时看起来,都觉得与其说是像水，不如说是像油，像熔化了的玻璃，又大又重，浮在很深很深的、结结实实的地球之上。一阵阵微风吹过，多么轻飘，多么清新，多么令人陶醉，可是湖上却并没有吹起涟漪。两岸挺拔的松树多么柔和，多么浓密。到处只见一片片松林，松树又高，像尖尖的剑戟一样。松树顶上，只见远处黑黑的阿特隆达克斯山的驼峰。连一个划船的人都看不见。一所房子、一所小木屋也看不见。他想找向导提到过的那个篷帐。可是看不见。他想找说话声，或是任何什么声音。可是，除了他划船时双桨发出的噼啪声和后面两百步外、三百步外、一千步外看船棚的人跟向导谈话的声音，什么声音都没有。

"不是很寂静、很安谧么？"罗伯塔说。"这里真安静啊。我看真美，比哪个湖都要美。这些树好高，不是么？还有这些山。我一路在想，那条路多阴凉，多清静，虽说有点颠簸。"

"刚才在旅馆里，你跟什么人说过话么？"

"怎么了，没有；你为什么问这个呀？"

"啊，我想你可能碰到什么人。不过，今天这里好像人并不多，不是么？"

"没有，湖上我简直没有看见什么人。后边弹子房里，我看见有两个男的。还有女宾休息室有个姑娘。就这几个人。这水不是很冷么？"她从船边把手伸进湖水里，追逐着他的船桨所激起的湛蓝的波纹。

"是么？我还没有试过。"

他停顿了片刻，把手伸到手里试了试，接着又划起来。

他不准备直接划到南面那个小岛去。这……太远，太早了。说不定她会觉得古怪的。最好再稍微待一会儿。再留点时间盘算盘算，再留点时间逛逛。罗伯塔会想到要吃午饭（她的午饭！），西面一英里外，有一片很美的洲渚。他们不妨到那里去，先吃了东西再说，也可以说是她先吃了再说，因为他今天不想吃。然后……然后……

她也正在望着他刚才张望的那一片洲渚，一块尖角形的陆地向南弯去，不过深深地插入湖心，两岸尽是挺拔的松树。她这时接着说：

"你看中了什么地方，亲爱的，我们可以停下来吃东西吗？我有点饿了，你不饿么？"（此时此地，她还是别叫他什么亲爱的吧！）

北面那座小旅馆和船棚愈变愈小，这时看起来，就像他第一次在克伦湖上划船时那边的船棚和凉亭。那时，他一心想，但愿他能到阿特隆达克斯山中这样一个湖上来玩，梦想着这一类的湖，还但愿能碰到像罗伯塔这样的姑娘，那就……头上也正是这种羊毛似的云片,跟那决定命运的日子,在克伦湖上飘在他头顶上的云片一模一样。

努力的结果,多么可怕啊!

今天,他们不妨在这里找找荷花,为了在……以前消磨点时间,消磨时间……杀死①,(天啊)……他要是真准备干,就必须不再转这类念头才行。总之,这时他不必想到这些。

到了罗伯塔中意的那片陆地上,划进了四周非常隐蔽的小湾。那里还有一小块蜜色的岸滩。东北两面,谁也望不见这里的情形。跟着,他和她相当正常地上了岸。克莱德非常谨慎小心地把点心从提箱里取出来,罗伯塔就在河边把东西摊在一张报纸上。这时,他走来走去,非常勉强地满口称赞这里风景美丽,松树啊,弯弯曲曲的河湾啊,可是事实上却在想着……想着,想着再往前去的那个小岛和岛下面的一处河湾,尽管他的勇气愈来愈小,他还必须实行这狰狞可怕的一着,决不让仔细筹划好了的机会轻轻错过,要是……要是……他真不想跑掉,把他所热切希望的一切轻轻抛弃。

可是现在事到临头,这一着又是多么可怕啊。还有危险……要是弄出什么差错,那就太危险了,别的不说,万一船翻得不合适,万一没有本领去……去……啊,天啊!再说,事后说不定查出真相来……那就是……一个杀人犯。被抓起来!受审判。(他没有能耐干到底,也不想干。不,不,不!)

可是罗伯塔这时在沙滩上,坐在他身边。据他看,她对这世界上的一切都很满意。还在哼歌呢。还对他们这次的游历提出一些劝告和切合实际的意见;还谈到今后他们在物质方面、经济方面的情况,以及他们从这里怎么走,到什么地方去,最可能是叙拉古斯;既然克莱德对这一层好像并不反对。到了那里以后,他们又该怎么办。罗伯塔听她妹夫弗雷德·盖勃说过,叙拉古斯刚开设了一家新的衣领衬衫工厂。克莱德不妨马上到这家工厂找个工作,不是么?至少暂时先安顿一下。然后,稍迟些,等到她最麻烦的事过去以后,她不妨也在这家工厂,或是别的什么地方找个工作,不是么?既然他们钱这么少,他们不妨在一家住户暂且找一间小房。再不然,要是他不喜欢这么办,因为他们现在不像过去那样脾气合得来了,那就说不定可以找两间前后间。在目前他表面

① 消磨时间(to kill time),这里"消磨"(kill)与"杀死"同音同字。

上殷勤体贴的背后,她还是感觉到了他那倔强的脾气。

他也正在想,啊,好吧,不论他同意也好,不同意也好,这类话现在说说又有什么关系呢?既然他并不走,她也并不走,那又有什么区别呢。天啊!可是在这里,他谈起来,仿佛她明天还会在这里似的。可是她不会了。

只要他的膝盖不像现在这么发抖才好;他的手、他的脸、他身上,还是这么潮乎乎!

在这以后,他们就坐这只小船继续沿小湖的西岸,朝那个小岛划去。克莱德老是心慌意乱、提心吊胆地四处张望,看那边到底是不是一个人都没有,一个人都没有,岸上也好,湖上也好,凡是望得见的地方,到处一个人都没有,一个人都没有。周围还是这么清静,这么荒凉,谢天谢地。这里,实在说,或是这附近的任何地方都行,只要他现在有这分勇气就干,可是他现在还没有。罗伯塔一路把手伸到水里玩,一面问他,在岸边会不会找到荷花或是别的什么野花。荷花!野花!他则一路划,一路对自己说,在一行行又高又密的松树林中,确实没有什么大路,或是木屋、篷帐、小路和足以说明有人烟的什么东西,在这美好的日子,这美丽的湖区的广阔的湖面上,没有丝毫其他小船的痕迹。可是,在这些树林里,或是沿着湖岸,会不会有什么独自打猎、捕兽的人,有向导或渔夫呢?会不会呢?万一这时在这里什么地方有这样一个人呢?而且,还正在望着呢!

完了!

毁了!

死了!可是没有声息,也没有烟。只有……只有……这些又高,又黑的、碧绿的松树,像剑戟似的。一片寂静。偶尔有一株枯树,在午后灼热的阳光下,只见灰白色的、干枯的细枝桠,非常狰狞地伸开来。

死!

那急速飞向树林深处的樫鸟发出刺耳的尖叫。再不然,就是哪里孤零零一只啄木鸟发出寂寞的、幽灵似的笃笃的声音。偶尔一只红莺飞掠而过,又偶尔一只黄肩黑身的鸟儿的黄黑相间的影子飞掠而过。

"啊,在我肯塔基的老家,阳光灿烂。"

罗伯塔在兴致勃勃地唱歌,一只手浸在湛蓝的湖水里。

隔了一会儿又唱"要是你乐意,星期日我会在那里。"这是眼下流行的一支舞曲。

然后,划啊,想心事啊,唱啊,停下来望望美丽的洲渚啊,朝可能有荷花的、隐蔽的湖湾划去啊,终于过了整整一小时,罗伯塔已经在说,他们得注意时间,别耽搁得太久。终于划到小岛以南的湖湾。小小的湖面很美,可又非常凄凉。四周松树环抱,陆地就到此为止了。这里非常像一个小湖,穿过湖湾,可以通到大湖。湖面差不多是圆形的,有二十来英亩。从东面、北面、南面、甚至西面的种种景象看,除了把这里跟陆地隔开的北面的那条水道以外,这个池塘,或是说山潭吧,四周全被树木围了起来!到处有香蒲跟荷花,湖边也间或有一些。不知什么原因,这里反正叫人觉得是一个天造地设的池塘或是山潭,凡是厌倦于生活、厌倦于烦恼的人,一心想从人世的斗争、冲突中解脱出来的人,意气消沉地退隐到这里来倒非常明智。

　　他们划到这里以后,那寂静的、黑黑的湖水,好像紧紧抓住了克莱德。在这以前,不论什么地方的任何一件事,全都做不到这样——他的情绪起了变化。因为,一到这里,他好像就被紧紧抓住了,也可以说是给迷住了,要沿着这里往里划;沿着静静的湖边划过一圈以后,又想随着荡过去,荡过去,在这一片苍茫的湖面上,什么事都没有什么一定的目的,没有什么阴谋,没有什么计划,没有什么实际的问题需待解决,什么都没有。这个地方的潜在之美啊!确实,这里好像是在嘲笑他。这里多么古怪啊,黑黑的池塘,四周都被奇异、柔顺的枞树团团围住。湖水仿佛像一颗硕大的黑珠子,被哪只孔武有力的手,也许是在震怒的时候,也许是在嬉戏的时候,也许是在幻想发作的时候,给抛进这黑中带绿的天鹅绒似的山坳里。他朝水里凝视,只见湖水深不见底。

　　可是,这一切又那么强烈地暗示着什么呢?死!死!比任何东西都更确切地暗示着死!也暗示着那寂静、安详、心甘情愿的死。人们或是为了自己选择了这条路,或是由于催眠,或是由于说不出的疲倦,也许会高高兴兴,满怀感激地沉下去。这么静……这么隐蔽……这么安详。罗伯塔也在叫好。这时,他第一次感觉到有两只好像是很结实,又是很善意的、同情的手正紧紧地搭在他的肩膀上。这双手给他多么大的安慰啊!多么温暖!多么有力!这双手好像足以使他定下心来。他喜欢这双手,喜欢它们的鼓励,它们的支持。但愿这双手不要移开!但愿这双手永远放在这里,这位朋友的这双手!在他整整一生中间,他哪里领略过这种使人欣慰,甚至可以说是使人产生温柔的感觉呢?从来没有过。可是不知怎的,这种感觉使他安详起来,他仿佛从一切现实中解脱出来。

当然,还有罗伯塔在那边,可是,到现在这个时刻,她已经化成一个影子,也实在可以说是化成了一种思想、一种幻觉的形体,与其说属于真实,不如说属于空幻。她身上固然有些有色彩、有形体的东西,足以显示出存在,可她还是非常缥缈……非常缥缈……这时,他再一次感到出奇地孤独。因为,那个朋友抓得紧紧的双手已经消失了。在这阴沉而美丽的境界里,克莱德真孤独、非常孤独,孤立无援。显然,这是他被引进这个境界,可又被丢在一边。他觉得冷得出奇,这种奇特之美的魔力使他不禁全身发凉。

他到这里来是为了什么?

他该怎么办?

弄死罗伯塔?啊,不。

他又低下头来,盯住这蓝中带紫的池塘里迷人而险恶的湖底。他盯着看,这池塘好像又千变万化,变成一只大水晶球。水晶球里面什么东西在颤动啊?一个形体!它愈来愈近……愈清楚……他认出是罗伯塔在挣扎,她白嫩的胳膊在水面上挥动,在朝他游拢来!天啊!多么可怕!她脸上那表情啊!天啊!他到底在想些什么啊?死!杀人!

他突然意识到,这么久以来,他一直以为能在这里支持着他的那分勇气,现下正在消失。他随即有意识地重新衡量一下自己性格的深度,希望借此把勇气恢复过来,可是怎么也没有用。

吉特,吉特,吉特,卡……阿……阿……阿!

吉特,吉特,吉特,卡……阿……阿……阿!

吉特,吉特,吉特,卡……阿……阿……阿!

(又是这只不祥的鸟离奇的鸣叫总在耳边萦绕。多么冷酷,多么粗暴!他又一次从神情恍惚中惊醒过来,意识到横在他面前的真实的,也可以说是不真实的,迫切的问题和一切折磨着他的地方。)

他必须面对这件事!他非得这样不行!

吉特,吉特,吉特,卡……阿……阿……阿!

吉特,吉特,吉特,卡……阿……阿……阿!

这是在说明什么,警告、抗议、责备?最初想到这个不幸的计谋时就有这只鸟。它现在正停在那棵枯树上,这只混账的鸟。它又飞到另外一棵树上去了。还是一棵枯树,稍微往里的那一棵,一路飞一路叫。天啊!

然后,他身不由己地又来到岸上。为了表示一下他为什么把提箱带在身边,他现在必须提议把这里的景致拍下来,还要替罗伯塔拍照,还可能要拍他自己,在岸上拍,在湖上拍。这样,她就得重新到船上去,而他的提箱却并不带上船,而是牢牢地、一点也不受潮地放在岸上。他一上岸就装出一副当真在选择各处特别的景致似的,心里却盘算把提箱放在哪一棵树脚下,他回来的时候好取,事到如今,他必须马上回来,必须马上。他们不会再一起上岸了。决不会!决不会!虽然罗伯塔不以为然地说她累了;据她看,他们是不是应该马上就回去?一定是5点多了,一定是。克莱德安慰说,他们马上就走,等他再拍一两张她在船上的照片,把这些多么漂亮的树、那个小岛,还有她四周和她身子下面这黑黑的湖水做背景。

他这双又湿、又潮、又慌乱的手啊!

还有他这双又黑、又清亮、又慌乱的眼睛,尽是看着别处,却怎么也没有看她一眼。

然后又到了水上,离岸约摸有五百英尺光景,船荡向湖心。他只是无目的地摸弄手里结实而有分量的小照相机。接着,在此时此地,很害怕似的往四周张望。因为,这一刻……这一刻……不管他自己怎么打算,这正是他总想躲避,却又紧逼着他的时刻。而且岸上没有说话声,没有人影,没有声息。没有路,没有小木屋,没有烟!而且,这是他,或者可以说是别的什么一直跟他计划好的那个时刻。这一时刻,现在马上要决定他的命运了!是行动的时刻——生死存亡的时刻!现在,啊,他只要突然猛烈地侧向这一边或是另一边,跳起来,跳向左舷或是右舷,把船打翻。再不然,要是这样还不中用,就使劲摇晃船身,要是罗伯塔太啰嗦,就拿起手里的照相机或是他右手中那支空着的船桨打她一下。这是做得到的,这是做得到的。既迅速,又简单,只要他这时能有此心肠,也可以说,只要他没有心肠,事后,他可以很快地游开,游向自由,游向成功,当然喽,游向桑德拉和幸福,游向他从没有领略过的更伟大、更甜蜜的人生。

只是他为什么还在等待啊?

到底他是怎么一回事啊?

为什么他还在等待啊?

在这个毁灭一切的时刻,正迫切需要行动的时刻,意志——勇气——仇恨、狂怒,突然瘫痪了。罗伯塔在船尾她那个座位上盯着他那张惶惑而扭歪了、变了色,可又显得软弱、甚至神志错乱的脸。这张脸,并不是突然变得发怒、凶暴、狰狞,而只是突然变得慌乱,总之是充分表明了内心的斗争正在相持不下,一方面是害怕(这是生理化学上对死的一种反抗,对足以造成横死的暴行的一种反抗),另一方面是被逼得走投无路,蠢蠢欲动,要干,要干,要干,而自己却又在强行压制这种愿望。不过此时此地,这斗争暂时还胜负未定,一股逼着他干的强大力量,跟逼着他别干的力量,两股力量,势均力敌。

就在这时,他那对眼睛,眼珠愈睁愈大,愈加惨白;他的脸、他的身子、他的手在发僵,在蜷缩,他坐在那里僵僵地一动不动,他心里交战不下时那发呆的神气,越来越预兆着不祥。不过说老实话,倒并不是预兆着要悍然诉诸暴行,而是预兆着马上要昏过去,或是马上要痉挛。

罗伯塔突然察觉到这一切多么怪异,感觉到一种丧失理性的狂乱,再不然就是生理上、心理上恍恍惚惚的状态。跟这里的风景比起来,形成了这么怪异、这么令人痛心的对照。她于是叫起来:"怎么了,克莱德!克莱德!怎么回事?你到底怎么了?你样子好……好怪……好……怎么了,过去从没有见过你这样啊。怎么回事?"接着突然站起来,确切些说,是俯向前面,然后沿着平整的船龙骨爬过来,想要走拢到他身边,因为他那样子好像就要往船舱里倒,再不然就倒向一侧,然后跌下水去。克莱德一面马上感觉到,他自己失败得多惨,在这么一种场合,他多么懦怯,多么没有能耐;一面心底的愤恨即刻涌起来,不只是恨他自己,而且恨罗伯塔,恨她那一股力量,也可以说是恨这样阻挠他动手的那股生命的力量。可是又怎么也害怕。不愿意干,只愿意说,说他永远永远,永远永远,决不跟她结婚。说即便她告发他,他也决不跟她一起离开这里,跟她结婚。说他爱的是桑德拉,只愿意黏住她,可就是连这些也没有能耐说出口来。就只是冒火,慌乱,横眉瞪眼。接着,当她爬近他身边,想用一只手拉住他的手,并且从他手里接过照相机放到船上时,他使劲把她一推。不过即便是在这么一个时刻,他也决没有存在别的什么心,只是想摆脱她,别让她碰到他的身子,不要听她的恳求,不要她那抚慰的同情,不要跟她这个人照面,永远永远……天啊!

可是(照相机他还是下意识地抓得紧紧的),推她时用力大猛,不只是照相机打到她的嘴唇、鼻子、下巴,而且推得她往后倒向左舷,船身就歪向水边。

接着,他被她的尖叫声吓慌了(一方面因为船歪了,一方面因为她的鼻子和嘴唇都破了),就站起身来,一半是想帮她或是搀她坐好,一半是想为这无心的一击向她表示歉意。可就这么一来,船就整个翻了,他自己跟罗伯塔立刻掉进水里。而正当他掉下水,第一次冒出头来的时候,船一翻,左舷撞在她的头上,她那狂乱、歪扭的脸正朝着克莱德,而他这时候却已经把身子稳住了。她既疼痛,又害怕,实在又被弄昏了,满怀恐惧,又莫名其妙。她生平最怕水,现在又掉进水里,又给他这么意外而全然无心地一击,

"救命啊,救命啊!"

"啊,天啊,我要淹死了,我要淹死了。救命啊! 啊,天啊!"

"克莱德! 克莱德!"

跟着,他耳朵边又响起那个声音!

"可是你,在这非常急迫的时刻,这……这……这不是你一向盘算着、盼望着的事么?……现在你看吧! 虽说你害怕,你胆小,这……这……给你办好了。一件意外……一件意外……你无心的一击,就免得你再干你想干而又没有胆量去干的事了! 既然这是一件意外,现在你就不必去救,难道你现在还想过去救她,再一次自投罗网,遭受那些大大小小的惨痛失败么?不是你已经给痛苦折磨得够受了,而现在这件事就使你解脱了么?你也可以去救她。可是,你也可以不去救她! 你看,她怎样在挣扎啊。她被弄昏了。她自己是没有力量救她自己的;要是你现在游到她身边,那她这么慌乱、害怕,可能把你也拖到死路上去。可是你想活啊! 而让她活下去,那从此以后,你的一生就不值得活了。就只等片刻,等几秒钟! 等一下……等一下……别管她求救多么可怜。然后就……然后就……可是,啊! 看吧。好了。她现在正往下沉了。你永远永远,永远永远见不到活着的她了……永远永远。而且,你自己的帽子正浮在水面上,就跟你盼望的一模一样。船上还有她那绊住了桨架的面纱。随它去。不是可以表明这是一件意外么?"

除这以外,什么都没有……几阵水波……这奇异的景象多么宁静,多么肃穆。接着,那只古怪、轻蔑、嘲弄、孤单的鸟再一次鸣叫起来。

吉特,吉特,吉特,卡……阿……阿……阿!
吉特,吉特,吉特,卡……阿……阿……阿!
吉特,吉特,吉特,卡……阿……阿……阿!

这只魔鬼似的鸟在那根枯枝上鸣叫——那只怪鸟。

接着，罗伯塔的呼叫声还在他耳边，还有她那对眼睛最后狂乱、惨白、恳求的神色还在他的眼前，克莱德就有气无力、阴沉地、茫然地游到岸上。还有那个念头：不管怎么说，他并没有真正谋杀她。没有，没有。为了这一点，谢天谢地。他没有。不过（他登上附近的湖岸，抖掉衣服上的水），他杀人了吗？还是没有杀？不是他不肯去救她么？而且他也许能把她救起来啊。而且使她失足落水，尽管是意外，实实在在还是他的过错，不是么？可是……可是……

这天傍晚，昏暗、寂静。就在这隐蔽的树林深处，一个僻静的地方，就只他一个人：浑身滴水，干干的提箱在他身边。克莱德站在那里，一面等待，一面设法把身子弄干。不过，在这段时间当中，他把没有用过的照相机三脚架从提箱边取下来，在树林深处找到一株隐蔽的枯树，藏了起来。有什么人看见么？有什么人在张望么？他跟着又回来，可又不知道哪个方向对！他必须往西走，然后往南。他决不能迷失了方向啊！可是那只鸟老是在叫，好刺耳，令人心惊肉跳。还有那一片昏暗，虽然夏夜星斗满天。一个年轻人在一座没有人烟的黑林子里往前走，头上戴着一顶干草帽，手里提着一只皮箱，匆匆地，可是小心翼翼地……向南……向南走去。

第 三 部

第二十三章

第二天早晨 8 点，各大城市的报纸，已经在报摊上出现，上面用大字标题，措辞毫不含糊地向人们宣告：

格里菲思一案公诉部分，以大量令人震惊的证据结束。

动机和手段纷纷被揭露。

面部伤痕经验明与照相机的一边大小完全相符。

在戏剧性地宣读遗书之后，死者之母昏倒。

加之梅森根据严谨的逻辑性准备了他的论证。并且在提出这些论证时，又动人，又富于戏剧性，因此，贝尔纳普、杰甫逊和克莱德心里，都曾一度深信，他们已经全军覆没了，如今，他们已经怎么也想不出什么适当的办法，能叫陪审团相信克莱德并不是一个彻头彻尾的坏蛋。

　　大家纷纷为梅森提出论点时的那种高明的手法而向他祝贺。至于克莱德，他认识到，昨天暴露出来的那些事情，他母亲全都会看到的，因此就又灰心丧气，又悲哀。他非得请杰甫逊打个电报给她，叫她别相信这一套。还有弗兰克、朱莉娅和爱丝塔。并且，毫无疑义，桑德拉今天也在读这些东西。可是，经过这么多的日日夜夜，却连一个字都没有寄来过！报上只是偶然提到一位某小姐，不过从没有登过一张她本人的照片。有钱的人家能这么叨光啊。就在今天，他的辩护就要开始了。他就得站出来，作为一个惟一关系重大的见证人。可是他自己问自己，他怎么干得了？那群众啊。他们那股怒气啊。事到如今，他们那种怎么也不肯相信他，并且敌视他的态度，害得他多么心慌啊。而且，贝尔纳普盘问过他以后，梅森就要来对付他了。贝尔纳普跟杰甫逊当然没有什么喽。他们并没有遭遇这种折磨的危险，他可要稳稳地遭到折磨啊。

　　面临着这种局面，他先在自己牢房里跟杰甫逊和贝尔纳普花去了一个小时，然后，终于在这难以形容的陪审团和十分紧张地注意着的观众始终盯着他的情况下又被带上法庭。这时，贝尔纳普起身站在陪审团面前，严肃地朝他们一一打量一番之后，开口说：

　　"诸位先生，差不多三个星期以前，区检察官对你们说过，他坚决认为，根据他将要提出的证据，你们这些陪审员先生一定会认为庭上的犯人确实犯了公诉中所控告的罪行。从那时起直到今天，这实在是一个时间很长、进行得很迟缓的过程。连一个十五六岁的孩子愚蠢无知的行为，一桩桩、一件件都是无辜的、并非蓄意的行为，都已经在诸位先生面前不厌其详地论证过了，简直像这一切是一个惯犯干的一样。这样的用意显然是要你们对被告抱有成见。可是这个被告除了在堪萨斯市有过一件被歪曲的意外事件以外，(这可以说是我在职业上不幸而遇到的一件最冷酷而野蛮地被歪曲的意外事件。)可以说是一直过着清白、精力旺盛、无可指摘、天真无邪的生活，跟任何地方与他同龄的孩子们一样。你们听到过有人把他说成是一个成年人，一个长了胡子的成年人，一个罪犯，一个从地狱里喷出来的最黑暗的毒雾中一身是罪的产儿。可是，他才不过二十一岁。现在，他就坐在那里。而且，我可以说，那一味叫嚣的、错误的、而且，我可以说是（如果不是我受到警告，不能这么说的话）带有政治偏见的、公诉方面强加在他身上的所有那些残忍的想法和情绪，如果我可以凭借语言的魔术，此时此刻，在你们面前，把它们的内容一层层剥开，那你们就不可能用那种眼光来看待他，正好比你们不可能从席位上站起来，从这些窗子里飞出去一样。

"陪审团的诸位先生们，我深信，你们，还有区检察官，还有在场的听众，一定觉得奇怪，认为在倾盆大雨似的这么一大堆联系紧密，而且有时几乎是恶毒的证词之下，我或是我的同事，或是这位被告，怎么能够像我们过去那么样始终泰然自若。"（说到这里，他仪态庄严地朝他那位同事的方向一挥手，这位同事眼下正静候着自己出场的时刻呢。）"可是，正像你们有目共睹的，我们不只是一直保持着某种人的庄严，而且以这种庄严为乐：这种人，他们不但感觉到，而且是深知，在任何法律争议中，他们有的是正当的、合乎正义的目标。当然，你们一定会想到那位埃文河上的诗人① 所说的话，'他理直气壮，好比是披着三重盔甲。'②

"事实上，我们很清楚，而不幸本案公诉的一方却并不明白，这戏剧性的、极端不幸的死亡发生的时候那些非常离奇古怪而出乎意料的情况。在我们辩诉完毕以前，你们自己也就会明白的。同时，请让我告诉你们，诸位先生们，自从本案开庭以来，我一直相信，即便不是我们对这桩令人沮丧的悲剧提出我们的说明，你们诸位先生们也根本没认定这件残忍的，也可说是兽行可以加在这个被告身上。你们不可能肯定！因为，归根结蒂，爱情是爱情，两性中任何一方热恋的方式，以及毁灭一切的恋情，并不能跟普通的犯人相提并论。只要记住这一点：我们也是从青年人过来的。你们中间成年的妇女，以前也是做过姑娘的，你们一定很了解，啊，了解很透彻啊，了解年轻人那种在以后的实际生活中毫无用处的狂热和断肠的滋味。'你们不要论断人，免得你们被论断。你们用什么量器量给人，也必用什么量器量给你们。'

"我们承认有一位神秘的某小姐，她的美、她在爱情上的无限魅力，还有你们不能在这里提出她的那些信件，以及这种种对这位被告的影响。我们也承认他对于这位某小姐的爱情。并且，我们还准备通过我们自己的证人，通过

---

① 指英国诗人莎士比亚。莎士比亚诞生于英国埃文河上的斯特拉特福，故云。
② 见莎翁名剧《亨利六世》中篇第三幕。

对过去在这里提出的一些见证的分析,从而证明这么一点:说这位被告用狡猾而色情的手法,引诱了那位可爱的人,——不幸纯粹由于我们要加以说明的意外而死去的那一位——背离了道德方面正直而狭窄的道路。可是这些方法也许并不比一般年轻人所用的方法过分,当他们发现他们所中意的姑娘周围尽是拿极端严格、极端狭隘的道德标准看待人生的人。而且,诸位先生们,正如你们的区检察官对你们说过的,罗伯塔·奥尔登是爱克莱德·格里菲里的。在这种后来终于酿成悲剧的关系中,从一开始这位已故的姑娘就深深地、始终不渝地爱着他,如同他自己当时也以为自己是爱着她的。至于人们对他们有什么想法,凡是彼此深挚相爱的人是不大关心的。他们在相爱啊,这就够了!

"可是,诸位先生们,这个问题的那一方面,我并不打算多谈,而要谈一谈我们所要提出的这样一个解释。到底克莱德·格里菲思为什么要到芳达,或是到乌的加,到草湖,或是到大卑顿去呢?你们以为我们有什么理由或是存心想把他做过的事,或是罗伯塔·奥尔登也一样做过的事,加以否认,或是用任何方式加以歪曲么?还有,在她死得这么突然,死得似乎奇怪而神秘的情况下,他竟然决定一走了事,而且他确实这么做了;关于这一点,我们也想加以否认,或是用任何方式加以歪曲么?要是你们确实存过这种想法,即便是那么一刹那有过这种想法,那么,在我们跟陪审团接触,并且在他们面前辩论的这整整 27 天当中,你们要算是受骗最深、误解最深的 12 位陪审员了。

"诸位先生们,我对你们说过克莱德·格里菲思无罪。他确实无罪。你们也许以为我们自己也一定相信他是有罪的。可是你们错了。人生就是这么离奇,这么奇怪,往往一个人可能被指摘说他做了某件事,其实他并没有做,可是在当时,围绕着他的一些情况,却好像足以说明他是做了的。就只是由于情况证据①,过去就有过很多极端可悲、极端可怕的正义流产的事例。要千万注意啊!啊,要千万注意啊,不要由于假想之中认为驳不到的证据,就让一些错误的判断使你们抱有偏见,那些根据某一地区,以至宗教、道德方面对行为举止的看法和成见所造成的错误判断,以致即便是你们并非蓄意如此,而明明

---

① "情况证据"一词与本书中描写的案件关系很大。案件中一项可疑的主要事实,需得依赖一些已知的事实加以推断,不然就无法加以解释,这就是"情况证据"或"间接证据"。

用心是最好、最崇高的,却以为你们发现了罪行,或是发现了犯罪的意图,在事实上,从实际情形来说也好,从法律观点来说也好,在被告心里或是行为方面,却并没有犯这个罪行,也并没有犯这个罪行的意图。啊,要千万注意啊!要千万千万注意啊!"

说到这里,他顿了一下,好像自己真是满脑袋深邃,甚至忧心忡忡的想法似的。而克莱德受到开头这些聪明而大胆的话的鼓舞,好像勇气也大了一些。不过,贝尔纳普又接着说下去了,他非得仔细地听着,这么令人鼓舞的话,一字也不能漏啊。

"罗伯塔·奥尔登的尸体在大卑顿湖被打捞起来以后,诸位先生们,经一位医生检验过。他在当时说过,这个姑娘是溺死的。他要到这里来作证。被告理应得到这一证词的帮助,你们也必须同意这样做。

"区检察官对你们说,罗伯塔·奥尔登和克莱德·格里菲思已经订婚了,并准备结婚。还说她在7月6日从卑尔兹家里动身,是跟他一起结婚去的。啊,诸位先生们,对某一情况略加歪曲,那是很容易做到的事。'已经订婚了,并准备结婚'。这是区检察官用来着重说明某些事情的,而这些事情后来终于引出了7月6日动身这件事。实际上,却并没有丝毫的直接证据足以说明克莱德·格里菲思曾经和罗伯塔·奥尔登正式订过婚,或是足以说明他同意跟她结婚,除了她信上那些话以外。而那些话,诸位先生们,清清楚楚地说明:只是因为她的生理情况使他在道德方面、物质方面非常担心,她的生理情况,他当然是有责任的。不过,虽然如此,还是双方同意了的,一个是二十一岁的男孩,一个是二十三岁的姑娘,只是在这种担心的压力之下,他才同意跟她结婚的。我请问你们,难道这是一种公开的、正常的订婚,是你们想到订婚这件事的时候,你们心目之中的那种订婚的含义吗?请你们注意,我并不想要用任何方式嘲笑、看轻或是批评这位可怜的、已故的姑娘。我只是说,从事实来说,从法律上来说,这个男孩并没有跟这位已故的姑娘正式订过婚。他并没有在事前向她表示过,说要跟她结婚……从来没有过!并没有这种证据。这一点,你们必须承认。只是由于她生理的情况,关于这一点我们也承认他是有责任的,这他才同意跟她结婚,如果……如果,"(说到这里,他顿了一下,停在这个字眼上),"她不愿意放开他。后来既然她不愿意放开他,正像她那些信里所说的那样,为了深怕在莱科格斯被公开揭发出来才表示同意的,在区检察官的眼睛里,他的用语里却变成了订婚。还不只是这样,并且还变成除了一个无赖或是小偷,或是杀人凶手以外,谁也不会企图赖掉的神圣的订婚!可是,诸位先生们,过去有过很多订婚,在法律和宗教的观点看起来,可以说是更公开、更神圣的,可是这些订婚约也都解除了。千千万万的男女,眼看他们变了心,他们的誓言、忠诚和信任被嘲弄了,他们甚至把他们的创伤带到他们灵魂深处的秘密角落,或是因此用自己的双手欣然走向死亡。正像检察官所说的那样,这并不新鲜,这也永远不会过时。永远不会!

"不过,我必须警告你们:你们现在正在考虑,而且准备判决的这件案子,正是这类案子,涉及成为感情改变以后的牺牲品的那么一个姑娘。不过,这个罪行虽然可能在道德方面、社会方面很严重,却并不属法律方面的罪行。而且只是为了跟这位姑娘之死有关的一些离奇的、紧凑到简直令人难以置信的、然而是完全被误解的情况,这才将这位被告在此时此刻被带到诸位面前。我对这一点发誓。我确实知道事实如此。在本案结束以前,这一点能够而且会充分解释清楚,使你们完全满意。

"不过,关于面前这段话,另有一点必须先加以说明,而这一点,正是在提到下面一些事以前必须首先加以说明的。

"陪审团的诸位先生们,现在在这里受审,而生杀大权操在你们手中的这个人,在思想上、道德上是个不折不扣的懦夫,可决不是一个丧尽天良的罪犯。跟许多人在危急的情形下所表演的没有什么不同,他是一个思想上、道德上害了恐惧症的牺牲者。为什么呢? 这一点还没有人能加以解释。我们谁都神秘地害怕一种想像中存在着的怪物,或是怀有一种神秘的害怕心理。而正是这两种东西,不是什么别的,才使他陷入目前这样凶险的境地。是由于懦怯,诸位先生们,害怕他伯父厂里的厂规,害怕他自己对上司提出过的保证,这才使他首先把下面这件事实掩盖起来,那就是他钟情于在他手下做工的这位美丽的乡下姑娘。到后来,又把他跟她有来往这件事实掩盖起来。

"可是,此中并没有任何法律条文上规定的罪行。不管你们私下对这种情形可能有什么想法,可是你们决不可能为了这一点就审判一个人。并且到后来,当他深信过去一度似乎很美的关系,现在是再也忍受不下去了,这时,又是那个懦弱,那个思想上、道德上的懦弱,诸位先生们,阻止他直截痛快地说出来,说明他不能,也不愿意继续跟她来往,更不用说跟她结婚了。可是,你们会不会只因为他是恐惧心理的牺牲者就杀死他呢?再说,要是一个男子,一旦他确实决定,认为他不能,也不愿再容忍某个女人,反过来,一个女人对某个男人也是一样,跟她共同生活,只能造成痛苦,你们要这个人怎么办呢? 跟她结婚? 为了什么目的呢? 为了让他们在这以后永远彼此仇恨,彼此轻视,彼此折磨么? 你们能不能老实说,说你们赞成把这当做条规,当做一种办法,或是一条法律? 可是,被告认为,在这种情况下,在本案中做到了一件真正明智而公道的事。提出一个建议,并不结婚,啊,可惜没有成功。建议分居,由他靠工作来赡养她,她住到另一个地方。昨天刚在庭上读过的她本人那些信件,就提到过这类性质的事。可是,啊,本来最好不做的事,却往往被逼得非做不可,这类不幸的例子真是不胜枚举! 接着就是到乌加、草湖、大卑顿去的那最后一次为了说服她才去的、时间较长的旅行。而且全都没有什么结果。可是决没有蓄意害死她或是设计陷害她致死。丝毫都没有。我们会向你们说明为什么。

"诸位先生们,我再一次坚持说:是由于懦怯,由于心灵上和道德上的懦怯,而并不是由于存心想犯任何性质罪行的任何阴谋或是任何计划,促使克莱德·格里菲思和罗伯塔·奥尔登到上述各地去旅行时化了几个假名,才促使他们化名'卡尔·格雷厄姆夫妇',或'克里福德·戈尔登夫妇'。在思想上、道德上,害怕他自己因为犯了社会意义上的大错误、大罪孽,也就是跟她发生了这么一种渎神的关系,因而在思想上、道德上,对这种关系的后果一味害怕,一味懦怯。

"并且,又由于思想上和道德上的懦怯,以致她在大卑顿意外地惨遭没顶以后,他没有到大卑顿旅馆去,公开报告她溺死的消息。不折不扣是思想上和道德上的懦怯。他当时心里想到了莱科格斯他那位有钱的亲戚和他们的厂规,而他跟这位姑娘到湖上来,足以说明他这是违反了厂规;想到了他父母的痛苦、羞辱和愤怒。此外,还有那位某小姐,他梦中最明亮的星座中最明亮的一颗。

"这一切我们全都承认。而且我们完全愿意承认:他当时正想着、并且一定一直在想着所有这些事情。检察方面控告说(这一点我们也承认是事实),他一直被这位某小姐迷住了,她对他也一样,以致他乐意、并且热切希望把那个委身于他的第一个情人抛弃,为了那个由于她的美貌、她的巨富因此似乎更值得追求的人——正像对罗伯塔·奥尔登来说,他仿佛别人更值得追求一样。如果说她把他看错了,很清楚,她确实是看错了,会不会……会不会他这么迷恋地追求着那一个,到头来,他也是把她看错了呢? 那个人,到最后……谁能说得准呢? 会不会并不怎么把他放在心上呢? 总之,他自己对我们

——他的律师，坦白说，他那时最担心的一些想法，其中一个就是：这位某小姐如果知道他跟另外一个她过去连听都没有听说过的姑娘一起到过那里，那么，这也就是说：这位某小姐对他的感情也就会完蛋了。

"我也知道，依照你们诸位先生们对这类事情的看法，这类行为在本质上是没有可以原谅的地方的。一个人也许会成为两种不正当情感暗中斗争的牺牲品，可是，虽然这样，在法律和教会的观点看来，他是犯了罪孽和罪行的。不过，虽然这么说，事实是：在人们心里，这些东西确实存在，讲法律也好，不讲法律也好，讲宗教也好，不讲宗教也好。而且，在很多案子中，这些东西还主宰着牺牲者的行动。并且我们承认，这些东西确实主宰了克莱德·格里菲思的行动。

"不过他有没有弄死罗伯塔·奥尔登呢？

"没有！

"还是一个没有！

"再不然，他有没有用任何办法，不论是半心半意还是怎么样，化名把她拖到那里去，然后因为她不愿意放开他，就把她淹死呢？多么可笑！多么不可能！多么疯狂！他的计划完全、彻底是另外一种。

"可是，诸位先生们，"说到这里，他突然顿了一下，好像他刚刚有了一个新想法，一个刚方才疏忽了的想法。"为了你们能更好地领会我的辩诉，为了你们到时候能更好地作出最后的判决，也许还是这么办最好：让你们至少能听到罗伯塔·奥尔登死时一个目击者的见证——这个人不只是听到一声呼叫，而且根本就在旁边，亲眼目睹她是怎么死的，因此也最了解她是怎么死的。"

说到这里，他看了看杰甫逊，仿佛在说：现在啊，鲁本，终于到时候了！接着，鲁本朝克莱德回过头去，非常从容，但每个动作都显示出铁的意志，低声说："嗯，到时候了，克莱德。现在全看你的啦。不过，是我跟你在一起，明白吧？我决定亲自讯问你。我一再地跟你排练过。我想，你跟我说话该没有什么困难吧？"他和蔼地、带有鼓励意味地满面含笑望着克莱德。克莱德因为贝尔纳普已经提出了强有力的辩诉，加之杰甫逊又作出了这最为理想的决定，就站起来，几乎怀着一种高高兴兴，与才只四个小时以前的截然不同的心境低声说："啊！由您出马，我真高兴。我想，现在我什么都不用怕了。"

——一听说有一个真正目击的见证人要出庭，并且不是检察方面提出的，而是被告方面的，听众就立即纷纷站起来，引颈翘首，骚动起来。奥勃华兹法官被这次审判中特有的不守秩序的情况弄得大为生气，就用力敲他的小木槌。同时，他手下的那个书记官也高声喊道："肃静！肃静！大家都坐好，否则旁听的人一律退席，请警士招呼全体坐好。"跟着，贝尔纳普喊道："传克莱德·格里菲思，上证人席，"这时，全场在一片紧张气氛中肃静下来。听众大为惊奇地眼看克莱德在鲁本·杰甫逊陪同下走出来，就不顾法官和警士声色俱厉的喝斥，一面很紧张，一面窃窃私语。甚至连贝尔纳普见杰甫逊走过来，也大吃一惊。因为，依照原定计划，是由他来引导克莱德作证。可是在克莱德就位宣誓的时候，杰甫逊走过来，低声说："我来对付他吧，阿尔文，我看还是这么办最好。他的神情有点太紧张，抖得太厉害，也不合我的脾胃；不过我有把握拉他渡过这一关。"

听众也注意到换了人，就纷纷对这件事窃窃私语起来。克莱德一对不安的大眼睛东张西望，心想：啊，我总算登上证人席了。当然是谁都在留心看着我了。我一定得非常镇静不可，仿佛不怎么在乎的样子，因为我实在并没有弄死她啊！是这样，我没有。可是他的皮色发青，眼皮红肿，两只手禁不住微微发抖。杰甫逊高高的身个，坚韧而充满活力，像一棵随风摇摆的桦树，朝他回过头来，一对蓝眼睛直盯着克莱德那对棕色的眼睛，他开口说：

"现在，克莱德，第一件事，我们要你切实做到的，是要让陪审团和这里每一个人都能听到我们的一问一答。第二件事，你准备好以后，先把你自己记得的一生的情形告诉我们，你生在哪里，什么地方人，你父亲是干什么的，还有你母亲；最后，你做什么工作，为什么，从你开始做事谈起，一直到现在。我可能有时打断你的话，问你几个问题。不过大体说来，我只是让你自己讲，因为我了解，这些你能讲得比谁都更清楚。"不过，为了给克莱德打气，并且让他每时每刻都知道有他在这里，是他与那紧张心切、不相信他而仇恨他的群众之间的一堵墙，一座堡垒，他就站得更靠近他，有时，简直近得把一只脚也伸到证人席上了。再不然，就把身子俯向前，一只手扶着克莱德的坐椅，并且总不断在说，"是……啊……是……啊""后来怎么样？""再后来呢？"他每次一发出这种坚定有力、振奋精神的庇护的声音，克莱德就一震，像获得了一股支持的力量，终于能够身子不发抖、声音不发颤地讲出他少年时代短暂而穷困的身世。

"我生在密执安州大瀑布。那时候，我父母在那里经办一座教堂，经常举

《美国的悲剧》导读

西奥多·德莱塞(1871—1945)是美国 20 世纪最杰出的现实主义小说家,出身于印第安纳州。父亲约翰·保罗·德莱塞系德国移民,家境贫寒,西奥多是他第九个孩子。少时艰难谋生,仅念完小学和两年中学,17 岁起只身来到芝加哥创业,先后从事卡车司机、推销员、新闻记者等职业,1900 年以长篇小说《嘉莉妹妹》展现于美国文坛,1911 年之后又出版《珍妮姑娘》、《"天才"》、《金融家》等长篇小说;1925 年 10 月以三卷本《美国的悲剧》的出版轰动全社会,使德莱塞成为 20 世纪前半期最有影响的小说家。

《美国的悲剧》是德莱塞经过两年多时间的艰苦写作和认真修改的巨大成果。由于这部不寻常的作品以强烈的现实主义手法,深刻地揭示了美国社会一切弊病的根源,充分反映了劳动者对资本主义制度的愤怒的感情,因而获得了空前的成功。这是德莱塞最杰出的一部长篇小说。小说开始创作于 1922 年,原名《幻想》,经过两年多时间才完成。小说在完稿前夕,德莱塞把书名改为《美国的悲剧》,这一重要改动使作品的思想意义豁然开朗,其认识价值大大地升华了一步。

《美国的悲剧》一出版,立即轰动了美国文坛,小说主人公克莱特·格里菲斯这一艺术形象一时间成为人们议论的中心,报纸杂志纷纷发表评论,就连那些向来没把德莱塞放在眼里的贵族化的资产阶级杂志,如《大西洋月刊》、《哈泼流氏杂志》等也来参加这场热烈的评论。著名评论家约瑟夫·华特·克拉西称誉《美国的悲剧》是"我们这一代的最伟大的美国小说"。

作为一位长篇小说家,德莱塞已经沉默了整整十年,从《"天才"》被禁之后,他一直期待着新的成功。这一天终于到来了,德莱塞的形象在美国文坛放出了奇光异彩。著名作家迈克尔·高尔德曾经在《我所知道的德莱塞》一文中有过这样的描写:

有一天早晨,我在格林威治村碰见德莱塞匆匆忙忙地走着,不知要往什么地方去。他脸上焕发着一片孩子气的天真的光彩,看他那快乐的样子,真像一个坐在大百货公司里的圣诞老人膝上的孩子。

"我的书销路好极了!"他极高兴地天真地说,"我已经过了50岁了,而这是我的第一本畅销书。我说不出心里有多么高兴。"

我热情地和他握手,向他祝贺。他的小说《美国的悲剧》那时刚刚出版,正轰动着全国……

从《嘉莉妹妹》问世以来,德莱塞一直处于被人争议的地位。他的作品常常受到粗鲁的攻击,他的思想观点不断地被渲染成为前后矛盾、简单化的产物。他的创作被某些理论家丑化成自然主义与美国生活的私生子……由于二十几年来一直受到种种攻击和非难,德莱塞被许多人认为是文坛上的倒霉鬼。然而这一切当然不是由于德莱塞的无能和过错,而恰恰证明了他是一个正直的、有良心的作家。他宁愿受到资产阶级的嘲笑和攻击,也决不为金钱而出卖自己的艺术。

《美国的悲剧》的出版,使那些资产阶级的评论家们不得不对德莱塞刮目相看,他们感到:这个有着大脑袋和深邃目光的印第安纳人,不仅有坚强的毅力,而且有创作的天才。不管你愿意不愿意,他现在已经成为在美国人人皆知的大小说家了!毫无疑问,《美国的悲剧》之所以震动了整个美国,是因为作品以锐不可当的锋芒击中了美国社会的致命伤。用德莱塞自己的话来说,就是小说的成功并非因为"它是悲剧",而是因为"它是美国的悲剧的缘故","这本书整个来讲是对美国社会制度的一个控诉"。

经过整整 25 年的奋斗,德莱塞终于以胜利者的姿态登上了美国文坛,当年他立下的誓与资产阶级的偏见和不公正的舆论战斗到底的宿愿实现了。为了庆祝这一扬眉吐气的胜利,德莱塞在纽约公园附近的一所公寓里举行了一次规模宏大的宴会,他以向资产阶级示威的姿态出现在公众面前。然而他的这番举动,并不表明他要从此踏入资产阶级的行列。事实证明,德莱塞没有忘记自己苦难的童年和艰苦的历程,他决不能因资产阶级的捧场而忘记过去,他永远是属于人民的作家。

盛誉之下,德莱塞再次陷入沉思和回忆。他不禁想起自己是怎样创作《美国的悲剧》的。

18 年前,在纽约州发生了一桩轰动全国的案件:一个名叫吉斯特·基莱特的青年,由于受到金钱的毒害和对地位的盲目追求,谋杀了自己的情人,最后被送上电椅处以死刑。法庭在审理这个凶杀案件时,只不过是单纯地从杀人犯罪这个角度上去考虑的。而德莱塞则认为:重要的不是基莱特谋杀情人的事实本身,而在于回答他为什么要杀死情人以及这一案件的社会根源。案件过后,人们渐渐淡忘了,可是德莱塞却一直在脑子里想着这件事。基莱特在法庭上的苍白面孔和忧愤的眼神,似乎在呐喊,真正杀人的凶手不是他,而是那个毒害他的社会。德莱塞正是基于这样强烈的感受,才决心要把这个悲剧写成小说。他从 1922 年年底开始创作,在创作这部伟大作品的过程中,首先得到了他的最亲密的朋友——一个多年来被他所倾慕的美丽的女子、他的远房表妹海伦·理查逊小姐的大力支持。海伦是一个能干的打字员,多年来她作为德莱塞的精神支柱而和他保持着密切的联系。曾有人说:海伦是德莱塞创作感情的兴奋剂,没有她,德莱塞就会写不出任何作品。这话说得固然太偏颇,但从中却可以看出他们之间确实存在着不同寻常的联系。除了海伦之外,还有两个忠实的朋友是德莱塞所不能忘怀的,一个是萨莉·库斯尔女士,另一个是贺拉斯·利物莱特先生。萨莉是一位稳重而端庄的犹太女子,1923年她经朋友介绍来找德莱塞,希望能得到一个类似编辑部秘书的职务。德莱塞很喜欢她,便雇用她担任秘书,他们几乎每天早晨在纽约第12条街上的查理兹饭店一起进早餐。这段时间正是德莱塞创作《美国的悲剧》的最紧张时期,他每天早上带来一大叠前一天晚上写成的手稿,与萨莉在一起讨论。德莱塞十分重视这位犹太女子的意见,因为她往往能够在作品的构思和人物的形象描写上,出人意料地提出一些聪明的建议。《美国的悲剧》中有不少的细节安排,就出自萨莉的见解。这部巨著的初稿长达200万字,也是因为萨莉的再三建议,德莱塞在定稿时几乎将文字削去一半。至于贺拉斯先生,更是德莱塞的挚友,《美国的悲剧》的催生婆。假如没有这位热心的出版商的有力支持,说不定《美国的悲剧》也会遭到像《嘉莉妹妹》一样的厄运。

《美国的悲剧》为德莱塞带来了无可争辩的声誉和数十万美元的收入,但这一切都没有禁锢住他继续前进的脚步。德莱塞在生活的道路上还在探索维护大多数劳动者利益的政治信仰和社会制度。

(毛信德)

海明威

老 人 与 海

鱼打转儿的时候

这一次鱼打转儿的时候,老头儿看得见它的眼睛和在它身旁游泳的两条灰色的小鱼。有时候它们恋恋不舍地跟着它。有时候它们突然跑开。有时候它们在它的阴影下面自在地游来游去。两条鱼每一条都有三英尺多长,游得很快的时候,它们像黄鳝一样翻腾着整个身子。

老头儿现在流出汗来,使他出汗的并不是太阳。鱼每次从从容容地、平静地转弯地时候,他就收进一把钓丝,他深信鱼再转两个圈儿,他就可以乘机会把鱼叉攘在它身上了。

他想:可是我应该使它来得近些,近些,更近些。切不要戳它的头。应该扎它的心。

"要沉着,要有力,老家伙。"他说。

又绕了一个转儿,鱼的脊背露出来,不过离船未免太远了些。再一转,依旧太远,但是它已经高高地凸出在水面上,老头儿相信,只要再收进一些钓丝,他就可以把它拽到船旁边来了。

他久已安排好了他的鱼叉,鱼叉把子上的一卷软绳子放在一个圆篮子里,绳子一头系在船头的短桩上。

现在鱼一转就转到前面来,它举止从容不迫、非常优美,只有那条大尾巴在摆动。老头儿用力去拽,想把它拽近前些。只有一会儿光景,鱼朝他这边稍微转过来一点。然后它又伸直了身子,开始打起转儿来。

"是我把它带动的,"老头儿说。"我把它带动啦。"

他又觉得昏眩起来,可是他依旧使出全身力气去拽住那条大鱼。他想:我把它带动啦。也许这一次我就可以把它拽到跟前来。拽吧,手啊,他想。站稳啦,腿。替我撑下去,头啊。替我撑下去。决不要昏过去。这一次我会把它拽过来的。

他尽心尽力,在鱼来到船旁边以前把一切都安排妥当,然后使出全身的劲儿去拉,这时候,那鱼稍稍侧过身来,又摆正了身子游开去。

"鱼啊,"老头儿说,"鱼,迟早你是免不了一死的。难道你也非得把我弄死不成吗?"

他想:照那样什么也不会成功。他的嘴已经干得说不出话,可是他不能再去拿水了。他想:这一遭我一定要把它拽到跟前来,我受不住听它再来好多转儿了。他又自言自语地说:"不过,你呀,你是永远不会垮的。"

又一转的时候,他几乎把它拽到身边。但是鱼又摆正身子慢慢地游开去。

老头儿想:鱼啊,你要把我给弄死啦。话又说回来,你是有这个权利的。兄弟,我从来没见过一件东西比你更大,更好看,更沉着,更崇高了。来,把我给弄死吧。管它谁弄死谁。

他想:现在你脑子糊涂啦。你应该让你的脑子清醒。让你的脑子清醒,才知道怎样去忍受,像一个男子汉。或者,像一条鱼似的。

"清醒过来吧,脑子,"他说话的声音几乎连自己也听不出来,"清醒过来吧。"

鱼又转了两个圈儿,还是那个老样子。

老头儿想:我摸不透。他已经到了每次都感觉得自己要垮下来的时候了。他想:我摸不透,但我还要试验一下。

他又试验了一下,把鱼拉转过来的时候,他觉得自己真的垮了。那条鱼又摆正了身子,然后慢慢地游开了,它的大尾巴还在空中摆来摆去。

这时老头儿虽然双手已经软弱无力,而他所能看见的只是一眨眼就过去的闪光,但他又下了决心:我还要试它一试。

他又试了一遍,还是跟以前一样。"那么,"他想,这时他还没动手就觉得垮了,"我再来试一遍吧。"

他忍住一切的疼痛,抖擞当年的威风,把剩下的力气统统拼出来,用来对付鱼在死亡以前的挣扎。那条鱼朝他身边游来了,轻轻地来到他的身边,嘴几乎碰到了船身的外板。它开始从船旁边过去,它,那么长,那么高,那么宽,银光闪闪的,还围着紫色的条纹,在海水里没有尽头地伸展了开去。

老头儿放下了钓丝，把它踩在脚底下，然后把鱼叉高高地举起，举到不能再高的高度，同时使出全身力气，比他刚才所集聚的更多的力气，把鱼叉扎进正好在那大胸鳍后面的鱼腰里，那个胸鳍高高地挺在空中，高得齐着一个人的胸膛。他觉得铁叉已经扎进鱼身了，于是他靠在叉把上面，把鱼叉扎得更深一点，再用全身的重量把它推进去。

接着，鱼又生气勃勃地作了一次死前的挣扎。它从水里一跳跳到天上去，把它的长、宽、威力和美，都显示了出来。它仿佛悬在空中，悬在船里老头儿的头上。然后它轰隆一声落到水里，把浪花溅满了老头儿一身，溅满了整个一条船。

老头儿觉得头昏眼花，看不清楚东西了。但他松开了鱼叉上的绳子，让它从他的皮破肉烂的手里慢慢地滑下去。当他看得清楚的时候，他看见那条鱼仰身朝天，银花花的肚皮翻到上面来。鱼叉的把子露在外面，和鱼的前背构成一个角度，这时海水被它心里流出的血染成了殷红的颜色，先是在一英里多深的蓝色的海水里黑黝黝地像一座浅滩，然后又像云彩似地扩散了开去。那条鱼是银白色的，一动也不动地随着海浪飘来飘去。

老头儿用他闪烁的眼光定睛地望了一眼。他把鱼叉的绳子在船头的短桩上绕了两圈，然后用双手捧着头。

"要教我的脑子清醒，"他靠着船头的木板说。"我是一个累乏了的老头儿。但我已经杀死了这个鱼兄弟，现在我得干辛苦的活儿了。"

他想：现在我得准备套索和绳子，把它绑在船旁边。虽然只有我们两个，即使为了装它而弄得船漫了水又戽出去，这只小船还是盛不了它。我应该安排一切，然后把它拖到跟前来，绑好，竖上桅杆，挂起帆把船开回去。

他动手去拖鱼，想把它拖到船跟前，好用一根绳子从它鳃里穿进去，再从嘴里拉出来，把它的头绑在船头上。他想：我想看看它，碰碰它，摸摸它。他想，它是我的财产啊。然而我想摸摸它并不是为了这个。他想，当我第二次拿着鱼叉的把子往里推的时候，我已经碰到它的心了。现在把它拉到跟前来吧，绑紧它，用一个套索拴住它的尾巴，另一个套索拴住它的腰，把它捆在船边。

"动手干活吧，老家伙。"他说。他喝了一点儿水。"仗虽然打完，还有好多辛苦的活儿得干呢。"

……

脊背也正在露出来，老头儿用鱼叉攮到鲨鱼头上的时候，他听得出那条大鱼身上皮开肉绽的声音。他攘进的地方,是两只眼睛之间的那条线和从鼻子一直往上伸的那条线交叉的一点。事实上并没有这两条线。有的只是那又粗又尖长的蓝色的头,两只大眼,和那咬得格崩崩的、伸得长长的、吞噬一切的两颚。但那儿正是脑子的所在,老头儿就朝那一个地方扎进去了。他鼓起全身的气力,用他染了血的手把一杆锋利无比的鱼叉扎了进去。他向它扎去的时候并没有抱着什么希望,但他抱有坚决的意志和狠毒无比的心肠。

鲨鱼在海里翻滚过来。老头儿看见它的眼珠已经没有生气了,但是它又翻滚了一下,滚得自己给绳子缠了两道。老头儿知道它是死定了,鲨鱼却不肯承认。接着,它肚皮朝上,尾巴猛烈地扑打着水面,两颚格崩格崩响,像一只快艇一样在水面上破浪而去。海水给它的尾巴扑打得白浪滔天,绳一拉紧,它的身子四分之三都脱出了水面,那绳不住地抖动,然后突然折断了。老头儿望着鲨鱼在水面上静静地躺了一会儿,后来它就慢慢地沉了下去。

"它咬去了大约四十磅。"老头儿高声说。他想:它把我的鱼叉连绳子都带去啦,现在我的鱼又淌了血,恐怕还有别的鲨鱼会窜来呢。

他不忍朝死鱼多看一眼,因为它已经给咬得残缺不全了。鱼给咬住的时候,他真觉得跟他自个身受的一样。

他想:但是我已经把那条咬我的鱼的鲨鱼给扎死啦。我从来没看过这么大的"Dentuso"。谁晓得,大鱼我可也看过不少呢。

他想:能够撑下去就太好啦。这要是一场梦多好,但愿我没有钓到这条鱼,独自躺在床上的报纸上面。

"可是一个人并不是生来要给打败的,"他说。"你尽可把他消灭掉,可就是打不败他。"他想:不过这条鱼给我弄死了,我倒是过意不去。现在倒霉的时刻就要来到,我连鱼叉也给丢啦。"Dentuso"这个东西,既残忍,又能干,既强壮,又聪明。可我比它更聪明。也许不吧,他想。也许我只是比它多了个武器吧。

"别想啦,老家伙,"他又放开嗓子说,"还是把船朝这条航线开去,有了事儿就担当下来。"

他想,可是我一定要想。因为我剩下的只有想想了。除了那个,我还要想垒球。我不晓得老狄马吉奥乐意不乐意我把鱼叉扎在它脑子上的那个办法呢?这不是一桩了不起的事儿。什么人都能办得到。但是,你是不是认为我的手给我招来的麻烦就跟鸡眼一样呢?我可没法知道。我的脚后跟从来没有出过毛病，只有一次，我在游泳的时候一脚踩在一条海鳐鱼上面，脚后跟给它刺了一下，当时我的小腿就麻木了，痛得简直忍不住。

"想点开心的事吧，老家伙，"他说。"一分钟一分钟过去，离家越来越近了。丢掉了四十磅鱼肉，船走来起更轻快些。"

他很清楚，把船开到海流中间的时候会出现什么花样。但是现在一点办法也没有。

"得，有主意啦，"他大声说。"我可以把我的刀子绑在一只桨把上。"

他把舵柄夹在胳肢窝里，用脚踩住帆脚绳，把刀子绑在桨把上了。

"啊，"他说。"我照旧是个老头儿。不过我不是赤手空拳罢了。"

这时风大了些，他的船顺利地往前驶去。他只看了看鱼的前面一部分，他又有点希望了。

他想：不抱着希望真蠢。此外我还觉得这样做是一桩罪过。他想：别想罪过了吧。不想罪过，事情已经够多啦，何况我也不懂得这种事。

我不懂得这种事，我也不怎么相信。把一条鱼弄死也许是一桩罪过。我猜想一定是罪过，虽然我把鱼弄死是为了养活我自己也为了养活许多人。不过，那样一来什么都是罪过了。别想罪过了吧。现在再想它也太迟啦，有些人是专门来考虑犯罪的事儿的。让那些人去想吧。你生来是个打鱼的，正如鱼生来是条鱼。桑·彼得罗是个打鱼的，跟老狄马吉奥的爸爸一样。

他总喜欢去想一切跟他有关联的事情，同时因为没有书报看，也没有收音机，他就想得很多，尤其是不住地在想到罪过。他想：你把鱼弄死不仅仅是为了养活自己，卖去换东西吃。你弄死它是为了光荣，因为你是个打鱼的。它活着的时候你爱它，它死了你还是爱它。你既然爱它，把它弄死了就不是罪过。不然别的还有什么呢？

"你想得太多啦，老头儿。"他高声说。

他想：你倒很乐意把那条鲨鱼给弄死的。可是它跟你一样靠着吃活鱼过日子。它不是一个吃腐烂东西的动物，也不像有些鲨鱼似的，只是一个活的胃口。它是美丽的，崇高的，什么也不害怕。

"我弄死它为了自卫，"老头儿又高声说。"我把它顺顺当当地给弄死啦。"

他想：况且，说到究竟，这一个总要去杀死那一个。鱼一方面养活我，一方面要弄死我。孩子是要养活我的。我不能过分欺骗自己了。

他靠在船边上，从那条死鱼身上给鲨鱼咬过的地方撕下了一块肉。他嚼了一嚼,觉得肉很好,味道也香,像牲口的肉,又紧凑又有水分,可就是颜色不红。肉里面筋不多,他知道可以在市场上卖大价钱。可是他没法叫肉的气味不散到水里去,他知道倒霉透顶的事儿快要发生了。

风在不住地吹,稍微转到东北方去,他知道,这就是说风不会减退了。老头儿朝前面望了一望,但是他看不见帆,看不见船,也看不见船上冒出来的烟。只有飞鱼从船头那边飞出来,向两边仓皇地飞走,还有就是一簇簇黄色的马尾藻。他连一只鸟儿也看不见。

他已经在海里走了两个钟头,在船梢歇着,有时候嚼嚼从马林鱼身上撕下来的肉,尽量使自己好好休息一下,攒些儿力气,这时他又看见了两条鲨鱼中间的第一条。

"呀!"他嚷了一声。这个声音是没法可以表达出来的,或许这就像是一个人在觉得一根钉子穿过他的手钉进木头时不由自主地发出的喊声吧。

"星鲨。"他高声说。他看见第二条鱼的鳍随着第一条鱼的鳍冒上来,根据那褐色的三角形的鳍和那摆来摆去的尾巴,他认出这是两条犁头鲨。它们嗅出了臭迹以后就兴奋起来,因为饿得发昏了,它们在兴奋中一会儿迷失了臭迹,一会儿又找了臭迹。但是它们却始终不停地向前逼近。

老头儿系上帆脚绳,把舵柄夹紧。然后他拿起了上面绑着刀子的桨。他轻轻地把桨举起来,尽量轻轻地,因为他的手痛得不听使唤了。然后,他又把手张开,再轻轻地把桨攥住,让手轻松一些。这一次他攥得很紧,让手忍住了疼痛不缩回来,一面注意着鲨鱼的来到。他看得见它们的阔大的、扁平的铲尖儿似的头,以及那带白尖儿的宽宽的胸鳍。这是两条气味难闻的讨厌的鲨鱼,是吃腐烂东西的,又是凶残嗜杀的。饥饿的时候,它们会去咬桨或者船舵。这些鲨鱼会趁海龟在水面上睡觉时就把它们的腿和前肢咬掉。它们饥饿的时候会咬在水里游泳的人,即使人身上没有鱼血的气味或者鱼的黏液。

"呀,"老头儿说。"星鲨,来吧,星鲨。"

(选自《老人与海》,海观译,上海译文出版社 1979 年版)

《老人与海》导读

厄内斯特·海明威(1899—1961)在美国 20 世纪文学史上占有无可争议的崇高地位,特别是他简练含蓄的叙事文体,为后来的欧美小说家服膺效仿,形成了一种可称"海明威风格"的传统。

海明威出身医生家庭。年幼时,喜欢户外活动的父亲常带他去打猎、钓鱼和采集标本,后来这也成了海明威终生不变的爱好。高中毕业时,适逢第一次世界大战,因眼疾未能参军,1917 年,任堪萨斯市《星报》记者。翌年,他随美军赴意大利充任救护队的司机,7 月因伤重回国疗养。不久后又任加拿大多伦多《星报》驻欧记者,其间他结识了许多旅欧的美国知名作家如庞德、菲茨杰拉德,向他们请教并得到提携帮助。1923 年,他的第一部作品集《三个短篇和十首诗》问世,此后又发表了短篇小说集《在我们的时代》。他简练的文体风格和带着孤独感的人物形象开始引起了文学界的注意。

长篇小说《太阳照样升起》(1926)的出版奠定了海明威的文坛地位,他被看作"迷惘的一代"的代表作家。小说描写了战争对青年一代的心灵摧残,他们的精神创伤在战后难以愈合。男主人公巴恩斯因负伤丧失了性功能,无法与相爱的女友结婚,只得与一帮无所事事的朋友在欧洲各地漫游,观看拳赛斗牛,出入酒肆舞场,表面喧哗闹腾,内心悲哀失望,不知出路何在。天际的太阳照样升起,人性的太阳却永远地沉落了。海明威昭示了一代"世纪儿"的悲剧。

海明威于 1927 年回国,随即发表第二部短篇小说集《没有女人的男人》,开始塑造临危不惧、视死如归的"硬汉子"形象。1929年,海明威出版另一部著名小说《永别了,武器》,以一个战地爱情故事和主人公的悲剧命运再次表达了反战和"迷惘"的主题。

20 世纪 30 年代前期,海明威先后发表的作品有:关于斗牛的专著《死于午后》、短篇小说集《胜者无所得》和非洲狩猎札记《非洲的青山》。在《死于午后》中,他提出著名的"冰山原则"。他以"冰山"为喻,认为作者只应描写"冰山"露出水面的部分,水下的部分应该通过文本的提示让读者去想像补充。

1937 年海明威发表《有的和没有的》,描写一个以走私为生的孤独者的挣扎和无奈。同年他又以记者身份去西班牙报道内战消息。他支持共和政府,反对佛朗哥叛军,为伊文思导演的记录片《西班牙大地》写解说词;在全美作家代表大会上发表了反法西斯主义的演讲;去好莱坞为西班牙人民募捐;并在 1938 年出版的剧作《第五纵队》中,赞扬了为肃清内奸间谍而呕心沥血的肃反战士。

西班牙内战结束后,他去古巴哈瓦那埋头创作长篇小说《丧钟为谁而鸣》。小说的书名来自英国玄学派诗人约翰·堂恩的著名的布道文,意在说明人类是一个整体,任何人不能无视他人的痛苦不幸,反法西斯斗争的胜利要依靠每个有良知者的参与。小说的主人公乔丹就是一个来自美国的志愿人员,奉命执行炸桥指令,在克服重重困难后终于完成了任务,但他因伤重行走不便,独自留下阻击敌军掩护同志们撤退。乔丹这一反法西斯战士的光辉形象为海明威创作的人物画廊增添了一个新的类型。

20 世纪 40 年代初,海明威曾到中国和东南亚地区采访抗日战争的消息。他还将自己的游艇改装成巡逻艇,保卫美国的沿海安全,后又去伦敦采访,并随军攻入巴黎,率先占领了一个敌人的重要据点。因他的成功报道和英勇行为获盟军司令部颁发的青铜星勋章。

20 世纪 50 年代初,海明威先后发表了长篇小说《过河入林》和中篇小说《老人与海》(1952),后者很快成为畅销书,并获得 1952 年度的普利策奖。1954 年 1 月海明威赴非洲时飞机失事,幸免于难,年底获诺贝尔文学奖。晚年的海明威罹患多种疾病,终因不堪忍受折磨，于1961年7月2日用猎枪自杀。身后发表的遗著计有回忆录《流动的盛宴》、长篇小说《海流中的岛屿》，以及《伊甸园》和《危险的夏天》。

《老人与海》是海明威晚年的一部力作。作者曾在一封书信里对这部篇幅不大的小说作过自我估价，他说："这是我这一辈子所能写的最好的一部作品了，别的优秀而成熟的作品与它相比大为逊色。"海明威并没有张皇其辞，他能获得1954年度的诺贝尔文学奖，很大程度上得归功于这部小说。小说发表后被译成多种文字，在世界各国受到空前热烈的欢迎。

这部小说结构是朴素的、平铺直叙式的，情节也非常简单，讲的是一个老渔夫在远海钓到了一条巨大的马林鱼，经过三天两夜的激烈较量，终于将鱼打死；在归途中，他遭到了大群鲨鱼的袭击，等他拼命搏斗、驶近港湾，那条马林鱼被撕咬得只剩下一副骨架。

这部毫无传奇色彩的小说为何具有强烈的感染力，值得一读再读？我们首先会注意到作者用简练有力的笔触塑造了一个老渔夫的动人形象。照作者自己的说法，这本小说"本来可以写成一部一千多页的巨著，可以将渔村的每个人物都写进去，把他们如何谋生、出生、受教育和养儿育女的过程全部都写进去"。但他没有这样做，而是匠心独运地砍去芜杂的枝条，"还原了基本枝干的清爽面目"。这一处理完全契合他创作的"冰山原则"——"冰山在海里移动很是庄严宏伟，这是因为它只有八分之一露在水面上"——他确实用老渔夫这个"八分之一"反映出整个渔村人们的生活面貌和精神特征，做到了"越少，就越多"。

老渔夫桑提亚哥长年颠簸在大海上，他热爱大海，"总是把海当做一位女性"；他经验丰富：知道哪儿是捕鱼"十拿九稳"的地方，技艺高超："钓丝垂得比什么人都直些"，他年纪虽大，雄心不改，梦中出现的常常是非洲的雄狮；他坚毅乐观：小说开始时，虽然连着84天没有捕到一条鱼，他的那双眼睛仍然是"跟海水一样蓝，是愉快的,毫不沮丧的",小说结束时,他尽管一败涂地,仍然想要"弄来一杆能够把鱼扎死的好矛",准备重新出海;他热情坦诚,毫无保留地教小孩曼诺林捕鱼,和孩子成了好朋友;他顽强勇敢:独自一人和巨大的马林鱼周旋,和无数凶猛的鲨鱼搏斗。所有这一切,再加上他强烈的使命感("应该想到的是我生来干什么的"),使他成为代表一切渔夫的渔夫,他的经历是对无数其他渔民的经历的有力概括,他的光辉涵盖了其他渔民的精神世界。

这样说,决不意味着老渔夫桑提亚哥只是个干巴巴的观念的产物。恰恰相反,真实,一直是海明威创作时念念不忘的。在海明威看来,要做到真实,最好是亲历亲见过你写的一切,至少也得亲耳听一听当事者的叙述。他参加过第一次世界大战,经历过战后的萧条,有过一段落拓困顿的时期,他才写出了以表现反战主题和"迷惘的一代"的精神状态而著称的《太阳照常升起》、《永别了,武器》。他在西班牙内战时进行过战地采访,广泛地接触了各阶层的人,他才写出了反法西斯主义的《丧钟为谁而鸣》。他是西班牙斗牛的热心观众,他去非洲莽野打豹子和野牛,他才写出这方面的专作《午后之死》和《非洲的青山》。他作品中的人物大都有其生活"原型",这些"原型"或是他自己,或是他的朋友及周围的人们。这次,他的"原型"是一个古巴老渔夫。但是单凭别人讲给他听的一段简单的经历,还是不可能写出《老人与海》的,海明威更多凭借的是他和渔民们多年交往而得来的大量素材,凭借的是自己在捕钓方面的丰富经验,他是从丰厚的生活积淀中选择、集中、提炼、加工,再造出小说形象的。因此,我们看到的是一个活生生的人、一系列活泼泼的动作和一幅幅明澈的图画。他写老人的面貌、马林鱼的形象、海景、老人与马林鱼的较量、老人和鲨鱼的搏斗……无不栩栩如生,跃然纸上。这些描绘和叙述,兼具《鲁宾逊飘流记》的细致、《哈克贝利·费恩历险记》的明快和《白鲸》的深沉等特点,显示出海明威卓越的艺术才能。这里,特别需要提出的是他叙事的简练和表情的含蓄。如小说一开始写到桑提亚哥来到海滨饭店：

很多打鱼的人拿老头儿开玩笑，老头儿一点也不生气。别的人，那些年老的渔人，都用眼睛望着他，心里替他难过。但是他们并没有把感情流露出来，只是轻轻地讲起海流，讲起他们把钓丝送进海水的深处，讲起久久不变的好天气，讲起他们看到的一切。

这一段尽管是叙述而不是描绘，读者凭借各自的经验和想像，仍然能够清晰地感受到友好真诚的气氛，年龄较轻者的活跃率真，老人们由己及人、抚今追昔的感慨，以及桑提亚哥坚毅执著性格中的另一面——乐天随和。作者寥寥几笔便勾勒出一幅渔民生活的风俗画，颇具如在目前而见于言外之功。

正是这一简练含蓄的特点，和前面提到的取材上去芜存精的特点一起构成了海明威的"冰山原则"的具体涵义。

至此，我们已经可以说《老人与海》是一部好作品了，但只有当我们进一步探索小说的内在奥秘，发掘蕴涵在意象中的精义后，才能给予这部作品真正公允的评价。

海明威说过，"这本书描写一个人的能耐可以达到什么程度，描写人的灵魂的尊严，而又没有把灵魂二字用大写字母标出来"。读过海明威其他作品的人一定会看出，他写这个老渔夫，在性格特征上和他20世纪三四十年代小说中的许多人物是一脉相承、息息相通的。尽管他们的身份地位不同，有的是斗牛士、拳击师，有的是猎手、渔夫，有的是游击队员、军官……但他们都是具有"重压下的优雅风度"的硬汉子，面对着恶劣环境的挑战和死亡的威胁，从容镇定，无所畏惧，往往明知不可为而为之，从而维护了自己的人格尊严，臻于较高的精神境界。不过，和其他"硬汉子"相比，桑提亚哥有一些特殊之处，或者不妨说具有更高的精神高度。这个高度主要来自于这部作品所展示的特定的"情境"和形象的象征意义：在海明威的其他作品中，主要人物总是生活在或大或小的人群中，行动的时候总有他人在场，并与他人发生这样那样的联系；抽象一点说，总是在具体的时空中活动。而《老人与海》则不同，除了一首一尾外，小说的主体"情境"是，一个孤零零的老人在"远远的"与世隔绝的海上，始而与一条巨大的马林鱼，继而与几大群鲨鱼发生冲突、展开搏斗：人是一个时刻"想到的是我生来干什么"的人，即一个有使命感的人；海是一个有无限繁殖力的"女性"，在她的怀抱里有无数大鱼；马林鱼是一件没有别的比它"更大，更好看，更沉着，更崇高"的东西，是人的"朋友"和"亲兄弟"。因此，小说的"情境"具备了超时空的性质，而形象也获得某种象征意义。尽管海明威一向强烈地反对把他的小说说成是"象征性"的，但是这一次他不得不有所让步。他赞同了他的一个朋友的这样一种说法——"真正的艺术家既不象征化，也不寓言化——海明威是一位真正的艺术家——但是任何一部真正的艺术品都散发出象征和寓言的意味。这一部短小但并不渺小的杰作也是如此"。

对人鱼搏斗的意义，某个外国评论家认为，老人之所以要弄死马林鱼，是"因为这是完成仪式的一种献祭"，我们当然不一定要搞得这般神秘，不妨说老人要弄死鱼是为了确证自己是一个真正的渔夫、一个真正的男子汉；或者用小说中的话说，"不仅仅是为了养活自己，卖去换东西吃"，而是"为了光荣"。因此，虽然马林鱼最后被鲨鱼吞食殆尽，老人的生计受到了影响，但丝毫没有影响到他的"光荣"——他用自己的行动证明了自己的人格力量。

这种具有超迈力量的人格，用小说中的警句来概括就是："一个人并不是生来要给打败的，你尽可把他消灭掉，可就是打不败他。"按照海明威的这一论断，桑提亚哥实践上的失败便转化为精神上的胜利。联系到"情境"的超时空特点和形象的象征意义，我们不难理解，海明威试图把桑提亚哥的价值观扩展为全人类的价观感，而桑提亚哥即是海明威心目中的"人类精神"的代表。

《老人与海》无可辩驳地证明了，海明威的成就"不仅在于他以一个诚实的摄影师的权威将此时此地的事物记录下来，他还使我们窥见了永恒的普通的真理"。读了这部小说，我们不会不强烈地感受到：人是创造自我价值的主人，并且在未来的存在中，人将越来越接近成为"命运"的主人。这不仅仅因为老人被鲨鱼打败之后，马上想到弄块钢板叶子做矛头，积极准备再度出海；也不仅仅因为"梦见狮子"，雄心不死；而更是因为他教出来的那个孩子曼诺林已经成为又一个出色的渔夫（孩子告诉老人自己捕鱼的成绩："头一天一条，第二天又是一条，第三天两条。"），他将会在接过老人的钓丝、鱼叉的同时，也接过他的意志、智慧和力量。

（楼成宏）

20世纪现代主义文学指要

在当今外国文学发展变化的流程中,西方现代主义文学异彩纷呈,令人瞩目。我国近几十年来陆续翻译、出版和评介的西方现代主义文学作品,在不同的读者群中引起了广泛的反响。那么,何谓西方现代主义文学? 它指哪些作家作品? 与传统的现实主义文学相比较有哪些显著的特点? 现代主义文学,又称现代派文学,它诞生于自由资本主义走向垄断资本主义的历史阶段,深受现代哲学、心理学、社会学、人类学和自然科学影响,是西方日益严重的社会危机和精神危机的艺术表现。换言之,现代派文学是19世纪末至今天,流行于西方各国和日本等地的各种反传统文学的理论主张和创作现象的总称。它分支繁杂,流派众多,其中影响较大的重要流派有:象征主义、未来主义、表现主义、"意识流"、超现实主义、存在主义、荒诞派戏剧、新小说派、"黑色幽默"、魔幻现实主义等。就现代主义文学发展的大致轨迹而言,第一次世界大战前后为第一个高峰期,第二次世界大战前夕至20世纪60、70年代为第二高峰期,迄今仍在发展演变之中。

(一)

一般认为,美国的爱伦·坡(1809—1949)和法国的波德莱尔(1821—1867)是现代主义文学的始祖。特别是波德莱尔的诗集《恶之花》(1857)被看作是现代主义文学的真正发轫。此诗一反浪漫派末流专门描写"风花雪月"的旧调,转向直接反映城市生活的丑恶。在表现手法上,采用有声有色的物象暗示复杂隐晦的内心变化。波德莱尔强调创作的主观意识以及反陈述、重联想、多暗示的艺术手法,不仅为后来的象征主义诗歌直接继承,且成了整个现代主义文学的重要的思想艺术特征。

20 世纪 20 年代,西方现代主义文学获得了迅速的发展。当时,欧洲经历了第一次世界大战的烽火和十月革命的风暴,劳资矛盾激化,阶级斗争尖锐。很多作家对现实感到绝望,思想苦闷,力图退缩到主观世界中去。这样,促使了名目繁多的现代主义文学应运而生,其中有起始于法国的后期象征主义、以德国为发源地的表现主义、以意大利为代表的未来主义、以法国为中心的超现实主义、以英国为大本营的意识流等。

19 世纪末、20 世纪初,象征主义由法国蔓延至整个欧美,到 20 世纪 30 年代前后形成具有世界性影响的后期象征主义流派。它继承、发展前期象征主义的传统,以象征暗示手法表现内心的"最高真实",但反对前者的隐晦难解、艰深莫测,主张主客观的结合,情与理的统一,力图跳出个人情感的小天地,反映时代的总精神。英国的艾略特为后期象征主义的杰出代表。他的扛鼎之作《荒原》(1922),被公认为现代主义诗歌发展的里程碑,是整个西方文学中具有划时代意义的巨著。后期象征主义的著名诗人有:爱尔兰的叶芝、法国的瓦莱里、奥地利的里尔克、美国的庞德、俄国的勃洛克等。这一流派在戏剧方面亦有建树,比利时戏剧家梅特林克的代表作《青鸟》(1908),借助兄妹共同寻找青鸟的故事,表达了作者对生活的渴望与追求。

表现主义是 20 世纪初至 20 世纪 30 年代欧美文学中重要的现代主义之一。最初盛行于德国,后波及俄、美及北欧诸国。表现主义者认为艺术的创造过程就是反映人的内心世界的过程,他们的作品善于透过事物的表象,展现事物内在的本质,突出表现自我灵魂。瑞典作家斯特林堡为表现主义的先驱,他的剧本《鬼魂奏鸣曲》(1907)让死尸、亡魂、幻影、活人同时粉墨登场,以怪诞的方式表现神秘的自我情绪,揭示人与人之间的隔膜、欺骗,成为最早的表现主义戏剧。奥地利的卡夫卡为表现主义小说的杰出代表,他的短篇名作《变形记》(1912),通过人变成甲虫的荒诞情节,揭示人的"自我本质"的丧失,反映资本主义社会人与人之间的冷漠。美国的奥尼尔在代表作《毛猿》(1922)中,用寓言式的奇遇,表现西方社会人与环境的矛盾,说明资本主义社会的冷酷无情。此外,捷克讽刺作家恰佩克的科幻小说《鲵鱼之乱》(1936),以鲵鱼隐射法西斯势力,亦属表现主义小说的名篇。表现主义对稍后产生的荒诞派戏剧影响甚大。

未来主义发轫于第一次世界大战前夕的意大利,随后传入法、俄等国。创始人为意大利诗人、戏剧家马里奈蒂。他在《费加罗报》发表《未来主义宣言》(1909)一文,标志着这一流派的诞生。未来主义以标新立异著称,主张同旧的文化传统彻底决裂,追求内容与形式的全面革新,鼓吹歌颂机械文明,极力赞美都市混乱。法国诗人阿波利奈尔由浪漫主义转向未来主义,把诗歌创作同绘画、音乐等结合起来,创立了"立体未来主义"。俄国著名诗人马雅可夫斯基早期曾参加未来派组织,写出了《穿裤子的云》等未来主义诗作。

超现实主义,在第一次世界大战期间起源于法国,后流行于欧美诸国。它是瑞士的达达主义和法国象征主义相结合的产物。主要作家有法国的布勒东、艾吕雅、阿拉贡等。他们否定现实主义和传统小说,反对文学作品反映现实,而把人的本能、梦境、幻觉和无意识领域,看作是文艺创作的源泉。在他们看来,无意识世界比现实世界更真实,认为只有超越理智和现实,才能揭示客观生活。布勒东是超现实主义的创始者和理论家,他的代表作《娜嘉》(1928),塑造了病态社会的拟人化形象,被奉为超现实主义的标本。超现实主义影响了稍后的黑色幽默等流派。

"意识流"为20世纪20年代崛起的新流派,侧重小说创作。这派作家所写的作品,排斥客观叙述,主张自我表现,直接反映人的意识流向,突出人物的内心世界。在艺术上,他们取消传统小说的故事情节,以人的意识流动为线索,采用内心独白、自由联想、象征暗示等手法,透视人的内心奥秘。法国作家艾杜阿·杜夏丹的小说《月桂树被吹掉了》(1883)用内心独白表现一个恋爱中的青年在6小时内的心绪变化,为"意识流"的最初试验,是"意识流"小说的先声。后来,法国小说家普鲁斯特的名作《追忆似水年华》(1913—1927)以回忆联想的形式,探索人的内心世界,被誉为"自我表现的经典小说"。英国为"意识流"小说的大本营,涌现出了伍尔芙、乔伊斯、劳伦斯等大批名家。其中乔伊斯以七年之久完成的《尤利西斯》(1922),通过主人公在短暂的昼夜之间的内心活动流程,反映现代西方社会中人的孤独、惶惑和苦闷,被公认为典型的意识流小说,影响遍及世界文坛。稍后,美国的福克纳推出了《喧哗与骚动》(1929),以独特的意识流形式反映美国南方的大家望族衰败、分裂的过程,为意识流小说创作开拓了新的层面。

　　随着时间的推移,社会生活的演进,西方现代主义文学也有了新的变化和发展。特别是第二次世界大战给人类带来了深重的灾难,极大地震撼了资本主义世界的基础。战后生产的畸形发展造成了严重的生态失调。中小资产阶级及其他知识分子阶层面临着又一次精神危机。这样,西方现代主义文学在发展中形成了第二高峰期,出现了存在主义、荒诞派戏剧、"黑色幽默"、魔幻现实主义等新流派。和第一高峰期的文学相比,虽有相同之点,但它在理论和创作中有着不同的,或是相反的思想倾向和美学特征,故称"后现代主义",以别于前者。现略述如下:

　　后现代主义文学以艺术无意义论和创作无目的论作为其审美观念的核心。后现代主义认为无论是19世纪现实主义创作原则,还是本世纪现代主义美学主张都已经过时了,今天的文学不仅应该取消反映现实、教化民众的野心，而且必须摒弃醉心于形式主义的艺术决定论。他们把写作视同游戏，把作品看作作家将各种偶然获得的经验随心所欲地组织编排的产物。后现代主义的虚无主义艺术观源于现代主义否定客观世界具有意义的美学观，但又有很大的区别。现代主义用精巧的形式编织艺术飞毯，来超越虚无荒诞的现实世界，后现代主义则把现代主义那种对艺术的执著追求当作可笑之举，认为艺术不可能向人提供比别的手段更多的慰藉，给缺乏内在意义和结构的现实世界以秩序，只能为虚假和谬误提供庇护所。

后现代主义具有鲜明的美学特征。一是不确定性。他们认为，今天的社会已不再适宜于明确的定义，曾经为人们所熟悉的社会类型和地区标志，已经变得不确定、难以捉摸了，文学就像现实本身一样，受同一种不确定性所支配。法国新小说派作家罗布-格里耶说："在我们的周围，世界的意义只是部分的、暂时的、甚至是矛盾的，而且总是有争议的。艺术作品又怎么能先知先觉预先提出某种意义，而不管是什么意义呢？"他们对现代主义文学精巧的艺术手法和繁复的结构形式不以为然，要求写出"一个更实在的、更直观的世界，以代替现在的这种充满心理的、社会的、功能的意义的世界"。他们主张用"非人格化"的、冷静的语言，像摄影机一样准确地记录外在的事物和内心世界，不再把意义硬塞给读者，让读者通过自己开辟的门户进入艺术迷宫自由徜徉。如罗布—格里耶的《橡皮》就是这样的作品。

二是主张最低限度主义，信奉单调、抽象和虚无艺术原则。现代主义作家持艺术至上的观念，极力捕捉"永恒的瞬间"和建筑精致的艺术宫殿。后现代主义作家则认为永恒是可笑的观念，艺术和宇宙、人生一样都同样是虚无。与之相应，美学上的最高境界就是"虚无"，或者说是"空白"、"无形"。在文学上，"虚无"尤其表现在拒绝使用言词上。后现代主义认为言词是现实的可怕现象，是压迫人、异化人的力量,艺术要纯化,就必须拒绝用言词。与虚无相一致,单调、抽象在后现代主义那里也获得了可贵的价值。存在主义小说,如萨特的《恶心》就较之意识流小说单调得多,同样荒诞派戏剧也较之表现主义戏剧更抽象。最低限度主义导致文学的大量的"复制",取消了文学的个性和高级、低级之分。

三是荒诞。卡夫卡是现代主义文学中第一个自觉地运用荒诞形式表现荒诞观念的作家,他的创作超越了他的时代,已经具有后现代主义的性质。但是荒诞形式真正开始成为现代主义文学创作的普遍原则,还得从存在主义算起,而其发展的顶峰是荒诞派戏剧和黑色幽默。荒诞形式的通常手法是极度夸张、拼凑和偶合。贝克特在《最后的一局》中、尤奈斯库在《秃头歌女》中都用极度夸张的手法表达了存在荒诞的观念。

在后现代主义众多的流派中,存在主义文学出现最早,播及面大,影响深远。它发端于第二次世界大战前夕的法国,风靡于战后的整个资本主义世界,反映了西方知识界面对当代社会的荒谬与丑恶,力图探求某种出路的思想情绪。法国的萨特首先把存在主义哲学溶铸于小说和戏剧,第一个举起了存在主义文学的旗帜。他的小说《厌恶》(1938)、《自由之路》(1945)等颇具特色;他的戏剧《禁闭》(1944)、《恭顺的妓女》(1947)等驰誉世界剧坛。另一位作家加缪在小说《局外人》(1940)中,通过主人公莫尔索无意识地开枪杀人,莫名其妙地判极刑的故事,宣扬存在的无意义,巩固了存在主义文学在法国的重要地位。存在主义文学是存在主义哲学的主要表现形式,它以艺术形象体现"存在先于本质"、"存在即荒诞"的存在主义哲学原则,强调主观哲理寓意,设置荒诞的"境遇",注重结构的完整严谨,不仅在法国拥有许多的追随者,而且影响了欧美的一些国家,甚至在东方的日本、印度等国也广为流行。20世纪60年代以后,存在主义文学发展的势头渐趋减弱。

继存在主义文学之后,20世纪50年代末法国首先出现了荒诞派戏剧,并于20世纪60年代臻于高峰。它以存在主义为思想基础,完全打破了传统的戏剧章法,以荒诞的艺术形式,表现世界和人生的荒诞,反映西方世界一代人的心态变化和精神危机。荒诞派戏剧使荒诞本身戏剧化,使戏剧形式荒诞化。该派的开创者尤奈斯库,一生共写了40多部戏剧,其中《秃头歌女》(1950)、《椅子》(1950)、《犀牛》(1959)等,描述现实的荒诞,反映人生的空虚,被译为几十种语言,在许多国家上演。与尤奈斯库齐名的贝克特,以代表作《等待戈多》(1952)著称。这个剧本写两个流浪汉,语无伦次地讲废话,指手画脚做无聊动作,在等待一个名叫"戈多"的人,但一直未等来,表现存在及命运的不可知。剧本在1953年上演,轰动巴黎,盛况空前。20世纪50年代后期,欧美各国相继出现了自己的荒诞派剧作,如英国品特的《一间屋》(1957)、美国阿尔比的《动物园故事》(1958)和《美国之梦》(1961)等。20世纪70年代以后,荒诞派戏剧逐渐衰落。

法国在20世纪50年代崛起了一个被称为"新小说"的文学流派。属于该流派的作家声称要打破传统小说模式,彻底革新小说艺术。他们认为今天的小说不应该再像传统文学那样过分注重人物性格的刻画,而应使人物具有更多的抽象含义,更极端的提法,提倡用写"物"来取代写"人";同时,他们还反对把反映广阔生动的社会图景和蕴涵深刻有力的思想意义当作小说创作的旨归,认为形式才是最根本的,现实内容作品意义就在形式之中。这一派的代表作家作品有:罗布—格里耶的《橡皮》(1953)、《窥视者》(1955)、萨萝特的《黄金果》(1963)、布托尔的《变化》(1957)、克洛德·西蒙的《佛兰德公路》(1960)等。

这些作家在创作上各有其形式特点:罗布—格里耶偏好用纯客观的态度描摹物体;萨萝特爱用对话插入内心独白的写法;布托尔长于时序重叠,逐步回忆的描述;克洛德·西蒙喜欢表现记忆的混乱状态。虽然他们的创新探索丰富了文学的表现形式,但因为他们的作品大多缺乏深刻的社会内容,在文坛上热闹了一阵后,便渐趋沉寂。

20世纪60年代,美国社会动荡不安,一部分中间阶层的作家,在存在主义思潮的冲击下,对现实世界悲观失望,反映在文艺创作领域,便是"黑色幽默"文学的兴起。代表作家作品有海勒的《第二十二条军规》(1961)、冯尼格的《第五号屠场》(1969)、品钦的《万有引力之虹》(1973)等。这派作家善于用喜剧的手法处理悲剧的内容,悲欢交混,时空颠倒,着力描写现实的荒诞可怕,揭露社会对人的折磨迫害,嘲讽美国的现实生活。"幽默"指讽刺、嘲笑的艺术手段,冠以"黑色",含有恐怖、绝望之意,带有玩世不恭之味,故西方评论家称它为"绞刑架下的幽默"或"大难临头的幽默"。20世纪70年代以后,"黑色幽默"文学声势虽有所减弱,然仍有新作问世,至今尚有相当大的影响。

魔幻现实主义兼有现实主义和现代主义的特点,为拉丁美洲地区在20世纪50年代前后兴起的文学流派。墨西哥胡安·鲁尔弗的《佩德罗·帕拉美》(1955)、危地马拉阿斯图里亚斯的《总统先生》(1946)和《玉米人》(1949),以及哥伦比亚加西亚·马尔克斯的《百年孤独》(1967)等,运用魔幻的形式,借助超现实的人物和事件,力求"变现实为幻想而不失其真",从而把现实和幻想熔于一体,曲折地反映拉丁美洲地区人民的生活和斗争,具有鲜明的民族色彩和反帝、反霸、反殖的进步倾向,被西方世界看作是"爆炸文学",在西方文坛引起了一场"地震"。因这派作家较多地采用现代主义的手法,反映社会生活,故人们将这一流派纳入现代主义范畴加以评析。

(二)

西方现代主义文学的共同思想特征大致可归纳为三,即异化观念、危机感和存在荒诞观念。

人的异化是当代西方社会的普遍现象,官僚体制和群体文化有形无形地全面控制操纵了人的行为和思想,物欲膨胀,人际关系恶化,对立和隔绝现象日益严重,在社会的畸形发展中,体现人的创造力的科技亦异化为威胁生存的毁灭性力量。所有这一些都是现代派文学极为关注的问题。卡夫卡曾在小说《审判》中用一个小人物莫名其妙地被捕被杀,表现出人在异化权力面前听任摆布的虚弱状态。美国小说家托马斯·品钦在《万有引力之虹》中,把火箭发射后形成的弧线作为死亡和现代世界的象征,认为科技发展是世界灭亡的一个重要因素。法国的萨特则在《禁闭》一剧中用"他人就是地狱"来概括人际的对立和不可沟通。应该说,传统文学也写过"异化",但一般都把"异化"当作一种暂时的局部的可克服的现象,而经历过二次世界大战残酷历程的现代派作家已失去了那份天真和乐观,他们抛弃了"回归自然"的幻想,也否定共产主义未来,于是便把异化当作人类的永恒悲剧,对现实和未来充满着焦虑、恐惧和绝望情绪。

当代西方社会是个危机四伏的社会,每时每刻都在威胁生存,给人的心灵以重压。美国剧作家品特在《生命宴会》中描写一个隐居者,被两个陌生人以莫须有的罪名绑架,以表示危机的无所不在。英国诗人艾略特在名作《荒原》中以触目惊心的场面展示了当代西方的信仰危机。美国小说家冯尼格在《猫的摇篮》中暗示了先进战争武器将灭绝人类的前景,深重的危机感迫使人们寻求解脱之道。有些作家对克服危机仍持希望,如艾略特就提倡宗教救世,但更多的作家断言危机永在,只能用荒诞观念来超越它,来一个精神上的釜底抽薪。

身兼哲学家和文学家两任的萨特把荒诞观念引入了文学领域。他认为世界和人的存在是荒诞的,人必须通过不抱任何希望的行动来确定自己的本质。这种"严峻的乐观主义"精神曾灌注在一系列反法西斯作品中,散发出英雄主义气息。但是第二次世界大战后冒出的一些现代主义流派,在演绎荒诞观念时,却更多地暴露出悲观主义、虚无主义的消极面。在他们的作品中,着力表现的是人类在荒诞世界中的尴尬处境和无可奈何的情绪:人生是一场无谓无望的等待(爱尔兰贝克特《等待戈多》);人际隔绝已到了相伴夫妇不相识的地步(法国尤奈斯库《秃头歌女》);人的存在是无意义无价值的(美国阿尔比《海景》)。这些作品表明了一个倾向,现代主义作家已无力应付生存挑战,只能转而在病态的自嘲和绝望的大笑中来渲泄悲愤和超越荒诞。

从上述的三点可知现代主义文学对现当代西方社会的种种弊端和矛盾是敏感的。在揭示西方社会的精神本质方面,较之20世纪的现实主义文学更具高度和深度。但是由于世界观的局限性,现代主义作家在考察、理解和表现各类社会问题时,往往将其扩大抽象为全人类的永恒性问题,从而抹杀了不同性质社会中不同矛盾的质的规定性。这样,既削弱了批判力量,也常会导致悲观主义和虚无主义。此外,现代主义作家不是从"类"和"阶级"的观点出发来剖析社会矛盾,而是从"个人"出发,强调反抗社会解决矛盾的个体自由意志和无政府主义,结果常是悲剧性的。从萨特《苍蝇》中的超人到贝克特、海勒等人作品中的反英雄,可以清晰地辨认出这种发展轨迹。

(三)

现代主义文学的艺术形式特点可以概括为四点,即以丑代美、追求客观真实、寓言性和创新性。

西方文学从古希腊到古典主义,皆以创造展示美的世界和人生为己任。18、19世纪的文学增强了它的批判功能,并明确提出了美丑并立的美学原则,但是主体形象仍是美而不是丑,像《欧也妮·葛朗台》中的欧也妮、《双城记》中的卡尔登等，完美的形象在当时的文学中随处可见。这表明大多数作家对他们所处的世界还未丧失信心，在表现他们对客观世界的感情、感知和理性沉思时，以美为主的传统美学原理多少还是适用的。现代主义作家就不同了，在传统文学和价值观念崩溃以后，虚无主义、悲观主义和颓废倾向在作家群中蔓延，在他们眼里，世界沉入黑暗，社会是绞肉机、人类没有希望，丑永远取代了美。在他们笔下，世界是一个"荒原"（艾略特《荒原》），人类是甲虫（卡夫卡《变形记》）、是毛猿（奥尼尔《毛猿》），人生的惟一感觉是"恶心"（萨特《恶心》），正如英国女作家伍尔芙所说："现代之美旁边啁啾的夜莺，是对于美感嗤之以鼻的某种嘲弄的精灵，它把镜子翻转过来，向我们显示美神的另外一边脸颊是深陷的、破了相的。"现代主义"丑"艺术的常用技法有三种。一曰极端夸张法。如法国尤奈斯库《秃头歌女》一剧中有段妙文：一对男女相遇，在交谈中渐渐发现他们住在同一个城市、同一条街、同一栋楼、同睡一张床，原来是一对老夫老妻。乍一看，这段描写显然违反生活逻辑，很不真实，但稍加思索，又觉得它确实揭示了当代西方社会中人际关系的疏离隔绝状态，反映出西方人普遍的孤独感、陌生感。这类极端夸张法提出问题的尖锐性和深刻性绝不逊于传统技法，并自有其独有的幽默隽永。二曰"废话"。传统文学注重妙言隽语，现代主义文学则不然。意识流文学的奠基者之一的乔伊斯在创作中打破语言规范，少用或不用标点，甚至生造词汇，开了"语言革命"的先河。到了荒诞派戏剧、黑色幽默兴盛的时代，这场"语言革命"走得更远。这些流派的文学作品充斥着反复杂沓的废话，甚至是一些混乱的似语言非语言的音响。对此，尤奈斯库曾解释道："只有最平淡无奇的日常工作、最乏味的言语被应用得超过限度时，才会从其中涌现出异常事物来。"他的意思是这场"语言革命"自有深意在，结合其他作家的一些自白，我们可以说现代主义文学借"废话"表示：在这个非理性世界上的人们，已经丧失了运用理性语言进行理性思维、认识把握客体的可能性，也暗示出西方世界的疯狂和荒诞。三曰讽刺性模拟。传统文学通过想像将现实诗意化，与之相反，现代主义文学则运用讽刺性模拟来达到"化神奇为腐朽""点金成铁"的艺术效果。如乔伊斯《尤利西斯》中的人物、情节等完全对应于荷马史诗《奥德修纪》——对应于希腊英雄奥德修斯、英武王子帖雷马科、忠贞王后珀涅罗的分别是平庸潦倒的犹太人布鲁姆、精神备受创伤的青年知识分子斯蒂芬和现代荡妇莫莱。每一章的情节也都脱胎于史诗的相应章节，如第17章"伊塔刻"，史诗内容为奥德修斯携子返回伊塔刻宫，全歼企图夺妻霸产的敌人，洗耻雪恨，而在《尤利西斯》中，布鲁姆带着斯蒂芬回家，看出妻子偷情的迹象，却无可奈何，假装超然。显然，此绝非单纯的模仿，而是一种颇具深意的新型模拟，它说明了今日西方社会体制本身也不再相信自己存在的合理性了，只能想像自己具有自信，并且要求整个世界也这样想像，在这种丧失了悲剧精神的历史条件下，生活不可能再出现什么崇高的悲剧，只会上演上述平庸猥琐的喜剧。

真实历来是西方文学最基本的评判标准，19世纪现实主义更把作家说成是"历史"的"书记官"，把作品说成是一面放在大路上的镜子。然而，在现代主义看来，传统文学虽然强调真实性，并写出了部分真理，但是远没有做到穷形尽相、探隐索微，挫万物于笔端，笼天地于形内。他们对传统文学的不满集中于两点：一是认为传统文学太重外在的表层的描写，而忽略了内在的复杂的精神活动，尤其是意识深层的活动；二是传统作家太喜欢充任全知全能角色，任意操纵笔下的人物，并把自己的价值模式硬塞给人物。针对第一个"失误"，现代主义认为必须强化对千变万化的心理活动和五色斑斓的内在精神的描摹刻画。他们都或多或少地运用意识流方法来揭示"内心火焰的闪光"，把展现潜意识活动的"真相"作为重点。他们的作品往往不是根据客观的时序而是依照主观意识活动来叙事状情，时空转换频繁，时序错杂混乱，情绪和主观场景变幻莫测，"过去"、"现在"、"未来"三个时空相互渗透、重叠、溶合，臻于"观古今于须臾，抚四海于一瞬"的境界。针对第二个"失误"，现代主义提出，文学创作是一个非个人化的过程，作家不应对作品进行直接的"干涉"，而要让书中人物按照其本性和自由意志行动，说他们自己的话，做他们自己的事。为此，采用了"内在视角"来取代"外在视角"，就是说，一切叙述和描写都从作品中某个或几个角色的观察认识出发，而不是从传统的"全知全能"的作者着眼。由此，呈现于读者前的是"中心意识"屏幕上的映象，从而保证高度的真实感和趣味性。如美国的亨利·詹姆斯、英国的康拉德在一系列作品中采用"内在视角"的写法，取得了很大的成功。还有些作品将"内在视角"和意识流结合在一起，形成所谓的"复合意识流"，即通过几个人物的意识屏幕来反映同一事件、同一形象，在几股交叠混合又各具特色的意识流中折射出对象的各个方面和各个层次。美国福克纳的小说《喧哗与骚动》即是范例。现代主义认为，只有采取上述的种种手段，清除了传统文学的两大弊端，才能创造出真正具备"客观真实性"的文学。

有人曾说："卡夫卡的伟大在于已经懂得创造一个与现实世界统一的神话世界。"此话实际上提示了现代主义文学富于寓言性的特点。现代派作家一般都很重视作品的深层意义，具有充当先知的抱负。他们不满足于反映局部的个体的现实，揭露社会某个角落的黑暗面，而期望抓住所有问题的核心，阐发一种"总的世界观"，说出一些永恒性真理。卡夫卡专注于人的异化，创造出一个梦魇世界；乔伊斯想把《尤利西斯》写成一本《圣经》式的先知书；阿尔比的《动物园故事》绝非宣传阶级斗争，而意在描述人际隔绝的永恒悲剧。许多现代主义作品的具体描写之精确传神，决不输于任何传统文学，但"在日常生活的表现面景里上演了一场本体论的悲剧"，具有明显的象征性和超现实的特征。象征手法的运用由来已久，但现代派的象征自有新意:首先,现代主义是从本体论角度看待象征,把整个宇宙看成是"象征的森林",认为世间万物都存在对应关系,要求在创作中为思想寻找"客观对应物"。其次,因为在本体论上把握象征,就必须把象征当作文学的主体,象征的密度远远超过传统文学。第三,现代主义的象征大多新奇别致、怪诞诡异,在意象和象征意义之间不再有传统文学那样约定俗成、比较明确的关系,被称作"私人象征",个中奥秘,作者不道破,别人很难猜透。《尤利西斯》有一个章节,葬礼背景中忽然出现了神秘的穿雨衣的人,此人后来又出现几次,但小说一直没有说明此人身份。关于此形象的意义,众说纷纭,或云象征死神,或解为上帝,或称代表作者本人,至今尚难定论。超现实手法亦称"艺术的抽象"。运用这种手法的现代主义作品,不仅取消了形象性格的立体性,而且完全抹杀了个性,书中的人物往往是些高度抽象化形象,发展到极端时,人物甚至可以相互替代,如《秃头歌女》中两对夫妇在收场时互换了位置,并重复前几场属于对方的言行。一些主要情节和场面也具有超越限定时空的意义,如《等待戈多》中的"等待"是一种超越一切具体规定性的等待,"戈多"是代表一切具体希望的希望。这种抽象性,既不同于传统文学的典型化,又不同于以数学方程式表示的科学抽象,因之被名为"艺术的抽象";又因为它超越了现实的具体规定性,又被名之"超现实"。作家运用此种手法的出发点在于,当代西方人的孤独感、困惑感和危机感是同一的,他们痛苦而无力的挣扎也是同一的,因此,艺术的抽象便提供了形与质统一、思想内容与表现形式统一的可能性。寓言性的特点,使现代主义作品富于哲理,在探索世界、审视人生时有高度和深度感,但也增加了阅读难度,有时就会觉得枯燥晦涩,难以索解。

现代主义文学抛弃了传统文学的摹仿说、镜子说,强调创造独立自主的艺术世界。亨利·詹姆斯提出"有机整体"的小说理论,认为文学作品按照自身内在的规律发展,是一个独立自足的整体;乔伊斯总结说，一首诗的本质不在涵义，而在构成。几乎所有的现代主义作家都孜孜以求形式的独创性，具有实验、探索各种形式的无限热情和勇气。他们不囿于任何传统模式，不屈从任何权威，争奇炫异，屡创新格。如属于法国新小说派的布托尔几乎在每一部作品中都要实验一种新的形式技巧：《米兰巷》交叉编织同一时间内的人物故事的经纬；《日程表》运用了颠倒时序的方法；《变》把人物眼中的图景和意识流交织在一起，并用第二人称"你"作主人公，让读者居于小说的中心位置，参与创作；《度》描述三个人物在同一时空中观察感受，多角度多层次地表现对象；《航空网》分成很多小段，每段由不同旅客不连贯的话或声音组成，每段之间有一种或几种符号标志，飞机符号代表飞机轰鸣声，人头符号表示机舱中的嘈杂声等等，以此提供人类各种生存状态的缩影；在《运动体》中，他还引进了造型艺术手法，写不同国家的事，就用不同的色彩、格式、字体来排印，以期用不同的版式引起读者不同的反应。对独特形式的执著追求，使一般现代主义作品都具有鲜明的个体风格。

综上所述，现代主义文学以其独特的思想内涵和形式风格，划清了与传统文学的界限，表明反传统的总倾向。然而，任何一种文学思潮的涌现，任何一种文艺流派的诞生，都不是无源之水、无本之木，文艺的发展不可能突然出现断层。在现代主义与传统文学之间也依然存在着某种联系。比如，现代主义的艺术至上论和有机整体论，就是从浪漫主义以艺术代替宗教、艺术自足的观点发展而来的。再如，从新小说派"物化"描写中可以看到自然主义"纯客观"理想的影子。鉴于此，在强调现代主义的独创性时，还应把它看作文学发展的否定环链中的一节，在否定历史上其他文学思潮和流派的同时，它又自觉不自觉地取法借鉴，交融汇合，推动文学发展到一个更高的境界。

（王秋荣、楼成宏）

艾 略 特

荒　原

一　死者葬仪

四月是最残忍的一个月，荒地上

长着丁香，把回忆和欲望

搀合在一起，又让春雨

催促那些迟钝的根芽。

冬天使我们温暖，大地

给助人遗忘的雪覆盖着，又叫

枯干的球根提供少许生命。

夏天来得出人意外，在下阵雨的时候①

来到了斯丹卜基西②；我们在柱廊下躲避，

等太阳出来又进了霍夫加登③

喝咖啡，闲谈了一个小时。

我不是俄国人，我是立陶宛来的，是地道的德国人④。

而且我们小时候住在大公那里

---

① 译注：这一段情节摘自 1913 年版玛丽·拉里希伯爵夫人(Countess Marie
Larisch)的回忆录《我的过去》(My Past)，反映了上流社会生活的空虚无聊。

② 译注：斯丹卜基西(Starnbergersee)是慕尼黑附近一湖，也是一游乐之地，艾略
特用它来代表欧洲中部的现代荒原。

③ 译注：霍夫加登(Hofgarten)按词义应译作"御花园"，是慕尼黑的一个公园。

④ 译注：这一行原诗是德文：Bin gar keine Russin, Stamm, aus Litauen, echt
deutsch.

我表兄家,他带着我出去滑雪橇,
我很害怕。他说,玛丽,
玛丽,牢牢揪住。我们就往下冲。
在山上,那里你觉得自由。
大半个晚上我看书,冬天我到南方。

什么树根在抓紧,什么树枝在从
这堆乱石块里长出?人子啊①,
你说不出,也猜不到,因为你只知道
一堆破碎的偶像,承受着太阳的鞭打②
枯死的树没有遮阴。蟋蟀的声音也不使人放心③,
焦石间没有流水的声音。只有
这块红石下有影子④,
(请走进这块红石下的影子)
我要指点你一件事,它既不像
你早起的影子,在你后面迈步,
也不像傍晚的,站起身来迎着你;
我要给你看恐惧在一把尘土里。

　　风吹着很轻快,

---

① 原注:参阅《以西结书》第二章第一节。
　　译注:《旧约·以西结书》上说:"他对我说:'人子啊,你站起来,我要和你说话。'"也可参阅《旧约·约伯记》第八章第十七节:"他们的根盘绕石堆,扎入石地。"
② 译注:参阅《旧约·以西结书》第六章第六节:"在你们一切的住处,城邑要变为荒场,邱坛必然凄凉,使你们的祭坛荒废,将你们的偶像打碎,你们的日像被砍倒,你们的工作被毁灭。"
③ 原注:参阅《传道书》第十二章第五节。
　　译注:《旧约·传道书》上说:"人怕高处,路上有惊慌,杏树开花,蚱蜢成为重担,人所愿的也都废掉,因为人归他永远的家,吊丧的在街上往来。"
④ 译注:可参阅《旧约·以赛亚书》第三十二章第二节:"必有一人像避风所,和避暴雨的隐密处,又像河流在干旱之地,像大磐石的影子在疲乏之地。"

吹送我回家走，

爱尔兰的小孩，

你在哪里逗留①？

"一年前你先给我的是风信子；

他们叫我做风信子的女郎"。②

——可是等我们回来，晚了，从风信子的园里来，

你的臂膊抱满，你的头发湿漉，我说不出

话，眼睛看不见，我既不是

活的，也未曾死，我什么都不知道，

望着光亮的中心看时，是一片寂静。

荒凉而空虚是那大海③。

马丹梭梭屈里士④，著名的女相士，

患了重感冒，可仍然是

欧罗巴知名的最有智慧的女人，

---

① 原注：见《特利斯坦和绮索尔德》(Tristan und Isolde)第一幕，5—8 行。
译注：在华格纳(Richard Wagner)歌剧中，第一幕第一景写特利斯坦和绮索尔德同船离开爱尔兰的时候，这几句诗是在船行驶时一个水手的情歌，唱的是幸福和纯朴的爱情。特利斯坦此时已把绮索尔德的未婚夫杀害，自己也受了伤。绮索尔德正要复仇，见特利斯坦已受伤，便不忍下手。特利斯坦伤愈后，带着绮索尔德到康沃尔去，打算把她献给马克王为后，因马克王丧偶已久，一直未曾续娶。就在他们向康沃尔驶近时，水手唱了这支歌，象征他们此时胸襟清净，还未尝到"爱的迷魂药"。这四句在原诗中保留着华格纳的原文。
② 译注：可参阅艾略特的一首法语诗《在饭店内》。其中的两句是：

我那时七岁，她比我还要小，

她全身都湿了，我给她莲馨花。

艾略特用风信子和莲馨花来象征春天。
③ 原注：见《特利斯坦和绮索尔德》第三幕，第 24 行。
译注：后来特利斯坦和绮索尔德都尝了迷魂汤，热烈地相爱。这件事给墨洛特（特利斯坦的负心知友）发现了，便去报告马克王，两人同来特、绮二人相会之地。墨洛特刺伤了特利斯坦，马克王也责他不忠，特利斯坦只得回到他的老家去，凄惶而寂寞。那时特利斯坦只有一个忠仆和他作伴。他裹着创伤等候绮索尔德追踪而来。忠仆在静候的时候，有地方上的牧羊人代他守望，但是他的回答是："荒凉而空虚是那大海。"这一句在诗中仍保留原文。
④ 译注：女相士的名字引自赫胥黎(Aldous Huxley)小说《铬黄》(Chrome Yellow, 1921)。

带着一套恶毒的纸牌①。这里，她说，

① 原注：我并不熟悉太洛(Tarot)纸牌的确切组成，只是用来适应我自己的方便。按照传说，这套纸牌中的成员之一是"那被绞死的人"，他在两方面适应我的目的：在我思想中，他和弗雷受(译注：《金枝》的作者 Frazer)的"被绞死的神"联系在一起，又把他和第五节中使徒到埃摩司去的路上遇到的那个戴斗篷的人联系在一起。腓尼基水手和商人出现较晚；"成群的人"和"水里的死亡"则见于第四节。"带有三根杖的人"(是太洛纸牌中有确切根据的一员)我也相当武断地把他和渔王本人联系起来。

译注：在这里把《从祭仪到神话》一书的要义概述如下：

(一)故事说地方上的王，即渔王，患了病；(有的认为他已年老，受了伤，传说不一。)因为他的患病与衰老，所以原为肥沃之地，现在都变成了荒原。因此就需要一位少年英雄——在传说中他是甘温(Gawain)，或帕西法尔(Perceval)，或盖莱海德(Galahad)——经历种种艰险，带着一把利剑，寻求圣杯，以便医治渔王，使大地复苏。

(二)荒原的痛苦在于没有温暖：没有太阳，最主要的是没有水。这种祭祀在公元前三千多年的《吠陀经》里已有所记载：就是恳求英居拉神释放七条大水，使土地肥美。另一个印度故事说一年轻的婆罗门利沙斯林额和他的父亲隐居在一座山林里，与世隔绝，只知道他自己和他的父亲。一个邻国忽逢旱灾，全国缺粮。国王在求神问卜之后才知道只要利沙斯林额一天保持他的童贞，他的国土也就一天保持干旱。于是，他派了一个漂亮的少女前去诱惑英雄。国王赐她一艘华丽的船只，上立一虚设的隐士居，命她去寻找那个年轻的婆罗门。女子等到他父亲不在的时候才去找少年，并说她自己也是个隐士。少年天真地相信了她，为她的美丽所动，忘记了自己的宗教。他父亲警告他，但他不肯听信。女子又来找他，诱劝他到她那个更加美丽的隐士居去。于是船就直驶旱国。国王把自己的女儿嫁他为妻，在结婚的那一天，他的国土又重获甘霖。这个故事和阿帖士，阿尔尼士和欧西利士所载大致相同，只有些细节小有差别。圣杯的故事和这个故事也密切相关。《荒原》诗中有各种影射。

(三)圣杯代表女性，利剑代表男性，两者同时代表繁殖力。在神话中杯与利剑都见于太洛纸牌。这是一套中世纪的纸牌，共72张，22张是关键。这套纸牌又有四个品种：

(a)杯(或名圣餐杯，或名酒杯)——即红桃。

(b)矛(棍或杖)——即方块。

(c)剑——即黑桃。

(d)碟(或圆形，或五角形，形式不同)——即梅花。

这套纸牌的来源不详，但吉普赛人常用来占卦算命，恐是他们传到欧洲来的。又有一说是印度传出的，因其中一张是一"主教"像，他有一把长胡子，背着三个十字架，表示东方的旧时信仰；另一张名"王"的，发型像一个俄国的王公，一手持一面盾牌，上刻一头波兰鹰。

(四)鱼是古代一种象征生命力的符记，渔王与之有关。

是你的一张,那淹死了的腓尼基水手①,

(这些珍珠就是他的眼睛,看!)②

这是贝洛多纳③,岩石的女主人

一个善于应变的女人。

这人带着三根杖,这是"转轮",

这是那独眼商人④,这张牌上面

一无所有,是他背在背上的一种东西。

是不准我看见的。我没有找到

"那被绞死的人"。怕水里的死亡⑤。

我看见成群的人,在绕着圈子走。

谢谢你。你看见亲爱的爱奎东太太的时候

就说我自己把天宫图给她带去,

这年头人得小心啊。

(五)在寻求圣杯时,要经过一座凶险的教堂,好比炼狱,经此而达到生命的顶峰。这五点和理解《荒原》一诗的内容有关,故在此略为介绍。

① 译注:艾略特用水或海来象征情欲的大海;而腓尼基水手,福迪能王子(见莎士比亚的《暴风雨》),土麦拿商人都是淹在其中的各种人物。但艾略特的水也不一定指情欲,例如第五节内画眉鸟的滴水歌,又是生命的活水,不过这两种水并没有清楚的界限。

② 译注:参看莎士比亚《暴风雨》中的丧歌:

> 你的父亲睡得有五英尺深;
> 他的尸骨是珊瑚制成的;
> 这些珍珠是他的眼睛;
> 他的一切是不会消失的
> 而是经过了海水的变革,
> 变得又丰满,又奇特。
> 海仙们每小时敲着他的丧钟:
> > 叮——铛。
> 听啊,我现在听见她们,——叮铛,敲着钟。

③ 译注:贝洛多纳(Belladonna)是意大利文"美丽的女人"的意思,也是一种含毒的花。

④ 译注:独眼商人即指207—214行的土麦那商人。

⑤ 译注:见《金枝》第五册,288页。耶稣是主繁殖的神,象征春天,和渔王一样是被害的主繁殖的神。

· 795 ·

并无实体的城①,

在冬日破晓时的黄雾下,

一群人鱼贯地流过伦敦桥,人数是那么多,

没想到死亡毁坏了这许多人②。

叹息,短促而稀少,吐了出来③,

人人的眼睛都盯住在自己的脚前。

流上山,流下威廉王大街,

直到圣马利吴尔诺斯教堂④,那里报时的钟声

敲着最后的第九下,阴沉的一声⑤。

在那里我看见一个熟人,拦住他叫道:"斯代真⑥!

你从前在迈里的船上是和我在一起的⑦!

去年你种在你花园里的尸首,

它发芽了吗?今年会开花吗?

还是忽来严霜捣坏了它的花床?

叫这狗熊星走远吧,它是人们的朋友⑧,

---

① 原注:参看波德莱尔的诗:

> 这拥挤的城,充满了迷梦的城,
> 鬼魂在大白天也抓过路的人!

② 原注:参阅《地狱》第三节 55—57 行:

> 这样长的
> 一队人,我没想到
> 死亡竟毁了这许多人。

③ 原注:同上第四节 25—27 行:

> 根据听到的声音判断,
> 这里没有其他痛苦的表现,只有叹息
> 使永恒的空气抖颤。

④ 译注:这是伦敦威廉王大街的教堂。

⑤ 原注:这是我常见的一种现象。

⑥ 译注:斯代真是一种宽边呢帽的牌子。指任何一个戴这种帽子的普通人。

⑦ 译注:这是罗马人和迦太基人之间的一战,迦太基人战败。

⑧ 原注:见魏布斯特(Webster)《白魔鬼》中的挽歌。

   译注:魏氏(1580? —1625?)系英国剧作家,其诗云:

不然它会用它的爪子再把它挖掘出来！

你！虚伪的读者！——我的同类——我的兄弟①！

五　雷霆的话②

火把把流汗的面庞照得通红以后③

叫上那些个鹪鹩和知更，
它们在葱郁的丛林里徘徊，
让那些叶与花一同遮盖
那未曾下葬的孤独的尸身。
把蚂蚁田鼠和鼹鼠
叫去参加他下葬时的哀呼，
给他造起几座小山，使他温暖，
在坟墓被盗窃时也不受灾难；
叫豺狼走远些，他是人类的仇敌，
不然它会用爪子又把他们掘起。

狗熊星传说是使尼罗河两岸肥沃的星宿。关于魏布斯特的挽歌，兰姆(Lamb)曾说："我从未见过比这个更好的丧歌，除非是《暴风雨》中福迪能王子在追忆淹死了的父亲时所唱的山歌。那是有关水的，充满了水；这是有关土地的，充满了土地的气息。"

① 原注：见波德莱尔《恶之花》的序诗。
译注：该序原名《致读者》，艾略特所引为原文：
——Hypocrite lecteur,——mon semblable,——mon frère!
（——虚伪的读者——我的同类——我的兄弟！）
诗人认为读者和他一样，也是百无聊赖。
② 原注：第五节的第一部分用了三个主题：去埃摩司的途中，向"凶险的教堂"的行进(见魏士登女士书)和今日东欧的衰微。
译注：去埃摩司途中一段系述耶稣被钉死在十字架上后，重又复活，并在他的门徒中行走。《圣经》有此记载，见《新约·路加福音》第二十四节，13—16行："正当那日，门徒中有两个人往一个村子去，这村子名叫埃摩司(《圣经》中译为以马忤斯)，离耶路撒冷约有二十五里。他们彼此谈论所遇见的这一切事。正谈论相问的时候，耶稣亲自就近他们，和他们同行。只是他们的眼睛迷糊了，不认识他。"
③ 译注：耶稣受难的故事见《马太福音》二十六、二十七章，《马可福音》十四、十五章，《路加福音》二十二、二十三章，《约翰福音》十八、十九章。耶稣被犹大出卖，在橄榄山附近客西马尼园中祈祷时被捉，后来在耶路撒冷的各各他被钉死在十字架上。耶稣断气后"忽然殿里的幔子，从上到下裂为两半，地也震动，磐石也崩裂……"(见《马太福音》第二十七章，五十一节)。

花园里是那寒霜般的沉寂以后
经过了岩石地带的悲痛以后
又是叫喊又是呼号
监狱宫殿和春雷的
回响在远山那边震荡
他当时是活着的现在是死了
我们曾经是活着的现在也快要死了
稍带一点耐心

这里没有水只有岩石
岩石而没有水而有一条沙路
那路在上面山里绕行
是岩石堆成的山没有水
若还有水我们就会停下来喝了
在岩石中间人不能停止或思想
汗是干的脚埋在沙土里
只要岩石中间有水
死了的山满口都是龋齿吐不出一滴水
这里的人既不能站也不能躺也不能坐
山上甚至连静默也不存在
只有枯干的雷没有雨
山上甚至连寂寞也不存在
只有绛红阴沉的脸在冷笑咆哮
在泥干缝裂的房屋的门里出现
　　　　　　只要有水
　　　而没有岩石
　　　若是有岩石
　　　也有水
　　　有水
　　　有泉
　　　岩石间有小水潭

若是只有水的响声

不是知了

和枯草同唱

而是水的声音在岩石上

那里有蜂雀类的画眉在松树里歌唱

点滴点滴滴滴滴①

可是没有水

谁是那个总是走在你身旁的第三人②？

我数的时候，只有你和我在一起

但是我朝前望那白颜色的路的时候

总有另外一个在你身旁走

悄悄地行进，裹着棕黄色的大衣，罩着头

我不知道他是男人还是女人

——但是在你另一边的那一个是谁③？

这是什么声音在高高的天上

是慈母悲伤的呢喃声

---

① 原注：这是画眉的一族，是我在魁北克州所见过的一种蜂雀类的画眉。蔡朴孟在《美洲东北部的鸟类手册》(Chapman:Handbook of Birds of Eastern North America)一书中说："这种鸟最喜欢住在深山僻林里……它的鸣声并不以多变或洪亮著称，但它的声调的甜纯、易节的优美则是无与伦比的。"它的"滴水歌"确实值得赞赏。

② 原注：下面这几行是受了南极探险团的某次经历的叙述而触发的。我忘记了是哪一次，也许是谢格尔登(Shackleton)领导的一次。据说这一伙探险家在精疲力竭之时，常常错觉到数来数去，还是多了一个队员。

③ 原注：参阅海尔曼·亥司(Hermam Hesse)的《混乱中的一瞥》(Blichins Chaos)："欧洲的一半，至少东欧的一半已在向混乱的道路上行进，被某种神圣的迷恋所灌醉，正沿着悬崖的边缘前进，醉醺醺地像唱着圣歌似的唱着，像狄弥德里·加拉马索夫那样唱着。恼怒了的布尔乔亚嘲笑这些歌；圣人和先知则流着泪听着他们。"

译注：这里指的是十月社会主义革命时的情景，作者对之显然是持否定态度的。

这些带头罩的人群是谁
在无边的平原上蜂拥而前,在裂开的土地上蹒跚而行
只给那扁平的水平线包围着
山那边是哪一座城市
在紫色暮色中开裂、重建又爆炸
倾塌着的城楼
耶路撒冷雅典亚力山大
维也纳伦敦
并无实体的

一个女人紧紧拉直着她黑长的头发
在这些弦上弹拨出低声的音乐
长着孩子脸的蝙蝠在紫色的光里
飕飕地飞扑着翅膀
又把头朝下爬下一垛乌黑的墙
倒挂在空气里的是那些城楼
敲着引起回忆的钟,报告时刻
还有声音在空的水池、干的井里歌唱①。
在山间那个坏损的洞里
在幽黯的月光下,草儿在倒塌的
坟墓上唱歌,至于教堂②
则是有一个空的教堂,仅仅是风的家。
它没有窗子,门是摆动着的,
枯骨伤害不了人。
只有一只公鸡站在屋脊上
咯咯喔喔咯咯喔喔

---

① 译注:参看《旧约·耶利米书》第二章第十三节:"因为我的百姓作了两件恶事,就是离弃我这活水的泉源,为自己凿出池子,是破裂不能存水的池子。"也可参看《旧约·箴言》第五章第十五节:"国王所罗门对众人说:'你要喝自己池中的水,饮自己井里的活水。'"
② 译注:此处的"教堂"指圣杯传说中的"凶险的教堂"。

刷的来了一炷闪电。然后是一阵湿风
带来了雨

恒河① 的水位下降了，那些疲软的叶子
在等着雨来，而乌黑的浓云
在远处集合，在喜马望山② 上。
丛林在静默中拱着背蹲伏着。
然后雷霆说了话
DA
Datta：我们给了些什么③？
我的朋友，热血震动着我的心
这片刻之间献身的非凡勇气
是一个谨慎的时代永远不能收回的
就凭这一点，也只有这一点，我们是存在了

---

① 译注：艾略特原诗中用殑伽（佛经释名）或甘格（Ganga）这个名字，即恒河
（Ganges）。

② 译注：此山为喜马拉雅山脉中的一座圣山。

③ 原注：“Datta，dayadhvam，damyata”（Give Sympathize，Control——译注：即舍
予，同情，克制）。雷的寓言的含义见《布里哈达冉雅加——优波尼沙土》
（Brihadarangaka－Upanishad）第五卷，第一节。它的译文之一见陶森
（Deussen）的《吠陀经中之六十优波尼沙土》（Sechzig Upanishads des Veda）第
489 页。

译注：今依牟勒（F. Max Müller）的译文转译如下：

般若伽巴底（Pragapati）的三后代，神，人，与阿修罗（即魔鬼）与其父般若
伽巴底同住而为梵志（Brahmakârins，即婆罗门教之学生。婆罗门教中学生分
为四期，最初就学期为梵志期）。修业已毕，神问：“阿阇黎，请有以教我。”佛即
说一音 Da，且谓：“已解悟否？”众曰：“已解悟。即 Damyata，须克制。”彼云：“汝
已解悟。”人又问：“阿阇黎，请有以教我。”佛还说其音 Da，且谓：“已解悟否？”
众曰：“已解悟，即 Datta，须舍予。”彼云：“汝已解悟。”阿修罗又问：“阿阇黎，
请有以教我。”佛还说其音 Da，且谓：“已解悟否？”众曰：“已解悟。即
Dayadham，须慈悲。”彼云：“汝已解悟。”至圣雷霆又重复其音 Da Da Da，即克
制，舍予，慈悲。且须学习克制，舍予，与慈悲。（按此系“佛以一音演说法，众生
随类各得解。”）

这是我们的讣告里找不到的①

不会在慈祥的蛛网披盖着的回忆里

也不会在瘦瘦的律师拆开的密封下

在我们空空的屋子里

DA

Dayadhvam:我听见那钥匙②

在门里转动了一次,只转动了一次

我们想到这把钥匙,各人在自己的监狱里

想着这把钥匙,各人守着一座监狱

只在黄昏时候,世外传来的声音

才使一个已经粉碎了的柯里欧莱纳思③ 一度重生

DA

Damyata:那条船欢快地

作出反应,顺着那使帆用桨老练的手

海是平静的,你的心也会欢快地

---

① 原注:参阅魏布斯特《白魔鬼》第五幕第六景:

> 他们又要重新结婚了
> 不等蛆虫钻透你的尸衣,也不等蜘蛛
> 在你的墓志铭上织一层薄网。

② 原注:参阅《地狱》第三十三节,第 46 节。

> 我又听到下面那可怕的塔门
> 已经锁上。

〔译注:这是有关乌各里诺伯爵(Ugolino de' Gherardeschi,死于 1289 年)的故事。他两次通过奸诈当上了意大利的比萨地方的领袖。后来他被颠覆,并和他的两个儿子,两个孙子,被锁在一座塔楼里饿死。〕

又见勃莱德莱(F. H. Bradley)的《外形与实在》(Appearance and Reality)第346 页:"我的外表的官感也和我的思想与感情一样,完全属于我个人。从无论哪方面说,我自己的经验只落在我自己的圈子里,这圈子完全和外界隔绝;而且圈子里的成分既都是一样的,则各个领域都和周围其他领域互不通气……简言之,作为某一灵魂里的一种存在来说,每个人的全部世界对于这个灵魂也是特殊而个别的。"

③ 译注:柯里欧莱纳思(Coriolanus)是莎士比亚名剧中的英雄,他因骄傲气盛而终至失败。

作出反应,在受到邀请时,会随着

引导着的双手而跳动

我坐在岸上①

垂钓,背后是那片干旱的平原

我应否至少把我的田地收拾好②?

伦敦桥塌下来了塌下来了塌下来了③

然后,他就隐身在炼他们的火里④,

我什么时候才能像燕子——啊,燕子,燕子⑤,

---

① 原注:见魏士登《从祭仪到神话》有关渔王的一章。

② 译注:参阅《旧约·以赛亚书》第三十八章第一节:"那时希西家病得要死,亚摩斯的儿子先知以赛亚去见他,对他说,耶和华如此说,你当留遗命与你的家,因为你必死不能活了。"("你当留遗命与你的家"一句的原文直译应为"你当把你的家务收拾好",而《荒原》则是"我应否至少把我的田地收拾好?")后来上帝许他把他的国家从亚述人手里解放出来,并赐他再活十五年。"我必加增你十五年的寿数,并且我要救你和这城脱离亚述王的手。"(见同章第五、第六节)

③ 译注:这是一首流行的英国民歌的主要内容。

④ 原注:见《炼狱》第二十六节第148行。

> "现在我凭借那引导你走上
>
> 这个阶梯顶端的'至善原理',
>
> 请求你适时地回忆起我的悲伤!"
>
> 然后,他就隐身在炼他们的火里。

译注:这节诗的头三句但丁引了普罗旺斯诗人阿诺·但以理(Arnaut Daniel)的诗句。

⑤ 原注:见《圣维纳思的夜守》(Pervigilium Veneris),参考第二节和第三节中的翡绿眉拉。

译注:艾略特引用原文,此诗的末节如下:

> 她唱,我们没有声音:我的春天几时回来?
>
> 什么时候再能是燕子,再不这样没有声音?
>
> 在静歌中遗失了文艺之神,阿波罗不理我:
>
> 因此阿米克拉,因为没有声音,默默地完了。
>
> 到明天没有爱的也有爱情,明天情人也有爱情。

阿基坦的王子在塔楼里受到废黜①

这些片断我用来支撑我的断垣残壁

那么我就照办吧。希罗尼母又发疯了②。

舍己为人。同情。克制。

平安。平安

平安③。

（选自《外国现代派作品选》第一册，

赵萝蕤译，上海文艺出版社1980年版）

---

① 原注：见奈赫法尔(Gerard de Nerval,1808—1855)的十四行诗《不幸的人》(El Desdichado)。

译注：艾略特引用了原文，其中一节如下：

我就是黑暗——单身汉——不知安宁；

阿基坦的王子在塔楼里受到废黜；

我惟一的星星也死了，我的圆琴

携带的是个黑太阳，十分愁苦。

② 原注：见基德(Kyd,1558—1594)《西班牙悲剧》(The Spanish Tragedy,1594)。

译注：故事梗概如下：希罗尼母的爱子何瑞希欧遭到嫉妒，被人惨杀了，希罗尼母悲痛之余变得如痴如狂，天天做梦见到儿子，要为他复仇。恰好仇人请他演一出戏来欢宴国王，希罗尼母答应下来，并说了下面的话(见第四幕第一景第68到72行)：

那么我就照办吧：不必多说了。

我年轻的时候，我的头脑全都

钻到无益的诗句中去了；

虽然那个教授看不出什么道理，

但是这个世界却表示十分满意。

他答应给他们演戏就设计编了一出关于他亡子屈死的故事，还请仇人参加表演，并乘机杀了他们，复了仇。全剧最动人处是希罗尼母因儿子的惨死而发了疯。

③ 原注：Shahtih 在此重复应用是某一优波尼沙土经文的正式结语。依我国文字便是"出人意外的平安"。

译注：在此依《新约·腓立比书》第四章第七节中用语译出："上帝所赐出人意外的平安，必在基督耶稣那里，保守你们的心怀意念。"

《荒原》导读

托·斯·艾略特(1888—1965)是后期象征主义文学最杰出的代表,也是 20 世纪最重要的诗人。1948 年,因"对当代诗歌作出的卓越贡献和所起的先锋作用"获诺贝尔文学奖。同年,英国国王授予他"劳绩勋章"。

艾略特出生于美国密苏里州一个殷实的商人家庭。母亲爱好文学。他自幼受家庭熏陶,喜爱文学和哲学。1906 年,进哈佛大学攻读哲学,还选学神学、心理学等课程。求学期间,艾略特阅读了《文学中的象征派运动》(1899),深受法国象征派诗人的影响。大学毕业后,去巴黎大学深造,在那儿结识了不少法国诗人,1914 年定居英国,并在伦敦与庞德结为知交。

艾略特自 1915 年发表诗歌《普鲁弗洛克的情歌》起,先后写了《小老头》(1919)、《荒原》(1922)、《空心人》(1925)、《四个四重奏》(1943)等诗篇。长诗《荒原》是艾略特的成名作,《四个四重奏》是他后期的代表诗作。

除诗歌外,艾略特还写了几部戏剧,如《大教堂凶杀案》(1935)、《合家团聚》(1939)、《鸡尾酒会》(1950)等。这些戏剧具有浓烈的宗教色彩,大多宣扬为教义而殉身的宗教思想。

艾略特不仅是杰出的诗人、戏剧家,也是卓越的批评家。他长期主编评论刊物《标准》(1923—1939),是欧美新批评派的领袖人物。他在《传统与个人》(1917)、《批评的功能》(1923)、《诗歌的功能和批评的功能》(1933)等论著里,提出了一系列诗歌理论。他的"非人格化"、"思想知觉化"、寻找"客观对应物"等理论,对西方现代诗歌产生了重大影响。

艾略特于 1927 年加入英国籍,并参加英国"国教会"。他公开宣称："政治上,我是个保皇党;宗教上,我是个英国天主教徒,文学上,我是个古典主义者。"

《荒原》是艾略特的成名作,现代欧美诗歌的里程碑,象征主义文学中最有代表性的作品。

诗人在《荒原》中,以一种"独特的诚实",撕下了掩盖资本主义社会丑恶的神圣面纱,大胆地将西方现代社会的各种弊端揭示出来。作品深刻表现了第一次世界大战后欧洲社会的精神面貌:人欲横流、信仰崩溃、精神堕落、道德沦丧、虽生犹死。

"腓尼基人"因放纵情欲,"死了已两星期";"薛维尼"不断到"博尔特太太"那里取乐,妓女受嫖客强暴的"吱吱、唧唧"声不绝于耳;女打字员和公司小职员满足于有欲无情的官能享受;伦敦妇女丽儿荒淫无度,"接连 5 次打胎,刚 31 岁,就出现了老态。"人们精神危机,失去宗教信仰:"一堆破碎的偶像,承受着太阳的鞭打。"精神世界一片荒芜:"枯死的树没有遮阴","礁石间没有流水的声音"。战争使大批人丧生,"我没想到死亡毁坏了这许多人"。死了的成了一堆白骨,被老鼠"在那里踢来踢去";活着的似行尸走肉,"人人的眼睛都盯在自己的脚前,流上山,流下威廉王大街",不知"明天该作些什么"。到处是"莎士比希亚式的爵士音乐",人们过着醉生梦死的生活。

读者在诗中所看到的是贫瘠的荒地、枯死的树木、冰冷的岩石和阴森的地狱;所听到的是凄凉的钟声、慈母的哭泣和"夜莺"的悲鸣;所感到的是精神的空虚、情欲的泛滥、世态的炎凉和理想的破灭。整个社会一片荒芜。

艾略特在《荒原》中不仅反映了"欧洲文明的混乱和庸俗",而且表达了用宗教精神救世济民的思想。诗人希望人们能恢复信仰,勇于献身,像寻找圣杯的骑士一样治愈病危的"渔王"——千疮百孔的现代社会。诗歌最后借"雷霆的话",庄严地宣告:拯救社会的惟一道路是"舍己为人、同情、克制",皈依宗教。只有这样,"渔王"

才能康复,"荒原"才能变为绿洲。

《荒原》是一首有高度艺术独创性的诗歌。它那新颖、独特的艺术手法,令人赞叹不已。

《荒原》是一座"象征的森林"。整首诗所表达的主旨——"荒原"这一意象,象征了一次大战后的西方社会。作品的五个章节也分别含有象征意义。第一章"死者葬仪"象征万物枯萎。第二章"对弈"象征尔虞我诈及妇女的命运。第三章"火诫"中的"火",象征欲火。第四章"水里的死亡"中的"水",象征情欲横流。第五章"雷霆的话"中的"雷霆"象征上帝。诗人运用多种色彩、多种音调、多种形状的象征物,编织成一张巨大的象征之网。象征的丰富性和多样性使《荒原》远远超出其他象征派诗歌。"火"是情欲的象征,也是"圣火"的象征;"水"既是死亡和灾难的象征("小心死在水里"),又是生命和欢畅的象征("可爱的泰晤士,轻轻地流,等我唱完了歌")。"岩石"是枯涸的象征("干石头发不出流水的声音"),也是避难所的象征(请走进这块红石头的影子)。"破碎的偶像"是宗教受摧残的象征;"枯死的树是精神枯竭的象征"……《荒原》是象征之林。

《荒原》大量运用典故。诗人将希腊神话、荷马史诗、但丁《神曲》、莎士比亚戏剧、波德莱尔的《恶之花》、弗雷泽的《金枝》等35个作家、56部作品中的诗句信手拈来,熔为一炉,形成新的意象,加深与扩大诗歌含义,勾起读者丰富联想。如"一群人鱼贯地流过伦敦桥,/人数是那么多,/我没想到死亡毁坏了这许多人。"诗人化用但丁《地狱篇》中的诗句,使人们自然地把现代的伦敦城与阴森可怖的地狱联系起来,产生了奇谲的艺术效果。又如"那是翡翠眉拉变了形,/遭到了野蛮国王的强暴。/但是在那里那头夜莺/她那不容玷辱的声音充塞了整个沙漠,/她还在叫唤着,/世界也还在追逐着,/'唧唧'唱给脏耳朵听。"诗人引用奥维特《变形记》中翡翠眉拉姊妹被国王铁卢强暴后,变成夜莺和燕子的故事,暗示"世界"还在继续进行铁卢一类的暴行。典故使诗歌含蓄、深邃、简洁、凝练。

正如批评家瑞恰慈所说:"在艾略特手里,典故是一种简洁的技巧,《荒原》在内涵上相当于一首史诗,没有这种技巧,就得由12本著作来表达。"

形散神不散是《荒原》又一个艺术特点。表面看来,诗歌"支离破碎",像一盘散沙。黄雾的伦敦,荒凉而空虚的大海,破烂的帐篷,倾塌的城墙,没有流水的礁石……彼此之间没有联系,显得凌乱而又杂沓。但实际上,全诗为统一的"意念的音乐"所支配。它像一根无形的线,把散乱的珍珠串起来。毫不相干的画面一经组织在"荒原"这个意象里,安排在"寻找圣杯"的结构框架里,就形成了一个枝叶婆娑而又主干分明的艺术整体。艾略特之所以采取此种拼贴、镶嵌艺术,跟他的文学主张有关。他说:"当诗人的头脑为进行创作作好一切准备时,它总是在不断地拼联相异的经验。人们通常的经验是混乱的,不规则的,断裂而零碎的。一个谈恋爱,一个阅读,两者互不相干,而又和打字声、烹调的香味也不相干,但在诗人的头脑中,这些不相干的经验总是形成新的整体。"

诗歌历来是讴歌美的,尤其是浪漫派诗歌。什么夜莺呀,玫瑰呀,爱情呀,月光呀……随处可见。艾略特则和他前辈波德莱尔一样,喜欢用"丑"来装点他的世界,走与传统诗歌迥然不同的道路。他善于在"丑"与"恶"中发掘美,"在庸俗的生活、尘嚣的市街中,发现诗的要素"。《荒原》中的"白骨"、"老鼠"、"死水"、"沉舟"、"枯木"、"黄雾"、"毒日"、"严霜"、"岩石"、"坟墓"等意象比比皆是。诗人通过这些阴森可怖的意象,编织出一幅西方现代社会生活的立体图。变"丑"为"美",化腐朽为神奇,可以说也是《荒原》的一大特点。

艾略特在《荒原》中把情欲当作造成"荒原"的"总根子",把宗教作为"济世良方",显然是白玉之瑕,毫不足取。但《荒原》对形式的革新,对现代西方社会入木三分的剖析,具有不可磨灭的功绩。

(杨国华)

卡夫卡

变 形 记

一

一天早晨,格里高尔·萨姆沙从不安的睡梦中醒来,发现自己躺在床上变成了一只巨大的甲虫。他仰卧着,那坚硬得像铁甲一般的背贴着床,他稍稍抬了抬头,便看见自己那穹顶似的棕色肚子分成了好多块弧形的硬片,被子几乎盖不住肚子尖,都快滑下来了。比起偌大的身躯来,他那许多只腿真是细得可怜,都在他眼前无可奈何地舞动着。

"我出了什么事啦?"他想。这可不是梦。他的房间,虽是嫌小了些,的确是普普通通人住的房间,仍然安静地躺在四堵熟悉的墙壁当中。在摊放着打开的衣料样品——萨姆沙是个旅行推销员——的桌子上面,还是挂着那幅画,这是他最近从一本画报上剪下来装在漂亮的金色镜框里的。画的是一位戴皮帽子围皮围巾的贵妇人,她挺直身子坐着,把一只套没了整个前臂的厚重的皮手筒递给看画的人。

格里高尔的眼睛接着又朝窗口望去,天空很阴暗——可以听到雨点敲打在窗槛上的声音——他的心情也变得忧郁了。"要是再睡一会儿,把这一切晦气事统统忘掉那该多好。"他想。"但是完全办不到,平时他习惯于侧向右边睡,可是在目前的情况下,再也不能采取那样的姿态了。无论怎样用力向右转,他仍旧滚了回来,肚子朝天。他试了至少一百次,还闭上眼睛免得看到那些拼命挣扎的腿,到后来他的腰部感到一种从未体味过的隐痛,才不得不罢休。

"啊,天哪,"他想,我怎么单单挑上这么一个累人的差使呢! 长年累月到处奔波,比坐办公室辛苦多了。再加上还有经常出门的烦恼,担心各次火车的倒换,不定时而且低劣的饮食,而萍水相逢的人也总是些泛泛之交,不可能有深厚的交情,永远不会变成知己朋友。让这一切都见鬼去吧!"他觉得肚子上有点痒,就慢慢地挪动身子,靠近床头,好让自己头抬起来更容易些;他看清了发痒的地方,那儿布满着白色的小斑点,他不明白这是怎么回事,想用一条腿去搔一搔,可是马上又缩了回来,因为这一碰使他浑身起了一阵寒颤。

他又滑下来恢复到原来的姿势。"起床这么早,"他想,"会使人变傻的。人是需要睡觉的。别的推销员生活得像贵妇人。比如,我有一天上午赶回旅馆登记取回定货单时,别的人才坐下来吃早餐。我若是跟我的老板也来这一手,准定当场就给开除。也许开除了倒更好一些,谁说得准呢。如果不是为了父母亲而总是谨小慎微,我早就辞职不干了,我早就会跑到老板面前,把肚子里的气出个痛快。那个家伙准会从写字桌后面直蹦起来!他的工作方式也真奇怪,总是那样居高临下坐在桌子上面对职员发号施令,再加上他的耳朵又偏偏重听,大家不得不走到他跟前去。但是事情也未必毫无转机;只要等我攒够了钱还清父母欠他的债——也许还得五六年——可是我一定能做到。到那时我就会时来运转了。不过眼下我还是起床为妙,因为火车五点钟就要开了。"

他看了看柜子上滴滴嗒嗒响着的闹钟。天哪!他想道。已经六点半了,而时针还在悠悠然向前移动,连六点半也过了,马上就要七点差一刻。闹钟难道没有响过吗?从床上可以看到闹钟明明是拨到四点钟的;显然它已经响过了。是的,不过在那震耳欲聋的响声里,难道真的能安宁地睡着吗?嗯,他睡得并不安宁,可是却正说明他还是睡得不坏。那么他现在该干什么呢?下一班车七点钟开;要搭这一班车他得发疯似的赶才行,可是他的样品都还没有包好,他也觉得自己的精神不甚佳。而且即使他赶上这班车,还是逃不过上司的一顿申斥,因为公司的听差一定是在等候五点钟那班火车,这时早已回去报告他没有赶上了。那听差是老板的心腹,既无骨气又愚蠢不堪。那么,说自己病了行不行呢?不过这将是最最不愉快的事,而且也显得很可疑,因为他服务五年以来没有害过一次病。老板一定会亲自带了医药顾问一起来,一定会责怪他的父母怎么养出这样懒惰的儿子,他还会引证医药顾问的话,粗暴地把所有的理由都驳掉,在那个大夫看来,世界上除了健康之至的假病号,再也没有第二种人了。再说今天这种情况,大夫的话是不是真的不对呢?格里高尔觉得身体挺不错,只除了有些困乏,这在如此长久的一次睡眠以后实在有些多余,另外，他甚至觉得特别饿。

············

　　首先他要静悄悄地不受打扰地起床，穿好衣服，最要紧的是吃饱早饭，再考虑下一步该怎么办，因为他非常明白，躺在床上瞎想一气是想不出什么名堂来的。他还记得过去也许是因为睡觉姿势不好，躺在床上时往往觉得这儿那儿隐隐作痛，及至起来，就知道纯属心理作用，所以他殷切地盼望今天早晨的幻觉会逐渐消逝。他也深信，他之所以变声音不是因为别的而仅仅是重感冒的朕兆，这是旅行推销员的职业病。

　　要掀掉被子很容易，他只需把身子稍稍一抬被子就自己滑下来了。可是下一个动作就非常之困难，特别是因为他的身子宽得出奇。他得要有手和胳臂才能让自己坐起来；可是他有的只是无数细小的腿，它们一刻不停地向四面八方挥动，而他自己却完全无法控制。他想屈起其中的一条腿，可是它偏偏伸得笔直；等他终于让它听从自己的指挥时，所有别的腿却莫名其妙地乱动不已。"总是呆在床上有什么意思呢。"格里高尔自言自语地说。

　　他想，下身先下去一定可以使自己离床，可是他还没有见过自己的下身，脑子里根本没有概念，不知道要移动下身真是难上加难，挪动起来是那样的迟缓；所以到最后，他烦死了，就用尽全力鲁莽地把身子一甩，不料方向算错，重重地撞在床脚上，一阵彻骨的痛楚使他明白，如今他身上最敏感的地方也许正是他的下身。

　　于是他就打算先让上身离床，他小心翼翼地把头部一点点挪向床沿。这却毫不困难，他的身躯虽然又宽又大，也终于跟着头部移动了。可是，等到头部终于悬在床边上，他又害怕起来，不敢再前进了，因为，老实说，如果他就这样让自己掉下去，不摔坏脑袋才怪呢。他现在最要紧的是保持清醒，特别是现在；他宁愿继续呆在床上。

　　可是重复了几遍同样的努力以后，他深深地叹了一口气，还是恢复了原来的姿势躺着，一面瞧他那些细腿在难以置信地更疯狂地挣扎；格里高尔不知道如何才能摆脱这种荒唐的混乱处境，他就再一次告诉自己，呆在床上是不行的，最最合理的做法还是冒一切危险来实现离床这个极渺茫的希望。可是同时他也没有忘记提醒自己，冷静地、极其冷静地考虑到最最微小的可能性还是比不顾一切地蛮干得多。这时际，他竭力集中眼光望向窗外，可是不幸得很，早晨的浓雾把狭街对面的房子也都裹上了，看来天气一时不会好转，这就使他更加得不到鼓励和安慰。"已经七点钟了，"闹钟再度敲响时，他对自己说，"已经七点钟了，可是雾还这么重。"有片刻工夫，他静静地躺着，轻轻地呼吸着，仿佛这样一养神什么都会恢复正常似的。

可是接着他又对自己说："七点一刻前我无论如何非得离开床不可。到那时一定会有人从公司里来找我，因为不到七点公司就开门了。"于是他开始有节奏地来回晃动自己的整个身子，想把自己甩出床去。倘若他这样翻下床去，可以昂起脑袋，头部不至于受伤。他的背似乎很硬。看来跌在地毯上并不打紧。他最担心的还是自己控制不了的巨大响声，这声音一定会在所有的房间里引起焦虑，即使不是恐惧。可是，他还是得冒这个险。

当他已经半个身子探到床外的时候——这个新方法与其说是苦事，不如说是游戏，因为他只需来回晃动，逐渐挪过去就行了——他忽然想起如果有人帮忙，这件事该是多么简单。两个身强力壮的人——他想到了他的父亲和那个使女——就足够了；他们只需把胳臂伸到他那圆鼓鼓的背后，抬他下床，放下他们的负担，然后耐心地等他在地板上翻过身来就行了，一碰到地板他的腿自然会发挥作用的。那么，姑且不管所有的门都是锁着的，他是否真的应该叫人帮忙呢？尽管处境非常困难，想到这一层，他却禁不住透出一丝微笑。

他使劲地摇动着，身子已经探出不少，快要失去平衡，他非得鼓足勇气采取决定性的步骤了，因为再过五分钟就是七点一刻——正在这时，前门的门铃响了起来。"是公司里派什么人来了。"他这么想，身子就随之而发僵，可是那些细小的腿却动弹得更快了。一时之间周围一片静默。"他们不愿开门。"格里高尔怀着不合常情的希望自言自语道。可是使女当然还是跟往常一样踏着沉重的步子去开门了。格里高尔听到客人的第一声招呼就马上知道这是谁——是秘书主任亲自出马了。真不知自己生就什么命，竟落到给这样一家公司当差，只要有一点小小的差池，马上就会招来最大的怀疑！在这一个所有的职员全是无赖的公司里，岂不是只有他一个人忠心耿耿吗？他早晨只占用公司两三个小时，不是就给良心折磨得几乎要发疯，真的下不了床吗？如果确有必要来打听他出了什么事，派个学徒来不也够了吗——难道秘书主任非得亲自出马，以便向全家人，完全无辜的一家人表示，这个可疑的情况只有他自己那样的内行来调查才行吗？与其说格里高尔下了决心，倒不如说他因为想到这些事非常激动，因而用尽全力把自己甩出了床外。蓬的一声很响，但总算没有响得吓人。地毯把他坠落的声音减弱了几分，他的背也不如他所想像的那么毫无弹性,所以声音很闷,不惊动人。只是他不够小心,头翘得不够高,还是在地板上撞了一下;他扭了扭脑袋,痛苦而忿懑地把头挨在地板上磨蹭着。

⋯⋯⋯⋯⋯⋯

格里高尔没费多大气力就来到柜子旁边,打算依靠柜子使自己直立起来。他的确是想开门,的确是想出去和秘书主任谈话;他很想知道,大家这么坚持以后,看到了他又会说些什么。要是他们都大吃一惊,那么责任就再不在他身上,他可以得到安静了。如果他们完全不在意,那么他也根本不必不安,只要真的赶紧上车站去搭八点钟的车就行了。起先,他好几次从光滑的柜面上滑下来,可是最后,在一使劲之后,他终于站直了;现在他也不管下身疼得像火烧一般了。接着他让自己靠向附近一张椅子的背部,用他那些细小的腿抓住了椅背的边。

⋯⋯⋯⋯⋯⋯

格里高尔慢慢地把椅子推向门边,接着便放开椅子,抓住了门来支持自己——他那些细腿的脚底上倒是颇有粘性的——他在门上靠了一会儿,喘过一口气来。接着他开始用嘴巴来转动插在锁孔里的钥匙。不幸的是,他并没有什么牙齿——他得用什么来咬住钥匙呢?——不过他的下颚倒好像非常结实;靠着这下颚他总算转动了钥匙,他准是不小心弄伤了什么地方,因为有一股棕色的液体从他嘴里流出来,淌过钥匙,滴到地上。"您们听,"门后的秘书主任说,"他在转动钥匙了。"这对格里高尔是个很大的鼓励;不过他们应该都来给他打气,他的父亲母亲都应该喊:"加油,格里高尔。"他们应该大声喊道:"坚持下去,咬紧钥匙!"他相信他们都在全神贯注地关心自己的努力,就集中全力死命咬住钥匙。钥匙需要转动时,他便用嘴巴衔着它,自己也绕着锁孔转了一圈,好把钥匙扭过去,或者不如说,用全身的重量使它转动。终于屈服的锁发出响亮的卡嗒一声,使格里高尔大为高兴。他深深地舒了一口气,对自己说:"这样一来我就不用锁匠了。"接着就把头搁在门柄上,想把门整个打开。

门是向他自己这边拉的,所以虽然已经打开,人家还是瞧不见他。他得慢慢地从对开的那半扇门后面把身子挪出来,而且得非常小心,以免背脊直挺挺地跌倒在房间里。他正在困难地挪动自己,顾不上作任何观察,却听到秘书主任"哦!"的一声大叫——发出来的声音像一股猛风——现在他可以看见那个人了,他站得最靠近门口,一只手遮在张大的嘴上,慢慢地往后退去,仿佛有什么无形的强大压力在驱逐他似的。格里高尔的母亲——虽然秘书主任在场,她的头发仍然没有梳好,还是乱七八糟地竖着——她先是双手合掌瞧瞧他父亲,接着向格里高尔走了两步,随即倒在地上,裙子摊了开来,脸垂到胸前,完全看不见了。他父亲握紧拳头,一副恶狠狠的样子,仿佛要把格里高尔打回到房间里去,接着他又犹豫不定地向起坐室扫了一眼,然后把双手遮住眼睛,哭泣起来,连他那宽阔的胸膛都在起伏不定。

············

不幸得很,秘书主任的逃走仿佛使一直比较镇定的父亲也慌乱万分,因为他非但自己不去追赶那人,或者至少别去阻拦格里高尔去追逐,反而右手操起秘书主任连同帽子和大衣一起留在一张椅子上的手杖,左手从桌子上抓起一张大报纸,一面顿脚,一面挥动手杖和报纸,要把格里高尔赶回到房间里去。格里高尔的恳求全然无效,事实上别人根本不理解;不管他怎样谦恭地低下头去,他父亲反而把脚顿得更响。另一边,他母亲不顾天气寒冷,打开了一扇窗子,双手掩住脸,尽量把身子往外探。一阵劲风从街上刮到楼梯,窗帘掀了起来,桌上的报纸吹得拍达拍达乱响,有几张吹落在地板上。格里高尔的父亲无情地把他往后赶,一面嘘嘘叫着,简直像个野人。可是格里高尔还不熟悉怎么往后退,所以走得很慢。如果有机会掉过头,他能很快回进房间的,但是他怕转身的迟缓会使他父亲更加生气,他父亲手中的手杖随时会照准他的背上或头上给以狠狠的一击的。到后来,他竟不知怎么办才好,因为他绝望地注意到,倒退着走连方向都掌握不了;因此,他一面始终不安地侧过头瞅着父亲,一面开始掉转身子,他想尽量快些,事实上却非常迟缓。也许父亲发觉了他的良好意图,因此并不干涉他,只是在他挪动时远远地用手杖尖拨拨他。只要父亲不再发出那种无法忍受的嘘嘘声就好了。这简直要使格里高尔发狂。他已经完全转过去了,只是因为给嘘声弄得心烦意乱,甚至转得过了头。最后他总算对准了门口,可是他的身体又偏巧宽得过不去。但是在目前精神状态下的父亲,当然不会想到去打开另外半扇门好让格里高尔得以通过。他父亲脑子里只有一件事,尽快把格里高尔赶回房间。让格里高尔直立起来,侧身进入房间,就要作许多麻烦的准备,父亲是绝不会答应的。他现在发出的声音更加响亮,他拼命催促格里高尔往前走,好像他前面没有什么障碍似的;格里高尔听来他后面响着的声音不再像是父亲一个人的了;现在更不是闹着玩的了,所以格里高尔不顾一切狠命向门口挤去。他身子的一边拱了起来,倾斜地卡在门口,腰部挤伤了,在洁白的门上留下了可憎的斑点,不一会儿他就给夹住了,不管怎么挣扎,还是丝毫动弹不得,他一边的腿在空中颤抖地舞动,另一边的腿却在地上给压得十分疼痛——这时,他父亲从后面使劲地推了他一把,实际上这倒是支援,使他一直跌进了房间中内,汨汨地流着血。在他后面,门砰的一声用手杖关上了,屋子里终于回复了寂静。

三

格里高尔的妹妹开始拉琴了;在她两边的父亲和母亲用心地瞧着她双手的动作。格里高尔受到吸引,也大胆地向前爬了几步,他的头实际上都已探进了起坐室。他对自己越来越不为别人着想几乎已经习以为常了;有一度他是很以自己的知趣而自豪的。这样的时候他实在更应该把自己藏起来才是,因为他房间里灰尘积得老厚,稍稍一动就会飞扬起来,所以他身上也蒙满灰尘,背部和两侧都沾满了绒毛、发丝和食物的渣脚,走到哪里就带到哪里;他现在对一切都无动于衷,已经不屑于像过去有个时期那样,一天翻过身来在地毯上擦上几次了。尽管现在这么邋遢,他却老着脸皮地走前几步,来到起坐室一尘不染的地板上。

显然,谁也没有注意到他。家里人完全沉浸在小提琴的音乐声中;房客们呢,他们起先双手插在口袋里,站得离乐谱那么近,以致都能看清乐谱了,这显然对他妹妹是有所妨碍的,可是过不了多久他们就退到窗子旁边,低着头窃窃私语起来,使父亲向他们投来不安的眼光。的确,他们表示得不能再露骨了,他们对于原以为是优美悦耳的小提琴演奏已经失望,他们已经听够了,只是出于礼貌才让自己的宁静受到打扰。从他们不断把烟从鼻子和嘴里喷向空中的模样,就可以看出他们的不耐烦。可是格里高尔的妹妹琴拉得真美。她的脸侧向一边,眼睛专注而悲哀地追循着乐谱上的音符。格里高尔又往前爬了几步,而且把头低垂到地板上,希望自己的眼光也许能遇上妹妹的视线。音乐对他有这么大的魔力,难道因为他是动物吗?他觉得自己一直渴望着某种营养,而现在他已经找到这种营养了。他决心再往前爬,一直来到妹妹的跟前,好拉拉她的裙子让她知道,她应该带了小提琴到他房间里去,因为这儿谁也不像他那样欣赏她的演奏。他永远也不让她离开他的房间,至少,只要他还活着;他那可怕的形状将第一次对自己有用;他要同时守望着房间里所有的门,谁闯进来就啐谁一口;他妹妹当然不受任何约束,她愿不愿和他呆在一起那要随她的便;她将和他并排坐在沙发上,俯下头来听他吐露他早就下定的要送她进音乐学院的决心,要不是他遭到不幸,去年圣诞节——圣诞节准是早就过了吧?——他就要向所有人宣布了,而且他是完全不容许任何反对意见的。在听了这样的倾诉以后,妹妹一定会感动得热泪纵横,这时格里高尔就要爬上她的肩膀去吻她的脖子,由于出去做事,她脖子上现在已经不系丝带,也没有高领子。

"萨姆沙先生!"当中的那个房客向格里高尔的父亲喊道,一面不多说一句话地指着正在慢慢往前爬的格里高尔。小提琴声戛然而止,当中的那个房客先是摇着头对他的朋友笑了笑,接着又瞧起格里高尔来。父亲并没有来赶格里高尔,却认为更要紧的是安慰房客,虽然他们根本没有激动,而且显然觉得格里高尔比小提琴演奏更为有趣。他急忙向他们走去,张开胳膊,想劝他们回到自己房间去,同时也是挡住他们,不让他们看见格里高尔。他们现在倒真的有点儿恼火了,也说不上来到底是因为老人的行为呢还是因为他们如今才发现住在他们隔壁的竟是格里高尔这样的邻居。他们要求父亲解释清楚,也跟他一样挥动着胳膊,不安地拉着自己的胡子,万般不情愿地向自己的房间退去。格里高尔的妹妹从演奏给突然打断后就呆若木鸡,她拿了小提琴和弓垂着手不安地站着,眼睛瞪着乐谱,这时也清醒了过来。她立刻打起精神,把小提琴往坐在椅子上喘得透不过气来的母亲的怀里一塞,就冲进了房客们的房间,这时,父亲像赶羊似的把他们赶得更急了。可以看见被褥和枕头在她熟练的手底下在床上飞来飞去,不一会儿就铺得整整齐齐。三个房客尚未进门她就铺好了床溜出来了。老人好像又一次让自己的犟脾气占了上风,竟完全忘了对房客应该尊敬。他不断地赶他们,最后来到卧室门口,那个当中的房客都用脚重重地顿地板了,这才使他停下来。那个房客举起一只手,一边也对格里高尔的母亲和妹妹扫了一眼,他说:"我要求宣布,由于这个住所和这家人家的可憎的状况,"——说到这里他斩钉截铁地往地板上啐了一口——"我当场通知退租。我住进来这些天的房钱当然一个也不给;不但如此,我还打算向您提出对您不利的控告,所依据的理由——请您放心好了——也是证据确凿的。"他停了下来,瞪着前面,仿佛在等待什么似的。这时,他的两个朋友也就立刻冲上来助威,说道:"我们也当场通知退租。"说完为首的那个就抓住把手砰的一声带上了门。

格里高尔的父亲用双手摸索着踉踉跄跄地往前走了几步，跌进了他的椅子；看上去仿佛打算摊开身子像平时晚间那样打个瞌睡，可是他的头分明在颤抖，好像自己也控制不了，这证明他根本没有睡着。在这些事情发生前后，格里高尔还是一直安静地呆在房客发现他的原处。计划失败带来的失望，也许还有极度饥饿造成的衰弱，使他无法动弹。他很害怕，心里算准这样极度紧张的局势随时都会导致对他发起总攻击，于是他就躺在那儿等待着。就连听到小提琴从母亲膝上、从颤抖的手指里掉到地上，发出了共鸣的声音，他还是毫无反应。

"亲爱的爸爸妈妈，"妹妹说话了，一面用手在桌子上拍了拍，算是引子，"事情不能再这样拖下去了。你们也许不明白，我可明白。对着这个怪物，我没法开口叫他哥哥，所以我的意思是：我们一定得把他弄走。我们照顾过他，对他也算是仁至义尽了，我想谁也不能责怪我们有半分不是了。"

"她说得对极了。"格里高尔的父亲自言自语地说，母亲仍旧因为喘不过气来憋得难受，这时候又一手捂着嘴干咳起来，眼睛里露出疯狂的神色。

他妹妹奔到母亲跟前，抱住了她的头。父亲的头脑似乎因为葛蕾特的话而茫然不知所从了；他直挺挺地坐着，手指抚弄着他那顶放在房客吃了饭还未撤下去的盆碟之间的制帽，还不时看看格里高尔一动不动的身影。

"我们一定要把他弄走，"妹妹又一次明确地对父亲说，因为母亲正咳得厉害，根本连一个字也听不见，"他会把你们拖垮的，我知道准会这样。咱们三个人都已经拼了命工作，再也受不了家里这样的折磨了。至少我是再也无法忍受了。"说到这里她痛哭起来，眼泪都落在母亲脸上，于是她又机械地替母亲把泪水擦干。

"我的孩子，"老人同情地说，心里显然非常明白，"不过我们该怎么办呢？"

格里高尔的妹妹只是耸耸肩膀，表示虽然她刚才很有自信心，可是哭过一场以后，又觉得无可奈何了。

"如果他能懂得我们的意思。"父亲半带疑问地说；还在哭泣的葛蕾特猛烈地挥了一下手，表示这是不可思议的。

"如果他能懂得我们的意思，"老人重复说，一面闭上眼睛，考虑女儿的反面意见，"我们倒也许可以和他谈妥。不过事实上——"

"他一定得走,"格里高尔的妹妹喊道,"这是惟一的办法,父亲。你们一定要抛开这个念头,认为这就是格里高尔。我们好久以来都这样相信,这就是我们一切不幸的根源。这怎么会是格里高尔呢?如果这是格里高尔,他早就会明白人是不能跟这样的动物一起生活的,他就会自动地走开。这样,我虽然没有了哥哥,可是我们就能生活下去,并且会尊敬地纪念着他。可现在呢,这个东西把我们害得好苦,赶走我们的房客,显然想独霸所有的房间,让我们都睡到沟壑里去。瞧呀,父亲,"她立刻又尖声叫起来,"他又来了!"在格里高尔所不能理解的惊慌失措中她竟抛弃了自己的母亲,事实上她还把母亲坐着的椅子往外推了推,仿佛是为了离格里高尔远些,她情愿牺牲母亲似的。接着她又跑到父亲背后,父亲被她的激动弄得不知如何是好,也站了起来张开手臂仿佛要保护她似的。

可是格里高尔根本没有想吓唬任何人,更不要说自己的妹妹了。他只不过是开始转身,好爬回自己的房间去,不过他的动作瞧着一定很可怕,因为在身体不灵活的情况下,他只有昂起头来一次又一次地支着地板,才能完成困难的向后转的动作。他的良好的意图似乎看出来了;他们的惊慌只是暂时性的。现在他们都阴郁而默不作声地望着他。母亲躺在椅子里,两条腿僵僵地伸直着,并紧在一起,她的眼睛因为疲惫已经几乎全闭上了;父亲和妹妹彼此紧靠地坐着,妹妹的胳膊还围在父亲的脖子上。

也许我现在又有气力转过身去了吧,格里高尔想,又开始使劲起来。他不得不时时停下来喘口气。谁也没有催他;他们完全听任他自己活动。一等他调转了身子,他马上就径直爬回去。房间和他之间的距离使他惊讶不已,他不明白自己身体这么衰弱,刚才是怎么不知不觉就爬过来的。他一心一意地拼命快爬,几乎没有注意家里人连一句话或是一下喊声都没有发出,以免妨碍他的前进。只是在爬到门口时他才扭过头来,也没有完全扭过来,因为他颈部的肌肉越来越发僵了,可是也足以看到谁也没有动,只有妹妹站了起来。他最后的一瞥是落在母亲身上的,她已经完全睡着了。

还不等他完全进入房间,门就给仓促地推上,闩了起来,还上了锁。后面突如其来的响声使他大吃一惊,身子下面那些细小的腿都吓得发软了。这么急急忙忙的是他的妹妹。她早已站起身来等着,而且还轻快地往前跳了几步,格里高尔甚至都没有听见她走近的声音,她拧了拧钥匙把门锁上以后就对父母亲喊道:"总算锁上了!"

"现在又该怎么办呢?"格里高尔自言自语地说,向四周围的黑暗扫了一眼。他很快就发现自己已经完全不能动弹了。这并没有使他吃惊,相反,他依靠这些又细又弱的腿爬了这么多路,这倒真是不可思议。其他也没有什么不舒服的地方了。的确,他整个身子都觉得酸疼,不过也好像正在逐渐减轻,以后一定会完全不疼的。他背上的烂苹果和周围发炎的地方都蒙上了柔软的尘土,早就不太难过了。他怀着温柔和爱意想着自己的一家人。他消灭自己的决心比妹妹还强烈呢,只要这件事真能办得到。他陷在这样空虚而安谧的沉思中,一直到钟楼上打响了半夜三点。从窗外的世界透进来的第一道光线又一次地唤醒了他的知觉。接着他的头无力地颓然垂下,他的鼻孔里也呼出了最后一丝摇曳不定的气息。……

(选自《卡夫卡短篇小说选》,李文俊译,

外国文学出版社,1987 年版)

《变形记》导读

弗朗茨·卡夫卡(1883—1924)是 20 世纪最伟大的德语作家,他的小说创作最先表现出 20 世纪的时代精神,对西方现代派文学产生了深远影响,他被认为是现代主义文学的奠基人之一。

卡夫卡出生于捷克布拉格的犹太血统家庭。1901 年入布拉格大学学文学,后迫于父命改学法学,1906 年获法学博士学位。1908 年起在布拉格的一家保险公司任职,1917 年开始患肺结核病,1922 年因病辞职,第二年迁居柏林,1924 年 6 月 3 日病逝,终年 41 岁。在这短暂的生涯里,卡夫卡创作了三部长篇小说《美国》(1912—1914)、《审判》(1914—1918)和《城堡》(1922)(均未完成),中短篇小说主要有《判决》(1912)、《变形记》(1912)、《乡村医生》(1917)、《饥饿艺术家》(1922)、《地洞》(1923—1924)等,此外还有许多日记和书信。

卡夫卡的生活经历对他的创作有着重大影响。他的父亲体格强健而专横粗暴，对子女动辄施之以怒骂、威胁和武力等专制手段。在瘦弱多病的卡夫卡心目中，父亲始终是一个无法违抗的专制暴君，这使卡夫卡从小丧失自信，悲观忧郁。作为一个犹太血统的人，他每每遭人排挤，在公司里是埋头做事的小职员。由于身体瘦弱，他的婚姻生活也很不幸，三次订婚三次解除婚约。从他所处的时代来说，奥匈帝国是当时欧洲封建势力盘踞的最后一个死角，他感受到的是沉闷、压抑和黑暗，灵魂是被严重地扭曲了。他惧怕生活，看不到光明，自感无能和软弱，就像一只蜗牛；孤独绝望，像一个无家可归的异乡人。生活中的不幸，使他在文学创作的宣泄中找到了乐趣和希望，从心灵深处放射出了天才的光芒。他的创作发自那独特的心灵世界，形成了他那独特的艺术风格——"卡夫卡式"风格：以神话象征模式表现世界的荒诞、人的孤独与悲观。他小说中那荒诞不安、充满恐惧、悲哀与绝望的精神氛围正是软弱无能的现代人荒凉凄苦的精神荒原的象征。卡夫卡实在是一位"软弱的天才"。

中篇小说《变形记》是卡夫卡的代表作之一，它通过人变成大甲虫的荒诞故事，展现了现代人丧失自我，在绝望中挣扎的精神状态。

一天早晨，某公司的旅行推销员格里高尔一觉醒来，发现自己变成了一只大甲虫。他十分着急，因为，要是他不能按时上班，就会被公司解雇，而他却承担着这个家庭的经济重担。他的变形，引起了家庭的恐慌。然而日子一天天过去，他仍旧保持虫的形态，家里的人也习惯将他当虫看待了，并对他十分厌恶。此后，家里的经济每况愈下，大家都忙于为生计而奔波，父母为了增加收入，空出几间房子租给了房客，把腾出的家具一股脑儿塞到了格里高尔的寝室，使他的房间成了贮藏室。但房客们终于发现了他，便闹着要退房租。妹妹气愤地叫嚷着一定要将他弄走。格里高尔绝望了。这天晚上，他怀着对家人的温柔和爱意，告别了人世。格里高尔死后，家里人迁入新居,很快忘却了那段令人难堪的日子,开始了新的生活。

这是一个荒诞而悲哀的故事,这种悲哀是人的悲哀,这种荒诞是悲哀的人所处的那个世界的荒诞。

格里高尔的变形,诉说了现代人自我价值与个性丧失的悲剧。作为公司里的一名旅行推销员,格里高尔任人摆布,没有自立能力。他的父亲破产后欠了这家公司的经理一大笔债,为了抵父亲的债,他不得不每日任劳任怨地为公司奔忙,却依然得不到上司的信任。公司的秘书主任指责他玩忽职守,老板甚至还怀疑他贪污了公司的钱。这位老板盛气凌人,总是坐在办公桌上居高临下地对雇员发号施令,俨然是一个高踞于王座上的暴君。格里高尔恨不能对着老板一泄肚子里的不满和反抗情绪,内心常常希望他从高高的办公桌上摔下来,但外表上还是不得不恭恭敬敬,每日在他的淫威下按时上班。格里高尔成了被公司强行驱使着作机械运转的机器,既没有自由,也谈不上自主与个性。他试图摆脱公司的束缚,但父亲的那笔债务似乎天生是为了让他顺从公司,他也得为父亲去给公司卖命。他生来就是"奴隶"的角色。

在家庭里,格里高尔是经济支柱,一家人全要靠他的收入维持生计,他也将养家糊口视为自己的责任。为此,他忙忙碌碌,对家人的忠诚,一如对公司的尽责。他变形以后,首先想到的不是自己将会怎样惨遭厄运,而是担心家人离开他的经济收入后度日维艰。直到家里人视他为"怪物"和累赘而百般厌恶他时,他依然在为家人着想。如果他的存在仅是为了给家人提供衣食温饱,那么,即使是在他尚未变形之际,他的存在有何自身的意义与价值呢?

既然格里高尔在社会上与家庭中都不存在自身的价值和意义,这种生存状态不正像那只难以自主的甲虫吗?可见,人成为甲虫这一荒诞的事变实际上正好是隐藏在表层生活现象背后的人的真实状况。正如作者自己所说的那样:为每天的面包所感到的忧虑抵毁了一个人的性格,生活就是如此。现代人的个性已淹没在群体中,在这个世界上他们并不能主宰自己的命运,一如亘古时代的那个俄狄浦斯,当他自以为可以与异化自身的力量作斗争,甚至忘乎所以地称自己是宇宙之灵长时,他已被那异己的力量——"命运"所主宰,迷失在异地他乡,不知道自己还将走向何方,也不知自己为何物。在这个意义上,卡夫卡通过《变形记》在现代人的身边重新奏响了那近乎消失的远古时代的人与命运抗争的神话主题,而且还增添了比古代人更浓重的悲哀、凄苦与绝望。

小说在写了人变成甲虫之后,又用许多笔墨写了变形后的格里高尔被遗弃的境遇和那悲哀凄苦的心灵世界,这进一步让我们看到了现代世界中人与人之间因无法沟通造成的孤独、冷漠与悲凉。格里高尔变成甲虫后,他的整个心灵世界始终保持着人的原样。开始时他极力控制自己的发音,企图以人的声音与他人交流思想感情,进而得到他们的谅解,而不至于从此将他视作异类而唾弃、鄙视他。然而,他的愿望落空了。那位来看他的秘书主任一见他那副"虫相",吓得仓惶而逃,母亲惊得昏厥于地,父亲则对他暴跳如雷。只有妹妹还留一丝感情,同情并照料他。但是,后来妹妹也开始讨厌和冷落他了,而此时的格里高尔不仅人性如旧,而且在那优美的琴声的催化下,更加激发了他对人的生活和人的默默温情的渴望。他顺着那优美的琴声,爬出灰暗的寝室,来到众人会聚之处。那些房客们早已厌倦了他妹妹的演奏,倒是这个"非人"的格里高尔,是惟一能够善解琴意的人。看到此,任何一个读者都会觉得此时的格里高尔是人而不是虫,于是会同情他、理解他。然而在他所处的世界中,他的外形是甲虫,因此他的一片"人"心无法被他人理解和接受。他渴望人的理解,而这种渴望反导致他彻底被抛弃乃至形体毁灭。是他体外的那层甲虫的外壳,把他和家人隔开了,一切交流与沟通的企图也都告失败。

在现实生活中,人自然不会有甲虫的外壳,甲虫自然也不会有人的心态。不过,当我们同样透过这种表象,仔细地审视一下许多场合中人们带着面具扮演种种角色,互相企求理解而又各自把内心隐秘藏得深深的生活现实时,当人们在夜阑人静,扪心自问,为自我人格分裂而悲哀,深感心灵的孤独与寂寞时,我们不就看到了这些人身上有一层甲虫似的外壳吗?如此看来,格里高尔的变形折射了西方现代人在另一层面上的生存状态:人与人之间的隔膜和由隔膜造成的孤独,这是人与人之间互相视为异类的异化状态。人们何时能穿透并摆脱那甲虫的外壳呢?

卡夫卡在《变形记》中表现的人生观念是悲观主义的。但小说通过个人内心体验所表现出来的西方现代人的精神世界却是真实的。

卡夫卡用一种平静得近乎冷漠的态度叙述这样一个凄惨而又惊人心魄的故事,如此的荒诞,又如此的真实。"真实"是因为作者平平静静地描写了主人公变形前具体的生活细节和变形后逼真的心理状态,使我们感到他所处的始终是一个真实的人的世界。尽管主人公与他周围人的距离相隔甚远,但主人公以及他周围人与读者的心理距离是贴近的,我们既能理解格里高尔的痛苦,也能理解他的家人的焦虑,因为他们双方的情感世界正是生活中你、我、他的情感世界。于是,阅读中就有真实感。"荒诞"是因为故事的整体框架是借助于一个神话象征模式构建起来的,这个故事框架——人变成虫的逻辑结构本身是非真实的,它只是用来寄寓人在哲理意义上的生存状态,而不是对外部生活的真实摹仿,作者不是让人们去接受人变成虫这一客观存在的事实,而是去体察和领悟其超现实意义上人的精神状态和深层心理——情感,去寻找荒诞中的本质之美。真实而荒诞、荒诞而真实,这正是《变形记》在艺术上的最突出特点,也是"卡夫卡式"小说的基本特征之一。

奥尼尔

毛　猿

第　四　场

　　伙夫们的前舱。扬克那一班刚刚下班,吃了晚饭。他们的脸和身体因为用肥皂和水擦洗过,显得发亮。但是他们的眼睛四周,因为水没有浇到,煤灰粘在那里,像是抹了黑色的化妆品,赋予他们一种古怪的、邪气的表情。扬克没有洗过脸和身子。他跟他们成了对照,一个黑黑的、沉思的人。他坐在前面一张板凳上,恰像罗丹的《沉思者》①。其他的人,大多数都在抽烟头,瞅着扬克,半带恐惧,好像怕他会大发脾气;半觉好玩,好像他们看见了一个逗人开心的玩意儿。

七嘴八舌的声音　他没吃一点东西。
　　老天爷,一个人总得装点吃的在肚子里。
　　胡扯。
　　扬克吃火不吃饭。
　　哈哈。
　　他还没有洗澡哩。
　　他忘啦。
　　嗨,扬克,你忘了洗澡啦。
扬克　(阴沉地)什么也没忘,让洗澡去他妈的。
七嘴八舌的声音　煤灰会粘在你身上的。
　　会渗进皮里去。

---

　　① 罗丹(1840—1917),法国著名雕塑家。《沉思者》是他的总称为《地狱之门》群像中的一座塑像。

叫你痒得要命,就是那么回事。

会把你身上弄得斑斑点点的——像一头豹子。

你是说像一个花斑的黑鬼吧。

还是洗洗好,扬克。

你睡觉也舒服些。

洗洗去,扬克。

洗洗去! 洗洗去!

扬克　（忿恨地）噢,我说,伙计们。别管我。你们没看见我正在思考吗?

大伙　（跟着他冷嘲热讽地重复那个字眼）思考! (这个字眼具有一种刺耳的金属音响,好像他们的嗓子就是留声机喇叭筒。接着来的则是一场异口同声、尖厉刺耳的大笑。)

扬克　（跳起来,要打架似的瞪着他们)是的,思考!思考,那就是我要说的,怎么啦?(大家默默无言。他对于常常拿来开玩笑的一句话,却突然大发脾气,这把大家弄糊涂了。扬克又坐下,还是那副《沉思者》的姿态。)

七嘴八舌的声音　别管他。

他有股怨气。

为什么不该有呢?

派迪　（对其他的人挤挤眼)我确实知道那是怎么回事。很容易看出来。他恋爱啦,我告诉你们。

大伙　（跟着他重复那个字眼,就好像它带有冷嘲热讽的意思)恋爱! (这个字眼具有一种刺耳的金属音响,好像他们的嗓子就是留声机喇叭筒。接着来的则是一阵异口同声、尖厉刺耳的大笑。)

扬克　（表示轻蔑的嗤鼻声)恋爱,见鬼! 仇恨,就是这么回事。我怀恨,懂吗?

派迪　（带着哲学家的口气)只有聪明人才能区别爱与恨。(带着一种辛辣的讽嘲,越说越起劲)我可告诉你们,那里面包含的是爱。对于我们这些在炉膛口里活受罪的可怜虫来说,一位漂漂亮亮,穿得像个白色皇后的女士,走下一里路的阶梯和梯子,来看看我们,不是为了爱,还能为了什么呢? (四面升起了愤怒的咆哮声。)

勒昂　（跳上一条长凳,激动地)侮辱我们! 侮辱我们,那头臭母牛! 还有那两个臭机师。他们有什么权利来拿我们示众,好像我们是动物园里倒霉的猴子?难道我们签过字,允许他们侮辱我们老实工人的人格来吗?船上的章程有那么一条吗?你可以放心打赌,没有!不过我知道他们为什么那么干。我问过甲板上的管理员,她是什么人,他告诉我,她爸爸是个混蛋的百万富翁,一个臭资本家!他的臭金子足够压沉这条混账的船!全世界的臭钢有一半是他造的!这条臭船也是他的!而你们和我,同志们,都是他的奴隶!船长、副手们、机师们,他们也都是他的奴隶。而她就是他的臭女儿,所以我们也全都是她的奴隶!她发下她的命令,很想来看看甲板下面的臭畜生,所以他们就带她下来!(怒吼声四起。)

扬克　(迷迷糊糊地对他眨巴着眼睛)我说!等一等!那全都是事实吗?

勒昂　一点不假!那个混账管理员就是侍候他们的,他把她的事告诉了我。我问你们,我们怎么办。难道我们像狗一样忍气吞声吗?我告诉你们,我们可以打官司。我们可以用法律——

扬克　(极轻蔑地)见鬼!法律!

大伙　(跟着他冷嘲热讽地重复那个字眼)法律!(这个字眼具有一种刺耳的金属音响,好像他们的喉咙就像留声机喇叭筒。接着来的是一阵异口同声、尖厉刺耳的大笑。)

勒昂　(感到他的话站不住脚——挣扎地)作为选民和公民,我们可以强迫臭政府——

扬克　(非常轻蔑地)见鬼! 政府!

大伙　(跟着他冷嘲热讽地重复那个字眼)政府!(这个字眼具有一种明显的金属特性,好像他们的喉咙就是留声机喇叭筒。接着来的是一阵异口同声、尖厉刺耳的大笑。)

勒昂　(歇斯底里地)在上帝面前,我们是自由的、平等的——

扬克　(非常轻蔑地)见鬼!上帝!

大伙　(跟着他冷嘲热讽地重复那个字眼)上帝!(这个字眼具有一种刺耳的金属音响,好像他们的喉咙就是留声机喇叭筒。接着来的是一阵异口同声、尖厉刺耳的大笑。)

扬克　(无精打采地)噢,参加救世军吧!

大伙　坐下!闭上嘴!傻瓜蛋!油嘴滑舌的家伙!(勒昂偷偷地溜下。)

派迪　(继续先前的思路,好像没有人打断过他——辛辣地)她就站在我们背后,那个二副用手指着我们,就像你听见马戏班里的人说的那样;这个笼子里有一种狒狒,比你在最黑的非洲见到的还要古怪。我们用他们自己的汗水来烤他们,要是你没听见他们当中有人说,欢喜挨烤,那才怪哩!(他讽嘲地瞟瞟扬克。)

扬克　(发出一声迷糊的、模糊不清的咆哮)噢!

派迪　扬克正在那里破口大骂,抡动他的铁锹,要打碎她的脑袋——她望着他,他望着她——

扬克　(慢吞吞地)她穿一身白衣服,我还以为她是个鬼哩。真的。

派迪　(带着一种深沉的、刻骨的讥讽)那就是一见钟情,毫无疑问!可惜你们没看见她双手蒙住脸,不去看他,慌忙退走时,她那白脸上一副可怜见的样儿!真的,那就好像她看见了一只大毛猿逃出了动物园一样!

扬克　(愣住了——怒吼)噢!

派迪　还有扬克朝着她的脑壳投出铁锹那种可爱的姿态,只可惜她已经走出了门!(脸上露出一丝狡笑)那真叫动人,我跟你们说!倒添上了一点家庭风味,炉膛口里的可爱家庭。(四面发出一阵哄堂大笑。)

扬克　(威胁地怒视派迪)噢,住口,懂吗!

派迪　(不理睬他——对大家)她紧紧抓住二副的手臂,求得保护。(怪腔怪调地模仿一个女人的声音)吻吻我,亲爱的机师,因为这里黑暗,因为我爸爸正在华尔街赚钱呐!紧紧地搂着我,宝贝,因为我在暗处心里害怕,因为我妈妈正在甲板上跟船长飞眼呐!(又一阵大笑。)

扬克　(威胁地)我说!你要干什么呀,拿我开心,你这个爱尔兰佬?

派迪　完全不对!我自己不巴望我打碎她的脑壳吗?

扬克　(发狠地)我会打碎她的脑壳的!我迟早要打碎她的脑壳,等着瞧吧!(走向派迪——慢吞吞地)我说,就是她把我叫作毛猿的吗?

派迪　她看你的时候,明摆着有那种意思,如果她没有说出这个字来。

扬克　(笑得叫人毛骨悚然)嘿,毛猿吗?真的!她就是那么看我的,不错。毛猿!嘿,原来我就是毛猿呀?(勃然大怒——好像她仍然在他面前)你这个皮包骨头的小婊子!你这个白脸的浪货,嘿,我要教训你,谁是个毛猿!(转身面对众人,又气急败坏地)我说,伙计们。我正在痛骂那个对我们吹哨子的。你们都听见了。我忽然看见你们瞅着什么人,我还以为他溜了下来,溜到我背后呢,我兜转身来,想用铁锹打死他。却看见她冲着火光站在那里!耶稣基督,你用一个小指头就能把我推倒!我给吓住啦,懂吗?真的!我以为她是个鬼,明白吗?她全身上下都是白的,就像他们装裹死人那样。你们都看见了。能怪我吗？她跟这里连不起来，就是那么回事。当我明白过来，看见她是个不折不扣的娘们，又看见她瞅着我的样儿——像派迪说的——上帝，我可火啦，懂吗？那一套，不管他是老几，我才不吃。我投出了铁锹，可是她逃掉了。(愤怒地)我真希望干掉了她！我真希望打掉她的脑瓜！

勒昂　因为杀人罪给枪毙掉或者坐电椅吗？因为她，还不值得。

扬克　我才不在乎！我抵她的命够了本，不是吗？你以为我愿意让她糊弄我吗？你以为我会让她占了便宜去？你不了解我！谁也莫想糊弄我，占我便宜，懂吧——那么办不行——不管它是男的还是女的！我会收拾她的！也许她还会下来——

一个声音　没有门，扬克。你吓得她要少活一年。

扬克　我吓了她？我为什么要吓她？她是谁？她不是跟我一样吗？毛猿，嘿？(带着他的自信的虚张声势的老派头)我要告诉她，我比她强，但愿她明白这一点。我算数，她不算数，明白吧！我是活的，她是死的！二十五海里一点钟，那就是我！速度带动她，但是创造速度的却是我。她只不过是个臭货。真的！(又迷迷糊糊地)可是，上帝呀，她的模样儿真滑稽！你们注意到她那双手没有？又白又瘦。能看到骨头。还有她的脸，那也是灰白色的。还有她的两只眼，那就像看见了鬼似的。当然喽，那鬼就是我！没错！毛猿！鬼，嘿？瞧瞧这只胳膊！(他伸出他的右臂，鼓起大块大块的肌肉)我能用这个提起她来，甚至只用我的一个小指头，就能把她劈成两截。(又迷迷糊糊起来)我说，那个女的是谁，嘿？她是干什么的？她打从哪儿来的？谁把她造出来的？谁给她的胆量，她竟敢那么看我？这件事真叫我冒火。我不了解她。对我来说，她是个新玩意。像她那样的一个女人是个什么意思，嘿？她不算数，懂得我的意思吧！我看不透她。(越来越冒火)不过有一件事，我知道得很清楚，很清楚！你们大家可以拿出你们的衬衫来打赌，我会跟她算清账的。我要告诉她，如果她认为，她——她一按风琴，我就会跟着打转，嘿！我会收拾她的。让她再下来，我会把她丢到火炉里去！那时她就会活动了！那时她就不再打冷战了！她就成了速度。那时她就算数了！(他笑得叫人毛骨悚然。)

派迪　她永远不会来了。我告诉你吧，她肚子里满满的，够她受的了。我正在想，她现在躺在床上，有十位大夫和护士侍候她吃泻盐，要泻掉她的恐惧。

扬克　（激怒了）你也以为是我把她吓病的吗,嘿?就是因为瞧了瞧我。嗨？已
　　　猿吗,嘿?(气极了)我要收拾她!我要告诉她从什么地方下台!她得跪下,
　　　把她的话收回,否则我把她的脸打扁!(一只拳头朝上面摇晃,另一只敲
　　　打他的胸膛)我会找到你的,我这就来,你听见吗?我会收拾你的,你这个
　　　该死的!(他向门口冲去。)

七嘴八舌的声音　拦住他!

　　　他会给打死的!

　　　他会杀死她!

　　　把他摔倒!

　　　抓住他!

　　　他发了疯!

　　　上帝,他真有劲!

　　　按住他!

　　　当心他踢你一脚!

　　　扣住他的两只胳膊!

　　　(他们全都压在他身上,经过一番剧烈斗争,由于人多势众,把他压倒在
　　　门里边的地板上。)

派迪　（他一直没有卷入)按住他,等到他头脑清醒了才放手。(轻蔑地)天哪,
　　　扬克,你是个大傻瓜。像她那样,皮包骨头,身上没有一滴真血的一头母
　　　猪,值得你去注意吗?

扬克　（从人堆下面,发了狂似的)她侮辱我!她侮辱我,难道她没有侮辱我
　　　吗?我要跟她算算账!我总会抓到她的!别压在我身上,伙计们!让我起
　　　来!我要教训她,到底谁是个人猿!

　　　〔幕落。

第　八　场

　　　第二天傍晚。动物园里的猴房。一道白光照在笼子前方,可以看见内
部。其他的笼子笼罩在阴影中,看不清楚,可以听见从那里传来的吱吱哇
哇的话音。有一个笼子上挂着一块招牌,上写"大猩猩"。那个大野物蹲在
板凳上,姿势很像罗丹的《沉思者》。扬克从左方上,马上引起一片愤怒的

咦咦的尖叫声。大猩猩转动一下他的眼睛,但没作声,也没动。

扬克　（带着一种刺耳的苦笑）欢迎到你们的城市来吗,嘿? 好啊,好啊,一整帮都在这里呀!（一听见扬克说话,那种咦咦哇哇的声音便平息下去,转为一种聚精会神的沉默。扬克走到大猩猩笼子跟前,俯身在栅栏上,瞪着猩猩,猩猩也瞪着他,沉默,一动都不动。经过片刻的死气沉沉的静默,扬克开始说话,带着一种友好、亲密的腔调,半嘲笑,但富有深厚的同情）我说,看样子你是个结实家伙,是不是? 我见过许多被人们叫做猩猩的硬汉,但是你是我见到的第一个真猩猩。你的胸膛、肩膀、手臂和手真够棒的! 我敢断定你的两只拳头都有那么一股劲,能把他们全打垮!（他是怀着真正的赞美心情说这番话的。猩猩好像懂得他的意思,直立起来,挺起它的胸膛,用拳头在上面敲打着。扬克同情地嘻嘻一笑）真的,我懂得你的意思。你敢向全世界挑战,是不是? 你有我说的那些优点,尽管你说不清楚话。（于是话里夹带着苦恼）你又怎么会不懂得我的意思呢? 难道我们不都是同一个俱乐部,毛猿俱乐部的会员吗?（他们互相瞪视——一顿——扬克继续说下去,慢吞吞地,痛苦地）原来,当那个白脸婊子看我的时候,你就是她所看见的。我呢,在她看来,就是你,懂得我的意思吗? 只不过是在笼子外面——冲出笼去的——可以随随便便去杀死她,懂吗? 真的!那就是她的想法。她并不知道,我也是在笼子里——比你更糟——真的——一副可怜相——因为你还有机会冲出去——可是我呢——（他糊涂了）噢,见鬼!全都错了,是不是?（一顿）我想,你准想知道我到这儿来干吗,嗨? 从昨天晚上起,我就在这个巴特里公园的椅子上赖着。真的,我看见了日出。那可美啦——一片红色、粉红色和青色。我还看着摩天楼——钢铁做的——还有所有开进开出的船只,行驶世界各地——它们也是钢铁做的。阳光温暖,没有云彩却吹着微风。不错,那是了不起的。我完全享受到了——正像派迪说的,那才是叫人过瘾的好饮料——只不过我不能到那里面去,懂吗? 我不能在那里面起作用。因为它高高在上。我一直在想——后来我就跑到这里看看你的模样儿。我等到他们全都走完了,来跟你单独聊聊。我说,你老是坐在那个围栏里,忍受那些白脸的、瘦骨如柴的臭女人和她们的蠢男人,那些该死的东西,来打趣你,嘲笑你,又被你吓得要死,你有什么感想!（他用拳头敲打栅栏。猩猩摇晃它的笼子上的铁栏并噪叫。所有其他的猿猴都在暗处发出愤怒的咦咦哇哇声。

扬克继续说下去,兴奋地)真的,他们也就是那样打击我的。不过你幸运,懂吗? 你跟他们不是一伙,这一点你知道。可是我呢,我跟他们是一伙——但是我不知道,懂吗? 他们跟我却不是一伙,就是那么回事,懂得我的意思吗? 思考真费劲——(他以一种痛苦的姿势拿一只手在额头上抹了一下。猩猩不耐烦地咆哮着。扬克继续说下去,思索地)我想说明的意思,是这样的。你可以坐在那儿,梦想过去,绿树林呀,丛林呀,等等。你是那里的主人,他们不是,你可以嘲笑他们,懂吗? 你是世界冠军。可是我呢——我没有过去可想,也没有未来,只有现在——而那又不顶事。当然,你比我好多啦。你不会思想,是不是? 你也不会说话。可是我能拿说话和思想来吓唬人,——差不多还能蒙混过关哩——差不多! 笑话也往往就出在那里。(他笑起来)我不在地上,又不在天堂里,懂我的意思吗? 我在天地中间,想把它们分开,却从两方面受尽了夹缝罪。也许那就是他们所说的地狱吧? 可是你呀,你是在最下层。你顶事! 真的! 你是这个世界上惟一顶事的,你这个走运的家伙!(猩猩得意地吼着)所以他们就把你关在笼子里,懂吗?(猩猩怒吼)真的! 你懂得我的意思。当你设法去想它或说它,它就溜了,它藏在老深——老远——背后的什么地方——你和我,我们能感觉到它。真的! 我们俩都是这个俱乐部的会员嘛!(他笑起来——然后用一种粗野的声调说)去他妈的! 见鬼去! 要采取一点点行动,那才是我们的拿手! 那才顶事! 打倒他们,一直打到他们用手枪——用钢铁把你杀死为止! 不错! 你是个把戏吧? 他们跑来看你关在笼子里——是不是? 想报仇吗? 想落得一条好汉的结局,而不要慢慢憋死在那里吗?(猩猩大吼,表示竭力赞成。扬克继续说下去,带着一种愤怒的喜悦)不错! 你是个好样的! 你会坚持到底! 我和你,嗨? ——我们俩都是这个俱乐部的会员! 我们打一次最后的漂亮仗,把他们从座位上打下去! 等我们打完了,他们会把笼子造得更坚固一些!(猩猩使劲拉扯铁栅,咆哮着,两脚交换着跳跃。扬克从外衣下面掏出一根短撬棍,撬开笼门上的锁,把门拉开)州长赦免了你! 出来,握握手吧。我带你到五马路散散步。我们要把他们从地球上打下去,我们要在乐队伴奏中死去。走吧,兄弟。(猩猩小心翼翼地走出笼子,走到扬克跟前,站在那里望着他。扬克保持他的讽嘲腔调——伸出他的手)握手,按照我们团体的秘密方式。(也许那种讽嘲的腔调突然激怒了那个畜生,他纵身一跳,用两只大手臂抱着扬克,拼命一搂。一阵叽哩喀喳肋骨折断的声音,扬克发出一声痉挛的叫喊,仍然带着嘲讽腔调)嗨,我并没有说吻我呀!(猩猩让那掰折了的身体滑到地板上;它犹疑地俯视他,思考着;随后把他抓起来,投进笼子,关上门,拖着脚步狠狠地走进左面的暗处。从其他的笼子传来一片吃惊的吱哇乱叫声。随后扬克动弹一下,呻吟着,睁开眼睛,片时沉默。他痛苦地喃喃说)我说——他们应叫他跟祖拍斯科① 比一比。他算是彻底打垮了我,我完了。就连他都认为我不顶事。(随后突然动了感情,感到绝望)上帝,我该从哪里开始哟?又到哪里才合适哟?(突然克制自己)噢,见鬼!不能抱怨,懂吧!不能退却,明白我的意思吧!死也要在战斗中死去!(他抓住笼子上的铁栅,痛苦地拖起身来——迷惘地四顾——勉强发出冷笑)在笼子里,嗨?(带着马戏班招揽观众的刺耳的叫喝声)太太们,先生们,向前走一步,瞧瞧这个独一无二的——(他的声音逐渐虚弱)——一个惟一地道的——野毛猿——(他像一堆肉,瘫在地板上,死去。猴子们发出一片吱吱哇哇的哀鸣。也许,最顶事的,毕竟还是毛猿吧。)

　　[幕落。

—— 剧终

(选自《毛猿》,荒芜译,上海文艺出版社 1980 年版)

《毛猿》导读

　　尤金·奥尼尔(1888—1953)是美国民族戏剧的奠基人。评论界曾指出:"在奥尼尔之前,美国只有剧场,在奥尼尔之后,美国才有戏剧。"

　　奥尼尔出身于演员家庭,其父迫于收入一生专演《基度山伯爵》,虚耗了才华。奥尼尔不愿走父亲的老路,未念完大学便去闯荡

---

　　① 20 世纪 20 年代美国有名的摔跤家。

江湖。1910 年,他去商船上当海员,一年的海上生活给他以后的创作提供了大量素材。后因患病住院,疗养期间阅读了希腊悲剧和莎士比亚、易卜生、斯特林堡等众多名家的剧作,开始习作戏剧。不久进入著名的哈佛大学"第 47 号戏剧研习班",剧作水平大有提高。其时,美国实验性的小剧团运动方兴未艾,初创的普罗温斯顿剧团上演了奥尼尔第一部成熟的作品《东航加迪夫》,开始引起公众的注意。他创作的初期(1913—1919)主要写航海生活的独幕剧,以自然主义手法,如实地描写海上生活的艰辛单调,特别是刻画了海员孤苦无望、自暴自弃的心态。风格上近似抒情散文。虽然题材狭窄,手法较单调,但是比之迎合市民趣味的商业戏剧却有意义得多。

　　1920 年,奥尼尔的《天边外》在百老汇上演,并获普利策奖,由此奠定了他在美国戏剧界的地位。奥尼尔创作的鼎盛时期(1920—1938)不仅题材和主题丰富多样,而且形式上也从早期的以自然主义为主,发展成一种糅合着象征主义、表现主义和意识流手法等现代艺术意识和技巧的新型风格。其中《琼斯皇》以非洲战鼓的节奏变化,呈示逃犯内心的惊慌、焦虑直至疯狂的情绪波动。《毛猿》(1922)广泛运用象征手法,以邮船象征社会,大炉间象征牢笼,扬克象征人类,使作品的思想内涵更为丰富。《大神布朗》借用非洲黑人的面具表现人物的潜意识和人格分裂状况。这一时期,他创作了二十多部戏剧,其中很多成了美国戏剧史上的经典。1936 年他荣获诺贝尔文学奖。

　　其后 12 年,因身体状况不佳,他写得很慢,没有新作问世,正当人们以为他江郎才尽,1946 年他晚年的杰作《送冰的人来了》发表了,他还亲自参与了彩排。自传性作品《进入黑夜的漫长旅程》在他去世后出版,并使他第 4 次获得普利策奖。奥尼尔创作的后期(1939—1953)也是其创作风格返朴归真的时期。较之中期,他的写实的倾向明显强化了,但不是对早期的简单重复,而是将现实主义和现代主义融为一体,在非常生活化的场面和言行中,蕴含着深沉的悲剧性冲突。如《进入黑夜的漫长旅程》描写泰伦一家4个成员从早到晚的日常生活，他们抱怨、挖苦、争吵、倾诉又和解，似乎没有多少戏剧性，但其内蕴的张力会使观众产生一种紧张的窒息感，因为庸俗的生活对人性中美好东西的腐蚀力，在这里被自然平易而又惊心动魄地表现出来了。

奥尼尔去世后，按他的要求，墓碑只镌"奥尼尔"三字，但他在美国戏剧史上烙下的辉煌印记却是永难磨灭的。

《毛猿》(1922)是奥尼尔的代表作之一，也是一部比较典型的表现主义杰作。

表现主义认为，文艺处理的对象不是客观现实而是自我和主观感受，不是事物的形象而是内在的实质，不是人的行为而是内在的灵魂；揭示的不是个别的具体的经验教训，而是普遍的永恒的品质和真理。《毛猿》基本符合了这些要求。粗粗一看，剧本似乎是写劳动人民在资本主义社会中的不幸遭遇，但深入思考就会发现，主要不是真实地历史地反映资本主义社会中现实的阶级斗争和下层人民的痛苦生活，而是表现"人同自己命运的斗争"，人在这场斗争中"心理发展的过程"。剧本中的扬克是美国现代产业工人的代表，他的遭遇反映了现代资本主义社会中劳动人民的悲惨处境。作者试图通过扬克同环境的冲突，表现人类在物质至上的社会中精神失去平衡，竭力寻求自己的位置而终究无所归属的永恒状况。作者断言："人在追求不可企及的东西时，他注定是要失败的，但是他的成功是在斗争中，在追求中。"《毛猿》是一部表现主义的哲理剧、心理剧。它通过主人公扬克的悲剧，揭示了人的异化、追求及精神的幻灭的主题。

表现主义文学内容上的特点，决定了它不能再光靠外部动作和形象描摹来传达意义，而必须在形式上进行一番大的变革。奥尼尔在《毛猿》中就用了不少表现主义艺术手法来写冥奥之思，抒幽愤之情。

一、音响效果。第四场，扬克的内心平衡被米尔德里德小姐的侮辱打破之后，烦躁不安，几近疯狂。这时，扬克受到周围的人们的挖苦嘲笑，只要他一开口，大伙就齐声重复他话中的可笑之处。这种"刺耳的金属音响"可以看作是对扬克内心骚动的衬托，更可以说是扬克主观情绪的反映。作者借助外界的音响，使观众真切地感受到人物内心的激荡。

二、形象扭曲。第五场中出现的一群资产阶级老爷太太们被表现为一队"活动木偶"，具有超人力量的扬克"恶意冲撞他们，但是一点也没有碰到他们。相反，在每次接触之后，后退的倒是他"。这里，实际上也是对扬克急欲复仇又无法复仇的恼怒懊丧心情的外化。

三、内心独白。《毛猿》中的许多独白，另有新意：它不仅是人物内心强烈情感的表露，也是人物自由联想式的思维过程的外露，带有很大的随意性、跳跃性，往往是意念情绪的不规则运动。剧本第八场中扬克的独白就是如此。

四、象征。不少评论家认为，表现主义可看作戏剧领域的象征派。《毛猿》中象征很多，如邮船象征社会，大炉间象征牢笼，扬克象征人类，米尔德里德小姐漂亮的白衣服和烧炉工人们污浊的黑身躯象征着脆弱的幻想和丑恶的现实之间极端的对立。象征手法的广泛运用，赋予《毛猿》一剧浓厚的寓言色彩。

（楼成宏）

马雅可夫斯基

穿裤子的云

第 三 章

啊,这是为什么,
这是哪里的话:
向着明朗的愉快
挥起肮脏的拳头来痛打!

关于疯人院的思想
涌现出来,
便给我头上蒙上绝望的面纱。

而——
如同在主力舰遇险的时候,
人们由于窒息的痉挛
都冲向张开大嘴的舱口——
布尔柳克① 也昏厥过去,
从他的撕裂得尖声叫喊的一只眼睛里
探出自己的头。

他的眼皮几乎全是血泪了,

_____

① 布尔柳克(1882—1967),未来派的艺术家和诗人,他身体胖大,自幼坏了一只眼睛。

他爬出来，

站起来，

走过了，

带着大胖子所稀有的温存

突然说道：

"好！"

好，当灵魂为了示众

而裹上黄色的短褂！

好，

当被投进断头台的利齿下，

高呼一声：

"请喝万·古坚的可可茶！"①

这个瞬间，

这个万花缭乱、

山崩海啸的瞬间，

无论拿什么我也不换，

也不换……

而透过雪茄的浓烟，

像蜜酒的高脚杯，

伸出谢维梁宁② 烂醉的脸。

你们怎敢自称为诗人，

你们，灰色的，只会鹌鹑似的啾啾地叫！

---

① 当时报载，万·古坚商行为了推销可可，凡死因在临刑前高呼一声："请喝万·古坚的可可茶"，该商行就负责供给死者家属的衣食。

② 伊戈尔·谢维梁宁(1887—1941)，俄国颓废派诗人，自我—未来派领袖。十月革命后流亡国外。

今天
我们要
用铁护手
打碎世界的后脑勺！

你们
只热衷于这样的思想——
"我跳舞的姿势雅致不雅致"，——
看，我在怎样消遣日子，
我
是下流的
敲诈妓女的无赖和赌场上的骗子！

你们沉溺在温柔乡里，
你们
流着
几世纪流不尽的泪，
我要离开你们，
把太阳当作单片眼镜
嵌在瞪得圆圆的眼眶内。

我打扮得漂漂亮亮，
将要走遍大地，
为了叫人喜欢，叫人笑骂，
而在前边，
拿细链牵着拿破仑，像牵着一只小哈叭，

整个大地像一个女人似的横陈着，
它虽然屈从了，肌肉还在战栗；
所有的东西都活了——
所有的东西的嘴

都在尖声地叫：

"唧唧，唧唧，唧唧！"

突然

白云

和其他的云

在天空中掀起难以想像的簸动，

好像四处都是白色的工人

向上天宣布了愤怒的罢工。

雷声变成了野兽，从云朵后边爬出，

巨大的鼻孔把鼻涕暴怒地擤了一擤，

老天的脸上即刻显出一副怪相，

活像铁血宰相俾斯麦^①狰狞的面孔。

好像有人

陷在密云的迷阵中，

双手伸向酒吧——

仿佛女人似的，

仿佛很温文尔雅，

又仿佛是大炮的炮架。

你们以为——

这是太阳在酒吧的脸蛋上

柔情地颤动？

这是加利费将军^②

又来枪杀叛逆的群众！

---

① 俾斯麦(1815—1898)，德国宰相，于1878—1890年间施行《特别法》，镇压社会主义者。人称"铁血宰相"。

② 加斯东·加利费(1830—1909)，法国将军，扼杀1871年巴黎公社的刽子手之一。他的名字已变成扼杀工人运动的血腥刽子手的代词。

流浪汉们,从裤兜里抽出手来——
拿起石头、炸弹或者刀子,
假如谁要没有手——
来,用脑袋去把他撞死!

前进,饥饿的人们,
流汗的人们,
恭顺的人们,
在跳蚤乱蹦的泥坑中发着酸味的叫化子!

前进啊!
我们把所有的礼拜一和礼拜二
用鲜血都染成红色的节日!

让大地在快刀下清醒清醒,
它想要使谁变得更为粗鲁!
大地
吃得胖胖的,正像
罗特希尔德① 所勾搭的情妇!

为了使旗帜在火热的射击中迎风飘扬,
像在每一个例行的节日里——
电灯杆,要更高地举起
粮食商人的血淋淋的尸体。
诅咒,
祈祷,
砍杀,
跟在人们后头

---

① 银行家,英法金融寡头政治的代表。

去咬他腰里的肉。

天空中像《马赛曲》一样鲜红的晚霞，
奄奄一息，不断地颤抖。

已经疯狂了。

一切将不复存在。

夜将来临，
将咬碎，
将吃尽。

看见吗——
天空又在出卖
迸发出叛逆的光芒的群星？

夜已到来。
像马麦① 似的设宴，
屁股坐在城上。
这个夜我们的眼睛望也望不穿，
它黑得像阿席夫② 一样！

我被抛掷在酒吧的角落里，蜷缩着身子，
用酒来浇洗桌布和灵魂，
我看见：

---

① 1361 年建立金帐汗国的可汗，1380 年为俄国人击溃后被杀。1223 年成吉思汗的军队在卡尔卡河（现名卡尔奇克河）上击败南俄各王国和波洛威茨人的联军。据传说，胜利者坐在压着被俘王公们身体的木板上饮宴。马雅可夫斯基误将此事归之于马麦。

② 阿席夫（1869—1918），俄国沙皇政府的暗探，社会革命党头目之一。

在角落里有两只圆圆的眼睛，
圣母的眼睛刺穿了我的心。

你的按模式乱画出来的圣光
能以什么东西给予酒吧中的人群！
你看见吗——他们
又在赦免巴拉巴①，
而不宽恕各各他被唾弃的罪人？

也许，我故意
在人的糟粕中
使我的面貌不比任何人新奇。
我，

也许，
在你所有的儿子中
最为美丽。

让他们，
让那些在欢乐中发霉的人们
迅速地死亡，
好让应当成长的孩子们能够成长，
男孩子——当上了爹，
小姑娘——当上了娘。

让新生的婴儿长起
魔法师那样饱学的白胡子，
他们将要到来——

_____

　①　据《圣经》传说，是一个强盗，被判死刑，与耶稣同时受刑。群众要求赦免他而
处死耶稣。

将要用我的诗

作为孩子的名字。

我赞美机器和英吉利，

也许，毫不含糊，我就是最通行的福音书中

第十三个使徒。

当我的喉咙

不分时刻，

不分昼夜，

粗野地喊叫——

或许，耶稣基督在嗅着

我灵魂的相思草。

（选自《马雅可夫斯基选集·第二卷》，余振译，

人民文学出版社 1984 年版）

《穿裤子的云》导读

马雅可夫斯基（1893—1930）是苏联的著名诗人，从他创作伊始就与未来主义结下了不解之缘。1911 年进莫斯科绘画雕刻建筑学校后，结识了未来派诗人布尔柳克，翌年，与布尔柳克等人共同发表了俄国未来派宣言《给社会趣味一记耳光》，集中收有他的两首处女作《夜》和《晨》，用新异的词组搭配和怪诞突兀的意象来表现俄国都市生活的疯狂和丑恶，体现了未来主义的美学原则。嗣后，他又连续发表了一系列未来主义诗作《大街》、《码头》、《剧院》和《彼得堡二三事》等等。1914 至 1915 年写就的《穿裤子的云》，对资本主义社会进行了全面的攻击和清算，是未来主义的代表作。马

雅可夫斯基早年参加过布尔什维克党,他把未来主义当作粉碎资本主义制度和艺术的炸弹,这样,一方面起到了荡垢涤污的积极作用,另一面却不适当地彻底否定了古典文化。十月革命爆发后,他立刻投身于革命营垒。1918年,他创作了号召人民抗击外国武装干涉的《向左进行曲》(一名《未来派进行曲》)。1919年10月至1922年2月,他参加了"罗斯塔之窗"的工作,作了大量的宣传诗画,号召支援前线,打击白匪和侵略者。1920年写就长诗《一亿五千万》,宣告苏维埃俄罗斯的胜利和帝国主义的失败。在这期间,马雅可夫斯基还积极参加了组建革命文艺队伍的工作。对马雅可夫斯基的创作和社会活动,革命导师列宁和当时的教育人民委员卢那察尔斯基很为关注。他们既肯定他是"俄国最大的天才人物之一",他的诗里"既有热情,又有生气、召唤和朝气蓬勃的精神";又严肃地批评了他对待古典文化的不正确态度和他一部分作品怪诞晦涩的毛病。1922年3月5日,马雅可夫斯基在《消息报》上发表了政治讽刺诗《开会迷》,有力地抨击了苏维埃政府机关中的官僚主义、文牍主义作风。诗作当即受到了列宁的高度评价。在艺术上,这首诗中现实主义因素明显增强,但未来主义风格仍随处可见:如将官僚主义者一截为二,众多的会议上尽是这种半截子人,以此嘲讽"开会迷"。1924年至1930年是诗人创作的成熟期。他先后创作了颂扬无产阶级革命领袖光辉业绩的长诗《列宁》(1924)和欢呼十月革命胜利十周年的长诗《好!》(1927)以及一些抒发爱国主义激情和讴歌社会主义事业建设者的佳作,还写了几部剧本,突出的有讽刺小市民的《臭虫》(1928)和讽刺官僚主义的《澡堂》(1929)。这一时期,现实主义和浪漫主义成为他创作的主要风格,同时,他扬弃了未来主义晦涩难懂、矫揉造作的糟粕,而继续发挥它重视节奏感、动感的长处。他还用"楼梯诗"形式和变化多端的押韵法达到气势磅礴、气象开阔、节奏鲜明、音韵铿锵的效果。他的诗歌深受人民群众的喜爱,其中的一些警句已成为人们日常生活用语。他最后一部作品是长诗序曲《放开喉咙歌唱》(1930),不久,因遭受宗派主义文艺集团"拉普"的攻击以及个人思想上的矛盾,自杀谢世。

《穿裤子的云》原题《第十三名使徒》,在被政府检查机关以渎神罪名取消而改用现名。这首诗的基本思想是彻底否定资本主义制度和文明,宣布未来主义纲领。在诗歌的序曲里,诗人开宗明义地宣告:资产阶级的思想"正躺在软化的大脑上做好梦",而他要以"嘲讽"、"挖苦"为武器,针砭现实,"震撼世界"。他还标出了此诗的风格"像天空一样变幻,忽晴忽阴",亦即嘻笑怒骂皆成文章。

诗的第一乐章以主体形象"我"等待情人"玛丽亚"的到来开始,"我"直等得"数不清的神经""狂奔乱跑",焦躁万分时,玛丽亚才姗姗来临,而且还带来了最冷酷的消息:她要嫁给别人。她拣枝别栖的理由是"你所有的狂热的宝贝/比不上乞丐所有的铜币"。这里,诗人揭示出在资本主义价值观念的支配下,圣洁的爱情已被铜臭所玷污,婚姻成了又一桩买卖。诗人又愤怒又心酸地宣布,再也不能为爱情唱赞美诗了,因为"在心的教堂里,唱诗班的席位着了火",如今"每句笑语,/喷出他燃烧的口,/都像从失火的烟花巷里/蹦出个赤条条的妓女",他诅咒这变成娼妓的爱情。在这一章的最后两节,诗人由男女之爱扩大为人类之爱,把个人的失意和第一次世界大战中人民大众的苦难联系在一起,从而谴责了尔虞我诈、相互撕咬的资本主义世界。

在诗的第二乐章里,诗人首先嘲笑了资产阶级文人无病呻吟、玩弄辞藻的恶劣文风。其次,提出了他自己的文学主张:"我们自己是火热的颂歌的创作者,/且听工厂和实验室的交响!"表明他要用讴歌"机器文明"的新文学来取代沉溺于风花雪月的旧文学。接着,他又进一步提出物质优于精神,实践活动高于意识活动的思想。正是基于这样的思想方法,他把传统文化中的糟粕和精华一齐抛弃。在这一章的最后几节,他由鼓吹对传统文化进行未来主义革命,进而要求对资本主义社会进行暴力革命。综而观之,这一章可以说是诗人的社会观、文艺观和政治观的诗体宣言。

诗人在第三章中，先挖苦了俄国自我未来派，说他们沉溺在温柔乡里，流着几世纪流不尽的泪，陷于个人的小圈子不能自拔。诗人从世道既变，文亦因之的思想出发，指出必须用新的风格来表现新的题材。诗人接着用奇特的比喻表现激烈的阶级斗争，可以说是为自己的文艺主张提供了一个样本。他把"黑云"和"雷"当作反动政权的象征，把被乌云搅动的本来晴明的天空描绘成"好像四处都是白色的工人/向上天宣布了愤怒的罢工"，并用"雷声变成了野兽，从云朵后边爬出/巨大的鼻孔把鼻涕暴怒地擤了一擤"这一意象来形容国家机器对工人运动的残酷镇压。他鄙视那种胆怯逃避的庸人，公然号召人们用一切方式起来抗争。在振聋发聩的呐喊之后，诗人鉴于无产阶级革命的史实和社会现实，冷静地估计到反革命势力的疯狂反扑会导致"夜将来临"，也会使人一时颓唐，以酒浇愁；但是，他坚信真理在手，壮志必酬，"应当成长的孩子们"会接受革命思想的洗礼，继续他未竟的事业。最后，他自称是耶稣基督的"第十三名使徒"，用"赞美机器和英吉利"来进一步否定腐朽落后的俄国资本主义，并预言自己正直的灵魂决不会被革命人民所忘记。

第四章试图解决灵与肉、爱与欲的矛盾，而重点是批判宗教禁欲主义。诗人一开始就向情人发出焦灼的呼喊，他再不愿嚼"昨天的温存的干面包"，也再不能忍受寒冷的霏霏淫雨的折磨，但是渴望爱情温暖怀抱的"我"，并不赞成纵欲主义，对那些坐在马车上"吃得饱胀，/胖得爆裂，/浑身的裂缝都冒着油脂"的好色之徒，诗人充满了鄙夷厌恶之情。同样，对那种假正经、假虔诚的禁欲主义荒谬言论，诗人也竭尽揶揄嘲弄之能事，在那些恪守宗教信条的善男信女那里，"爱"是"大而洁净"的，两性关系则是"小而肮脏"的，但正是"几百万大而洁净的爱"，带来了"亿万小而肮脏的爱恩"。和这种苍白无力的柏拉图式精神恋爱针锋相对，诗人宣称："我直截了当地要求你的肉体,/宛如基督徒祷告上帝:'求你赐给我们/每天不可少的饮食。'"在深受宗教毒害的情人拒绝了诗人合乎人性的要求后,诗人直接同上帝对话,要"把分别善恶之树/改装成旋转木马"。这样,在非善非恶、亦善亦恶的新道德观确立后,曾被传统宗教宣判为荡妇淫娃的"夏娃们"又能"重新放在乐园里住"。可是,上帝摇头否决了诗人的提议,于是诗人"拔出一把刀"要和资产阶级宗教作彻底的清算。诗人认为宗教禁欲主义的破堤绝挡不住真诚完美的爱情浪潮,正像朝霞升起、群星隐退的自然规律一样。

诗人在《穿裤子的云》中以一个旧世界的造反者和旧文化的破坏者的姿态,对资本主义制度和文明进行了辛辣的嘲讽和猛烈的攻击,其摧枯拉朽、荡垢涤污之功不可埋没。当然,他当时对无产阶级革命的性质、任务和途径并不真正理解,他的审美趣味和审美理想还主要是未来主义的。因此,诗中不可避免地流露出小资产阶级知识分子的盲动性和幼稚性,并显出尚奇贵新、以辞害意的毛病。

作为未来主义的代表作,这首诗在艺术上有如下特点:

一、用拟人化的手法表现抽象情理,达到形象鲜明、动感强烈的效果。在诗中,"黑夜的恐怖"会"紧锁双眉","词儿"会像尸体一样"腐烂",而又有"两个词儿活着,越长越胖",年代"戴着革命的荆冠"走来;朝霞满天,群星消隐是"天空又变成了血腥的屠场,/群星又在被斩首示众"!诗人的这一艺术手法明显地借鉴了象征主义的"思想知觉化",而且,大部分意象都属"丑"的范畴,颇合波德莱尔《恶之花》的趣味。当然,未来派更强调"运动"美,"力"之美,因此,诗中"午夜"会"持刀猛跑";"神经"会"狂奔乱跑"……这一审美特质,在他成熟时期的杰作《列宁》和《好!》中都还保留着。

二、开阔硬朗、狂放洒脱的语言风格。从广义讲,继古典诗歌的典雅稳健和浪漫派诗歌的流丽纤巧之后,现代主义诗歌都或多或少地具有这一特点。从狭义讲,未来派则捷足先登,首占鳌头。马里内蒂宣称:"诗人必须具备狂热、豪放、慷慨的气质";马雅可夫斯基则形容道:"我们用世纪的千百万只脚的足音冲破了品茗凉台上的爱情低语。"《穿裤子的云》正是体现这种审美原则的突出例子。

例如,描写阶级斗争:

> 流浪汉们,从裤兜里抽出手来——
>
> 拿起石头、炸弹或者刀子,
>
> 假如谁要没有手——
>
> 来,用脑袋去把他撞死!

这些如铜板铁拍、急管繁弦的诗行,读来令人酣畅痛快,拍案叫绝。诗人以此类风格写上述题材,就连传统诗歌写得那么温柔缠绵的爱情,他都以行进的节奏、率直的语汇、丑恶的形象来表达:

> 正如一个兵士
>
> 被战争砍成了残废,
>
> 孤苦怜仃,
>
> 无家可归,
>
> 爱护着他自己惟一的腿。

真是既突兀又贴切,既直率又深沉,可见诗人别材别趣之一斑。

除了上述两点,这首诗还较多地运用了对照、改换词性、通感等手法,并已可见出"楼梯诗"的雏型。

(楼成宏)

布勒东

娜 嘉

10 月 4 日

去年①十月四日,一个完全无所事事的凄凉的下午磬尽时分,我像往常一样悄悄地打发辰光,漫步在拉法耶特街。我在人道书店橱窗前伫立片刻,买了一本托洛茨基新近的著作,就漫无目的地向歌剧院方向踱去。机关办公室和工厂纷纷开始下班,房屋上上下下的门都关上了,人们在人行道上互相握手;这时,人越来越多了。我心不在焉地观察着行人的脸孔、服装和举止。算了吧,那些准备进行革命的还不是这一帮人哩!我刚穿过教堂前面一个不知名的交道口,突然看见了一位衣着寒酸的青年女子,向我迎面而来,也许离我只有十来步之遥,她也正跟我打照面,或许早已看见我了。她同别的行人相反,抬起头走路。她身体那么羸弱,走路时几乎只能勉强支撑着。她的面庞上也许回荡着一丝看不见的微笑。脂粉搽得很古怪,仿佛在眼圈上涂抹了一下,其他部位都来不及搽似的;对一位金发女郎来说,眼眶未免显得黑了一点儿。我说的是眼眶,绝不是眼睑(眼眶要有这种色泽,非得拿铅笔在眼睑下边细细地描不可。说来也有趣,在这儿顺带一笔:勃朗希·苔尔华扮演索朗日这个角色时,即便就近看她,一点儿也看不出涂脂抹粉过的样子。在大街上不太合宜的事,在戏院里就非如此不可,在我看来这是否就等于说,对于在某种情况下被禁止而在另一种情况下却要应命而做的事,不必看得太认真呢?也许是的)。我平生从未看见过这样的眼睛。我毫不迟疑地上去跟那位陌生女郎搭讪,并

---

① 1926 年。(布勒东 1962 年补注)

预期着最坏的结局，再说这也是自愿自挨的。她神秘地莞尔一笑，我要说，她这一笑，就像对这类事熟门熟路似的，虽说我是难以相信。她自称是上玛让塔大街一家理发店去（我说她"自称"，是因为我对此立刻就怀疑了，稍后她承认自己是漫无目的地走走的）。她跟我聊起天来，强调自己手头非常拮据，不过她这么说似乎主要是出于抱歉，并也顺便说明一下她何以如此衣衫褴褛。我们走到城北火车站附近的一家咖啡馆的露天座前，停止了步履。我看她看得更清楚了。在她那双眸子里闪烁着怎样一种不可思议的东西呢？她目光为什么既黯然神伤又傲气凛凛呢？她一上来就向我剖心置腹，却不对我问东问西，抱有一种不恰当的（也许是恰当的呢？）信赖，这同样是一个不解之谜啊！她是里尔① 人，离开这个城市也只有两三年；她在该城认识一位大学生，她也许爱过他，而他也爱她。有一天，她决定离开他，说是"生怕麻烦他"，这是他所始料不及的。她来到巴黎后，时不时地给他去信，不过信件越来越稀疏，也从来不在信中注明地址。过了一年光景，她与他偶然相遇了，两人都惊奇得不得了。他握住她的双手，情不自禁地说，他发现她变了，看见她那双保养得好好的手（现在却不大注意保养了），他真有些惊讶。她也呆呆地看着握着她的那只手，发觉他那只手的无名指和小指粘连在一起，不禁惊叫了一声。"你把手弄伤了吗？"她叫青年人把另一只手也伸出来给她瞅瞅，那只手也同样变得奇形怪状了。她于是万分激动，久久地自问自责："这可能吗？跟一个男人生活得那么长久，完全有机会细细端详他，用心发现他身上最细微的生理特征和其他种种问题，然后到头来却有眼无珠，并没认清他，甚至连那玩意儿都没发现！您相信吗？……您相信爱情会变这种戏法吗？而他呢，生气极了，有什么办法，我后来只好不作声，那双手……他便说了几句话，我没听懂，有一个字我听不懂，他说：'笨蛋！我要回到阿尔萨斯—洛林去，只有那儿的女人才懂得爱。'为什么说'笨蛋'呢？您不知道吗？"可以想像到，我的反应是相当强烈的："管它呢！不过他对阿尔萨斯—洛林一概而论，我觉得很讨厌，这个家伙肯定是一个十足的白痴，或差不离。那么，他走了，您再也没见到他了？好极了。"她告诉我她的姓名，这是她自己取的名儿："我叫娜嘉，因为在俄语中娜嘉是'希望'这个词的开头部分，也正因为这样我才取这个名儿。"她这时才想起来问

---

① 法国北方著名纺织城市。

我是谁(仅问姓名,别的没问)。我告诉她了。接着她又叙述自己的身世,跟我谈起父母亲的事。她谈到父亲时特别动感情,说:真是一个软弱无能的男人!您就不知道他总是那么软弱!他年轻时,您瞧,几乎总是有求必应。他的父母亲为人很好。那时还没有小轿车,不过倒是有一辆华丽的马车,那位马车夫呀……打个比方,跟他在一起就是一块铁也会很快熔化。我很喜欢父亲。我一想起他,我就想他真软弱……噢,母亲,那就不同了。这是一位好女人,就像大家通俗说的那样,是一位保姆样的女人。她绝对不是我父亲所需要的那种女人。我们家里,的确什么东西都弄得干干净净,可他呢,您懂不懂,他回家来时,从来就没看见她系着围裙。他发现餐桌已经准备好了,或者他正好赶上准备餐桌的时间,这倒是真的;他从来没有碰上所谓(她用了一个馋涎欲滴的讽刺用语,还打了一个有趣的手势)侍候用餐的情况。我挺喜欢母亲,我绝对不想给她增添麻烦。我来巴黎时,她知道我带了一封给沃吉拉尔姐妹们的介绍信。自然,我从来没有使用这封介绍信。可是我每次给她写信时,总在信尾上写道'我希望很快能见到你'这几个字,还加上一句:'要是上帝欢喜,正如姐姐所说……'姐姐后面随便加上一个姓名。可她呢,她大概会高兴吧!她写给我的信中,最使我感动的,我一辈子都要感恩戴德的,是信末的附言。她真正感到必须加上这句话:'我想你在巴黎能干什么事呢'?可怜的母亲,她要是知道我干的事!"娜嘉在巴黎干什么事呢,她自己也还不是在问自己吗?是的,傍晚七点钟,她喜欢到地铁二等车厢去。大部分乘客都是下班回家的。她坐在他们当中,设法在他们脸上猜度到他们心里的想法。他们一定在想,他们为明天(也仅仅为明天)留下了什么,也在想今晚等待他们的是什么,是使他们赏心乐意呢,还是使他们更加满怀愁伤呢?娜嘉好像在空中抓到了什么东西似的:"总是有正直的人的。"我内心里比外表上流露出来的更激动,我这次有点生气了:"您想错了。其实事情并非如此。那班人不管是不是穷困,在他们挑起工作担子时,不可能和颜悦色。要是他们心中没有一股子最强烈的叛逆情绪,工作怎么能使他们挺起身来呢?此刻,您看见他们了,其实他们并没有看见您。有人想叫我逆来顺受。我呀,我使尽全力憎恶这种奴化思想。有的人染上了奴化思想,一般说来又是难以摆脱它,我为这种人惋惜。但是,我之所以同情他们,并不是因为他们受尽千辛万苦,而是(也只能是)他们的强烈反抗精神。我知道,在工厂的大炉旁,在无情的机器前(它成天到晚强迫人每隔几秒钟就重复一次同样的动作),处处都受到难以容忍的发号施令。或在监狱里,或在行刑队前，一个人仍然觉得自己是自由的，然而并不是他身历的牺牲创造了自由。我的意思是，自由就是永远挣脱锁链，进一层说，为了一劳永逸地挣脱锁链，我们还必须首先不被这些锁链压碎，就像压碎您刚才谈到的那些许许多多人一样。但是，自由也或多或少是一条长期、艰苦卓绝的行程，一个人只有不间断地走下去才能挣脱锁链，而从全人类来说这条行程就更长更艰苦。这条路，您觉得他们会去走吗？别的不谈，他们有时间去走吗？他们有勇气去走吗？您说他们是正直的人，是呀，就像在战争中充当炮灰的那些人那样正直，对不对？咱们别谈那些英雄吧，他们许多人都是不幸者，还有一些是可怜的笨蛋。在我看来，我得坦率地说，走那条路就是一切。哪儿去呢？问题的症结就在这里。但是，一步一个脚印地走下去，最后总会画出一条路来，而在这条路上，谁知道不会想出一个办法，去挣脱锁链，或帮助那些赶不上队的人挣脱锁链呢？只有在这个时候才可以停留片刻，但也不能走回头路。"(别人看到我在这个问题上谈得够多了，但是我没注意到应当具体地谈谈)娜嘉洗耳恭听，不想跟我唱反调。也许她压根儿就不想赞扬工作。她终于跟我谈起自己身体很坏，她把身边仅有的钱拿出来去看病，选了一个她可以信赖的医生，医生嘱咐她得立即去蒙多尔休养。她听了医生的话觉得挺好笑，到那儿去的旅费她都付不起。不过她深信，假如她从事一项经常性的体力劳动，权可弥补她无法实现的治疗。这么一想，她就想方设法要在面包店或甚至于猪肉店找一份差使；她纯粹像做诗一样想入非非，以为在这种地方比别处对身体健康更有保障。处处都一样，她所得薪水菲薄。有时店家给她回话之前，还要看她两次。一位面包店老板答应每天付给她十七法郎，他重新抬起眼睛看了她一番，便改口说：十七法郎或十八法郎都行。她很诙谐地说："我跟他说：十七法郎，行；十八法郎，不行。"我们信步所之，来到普瓦索尼埃尔郊区大街。我们周围人群都行色匆匆，这正赶上吃晚饭的时候了。我想向她告辞时，她问谁在等我。"我的妻子。""结婚啦！哦！那就……"这时，她以另一种较为庄重的语气，经过深思熟虑后说："算我倒霉。不过……那个伟大的思想呢？我刚才满不错地开始看见这个思想了，这真是一颗星星，您已经朝这颗星星走去了。您一定可以到达这颗星星的。我刚才听您议论风生，便觉得您是所向无敌的，什么都挡不住您，连我也……您是永远也不会像我那样看见那颗星星的。您不明白，这颗星星好像一朵没有花芯的花之心。"我感动极了。为了排遣思绪，我问她上哪儿吃晚饭。于是，她突然显得轻佻的样子，我只在她身上看见这副模样，也许这正是一种放荡不羁吧:"哪儿?(伸出一个手指)不是那儿吗,要不就在那儿(指最近的两家饭馆),我就住在那儿,瞧。总是那个老样子。"我要走开时,向她提了一个包揽其他一切问题的问题,大概也只有我才会提这种问题:"您是谁?"不过,这个问题至少一劳永逸地得到了旗鼓相当的答复。她毫不犹豫地回答:"我是一个游荡的灵魂。"我们约定第二天在拉法耶特街和普瓦索尼埃尔郊区拐角处的那家酒吧间再见。她要读我写的一两本书,我诚挚地向她表示,她在我的书里看不到有趣的东西,这么一来,她倒非要看不可了。生活同书中写的完全是两码事。她又留住我一会儿,告诉我说,我身上哪些东西打动了她的心。看来,打动她的不外乎是在我的思想、言谈和我的全部生活方式中的"纯朴性",而她说出的这句恭维话,是我一生中最最刻骨铭心的。

10 月 6 日

我在四点钟光景出门,不想在街上多逛,便步行到新法兰西酒吧间,以便五点半在那儿会见娜嘉。正好有时间从林阴大道绕到歌剧院,在那里买一点东西。我跟平常相反,沿着旭塞—当丹街的右边人行道走。我第一个碰见的女行人就是娜嘉。她的外观同第一天一个样。她往前走,仿佛不想看见我似的。我还是跟第一天一样,和她一起踅回来。她显出为难的神色,无法解释为什么到这条街来。为了避免一大堆问题,她就说是来购买荷兰果糖的。我们并不去多想,向后转过身子,走进头一家咖啡馆。娜嘉和我保持一定的距离,甚至还流露出怀疑的神情。就这样,她把我的帽子翻过来,大概是看帽里印着的起首字母,不过她托辞说这样做是无意识的,她有一个习惯,喜欢暗中了解某些人的国籍。她坦白承认,对我们定好的约会,她本来想有意爽约。我碰见她时,就注意到她手里拿着我借给她的那本《消失了的脚印》。现在书搁在桌子上;我一看书芯的切口,发现有几页被截掉了。瞧,截去的是题为《新精神》这篇文章上的几页,该文谈到了某天在几分钟之间,路易·阿拉贡、安德烈·德兰和我出乎意料地碰在一块了。在那种情况下,我们每个人都显得手足无措;几分钟后,我们围坐在桌旁,都想弄个明白我们到底是来干什么的,可是谁都困惑不解。是什么不可抗拒的召唤把阿拉贡和我引导到同一个地方来的呢?在这儿,有一个真正的斯芬克司①化成一个窈窕少妇的形象出现,在人行道上来回徜徉,向行人问这问那;我们一先一后在寻觅这个斯芬克司,而她却免去我们在大街小巷跑来跑去,因为这些街道不管怎样变幻莫测,都和这个地方相联——这种寻寻觅觅只是白花时间,毫无冀望,没有任何结果。娜嘉猝然而来也正是如此。那天发生的短暂的事件,我在书中叙述到了,但是我觉得可以不予置评,娜嘉对此深为惊奇和失望。她强人所难,一定要叫我解释书中所写的那些原封不动的事情的确切意义;再说,既然我已公开发表了这本书,那也得解释一下我在书中何以持客观态度。我得回答说,我对此一无所知,碰到这种事,我觉得人们有权利从任何角度去探讨;如果有背信罪的话,那我就是背信的第一个牺牲品。可是,我看得出来,她并没有让我安然了事,我从她眼神中看出烦躁和惊愕。说不定她以为我撒慌,我们之间越来越显得局促不自然。她说要回去,我就自告奋勇陪送她。她告诉司机把车开到艺术剧院;她跟我说,她住的房子离艺术剧院只有几步路。一路上,她默默地端详着我良久。她合上眼睛,迅即张开,仿佛迎面碰见了一个阔别多年的人儿或者根本就没想到会重逢,好像表示"我真难以相信这是真的"。似乎她内心里也在进行某种思想斗争,可是又突然听之任之,紧紧地合起眼睛,献出一对朱唇……现在,她跟我谈起我对她的魅力,我有能力使她想入非非,我要她做什么她就会做什么,也许比我的心愿还有过之而无不及。她用这种动人的办法,恳求我不要做出对她不好的事。仿佛早在我们相识之前,她就从来没有什么对我保密的事儿。《可溶解的鱼》②的篇末,有一段短小的对话,这段对话就像她所读的《超现实主义宣言》中任何一段一样,看来并没有奇特之处;再说,我从未赋予它确切的意义,其中的人物对我自己来说也是陌生的,他们的思想情绪我自己也难以解释;这些人物就像沙浪卷来卷去一样,难以定型。然而正是这段对话,使她产生这样的印象:她千真万确曾经与闻其事,甚至还在这段对话中扮演了爱兰娜③的角色(哪怕是默默无闻的角色)。地点、环境、人物的各自态度确然

———————————

① 斯芬克司原是希腊神话中带翼狮身女怪,这儿指神秘莫测的精灵。
② 布勒东于 1924 年发表的一篇随笔。
③ 我个人认识的妇女当中,没有一个叫爱兰娜的,我向来讨厌这个名字,觉得它不胜乏味,就像我向来喜欢索朗日这个名字一样。不过,住在工厂路三号的通灵者莎科夫人(她从来没有欺骗过我),在今年年初向我肯定说,我的思想受到某个名叫爱兰娜的人深为关切。是不是出于这个原因,自那以后,凡是与

· 854 ·

是我臆造的。她想指给我看"发生那件事的地方",我却建议我们俩一起去吃晚饭。她脑子里大概又出现了某种混淆的印象,因为在她这种印象的指导下,我们去的地方不像她原本所想的那样是圣路易岛,而是太妃广场。说来也是奇事,《可溶解的鱼》中另一个情节"一个吻这么快就被遗忘了",就是在太妃广场发生的(这个太妃广场是我所到过的最偏僻的地方之一,也是巴黎最蹩脚的广场之一。我每次去那里,便倒胃了,慢慢产生今后什么地方也不去的想法;我必得自我论理一番,才能解脱精神压抑,这种精神压抑是那样温而不猛,甜甜蜜蜜地纠缠着不放,而归根结蒂说来却是揪心剜肚的啊。更何况,有一段时间我曾经傯居过该广场附近的一家旅馆——旧城旅馆。这个旅馆时时刻刻都有人来人往,这对那些不满足于因陋就简办法的人来说,是不太安稳的)。日头西沉了。为了能自由自在些,我们叫酒商打酒来在外面喝。在用餐时,娜嘉第一次流露出轻佻不拘的样子。一个醉鬼在我们餐桌周围徘徊。他带着抗议的语气高声喧哗,语无伦次。在他说的那番话中,不时夹杂着一两个猥亵的字眼,并且大声地突出这些字眼。他的妻子在树下监视着他,时不时地对他喊:"喂,你来不来?"我有好几次设法把他拉开,但都不成。饭后上果点时,娜嘉开始在四周东张西望起来。她打包票说,有一条地道就在我们脚下经过,它是从法院那面通过来的(她告诉我从法院的哪个地方来,说是在白台阶稍往右的地方),在亨利四世旅馆边上绕过去。她想到这个广场上已经发生和将要发生的事,心里便忐忑不安起来。此刻只有两三对情侣出没在阴影中,她却仿佛看见一大群人似的。"还有死人哪!还有死人哪!"那个醉鬼一直在开着阴森可怖的玩笑。现在娜嘉的目光在房子的周围扫来扫去。"你看见了吗,那边,那扇窗子?它跟别的窗子一样都是黑洞洞的,可你瞧准了,再过一分钟它就亮了,是红颜色的。"过了一分钟,那扇窗子果然亮了,窗帘的确是红色的(我很遗憾,这件事可能超出了可信的限度,那我也没办法。不过,我怪自己对这件事表了态,其实我只要认为当时窗子是由黑变红的,这就行了)。我承认这时我害怕了,娜嘉也害怕了。"多吓人哪!那东西在树林里溜过去,你看见了吗?蓝蓝的,一阵风,一阵蓝风。另外只有一次,我也看见了这种蓝风飘过这些树

爱娜·史密斯有关的事,我都倾以强烈的关注呢?以前,我梦见两个彼此互不相关的人,这两个形象混合在一起,就产生了爱兰娜其人。可是娜嘉说:"爱兰娜,就是我。"——原注

林。那次是在那边，我从亨利四世旅馆一个窗口望过去，我的朋友，就是我跟你谈起过的第二个朋友，那时正走出旅馆。只听得一个声音在说：'你会死的，你会死的。'我不愿意死，可我觉得一阵眩晕……要不是别人扶住我，我一定摔倒了。"我心想，还是趁早离开这个地方好。我们沿着码头走，我感觉到她浑身颤抖。她要朝巴黎高等法院附属监狱方向走回去。她六神无主，对我百般信赖。不过，她寻找着什么东西，坚持说我们正走进一个院子，她很快发现了这是某个警察分局的院子。"不是这儿……你可要告诉我，你干吗一定要进监狱？你干了什么事呀？我也是的，我也坐过牢。我以前是谁呀？"我们重新沿着栅栏走去，突然娜嘉一步也不肯再走了。那儿，靠右边，底下有一扇窗户，朝一条壕沟开着，娜嘉的视线再也不愿意从窗子那儿移开了。这扇窗子看样子是封死的，她知道，她非要等在窗前不可。那儿什么都可能发生，什么都会从头开始。她双手紧紧抓住栅栏，以便不让我拉开。她对我的问题几乎不再答理了。我不再坚持了，便静静等着，等她自觉自愿往前走。她脑子里一直在想着地下道，大概她觉得自己正处在地下道的一个出入口部位。她思量着，在当年玛丽—安东妮特①的近身侍从中，她自己到底是哪一个人？漫游者的步履使她久久地不寒而栗。我不安起来，把她的手一只一只从栅栏上拉开，硬生生要她跟我走。就这样过了半个小时。过了桥后，我们便往卢佛博物馆走去。可是娜嘉始终魂不守舍。我为了把她的心思扭向我身上来，便对她念了一首波德莱尔②的诗，但是我抑扬顿挫的声音又使她害怕了，并且还加上她对刚才接吻的回忆，越发惊怕，说："在接吻里含有威胁啊！"她又停下来不走了，两只手肘支在石栏杆上，咱俩的目光都落到河面上，这时河面上灯光掩映，熠熠生辉。"这只手，这只手放在塞纳河上，为什么这只手在水上会像火一样烧起来呢？这是真的，水与火是同样的东西。不过，手又是什么呢？你怎么解释它呢？让我瞧瞧这只手吧。你干吗一定要我们走开呢？你怕什么？你以为我病得很厉害，对不对？我没有病。可是，火在水上，一只火手在水上，你倒是怎么解释呢（她开玩笑说）？当然，水与火是同样的东西，这不是天命。火和金子才完全

---

① 玛丽—安东妮特(1755—1793)，法王弗朗索瓦一世的女儿，后来成为路易十六的王后。

② 波德莱尔(1821—1867)，法国著名诗人，象征主义诗歌先驱，代表作有《恶之花》。

是两码事。"将近子夜时分,我们到了杜伊勒里宫,她要求我们坐一会儿。我们面前迸射着喷泉,她好像目随着喷泉的曲线。"这是你的思想,也是我的思想。你瞧它从哪儿喷出来,一直射到什么高度;它落下来时那就更好看了。然后,它立即溶在一块了。它又同样用劲往上冒,箭头又粉碎开来,又落下……就这样,无穷无尽。"我叫了起来:"娜嘉,真是太怪了!这个形象您到底是从哪里弄来的呀?在一部作品里,几乎用同样的形式描写过这个形象,我才看过这本书,可你是不可能看到的。"(于是我不得不向她解释,她所描写的形象,正是贝克莱① 于 1750 年发表的《希拉斯和菲洛诺斯第三次对话录》卷首装饰画的形象,下面所附拉丁文说明是"喷泉升陟而曲而落",这句题词从维护唯心主义处世态度的角度出发,在书末获得最重要的意义。)可是她并不听我的话,而是专心致志地看着一个男人驯马,那人好几次经过我们跟前,她觉得好生面熟,因为她在这种时刻坐在这个花园里已不是第一回了。要是那个男人果真就是他的话,那么正是他曾经提出要跟她结婚。这件事使她想起她的小女儿。她小心谨慎地告诉我,她有过一个女儿,她很疼她,特别是因为这个女孩子不同一般,"她老是想要把玩具娃娃的眼睛摘下来,看看眼睛后面到底有什么东西。"娜嘉知道自己总是吸引着一批小孩;不管她到哪儿,他们总喜欢团团围住她对她嘻笑。她此刻说话有点像自言自语,她说的那番话再也激不起我的兴趣。她的头背向我的头,我开始有点儿慵倦了,可是我丝毫没有流露出不耐烦的神情。"只有一个点子,就这么回事,我突然觉得我会给你带来麻烦(向我转过身来)。完了。"我们走出花园,信步走到圣奥诺雷街的一家酒吧间前,店门仍然灯火通明。她强调说,我们是从太妃广场来到太子酒吧间的(在拿动物比人的归类游戏中,我常常被别人比作海豚)。但是,娜嘉看见一块从账柜拖到地上的镶花宽布条时,便心惊肉跳起来,我们不得不拔腿就走。我们约定第二天晚上在新法兰西酒吧间前头相会。

10 月 12 日

我曾经同马克斯·埃恩斯特谈到过娜嘉,不知他愿不愿意为她画一幅肖

---

① 乔治·贝克莱(1685—1753),爱尔兰主教兼哲学家。

像?他对我说,莎科夫人曾经在路上看见过某个名叫娜嘉或娜塔莎的人。他并不喜欢这个女人,因为她会使他所爱的女人身体发生病痛(这差不多是他的原话)。他这种禁忌症,看来也就足以向我们说明问题了。四点以后不久,在巴蒂尼奥尔林阴道的一家咖啡馆里,我还得佯装着看 G…的信,信中充满着恳求的词句,还附有打油诗,有的是从缪塞① 的诗中剽窃来的。接着,娜嘉给我看一幅线条画,这是我所看到的她的第一幅作品,是那天在"摄政"酒吧间等我时画成的。她挺愿意向我解释一下画中的某些细节,不过,关于那个长方形的假面具,她一点也讲不出所以然来,反正她觉得应当这么画就是了。画里前额当中那个黑点是一个钉子,是用来固定假面具的。沿着虚线看过去,首先看见一个钩子。画的上端有一颗黑色的星,代表思想。但是,娜嘉对这个画页最感兴趣的东西(虽然我没有叫她说出理由来),是那几个 L 的书写形式。晚饭后,在王宫花园周围散步时,她堕入了富有神话色彩的梦境,我都不相信她会知道这些神话。有一个时候,她描绘了梅吕茜娜② 这个人物,极富艺术色彩,甚至还加上怪诞的幻想。她还突然问我:"告诉我,是谁杀死戈尔戈娜③ 的?你说。"我越来越听不懂她的独白了,中间出现良久的沉默,我简直难以表明自己的心情。我提议我们离开巴黎,到郊外去散散心。到圣拉萨车站,有去圣日耳曼的火车,但是车子在我们眼皮底下开走了。我们只好在车站大厅来回踱步近一个小时。就像那天一样,即刻有一个醉汉在我周围徘徊起来。他怪自己找不到路了,要我带他到大街上。后来娜嘉也跟过来。正如她向我表明的那样,我们确确实实招摇过市,连那些匆匆赶路的人都回过头来朝我们看看。他们注视的并不是她,而是我们。"他们对这种事情是难以相信的,你瞧。他们看我们在一块儿,简直看不够。你和我的眼睛里冒着这种火焰,真是少有。"我们单独坐在一个车室里时,我又得到了她的全部信任,全部关注,全部希望。咱们在韦齐内车站下车行吗?她提议咱俩在森林里散一会儿步。有何不可呢?可是,当我拥抱她时,她突然发出一声惊叫。"那儿(她向我指指车门镜子的上方),有一个人。一个头向后仰,我刚才清清楚楚看见了。"我说好说歹说地安

---

① 缪塞(1810—1857),法国著名浪漫主义作家。
② 梅吕茜娜是西方传说中的仙女。
③ 戈尔戈娜是希腊神话中福耳库斯和刻托所生的三个女儿,这儿当指其中的一个,即墨杜萨,她被珀耳修斯割下了头,凡是看见这个头的人都会变成石头。

慰她。过了五分钟,她又叫起来了:"我跟你说,他在哪儿,戴了一顶军帽。不,这不是幻觉。"我探身到外面,上下车的踏板上和隔壁车厢的梯级上,什么也没有看见。可是娜嘉却斩钉截铁说,她刚才准没看错。她目不转睛地一直注视着镜子的上方,神经紧张到了极点。我为了良心上能说得过去,再次探身到外面看。这回我从从容容地看清楚了,有一个男人俯身躺在车厢的顶上,就在我们的上头,他的确戴着一顶军帽;我看过去时,他的头正好缩回去。这大概是一个铁路职员,他从隔壁车厢的车盖上爬过来,可以不费劲地就爬到我们头上。到了下一站,娜嘉站在车门口,我透过窗玻璃注视着旅客们的身影,这时有一个男人在下车前向她送去一个飞吻。第二个男人也一样,接着又有第三个。她既满意又感激,一一领受了他们的敬意。这种敬意她从来就没有缺少过,仿佛也很看重这种敬意。在韦齐内车站,灯全熄了,连门都无法开。我们再也没心思到森林里去乱逛了,不得不等下一班车。一点左右,我们到了圣日耳曼。当我们经过城堡前头时,娜嘉把自己看成是德·谢弗勒兹夫人①。她把脸庞儿闪在帽子上并不存在的沉重羽翎后面,那神韵是多么娴雅!

这种狂乱的追求还有没有一个尽期呢?追求什么呢?我不知道。但是,追求就是把精神诱惑的所有人工手法付诸实施。没有一样东西从我的记忆中消失;人们切割像钠这种不常用的金属时发出来的光泽;某些地区的石矿中发生的磷光;从矿井里升起的光辉色泽;我把座钟扔到火里(以便让它到临终时还在报时),座钟木壳发出哗哗剥剥的声响;《乘船到西泰尔去》②这幅画所显示出来的巨大魅力——人们细细看去,画幅从各个角度展现出来的也只有一对夫妇;水库的壮丽景色;倾圮的屋宇的墙面及其墙上花纹、壁炉阴影,它们的迷媚之处;——所有这一切,足以构成我固有的光明的这一切,没有一样从我的记忆中消失。在这现实面前,在我如今已经目睹的像狡猾的狗崽一样躺卧在娜嘉脚下的这个现实面前,我们自己到底又是谁呢?我们对象征之物如此忐忑觊觎,被"类似"这个恶魔所困扰,我们眼看自己成为纵横捭阖、奇

---

①　德·谢弗勒兹夫人(1600—1679)是公爵夫人,在宫廷斗争中起过重要作用。

②　《乘船到西泰尔去》是法国画家华多(1684—1721)所作的油画。西泰尔即今塞里戈,是爱琴海的一个小岛,岛上有一座宏大的爱神维纳斯神庙。在诗歌和绘画中,西泰尔是个神秘之岛,也是具有象征意义的爱情的祖国。

特关注的目标,那我们在什么地方才能安身立命呢?我们一劳永逸地被抛掷在一起,远离大地,在使我们神奇地目瞪口呆的许许多多短促的间歇中,我们可以越过陈旧思想和永恒生命的烟笼余烬,交换令人难以置信地和谐的某些看法,这又是为什么?从第一天到最后一天,我都把娜嘉看成自由的精灵,看成一种像空气精的东西,要是你施展某种魔法,可以暂时把她固定住,但是却别想把她制服。而她呢,我知道,可以不折不扣地说这样一句话,即她有时把我当成上帝,相信我就是太阳。我还记得(这一瞬间,任何东西都不可能比这更美而又更可悲),我记得我在她眼中显得又黑又冷,就像一个倒毙在斯芬克司脚下的男人。我看见她那像蕨草似的眼睛清晨时分对着一个世界张开,在这个世界里,无边希望的翅翼扑扇着,噗噗的声音勉勉强强只能和一种恐怖的声音区分开来;在这个世界上,我只看见眼睛在闭敛。我知道,娜嘉要离开一个人们想要去也万难到达的地方,对她来说,离开这个地方就要蔑视人们在远离最后一只木筏而陷入灭顶之灾的时刻所衷心祈求的一切,自愿牺牲生活所带来的一切虚假的、然而又是几乎难以抗拒的种种报偿。那儿,在城堡的顶上,右边的塔楼里,有一个房间;当然,谁也没有邀请我们去参观这个房间,我们也许参观得不周到(没有必要这样做)。可是娜嘉认为,我们在圣日耳曼特别需要了解的一样东西,就是这个房间①。我很喜欢这样的人,他们夜深更残时关闭在一个博物馆里,在违反规定的时刻,手执昏暗的油灯照亮一幅女人的画像,自由自在地凝眸玩赏着。他们对这个女人的情况怎么不会比我们知道得更多呢?也许,生命就像密码文件一样难以破译。从暗梯中,从画框中(画像很快从框中取下来,消失不见了,继而又嵌上一个佩剑的大天神的画像,或者嵌上那些一直飞黄腾达的人的画像),从按钮中(只消轻轻地按一下,整个大厅就能上下左右移动,布景就能迅速变幻),我们可以理解到精神力量的巨大变迁,就好像在布满陷阱的天堂里旅行。真正的娜嘉是谁?她向我断言曾经陪同一个考古学家,在枫丹白露森林里,通宵寻找一些不知是什么样的石头遗迹,人们简直会想,这位考古学家似乎要赶在白天发现这个遗迹(不过,要是这就是这个人的狂热呢?)。我要说,她是一个永远富有灵感,又给人以灵感的造物,她只喜欢生活在街头;对她来说,街头是惟一有价值的实验场

所;在街上,任何投身到一个巨大幻境中的人都会对她发生疑问;或者(为什么不承认这一点呢?),她有时也摔倒,因为某些人自以为有权向她说话,而从她身上看见的只是所有妇女中最穷困潦倒、最无人身保障的一个女人。这,就是真正的娜嘉吗?有时,她向我详详细细地叙述自己身世中某些片段,我会做出强烈的反应,当然,我作出的只是极其肤浅的判断,觉得她并不是一个出污泥而不染的体面的人。十月十三日下午伊始时分,她跟我讲了一个故事。有一天,在齐姆啤酒店的大厅里,她带着调侃的快意拒绝了一个男人的要求,惟一的理由是他这人很卑鄙下流,那男人随即在她脸膛上猛击一拳,她顿时鲜血直流。她连连呼喊救命,在她逃走之前,把那男人的衣服染得血迹斑斑。她无缘无故地讲起这桩事情,我听了后几乎要永远避而不见她了。她用嘲讽的口吻叙述这个可怖的遭遇,使我心中萌生一种绝对无可补救的感触;然而,我听完以后,久久哭泣不止,我相信自己从来没有那样痛哭流涕过。想到我今后再也见不到娜嘉了,我哭了;不,我不可能再见到她了。诚然,我绝对不是怪怨她不对我隐瞒我如今感到遗憾的事,毋宁说我对她深表感激;我忧虑的是,她有朝一日还会那样做;谁又知道,在她看来,这样的时日不会在天际破晓呢?我觉得自己没有勇气正视这种事。她此刻是如此令人感动,没有做出任何举动来打消我的决定,正相反,她还从自己的泪水中汲取了力量,鼓励我下定这个决心!她在巴黎街头向我告别,不过,她情不自禁地轻轻说了一句:这是不可能的。可是,她又不做出任何努力,表明这是不可能的。如果说,这件事已如覆水难收,那完全是我的责任。

(选自《外国现代派小说概观》,冯汉津译,

江苏人民出版社 1985 年版)

《娜嘉》导读

安德烈·布勒东(1896—1966)是超现实主义的理论倡导者和代表作家,生于法国奥恩省丹什布雷市的一个店主家庭。学生时代接受早期象征主义理论的影响。第一次世界大战中应征入伍在

精神病医院服役,开始接触精神分析学,并在大学时代学医时大量阅读弗洛伊德的著作,深受弗氏精神分析学说的熏化,这对他后来提出超现实主义的理论产生决定性作用。

超现实主义脱胎于本世纪初的达达主义,1921年5月,由布勒东等人公开亮出这一流派的旗帜。布勒东于是年与苏波合著《磁场》,使超现实主义有了第一个实验性的作品。从1924年起,布勒东连续发表了三个《超现实主义宣言》,以及其他众多的理论著述,并创办刊物,组织团体,使超现实主义很快流行欧美,发展成西方文学艺术领域中影响最大、时间延续最长的流派之一。它具有浓厚政治色彩,其理论涵义,一是突破理性樊篱,以完全自发的潜意识心理活动从事创作;二是追求现实与梦幻统一的绝对真实的"超现实",表现为一种反理性主义的哲学观,在创作上主张让潜意识自发流露的"自动写作",描述吐露内心欲望的梦幻;以黑色幽默的原则和手段,以及超常想像的神奇效果来扭曲、突破现实。此类理论和文学创作主张,主要都是由布勒东以挑战的态度公之于世,并以摧毁传统的"先锋派"立场应用于创作实践。第二次世界大战期间,布勒东到美国传播超现实主义,战后回国继续宣传。直至1966年,布勒东去世,超现实主义才宣告其存在的终了。

布勒东的作品除大量理论性的文章与著述之外,文学创作主要有诗集《当铺》(1919)、《失去的脚印》(1924)、《白头发的手枪》(1932)、《傅立叶颂歌》(1948)等,以及随笔和叙事体散文《可溶解的鱼》(1924)、《娜嘉》(1928)、《连通器》(1932)、《疯狂的爱》(1937)、《秘方17》(1945)等。

《娜嘉》是布勒东的代表作,显示了超现实主义文学创作的实绩。它没有完整统一的故事情节,也无性格鲜明的人物形象,前后三个看来关系并不紧密的部分拼接在一起,正如作品中以第一人称叙事的"我"所说:"我在此仅仅浮光掠影地写了一些记忆所及的事,这些事绝非我周至谋划的结果,有时是猝然而来的";"我毕竟做着我自己的实验，以我自身的对象，对沉思和梦幻展开几乎是断断续续的实验。"第一部分，记录的是"我"对于"我是谁"的沉思冥想，以及看似纷纷乱乱流变的许多主观思绪，和一连串有关个人交往经历的梦幻般回忆。作品的第三部分，"我"发表了一通写完娜嘉故事后的议论，谴责精神病院以"警察方式"夺去人的自由，最后对着一个无形无影、不可捉摸的抽象的"你"，诉说精神的爱、理想的美。

直至作品中间的第二部分才有一条大致可循的基本线索："我"同娜嘉一段短期的交往。1926 年 10 月 4 日上午，"我"在巴黎的拉法耶特街上偶然遇见娜嘉，她与众不同的步子、眼睛和装饰引起"我"的注意。她告诉"我"她几年前来自外省，是"一个游荡的幽灵"，名字叫娜嘉，"因为在俄语中娜嘉是'希望'这个词的开头部分，也正因为这样我才取这个名儿。"其实娜嘉一直陷于窘迫潦倒的困境，有一阵子"我"还接济过她，但她的目光里又一直保存着"傲气凛凛"的神采。娜嘉先是聆听"我"关于反抗、自由的高谈阔论，接着对"我"作品和超现实主义理论有了兴趣，后来要求"我"对她有一种神秘而专注的爱情，靠着这种爱情她能产生奇迹。"我"在最初和娜嘉的交往中，也很快被她深深吸引。她身上有一种自由不羁的精神，"只喜欢生活的街头"，来来去去像一股"生命的旋风"；而且，她有一种纯粹直觉的神奇的超验能力，她能在脚上看出地底有一条地下道；能看见"我"的思想是"一颗星星"，这颗星星"好像一朵没有花芯的花之心"；她能预言夜色里一个黑洞洞的窗口在一分钟后亮出一片红颜色，结果应验了；她还能说出"我"从一本贝克莱哲学书上看到的话，而这本书她肯定没看过。"我"于是几乎天天要和她见面，对她也有了一种感情。就这样"我"和娜嘉一起走遍了巴黎，也同时走进了她那个常人所不可能想像的神秘世界。但以后，"我"还是和娜嘉在巴黎街头分手了，不过她又说"这是不可能的"。果然"我"发现自己已经用她那种纯粹直觉的处世方式生活。

最终"我"听说娜嘉因为被人视作癫狂而被关进疯人院,"我"十分气愤。

《娜嘉》不同于一般传统的西方文学作品,它不重视情节性的叙事,也不关注塑造典型性格,而是致力于表现一种认识、观念——超现实主义的哲学思想。作品开头第一句话"我是谁?",概括出了整篇作品的内涵。进入 20 世纪,西方现代主义文化和文学在对外部世界的一切客观存在流露出极度失望的同时,日益深入地将目光转向自我及自我内在的主观世界。"我是谁"的问题就是突出说明。可以这样说,这个"我"在《娜嘉》中既是作者布勒东,但又不仅仅是他本人;"我"既是一个实在的人,但又不仅仅是一个物质的存在。

《娜嘉》的叙事是以第一人称来完成的,这样看来,作为叙述者的"我"是一个不同一切被叙述对象的单个人。然而"我"叙述的相当部分内容是"我"的梦境、潜意识和自由联想,而这一切都和周围的现实、和无限的时间空间、和世界上一切人融合在一起,因此"我"除了是一个主观的、现在的、可确认的单个人,还是一个客观的、包括过去现在和未来的普遍"人"。由此而言,"我"的叙述,"我"的表露不是要去确认"我"这一偶然的单个人,而是要找到和证明由"我"体现出来的广义上的人,现在这个广义上的人正被一切理性化的外部事物掩盖和淹没。布勒东自叙式描写,正好反映出现代西方人痛感工业文明造成人的普遍异化、自我失落的共同心态。

怎样找回"我"呢?从表面看,"我"叙述,"我"就是实际存在的,但如果只是叙述人们认同的现实,那就等于接受强加给人的理性束缚,而并没有讲出内心的真实;"我"有物质躯壳,却无精神本质,那还是失落。要找回"我"就要肯定自身中不受外部现实制约、冲决理性化囚禁的内心最深处的秘密。所以表露"我"的梦境、潜意识,以叙述的"我"推出心灵的"我",以理性的"我"展现非理性的"我",

使两个"我"统一起来,达到绝对真实的"我",才可达到将主观和客观、梦幻和现实结合起来的真正现实——"超现实"。在"超现实"世界里,人才找回自己。总之"我"的含义包容偶然与必然的融合,现实与梦幻、潜意识的统一。《娜嘉》就是在表现这一问题。

作品人物娜嘉就是这么个"双重人格"的形象。她从里昂到巴黎,生活迫使她贩过毒品,出卖过肉体,也有过情人和女儿;"我"每次和她接触的时间明明白白,每个地点在巴黎都实实在在确有其处;她甚至具有一个女人的真情实感。这一切琐碎的细节都在证明娜嘉就是一个客观存在的人,一个活生生的城市女性。然而她又无疑是个神秘诡谲的女巫、幽灵。她成天自说自话,像谶语似梦呓;又能和冥冥之界神往心交,可以看见远久历史中不同时空里的人与事,还可透视现实事物底下的秘密和真相,并可灵验地预言未来。这一切离奇的表现只会使常人感到她不是疯子便是如她自称的"游荡的幽灵"。常人凭理智都会断言这个人物的躯体和灵魂是分离的。然而在超现实主义看来,娜嘉恰恰是一个健全、完善的人,是一个将现实与梦幻、客观与主观、存在与超验、肉体与心灵最和谐地统一为有机整体的超现实世界中的真正公民。她的现实越真实,同时超验的心灵表现越离奇,那么她的灵与肉也就结合得越紧密,从而显示出她是一个超现实性的绝对真实人物。借用这么个幽灵化的人物、人格化的幽灵,布勒东表达了超现实主义对世界的根本看法:常人所见的现实世界并不真实,因为现代文明外加上去的理性使他们不是失去对事物的敏锐感悟力,就是受制于习俗、道德、舆论等,不敢也不愿正视和承认现实中更具本质意义的真相,事物的本真被理性掩盖了,常人所见所言全是虚假,最后连自我也丢掉了。而娜嘉却冲破现代文明的种种理性化禁忌,在生活中通过潜意识的力量捕捉住一切外在事物的赤裸裸的真相,毫无顾忌地说出这种最高的绝对的真实——物质现实与心灵现实结合的超现实。总的来看,娜嘉就是一个回答"我是谁"的超现实主义哲学问题的注释。

《娜嘉》最突出的艺术特点就是采用"自动写作"的方法。作者凭着自由联想,让意识流滚淌,一会儿沉思哲学问题,一会儿回忆如烟往事,一会儿叙说醒后残梦,行文虽自由,结构则松散、变幻莫测,使人感到布勒东在对语言进行魔术般的随意排列。思想的任意跳跃使叙事完全失去秩序与逻辑,时序颠倒错乱,空间反常转换,现实与梦境幻觉交错叠合,使作品显得像是一场碎片的收集和实录。此外,追求神奇效果的想像、联想使大量词与词的组合、句与句的衔接古怪突兀,有灵动之气,却又让人难以理解,在亦虚亦实的气氛中,奇异荒诞的意象频频出现:"手在水上会像火一样烧起来","不要用他那双鞋子的分量去加重他的思想",这类屡见不鲜的句子颇有象征主义诗歌的特征,因而整篇作品弥漫着一种离奇的散文诗的雾色。

(周　颐)

乔伊斯

尤 利 西 斯

第二章　涅斯托耳[*]

············

门外有人用棍子敲门,同时在走廊里喊:

"曲棍球!"

孩子们立即散开,纷纷穿过桌椅,有侧着身子挤过去的,有从上边跳过去的。很快人都走光了,从贮藏室传来棍棒的撞击声、乱哄哄的脚步声和说话声。

只有萨金特没有走,他捧着一本打开的抄本,慢慢地走上前来,厚厚的头发,瘦骨嶙峋的脖子,都证明他的迟钝;模糊的镜片后面是两只无神的眼睛,仰望着,乞求着。他的脸灰暗而无血色,上面有一块新抹上去的墨水,枣子形,还湿漉漉的呢,像蜗牛的窝儿似的。

他捧上抄本,上面标明"算术"二字。字下面是斜斜的数目字,最底下是一个曲里拐弯的签名,带圈的笔画都是实心的;另外还有一团墨水渍。西里尔·萨金特:名字加图记。

"老师,戴汐先生叫我全部再抄一遍,"他说,"还要交给您看。"

斯蒂芬摸着抄本的边。徒劳无功。

---

[*]　这章描写斯蒂芬在都柏林郊区学校教书的情况,在古希腊荷马史诗所描述的特洛伊战役中,涅斯托耳是希腊军中年事最高的将领,以深谙世故、知识渊博著称;战后尤利西斯十年未归,其子寻找父亲时曾去向他探听消息,他热心地提供了许多情况,但是其中并没有尤利西斯儿子所需要的消息。

"你现在会做了吗?"他问。

"十一题到十五题,"萨金特回答说,"戴汐先生叫我照着黑板上抄的,老师。"

"你自己会做吗?"斯蒂芬问。

"不会,老师。"

又丑,又没出息:细脖子,厚头发,一抹墨水,蜗牛的窝儿。然而也曾经有人爱过他,在怀里抱过他,在心中疼过他。要不是有她,他早就被你争我夺的社会踩在脚下,变成一摊稀烂的蜗牛泥了。她疼爱从自己身上流到他身上去的孱弱稀薄的血液。那么那是真实的了?生活中惟一靠得住的东西①?他母亲平卧的身子上,骑着圣情高涨的烈性子的高隆朋②。她已经不复存在:一根在火中烧化了的小树枝,只留下颤抖着的残骸,花梨木和沾湿了的灰烬的气味③。她保护着他,使他免受践踏,自己却还没有怎么生活就与世长辞了。一个可怜的灵魂升了天;而在闪烁不已的繁星底下,在一块荒地上,一只皮毛带着劫掠者的红色腥臭的狐狸,眼中放射出残忍的凶光,用爪子刨着地,听着,刨起了泥土,又听了听,又刨,又刨。

斯蒂芬坐在孩子旁边解题。他用代数证明莎士比亚的阴魂是哈姆雷特的祖父④。萨金特歪戴着眼镜,斜眼瞅着他。贮藏室里有球棍的磕碰声,球场上传来了发闷的击球声和喊叫声。

抄本页面上的代数符号在演出一场字母的哑剧,它们头上戴着平方形、

---

① 斯蒂芬的朋友克兰利曾规劝他对母亲要体贴,并说:"在这个臭粪堆似的世界上,不管别的东西怎么靠不住,母亲的爱总是靠得住的。……"见乔伊斯的另一部小说《艺术家青年时期写照》最后一章。

② 高隆朋(约543-615)是爱尔兰著名僧侣和圣人,以学问高深和布道热心著称。据说"高隆"在爱尔兰语中是"鸽子"的意思,而根据《圣经·新约》《约翰福音》),圣灵曾化为鸽子降落在耶稣身上,因此斯蒂芬有可能借此影射圣灵。按《新约》记载,圣母玛利亚是由圣灵受孕而生耶稣的。

③ 花梨木和沾湿的灰烬等都是小说第一章中提到的。斯蒂芬的母亲临死时要求他跪下为她祈祷,他没有照办。此后有人说他害死了母亲,他也经常感到良心受谴责。他梦见母亲时,闻到她身上有蜡和花梨木的气息,嘴里有沾湿的灰烬味。

④ 斯蒂芬有一套关于莎士比亚的理论,在小说第九章中,他向一些朋友发表他的观点,其中涉及莎士比亚和哈姆雷特及其父亲的阴魂之间究竟是什么关系。在第一章中,马利根讽刺他是用代数证明这些关系的。

立方形的古怪帽子,来回地跳着庄严的摩利斯舞①。拉手,变换位置,相对鞠躬。就是这样;摩尔人的幻想的产物。阿威罗依、摩西·迈蒙尼德②也都已经不在人间,这些在容貌举止上都是深沉的人,用他们的嘲弄的明镜对准世界,照出它那隐蔽的灵魂。这是一种在明亮之中闪光而又不为明亮所理解的深沉。

"现在懂了吗?第二道自己会做了吧?"

"会了,老师。"

萨金特用长大而颤巍的笔画抄录着数字。他一面不断地期待着老师开口指点,一面忠实地临摹那些多变的符号,他那灰暗的皮肤下隐隐地闪烁着羞愧的色调。**母亲之爱**:主生格和宾生格③。她用自己的孱弱的血液和清淡发酸的奶汁喂养了他,并且把他的襁褓布藏在人们看不见的地方。

有些像他,我这个人,也是这么削瘦的肩膀,也是这么叫人看不上眼。在我旁边弯着腰的就是我的童年。太遥远了,想用手摸一下或是轻轻碰一下都够不着。我的是远了,而他的呢,像我们的眼睛一样深奥莫测。我们两人心灵深处的黑殿里,都盘踞着沉默不语、纹丝不动的秘密,这些秘密已经倦于自己的专横统治,是情愿被人赶下台去的暴君。

题做好了。

"很简单。"斯蒂芬说,同时站起身来。

"是的,老师,谢谢您。"萨金特回答说。

他用一张薄薄的吸墨纸把本上的墨水吸干,拿着抄本走回自己的座位。

"快去拿上球棍,出去找同学们吧。"斯蒂芬一边说,一边跟着孩子的笨头笨脑的背影向门口走去。

"是,老师。"

---

① 摩利斯舞是一种禳灾祈福的舞蹈。"摩利斯"一词来自"摩尔人";"摩尔人"是非洲西北部柏柏尔人与阿拉伯人混合的一个民族,在公元八世纪入侵西班牙,代数也是经摩尔人传入欧洲的。

② 阿威罗依是12世纪的阿拉伯哲学家、医学家,摩西·迈蒙尼德是12至13世纪的犹太哲学家、医学家,两人对亚里士多德哲学思想有深入研究,对中世纪西方思想界产生了重大的影响。

③ "母亲之爱",原文为拉丁文,按主生格讲是"母亲";按宾生格讲是"对母亲的爱"。

在走廊里,听到了球场那边喊他名字的声音。

"萨金特!"

"快跑,"斯蒂芬说。"戴汐先生在喊你了。"

他站在门廊里,望着笨学生急急忙忙奔向正在尖声吵闹中的争夺场。孩子们分好了拨儿,戴汐先生迈着戴鞋罩的脚,跨过一簇簇的草丛走过来。他刚走到房前,吵吵嚷嚷的声音又喊起来。他扭回了他那忿怒的白色八字胡。

"又怎么啦?"他反复地大声喊着,也不听人家究竟在说什么。

"先生,科克兰和哈利戴分在一边了。"斯蒂芬提高嗓门说。

"请你在我书房里等一下,"戴汐先生说,"我把这里的秩序整顿好就来。"

于是,他又大惊小怪地回头向球场走去,一面扯着苍老的嗓子厉声喊道:

"怎么回事?又是怎么回事?"

孩子们的尖嗓子从四面八方冲着他叫嚷:他们蜂拥而上,把他团团围住,他那没有染好的蜜色头发,被耀眼的阳光漂成了白色。

书房里空气陈浊,烟雾腾腾,室内摆着的那些黄褐色皮椅,发出一种磨损了的皮革的气味。第一天他在这里和我讨价还价时,就是这个样子。起始如此,现在仍是如此。墙边上的柜子上放着那盘斯图亚特钱币,泥沼底层的宝贝①:永将如此。在褪了色的紫红丝绒的餐匙盒里,舒服服地卧着曾向一切非犹太人布道的十二使徒②:无穷无尽③。

门外传来一阵急促的脚步声,从门廊的右板地进了走廊。戴汐先生吹着稀疏的八字胡子,走到大桌子边才站住。

"首先,咱们小小的财务结算。"他说。

他从上衣口袋里,掏出一个用细皮条扎住的皮夹,啪的一声打开,取出两张钞票,其中一张还是由两个半张拼接起来的,小心翼翼地摊在桌子上。

---

① 斯图亚特是英国王室,1603—1714 年间统治英国。其中的詹姆斯二世于 1688 年在英国被黜后逃到爱尔兰,次年用劣金属铸币,使爱尔兰币大为贬值,但是这些不值钱的硬币后来成为稀有物品,有人加以收藏。

② 十二使徒指匙柄上的人像。据《新约》说,耶稣原来要求他的使徒们只向犹太人传教,但后来使徒们根据彼得直接从上帝获得的启示,决定也向非犹太人展开传教活动。

③ 起始如此……无穷无尽,这些词句出于天主教礼拜仪式中诵唱的《小荣耀颂》:"荣耀归于圣父、圣子、圣灵;起始如此,现在仍是如此,永将如此,无穷无尽。"

"两镑。"他说着，又把皮夹扎起，收了起来。

现在他该动他的金库了。斯蒂芬的不好意思的手，轻抚着堆在冷冷的石钵里的各式各样贝壳：峨螺、子安贝、花豹贝：这个旋涡形的像埃米尔的头巾，这个扇形的是圣詹姆斯扇贝①。老朝圣者的宝藏，死的珍宝，空壳。

在台面呢的柔软绒面上，落下一枚亮晶晶的崭新的金镑。

"三镑，"戴汐先生转动着手里的小小储蓄盒说，"这种东西，有一个真方便。瞧，这是放金镑的，这是放先令的。放六便士的，放半克朗的。这里是放克朗②的。瞧。"

他从盒子里倒出两个克朗，两个先令。

"三镑十二先令，"他说，"你看一看，我想没有错。"

"谢谢您，先生。"斯蒂芬说着，腼腆地急忙把钱敛成一堆，一古脑儿塞进了裤子袋里。

"根本不要谢，"戴汐先生说，"这是你应得的报酬。"

斯蒂芬的手又自由了，又去摸那些空壳。也是美的象征和权力的象征。我口袋里有了一小把。被贪婪和苦难玷污了的象征。

"钱不能这样装，"戴汐先生说，"不定在哪儿捣东西带出来，就丢了。你买上这样一个机器好。你会觉得非常方便。"

得回答点什么。

"我要是有一个，那会常常是空的。"斯蒂芬说。

同一间房间，同一个时辰，同样的智慧：我也还是我。已经三次了。我身上已经在这里套上了三道箍。怎么样？我可以立刻把它们挣断，如果我愿意的话。

"这是因为你不存钱，"戴汐先生伸手指着他说，"你还不懂得金钱的意义。金钱就是力量。将来你活到我这个年龄就明白了。我是懂的，我是懂的。少壮不晓事嘛③ 但是，莎士比亚是怎么说来着？'只消荷包里放着钱'。"

———————————

① 圣詹姆斯神祠在西班牙，是中世纪欧洲朝圣胜地之一，该祠采用扇贝作为标志，朝圣者佩戴以为纪念。另外，贝壳也象征金钱。
② 克朗、先令都是英国当时通用的钱币，按当时英国币制，一镑合二十先令，一先令合十二便士。克朗是一种值五先令的银币。
③ "少壮不晓事"是一个谚语的开端，谚语劝人从早积攒，以免老来匮乏。

"伊阿古①。"斯蒂芬自言自语地说。

他把视钱从静止不动的贝壳上，移向老人那双盯着他的眼睛。

"他懂得金钱的意义②，"戴汐先生说，"他会赚钱。不错，是一个诗人，可也是一个英国人。你知道什么是英国人的骄傲的吗？你知道你能从英国人嘴里听到的最自豪的话是什么吗？"

海洋的统治者。他那冷如海水的眼睛眺望着空荡荡的海湾：似乎要怪历史；也用同样的目光看待我和我说的话，倒是心平气和的③。

"认为自己的帝国有永远不落的太阳。"斯蒂芬说。

"才不是呢！"戴汐先生大声喊道，"那不是英国人的话。是一个法国的凯尔特人说的④。"

他用储蓄盒轻轻地敲打着大拇指的指甲盖。

"我来告诉你他最爱吹嘘什么吧，"他庄严的说，"'我不该不欠。'"

好人，好人。

"'我不该不欠，我一辈子没有借过一个先令的债。'你能有这样的感觉吗？'无债一身轻。'你能吗？"

马利根，九镑，三双短袜，一双粗皮鞋，几根领带。柯伦，十个几尼⑤。麦卡恩，一个几尼。弗雷德·赖恩，两先令。坦普尔，两顿午饭。拉塞尔，一个几尼；卡曾士，十先令；波勃·雷诺兹，半个几尼；凯勒，三个几尼；麦克南太太，五个星期的饭钱，我这一小把不顶事。

"眼下还不能。"斯蒂芬回答说。

戴汐先生笑了，流露出富足的快乐心情。他把储蓄盒放了回去。

⋯⋯⋯⋯⋯⋯

---

① 伊阿古是莎士比亚悲剧《奥赛罗》中的反面人物。"只消荷包里放着钱"是他教唆别人干坏事时说的，见该剧第一幕第三场。戴汐引用这话，显然文不对题。
② "他"指莎士比亚。
③ 斯蒂芬想到了早上与英国人海恩斯谈话的情景。
④ "日不没国"是一种夸耀帝国幅员的说法，从公元前5世纪的波斯帝国以来的各大帝国时期都有，说法大同小异，但是据考证没有一个说法是"法国的凯尔特人"提出来的。戴汐先生喜欢引经据典，但往往不符历史事实。
⑤ 几尼是英国旧金币，一几尼合二十一先令。

第十八章 珀涅罗珀[*]

……几点一刻什么缺德钟点大概中国那边人们现在止起床梳辫子准备开始一天的生活吧我们这里修女们快敲晨祷钟了她们睡觉倒没有人进去打扰除非偶然有一两个教士去做夜课要不然隔壁的闹钟鸡一叫就闹当嘟嘟嘟简直要把它自己的脑袋都震破了我来试一试看是不是还能睡一会儿一二三四五他们发明的这些像星星的东西算是什么花哟隆巴德街的壁纸好看多了他给我的围裙也是那种花样只有我不过我只用了两次最好把灯弄低一些再试一试好早点起床我去芬勒特^① 时也要到旁边的兰姆^② 弯一下叫他们送些花来好把屋子布置一下要是他明天带他来呢^③ 不是明天是今天不好不好星期五不吉利^④ 首先我要把屋子收拾好灰尘不知道怎么回事自己就长出来了大约是在我睡觉的时候吧然后我们可以来点音乐抽抽香烟我可以给他伴奏先得用牛奶擦洗钢琴的键盘我穿什么衣服好呢要不要佩戴一朵白玫瑰不然的话来点儿利普顿^⑤ 那种神仙蛋糕吧我喜欢货色齐全的大商店里那种香味七个半便士一磅的要不然另外那种带樱桃和粉色糖层的十一便士来两磅桌子中央得来一盆好花哪儿的盆花便宜些呢别着急我不久前在哪看见来着我爱花恨不得这屋子整个儿都漂在玫瑰花海里才痛快呢天上的天主呀大自然真是没有比的崇山峻岭还有海洋白浪翻滚还有田野真美一片一片的燕麦小麦各种各样的东西一群群肥牛悠然自得你看着只觉得心里舒畅河流湖泊鲜花数不尽的形状香味颜色连小沟里也迸出了报春花和紫罗兰这就是大自然

---

* 这是小说的最后一章，描写女主人公莫莉凌晨醒来躺在床上的思绪，全章无标点，本选段是最后一部分。在希腊史诗中珀涅罗珀是尤利西斯的妻子。尤利西斯在出征十年之后，又有十年下落不明。在这二十年间，珀涅罗珀不断抗拒许多王公贵族的追求，终于等到尤利西斯归来团聚。
① 芬勒特是都柏林的一家大食品店。
② 兰姆是一家水果鲜花商店，与芬勒特在同一条街上。
③ 第一个"他"指布卢姆，第二个"他"指斯蒂芬。
④ 基督教徒认为星期五不吉利，因为据说亚当和夏娃就是在那一天被逐出乐园的。耶稣被钉死在十字架上的日子也是星期五。
⑤ 利普顿是都柏林另一家大食品商店。

要说那些人说什么天主不存在别看他们学问大我说还不值我两个手指打的一个响榧子呢他们为什么不自己试试创造出点什么东西来呢我常和他说那些无神论者还是什么论者的还是先把自己身上的石子儿洗净了再说吧他们临死他们鬼哭狼嚎地找牧师又是为什么呢为什么呢因为他们怕地狱他们做了亏心事可不是吗我可知道这号人谁是宇宙中间比别人都早的第一个人呢谁是开天辟地的人呢究竟是谁呢他们可说不上来我也说不上来这不就结了吗他们还不如去试试挡住太阳让它明天别升起来呢他说太阳是为你放光的那是我们在豪思① 山头上躺在杜鹃花丛中的那一天他穿的是灰色花呢套服戴着那顶草帽我就是那天弄到他求婚的真的我先还嘴对嘴给了他一点儿芝麻饼那是一个闰年和今年一样真的十六年过去了天主呀那一吻可真是长差点儿把我憋死真的他说我是一朵山花真的我们女人就是花朵全是花朵女人的身体真的他这辈子总算说出了一个真理还有太阳今天是为你放光真的我就是因为这个才喜欢他的因为我看得出他懂女人体贴女人而且我知道我能让他听我的那天我尽给他甜头引他开口求我答应可是我不愿马上回答一个劲儿地望着海望着天空心里想到许许多多他不知道的事情想到马尔维想到斯坦厄普先生想到赫丝特想到父亲想到格罗夫斯老舰长想到那些水手② 在码头上玩鸟儿飞我说弯腰还有他们叫做洗碟子的游戏总督府门前站岗的头上戴个白色头盔有一道箍可怜的家伙晒得半死不活的还有西班牙姑娘们披着披肩头上插一把高高的梳子嘻嘻哈哈的还有清早赶集拍卖什么人都来了有希腊人有犹太人有阿拉伯人整个欧洲还加一条公爵大街什么犄角旮旯儿里的稀奇古怪的人都来了还有家禽市在拉比沙伦外面一片嘈杂鸡鸭乱叫驴子可怜瞌睡懵懂的尽滑跤阴暗处影影绰绰常有人裹着斗篷躺在台阶上睡觉还有大车轮子真大还有斗牛还有几千年的古堡真的还有英俊的摩尔人一身白脑袋上缠着头巾神气得很好像是国王似的小不点儿的铺子还请你坐下还

---

① 豪思是都柏林海湾北端的一个半岛,山头伸入海内。
② 莫莉的父亲娀迪少校原在英国派驻直布罗陀海峡的爱尔兰军中服役,因此她生在直布罗陀,十六岁才随父回都柏林。这里提到的都是在直布罗陀交往的人。其中马尔维是她的第一个男朋友。

有朗达① 西班牙式的房子古老的窗户两颗明亮的眸子藏在窗格子后面② 情人只好吻铁条夜间酒店都是半开门的还有响板那天晚上我们在阿尔赫西拉斯③ 没有赶上渡轮打更的提着灯笼转悠平安无事啊唷深处的潜流可怕啊唷还有海洋深红的海洋有时候真像火一样的红嘿夕阳西下太壮观了还有阿拉梅达④ 那些花园里的无花果树真的那些别致的小街还有一幢幢桃红的蓝的黄的房子还有一座座玫瑰花园还有茉莉花天竺葵仙人掌少女时代的直布罗陀我在那儿确是一朵山花真的我常像安达卢西亚⑤ 姑娘们那样在头上插一朵玫瑰花要不我佩戴一朵红的吧好的还想到他在摩尔城墙⑥ 下吻我的情形我想好吧他比别人也不差呀于是我用目光叫他再求真的于是他又一次问我愿意不愿意真的你就说愿意吧我的山花我呢先伸出两手搂住了他真的我把他搂得紧紧的让他的胸膛感到我的乳房芳香扑鼻真的他的心在狂跳然后真的我才开口答应愿意我愿意真的。

（选自《尤利西斯》，金隄译，
载《世界文学》1986 年第 1 期）

《尤利西斯》导读

　　詹姆斯·乔伊斯(1882—1941)是爱尔兰"意识流"文学大师。出身于都柏林的小公务员家庭。童年就读于天主教学校。青年时代决心献身文学，于 1898 年入都柏林大学改读语言。他认为，走向

---

① 朗达是直布罗陀以北的一个西班牙城市。
② "两颗明亮的眸子，藏在窗格子后面"是歌词，出自一首名为《在古老的马德里》的情歌。
③ 阿尔赫西拉斯是直布罗陀海湾上的西班牙的城市，与直布罗陀隔湾相望。
④ 阿拉梅达是山岩巉峻的直布罗陀半岛上的一片草木葱茏的地区。
⑤ 安达卢西亚为西班牙南部沿海数省地区总称。
⑥ 摩尔城墙在直布罗陀山顶，莫莉十五岁时曾在此墙下尝到初恋的滋味，吻她的人是马尔维。

文学艺术必须离开都柏林,摆脱爱尔兰宗教、政治和社会生活的影响,保持作家的"纯客观态度",因此,于1902年赴巴黎学医,至他逝世为止,一直在欧洲大陆生活。

乔伊斯的绝大部分作品虽然创作于异国,但题材和人物始终以都柏林的社会生活为基础。他的短篇小说集《都柏林人》(1914)由15个短篇组成,描绘了都柏林形形色色的中、下层市民的平凡琐事,有鲜明的现实主义倾向,反映了他对资本主义的批判态度。但在力求细节真实的同时,他又使其画面变成某种象征,构成了故事的深层结构:梦想与现实的矛盾。

《青年艺术家的肖像》(1916)有作者的自传成分。这部作品标志着乔伊斯由传统小说进入意识流小说的创作领域。小说极力揭示主人公斯蒂芬幼儿期、少年期与青春期的内心世界,表现他的意识发展过程,描绘他的潜意识活动,其中包括性本能冲动。作品已采用意识流小说惯用的时空交叉颠倒、自由联想、内心独白等技巧。

《为芬尼根守灵》(1939)是乔伊斯最后一部长篇小说。这是一部寓言式的作品,写一个守尸人将酒洒在一个意外身亡的工人芬尼根的尸体上,死人居然复活了。小说以芬尼根的继承人厄威克的梦构成全书的主要内容。乔伊斯企图通过他的梦来概括人类全部历史,表现其过程中反复出现的死亡与复活这一循环往复的主题。整部小说都是用晦涩的梦的语言写成的,是乔伊斯所有作品中最难读懂的作品。

《尤利西斯》(1922)是乔伊斯的意识流代表作,创作历时7年。它一问世,便遭到评论界的非议,斥之为"大杂烩"、"猥亵淫秽",在许多国家遭到查禁。一些好心人也对乔伊斯提出忠告,美国诗人庞德曾在原稿上删除了20行"不雅"的文字,但是遭到乔伊斯的坚决反对。直到1933年由美国纽约地方法院宣布它是非淫亵作品,英、美等国家才取消出版禁令。

《尤利西斯》以都柏林市民生活为题材,描述了1904年6月16日从早晨8点到第二天凌晨2点所发生的事,通过书中三个主要人物的意识流反映那一天的都柏林氛围以及他们的精神世界。

　　《尤利西斯》的每一段情节都以某种方式与希腊史诗《奥德修纪》的一段情节相对应。全书分成18章,每章描写一个小时内发生的事,又和《奥德修纪》的某一章相对应。小说中三个人物也是如此,布卢姆对应尤利西斯、其妻莫莉对应珀涅罗珀、斯蒂芬对应尤利西斯的儿子帖雷马科。

　　乔伊斯认为荷马塑造的尤利西斯完整地显示了人的性格的一切方面,而现代的尤利西斯布卢姆同样富于多层次的复杂性格。一方面他在都柏林一天的"漂流"平庸卑微,对待家庭生活逆来顺受(他在年轻时已丧失性机能,并默默地接受了妻子与人通奸的事实),另一方面又富于同情心,诚恳待人,有侠义心肠。因此,布卢姆既是一个"反英雄",丝毫没有尤利西斯的英雄光彩,又是一个具有人道精神的现代人。同样,斯蒂芬和莫莉也体现了人的性格的多方面层次。斯蒂芬是个富于幻想的青年艺术家,他精神空虚,把布卢姆看成是"精神上的父亲",他虽然没有帖雷马科助父复业的气概,但他在不断地寻找人性,表现一代人对自我的关注。莫莉追求肉欲,有过好几个情人,虽然没有珀涅罗珀对丈夫的那份忠贞,但她热爱生活,精力旺盛,也不乏理智(最后还是认为布卢姆最可靠)。斯蒂芬和莫莉构成了现代人性格上的灵与肉统一的特征。正如乔伊斯本人所说,这部小说既是犹太人和爱尔兰人的史诗,又是人体器官的图解;既是他的自传,又是永恒的男性和女性的象征;既是艺术和艺术家成长过程的描绘,又是上帝吾父和耶稣吾子关系的刻画;既是古希腊英雄尤利西斯经历的现代版,又是传播圣经的福音书。

　　《尤利西斯》被视为意识流小说的经典。在作品中,乔伊斯直接表现人物的意识流动,没有任何解释性的评论,不告诉读者这是在介绍谁的意识,完全由读者自己去辨别。而且作品中的其他描写与意识流描写并无界限,其转换也不留标示。人物意识既有清醒的理性意识,也有非理性的潜意识。其意识所反映的时间——过去与现在是交叉杂糅的,空间——真实的现实场景与虚拟的象征场景也是不断地变化着的。

"内心独白"是《尤利西斯》运用的较多的手法之一。选文中莫莉从睡梦中醒来时这段内心独白,就是一个典范,被著名的心理学家荣格称为"精彩的心理分析"。它打破了理性顺序,略去标点符号,模拟人在似睡非睡状态下连绵不断的意识流,其中包括最隐秘的潜意识。莫莉的"内心独白",不但使当年熟悉的情景跃然纸上,而且还生动地展示了夫妇关系当前的发展。莫莉是在和布卢姆十年没有正常性生活之后,尤其是在这一天终于和别人发生了关系,经过半夜的复杂思索,又回过头来体味当年的快乐,而且在回味中又产生强烈的兴奋感和幸福感。这是歌颂青春和爱情的欢呼,可看作是全书精神内容的一个总结。

"自由联想"是意识流手法的另一特征。如果说人的意识活动像一条无穷尽的不规则"曲线",那么自由联想便是这曲线上的若干的"点"。点与点之间的联系完全凭借想像逻辑,带有跳跃、飞翔、随意和主观性。《尤利西斯》第三章有一段表现斯蒂芬在海滩散步时的意识流动便是自由联想:

他们从里希台地上谨慎地走下阶梯,助产士们,她们下到倾斜的海滩上,伸成八字形的脚松弛地陷入淤塞的沙子里。像我,像阿尔吉农一样,朝我们强大的母亲走下来。头一个沉重地甩动着助产士的袋子,另一个的伞伸到了海滩上。获得了特许,出来痛痛快快地玩一天。弗洛伦丝·麦克凯布夫人,已故帕特克·麦克凯布的遗孀,布莱德街上,深深地哀悼他。她那些姐妹中的一个把我尖叫着拖进生活。从虚无中创造。她袋子里都有些什么?一次堕胎的产物,连同蜿蜒的脐带一起塞在红色的绒布里,连接着过去的一切带子,一切肉体的纠缠扭结的电线。那就是为什么和尚是神秘的。你要像神一样吗?瞧瞧你的肚脐吧。喂,我是肯西。请接

伊甸园 A001

斯蒂芬在海边沉思默想时,忽然看见一群年轻的助产士向海滩跑来。他由助产士手中的袋子想到脐带,从脐带又联想到代代相传的人类,又想入非非地把脐带当作电话线,并可以向伊甸园打电话。电话号码由希伯来文的第一个字母和希腊文的第一个字母 A 以及 001 组成。这里,自由联想的基本线路为:袋——→死婴——→脐带——→和尚——→电话。其联想的随意性及大跨度的跳跃性使联想的结果往往与当时激发联想的原事物相距甚远,所以常使人觉得突兀离奇,颇难索解。

(詹　虎)

普鲁斯特

追忆似水年华

第一册　在斯万家那边

第一卷　贡布雷

一

　　在很长一段时期里，我都是早早就躺下了。有时候，蜡烛才灭，我的眼皮儿随即合上，都来不及咕哝一句："我要睡着了。"半小时之后，我才想到应该睡觉；这一想，我反倒清醒过来。我打算把自以为还捏在手里的书放好，吹灭灯火。睡着的那会儿，我一直在思考刚才读的那本书，只是思路有点特别；我总觉得书里说的事儿，什么教堂呀，四重奏呀，弗朗索瓦一世和查理五世争强斗胜呀，全都同我直接有关。这种念头直到我醒来之后还延续了好几秒钟；它倒与我的理性不很相悖，只是像眼罩似的蒙住我的眼睛，使我一时觉察不到烛火早已熄灭。后来，它开始变得令人费解，好像是上一辈子的思想，经过还魂转世来到我的面前；于是书里的内容同我脱节，愿不愿意再挂上钩，全凭我自己决定；这一来，我的视力得到恢复，我惊讶地发现周围原来漆黑一片，这黑暗固然使我的眼睛十分受用，但也许更使我的心情感到亲切而安详；它简直像是没有来由、莫名其妙的东西，名副其实地让人摸不到头脑。我不知道那时几点钟了；我听到火车鸣笛的声音，忽远忽近，就像林中鸟儿的啭鸣，标明距离的远近。汽笛声中，我仿佛看到一片空旷的田野，匆匆的旅人赶往附近的车站；他走过的小路将在他的心头留下难以磨灭的回忆，因为陌生的环境，不寻常的行止,不久前的交谈,以及在这静谧之夜仍萦绕在他耳畔的异乡灯下的话别,还有回家后即将享受到的温暖,这一切使他心绪激荡。

我情意绵绵地把腮帮贴在枕头的鼓溜溜的面颊上,它像我们童年的脸庞,那么饱满、娇嫩、清新。我划亮一根火柴看了看表。时近子夜。这正是病羁异乡的游子独宿在陌生的客舍,被一阵疼痛惊醒的时刻。看到门下透进一丝光芒,他感到宽慰。谢天谢地,总算天亮了!旅馆的听差就要起床了;呆一会儿,他只要拉铃,就有人会来支应。偏偏这时他还仿佛听到了脚步声,自远而近,旋而又渐渐远去。门下的那一线光亮也随之消失。正是午夜时分。来人把煤气灯捻灭了;最后值班的听差都走了。他只得独自煎熬整整一宿,别无他法。

我又睡着了,有时偶尔醒来片刻,听到木器家具的纤维格格地开裂,睁眼凝望黑暗中光影的变幻,凭着一闪而过的意识的微光,我消受着笼罩的家具、卧室,乃至于一切之上的蒙眬睡意,我只是这一切之中的小小的一部分,很快又重新同这一切融合在一起,同它们一样变得昏昏无觉。还有的时候,我在梦中毫不费力地又回到了我生命之初的往昔,重新体验到我幼时的恐惧,例如我最怕我的姨公拽我的鬈曲的头发。有一天,我的头发全都给剃掉了,那一天简直成了我的新纪元。可是梦里的我居然忘记了这样一件大事,直到为了躲开姨公的手,我一偏脑袋,醒了过来,才又想起这件往事。不过,为谨慎起见,我用枕头严严实实地捂住了自己的脑袋,然后才安心地返回梦乡。

有几次,就像从亚当的肋叉里生出夏娃似的,有一个女人趁我熟睡之际从我摆错了位置的大腿里钻了出来。其实,她是我即将品尝到的快感的产物,但是,我偏偏想像是她给我送来了快感。我在她的怀抱中感到自己的体温,我正打算同她肌肤相亲,正巧这时我醒了。同我刚才分手的那位女子相比,普天之下无论是谁都似乎不及她更可亲,我的脸上还感到她的热吻的余温,我的身子还感到她的肢体的重量。假如有时候也确有这样情况,梦里的女子赶巧同我在生活中认识的哪位女士相貌一样,那么我必全力以赴地达到目的:非同她梦里再聚不可,就像有些人那样,走遍天下也要亲眼见见他们心目里的洞天仙府,总以为现实生活中能消受到梦境里的迷人景象。她的音容笑貌在我的记忆中逐渐淡漠;我已忘却梦中人的情影。

一个人睡着时,周围萦绕着时间的游丝,岁岁年年,日月星辰,有序地排列在他的身边。醒来时他本能地从中询问,须臾间便能得知他在地球上占据了什么地点,醒来前流逝过多长的时间;但是时空的序列也可能发生混乱,甚至断裂,例如他失眠之后天亮前忽然睡意袭来,偏偏那时他正在看书,身体的姿势同平日的睡态大相径庭,他一抬手便能让太阳停止运行,甚至后退,那么,待他再醒时,他就会不知道什么钟点,只以为自己刚躺下不久。倘若他打瞌睡,例如饭后靠在扶手椅上打盹儿,那姿势同睡眠时的姿势相去更远,日月星辰的序列便完全乱了套,那把椅子就成了魔椅,带他在时空中飞速地遨游,待他睁开眼睛,会以为自己躺在别处,躺在他几个月前去过的地方。但是,我只要躺在自己的床上,又睡得很踏实,精神处于完全松弛的状态,我就会忘记自己身在何处,等我半夜梦回,我不仅忘记是在哪里睡着的,甚至在乍醒过来的那一瞬间,连自己是谁都弄不清了;当时只有最原始的一种存在感,可能一切生灵在冥冥中都萌动着这种感觉;我比穴居时代的人类更无牵挂。可是,随后,记忆像从天而降的救星,把我从虚空中解救出来:起先我倒还没有想起自己身在何处,只忆及我以前住过的地方,或是我可能在什么地方;如没有记忆助我一臂之力,我独自万万不能从冥冥中脱身;在一秒钟之间,我飞越过人类文明的十几个世纪,首先是煤油灯的模糊形象,然后是翻领衬衫的隐约的轮廓,它们逐渐一点一画地重新勾绘出我的五官特征。

也许,我们周围事物的静止状态,是我们的信念强加给它们的,因为我们相信这些事物就是甲乙丙丁这几样东西,而不是别的玩意儿;也许,由于我们的思想面对着事物,本身静止不动,才强行把事物也看作静止不动。然而,当我醒来的时候,我的思想拼命地活动,徒劳地企图弄清楚我睡在什么地方,那时沉沉的黑暗中,岁月、地域,以及一切、一切,都会在我的周围旋转起来。我的身子麻木得无法动弹,只能根据疲劳的情状来确定四肢的位置,从而推算出墙的方位,家具的地点,进一步了解房屋的结构,说出这皮囊安息处的名称。躯壳的记忆,两肋、膝盖和肩膀的记忆,走马灯似的在我的眼前呈现出一连串我曾经居住过的房间。肉眼看不见的四壁,随着想像中不同房间的形状,在我的周围变换着位置,像漩涡一样在黑暗中转动不止。我的思想往往在时间和形式的门槛前犹豫,还没有来得及根据各种情况核实某房的特征,我的身体却抢先回忆起每个房里的床是什么式样的,门是在哪个方向,窗户的采光情况如何。门外有没有楼道,以及我入睡时和醒来时都在想些什么。我的压麻了的半边身子,想知道自己面对什么方向,譬如说,想像自己躺在有顶的一张大床上,面向墙壁侧卧。这时我马上就会想道:"咦!我总算睡着了,尽管妈妈并没有来同我道晚安。"我是睡在已经死去多年的外祖父的乡间住宅里;我的身躯,以及我赖以侧卧的那半边身子,忠实地保存了我的思想所不应忘怀的那一段往事,并让我重又回想起那盏用链子悬在天花板下的照明灯——一盏用波希米亚出产的玻璃制成的瓮形吊灯,以及那座用西埃纳的大理石砌成的壁炉。那是在贡布雷,在我外祖父母的家里,我居住过的那个房间;离现在已经很久很久了,如今我却犹如身临其境,虽然我的睡意蒙眬,不能把故物的情境想得清清楚楚;等我完全清醒之后,我能回忆得更细致些。

后来,新的姿势又产生新的回忆;墙壁迅速地滑到另一边去:我睡在德·圣卢夫人家的乡间住宅里,天哪!至少十点钟了吧。他们一定都吃过晚饭了!我这个盹儿打得也太久了。每天晚上,更衣用餐前,我总要陪德·圣卢夫人外出散步,回来后先上楼打个盹儿。自从离开贡布雷,好多年过去了。住在贡布雷的日子,每当我们散步回来得比较晚,我总能在我住的那间房间的窗户玻璃上,看到落日的艳红的反照。如今在当松维尔,在德·圣卢夫人的家里,过的却是另一种生活。而且我只在晚间出去;沿着我从前在阳光下玩耍过的小路,踏着婆娑的月影散步,我感受到另一种愉快。归来时,远望我住的那个房间,只见里面灯火明亮,简直像黑夜中独有的一座灯塔。回去后我并不急于更衣用餐,而是先睡上一觉。

这些旋转不已、模糊一片的回忆,向来都转瞬即逝;不知身在何处的短促的回忆,掠过种种不同的假设,而往往又分辨不清假设与假设之间的界限,正等于我们在电影镜①中看到一匹奔驰的马,我们无法把奔马的连续动作一个个单独分开。但是我毕竟时而看到这一间、时而又看到另一间我生平住过的房间,而且待我清醒之后,在联翩的遐想中,我终于把每一个房间全都想遍:

我想起了冬天的房间。睡觉时人缩成一团,脑袋埋进由一堆毫不相干的东西编搭成的安乐窝里:枕头的一角,被窝的口子,半截披肩,一边床沿,外加一期《玫瑰花坛》杂志,统统成了建窝的材料,凭人以参照飞禽筑窝学来的技巧,把它们拼凑到一块,供人将就着栖宿进这样的窝里。遇到冰霜凛冽的大寒天气,最惬意不过的是感到与外界隔绝(等于海燕索居在得到地温保暖的深土层里)。况且那时节壁炉里整夜燃着熊熊的火,像一件热气腾腾的大衣,裹

① 电影镜:美国发明家爱迪生和他的助手狄克逊于1891年发明的一种放映影片的设备,状如柜,供一人观看。

住了睡眠中的人;没有燃尽的木柴毕毕剥剥,才灭又旺,摇曳的火光忽闪忽闪地扫遍全屋,形成一个无形的暖阁,又像在房间中央挖出了一个热烘烘的窑洞;热气所到之处构成一条范围时有变动的温暖地带。从房间的旮旯旯旯,从窗户附近,换句话说,从离壁炉稍远、早已变得冷飕飕的地方,吹来一股股沁人心脾的凉风,调节室内的空气。

我想起了夏天的房间。那时人们喜欢同凉爽的夜打成一片。半开的百叶窗上的明媚的月亮,把一道道梯架般的窈窕的投影,抛到床前。人就像曙色初开时在轻风中摇摆的山雀,几乎同睡在露天一样。

有时候,我想起了那间路易十六时代风格的房间。它的格调那样明快,我甚至头一回睡在里面都没有感到不适应。细巧的柱子支撑住天花板,彼此间的距离相隔得楚楚有致,显然给床留出了地盘;有时候正相反,我想到了那间天花板又高又小的房间。它简直像是从两层楼的高处挖出来的一座金字塔,一部分墙面覆盖着坚硬的红木护墙板,我一进去就被一股从未闻到过的香根草的气味熏得昏头胀脑,而且我认定紫红色的窗帘充满敌意,大声喧哗的座钟厚颜无耻,居然不把我放在眼里。一面怪模怪样、架势不善的穿衣镜,由四角形的镜腿架着,斜置在房间的一角。那地方,据我惯常所见,应该让人感到亲切、丰硕;空洞的镜子偏偏挖走了地盘。我一连几小时竭力想把自己的思想岔开,让它伸展到高处,精确地测出房间的外形,直达倒挂漏斗状的房顶,结果我白白煎熬了好几个夜晚,只是直挺挺地躺在床上,忧心忡忡地竖起耳朵谛听周围的动静,鼻翼发僵,心头乱跳,直到习惯改变了窗帘的颜色,遏止了座钟的絮叨,教会了斜置着的那面残忍的镜子学得忠厚些。固然,香根草的气味尚未完全消散,但毕竟有所收敛,尤其要紧的是天花板的表面高度被降低了。习惯呀!你真称得上是一位改造能手,只是行动迟缓,害得我们不免要在临时的格局中让精神忍受几个星期的委屈。不管怎么说吧,总算从困境中得救了,值得额手称庆,因为倘若没有习惯助这一臂之力,单靠我们自己,恐怕是束手无策的,岂能把房子改造得可以住人?

当然,我现在很清醒,刚才还又翻了一回身,信念的天使已经遏止住我周围一切的转动,让我安心地躺进被窝,安睡在自己的房内,而且使得我的柜子、书桌、壁炉、临街的窗户和两边的房门,大致不差地在黑暗中各就其位。半夜梦回,在片刻的朦胧中我虽不能说已纤毫不爽地看到了昔日住过的房间,但至少当时认为眼前所见可能就是这一间或那一间。如今我固然总算弄清我并没有处身其间,我的回忆却经受了一场震动。通常我并不急于入睡;一夜之中大部分时间我都用来追忆往昔生活,追忆我们在贡布雷的外祖父母家、在巴尔贝克、在巴黎、在董西埃尔、在威尼斯以及在其他地方度过的岁月,追忆我所到过的地方,我所认识的人,以及我所见所闻的有关他们的一些往事。

············

这已经是很多很多年前的事了,除了同我上床睡觉有关的一些情节和环境外,贡布雷的其他往事对我来说早已化为乌有。可是有一年冬天,我回到家里,母亲见我冷成那样,便劝我喝点茶暖暖身子。而我平时是不喝茶的,所以我先说不喝,后来不知怎么又改变了主意。母亲着人拿来一块点心,是那种又矮又胖名叫"小玛德莱娜"的点心,看来像是用扇贝壳那样的点心模子做的。那天天色阴沉,而且第二天也不见会晴朗,我的心情很压抑,无意中舀了一勺茶送到嘴边。起先我已掰了一块"小玛德莱娜"放进茶水准备泡软后食用。带着点心渣的那一勺茶碰到我的上腭,顿时使我浑身一震,我注意到我身上发生了非同小可的变化。一种舒坦的快感传遍全身,我感到超尘脱俗,却不知出自何因。我只觉得人生一世,荣辱得失都清淡如水,背时遭劫亦无甚大碍,所谓人生短促,不过是一时幻觉;那情形好比恋爱发生的作用,它以一种可贵的精神充实了我。也许,这感觉并非来自外界,它本来就是我自己。我不再感到平庸、猥琐,凡俗。这股强烈的快感是从哪里涌出来的?我感到它同茶水和点心的滋味有关,但它又远远超出滋味,肯定同味觉的性质不一样。那么,它从何而来?又意味着什么?哪里才能领受到它?我喝第二口时感觉比第一口要淡薄,第三口比第二口更微乎其微。该到此为止了,饮茶的功效看来每况愈下。显然我所追求的真实并不在于茶水之中,而在于我的内心。茶味唤醒了我心中的真实,但并不认识它,所以只能泛泛地重复几次,而且其力道一次比一次减弱。我无法说清这种感觉究竟证明什么,但是我只求能够让它再次出现,原封不动地供我受用,使我最终彻悟。我放下茶杯,转向我的内心。只有我的心才能发现事实真相。可是如何寻找?我毫无把握,总觉得心力不逮;这颗心既是探索者,又是它应该探索的场地,而它使尽全身解数都将无济于事。探索吗?又不仅仅是探索:还得创造。这颗心灵面临着某些还不存在的东西,只有它才能使这些东西成为现实,并把它们引进光明中来。

我又回头来苦思冥想:那种陌生的情境究竟是什么?它那样令人心醉,又那样实实在在,然而却没有任何合乎逻辑的证据,只有明白无误的感觉,其他感觉同它相比都失去了明显的迹象。我要设法让它再现风姿,我通过思索又追忆喝第一口茶时的感觉。我又体会到同样的感觉,但没有进一步领悟它的真相。我要思想再作努力,召回逝去的感受。为了不让要捕捉的感受在折返时受到破坏,我排除了一切障碍,一切与此无关的杂念。我闭目塞听,不让自己的感官受附近声音的影响而分散注意。可是我的思想却枉费力气,毫无收获。我于是强迫它暂作我本来不许它作的松弛,逼它想点别的事情,让它在作最后一次拼搏前休养生息。尔后,我先给它腾出场地,再把第一口茶的滋味送到它的跟前。这时我感到内心深处有什么东西在颤抖,而且有所活动,像是要浮上来,好似有人从深深的海底打捞起什么东西,我不知道那是什么,只觉得它在慢慢升起;我感到它遇到阻力,我听到它浮升时一路发出汩汩的声响。

不用说,在我的内心深处搏动着的,一定是形象,一定是视觉的回忆,它同味觉联系在一起,试图随味觉而来到我的面前。只是它太遥远、太模糊;我勉强才看到一点不阴不阳的反光,其中混杂着一股杂色斑驳、捉摸不定的漩涡;但是我无法分辨它的形状,我无法像询问惟一能作出解释的知情人那样,求它阐明它的同龄伙伴、亲密朋友——味觉——所表示的含义,我无法请它告诉我这一感觉同哪种特殊场合有关,与从前的哪一个时期相连。

这渺茫的回忆,这由同样的瞬间的吸引力从遥遥远方来到我的内心深处,触动、震撼和撩拨起来的往昔的瞬间,最终能不能浮升到我清醒的意识的表面?我不知道。现在我什么感觉都没有了,它不再往上升,也许又沉下去了;谁知道它还会不会再从混沌的黑暗中飘浮起来?我得十次、八次地再作努力,我得俯身寻问。懦怯总是让我们知难而退,避开丰功伟业的建树,如今它又劝我半途而废,劝我喝茶时干脆只想想今天的烦恼,只想想不难消受的明天的期望。

然而,回忆却突然出现了:那点心的滋味就是我在贡布雷时某一个星期天早晨吃到过的"小玛德莱娜"的滋味(因为那天我在做弥撒前没有出门),我到莱奥妮姨妈的房内去请安,她把一块"小玛德莱娜"放到不知是茶叶泡的还是椴花泡的茶水中去浸过之后送给我吃。见到那种点心,我还想不起这件往事,等我尝到味道,往事才浮上心头;也许因为那种点心我常在点心盘中见过,并没有拿来尝尝,它们的形象早已与贡布雷的日日夜夜脱离,倒是与眼下的日子更关系密切;也许因为贡布雷的往事被抛却在记忆之外太久,已经陈迹依稀,影消形散;凡形状,一旦消褪或者一旦黯然,便失去足以与意识会合的扩张能力,连扇贝形的小点心也不例外,虽然它的模样丰满肥腴,令人垂涎,虽然点心的四周还有那么规整、那么一丝不苟的绉褶。但是气味和滋味却会在形销之后长期存在,即使人亡物毁,久远的往事了无陈迹,惟独气味和滋味虽说更脆弱却更有生命力;虽说更虚幻却更经久不散,更忠贞不矢,它们仍然对依稀往事寄托着回忆、期待和希望,它们以几乎无从辨认的蛛丝马迹,坚强不屈地支撑起整座回忆的巨厦。

虽然我当时并不知道——得等到以后才发现——为什么那件往事竟使我那么高兴,但是我一旦品出那点心的滋味同我的姨妈给我吃过的点心的滋味一样,她住过的那幢面临大街的灰楼便像舞台布景一样呈现在我的眼前,而且同另一幢面对花园的小楼贴在一起,那小楼是专为我的父母盖的,位于灰楼的后面(在这以前,我历历在目的只有父母的小楼);随着灰楼而来的是城里的景象,从早到晚每时每刻的情状,午饭前他们让我去玩的那个广场,我奔走过的街巷以及晴天我们散步经过的地方。就像日本人爱玩的那种游戏一样:他们抓一把起先没有明显区别的碎纸片,扔进一只盛满清水的大碗里,碎纸片着水之后便伸展开来,出现不同的轮廓,泛起不同的颜色,千姿百态,变成花,变成楼阁,变成人物,而且人物都五官可辨,须眉毕现;同样,那时我们家花园里的各色鲜花,还有斯万先生家花园里的姹紫嫣红,还有维福纳河塘里漂浮的睡莲,还有善良的村民和他们的小屋,还有教堂,还有贡布雷的一切和市镇周围的景物,全都显出形迹,并且逼真而实在,大街小巷和花园都从我的茶杯中脱颖而出。

第三卷　地名:那个姓氏

从那天起,每当我去盖尔芒特家那边散步,我总比以前更为自己因缺乏文学禀赋,不得不断绝当大作家之念而痛心不已!我离开人群,独自在一旁遐思时,憾恨之情更使我苦楚难当,以致为了不再受这痛苦的折磨,我的理智索性采取有意止痛的办法,完全不去想诗歌、小说以及由于我才情寡薄而无从指望的诗一般的前程。于是,一个屋顶,反照在石头上的一点阳光,一条小路的特殊气息,忽然脱离一切文学的思考,与任何东西都无联系地使我感到一个特殊的快乐，使我驻步留连；我暂停观赏的另一个原因是由于这却一切事物仿佛在我所见不到的隐秘之中蕴藏着某种东西，它们请我去搞取，我却竭尽全力而无处觅得。因为我感到这东西蕴藏在它们的内部，所以我一动不动地呆立在那里，用眼睛看，用鼻子嗅，想用自己的思想，钻进这形象和这气息的内部去。倘若那时我必须赶上我的外祖父，继续往前走，那么我就闭上眼睛，想方设法回忆方才所见的情景。我专心致志地，一丝不苟地追忆那屋顶的形状，那石头的微妙的细节；也不知为什么，我总觉得它们仿佛饱满得要裂开似的，仿佛准备把它们掩盖下的东西统统都交给我。当然，虽说能使我重新萌生当作家和诗人的希望的不是这些印象，因为它们总是同某个既无思考价值又同任何抽象真理无涉的个别对象相联系，但它们至少给了我一种无由的快感，一种文思活跃的幻觉，从而排遣了我的苦恼，排遣了每当我想去写一部巨著寻找一种哲学主题时所自恨不已的无能感。然而那些印象以具体的形态、色彩和气味迫使我意识到严峻的责任：我必须努力找到隐蔽其中的东西。但是这任务太艰巨了，我很快就为自己找到逃避努力、免去劳累的借口。幸亏那时我的长辈们在叫我了，我感到我当时不具备进行有效探究所必需的平静的心境，倒不如在回到家里之前索性不去想它为好，省得早早地徒劳无功。于是，我不再为外面裹着一种形式，一股香味，但里面又不知包藏何物的那件东西操心了；我心安理得，因为我正把受到形象外衣保护的那件东西带回家去呢，我感到它在形象的外衣下，同每逢大人允许我外出钓鱼的日子，我装进筐里还盖上保鲜的青草带回家来的鱼儿一样地鲜灵活泼。但是，回家之后，我就另有所思了，所以，那块阳光反照的石头，那片映在水面的屋顶，那悠悠的钟声，那草木的气息，还有许多各不相同的形象，也都在我的脑海中堆积下来，就跟我散步时采回来的各色野花和别人送我的各种东西堆积在我的房间里一样。而隐蔽在那些形象下的实况，我虽曾有所感，却始终缺乏足够的毅力去发现，后来也早都泯灭了。然而，有一次，我们散步的时间比平时长，在回家的中途遇见了驾车经过的贝斯比埃大夫。由于时近黄昏，大夫认出我们一行之后，便请我们上车；那次我又得到类似的印象，不过我没有轻易搁置一边，而是进行深一步地探究。我被安排坐在车夫的身旁。马车疾驰如风，因为贝斯比埃大夫在回到贡布雷之前还得在马丹维尔停留一会儿，去看望一名病人；他同我们讲定：我们在病人家门口等他。车到拐弯处，突然，我感到一阵特别的、与其他快感全然不同的喜悦，因为我远远望见了马丹维尔教堂的双塔并立的钟楼,而且随着马车的奔驰和夕阳的反照,那双塔仿佛也在迁移,及至后来,同它们相隔一座山岗、位于另一片较高的平川上的维欧维克的钟楼,竟似乎也同它成了紧邻。

我在注意到双塔塔尖形状的同时,目睹了它们轮廓的位移和塔面夕照的反光,我感到我领略不透自己的印象,总觉得在这种运动和这片反光中,有件东西既是双塔所包含的,也是它们所窃取的。

这两座钟楼看来离我们还远,仿佛我们的马车并没有向它们驰去,等到转瞬间我们忽然在教堂前停车,我才大吃一惊。我不知道望到双塔时为什么那样地喜悦,而探究其原因又似乎非常艰难;我但求在脑海中贮存下这些阳光沐照的轮廓线,至少在目前不去想它。我倘若加以探究,那么两座钟楼定会同那么多的树呀、屋顶呀、气味呀、音响呀永远联结在一起,我之所以能从纷扰的万物中分辨出上面这些东西,是因为它们同那一片目不清、我始终没有深入探究的平原有关。我跳下马车,在等待大夫的时候,同大人们一起聊天。后来我们又开始上路,我还是坐在车夫旁边的座位上。我回头看看双塔,稍微过了一会儿,我又在拐弯处最后看了它们一眼。车夫虽然不善于交谈,我说什么他都很少答腔。由于没有别人作伴,我只得与自己作伴,无可奈何地回忆我的那两座钟楼。不久,它们的轮廓,它们的阳光灿烂的表面忽然像有一层外壳似的裂开了,隐藏在里面的东西露出了一角。当时我顿生一念,在前一秒钟它还不存在,这时却形成一串词句,涌进我的脑海;初见双塔时我所感到的那种喜悦立即膨胀起来,使我像醉了似的再不能想别的事情了。当时,我们已经远离马丹维尔,我回头看去,又见到了双塔;这一次它们成了两条黑影,因为太阳已经下山。有好几次,道路转弯,把双塔从我的视线中抹去,后来,它们最后一次出现在地平线上,又终于在我的眼前完全消失了。

我并没有想到隐藏在双塔之中的东西大概同漂亮的句子相类似,因为它是以使我感奋的词汇的形式出现在我的面前,我向大夫借了纸和笔,也不管车行颠簸,我写了下面这一小段文字,以慰抚我激荡的心胸,以宣泄我满腔的热情;后来我找到了当时的原文,现在只作些许改动,转录如下:

“孤零零地从地平线上崛起、仿佛埋没在茫茫田野中的马丹维尔的双塔,高高地刺向蓝天。不久,我们看到三座塔影:一座迟来的钟楼,维欧维克的钟楼,摇身一转,站到了它们的面前,同它们会合在一起。时光流逝,我们的马车也在飞驰,然而鼎立的三塔始终在我们的眼前,像三只飞禽,一动不动地兀立平川,阳光下它们的身影格外分明。后来维欧维克的钟楼躲到一边,拉开了距离,马丹维尔的双塔依然并立,被落日的光辉照得纤毫可辨,甚至在离它们那么远的地方,我都能见到夕阳在塔尖的斜坡上嬉戏、微笑。我们花费了那么多的时间向它们靠拢,我以为还需许久才能到达它们跟前,忽然,车儿一拐,竟已经把我们送到塔下;双塔那样突然地扑面而来,幸而及时刹车,否则差一点撞在庙门上。我们继续上路;我们已经离开了马丹维尔,村庄陪我们走了几秒钟之后便消失了,地平线上只剩下马丹维尔的双塔和维欧维克的钟楼,它们在摇动着阳光灿烂的塔尖,向我们道别,目送我们奔驰远去。有时候,它们中一个隐去,让另外两个再瞅我们一眼;但是道路改变着方向,它们在阳光中像三枚金轴也随之转动,随后在我们的眼前消失。又过了一会儿,那时我们离贡布雷不远,太阳已经下山,我最后一次遥望它们,它们竟仅仅像画在田野底线之下的三朵小花了。它们也使我联想到传说中的三位姑娘,被抛弃在夜幕已经降临的荒野。正当我们的马车奔驰远去之际,我看到她们在怯怯地寻路,只见她们高贵的身影磕磕绊绊,后来就彼此紧挨在一起,一个躲到另一个的身后,在夕红未消的天边只留下一个婀娜卑谦的黑影,最终在夜色苍茫中消隐。"

以后我一直没有再去想这段文字,可是,在当时,我坐在大夫的马车夫的旁边,那是他通常放鸡笼子的地方,笼里装满他在马丹维尔市场上采购来的鸡鸭,我坐在那地方写完了上述一段文字之后感到非常痛快,我觉得它巧妙、周全地把我从钟楼的纠缠中解脱出来,让我对钟楼所蕴藏的内涵也作了交待,我痛快得好比一只刚下过蛋的母鸡,直着嗓门儿唱了起来。

在作这类漫步的时候,我能整整一天想入非非,想到能成为盖尔芒特夫人的朋友该有多快活,钓钓鳟鱼,乘一叶扁舟荡漾在维弗纳河上;而贪图幸福的我,在那样的时刻,对生活别无他求,但愿此生天天下午如此逍遥。但是,在归途中,当我在左首瞥见一座农庄时,我的心突然怦怦乱跳,我知道不出半小时我们就到家了。这座农庄离另外两座挨得很近的农庄相当远,要进入贡布雷市区,只须经由农庄折入橡树夹行的林阴道,林阴道的一边是分属三户农家的果园,株距整齐的苹果树枝条垂地,斜照的夕阳给树阴勾画出日本风格的图案。每逢去盖尔芒特那边散步的日子反正都是这样,回家之后不久就开晚饭,我刚吃完,他们就打发我去睡觉,要是赶上家里有客,我的母亲就不能离席,不能上楼来到我的床边同我道晚安。我悻悻然进入这个凄凉境界,同不久前我欢天喜地投入的那个快活境界相比，区别如此鲜明，犹如层云迭起的天边，一抹红晕被一道绿线或一道黑线所切断。红霞中有一只鸟儿在飞翔，眼看它将飞到尽头，几乎已经接近黑色区域，接着它飞了进去。盼望去盖尔芒特，盼望旅游，盼望幸福的念头刚才还纠缠着我，可现在我与它们相去万里；我已不觉得实现这些愿望有什么乐趣可言了。我甘心把这一切都抛弃，只求能在母亲的怀里整夜哭泣！我瑟瑟发抖，我忧心忡忡地盯住了母亲的脸庞，今天晚上她不会到我房里来了，独居孤室的景象已在我的脑海浮现，我恨不能一死了之。这种心境一直延续到第二天的早晨，当阳光像园丁架梯子似的把一道道光线靠到长满旱金莲的墙上（那些旱金莲一直缘墙而上，长到我的窗前），我连忙下床，赶快到花园里去，不再顾及黄昏又会引来同母亲分手的时刻。所以说，我是在盖尔芒特家那边学会辨别在某些时期内先后在我身上出现的各种不同的心境的，它们甚至在一天之内都各占一段时间，一种心境赶走另一种心境，就像定时发烧一样分秒不差；它们彼此相接，又彼此独立，彼此之间无法沟通，以致在某种心境之下，我无法理解、甚至无法想像在另一种心境之下我所期望或我所惧怕或我所做过的一切。

因此梅塞格利丝那边和盖尔芒特家那边，对于我来说，是同我们各种并行的生活中最充满曲折、最富于插曲的那种生活的许多琐细小事紧密相连的，也就是同我们的精神生活有关。无疑，它在我们的心中是悄悄地进展的，而我们认为意义和面貌都发生变化的真理，为我们开辟新的道路的真理，我们其实早就为了发现它作过长期的准备，只是我们没有意识到罢了；而在我们的心目中，真理却只从它变得显而易见的那一天、那一分钟算起。当年在草地上嬉戏的花朵，当年在阳光下流淌的河水，曾与周围的风景相关联，而这些景物至今仍留恋着它们当年的无意识的或者散淡的风貌；不用说，当它们被那位微不足道的过客、那个想入非非的孩子久久地审视时，好比一位国王受到湮没在人群中的某位回忆录作者的仔细的考察那样，大自然的那个角落、花园里的那个地段未必能认为它们多亏那孩子才得以继续幸存在它们稍纵即逝的特色之中；然而，掠过花篱，紧接着由野蔷薇接替的那株山楂花的芳香、花径台阶上没有回音的脚步声、河中泛起扑向一棵水草又立即破碎的水泡，都一直留在我激荡的心里，而且连续那么些年都久久难忘，而周围的道路却在记忆中消失得无影无踪了。走过那些道路的人死了，甚至连对走过那些道路的人的回忆也都泯灭了。有时，延存至今的那一截片断的景物，孤零零地从大千世界中清晰地浮现,繁花似锦似的小岛在我的脑海中漂动,我却说不出它来自何方,起于何时——也许干脆出自什么梦境。但是,我之所以要想到梅塞格利丝那边和盖尔芒特家那边,首先是把它们看作我的精神领域的深层沉淀,看作我至今仍赖以存身的坚固的地盘。正因为我走遍那两处地方的时候,我对物对人都深信不疑,所以惟独我经过那些地方时所认识到的物和人至今仍使我信以为真,仍使我感到愉快。也许因为创作的信心已在我的心中枯萎,也许因为现实只在我的回忆中成形,今天人们指给我看我以前未曾见过的花朵,我只觉得不是真花。沿途有丁香花、山楂花、矢车菊、丽春花和苹果树的梅塞格利丝那边,沿途有蝌蚪浮游的河流、睡莲、金盏花的盖尔芒特家那边,在我的心目中永远构成了我乐于生活其间的地域景象,在那里我首先要求的是能有地方钓鱼,有地方划船,有地方见到哥特式古堡的残迹,就像在圣安德烈那里一样,能在麦浪之间找到一座磨房般金光灿烂、乡土气十足的、雄伟的教堂。我如今漫游时偶尔还能在田野中遇见矢车菊、山楂树和苹果树,由于它们早印在我的心灵深处,与我的往事相处在同一层次,所以便直接同我的心灵相通。然而因为一地有一地的独特之处,所以我一旦萌生重访盖尔芒特家那边的愿望,即使那时有人领我到一条河边,河里的睡莲跟维福纳河的睡莲一样美,甚至更美,我也不能得到满足;同样,黄昏时回到家里,在忧虑袭来的时刻(后来这忧虑迁居进爱情的领域,变得同爱情难分难舍),我也不希望有一位比我的母亲更美丽、更聪明的母亲来同我道晚安。不,为了我能美滋滋地、安心地入睡,我需要的是她,是我的母亲,是她向我俯来的脸庞,在她的眼睛下面似乎有什么东西,可以算一种缺陷,但我也同样喜欢;除母亲之外,没有一个情妇能使我得到那样纤毫不乱的安宁,因为你即使信赖她们的时候都不免存有戒心,你永远不能像我接受母亲一吻那样得到她们的心;母亲的吻是完整的,不掺进任何杂念,绝无丝毫其他意图,只是一心为我。同样,我想重睹芳华的是我所认识的盖尔芒特家那边的景物——半路有座农庄,与另外两座紧挨在一起的农庄相距颇远,位于那条橡树成行的林阴路口;是那几片被夕阳照得犹如池塘一样反光、倒映出苹果树低垂枝叉的如茵的草地。这幅风景有时在夜间进入我的梦境,其独特的个性以一种近乎神奇的力量紧紧搂住了我,待我从梦中醒来时,却又无从寻觅。无疑,梅塞格利丝那边或盖尔芒特家那边只因为在我心上留下不同印象的同时也使我亲身体验到了这一切,所以这些不同的印象才牢固地铭刻在我心中,永远紧紧地连结在一起,从而使我今后的生活面临那么多的幻灭，甚至那么多的错误。因为，我经常想重新见到某人，却意识不到这仅仅是由于那人使我回忆起攀满山楂花的蕃篱，因此我认为——同时也让别人相信——只需神游故地，便能重温昔日的残梦了。同样，即使我身临其境，今天在我可能同梅塞格利丝那边和盖尔芒特家那边有关的印象中，昔日的印象依然存在，只是那两个地方给我的印象提供了牢靠的基础、一定的深度和一种其他印象所没有的幅度；它们也使我的旧印象多了一种魅力，一种只有我才体会得到的意蕴。每当夏天的黄昏，和谐的天空响起猛兽吼叫般的雷鸣，在人人都埋怨风狂雨骤的时候，正是梅塞格利丝那边的昔日情景，驱使我独自透过落下的雨声，忘情地嗅到虽无形迹却长存于我的心田的丁香花的芬芳。

就这样，我往往遐思达旦，想到在贡布雷度过的时光，想到当年凄凉的不眠之夜，想到昔日的种种情景——是后来的一杯茶的味道（贡布雷人称之为"香味"），勾起了多少往事的生动形象——更由于回忆的连锁反应，使我想到早在我出生之前就已经发生，但直到我离开贡布雷多年之后才听说的有关斯万的恋爱经历，这在细节上不可能精确无误，因为我们有时对死了几百年的人的生平，更容易知道一些细节，而对我们最亲密的朋友的生活，反而不易得到详备的认识，故而精确之不可能，好比想从这个城市同另一个城市的人聊天，在人们不知道有什么途径可以扭转这种不可能的情况下看来是无法进行的。这一切回忆重重叠叠，堆在一起，不过倒也不是不能分辨，有些回忆是老的回忆，有些是由一杯茶的香味勾引起来的比较靠后的回忆，有些则是我从别人那里听来的别人的回忆，其中当然还有"裂缝"，有名副其实的"断层"，至少有类似表明某些岩石、某些花纹石的不同起源、不同年代、不同结构的纹理和驳杂的色斑。

当然，当天色徐明时，我似醒非醒的短暂的朦胧早已经消散。我知道我果然躺在某一间屋子里，因为在夜犹未央时我已经把这房间照原样设想过一番了；仅仅靠我的回忆或者凭我放在窗帘下的一盏微弱的油灯提示，我已经像维持窗门原始布局的建筑师和装潢匠那样地把整间屋子里的格局和家具设置都照原样想像得各在其位了。我把镜子架在原处，把柜子也放在它通常占据的地点。但是，阳光已不是我起初误以为阳光，其实是黄铜帘杆上炭火余烬的反光了。当阳光像用粉笔在黑暗中刚画下第一道更正的白线时，原先被我错放进门框的窗户立刻带着窗帘脱框而跑；被我的记忆放错地方的书桌为了给窗帘让路也连忙把壁炉往前推,同时把过道那边的墙壁拨到一旁;一个小庭院稳稳当当地在一刹那之前为盥洗室所占据的地盘上落脚,而我在昏暗中所重建的那个寓所,被曙光伸出的手指在窗帘上方划下的那道苍白的记号赶得仓惶逃窜,挤进了我初醒时在回忆的漩涡中泛起的其他寓所的行列之中。

....

　　他的第二次访问也许对他来说更加重要。跟每次要见到她时一样,他这天在到她家去的途中,一直在脑子里勾勒她的形象;为了觉得她的脸蛋长得好看,他不得不只回忆她那红润鲜艳的颧颊,因为她的面颊的其余部分通常总是颜色灰黄,恹无生气,只是偶尔泛出几点红晕;这种必要性使他感到痛苦,因为这说明理想的东西总是无法得到,而现实的幸福总是平庸不足道的。他那天给她带去她想看的一幅版画。她有点不舒服,穿着浅紫色的中国双绉梳妆衣,胸前绣满了花样。她站在他身旁,头发没有结拢,披散在她的面颊上,一条腿像是在舞蹈中那样曲着,以便能俯身看那幅版画而不至太累;她低垂着头,那双大眼睛在没有什么东西使她兴奋的时候一直现出倦怠不快。她跟罗马西斯廷小教堂一幅壁画上耶斯罗的女儿塞福拉①是那么相像,给斯万留下了深刻的印象。斯万素来有一种特殊的爱好,爱从大师们的画幅中不仅去发现我们身边现实的人们身上的一般特征,而且去发现最不寻常的东西,发现我们认识的面貌中极其个别的特征,例如在安东尼奥·里佐②所塑的威尼斯总督洛雷丹诺的胸像中,发现他的马车夫雷米的高颧骨、歪眉毛,甚至发现两人整个面貌都一模一样;在基兰达约③的画中发现巴朗西先生的鼻子;在丁托列托④的一幅肖像画中发现迪·布尔邦大夫脸上被茂密的颊髯占了地盘的腮帮子、断了鼻梁骨的鼻子、炯炯逼人的目光,以及充血的眼睑。也许正是由于他总是为把他的生活局限于社交活动,局限于空谈而感到悔恨,因此他觉得可以在大艺术家的作品中找到宽纵自己的借口,因为这些艺术家也曾愉快地打量过这样的面貌,搬进自己的作品,为作品增添了强烈的现实感和生动性,增添了可说是现代的风味;也许同时也是由于他是如此深深地体会

---

　　① 塞福拉是《圣经》故事中犹太人领袖摩西的妻子。
　　② 安东尼奥·里佐,15世纪意大利建筑师、雕塑家。
　　③ 基兰达约(1449—1494),意大利画家,米开朗其罗幼时曾从他学画。
　　④ 丁托列托(1518—1594),意大利文艺复兴后期威尼斯画派重要画家之一。

到上流社会中的人们是这么无聊，所以他感到有必要在古代的杰作中去探索一些可以用来影射今天的人物的东西。也许恰恰相反，正是因为他具有充分的艺术家的气质，所以当他从历史肖像跟它并不表现的当代人物的相似中看到那些个别的特征取得普遍的意义时，他就感到乐趣。不管怎样，也许是因为一些时候以来他接受了大量的印象，尽管这些印象毋宁是来自他对音乐的爱好，却也丰富了他对绘画的兴趣，所以他这时从奥黛特跟这位桑德洛·迪·马里阿诺（人们现在多用他的外号波堤切利① 来称呼他，但这个外号与其说是代表这位画家的真实作品，倒不如说是代表对他的作品散布的庸俗错误的见解）笔下的塞福拉的相像当中得到的乐趣也就更深，而且日后将在他身上产生持久的影响，现在他看待奥黛特的脸就不再根据她两颊的美妙还是缺陷，不再根据当他有朝一日吻她时，他的双唇会给人怎样的柔软甘美的感觉，而是把它看作一束精细美丽的线，由他的视线加以缠绕，把她脖颈的节奏和头发的奔放以及眼睑的低垂连结起来，连成一幅能鲜明地表现她的特性的肖像。

　　他瞧着她，那幅壁画的一个片段在她的脸庞和身体上显示出来；从此以后，当他在奥黛特身畔或者只是在想起她的时候，他就总是要寻找这个片段；虽然这幅佛罗伦萨画派的杰作之所以得到他的珍爱是由于他在奥黛特身上发现了它，但两者间的相像同时也使得他觉得她更美、更弥足珍贵。斯万责怪自己从前不能认识这样一个可能博得伟大的桑德洛爱慕的女子的真正价值，同时为他能为在看到奥黛特时所得的乐趣已从他自己的美学修养中找到根据而暗自庆幸。他心想，当他把奥黛特跟他理想的幸福联系起来的时候，他并不是像他以前所想的那样，是什么退而求其次地追求一个并不完美的权宜之计，因为在她身上体现了他最精巧的艺术鉴赏。他看不到，奥黛特并不因此就是他所要得到手的那种女人，因为他的欲念恰恰总是跟他的美学鉴赏背道而驰。"佛罗伦萨画派作品"这个词在斯万身上可起了很大的作用。这个词就跟一个头衔称号一样，使他把奥黛特的形象带进了一个她以前无由进入的梦的世界，在这里身价百倍。以前当他纯粹从体态方面打量她的时候，总是怀疑她的脸、她的身材、她整体的美是不是够标准，这就减弱了他对她的爱，而

---

　　① 波堤切利(1445—1510)，意大利文艺复兴时期的画家。

现在他有某种美学原则作为基础,这些怀疑就烟消云散,那份爱情也就得到了肯定;此外,他本来觉得跟一个体态不够理想的女人亲吻,占有她的身体,固然也是顺理成章的事,可是也并不太足道,现在这既然像是对一件博物馆中的珍品的爱慕饰上花冠,在他心目中也就成了该是无比甘美、无比神妙的事情了。

正当他要为几个月来把全部时间都用来看望奥黛特而后悔的时候,他却心想在一件宝贵无比的杰作上面花许多时间是完全合乎情理的事情。这是一件以另有一番趣味的特殊材料铸成杰作,举世无双;他有时怀着艺术家的虔敬、对精神价值的重视和不计功利的超脱,有时怀着收藏家的自豪、自私和欲念加以仔细观赏。

他在书桌上放上一张《耶斯罗的女儿》的复制品,权当是奥黛特的相片。他欣赏她的大眼睛,隐约显示出皮肤有些缺陷的那张纤细的脸庞,沿着略现倦容的面颊上的其妙无比的发髻;他把从美学观点所体会的美运用到一个女人身上,把这美化为他乐于在他可能占有的女人身上全都体现出来的体态上的优点。有那么一种模糊的同感力,它会把我们吸引到我们所观赏的艺术杰作上去,现在他既然认识了《耶斯罗的女儿》有血有肉的原型,这种同感就变成一种欲念,从此填补了奥黛特的肉体以前从没有在他身上激起的欲念。当他长时间注视波堤切利这幅作品以后,他就想起了他自己的"波堤切利",觉得比画上的还美,因此,当他把塞福拉的相片拿到身边的时候,他仿佛是把奥黛特紧紧搂在胸前。

然而他竭力要防止的还不仅是奥黛特会产生厌倦,有时同时也是他自己会产生厌倦。他感觉到,自从奥黛特有了一切便利条件跟他见面以后,她仿佛没有多少话可跟他说,他担心她在跟他在一起的那种不免琐碎、单调而且仿佛已经固定不变的态度,等到她有朝一日向他倾吐爱情的时候,会把他脑子里的那种带有浪漫色彩的希望扼杀掉,而恰恰是这个希望使他萌生并保持着他的爱情。奥黛特在他心目中的形象已经到了固定不变的地步,他担心他会对它感到厌倦,因此想把它改变一下,就突然给她写了一封信,其中充满着假装出来的对她的失望和愤懑情绪,在晚饭前叫人给她送去。他知道她将大吃一惊,赶紧给他回信,而他希望,她在失去他的这种担心而使自己的心灵陷入矛盾之时,她会讲出她还从来没有对他说过的话。事实上,他也曾用这种方式收到过她一些前所未有的饱含深情的信,其中有一封是一个中午在"金屋餐厅"派人送出的(那是在救济西班牙木尔西亚水灾灾民日),开头写道:"我的朋友,我的手抖得这么厉害,连笔都抓不住了,"他把这封信跟那朵枯萎的菊花一起收藏在那个抽屉里。如果她没有工夫写信,那么当他到维尔迪兰家时,她就赶紧走到他跟前,对他说:"我有话要对您讲,"他就好奇地从她的脸上,从她的话语中捉摸她一直隐藏在心里没有对他说出的是什么。

　　每当他快到维尔迪兰家,看到那灯火辉煌的大窗户(百叶窗是从来不关的),想到他就要见到的那个可爱的人儿沐浴在金色的光芒之中时,他就心潮澎湃。有时候,客人们的身影映照在窗帘上,细长而黝黑,就像绘制在半透明的玻璃灯罩上的小小的图像,而灯罩的另一面则是一片光亮。他试着寻找奥黛特的侧影。等他一进屋,他的眼睛就不由自主地闪发出如此愉快的光芒,维尔迪兰对画家说:"看吧,这下可热闹了。"的确,奥黛特的在场给这里添上了斯万在接待他的任何一家都没有的东西:那是一个敏感装置,一个连通各间房间,给他的心带来不断的刺激的神经系统。……

(选自《追忆似水年华》,李恒基、

徐继曾译,译林出版社 1992 年版)

《追忆似水年华》导读

　　马塞尔·普鲁斯特(1871—1922)是 20 世纪法国最重要的作家。他生于巴黎一个富裕的家庭里,父亲是医学院的教授和主任医生,母亲是犹太人。他从父亲那里继承了准确、稳妥的判断力,而从母亲那里获得了极端的敏感性、音乐感和情感的变幻不定。母亲怀上他时正值普法战争,他的父亲在战场上受了伤,险些丧命。普鲁斯特夫人受此惊吓,生下一个羸弱的孩子,普鲁斯特先生以为他活不了多久。

　　普鲁斯特从小就患失眠症。9 岁那年,当他从布洛涅园林散步回家时,得了强烈的哮喘病,这种病从此折磨了他一生。哮喘病同他的神经质体质有关。他的意识总是极为兴奋,他的心灵渴望着交流。他对大自然的每一种现象都感到一种特殊的兴趣。

他的父亲本想让他从事外交,但他喜欢文学。到了参军年龄,普鲁斯特自愿入伍,编入奥尔良的76步兵团。一年期满以后,他在巴黎大学和政治科学自由学院听课,获得学士学位。1895年6月在马扎兰图书馆任职。在大学期间,他办杂志,写散文和小说,后来结集为《欢乐与时日》(1895)出版。1896年,他开始构思自传体小说《让·桑特伊》,这部未完成的作品直到1952年才被人发现、出版。

1897年2月,有人在报上抨击普鲁斯特,导致两人用手枪进行决斗。

普鲁斯特对英国评论家的作品很感兴趣,决心翻译罗斯金的作品,但他英文较差,需要母亲逐字逐句地翻译给他听。《亚眠圣经》(1904)和《芝麻和百合》(1916)就是这样翻译的。罗斯金给予普鲁斯特很大的启示。一是罗斯金按照内在逻辑性去组织句子和表达思想的特殊方式,普鲁斯特发展为意识流手法;二是在往昔中生活,重现现实的方式,也就是回忆手法。

1906年,父母亲去世之后,他迁至奥斯曼大街,在卧房里安上软木墙面,杜绝外界声音。从1909年开始,他创作《追忆似水年华》的第一部《在斯万家那边》,至1913年写出这部巨著的前三部,可是一些大出版社都拒绝出版,普鲁斯特只得自费出版。1913年,格拉塞出版社发表了《在斯万家那边》。但是,第一次世界大战的爆发中断了小说第二部和第三部的出版,直至1918年11月底才出版《在妙龄少女的身旁》。次年,这一部小说获得了龚古尔奖。小说第三部《盖尔芒特家那边》(1920—1921)和第四部《索多姆和戈摩尔》(1921—1922)还能赶在普鲁斯特生前出版。然而,从1921年5月开始,普鲁斯特的病情明显恶化,再过一年,他连写信都感到精疲力竭。他自知行将就木,便抓紧时间工作,完全不顾医生的劝告。

他对女仆说:"死神在追逐我。我没有时间完成了……别让人走进我的家!"1922年11月18日下午4时左右,普鲁斯特终于与世长辞。

小说第五部《女囚》于1922年出版,第六部《女逃亡者》于1925年问世,第七部《重现的时光》于1927年发表,至此,《追忆似水年华》出齐,译成中文约250万字。

普鲁斯特的作品还有《仿作与杂记》(1919),作为遗著出版的《专栏文章》(1927)、《驳圣伯夫》(1954)以及《书信集》多卷。其中,《驳圣伯夫》是一部较重要的评论集,普鲁斯特于1907年开始动笔,但半途而废。这是一部评论巴尔扎克的论著。普鲁斯特在阅读《人间喜剧》时,感到自己的小说家禀赋苏醒了,同时他又感到需要阐明他与巴尔扎克的区别。因此,《驳圣伯夫》是一部有感而发之作。

普鲁斯特是西方第一个大量使用意识流手法的作家。他要"让读者接受一部作品,说实话,这部作品不同于古典小说",他的《追忆似水年华》就创造了这种新型小说。在他之前,还没有哪一个作家倾其全力去研究、分析和描绘过人们的内心世界,换句话说,从普鲁斯特开始,人物的内心才真正成为与外部世界并列的另一个世界,他以多声部的、繁富复杂的心理描写,深入到人物内心世界最深层、最隐蔽之处,这就是普鲁斯特对小说创作的突出贡献所在。

《追忆似水年华》用第一人称的手法叙述出来,既写到主人公马塞尔小时候的经历、几次爱情的遭遇,也写到他周围人物的经历和生活变迁。虽然这部小说跟传统小说大相径庭,不是按故事发生的先后次序写成的,也没有什么互相连贯的情节可言,既找不到扣人心弦的富于悬念的故事,也看不到精彩纷呈的爱情纠葛,但是,还是可以大致看出这部小说发生的背景和年代。它描述了从19世纪70年代至第一次世界大战结束这半个世纪的法国上层社会,这正是法国走上垄断资本主义的时期。在政治上,法国发展到19世纪末,右翼势力控制了政坛,轰动一时的德雷福斯事件前前后后延续了 10 年之久,震动了朝野上下,全国分成了两派意见,斗争异常激烈。随后,由于帝国主义国家之间利益分配的不平衡而爆发了第一次世界大战,在上层社会中,各类人物也有不同的表现。这些最重大的事件在《追忆似水年华》中都有所反映,普鲁斯特并没有正面展示这些政治事件,而是力图表现这些事件对人物精神的影响,以及在各类人物身上的反响。

在小说中,普鲁斯特集中描写到两个社会圈子里的人物,亦即盖尔芒特家的圈子和维尔迪兰家的圈子。前者是贵族沙龙,后者是资产阶级沙龙,两者互相对立。贵族沙龙在圣日耳曼区,门禁森严,极其封闭,代表旧传统,不过对待德雷福斯案件,这个圈子里仍然有两种见解。贵族沙龙里的人蔑视资产阶级沙龙,维尔迪兰家是暴发户,聚集了一批艺术家。日月荏苒,社会在变化,这两个圈子的情况也产生了变动。作为资产阶级沙龙成员之一的斯万,他的妻子奥黛特在丈夫死后成为德·福尔仁维尔公爵夫人,进入了盖尔芒特家的社交圈子,那里以前是拒她于门外的。至于维尔迪兰夫人,她第三次结婚时成了德·盖尔芒特亲王夫人!年轻的一代也互相通婚:德·圣卢娶了奥黛特的女儿吉尔贝特。高傲的夏尔吕斯落魄了,而维尔杜兰家族的地位与日俱增。这种融合现象既表现了资产阶级依然倾慕贵族头衔的社会心理,也反映了资产阶级势力的扩大。

全书还贯穿了普鲁斯特对人生哲理的思索,这表现在他关于"时间"的思考上面。书名已经点明了作者的意向,他要寻找失去了的时间。他认为人在时间中占据一定的位置,给时间打上了印记。文学作品应该去寻找往昔,因为"真正的天堂是已经失去了的天堂"。只有回顾往昔,才能看出世间事物的变化,看到时间的毁坏作用;找到了这往昔,也就是拯救了往昔,从而摆脱了死亡。这里可以看到法国哲学家柏格森关于时间和生命的观点。

《追忆似水年华》与传统小说最大的不同之处在于运用了意识流手法。

首先，普鲁斯特往往从一些微不足道的细节中勾起回忆。主人公在喝茶点时，由于茶味而唤醒了他心中的真实，久远的往事一下子全部显现出来。作家认为，只要具备一定的条件，"事物长存的、一般隐而不露的本质就会解放出来。"往事显现这段时间就叫做"心灵的间歇"。不难看出，回忆是从味觉、嗅觉、视觉、听觉、触觉出发的，普鲁斯特确实借鉴了波德莱尔关于各种感官与精神意识通连的手法。这种回忆手法与时间相连。普鲁斯特认为"正如有空间的几何学，也就有时间的心理学"。他认为人的一生由无数个不同时刻的心理活动组成。他排除了以往"平板的心理学"的写法，采用多角度、反复观照的手法，时序颠倒，而且交叉、重复、互相渗透。

普鲁斯特还能抓住不同层次的意识，例如在嫉恨的时候，其实还隐伏着爱，到一定时候嫉恨会转变成爱。人的精神生活的丰富性就表现在这里。

更进一步，普鲁斯特能抓住意识的自发状态，发现难以表达的心理活动。这往往是哲理方面的感受，或者是偶然产生的某种超现实的感觉，需要非常敏锐的小说家才能记录下来。

此外，普鲁斯特善于描绘某些情感，他的观察角度迥异于前人。例如斯万的爱情，他不去描写斯万如何追求奥黛特，作者的笔墨完全放在刻画斯万迷恋奥黛特的各种心理上。斯万之恋有如一个万花筒一样，普鲁斯特把他的恋爱心理写得淋漓尽致。

普鲁斯特向内心世界作深层次探索时，必然遇到自觉和不自觉的意识，即下意识或潜意识的心理现象，这是因为："要参观一个古城的遗迹，光长途跋涉是不够的，还应在地下发掘……有时候某些偶然的瞬间的印象……形象更加逼真。"普鲁斯特力图完整地揭示人的内心活动以及内心世界的丰富性和奥秘。

普鲁斯特是一个具有特殊风格的大作家。他善于驾驭复杂繁富的长句。复杂是指结构而言，或者是副句有好几个：条件副句、原因副句、状语副句等等，不一而足；或者连接穿插关系从句；或者有插入句，用破折号、冒号、分号来延长句子。繁富是指表达的意思而言，普鲁斯特经常从一句想法引申到其他想法上去，有时分几个句子来表达，有时在一个长句中涵盖一切。这就像一棵大树的主干伸出众多的枝柯一样，形成繁茂的枝叶，蔚为大观。这种层层叠叠、曲曲折折、枝蔓丛生、结构严密的长句，适合于对内宇宙的描绘，以表达复杂的思维层次。长句带来的必然是极其缓慢的节奏，却也像天鹅在水中游弋一样，异常优美。

同时，普鲁斯特也十分注意和谐多彩的句型。未完成过去时的大量运用，表示行动的延续和经常性；将三个名词、形容词或动词并列使用，以写出内心情感逐层深入的变化过程；将关键性的词置于句子的中心部位，起到舒缓起伏、回荡不已的效果；选用严格对称的词组，造成一种平衡、匀称的语言美；在某些情节的开头和结尾精心构造一些句子，起到强烈的效果。他追求的是柔美、自然、机智的特点。

总之，复杂繁富的长句是他的风格的主要特色，而和谐多彩的句型如众星拱月，起着平衡和多变化的辅助作用。两者相得益彰，不可或缺。

普鲁斯特的语言风格符合知识阶层对高雅、闲适的趣味要求。人类社会发展到 20 世纪，物质文明已达到一个新阶段。随着科学技术的发展以及各种生活设备的完善，人们对高雅、闲适的趣味也产生了爱好。尤其是知识阶层，已经领略过各种朴素、平易或者单纯而华丽的文风，他们自然而然企求一种与时代气息合拍的新风格的出现。这就是为什么当今的法国知识阶层都已习惯、并且欣赏普鲁斯特的语言风格。

（郑克鲁）

福克纳

喧哗与骚动

1928 年 4 月 7 日[①]

透过栅栏,穿过攀绕的花枝的空档,我看见他们在打球。他们朝插着小旗的地方走过来,我顺着栅栏朝前走。勒斯特在那棵开花的树旁草地里找东西。他们把小旗拔出来,打球了。接着他们又把小旗插回去,来到高地[②]上,这人打了一下,另外那人也打了一下。他们接着朝前走,我也顺着栅栏朝前走。勒斯特离开了那棵开花的树,我们沿着栅栏一起走,这时候他们站住了,我们也站住了。我透过栅栏张望,勒斯特在草丛里找东西。

"球在这儿,开弟[③]。"那人打了一下。他们穿过草地往远处走去。我贴紧栅栏,瞧着他们走开。

"听听,你哼哼得多难听。"勒斯特说。"也真有你的,都三十三了,还这副样子。我还老远到镇上去给你买来了生日蛋糕呢。别哼哼唧唧了。你就不能帮我找找那只两毛五的敚子儿,好让我今儿晚上去看演出。"

他们过好半天才打一下球,球在草场上飞过去。我顺着栅栏走回到小旗附近去。小旗在耀眼的绿草和树木间飘荡。

"过来呀。"勒斯特说。"那边咱们找过子。他们一时半刻间不会再过来的。

---

① 这一章是班吉明("班吉")的独白。这一天是他33岁生日。他在叙述中常常回想到过去不同时期的事。

② 指高尔夫球的发球处。

③ "开弟",原文为 Caddie,本应译为"球童",但此词在原文中与班吉姐姐的名字"凯蒂"(Caddy)恰好同音,班吉每次听见别人叫球童,便会想起心爱的姐姐,哼叫起来。

咱们上小河沟那边去找,再晚就要让那帮黑小子捡去了。"

小旗红红的,在草地上呼呼地飘着。这时有一只小鸟斜飞下来停歇在上面。勒斯特扔了块土过去。小旗在耀眼的绿草和树木间飘荡。我紧紧地贴着栅栏。

"快别哼哼了。"勒斯特说。"他们不上这边来,我也没法让他们过来呀,是不是。你要是还不住口,姥姥①就不给你做生日了。你还不住口,知道我会怎么样。我要把那只蛋糕全都吃掉。连蜡烛也吃掉。把三十三根蜡烛全都吃下去。来呀,咱们上小河沟那边去。我得找到那只敨子儿。没准还能找到一只掉在那儿的球呢。哟。他们在那儿。挺远的。瞧见没有。"他来到栅栏边,伸直了胳膊指着。"看见他们了吧。他们不会再回来了。来吧。"

我们顺着栅栏,走到花园的栅栏旁,我们的影子落在栅栏上,在栅栏上,我的影子比勒斯特的高。我们来到缺口那儿,从那里钻了过去。

"等一等。"勒斯特说。"你又挂在钉子上了。你就不能好好的钻过去不让衣服挂在钉子上吗?"

凯蒂把我的衣服从钉子上解下来,我们钻了过去②。凯蒂说,毛莱舅舅关照了,不要让任何人看见我们,咱们还是猫着腰吧。猫腰呀,班吉。像这样,懂吗?我们猫下了腰,穿过花园,花儿括着我们,沙沙直响。地绷绷硬。我们又从栅栏上翻过去,几只猪在那儿嗅着闻着,发出了哼哼声。凯蒂说,我猜它们准是在伤心,因为它们的一个伙伴今儿个给宰了。地绷绷硬,是给翻掘过的,有一大块一大块土疙瘩。

把手插在兜里,凯蒂说。不然会冻坏了。快过圣诞节了,你不想让你的手冻坏吧,是吗。

"外面太冷了。"威尔许说③。"你不要出去了吧。"

---

① 指康普生家的黑女佣迪尔西,她是勒斯特的外祖母。
② 班吉的衣服被钩住,使他脑子里浮现出另一次他的衣服在栅栏缺口处被挂住的情景。那是在 1900 年圣诞节前两天(12 月 23 日),当时,凯蒂带着他穿过栅栏去完成毛莱舅舅交给他们的一个任务——送情书给隔壁的帕特生太太。
③ 同一天,时间稍早,在康普生家。威尔许是康普生家的黑小厮,迪尔西的大儿子。前后有三个黑小厮服侍过班吉。1905 年前是威尔许,1905 年以后是 T.P.(迪尔西的小儿子),"当前"(1928 年)则是勒斯特(迪尔西的外孙)。福克纳在本书中用不同的黑小厮来标明不同的时序。

"这又怎么的啦。"母亲说。

"他想到外面去呢。"威尔许说。

"让他出去吧。"毛莱舅舅说。

"天气太冷了。"母亲说。"他还是呆在家里得了。班吉明。好了,别哼哼了。"

"对他不会有害处的。"毛莱舅舅说。

"喂,班吉明。"母亲说。"你要是不乖,那只好让你到厨房去了。"

"妈咪说今儿个别让他上厨房去"威尔许说。"她说她要把那么些过节吃的东西都做出来。"

"让他出去吧,卡罗琳。"毛莱舅舅说。"你为他操心太多了,自己会生病的。"

"我知道。"母亲说。"有时候我想,这准是老天对我的一种惩罚。"

"我明白,我明白。"毛莱舅舅说。"你得好好保重。我给你调一杯热酒吧。"

"喝了只会让我觉得更加难受。"母亲说。"这你不知道吗。"

"你会觉得好一些的。"毛莱舅舅说。"给他穿戴得严实些,小子,出去的时间可别太长了。"

毛莱舅舅走开去了。威尔许也走开了。

"别吵了好不好。"母亲说。"我们还巴不得你快点出去呢。我只是不想让你害病。"

威尔许给我穿上套鞋和大衣,我们拿了我的帽子就出去了。毛莱舅舅在饭厅里,正在把酒瓶放回到酒柜里去。

"让他在外面呆半个小时,小子。"毛莱舅舅说。"就让他在院子里玩得了。"

"是的,您哪。"威尔许说。"我们从来不让他到外面街上去。"

我们走出门口。阳光很冷,也很耀眼。

"你上哪儿去啊。"威尔许说。"你不见得以为是到镇上去吧,是不是啊。"我们走在沙沙响的落叶上。铁院门冰冰冷的。"你最好把手插在兜里。"威尔许说。"你的手捏在门上会冻坏的,那你怎么办。你干嘛不待在屋子里等他们呢。"他把我的手塞到我口袋里去。我能听见他踩在落叶上的沙沙声。我能闻

905

到冷的气味①。铁门是冰冰冷的。

"这儿有几个山核桃。好哎。窜到那棵树上去了。瞧呀,这儿有一只松鼠,班吉。"

我已经一点也不觉得铁门冷了,不过我还能闻到耀眼的冷的气味。

"你还是把手插回到兜里去吧。"

凯蒂走来了。接着她跑起来了,她的书包在背后一跳一跳,晃到这边又晃到那边。

"嗨,班吉。"凯蒂说。她打开铁门走进来,就弯下身子。凯蒂身上有一股树叶的香气。"你是来接我的吧。"她说。"你是来等凯蒂的吧。威尔许,你怎么让他两只手冻成这样。"

"我是叫他把手放在兜里的。"威尔许说。"他喜欢抓住铁门。"

"你是来接凯蒂的吧。"她说,一边搓着我的手。"什么事。你想告诉凯蒂什么呀。"凯蒂有一股树的香味,当她说我们这就要睡着了的时候,她也有这种香味。

你哼哼唧唧的干什么呀,勒斯特说②。等我们到小河沟你还可以看他们的嘛。哪。给你一根吉姆生草③。他把花递给我。我们穿过栅栏,来到空地上。

"什么呀。"凯蒂说④。"你想跟凯蒂说什么呀,是他们叫他出来的吗,威尔许。"

"没法把他圈在屋里。"威尔许说。"他老是闹个没完,他们只好让他出来。他一出来就直奔这儿,朝院门外面张望。"

"你要说什么呀。"凯蒂说。"你以为我放学回来就是过圣诞节了吗。你是这样想的吧。圣诞节是后天。圣诞老公公,班吉。圣诞老公公。来吧,咱们跑回家去暖和暖和。"她拉住我的手,我们穿过了亮晃晃、沙沙响的树叶。我们跑上台阶,离开亮亮的寒冷,走进黑黑的寒冷。毛莱舅舅正把瓶子放回到酒柜里去。他喊凯蒂。凯蒂说,

"把他带到炉火跟前去,威尔许。跟威尔许去吧。"她说。"我一会儿就来。"

---

① 班吉虽是白痴,但感觉特别敏锐,各种感觉可以沟通。

② 这一段回到"当前"

③ 一种生长在牲口棚附近带刺的有恶臭的毒草,拉丁学名为"Datura stramonium",开喇叭形的小花。

④ 又回到 1900 年 12 月 23 日,紧接前面一段回忆。

我们来到炉火那儿。母亲说，

"他冷不冷，威尔许。"

"一点不冷，太太。"威尔许说。

"给他把大衣和套鞋脱了。"母亲说。"我还得跟你说多少遍，别让他穿着套鞋走到房间里来。"

"是的，太太。"威尔许说。"好，别动了。"他给我脱下套鞋，又来解我的大衣钮扣。凯蒂说，

"等一等，威尔许。妈妈，能让他再出去一趟吗？我想让他陪我去。"

"你还是让他留在这儿得了。"毛莱舅舅说。"他今天出去得够多的了。"

"依我说，你们俩最好都呆在家里。"母亲说。"迪尔西说，天越来越冷了。"

"哦，妈妈。"凯蒂说。

"瞎说八道。"毛莱舅舅说。"她在学校里关了一整天了。她需要新鲜空气。快去吧，凯丹斯①。"

"让他也去吧，妈妈。"凯蒂说。"求求您。您知道他会哭的。"

"那你干嘛当他的面提这件事呢，"母亲说，"你干嘛进这屋里来呢。就是要给他个因头，让他再来跟我纠缠不清。你今天在外面呆的时间够多的了。我看你最好还是坐下来陪他玩一会儿吧。"

"让他们去吧，卡罗琳。"毛莱舅舅说，"挨点儿冷对他们也没什么害处。记住了，你自己可别累倒了。"

"我知道，"母亲说，"没有人知道我多么怕过圣诞节。没有人知道，我可不是那种精力旺盛能吃苦耐劳的女人。为了杰生②和孩子们，我真希望我身体能结实些。"

"你一定要多加保重，别为他们的事操劳过度，"毛莱舅舅说，"快走吧，你们俩。只是别在外面呆太久了，听见了吗。你妈要担心的。"

"是咧，您哪，"凯蒂说，"来吧，班吉。咱们又要出去罗。"她给我把大衣扣子扣好，我们朝门口走去。

"你不给小宝贝穿上套鞋就带他出去吗？"母亲说，"家里乱哄哄人正多的

---

① "凯蒂"是小名，正式的名字是"凯丹斯"。

② 康普生先生的名字叫"杰生"，他的二儿子也叫"杰生"。这里指的是康普生先生。

时候,你还想让他得病吗。"

"我忘了,"凯蒂说,"我以为他是穿着的呢。"

我们又走回来。"你得多动动脑子。"母亲说。"别动了。"威尔许说。他给我穿上套鞋。"不定哪一天我就要离开人世了,就得由你们来替他操心了。"现在顿顿脚威尔许说。"过来跟妈妈亲一亲,班吉明。"

凯蒂把我拉到母亲的椅子前面去,母亲双手捧住我的脸,接着把我搂进怀里。

"我可怜的宝贝儿,"她说。她放开我,"你和威尔许好好照顾他,乖妞儿。"

"是的,您哪。"凯蒂说。我们走出去。凯蒂说,

"你不用去了,威尔许。我来管他一会儿吧。"

"好咧。"威尔许说,"这么冷,出去是没啥意思。"他走开去了,我们在门厅里停住脚步,凯蒂跪下来,用两只胳膊搂住我,把她那张发亮的冻脸贴在我的脸颊上。她有一股树的香味。

"你不是可怜的宝贝儿。是不是啊。你有你的凯蒂呢。你不是有你的凯蒂姐吗。"

你又是嘟哝,又是哼哼,就不能停一会儿吗,勒斯特说①。你吵个没完,害不害臊。我们经过车房,马车停在那里。马车新换了一只车轱辘。

"现在,你坐到车上去吧,安安静静地坐着,等你妈出来。"迪尔西说②,她把我推上车去。T. P. 拉着缰绳。"我说,我真不明白杰生干嘛不去买一辆新的轻便马车。"迪尔西说,"这辆破车迟早会让你们坐着坐着就散了架。瞧瞧这些破轱辘。"

母亲走出来了,她边走边把面纱放下来。她拿着几支花儿。

"罗斯库司在哪儿啦。"她说。

"罗斯库司今儿个胳膊举不起来了,"迪尔西说,"T. P. 也能赶车,没事儿。"

---

① 回到"当前"

② 下面一大段文字,是写班吉看到车房里的旧马车时所引起的有关坐马车的一段回忆。事情发生在 1912 年。康普生先生已经去世。这一天,康普生太太戴了面纱拿着花去上坟。康普生太太与迪尔西对话中提到的昆丁是个小女孩,不是班吉的大哥(这个昆丁已于 1910 年自杀),而是凯蒂的私生女。对话中提到的罗斯库司,是迪尔西的丈夫。

"我可有点担心，"母亲说，"依我说，你们一星期一次派个人给我赶赶车也应该是办得到的。我的要求不算高嘛，老天爷知道。"

"卡罗琳小姐①。罗斯库司风湿病犯得很厉害，实在干不了什么活，这您也不是不知道。"迪尔西说。"您就过来上车吧。T·P·赶车的本领跟罗斯库司一样好。"

"我可有点儿担心呢。"母亲说，"再说还带了这个小娃娃。"

迪尔西走上台阶。"您还管他叫小娃娃。"她说。她抓住了母亲的胳膊。"他跟 T.P. 一般大，已经是个小伙子了。快走吧，如果您真的要去。"

"我真担心呢。"母亲说。她们走下台阶，迪尔西扶母亲上车。"也许还是翻了车对我们大家都好些。"母亲说。

"瞧您说的，你害臊不害臊，"迪尔西说，"您不知道吗，光是一个十八岁的黑小伙儿也没法能让'小王后'撒腿飞跑。它的年纪比 T.P. 跟班吉加起来还大。T.P.，你可别把'小王后'惹火了，你听见没有。要是你赶车不顺卡罗琳小姐的心，我要让罗斯库司好好打你一顿。他还不是打不动呢。"

"知道了，妈。"T.P. 说。

"我总觉得会出什么事的。"母亲说，"别哼哼了，班吉明。"

"给他一支花拿着，"迪尔西说，"他想要花呢。"她把手伸了进来。

"不要，不要，"母亲说，"你会把花全弄乱的。"

"您拿住了，"迪尔西说，"我抽一支出来给他。"她给了我一支花，接着她的手缩回去了。

"快走吧，不然小昆丁看见了也吵着要去了。"迪尔西说。

"她在哪儿。"母亲说。

"她在屋里跟勒斯特一块儿玩呢。"迪尔西说。"走吧，T.P.，就按罗斯库司教你的那样赶车吧。"

"好咧，好。"T.P. 说，"走起来呀，'小王后'。"

"小昆丁，"母亲说，"可别让她出来。"

"当然不会的。"迪尔西说。

马车在车道上颠晃、碾轧着前进。"我把小昆丁留在家里真放心不下。"母

---

① 美国南方种植园中的黑女佣，从小带东家的孩子，所以到她们长大结婚后仍然沿用以前的称呼。

亲说。"我还是不去算了。T.P.。"我们穿过了铁院门,现在车子不再颠了。T.P. 用鞭子抽了"小王后"一下。

"我跟你说话呢,T.P.,"母亲说。

"那也得让它继续走呀。"T.P. 说,"得让它一直醒着,不然就回不到牲口棚去了。"

"你掉头呀,"母亲说,"把小昆丁留在家里我不放心。"

"这儿可没法掉头。"T.P. 说。过了一会儿,路面宽一些了。

"这儿总该可以掉头了吧。"母亲说。

"好吧。"T.P. 说。我们开始掉头了。

"你当心点,T.P.。"母亲说,一面抱紧了我。

"您总得让我掉头呀。"T.P. 说。"吁,'小王后'。"我们停住不动了。

"你要把我们翻出去了。"母亲说。

"那您要我怎么办呢。"T.P. 说。

"你那样掉头我可害怕。"母亲说。

"驾,'小王后'。"T.P. 说。我们又往前走了。

"我知道得很清楚,我一走开,迪尔西准会让小昆丁出什么事的。"母亲说。"咱们得快点回家。"

"走起来,驾。"T.P. 说。他拿鞭子抽"小王后"。

"喂,T.P.,"母亲说。死死地抱住了我。我听见"小王后"脚下的得得声,明亮的形体从我们两边平稳地滑过去,它们的影子在"小王后"的背上掠过。它们像车轱辘明亮的顶端一样向后移动。接着,一边的景色不动了,那是个有个大兵的大白岗亭。另外那一边还在平稳地滑动着,只是慢下来了。

"你们干什么去?"杰生说。他两只手插在兜里,一支铅笔架在耳朵后面。

"我们到公墓去。"母亲说。

"很好,"杰生说,"我也没打算阻拦你们,是不是。你来就是为了跟我说这一个,没别的事了吗?"

"我知道你不愿去,"母亲说,"不过如果你也去的话,我就放心得多了。"

"你有什么不放心的,"杰生说,"反正父亲和昆丁也没法再伤害你了。"

母亲把手绢塞到面纱底下去。"别来这一套了,妈妈。"杰生说。"您想让这个大傻子在大庭广众又吼又叫吗?往前赶车吧,T.P.。"

"走呀,'小王后'。"T.P. 说。

"我这是造了什么孽呀。"母亲说,"反正要不了多久我也会跟随你父亲到地下去了。"

"行了。"杰生说。

"吁。"T.P.说。杰生又说,

"毛莱舅舅用你的名义开了五十块钱支票。你打算怎么办。"

"问我干什么,"母亲说,"我还有说话的份儿吗。我只是想不给你和迪尔西添麻烦。我快不在了,再往下就该轮到你了。"

"快走吧,T.P.。"杰生说。

"走呀,'小王后'。"T.P.说。车旁的形体又朝后面滑动,另一边的形体也动起来了,亮晃晃的,动得很快,很平稳,很像凯蒂说我们这就要睡着了时的那种情况。

整天哭个没完的奥小子,勒斯特说①。你害不害臊。我们从牲口棚当中穿过去,马厩的门全都敞着。你现在可没有花斑小马驹骑啰,勒斯特说。泥地很干,有不少尘土。屋顶塌陷下来了。斜斜的窗口布满了黄网丝。你干吗从这边走。你想让飞过来的球把你的脑袋敲破吗。

"把手插在兜里呀。"凯蒂说。"不然的话会冻僵的。你不希望过圣诞节把手冻坏吧,是不是啊。"②

我们绕过牲口棚。母牛和小牛犊站在门口,我们听见"王子"、"小王后"和阿欢在牲口棚里顿脚的声音。"要不是天气这么冷,咱们可以骑上阿欢去玩儿了。"凯蒂说,"可惜天气太冷,在马上坐不住。"这时我们看得见小河沟了,那儿在冒着烟。"人家在那儿宰猪,"凯蒂说,"我们回家可以走那边,顺便去看看。"我们往山下走去。

"你想拿信,"凯蒂说,"我让你拿就是了。"她把信从口袋里掏出来,放在我的手里。"这是一件圣诞礼物。"凯蒂说,"毛莱舅舅想让帕特生太太喜出望外呢。咱们交给她的时候可不能让任何人看见。好,你现在把手好好的插到兜里去吧。"我们来到小河沟了。

"都结冰了。"凯蒂说。"瞧呀。"她砸碎冰面,捡起一块贴在我的脸上。"这

---

① 回到"当前"。

② 班吉看到牲口棚,脑子里又出现圣诞节前与凯蒂去送信,来到牲口棚附近时的情景。

是冰。这就说明天气有多冷。"她拉我过了河沟，我们往山上走去。"这事咱们跟妈妈和爸爸也不能说。你知道我是怎么想的吗。我想，这件事会让妈妈、爸爸和帕特生先生都高兴得跳起来，帕特生先生不是送过糖给你吃吗。你还记得夏天那会儿帕特生先生送糖给你吃吗。"

我们面前出现了一道栅栏。上面的藤叶干枯了，风把叶子刮得格格地响。

"不过，我不明白为什么毛莱舅舅不派威尔许帮他送信，"凯蒂说，"威尔许是不会多嘴的。"帕特生太太靠在窗口望着我们。"你在这儿等着，"凯蒂说，"就在这儿等着。我一会儿就回来。把信给我。"她从我口袋里把信掏出来。"你两只手在兜里搁好了。"她手里拿着信，从栅栏上爬过去，穿过那些枯黄的、格格响着的花。帕特生太太走到门口，她打开门，站在那儿。

帕特生先生在绿花丛里砍东西①。他停下了手里的活，对着我瞧。帕特生太太飞跑着穿过花园。我一看见她的眼睛我就哭了起来。"你这白痴，"帕特生太太说，"我早就告诉过他②别再差你一个人来了。把信给我。快。"帕特生先生手里拿着锄头飞快地跑过来。帕特生太太伛身在栅栏上，手伸了过来，她想爬过来。"把信给我，"她说，"把信给我。"帕特生先生翻过栅栏。他把信夺了过去。帕特生太太的裙子让栅栏挂住了。我又看见了她的眼睛，就朝山下跑去。

············

1910 年 6 月 2 日

············

"我也没喝过，"斯波特说。我也不知道反正很多我心里有件很可怕的事，很可怕的事。父亲我犯了罪③。你做过那样的事吗。我们没有，我们没有做过，我们做过吗？

---

① 这一段写另一次班吉单独一个人送信给帕特生太太，被帕特生先生发现的情形。时间是 1908 的的春天或夏天，这时花园里已经有了"绿花丛"。在班吉的脑子里"花"与"草"是分不清的。
② 指她的情人毛莱舅舅。
③ 昆丁坚持要去向父亲承认他犯下了乱伦的大错。

"而吉拉德的外公总是在早饭前自己去采薄荷,那时枝叶上还沾着露水。他甚至不肯让老威尔基①碰那棵薄荷,你记得吗,吉拉德?他总是自己采了自己配制他的薄荷威士忌。他调酒上头可挑剔了,像个老小姐似的,他记住了一份配方,一切都按这配方来要求。他这份配方只告诉过一个人,那是"我们做过你怎么会不知道呢如果你有耐心听那就让我来告诉你那是怎么一回事那是一桩罪行我们犯下了一桩可怕的罪行那是隐瞒不了的你以为可以不过你听我说呀 可怜的昆丁你根本没有做过这件事是不是 我要告诉你这是怎么一回事我要告诉父亲这样一来这就成为事实了因为你爱父亲这样一来我们只有出走这一条路了② 为刺人、恐惧与圣洁的火焰所包围。我会逼你承认我们做过这件事的我比你力气大我会逼你说是我们干的你过去以为是他们干的其实是我听着我一直是在骗你其实是我你当时以为我在屋子里那里弥漫着那该死的忍冬香味尽量不去想那秋千那雪杉那神秘的起伏那搅混在一起的呼吸吮吸着狂野的呼吸那一声声是的 是的 是的 是的 "他自己从来不喝酒,可是他总是说一篮子酒③ 你上回念的是哪本书在吉拉德划船服里的那一本是每一个绅士郊游野餐时必不可少的用品"你当时爱他们吗。凯蒂你当时爱他们吗。他们抚触到我时我就死过去了。

她一时站在那里④ 不一会儿他就大叫大喊起来使劲拉她的衣服他们一起走进门厅走上楼梯一面大叫大喊把她往楼上推推到浴室门口停了下来她背靠在门上一条胳膊挡住了脸他大叫大喊想把她推进浴室去后来她走进餐厅来吃晚饭 T.P.正在喂他吃饭他又发作了先是呜噜呜噜地哼哼等她摸了他一下他便大叫大喊起来她站在那儿眼睛里的神色像像一只被猫逼在角落里的老鼠那样后来我在灰暗的朦胧中奔跑空气中有一股雨的气息以及潮湿温暖的空气使各种各样的花吐出芬芳而蛐蛐儿在高一阵低一阵地鸣叫用一个移动的沉寂的圈子伴随着我脚步的前进"阿欢"⑤ 在栅栏里瞧我跑过它黑乎

---

① 吉拉德外公家的黑男佣。
② 昆丁企图用这一手段把自己与凯蒂从这个世界中"游离"开来,他不愿凯蒂与别的男子有什么瓜葛。
③ 昆丁耳朵里同时听到布兰特太太的话和车中另一个人的话,句中从"你上回"到"那一本",即这人所讲的话。
④ 又转移到凯蒂失去贞操的那晚。下面的"他"指的是班吉。
⑤ 就是康普生家养的那匹马。

乎的有如晾在绳子上的一条被子我想那个黑鬼真混蛋又忘了喂它了我在蛐蛐鸣叫声的真空中跑下小山就像是掠过镜面的一团气流她正躺在水里她的头枕在沙滩上水没到她的腰腿间在那里拍动着水里还有一丝微光她的裙子已经一半浸透随着水波的拍击在她两侧沉重地掀动着这水并不通到哪里去光是自己在那里扑通扑通地拍打着我站在岸上水淹不到的土岬上我又闻到了忍冬的香味浓得仿佛天上在下着忍冬香味的蒙蒙细雨在蛐蛐声的伴奏下它几乎已经成为你的皮肉能够感觉到的一种物质

班吉还在哭吗

我不知道是的我不知道

可怜的班吉

我在河沟边坐下来草有点湿过不了一会我发现我的鞋子里渗进水了

你别再泡在水里了你疯了吗

可是她没有动她的脸是朦朦胧胧的一团白色全靠她的头发才跟朦朦胧胧的沙滩区分开来

快上来吧

她坐了起来接着站起身来她的裙子沉重地搭在她身上不断地在滴水她爬上岸衣服耷拉着她坐了下来

你为什么不把衣服拧拧干你想着凉不成

对了

水汩汩地流过沙岬被吸进去一部分又继续流到柳林中的黑暗里去流过浅滩时水波微微起伏像是一匹布它仍然保留着一丝光线水总是这样的

他航行过所有的大洋周游过全世界①

于是她谈起他来了双手扣在她潮湿的膝盖上在灰蒙蒙的光线里她的脸朝上仰着忍冬的香味又来了母亲的房里有灯光班吉的房里也有 T.P. 正在侍候他上床

你爱他吗

她的手伸了过来我没有动弹那只手摸索着爬下我的胳膊她抓住了我的手把它平按在她的胸前她的心在怦怦地跳着

---

① 这里的"他"是指达尔顿·艾密司。前面说"他当过兵杀过人"，与这句是有关联的。达尔顿·艾密司系一从海军退伍的军人。

不不

是他硬逼你的吧那么是他硬逼你就范由他摆布的吧他比你力气大所以他明天我要把他杀了我发誓明天一定这样做不必跟父亲说事后再让他知道好了这以后你和我别人谁都不告诉咱们可以拿我的学费先用着我们可以放弃我的入学注册凯蒂你恨他对不对对不对

她把我的手按在她的胸前她的心怦怦跳动着我转过身子抓住她的胳膊
凯蒂你恨他对不对

她把我的手一点点往上推直到抵达她咽喉上她的心像擂鼓似的在这儿跳着

可怜的昆丁

她的脸仰望着天空天宇很低是那么低使夜色里所有的气味与声音似乎都挤在一起散发不出去如同在一座松垂的帐篷里特别是那忍冬的香味它进入了我的呼吸在她的脸上咽喉上像一层涂料她的血在我手底下突突地跳着我身子的重量都由另一只手支着那只手痉挛抽搐起来我得使劲呼吸才能把空气勉强吸进肺里周围都是浓得化不开的灰色的忍冬香味

是的我恨他我情愿为他死去我已经为他死过了每次有这样的事我都一次又一次地为他死去

我把手举了起来依然能感到刚才横七竖八压在我掌心下的小树枝与草梗硌得我好疼

可怜的昆丁

她向后仰去身体的重量压在胳膊肘上双手仍然抱着膝头
你没有干过那样的事是吗

什么干过什么事

就是我干过的事我干的事

干过干过许多次跟许多姑娘

接着我哭了起来她的手又抚摸着我我扑在她潮湿的胸前哭着接着她向后躺了下去眼睛越过我的头顶仰望天空我能看到她眼睛里虹膜的下面有一道白边我打开我的小刀

你可记得大姆娣死的那一天你坐在水里弄湿了你的衬裤

记得

我把刀尖对准她的咽喉

用不了一秒钟只要一秒钟然后我就可以刺我自己刺我自己然后

那很好你自己刺自己行吗

行刀身够长的班吉现在睡在床上了

是的

用不了一秒钟我尽量不弄痛你

好的

你闭上睛睛行吗

不就这样很好你得使劲往里捅

你拿手来摸摸看

可是她不动她的眼睛睁得好大越过我的头顶仰望着天空

凯蒂你可记得因为你衬裤沾上了泥水迪尔西怎样大惊小怪吗

不要哭

我没哭啊凯蒂

你捅呀你倒是捅呀

你要我捅吗

是的你捅呀

你拿手来摸摸看

别哭了可怜的昆丁

可是我止不住要哭她把我的头抱在她那潮湿而坚实的胸前我能听到她的心这时跳得很稳很慢不再是怦怦乱蹦了水在柳林中的黑暗里发出汩汩的声音忍冬的香味波浪似的一阵阵升入空中我的胳膊和肩膀扭曲地压在我的身子下面

这是怎么回事你在干什么

她的肌肉变硬了我坐了起来

在找我的刀我掉在地上了

她也坐了起来

现在几点啦

我不知道

她站起身来我还在地上摸着

我要走了让它去吧

我感觉到她站在那儿我闻到她湿衣服的气味从而感觉到她是在那儿

就在这儿附近不会太远

让它去吧明天还可以找嘛走吧

等一会儿我一定要找到它

你是怕

找到了原来刀一直就在这儿

是吗那么走吧

我站起身来跟在她后面我们走上小山岗还没等我们走到蛐蛐儿就噤不作声了

真有意思你好好坐着怎么会把东西掉了还得费那么大的劲儿四处去找

一片灰色那是带着露珠的灰色斜斜地通向灰色的天空又通向远处的树林

真讨厌这忍冬的香味我真希望没有这味儿

你以前不是挺喜欢的吗

我们越过小山顶继续往树林里走去她撞在我身上她又让开一点儿在灰色的草地上那条沟像是一条黑疤她又撞在我的身上她看了看我又让开一点儿我们来到沟边

咱们打这儿走吧

干什么

看看你是不是还能看见南茜① 的骨骸我好久都没想到来看了你想到过吗

沟里爬满了藤萝与荆棘黑得很

当初就在这儿可是现在说不准到底能不能找到了是不是

别这样昆丁

来吧

沟变得越来越窄通不过去了她转身向树林走去

别这样昆丁

凯蒂

我又绕到她前面去了

————————

① 康普生家的狗,当年掉在沟里,受了伤,被罗斯库司开枪打死的。

凯蒂

别这样

我抱住了她

我比你劲儿大

她一动不动身子直僵僵地不屈服但是也不动弹

我不跟你打架可是你别这样你最好别这样

凯蒂别这样凯蒂

这不会有什么好结果你难道不明白吗不会的你放开我

忍冬香味的蒙蒙细雨下着不断地下着我能听见蛐蛐儿在我们身边绕成一圈在注视着我们她退后几步绕开我朝树林走去

你一直走回屋子去好了你不用跟着我

我还是继续往前走

你干吗不一直走回屋子去

这该死的忍冬香味

我们来到栅栏前她钻了过去我也钻了过去我从猫腰的姿势中直起身来时他①正从树林里走出来来到灰色的光线中向我们走来高高的直挺挺的身子一动不动似的虽然他在走来但是还是一动不动似的她向他走过去

这是昆丁我身上湿了全湿透了如果你不想可以不来

他们的身影合成了一个她的头升高了由天空背衬着显得比他高他们两个人的头

如果你不想可以不来

接着两个脑袋分了黑暗中只闻到一股雨的气息湿草和树叶的气息灰蒙蒙的光像毛毛细雨般降落着忍冬的香味像一股股潮湿的气浪一阵阵地袭来我模模糊糊地看到她那白蒙蒙的脸依偎在他的肩膀上他一只胳膊搂住她仿佛她比一个婴儿大不了多少他伸出了另一只手

认识你很高兴

我们握了握手接着我们站在那儿她的身影比他的高两个影子并成了一个

---

① 指达尔顿·艾密司

你打算干什么昆丁

散一会儿步我想我要穿过林子走到大路上去然后穿过镇子回来

我转身走开去

再见了

昆丁

我停住脚步

你有什么事

在林子里树蛙① 在叫闻到了空中雨的气息它们的叫声像是很难拧得动的八音琴所发出的声音忍冬的香味

过来呀

你有什么事

到这边来昆丁

我走回去她摸摸我的肩膀她的身影朝我伛来她那模糊不清的灰白色的脸离开了他那高大的身影我退后了一步

当心点儿

你回家去吧

我不睏我想散散步

在小河沟那边等我

我要去散步

我一会儿就来你要等我你等我

不我要穿过树林去

我头也不回地就走了那些树蛙根本不理睬我灰暗的光线像树上的苔藓散发水分那样弥漫在空间但是仅仅像毛毛雨而不像真在下雨过了一会儿我回过身来走到树林边缘我刚走到那里又开始闻到忍冬的香味我能看见法院顶楼那只大钟上的灯光以及镇上广场上的灯映在天际的微光还看见小河沟边那排黝黑的垂柳以及母亲房里的灯光班吉房里的灯仍然亮着我弯下身子钻过栅栏一路小跑着越过牧场我在灰色的草丛里跑着周围都是蛐蛐儿忍冬的香味越来越浓了还有水的气息这时我看到水光了也是灰忍冬色的我

---

① 一种在树丛中与树上生活的蛙。

躺在河岸上脸贴紧土地为的是不想闻到忍冬的香味我现在闻不到了我躺在那儿只觉得泥土渗进我的衣服我听着潺潺水声过了一会儿我呼吸不那么费劲了我就躺在那儿想如果我的脸不动我就可以呼吸得轻松些这就可以闻不到那种气味了接着我什么都不去想脑子里是一片空白她沿着河岸走来停住了脚步我一动不动

天很晚了你回家去吧

什么

你回家去吧天很晚了

好吧

她的衣服窸窣作响我一动不动她的衣服不响了

你不听我的话进屋去吗

我什么也没听见

凯蒂

好吧我进屋去如果你要我这么做我愿意

我坐了起来她坐在地上双手抱住膝头

进屋去吧听我的话

好吧你要我怎么做就怎么做什么都行好吧

她连看都不看我我一把抓住她的肩膀使劲地摇晃她的身子

你给我闭嘴

我摇晃她

你闭嘴你闭嘴

好吧

她抑起脸来这时我看到她连看都不看我我能看到那圈眼白

站起身来

我拉她她身子软弱无力我把她拉得站起来

现在你走吧

你出来时班吉还在哭吗

走吧

我们跨过了小河沟看见了家里的屋顶然后又见到了楼上的窗子

他现在睡了

我得停下脚步把院门闩上她在灰蒙蒙的光线下继续往前走空气中有雨

的气息但是雨还下不下来忍冬的香味开始透过花园的栅栏传过来开始传过来她走到阴影里去了我能听到她的脚步声这时候

凯蒂

我在台阶下停了步我听不见她的脚步声了

凯蒂

这时我又听见她的脚步声了我伸出手去碰碰她不温暖但也不凉她的衣服仍旧有点儿湿

你现在爱他吗

她屏住气即使呼吸也是呼吸得极慢好像在很远的地方

凯蒂你现在爱他吗

我不知道

在灰蒙蒙的灯光之外一切东西的黑影都像是一潭死水里泡着的死猫死狗

我真希望你死

你这样希望吗你现在进不进屋

你现在脑子里还在想他吗

我不知道

告诉我你这会儿在想什么告诉我

别这样别这样昆丁

你闭嘴你闭嘴你听见没有你闭嘴你到底闭嘴不闭嘴

好吧我不响就是了咱们要把大家吵醒了

我要杀死你你听见没有

咱们上秋千那边去在这儿他们会听见你的声音的

我又没喊你说我喊了吗

没有别吱声了咱们会把班吉吵醒的

你进屋去你现在就进去

我是要进屋去你别嚷嚷呀我反正是个坏姑娘你拦也拦不住我了

我们头上笼罩着一重诅咒这不是我们的过错难道是我们的过错吗

嘘来吧快去睡觉吧

你没法逼我去睡觉我们头上笼罩着一重诅咒

我终于看见他① 了他刚刚走进理发店他眼光朝店门外看去我走上去等了片刻

我找你找了有两三天了

你早就想找我吗

我要找你谈谈

他很快三两下就卷好一支香烟大拇指一捻又擦亮了火柴

此处不是谈话之处是不是我到什么地方去看你

我到你房间去你不是住在旅馆里吗

不那儿不太合适你知道小溪上的那座桥吗就在那什么的后面

知道行啊

一点钟行不行

行

我转身走了

打扰你了

嗨

我站住脚步回过头去看

她好吗

他的模样就像是青铜铸就的他的卡其衬衫

她现在有什么事需要找我吗

我一点钟在那儿等你

她听见我吩咐 T.P.一点钟给"王子"备好鞍她一直打量着我饭也吃不下她也跑过来了

你想去干什么

没什么我想骑马出去蹓蹓难道不行吗

你是要去干一件事是什么事呀

这不干你的事娼妓你这娼妓

T.P.把"王子"牵到边门的门口

我不想骑它了我要走走

---

① 这里的"他"是达尔顿·艾密司,刚才的事情发生后几天,昆丁在理发店里见到他。

我顺着院子里的车道走走出院门拐进小巷这时我奔跑起来我还没走到桥头便看见他靠在桥栏上他那匹马拴在林子里他扭过头来看了看接着便把身子也转了过去但是直等我来到桥上停住脚步他才抬起头来他手里拿着一块树皮他从上面掰下一小片一小片扔到桥栏外面的水里去

　　我是来告诉你你必须离开这个小镇

　　他故意慢条斯理地掰下一块树皮慢吞吞地扔到河里瞧着它在水面上漂走

　　我说过了你必须离开这个小镇

　　他打量着我

　　是她派你来说这话的吗

　　我说你必须走不是我父亲说的也不是任何人说的就是我说的

　　听着先别说这些我想知道她好不好家里有人跟她过不去不

　　这种事不劳你来操心

　　接着我听见自己说我限你今天太阳下山之前非离开本镇不可

　　他掰下一块树皮扔进水里然后把那片大树皮放在桥栏上用他那两个麻利的动作卷了一支烟把火柴一捻让它旋转着落到栏杆外面去

　　要是我不走你打算怎么办

　　我要杀死你别以为我又瘦又小跟你相比像个小孩

　　烟分成两缕从他鼻孔里喷出来飘浮在他的面前

　　你多大了

　　我开始颤抖起来我的双手都按在栏杆上我忖度假如我把手藏到背后去他会猜透这是为了什么

　　我限你今天晚上一定得走

　　听着小子你叫什么名字班吉是那傻子是不那么你呐

　　昆丁

　　这句话是我自然而然溜出嘴来的其实我根本不想告诉他

　　我限你到太阳下山

　　昆丁

　　他慢条斯理地在桥栏上弹了弹烟灰他干得又慢又细致仿佛是在削铅笔我的手不打颤了

　　听着何必这么认真这又不是你的过错小毛孩子如果不是我也会是别的

一个什么男人的

　　你有姐妹没有你有没有

　　没有不过女人全一样都是骚货

　　我伸手揍他我那摊开的巴掌抑制了捏拢来揍他的冲动他的手动得和我的一般快香烟落到桥栏外面去了我挥起另一只手他又把它抓住了动作真快香烟都还没落到水里他用一只手抓住我的两只手他另一只手倏地伸到外衣里面腋窝底下在他身后太阳斜斜地照着一只鸟在阳光外面不知什么地方啁鸣我们对盯着那只鸟还在叫个不停他松开了我的两只手

　　你瞧这个

　　他从桥栏上拿下树皮把它扔进水里树皮冒到水面上水流挟带着它漂去他那只松松地拿着手枪的手搁在桥栏上我们等待着

　　你现在可打不着了

　　打不着吗

　　树皮还在往前漂林子里鸦雀无声我事后才又听到鸟的啁鸣和水的汩汩声只见枪口翘了起来他压根儿没有瞄准那树皮就不见了接着一块块碎片浮了起来在水面上散开他又打中了两块碎片都不见得比银元大

　　我看这就够了吧

　　他把弹膛转过去朝枪管里吹了一口气一缕细细的青烟消散在空中他把那三个空弹膛装上子弹把枪膛推了回去然后枪口朝自己把枪递给我

　　干什么我又不想跟你比枪法

　　你会用得着的你方才不是说要干一件事吗我把它给你你方才也看到了它挺好使的

　　把你的枪拿走

　　我伸手揍他等他把我的手腕捉住了我还是一个劲儿地想揍他这样有好一会儿接着我好像是通过一副有色眼镜在看他我听到我的血液涌跳的声音接着我又能看到天空了又能看到天空前面的树枝了还有斜斜地穿过树枝的阳光他正抱着我想让我站直

　　你方才揍我了是吗

　　我听不见你说什么

　　什么

　　是的揍了你现在觉得怎样

没什么放开我吧

他放了我我靠在桥栏上

你没什么吧

别管我我很好

你自己能回家吗

走吧让我独自待一会儿

你大概走不了还是骑我的马吧

不要你走你的

你到家后可以把缰绳搭在鞍头上放开它它自己会回马棚去的

别管我你走你的不用管我

我倚在桥栏上望着河水我听见他解开了马跨上坐骑走了过了一会儿我耳朵里只有潺潺水声别的什么也听不见接着又听到了鸟叫声我从桥上下来在一棵树下坐了下来我把背靠在树干上头也斜靠在树干上闭上了眼睛一片阳光穿过树枝落在我的眼帘上我挪动了一下身子依旧靠在树上我又听到鸟在叫了还有水声接着一切都仿佛离远了我又是什么都感觉不到了在那些令人难熬的日日夜夜之后我现在倒反而觉得很轻松那时忍冬的香味从黑暗里钻出来进入我的房间我甚至正竭力想入睡但过了一会儿我知道他根本没有打我他假装说打了那也是为了她的缘故我却像一个女孩子那样的晕了过去不过即使这样也都已经无所谓了我坐在树下背靠着树斑斑点点的阳光拂撩着我的脸仿佛一根小树枝上的几片黄叶我听着潺潺水声什么都不想即使我听到传来马蹄疾驰的声音我坐在那里眼睛闭着听到了马蹄站停在沙地上踏着发出沙沙声然后是奔跑的脚步声然后感到她急急地摸索着的手

傻瓜傻瓜你受伤了吗

我张开眼睛她的双手在我脸上摸来摸去

我不知道你们在哪个方向直到后来听见了枪声我不知道你们究竟在哪儿我没想到他和你会偷偷地跑出来较劲儿我没想到他居然会

她用双手抱住我的头用力推我的头去撞那棵树

别别别这样

我抓住了她的手腕

停一停别撞了

我知道他不会打你的我知道不会的

她又想推我的头让它去撞树

我方才告诉他再也不要来找我了我告诉他了

她想挣脱她的手腕

放开我

别这样我比你劲儿大别这样

放开我一定得追上他要他放开我呀昆丁求求你放开我放开我

突然之间她不再挣扎了她的手腕松瘫了

好吧我可以告诉他使他相信我每一次都能使他相信我的话是对的

凯蒂

她没有拴住"王子"它随时都可能拔脚往回跑只要它产生了这个想法

他每一次都愿意相信我的话

你爱他吗凯蒂

我什么他

她瞧着我接着一切神采从她眼睛里消失了这双眼睛成了石像的眼睛一
片空白视而不见静如止水

把你的手放在我的咽喉上

她抓住我的手让它贴紧在她咽喉上

现在说他的名字

达尔顿·艾密司

我感觉到一股热血涌上她的喉头猛烈地加速度地怦怦搏动着

再说一遍

她的脸朝树林深处望去那里阳光斜斜地照在树上鸟儿在

再说一遍

达尔顿·艾密司

她的血不断地向上涌在我手掌下面一阵接一阵地搏动

　　血不断地流淌，流了很久，[①]可是我的脸觉得发冷像是死了似的，我的眼
睛，还有我手指上破了的地方又感到刺痛了。我能听到施里夫在压水泵的声
音，接着他端着脸盆回来，有一片暗淡的天光在盆里荡漾，它有一道黄边，像

---

① 　回到"当前"，昆丁与吉拉德打了一架，刚从昏迷中清醒过来。刚才的思想活动
　　都是他昏迷时的潜意识活动。

一只褪色的气球,然后又映出了我的倒影。我想从里面看清我自己的脸。

(选自《喧哗与骚动》,李文俊译,

上海译文出版社 1984 年版)

《喧哗与骚动》导读

威廉·福克纳(1897—1962),美国现代著名小说家。生于密西西比州新阿尔巴尼城。祖上是有名的望族。福克纳在当地高中求学时并不勤奋,读完高中一年级后就到他祖父的银行工作。他热衷于打猎,参加酒会。第一次世界大战爆发,他参加了加拿大皇家空军。战后,他以退伍军人的身份进入密西西比大学,选读西班牙和法国文学,但读了一年后即辍学。1925 年,他移居新奥尔良,为当地一家报纸撰写小品文和短篇小说,不久,出版了第一部小说《士兵的报酬》(1926)。

福克纳成功地创造了巴尔扎克"人间喜剧"式的"约克纳帕塌法世系"。所谓"约克纳帕塌法世系",是作者围绕他虚构的一个位于密西西比州北部的"约克纳帕塌法县"为背景而写出的一系列作品。从 1929 年《萨托里斯》的出版,福克纳就开始向人们反复诉说着这个"神话王国"——"约克纳帕塌法县"的历史。他一生共写了19 部长篇小说和 76 部中短篇小说,其中有 15 部长篇小说和许多中短篇小说是以该县为背景的。代表作有《喧哗与骚动》(1929)、《我弥留之际》(1930)、《八月之光》(1932)、《押沙龙,押沙龙!》(1936)、《去吧,摩西》(1942)以及《村子》(1940)、《小镇》(1957)、《大宅》(1959)等。

福克纳的作品,深切地描绘了美国南方 200 年来的社会变迁,深刻地揭示了各阶层人物的命运与精神世界,同时也多方面地表现了 20 世纪现代西方人的内心抗争与追求。为表彰福克纳"对当代美国小说所作出的强有力的和艺术上无与伦比的贡献",1949年冬,瑞典皇家科学院宣布授予他诺贝尔文学奖。因为得知消息太迟,福克纳于第二年的 12 月 8 日才由女儿陪同前往斯得哥尔摩领奖。在授奖典礼上,他发表了激动人心的演说,庄严宣布:

> 人是不朽的,正因为他的族类反正会延续下去的——当丧钟敲响,并且钟声从夕阳染红的平静海面上孤悬着的最后一块不足道的礁石那儿消失时,即便在那时,也还有一个声音,即他的不绝如缕的声音,依然在絮絮细语。我拒绝接受这种说法。我相信人类不但会苟且地生存下去,他们还能蓬勃发展。人是不朽的,并非因为在生物中惟独他留有绵延不绝的声音,而是因为人有灵魂,有能够怜悯、牺牲和耐劳的精神。诗人和作家的职责就在于写出这些东西。他的特殊的光荣就是振奋人心,提醒人们记住勇气、荣誉、希望、自豪、同情、怜悯之心和牺牲精神,这些是人类昔日的荣耀。为此,人类将永垂不朽。诗人的声音不必仅仅是人的记录,它可以是一个支柱,一根栋梁,使人永垂不朽,流芳于世。

福克纳这些从灵魂深处发出的振聋发聩的呐喊,深得西方与世界进步知识分子和有识之士的由衷钦佩。这些话,表明他对人类深沉的精神世界的探索达到了一个前所未有的境界。这些话只能出自一个精神高远、志向博大的精神巨人之口;这些话同样在福克纳的创作中找到有力的印证。

获得诺贝尔文学奖后的福克纳,成为社会名流,社会活动频繁,但他意志坚强,笔耕不止,创作甚丰,获奖不断。临死前的一个月,还发表了他的一部关于"约克纳帕塌法世系"中的长篇小说《掠夺者》。1962 年 7 月 6 日,他因心脏病发作逝世。

《喧哗与骚动》是福克纳最杰出的小说,也是 20 世纪美国与世界的经典之作。

小说主要写一个家族的没落。康普生原是杰弗逊镇上一个曾经赫赫有名的望族,祖上曾出现过一个州长和三个将军,还有过许许多多的有钱的农场地主。但在 1893 年祖母去世时,家道已经败落。作为一家之长的康普生先生,身为律师,可整日无所事事,饮酒度日,百无聊赖。康普生太太,长年无病呻吟,忧心忡忡,念念不忘逝去的名声与荣誉,对儿女没有丝毫的温情。女儿凯蒂,美丽动人,热情奔放,曾一度是典型的南方淑女,可惜在家里得不到感情的寄托,随着性意识的觉醒和发现,却被一个偶然相识的纨绔子弟夺去贞操,有了身孕。为了给孩子找个父亲,被迫匆忙嫁给一个富裕的银行家。后者很快明白了真相,她遭到遗弃,沦为妓女。凯蒂的哥哥昆丁,是哈佛大学的学生。他生活在现代,满脑子却是古老南方的传统的价值观念。他生性敏感,感情脆弱,多愁善感。妹妹的失贞放荡,使他传统的价值观念彻底崩溃,甚至违心地向父亲承认自己与妹妹犯下了乱伦罪,试图让妹妹的不轨行为,转化为贵族世家内部一项违背传统道德的罪孽,这种自欺欺人的荒唐行为,暴露了这位贵族世家末代子孙那颗脆弱的心。他无法适应"新南方"前进的步履,只得砸烂手表,企图阻止时间的前进。他无法忍受现实生活中那些可怕的事实带给他莫名其妙的恐惧,他摆脱不了昔日的荣耀,更无勇气拥抱现实与未来,他只能去寻找自己最后的归宿——跳河自杀。康普生家其余的孩子中,班吉是一个白痴,他是凯蒂的小弟弟,虽然已有33岁了,却只有3岁半小孩的智力。他从小受到姐姐的保护,当他从患有忧郁症的母亲那里得不到爱的时候,只有姐姐深情地关怀着他,这种姐姐对弟弟的爱,在他稚弱的心里,具有与母爱同等的价值。可是,姐姐的失贞与出走,他情感世界中惟一的精神支柱便倒塌了,他失去了平衡而一蹶不振。康普生家活得最轻松的人,是凯蒂的大弟弟杰生。他已顺应"新南方"的历史潮流,传统的价值观在他身上已消失殆尽。他不可能像昆丁、班吉一样,对凯蒂有无限的眷恋之情,他们对她的失贞充满不尽的惋惜,而杰生在背叛南方传统方面比凯蒂走得更远。如果说他有什么

"痛"和"恨",那就是因为他无法得到凯蒂的丈夫曾应允给他的一家银行里的一个职位,所以对凯蒂恨之入骨。凯蒂出走后,就将他全部的怨恨加在凯蒂的私生女小昆丁身上。最后小昆丁又窃走了他全部的积蓄,同一个流浪艺人悄然私奔而去……

福克纳在创作这部小说时,强调的是失败感。让—保罗·萨特在《福克纳小说中的时间:〈喧哗与骚动〉》一文中说:"我们生活在一个惊人的革命的时代,而福克纳运用他那出众的艺术来描写一个年老垂死的世界,描写我们这些人在那里喘气和窒息。"诚如萨特所言,福克纳在这部作品中,通过一个南方世家伤痕累累的生活,对这个曾经显赫一时的南方望族总崩溃的命运作了深切的描绘。他描写了一批失败的英雄,反映了他们的失败感与悲壮感。作者以深刻的同情,塑造了昆丁这个只爱死亡的哈佛大学学生复杂、没落,却有崇高意识的悲剧人物。昆丁的形象洋溢着浓浓的诗意,由此,我们看到福克纳对他充满着一种"剪不断,理还乱"的心绪和"多少事,欲说还休"的惆怅。作者笔下的凯蒂,是一个美的化身,她虽然在超越南方传统上走过了头,但福克纳并没有将她漫画化,相反,她的美丽的过失,又让人洒下一行行同情之泪。

在现代世界,很少有人像福克纳这样描写失败,让人感到沉重,又回味无穷,而恰恰在这里,显示了福克纳的魅力所在。

如果说,福克纳对这个南方世家的毁灭是带着同情之泪去写的,那么,他对"新南方"的崛起,则就有几分厌恶了。他笔下的杰生世俗化、商业化、功利化,是一个典型的"斯诺普斯主义"(即实利主义)者。从作者对杰生的刻画,反映出福克纳对资本主义价值标准的批判。

《喧哗与骚动》中,黑女佣迪尔西的形象具有特殊的意义,她对生活期望不高,却能坚强地活着,并想法设法帮助别人幸福地生活下去。在康普生家,只有她善解人意,给每一个人送去温暖与安宁。她勤劳、善良,默默地做着一切,忍受着一切。福克纳在 1946 年写的附录的最后一句话,对迪尔西及其黑人同胞发出了意味深长又动人的赞美:"他们忍耐下去!"可以说,她是福克纳笔下的理想人物。

美国学者劳伦斯·塞姆逊在《威廉·福克纳》(1963)一书中写道:"《喧哗与骚动》兼有福克纳后来小说所运用的各种不同的重要的福克纳式的技巧。"这部小说最突出的艺术特色是:

多元叙事角度的运用。作品共有四章外加一个附录,共 5 部分。1956 年作者在接受记者采访时说:"《喧哗与骚动》我先后写了五遍。"每一部分由一个人物承担故事的叙述人,"班吉的部分"、"昆丁的部分"、"杰生的部分"、"迪尔西的部分"均从多元角度来透视同一个故事。福克纳深知,作品中每一个叙事者都有各自的局限,而众多的叙事者加在一起,就能领略到一种"横看成岭侧成峰,远近高低各不同"的审美境界。尼采说,"有很多双眼睛",福克纳增加叙事者,就增加了观照的"眼睛"。他通过众多的"眼睛","合力"地完成了艺术文本的构造。福克纳的这种多角度的透视法,显然获得了这样一种哲学意味:视野的多维性与透视的一维性的统一。

"复合式"意识流的运用。福克纳在作品的前三部分成功地运用了"复合式"意识流,即通过几个人物的意识流动来披露"同一个故事",相互交汇。这种"复合式"意识流同爱尔兰意识流作家乔伊斯运用的"交错式"意识流有所不同。"交错式"意识流是各想各的,其特点是分散,虽然也相互影响,但并不需要都去想同一件事。"复合式"意识流是不同的人都在想一件相同的事,其特点是集中,同时又各有千秋。

另外,作品还成功运用了"时序颠倒"、"象征"、"神话模式"等手法,在语言上,通过运用朦胧的文体,也增强了作品的艺术效果。

(孔耕蕻)

萨　特

禁　闭

第　一　幕

…………

伊内丝　怎么样,加尔散?我们现在像虫子那样一丝不挂了;您看清楚一些了吧?

加尔散　我不知道。可能清楚一点了。(怯生生地)我们难道不能设法互想帮助吗?

伊内丝　我不需要帮助。

加尔散　伊内丝,他们把所有的线都弄乱了。您只要做一个小动作,您只要举起手扇扇风,艾丝黛尔和我就能感到振动。我们当中任何一个人都不能独善其身。我们不是一起完蛋,就是一起摆脱困境。选择吧!(稍停)发生什么事啦?

伊内丝　他们把房间租下了,窗子开得大大的,一个男人坐在我床上。他们把房间租下了!他们租下来了!进来,进来,不要拘束。这是个女人,她朝他走过去,把手搭在他肩膀上……他们在等什么?为什么不开灯?什么都看不见了。他们是不是马上要拥抱了?这个房间是我的!它是我的!他们为什么不开灯?我已经看不见他们了。他们在低声说些什么?他是不是会在我的床上爱抚她?她对他说,现在是中午,烈日当空。那么,我是变成瞎子了。(稍停)完了,什么都不存在了:我既看不见,又听不见。那么,照我看,我与人间已经一刀两断了。再也不能挽回了。(颤抖)我感到空虚。现在,我完全死了。整个儿全在这儿了。(稍停)您刚才说什么来着?您说过要帮助我,是吗?

· 932 ·

加尔散　是的。

伊内丝　帮什么？

加尔散　揭穿他们的诡计。

伊内丝　我能帮您什么呢？

加尔散　您也可以帮助我。要求不高，伊内丝，您只要表现出一点善意就行了。

伊内丝　善意……您要我到哪儿去找善意？我已经腐烂了。

加尔散　我还不是一样？（稍停）可是，我们不妨试试看，您说呢？

伊内丝　我已经枯竭了。我既不能受惠也不能施与，您要求我怎么帮助您呢？我好比一根枯枝，火快要烧着它了。（稍停，她注视着艾丝黛尔，艾丝黛尔把头埋在手掌中）弗洛朗丝是金发女郎。

加尔散　你知道这个小娘儿们会是您的刽子手吗？

伊内丝　也许是的，我也猜疑到这一点。

加尔散　他们是通过她来掌握您的。关于我，我……我……我对她一点儿也不感兴趣。如果从您那方面……

伊内丝　什么？

加尔散　他们设下了一个陷阱，他们窥视着您，看看您会不会上当。

伊内丝　我知道。您呢，您本身就是一口陷阱，您以为他们没有预料到您这番话吗？您以为其中就没有我们看不见的陷阱吗？一切都是陷阱，可是，这对我来说又有什么大不了呢？我自己也是一口陷阱，我对她来说是一口陷阱。也可能是我把她逮住。

加尔散　您什么也逮不住。我们像旋转木马似的一个追逐一个，永远也碰不到一块去，您可以相信，他们把一切都安排好了。不要管她，伊内丝，把手松开。否则，您会给我们三人都带来不幸的。

伊内丝　我是个肯松手的人吗？我知道我将会有什么报应。我这把火要烧了，我烧着了，我知道这是无休无止的，我全明白，您以为我会松手吗？我会把她抓在手里，她会用我的眼光来看待您，就像弗洛朗丝看待另一个人一样。您跟我诉说您的不幸有什么用呢？我告诉您，我全明白，我甚至不会怜惜我自己。陷阱，哈！陷阱。当然，我掉到陷阱里去了，那又怎么样？要是称他们的心，那再好也没有了。

加尔散　（搂住她的肩膀）我呀，我会怜惜您的。看着我，我们是一丝不挂的，

从里到外都是赤裸裸的,我可以一直看到您的心底里。我们被一根线牵
在一起。您以为我会损害您吗?我什么都不悔恨,什么都不抱怨。我跟您
一样,也枯竭了。但是,我却怜惜您。

伊内丝　(在他说话时,她随他搂着,这时甩开他)别碰我。我讨厌别人碰我。
收起您的怜悯心吧。算了,加尔散!这个房间里还有许多陷阱是为您设下
的,是针对您的,是为您准备的。您最好多管管自己的事。(稍停)您如果
让我和小娘儿们安安静静,我可以不损害您。

加尔散　(看了她一会儿,然后耸耸肩)行。

艾丝黛尔　(抬起头)救救我,加尔散。

加尔散　您要我干什么?

艾丝黛尔　(站起来,走近他)我,您来帮帮我。

加尔散　您跟她说去。

〔伊内丝走近。她站在艾丝黛尔背后,紧挨着她,但不碰到她。在以下
的对话中,她几乎在她耳边私语。但是艾丝黛尔向加尔散转过脸去,
就像加尔散在向她提问似的,她朝着他回答伊内丝的问话。加尔散
看着艾丝黛尔,没说话。

艾丝黛尔　我求求您,您答应过的,加尔散,您答应过的! 快点,快点,我不愿
一个人留在这儿。奥尔加把他带到跳舞厅去了。

伊内丝　她把谁带去了?

艾丝黛尔　皮埃尔。他们在一起跳舞。

伊内丝　皮埃尔是谁?

艾丝黛尔　是个小傻瓜。他管我叫做他的“活水”。他爱过我。她把他带到跳
舞厅去了。

伊内丝　你爱他吗?

艾丝黛尔　他们又坐下来了。她已经气喘吁吁。为什么她要跳舞呢?为了使
自己瘦一些罢了。肯定没有,我肯定没有爱过他。他才十八岁哩,我又
不是吃小孩的女妖精。

伊内丝　那你就随他们去吧,这关你什么事?

艾丝黛尔　他是我的。

伊内丝　人世间已没有任何东西属于你了。

艾丝黛尔　他是我的。

伊内丝　对,他以前是……那你想办法去抓住他呀,去摸他呀。奥尔加呢,她可以摸他,是不是?是不是?她可以拉他的手,抚摸他的膝盖。

艾丝黛尔　她把肥大的胸脯贴着他,她把气呵在他脸上。小拇指①,可怜的小拇指,你为什么还不讥笑她,你还等什么呢?啊!本来,只消我使一个眼色,她就决计不敢……而今,难道我真的化为乌有了吗?

伊内丝　化为乌有了。你在人间已一无所有,你所有的东西全在这儿了。你要不要裁纸刀?要不要巴尔布迪安纳青铜像?这张蓝躺椅是你的,还有我,我的小乖乖,我是永远属于你的。

艾丝黛尔　嘿,属于我的?那么,你们两人中谁敢叫我“活水”?我不骗你们,你们知道我是堆拉圾。惦记我吧,皮埃尔,你只惦记我一个人吧,保护我吧。只要你还这样想:“我的‘活水’,我亲爱的‘活水’,”那我就只有一半在这儿,我只有一半罪过,在那边,在你身边,我依然是“活水”。她脸红得像只蕃茄。瞧,我们曾经一起讥笑她上百次,这真难以相信。这是什么曲子?我过去多么爱听这个曲子啊!啊!他们奏起了《圣路易·布鲁斯》舞曲……好吧,跳吧,跳吧,加尔散,您如果看见她,一定会觉得有趣。她永远不会知道我看得见她。我看你,看见你,你披头散发,歪着脸孔,我看见你踩在他脚上。真是笑死人啦。好呀!跳快些!再快一些!他拉她,推她,真不成样子。再快一些!他以前对我说过:您多么轻巧。好呀,好呀!(边讲边跳)我跟你说,我看见你了。她不理睬我。她就在我目光注视下跳着。我们亲爱的艾丝黛尔!什么,我们亲爱的艾丝黛尔?啊!住口。在我的葬礼上,你们连一滴眼泪都没掉。她对他说:“我们亲爱的艾丝黛尔。”她居然厚颜无耻地跟他谈起我来。加油!跟上拍子!她哪能一面跳舞,一面聊天呢!可是为什么……不!不!别告诉他吧!我把他让给你好了,你把他带走吧,守着他吧,你愿意拿他怎样就怎样,但别告诉他……(停止跳舞)行。好吧,现在你可以把他留在身边了。加尔散,她把什么都告诉他了:罗歇呀,瑞士之行呀,孩子呀,她统统告诉他了。“我们亲爱的艾丝黛尔不在了……”不在了,不在了,真的,我不在了……他伤心地摇着头,可也说不上这消息叫他悲痛欲绝。现在你守着他吧。我与你争风吃醋的并不是他的

---

①　“小拇指”是法国著名童话作家沙·贝洛(1628—1703)的同名童话中的主人公,他是七兄弟中最小的一个,是全家欺负的对象。

长睫毛,也不是他那副少女般的神态。哈!他把我称呼为他的"活水",他的"水晶"。哎呀!"水晶"打碎了。"我们亲爱的艾丝黛尔"。跳吧!倒是跳呀!按拍子跳,一二,一二,(跳舞)为了能回到人间跳一会儿舞,我什么都舍得!只要能跳一会儿就行。(跳舞,稍停)现在我已听不大清楚了。他们把灯都熄灭了,好像是跳探戈舞的样子;为什么他们要不声不响地玩呢?响一些呀!距离太远了!我……我完全听不见了(停止跳舞),再也听不见了。人间远离了我。加尔散,看着我,把我搂在你怀里吧。

〔伊内丝在艾丝黛尔背后示意加尔散离开。

伊内丝　(专横地)加尔散!

加尔散　(后退一步,向艾丝黛尔指着伊内丝)您对她说吧。

艾丝黛尔　(紧紧抓住他)不要走开!您配不配做男子汉?您倒是看看我呀,不要把眼睛背过去,这事就那么难办吗?我长着金发,不管怎样,到底还有人为我自杀呢!我恳求您,您总得看着点什么,您不看我,就看看青铜像吧,看看桌子或躺椅吧。看我总要比看别的东西惬意些。您听着,我已经从他们的心窝里掉下来了,就像一只小鸟从窝里掉下来一样。把我捡起来吧,把我放在你心上吧,你会看到我是多么可爱。

加尔散　(用力把她推开)我叫您对她说去。

艾丝黛尔　对她说吗?可是她不算数,她是个女人呀。

伊内丝　我不算数吗?可是,小鸟儿,小百灵鸟,你躲在我心里已有好久了呀,不要害怕,我会不停地瞧着你,连眼皮都不眨一下。你活在我的目光里,就像一块闪光金属片在阳光下闪烁一样。

艾丝黛尔　阳光?哈!还是让我安静些吧。您刚才想对我下手,您不是看到了,这下可扑空了。

伊内丝　艾丝黛尔,我的"活水",我的"水晶"。

艾丝黛尔　您的"水晶"?这真可笑。您想骗谁?得了,每个人都知道我曾经把孩子从窗口摔下去。"水晶"在地上粉碎了,可我并不在乎。我只剩下一张皮了,就是我这张皮也不是献给您的。

伊内丝　来吧,你愿意当什么,我就喊你什么,"活水"呀,"脏水"呀,都行。你在我的眼底里想照见自己什么形象,你便会看见自己是什么形象。

艾丝黛尔　放开我!您没长眼睛!我要怎样才能叫您放开我呢?呸!

〔她朝伊内丝脸上啐口水,伊内丝突然松开她。

伊内丝　加尔散,我便宜不了您!

　　　　　〔稍停。加尔散耸耸肩,走向艾丝黛尔。

加尔散　那么,你要一个男人喽?

艾丝黛尔　一个男人么?不,我要的是你。

加尔散　别不好意思了,随便哪个汉子都中你的意。我刚才就在那儿,那是
　　　　我。好吧。(搂住她肩膀)我没有什么可讨你欢心的,你知道:我既不是小
　　　　傻瓜,也不会跳探戈舞。

艾丝黛尔　我就是要你这样的人,我也许会把你变成另一个人的。

加尔散　我就不信。我会……我会心不在焉的。我脑子里想着别的事哩。

艾丝黛尔　什么事呀?

加尔散　这与你无关。

艾丝黛尔　我将坐在你的躺椅上,等你来照顾我。

伊内丝　(哈哈大笑)哈!母狗!趴在地上吧!趴在地上吧!他甚至都说不上
　　　　漂亮呢。

艾丝黛尔　(对加尔散)别听她的。她没生眼睛,没长耳朵。就当没她这个人。

加尔散　我能给的,都给你。这并不多。我不会爱你的。因为我太了解你了。

艾丝黛尔　你要我吗?

加尔散　我要。

艾丝黛尔　这正是我梦寐以求的。

加尔散　那就……(把身子俯向她)

伊内丝　艾丝黛尔!加尔散!你们昏了头啦!可是我在你们面前呀,我!

加尔散　我明白。那又怎么样?

伊内丝　就当着我的面?你们不……你们办不到!

艾丝黛尔　为什么?我以前不也当着女仆的面脱衣服么。

伊内丝　(拉住加尔散)放开她!放开她!您那双男人的脏手,别碰她!

加尔散　(猛烈推开她)那可以,我又不是绅士,搂一个女人,我可不会有顾
　　　　虑。

伊内丝　您答应过我的,加尔散,您答应过我的!我求求您,您答应过我的呀!

加尔散　是您自己出尔反尔的。

　　　　　〔伊内丝挣脱身,退到房间底端。

伊内丝　你们爱怎么干就怎么干吧,反正你们比我强。可是你们得记住,我就

在这儿,我在看着你们哩。加尔散,我一眼不眨地看着您哩。您得在我目光下拥抱她。我恨死你们两个人啦!你们相爱吧,相爱吧!我们是在地狱里,我也会来一手的。

〔在下面的戏中,伊内丝一声不响地注视他俩。

加尔散　　(回到艾丝黛尔身边,搂住她的肩膀)把你的嘴巴给我。

〔停顿。他向她俯过身去。突然,又挺起身来。

艾丝黛尔　　(做怨恨的手势)唉!……(稍停)我跟你讲不要去管她。

加尔散　　可就是她在作怪呀。(稍停)戈梅在报社里。他们把窗户关上了,看来,现在是冬天了,离开人世已经半年了。半年前,他们把我……我不是早告诉你,有时我会心不在焉的?他们在瑟瑟发抖,他们还穿着上装……真滑稽,他们人间竟会这么冷,可我呢,我多热啊。这下,他们在讲我了。

艾丝黛尔　　他们要讲很久吗?(稍停)至少你得告诉我他在说什么。

加尔散　　没什么,他什么都没说。他是个混蛋,如此而已。(侧耳细听)一个不折不扣的混蛋。管它!(走近艾丝黛尔)还是干我们自己的事吧!你会爱我吗?

艾丝黛尔　　(微笑)谁知道?

加尔散　　你信得过我吗?

艾丝黛尔　　多古怪的问题。你不是时时刻刻在眼前吗?你总不至于和伊内丝串通好来欺骗我吧?

加尔散　　当然不会。(稍停。放开艾丝黛尔的肩膀)我指的是另一种信任。(倾听)说吧!说吧!你想说什么,都说出来,我并不想在这儿为自己辩护。(向艾丝黛尔)艾丝黛尔,你应当信任我才是。

艾丝黛尔　　烦死了!我的嘴巴,手臂,整个身子,不都给你了吗?这一切不都很简单吗?……至于说我的信什么,我可没什么信任可给,你使我为难极了。啊!你大概做过一件很不光彩的事,所以才这么恳求我信任你。

加尔散　　他们把我枪毙了。

艾丝黛尔　　我知道,你拒绝上前线。还有呢?

加尔散　　我……我也不是完全拒绝。(对看不见的人)他说得好,他指责得恰如其分,但他没有讲应当怎么办。难道我能够进将军府邸去对他说"我的将军,我不去"吗?多么愚蠢!这样做,他们早把我关起来了。我当时想表明观点,我,要表明观点!我不愿他们封住我的嘴,不让我说话。(向艾丝黛尔)我……我乘上火车,他们在边境上把我抓住了。

艾丝黛尔　你本来打算上哪儿呀?

加尔散　去墨西哥。我打算在那儿办一份和平主义报纸。(稍停)哎,你说点什么吧。

艾丝黛尔　你要我说什么呢?你做得对,因为你不愿意去打仗。(加尔散做了个恼怒的手势)啊,我亲爱的,我猜不透应当回答你什么话才好。

伊内丝　我的宝贝,你应当对他说,他像头雄狮般逃跑了。因为你那位了不得的亲人,他毕竟逃跑了,就是这点他烦恼。

加尔散　逃跑,出走,您怎么说都行。

艾丝黛尔　你应当逃跑。如果你留下不走,他们就会逮捕你。

加尔散　当然喽。(稍停)艾丝黛尔,我是个胆小鬼吗?

艾丝黛尔　我不知道,我心爱的,因为我不处在你的地位。这该由你自己来断定。

加尔散　(厌倦的手势)我定不下来。

艾丝黛尔　总之,你应当记得起来,你这么做总是有理由的。

加尔散　是的。

艾丝黛尔　什么理由?

加尔散　那些理由是不是站得住脚呢?

艾丝黛尔　(气恼地)你思想真复杂。

加尔散　我想表明观点。我……我思考了很久,……那些理由是不是站得住脚呢?

伊内丝　啊!问题就在这里。那些理由是不是站得住脚呢?你说大道理,不愿贸然去当兵,可是,恐惧,憎恶,种种见不得人的脏东西,这些也是理由呀!好吧,想一想吧,扪心自问吧!

加尔散　住口!你以为我等着你来开导吗?我在牢房里日日夜夜地踱来踱去,从窗边踱到门口,从门口踱到窗边,我审察着自己,我踩着自己的足迹来回踱步,我仿佛整整一辈子都在扪心自问,可是,到头来,做的事明摆在那儿,我……我乘上火车,这是肯定的。但为什么?为什么呢?最后,我想,我的死亡将对我作出定论,如果我是清清白白死的,那我就能证明自己不是胆小鬼……

伊内丝　你是怎么死的,加尔散?

加尔散　很糟。(伊内丝大笑)噢!只不过是肉体昏厥罢了。我并不感到羞耻,
　　　只是所有的事都永远悬而不决了。(向艾丝黛尔)你过来。看着我,当人间
　　　有人谈论到我时,我需要有人看着我。我喜欢绿眼睛。

伊内丝　绿眼睛?看您想到哪里去了!艾丝黛尔,你呢?你喜欢胆小鬼吗?

艾丝黛尔　你知道,这对我来说无所谓。胆小鬼也好,不是胆小鬼也好,只要
　　　他拥抱得甜甜蜜蜜就行。

加尔散　现在,他们在摇头晃脑地抽着香烟。他们感到无聊了。他们在想:加
　　　尔散是个胆小鬼。他们软绵绵地、有气无力地,仍然在想些什么事。加尔
　　　散是个胆小鬼!这就是我的伙伴们的结论。半年后,他们言谈中就会说:
　　　像加尔散那么胆小。你们两人运气真好,阳间人不再想起你们。我呢,我
　　　日子可不好过。

伊内丝　您妻子呢,加尔散?

加尔散　什么,我妻子?她死了。

伊内丝　死了?

加尔散　我大概忘了告诉您,她死了不久,大约两个月了。

伊内丝　她伤心死的吗?

加尔散　当然,伤心死的。她还能为别的原因死吗?好啊,一切都很顺利:战争
　　　结束了,我妻子死了,我载入史册了。

　　　　〔他抽泣了一声,用手捂住脸。艾丝黛尔双手搂住他。

艾丝黛尔　我亲爱的,我亲爱的!看着我,亲爱的!摸摸我,摸摸我。(握住他
　　　的手,把它放在自己胸脯上)把你的手放在我胸脯上。(加尔散动了一下,
　　　想把手抽出来)让你的手搁在这儿,让它搁着,不要动。他们一个个都要
　　　死的:管他们想什么。忘了他们。现在只有我爱你。

加尔散　(把手抽出来)可他们,他们忘不了我。他们虽然会死去,但别的人会
　　　接替他们。我的一生已捏在他们手里了。

艾丝黛尔　啊!你想得太多了!

加尔散　有什么法子呢?从前,我也脚踏实地干过……啊!假如我能回到他们
　　　中间,哪怕一天……我就能拆穿他们的说法,但我已经给刷掉了。他们根
　　　本不理会我就作了结论。他们是对的,因为我已经死了。我就像只进了捕
　　　鼠笼的老鼠,(笑)已经由不得自己了。

　　　　〔静场。

艾丝黛尔　（轻声地）加尔散!

加尔散　你在这儿?好吧,你听着,帮我一个忙。不,别往后缩。我知道:求你帮忙似乎很可笑,你也没有帮助人的习惯。但只要你愿意,只要你用心一点,我们可能会真的相爱吧?你看,有成千的人在不断地说我是胆小鬼。可是千把人算得了什么?只要有一个人,一个便行,全心全意地为我证实一下:我没有逃跑,我不可能逃跑,我是勇敢的,我是无辜的,我……我拿得稳能够得救。你愿意相信我吗?你对我来说,将比我本人更可贵。

艾丝黛尔　（笑）傻瓜,亲爱的傻瓜!你认为我会爱上一个胆小鬼吗?

加尔散　可是,刚才你还说……

艾丝黛尔　我那是取笑你的。我就爱男人,加尔散,真正的男子汉,粗糙的皮肤,刚劲的双手。你没有胆小鬼的下巴,没有胆小鬼的嘴巴,你没有胆小鬼的声音,也没有胆小鬼的头发。就是为了你的嘴巴、你的声音、你的头发,我才爱你。

加尔散　真的吗?这是真的吗?

艾丝黛尔　要不要我向你发誓?

加尔散　那我就敢向所有的人挑战,世上的人和这儿的人。艾丝黛尔,我们会从地狱里出去的。（伊内丝大笑,加尔散停止说话,看着她）怎么回事呀?

伊内丝　（笑）可是她对自己说的话连一个字都不相信,你怎么会这样天真?问什么"艾丝黛尔,我是不是胆小鬼?"你要知道,她根本不把你的话放在心上。

艾丝黛尔　伊内丝!（对加尔散）别听她的。你如果要我信你,你先得信任我。

伊内丝　啊,是的,是的!你信任她吧。她需要男人,你可以相信这点。她需要男人的手臂搂着她的腰,需要男人的气味,需要男人的眼睛里流露着男人的欲望。至于别的东西……哈!如果能讨你欢心,她还会对你说,你是天神呢。

加尔散　艾丝黛尔!这是真的吗?问答呀,这是真的吗?

艾丝黛尔　你要我说什么呢?我真不明白她胡说些什么。（跺脚）这一切多么叫人气恼!即使你是胆小鬼,我也仍然爱你!这还不够?

　　　　〔静场。

加尔散　（对两个女人）你们叫我心烦!（向门口走去）

艾丝黛尔　你干什么？

加尔散　我要走了。

伊内丝　（很快接着说）你走不远，门是关着的。

加尔散　应当叫他们开门。（按电铃，电铃不响）

艾丝黛尔　加尔散！

伊内丝　（对艾丝黛尔）你放心，电铃坏了。

加尔散　我告诉你们，他们会来开门的（把门敲得咚咚响），我对你们再也无法容忍啦，我再也受不了啦。（艾丝黛尔扑向他，他把她推开）滚！你比她更叫我厌烦，我不愿意在你目光监视下过日子。你黏糊糊、软塌塌的！你是一条章鱼，你是一片沼泽。（敲门）你们开不开门？

艾丝黛尔　加尔散，我求求你，不要走，我再也不跟你说话了。我让你完全安静，但你不要走。伊内丝伸出了爪子，我再也不愿与她单独留在这儿了。

加尔散　你自己设法对付吧，我并没有求你来。

艾丝黛尔　胆小鬼！胆小鬼！噢，你真是个胆小鬼。

伊内丝　（走近艾丝黛尔）那么，我的百灵鸟，你不高兴吗？为了讨好他，你朝我脸上吐口水；为了他，我们两个闹翻了。但是，这个捣蛋鬼要走了，他把我们两个女人留下来。

艾丝黛尔　你得不到什么好处；这扇门只要一打开，我就跑。

伊内丝　去哪儿？

艾丝黛尔　随便哪儿都行，离你越远越好。

加尔散　（不停地使劲敲门）开门！开开门！我一切都接受：夹腿棍、钳子、熔铅、夹子、绞具，所有的火刑，所有撕裂人体的酷刑，我真的愿意受这些苦。我宁可遍体鳞伤，宁可给鞭子抽，被硫酸浇，也不愿使脑袋受折磨。这痛苦的幽灵，它从你身边轻轻擦过，它抚摸你，可是从来不使你感到很痛。（抓住门环，摇）你们开不开？（门突然打开，他差一点儿跌倒）啊！

〔静场很久。

伊内丝　怎么样，加尔散？走吧。

加尔散　（慢慢地）我在想，为什么这门打开了。

伊内丝　你还等什么？走呀，快走呀！

加尔散　我不走了。

伊内丝　那你呢，艾丝黛尔？（艾丝黛尔不动，伊内丝大笑）怎么样？哪个要出去？三个人中间,究竟哪一个出去？道路是畅通无阻的,谁在拖住我们？哈,这真好笑死了！我们是难分难舍的。

艾丝黛尔　（从背后扑到伊内丝身上）难分难舍吗?加尔散,来帮帮我,快来帮帮我！我们把她拖出去,把她关在门外。有她好看的！

伊内丝　（挣扎）艾丝黛尔！艾丝黛尔！我求求你,把我留下来吧,不要把我扔到走廊里！不要把我扔到走廊里！

加尔散　放开她。

艾丝黛尔　你疯了,她恨你呢！

加尔散　我是为了她才留下来的。

　　　　〔艾丝黛尔放开伊内丝,惊愕地看着加尔散。

伊内丝　为了我?（稍停）好,那么,把门关上吧,门打开后,这儿热了十倍。（加尔散走去关门)为了我?

加尔散　是的,你,你知道什么叫胆小鬼。

伊内丝　是的,我知道。

加尔散　你知道什么是痛苦、羞耻、恐惧?有些时候,你把自己看得很透,这使你十分泄气。而第二天,你又不知怎么想了,你再也搞不清楚头一夜得到什么启示了。是的,你知道痛苦的代价,你说我是胆小鬼,那一定有正当理由的,嗯?

伊内丝　是的。

加尔散　我应当说服的正是你,你跟我是同一种类型的人。你以为我真的要走?你脑子里装着这些想法,有关我的种种想法,我不能让你这么洋洋得意地留在这儿。

伊内丝　你真的想说服我吗?

加尔散　除此以外我没有别的办法。你知道,我已听不见他们说话了。他们一定已跟我一刀两断了。一切都已经结束,我的事已经成为定局。我在人世间已化为乌有,甚至连胆小鬼也不是了。伊内丝,我们现在是孤零零的了,只有你们两人想到我,而艾丝黛尔呢,她这人等于没有。可你,你又恨我;只要你能相信我,你就救了我。

伊内丝　这可不容易。你看看我,我脑子不开窍。

加尔散　为了使你开窍,我花多少时间都可以。

伊内丝　噢,你有的是时间,所有时间都是你的。

加尔散　（搂着她肩膀）听着,每个人都有自己的目标,是不是?我以前就不在
　　　　乎金钱和爱情,我要的是做一个男子汉,一个硬汉子。我把所有赌注都押
　　　　在同一匹赛马上。当一个人选择了最危险的道路时,他难道会是胆小鬼
　　　　吗?难道能以某一个行动来判断人的一生吗?

伊内丝　为什么不能?三十年来你一直想像自己很有勇气,你对自己的无数
　　　　小过错毫不在乎,因为对英雄来说,一切都是允许的。这太轻松便当了!
　　　　可是后来,到了危急时刻,人家逼得你走投无路……于是你就乘上去墨
　　　　西哥的火车……

加尔散　我可没有幻想过这种英雄主义,我只是选择了它。人总是做自己想
　　　　做的人。

伊内丝　拿出证据来吧,证明你这不是幻想。只有行动才能判断人们的愿望。

加尔散　我死得太早了,他们没有给我行动的时间。

伊内丝　人总是死得太早——或者太迟。然而,你的一生就是那个样,已经完
　　　　结了;木已成舟,该结账了。你的生活就是你自己。

加尔散　毒蛇!你倒什么都答得上来。

伊内丝　得啦!得啦!不要泄气,你不难说服我。找一找论据吧,努力一下。
　　　　（加尔散耸耸肩）怎么样?我早就说过你是个软骨头。啊!现在你可要付
　　　　出代价了。你是个胆小鬼,加尔散,胆小鬼,因为我要这样叫你。我要这样
　　　　叫你,你听好,我要这样叫你!然而,你看我是多么虚弱,我只不过是一口
　　　　气罢了。我仅仅是一道盯着你的目光,一个想着你的平庸无奇的思想。
　　　　（加尔散张开双手,逼近她）哈,这双男人的大手张开来了。可是你想要怎
　　　　么样呢?用手是抓不住思想的。好了,你没有选择的余地了:你得说服我,
　　　　我抓住你了。

艾丝黛尔　加尔散!

加尔散　什么?

艾丝黛尔　你报复呀!

加尔散　怎样报复?

艾丝黛尔　拥抱我,这样你就能听到她唱歌了。

加尔散　这倒是真的,伊内丝。我被你抓在手心里,但你也抓在我的手心里。
　　　　〔他向艾丝黛尔俯过身去,伊内丝大叫一声。

伊内丝　哈,胆小鬼,胆小鬼,去叫女人来安慰你吧!

艾丝黛尔　唱吧,伊内丝,唱吧!

伊内丝　多好的一对!你要是看到他的大爪子放在你的背上,弄皱你的皮肤和衣服就好了。他双手黏糊糊的,他在出汗。他会在你的连衣裙上留下一个蓝色的手印。

艾丝黛尔　唱吧,唱吧,把我搂得更紧些,加尔散,这样她会气炸的。

伊内丝　对,把她搂得更紧一些,搂紧她!把你们的热气混和在一起。爱情真甜美,对不对,加尔散?它像睡眠一样暖融融、深沉沉的,可是我不会让你睡觉。

　　　　〔加尔散打了个手势。

艾丝黛尔　别听她的。吻我的嘴,我全部都是属于你的。

伊内丝　怎么,你还在等什么?依她说的做呀,胆小鬼加尔散把杀婴犯艾丝黛尔搂在怀里了。胆小鬼加尔散会吻她吗?我倒要瞧瞧。我看着你们,我看着你们;我一个人就抵得上一群人,一群人,加尔散,一群人,你听见吗?(嘀咕着)胆小鬼!胆小鬼!胆小鬼!胆小鬼!你别想从我这儿溜走,我不会放走你的。你在她的嘴唇上想寻找什么?寻找遗忘吗?但是我呀,我不会忘记你!你应当说服的是我,是我。来吧,来吧!我等着你。你看见了,艾丝黛尔,他松开你了,他像条狗一样听话……你不会得到他的。

加尔散　难道永远没有黑夜了吗?

伊内丝　永远没有。

加尔散　你永远看得见我吗?

伊内丝　永远。

　　　　〔加尔散离开艾丝黛尔,在房间里走了几步,他走近青铜像。

加尔散　青铜像……(抚摸它)好吧,这正是时候。青铜像在这儿,我注视着它,我明白自己是在地狱里。我跟您讲,一切都是预先安排好了的。他们早就预料到我会站在这壁炉前,用手抚摸着青铜像,所有这些眼光都落在我身上,所有这些眼光全在吞噬我……(突然转身)哈,你们只有两个人?我还以为你们人很多呢!(笑)那么,地狱原来就是这个样。我从来都没想到……提起地狱,你们便会想到硫磺、火刑、烤架……啊,真是莫大的玩笑!何必用烤架呢,他人就是地狱。

艾丝黛尔　我心爱的!

加尔散　(推开她)放开我。她夹在我们中间。只要她看见我,我就不能爱你。

艾丝黛尔　哈!那好,她再也别想看见我们了。(从桌上拿起裁纸刀,奔向伊内丝,把她砍了几下)

伊内丝　(挣扎,笑)你干什么,你干什么,你疯了吗?你很清楚,我是个死人。

艾丝黛尔　死人?

　　　　〔她的刀子落地。稍停,伊内丝拾起刀子,疯狂地用刀子戳自己。

伊内丝　死人!死人!死人!刀子,毒药,绳子,都不中用了。这是安排好了的,你明白吗?我们这几个人永远在一起。(笑)

艾丝黛尔　(大笑)永远在一起,我的上帝,这多么滑稽!永远在一起!

加尔散　(看着她俩笑)永远在一起!

　　　　〔他们倒在各自的躺椅里,坐着。长时间静场。他们止住笑,面面相觑。加尔散站起来。

加尔散　好吧,让我们继续下去吧!

——幕落

(选自《萨特戏剧集》上,冯汉津等译,
人民文学出版社 1985 年版)

《禁闭》导读

　　让—保尔·萨特(1905—1980),法国哲学家、作家。1905 年 6 月 21 日生于巴黎一个海军军官家庭。2 岁丧父,母亲改嫁,寄居于学识渊博的外祖父家中,受到良好的文化熏陶。中学时代学业优异,且阅读广泛,喜好文学。19 岁时入声誉卓著的巴黎高等师范学校攻读哲学。1929 年通过中学教师的资格考试后,在巴黎等地任哲学教师多年。1933 年至 1934 年,作为官费生,在柏林法兰西学院哲学系学习。1939 年第二次世界大战爆发后应征入伍,曾为德军俘虏,1941 年获释,此后即参加了法国地下抵抗运动,反抗法西斯主义。1945 年,创办了文学杂志《现代》,并从此成为职业作家,从事哲学研究、文学创作与文学批评。20 世纪 60 年代后,在继续著述的同时,萨特较多地参加了各种社会活动,对重大的历史事件作出积极的反应,产生了巨大的影响。1980 年 4 月 15 日,因肺气肿病逝于巴黎。

作为哲学家,萨特是法国存在主义哲学最为重要的代表人物之一。他的主要著作包括:《影象论》(1936)、《存在与虚无》(1943)、《存在主义是一种人道主义》(1946)和《辩证理性批判》(1960)等。萨特在其中主要表述了"存在先于本质"、"自由选择"、"世界荒诞"等基本思想,并突出强调了"行动"的积极意义。这些思想不仅对欧洲的思想史,而且对他首倡的存在主义文学以及后来的欧美文学都影响巨大,意义深远,迄今仍余音不绝。

作为小说家、戏剧家与批评家,萨特也著述颇丰。他小说方面的重要作品包括:长篇小说《厌恶》(1938)、短篇小说集《墙》(1939)、未完成的多卷集长篇小说《自由之路》(《理智之年》、《延缓》、《心灵之死》,1945—1949)等。《厌恶》是存在主义文学的开山作、代表作。它以主人公洛根丁对现实世界的厌恶感形象阐释了存在主义哲学"世界荒诞"、"人生空虚"的基本思想。它迄今为止的发行量已近 2 亿册,具有世界性的影响。萨特创作或改编的剧作共 11 种。这些剧作在思想内容上大多渗透着存在主义哲学观,但在艺术形式上基本保持着传统戏剧的特色。一般认为,他的戏剧成就高于小说。重要的剧作包括:《苍蝇》(1943)、《禁闭》(1944)、《恭顺的妓女》(1946)、《脏手》(1948)和《魔鬼与上帝》(1951)等。其中《禁闭》一剧由于其深刻、复杂的思想和臻于完美的戏剧艺术影响巨大,被视为法国现代戏剧的经典。在文学批评方面,萨特撰写了《论波德莱尔》(1946)、《圣·热奈——逢场作戏的角色与殉道者》(1952)、《家庭中的白痴——居斯塔夫·福楼拜》(1971—1972)3部专著及文集《境况种种》等。他提出的"介入文学"的口号、主张真实的追求与关于戏剧的"情境剧"理论在他自己的创作中都得到了极富成效的体现,对当时及后来的文学也影响深远。1964 年,萨特被授予诺贝尔文学奖,但他以不接受一切官方给予的荣誉而拒绝接受。

《禁闭》是萨特 1944 年写就并上演的五场独幕剧。法文剧名"Huis Clos"本为法律用语,意谓"禁止旁听"。作者似乎以之表明剧中人惟恐为他人知悉及人际间彼此隔绝、戒备的精神状态。其中文译名有《禁闭》、《间隔》、《密室》、《门关户闭》等多种。

剧情是在幻想中的地狱里一间有门无窗的密室中展开的,时间为第二次世界大战后。有 3 个生命终结但灵魂不死的角色:邮政局小职员伊内丝、巴黎贵妇艾丝黛尔、报社编辑加尔散以及属过场人物的地狱听差。当他们在地狱密室初始相遇时,彼此之间设防戒备,相互隐瞒生前劣迹。加尔散竭力要让他人相信自己是英雄,实际上他是个在二战中因临阵脱逃被处死的胆小鬼,同时又是个沉溺酒色、折磨妻子的虐待狂;艾丝黛尔掩饰色情狂的身份和杀婴罪责,诡称自己是个为了年老的丈夫断送了青春的贞洁女子;伊内丝则充满敌意地牢记"他人"的存在以求尽可能地包庇自己同性恋的往昔。但是,他们不仅彼此封闭自己,同时又相互"拷问"他人。每个人无时不在"他人的目光"中存在并受到审视与监督。由于他们生前恶习不改,真实面目迅速裸露。一旦暴露,便无顾忌,3 人间形成了一向相互追逐另一向相互排斥的双向型三角关系:加尔散希望得到伊内丝拒绝艾丝黛尔;伊内丝希望得到艾丝黛尔拒绝加尔散;艾丝黛尔希望得到加尔散拒绝伊内丝。3 个痛苦的灵魂像坐上了旋转木马,永在相互追逐又永远追逐不到。相互的追逐成了一场不甚其苦的煎熬。谁也不能得到,谁也不能安宁,谁也不能退场,其苦状若身陷地狱之火。加尔散终于悟得地狱之中并无刑具的道理:"何必用拷架呢,他人就是地狱。"剧作以加尔散无可奈何地说"好吧,让我们继续下去吧"一言收场。

萨特曾在 1965 年把《禁闭》的题材概括为"跟他人的关系、禁锢与自由、通向彼岸的自由"。为避免误解,他特意提醒人们:"我希望当你们听到剧人说:他人就是地狱,你们能想起上述的论点。"作者的概括基本上是合乎作品实际的。正是通过这3个题材,作品显示了深刻、复杂的思想及积极的倾向。

"他人就是地狱"是《禁闭》的基本思想。剧作形象阐释了作者关于人与他人关系的哲学思考与认识。出现在剧中的3位角色都陷入了永劫不复的道德绝境:羞耻感使他们无一能从或能被允许从这种困境中逃脱。他们都处在彼此希求承认又彼此断然拒绝的煎熬状态中。其要害所在,乃是他们彼此间亦即人与他人间的依附关系:每个人都要以他人的目光来判断、证明、确认自己。每个人都希望"他人"依"我"所希望的那样来看待"我",但彼此的排斥关系使"我"无法得到"我"所希望的承认。而且,"我"对自己的认识事实上已为"他人"对"我"的认识与判断所支配。"我"只能接受"他人"给予"我"的身份。深刻的是,"我"对"他人"也是"他人"。依附关系使剧中人的每一个"我"都丧失了自知之明,而从"他人"处所得又非己之所求。这种希求不得、解脱不能、相互制约的关系正是加尔散、伊内丝、艾丝黛尔"地狱"般的处境。它既悲观而深刻地揭示了现代人际关系的存在状况,又严肃而积极地予以否定与谴责。在"他人就是地狱"这一命题中,同时还包含着萨特的道德训诫。3位主人公生前都曾背叛过他人,因自己的选择而造成他人的痛苦。恶的本质乃是一生作为的"结账",恰如伊内丝所说:"你的生活就是你自己。"恶的选择导致与他人的关系恶化,"他人"即成地狱,死后更无法挽回。由此可知,萨特的"自由选择"也是有善恶与道德标准的。

关于《禁闭》,作者还说过:"我们是活人,他们(指剧中人)是死人。""活人"的含义包容着行动与选择、发展与变化。"死人"则意味着本质的铸定。而死因乃在于为他人之定见与自我之积习所禁锢,从而丧失了从禁锢中冲出的可能与自由。这正是萨特要让他们以灵魂的形式(他们已死)出现在地狱(他们在禁锢中)的用心所在。剧中人已身陷地狱,但如加尔散,不仅希望得到同为鬼魂的伊内丝承认,还关心着人间同事们的议论评说。尽管地狱密室之门一度曾奇迹般地打开,为他们提供了从"禁锢"中逃脱的可能,但与他人的依附关系与各自不改的恶习使他们放弃了这绝无仅有的机会。密室之门关闭的同时也关闭了"自由之门"。他们只能在"地狱"中继续下去。萨特批判了囿于他人定见与自我积习而不思改变现状的无为存在。在对之批判的同时,寓含着作者对"自由"与"行动"的强调。萨特说"要砸碎地狱圈",即是希望、吁求他的人物从禁锢中走出,以(新的)行动改变(往昔的)行动,获取自由并到达希望的彼岸。剧作的思想倾向是积极的。

《禁闭》可被视为哲理剧。剧作无论是整体的构思,还是角色的设置,戏剧冲突的组织以及人物语言都显示出其哲理性。从整体构思看,它立足于"他人就是地狱"这一基本命题,构筑了地狱的空间,并安置了3个亡灵,使他们在具有强烈象征意味的舞台空间演出这场人间的活剧。在角色设置上,它让每一人物都成为表达基本命题的形象符号。他们既是一个"我",也是一个"他人"。在戏剧冲突的组织中,它安排了一个"追逐与排斥"的旋转木马式三角形依附关系,除了因之保持了戏剧高度的单纯、紧凑与氛围的紧张之外,更重要的是使"他人就是地狱"这一抽象的哲学命题得以形象化地表现与阐释。在语言上,以简洁、明快、直白的形式出现的深刻、精辟、富于哲理意味的语句不时可见。除"他人就是地狱"这一名句外,诸如"我们当中的每一个人,都是另外两个人的刽子手"、"你的生活就是你自己"、"我仅仅是一道盯着你的目光"等等,都有隽永的哲学意味。它们都极好地促成了剧作浑然一体的哲理剧特色。

其次,它是一部典型的"情境剧"。情境剧主张以情境取代性格;主张选择人的共同情境予以表现;主张表现人在情境中的选择与性格的形成。在《禁闭》中,性格自然没有成为作者首先关注的对象。他关心的是现代人生存的共同处境。作者精心设计了剧中人的旋转木马式的三角形追逐与排斥的巧妙关系。这一极富戏剧意味的关系使剧中人所处情境异常尖锐:彼此依附,彼此制约,难解难分,但又必须面对选择与可能的自由——当地狱密室之门打开的时候。就剧本言,这是加尔散、伊内丝、艾丝黛尔的处境;就情境剧理论言,它又是萨特眼中的每一现代人生存的共同处境。这样的戏剧情境对剧中人发出多种召唤——走出地狱或是"继续下去"——他们必得在多种可能中作出自己的选择。情境之尖锐使回避成为不可能。剧中人正是在各自作出选择的过程中纤毫毕现地表现并形成了自我的性格——加尔散的怯懦、伊内丝的阴狠、艾丝黛尔的疯狂——这是他们生前的恶的展示,又是在新的境况中的延续。恶的本质再一次铸定。"选择"与"性格之形成"这是情境剧理论认为戏剧中"最使人感动的东西",这也确实成为《禁闭》中最引人注目的内容。虽然情境剧重情境甚于性格,但正如《禁闭》所显示的,这并不意味着人物性格的不存在或无光彩。加尔散、伊内丝、艾丝黛尔在选择之中显示的性格及其最终的完成都成为剧作夺目的部分。成功的情境剧《禁闭》,在艺术上是一部炉火纯青的现代戏剧精品。

(仵从巨)

加　缪

局　外　人

第一部（节选）

母亲今天死了。也许是昨天死的，我不清楚。我收到养老院一封电报，电文是："母死。明日葬。专此通知。"从电报上看不出什么来。很可能昨天已经死了。

养老院在马朗沟，离阿尔及尔八十公里远。乘两点钟班次的长途汽车，当天下午就可以到。这样，我还来得及守灵，明天晚上就可以赶回来。我向老板请了两天假，这样的理由，他不可能不准。不过，他脸上很难看。我跟他说："这可不是我故意的。"他没有理我。我想这一句话不该跟他说。我有什么可以表示歉意的呢？倒是他应该向我表示慰问。等后天看见我戴孝的时候，他一定会说几句客气话的。现在，就好像母亲还没有死似的。相反，等葬过之后，一切都正式办好，那就没有话说了。

⋯⋯⋯⋯⋯

我走进去了，是一间相当明亮的屋子，粉刷的石灰墙，上面是玻璃天棚。里面放着几排椅子，还有交叉支着的架子。在正当中的两个架子上，放着一口棺材，盖着棺盖。只看见发亮的螺丝钉，钉得很浅，在刷成褐色的木板上更显得突出。棺旁边，有一个阿拉伯籍的女护士；穿着白衣服，头上戴着一顶浆洗得耀眼发亮的头巾。

这时候，看门的从我背后走进来。他一定是跑来的，说话有点上气不接下气："本来已经封口了，我得把螺丝钉再转开来，使你可以再看她一次。"他正想走近棺木，我拦住了他。他问我说："你不想看她么？"我回答说："不了。"他没有去开，我很难为情，因为我觉着我不应该这样说。过了一会，他看了看我，问道:"为什么呢?"他没有责备的意思,只是想问问。我说:"也说不上来。"于是,他拈着白色的唇髭,也不看我,说道:"我明白了。"这个老头的一对眼睛很体面,浅蓝色,脸色略带点红。他递给我一把椅子,自己坐在我后面。那个守灵的女人站起来,走出去了。这时候,看门的跟我说:"她长的是个恶疮。"我一时明白不过来。我看了看女护士,她脸上缠着一条绷带,在眼睛下面鼻子上面,绷带是平的,也不凸起来,只看见脸上那一条白布。

....

我们依次往前走。我发现贝莱兹走路有点瘸。灵车渐渐地越走越快,老头子落在后面了。车子旁边那四个人,有一个也跟不上了,这时走在我身边。我奇怪太阳在天上怎么走得这样快。我发觉田地里满是虫子的叫声和庄稼的摆动声。我脸上流下汗来。因为我没有帽子,我掏出手帕来当扇子。殡仪馆的一个人跟我说了一句话,我也没听清楚。他右手掀起鸭舌帽的帽檐,左手拿一条手巾擦着额头。我问他:"怎么样?"他向我指了指天,说道:"够受的。"我说:"对。"过了一会儿,他问我:"这是你母亲么?"我又回答了个"对"。"她年纪大么?"我回答说:"还好。"因为我不知道母亲到底是几岁。他不再说话了。我回过头去,看见贝莱兹老头已经落后五十多米远了。他吃力地往前赶,帽子一会儿拿在这只手里,一会儿又拿在那只手里。我又看了看院长。他庄严地走着,别的没什么动作。眉头上有几滴汗,他也不擦。

....

晚上,玛丽来找我了,她问我愿意不愿意跟她结婚。我说无所谓,假使她一定要结婚,我们就结。她是想知道我爱不爱她。我回答说我已经告诉她一次了,这个问题毫无意思,如果她一定要知道的话,那大概我不爱她。她说道:"那么,为什么又肯跟我结婚呢?"我跟她说这是毫无关系的事情,如果她要的话,我们可以马上结婚。反正,是她要跟我结婚的,我呢,我只表示同意就是了。她却不是这样,她认为婚姻是一件严肃的大事。我说:"我不是这个看法。"她沉默了一会儿,一声不响地望着我。后来她说她只是想知道假使是另外一个女人,而这个女人和我的关系跟玛丽和我的关系一样,如果她要求跟我结婚的话,我会不会答应。我说:"当然会答应。"她自己心里揣摩她究竟爱不爱我。关于这一点,我毫无把握。又沉默了一阵子,她嘟嘟囔囔地说我这个人真怪,她爱我可能就是因为我怪,不过,有一天,也可能为了同样的理由恨我。我一声不响,有什么好说的呢?她笑着拉住我的胳膊,说她要跟我结婚。我说随她的便,高兴什么时候结就什么时候结。我把老板刚才的话也告诉她了,玛丽说她倒喜欢到巴黎去看看。我跟她说我在那里住过一个时期,她问我巴黎是什么样子。我说:"很脏。连鸽子也是黑的。人的皮肤倒是白的。"

....

　　一直到差不多一点半钟,雷蒙才跟马松一道回来。胳膊上缠着纱布,嘴角上贴着一张膏药。医生跟他说不要紧,但是雷蒙的脸色很阴沉。马松想逗他发笑,他绷着脸一言不发。最后,他说他要到海边上去。我问他去干什么。他说他要去呼吸空气。马松跟我一齐,我们陪他去。他火了,骂了我们一顿。马松说好吧,让他去吧,我们不要惹他生气。可是我不放心,还是跟着他去了。

　　我们在海边上走了老大一会儿。太阳热得要命。沙土上、海水上,到处都是太阳。我猜想雷蒙一定有目的地,只是我不知道是哪里。最后,我们走到海滨的尽头,那里有个小水泉,从一块大岩石后面的沙土窝里流出来。两个阿拉伯人原来就藏在那里。他们仍旧穿着油腻的蓝衣服。两个人都躺在那里。他们的样子很安定,几乎很愉快。看见我们来了,他们也没有慌。用刀刺雷蒙的那个人看了看他,一句话也没有说。另一个用一节芦苇做了一个只能吹出三个音符的小笛子,一边吹一边用眼角扫着我们。

　　这时候,周围什么声音也没有,只有太阳,寂静,小水泉的流水和那个家伙吹的三个音符。雷蒙用手按住他口袋里的手枪,可是那个家伙并没有动,他们你望我、我望你地彼此观望。雷蒙一丝不错开眼珠地瞪着他,一边问我道:"我干掉他,好么?"我想我如果说不好,他一定会生气,马上开枪。于是我这样说道:"他还没有说过话呢。这样就开枪干掉他,不好。"在太阳底下四周围死沉沉的寂静里,还是只听见流水的潺潺声和那根笛子的三个音符。雷蒙说道:"那么,我先骂他一顿,他要是一答腔,我就开枪。"我说:"好。不过,他不拔出刀来,你也用不着开枪。"雷蒙有点火了。吹笛子的人依然吹着笛子,不过他们两个人注视着雷蒙每一个动作。我跟雷蒙说:"不,别这样,一个打一个好了。把你的枪交给我。假使另一个出头帮忙,或者有人拔出刀来,我就开枪打死他。"

　　雷蒙把他的手枪交给我,太阳照得手枪闪出亮光。我们站在那里没有动,就好像周围的一切都凝结住了一样。我们瞪着眼睛望着他们,海、沙滩、太阳、停下来的笛子、静止中的流水,一切都仿佛停住了。我这时想,可以开枪,也可以不开枪。可是忽然间,那两个阿拉伯人倒退着钻到岩石后边去了。雷蒙跟着我只好回来。他现在的精神好多了，还跟我谈起回家时要坐公共汽车。

我一直陪他走到马松的家门口。他一级一级地走上木头的楼梯，我待在下面没有上去。太阳晒得我头有点涨，觉得没有力气再去爬楼梯，尤其不高兴再给那两个女人叙述刚才的经过。可是，天气热得要命，待在那里不动，在耀眼的太阳光底下，也是使人受不了。待在那里，或是走开，同样不好过。我站了一会儿，觉得还不如再回到海边去。我又走回去了。

到处仍是一片太阳的红光。海水像一个人热得喘气，又急、又憋得慌，把它的浪头都冲到沙滩上来。我慢慢地向着岩石走去，头脑热得发涨。热气压在我身上，使我简直无法迈腿。每逢感到一阵热浪，我便咬紧牙关，把放在裤袋里的两只手攥成拳头，一心一意非战胜太阳、非克服住它向我施展的压力不可。我的牙齿，每遇到从沙滩上或从白色的贝壳里反映出一道道的光亮时，便不由自主地直发抖。

远远的，在海水反照出的一团迷人眼目的光辉里，我看见了那一堆黑暗的岩石。我想到岩石后面那道清澈的水泉。我真想一下子走到它跟前，听见它潺潺的流水，避开太阳，不用再使劲往前走，不用担心听到女人的哭声，总而言之，想赶快走到一个阴凉的地方好休息休息。

等我走到离岩石不远的地方，我看见雷蒙的对头又在那里了。这一次，他是一个人，躺在那里，两只手交叉着放在后脑勺下面当作枕头。岩石的阴影正好遮住他的脸，身体仍旧晒着太阳。蓝色的衣服晒得直冒气。我有点惊奇。我以为这件事早已完了呢。我是无意地又走出来的。

那个家伙一看见我，就坐起来了，把手放在口袋里。我呢，也很自然地用手握住了衣袋里雷蒙的那支手枪。他又慢慢地躺下去，手一直插在裤袋里，没有掏出来。我离开他约有十来米那样远。在他那半睁半闭的眼睛里，我不明了他究竟在转什么主意。可是他的形象在我眼前边、在一团火一般的热气里，不住地跳动。

海浪的声音更小了，比中午的时候更平静。这里依然到处是太阳，沙滩上仍是一片光明。两个钟头以来，时间仿佛就没有动过，跟在一个滚烫的海洋里抛下了锚一样。天边驶过一条小轮船，我相信还冒着一缕黑烟，但是我的眼睛一直瞪着那个阿拉伯人，注视着他。

我想我这时要是转身就走，也就没有事了。可是整个的海滨全晒在太阳底下，跟火烧的一样在后面烤着我。我朝着水泉又走了几步。阿拉伯人没有动。尽管没有动，我们彼此之间还有一段距离。也许是他脸上阴影的缘故，看起来仿佛在笑。我等了等，看他想做什么。太阳晒得我的脸发烫，我感觉到汗珠一滴滴地流在我的眉毛上。这一天的太阳和母亲下葬的那一天完全一样。我的头特别难过，皮肤下面所有的血管好像都在抽动。

　　我热得简直受不了，我又往前走了一步。我知道这是愚蠢的，因为往前走一步也是逃不过太阳的。可是我依然往前迈了一步，只一步。这一下子，那个阿拉伯人虽然没有站起来，可是把刀子亮出来了。钢锋上光芒闪闪，像一把寒光四射的宝剑对准我的额头。这时候，集在我眉毛上的汗珠一下子流在眼睛上，给我的眼睛罩上了一层热辣辣的模糊的水幕。这一层咸水和眼泪的水幕使我的眼睛什么也看不见了。只觉着太阳像铙钹似的在我头上一阵乱响，那把刀闪着刺眼的亮光影影绰绰地对着我。滚热的刀尖穿进我的睫毛，挖着我疼痛的眼睛。我感到天旋地转。海上泛起一阵闷热的狂风。我仿佛觉得整个的天空都裂开了，往下倾泻着火雨。我浑身上下紧张万分，抖动的手摸着了我的手枪。枪机扳动了，我还摸着光滑的枪身，对，就是从那里响起了一声震耳的干燥的声音。我甩掉了身上的汗水和太阳。我体会到我打破了这一天的平衡，打破了海边上惊人的寂静，而这个海边曾经是我感到过幸福的海边。

　　我对准那个尸体一连又开了四枪，子弹打进他的身体，也看不出什么特别。可是这四下短促的枪声等于我在苦难之门上敲了四下。

第二部（节选）

∙∙∙∙∙∙∙∙∙∙∙∙

　　他又谈起了我对于我母亲的态度，重复了辩论时已经说过的那许多话。他的话简直说不完，比谈到我拿枪打死人的时候还要多得多，多到最后我什么也不知道了，只感觉到天气的炎热。到了最后，他实在说不下去了，才停下来，可是马上又用他那低沉的、镇定的声音说道："先生们，不要忘了这个法庭明天就要判决一个最重大的要犯：杀死亲父的凶手。"看他那个样子，仿佛担心别人在重大杀人案之前会心软下来。他希望人类的尊严要坚决地处罚，决不宽贷。不过，他居然又说，即使是这件杀父的案子，和我冷漠的态度比起来，他几乎认为还是我的罪过大。依照他的看法，一个精神上杀死母亲的人，和拿刀杀死父亲的人,应该以同样的罪名从人类社会的名单上清除出去。无论如何,精神上杀人,就是给拿刀杀人准备条件。他差不多像颁布条例似的,以立法的口吻高声说道:"先生们,我坚决相信,如果我说,坐在这条板凳上的人和明天法院要判决的人,同样都是杀人犯,你们不会认为我这个想法太过分的。因此,他应该受到严厉的处分。"

说到这里,检察官擦了擦脸上发亮的汗水。他最后说道,他的职务是一个吃力不讨好的职务,但是他要坚决地执行它。他说我和这个连最基本的规律我也不予重视的社会,无任何共同之处,我根本就不配叫人类有同情我的心,因为心有什么作用我原本就不知道。他说道:"我请求判处这个人杀头的死罪,而且我心里非常快活。因为,在我年限已经很久的职务里,如果说我只会请求处人死罪,可是从来没有像今天感到这样相称、这样应该、这样受良心的神圣的、义不容辞的驱使。在这个人面兽心的动物身上,我看到的只是妖魔,我感到的只是可憎。"

检察官坐下来以后,法庭上有相当长的一段时间,没有任何人说一句话。我呢,已经热昏了,也吓昏了。庭长低声咳嗽了一下,小声问我有没有什么话要说。我好像有话要说似的站了起来。其实,我只是偶尔随便地说我并没有意思要打死那个阿拉伯人。庭长说这一点已经肯定了,我用不着再反复了。他说一直到现在为止,他还摸不透我用的是什么辩护方法,他说在让我的律师发言之前,他愿意先让我说明白究竟是什么原因使我犯下了杀人罪。

我说话很快,话也有点颠三倒四,我心里明白我的态度很可笑,我说是因为太阳。法庭上大家都笑起来。我的律师也耸了耸肩膀,马上,庭长就让他发言了。他说天已经不早,他的话需要好几个钟头,他请求到下午再开庭。庭上同意了他的请求。

到了下午,笨重的电风扇依旧扇着法庭上沉浊的空气,陪审员们手里五颜六色的小扇子一齐向着同一个方向摇动着。我的律师滔滔不绝的辩护词好像永远也说不完似的。有一阵子,我注意地听了听,因为他正在说:"不错,我是杀了人。"接着,他就继续用这种口吻说下去,每次谈到我的时候,他便说"我"如何如何。我觉得很奇怪。我转向旁边的法警,问他这是什么缘故,他叫我不要响。过了一会儿,他跟我说:"所有的律师都是这样。"我以为这还是把我撇开的表示,根本没有拿我这个人当人,甚至于在某种程度上他代庖了我。不过,我觉得我和这个法庭已经距离得很远了。我认为我的律师这个做法简直是可笑。他迅速地为自己的理由申辩之后,也谈起我的灵魂来了。不过,看得出来,他比检察官的才华可小多了。他说道:"我也研究过这个人的灵魂,不过,我和法院这位崇高的代表完全相反,我是看到一些东西的,而且我一看就看得很明白,毫不费事。"

他所看到的是:我是一个好人,一个有恒心的职员,从来不知道什么叫疲倦,忠心于雇用我的公司,受到所有人的爱戴,同情别人的痛苦。依他看来,我称得起是作儿子的模范,我养活母亲一直到竭尽了我的能力为止。后来,我是希望在养老院里能够得到我的经济能力所达不到的享受,才把我母亲送进去的。他此外还说道:"先生们,我很奇怪大家在养老院这个问题上大惊小怪。因为,在我看来,如果需要证明这类事业的好处和伟大,只需知道是国家负担经济来办的就够了。"他没有提起我母亲的下葬,我认为这是一个漏洞。但是,因为大家都用了些很长的句子,单单说我的灵魂,就是一连好几个钟头,我仿佛觉得,这一切都像一潭没有颜色的水那样,而我就在这潭水里被人搅得头昏脑涨。

后来,别的事情我都忘掉了,我只记得通过法院所有的房间和辩论法庭——我的律师还在那里辩论个没完——我听到街上卖冰小贩吹喇叭的声音。我充满了对一个生命的回忆,这个生命虽然已经不属于我了,但是我还看得见我在里面曾享受过的一切亲切和真实的快乐:夏季的气息,我喜爱的区域,傍晚时的天空,玛丽的笑容和连衫裙,等等。一种再在这里待下去是毫无用处的感觉涌上我的心头,我只想赶快办一件事,那就是尽快地结束辩论,让我再回牢房里去睡觉。所以我的律师最后大嚷大叫,我几乎也听不见了,他说陪审员们总不能眼看把一个一时糊涂的正直好人送到死亡里去吧,一种永恒的悔恨已经使他摆脱不掉了,这就是最可靠的刑罚,让时间来消磨这个生命吧。法院宣布辩论停止,我的律师劳累不堪地坐了下来。可是,他的同行都来向他握手道贺了。我只听见:"亲爱的,说得实在好!"有一个居然来问我:"嗯?你说怎么样?"我当然表示同意,不过我的称赞不是出于真心情愿,因为我实在太累了。

然而,时间已经很晚,外面的天气没有刚才那样热了。从我听见的几声街上的吆喝声,我可以猜想到傍晚时的凉爽。可是,我们都留下来在等待。其实,大家所等待的,不过是我一个人的事情。我又往法庭里看了一眼,一切都和第一天的情形完全一样。我看见那个穿灰色上装的新闻记者和他旁边的那个小女人还在看我。这使我想起来,在整个辩论的过程中,我从来就没有往玛丽那边看过一眼。我可没有忘记她呀,只是我心里的事情太多了。我看见她坐在赛莱斯特和雷蒙之间。她悄悄地向我使了一个眼色,意思仿佛是说:"可完了!"我看见她那有些焦急的脸上泛起了笑容。不过,我的心好像已经关上门了,我连一点笑的意思也没有向她表示。

法庭宣布继续开庭。有人很快地把一系列的质问念给陪审员听。我只听见什么"杀人犯"……"预谋杀人"……"时间减轻"……陪审员一齐出去了,有人把我带到一间从前我在那里等待过的小房间里。我的律师也来了。他很活跃,说话的样子表示非常有把握,而且非常和气,这是从来没有过的态度。他认为一切都很顺利,大不了几年监禁或者劳役就可以解决问题了。我问他万一判得不好,能不能上诉最高法院。他说不好。他的策略是不要自己作结论来影响法官。他向我解释说,没有充足的理由是不能平白地随便上诉最高法院的。我觉得他的话也对,便同意了他的看法。其实,如果冷静地来看这个问题,这也是很自然的。假使再上诉的话,那又要多费多少公文状纸啊!我的律师对我说:"无论如何,上诉的时间还是有的。不过,我坚决地相信,判决一定是好的。"

我们又等了很长的时间,我想至少有三刻钟。我们听到一声电铃的声音。我的律师站起来说道:"庭长要答复质问了。你呢,等判决的时候才让你进去。"我听见砰砰的关门声。有人在楼梯上跑过,我听不出是远是近。后来,我听见法庭里有一个低沉的念诵的声音。电铃又响了,我的门被打开,法庭上忽然静得出奇,鸦雀无声,我有一种特殊的感觉,特别是看到那个年轻的新闻记者也掉过头去不看我了。我没有往玛丽那边看,我没有来得及,因为庭长奇怪的样子已经在宣布以法兰西民族的名义要在一个广场上把我斩首示众。

我这时才明白过来为什么这些人的脸与表情这样严肃。我觉得这是他们重视我。法警对我的态度也特别客气了。律师跟我握手。我什么也来不及想了。庭长问我还有没有其他的话说。我想了想,说道:"没有了。"他们这才把我带走。

············

他说他绝对相信我的上诉会被接受,目前压在我身上的是我犯的罪,罪是需要摆脱掉的。依照他的说法,人类的正义算不了什么,上帝的正义才是一切。我发觉他的意思是说,定我死罪的是人,而不是上帝。他还说,这样即便死去,我的罪依然没有洗干净。我跟他说我不懂什么叫罪。他们只告诉我说我是个犯人。既然做了犯人,当然接受处分,谁也没有权利要求我做更多的事情。这时候,他又站起来了,我想在这样窄小的一间牢房里,他如果想活动的话,除了站起来坐下去,实在没有别的办法。只好如此,不是坐下去,就是站起来。

我的眼睛望着地上。他向着我走过来一步,停住不动了,仿佛不敢再往前走似的。他隔着栏杆往天上看,一边说道:"你想错了,孩子。我们可以要求你做更多的事情。我们正是想这样要求你。"

"要求什么?"

"要求你看。"

"看什么?"

教士看了看自己的周围,我忽然感觉到他说话的声音有气无力。

"墙上这些石头都是因为痛苦而在冒汗,我知道。我没有一次看见它们心里不难过的。但是,我诚心地告诉你,我知道你们当中最可怜的人就曾从这些黑暗的石头里看见过一个神圣的形象。我们要求你看的,就是这个形象。"

他的话提起了我的精神。我说这样的墙壁我已经看了不知道多少个月了。我对于它们,比对世界上任何人、任何东西都更熟悉。也许,很久以前,我曾企图看到一个形象,一个具有太阳的色彩和感情的火焰的形象,那就是玛丽。我想看见她,可是看不到。现在完了。反正,从这些石头的潮湿汗水里,我从来没有看见过任何东西。

教士悲哀地看了我一眼。我这时整个地靠在墙上,太阳光照着我的脸。他说了句什么话,我也没有听见。接着他很快地问我,我肯不肯让他拥抱我。我说:"不许。"他又转过头去,走到墙跟前,一只手慢慢地扶在墙上,低声说道:"你就这样喜欢这个世界么?"我没有答理他。

相当长的一段时间,他没有看我。我不喜欢他待在那里,我觉着讨厌。我正想请他滚蛋,不要再麻烦我,看见他忽然对着我转过身来,放声说道:"不,我没法相信你的话,不过,我坚信你盼望过另一种生活。"我说当然了,可是,现在说这样的话,那等于愿意自己成为富有的人,希望游水游得快,或者希望自己的嘴长得更好看,完全一样,都是毫无意思。可是,他拦住了我的话,问我我所盼望的另一种生活是怎样的。我说道:"一种可以回忆现在生活的生活。"不过,我马上跟他说我不高兴再多和他啰嗦了。他还想和我谈谈上帝,但是我朝他走过去,想最后一次向他解释明白,我的时间不多了,我不愿意把它浪费在上帝身上。他想换一个谈话的题目,他问我为什么称他"先生",而不叫他"神父"。一句话使我火起来,我跟他说他不是我的神父,他是别人的神父。

他把手放在我的肩膀上,说道:"你这话不对,我的孩子。我是你的神父。只是你不明白,因为你的心跟瞎子一样看不见。我要为你祈祷。"

我也不知道是怎么回事,仿佛在我身上有什么东西爆炸了似的。我扯着喉咙大叫,我骂他,不许他为我祷告。我抓住他那件黑袍子的衣领,把我内心深处的话,喜悦和愤怒混在一起的强烈激动,一古脑儿都发泄出来了。他的样子很镇静,不是么?但是他的镇静,抵不上女人的一根头发。他连活着不活着都不知道。因为他活着,等于一个死人。我呢,虽然看起来两手空空,但是我知道我是怎么回事,我知道一切是怎么回事,比他知道得清楚,知道我还活着,肯定我即将死去。是的,这一点是绝对有把握的。我对它有把握,跟他对我有把握,完全一样。我从前就没有看错,现在还是很正确,永远正确。我过去这样生活,今天换一种生活也无所谓。我办过那件事,没有办过这件事。我没有那样做,而我这样做。怎样呢?过去所过的日子仿佛只是为了等待这一种,等待受刑的这一个短暂的黎明。什么都不重要,没有重要的事情,我明白为什么。他也明白为什么。在我度过的这一个多余的生活里,一股黑暗的气息通过还没有到来的岁月,从我将来的深处,向我扑过来。这股气息,一路吹来,把我活过的岁月和人们想让我活的岁月,都同样吹得一干二净。别人的死活,母亲的慈爱,对我还有什么意思呢?既然我自己,只有一种命运在等待着我,那么,他所说的上帝,别人所选择的生活,所奠定的命运,甚至于成千上万和他同样幸运的人都自称是我的兄弟,对我还有什么意思?这些,他懂么?他明白么?大家都幸运,世界上只有幸运的人。不管是谁,有一天都注定要死。连他本人也是一样,也是注定要死的。所以,我被控杀人,而死却是为了在母亲下葬的时候没有哭,这都有什么关系呢?萨拉玛诺的狗和他的老婆有同样的价值。饭馆里遇到的那个小女人和马松婆的那个巴黎人,甚至于要跟我结婚的玛丽,都同样有罪。雷蒙是不是我的朋友,赛莱斯特是不是比他更好,这都有什么关系呢?今天,玛丽拿嘴去亲另外一个莫尔索,又有什么关系呢?这个注定要死的人,他懂得这些么?这个从我遥远的将来……我嚷得气都接不上来了。但是,已经有人从我手里把教士救出去,看守恐吓着我。可是那个教士,反而劝阻他们,不要他们动气。他沉默地望了我一会儿,眼睛里满含着眼泪,然后扭转头去,走掉了。

他走了以后，我倒安静下来了。我累得要命，躺在我睡觉的木板上。我想我是睡着了，因为我醒来的时候，看见头顶上满天星斗。我又听到了郊区的声音。夜晚的气息，土地和盐的气息，清醒了我的头脑。夏季沉睡中神奇的安静，像潮水似的透进我的全身。忽然，在黑夜即将结束的时候，汽笛响了起来。它宣告有些人走进一个永远不再和我有任何关系的世界里。很久以来，我又是第一次想到了母亲。我仿佛体会到为什么到老年她反而交了一个"相好的"，为什么到了老年反而开始活动起来。这是因为在那边，在养老院的周围，一个个的生命也在死亡，夜晚跟一个消沉的过渡时期一样。因此，临死了，我母亲反而会感到解放，想重新再过一次生活。谁有权利哭她呢？我认为谁也没有这个权利。我现在也是同样的情形，我觉着愿意重新生活。刚才的愤怒，仿佛从罪恶里使我清醒过来，而对满天星斗的夜晚，我不存任何幻想，我第一次向着世界可爱的冷漠态度公开我的心胸。我觉得它和我一样，对我很友好，我认为我过去是幸福的，现在还是幸福的。为了作一个好的结束，为了避免感觉自己太孤单，我只要想我受刑的那一天，一定有很多人来看，对我发出咒骂的呼声，就行了。

（选自《外国现代派作品选》第二册，
孟安译，上海文艺出版社 1980 年版）

《局外人》导读

在现代西方，阿尔贝·加缪(1913—1960)是一位和萨特一样，善于以文学创作来表现存在主义哲学思想的著名小说家、剧作家。他出身于阿尔及利亚蒙多维城的一个贫困的法国人家庭。2 岁那年，原为农民的父亲就在第一次世界大战中受伤身亡。他从小就跟随西班牙籍的母亲生活在贫民区，在苦难中度过了童年。后来依靠勤工俭学和奖学金念完了中小学。进入阿尔及尔大学哲学系后，又因患肺病，中途辍学。此后，他为了谋生当过气象员、汽车推销员、机关小职员。但人生的艰辛并未使他怨天尤人,他一方面尽情地享受着地中海的阳光和海水;另一方面积极投身他喜爱的戏剧活动。对社会的认识和正义感使加缪在 20 世纪 30 年代初即参加了巴比塞、罗曼·罗兰等领导的反法西斯运动。1935 年加入了法国共产党,2 年后因意见分歧又退出该党。第二次世界大战期间,加缪在北非和法国积极参加抵抗运动,1944 年法国解放后,出任戴高乐派的《战斗报》主编。他涉足文坛之初虽已显露了其存在主义思想倾向,但与萨特的正式结交乃是战后的事情。1952 年,由于加缪的《反抗者》(1951)所流露的不加区别地反对一切暴力的思想遭到萨特的批评,终致两人公开决裂,并进行了激烈的论战。

加缪的文学创作集中在 20 世纪 40、50 年代。他的主要作品有:剧本《误会》(1945)、《卡里古拉》(1945)、《戒严》(1948)、《正义者》(1949);长篇小说《鼠疫》(1947);中篇小说《局外人》(1942)、《堕落》(1956)。1957 年,加缪"因他的重要文学作品透彻认真地阐明了当代人类良知所面临的问题"而获诺贝尔文学奖。1960 年 1月 4 日,加缪在车祸中不幸罹难,终年 47 岁。萨特闻此噩耗,即捐弃前嫌,对他的死表示沉痛的哀悼,对他的一生和创作给予了充分的肯定。

事实上,加缪和萨特的恩恩怨怨并不能抹煞他俩基本一致的存在主义思想。他们都看到了世界所存在的不合理性和荒诞性。然而,相对于萨特所强调的"自由选择",加缪则更侧重抉发人的存在的荒诞性。这一观点集中体现在他的哲学随笔《西西弗斯神话》(1942)中。在这篇副题为"论荒诞"的随笔中,加缪提出了一种属于人对世界主观感受的荒诞概念。他说:"荒诞感是从对一种行为状态和某种现实、一个行动和超越这个行动的世界所进行的比较中爆发出来的。荒诞从根本上讲是一种离异",是联结个人与世界的"惟一纽带"。人一旦在平庸无奇、习以为常的生活中提出"为什么"的问题,就是意识到了荒诞。荒诞的出现同时也意味着清醒。而加缪所加以肯定和推崇的就是西西弗斯那种推石上山永无止境的荒诞,正视荒诞、迎战荒诞的顽强精神。在加缪看来,西西弗斯生命不息,推石不止的本身就充实了人的心灵,他是人类抗争命运的象征。

如果说,《西西弗斯神话》是用哲学语言对荒诞进行了系统的论述;那么,在其代表作《局外人》中,加缪就是以文学形式对荒诞进行了形象的描绘。两者有异曲同工之妙。

《局外人》的主人公莫尔索就是一个"意识到一切都是荒诞的"生活中的荒诞人物。小说是以莫尔索到离阿尔及尔80公里的一个养老院去奔丧开始的。3年前被他送到那里的母亲如今死了,当初母亲是由于他无力赡养和母子间无话可说而入院的;此时他也不清楚母亲是今天死还是昨天死。到了养老院他也无意再见一眼母亲的遗容,他在困顿和无聊中为母亲守了一夜灵后,在甚至连母亲"到底是几岁"都不知道的情况下把她埋葬了。第二天,他回到城里,跟从前的女同事玛丽同居。他们常约会,但当玛丽问他是否愿跟她结婚时,他则感到无所谓。他以同样"无所谓"的态度做了邻居雷蒙的朋友,并帮雷蒙随便写了一封咒骂其情妇的信。当雷蒙殴打情人招来警察时,他又不假思索地答应为雷蒙作证人。最后,当雷蒙情妇的弟弟纠集两个阿拉伯人向雷蒙报复时,莫尔索又在极其偶然的情况下——炙热的太阳晒得他发昏,热辣辣的汗水刺痛了他的眼睛,幻觉使他紧张——鬼差神使地用雷蒙事先给他的手枪打死了那位持刀的阿拉伯人。他就此莫名其妙地成了杀人犯。接着是长达11个月的审讯和囚禁。对此,莫尔索漠然处之。他对女友玛丽的探监,不但无话可说而且心不在焉。法庭传讯了养老院院长、看门老头、雷蒙等证人,最后以其对母亲的死漠不关心为"罪恶灵魂心理"基础,以他合谋收拾雷蒙的情妇为依据,以他"干净利落"地击毙阿拉伯人为罪证,判决他犯有蓄谋杀人罪,应处死刑。在法庭上,莫尔索只感到头昏脑涨,"只想赶快办一件事,那就是尽快地结束辩论,让我再回牢房里睡觉。"成为死囚以后,他又因"没有说话的兴致"拒绝与神父见面,只是用局外人的方式幻想临刑逃脱的可能性,设想如何改变用刑方法和改进断头机器——仿佛这一切,都与他毫不相干。因为对他来说"现在死和再过20年才死,有什么分别呢?""既然需要死,那么怎么样死和什么时候死,都是次要的问题。"莫尔索就是以这样漠然处之的态度,等待着死亡的到来。

莫尔索看来是一个不可理喻的"局外人",一个道德和心智不健全的人。诚然,加缪在《西西弗斯的神话》中曾说荒诞是产生于对"一种机械麻木生活"的厌倦,《局外人》中的莫尔索似乎也正是这样一个对生活厌倦的人,小说中一再写到他终日睡意蒙眬、百无聊赖,对一切都打不起精神。然而,也如加缪所强调的荒诞是个人思考他与世界的关系时才产生的那样,莫尔索式的厌倦首先是因为"机械麻木的生活"这个对象世界的存在,"世上有荒谬的婚姻、轻蔑、怨恨、沉默、战争和和平"。而二次世界大战残酷岁月和战后的反思阴影,正是这种存在主义哲学思考的根基。因此,我们也应该把《局外人》视同萨特《恶心》、卡夫卡《变形记》,是一部具有形而上学性质的哲理小说,从中领悟到那种针对西方资产阶级传统理性观念的强烈的反叛性质和批判意识。

小说中也曾一再写到,莫尔索无论感到多么疲劳和倦怠,只要一来到阳光下、海滩边顿觉心情舒畅、自由自在。这种与他对社会、人生的冷漠态度恰成对比的描写,透露了加缪对现实人生的看法。这是一个怎样的社会怎样的人生呢?小说中有关莫尔索邻居萨拉马诺的情节为我们提供了一个启示。萨拉马诺老头在老婆死后养了条狗,他视这条癫皮狗如同亲人,彼此形影不离、相依为命。但他与狗的行动从来就无法协调,"时常吵架",有时在人行道上对峙着,你瞅着我,我瞪着你。但一旦有一天狗跑掉了,老头儿便失魂落魄,惶惶不可终日,哆嗦着说:"没有它我可怎么活下去呀?"这种荒诞的人狗关系正象征了荒诞的人际关系！疏离隔膜使他们在一起时互相折磨，一旦分离又孤独难耐。

此外，莫尔索的杀人事件本身带有很大的偶然性：他原来就反对雷蒙开枪杀人。手枪到他手中后，他也曾避免了一次开枪的机会。打架时他本是个旁观者，冲突结束后，他只是碰巧才遇到了那阿拉伯人，后来也只是由于出现了对方的刀锋仿佛刺进了他的眼睛的幻觉才开枪杀人。这些有关案件细节的偶然性本身就揭示了事物固有的非理性因素。但审判此案的法官们却按照简单化的逻辑推理和先入为主的判断使审判过程和结果都充满了荒诞性特征：预审推事之所以死死纠缠于两响枪声的间隔和为何向死人开枪这些无关紧要的细节；法官之所以不厌其烦地调查莫尔索对其母亲之死的态度，无非是要审理过程导入预设轨道，为"有意杀人"的结论寻找支撑的论据。莫尔索就是这样被以主观推测掩盖客观事实，以道德责难代替法律审判而推上断头台的。不消说，在这种貌似"公正合理"的审判中，在法庭那冠冕堂皇的庄严结论背后，隐藏着多少错误和邪恶，多少荒诞和悖谬！无怪乎，莫尔索临死前认识到世界的冷漠"和我一样"，这种彻悟使"我过去是幸福的，现在还是幸福的"。他用冷漠态度对待冷漠的世界，以其无个性作为与荒诞抗争的个性。他那正视死亡的无悔无畏，说明他正是个清醒的西西弗斯式的"荒诞英雄"。这，就是具有浓郁悲观主义色彩的存在主义哲学所蕴含的深层的理性思考及其意义。

加缪曾说："小说从来都是形象的哲学。"但就艺术特点来说，存在主义作家与以前的达达主义和超现实主义在艺术形式上标新立异相反；他们往往更注重作品的思想内容，乐于用传统的、人人都能接受的形式来表达荒诞的主题。故在《局外人》中，加缪也无意在技巧上刻意雕琢。追求的是与主人公精神状态和作品思想高度统一的叙述风格和语言特点。

《局外人》分成前后两部。第一部基本上是一种逐日的叙述，没有任何时间的透视：短暂的时刻、感觉和事实都依次展现。而所取的都是莫尔索的视角，以其视角所展示的客观对象的侧重点以及由此产生的主观感觉来突出其人生态度。如写莫尔索守灵那一夜，作者并不直写他对母亲薄情的词句，而是详细罗列了他对停尸房耀眼的电灯的感觉；隔着棺材所见的那位背对着他的女护士结绒线的"胳膊在动"；还有他从未注意到的"上了年纪的老太太会有这样大的肚子"；那"看不清他们眼睛，仿佛只看到眼睛周围的一堆皱纹"的老头儿，他们个个"嘴里连牙也没有，看上去跟连嘴唇也没有一样"——这种对周围人事细致的观察造成了与守灵的沉重气氛极不协调的客观反差，从而以人物情感的中断和缺失来表现其主观的冷漠与荒谬。在第二部中，则是以监狱为主要背景。莫尔索从自发意识转入一种深思熟虑的、有时甚至是不无抗争意味的思想意识。其中在"审讯"描写中，一方面为反映主人公心不在焉的精神状态，不乏法庭摆设、法官外貌、律师装束之类的离题描写；另一方面也以其沉默和厌倦表现了他对法庭的指控莫名其妙，好像法庭所指控的他压根儿就不是他所认识的自己，借此显示出存在荒诞的主题。

与这种平铺直叙，冷漠、客观的叙述风格相吻合的则是简洁的语言，明晰而又质朴的短句，白描的手法。也许，藏巧若拙，正可以概括萨特所说的加缪的那种"善于把一种生活经验转变为意识和艺术作品"的才能。

（张介明）

贝克特

等 待 戈 多

第 一 幕

〔乡间一条路。一棵树。

〔黄昏。

〔爱斯特拉冈坐在一个低土墩上,脱靴子。他两手使劲拉,直喘气。他停止拉靴子,显出精疲力竭的样子,歇了会儿,又开始拉。

〔如前。

〔弗拉季米尔上。

爱斯特拉冈 (又一次泄气)毫无办法。

弗拉季米尔 (叉开两腿,迈着僵硬的、小小的步子前进)我开始拿定主意。我这一辈子老是拿不定主意,老是说,弗拉季米尔,要理智些,你还不曾什么都试过哩。于是我又继续奋斗。(他沉思起来,咀嚼着"奋斗"两字。向爱斯特拉冈)哦,你又来啦。

爱斯特拉冈 是吗?

弗拉季米尔 看见你回来我很高兴,我还以为你一去再也不回来啦。

爱斯特拉冈 我也一样。

弗拉季米尔 终于又在一块儿啦!我们应该好好庆祝一番。可是怎样庆祝呢?(他思索着)起来,让我拥抱你一下。

爱斯特拉冈 (没好气地)不,这会儿不成。

弗拉季米尔 (伤了自尊心,冷冷地)允不允许我问一下,大人阁下昨天晚上是在哪儿过夜的?

爱斯特拉冈 在一条沟里。

弗拉季米尔　（羡慕地）一条沟里！哪儿？

爱斯特拉冈　（未作手势）那边。

弗拉季米尔　他们没揍你？

爱斯特拉冈　揍我？他们当然揍了我。

弗拉季米尔　还是同一帮人？

爱斯特拉冈　同一帮人？我不知道。

弗拉季米尔　我只要一想起……这么些年来……要不是有我照顾……你会
　　　　　　在什么地方……（果断地）这会儿，你早就成一堆枯骨啦，毫无疑问。

爱斯特拉冈　那又怎么样呢？

弗拉季米尔　光一个人，是怎么也受不了的。（略停。兴高采烈地）另一方面，
　　　　　　这会儿泄气也不管用了，这是我要说的。我们早想到这一点就好了，在世
　　　　　　界还年轻的时候，在九十年代。

爱斯特拉冈　啊，别啰嗦啦，帮我把这混账玩艺儿脱下来。

弗拉季米尔　手拉着手从巴黎塔① 顶上跳下来，这是首先该做的。那时候我
　　　　　　们还很体面。现在已经太晚啦。他们甚至不会放我们上去哩。（爱斯特拉
　　　　　　冈使劲拉靴子）你在干嘛？

爱斯特拉冈　脱靴子。你难道从来没脱过靴子？

弗拉季米尔　靴子每天都要脱，难道还要我来告诉你？你干嘛不好好听我说
　　　　　　话？

爱斯特拉冈　（无力地）帮帮我！

弗拉季米尔　你脚疼？

爱斯特拉冈　脚疼！他还要知道我是不是脚疼！

弗拉季米尔　（忿怒地）好像只有你一个人受痛苦。我不是人。我倒是想听听
　　　　　　你要是受了我那样的痛苦，将会说些什么。

爱斯特拉冈　你也脚疼？

弗拉季米尔　脚疼！他还要知道我是不是脚疼！（弯腰）从来不忽略生活中的
　　　　　　小事。

爱斯特拉冈　你期望什么？你总是等到最后一分钟的。

---

① 指巴黎的埃弗尔铁塔，高三百米。

弗拉季米尔　（若有所思地）最后一分钟……（他沉吟片刻）希望迟迟不来，苦
　　死了等的人。这句话是谁说的？

爱斯特拉冈　你干嘛不帮帮我？

弗拉季米尔　有时候，我照样会心血来潮。跟着我浑身就会有异样的感觉。
　　（他脱下帽子，向帽内窥视，在帽内摸索，抖了抖帽子，重新把帽子戴上）
　　我怎么说好呢？又是宽心，又是……（他搜索枯肠找词儿）……寒心。（加
　　重语气）寒——心。（他又脱下帽子，向帽内窥视）奇怪。（他敲了敲帽顶，
　　像是要敲掉沾在帽上的什么东西似的，再一次向帽内窥视）毫无办法。

　　　　〔爱斯特拉冈使尽平生之力，终于把一只靴子脱下。他往靴内瞧了
　　瞧，伸进手去摸了摸，把靴子口朝下倒了倒，往地上望了望，看看有没有
　　什么东西从靴里掉出来，但什么也没看见，又往靴内摸了摸，两眼出神地
　　朝前面瞪着。

弗拉季米尔　呃？

爱斯特拉冈　什么也没有。

弗拉季米尔　给我看。

爱斯特拉冈　没什么可给你看的。

弗拉季米尔　再穿上去试试。

爱斯特拉冈　（把他的脚察看一番）我要让它通通风。

弗拉季米尔　你就是这样一个人，脚出了毛病，反倒责怪靴子。（他又脱下帽
　　子，往帽内瞧了瞧，伸手进去摸了摸，在帽顶上敲了敲，往帽里吹了吹，重
　　新把帽子戴上）这件事越来越叫人寒心。（沉默。弗拉季米尔在沉思，爱斯
　　特拉冈在揉脚趾）两个贼有一个得了救。（略停）是个合理的比率。（略
　　停）戈戈。

爱斯特拉冈　什么事？

弗拉季米尔　我们要是忏悔一下呢？

爱斯特拉冈　忏悔什么？

弗拉季米尔　哦……（他想了想）咱们用不着细说。

爱斯特拉冈　忏悔我们的出世？

　　　　〔弗拉季米尔纵声大笑，突然止住笑，用一只手按住肚子，脸都变了
　　样儿。

弗拉季米尔　连笑都不敢笑了。

爱斯特拉冈　真是极大的痛苦。

弗拉季米尔　只能微笑。(他突然咧开嘴嬉笑起来,不断地嬉笑,又突然停止)
　　不是一码子事。毫无办法。(略停)戈戈。

爱斯特拉冈　(没好气地)怎么啦?

弗拉季米尔　你读过《圣经》没有?

爱斯特拉冈　《圣经》……(他想了想)我想必看过一两眼。

弗拉季米尔　你还记得《福音书》吗?

爱斯特拉冈　我只记得圣地的地图。都是彩色图。非常好看。死海是青灰色
　　的。我一看到那图,心里就直痒痒。这是咱俩该去的地方,我老这么说,这
　　是咱们该去度蜜月的地方。咱们可以游泳。咱们可以得到幸福。

弗拉季米尔　你真该当诗人的。

爱斯特拉冈　我当过诗人。(指了指身上的破衣服)这还不明显?(沉默)

弗拉季米尔　刚才我说到哪儿……你的脚怎样了?

爱斯特拉冈　看得出有点儿肿。

弗拉季米尔　对了,那两个贼。你还记得那故事吗?

爱斯特拉冈　不记得了。

弗拉季米尔　要我讲给你听吗?

爱斯特拉冈　不要。

弗拉季米尔　可以消磨时间。(略停)故事讲的是两个贼,跟我们的救世主同
　　时被钉死在十字架上。有一个贼——

爱斯特拉冈　我们的什么?

弗拉季米尔　我们的救世主。两个贼。有一个贼据说得救了,另外一个……
　　(他搜索枯肠,寻找与"得救"相反的词汇)……万劫不复。

爱斯特拉冈　得救,从什么地方救出来?

弗拉季米尔　地狱。

爱斯特拉冈　我走啦。(他没有动。)

弗拉季米尔　然而(略停)……怎么——我希望我的话并不叫你腻烦——怎
　　么在四个写福音的使徒里面只有一个谈到有个贼得救呢?四个使徒都在
　　场——或者说在附近,可是只有一个使徒谈到有个贼得了救。(略停)喂,
　　戈戈,你能不能回答我一声,哪怕是偶尔一次?

爱斯特拉冈　(过分地热情)我觉得你讲的故事真是有趣极了。

弗拉季米尔　四个里面只有一个。其他三个里面,有两个压根儿没提起什么贼,第三个却说那两个贼都骂了他。

爱斯特拉冈　谁?

弗拉季米尔　什么?

爱斯特拉冈　你讲的都是些什么?(略停)骂了谁?

弗拉季米尔　救世主。

爱斯特拉冈　为什么?

弗拉季米尔　因为他不肯救他们。

爱斯特拉冈　救他们出地狱?

弗拉季米尔　傻瓜!救他们的命。

爱斯特拉冈　我还以为你刚才说的是救他们出地狱哩。

弗拉季米尔　救他们的命,救他们的命。

爱斯特拉冈　嗯,后来呢?

弗拉季米尔　后来,这两个贼准是永堕地狱、万劫不复啦。

爱斯特拉冈　那还用说?

弗拉季米尔　可是另外的一个使徒说有一个得了救。

爱斯特拉冈　嗯?他们的意见并不一致,这就是问题的症结所在。

弗拉季米尔　可是四个使徒全在场。可是只有一个谈到有个贼得救了。为什么要相信他的话,而不相信其他三个?

爱斯特拉冈　谁相信他的话?

弗拉季米尔　每一个人。他们就知道这一本《圣经》。

爱斯特拉冈　人们都是没有知识的混蛋,像猴儿一样见什么学什么。

〔他痛苦地站起身来,一瘸一拐地走向台的极左边,停住脚步,把一只手遮在眼睛上朝远处眺望,随后转身走向台的极右边,朝远处眺望。弗拉季米尔瞅着他的一举一动,随后过去捡起靴子,朝靴内窥视,急急地把靴子扔在地上。

弗拉季米尔　呸!(他吐了口唾沫)

〔爱斯特拉冈走到台中,停住脚步,背朝观众。

爱斯特拉冈　美丽的地方。(他转身走到台前方,停住脚步,脸朝观众)妙极了的景色。(他转向弗拉季米尔)咱们走吧。

弗拉季米尔　咱们不能。

爱斯特拉冈　干嘛不能？

弗拉季米尔　咱们在等待戈多。

爱斯特拉冈　啊！（略停）你肯定是这儿吗？

弗拉季米尔　什么？

爱斯特拉冈　我们等的地方。

弗拉季米尔　他说在树旁边。（他们望着树）你还看见别的树吗？

爱斯特拉冈　这是什么树？

弗拉季米尔　我不知道。一棵柳树。

爱斯特拉冈　树叶呢？

弗拉季米尔　准是棵枯树。

爱斯特拉冈　看不见垂枝。

弗拉季米尔　或许还不到季节。

爱斯特拉冈　看上去简直像灌木。

弗拉季米尔　像丛林。

爱斯特拉冈　像灌木。

弗拉季米尔　像——。你这话是什么意思？暗示咱们走错地方了。

爱斯特拉冈　他应该到这儿啦。

弗拉季米尔　他并没说定他准来。

爱斯特拉冈　万一他不来呢？

弗拉季米尔　咱们明天再来。

爱斯特拉冈　然后，后天再来。

弗拉季米尔　可能。

爱斯特拉冈　老这样下去。

弗拉季米尔　问题是——

爱斯特拉冈　直等到他来了为止。

弗拉季米尔　你说话真是不留情。

爱斯特拉冈　咱们昨天也来过了。

弗拉季米尔　不，你弄错了。

爱斯特拉冈　咱们昨天干什么啦？

弗拉季米尔　咱们昨天干什么啦？

爱斯特拉冈　对了。

弗拉季米尔　怎么……（怂怒地）只要有你在场，就什么也肯定不了。

爱斯特拉冈　照我看来，咱们昨天来过这儿。

弗拉季米尔　（举目四望）你认得出这地方？

爱斯特拉冈　我并没这么说。

弗拉季米尔　嗯？

爱斯特拉冈　认不认得出没什么关系。

弗拉季米尔　完全一样……那树……（转向观众）那沼地。

爱斯特拉冈　你肯定是在今天晚上？

弗拉季米尔　什么？

爱斯特拉冈　是在今天晚上等他？

弗拉季米尔　他说是星期六。（略停）我想。

爱斯特拉冈　你想。

弗拉季米尔　我准记下了笔记。

　　　　〔他在自己的衣袋里摸索着，拿出各式各样的废物。

爱斯特拉冈　（十分恶毒地）可是哪一个星期六？还有，今天是不是星期六？今
　　天难道不可能是星期天！（略停）或者星期一？（略停）或者星期五？

弗拉季米尔　（拼命往四周围张望，仿佛景色上写有日期似的）那决不可能。

爱斯特拉冈　或者星期四？

弗拉季米尔　咱们怎么办呢？

爱斯特拉冈　要是他昨天来了，没在这儿找到我们，那么你可以肯定他今天
　　决不会再来了。

弗拉季米尔　可是你说我们昨天来过这儿。

爱斯特拉冈　我也许弄错了。（略停）咱们暂时别说话，成不成？

弗拉季米尔　（无力地）好吧。（爱斯特拉冈坐到土墩上。弗拉季米尔激动地来
　　去踱着，不时煞住脚步往远处眺望。爱斯特拉冈睡了。弗拉季米尔在爱
　　斯特拉冈面前停住脚步）戈戈！……戈戈！……戈戈！

　　　　〔爱斯特拉冈一下子惊醒过来。

爱斯特拉冈　（惊恐地意识到自己的处境）我睡着啦！（责备地）你为什么老是
　　不肯让我睡一会儿？

弗拉季米尔　我觉得孤独。

爱斯特拉冈　我做了个梦。

弗拉季米尔　别告诉我!

爱斯特拉冈　我梦见——

弗拉季米尔　别告诉我!

爱斯特拉冈　(向宇宙做了个手势)有了这一个,你就感到满足了?(沉默)你
　　太不够朋友啦,狄狄。我个人的恶梦如果不能告诉你,叫我告诉谁去?

弗拉季米尔　让它们作为你个人的东西保留着吧。你知道我听了受不了。

爱斯特拉冈　(冷冷地)有时候我心里想,咱俩是不是还是分手比较好。

弗拉季米尔　你走不远的。

爱斯特拉冈　那太糟糕啦,实在太糟糕啦。(略停)你说呢,狄狄,是不是实在
　　太糟糕啦?(略停)当你想到路上的景色是多么美丽。(略停)还有路上的
　　行人是多么善良。(略停。甜言蜜语地哄)你说是不是,狄狄?

弗拉季米尔　你要冷静些。

爱斯特拉冈　(淫荡地)冷静……冷静……所有的上等人都说要镇静。(略停)
　　你知道英国人在妓院里的故事吗?

弗拉季米尔　知道。

爱斯特拉冈　讲给我听。

弗拉季米尔　啊,别说啦!

爱斯特拉冈　有个英国人多喝了点儿酒,走进一家妓院。鸨母问他要漂亮的、
　　黑皮肤的还是红头发的。你说下去吧。

弗拉季米尔　别说啦!

　　　　　〔弗拉季米尔急下。爱斯特拉冈站起来跟着他走到舞台尽头。爱斯特
　　拉冈做着手势,仿佛作为观众在给一个拳击家打气似的。弗拉季米尔上,
　　他从爱斯特拉冈旁边擦身而过,低着头穿过舞台。爱斯特拉冈朝他迈了
　　一步,煞住脚步。

爱斯特拉冈　(温柔地)你是要跟我说话吗?(沉默。爱斯特拉冈往前迈了一
　　步)你有话要跟我说吗?(沉默。他又往前迈了一步)狄狄……

弗拉季米尔　(并不转身)我没有什么话要跟你说。

爱斯特拉冈　(迈了一步)你生气了?(沉默。迈了一步)原谅我。(沉默。迈了
　　一步。爱斯特拉冈把他的一只手搭在弗拉季米尔的肩上)来吧,狄狄。(沉
　　默)把你的手给我。(弗拉季米尔转过身来)拥抱我!(弗拉季米尔软下心
　　来。他们俩拥抱。爱斯特拉冈缩回身去)你一股大蒜臭!

弗拉季米尔　它对腰子有好处。(沉默。爱斯特拉冈注视着那棵树)咱们这会
　　儿干什么呢？

爱斯特拉冈　咱们等着。

弗拉季米尔　不错，可是咱们等着的时候干什么呢？

爱斯特拉冈　咱们上吊试试怎么样？

　　　　〔弗拉季米尔向爱斯特拉冈耳语。爱斯特拉冈大为兴奋。

弗拉季米尔　跟着就有那么多好处。掉下来以后，底下还会长曼陀罗花。这就
　　是你拔花的时候听到吱吱声的原因。你难道不知道？

爱斯特拉冈　咱们马上就上吊吧。

弗拉季米尔　在树枝上？(他们向那棵树走去)我信不过它。

爱斯特拉冈　咱们试试总是可以的。

弗拉季米尔　你就试吧。

爱斯特拉冈　你先来。

弗拉季米尔　不，不，你先来。

爱斯特拉冈　干吗要我先来？

弗拉季米尔　你比我轻。

爱斯特拉冈　正因为如此！

弗拉季米尔　我不明白。

爱斯特拉冈　用你的脑子，成不成？

　　　　〔弗拉季米尔用脑子。

弗拉季米尔　(最后)我想不出来。

爱斯特拉冈　是这么回事。(他想了想)树枝……树枝……(忿怒地)用你的头
　　脑，成不成？

弗拉季米尔　你是我的惟一希望了。

爱斯特拉冈　(吃力地)戈戈轻——树枝不断——戈戈死了。狄狄重——树枝
　　断了——狄狄孤单单的一个人。可是——

弗拉季米尔　我没想到这一点。

爱斯特拉冈　要是它吊得死你，也就吊得死我。

弗拉季米尔　可是我真的比你重吗？

爱斯特拉冈　是你亲口告诉我的。我不知道。反正机会均等。或者差不多均
　　等。

弗拉季米尔	嗯？咱们干什么呢？
爱斯特拉冈	咱们什么也别干。这样比较安全。
弗拉季米尔	咱们先等一下,看看他说些什么。
爱斯特拉冈	谁？
弗拉季米尔	戈多。
爱斯特拉冈	好主意。
弗拉季米尔	咱们先等一下,让咱们完全弄清楚咱们的处境后再说。
爱斯特拉冈	要不然,最好还是趁热打铁。
弗拉季米尔	我真想听听他会提供些什么。我们听了以后,可以答应或者拒绝。
爱斯特拉冈	咱们到底要求他给咱们做些什么？
弗拉季米尔	你当时难道没在场？
爱斯特拉冈	我大概没好好听。
弗拉季米尔	哦……没提出什么明确的要求。
爱斯特拉冈	可以说是一种祈祷。
弗拉季米尔	一点不错。
爱斯特拉冈	一种泛泛的乞求。
弗拉季米尔	完全正确。
爱斯特拉冈	他怎么回答的呢？
弗拉季米尔	说他瞧着办。
爱斯特拉冈	说他不能事先答应。
弗拉季米尔	说他得考虑一下。
爱斯特拉冈	在他家中安静的环境里。
弗尔季米尔	跟他家里的人商量一下。
爱斯特拉冈	他的朋友们。
弗拉季米尔	他的代理人们。
爱斯特拉冈	他的通讯员们。
弗拉季米尔	他的书。
爱斯特拉冈	他的银行存折。
弗拉季米尔	然后才能打定主意。
爱斯特拉冈	这是很自然的事。

弗拉季米尔　是吗？

爱斯特拉冈　我想是的。

弗拉季米尔　我也这么想。（沉默）

爱斯特拉冈　（焦急地）可是咱们呢？

弗拉季米尔　你说的什么？

爱斯特拉冈　我说，可是咱们呢？

弗拉季米尔　我不懂。

爱斯特拉冈　咱们的立场呢？

弗拉季米尔　立场？

爱斯特拉冈　别忙。

弗拉季米尔　立场？咱们趴在地上。

爱斯特拉冈　到了这么糟糕的地步？

弗拉季米尔　大人阁下想要知道有什么特权？

爱斯特拉冈　难道咱们什么权利也没有了？

〔弗拉季米尔大笑，像先前一样突然抑制住，改为裂开嘴嘻笑。

（选自《外国现代派作品选》第三册，
施咸荣译，上海文艺出版社 1984 年版）

《等待戈多》导读

　　萨缪尔·贝克特（1906—　）出生于爱尔兰，青少年时期在爱尔兰受教育。学生时代他对戏剧特别感兴趣。1927 年大学毕业获法文和意大利文学学士学位。翌年到法国巴黎高等学校任教，以后一度游历欧洲诸国，1937 年定居巴黎。第二次世界大战巴黎陷落后，他曾参加反抗侵略的秘密组织。战前，贝克特已从事小说和诗歌创作，表现了他敏锐的观察力和反传统的艺术倾向。战后则致力于戏剧创作。1952 年公演的《等待戈多》以其荒诞色彩和战后西方普遍的伤感失望情绪的表现,轰动了整个西方,巩固了法国剧作家尤奈斯库开创的荒诞派戏剧。以后他陆续创作了《剧终》(1957)、《哑剧》(1957)、《哑剧Ⅱ》(1959)、《最后一盘磁带》(1960)、《啊,美好的日子》(1961)、《喜剧》(1964)等荒诞戏剧,成为荒诞派戏剧的代表性作家。1969年,贝克特获诺贝尔文学奖。

贝克特的荒诞剧以表现现代文明中人们的失望、苦闷和迷惘为中心主题,描绘了一幅幅令人心碎的人类受难图。剧中人物往往是贫困的街头流浪汉、残疾者或精神病人等,把他们安置在一个荒凉凄惨的环境中,让他们在孤独、绝望的折磨下缓缓地被死亡吞噬。贝克特往往在剧作中通过荒诞的形式,把人的痛苦推到极端的位置,令人读后悲叹不已。如独幕剧《剧终》,主角哈姆是个瞎子,且下肢瘫痪,只能坐在轮椅中由仆人推着走。他的父母境遇更惨,被装在两个垃圾箱中,饿了则伸出头来向儿子乞食。这简直是座地狱!这里没有人生的欢乐,只有痛苦、贫困和孤独,只有等待死期的来临。有论者评论,"这是正在终结的社会的真实写照,这个剧像一篇遗言,记载着一种文明的毁灭"。

贝克特荒诞剧的特点,集中体现在他的代表作《等待戈多》中。这是一个两幕剧,基本内容大致如下:

两个瘪三式的流浪汉在黄昏里的乡间小道上等待从来没有见过的戈多,他们无聊地闲谈,做些机械的动作,讲些不知所云的故事。但戈多迟迟不来,以至于烦闷得想到自杀,但又不甘心,想等戈多来弄清自己的处境再死。等来等去,终于等到了来人,却不是戈多而是波卓。他手持鞭子,一手牵着被拴着脖子的"幸运儿"。幸运儿扛着沉重的行李,拱肩缩头,脖子被勒得正在流脓,惨不忍睹。波卓气势汹汹,虽原谅了恐惧的狄狄和戈戈,但随意虐待幸运儿,称之为"猪",挥来斥去,幸运儿也惟命是从。波卓吃饱喝足,对黄昏作了一通"抒情"的解释,逼幸运儿为他们跳了一通舞。最后波卓才牵着幸运儿和流浪汉告别。总算磨掉了一个黄昏,天将黑时,一孩子来到,他传达戈多的旨意:今天不来了,明天一定来。

次日的黄昏,还是同样的乡间小路,同样的两个流浪汉,同样的目的——等待戈多。等待得无聊至极,一个流浪汉唱了一支无聊的"狗"歌,他们追忆过去的往事,彼此争吵谩骂,但仍不见戈多来。他们反复着下面的对话:

　　爱斯特拉冈　咱们走吧。

　　弗拉季米尔　咱们不能。

　　爱斯特拉冈　为什么不能?

　　弗拉季米尔　咱们在等待戈多。

总算等到了人,却仍是波卓和幸运儿。这时的波卓眼睛瞎了,幸运儿成了哑巴。昨日气势汹汹的波卓,跌到在地爬不起来。两个流浪汉好不容易才把他扶起来走了。接着还是孩子来,宣告戈多今天不来了,明天一定来。两个无望的流浪汉又想起了上吊,解下裤带子,但一拉就断了。死又死不成,只好明天再等,再等……

　　剧作在荒诞的背后,深刻地表现了现代文明中的人生处境:生活在盲目的希望之中。人们遥遥无期地等待着一个模糊的希望,到头来只是一场梦幻,只有失望、再等待、再失望,在期待中耗尽生命,在失望中饱尝痛苦。舞台上演出的是人类社会的抽象化缩影。两个流浪汉是人类的象征,他们生活在世上只有一件事:等待戈多。戈多是什么?西方评论家绞尽脑汁,作出各种解释,从一个著名的摩托运动员到巴尔扎克的一部不出名的早期喜剧中的一个角色,进行种种类比评析。也有人问过作者:戈多究竟指什么?作者回答:"我要是知道,早在戏里说出来了。"对戈多的涵义无法也无须去作琐细的考证,但剧中戈多确是爱斯特拉冈和弗拉基米尔的救星和希望。然而象征人类的流浪汉,等来的却不是救星,却是痛苦和压迫——幸运儿和波卓。幸运儿是痛苦的化身,他备受折磨,任人奴役。波卓是压迫的体现,他蛮横凶狠,傲气十足。第二幕中波卓瞎了眼,求救于流浪汉,表明了作者的另一观点:命运变化无常。用剧中人的话说："天底下没有一件事情说得定。"流浪汉等待的希望是渺茫的，今天等不到，明天还是等不来，永远得不到。剧作第二幕的基本内容是第一幕的再现，加强了这种观念的直观性，要是继续写下去，第三幕、第四幕，照样还是等待、等待……

痛苦加失望、悲惨加迷惘是《等待戈多》内容的突出之点。幸运儿的痛苦直接呈现在读者或观众面前，是看得见的痛苦。两个流浪汉的痛苦是通过他们的无聊、烦闷来表现的。他们徘徊在虚无缥缈的人生道路上，等待着不可知的命运，忍受着生与死的折磨。在他们眼中，什么都没有意义，一切都无须去记忆，连时间概念都没有。爱斯特拉冈说："……今天是不是星期六？今天难道不可能是星期天？或者星期一，或者是星期五？"第二幕中弗拉季米尔问波卓什么时候瞎了眼，波卓大发其火："什么时候！什么时候！有一天，难道还不能满足你的要求？有一天，任何一天。有一天他成了哑巴，有一天我成了瞎子，有一天我们会变成聋子，有一天我们诞生，有一天我们死去，同样的一天，同样的一秒钟，难道不能满足你？他们让新的生命诞生在坟墓上，光明只闪现了一刹那，跟着又是黑暗。"生存即是死亡，时间没有实在意义，是永远停滞的瞬间。为了填补这个单调的时间空白，减轻不断袭来的恐惧不安，他们总是做些机械的动作，说些无意义的话，借此证明自己可悲的存在。两个流浪汉在舞台上脱靴子、穿靴子，取帽子、递帽子，唱歌演戏讲故事，闲聊拥抱，互相谩骂，然而这一切都毫无意义。虽然满台热热闹闹，却"什么也没发生，没人来，也没人去，太可怕了"。这些是他们内心痛苦的外部标志。

贝克特在他的一部题为《瓦特》(1953)的小说中说：人生是"片刻的存在，不苦不乐，不醒不睡，不死不话，没有躯体，没有灵魂"。这正是《等待戈多》中展示的荒诞人生的注脚。然而，像流浪汉这样的当事人，处于痛苦之中而麻木不仁，对于读者和观众，却通过剧中人物的荒诞表演，深深地体会到人生的痛苦和悲惨境遇，深深认识到现代文明背后潜藏的精神危机:人们不知道自己生存的真实含义,他们期待着未来,可"未来"的面目模糊不清。

在剧作风格上,《等待戈多》将喜剧与悲剧融合在一起。正如上文所述,《等待戈多》表现的中心是"人",人的存在、人与环境的冲突,但贝克特不再像文艺复兴时期的大师们,以遒劲有力的笔精心刻画出充满昂扬斗志的抗争英雄,而是以闹剧的方式,随意涂抹马戏团小丑般的人物。他们欲生不成,求死不得。行尸走肉般地苟活,却还全然不知,盲目乐观。从理性的角度看,这是一幕人类的悲剧。这和 20 世纪 40 年代萨特、加缪等存在主义作品表现的内容一样。1942 年加缪在《西西弗斯的神话》中说过一段很有名的话:"一个能用理性方法加以解释的世界,不论有多少毛病,总归是个熟悉的世界。可是一旦宇宙中间的幻觉和照明都消失了,人便自己觉得是个陌生人。他成了一个无法召回的流浪者,因为他被剥夺了关于失去的家乡的记忆,而同时也缺乏对未来世界的希望;这种人与他自己的生活分离,演员与舞台分离的状况真正构成荒诞感。"这里,"陌生的"生存环境,人是无法召回的"流浪者",精神的失望等,这些内容让索福克勒斯来写,也许会催人泪下。然而《等待戈多》的戏剧效果全然两样。当看到爱斯特拉冈在精疲力尽地脱靴子,无聊地争食红萝卜与波卓吃剩的骨头的时候,读者或观众都不禁哑然失笑。然而这种笑决不是传统喜剧所引发的开怀畅笑,而是一种凄然的笑,悲在笑中。因为在其根本上表现的是人类的痛苦境地。剧中有个非常典型的场面:弗拉季米尔和爱斯特拉冈久等戈多不来,异常绝望,打算上吊自杀,这当然是悲剧性场面,但两人又因体重不同而发生谁先谁后的争执,又赋予场面以某种喜剧色彩。正是在这种悲喜交融、凄苦的笑中,更好地表达了人生的悲惨。

贝克特的荒诞剧与萨特的存在主义戏剧表现的内容相同,但表现方法和戏剧效果全然相异。荒诞派戏剧的理论家马丁·埃斯林在其著名论文《论荒诞派戏剧》中把两者进行比较时说:"他们

（指存在主义者）依靠高度的清晰，逻辑严谨的说理来表现他们意识到的人类的处境的荒诞无稽，而荒诞剧则公然放弃理性手段和推理思维表现他们意识到人类处境的毫无意义。……荒诞派戏剧放弃了关于人类处境荒诞性的论争，它仅仅表现它的存在，以具体的舞台形象来表现存在的荒诞性。这两者在表现形式上的区别，正如哲学家与诗人的区别。"这一比较准确地说明了贝克特面对人类存在的荒诞这一悲剧主题，不像萨特那样以明晰的理性和合乎逻辑的结构去阐述人的生存处境的不合理性，而是放弃合乎理性的尝试，仅仅用舞台上出现的具体图像表现存在的荒诞性。《等待戈多》表现人类生存的图像，也表现人在荒诞世界里束手无策的悲哀绝望。然而它不去议论人类的惶恐不安，而是把这种惶恐不安呈现在人们眼前。因为世界是荒诞的，呈现出来的也就是荒诞的。正是这种荒诞不经，由一个理性的人眼中看去，显得可笑，带上一定的喜剧色彩。这一特点也可以表述为通过喜剧形式表现悲剧的主题。《等待戈多》既不同于传统的悲剧，也不等于传统的喜剧，而是将两者融合，笑不能畅快，哭不能痛快。它不是求得问题的解决，而是加重问题的分量，更加沉重地压抑在读者或观众的心上。欣赏《等待戈多》，决不是轻松的娱乐，而是近乎一种酷刑。正是在这种自虐般的酷刑中，获得一种荒诞人生的再体验。这就是《等待戈多》在西方久演不衰的奥秘所在。

（黎跃进）

罗布—格里耶

橡　皮

4

罗伦在挪动办公桌上的文件时，把这块小橡皮覆盖了。

瓦拉斯最后得出的结论是：

"总的看来，您还没有发现什么重要的线索。"

"您可以说：什么也没发现，"警察局长回答。

"那么现在您打算怎么办？"

"再没有什么好干的了，因为现在已经用不着我们管这件事。"

警察局长说话的时候，带着一种既有点自嘲又有点伤心的微笑。既然对方一声不响，他就继续说下去：

"当然，我错了，我一直自以为是这座城市安全的负责人。这张纸头（他挥动那张用两个指头夹着的信）一清二楚地关照我，让首都方面去负责办理昨晚那件谋杀案。现在，根据您所说的，是部长——或者是他直接管辖下的一个部门，反正都一样——派您来这里继续调查，但不是代替我工作而是在我协助下。从这些话里，我可以得出什么样的推论呢？不得不是：这种协助只限于把我掌握的有关情报告诉你——这我刚才已经这样做了——还有，就是以后有必要时派我手下人保护您。"

罗伦又微笑着补充一句：

"接着该轮到您告诉我，您打算怎么办，如果无需保密的话。"

警察局长稳坐在堆满文件的办公桌后面，双肘支撑在沙发椅子的扶手上，一边说话，一边双手慢腾腾地、有点小心翼翼地互相摩搓着，后来又把手按在自己面前的凌乱的纸张上，短胖的手指尽量岔开；他不停地打量着对方，等候回答。他身材矮胖臃肿，脸色十分红润，但头发已经脱光。他那和气的语调，几乎可以说是出于自然的。

瓦拉斯说："您谈到那些见证人……"

罗伦立刻举起手把他的话打断。

"事实上并没有真正称得上是见证人的人，"他说，一面把右手的掌心搁在左手的食指上。"医生和年老的女管家都称不上是见证人，医生没有把受伤的人救醒过来，耳聋的女管家也什么都没看见。"

"是医生通知您发生谋杀事件的吗？"

"是的。茹亚尔医生在昨晚九点钟左右打电话到警察局来。接电话的侦缉员记录下他的通知——您刚才已经知道有这个记录了——接着，医生又打电话到我家里。我立即派人到现场去调查。侦缉人员在那幢房子的楼上取下四种最近的手印：一种是女管家的，其余三种看起来都是男人的。如果的确近几天来没有任何外人上过楼，那么这三种手印可能是这样：（他扳着手指数）第一种是医生的，手印轻而且次数不多，在楼梯栏杆上和杜邦的房间里都可以发现；第二种是杜邦的，房子里到处都有；第三种是凶手的，在楼梯栏杆上，在书房门口的开关上，在书房里的某些家具上——主要是椅子的靠背上，手印不少而且非常明显。这幢房子有两扇门通街；在前门的电铃上发现医生右手的指纹；后门把手上的手印，根据推测，大概是凶手的。您看，我把全部的细节都向您提供了。女管家也证实医生是从前门进来的，而且当她听见受伤者的呼喊就跑上楼时，看到后门打开着——而这扇门几分钟前还是关着的。为了更准确起见，如果您认为需要的话，我可以叫人去取茹亚尔医生的手纹……"

"我想，您也可以把死者的手纹取来吧？"

"要是这具尸体还在我手里，那是可以办到的。"罗伦故意装得温和地说。

他看到瓦拉斯疑惑不解的眼光，便问道：

"难道您不知道吗？人家在把我对这桩案件调查的领导权夺走的同时，把尸体也拿走了。我一直在想：所以这样做，是为了要顾全派您来的那个组织的利益。"

瓦拉斯显然觉得奇怪。难道还有别的部门插手这件事？罗伦发现他在这样猜想，显然感到高兴。他双手平放在办公桌上，静静地等待着；他那好心好意的表情带有一点同情的味道。瓦拉斯没有就这个问题继续追问下去，而是把刚才的话头重拾起来。

"您说过，杜邦受了伤以后，曾经从楼上喊叫女管家；要使这个聋子听见，杜邦一定得喊得相当响。但是，根据医生的说法，好像他受伤后身体非常虚弱，几乎失去了知觉。"

"对，我也这样想；在这个问题上，好像是有矛盾的地方；不过，他可能还有力气跑去找自备手枪，还有力气呼救，是后来在等待救护车来到的这段时间里才大量失血；床单上有一摊相当大的血迹。不管怎样，医生到达的时候，他并没有失去知觉，因为他大概告诉了医生，没有看清暴徒的面貌。报纸发表的短讯里，有些地方没说清楚：事实上是在手术后，受伤者才没有再醒过来。当然，您应当亲自去看看这位医生，您还可以要那位女仆，那位……（他打开资料，看一下其中的一页）史密斯太太把一些情况给您讲清楚。不过，她讲话颠三倒四。她对于一件什么修理电话的事讲得特别详细具体，而这件事看来与案情并无关系——至少初看起来是这样。侦缉员没有继续盘问她，认为最好还是等她情绪平静下来以后再说；他们甚至没有告诉她，主人已经死了。"

两人沉默片刻。后来，警察局长一面仔细地按摩着一只大拇指的关节，一面重新拾起话题。

"是呀，他很可能是自杀的。他先向自己开了一枪——也许是几枪——可是没能把自己打死；后来他改变了主意——这是常有的事，于是他呼救，企图用遭到暴徒袭击来掩饰自杀未遂这件事。还有一种可能——这更符合我们所掌握的关于杜邦性格的一些材料，那就是，他预先布置好了这幕谋杀的场景，然后向自己打了足以致命的一枪，但是这一枪还可以让他的生命拖延几分钟，有足够的时间给社会造成发生一宗神秘的谋杀案的印象。您会说，要把一发手枪子弹的效果，计算得这样准确是很困难的；他也可能在女管家跑去找医生之后，向自己开了第二枪。从许多方面看来，杜邦是一个有怪癖的人。"

"根据弹道的部位，是可以看出这些假定能否成立的，"瓦拉斯说。

"当然，有时候是可以看出来。我们本来打算检验子弹以及这位所谓的被害人的手枪。不过，我本人手里有的，仅是医生今天早上送来的一纸死亡证。这是目前惟一可靠的证件。至于那些可疑的指纹，也可能是属于一个毫不相干的人的；那人当天来访的时候，女管家准是没有听见他进来。至于她向侦缉员们提起的那个后门，也许是给风吹开的。"

"您真的相信杜邦是自杀的吗？"

"我什么也不相信。不过，根据人家留给我的材料看来，我认为这不是不可能的。甚至这张死亡证——虽然是按照规章写的——并没有说明导致死亡的是哪一类的伤；昨天晚上医生和女管家所提供的情况，你已经看过，都不足以弄清这个问题。您首先要把这方面的详细情况搞清楚。您甚至可以——要是有机会的话——向首都的法医索取您感兴趣的补充说明材料。"

"您的大力协助，肯定能给我的工作以很多方便。"

"亲爱的先生，这一点您完全可以放心。您要抓什么人的话，我马上给您派两三个扎扎实实的人去。我会耐心地等您的电话；您拨 124—24 就行，这是直线电话。"

他那红光满面的脸使得他的微笑更加突出。那双短而胖的手，十指岔开，掌心紧按着办公桌。瓦拉斯记下："警察局长罗伦，124—24。"直线电话能使他和什么东西发生联系呢？

瓦拉斯再次衡量了一下自己孤独的处境。最后一批骑自行车上班的人已经走远了。他却孤零零一个人站在这儿，倚着一道单薄而脆弱的栏杆。现在该轮到他离开倚靠，开始上路，穿过寂静无人的街道，朝自己所选择的方向走去。表面上看来，没有人关心他的工作：家家户户的门都关得紧紧的，没有一张面孔伸出窗子看他走过去。可是，他到这里来是必要的，因为没有别的人管这桩谋杀案。这是他的工作；人家特地从老远的地方派他到这里来，就是要他把这件事办好。

警察局长像今天早上的工人们一样，用惊讶的——也许是敌对的——眼光看他，而且把头掉过去。这位局长已经不起作用了：他没有进入楼房砖墙的后面，深入这桩案件发生的地方，他的长篇大论仅使瓦拉斯感到要进入这个地域几乎是不可能的。不过，瓦拉斯颇有信心。虽然乍看起来，在这个城市里他是个陌生人，既不知道秘密的所在，也不了解深藏的诡计，困难相当多。但是，他知道，人家不是贸贸然派他到这儿来的。一旦找到关键所在，他将毫不犹豫地将破案工作进行到底。

瓦拉斯为了使自己心安理得，问罗伦道：

"如果由您继续调查这桩案件的话，您会做些什么呢？"

"我办不了这件事，"警察局长回答，"所以人家不让我管。"

"根据您的看法，警察的作用是什么呢？"

罗伦搓着双手的速度,加快了一点。

"我们把罪犯控制在一定的限度内,而这个限度多少是由法律确定下来的。"

"是吗?"

"那个我们侦缉不到的人,一定不属于一般的罪犯。这个城市的罪犯,我都了如指掌:在我的卡片上,他们每个人都编好了号码;如果他们一旦忘记社会要他们必须遵守的惯例,我就动手逮捕他们。如果他们中间有人谋财害命,杀死了杜邦,或者为了可以从一个政党那里捞到一笔报酬而枪杀了他的话,在谋杀案发生了十二多个小时以后,我们却还在怀疑杜邦是不是自杀,这能叫您相信吗?这个城市并不大,而我们的告密者却人数众多。我们虽然并不总是能够防止犯罪事件的发生——有时候犯罪者甚至还能逃出法网,但是,毫无例外,我们至少能够找到他的踪迹。可是这一次,我们却面临一些来历不明的手纹和吹开门闩的过堂风,而我们的情报人员对这桩案件束手无策。如果这件事,像您所肯定的那样,是出自一个恐怖组织之手,那么它的成员一定是出于污泥而不染的人;他们的手干干净净,比警察的还要干净;警察还得和他所监视的人保持密切的关系。在我们这儿,经常可以遇到各种各样置身于廉洁的警察和罪犯之间的中间人——我们的办法就出在这些人的身上。不幸的是,杀死丹尼尔·杜邦的那一枪,是来自另一个人世间的!"

"您知道,实际上不存在没有破绽的罪案,总可以在某个地方找到漏洞的。"

"到什么地方去找?亲爱的先生,您别想错了:这件事是极其内行的人干的,看来几乎没有一个步骤不经过周密计划;事实上,使我们手里掌握的那点非常有限的材料不起作用的原因,是我们根本无法证实这些材料是可靠的。"

"这是第九桩谋杀案了,"瓦拉斯说。

"对。不过,在这九桩谋杀案中,只有受害者的政治观点和他们被杀死的时间是相同的,我无法像您那样相信这九桩案件之间确有联系。就算它们有联系吧,也解决不了什么问题。譬如说,今天晚上要是在这个城市里再度发生一桩同样不明不白的谋杀案,这对我破案又有什么用处?至于首都警察总部的人,他们不会比我更有希望取得成果.因为他们的那套资料卡和工作方法跟我的一模一样。他们从我这里拿走了杜邦的尸体,我是乐意让他们拿去的,特别是听见您说,他们到现在还不知道该怎样处理手上已有的八具死尸,我更其乐意了。在您来到以前,我就已经预感到这桩谋杀案不属我们这个城市的警察局来管,现在您已坐在我面前,这一点就更无疑问了。"

尽管警察局长显然有不同的看法,瓦拉斯仍固执己见,认为可以亲自向受害者的亲友作调查,找到一点有用的材料。可是,罗伦对此不抱什么希望。

"据说杜邦生活非常孤独,只有书籍和老女仆作伴。他很少外出,家里也很少来客。他到底有没有朋友呢?至于他的亲属,除了他的妻子外,我们也不知道……"

瓦拉斯感到惊讶。

"他有妻子吗?发生谋杀事件的时候,她在哪儿?"

"我不清楚。杜邦只过了几年的结婚生活;他的妻子,比他年轻得多,无疑忍受不了他那种隐士般的性格,他俩没多久就分居了。不过,听说他们每隔一段时间还见见面。您不妨去问问她:昨晚七点半钟,她在干些什么。"

"您这话不是当真的吧?"

"为什么不当真?是当真的。她对从前的丈夫的房子和生活习惯都很清楚,因此,比别人更便于秘密地谋杀他。在我所知道的少数几个有兴趣干掉杜邦的人中间,她就是一个,因为她有权可以分到巨额遗产。"

"既然是这样,您为什么不早告诉我呢?"

"是您跟我说的,这是一件政治谋杀案嘛!"

"她也可能插一手。"

"当然。她为什么不可能插一手呢?"

警察局长又恢复了轻松愉快的语调。他含笑说:

"也许是那位女管家杀的,是她串通了茹亚尔医生,在他的帮助下干的,这位医生的名声——顺便提一提——可并不太好。"

"这类物议不一定有道理,"瓦拉斯提醒他说。

"甚至可以说完全没有道理。然而,您要知道,这并不足以使人一点不怀疑他。"

瓦拉斯觉得这种带着讥讽口吻的话不大入耳。还有,他晓得从这名警官身上不会得到什么东西的,这个人虽然自己决心什么也不干,却又不让别人分沾他的职权。这个人当真打算洗手不管这件事吗?或者只是想使敌手失去勇气,然后自己单独去进行调查?瓦拉斯站起来告辞了,他首先要去看那位医生。罗伦告诉他到什么地方去可以找到这位医生。

"茹亚尔私人医院,科伦特街 11 号,就在省政府的另一边,离这里不远。"

"我好像记得在报纸上看到,这是一家地区私人医院,"瓦拉斯说。

罗伦作了一个不再上当受骗的手势:

"哦!报纸,您也是清楚的!不过,这家医院离测量员街不怎么远。"

瓦拉斯把地址记在小本子上。

"有一份报纸,"警察局长补充说,"张冠李戴,搞错了名字,说是阿尔伯·杜邦被杀害了。阿尔伯·杜邦是本城最大的木材出口商之一,今天早上,他看到自己的讣文时,想必十分惊讶。"

罗伦从沙发椅上站起来,眨眨一只眼睛,下结论说:"总之,我没有看到过尸体;因此也有可能是阿尔伯·杜邦。"

他觉得自己这个想法十分有意思,不禁哈哈大笑起来,笑得他那营养过度的身体整个都抖动了。瓦拉斯在一旁有礼貌地陪着微笑。警察局长喘过气来,客气地和他握手。

"要是有什么消息,"罗伦说,"我会通知您的。您住哪一家旅馆?"

"我在测量员街一家咖啡馆里租了个房间,离那幢小楼房很近。"

"哦!是谁指点您去的?"

"没有谁;我自己偶然发现的。这家咖啡馆的门牌是 10 号。"

"有电话吗?"

"我想有的。"

"行,我如果有什么事要通知您,总可以在电话簿上找到号码。"

罗伦嘴上虽这么说,却马上拿过电话簿来,食指湿了口水,急急忙忙地翻起来。

"测量员街;找到了。10 号:是联盟咖啡馆吗?"

"对,就是这一家。"

"电话:202—03。可是,这不是一家旅馆。"

"对,"瓦拉斯说,"那里只有几个房间出租。"

罗伦在一个书架上找出一本登记簿,翻了好一会儿,毫无结果。

"奇怪,这家店没有来登记。那里有很多房间吗?"

"没有,我想没有,"瓦拉斯回答。"瞧,您的警察局也不是没有漏洞的。"

警察局长由于开颜大笑而满面生辉。

"正相反,应当佩服我的警察局有办法,"他说,"第一个在这家咖啡馆里住宿的人,亲自到我这里来登记,而且比店主还来得快!"

"怎见得我就是第一个人呢?也许凶手昨天就住那里,您怎么能知道?"

"那么老板早就会来登记了,正像等一会儿他会来为您登记一样。不过,他也可以等到中午才来。"

"要是他不来登记呢?"瓦拉斯问。

"唔,要真是这样,我们倒要向您灵敏的嗅觉致敬啦,您竟能这么快就发现这个城市里惟一的一家黑旅馆。但是话说到底,这甚至对您也会不利;总而言之,您是我所见到的第一个真正有嫌疑的人;因为您是最近到来的,住在离发生谋杀案的凶屋才二十米远的地方,而且全不让警察局知道!"

"不过我是昨天晚上十一点钟才到的,"瓦拉斯抗议。

"既然您没有登记,拿什么来证明呢?"

"在谋杀案发生的时候,我离这儿一百公里;这是可以核实的。"

"当然!凡是手段高明的凶手不都是能证明自己不在犯罪现场吗?"

罗伦在他的办公桌后面重新坐下,满面春风,凝视着瓦拉斯。接着,他突然逼问:

"您有一支手枪吗?"

"有的,"瓦拉斯回答。"在我上司的建议下,我这次破例地带了一支。"

"为了什么?"

"很难说。"

"的确,人是很难说的。可以请您拿出来看看吗?"

瓦拉斯递给他一支 7.65 毫米的自动手枪,一支外国出产的非常普通的手枪。罗伦把弹夹卸下来以后,仔细地作了检查。最后,他眼睛不看瓦拉斯,像是在提出一种无可怀疑的注释似的说:

"少了一发子弹。"

他把手枪交还原主。接着,他双手迅速地交叠在一起,双手的掌心分开,但手指依然交错地扣着。后来,两只手腕靠拢,两个大拇指相互摩擦;过了一会儿又把双手分开,然后彼此牵拉;接着两只手腕都弯得几乎变成了两截,发出轻微的格格声。现在手又伸直,平贴在桌面上,十只手指整齐地分开。

"对,我知道,"瓦拉斯回答。

警察局长想腾出一个地方来,好翻阅他那些登记簿,便把满桌子的资料文件胡乱地推开,于是那块已经发灰的橡皮重新出现了,这可能是一块擦墨水用的橡皮,几经磨损后,有些地方已经有一点发亮,显出橡皮的质量是劣等的。

5

把门重新关上以后,警察局长以细碎轻快的脚步走回到沙发椅子跟前,坐了下来,心满意足地搓着双手。原来是罗雅—都泽叫人把尸体拿走的!像这样的阴谋诡计,只有这个疯老头的古怪的想像力才能搞得出来。瞧!他正把自己的全部密探和侦察人员,还加上鼎鼎大名的费比乌斯和他的喽罗们,派往全国各地。

真的是政治谋杀案吗?现在可以理解为什么他,罗伦,调查这桩案件会一事无成;他认为政治谋杀是一个不坏的借口,但是得十分小心地提防那位内政部长大人喜欢凭空臆造的怪癖。罗伦高兴地看到,不是自己而是别人走上了这条布满陷阱的道路。他很容易想像出这些人将如何在泥泞里竭力挣扎的境况。他一眼就看出这个被派遣到出事地点的心腹并不知道尸体已紧急运往首都——这个人表现的惊讶不是假装的。从这人的样子看来,他是真心诚意地要把事情办好;但是,他能做什么呢?还有,他真正的任务到底是什么呢?这人说话不多;他究竟对这些“恐怖分子”知道些什么呢?可能什么也不知道——原因不说自明。或者他是奉命保持缄默的?也许费比乌斯这位欧洲最机警狡猾的密探已经查明他,罗伦给匪帮收买了?这些妖魔鬼怪什么都干得出来,应当事先估计到一切。

从这些鬼家伙一开头采取的行动看来,好像他们主要的打算是想看到警察局中断调查案情(对他们来说,这一点是最迫切的:他们甚至下令要他干脆不管那幢出事的房子,既不贴封条也不留人看守,尽管单独留在那儿的老女仆看样子有点精神失常),然后又假惺惺地前来征求他的意见。既然如此,他们自己干下去吧,没有他也行。

警察局长在坐下去以前,把办公桌上的东西稍微收拾了一下;把电话簿放好,把散乱的纸张重新放回到文件夹里去。封面上写着“杜邦”两个字的搁到左边那一叠里——这是一些已经分类归档的案件材料。他双手又搓了一搓,心里重复着说:"再好不过啦!"

可是,才过了一会儿,他刚刚把几封来信看完,一个专司传报的警察就进来报告说,茹亚尔医生来访。这个人来干什么?难道还要他为这桩案件烦心吗?已经不让他再插手管这桩案子了。

罗伦吩咐请医生进来。医生脸上疲惫不堪的神色使他感到惊讶。

"局长先生,"医生几乎是悄没声儿地开始说。"我是为可怜的杜邦死掉的事来找您的。我是茹亚尔医生。"

"医生,我们曾经合作过一次,对吗?——要是我没有记错的话。"

"噢,哪里谈得上'合作'!"矮小的医生谦虚地说。"那一次,我不过是从旁协助,实在不值一提。没有想到您还记得。"

"医生,那次我们两人可都是尽了自己的力量的,"警察局长说。

短暂地沉默一会后,医生好像出于不得已地说:

"我虽然已经派人给您送来了死亡证,我想,也许您还要和我见见面……"

医生没说下去。罗伦平静地看着他,双手搁在办公桌上,一只手指漫不经心地轻轻敲着桌子。

"医生,您做得对,"他终于开口说。

这纯粹是一种表面上的鼓励吧。医生开始后悔不该急急忙忙地自己送上门来,而应当不动声色地等候警察局传唤。他为了要多争取一点时间,便脱下眼镜来擦了擦,然后叹了口气,继续说:

"不过,对于这件古怪的谋杀案,我实在不知道自己能够向您说些什么。"

要是没有什么可说,为什么来呢?他所以宁愿自己上门就是为了不愿显得好像害怕盘问似的。他本以为人家会问他一些需要确切回答的问题——他已经作好了准备——可是,人家并不问他,光让他独自去摆脱困境,好像他有什么罪似的。

"为什么是'古怪'呢?"警察局长问。

警察局长可并不觉得这桩案件古怪,而是觉得医生古怪:他别扭地坐在那儿,尽转弯抹角地讲些空洞的话,不肯直截了当地把他所知道的说出来。可他知道些什么呢?人家并没有要求他作证。他只不过是非常害怕警察局去调查他的医院而已:他到这儿来就是为了这个原因。

"我是想说:不平常的案件;这个城市不大发生谋杀事件。一个窃贼潜入一幢有人住的小楼房,一看到主人出现,就发慌到认为非杀死他不可这种事,是很少见的。"

其实医生所以在家里呆不下去,忍不住到警察局来,还由于他需要知道——确切地知道——别人已经知道了些什么事,还有哪些事不知道。

"您说'一个窃贼'?"罗伦惊讶地问。"他偷了什么东西吗?"

"没有,据我所知,没有。"

"如果他什么也没偷,那就不是一个窃贼。"

"局长先生,您这是在玩弄字眼,"矮小的医生强调说。"他的目的肯定是偷东西。"

"嗬,'目的'!您倒是挺能推想的。"

幸亏警察局长后来终于改变态度,开始提问:

"是那位女管家通知您出了事,对吗?"

"对,就是那位史密斯老太太。"

"她请一位妇产科医生去治疗一个受伤的人,您当时不感到奇怪吗?"

"哎哟,局长先生,我是外科医生;在战争时期,这类手术我做过不少。杜邦是知道的:我们俩从中学起直到现在,始终保持着老同学的关系。"

"哦,丹尼尔原来是您的朋友?请您原谅,医生。"

茹亚尔作了一个近似不承认的动作。

"请别讲得过分;我们俩不过是认识了很多年而已。"

罗伦重新提起话头:

"您是单独出诊,去看那个受伤的人的吗?"

"是的,因为免得惊动护士,而且我医院里可以使唤的人没有几个。可怜的杜邦当时还不像有生命危险,史密斯老太太和我两个人就足够扶他下楼了……"

"他那时候还能走路吗?昨天晚上,您不是说他昏迷不醒吗?"

"没有,局长先生,我肯定没有这样说过。当我赶到的时候,受伤者躺在床上等着我,他还和我说话。后来是在他的坚持下,为了尽可能不耽误时间,我才同意没有担架就把他送往医院的。可是在汽车上他突然不行了。他一直要我安心,说伤势并不严重。直到这时候,我才知道他的心脏受了伤。我立即替他开刀:子弹打到心室内壁。他本来是有救活的希望的,但是,当我在做取出子弹的手术时,他的心脏停止跳动了;我尽力抢救,仍未能挽回他的生命。"

医生叹息了一声,神色非常疲劳。

"也许,"警察局长说,"应该归罪于心脏机能不健全吧?"

但医生摇摇头说:

"这很难讲,一个心脏正常的人也会像不正常的人一样,死于这类枪伤。当然,得要看运气。"

"医生,请您告诉我,"罗伦想了一想,问道,"您能不能大致上说出那一枪是离多远开的?"

"五米……十米,"茹亚尔含糊其词地说。"很难说出准确的数字。"

"不管怎么样,"警察局长断定说,"一个正在逃跑的人能够射出这样一颗子弹,选择射击位置的本领相当高明。"

"碰巧……"医生说。

"没有别的伤口,对吗?"

"对,只有这一处。"

医生另外还回答了几个问题。他当时所以没有立即打电话报告警察局,是因为那幢小楼房的电话机出了毛病。到了医院以后,受伤者的伤势使他忙得没有一点空的时间。史密斯太太是从附近的一家咖啡馆里打电话来叫他去的。是的,他本来不认得这家咖啡馆。此外,他还证实是警察部门的一辆车子把尸体运走的。最后,他把保留着的惟一的物证交给警察局长:用一小团丝绵纸裹着……

"我把子弹头给您带来了,"医生说。

罗伦向他表示感谢。预审推事肯定会需要医生提出的物证。

他们两人说了几句客气话就分手了。

"罗伦凝视着那个用黑色金属做的小圆锥体,这颗弹头是 7.65 毫米手枪发射的,可能是从瓦拉斯的那支手枪,也可能是从别的同型手枪中发射出来的。要是能找到弹壳就好了。

这位茹亚尔医生的样子的确叫人生疑。罗伦第一次跟他打交道时,几乎无法叫自己不产生这样一种印象:这位医生含糊的词句、可疑的辩解、支支吾吾的态度,使人不能不认为他是在弄虚作假。现在罗伦发现,他这人的生相就是如此。是不是那副眼镜使他的样子显得虚假呢?还是他左一句"局长先生"，右一句"局长先生"那种必恭必敬、礼貌周到、卑躬屈节的态度呢？要是费比乌斯看见他，一定会毫不犹豫地把他归入同谋者那一类人中间。罗伦自己刚才不就出于本能，试用一些叫他狼狈的问题使他发窘吗？其实，对这样一个可怜的人无需来这一着：再简单明了的词句，一到他嘴里，也会变得暧昧不明。

"……我不过是从旁协助，实在不值一提……"

人们对他的医务有流言蜚语，这有什么可奇怪的呢？不过今天，也许是由于他的朋友是死在他的手术刀下的，使他显得更加不自然了。死于心脏病！为什么不可能？

"碰巧……"

这个碰巧，再次使这位矮小的医生处境相当窘迫。罗伦无法完全放下心来，除非接到首都法医验尸的结论。如果杜邦是自杀的话，一个行家一定会鉴别出来这一枪是贴近身体打的；茹亚尔是心中有数的，但出于友情，想方设法要使人相信这是谋杀事件。他来是为了看看他的报案会产生什么效果；他害怕那具尸体——即使是已经动过手术的——会暴露真相。看来他不知道运死尸的车子已经带着尸体朝另一个目的地开走了。

这个朋友的确忠心耿耿。昨天晚上，他不是出于"对死者的尊敬"，要求报界不要对这项"社会新闻"大肆宣扬吗？其实他完全用不着担心：晨报在最后付印之前仅来得及登一条简短的报道，至于晚报，杜邦那个集团有足够的时间下达指示。虽说丹尼尔·杜邦是最高学府中的人士，而且离群索居，但也是工商业大资产阶级中的成员；这种人并不喜欢看到自己的生活或者自己的死亡引起街谈巷议。在全国各地，没有一家报纸能够自夸一点也用不着依靠这班人；特别是在这个外省的城市里，他们那个无所不能的集团像一块没有丝毫隙缝的大石。船东、造纸商、木材商、纱厂老板，全都手携手地为保卫同样的利益而活动。杜邦的确在他的著作中揭露了这班人的组织制度的弱点，但他所提的意见，劝告多于抨击；甚至不同意他的观点的人，也对这位教授相当尊重。

是政治谋杀吗？这位从不抛头露面的人，真的像有些人所猜测的那样，具有一种神秘的影响吗？就算是这样吧，只有罗雅—都泽这种人才会编造出如此难以置信的荒唐事：每天都在同一个时间发生一宗谋杀案……幸亏这次部长大人没有把他的幻觉向正规的警察部门吐露。罗伦对于这位部长不久前的那个离奇古怪的想法,至今还保留着不良的印象。部长硬说,每天都有大量的枪支弹药从港口偷卸下来,提供给一个革命组织,因此必须立即截断这项运输渠道,逮捕罪犯!整整三个星期,警察局忙得精疲力竭,所有的货栈全都作了仔细的检查,船舱上上下下搜了个遍,货箱一只只打开,棉花一包包拆开(然后又重新缝好),仅仅因为这些棉花包超过了一般的重量。最后,他们所获得的全部战利品是两支没有登记的小手枪和一支猎枪——一位倒霉的乘客为了逃税把它们藏在一个大箱子里。这种事有什么大不了呢,可是警察局却为此大动干戈,搜查了好几天,成了全城的笑柄。

现在,警察局长可不会轻易地再次投入这类冒风险的活动中去了。

(选自《橡皮》,林青译,

上海译文出版社 1981 年版)

《橡皮》导读

阿兰·罗布—格里耶(1921—   )是法国"新小说派"的领袖和理论家。生于法国布勒斯特。1945 年毕业于法国国立农艺学院,后供职于国家统计院及殖民地热带水果研究所,为研究热带水果曾到过非洲许多地方。他喜欢文学,业余尝试小说创作。1953 年因病从非洲返国途中在船上写成长篇小说《橡皮》。1955 年后任巴黎午夜出版社文学顾问,并从事电影摄制及小说创作,当年发表小说《窥视者》获同年"评论家奖"。成功的尝试激发了作家创作的热情,从此一发而不可收,创作出大量的长篇小说。同时,他认为电影艺术比小说更适于记录客观世界,更能形象地描绘现代人复杂多变的内心活动,更能表现时间的跳跃及现实、想像、梦幻的交错。因此,他有时便专心致志地进行电影创作。1961 年法国新浪潮电影著名导演阿兰·雷斯尼将其电影小说《去年在马里安巴温泉》拍成电影,获同年威尼斯电影节大奖。1963 年他独自摄制的影片《不朽的女人》获德路克电影奖。为了宣扬其创作主张,他还在1963年写下论著《新小说阐明》,为欧美"新小说派"创作的成熟奠定了理论基础。1984年他被东京国际笔会推举为"当今世界七大文化名人"之一。

罗布—格里耶宣称:"世界既不是有意义的,也不是荒诞的。它存在着,如此而已。"据此,他提出"必须制造一个更实体、更直观的世界,以代替现有的这种充满心理的、社会的、功能的意义的世界";反对赋予描写对象以主观的意义,提倡纯客观纪录物质世界和内心世界的状态。这种重物(把人也当作物)的观点导致新小说中不厌其烦地描写物体的精细,以"表现它的外部和它的独立性";而人物的性格刻画却置于次要的地位,甚至人物成了某种抽象物的代号。此外,情节不再是"小说的中心",他反对传统的线性封闭式情节结构,提倡主体的开放性场景组合。罗布—格里耶的《窥视者》是最能体现他的理论主张的代表作品。

《橡皮》披着当时风行欧洲的侦探小说的外衣,杀手、密探、警察局长交相出场,但情节却并不像那些典型的侦探小说那样曲折离奇、刀光剑影。作品写一个政治经济学教授丹尼尔·杜邦遭未遂暗杀后24小时内所发生的事。杜邦教授虽然在外省偏僻小城深居简出,但却是一个对全国政治、经济都起重大影响的某集团成员。一个与这个集团作对的恐怖组织为了打击最高统治阶层的势力,拟把这个集团的重要人物一一暗杀掉。杜邦是暗杀者第九个目标,在他之前,杀手古怪地选定晚上七点半钟实施暗杀行动,连连得手。但轮到杜邦时,却因杀手格利纳蒂的紧张失措,未按其上司制定的实施细节行动,忘了在杜邦出现时关灯这道程序而使杜邦幸免于难。由于杜邦掌握着重要文件,与他关系密切的内政部长获悉杜邦被刺未死的消息后立即派出青年密探瓦拉斯从首都来到杜邦所在的小城进行调查。而受轻伤的杜邦却藏在其好友茹亚尔医生家里,并由医生宣布其死亡的消息以蒙骗杀手和警察局。第二天,不知内情的瓦拉斯为弄清真相并保护受杜邦委托前来取走重要文件的大商人马尔萨，而于当晚七点半前埋伏在杜邦书房。由于马尔萨怕死变卦远走他方，杜邦亲自回家取文件，然后准备潜往首都内政部长家避难，进入书房时被瓦拉斯误杀，死于非命。瓦拉斯无意中完成了恐怖组织的"未竟之业"。

就作品总体而言，《橡皮》的故事情节从"序幕"到"尾声"历时不过24小时，人物活动的地点也只局限于外省一小城。但是，作家采用意识流手法，有意打破时间的顺序和空间的界限，让不同的时间和空间相互交错，让人物的意识自由地驰骋，使现实、想像、记忆、梦幻以至于潜意识活动都在人物身上交叉或重叠，使小说在时空上呈现出多层次、多角度、多方位的立体规模。作品主要通过密探瓦拉斯、警察局长罗伦以及杀手格利纳蒂等人物的意识流程来组织故事和推动情节。杜邦教授的被刺原因、被刺过程、被刺未遂以及谋杀案调查进程等等，都主要是通过上述人物的意识活动来表现的。作品中虽然也有人物活动的地点和场景，但作家并没有像传统的现实主义小说那样把它们作为典型环境加以精心描绘，而仅仅把它们作为激起人物产生扑朔迷离的联想的没有多大实际意义的事物。如瓦拉斯两次通过的交合桥、两次进文具店买的橡皮、整天游观的街景、几次想去的邮电局以及他闲坐的咖啡馆等等，对于他的破案侦查都没有多大意义，就连案发现场——杜邦居住的有卫矛篱笆和铁栅门的带花园的房子，在瓦拉斯眼中也没有特别重要的意义，他既不是去作现场调查，也不是去寻找证人或证据，作家仅仅利用这些事物、场景为瓦拉斯提供驰骋想像或引起联想的时间和空间而已。

作为"新小说派"的开山作，作品也许远未达到作家所主张的运用"非人格化的"、不带任何感情色彩的语言，客观地、冷静地、准确地描绘事物世界，甚至将之人物化，使之成为了完成某种工作程序的机器人的程度。作家还是有意无意地通过人物的某种心理因素或心理状态为其笔下的主要人物画下尽管面目不清晰、外貌不鲜明然而却可以辨认的形象。密探瓦拉斯的执著、认真,警察局长罗伦的圆滑、精明,茹亚尔医生的猥琐、无聊,咖啡馆老板的势利、病态……无不给读者留下了较深刻的印象。可见,作家尽管力图扬弃传统的现实主义小说把人物作为世界的中心,使一切事物都带上作家的主观感情色彩的所谓"再现法",然而却仍未能脱其窠臼。

小说的情节构成以偶然性为基础:暗杀杜邦未成功,是由于杀手格利纳蒂忘记关灯这一偶然的细微的疏忽;而杜邦的被杀,也是由于马尔萨的中途变卦、瓦拉斯的不明内情等偶然性因素造成的。就连瓦拉斯一整天的活动,也是目的不明、行踪不定,带有很大的随意性、偶然性。作家把瓦拉斯两次买下的连他自己都搞不清楚为什么要买下的与作品内容毫不相关的橡皮(警察局长罗伦办公桌上也有一块"已经发灰"的一无用处的橡皮)作为小说的篇名,是否在暗示作品的故事情节和人物形象都是不确定的、随意的,读者尽可以用橡皮去擦掉一些,或补上一些?

《橡皮》的开拓性意义在于它突出地反映了现代资本主义社会物质环境与精神境界的深刻矛盾,以艺术的方式表现了现代西方社会高度的物质文明所带来的人的全面异化、人性的失落、人的价值和尊严的丧失。在某种意义上说,他们那种以抽象的、哲理的方式反映生活的"潜在的真实"的方法,比起传统现实主义文学的"模仿"和"再现",无疑更有深度,也更有广度。

(张佑周)

海 勒

第二十二条军规

第六章 亨格利·乔

············

卡思卡特上校是个有勇气的人,不管有什么轰炸任务,总是毫不犹豫地主动要求让他的部下去执行。对他的飞行大队来说,没有一个目标是过于危险不能去轰炸的,正像对阿普尔比来说,乒乓台上没有一球是打得太刁,不能回过去的。阿普尔比是个出色的飞行员,也是个眼睛里有苍蝇、从未丢失过一个球的超级乒乓球运动员。他的对手发完二十一次球,保管就不体面地败下阵去。阿普尔比的乒乓球球艺是传奇式的。他打一回赢一回,所向无敌。后来一天晚上,奥尔喝完杜松子酒和威士忌,醉醺醺地来和阿普尔比打乒乓球。他一连发了五个球,都叫阿普尔比打回去了,于是他挥起球拍,砸开了阿普尔比的脑门子。奥尔扔掉球拍,纵身跳到乒乓桌上,像跳远那样从桌子另一头跳下去,两脚正踩在阿普尔比的脸上。乒乓室里顿时一片大乱。阿普尔比几乎花了一分钟才从奥尔的拳打脚踢下挣脱出来,摸索着站起身,一手揪住奥尔衬衫的前胸,不容他近身,一手握成拳头,抽了回去,正准备揍死他。就在这时,尤索林走上前去,把奥尔从他身旁救走。对阿普尔比来说,那是一个出乎他意料之外的夜晚。他的身材和尤索林一样魁梧,体格和他一样结实。他用足力气挥动手臂,照准尤索林就是一拳。这使一级准尉怀特·哈尔福德不禁心花怒放,他转过身去对着穆达士上校的鼻子也打了一拳。这下可叫德里德尔将军满心欢喜,连忙吩咐卡思卡特上校把随军牧师赶出军官俱乐部,还命令一级准尉怀特·哈尔福德搬到丹尼卡医生的帐篷里去住,这样一天二十四小时他都可以有医生照应,健康就可以有所保证,遇到德里德尔将军要他再揍穆达士上校的鼻子时，就可以再干上一次。有时候，德里德尔将军带着穆达士上校和护士特地从联队司令部赶来，就为了让一级准尉怀特·哈尔福德打他女婿的鼻子。

一级准尉怀特·哈尔福德心里倒宁愿像原来那样住在和弗卢姆上尉合用的活动屋子里。弗卢姆上尉沉默寡言、心神恍惚，他是中队的新闻发布官，天天用大半个晚上冲洗白天拍摄的照片，预备和他的新闻稿一起发出去。他每晚尽可能地呆在暗室里工作，然后在自己的帆布床上躺下，交叉起两手手指①，还用一只兔脚裹住脖子，尽力醒着不睡。弗卢姆上尉和一级准尉怀特·哈尔福德住在一起，觉得非常害怕。他老是疑神疑鬼地想着，哪天晚上一级准尉怀特·哈尔福德会蹑手蹑脚走到他床前，趁他熟睡一刀切断他的喉咙。使他产生这种忧虑的正是一级准尉怀特·哈尔福德。有天晚上，弗卢姆上尉打瞌睡的时候，他当真蹑手蹑脚走到他的床前，咬牙切齿地威胁说，总有一天夜里，他，一级准尉怀特·哈尔福德要趁他，弗卢姆上尉酣睡的时候，一刀切断他的喉咙。弗卢姆上尉吓得浑身冰冷，眼睛忙睁得大大的，直盯着一级准尉怀特·哈尔福德那双离他只有几英寸远的闪闪发光的醉眼。

"干吗要切断我的喉咙？"弗卢姆上尉好不容易终于用嘶哑的声音问了一句。

"干吗不切断你的喉咙呢？"怀特·哈尔福德回答。

从此以后，弗卢姆上尉天天晚上竭力硬撑着不睡。亨格利·乔的噩梦倒给他帮了不知多大的忙。一夜夜，他全神贯注地听着亨格利·乔的狂叫，渐渐恨起他来，巴不得一级准尉怀特·哈尔福德哪天晚上蹑手蹑脚走到他的床前，一刀切断他的喉咙。事实上，弗卢姆上尉多数晚上都睡得像死人一样，只是在梦里觉得自己没有睡着。这种梦境那么逼真，因此他早晨从梦中醒来后总是感到精疲力竭，立刻又睡着了。

自从弗卢姆上尉发生了令人惊异的变化以后，一级准尉怀特·哈尔福德几乎喜欢起他来。那天晚上上床时，弗卢姆上尉还是个活泼愉快的外倾性格的人，第二天早晨起床时，他却变成了一个抑郁沉思的内倾性格的人了。一级准尉怀特·哈尔福德扬扬自得地把这个新的弗卢姆上尉看作是自己的创作。

---

① 迷信的人认为这样会带来好运气。

他从来没有真正打算切开弗卢姆上尉的喉咙,他这样威胁,就跟他说要死于肺炎、要揍穆达士上校的鼻子、要丹尼卡医生和他进行印第安式摔跤搏斗等等一样,只不过是开开玩笑。每天晚上他喝醉了酒,摇摇晃晃地走进帐篷时,心中所想的就是马上睡觉,可是亨格利·乔常常使他无法入睡。亨格利·乔在噩梦中大喊大叫,弄得他神经极度紧张,所以他常常希望有人蹑手蹑脚走进亨格利·乔的帐篷,把赫普尔那只猫从他脸上拎下,然后一刀切断他的喉咙,使中队里的全体官兵除弗卢姆上尉外,都能睡上一夜好觉。

尽管一级准尉怀特·哈尔福德不断为德里德尔将军揍穆达士上校的鼻子,他却仍然被当作外人。中队长梅杰少校也被当作外人。梅杰少校从卡思卡特上校嘴里得知自己成为中队长时,也得知自己被当作外人了。杜鲁斯少校在佩鲁贾①上空战死后的第二天,卡思卡特上校乘着他那辆发动机功率特大的吉普车疾驶进了中队营地。吉普车离分隔开它和那片倾斜的篮球场的那条铁路堑沟只有几英寸时,卡思卡特上校才嘎的一下猛然刹住车子。梅杰少校和那些与他一起打球的人本来几乎已经交上了朋友,可是卡思卡特上校一来,局面就起了变化。他们对准梅杰少校拳打脚踢,推推搡搡,乱扔石子,终于把他逐出了篮球场。

"你现在是新任的中队长啦,"卡思卡特上校隔着堑沟朝他大声叫嚷。"可是别以为这有什么了不得,因为这并没有什么了不得。无非是你现在是新任的中队长啦。"

卡思卡特上校像来的时候一样,突然轰响着驶走了。他一下掉转车头,使车轮没命地飞转,把地上的细沙扬了起来,吹了梅杰少校一脸。这个消息使梅杰少校不知所措。他身材瘦长,默默无语、目瞪口呆地站在球场上,纤细的手里捧着一只破篮球。卡思卡特上校如此突兀地布下的仇恨种子,在他四周这些弟兄们的心里生下了根。在这以前,这些弟兄一直和他打篮球,几乎已经让他跟他们交上了朋友,就像有谁以前让他做的那样。梅杰少校两眼失神,眼白变大,有点朦胧。他满怀渴望,嘴唇发抖,想要说话,却又说不出来,一种熟悉的、无法穿透的寂寞像令人窒息的烟雾一样飘来,笼罩住了他。

与丹比少校以外的大队司令部其他军官一样,卡思卡特上校也富于民主

---

① 意大利中部一城市。

精神:他相信人生来是平等的,因此他用同样的热忱抛开了不在大队司令部工作的全体部下。不过,他对自己的部下还是信任的。正如他经常在简令下达室对他们说的那样,他相信他们比其他任何部队都强,至少能多飞十次任务。卡思卡特上校还认为,凡是缺乏他对部下这种信心的人,都该滚蛋。然而,正如尤索林乘飞机去看前一等兵温特格林时所打听到的那样,他们可以滚蛋的惟一办法,就是得飞完那十次额外任务。

"我还是不明白,"尤索林愤愤地说,"丹尼卡医生到底说得对不对?"

"他说多少?"

"四十次。"

"丹尼卡说的是实情,"前一等兵温特格林说。"就第二十七空军司令部来说,你只要飞四十次就行了。"

尤索林听了十分高兴。"这么说我可以回国了,对吗?我已经飞了四十八次。"

"不行,你不可以回国,"前一等兵温特格林纠正他说。"你疯了还是怎么了?"

"为什么不可以回国呢?"

"因为有第二十二条军规嘛。"

"第二十二条军规?"尤索林大吃一惊。"第二十二条军规到底跟这有什么关系呢?"

"第二十二条军规规定,"亨格利·乔用飞机把尤索林送回皮亚诺扎岛后,丹尼卡医生耐心地回答他说,"无论何时,你都得执行司令官命令你做的事。"

"可是第二十七空军司令部说,我飞满四十次就可以回国。"

"可是他们并没有说你一定得回国。而军规却说,你一定得服从命令。圈套就在这里嘛。即使上校违反了第二十七空军司令部的命令,在你飞满规定的次数后还叫你飞行,你还是得去飞嘛,要不然,你就犯下了违抗上校命令的罪行。那样一来,第二十七空军司令部当真要向你问罪啦。"

尤索林垂头丧气,失望已极。"这样说来我真得飞五十次了,是不是呢?"他伤心地问。

"五十五次,"丹尼卡医生纠正他。

"怎么五十五次?"

"上校现在要求大家飞五十五次啦。"

亨格利·乔听了丹尼卡医生的话,无比宽慰地舒了一口气,突然咧开嘴笑了。尤索林一把抓住亨格利·乔的脖子,硬要他立刻驾驶飞机跟他一起再上前一等兵温特格林那儿去。

"如果我拒绝飞五十五次,"他私下里小声问,"他们会把我怎样呢?"

"我们可能会枪毙你,"前一等兵温特格林回答。

"我们?"尤索林诧异地大声问。"你说'我们'是什么意思? 你从什么时候起站到他们那边去了?"

"假使你要遭到枪毙,你指望我站在谁的一边呢?"前一等兵温特格林驳斥他说。

尤索林听了吓得倒退一步。卡思卡特上校又抬举起他来了。

第二十四章　迈　洛

四月是一年之中迈洛最喜欢的一个月份。丁香花总在四月间盛开,葡萄也在藤上结熟了。人们的心跳得很快,连胃口也会重新恢复起来。四月间,鲜艳的蝴蝶花与光泽满羽的鹁鸽交相辉映。四月是春天,到了春天,迈洛·明德宾德很自然地想起柑橘来。

"那是柑橘吗?"

"是呀,长官。"

"我的士兵都爱吃柑橘,"指挥驻在撒丁的四个 B-26 型飞机中队的上校承认说。

"他们要吃柑橘,有的是,只要你能从伙食账里拨出钱来去买就成。"迈洛向他保证说。

"卡萨巴甜瓜呢?"

"在大马士革便宜得不得了。"

"我最爱吃卡萨巴甜瓜。我一向最爱吃这东西。"

"只要每个中队借给我一架飞机,只要一架,不要多,那么,你要吃多少卡萨巴甜瓜,就供应你多少,你准备好钱就行了。"

"我们通过联营机构去买吗?"

"联营机构大家都有份。"

"真奇怪！简直太奇怪了！你怎么办得到的？"

"大批购买，购买力就大不一样。譬如说，炸牛排沾上面包屑。"

"我并不特别爱吃沾上面包屑的炸牛排，"这位驻在科西嘉北部的 B—25 型机群的指挥官怀疑地嘀咕说。

"沾上面包屑的炸牛排营养很丰富，"迈洛诚恳地告诉他，"它里面有蛋黄和面包屑。羊排骨也是一样。"

"喔，羊排骨，"B—25 型机群的指挥官回答，"是好的羊排吗？"

"最上等的，"迈洛说，"黑市供应的最上等的。"

"小羊排吗？"

"用你从没见过的最漂亮的粉红小纸袋包装。在葡萄牙，小羊排卖得非常便宜。"

"我又不能派架飞机到葡萄牙去，我没这个权力。"

"我能，只要你把飞机借给我，还派给我一个驾驶员。你别忘了——你可以找德里德尔将军。"

"德里德尔将军会再到我们食堂来吃饭吗？"

"吃得像头猪似的，只要你把用我的纯黄油煎的最好的新鲜鸡蛋拿给他吃。还有柑橘、卡萨巴甜瓜、蜜瓜、多佛尔海峡的箸鳎鱼片以及烤鳕鱼、乌蛤和蛤贝。"

"每个人都有一份吗？"

迈洛说："那是最好的一份。"

"我不喜欢这样，"这位不肯合作的战斗机指挥官说，他也不喜欢迈洛。

"北边有个不合作的战斗机指挥官，他跟我过不去，"迈洛后来向德里德尔将军抱怨说。"往往一个人就会把全体都毁了，那样一来你就再也吃不到用我的纯黄油煎的新鲜鸡蛋啦。"

德里德尔将军于是把这个不合作的战斗机指挥官调到所罗门群岛去挖墓，换了一位患黏液囊炎的老年上校来接替他。这位上校特别爱吃荔枝。通过他的介绍，迈洛结识了大陆上一位指挥 B—17 型机群的将军，他特别爱吃波兰香肠。

"在克拉科夫，用花生就可以换到波兰香肠，"迈洛告诉他。

"啊，波兰香肠，"将军不胜留恋过去，感叹地说。"你知道，要是能搞到一大截波兰香肠，什么东西我都愿意拿出来交换。什么东西都行。"

"你用不着把什么东西都拿出来。只要每个食堂拨给我一架飞机和一个听话的驾驶员就行了。另外，在第一次订货时，得预付一部分现款作为保证金。"

"可是克拉科夫远在敌后几百英里，你怎么去搞香肠呢？"

"在日内瓦，有一个波兰香肠的国际交易所。我只要派飞机把花生运到瑞士，就可以照市场上的公开价格交换到波兰香肠了。他们把花生运往克拉科夫，我就把波兰香肠运到这儿来给你。你要多少波兰香肠，就可以通过联营机构购买多少。另外还有柑橘，不过是用人工染了点颜色。还有马耳他的鸡蛋，西西里的苏格兰威士忌。你向联营机构买东西，等于把钱付给你自己，因为你也有一份股份，所以你实际上是分文不花就买到所有的东西。这不是挺有意义吗？"

"你真是天才，你怎么会想出这个妙法来的？"

"我叫迈洛·明德宾德。我二十七岁啦。"

迈洛·明德宾德的飞机从各处飞回来，驱逐机、轰炸机、运输机源源不断地在卡思卡特上校的机场上降落，驾驶飞机的飞行员都是些叫干啥就干啥的人。这些飞机的机身上都涂着各个飞行中队的队徽，鲜艳夺目。队徽象征着各种值得称颂的理想，如勇敢、力量、正义、真理、自由、博爱、荣誉和爱国精神等等。迈洛的机械师总立即把这些队徽用乳白色的双层油漆涂掉，然后印上刻好的深紫色的标志："迈—明水果土产联合公司"。"迈—明"代表迈洛和明德宾德。迈洛坦率地透露，加上连字号，是为了避免给人一个印象：他是这个联营机构的独资老板。拨给迈洛使用的飞机从意大利、北非、英国的机场和利比里亚、阿森松岛、开罗、卡拉奇等地的航空运输指挥站飞来。一部分驱逐机拿去换了运输机，另一部分则留着应付紧急托运和递送零星包裹的任务。他还从地面部队那里弄来了卡车和坦克，作为短程运输工具。大队里的官兵每个人都有一份股份，个个发福，两片油光光的嘴唇中衔着牙签，来来往往，听命调遣。迈洛则亲自经营正在日益扩大的业务。他那操劳过度的脸庞上刻了一条条永不磨灭的水獭毛色的皱纹，给了他一副严肃而疑虑的憔悴面容。除了尤索林之外，人人都认为迈洛是一个笨蛋，一则是因为他自告奋勇去当食堂管理员，二则是因为他干得那么认真。尤索林也认为迈洛是个笨蛋，但同时他也知道迈洛是个天才。

有一回,迈洛飞往英国去采购一批土耳其芝麻糖,从马达加斯加飞回途中带回来四架满载着甘薯、甘蓝、芥菜和黑斑豌豆等蔬菜的德国轰炸机。迈洛一走下飞机就发现机场上有一小队武装宪兵等候着,要把德国驾驶员关押起来,并把他们的轰炸机没收。这一下可把迈洛弄得目瞪口呆。"没收!"迈洛听到这两个字,简直就像要了他的命,他怒火中烧,暴跳如雷,用手指着卡思卡特上校、科恩中校和那个脸上有疤、手执冲锋枪带领宪兵的上尉这三张自知理亏的脸痛骂起来。

"这里是俄国吗?"迈洛直着嗓子不相信地大声斥责他们。"没收?"他好像不相信自己的耳朵似的大叫着。"请问从哪一天起美国政府的政策是要没收公民的私人财产的!真可耻!你们这伙人竟想得出这样一个混蛋主意,真可耻!"

"但是,迈洛,"丹比少校怯生生地打断他说:"咱们毕竟是在跟德国打仗,这些全是德国飞机呀。"

"压根儿不是!"迈洛愤怒地反驳。"这几架飞机是联营机构的,咱们官兵个个都有一份股份。没收!你们怎么能没收自己的财产?真的,没收!我有生以来还从没听说过这么卑鄙的事情呢。"

迈洛说得完全有道理,因为等他们再一瞧时,迈洛的机械师已经当着他们把这些德国飞机机翼、机尾和机身上原来的卐字徽用双层白漆覆盖掉,还用模板印上了"迈—明水果土产联合公司"的字样。这么一来,迈洛就把这个联营机构变成一个国际性卡特尔了。

迈洛的联营机构拥有的巨大空中船队满天飞行,络绎不绝地来往于挪威、丹麦、法国、德国、奥地利、意大利、南斯拉夫、罗马尼亚、保加利亚、瑞典、芬兰、波兰以及欧洲各地之间,惟独不去俄国飞行,因为迈洛不愿意跟俄国做生意。当乐意参加的人都参加了迈洛的水果土产联合公司之后,迈洛又开办了一家附属企业,"迈—明糕点联合公司",由他独个儿做老板,并从伙食经费中调拨了更多的资金和飞机来经营糕点生意。他经营的糕点有英伦三岛的圆饼和松饼,有哥本哈根的梅干和丹麦乳酪,还有巴黎、兰斯①和格勒诺布尔②的乳酪饼、奶油卷、奶油千层饼、花色小蛋糕,柏林的水果蛋糕、稞麦面包、姜

---

① 法国东北部一城市,以酿酒食品工业著名。
② 法国东南部小山城,游览胜地。

汁面包,维也纳的杏仁果酱饼、巧克力饼,匈牙利的有馅卷饼和安卡拉的果仁蛋糕。每天早上,迈洛派遣飞机向欧洲和北非各地出发。飞机上拖着红色的长条广告牌,用特大方体字宣传每天的特色商品:圆腿肉七角九分喽,鳕鱼二角一分。迈洛生财有道,还把广告牌出租给佩特牛奶公司、盖恩斯狗食公司和诺克泽默公司,使联合公司增加一笔额外的现金收入。同时,他经常酌留部分空中广告地位,免费赠送给佩克姆将军,作为社会教育宣传之用。例如:"要讲究整洁","忙乱出舛错","共同祈祷的家庭共聚在一起"等等。迈洛还出钱在柏林的阿克西斯·萨利和豪·豪爵士① 每天的广播节目前插入广告,为他的公司进行宣传,因此他的生意在各条战线上都越来越兴旺。

迈洛的飞机在世界各地自由飞行,已成为人们熟悉的景象。后来有一天,迈洛跟美军当局订立了合同,轰炸德军在奥尔维耶托防守的一座公路桥梁;他同时又跟德军当局订立合同,用高射炮火攻击他自己的进攻,保卫奥尔维耶托的那座公路桥梁。他轰炸桥梁,美军得付他一笔轰炸费用,外加百分之六的小费;他保卫桥梁,德军也得付他一笔防卫费用,外加百分之六的小费。另外约定,迈洛每击落一架美军飞机,德军就再给他一千元奖金。迈洛指出,由于两国的军队都是社会性的团体,做成这样的交易是私人企业的重大胜利。合同一经签订,不论轰炸公路桥梁还是保卫公路桥梁,迈洛的联营机构似乎全不需要一兵一卒,也不需要破费分文,因为德美两国政府有足够的人力、物力在那儿可以办这件事,何况它们全乐于投入各自的力量。结果,迈洛只在两张合同上签两回字,就从合同的双方得到了极大的利润。

迈洛这个办法对双方都很公平。一方面,由于迈洛的飞机可以到处飞行,因此他的飞机就可以潜入德军阵地偷袭而不致惊动德军的高射炮手。另一方面,由于迈洛知道美军将要进行的袭击,他就有充分的时间向德军发出警告,好让他们的高射炮手事先做好准备,一俟美军飞机进入射程就马上开火。联营机构的每个成员都认为这个法门挺不错,只有尤索林帐篷里的那个死人不在其内,他在到达战场的当天一飞到目标上空,就被德军高射炮火击毙了。

尤索林为此十分愤怒,向迈洛兴师问罪。"不是我杀死他的!"迈洛激动地回答。"告诉你,出事的那天,我根本就不在场。你认为,我们的飞机飞去轰炸

---

① 两人均为电台的广播员。

的时候,我在德军那里开高射炮吗?"

"但是整个事情都是你一手策划的,是不是呢?"尤索林在那条黑暗笼罩着的小路上也大声向他喊叫。那条小路从汽车调度场一些静静停着的车辆旁边通向露天电影场。

"我可没有策划过什么,"迈洛恼怒地回答,同时使劲抽搐着鼻子喘气,激动得连鼻梁都发青了。"不管是不是与我有关,反正桥梁是德国人把守着的,我们要去把它炸掉。我不过是看到这次任务是个难得的好机会,就趁机捞了一把。干吗这么大惊小怪呢?"

"干吗这么大惊小怪?迈洛,住在我帐篷里的一个人连行李都没有打开就在那次任务中给打死了。"

"但是,不是我杀死他的。"

"你不是为这件事得到了一千元的外快吗?"

"可是,不是我杀死他的。我告诉你,那天我甚至都没在场。我上巴塞罗那买去皮剔骨的沙丁鱼和橄榄油去了。我有购货单为证。那一千元我也没有得到,它是归联营机构的,人人都有一份,包括你也在内。"迈洛真心诚意地要求尤索林同意他的看法。"你瞧,尤索林,不管那个讨厌的温特格林说些什么,这场战争可不是我发动的。我只是想法子利用战争做点买卖。这有什么不是的地方呢?你知道,用一架中型轰炸机连同机组人员换一千元,这笔生意可不算坏。要是我能说服德国人每击落一架美机就付给我一千元,那我又何乐不为呢?"

"问题是:你是在跟敌人做交易。你难道不明白咱们是在打仗吗?人们正在死去。老天在上,你得看看四下里的情况!"

迈洛没精打采地克制着自己,摇摇头说:"可是德国人并不是我们的敌人。嗐,我知道你要说的是什么。不错,咱们是在同他们作战。但是,德国人也是咱们联营机构里名望很好的股东。他们是股东,我有责任保护他们的权利。也许,是德国人发动这场战争的。也许,他们杀了成百万的人,可是他们付起钱来却比我所知道的我们的一些盟国更加爽气。我得严格遵守我跟德国人订立的合同,这道理你不明白吗?难道你不能用我的观点来看看这问题吗?"

"不能,"尤索林严厉反驳。

迈洛给这么刺了一下,并不设法掩饰起他心中的不快。那是一个闷热的月夜,蚊蚋成群,飞蛾扑面。迈洛突然举起手臂,指向露天电影场。这时候放映机直射出一道充满了灰尘的白光,在黑暗中构成圆锥形的光圈,将一层薄薄的荧光覆盖在观众的身上。他们斜躺在椅子上,昏昏欲睡,大家都抬脸注视着银幕。迈洛两眼噙着泪水,露出了诚实的神色,他脸上显得质朴而清白,避蚊油与汗珠混合在一起,闪闪发光。

- - - - - - - - - - -

(选自《第二十二条军规》,南文等译,

上海译文出版社1981年版)

《第二十二条军规》导读

约瑟夫·海勒(1923—)是美国“黑色幽默”文学的代表作家。生于纽约,先后就读于纽约大学、哥伦比亚大学和英国牛津大学。1961年起成为专业作家,1977年被选为美国文学艺术院院士。他出版的长篇小说有:《第二十二条军规》(1961)、《出了毛病》(1974)和《像高尔德一样好》(1979)。

《出了毛病》是一部暴露美国中产阶级精神危机的小说。整部作品由人物的独白构成。主人公斯洛克姆是一家美国公司的高级雇员,收入丰厚,生活富足。然而他却成天惶惶然,总感到有什么地方“出了毛病”。原来令他不安的是他所处的那个恶劣的环境;他觉得“整个美国政府的罪恶和罪孽”、“美国文明的衰落”全压在他那两只“可怜的肩上”。小说通过展现人物内心深处那难以医治的心理病痛,揭露了美国文明的深重危机对于当代美国人的精神压力。

《像高尔德一样好》是一部以犹太人为主角的作品。主人公布鲁斯·高尔德是纽约一所学院的教授,由于不堪忍受胞兄妹间的倾轧而离开纽约,来到华盛顿的官场谋职。不料京城大小官员们之间的明争暗斗十分激烈,使他陷入更难排遣的苦闷之中。小说将家庭的勾心斗角与政界的权力争夺交织起来,描绘了一幅背景较为广阔的美国政治和社会生活的讽刺图画。

《第二十二条军规》是海勒的代表作。小说主要叙述第二次世界大战期间,驻扎在地中海的皮亚诺扎小岛上的一支美国飞行大队的故事。就创作方法而论,它与传统的现实主义相去并不远,它与传统现实主义的重大区别在于它的"荒诞"性。正因为如此,美国学者哈里斯才把海勒等黑色幽默作家,称为"美国当代荒诞派小说家"。作品对"荒诞"的表现,极为突出。

首先,人物行动荒诞。在这部战争题材的作品中,无论普通士兵,还是军事指挥官,行动都极为怪诞。指挥官梅杰少校,整天坐立不安,惟恐部下造访。为摆脱下属的求见,他最后只好逃离自己的办公室,跑到树林里去过野人般的生活。士兵矮个子奥尔,平时最喜欢摆弄火炉等物,拆拆装装,永无休止,使人拿不准是啥目的。甚至他的狎妓行径也令人费解,居然乐呵呵地听任那个高大的妓女不停地用高跟鞋敲打他的脑袋。其他如谢司科普少尉的操练癖、随军牧师的极度神经质,也都是荒诞不经的。

其次,小说情节荒诞。布莱克上尉搞的"忠诚宣誓运动",令人咋舌。由于他的强行推行,一时间,荒诞的宣誓运动就如瘟疫一般蔓延开来。就餐得宣誓,领作战地图得宣誓,理发也得宣誓。这里,且不说宣誓本身有多荒诞、多可笑,就这一运动出诸一个小小的上尉之手这一基本情节而论,便足见荒诞。迈洛的故事更不可思议:身份不过是食堂管理员,迈洛在经济和政治生活中的地位,却是显赫而至高的。他从不把他的上司放在眼里。一次,迈洛明目张胆地动用四架敌机运来蔬菜,卡思卡特上校闻讯带着一队武装宪兵守候在机场,准备问罪。可迈洛毫无惧色,一下飞机就颐指气使,指着卡思卡特上校等人的脸痛骂一通,结果被告成原告,迈洛反扒了他上司的皮。显然,这些情节是荒诞绝伦的。

最为荒诞的,是所谓的"第二十二条军规"。它的具体内容是什么，小说中未明言。问题的症结就在这里：正因为无具体内容，不是什么，所以它同时才可能什么都是，囊括一切，这即是第二十二条军规荒诞的内在形式即悖谬。军规正是靠这一悖谬捉弄人压迫人，使人无可奈何。荒诞的外在形式，在于它的普遍性。具体说来，它无时不在，无处不在。甚至它的这种普遍性还延伸渗透到非军事领域。小说第39章写尤索林在罗马街头遍寻不见昔日的妓院，幸存者老婆子告诉他毁于大兵之手，再问缘由，老婆子答道："第二十二条军规。"这一回答，连尤索林这个见惯了荒诞事、也做了不少荒诞事的军人也惊恐万状，迷惑不解。

表现荒诞，的确是《第二十二条军规》创作上的一大特色。然而，这只是手段而非目的。作者本人也明确表示，他不把荒诞视作本体论的事实。

透过荒诞，我们首先看到的是 20 世纪 50、60 年代普通美国人、特别是广大中产阶级的困惑感。小说出版于 20 世纪 60 年代初，其时的美国，经济快速增长，社会财富日益增多。然而，物质生活的改善，并没有给普通美国人带来多少幸福。尤其是在精神生活上，20 世纪 50 年代麦卡锡主义在人们心灵中布下的阴影，久久未能消散。加上美国社会固有的顽疾：高失业率、高犯罪率，使得相对富裕的美国国民陷入深深的困惑之中。特别是人数众多的中产阶级，他们作为介乎大资产阶级与广大赤贫者之间的一个特别阶层，更处在严重的困惑之中。小说借荒诞这一表现形式，把普通美国人特别是中产阶级的这种困惑感极其深刻地揭示出来。困惑首先表现为人与人之间的隔膜，彼此间无法沟通。如果我们注意到小说的人物对话经常是答非所问、牛头不对马嘴这一事实，那么我们就会明白作者的深刻寓意。小说正借此来暗示人与人之间的隔膜甚深，相互间无法沟通、难以交流。梅杰少校的故事，更使这种隔膜感形象化。他的坐卧不宁、食宿无定和不愿见人，相当典型地表现了 20 世纪 50、60 年代美国人彼此无法沟通的痛苦和烦恼。困惑还表现为对于生死错位的恐慌。在这方面，丹尼卡医生和小战士的故事十分典型。仅仅因为在被击落的战斗机上挂了个随机飞行的空名，丹尼卡医生才落入极度的恐慌之中：任他本人如何申诉，人们都不承认他还活着，尽管上至将军下至普通士兵，全都看到并强烈意识到他的存在。小战士的遭遇则正好相反。由于他还未报到就在一次空战中丧生，所以谁也不承认他的死亡，尽管人人都清楚地知道他不再生活在这个世界上。这种生死错位在人们心中产生的恐慌，是一种深层次的困惑，西方社会普遍存在的精神危机，很大程度上由它而来。因此，医生和小战士的故事并不像大多数评论所解释的那样，单纯只是官僚体制造成的悲剧问题。它实质上揭示了西方世界一个带根本性的问题：号称尊重人、尊重人权的西方世界，事实上是把名义的人凌驾于现实的人之上的。这大抵是个人主义的西方世界步入末途的一个先兆。

越过荒诞，我们还从文化层面上窥见到了当代美国人强烈的危机感。美国社会自进入20世纪以来，过去那种虽然艰辛然而相对融洽和睦的人际关系淡化了。特别是，随着美国人从农村涌入都市，各家各户居住在相对狭小、老死不相往来的高楼深宅之中，居住空间的缩小与隔绝，造成了心理空间的严重障碍——孤独感。这种孤独感与美国文化中固有的个人主义倾向结合在一起，便在美国人心灵中造成一种普遍的危机感。小说对当代美国人这种危机感的表现，是十分深入的。尤索林形象的塑造，体现了这一意图。作为一个美国军人，尤索林把他的前辈在独立战争和南北战争中表现出的锐气全抛弃了。而作为美国空军的一个轰炸手，他更把以骁勇著称的美国空军的光荣传统丧失殆尽。每次执行轰炸任务，他都把投弹当作是一种负担、一个包袱，急于把它们推出去，而不问是否击中目标。他惟一关心的，是尽可能快地逃离敌人的炮火网，安全返航。因为他头脑中一直萦绕着一个十分强烈的意念，似乎死神时时在向自己逼来。这里，借一种非常的极端的方式，作者把当代美国人危机感的最高形式——生存危机,形象而生动地表现出来了。

借助荒诞,小说还试图揭示造成美国人精神危机的社会根源。这突出表现在迈洛形象的塑造上。在小说中,海勒显然是把迈洛当作一个象征性的形象来加以刻画的。迈洛首先体现了经济巨人的特点。作为20世纪的一个经济巨人,迈洛既深谙金钱主宰一切的奥秘,又善于利用这一奥秘。我们不必看他志得意满时的表现,只需看看他面临厄运时的表演就行了。为履行同德国人签订的合同,获得超额报酬,迈洛用美国飞机轰炸美国人,造成重大伤亡,结果激起公愤,政府高级官员赶来调查,国会议员出面谴责,新闻媒介也竞相讨伐,看来迈洛的末日来临了。然而,胸有成竹的迈洛并不惊慌,他以金钱为先导,四处行贿,很快就度过了这场危机。其次,迈洛身上还体现了现代政客不择手段的思想特征。迈洛曾经办成了许多大事,其中最奇的一件大事,是他作为一个美国军人同美军和德军签订的这样两个合同:一方面他同美国军方商定,派飞机轰炸德国的公路和桥梁,轰炸费由美军支付,外加百分之六的利润;另一方面,又与德军谈妥,炮击前来轰炸的美国飞机,费用由德军支付,同样外加百分之六的利润。显然,如此荒诞的合同,在现实的军事生活中是找不到实例而且不可信的。但若置之于社会的政治生活,则不仅存在,而且还很普遍,因为不择手段正是现代政客的重要思想特征。迈洛身上所表现出的这两个特征,使他成为美国官僚统治集团的象征。尤索林这样的"小人物"之所以无法摆脱被作弄的命运,就因为迈洛这类人物的存在。迈洛形象的塑造,表明海勒对美国社会的认识是比较深刻的,尽管他提不出具体的解决办法,只能消极地让尤索林出逃第三国。

在艺术表现上,《第二十二条军规》鲜明地体现了黑色幽默文学的主要特色。

其一,戏剧式结构。美国学者迪克斯坦区别了两类黑色幽默作家：语言的黑色幽默作家和结构的黑色幽默作家。他认为后者胜过前者的地方，在于他们"善于构思错综曲折的情节和异常复杂的小说结构"。海勒这部小说在结构艺术上，类同于戏剧的"人像展览式"结构。全书42章，有37章以人名做标题。每章着重写一个人物，而以尤索林作为贯穿全书的中心人物，机巧地把看似散乱的各章串连成一个整体。

其二，黑色幽默式笔调。黑色幽默是一种"把痛苦与欢乐、异想天开的事实与平静的不相称的反应、残忍与柔情并列在一起的喜剧"。简言之，就是悲剧出诸喜剧的形式，即把痛苦和不幸当作开玩笑的对象。海勒的全部描述，皆立足于此。例如小说第39章关于尤索林夜间踯躅罗马街头的描述，就很典型：开始他碰见一个衣不蔽体、光着脚丫的小男孩，出于同情，他"恨不得一拳把他那苍白、忧伤、带有病容的面孔揍个稀巴烂"；继而他又遇见一个正在哺乳的寒酸的妇女，出于怜悯，他"恨不得也狠揍她一顿"。这类笔调，既带有玩世不恭的喜剧意味，又蕴含愤世嫉俗的悲剧色彩，令人啼笑皆非。

（刘有元）

阿斯图里亚斯

玉 米 人

九

多少年来,特贡家的大妈两手不停地料理家务。多少年啊!用黄澄澄的玉米面烙辣玉米饼,用婴儿指甲般鲜嫩的玉米粒煮雪白的玉米粥,烧制红得吓人的辣椒汤。多少年啊!烧柴禾熏得她面色黧黑,痛苦的汗水顺着脖梗子、头发、前额直往下淌。额头上的皱纹朝外凸着,那是常用脑袋顶篮筐硬压出来的。压在她身上、头顶上的是多么沉重的担子啊!

长年累月的操劳像副沉重的担子压在老年人的头顶上,肩膀压塌了,腰压弯了,膝盖半屈半伸,勉强撑住身体,仿佛眼前摆着什么值得虔敬的东西,他们准备双膝跪倒似的。

特贡家的大妈——娅卡老太太听见外面一阵马蹄声,一直响到大门口。她用焦炭般黢黑的手捂着胸口(自从她儿子舍死忘生地破了蛐蛐咒以后,她一直这样走路),另一只手举着松明,走到门口,打算看看是谁这么一大早就来了。屋子外面,空气潮湿,一片漆黑。老太婆强睁着那双小蛇眼。啥也没瞅见。她站在门口,嘴里嘟嘟囔囔的。儿子、孙子都没在家。她明明听见有人骑着马来了。

几名荷枪实弹的士兵倏地一下子把老太婆围在当中。他们手拉缰绳,牵着马走到茅屋跟前。一个个赤着脚,衣服各不相同,全都系着皮带。

"老太太,请原谅。"领头儿的说。他不是别人,正是穆苏斯。"劳驾请您告诉我们,库兰德罗住在哪儿。是这么回事,我们那儿有个病号,病得挺厉害。库兰德罗不去瞧瞧,就活不成了。"

背着棺材的印第安人站在暗影里,离开茅屋相当远。一个名叫贝尼托·拉莫斯的士兵看着他。

"噢,在这儿呐,进来瞧吧……"老太婆唔唔哝哝地回答说。说着话,手举松明走进茅屋。屋里的泥土地上,停放着库兰德罗的尸体,周围洒满野花和柏树枝子,飘散出一股幽香。

穆苏斯是个奴性十足的人,一有机会就要仿效戈多伊的动作。他朝库兰德罗的尸体走近几步,用枪口一杆巫医的小肚子。库兰德罗身穿的那件褴褛的旧衬衣往下一陷,显出了凹下去的肚皮。

"他是怎么死的?"穆苏斯问。他一直担心库兰德罗会从地上爬起来,像刚才那个印第安人从棺材里站起来一样。

"老死的……"老太婆说,"千病万病,老了才是病,准死没跑儿。"

"您怎么样,也够呛吧……"

"上年纪了。"老太婆又说。她把身子往里挪了挪,松明还举在库兰德罗的尸体上方,准备万一骑警队的人要验尸。卡利斯特罗在乱石堆中把库兰德罗拖回来的时候,他已经一命归阴了。卡利斯特罗就是那个疯子,眼下已经好了。多亏鹿眼石的神力,他才恢复了理智。真是交了双重好运啊!一则用鹿眼石蹭了蹭卡利斯特罗的太阳穴和脑瓜顶,他的病就好了。再则骑警队到来之前,他们哥儿几个离开了家。要是再贪饮几杯加血的可可,就坏事了。

特贡家的大妈一边想心事,一边招呼着客人。她一直举着松明,免得招惹麻烦。说不定他们认为库兰德罗不是自然死亡,而是被人谋害。这样一来,他们会不容分说地把全村人统统绑上带走。

"是啊,各位都瞧见啦……"穆苏斯少尉冲手下人迟迟疑疑地说。他用手搔了搔脑袋。在草帽底下,他的脑袋活像一颗长了毛的大椰枣。队长嘱咐过他,必要时可以把那个脚夫枪毙。把他装进棺材,盖上盖儿,立好了……开枪!眼下脚夫得救,他心里很不自在。

印第安人连拖带拽地把棺材送进茅屋里。这当儿,巡逻队正准备离开特朗希托斯村,返回腾夫拉德罗,和戈多伊上校会合。临行前,穆苏斯又装模作样地学着上校的口吻说:这口棺材是库兰德罗的"最后一帖膏药"。说罢,翻身上马,离开了茅屋。其余的士兵也纷纷跳上马背,疾驰而去。老太婆递上几支玉米叶卷烟,士兵们没来得及抽,把烟卷叼在嘴边上,没有点着。只有贝尼托·拉莫斯例外。他跟魔鬼订过契约,只要烟卷一到嘴边,立刻会自动点燃。贝尼托·拉莫斯是个十分古怪的人。根据契约,他吞下了魔鬼的一根头发。自打那儿以后,人变得干瘦干瘦的,皮肤灰不溜秋,两眼漆黑,好像煤块。魔鬼答应他,他老婆一有二心,他立刻就能察觉。结果呢,他啥也不知道,因为他老婆和魔鬼合起伙来哄弄他。贝尼托·拉莫斯的女人长得很漂亮,一身雪白的肉,两条长辫子,那双眼漆黑闪亮,好像牛油煎的黑豆。光是看看她的眼睛,就顶得上吃一顿早餐。

骑兵快马加鞭,一个跟着一个跑进絮絮低语的树林。山路陡然下降。真走运啊!照这样,用不了多大工夫就能赶到腾夫拉德罗的腹地,也好睡上几个钟头。黑暗中,带刺的树木净跟他们捣乱,不时钩住他们的衣服。这不是山风吹动树枝,而是树木成了精似地自己伸出枝杈。只有贝尼托·拉莫斯例外。他那双黑炭般的眼睛能够透过夜幕,看清周围的东西。他走在最后边。是吗?是他走在最后面吗?是的,他总是殿后,好似骑警队的尾巴。贝尼托·拉莫斯比犹大更要狡猾。

天空渐渐布满繁星。黑压压的森林向远处伸展开去。从特朗希托斯到腾夫拉德罗谷,山路在悬崖峭壁间蜿蜒而下。一路走来,直觉得黑黢黢的森林就在他们脚下。马匹仿佛着了凉,呼呼地直喘粗气。在皎皎的月光下,远处传来野狼的嗥叫声。松鼠的咻咻声不像是啃东西,倒像梦见了什么喜事,高兴得发笑。在沙沙作响的丛林中,夜鸟不时撞在树木上,发出阵阵长鸣。

巡逻队行进在密林深处。月亮带着淡淡的清辉,从苍空上坠落下去。晨露滴落,宛若老天的眼泪。骑者似有若无,似动非动。看上去,一个个仿佛生了锈,苍白的皮肤往下耷拉着。鞍马劳顿,彻夜不眠,搅得他们心烦意乱。狡狯的树木不停地颤抖。清寒的星辉透过凌乱的枝丫,洒落在条条山溪里。碎镜般的水光波影闪烁在峻嶒的乱石之间。骑兵们神色凄然,苦涩着脸,马不停蹄地赶路。下坡愈来愈陡,马匹探着脑袋,蹶着屁股,一步一陷地朝前走。骑者只好仰着身体,平躺在马鞍上,帽子碰着鞍子的后环。腾夫拉德罗的林海哗哗乱响,仿佛成千上万只胡蜂在四周飞舞。空气中弥漫着一股松节油味儿。空气中不时飘来一股股呛人的硝烟。烟雾中仿佛浮动着各种各样的病魔、野兽的碎皮烂肉、蛤蟆的眼球。山坡陡峭,旅途劳顿,整夜不得合眼,士兵们全都昏昏沉沉的。这还不算,还得加上刺鼻的松节油味和鞭子似的山风。山风呼呼地刮过去,有时还挟带着刀子似的树叶。

士兵们先是闻到一股森林着火的焦糊味。气味不大,几乎察觉不出来。可是,他们鼻子很尖。返程前听了贝尼托·拉莫斯的一番话,都有某种预感。贝尼托的话不多,他不是那种多嘴多舌的人,也许是他不想让大家过于伤心吧。和撒旦订下契约就有这么个好处,事事全能未卜先知。

在特朗希托斯村的时候,贝尼托·拉莫斯对大家说:瞧啊,哥儿们,那边就是腾夫拉德罗谷。你们留神看,腾夫拉德罗谷像个漏斗,一个特别大的漏斗,周围的石头仿佛涂了一层釉子。甭管山风多么厉害,一到腾夫拉德罗就变成哑巴。八成是风刮不进去,下不到谷底。什么乌云啊、落叶啊、山风卷起来的杂七杂八的东西啊,到那儿全都没了。树林子里可不一样。那么多树枝子、树叶子,响起来赛过奔腾的大河,能把人耳朵震聋了。你们要是偶尔穿过哗哗乱响的树林子,来到漏斗口上,一看那儿没一丁点动静,准会吓一大跳。外面是狂风暴雨,那儿鸦雀无声。外面是大风大浪,那儿没一点声音。外面是急遽的旋风,那儿风平浪静。看到这儿,就像脑袋上挨了一棒子,耳朵立刻就聋了。各位都到过腾夫拉德罗的谷底,都知道腾夫拉德罗是个漏斗形的大窟窿。这个洞在天底下,不在地底下。地洞里黑咕隆咚,那儿可不一样,总是蓝幽幽的。各位先别提问,听我说完。大伙儿心里都明白,该说的我一定说,绝不多说一句。你们会看见戈多伊上校带着手下人,站在漏斗谷里。上校在抽雪茄,想喝碗马齿苋汤。他问,能不能找到这种野菜。有人回答说,吃那个东西有危险,顶好还是凑合着吃点干粮吧。拿出来,热一热就行了。上校说,要吃干粮就凉着吃,无论如何不许点火。等明儿个,把野菜带到特朗希托斯村煮汤喝。想吃马齿苋嘛,也没什么不好的。可他偏要在那儿吃,那个地方压根儿就不长这种野菜。上校不让点火,他害怕手下人生火煮咖啡,热咸肉干和玉米饼子。他让大家从驮筐里拿出东西来,只能凉着吃。马齿苋这个东西是死人吃的。这种野菜是露在地面上的绿火。人死之后,埋在地底下,身上就会发出这种微微的火光。甭管是谁,只要身处险境,想吃马齿苋就不是好兆头。拿上校来说,巫师判他死在第七次烧荒当中。正在上校和当兵的说话的时候,身边的战马一个劲地摇晃耳朵,甩打尾巴,一只蹄子乱踢另一只蹄子,好像做梦似地朝远处跑。马匹迷迷糊糊的,像在做梦,梦里面撒开蹄子,打算逃离险境。马懂什么事?凭着本能要逃跑,可实际上还是留在原地,动弹不了。总而言之,上校和当兵的为干粮的事在谷底里吵得不可开交。战马稀里糊涂地打瞌睡。就在这工夫,漏斗谷四周慢慢出现了三道包围圈,像三顶死人头上的王冠,三只铁环,三个没有中轴、没有辐条的车轮子。从里往外、从下往上算,第一道包围圈是夜猫子的眼睛。成千上万只冷冰冰、圆彪彪的夜猫子的眼睛死死盯着谷底里的人。第二道包围圈是没有腔子的巫师的脑袋。成千上万个脑袋悬挂在空中,没有身体,也没有支撑的东西,就像月亮挂在天上。第三道包围圈,就是最外面的一圈,是数不清的丝兰花环。火焰中,丝兰叶子活像是鲜血淋淋的匕首。最外这一圈杀气腾腾,像一锅滚沸的开水。靠里面那一圈夜猫子的眼睛一动不动地盯在上校身上。每只眼睛像钉子似地钉进上校的毛孔。上校像一张钉在宽大木板上的牛皮,滴滴答答地往下滴落臭不可闻的血水。在第二道包围圈上,巫师们泥塑木雕似地呆望着上校,龇着金牙,张开枪口般的鼻孔,瞪起牛蛋子眼睛,模样十分奇怪。没有腔子的脑袋从鹿皮帐篷里飞出来。身子变成萤火虫,到了冬天,四处飞舞,一会儿亮了,一会儿又灭了。巫师默默地数着烧荒的次数:一次、两次、三次、四次、五次、六次。第七次烧荒就在腾夫拉德罗。第七次烧荒的时候,夜猫子从眸子里喷射出火焰,喷射出金黄色的火焰。在最后这次烧荒里,先来一场霜冻,随后花草树木渐渐枯黄。最后,夜猫子喷射出金黄色的火焰。这种火其冷无比,遇见什么烧什么。那些和戈多伊上校呆在一起的当兵的先是觉得耳朵垂儿不舒服。他们用手摸,用手抓。胡里胡涂地用右手胡噜左耳朵,用左手胡噜右耳朵,这么着能够舒服一点。当兵的冷得难受,两手交叉着,一手抓住一只耳朵,搔啊,挖啊,差点儿把耳朵揪下来。搔啊,挖啊,直到把耳朵扯碎,好像弄碎一块玻璃。当兵的你看着我,我看着你,只见从耳朵里突突地冒出一股又一股的鲜血。这些全都顾不上了。眼皮也变得像玻璃似的,一碰就碎。他们把眼皮也抓挠下来了。大眼珠子露在外面,被夜猫子喷出的火焰烤得通红通红的。扔掉眼皮,又去抓嘴唇。把那块带毛的皮肉抓掉了,露出牙齿,好像横排在赤红的玉米棒上的玉米粒。惟独上校站在那儿,一动也不动。夜猫子的眼睛死死地盯住他,穿过毛孔把他钉在一块木板上。上校耳朵不动,眼睛不动,嘴唇不动,就连嘴里叼着的雪茄烟灰也不往下掉。只见两只黑黢黢的手挥动匕首,硬要他自刎。其实那是上校自己的手,是他的手映在丝兰花环上的黑影。一粒子弹飞过去,在上校的太阳穴上撞碎了,掉在地上。可是,几只黑手举起他的身体,把他放在马背上,然后连人带马一起往下压,压缩成两寸长的小糖人的模样。丝兰花环乱摇乱晃,挥动着大火映红的匕首和匕首柄。

穆苏斯少尉硬着头皮往前走。森林大火的焦臭味儿直钻鼻孔,呛得他不得不停止前进。手下人说:

"味儿真大大大大大大!好像大伙儿都在抽抽抽抽抽抽烟!"

远处近处一片啪啪声。那是有人用手、用帽子拍打衣服的声音。大概是他们身上着了火,要扑落身上的火星子。在一片海涛般的声响中,响起了呼隆呼隆的声音:不是我……别找我……不是我们……焦臭味是从对面来的……我是叼着烟头呐,可早就灭了……今儿晚上这么潮,小小的烟头哪能引起大火……只有水才能把火压下去……快撒泡尿吧……嗯……我才不想下马撒尿呢……看看火星子,好大的味儿……

说话间,有人勒住坐骑,翻身下马,吭吭哧哧地撒尿。听见响动,另一个人说:"这股味能呛死你!"

话音刚落,焦臭味腾地一下变成熊熊烈火,这是烧荒的大火,毁林的大火。

马上的人七嘴八舌地议论开来。知道底下出了什么事吗……队长把雪茄夹在耳朵上睡觉,引起一场大火,怕就怕……腾夫拉德罗怎么下起雨来了……下雨也不管用,上帝护着大火呢,水也烧着了,什么都烧着了……不……是空气……树叶子……是空气……树叶子……树叶子……空气……

火光一亮,士兵们被照得清清楚楚。事情来得很突然。他们互相望了一眼。人都在。都在一起。一个个汗流浃背,气喘吁吁。每个人的眼睛、每匹马的眼睛都是通红通红的,好像熔化的玻璃。士兵们当即四下散开。本打算朝山上跑,可一个劲地往下滑。浓烟中,他们像堆垃圾似的拼死拼活地爬啊、爬啊。到处都是丝兰花环和鲜血淋淋的匕首。浓烟滚滚,烈焰腾腾。跑啊!穆苏斯下的最后一道命令也是:"散开!"

只有贝尼托·拉莫斯一个人仁立在丝兰花环当中。他和魔鬼早有契约,大火根本碰不着他。贝尼托·拉莫斯一抖缰绳,任凭胯下的战马朝远处飞奔而去。浓烟熏得萤火虫纷纷跌落下来。梅花鹿脱弦箭似的一个挨一个跑过去,臭气烘烘的黑胡蜂从灰白的蜂巢里逃出来。蜂巢散落在地上,是蜂巢又是蚁穴。

左近的山头上,有几条人影兴致勃勃地欣赏着从腾夫拉德罗四处升起的火焰。火舌在空中蹿动,好似沾满鲜血的手。鲜血从手上滴落下来,那是在望玉米弥撒时屠宰的母鸡的鲜血。几条黑影头顶草帽,身着玄色粗呢衣服,嘴里叼着像大荨麻一样辣丝丝的小雪茄。他们蹲在地上,像烤饼一样蜷曲的双脚支住屁股。他们是卡利斯特罗、欧塞比奥、卢佩托、托马斯和罗索·特贡。几个人边抽烟,边低声交谈。说起话来,语气平缓,不紧不慢。

"乌塞比奥①,"卡利斯特罗说,"你不是跟那只闯过七重火劫的梅花鹿谈过话吗?听说,它躺在地底下,求你把它刨出来。你把它刨出来以后,它就开口说话,讲的话和我们说的一模一样。乌塞比奥,听说梅花鹿一边嗷嗷地说话,一边把左爪钩钩着,像把铲子似的,好像要从地下抓出什么东西来……"

"梅花鹿没跟我说什么,"欧塞比奥·特贡打断了他的话头,"是这么回事:我把梅花鹿从坑里刨出来,它立刻坐在一块像椅子似的青石上。刚坐上去,只见在座位、靠背上开了许多带白斑的棕色鲜花,几只长犄角的虫子爬过来爬过去。有绿眼虫子,有红眼虫子,还有黑眼虫子。虫子的眼睛里闪着火星,后来慢慢地不动了。在梅花鹿和石椅子之间铺了一块厚实的长毛绒。梅花鹿往那儿一坐,两腿交叉着,像个大村长,冲着我笑眯眯的。它一笑,月光就照进它嘴里去,照亮满口像古巴树脂一样没有光泽的牙齿。它冲着我笑,眼皮不住眨动,好像眼里钻进一只金头苍蝇。它说:'乌塞比奥,告诉你说,眼下就要第七次烧山了。在这场大火里,我是活不成啦。可我跟猫一样有七条命,还能复活。骑警队追上加斯巴尔·伊龙那会儿,我和萤火法师刚好都在场。那工夫,我第一次死里逃生,接下来又是五次脱险。现在是第七次。这次,该着死在你手里。呆一会儿我从河汊那边过去,你呆在那儿,躲在岩石后边,耐心地等我吧,千万别错眼。好啊,死在你手里,我没什么说的。等我活过来,一定要把那个在第七次放火烧山里死到临头的家伙揪出来……'"

"这是……"卡利斯特罗、托马斯、乌佩托和罗索(或者像女人们那样管他叫罗森多,男人都叫他罗索)异口同声地惊呼道。

"这很清楚,"欧塞比奥小心地说。这当儿,火焰继续从腾夫拉德罗谷底翻滚上来。他又接着说:"梅花鹿没再说什么,搔了搔耳朵,把左爪伸给我,随后朝岭下跑去了。过了一会儿,只见大火……"

"你抓住它左爪,把它制住……"

"别说话,小伙子们,留神瞧着点,别让他们溜走了。刚才我把他们甩在茅屋那边儿了,让他们问咱娘,库兰德罗是不是真的死了……"罗索·特贡粗声粗气地说。

话音未落,响起一阵暴雨般的枪声。几支猎枪几乎同时开火。嘭、嘭、嘭、

嘭……他们随即默不做声地注视着情况的变化。在腾夫拉德罗谷底,丝兰花环挥动着致人死命的匕首,烈焰熊熊,好似望玉米弥撒时宰鸡的血手。

在腾夫拉德罗谷底,好多士兵把特贡兄弟错认做是穆苏斯的人了。他们拼命奔上来,但求保住一条命。结果纷纷被打落马下。穆苏斯带领的人还没走到特贡兄弟隐身的地方,听到枪声,慌里慌张地又折回原路。哼,无论如何他们也难逃活命,干脆放他们逃回松林小路去吧。到那儿,再向他们讨还血债。

(选自《玉米人》,刘习良、尹季英译,漓江出版社 1986 年版)

《玉米人》导读

米格尔·安赫尔·斯图里亚斯是危地马拉当代杰出的诗人和小说家,也是拉美魔幻现实主义文学的先驱者,拉美文坛上具有世界性影响的作家之一。1967 年,他的作品由于"深深植根于拉美民族气质和印第安人的传统之中","出类拔萃、不同凡响,以至超越了所属的文学环境和地理疆界"[①] 而荣获诺贝尔文学奖。《玉米人》(以下简称《玉》)是阿斯图里亚斯的杰作,它既体现了魔幻现实主义文学的普遍特征,又显示了自己的独特风格。

魔幻现实主义文学最突出的特征是虚幻性。在此类作品中,真实的社会生活,往往通过虚幻的折光表现出来,因而不像通常的现实主义文学那样清晰明朗,有较强的透明度,但又始终不失生活之真,这就是所谓"变现实为魔幻而又不失其真"。这在阿斯图里亚斯的小说中表现得十分明显。

《玉》通篇弥漫着梦幻般神秘的色彩,但又真实反映了 20 世纪上半期危地马拉的社会现实,表达了作者对拉美劳苦人民尤其是

---

① 瑞典文学院给阿斯图里亚斯授诺贝尔文学奖时的授奖词,见《玉米人》附录,漓江出版社 1986 年版。

印第安人的深切同情。小说由三组既各自独立又互相联系的故事组成。构成第一组故事的是"加斯巴尔·伊龙"、"马丘洪"、"七戒梅花鹿"和"查洛·戈多伊上校"四章,构成第二组故事的是第五章"玛丽·特贡",第六章"邮差—野狼"则是第三组故事。这三组故事由森林写到乡村,再由乡村写到城镇,由点到面,由近及远层层展开,引出了社会中各个阶级的人物:农夫、脚夫、工匠、郎中、巫师、神父、邮差、警察、军官、士兵、乞丐、小贩、客店老板等等,为我们展示的有原始森林中印第安人的盛大宴会,有乡间热闹非凡的迎神赛会,有圣独节的朝圣,也有富于地方色彩的喜庆的婚礼。作者虽然集中描写的是印第安人,但同时又广泛反映了其他劳苦大众的悲惨生活,揭露了危地马拉存在的种种社会矛盾,勾勒出了一幅20世纪上半期危地马拉社会的现实主义风俗画。作为一位民主主义作家,阿斯图里亚斯通过《玉》的创作,"为穷苦百姓大声疾呼,为受剥削者仗义执言,为民众争取权利"。读者通过这部小说,不仅可以看到20世纪上半期危地马拉的社会现状,还可以窥见整个拉丁美洲的社会风貌之一斑,于虚幻中见真实。

魔幻现实主义文学虽然植根于拉美大地,但它和西方现代派文学也有着不可分割的联系,它是在吸取了外来养料的基础上才放射出奇光异彩的。而这种梦幻性的思维方式和西方现代派文学的思维方式在一定程度上存在同构现象。作为拉美魔幻现实主义的先驱作家,阿斯图里亚斯率先在自己的创作中把民族传统和外来的因素融为一体。在《玉》中,我们明显地可以看到西方超现实主义、表现主义等文学的某些表现方法,正是这些外来因素和拉美本土的神话、传说、迷信故事的有机融合,才使这部小说在真实性的基础上产生了虚幻性,从而显示完整意义上的魔幻现实主义特征。

(一)神奇的物象

超现实主义作家对客观事物的描写并不像传统的现实主义作家那样刻求外在的真实性,而是追求"超现实"意义上的真实,他们往往用虚幻的笔法描写事物,使之显出奇异的面貌,因此,超现实主义的作品总有一种神奇性,这是该流派的作家共同的美学追求。超现实主义的代表作家勃勒东曾说过:"神奇性永远是美的,无论什么样的神奇性都是美的,甚至只有神奇性才是美的。"① 这种美学思想深深地影响过阿斯图里亚斯。在《玉》中出现的大量的神话、传说和迷信故事本身就是受以神奇为美的超现实主义美学理想影响而描写出来的。这种影响表现得尤为明显的是小说中神奇的物象描写,作者用大量的笔墨来描写这种神奇物象,大大增强了小说的虚幻性。在"邮差—野狼"这章中,尼丘的妻子出走后,他家里那间茅屋久无人住,更显得破败荒凉,此外,作者竭力渲染它的阴森恐怖:"疾风吹过,没上闩的大门忽开忽闭。在黑洞洞的房间里声音嘈杂,鬼影憧憧,一切东西都变得影影绰绰模糊不清……"更带有神奇色彩的是"戈多伊·查洛多上校"一章中对夜间的拉美原始森林的描写。那里,有"绿莹莹的鬼火在黑黑的夜色中晃晃悠悠","宛若开天辟地以来被人遗忘的一盏明灯";有"黑黢黢的"在怪石间左右晃动的神出鬼没的暗影;还有眼中喷射金黄色……也咔咔作响;月色时而是血红如"炼狱的恶火",时而是银灰冰冷,使森林更显得幽深莫测。这里,作者用神奇的手法,为我们展示了一个扑朔迷离、似是而非的拉美原始森林的神秘图景,其中的美学追求同超现实主义有明显类似之处。

(二)肢解的情节

众所周知,现代派小说不注意描写人物的外部行动,而着力于描写人物的心理意识流程并以之为线索来建构故事,因而从情节结构看往往显得杂乱无章,这同追求故事性的传统现实主义小说有明显的分野。《玉米人》中所写的三组故事是以人物的外部行动为线索构成的,这一点接近于现实主义小说。但是,初读这部小说

---

① 勃勒东:《超现实主义宣言》,转引自《外国文学评论》1987年第3期。

时会使人感到它的情节是零零乱乱摸不着头绪的。这种情节构思法的采用也同超现实主义的影响有关。

超现实主义者总以梦幻的眼光去认识外部世界，描写外界实物时把对象加以肢解，取几个不同事物的不同部件进行组合，构成如梦幻中所见到的怪异物体。这类描写中，创作者所遵循的不是通常的逻辑思维规律和传统的美学原则，而是借助想像和幻觉肆意造成现实的原始、神秘的"乱美"。这种手法称为"实物造型"。阿斯图里亚斯把这种"实物造型"法移植于《玉》的情节构思，使小说的魔幻色彩愈趋丰腴。作者在写到任何一组故事时，都从不交代故事发展的时间；某一组故事的部分情节往往穿插在另一组故事中叙述。因此，如果按小说自然状态的故事发展顺序去组合，情节结构就像一个由人首、猪颈、牛肚、羊蹄、狗尾等组合而成的怪异造型，逻辑混乱而荒谬，读者只有把这众多的部件重加整理组合后，才现出人、猪、牛、羊、狗等的真面目。例如，小说大致写了三组故事，其中，土著印第安人与拉迪诺人为种玉米而展开的殊死搏斗为第一组，它本应该是一个连贯的故事，但其情节却散落于其他几个故事中——当然主体部分集中在小说开头的四章，如拉迪诺人用毒药谋害加斯巴尔然后突然袭击，血洗了印第安人，以及特贡兄弟的复仇斗争等，都在前四章得到描写。而作为这组故事的组成部分，加斯巴尔的死因以及特贡兄弟之所以刀劈萨卡通一家的原因，是在叙述第二组故事时才写到的；当年被拉迪诺人劈成碎片后又结聚成形发出可怕诅咒的情节则是在第二、第三组故事的叙述过程中陆续地告诉读者的；本应在叙述第一组故事时予以描述的骑警队长戈多伊对印第安人的残酷杀戮，也在叙述第二、第三组故事时才得以介绍。这样，在读小说的前四章时，我们无法获得第一组故事的全貌，有如坠入迷雾不知所云之感。又如在叙述玛丽亚·特贡的故事时，一开始作者并不告诉故事发生的时间，随着故事情节的推进，我们通过推测才得知它发生在特贡兄弟刀劈萨卡通一家二十多年之后,而且这个玛丽亚就是萨卡通的小女儿,由于她当时被扔在床底下睡觉,因而幸逃刀祸。从情节内容看,"玛丽亚·特贡"这一章中只写了玛丽亚抛下丈夫离家出走,十多年中她的丈夫尼克一直找不着她这一基本情节,至于她到哪儿去了,为什么出走等等,在第三组关于邮差尼丘故事的叙述中才写到,而到小说快结束的时候,又突然告诉读者她还活着,被人们确信无疑的关于她变成了一座山峰的故事只是离奇的传说,她的出逃也根本不是因为患了什么"蜘蛛狂"病。作者把这些故事的因果关系颠来倒去,迫使读者把那些打碎的情节片断重新拼接,并抹去蒙在上面的泥尘,然后才识其庐山真面目,其中的混乱感是显而易见的。

(三)变形的人物

如前所说,在描写人物时,阿斯图里亚斯沿用了印第安人神话中关于保护神"纳华尔"的故事。但是,再深入一步看,小说中对某些人物以及与之对应的动物的描写,远远超越了神话叙述方式的阈限,人和动物已成了融为一体、亦人亦兽的怪物。例如在"邮差——野狼"中,起先,作者借他人之口来写邮差尼丘的保护神是野狼,而且尼丘会变作野狼。此时,野狼乃属神话所说的和尼丘对应的保护神。接着,小说的视角一转,直接从尼丘的视点予以描写。尼丘奇怪地发现自己变成了一只地地道道的野狼,浑身上下有一层细毛,"他用手指尖轻轻梳理着游丝般的细毛,细毛流水似地从指间滑过"。他心里念念不忘他的妻子,他想说几句情话,然而"他变成了哑巴,一句话也说不出来,只能发出阵阵求恋的长啼"。作为邮差,"他脖子上挂着两个沉重的邮袋"。后来,尼丘碰到了当年被砍成碎块,而现在变成人不人、鬼不鬼的萤火法师,在他那里,尼丘得知妻子并没出逃,而是掉进井里死去了。在萤火师的带领下,变成野狼的尼丘还周游了神秘的"五彩堂"和"洞中九天",又看到了许多活人所不知的事。显然,这里的尼丘是变了形的怪物——他有野兽的外形及本能,又具有人的思维和心理活动。作者把尼丘当作亦狼亦人的怪物来写,表达了正常人所感觉不到的心理内容,交代了借助活人难以诉说的故事因果。这种表达手法,同表现主义小说家卡夫卡《变形记》中让人变成大甲虫的手法是相似的,所不同的是,阿斯图里亚斯是在沿用神话故事的基础上进一步使用人物变形的手法的,这体现了其民族的文化传统。

（成　永）

马尔克斯

百 年 孤 独

第 一 章

　　许多年之后，面对行刑队，奥雷良诺·布恩地亚上校将会回想起，他父亲
带他去见识冰块的那个遥远的下午。那时的马贡多是一个有二十户人家的村
落，用泥巴和芦苇盖的房屋就排列在一条河边。清澈的河水急急地流过，河心
那些光滑、洁白的巨石，宛若史前动物留下的巨大的蛋。这块天地如此之新，
许多东西尚未命名，提起它们时还须用手指指点点。每年到了三月光景，有一
家衣衫褴褛的吉卜赛人家到村庄附近来搭帐篷。他们吹笛击鼓，吵吵嚷嚷地
向人们介绍最新的发明创造。最初他们带来了磁铁。一个胖乎乎的、留着拉碴
胡子、长着一双雀爪般的手的吉卜赛人，自称叫墨尔基阿德斯，他把那玩意儿
说成是马其顿的炼金术士们创造的第八奇迹，并当众做了一次惊人的表演。
他拽着两块钱锭挨家串户地走着，大伙儿惊异地看到铁锅、铁盆、铁钳、小铁
炉纷纷从原地落下，木板因铁钉和螺钉没命地挣脱出来而嘎嘎作响，甚至连
那些遗失得很久的东西，居然也从人们寻找多遍的地方钻了出来，成群结队
地跟在墨尔基阿德斯那两块魔铁后面乱滚。"任何东西都有生命，"吉卜赛人
声音嘶哑地喊道，"一切在于如何唤起它们的灵性。"霍塞·阿卡迪奥·布恩
地亚是一位想像力极其丰富的人物。他的想像常常超越大自然的智慧，甚至
比奇迹和魔术走得更远。他想，这毫无用处的发明倒可以用来开采地底下的
黄金。墨尔基阿德斯是个老实人，他早就有言在先："这玩意儿掏金子可不
行。"可是，霍塞·阿卡迪奥·布恩地亚那时信不过吉卜赛人的诚实，他用一
头骡子和一群山羊把那两块磁铁换了过来。他妻子乌苏拉·伊瓜朗饲养这些
家畜，原是想用来振兴每况愈下的家业的，但她劝阻不了他。她丈夫回答说：

"不用多久，咱们家的金子就会多得用来铺地的。"一连数月，他执意要证明自己的设想是正确的。他拖着两块铁锭，大声念着墨尔基阿德斯的咒语，一块一块地查遍了整个地区，连河底也没有放过。他惟一发掘出来的东西，是一副十五世纪的盔甲。盔甲的各部分已被氧化物锈住。敲起来里面空洞有声，活像一只装满石头的大葫芦。霍塞·阿卡迪奥·布恩地亚和他的远征队的四名壮士拆开盔甲，发现里面有一副石化了的骸骨，脖子上挂着一个小铜盒，盒内有一绺女人的头发。

翌年三月，吉卜赛人又来了。他们这次带来了一架望远镜和一具放大镜，有鼓面那么大。他们公开展出，说这是阿姆斯特丹的犹太人的最新发明。他们让一位吉卜赛女子坐在村子一头，把望远镜架在帐篷门口。人们只要花五个里亚尔①，然后把脑袋凑到望远镜后面，就可以看到那吉卜赛女郎，仿佛伸手可及。"科学把距离缩短了，"墨尔基阿德斯吹嘘说，"要不了多久，人们不用离开家门，就能看到世界上任何地方发生的事情。"一个炎热的中午，吉卜赛人又用那块巨型放大镜做了一次惊人的表演：他在街心放了一堆干草，借助阳光的聚焦把草堆点燃了。霍塞·阿卡迪奥·布恩地亚虽然对磁铁试验的失败尚难以自慰，但这时，却又想出一个点子：利用这项发明制作作战武器。墨尔基阿德斯又一次劝阻他，但最后还是收下了两块磁铁和三块殖民地时期的金币，把放大镜换给了他。乌苏拉伤心地哭了。那三块金币是她父亲劳累一生积攒下来的一盒金币的一部分，她一直把钱盒埋在床下，想等个良机做本钱用。霍塞·阿卡迪奥·布恩地亚根本没想安慰她。他以科学家的献身精神，甚至不惜冒生命的危险，一心扑到武器试验上去了。为了证实放大镜在敌军身上的威力，他竟亲自置身于太阳光的焦点之下，结果多处灼伤，经久方愈。他妻子被这危险的发明吓坏了。但是，他却不顾妻子的反对，差一点又把房子烧掉。他终日躲在自己的房间里，埋头计算着他的新式武器的战略威力，最后还编出了一本条理清晰得惊人、具有无可辩驳的说服力的教科书。他在书中附上了不少实验例证和好几幅图解，派一位信使把书送交政府当局。这个信使翻山越岭，在无边的沼泽地里迷过路，后来又跨越了许多奔腾的江河，在猛兽的袭击、绝望和疫病的折磨下险些丧生，最后才找到了驿道，跟骑骡的信使接

---

① 旧时西班牙和拉丁美洲通用的货币，约合四分之一比塞塔。

上了头。虽然当时要去首都几乎是不可能的事,但霍塞·阿卡迪奥·布恩地亚保证,一旦政府下令,他将去尝试一下,以便把他的发明向军事首脑作实地表演,并要亲自为他们操演复杂的阳光战术。他等候回音达数年之久,末了,等得不耐烦了,便当着墨尔基阿德斯的面哀叹试验失败。于是,吉卜赛人表示了他那令人信服的诚实品格:退还金币,换回放大镜,另外又送给霍塞·阿卡迪奥·布恩地亚几幅葡萄牙地图和几架航海仪器,还亲笔书写了一份关于修士埃尔曼的研究成果的简明提要,让他学会使用观象仪、罗盘和六分仪。霍塞·阿卡迪奥·布恩地亚在长达数月的雨季中闭门不出,躲在住宅后面的一间屋子里,免得别人打扰他的试验。他完全抛开家务,整夜整夜地观测星辰的移动。为了获得测定正午点的正确方法,他差一点中了暑。当他能熟练地操作仪器时,他对空间有了认识。这使他足不出户就能泛舟神秘之海,漫游荒漠之地,还能跟显贵要人交往。正是在那时,他养成了自言自语的习惯,独自在家中晃悠,对谁也不理睬。与此同时,乌苏拉和孩子们却在菜园里胼手胝足地管理着香蕉、海芋、丝兰、山药、南瓜和茄子。不久,也没有任何预兆,他突然中断所迷恋的工作,变得神志颠倒起来。连续几天他像着了魔似的,低声咕叨着一连串惊人的猜测,连他自己也不敢相信自己的想法。直到十二月的某个星期三午餐的时候,他才一下子卸脱了那折磨他的包袱。孩子们也许终生难忘父亲那天坐在饭桌上首时那副威严神态。长期的熬夜和过度的思索搞垮了他的身体,他发着高烧,抖抖索索地向他们透露了自己的发现:

"地球是圆的,像一个橘子一样。"

乌苏拉再也忍不住了。"你要发神经病,就一个人去发,"她吼叫着,"别拿你那吉卜赛式的怪想法往孩子们脑袋里灌!"霍塞·阿卡迪奥·布恩地亚听后无动于衷。他妻子一气之下把他的观象仪摔在地上打得粉碎,可是他没有被妻子的狂怒吓退,重新造了一架。他还把村里的男人都召集到自己的房间里,用谁也听不懂的理论向他们论证:只要一直朝东方航行,最后就能返回出发地点。全村的人都认为霍塞·阿卡迪奥·布恩地亚已经精神失常。这时,墨尔基阿德斯来了,这才把事情搞清楚。他当众夸赞霍塞·阿卡迪奥·布恩地亚的才智,说他仅凭天文估算便创造了一种理论。虽然这种理论在马贡多至今尚无人知晓,但已经为实践所证明。为了表示钦佩,他赠给霍塞·阿卡迪奥·布恩地亚一份礼品:一间炼金试验室。这对村子的未来产生了决定性的影响。

那时节,墨尔基阿德斯以令人吃惊的速度衰老了。他头几回到村里来的时候,看起来和霍塞·阿卡迪奥·布恩地亚年龄相仿。但是,后者还保持着非凡的气力,能揪住马耳朵把一匹马摔倒在地,而这位吉卜赛人却好似被一种痼疾毁坏了身体。实际那是他在无数次环球旅行中屡染怪病的结果。他在帮助霍塞·阿卡迪奥·布恩地亚布置炼金试验室时对霍塞·阿卡迪奥·布恩地亚说,死神到处追逐他,嗅着他的行踪,但还未决定给他最后一击。他是一个逃亡者,躲避着一切危害人类的灾祸病害。他曾患过波斯糙皮病、马来亚群岛坏血病、亚历山大麻风病、日本脚气病和马达加斯加鼠疫,还经历过西西里岛地震和麦哲伦海峡集体罹难,总算死里逃生。这个自称掌握了诺斯特拉达姆斯①的密码的怪人,是个愁容满面、郁郁寡欢的人,长着一双仿佛能看透一切的亚洲人的眼睛。他戴着一顶又大又黑、活像乌鸦展开的翅膀似的帽子,穿着一件好像穿过几个世纪、已经发绿的天鹅绒背心。虽然他有无穷的智慧和神秘的外表,却有着凡人的品性和俗子的素质,这使他陷在日常生活的琐碎问题之中。他苦于年老多病,忍受着不屑一提的经济拮据。很久以前他就失去了笑容。因为坏血病夺走了他满口牙齿。在他披露个人隐私的那个闷热的中午,霍塞·阿卡迪奥·布恩地亚确信,这是两人之间的伟大友谊的开端。孩子们对他的神奇故事惊讶不已。当时只有五岁的奥雷良诺一辈子都会记得那天下午看到的这个吉卜赛人的模样。吉卜赛人面朝着闪耀着金属光芒的窗户坐着,用他风琴般深沉的嗓音启示着人们脑海中最愚昧的角落。天气炎热,他两鬓流着油汗。奥雷良诺的哥哥霍塞·阿卡迪奥后来把吉卜赛人的美妙形象作为传世的回忆,讲述给后辈们听。乌苏拉则相反,她对那位客人没有什么好印象,因为她走进房间的时候,正巧墨尔基阿德斯失手摔破了一只二氯化汞的瓶子。

"这是魔鬼的气味。"她说。

"不,绝对不是,"墨尔基阿德斯纠正说,"有人证实魔鬼有股硫磺味,可这只不过是一点儿升汞罢了。"

墨尔基阿德斯总是循循善诱的。他对朱砂的魔鬼习性作了一番博学的解释,但乌苏拉不理他那一套,她带着孩子祈祷去了。从此,那股呛人的气味伴

———————————

① 诺斯特拉达姆斯:16世纪法国占星家和医生,著有《百年预言》一书。

随着墨尔基阿德斯的形象，一直留在她的记忆之中。

不算一大堆烧锅、漏斗、曲颈瓶、过滤器和搅捧，这个初创的炼金试验室里是由一只粗制的管炉、一只仿照哲人之蛋制成的长颈玻璃试管和一个由吉卜赛人按犹太人马利亚的新式三臂蒸馏锅的说明书制作出来的蒸馏器组成。此外，墨尔基阿德斯还留下了分属七个星球的七种金属样品，摩西① 和索西莫斯② 的倍金术配方，还有一套炼金术祖师的笔记和炼金图，谁能看懂它就能造出点金石来。霍塞·阿卡迪奥·布恩地亚见倍金术配方很简单，就被迷住了。他一连几个星期都在讨好乌苏拉，要她答应把金币挖出来。他对她说，能把黄金成倍增加，就像可以把水银分成几份一样。乌苏拉和往常一样，拗不过丈夫，又让了步。于是，霍塞·阿卡迪奥·布恩地亚把三十枚金币投进了烧锅，跟铜屑、雄黄、硫磺、铅等一起熔化。然后，他把熔化物全部倾入蓖麻油锅里放在烈火上煮，熬成一种粘稠、刺鼻的糊状物。这东西不像美妙的黄金，倒像是劣质的糖浆。在危险的、弄得焦头烂额的蒸馏过程中，又添进了七种星球金属冶炼，后来又放在水银和塞浦路斯石矾中加工，再投入猪油（因为没有萝卜油）中煮熬，最后，乌苏拉的这笔珍贵的祖产变成了一团粘在锅底里挖不下来的锅巴。

当吉卜赛人再次来到这里时，乌苏拉早已部署好，让全村人反对他们。但是，人们的好奇心胜过了恐惧，因为这次吉卜赛人操起各种乐器，大吹大擂地走遍了全村，喧闹之声震耳欲聋。那个招揽生意的人宣称，他们要展出纳西安索③ 人最神奇的发明。这样一来，人们都涌向帐篷。他们花一个生太伏④，看到了一个年轻的、康复的、没有皱纹的、长着一副崭新锃亮的牙齿的墨尔基阿德斯。人们还记得他从前被坏血病毁坏的牙床、松弛的腮帮和干瘪的嘴唇，现在看到这个吉卜赛人超凡的能力，不禁惊讶万分。当墨尔基阿德斯把镶在牙床上完整无损的牙齿摘下来向人们展示时，惊愕又变成了恐惧。吉卜赛人只让大家看了一眼——一瞬间，他又恢复了以往那副老态龙钟的样子，随即又装了上去，并且用失而复得的青春活力朝大家微笑。此刻，连霍塞·阿卡迪

① 摩西：《圣经》故事中犹太人的古代领袖，向犹太民族传授上帝律法的人。
② 索西莫斯：罗马帝国历史学家，编写古代基督教史的著名学者。
③ 纳西安索：小亚细亚古国卡帕多细亚的首都。
④ 生太伏：拉美国家辅币单位，等于百分之一比索。

奥·布恩地亚也感到，墨尔基阿德斯的知识渊博到了无法理解的地步了。但是，当吉卜赛人私下告诉他假牙的原理时，他又感到由衷的兴奋。他觉得这玩意儿既简单又奇妙，于是一夜之间对炼金术失去了兴趣。他的情绪又变坏了，从此不再正常进食，整天在屋里转悠。"世界上正在发生令人难以置信的事情，"他对乌苏拉说，"就在那边，在河对岸，就有各式各样神奇的机器，可我们还在过着毛驴似的生活。"那些从马贡多一建村就认识霍塞·阿卡迪奥·布恩地亚的人，对于他在墨尔基阿德斯的影响下所起的变化感到惊讶。

当初，霍塞·阿卡迪奥·布恩地亚是个年轻族长，他指挥播种，指导牧畜，奉劝育子。为了全族的兴旺，他跟大家同心协力，还参加体力劳动。因为从建村起他家的房子就是全村首屈一指的，所以后来其他人家都仿照他家的式样进行整修。他家有一间宽敞而明亮的大厅，饭厅坐落在一个平台上，周围是鲜艳的花朵。有两间卧室和一个院子，院子里栽了一棵大栗树。还有一个管理得很好的菜园和一间畜栏，畜栏中羊、猪和鸡和睦共处。家中和村里惟一禁养的动物是斗鸡。

乌苏拉跟她丈夫一样勤俭能干。这个意志坚强的女人身材瘦小，好动而严肃。在她的一生中，从来没有听到她唱过歌。每天从清晨到深夜，她无所不至，好像到处能听到她那印花布裙的柔和的窸窣声。幸亏有了她，那夯结实的泥地、没有粉刷的土墙和自制的木器家具总是那样干净，那些放衣服的旧木箱总是散发出淡淡的甜罗勒的清香。

霍塞·阿卡迪奥·布恩地亚是村子里前所未有的最有事业心的人。他安排了全村房屋的布局，使每座房子都能通向河边，取水同样方便。街道设计得非常巧妙，天热的时候，没有一家比别人多晒到太阳。短短的几年里，在马贡多的三百个居民当时所认识的许多村庄中，马贡多成了最有秩序、最勤劳的一个。那真是个幸福的村庄，这里没有一个人超过三十岁，也从未死过一个人。

从建村时起，霍塞·阿卡迪奥·布恩地亚就架设陷阱、制作鸟笼。不久以后，不但他们家而且在全村人的家里都养满了苇鸟、金丝雀、食蜂鸟和知更鸟。那么多不同种类的鸟儿啾啾齐鸣，真是令人不知所措。乌苏拉只好用蜂蜡堵住耳朵，免得失去对现实生活的感觉。当墨尔基阿德斯部落第一次来马贡多推销专治头痛的玻璃球的时候，人们感到惊异的是他们怎么会找到这个湮没在沉睡的沼泽地中的村庄的，吉卜赛人道出了真情：是小鸟的歌声为他们指的路。

霍塞·阿卡迪奥·布恩地亚的社会创造精神不久就烟消云散了,他被磁铁热、天文计算、炼金梦以及想认识世界奇迹的渴望迷住了心窍。富有闯荡精神的、整洁的霍塞·阿卡迪奥·布恩地亚,变成了一个外表怠惰、衣着马虎的人。他胡子拉碴一大把,乌苏拉费了很大的劲才用菜刀给他收拾干净。有人认为他中了某种妖术。但是,当他把伐木工具扛肩上,叫大伙儿集合起来去开辟一条小道,以便把马贡多同伟大的发明联系起来的时候,就连深信他已经发疯的人也丢开了活计和家庭,跟着他去了。

霍塞·阿卡迪奥·布恩地亚对本地区的地理情况一无所知。他只知道东面是一道难于通过的山脉,山那边是古城里奥阿查,从前——据他祖父奥雷良诺·布恩地亚第一对他说——弗朗西斯·德雷克① 爵士曾在那里用炮弹猎鳄鱼取乐,然后在猎到的鳄鱼里塞上干草,缝补好后去献给伊丽莎白女王。霍塞·阿卡迪奥·布恩地亚在年轻的时候,和他手下人一起,带上妻儿和家畜,还带了各种家用器具,翻过山脉来寻找出海口。但是,经过了二十六个月,他们放弃了原来的打算。他们建立马贡多是为了不走回头路。他们对那条路不感兴趣,因为它只能把他们带往过去。南面是许多终年覆盖着一层浮生植物的泥塘和广阔的大沼泽。据吉卜赛人证实,沼泽地带无边无沿。大沼泽的西部连着一片一望无际的水域。水域中有一种皮肤细嫩、长着女人的脑袋和身躯的鲸类,它们常常用巨大的乳房诱惑水手,使他们迷失航向。吉卜赛人在这条水路上航行了六个月,才抵达有驿站的骡子经过的陆地。据霍塞·阿卡迪奥·布恩地亚判断,惟一有可能通向外界文明的是向北去。于是,他用伐木工具和狩猎武器装备曾经跟随他建立马贡多的人们,把定向仪和地图装进背包,轻率地开始了冒险。

开头几天,他们没有遇到什么了不起的障碍。他们顺着砾石累累的河岸走到几年前发现那副武士盔甲的地方,从那里沿着野橘林间的一条小道进入大森林。一星期以后,他们宰了一头鹿,烤熟后只吃了一半,把另一半腌了,放着以后几天吃。他们想用这个办法,把不得不连续吃金刚鹦鹉的日子推迟一点,因为那蓝色的鸟肉有股涩口的麝香味儿。以后的十几天中,他们再也没有

---

① 弗朗西斯·德雷克(1540? —1596):英国航海家,第一个穿越麦哲伦海峡的英国人,曾参加击败西班牙无敌舰队的海战。

见到阳光。地面变得松软潮湿,宛如火山灰一般,地上的植物也越来越阴森可怕,禽鸟的鸣叫和猴子的吵闹声越来越远,四周变得凄凄惨惨的。远征队的人们置身于这个在原罪之前就已存在的、潮湿而寂静的天堂之中,靴子陷在雾气腾腾的油泥淖里,手中的砍刀把血红的野百合和金黄的蝾螈砍得粉碎。对远古的联想使他们感到压抑。整整一个星期中,没有人说一句话。他们的肺部忍受着令人窒息的血腥味,一个个像梦游病人似的,借助着萤火虫微弱的闪光,在这噩梦般的天地中行进。他们不能往回走,因为有一种新的植物转眼间就会长大起来,不一会儿就会把他们边走边开的小路封闭了。"没关系,"霍塞·阿卡迪奥·布恩地亚总是那样说,"最要紧的是不要迷失方向。"他一直手不离罗盘,带领手下人朝着看不见的北方走去,直到离开这个中了魔法的地区。那是一个阴暗的夜晚,没有星光,但黑暗之中却充满着一股清新的空气。被长途跋涉拖得精疲力竭的人们挂起了吊床,两星期来第一次睡得很酣。翌日醒来,太阳已经高高升起,大伙儿惊得一个个目瞪口呆。在他们面前,在静谧的晨辉中,矗立着一艘沾满尘土的白色西班牙大帆船,周围长满了羊齿和棕榈。帆船的左舷微微倾侧,完好无损的桅樯上,在装饰成兰花的绳索之间,悬挂着肮脏的帆幅的破片。船体裹着一层鲫鱼化石和青苔构成的光滑外壳,牢牢地嵌在一片乱石堆里。整个结构仿佛在一个孤独的、被人遗忘的地方自成一统,杜绝了时间的恶习,躲开了禽鸟的陋俗。远征队员们小心翼翼地察看了船体内部,里面除了一片茂密的花丛外空无一物。

大帆船的发现标志着大海就在近处,这使霍塞·阿卡迪奥·布恩地亚的那股闯劲一下子摧垮了。他认为,自己寻找大海,历尽千辛万苦就是找不到;不去找它,却偏偏碰上了。大海是一个无法克服的障碍横在他的前进路上,这是调皮的命运对他的嘲弄。许多年以后,这里成了一条定期的驿道,奥雷良诺·布恩地亚上校也从这一地区经过时,看到这艘帆船只剩下一具烧焦的龙骨,在一片虞美人花地中。这时,他才相信这一段历史并非父亲杜撰的产物。他想,这艘大船怎么会深入到陆地这块地方来的呢?然而,霍塞·阿卡迪奥·布恩地亚又经过四天的路程,在离大帆船十二公里处看到大海的时候,却并没有去提这个烦人的问题。这片灰色的、泛着泡沫的、肮脏的大海不值得他去冒险,去为它作出牺牲,面对着这片大海,他的梦想破灭了。

"真该死!"他叫了起来,"马贡多的四周是被大海包围着的。"

霍塞·阿卡迪奥·布恩地亚远征归来后主观臆断地画了一张地图,根据这张地图,人们在很长一段时间里总认为马贡多在一个半岛上。绘图时他怒气冲冲,故意夸大了交通方面的困难,仿佛因为自己缺乏眼力而选中了这个地方要自我惩罚一下似的。"我们永远也到不了任何地方去,"他在乌苏拉面前叹息说,"我们将一辈子烂在这里,享受不到科学的好处了。"一连几个月,他在狭窄的炼金试验室里反复琢磨这一想法,这使他设想出把马贡多迁移到更合适的地方去的计划。可是这一回他还没有来得及实施这个狂热的计划,乌苏拉就抢了先。她像蚂蚁似的通过秘密而又不懈的工作,预先布置好让全村妇女们反对男人们随心所欲的计划,因为男人们已经准备搬家了。霍塞·阿卡迪奥·布恩地亚不明白究竟在什么时候,由于什么原因,他的计划陷入了一大堆像乱麻一样的借口、托词和障碍之中,最后竟变成了十足天真的幻想。乌苏拉以一种局外人的态度观察着他。那天早晨,当她看到他在里面那间小房间里一边把试验用的物品装进原来的箱子,一边嘀咕着搬家计划时,她甚至有点同情他了。她让他收拾完,钉上箱子,用蘸了墨水的刷子在上面写好名字的缩写字母。她一点没有责备他,可是心里明白:他已经知道(因为听见他自言自语说过),村里的男人不会跟他去干的。只是当他开始卸下小房间的门板的时候,乌苏拉才鼓起勇气问他为什么卸门板。他不无苦恼地回答说:"既然谁也不肯走,那我们就自己走。"乌苏拉没有感到不安。

"我们不走,"她说,"我们得留在这里,因为我们在这里生了一个儿子。"

"我们还没有死过一个人呐,"他说,"一个人只要没有个死去的亲人埋在地下,那他就不是这地方的人。"

乌苏拉柔中有刚地顶了他一句:

"假如一定要我死了你们才肯留下,那我就去死。"

霍塞·阿卡迪奥·布恩地亚想不到他妻子意志会那么坚定。他试图用幻想的魔力去打动她,答应带她去寻找一个奇妙的世界,在那里只要在地上洒几滴神水,植物就会遂人意结出果实。那里出售各种各样能解除病痛的器械,价钱便宜得像卖旧货。但是,乌苏拉对他的远见毫不动心。

"你别成天胡思乱想,还是关心关心孩子们吧,"乌苏拉说,"你看看他们,都像毛驴似的被撇在一边,听天由命。"

霍塞·阿卡迪奥·布恩地亚一字一句地听着妻子说的话。他从窗户里向外看去,只见孩子们光着脚板,站在烈日曝晒的菜园子里。他觉得,只是在此刻,应了乌苏拉的咒语,他们才开始存在的。于是他内心产生了某种神秘而清晰的感觉,使他脱离了现时并漂流到那从未开发的回忆的土地上。当乌苏拉继续打扫房间并打定主意一辈子也不离开的时候,霍塞·阿卡迪奥·布恩地亚却出神地看着孩子们,看得两眼都湿润了。他用手背擦了擦眼睛,无可奈何地深深叹了一口气。

"好吧,"他说,"叫他们来帮我把箱子里的东西都拿出来吧。"

大孩子霍塞·阿卡迪奥已经十四周岁了,方方的脑袋、蓬松的头发,脾气像他父亲一样任性。虽然他身体魁伟壮实,也像他父亲,但从那时起就明显地表现出缺乏想像力。他是在马贡多建立以前,在爬山越岭的艰苦旅途中怀胎和生养的。当他父母发现他身上没有长动物器官时,都感谢老天。奥雷良诺是第一个在马贡多出生的人,到三月份就满六周岁了。他好静而孤僻,在娘肚子里就会哭,生下来时睁着眼睛。给他剪脐带时,他就摆动着脑袋辨认房间里的东西,还以好奇而并不惊慌的神态察看着人们的脸庞。然后,他不再理会前来看望他的人们,却专心致志地盯着那棕榈叶盖的顶棚,房顶在雨水的巨大压力下眼看就要塌下来了。乌苏拉后来再也没有去回忆他那紧张的目光。直到有一天,小奥雷良诺已经三岁了,他走进厨房,乌苏拉从灶火上端下煮沸的汤锅放在桌子上。孩子在门边惊慌地说:"快掉下来了。"那汤锅本来好好地放在桌子中间,随着孩子的预言,便仿佛有一种内在的动力驱赶着开始朝桌子边移动,最后掉在地上打碎了。吃惊的乌苏拉把这事告诉了丈夫,可是她丈夫把这解释为一种自然现象。他总是这样对孩子漠不关心,这一方面因为他觉得童年是智力尚未发育的时期,另一方面是因为他过分地专心于炼金术的研究。

但是,自从那天下午,他叫孩子们帮他打开装实验器材的箱子起,他开始把最宝贵的时间花在他们身上。在那间僻静的小屋的墙上,慢慢地贴满了令人难以置信的地图和图表。他教孩子们读书写字做算术,给他们讲世界上的奇迹,不但讲述了自己通晓的事物,而且还超越了自己想像力的界限。就这样,孩子们终于了解到:在非洲的南端,人们是那样聪明而平和,所以他们惟一的娱乐是静坐思考。爱琴海是可以步行过去的,从一个岛屿跳到另一个岛屿,一直可以走到萨洛尼卡港。这些使人产生错觉的课程深深地印在孩子们的记忆中。许多年以后,在正规军军官命令行刑队开枪前一分钟,奥雷良诺·布恩地亚上校重温了那个和暖的三月的下午的情景:父亲中断了物理课,一只手悬在空中,两眼一动也不动,呆呆地倾听着远处吉卜赛人吹笛擂鼓。吉卜赛人又来到村里,推销曼菲斯学者最新的惊人发明。

他们是一批新的吉卜赛人。是一些只会讲自己语言的青年男女,他们皮肤油亮、心灵手巧、漂亮无比。他们的舞蹈和音乐在街上引起了欢闹。他们带来了涂成各种颜色的、会吟诵意大利抒情诗的鹦鹉,还有会跟着小鼓的节奏生一百只金蛋的母鸡,有会猜测人意的猴子,有既可钉纽扣又能退热消炎的多用机,有使人忘却不愉快的往事的器械,还有消磨时间的药膏以及千百种其他发明,每一件都那样精妙奇特,所以霍塞·阿卡迪奥·布恩地亚简直想发明一架记忆机器,把它们全都记住了。吉卜赛人在霎那间使村子变了模样。马贡多的居民突然被那人群熙攘的集市弄得晕头转向,走在自己熟悉的大街上也会迷路了。

霍塞·阿卡迪奥·布恩地亚一手拉着一个孩子,怕他们在混乱中走失。一路上他碰到镶金牙的江湖艺人和六条胳臂的杂耍演员。人群散发出来的屎尿恶臭和檀香味混合在一起使他感到窒息。他像疯子一样到处寻找墨尔基阿德斯,想让他来揭示一下这场神话般的噩梦中的无穷秘密。他向好几个吉卜赛人打听,但他们都听不懂他的话,最后他来到墨尔基阿德斯经常搭帐篷的地方,在那里遇到一个神情忧郁的亚美尼亚人,那人正在用西班牙语叫卖一种隐身糖浆。当霍塞·阿卡迪奥·布恩地亚推推搡搡地穿过看呆了的人群时,那人已经一口喝下了一盅黄澄澄的东西,他赶上去问了一句话。吉卜赛人用诧异的目光扫了他一眼,随即化成了一摊刺鼻的烟雾腾腾的沥青,他的答话在上面飘荡:"墨尔基阿德斯死了。"霍塞·阿卜迪奥·布恩地亚一听这消息竟怔住了,他木然不动极力抑制着悲痛,直到人群被别的把戏吸引而散去,那忧郁的亚美尼亚人的沥青已经完全化成了蒸气。后来,其他吉卜赛人也证实,墨尔基阿德斯在新加坡沙滩上死于热病,他的尸体被抛入爪哇海最深的地方去了。孩子们对此消息不感兴趣。他们缠着要父亲带他们去看曼菲斯学者们惊人的新发明。据张贴在一顶帐篷门口的广告上说,那是属于所罗门王的。孩子们一再要求,霍塞·阿卡迪奥·布恩地亚就付了三十个里亚尔,带他们走到帐篷中央。那里有一个浑身长毛、剃了光头的巨人,他鼻子上穿着一个铜环,脚踝上拴着一条沉重的铁链,正守护着一只海盗箱。巨人一打开箱子,里面就冒出一股寒气。箱里只有一块巨大的透明物体,中间有无数枚小针,落日的余辉照射在小针上,撞成许多五彩缤纷的星星。霍塞·阿卡迪奥·布恩地亚看懵了,但他知道孩子们在等待他马上作出解释,于是他大胆地嘟哝了一声：

"这是世界上最大的钻石。"

"不，"吉卜赛人纠正说，"这是冰。"

霍塞·阿卡迪奥·布恩地亚没有听懂，他把手朝冰块伸去，但巨人把他的手推开了。"摸一下还得付五个里亚尔。"他说。霍塞·阿卡迪奥·布恩地亚付了钱，把手放到冰上呆了几分钟。接触这个神秘的东西，使他心里觉得既害怕又高兴。他不知该说什么才好，于是，又付了十个里亚尔，让孩子们也体验一下这神妙的感觉。小霍塞·阿卡迪奥不肯去摸。奥雷良诺却与乃兄相反，他往前跨了一步，把手放在冰上，可马上又缩了回来。"在煮开着呢！"他吓得喊叫起来。可是，霍塞·阿卡迪奥·布恩地亚没有理他。他被这个无可置疑的奇迹陶醉了，这时竟忘掉了他那些荒唐事业的失败，忘掉了被人丢弃而落入乌贼腹内的墨尔基阿德斯的遗体。他又付了五个里亚尔，就像把手放在《圣经》上为人作证那样，把手放在冰块上高声说道：

"这是我们时代的伟大发明。"

（选自《百年孤独》，黄锦炎等译，
上海译文出版社 1989 年出版）

《百年孤独》导读

加夫列尔·加西亚·马尔克斯(1928—　)是拉丁美洲魔幻现实主义最有代表性的作家。这位哥伦比亚小说家不仅在拉美"文学爆炸"中占有显赫地位，而且已是当代世界著名作家。

加西亚·马尔克斯出生于哥伦比亚马格达莱纳省的马孔多香蕉园附近的小城阿拉卡塔卡。他父亲是医生，母亲是受人尊敬的前革命军上校的女儿。1940 年他随父母迁居首都波哥大，在上教会学校时，读了许多世界文学名著。18 岁，他考入波哥大大学法律系，读书期间参加了自由党。1948 年哥伦比亚全国展开自由党与保守党的内战,社会动乱。他读到二年级便辍学去从事新闻工作和文学创作。他担任过《观察家报》驻欧洲的记者。该报文学副刊总编辑、哥伦比亚先锋派文学的创始人爱德华多·萨拉梅亚·博尔达(1907—1968),引导他走上了文学道路。1959年回国,此时,古巴革命已经成功,他担任了古巴革命政府通讯社拉丁社驻哥伦比亚办事处的负责人。1960年去美国,任古巴拉丁社驻联合国记者。1970年美国哥伦比亚大学授予他名誉文学博士称号。1975年,他返回哥伦比亚。1981年独裁的哥伦比亚军政府迫害进步人士,因此,他逃亡到墨西哥。1982年,哥伦比亚新政府上台,新总统保证他的自由,他才回到祖国,进行新的创作。

他第一部短篇小说集《周末后的一天》(1954)主要写马贡多镇的奇特现实,已具有魔幻色彩。第一部长篇小说《枯枝败叶》(1955)写马贡多这个神话王国中,上校和他的子孙们的孤独生活,为《百年孤独》的前身或雏形,引起了拉美文学界的重视。1961年发表的《上校无人来信》是作者自认"写得最好的小说"。它写一内战失势的前革命军上校,贫困潦倒,只求等待邮船带来领退伍金的通知,等了15年,也没人给他来信。小说很少魔幻成分,它真实地揭露了生活的某些本质方面。1962年的短篇集萃《格兰德大妈的葬礼》用夸张笔调揭露拉丁美洲的独裁统治。1967年,经过18年的构思与写作,完成了名著《百年孤独》,当年发行500万册,很快被译成各种语言在世界流行,获得多种奖励,作者因而也被视为是"伟大的天才"。此后,作者又用8年功夫完成了另一长篇小说《族长的没落》(1975),深刻揭露拉丁美洲的独裁统治。次年,被美国《时代》周刊推荐为1976年世界十大优秀作品之一。1981年他发表了《一件事先张扬的人命案》,小说批判仇杀与贞操观念,艺术手法新颖。1982年,加西亚·马尔克斯"因为他的小说和短篇小说把幻想和现实融为一体,勾画出一个丰富多彩的想像中世界,反映了拉丁美洲大陆的生活和斗争"而获得诺贝尔文学奖。80年代,他还发表了两部长篇小说:《霍乱时期的爱情》(1985)和《迷宫中的将军》(1989)。前者以作者父母的爱情为基础,展开20世纪初沿海城市的生活;后者写19世纪拉美解放者波利瓦尔的生活与斗争,这不再是神化地写伟人,而是写普通人的奋斗与孤独。

加西亚·马尔克斯最有代表性的小说,当推驰名世界的《百年孤独》。它写出了一百年来拉丁美洲封闭落后、与世隔绝的历史以及拉美人孤独、阴暗的心境。处于小说中心的是布恩地亚家族的兴衰史与马贡多由开始到繁荣、再到毁灭的历史。

小说写了布恩地亚家族的七代人,他们的生活史,构成了小说的情节。第一代是西班牙移民的后代霍塞·阿卡迪奥·布恩地亚与妻子乌苏拉,他们为逃躲鬼魂的干扰,离开了原来住的印第安村子,去遥远的海边。在路上,乌苏拉生下了儿子,起名也叫霍塞·阿卡迪奥。他们来到一条河边,定居下来,就把这个地点叫做马贡多,于是又生了次子奥雷良诺(第一个马贡多人)和小女儿阿玛兰塔。老布恩蒂亚终日钻研炼金术,成了疯子,被绑在院中栗树下死去。乌苏拉为后代操劳,一直活到120多岁。第二代:长子霍塞·阿卡迪奥与帮闲女人庇拉私通,生了儿子阿卡迪奥。他同养妹雷蓓卡结婚后没有子嗣。由于他弟弟参加革命军,他被人打死。乌苏拉的次子奥雷良诺,是小说上半部的主人公。他同哥哥的情人庇拉也生了一个儿子奥雷良诺·霍塞。他参加自由党,是革命军上校。娶马贡多市长的小女儿雷梅苔丝,但未生育。他在外打仗,同17个不同的女人,生了17个都叫奥雷良诺的儿子,由于他的缘故,都被打死。后来,他继承父亲的"事业",关进书房去搞炼金术。乌苏拉的女儿阿玛兰塔一生未嫁,曾收养侄子奥雷良诺·霍塞。侄子大了,姑侄乱伦。姑姑老了自知死期,准时归阴。第三代是庇拉生的同母异父的堂兄弟:长子阿卡迪奥,接过叔父上校的权力,统治马贡多,他胡作非为,保守派军队打来,他被枪毙。他曾同食品店主的女儿圣塔索菲娅同居,生了一女二子。庇拉的次子奥雷良诺·霍塞在外当兵,想回来与姑母结婚。看电影时与军人冲突而被打死。第四代是圣塔索菲娅的子女:女儿雷梅苔丝终年裸体,只在外出时罩上统裙。她很美,但凡是看上她的人都得死。她爱笑,外号"俏姑娘",她帮姑祖母阿玛兰塔收床单时,被风吹入了云霄。圣塔索菲娅的一对孪生遗腹子,名叫阿卡迪奥第二和奥雷良诺第二。兄弟二人长得一模一样,长大后都同卖彩票的寡妇佩特拉私通。哥哥后来改邪归正,参加工人罢工,成为领袖。反动派屠杀工人,他死里逃生,回家关进书房也成了疯子。奥雷良诺第二是小说后半部的主人公。在狂欢节冲突中,他从枪林弹雨中抢回扮女王的乡下姑娘菲南达,两人结婚后生下第五代二女一男。大女儿梅梅•雷梅苔丝与一工人偷情,怀孕后被父亲送到远方修道院,生下私生子奥雷良诺。儿子霍塞•阿卡迪奥想当神父,发现几袋金币,而被流氓害死。小女儿阿玛兰塔•乌苏拉从比利时留学回来,丈夫外出,便与姐姐梅梅的私生子(家族第六代人奥雷良诺)姨甥乱伦,生下一个小孩,得产后风死去。这个第七代小孩也叫奥雷良诺,而且长着一条猪尾巴,后被一群蚂蚁吃掉。末尾,马贡多被一阵飓风扫得精光。

《百年孤独》反映了拉丁美洲的现实。马贡多就是拉丁美洲的缩影。老布恩地亚未来前,此地是沼泽与河岸。逃亡者们建立了村庄,这里偏僻落后,闭塞蒙昧。若干年后,它成了市镇,有了商店,来了外国人。火车开来了,带来了外部的文明,电灯使人们惊奇,电影使人们痛苦。美国联合果品公司在哥伦比亚农村开办香蕉园,坐小汽车的美国经理来到马贡多,马贡多被闹得天翻地覆,外国人在统治拉美人民。作者揭露美帝国主义的经济侵略和对工人的镇压,描写了哥伦比亚工人的罢工斗争。政府派军队疯狂屠杀工人,把三千多尸体用火车运到海边,丢进大海,并说从未发生过屠杀,也没有美国经理这个人。小说真实反映了哥伦比亚自由党与保守党的长期斗争。自由党多次发动起义,奥雷良诺上校出生入死地战斗,升为革命军司令,权势很大,政府也怕他。但革命军内讧,战争屡败,封建保守势力还是占了优势。可以说,《百年孤独》是拉丁美洲的史诗。

《百年孤独》更是魔幻现实主义的经典作品,充满浓厚的魔幻色彩,具有鲜明的艺术特色。

小说生动地描写了神奇的现实和不可解的神秘景象,写得如现实中常发生的一般。吃蓝色的肉;哪里有黄蝴蝶就有不祥;走不尽的森林魔区;17个奥雷良诺额上的灰十字洗不掉,而且都被人在十字中心射中子弹;男女性爱决定所养禽畜的繁殖……好像现实受到魔法的制约。小说还集纳了大量不可能的怪诞现象,如胎儿会哭笑,死人骨头会响……小说在夸张叙说中达到荒诞的程度,如全村得了健忘症,雨下了4年11个月又2天,听太阳的声音就知道今天是星期几,钟声使淹死的尸体浮到水面上来,新娘带7200个金便盆,血会流上台阶……这种种怪事在全小说中无处不在,使魔幻的色调十分浓郁。

小说把现实与幻象结合起来,写现实时,忽而转为幻想的景象,如毛毯可以在村子上空飞游,神父可以升空,俏姑娘借着床单飞上了天……小说把真假虚实糅在一起。人化成沥青,人变成蛇人,水无火自沸,这是魔术还是奇幻景象?作者却是用写实的手法表现了这些幻象。

小说中还出现了鬼魂,人鬼交往构成奇特景象。那里的鬼会老,鬼很和善,鬼还会死。这不是写迷信人的幻觉,而是如实写鬼魂现世,这成了《百年孤独》魔幻色彩的重要因素。

小说在结构与叙述上使用轮回、重复的手法,故事、时态、生活、人名、场景都有反复与循环,而在重复中又有区别。在描写中使用象征,在故事进程中写预兆与预感。这都是加重小说魔幻色彩的补充性手段。

(马家骏)

修 订 后 记

　　《西方文学名著精选》自 1994 年 5 月首次出版以来,到 2002 年 6 月,已连续 7 次重印发行。据出版社计划,2003 年 1 月还将第 8 次重印。这一情况从一个侧面说明此书较受读者欢迎,具有一定的社会影响。为进一步提高选编质量,适当充实内容,根据浙江大学出版社提出的建议,在主编的统一安排下,现在作了一次有重点的修订。具体情况如下:

　　原书上、中卷基本未动,下卷增写了"20 世纪现实主义文学指要"的条目,并选辑了萧伯纳《巴巴拉少校》、罗曼·罗兰《约翰·克利斯朵夫》、托马斯·曼的《布登勃洛克一家》、德莱塞《美国的悲剧》、海明威《老人与海》等名著的选段,并撰写了上述各书的"导读"。在原书的"20 世纪现代主义文学"部分,则补充了"后期象征主义"、"未来主义"等现代主义文学流派的简明介绍,并增补了奥尼尔的表现主义戏剧《毛猿》、马雅可夫斯基的未来主义诗歌《穿裤子的云》、阿斯图里亚斯的魔幻现实主义小说《玉米人》等作品的重要片断及"导读",以进一步突出本书选编的重点内容,显示"厚今"的时代色彩,在一定程度上满足读者的具体要求。在整个修订过程中,我们仍注意文学思潮指要、精彩片断选辑、名家名篇述评三者的有机结合,彼此交融,构成统一的整体,以利于读者参阅,加深理解,收到实效。

　　应约参加本书修订工作的有:华东师范大学中文系副教授楼成宏、上海第二工业大学副教授周颐、福建泉州师范学院中文系教授林文琛、浙江工业大学教授毛信德、台州师范学院中文系教授蒋承勇、复旦大学外文系教授翁义钦、上海师范大学人文学院教授王秋荣等。修订工作还得到责任编辑钟仲南先生的帮助和指教。在此，谨表衷心的感谢！

修订工作的欠妥或不足之处，热忱欢迎读者和专家批评、指正。

编　者

2003 年元旦

图书在版编目(CIP)数据

西方文学名著精选/王秋荣主编. —杭州：浙江大学
出版社，1994.5（2018.7重印）
ISBN 978-7-308-02446-4

Ⅰ.西… Ⅱ.王… Ⅲ.文学-作品综合集-西方国家
Ⅳ.I11

中国版本图书馆 CIP 数据核字(2001)第 046060 号

西方文学名著精选

王秋荣　主编

责任编辑　傅百荣
出版发行　浙江大学出版社
　　　　　（杭州市天目山路 148 号　邮政编码 310007）
　　　　　（网址：http://www.zjupress.com）
排　　版　浙江时代出版服务有限公司
印　　刷　杭州杭新印务有限公司
开　　本　850mm×1168mm　1/32
印　　张　33.25
字　　数　1000 千字
版 印 次　2003 年 8 月第 2 版　2018 年 7 月第 19 次印刷
书　　号　ISBN 978-7-308-02446-4
定　　价　52.00 元